김주연

1941년 서울 출생으로, 서울대학교 독어독문학과와 같은 과 대학원을 졸업하고 미국 버클리 대학과 독일 프라이부르크 대학에서 독문학을 연구했다. 1966년 『문학』지에 평론이 당선되어 등단했고, 『문학과지성』 편집 동인으로 활약했다. 주요 저서로 『상황과 인간』 『문학비평론』 『변동 사회와 작가』 『새로운 꿈을 위하여』 『문학을 넘어서』 『문학과 정신의 힘』 『문학, 그 영원한 모순과 더불어』 『사랑과 권력』 『가짜의 진실, 그 환상』 『디지털 욕망과 문학의 현혹』 『근대 논의 이후의 문학』 『미니멀 투어 스토리 만들기』 『문학, 영상을 만나다』 『사라진 낭만의 아이러니』 『몸, 그리고 말』 등의 문학평론집과 『고트프리트 벤 연구』 『독일시인론』 『독일문학의 본질』 『독일 비평사』 등의 독문학 연구서를 펴냈다. 한국독어독문학회 학회장, 한국문학번역원장(2009~2011)을 역임했다. 30여 년간 숙명여대 독문과 교수로 재직했으며, 석좌교수를 역임했다(2011~2013). 현재 대한민국예술원 회원이다.

엮은이 김태환

1967년 경기도 소사 출생으로, 서울대학교 사법학과를 졸업하고 같은 학교 대학원 독어독문학과에서 박사학위를, 오스트리아 클라겐푸르트 대학에서 비교문학 박사학위를 받았다. 1991년 『조선일보』 신춘문예에 문학평론이 당선되어 등단했다. 지은 책으로 『푸른 장미를 찾아서』 『문학의 질서』 『미로의 구조』 등이, 옮긴 책으로 페터 V. 지마의 『모던/포스트모던』, 한병철의 『피로사회』 『시간의 향기』, 로마노 과르디니의 『삶과 나이』, F. 카프카의 『변신/선고 외』 등이 있다. 현재 서울대 독문과 교수로 재직 중이다.

예감의
실현

김주연은 1941년 서울 출생으로, 서울대학교 독어독문학과와 같은 과 대학원을 졸업하고 미국 버클리 대학과 독일 프라이부르크 대학에서 독문학을 연구했다. 1966년 『문학』지에 평론이 당선되어 등단했고, 『문학과지성』 편집 동인으로 활약했다. 주요 저서로 『상황과 인간』 『문학비평론』 『변동 사회와 작가』 『새로운 꿈을 위하여』 『문학을 넘어서』 『문학과 정신의 힘』 『문학, 그 영원한 모순과 더불어』 『사랑과 권력』 『가짜의 진실, 그 환상』 『디지털 욕망과 문학의 현혹』 『근대 논의 이후의 문학』 『미니멀 투어 스토리 만들기』 『문학, 영상을 만나다』 『사라진 낭만의 아이러니』 『몸, 그리고 말』 등의 문학평론집과 『고트프리트 벤 연구』 『독일시인론』 『독일문학의 본질』 『독일 비평사』 등의 독문학 연구서를 펴냈다. 한국독어독문학회 학회장, 한국문학번역원장(2009~2011)을 역임했다. 30여 년간 숙명여대 독문과 교수로 재직했으며, 석좌교수를 역임했다(2011~2013). 현재 대한민국예술원 회원이다.

엮은이 **김태환**은 1967년 경기도 소사 출생으로, 서울대학교 사법학과를 졸업하고 같은 학교 대학원 독어독문학과에서 박사학위를, 오스트리아 클라겐푸르트 대학에서 비교문학 박사학위를 받았다. 1991년 『조선일보』 신춘문예에 문학평론이 당선되어 등단했다. 지은 책으로 『푸른 장미를 찾아서』 『문학의 질서』 『미로의 구조』 등이, 옮긴 책으로 페터 V. 지마의 『모던/포스트모던』, 한병철의 『피로사회』 『시간의 향기』, 로마노 과르디니의 『삶과 나이』, F. 카프카의 『변신/선고 외』 등이 있다. 현재 서울대 독문과 교수로 재직 중이다.

김주연 비평선집

예감의 실현

초판 1쇄 발행 2016년 8월 30일

지은이 김주연
엮은이 김태환
펴낸이 주일우
펴낸곳 ㈜**문학과지성사**
등록번호 제1993-000098호
주소 04034 서울 마포구 잔다리로7길 18(서교동 377-20)
전화 02) 338-7224
팩스 02) 323-4180(편집) / 02) 338-7221(영업)
전자우편 moonji@moonji.com
홈페이지 www.moonji.com

ISBN 978-89-320-2894-1 03800

이 도서의 국립중앙도서관 출판예정도서목록(CIP)은 서지정보유통지원시스템 홈페이지(http://seoji.nl.go.kr)와 국가자료공동목록시스템(http://www.nl.go.kr/kolisnet)에서 이용하실 수 있습니다. (CIP제어번호: CIP2016019512)

김주연 등단 50주년 기념

예감의 실현

김주연
비평선집

김태환
엮음

문학과지성사

책을 엮으며

이 책은 지난 50년간 한국 문학을 동반해온, 아니 한국 문학의 역동적 전개 현장의 한복판에서 그 역사를 함께 만들어온 김주연 비평의 총결산이다. 그의 방대한 비평 세계에서 가장 핵심적인 글들을 모아놓은 이 책을 통해 독자는 김주연 비평의 전모를 파악할 수 있을 뿐만 아니라, 60년대 문학과 관련하여 커다란 논쟁을 불러일으킨 그의 유명한 평문「새 시대 문학의 성립」에서 2000년대 이후 발표된 김영하, 정영문, 편혜영에 관한 평론에 이르기까지 그의 50년 비평이 아우른 한국 근현대 문학의 주요 국면들을 다시 만나게 될 것이다.

김주연 비평은 초기에서부터 오늘에 이르기까지 늘 '개성과 개별적인 것을 존중하는 합리주의'라고 할 수 있을 어떤 방법적 태도로 모든 종류의 이념적 치우침에 대응함으로써 한국 문학의 소중한 균형추 역할을 해왔으며, 이와 아울러 문학의 시대적, 사회적 과제에 대한 투철한 인식을 바탕으로 한국 문학을 비판적으로 이해하고 판단하며 나아갈 방향을 제시해왔다. 그런 만큼 그는 문학 자체뿐만 아니라 문학을 둘러싼 현실의 변화에 늘 예민한 촉수를 작동시켰고, 철학과 사회과학 등의 주변 학문을 폭넓게 참조하면서 이를 바탕으로 하여 문학을 역동적으로 변화해가는 현실과의 관계 속에서 바라볼 수 있는 문학 초월적 안목을 발전시켰다. 하지만 그의 문학관은 문학을 어떤 일반적인 사회적 실천으로 환원하는 태도와는 거리가 멀고, 오히려 문학의 자율성 자체를 사회적 사실로 보는 아도르노의 문학사회학적 테제를 연상케 하는 것이었다. 좁은 문학주의의 테두리에 갇히지 않으려는 그의 비평적 지향성은 후기 비평에서 신성성과 종교적 초월성의 문제를 한국 문학의 화두로 제기한 데서도 잘 드러난다. 김주연은 흔히 사람들이 오해하듯이 어떤 종교적 입장에 문학을 가두려 한 것이 아니라, 한국 문학을 향해 인간 존재의 근본적 문제와 더욱 치열하게 대결할 것을 촉구한 것이다.

엮은이는 1969년 박우사에서 출간된 첫 비평집 『상황과 인간』 이후 현재까지 출간된 총 13권의 비평집에서 총 63편의 주요 평문을 선별하고, 책 전체를 특정한 주제에 따른 포괄적인 문학이론과 비평에 관한 논의, 일정 시기의 한국 문학 전반의 맥락에 대한 논의, 시인과 시 작품에 대한 비평, 소설가와 소설에 대한 비평, 이와 같이 총 4부로 구성하였다. 김주연의 날카로운 시선을 거쳐 간 지난 50년간의 현대 한국 문학의 다채로운 모습이 이 한 권의 책에 충분히 대표성 있게 반영될 수 있도록 노력하였다.

이 방대한 책을 만드는 데 많은 조언과 귀중한 자료를 제공해주신 김주연 선생님, 대단히 까다로운 편집 실무 작업을 총괄해주신 문학과지성사의 이근혜 수석편집장님께 깊은 감사의 말씀을 드린다. 이 책을 준비하면서 지난 50년은 한국 문학뿐만 아니라 한국어에도 많은 변화가 일어난 시간이었다는 것을 새삼 실감하게 되었다. 특히 60년대에 씌어진 초기 평론의 경우 오늘의 관점에서는 다소 낯선 용어나 표현들이 많이 등장하는데, 최대한 원문을 충실히 보존하는 것을 원칙으로 삼았지만, 필요에 따라 저자와의 협의하에 독자의 이해를 돕는 방향에서 일부 원고의 수정이 이루어졌음을 밝혀두는 바이다.

2016년 7월

김태환

차례

3부 추억과 서정—시론

4부 현실 속으로, 현실을 넘어서—소설론

일러두기

1. 『예감의 실현—김주연 비평선집』은 1969년부터 2016년까지 한국어로 발표된 김주연의 문학평론집 가운데 선집과 공저, 편저를 제외한 13권의 책들에서 총 63개의 비평글을 추려 4개의 주제별로 묶은 것이다. 3부 시론과 4부 소설론은 대상 시인과 소설가의 등단 연도를 기준으로 삼아 수록했다.
2. 각 글의 발표 시기는 글 말미에 적고, 책 뒤에 출전을 따로 밝혀두었다.
3. 원고는 발표된 상태 그대로 싣는 것을 원칙으로 삼았고, 각 글이 비평과 분석의 대상으로 삼은 시, 소설, 기타 단행본 등의 작품은 이미 출간된 단행본의 형태를 존중하였다. 다만, 단어나 문장의 의미가 불분명한 경우에는 저자의 확인을 거쳐 수정·보완하고, 발표 당시의 단순한 오탈자는 바로잡았다. (예) 1부에 수록된 「문학사와 문학비평」은 『한국 문학의 가능성—문지의 논리 1970~2015』(문학과지성사, 2015)에 재수록되면서 일부 수정된 텍스트에 따랐다.
4. 맞춤법과 외래어 표기는 현행 국립국어원 규정에 따르되, 띄어쓰기는 문학과지성사 자체 규정을 따랐다. 발표 당시의 한자어는 인용 작품의 원문이거나 문맥상 한글(한자) 병기가 필요한 경우 처음 1회 병기하는 것을 원칙으로 하되 그 외에 일상적으로 쓰인 한자는 모두 한글로 옮겼다.
5. 본문에서 쓰인 기호는 다음과 같다. 단행본, 신문, 잡지명: 『 』/ 개별 작품, 논문, 기사, 음악, 그림 제목: 「 」/ 전집, 총서명: 《 》

1부 비평을 찾아서

시의 인식의 문제

1. 시의 묘사

날씨는, 머리칼 날리고
바람은 불었네
냇뚝 戰地에.

알밤 익듯
냇물 여물어
담배 연긴 들길에
떠 가도.

걷고도 싶었네
청 하늘 높아가듯
가슴은 터져
들 건너 물 마을.

바람은, 머리칼 날리고
秋夕은 보였네
호박국 戰地에.

—「그 가을」 부분 ①

헬리콥터가 떠어간다
철뚝길이 펼치어진 연변으론
저녁먹고 나와있는 아이들이 서 있다.
누군가 담밸 태는 것 같다.
헬리콥터 여운이 띄엄하다
김매던 사람들이 제집으로 돌아간다
고무신짝 끄는 소리가 난다
디젤 기관차 기적이 서서히 꺼진다.

—「文章修業」 ②

울고 웃는 것이 한가지
결국은 한바다로 오는 것인가.

우리의 사는 것은 아리아리
골목이 엇갈린
햇볕半 그늘半
바다에도 그런 골목길이 있는가.

애타는 一萬肝腸이 다 녹으면
때와 곳이 남는가
아무것도 없는가

아무것도 없는데서 차라리
우리나라의 바다여!
沈淸傳 속의 크낙한 꽃이
다시 솟아서
끝장이 좋을 날은 없는가,
오롯한 꿈으로서 묻노니.

—「바다」③

①은 신동엽, ②는 김종삼, ③은 박재삼의 작품이다. 이들 세 시인은 한국 시가 보여주고 있는 여러 모습을 각기 다른 방법으로 나타내고 있는 시인들로서 여기에 인용한 시편들도 세 시인의 시적 개성을 서로 다르게, 그리고 매우 독립적으로 독특하게 전달해주고 있다.

이러한 분류는 그러나 이제 퍽 통념화되어가고 있을 뿐 아니라 분류 그 자체가 '한국 시의 내일'을 위해 어떠한 도움이 될 수 있는가 하는 일과는 별도로 시작(詩作)의 성과를 분석해내는 데 있어서는 썩 마땅한 태도같이 생각되지 않는다.

기왕의 이러한 분류가 그러나 시에 있어서 인식의 문제를 논의하는 데 자그마한 편법은 될 수 있다는 전제 아래 우선 세 편의 시를 본보기로 하여 이른바 '묘사'라는 문제에 대해 생각을 기울일 필요를 느낀다. 시에서 인식의 문제를 정당하게 관찰하기 위하여, 흔히 오해되기 쉬운 '묘사'에 관하여 먼저 주의를 돌려야 할 필요가 있다고 생각하기 때문이다.

세 편의 시가 내보이고 있는 가장 손쉬운 인상 가운데 '묘사'의 문제와 관련하여 가장 우리를 자극하는 작품은 ②의 경우이다. 그것은 언뜻 보아 철도연변의 정경을 묘사하고 있는 데 그치고 있으며, 대체 시인이 노리고 있는 시를 통한 삶의 여러 단층, 혹은 시를 통한 현실의 모순이나 환희는 무엇인가 하는 것이 얼핏 읽히지 않기 때문이다. 도대체 헬리콥터가 떠간다거나, 아이들이 서 있다거나, 디젤 기관차의 기적이 꺼져가는 일 따위가,

우리와 현실과 어떤 관련성이 있단 말인가 하는 약간의 곤혹을 느끼며 우리는 철도연변의 정경을 얼핏 연상하고 말기 쉽다. 아닌 게 아니라 세 편의 시 가운데서 가장 철저하게 '묘사'로 시종하고 있는 작품은 ②의 「문장수업(文章修業)」이다. 작품 ①의 경우나 ③의 경우에는 거기 나타나 있는 그 정경에 밀착되어 있는 인간의 감정이 질펵하게 흐르고 있으며 따라서 작품 ②에서와 같은 건조한 곤혹을 느끼지 않고 그 눅눅한 감정의 교착 상태에 쉽게 빠져버릴 수 있다. 현실의 모순에 대한 시인 자신의 감각이거나, 시인이 젖어 있는 감정의 어떤 구석에 스며들어 온 현실이거나 간에 ① 혹은 ③의 경우에서 우리는 보다 분명하게 시를 통한 모종의 의미와 만나기 편리하게 되어 있다.

그러므로 가장 소박한 뜻에서 ②의 시는 어떤 종류의 묘사, 그리고 ① 혹은 ③의 시는 어떤 종류의 감정의 흐름이라는 인상을 일단 받아들일 수 있을 것이다. 여기서 우리는 파이퍼Johannes Pfeiffer가 이야기하는 "시는 첫째 묘사되는 것Geschreibende"이라는 주장을 환기할 수 있다(『시와의 교제 *Umgang mit Dichtung*』, 1947). 이러한 환기는 시와 묘사의 관계에 대해 지극히 무관심한 우리 시단에서는 더욱 필요한 일이 된다.

시에 있어서 묘사의 문제는 무엇보다 사물에 대한 관찰·관조·천착을 전제로 하는 개념이다. 적어도, 시인과 대상 사이의 거리를 그것은 요구한다. 파이퍼가 지적한 시의 '힘'이란 것이 '시란 묘사'라는 개념을 그 밑바닥에 깔고 있다든가, 우리 시가 혼란을 거듭하는 일 가운데 가장 심한 원인이 언어의 절제 문제라든가 하는 것은 묘사라는 아주 소박한 문제를 백안시한 데서부터 오는 것이 아닌가 생각되기도 한다.

우리 시인들은 너무도 혹심한 현실에 시달리고 있기 때문에 조그마한 자극이 전달되었을 때 곧 흥분하기 쉽다는 사실과 운문의 형식으로 된 시에서 너무나도 비현실적인 우리 시문학의 운문 전통에서 벗어날 수 없다는 사실이 이해되지 않는 것은 아니다. 시인이 자기감정의 주머니를 잃어버렸을 때 시를 쓸 수 없다.

그러나 감정이 감각의 과잉 현상을 불러일으켜 사물을 바라보는 눈을 마비시킨다는 것은 여간 불행한 일이 아니다. 마찬가지로 자연적인 질서에 편승하는 산문과 달리 인간적인 질서, 말하자면 언어의 드라마를 요구하는 산문이 외형적인 운율에만 의지하는 한국의 전통을 뿌리칠 수 없다는 것도 퍽 서글픈 자각에 속한다. 그러나 어쨌든 시는 힘을 가지고 있는 지속적인 것이어야 하며, 그 힘 속에 초월적인 영원성이 들어 있다는 우리의 믿음이 정당한 한, 사물과 감정을 제어하고, 시인에게는 마치 하늘을 나는 조종사가 적당한 고도를 유지하듯 대상과의 사이에 적당한 거리를 조정하는 일이 불가피한 것이 될 것이다.

사물에 대해 시인이 일정한 거리를 갖는다는 것은 시에 있어 최소한의 지성임을 뜻한다. 그것은 아마 가장 기초적인 기능이라고 나는 생각하는데, 시라는 것이 여러 차례에 걸쳐 쌓여진 사고의 종합이 아니고 일회적인 체험에서 추출되는 일반적인 센스라는 사실에 주목할 때 이와 같은 견해는 퍽 타당하다고 믿는다. 여기서 시에 있어서의 '묘사'라는 문제가 갖는 일반성의 문제가 제기된다.

일반성이란 시에서 존재에 대한 최초의 물음으로서 공간존재Dort-Sein 혹은 시간존재Da-Sein에 대한 확인 업무를 수행한다. 말하자면 "누군가 담밸 태는 것 같다"든가 "고무신짝 끄는 소리가 난다"는 시행에서 볼 수 있는 것처럼 '누구' 혹은 '고무신', 그리고 '담밸 태는 것' 혹은 '고무신짝 끄는 소리'가 그냥 그대로 현재에 있다든가 저기에 있다든가 하는 것을 나타내준다. 이러한 지적은 매우 평범한 테두리 안에 있지만, 바로 이 평범한 지적의 배후에 시적 묘사가 제기하는 일반적인 존재의 문제가 있다. "누군가 담밸 태는 것 같다"의 '같다'와 "고무신짝 끄는 소리가 난다"의 '난다'라는 어구들은 앞의 어구에 종속된 '저기' 혹은 '지금' '있는 것'의 형상에 불과할 뿐 인간의 감정이 휘몰려져 있는 것은 아니다. 조심스럽게 시인은 참가를 삼가고 있다. 그것은 좀더 근본적인 곳에서 참가하려는 시인의 한 자세이다.

시 안에서 하나의 대상이 오브제로 정립되고 그 시적 기능을 확충해나가는 것도 시가 묘사라는 것을 철저하게 깨닫고 난 다음에 발생하며, 역으로 묘사에 의해 대상은 오브제로서의 위치를 선명하게 드러낸다. 시인의 감정은 오브제가 시적 기능을 갖추도록 하는 데 서서히 주입되며, 시가 완전히 묘사로서의 형상화 작업을 일단 구축하였을 때 거기서 보다 포괄적으로 나타나야 한다. 시는 여러 번에 걸친 사고(思考)의 종합이라는 해석과는 맞은편에 있다는 사실에 주의할 때 시인의 눈은 '오직 한 번' 빛나는 것이며, 따라서 그 '한 번 빛남'이 대상을 얼마나 솔직하게 꿰뚫어 가장 시적인 것으로 옮겨놓는가 하는 일에 함께 주의할 필요가 있다. 그러니까 시적 본질에 대한 아주 초보적인 조명으로 '묘사'의 문제는 설명될 수 있으며 이것은 사물의 존재에 관한 시간존재 혹은 공간존재로 이야기될 수 있는 가장 소박한 동작의 의미를 지닌다.

부연하면 시에 있어서 묘사는 시가 구현하는 세계에 일반성을 부여하는 일이다. 특히 현대시에서 묘사를 통해 사물을 우리의 경험 세계와 밀착된 존재로서 대상화하는 일은 리듬과 멜로디의 효과가 작아져가는 것을 생각할 때 시의 옹호와도 관련된 일이라고 할 수 있다.

2. 시의 효과

'저기 있음' 혹은 '지금 있음'으로 파악되는 존재는 시간존재 혹은 공간존재라는 일반성의 테두리를 벗어나지 못한다. 그것이 일반성의 획득이라는 매우 보람 있는 문제와 맺어져 있다 할지라도 단순히 '저기 있다' '지금 있다'는 형상이 시적 성과가 될 수는 없다. 더 말할 것 없이 묘사만으로는 시가 될 수 없다는 상식론 위에 우리는 서게 된다. 묘사가 시에서 발휘하는 기능으로 대상의 정립(사물과의 거리), 그리고 거기서 얻게 되는 세계의 일반성을 찾아내었는바, 이것은 최소한의 약속처럼 보인다. 가령 시가 힘을 지니게 되는 근원을 "추상적인 상상이 아닌 구체적으로 그려진 본질"

이라고 설명하고 있는 파이퍼에 의하면 묘사로 시작되는 시가 어떻게 하여야 힘을 지닌 '시'로서 정리될 수 있는가 하는 물음은 썩 분명하게 풀려진다. 나는 이러한 물음에 대한 대답을 시의 효과라고 보면서 묘사가 인식으로서 발전되는 전개의 논리를 생각한다. 아마 이 논리는 매우 중요할 것이며 "대체 시에서 인식이란 무엇이냐? 단순히 묘사가 아니냐? 혹은 감상이 아니냐?"는 매우 혼란을 거듭하는 시평에 자그마한 척도가 될 수 있으리라고 아울러 생각한다.

효과로서 내가 파악하는 문제는 물론 묘사를 전제로 하는 개념으로 "구체적으로 그려진 본질"이라는 견해에 충실히 동의하면서 시작한다. 우선 '구체적'이라는 말은 '추상적'이라는 말에 대한 반어로 해석된다. 또 시에서 '구체적' 또는 '추상적'이라는 말은 먼저 대상에 대한 자각, 오브제를 보는 시인의 눈을 가리킨다. 구체적 또는 추상적인 시인의 눈을 거쳐 형상화된 대상은 시적 본질로 성립하지만, 형상화의 과정을 거치기 전에 시인의 눈앞에 대상으로서 일정한 격을 갖춘 사물은 아무것도 없다. 사물은 일정하지 않게 시인의 눈앞을 왕래한다. 죽음·삶·고통·환희 혹은 꽃·새·풀·여인 혹은 하늘의 헬리콥터나 저녁 먹고 철도연변에 놀러 나온 아이들. 시인이 바라보는 사물의 폭은 무제한이다. 시인이 바라보는 사물이 무제한이라는 것은 세계의 다양함을 드러내어주며 동시에 사물이 지니는 구상성 혹은 추상성을 함께 드러내어준다. 가령, 죽음·삶·고통·환희와 같은 것은 인간의 감정을 사물화한 추상어이며, 꽃·새 따위는 구상어이다. 시인이 어떤 사물에 더 흥미를 보여주는가 하는 문제는 물론 문제 밖이다.

그러나 추상어를 대상으로 택한 시인이 창작한 시가 추상적이고, 구상어를 대상으로 택한 시인이 창작한 시가 보다 구상저이라는 사실이 있다면 이것은 문제다. 이것은 대상을 철저하게 오브제로 성립시켜놓지 못하고 대상에 시인이 휘말려 들어간 것이며, 사물과의 거리를 '효과 있게' 조정하지 못한 비극으로 설명된다.

그러니까 묘사의 가장 위태로운 함정은 바로 구체성 속에서 발견된다.

시인의 눈앞에 오직 그것이 사물일 때 구체성, 혹은 추상성은 아무런 문제도 될 수 없으나 묘사로서 시인의 손을 거칠 때 구체성과 추상성은 가장 핵심적인 요소로서 문제가 된다는 이야기다.

②에서의 「문장수업」과 같은 경우 묘사가 얼마나 구체성을 띠고 살아 있는가 하는 것이 아주 손쉽게 읽힌다.

"헬리콥터 여운"이 "띄엄"하다거나 "디젤 기관차 기적"이 "서서히" 꺼진다는 것은 시인의 감정이라고 보기보다도 사물을 구체적으로 그리려는 '묘사의 구체성'으로 나는 이해하고 있다. 그것은 묘사가 가지는 하나의 효과다.

〔……〕
저의 잠은 많이
울고 있다
밤이 자기의 門을 깊이 잠근 뒤
별빛들이 밤의 잠긴 문을 두드리는
소리가 불꽃처럼 일어난 뒤
다시 汽車가 머리 위로 지나간 뒤,
한 아침이 다른 아침에게 가서
빛을 깨우고
아침들은 그때 淸明히 일어나
빛을 서로 던지기 시작할 때
저의 잠은 아마 또
조금씩 깨면서 울고 있다.
快心하지 않아도 나오는
노래처럼.

—鄭玄宗, 「밝은 잠」

'잠'은 하나의 추상어다. 그러나 이 작품의 전체적인 분위기는 아주 구체적으로 용해되어 있다. "저의 잠은 많이/울고 있다"는 매우 돌발적인 도입에 의해 '잠'이라는 추상어가 좀 거북스러운 구상으로서의 굴절을 겪는다. 이 거북스러운 굴절은 그러나 곧 계속되는 높거나 혹은 낮은 톤의 반복과 그 반복에 끼어 흔들리는 구체적인 묘사에 의하여 점차 자연스러운 해소를 보게 된다. 밤이 자기의 "門을 깊이" 잠그지만 그 문은 "별빛의 두드림"이라는 납득될 수 있는 상식에 의해 설명의 보완을 받으며, "한 아침이 다른 아침에게 가는" 아침의 사물화에 의해 그들은 "빛을 서로 던지는" 것이다. 그러므로 '잠'이라는 시인의 의식 속에서 발생한 감정은 분명한 대상이 되어 시 속에 살아 있으며, 시인과 대상의 사이에는 귀중한 거리가 놓여 있다. 이 거리는 시행(詩行)의 발전에 따라 시인이 불어넣는 자기 자신의 감정으로 인하여 조정된다. 그러나 항상 중요한 것은 날말이 무책임하게 동원되지 않는다는 일이다.

「밝은 잠」의 경우, 자기 내부의 감정이라는 추상적인 세계가 단순히 추상적인 상상에 그치지 않고, 시적 본질로 살아난 것은 시인의 일회적인 경험의 '한 번 빛남' 속에서 다만 그 속에 머물러버리고 말 말들을 구체적으로 그려내었기 때문이다. 추상어가 구체적인 형용의 변전을 하면 곧 그 변전을 일상적인 경험의 세계에서 다시 풀이하고 그 풀이가 '포에틱 딕션 poetic diction'으로 떨어질 듯하면 다시 상상의 쪽으로 밀어 넣어 가능한 설명을 하게 한다. 이러한 절도 있는 곡선은 하나의 사물을 대상으로 끈질기게 확인하려 드는 묘사의 정신에 의해 이루어진다. 파이퍼의 "구체적으로 그려진" 본질과도 통한다. 묘사가 효과를 얻은 예가 될 것이다.

김종삼의 「문장수업」이나 정현종의 「밝은 잠」의 분석을 통해 얻은 것은 묘사와 그것의 효과다. 먼저 묘사가 시에서 대상을 분명하게 성립시켜놓음으로써 그 오브제의 기능에 의해 세계의 어떤 일반성, 이를테면 시간존재 혹은 공간존재라는 문제를 제기했다면 묘사의 효과는 그 묘사가 얼마나 '구체적'으로 되었느냐에 따라가며, 특히 그것은 우리 현실에서 추상적인 대상의 구체적인 묘사라는 문제로 압축된다. 그러면 '구체적 묘사'는 어떠한 문제를 제기하는가 하는 마지막 물음이 일어난다. 단순히 묘사에 그쳤을 때 일어나는 시간존재 혹은 공간존재의 일반성을 넘어 '구체적 묘사'는 오직 '존재'에 대해 깊은 관련을 맺게 된다. 이것은 구체성을 통해 도달되는 '존재의 보편성'이라고 말할 수 있다. '지금 있음' 혹은 '저기 있음'이라는 형상이 해산되고 오직 '있을 뿐'인 상황이 나타난다. 이 부근에서 존재와 인식의 사건이 만난다.

3. 시의 인식

내가 이해하는 시에서의 인식이란 그러므로 효과 있는 묘사다. 말하자면 "구체적으로 그려진 본질"이란 파이퍼의 견해와 우선 상응한다. 묘사에서 우리는 대상을 얻었고 시의 오브제가 탄생했다. 효과를 추구하면서 또 우리는 시에서의 구체성이 가지는 위치를 찾아냈다.

구체성은 먼저 인간의 의식 내부의 사상을 사물화하고 구체적인 구상물들이 포에틱 딕션으로 타락하는 것을 방지하게 된다. 이러한 일련의 효과는 인식이라는 문제를 새로이 제기하는데 그것은 곧 사물의 존재에 대한 물음이다. 시인의 감정이 아직 접근하지 않은 채 대상이 성립하고, 그 사이의 거리가 저쪽(대상)의 어떤 사건(가령 "저의 잠은 많이/울고 있다"와 같은 시행)에 의해 스스로 운동을 벌이고, 나중에는 전혀 시인의 개입조차 허락하지 않는 그대로 '있음'의 상태로 끝나는 것(가령 ②「문장수업」)을 볼 때 존재에 대한 물음은 불가피하게 터져 나온다. 그것이 비록 존재에 대한 강력한 회의 혹은 의문이라 하더라도 이 물음은 사라지지 않는다. 우선 ①이나 ③의 경우와 비교하면서 보면 이야기는 한결 뚜렷해진다.

"날씨는, 머리칼 날리고/바람은 불었네/냇뚝 戰地에"라는 연(聯)에서 우리는 시의 오브제를 찾기가 힘들다. 신동엽이 보여주는 ①「그 가을」의 경우 전체적인 톤은 거의가 이렇다. 오브제를 배제하는 이러한 톤은 대상을 찾고 그것을 묘사하는 태도라기보다는 사물을 우리의 현실과 아주 밀착된 곳에서 찾아내어 그곳에서 시인 자신의 감정을 발상시키는 태도라고 보는 쪽이 타당하므로 처음부터 사물의 존재와는 무관하다. ③「바다」에서 나타나는 박재삼의 태도는 ①의 경우와는 현격한 차이를 보여주지만 또 다른 방법으로 존재의 보편성과 장(章)을 달리한다. 가령 "아무것도 없는데서 차라리/우리나라의 바다여!/沈淸傳 속의 크낙한 꽃이/다시 솟아서/끝장이 좋을 날은 없는가/오롯한 꿈으로서 묻노니"와 같은 연은 제목에서 말해주듯 '바다'라는 사물을 일단 대상으로 하고 있다. '바다'는 그러나 여기서 오브제로서 자기 기능을 자유롭게 하지 못하고 시인의 독특한 감정의 제약 아래 놓여 있다.

"우리나라의 바다여!"라는 시행에서 명백히 밝혀지고 있는 대로, '우리나라'라는 특수한 조건 아래에서 '바다'에 대한 시인의 체험을 환기함으로써 이제는 찾을 길 없는『심청전』속의 연꽃 설화와 관련된 허무한 인간 감정이 흘러나오고 있다. 「바다」는 그러한 일정한 대상을 제시하고 현실의 평면성이 아닌, 시인 고유의 체험과 그 체험 대상의 관련성을 제시하고 있다는 점에서, 그리고 꽤 구체적인 설명을 하고 있다는 점에서 ①의 경우보다 훨씬 '효과 있는 묘사'를 하고 있다. 그러나 구체성이 일반성의 테두리를 넘어 보편성으로 넘어오지 못한 곳에 「바다」의 인식의 시로서의 한계가 있는 것 같다. 확실히 그런 것처럼 생각된다. 구체성이란 조건이 없는 것이어야 하며, 역사적·사회적인 배경과도 무관하며 종교적·도덕적인 인습과도 연결되어서는 안 될 뿐 아니라 마침내는 인간적인 여하한 풍속과도 분리되어 있는 것이다. 구체성의 진정한 의미는 이쪽에 있기 때문에 구체적일수록 사물의 존재에 육박하게 된다. 단순히 '저기 있음'의 '저기'와 '지금 있음'의 '지금'은 구체성 속에서 하나하나 탈락되어가는 것이다. 이것이 시에 있어서의 인식 작업이라고 나는 생각한다. 우리가 사물을 대상화해놓고 거기서 시의 본질을 찾아낸다는 것은 매우 어려운 일에 속한다.

더욱이 구체화라는 묘사의 효과를 살려 인간적인 풍속·인습마저 배제해낸다는 것은 아주 힘들다. 왜냐하면 구체화의 과정에서 겪게 되는 체험과 상상력 사이의 조절에는 불가피하게 인간이 끼어들기 쉬우며, 이것을 잘 조절한다 하더라도 체험과 상상력, 어디에도 속하지 않는 관념의 개입을 막아내기란 사실상 쉬운 일이 아닐 것 같기 때문이다. 시에서 인식을 기도(企圖)하고 또 인식의 시를 마땅한 경향으로 내다보고 있다면 이러한 것은 중요한 일이 되지 않는다.

묘사라는 매우 침착한 방법에 의해 존재의 첫걸음을 배우고 구체성이라는 효과에 주의함으로써 존재의 끝을 확인하는 일이 아마 중요할 것이다.

말라르메Stéphane Mallarmé가, 릴케Rainer Maria Rilke가, 오든W. H. Auden이, 발레리Paul Valéry 혹은 벤Gottfried Benn이 연상될는지 모른다. 이것도 그러나 중요한 일은 아니다. 순수시Poésie pure 혹은 절대시absolutes Gedicht라는 개념이 인식의 시라고 우리가 부를 수 있는 시와 어떻게 근사한가 하는 것만 유의하면 된다. 시 자체가 구현하는 비역사성·비인간성과는 별도로 어떻게 해서 이러한 시가 나오게 되었는가 하는 문학사적인 당위성 여부는 따로 논의될 수 있을 것이다. 다만 시평의 전통이 서 있지 않은 땅에서 필요한 업무는 그 어떠한 경향에 대한 성급한 찬동보다는 여러 가지 방법에 의해 분석적인 천착을 거듭함으로써 시의 다양한 정체에 차례로 접근하는 일처럼 여겨진다.

풍경을 묘사하든지, 감정을 묘사하든지 혹은 세태의 어떤 단면을 묘사하든지 시를 묘사로서 출발하는 경우 그는 이미 시의 인식적인 방법 위에 올라서 있다. 묘사는 그러나 작은 필요조건에 지나지 않는다. 보다 핵심적인 것은 구체적으로 묘사하는 일이며 그렇게 함으로써 사물의 존재에 대한 깊은 심연에 잠길 뿐 아니라 자기감정의 객관화라는 보람 있는 소득을 올린다. 아마도 참다운 언어의 모태는 그곳일 것이다.

그리고 파괴된 시의 운율이 다시 생성되는 곳도 구체화의 갈등 속에서일는지 모른다. 이러한 방향으로 시가 모색될 때 그것이 바로 시의 인식이라고 나는 생각한다.

동시에 잃어버린 언어와 노래도 존재와 본질을 찾아내려는 그 '효과 있는 묘사' 속에서 얻어지지 않을까 기대해본다. 부연하면, 보편적인 존재의 문제를 제기하는 효과 있는 묘사가 시의 인식이 될 것이다.

(1967)

문학사와 문학비평

—한국 문학사를 어떻게 볼 것인가

1. 문학사는 무엇인가

유명한 문학이론가 르네 웰렉René Wellek은 문학사에 대해서 이렇게 말한다. "문학사를 쓴다는 것, 그러니까 문학이자 동시에 역사를 쓴다는 것은 가능한 일인가? 대부분의 문학사는 문학 안에 열거된 사회사이거나 사상사 혹은 다소간에 연대순으로 정돈된 특정 작품들에 대한 인상이나 판단들이다." "대부분의 문학사들은 시민화civilization의 역사이거나 비판적 에세이들의 집합이다. 하나는 '예술'의 역사가 아니며, 다른 하나는 예술의 '역사'가 아니다." "그러면 왜 문학의 진화를 예술로서 정립하려는 대담한 노력은 없는 것일까. 무엇보다 문제되는 것은 예술 작품을 분석하는 작업이 일정한 체계적 방법에 의하여 수행되어오지 못했다는 사실이다. 우리는 옛날의 수사학적(修辭學的) 기준을 가지고 내용 자체에 머무르고 피상적인 생각으로 그 기준들의 선입견에 미흡한 채 남아 있거나, 아니면 예술의 한 작품의 효과를 묘사하는 정서적 언어를 작품 자체와의 진정한 상관성이라는 의미에서 뜻 없이 독자에게 돌려주어왔거나 하였다. 또 다른 난점은 문학사란 다른 어떤 인간 활동에 의해서 양상을 설명한다는 의미에서는 가능한 축적이 되지 못한다는 편견이다. 세번째 난점은 문학이라는 예술 발전의 전 개념(全概念) 속에 개재해 있다."

문학사와 관련해서 웰렉이 적고 있는 이와 같은 진술은, 문학사가 무엇이냐고 묻는 질문을 왜 문학사의 서술은 어려우냐는 문제 제기로 바꾸어놓으면서 문학사 문제의 핵심에 명료하게 접근하고 있다. 문학사란 것이 도대체 기술될 수 있는 것이냐, 없는 것이냐에 대한 논란은 거의 숙명적인 것이라 할 만하다. 이 문제 논의에 앞서 먼저 음악이나 미술 같은 예술에 있어 그 역사를 어떻게 기술할 것이며, 도대체 그 의의는 무엇이냐는 문제부터 제기해보자. 가령 음악의 작곡 작품을 연대기적으로 감상했다고 해서 음악사라고 부를 수 있을 것인지 아닌지, 혹은 작곡가의 일생을 연대기적으로 나열했다고 해서 그것을 음악사라고 부를 수 있을 것인지 우리는 쉽게 그것을 긍정할 수 없다. 왜냐하면 거꾸로 연대가 제거된 상태에서 음악을 감상할 때, 베토벤과 드보르자크를 감상할 때, 그리고 바로크 음악과 인상파 음악을 감상할 때 그들 음악사에서 어떤 진화감을 느낄 수 있느냐가 문제가 되기 때문이다. 말하자면 어떤 기준에 의해 드보르자크의 「신세계」가 베토벤의 「운명」의 진화선상에 있다고 설명할 수 있을 것인가. 예술에 있어서 도대체 진화의 개념은 성립 가능한 것인가. 이런 종류의 소박한 의문들은 웰렉이 제기하고 있는 문제의 근본과 합일한다. 음악의 예를 더 살펴볼 때 다음과 같은 추정이 가능해진다. 즉 바흐나 베토벤의 그것과 슈토크하우젠Karlheinz Stockhausen의 그것은 진화감의 상관성을 노출시킬 수 있다는 것이다. 현대 전자음악의 일인자로 판단되는 슈토크하우젠의 전자음은 바흐나 베토벤 같은 18~19세기 음악들의 12음과 판연히 구별된다. 18~19세기의 재래의 음과 전자음은 18, 19세기의 이전 세기들 사이에 일어났을지도 모르는 진화 관계의 성격이 음악을 작곡한 작가의 정서와 그 순화력 혹은 청자의 정서나 순화력의 차원에서 이해될 수 있는 범주를 넘어선다. 즉, 그것은 음악의 매체 자체, 음 자체에 대한 변혁을 시사한다. 인간의 가청력의 범위를 확장하면서 오선지에 의지해온 재래의 악보를 내던지고 새로운 음을 발굴해내는 것이다. 그것은 과연 '음악이란 무엇인가'라는 존재에로의 물음을 새삼스럽게 제기하는 진화를 상기시킨다. 문학에 있어 시도되고 있는 20세기, 특히 다다이즘과 초현실주의 이후의 그것들은 문학의 매체, 언어에의 과감한 자기 도전으로 진화를 기록하는데, 흡사 위에 말한 음악에서와 같은 과정을 방불케 한다.

그러나 하나의 양식이—더구나 예술 양식의 자기 매체에 대한 반응을 스스로 절감해보는 이러한 과정을 역시 어떠한 기준에서 우리는 '진화'라고 부를 수 있을 것인가? 여전히 의문은 의문인 채 남는다. 우리는 물론 생물학적인 진화를 생각할 수 있다. 세포가 분열되거나, 생식 기관이 발달해서 새로운 생명을 낳게 하고, 그것이 자라가고, 기능을 갖추어가는 삶의 과정을 연상할 수 있다. 혹은 이 관계를 유전학적으로 더욱 확대해서 설명할 수 있다. 그러나 널리 주지되고 있는 바와 같이 역사란 단순한 진화가 아닌 것이다. 그것은 인간의 의지가 총괄된 하나의 복합이다. 우리가 시대에 따라 변하는 모든 사상(事象)을 진화라는 이름으로 묶을 때, 문제되는 개념은 필연적으로 역사의 문제와 결부되게 되고, 다시금 역사성의 본질을 묻게 된다. 이른바 '역사적 진화historical evolution'의 문제이다.

문학과 관련해서 역사적 진화의 성격 규정은 대단히 어려운 문제이다. 역사 과정을 판단하는 것은 그 역사 기간 사이에 발생한 사건, 역사 기간 사이에 생산된 작품을 평가함으로써 비로소 가능해지는 것인데, 여기에는 그것이 역사 자체에서 산출된 것이라 하더라도, 어느 일정한 가치가 들어갈 수밖에 없게 된다. 이 가치란 무엇인가? 역사적 진화에 맹목적으로 공헌하는 것이 되어야 하느냐, 아니면 진화의 중단을 감수하면서도 문학작품의 완결성에 봉사하는 것이 되어야 하느냐? 이러한 질문은 곧장 역사와 문학을 서로 대립하는 개념으로 몰아버리기 쉽다. 그러나 이렇게 되면 그 기초로서 그 사이에 작용하여야 할 가치는 가치로서의 의미를 잃고 만다. 개개의 작품이 개개로서 인정되면서 그들 문학예술 작품 사이의 가장 명백한 어떤 관계들이 지금까지의 전통적 학문의 한 요소를 구성하게 될 수 있을 때 가치는 성립한다. 개별적인 작가들 사이의 문학적 관계들을 수립하는 일은 문학사 기술을 위한 가장 중요한 일임이 명백하다. 스펜서Edmund Spenser와 밀턴John Milton, 그리고 드라이든John Dryden을 이어 영국 시의 18세기 관계들을 끌어낸다는 것은 그러나 용이한 일은 아닌 것이다. 그것은 그 자체가 이미 두 개의 전체를 비교하는 비판적 작업임을 곧 반영하기 때문이다. 그러면 어떻게 하여야 하는가? 웰렉은 "관계 도표scheme of relationships"라는 말을 쓰고 있다. 그 스스로의 개별적 전체성을 내보이는 하나하나의 작품, 한 명 한 명의 작가들을 비교하는 데에는 비교하는 사람의 가치 부여에 앞서 작가·작품 자체들이 갖고 있는 어떤 공통성 혹은 연관성이 먼저 실마리가 될 터이니, 그 실마리가 된 요소들을 묶어 정리하는 관계 도표가 가능하다는 생각이다. 이렇게 해서 하나의 관계 도표가 나오고, 도표는 그 비교에 따르는 방법을 하나의 방법론으로서 내보이며, 그것이 확대되어 여러 방법들 사이의 관계 도표가 다시 유도될 수 있다는 것이다. 물론 대단히 객관적으로 보이는 이러한 논리가 가치 부여에 따르는 주관 행위를 완전히 배제한 것은 아니며, 또 그것은 거의 불가능한 일이다. 우리는 다만 역사를 이해하고 가치를 부여하는 과정에서 손실되기 쉬운 문학의 전통적 양식과 그 숙명을 최대한으로 확대함으로써 문학사는 과거의 서술과 마찬가지로 미래의 서술이 중요하다는 것을 크게 인식할 필요가 있다.

문학사에 대한 인식은 문학권에 따라 조금씩 다르다. 가령 에리히 슈미트Erich Schmidt 같은 독일 학자는 "문학사는 한 국민의 정신생활의 발전사를 다른 나라의 국민문학과 비교 조감하는 것이어야 한다"고 말한다. 국민문학이라는 관점에 주안을 두고 있는 말이다. 이러한 견해는 독일 문학계에는 널리 퍼져 있다. 세계적 보편성, 개인적 보편성을 국가 단위에서 찾으려는 노력인데, 독일 문학의 발달, 성장의 흐름 안에서 한 전통을 이미 이루고 있다. 그것은 냉엄한 단위 설정으로 보다 높은 보편성에 도달하려는 문화 추진의 한 전형이라고 볼 수 있는데, 볼프강 카이저Wolfgang Kayser, 프리드리히 젱글레Friedrich Sengle 같은 이 방면의 교수들도 이러한 대강을 결코 벗어나지 않는다. 그러나 카를 비에토르Karl Vietor 교수의 「정신사로서의 독일 문학사」라는 논문에서의 다음과 같은 소견이 음미할 만하다.

> 빌헬름 딜타이 이래 우리들은 정신과학이라는 것을 역사적·사회적 대상에 대해 그러한 현실을 지니는 세련의 총화, 인간의 학문이라고 이해하여왔다. [……] 우리가 문학을 일반적인 발전 과정, 즉 정치적·사회적·지적·심리적·문화적 과정의 표현이나 혹은 부산물로서 관찰할 때 우리는 역사의 전 공간 내부에서 미적 현상과 그 범역에 의해 진보하여왔다. 이것은 확실히 의미 있는 문제 설정이다. 그러나 우리는 이것이 문학 연구가의 특별한 문제 제기가 될 수 없다는 것을 인식하기 시작했다. 이러한 노력의 주된 상대는 감각적·정신적 전체로서 형상화된 작품——스스로 형성되는 것sui generis이라는 현상이지, 결코 다른 범역의 힘이나 운동을 반영한 거울이나 표현이 아니다. 이를 통해서 작품 해석은 그에게 맞는 자리를 다시 획득한다. 그것은 다시 문학 연구가의 주요한 그리고 기본적 기법이 된다. 그러나 문학사는 이와 함께 제2선으로 물러간다. 우리는 문학사라는 것은 특별한 과제이며 특별한 방법을 요구하는 것이라고 인식하기 시작했다. 그것은 개개 작품의 의미에 대한 기본이 아니라, 도리어 거꾸로 그 스스로가 비로소 해설 작업을 구조한다. 과도한 역사적 이해에 반대하는 운동과 그로부터 다음과 같은 상대주의가 생기는 것은 명백한 일이다.

그러면서 그는 이 상대주의를 설명한다. 비에토르에 의하면 중요한 것은 "역사적인 관찰"을 강요하는 것이 아니라 의미의 위계에 대한 어떤 다른 강조이다. 해석 매체의 사용에 있어서 어떤 제한은 물론 권장되지 않는다. 문학작품의 역사적 조건성을 유도해내는 해석의 목적이 중요한 것이 아니라, 역사의 흐름 속에서도 상존하는 영구한 가치가 문제된다. 동시에 지나간 세기의 믿음에 대한 공격이 증가함으로써 역사라는 것은 발전사로서 동가적인 것, 즉 우리 시대에는 어떤 종류의 역사적 진보성이 없는 것처럼 주장된다는 것이다. 그는 그의 희망으로서 가능하다면 한 유파와 감각적 이

해력이 합일할 수 있는 가능성, 찬란한 문학적 형상을 위해 보다 많은 감성의 발전이 이와 합일하기를 바라고 있다. 그러나 비에토르 역시 독일 문학의 성장을 주목하면서 국민문학의 완수를 통한 보편성으로의 전형 발견을 말하고 있다. 문화 후진이라는 개념 발상 자체가 정신사 전체의 종합 문맥 속에서 유발되는 것이기 때문에, 독일 문학의 경우 문학사의 기술은 겹의 어려움에 부딪혀 있는 것이다. 젱글레의 「문학사와 문학비평의 통일을 위하여」라는 글은 이 어려움과 붙어 씨름하고 있는 최근의 주목할 만한 노력이다. 절충주의적인 입장에서는 그는 그러나 절충주의라는 표현에 반대하고, 통일과 종합이라는 표현을 즐겨 쓴다. 그는 정치적 절대주의, 미학적 절대주의는 한결같이 불가능한 것이라고 판단하고, 일찍이 레싱Gotthold Ephraim Lessing이 주도한 "공화국의 자유republikanische Freiheit"만이 불가결한 것이라고 말한다. 이러한 주장은 현상학 이전의 독일 정신문화 풍토로 보아서 주의를 요하는 견해이다. 그것은 문학사 서술에 있어서의 역사주의에 대한 비판이기 때문이다. 그는 역사의 경과라는 것이 시간적 응어리의 단위로 이해되는 데 반대하면서, 시대에 따른 가치 설정 자체의 변화를 내세운다. 가령 18세기의 문학비평가는 '예술 재판관'이라는 오만한 이름으로 대우되었으나, 오늘날은 그렇지 않다. 오늘날은 어떠한가? 재판관이란 그에게 비록 잘못이 있다 하더라도 독자적인 위치를 갖고 군림한다. 그렇지 않으면 "공화국의 자유"란 엄숙한 희망으로만 남아 있게 된다. 오늘날 소위 학문적인 문학사가의 태도와 흡사하다. 사태는 거꾸로 된 감이 있다. 젱글레는 문학사가가 재판관적 태도로서 문학사를 이렇게 재단하면서 동시에 당대문학-현대문학에 대한 책임도 수행한다고 말한다. 그러나 오늘날 문학사의 할 일은 과연 지나간 역사에 대한 판정으로 충족될 수 있을까? 자기가 속한 시대에 대한 책임도 그것으로 완수되는 것인가? 우리는 젱글레의 소견과 관계없이 이에 대해 불안을 느낀다. 젱글레에 따르면 이러한 불안은 역사의 이해를 생물적인 진화의 차원에서 다루기 때문에 일어난다. 비록 문학사가 자신은 의식하고 있지 못하고 있다 하더라도 사실은 변하지 않는다. 가령 괴테J. W. v. Goethe를 초기·중기·후기로 나누어 다루는 독문학의 일반적 역사 취급을 살펴보자. 이러한 삼절법(三節法) 사이에는 발아(초기), 융홍(중기), 원숙(후기)의 의식이 숨어 있다. 초기 작품이라면 으레 신선한 만큼 아직 어리고, 중기 작품이라면 안정된 가치관으로 싸여 있고, 후기 작품이라면 창조적 원숙을 연상하는 의식 가운데 숨은 것은 무엇인가? 생물적 진화감이다. 그렇다면 역사적 진화성으로 들여다보아야 할 문학사 정리와 어긋나는 일이 아닌가. 괴테를 연령에 조준하여 초기·중기·후기로 나누는 한에 있어서 이 사실은 부정되지 않는다. 그리고 대부분의 문학사 기술이 다소간 이 조준에 의해 이루어져왔음을 서구의 여러 문학사는 보여주고 있다.

문학사는 그 스스로가 해석의 기능을 한다는 점에서 시대에 대한 비판일 뿐만이 아니라 문학의 여러 전형type에 대한 비판이 된다는 점은, 그러므로 대단히 자연스럽게 보인다. 소박성(素朴性)과 감상성(感傷性), 조소성(彫塑性)과 음악성(音樂性), 고전성(古典性)과 낭만성(浪漫性), 개방성(開放性)과 폐쇄성(閉鎖性), 이상성(理想性)과 현실성(現實性), 디오니소스적인 것과 아폴로적인 것, 유기적인 것과 구조적인 것, 구체성과 추상성, 격앙과 아이러니 등의 전형은 시대와의 적정한 연관을 통해 그 개념을 성립시키는 것이다. 혹은 초개인적, 초시대적인 개념으로 성립된다. 문학사를 역사적 진화의 차원에서 정리할 때 문제되는 것들은 그러므로 역사 자체가 아닌, 시대의 흐름을 통한 개념 규정, 양식 규정의 반성이라는 면으로 들어간다. 가령 비극에서 격앙성das Pathetische이 언어의 한 근본 형식을 이룬다고 할 경우, 독일 문학사에서의 실러 비평은 달라져야 한다. 실러를 근본적으로 검토하려고 한다면, 우리는 격앙성의 현대적 재생이라고 불리고, 바로크, 즉 고대 격앙문화의 재현으로 볼 수 있는 표현주의를 역사 속에서 기다릴 필요는 없었던 것이다. 이렇게 되면 '표현주의'란 무엇인가라는 문제가 발생한다. 단순한 시대 개념으로 치부해버릴 수 없다는 입장이 역사적 진화의 문학사 정리이며 현대의 문학사관이기도 하다. 문학사를 통해서 '문학'을 발견해야 하기 때문이다.

한국 문학에서 문학사의 문제를 다루는 데에는 문학 일반의 이론과 함께 더욱 많은 문제점들이 나타난다. 첫째는 기왕에 나와 있는 문학사들의 점검인데, 이것을 통해서 우리는 이제까지의 문학사 기술법을 얻어내고 반성의 한 척도를 찾아낼 수 있을 것이다. 지금까지 조윤제(趙潤濟)의 『국문학사(國文學史)』, 김사엽(金思燁)의 『개고 국문학사(改稿國文學史)』, 이병기(李秉岐)·백철(白鐵) 공저의 『국문학전사(國文學全史)』, 조연현(趙演鉉)의 『한국현대문학사(韓國現代文學史)』 등이 나와 있는데, 이들은 그저 연대기적 서술로 시종하고 있다는 점에서 몇몇의 상위(相違)에도 불구하고 거의 같은 문학사관을 내보인다. 물론 이러한 현상을 문학사가 개개인의 능력으로 돌리는 것은 옳지 못하다. 보다 중요한 것은 어떠한 모티프, 어떠한 발상에 의하여 문학사를 바라보아야 하느냐는, 문학에 있어서의 이른바 역사의식 제기 자체의 주변에 있다. 말하자면 과거의 것은 '초기'적인 것이고, 우리는 원숙을 향하여 나아간다는 식의 역사의식이라면, 문학사를 새삼스럽게 논의하여야 할 어떠한 당위성도 소멸되어버리고 만다. 상투적 역사주의의 바탕을 이루는 이러한 의식의 바닥에는 문학사를 생물적 진화성에 의해서만 관찰하려는 몰비판이 드리우고 있기 때문이다. 그것은 역사학에서도 그 배제를 이미 완연한 논리로써 구축해가고 있다. 문학사의 경우는 말할 것도 없다. 18세기의 재판관과 같은 태도, 아카데믹한 학문으로서의 태도, 두 면을 모두 잃어버리는 것이다. 물론 우리는 기왕의 문학사에 있어서 그것이 완벽한 시대순 기술이라고 하더라도, 그 속에서 사가의 비판 의식을 읽을 수 있기는 하다. 가령 조윤제의 『국문학사』의 경우, 조선조 영·정조 이후의 실학 시대를 기술하면서, 이것을 이제까지의 양반문학으로부터의 반성기로 관찰하는데 얼핏 보아 사가의 강한 사관을 느끼게 하기도 한다. 그러나 반성기를 반성기라고 서술한 것은 역시 '서술'에 지나지 않는다. 아무리 할애하더라도 그의 문학사관은 역사학의 그것과 너무나 긴밀해서, 그 관계란 거의 일치의 느낌마저 준다. 나는 특히 조윤제의 『국문학사』만을 거론함으로써, 이것을 우리 문학사 편성의 반성으로 삼자는 것이 아니라, 이를 통해 어떤 방법론이 그 속에 내재하고 있는가에 관심을 갖고 있다. 가령 '평민문학' '서민문학' 등으로 불려온 19세기 후반의 한국 문학이 만약 다른 어떤 명칭과 다른 어떤 구분보다 '평민' '서민'이라는 말에 의하여 보다 근거 있는 역사성과 문학성을 동시에 드러낼 수 있다면, 그 명칭, 그 분류로서 합리성은 충분히 발견되는 것이다. 어쩌면 대부분의 사가와 비평가에 의해 지금껏 그대로 받아들여져온 이와 같은 기술법은 한국 문학의 정체를 부지중에 솔직하게 반영하고 있는지도 모른다. 문제는 그 근거이다. 그 근거가 우리의 것으로 나타날 때 보편성은 주어질 것이다.

기왕의 문학사에 대한 점검은 상대적으로 지금의 위치를 파악하게 한다. 기왕의 것이 옳았든, 옳지 않았든, 그것이 문제가 되지는 않는다. 그것은 차라리 지금의 자리에 있어야 할 문학사 기술법에 충격을 가한다는 의미에서 야우스Hans Robert Jauss의 '유발'론을 연상시킨다. 즉 조연현의 『한국현대문학사』의 경우, 그 기술법이 문학 저널리즘과 문단 인간관계의 조준에서 추출된 것이라면, 그러한 문학사와 현대 한국 문학의 새로운 관련성의 정립을 가능하게 할 것이며, 더욱 나아가서는 한국 문학에서의 독자와 작가라는 선(線)의 전형을 적극적으로 알아낼 수도 있을 것이다. 혹은 백철이 열거하는 사조주의는 그것이 우리 고유의 문학 양식의 소산과 결부된 내용을 지니지 않았다는 점에서 역으로 전형을 명명하는 충격을 우리에게 던진다. 신문학 이전으로 올라가면서 우리의 고유한 문학 내용에서 현대 문학사가의 전형을 명명하는 원천적 내용을 발견해낸다면, 그리고 그것이 신문학에서의 사조주의의 정체를 사실의 그것이 아닌 것으로 밝힌다면, 바로 이러한 활동이 문학사 재집필의 진정한 몫이 될 것이다.

2. '근대' 기점의 시비—단위 문제

역사학에서 역사 단위historische Einheit 설정 문제는 그 연구의 기본에 속한다. 단위라 하면 일정한 내용, 일정한 사건의, 가능하면 동일한 질의 그것이 계속되는 시간(기간)을 일반적으로 지칭한다. 역사에서 이 단위를 잡는다는 것은, 그러므로 곧 시대 구분의 문제이다. 그러나 역사학이 아닌 문학사에서 시대를 구분할 필요가 있느냐 하는 것은 대단히 심각한 논의가 되고 있다. 왜냐하면 그것은 곧 문학사의 필요 여부를 묻는 질문으로 환원되기 때문이다. 문학사의 필요성을 인정하는 한, 역사 기술 방법의 최소 이론으로서 시대 구분 문제는 그 머리에 나타나기 때문이다. 물론 이 필요성을 부정하는 학자들도 있다. 프랑스의 앙리 세Henri Eugène Sée는 문학사의 기술에서 시대를 가른다는 것은 물과 같이 흐르는 진화의 본질에 모순된다고 주장하며 이에 반대한다. 에른스트 트뢸치Ernst Troeltsch 같은 철학자도 '외적 수단'일 따름이라며 크게 찬성하지 않는다. 그러나 '시대 개념'을 단위 분절의 최소 요구로 인정한다면 우리는 가령 베르너 크라우스Werner Krauss 같은 학자의 다음과 같은 말에 동의하면서 문제를 발전시킬 수 있다. "시대 개념은 두 가지, 즉 순서 개념Ordnungsbegriff이거나 본질 개념Wesensbegriff이거나다. 본질 개념의 기준은 르네상스가 르네상스인을, 바로크가 바로크인을 배태할 것을 필요로 한다." 순서 개념과 본질 개념의 양분은 태도의 양분이라는 의미에서가 아니라 시대 구분상의 두 본질적 어려움을 간명하게 정리하고 있다는 점에서 퍽 도움이 된다. 순서 개념이 오랫동안에 걸쳐 그 시대의 내용물을 시제(試劑)로서 다음 시대에 전달하는 것이라면, 본질 개념은 하나의 특수하면서도 엄격한 점검을 요구하는 것이다. 그렇다면 구체적으로 어떻게 순서 개념과 본질 개념을 구별할 것인가. 독일의 불문학자 바이네르트Hans Weinert의 다음과 같은 불문학사 시대 구분의 예를 보자.

① 전설시대 (880~1050)

② 초월성과 영웅식 변용 (1050~1230)

③ 이상과 현실주의 (1230~1340)

④ 세계성과 시대 비판 (1340～1430)

⑤ 자기표현과 형식주의 (1430～1525)

이 분류에서 우선 드러나는 것은 동시대의 양극성이 그대로 열거되고 있다는 점이다. 복합 개념이라고 할까. 일견 대단히 편리한 방법으로 보인다. 그러나 이런 양극성 나열식의 분류만이 주어졌을 경우, 다시 말해 철저한 시대 인식이 선행하지 않을 경우, 이 분류는 대단히 애매한 자기 함정에 빠질 위험을 항상 안고 있다. '이상과 현실주의'라고 명명했을 때, 그것은 13세기의 지적과 함께, 19세기의 지적도 되기 때문이다. 또한 '세계성과 시대 비판'이라는 명명도 14세기와 동시에 계몽주의의 특성과 결부되어버린다. 시대 인식의 전제가 결여되었기 때문이다. '이상과 현실주의' 혹은 '세계성과 시대 비판'이라는 것은 이른바 학적 세련을 거치고 휴머니즘이라는 역사의 새로운 단계를 거친 상태에서 이야기될 때 르네상스의 휴머니즘에서의 현세화한 비판적 의미와 연결되고, 또 보편적 논쟁이 될 수 있다. 그러므로 바이네르트의 분류가 본질 개념이 될 수 없다는 사실이 명백해진다.

문학사를 어떻게 파악할 것이냐는 근래의 문제 제기 이전까지만 해도, 서구에서 역시 문학사는 대체로 세기 단위의 시대 구분에 의해 서술되어왔음을 대부분의 서구 문학자들은 시인하고 있다. 그러나 그것이 순서 개념이냐, 본질 개념이냐는 논의는 간단치 않다. 순서 개념은 나쁜 것이고 본질 개념만이 옳은 것이라는 분간이 시대 인식의 전제가 마련되지 않은 자리에서는 무용한 논의가 되듯이, 문학사를 비판적으로 반성하기 이전의 시대는 그 시대로서의 논리가 있기 때문이다. 여기서도 문학사는 '상호 유발'이라는 야우스의 새로운 입장은 적절해 보인다. 내용에 관계없이 시대를 분절해온 과거의 서구식 문학사 이론은 내용에 의한 같은 질(質)의 시대 공간이 묶여 있지 않다는 점을 손실로 하지만, 그것이 그대로 남긴 공헌은 있다. 즉, 거꾸로 한 시대의 전체 의미를 집약하려고 했다는 점에서 하나의 의의를 갖는다. 이것은 특히 독일·프랑스·이탈리아 문학사에서 두드러지게 드러난다.

18세기 이후 시대에 대한 의식은 강하게 증대한다. 의식의 반성을 통해서 일종의 현세화운동 같은 것이 발생하는데, 이렇게 됨으로써 세기식 역사 계산법이 차차 지양되기 시작한다. 휴머니즘·르네상스·계몽주의·낭만주의·자연주의·인상주의·상징주의·다다이즘·초현실주의 등은 그 훨씬 이후 차츰 이름을 달기 시작한다. 그리고 문학 외의 이를테면 정신과학이나 사회적·경제적 체제들과의 관계가 일어난다. 금융자본주의·절대군주주의·프랑스혁명·산업자본주의의 발달 등 문학은 자동적인 자기 명명으로 역사 위를 흐르는 상태에서 벗어나 사물과 세계의 복합질서 속에서 자기를 찾아내야 할 본질 발견의 요구와 직면하게 된다. 프랑스에서는 정상을 달리는 절대군주주의와 시민혁명을 통한 그 와해의 와중에서 3개의 정부가 명멸한다. 루이 14세, 루이 15세, 루이 16세, 그리고 이 가운데 15, 16세는 구예술, 구장식물과 결합하는 앙시앵레짐적 상황에 머무른다.

문학사가 사회 정치적 시대 상황에 놀랄 필요는 없다. 그러나 문학과 역사는 시대에 따라 깊은 관계성을 가진다. 문학은 역사의 중요한 요소이지만, 문학이 그 이상을 펼 때, 역사의 현실보다 오히려 효과적으로 역사적 현실성을 나타낼 수 있다. 또한 학문으로서의 문학예술을 살펴보면, 한 시대의 문체는 점진적인 성격을 지니는 것이지 역조(逆潮)하는 성격으로 흐르지 않는다. 역사적으로 보아도 르네상스 다음에 매너리즘이 오며, 매너리즘은 또 초·중·후기를 형성한다. 그다음에 초·중·후기의 바로크문학이 나타난다. 문체의 이와 같은 발전으로 문학예술은 한 시기에 형성되는 특수한 명명Nomenklatur에 의한 혼란을 통하면서 거듭 발전한다. 한 시대란 그리하여 그 소개·보급·다양화·종합·소멸이 정리될 수 있는 문학 형식·수준·습관의 한 체계에 의해 규정되는 기간이라는 웰렉의 말이 타당하게 성립된다. 역사 과정, 그 발전 속에 호흡을 같이하며 따라가지만, 문학사의 시대란 문학 형식·수준·습관의 한 체제에 의해 규정되는 기간이므로, 어떤 전형이나 계급 개념은 아니라고 설명된다. 웰렉의 지론은 순서 개념에 가깝게 전개된다. 이상형이나 추상적인 패턴으로서 시대 구분을 보지 않고, 그 실현이란 영원히 이루어지지 않는 단순한 정형체계의 집합으로서 보는 것이다. 따라서 시대 간의 성격은 상대적인 것이다. 그러나 웰렉 또한 문학 습관의 변화는 새로운 계층의 발흥, 최소한 자신들의 새로운 예술 형태를 창조하는 일군의 집단에 의해 가능하다는 점을 동시에 주장한다. 그것도 동 세대의 비슷한 청년층에 의하여 하나의 변전을 이룬다고 보는데 예로서 독일의 '질풍노도Sturm und Drang'운동, 혹은 낭만주의운동을 들고 있다. 그러나 어쨌든 시대 논의는 최소한 문학사의 모든 문제점을 드러낸다. 그 가장 중요한 점은 시민혁명 이후의 복합적 역사 현실이 요구하고 있는 본질 개념으로의 정리를 과연 "새로운 층에 의한 새로운 문체, 그 명명"으로서 받아들일 수 있느냐 하는 것이다.

그리하여 마침내 서구에서도 본질 개념은 시련을 겪는다. 1960년 독문학자대회는 시대 구분을 명제로 내걸었는데, 아예 회의 제목을 '후기'라고 붙였다. 시대 구분을 본질 개념에 의해 추적하면서 일어나는 어려움이 이 제목에서부터 간명하게 드러난다. 독일 문학사에서 시대 구분을 아예 '전기'와 '후기'로 나누어버리자는 의도를 노출한 것이다. 시민혁명 이후, 독일의 경우 괴테 이후를 '후기'로 불러버리자는 주장이다. 그러나 이러한 주장의 확대에 따르면 그릴파르처Franz Grillparzer나 슈티프터Adalbert Stifter, 하이네Heinrich Heine, 뷔히너Georg Büchner, 켈러Gottfried Keller 등이 모두 소가(小家)〔괴테가 대가(大家)이므로〕이거나, 심지어는 아류라는 판단을 초래한다. 그러면 이미 이전에 내려진 그릴파르처에 대한 판단은 오류로 돌아가는가. 젱글레는 이 판단에 따르지 않는다. 그에 의하면 그릴파르처나 켈러에 대한 판단은 그것이 어떤 종류의 것이라 하더라도 그대로 유효하며, 이어서 그 뒤의 세대, 가령 호프만슈탈Hugo von Hofmannsthal에 대한 비판에 있어서 자연주의적·표현주의적 기반을 제공한다는 것이다. 역시 역사의 평면적 진행이 아닌 그 서로 간의 상호 유발적인 진행으로 그 속을 바라보는 입장이다. 그릴파르처와 켈러는 오늘의 비평에서 '후기'에 들어가는 것이지만, 오늘의 비평은 다시 새로운 문학사관을 유발하면서 그 전복 가능성을 함유한다.

최근 한국 문학사를 다시 정리해야 마땅하다는 논의가 "한국 문학의 근대를 어떻게 규정해야 할 것이냐"는 문제 제기를 통해 나오고 있다. 이것은 두말할 나위 없이 시대 구분의 문제이다. 지금까지의 한국 문학사는 한국 역사학이 그랬듯이 왕조 중심의 단위분절법을 아무런 이론 없이 받아들여왔다. 신라시대 이전의 고대문학을 거쳐 고려·조선·신문학·현대문학의 구분은 그리하여 일단 통념화하였다. 그러던 것이 역사학에서 '근대 의식' '민주주의 의식' '자본주의 의식' '시민 의식' 등의 논의를 계기로 시대 구분이 재편성되어야 한다는 주장이 폭넓게 받아들여지면서부터 문학사 쪽으로도 토론이 옮겨간다. 따라서 문학사에서의 시대 구분론은 우리의 경우, 이러한 환경에 대한 점검에서부터 출발해야 한다. 즉, 역사학과 문학사, 혹은 시대 상황과 문학예술의 관계를 어느 정도에서 어떻게 수용하여야 할 것이냐는 점을 기왕의 문학사 문맥 속에서 살펴볼 필요가 있는 것이다. 거의 전부의 문학사(조윤제·김사엽·이병기·백철·조연현 등)는 문학과 역사의 관계를 적어도 '깊은 관계'에서 파악하고 있다. 왕조 중심의 서술이거나 학문의 전형 명명이 역사 현실의 정확한 반응에서 얻어지고 있다. 태동·형성·위축·소생·육성·발전·반성·운동·복귀 시대로 파악하고 있는 조윤제나, 고려조 이전과 근조(近朝)로 크게 나누고 있는 이병기 등 모두 한국사의 일반을 거의 답습하면서 문학사를 바라본다. 문학 자체의 비판적 기능이 부재하여온 전통으로 보아 이것은 당연한 것인지도 모른다. 나로서 특히 관심을 끄는 것은 조윤제의 분류다. 그는 국문학사의 사명으로서 "국문학사는 변하여가는 그 시대 그 시대의 문학적 사상을 찾아 더듬어 현대의 국문학이 여하한 경로를 밟아왔는가를 탐구하며 〔……〕 그것이 현대문학을 위함이요, 현재의 현실을 이해함이 최대의 임무라고 한다면, 그다음은 현실을 어떻게 볼 것인가 하는 것이 결국은 국문학사의 운명을 결정하는 것이 될 것이다"라고 말하고 있다. 요컨대 그는 순서 개념으로서의 문학사 기술에 일단 비판적인 듯이 보인다. 그는 방법론의 취약을 염려하고 있으며, 그것이 없이는 "국문학사는 한 개의 생명체가 될 수 없다"고 말한다. 아닌 게 아니라 '태동' '형성' 등으로 나누어보는 입장은 우선 왕조 중심이 아니라는 점에서 독특하다. 그러나 흡사 그것은 바이네르트의 "이상과 현실주의" "세계성과 시대 비판" "자기표현과 형식주의"라는 분류를 방불케 한다. 개념에 대한 인식이 되어 있지 않은 명명 때문에 '태동' '형성'까지는 혼란이 간과되나, '운동' '복귀' 등의 개념에 이르러서 혼란은 더욱 심해진다. 시대 인식의 개념이 없기 때문이다. 우리 문학사의 약점은 바로 이 점에 있다. 그 이유는 한국사 자체에 맹목적으로 추종하는 데 가장 큰 이유가 있는 것이 아닐까 나는 생각한다. 서구에서와 같은 사건, 이를테면 르네상스와 시민혁명의 역사를 갖고 있지 못한 것이 한국사의 현실이다. 그리고 이 현실의 극복은 정치·경제·사회사의 이면에서 이즈음 그 극복이 진지하게 논의되고 있다. 그런데 문학사는 어떤가? 시대 배경을 다만 '배경'으로만 다루지 않고 문학 현상의 당위를 오직 그 속에서만 찾아내려고 하는 노력 때문에 한국 문학사 가운데 가장 주체적인 태도처럼 보이는 조윤제의 『국문학사』 역시 사회 현실과의 소박한 비견에서 '소생' '발전' 등의 개념을 추출해내고 있다. 기존 한국사에의 추종은 왕조 개념에 밀착되어 있는 이병기의 『국문학전사』에서 자연히 더욱 두드러지게 나타난다. 철저한 순서 개념으로 기술된 『국문학전사』는 순서 개념 자체가 나쁘다는 이유에서가 아니라 왜 한국사는 순서 개념으로 기술될 수밖에 없는가 하는 태도를 천명하지 않기 때문에 문학사 기술의 기본 의의가 삭감되어 있다. 이것은 1900년 이후의 문학사를 다루는 백철, 혹은 조연현에 있어서도 거의 비슷한 경향을 보여준다.

순서 개념과 본질 개념의 어느 것으로써 우리 문학사의 시대 구분을 행하느냐는 문제는 서구의 경우와 비교해볼 때 물론 더욱 어려운 문제에 속한다. '우리의' 문학사라는 주체의 자리에 섬으로써 오는 어려움도 있으려니와, 서구의 역사 현실과 그에 조준되어서 은연중에 논리 전개의 근거로 마련된 이론이 한국의 역사 현실과 너무도 본질적인 차이를 보여주기 때문이다. 이 문제의 핵심에 접근하기 위하여 30년대의 비평가 임화(林和)의 다음과 같은 말을 들어보자.

> 물질적 배경은, 물론 신문학의 준비와 태생과 생성과 발전의 부단한 온상이 될 물질적 조건, 즉 근대적 사회의 제 조건의 성숙이다. 그 자주적 근대화 조건의 결여, 이러한 제 조건이 이조봉건사회 내부에서 자주적으로 성숙 발전되지 못한 것은 불행히 조선근대사의 기본적 특징이 되었었다. 〔……〕 왜 그러한 조건이 결여, 미비되어 있는가. 근대 사회의 어머니인 봉건사회 자체가 충분히 성숙되어 있지 못했기 때문이다. 근대사회로 전화를 위한 기본적 제 조건, 예하면 상품자본의 축적, 산업자본에의 전화, 상품유통의 확대와 그것을 가능케 하는 생산력의 증대, 수공업의 독립, 매뉴팩추어의 성장, 교통의 발달, 시민 계급의 발흥 등은 자연경제의 분열을 내포한 봉건사회 자체의 성장에 정비례하여 구비됨은 벌써 정식된 사실이다. 따라서 이러한 제조건이 충분히 육성되지 못한 사회를 우리는 성숙한 봉건사회라고 부를 수는 없다. 아직 자녀를 생산할 만한 육체를 갖추지 못한 부인을 우리는 어머니라고 부를 수 없는 것이다. 말하자면 동양의 제국은 내부조건이 성숙하지 못하고 시기가 상조한 채로 근대의 길로 들어갔다.

임화의 이러한 관찰은 주목을 요한다. 서구의 시민사회 성립과 발전의 경과 및 그 성격과 견주어서 한국사를 바라볼 때 한국사의 개화 과정은 항상 미숙·미흡해 보이고, 이것은 그 논리로 보아 자연스러운 것이다 그러나 중요한 것은 이른바 이러한 정체성(停滯性) 이론의 한 표현이 내보여주고 있는 현상적 그 특수성이다. 임화는 이 특수성을 근대 사회로의 전환기의 특수 현상으로만 관찰하지 않고, 원시사회 이래의 한국사의 한 전형으로 내다보았다. 60년대에 이르기까지도 계속된 이와 같은 사관은 비록 그것이 정체성 이론이라는 이름으로 비판되고 있다고 하더라도, 한국사의 특수성을 완전히 탈각시키지는 못한다. 왜냐하면 최근 활발하게 논의되고 있는 역사학에서의 개화 이론, 근대 이론들도 서구의 성격과 같은 성격으로서의 한국사 현상을 발견해내는 것이 아니라, 결국 특수성으로서의 한국사를 적극 인정함으로써 보편성을 얻고 있기 때문이다. 가령 정치적 측면과 경제적 측면을 분리, 적용함으로써 한국사에서의 민주 의식을 조선조 초기까지 소급하려는 노력 같은 것이 그것이다. 즉 많은 성과에도 불구하고 역사학이나 사상사가 지금까지 밝혀주고 있는 것은 여러 가지 사회 요인의 산개적(散開的) 추적에 의해서는 서구사에 합의하는 보편성을 찾을 수 있다는 점이다. 이것을 거꾸로 풀이하면 한국사의 특수성 인정 위에서 서구사의 논리가 적용될 수 있다는 것이다. 보다 구체적으로는 시민 의식·근대 의식·자본주의 의식의 성립을 역사 속에서 더욱 높이 상한선을 잡으려는 오늘날의 현실에서도 우리는 임화가 지적한 수공업적 자연경제 현실을 보고 있으며 시민층의 형성 문제는 계속 논의되어야 할 일로 남아 있지 않은가. 이것이 한국사의 불균형이고 그 특수성이다.

그렇다면 우리는 어떻게 보편성에 이를 것인가, 특수성은 어떻게 극복될 것인가. 나는 적어도 문학사에 관한 한, 문학사의 한 전제로서 역사 현실을 바라보는 한, 그 극복의 방법은 우선 특수성을 명백하게 인식하고 들어감으로써 가능하다고 생각한다. 이러한 조건이 이룩되지 않고서는 문학사에서의 시대 구분, 더욱이 근대문학의 기점을 말한다는 것은 말장난에 지나지 않으며 헛된 수고가 될 뿐이다. 왜 그런가? 시민층이 불안정하고 아직도 수공업으로 먹고사는 대중들이 수다한 처지에 무슨 근대문학이 있었단 말인가? 가령 이러한 질문에 대해서 그것은 속수무책이다. 사실이기 때문이다. 그렇다면 근대문학은 '있었던 것'이 아니라 '와야 할 것'이라고 주장될 것이다. 물론 웰렉의 말이 그렇듯이 "문학사는 이미 기록된 것이며, 동시에 앞으로도 기술될 것"이지만, 우리 시대를 포함한 역사의 단위를 분절하는 자리에서 그 책임을 미래 쪽에 넘긴다는 것은 문제 제기 자체와 상반한다. 그렇다면 어떻게 할 것인가, 특수성을 어떻게 인식할 것인가.

"르네상스는 르네상스인을, 바로크는 바로크인을 필요로 한다"는 단위 성립의 기본 요건은 여기서 섬세한 주목을 끌게 된다. 이것은 물론 한 계층의 성립을 시사하는 발언이다. 하나의 작품은 한 개인에 의해 창조되는 것이지만, 그 개인은 사회 속에서 나오고, 창조된 작품은 사회로 돌아간다. 비록 독자 없는 사회라고 하더라도 그 사회로 돌아간다. 르네상스는 르네상스인에게 르네상스로서 의미를 가지는 것이지 절대군주에게는 르네상스가 되지 않는다. 독자층은 그러므로 비록 그 숫자가 영(零)에 수렴한다고 하더라도 독자라는 의미에서보다, 작가인 그를 낳아주었다는 의미에서 중요하다. 그것은 작가 개인의 역사적 자리이자 필연이며 합목적성의 자기 설명이다. 역사가 그를 요구했다는 사실을 작가는 현실성을 가지고 설명할 수 있다. 만일 그것이 없을 때 그는 역사적 명명을 얻지 못하게 될 것이다. 층의 문제는 한국 문학사의 가장 커다란 약점이다. 그 약점은 한국사 자체의 기형적 발전에서 찾아진다.

그 기형성을 나는 의식자(意識者)의 비학문성·비대중성·비조직성으로 우선 간단히 말해두겠다. 한국사에는 수많은 반역·반란이 기록되고 있다. 멀리는 만적의 난으로부터 동학운동, 3·1운동 등에 이르기까지 당시의 체제, 정부권력에 대한 갖가지의 민중 봉기를 본다. 그러나 대부분의 난이 난에 끝나고 항거에 끝난다. 그래서 『홍길동전』과 같은 것이 남고 사설시조·판소리 같은 문학 양식이 남는다. 이러한 민중문학은 한결같이 난의 불만, 혁명으로 이루어지지 못한 항거의 실패, 그 결과 팽배하는 소외 의식의 집대성을 이룬다. 의식을 가지고 역사 현실의 개선과 지배층의 확대를 부르짖었으나, 그 무리들은 세력화하지 못하고 영락한다. 따라서 '의식'의 차원에서만 이야기하자면 우리는 이미 고려 시대에도 '근대'적 의식을 볼 수 있다. 그러나 우리는 휴머니즘 이전의 '세계성과 시대 비판'을 프랑스 문학의 마땅한 분류로 볼 수 없듯이 『김삿갓』 내지 『홍길동전』을 근대 의식의 소산이라고 보기에 주저하게 된다. 그러면 철저한 시대 인식은 한국사에서 언제 일어나는가. 시대 인식의 철저함을 르네상스와 1789년으로 확실하게 하는 프랑스의 사건은 우리에게 없다. 여전히 비학문적·비대중적·비조직적 민중이라는 점에서, 그러기에 항거한 몫만큼 층을 이루지 못했다는 점에서 김립(金笠)의 문학사는 계속되고 있다. 어느 시대의 어느 곳을 잡든 단위의 질을 "각성된 의식—그러나 없는 층, 없는 세력"으로 관찰하는 한 사정은 마찬가지가 된다. 아마 임화가 지적한 기본적 조건들, 상품자본의 축적, 산업자본에의 전화, 상품유통의 확대와 그것을 가능케 하는 생산력의 증대 등이 빈약하기 때문일 것이다. 시대 인식이 철저하게 다루어지기 시작한 전기는 따라서 다른 기준에 의해 살펴보아야 할 것 같다.

첫째로 거론될 수 있는 점은 한국사가 지리적 특수성에서부터 받는 도전인데, 예컨대 중국, 곧 세계로 받아들이던 세계성 인식에서 어떻게, 언제 탈피하면서 시대 인식을 새로이 하였느냐는 문제이다. 이 문제는 서양과의 충돌, 그 충격 현상과 조감되면서 신문학사 전후의 재검토와 함께 문학양식에 대한 반성을 가져올 것이다.

다음에 중요한 것은 전통적인 한자 문화권 내에서의 한글에 대한 문학어로서의 자각 문제이다. 이것은 한글로 글을 썼다는 점에서 문제가 발생하는 것이 아니라 문학예술을 언어에 의해 수행한다는 점을 적극적으로 인식하기 시작했다는 사실에서 문학예술 매체론으로의 첫 인식이 될 수 있다.

그다음으로 문학의 기능에 대한 해석은 어떤 식으로 존재하였느냐는 점을 알아보아야 한다. 문학이 자기비판 의식을 갖고 있었느냐는 문제를 포함한 문학의 일반적 비평 기능이 밝혀져야 할 것이다. 귀족 내지는 사대부들의 정치적 출세의 수단에서 얼마나 탈수단화하였는가 하는 문제인데, 이 문제 논의는 그 진전에서 최남선(崔南善)·이광수(李光洙)의 신문학을 지나 오늘에 이르기까지 한국 문학의 사회적 기능의 한 특성을 밝히는 일도 겸하게 될 수 있다. 요컨대 한국 문학사에서의 시대 구분의 노력은 순서 개념과 본질 개념 가운데 어느 것으로 먼저 조명을 비추는 것이 타당한가 하는 방법 자체의 어려움 때문에 이로 인한 혼란을 피하지 않고 받아들여야 한다. 역사 현실의 보편성 상실이 초래하는 본질의 혼란 때문이다. 결국 이 문제의 전제가 되는 시대 인식의 발견 여부는 위에서 살펴본 문학 자체의 속성과 결부되는 질문이며, 그런 의미에서 문학비평 방법론으로 귀속되는 질문이다.

3. 방법론으로의 귀환

문학사는 결국 민족문학사다. 그리고 민족 언어의 가치를 통해서 그 의미는 평가된다. 문학과 언어의 관계는 매체의 폭이 빠지는 학문이나, 단일성 매체에 의지하는 다른 예술의 그것과 다르다. 문학의 언어는 '지시'와 '상징'의 복합성으로 구축되고 있으며, 이 복합성은 그것이 문학 언어가 되었을 때도 그대로 작용한다. 베토벤과 드보르자크, 존 케이지가 민족과 국적의 구별을 포기한 채 음악사로 논의될 수 있는 것과, 문학의 그것과는 여기서 확연히 다른 것이 된다. 그러나 한국 문학사에서는 한국 문화가 갖고 있는 전통적인 국한문 혼용성 때문에 민족 언어의 규정을 어떻게 보아야 할 것인지 어려운 문제가 발생한다. 즉, 한글만을 민족 언어로 볼 것이냐는 문제는 한글로 직접 작품〔『구운몽(九雲夢)』〕을 쓴 김만중(金萬重)으로 시대구분의 획을 잡느냐 하는 데에서 문학사 서술의 실제로 등장하지만, 사실은 우리 문학 전반에 걸친 언어 문제와 바로 맺어진다. 인정되고 있는 바와 같이 한글의 문자로서의 문학어 역사는 대단히 짧은 편이고 국어로서의 한국어 개발(국어학 발전) 역사는 더욱 짧다. 실상 언어 문제가 심각하게 제기된 것은 50년대 후반의 일이라고 보아도 좋을 정도인 것이 현실이다. 서구에서도 언어 의식은 16세기 휴머니즘과 발전의 궤를 같이한다. 이탈리아 휴머니스트들의 언어절대주의가 16세기의 한쪽을 풍미했던 사실이 기억된다. 독일 문학으로 파고든 이 경향은 이른바 '뉘른베르크파'를 지배하고 고트셰트Johann Christoph Gottsched에까지 이르며, 마침내 빌란트Christoph Martin Wieland를 중심으로 하는 스위스 문학파는 게르만어의 개발을 위해 고민하며 셰익스피어 등이 활발히 연구되고 보급된다. 현대 언어학파의 비조라고도 불리는 소쉬르Ferdinand de Saussure는 스위스 문학파의 한 전통의 결정이라고 보아도 좋다. 소쉬르는 그러나 프랑스어와의 결합에서 문학어의 가능성을 찾아 떠난다. 언어학파의 움직임이 19세기까지만 해도 독일 문학 연구에서 한 주류를 이루었으나, 지금은 완전히 영국·미국·프랑스에 그것을 넘겨주고 있는데, 이 사실은 문학사란 결국 민족문학사이며, 그 민족문학사의 틀 속에서 언어의 가용량을 어느 정도 확대할 수 있느냐 하는 점에서 극히 시사적인 일로 보여진다. 그러므로 한글 의식 유무를 시대 구분의 한 자〔尺〕로서 삼는다는 것은 현대문학 비평에서 언어 문제를 작가가 얼마만 한 것으로 의식하고 있느냐 하는 점, 또 그것이 한국인의 표현 양식에 얼마나 중요한 것이냐 하는 점, 요컨대 한국 문학이 표현형(表現型)이냐, 이념형(理念型)이냐 하는 연구 과제를 동시에 가늠하는 문제가 된다.

그다음, 문학의 계발자가 층을 이루고 새로운 표현이 역사적으로 이념적 명명을 얻지 못하고 있다는 사실이 던지고 있는 문제점은 시대 구분의 난점 가운데 가장 중요한 핵을 이룬다. 시대 인식의 문제가 나오는데 그렇다면 시대 인식의 내용은 무엇인가? 한국 문학사의 경우 민중 의식이 민중 세력·민중 권력으로 승리해보지 못한 한국사와의 조감 때문에 여기서 문학사는 문학 자체의 속성 발견이 부득이 요청된다. 앞에 언급된 언어 의식이 그 하나로 물론 포함되어야 할 것이다. 그러나 그 밖에 문학의 독자적 양식의 분리가 한국사의 한 요구임이 인정되는 한, 문학 양식의 문제는 이 논의의 관건을 이룸이 분명하다. 가령 이병기의 진술대로 조선조 후기에 와서 산문정신이 비로소 나타나기 시작하였다면, 그리고 그것이 민중 세력의 승리와는 상관없이 민중 의식의 필연적 소산임이 문학 양식 면에서 인정될 수 있다면 그가 '서민문학'이라 부른 사설시조며 판소리 등의 대두는 획기적인 것으로 기록되어야 할 것이다. 인식의 가장 중요한 내용으로서는 또한 세계성 인식의 문제가 있다. 그 점에서 볼 때 이른바 서민문학의 한계가 발생한다. 한국사는 조선조 중기까지 대체로 중국과 일본의 교접을 세계성 인식의 범주 내에서 처리하고 있다. 즉 실학이 발달하기 시작한 조선조 후기에 와서 세계성 문제가 기껏 거론되며 정치사적으로는 구체적으로 3·1운동과 결부되어 범세계적 역사성을 획득한다. 이와 같은 현실은 문학에서도 1910년을 전후한 신문학의 성립과 시기가 일치한다. 신소설, 신시를 통해 재래의 형식과 다른 '자유시' 등의 도입으로 양식의 커다란 변화가 일어난다. 이 시기에 중국·일본 중심의 아시아권 세계 인식의 종말이 일어나는데, 그 의의는 한국사가 대체로 모화사상(慕華思想)의 그늘에서 일종의 식민지적 성격을 전통으로 하여온 사실과 견주어볼 때 시대 인식의 분기점이 된다. 한말에 터지기 시작한 중국·일본의 각축을 주의해보라. 청일전쟁이 우리 민중 의식의 거대한 발로인 동학운동을 진압키 위해 당시의 정부가 청군을 끌어들인 데서 시작되었다는 사실은 수없이 상기될 만큼 중요한 일이다. 개성 의식, 의식의 개방성을 이념으로 하는 서구 문화가 기독교의 전래를 따라서 이 시기와 결부되었다는 점은 그러므로 일단 정부–중국 및 일본, 민중–서구 사상의 등식을 가능케 한다. 물론 이 등식에는 '일본'의 자리를 놓고 견해의 분열이 가능하나 청일전쟁까지의 정세에서 한국 정부 및 민중의 시대 인식을 편의상 위와 같이 나누어 생각할 수도 있다. 그렇다면 문학사에서는 서구 사상이 어떻게 현현되었다고 보아야 하는가. 그 구체적 형태가 바로 신문학이다. 1896년 『독립신문』으로 근대 저널리즘이 나온 후 유길준(兪吉濬)의 『서유견문록(西遊見聞錄)』은 국한문 혼용, 언문일치를 과감하게 실시하여 시대 인식의 한 표본을 만든다. 이것은 하나의 운동으로 번져나가 '신문학운동'을 이루는데 조윤제는 이 시기를 아예 '운동시대'로 부르고 있다. 하여간 서구 문화의 수입은 놀랍게 이루어진다. 이때에 성립된 신소설〔이인직(李人稙)의 『귀(鬼)의 성(聲)』 등〕이 '언문일치'라거나 '가능성의 묘사'라는 새로운 형식 면을 개척한 것은 부인될 수 없는 일이다.

시대 인식의 시기를 어떻게 잡느냐 하는 문제는 따라서 민중 의식의 싹이 트여 나왔느냐 하는 기본을 전제로 하지만 문학사의 분리에서 양식의 반성을 문제 삼지 않을 수 없는 현대 비평은 그것만을 만족한 것으로 인정하지 않는다. 보다 보편적인 객관성이 요구된다. 그리고 우리의 경우 서구 사상의 이입기와 그 토착화 과정은 그것이 비록 새로운 식민지론을 일으키는 역사 전개법을 안고 있는 것이라 하더라도 객관성 구축의 한 내용을 만들고 있음이 엄연한 현실이다. 만일 이것이 부정된다면 문학사는 따로 기술될 필요 없이 한국사의 일반에 귀속될 것이며, 보편적 시대 인식이란 오히려 거추장스러운 용어에 지나지 않을 것이다. 결국 신문학에서부터 새로운 시대 개념을 볼 것이냐 하는 문제는 서구의 문학 이념의 토착화가 성공하고 있느냐 하는 현실의 반성이며 문학이론의 재점검이다. 판소리와 사설시조 등은 그러므로 자기 전통이 단절된 것이냐, 확산된 것이냐는 관점에서 살펴져야 할 것인데, 이것은 결국 우리 문학의 양식 개편 문제를 몰고 온다.

진실을 어떤 언어, 어떤 방법으로 말해주는가 하는 문학의 의무는 문학사 기술을 통해서 비평가에게 과거를, 시대를 이해하는 폭넓은 경험을 제공한다. 그러면서 역사는 비평에게 무엇인가 공헌한다. 그리고 그 역(逆)이 마찬가지로 성립한다. 현대문학의 분석, 비평에만 골몰하는 자가 문학가일 수 없었던 시기가 있었다면 이제 현대문학에 대한 비평력 없이 문학사가는 존재할 수 없는 시기가 되었다. "문학사와 문학비평의 통일"을 주장하는 젱글레의 의견은 이 시기적인 사고라고 나는 생각한다. 현실적으로 문학사 논의가 '근대' 시점을 어떻게 잡느냐는 시대 구분론을 통해서 제기된다면 그것이 『구운몽』의 김만중이 되든, 『호질(虎叱)』의 박연암(朴燕岩)이 되든, 신문학의 이인직이 되든, 최남선, 이광수가 되든 그것이 문제가 아니다. 문체와 양식의 변이를 발견해내고 그 집합에서 한국 문학의 숙명을 규정할 이념과 그 이념의 개선을 가능케 하는 이론을 찾아낸다면 우리 시대의 한 평가는 끝나는 것이다.

(1969)

사회비판론과 시민문학론

1

문학비평의 방법은 다양하다. 그것은 근본적으로 문학이 언어라는 매체를 통해 성립되고 있는 정신적·예술적 총체라는 입장 때문에 생기는 다양함인데, 또한 그것은 문학이 지니는 개방성과 아울러 문제의 복잡성을 동시에 포함한다. 언어 자체의 자동성과 언어가 사회로부터 받는 압박의 이중성은 이때 그 복잡성의 근간을 이룬다. 이러한 배경 아래에서 배태되고 있는 것이 프로이트 학설의 문학적 원용과 마르크시즘 이론의 문학적 파생이라고 할 수 있다. 20세기 문학비평의 다기다양한 방법론도 필경은 이와 같은 두 개의 뿌리에 직접, 간접으로 영향을 받고 있으며, 그것은 나라와 상황에 따른 현실적 변이에도 불구하고 부인될 수 없는 이론적 원형을 구성한다. 20세기 문학비평론을 종류에 있어서만 추적하더라도, 러시아 형식주의를 비롯한 실증주의, 역사주의의 한 주류와 심리주의, 형식주의의 완강한 고착, 그리고 이에 도선하는 사회윤리주의적 태도가 각각 불상용(不相容)의 뻣뻣한 자세로 버티고 있음을 볼 수 있다. 이와 같은 대립적 공존은 그것을 현상에 있어 지양하고 있는 것처럼 보이는 구조주의의 정열, 그리고 상대적 역사주의(혹은 역사유발론으로도 풀이된다)의 시도로 어느 정도 화해의 전망이 엿보이지 않는 것은 아니나, 우리의 경우 그것은 그야말로 실증적 추구가 생략된 황당무계한 모험으로까지 보일 수 있다. 말하자면 우리에게 더욱 필요한 것은 20세기 한국 문학을 그 이론 면에서 기왕의 비평적 척도로 원칙적인 점검을 해나가는 일이 아닐까. 이 글은 그러므로 공준(公準)이 배제된 도식적인 이입이론을 반성하기 위한 방법의 일환으로서 쓰여진다.

2

백조파(白潮派)의 와해는 문학에서의 이념 논쟁을 유발했다는 점에서 문학의 비평적 기능을 보여주기 시작한 신문학 이래 최초의 사건으로 생각된다. 회월(懷月) 박영희와 김기진이 주도되어 문학의 계급성에 대해 관심을 나타내기 시작했는데, 그 주요한 논점은 '도피적 영탄조의 타파' '자본주의 사회에서의 해방' '유물사관의 진리' '붓대와 괭이를 들고 전선으로 나서라'는 등의 김기진의 주장으로 압축된다. 같은 노선인 회월의 구체적 견해는 다음과 같다.

> 우리 문단에는 확실히 이러한 新傾向이 시작되었다. 그러면 이 신경향은 문단적으로 어떠한 지위에 있느냐? 또한 그 경향의 사명은 어떠해야 하겠느냐? 피지배 계급, 즉 無産階級 反面에는 현금의 형편으로 보면 支配階級이 있고 브르조아지가 있는 것과 같이 이 新傾向派 反面에는 역시 브르조아 文學이 있다. 얼른 말하자면 지금까지 우리 文壇은 브르조아의 文壇이다. 그러나 프롤레타리아의 생활이 해방되려는 이때에 브르조아의 몰락이 不遠한 이때에 위에 말한 新傾向派는 더 심각한 각오를 가지고 無産階級에 유용한 문학을 건설하기에 힘써야 할 것이다. (『新傾向派의 문학과 그 文壇的 지위』, 1925)

의심할 바 없는 마르크시즘의 표백(表白)이다. 문학의 비평적 기능의 출발이 이렇게 마르크시즘에 의해 이루어졌다는 것은 대단히 중요하다. 그들 신경향파 스스로가 마르크시즘을 인식하고 이러한 논의가 제기된 것이었는데 양반과 부호의 전횡에 맞서며 그에 대해 무력하게 밀려나서 음풍영월이나 일삼는 '문사(文士)'에 동시에 반발했다는 점에서 신문학 초기에 일어난 마르크시즘의 성격은 한국 문학 비평방법론의 연구에 중요한 실마리를 제공한다. 과연 그들은 '무엇'에 저항한 것이었는가, 그들 비판의 대상은 무엇이었는가 하는 점이다. 자본가인가? 재벌정치가인가? 이 점은 비록 1920년대 이전의 한국 사회에 근대적 의미의 자본 축적이 있었고, 자본과 결탁된 정치 행태가 있었다는 논리가 선행한다고 하더라도 쉽게 수긍될 수 없는 많은 문제점을 내포하고 있다. 사실상 당시의 문인들은—주로 '신경향파'의—대체로 그 당시의 사회 현상을 자본주의 경제 체제가 실재하고 있었던 것처럼 생각하고 있다. 김태준·박팔양 등은 노골적으로 '신경향파'가 발생한 사회적 조건을 '자본주의 경제 조직의 모순'에서 찾고 있다. 그러나 한국 사회-조선 사회에서의 자본주의 배태 여부가 전혀 충분한 논의를 갖고 있지 못했던 사실에 비추어볼 때 이러한 주장은 자기모순의 근거에 빠져 있다. 그들은 차라리 당시 국제적인 전파에 들어간 마르크시즘에 편승했다고 보는 것이 타당하다. 가령 "조선에 색다른 이 계급 사상이 들어와 전파되기 시작한 것은 1920년대의 일이다"라는 박팔양의 기록이나, 당시에는 신경향파에 참가한 문인들은 물론 소위 자연주의 작가들도 작품 경향에 신경향파의 성격을 보였던 것이다. 백철의 말은 '신경향파'의 마르크시즘 선언이 사실상 고도의 기능화된 부르주아지 사회로부터의 역사적 반동과는 상당한 거리를 갖고 있음을 보여준다고 하겠다. 이 같은 사정은 실제 작품 면에서도 마찬가지로 나타난다. 백철은 이때의 작품 경향을 소재의 빈궁성에서 파악하고 있는데, 그는 최서해의 『탈출기』, 김창술의 『초ㅅ불』 등등을 예로 들면서 "그러나 그렇게 극빈(極貧)이요 적빈(赤貧)에서 취재한 것이면서도 그것은 명확히 노동자 계급이라든가 빈농 계급을 의식적으로 다루는 태도에까지 나간 것이 아니고, 그저 막연히 가장 빈궁한 생활을 대상으로 한 것이었다"고 말하고 있다. 이 당시의 작품 평에는 김기진·박영희를 비롯해서 양주동 등 많은 작가가 나서고 있는데, 한결같이 재래의 퇴폐적인 풍조에서 건전하고 씩씩하게 되었다는 투로 환영하는 논조를 보이고 있다. 이때 마르크시즘으로의 정열과 그 작품 상황의 실제가 보여주고 있는 거리에 대해 박영희는 "그러나 그 작품들이 모두 무산계급(無產階級) 문학으로서 완성된 작품이라 할 수 없다…… 다만 부르조아 문학의 전통과 전형(典型)에서 벗어 나와서 새로운 경향을 보여준 것만은 자신 있게 말할 수 있다"라고 적었다. 이 발언에서 엿보이는 것은 당시에, 그때까지의 사회 구조를 '부르조아 문학의 전통과 전형'으로 이미 받아들이고 있다는 점, 그리고 마르크시즘에의 강한 집념이다.

마르크시즘의 성장은 1933, 4년경까지는 계속 팽창한다. '신경향파'에서 싹을 보인 마르크시즘은 그 이론이나 작품 실제의 면에서 커다란 발전이 있을 것으로 기대되는 기간이건만 그렇지 않은 것으로 나타난다. "조직 문제! 프로 예술 운동에 있어서 조직 문제란 가장 중요한 문제다"라는 1920년의 프롤레타리아 예술가 동맹 결성은 이들이 역사 현실을 깊이 인식하려는 근본적 비평 연구에 앞서 조직 결성을 통한 일종의 정치 운동에 나섰다는 인상을 짙게 던진다. 박영희·김기진·이상화·안석주·최서해 등이 앞에 나서는데 이들은 조직체를 이루었다는 것 외에 구체적 작품을 얻지 못하는 문학가의 자기모순에서 여전히 벗어나지 못한다. 박영희는 "신경향파 문예에 나타난 주인공인 농부·노동자·무산자 생활은 사회적 원인, 즉 계급적 혁명과 사회적 불안에서 출현되는 주인공의 생활은 문학상엔 주관 강조적으로 전개되어 그 주인공은 울분과 고민 끝에 폭행·절규로써 종결을 짓고 말았다…… 그것은 허무적 행동 이외에는 무산계급의 투쟁적인 행동이라고는 하기 어렵다"면서 노골적인 불만을 나타낸 바 있다. 즉 그들은 인식의 순서에서 거꾸로 관념적 논리를 앞세웠기 때문에 작품 현실에 현상학을 철저히 무시했고, 따라서 그들이 부숴야 할 전제로 내세운 부르주아 문학의 전통과 전형은 실재적 의미를 전혀 얻지 못하고 말았던 것이다. 문학 인식의 이러한 착종은 「소설은 건축이다!」라는 김기진의 소설론을 둘러싼 논쟁에서나, 박영희의 「문예운동의 방향 전환」 주장에서도 그 근본의 전환을 보지 못한다. 박영희는 오히려 "조선에 있어서는 자연생산적 문학에서 목적의식적 문학으로 과정(過程)한다는 것이 지금 필연한 현실이다"라고 그의 주장을 더욱 강화한다. 그러나 '……필연한 현실이다'라는 박영희의 말은 '……필연한 당위'라고 고쳐졌어야 했을 것이다. 그것은 혹시 당위가 되었을는지 몰라도 결코 '현실'은 아니었던 까닭이다. 프로문학 내부에서 아나키즘론이 나왔다든가 실제 작품 활동이 뒤늦게 강조되었다든가 하는 일 등은 모두 역사적 필연·비판이 소홀한 위에 이 문제가 다루어진 것임을 간명하게 드러낸다. 물론 1930년에 가까워지면서 프로문학 내부에는 구체적 반성이 일어나기도 한다. 가령 "조선은 식민지이니만큼 노동자나 농민이 다른 선진 자본주의국과 같이 문화 수준이 높지 못한 때문에 프로문학 작품의 첫째 조건이 알기 쉬운 작품이어야 한다"는 이북만(李北滿)의 소설(所說) 등 형식 문제가 거론되나, 나로서는 이 모든 과정이 적어도 당시 현실에서는 커다란 관념적 허세였다고밖에 생각되지 않는다.

그러나 프로문학은 내용과 형식의 문제, '문학의 대중화' 등을 정식으로 문학 타입으로 제기했다는 의미에서 신문학사 모두(冒頭)의 비평적 업적을 차지한다. 가령 사회주의 리얼리즘 같은 구체적인 창작 방법론으로의 한 걸음이라고 할 만하다. 김기진의 「변증법적 사실주의」 같은 주장은 당시로서의 공적보다도 오늘날 한국인·한국 사상·한국인 의식에서의 변증법을 문제로 생각하게 하고 있다는 점에서 기록될 수 있다. 그 밖에 『사회주의적 리얼리즘의 인식』〔한식(韓植)〕은 "사회주의적 리얼리즘이 과거의 유물변증법적인 창작 방법과 다른 것을 논하려고 노력"(백철의 말)하는 등 몇몇 주목할 만한 기록을 남기고 있으나, 역시 1920년에서 40년에 이르는 식민지 시대의 중반을 별다른 문학 성과를 남기지 못하고 퇴조한다. 문학사가에 따라 이 시기를 비평의 시대라 부르고, 비평사에서 대단히 중요한 시기로 보고 있기도 하지만, 시대 인식을 처음으로 철저하게 하였어야 할 귀중한 시기에 그렇게 하지 못했다는 점에서 비평의 첫 방향에 많은 문제점을 남겨버렸다.

마르크시즘은 아니지만 비판론 혹은 독일 문학에서 흔히 불리는 '비판이론Kritische Theorie' 역시 우리 비평의 중요한 한 항목을 이루어왔다. 사회주의 리얼리즘도 학자에 따라 비평이론에 들어가기도 한다. 발터 벤야민, 죄르지 루카치, 테오도어 아도르노, 허버트 마르쿠제 같은 이들이 그들이다. 그러나 물론 이들은 그들 사이에 현저한 방법론의 차이를 갖고 있고 또 각기 다른 배경을 갖고 있다. 교육학적 입장에서 출발하는 벤야민, 노동의 차원에서 출발하는 루카치, 관념 특히 독일의 음악에서 영혼의 문제를 찾는 아도르노, 그리고 문화와 사민화의 일치를 주장하며 탈공업사회의 새로운 이념을 모색하는 마르쿠제 등으로 나누어볼 수도 있다. 그러나 한 가지 분명한 것은, 이들이 모두 자기 역사에 대해 비판하면서 이론을 전개한다는 점이다. 즉 비판의 대상을 반드시 부르주아 사회로 전개하지 않는다는 점, 그리고 혁명 이론을 배제한다는 점에서 특유하다. 특히 독일과 같은 사회는 프랑스의 시민혁명 이후에도 부르주아 사회가 가장 늦게 그리고 완만하게 형성되었으며, 또 오늘의 독일 사회를 프랑스나 영국 혹은 미국의 부르주아 사회와 같은 유형으로 볼 수는 없다. 사회비판 이론가가 대부분 독일 출신이고, 사회주의 리얼리즘이 이쪽에서 크게 논의되고 있다는 사실은 주의 깊게 관찰될 필요가 있다. 그것은 간단히 말해 시민화 과정에서 자기 구조와의 충돌·발견을 사회 우선 논리에 의해 해결하려고 하는 노력으로 판단된다. 우리나라의 경우 1930년대의 이러한 현상을 신유인(申唯仁)의 『예술적 방법의 정당한 이해를 위하여』에서 다음과 같이 찾아볼 수 있다.

우리들의 문학은 무한히 전개되어 있는 우주의 삼라만상. 모든 계급의 인간의 일상 생활을 圍繞하여 일어나며, 있는 모든 사회적 현상을 자유로 광범하게 形象하여 가지 않으면 아니 된다. 프롤레타리아 문학은 분노하고 투쟁할 뿐만은 아니다…… 한 권의 政治過程이나 唯物史觀을 가지고 소설과 시를 쓰려는 만용은 이제 버리지 않으면 안 된다.

요컨대 선이론(先理論)을 지양하고 현실의 현상을 파악하려는 주관적 노력이 시작된다. 마르크시즘의 관념성·기계주의가 지양되고 있다. 이러한 주체화, 토착화의 기운은 한식의 다음과 같은 말에서 더욱 뚜렷해진다.

사회주의적 리얼리즘을 우리들의 토양에 이식하여 작가와 작품에의 血肉이 되는 구체적인 발전을 위하여서 우리들의 현실에의 깊은 浸徹과 尖銳한 관찰과 정당한 인식을 가지는 동시에 이때까지의 문학적 이론 방법과 작품에 대한 깊은 연구 및 풍부한 유산을 비판적으로 많이 섭취하여 사회주의적 리얼리즘의 방법의 원칙을 생활적 실천에 浸徹시키며 역사적인 제사정 가운데서 전형적인 제성격을 묘출하여 제시한다.

현실 자체에 대한 인식 결여를 스스로 깨달으면서 마르크시즘의 발상이 현실에로 변용된 것으로 볼 수 있는데 엄밀히 그 과정을 살펴볼 때 '마르크시즘의 변용'이라기보다는 애당초 '신경향파' 혹은 프로문학의 마르크시즘 논의가 얼마나 본질적으로 공허한 것이었나를 반증하는 것이라고 보겠다. 가령 이기영의 『서화(鼠火)』 같은 작품을 프로문학 작품으로 보는 견해는 실제 이 작품이 지니고 있는 한국적 인정주의, 일상성, 안온성 등으로 보아 목적의식을 지닌 프로문학으로 보기에는 너무도 거리를 가지는 작품이라고 할 만하다. 아마도 이와 같은 작품류가 보여주는 한국적 풍속의 묘사, 한국적 인물의 조형을 당시의 문학계는 사회주의 리얼리즘이라고 부르고 있었던 것 같다. 이것은 농민문학의 논의가 이와 결부되어 고조되었다는 점을 주목하면 이해하기 쉽다. 농민문학은 물론 이광수를 중심으로 그 소재에서 이미 다루어져왔으나, 모티프와 의식에 대해 강한 비판이 주어지기는 이때, 30년대 초를 중심으로 한 사회주의 리얼리즘과의 연관 아래서였다. 노동자·농민의 혁명의식을 그 이론의 바탕으로 하는 마르크시즘에서부터 농민문학의 첫 이념적 근거가 잡힌 것은 당연한 일이다. 그러나 이 역시 논의의 흐름과, 실제 작품이 뒤따르면서 농촌에서의 소재 취재의 필요성 및 효과라는 일반론 이외의 성과를 남기지 못하고 만다. 그렇기는커녕 구체적 결과로서 이광수의 『흙』, 심훈의 『상록수』와 같은 민족주의적 작품이 남았다는 것은 아이러니컬한 일이다.

사회비판론의 입장은 30년대 이후 과중되어가는 식민지 지식인의 고통과 함께 폭넓게 확산된다. '동반자' 작가로 불리었던 이효석·유진오 그리고 염상섭·채만식 들의 태도를 다소간에 이 범주 안에서 바라볼 수 있을 것이다. 세계 대경제공황을 중심으로 번지기 시작한 세계 정세의 위기의식·불안의식은 이 시기의 중요한 상황을 이루는데, 여기서부터 공허·불안이 문학계를 풍미하였다고 대부분의 현대 문학사가는 입을 모으고 있다. 그러나 나로서는 이 시기를 하나의 관념적 이념기의 종말에서 오는 혼란으로 지적하고 싶다. 외부의 불안 이상으로 중요했던 것은 식민지 문학인의 두 가지 중요한 이론이었던 마르크시즘론과 민족문학론이 모두 현실의 실체를 갖지 못하는 것으로 드러남으로써 야기된 허탈감이었다. 사회비판론은 그러므로 소박하게도 "과거를 회고하고 자기를 반성하는 소위 양심적인 경향"(백철의 말)을 그 실체로 드러낸다. 거꾸로 말해서 우리는 "자기를 반성하는 소위 양심적인 경향"을 불러 사회비판론의 한국적 표현이라고밖에 할 수 없다. 이 당시의 작품 『장미(薔薇) 병(病)들다』(이효석, 1938)는 과거에 사회운동에 투신했던 남녀가 그 뒤 현실의 탁류 속에 타락한 사실, 타락 속에서도 양심은 남아 있어 괴로워하는 사실을 보여주는데, 역사 현실의 정확한 실체를 갖고 있지 못했던 이 시대 지식인 문학인의 뼈아픈 자기반영임이 틀림없다. 염상섭의 『삼대(三代)』, 채만식의 『탁류(濁流)』 등의 작품도 이 차원에서 분석될 수 있다.

한국 신문학사에서의 마르크시즘은 해방 이후 다시 한번 소용돌이쳤지만, 정치 조직 중심으로 움직였을 뿐 비평의 논리 발전에는 별 공헌을 하지 못했다. 그러나 사회비판론의 경우 6·25로 인한 50년대의 비평 부재 시대를 거치고 60년대로 접어들면서 새로운 국면을 보이기 시작한다. 이어령·이철범·유종호 등의 간헐적 논의를—그중 이철범은 특히 해방 이후 자주독립 민주국가에서의 '자유'의 개념과 그 현실을 추적하는데—거치면서 우리는 시인 김수영을 만나게 된다.

김수영은 아마도 한국 문학비평이 밟아온 관념적 공전을 가장 뼈저리게 느낀 시인인지도 모른다. 그는 우선 "쉽게 말하자면 우리의 생활 현실도 제대로 담겨 있지 않고, 난해한 시(詩)라고 하지만 제대로 난해한 시도 없다"(「생활현실과 시」)면서 우리 문학 현실을 매도하는데, 일단 적절한 자기각성이다. 그리고 그 원인을 그는 "이 두 가지 시(詩)가 통할 수 있는 최대공약수가 있다면 그것은 사상(思想)인데, …… 사상이 어느 쪽에도 없으니까 그럴 수밖에 없다"고 본다. 대단히 정확한 관찰이다. 그에 의하면 "오늘날의 시(詩)가 가장 골몰해야 할 가장 큰 문제는 인간의 회복"이다. 또한 "시인은 언어를 통해서 자유를 읊고, 또 사는" 존재로 파악된다. 그러나 더욱 구체적인 자유의 내용으로 김수영은 '새로움'을 내놓는다. '도대체가 시(詩)라는 것은 그것이 새로운 자유를 행사하는 진정한 시인 경우에는 어디엔가 힘이 맺혀 있는 것'이라든가 "낡은 것이 새로운 것으로 바뀌어지는 순간"으로서 진술되는데 이러한 그의 자유관은 약간 애매하게 들린다. 그를 이해하는 입장에서 보자면 시적 자유라는 말로써 그 전모를 설명할 수밖에 없겠지만 "우리의 주위는 모두 정경이 절박하기만 하다. 눈으로는 차마 볼 수 없는 기가 막힌 일들이 너무나 많아서 우리는 참말로 눈을 돌릴 곳이 없다. 우리의 양심의 24시간은 온통 고문의 연속이다"라는 그의 일반적 현실 비판과 관련하여 볼 때 그의 자유관을 그렇게 소박하게 보아 넘길 수는 없다. 사실상 그의 시론은 「시여, 침을 뱉어라」라는 글에서 외친 "시작(詩作)은 온몸으로 밀고 나가는 것"이란 말 속에 압축되어 있다.

그는 시의 내용과 형식의 분리를 가장 통렬하게 반대하는데, 그 이유는

"내용을 인정하지 않는 사회에서는 형식도 인정하지 않는 것"이기 때문이다. 마침내 그는 이제까지의 자유의 서술이 자유의 서술로 그치고 자유의 이행을 하지 못하고 있음을 자탄하고, 그가 하고 싶은 '모험'은 바로 '자유의 이행'이라고 천명(闡明)한다. 시인의 완전한 자유는 동시에 자유의 이행이어야 하고 그것이 이룩되지 않는 한 내용은 물론 형식도 있을 수 없다는 주장으로 김수영은 사회비판론의 60년대를 지배한다. 그것은 한국 사회의 자유를 그 이행 면에 이르기까지 근본적으로 비판하고 있다는 점에서 다른 어느 비평가, 그 이전 세대의 어느 비평보다 현실성 있게 문제의 핵심에 접근한다. 그것은 40년대가 보여준 비평 부재, 이론 부재를 회복하면서 50년대의 끝에서 고조된 '양심'의 실체를 추적한다. 그러나 그는 두 가지의 문제를 남긴다. 그 하나는 '혼란에의 향수(鄕愁)'로서 그가 그리워하고 있는 원시성 내지는 아나키즘—물론 창조의 원칙으로 그것이 파악되고 있다 하더라도—이며, 다른 하나는 그러한 아나키즘과 그의 역사의식 사이의 자기모순이다. 김수영은 그러나 자신의 고백대로 '산문을 시에' 도입함으로써 그가 상정하는 문학의 이념에는 산문성의 확대가 필요함을 보여주었고 이것은 이른바 사회주의 리얼리즘으로의 구체적 동작이라고 볼 수 있을 것이다. 김수영 이외에도 문학의 이념 자체에 주어지는 수많은 비판론들이 혹은 참여문학이라는 말로 한 흐름을 이루고 있는데 그 대부분은 논리를 갖추지 못하고 있다는 점에서 김수영의 이론은 단독적 평가를 받을 만하다.

3

문제를 대비시키기 위하여 민족문학론을 살펴보자. 민족문학론은 원래 마르크시즘이 이 민족 단위의 개념을 인정하지 않는다는 의미에서 그에 맞서는 개념으로 출발한다.

한국사의 근대화는 서구 세력의 틈입으로 적어도 진행 면에서는 가속화되었다는 것이 한국을 보다 주체적으로 파악하려고 하는 방법론의 연구에도 불구하고 나타나는 현상적 사실(史實)이다. 주체적 민중 세력의 집결과 폭발로써 19세기 말 한국사를 높은 수준으로 끌어올린 동학운동이 청군 원병에 의해 돌아간 사건은 그 이후의 역사에 한 출발로서의 표징이 된다. 근대화와 실패로 식민화의 일치로서의 출발이다. 일·중·소의 각축전, 일본에의 피점(被占) 등 생활의 합리화와 인간으로서의 자유를 인식하기 시작하는 신문학의 작업은 그리하여 곧 이를 압제하는 일제에의 항거 작업과 동의어로 환치되어버리며, 여기서 민족문학은 배태된다. 한국의 근대사에 지워준 이중의 멍에인데, 바로 이러한 출발점의 이중구조 때문에 비평방법론은 몇 겹의 어려움을 그 숙명으로서 이미 안고 있다. 민족문학론은 따라서 시대 인식이 시작되면서의 유일한 문학비평방법론으로서의 첫 자리를 차지한다. 신소설의 주제가 개화와 자주독립이라는 명제는 벌써 이인직의 소설 『설중매』에서부터 나타난다. 그는 이 작품에서 당시 새문 밖 독립회관에서 개최된 정치 연설 장면을 묘사하면서, 당대의 민중들이 이 난국에서 어떻게 분발하여야 할 것이냐는 문제를 힘주어 주장하였다. 이인직의 『설중매』 『은세계』 등과 이해조의 『자유종』 등 대부분의 신소설이 정치 현상을 중심으로 한 작품임은 이들의 사회의식이 민중 계몽을 통한 민족의식 고취에 있었음이 쉽게 발견된다. 이인직·이해조 등의 계몽적 민족문학론은 최남선·이광수·김동인 등으로 이어진다. 최남선이 1908년에 창간한 『소년』 잡지의 제목, 그리고 『해에게서 소년에게』라는 작품이 이미 민족문학론 확대의 한 징표를 이룬다. 실상 또한 1910년에서 20년에 이르는 시기는 민족주의의 기운이 가장 팽배한 시기이기도 하였다. "민족주의 시대! 이것은 그 전기의 폭풍과 같은, 그러나 어딘지 막연한 그 자주독립의 정열이 한일합방이라는 일본 군국주의의 침략 행위와 압제에 대하여 국내는 직접·간접으로 일제와 항거하는 민족주의 의식이 충만해가는 속에서 우리 신문학의 제1기는 생성된 것이다"라고 백철은 당시를 기록하고 있다. 그러나 구체적으로 이광수 대에 와서 민족문학론은 점차 몇몇의 틀을 잡아간다. 다음과 같은 이광수의 주장은 주목할 만하다.

> 文學은 결코 수신서나 종교적 교훈서도 아니오 그 補助는 더구나 아니요. 文學에는 뚜렷이 문학 자신의 理念과 任務가 있읍니다. 질투를 재료로 하되 반드시 질투를 없이 하라는 목적으로 함이 아니요, 忠孝를 재료로 하되 반드시 충효를 장려하려는 의미로 하는 것이 아니라, 질투라는 감정이 근본이 되어 인생 생활에 어떠한 喜悲劇을 일으키는가, 충효라는 감정의 발로가 어떻게 아름다운 인정미를 발로하는가를 여실하게 묘사하여 만인의 앞에 내놓으면 그만이외다.

문학의 자기비평 기능으로서는 우리 문학사에 첫 발언이 되는 이 문학론은 바로 그 기능, 문학의 비평 기능이 발생했다는 점에서 '역사적'이라고 할 만하다. 그것은 아마 문학사에서 최초의 시대 인식이 될 것이다. 여기서 또 나로서 주목하는 것은 신소설 이후의 계몽성론의 탈피와 독자적 문학 기능론의 대두인데 "질투라는 감정이 근본이 되어 인생 생활에 어떠한 희비극을 일으키는가, 충효라는 감정의 발로가 어떻게 아름다운 인정미를 발로하는가를 여실하게 묘사하여"라는 언급을 통해서 문학 이념의 세계성이 드러난다. 물론 여기서의 세계성이란 서구의 문학이론이 도입되었다는 뜻과는 관계없이, 서구의 19세기 이후의 휴머니즘 문학론—문학은 인생("진실할 삶, 웃고 우는 삶을 연상하라")의 묘사—과의 일치다. 또한 주의해둘 것은 이후 이광수의 소설 자체가 완전히 이 이론에 들어맞느냐 하는 것도 여기서는 다른 문제에 속한다. 아무튼 그의 말대로 '조선주의자' 최남선을 열렬히 숭앙한 이광수는 이리하여 민족문학이론 개척에 선구자가 된다. 나로서는 그와 최남선이 소년 및 소년 문제에 문학과 관련하여 깊은 관심을 나타내었던 사실 역시 개인의식·개성의식·인간의식의 한 표현이라고 보지 않을 수 없다. 민족문학론의 이후 발전은 이광수의 이후 문학론 발전과 긴밀하게 연결된다.

이광수 문학이론의 첫 발전을 우리는 그의 자유연애론에서 읽을 수 있다. 자유연애론은 그것이 1910년대를 넘기면서 갈라진 신문학이론의 한쪽 흐름을 이루고 있다는 면에서 우선 비평사에서 그 자리를 이룩한다. 사실 1900년을 전후하여 이광수·최남선의 활동 시작기에 이르는 10여 년간은 문학의 계몽성론이 민족 자주독립과 합치하여 전개되는 시기인데, 이러한 유일론은 10년대 이후 구체적으로 백조파의 와해에 의해 마르크시즘과 민족문학론으로 갈라지게 된 것이다. 민중의 정의와 자유·독립이라는 문제는 그것이 한국사에서 최초로, 대규모로 그리고 본질적으로 제기된 까닭에 다분히 이상주의적 경향을 띠었던 것인데, 그 한 가지〔枝〕는 때마침의 세계 사조 마르크시즘으로 나타났고, 민족문학론은 새로운 자기 국면의 개척으로 들어간다. 자유연애론은 그 한 구체적 예다. 이에 대한 이광수 자신의 말은 다음과 같다.

> 朝鮮에 어찌 男女가 없으오리까마는 朝鮮男女는 사랑으로 만나 본 일이 없나이다……〔생략〕……사랑, 그 물건이 人生의 目的이니 마치 낳고 자라고 죽음이 사람의 避치 못할 天命임과 같이 남녀의 사랑도 避치 못할 또는 독립할 天命인가 하나이다.

『어린 벗에게』라는 작품에서 이렇게 주장하고 있는데 '사랑'을 문학의 구체적 테마로, 자연·민족 등과 꼭 같은 비중의 인간 현상으로 끌어낸 획기적인 논리이다. 그것은 마르크시즘이 한국 현실, 역사적 현실에 대한 정확한 인식 없이 도입됨으로써 추상적 관념 놀이에 떨어진 것과는 달리 그때까지의 인습·도덕에 비판을 던졌기 때문에 현실 비판으로서의 구체성을 획득한다. 삶의 한 기본을 이루는 성, 결혼에 대한 새로운 인식은 이후 현실 풍속에서도 매우 긍정적으로 받아들여져 간 사실을 주목할 필요가 있나. 오늘날 이광수의 성관(性觀)은 그러므로 역사적 필연의 한 대변이라고 평가할 수 있는 것이다. 외형보다는 내실, 정절보다는 자기각성, 삼종지도(三從之道)보다는 자기옹호 등이 주장되는데, 이것은 내면·개성·의식의 존중 등을 논리로 하는 오늘의 시민문학론Bürgerliche Literatur의 원천으로서 그 맥락이 파악된다. 『무정』에서의 다음과 같은 말을 들어본다.

> 부모의 말에 순종하는 것이 자식의 도리이겠지요. 지아비의 말에 순종하는 것이 아내의 도리이겠지요. 그러나 부모의 말보다도 자식의 일생이, 지아비의 말보다도 아내의 인생이 더 중하지 아니할까요. 다른 사람의 뜻을 위하여 제 인생을 결정하는 것은 저를 죽임이외다.

강한 개성 의식이 나타난다. 삶을 자기의 것, 일회적인 것으로 파악하는 근대적(현대적-서구 이론) 성격이 부각된다.

시기적으로 1920년대가 되고, 마르크시즘론이 일어날 즈음의 민족문학론은 김동인에 의해서 "인생을 있는 그대로, 보는 그대로"라는 일견 사실주의적인 흐름으로 연결된다. 이 시기는 3·1운동의 실패로 일제의 소위 문화정치가 시작되는 때인데 지금까지의 많은 비평가들이 흔히 자연주의니, 상징주의니 낭만주의니 하는 이름들로서 불러온 이른바 사조시대의 첫 출발기에 해당한다. 김동인은 이광수를 가리키는 듯 "소설의 취재를 구구한 조선 사회 풍속 개량에 두지 않고 인생이라 하는 문제와 살아가는 공통을 그려보려 하였다. 권선징악에서 조선 사회 문제 제시로—다시 일전(一轉)하여 조선 사회 개화로—이러한 도정(途程)을 밟은 조선 소설은 마침내 인생 문제 제시라는 소설의 본무대에 올랐다"(「근대소설고(近代小說考)」)고 신문학 초기를 비판하는데 이것이 자연주의론의 근거를 이룬다. 그러나 나는 김동인의 이러한 주장을 그의 문학예술에 대한 엄격성이라는 태도의 문제로서 이해하는 것이 타당하다고 생각한다. 그것은 그가 주동한 창조파가 문학어-문체의 문제를 엄격하게 인식해 들어가기 시작한 것이라든지, 시와 소설의 분리, 양식의 엄격성을 강조한 것이라든지, 탐미적인 주요한의 시 『불놀이』를 "봄날 안개와 같이 사람의 심금을 울리는……" 작품으로 높이 평가한 것으로 보아 확실하다. 말하자면 민족문학론은 김동인에게서 이광수의 한 단계가 벗어나는 것인바 이것은 이후 마르크시즘의 등장에서 김동인이 철저한 예술주의로 경도되는 과정에서 더욱 확연해진다. 요컨대 김동인이 스스로 러시아 자연주의적 소설을 내보이면서 프랑스 상징주의류의 시 작품을 동시에 인정하였다는 것은 '자연주의' '상징주의' 등의 어휘놀이가 기실 마르크시즘만큼이나 우리에게는 다만 관념이었을 뿐임을 말해준다. 그리고 그것은 동시에 "인생을 있는 그대로, 보는 그대로"라는 그의 문학관이 몰고 온 이론 부재를 반영한다. 1920년대에 숱한 사조의 난무에도 불구하고 현실도피 · 퇴폐풍조 · 자연예찬론이 그대로 성행하였다는 사실은 또한 이 현상을 반영하는 것이라고 보아야 옳을 것이다. 염상섭 또한 김동인과 비슷한 시기에 민족문학론을 거드는 비평가의 역할을 수행한다. 염상섭의 이론은 한결 간명하게 발전한다.

> 近代人에게는 個人主義 색채가 농후함은 사실이나, 결코 利己主義와 혼동할 바가 아니라 이것 또한 權威否認, 偶像打破의 자기각성에 출발점이 있는 것이다. 재래의 사상으로는 개체에 대하여 예속한 부분에 불과하다고 생각했으나 個人主義 사상에선 그 위치와 가치를 전도하여 개체의 존엄을 주장함으로써 무엇보다 자기에게 충실하라는 것이 주장이다. 또 自我의 각성이 일반적 인간성의 자각인 동시에 특이적 個性의 발견이다…… 개성의 표현은 생명의 流露이며 개성이 없는 곳에 생명은 없는 것이다. (「至上善을 위하여」)

민족문학론은 이리하여 놀랄 만한 이론의 정비를 얻는다. 그러나 20년대 후반으로부터 30년대 전반에 이르기까지 민족문학론은 오랫동안 침체에 빠진다. 이 기간은 마르크시즘론이 활발히 전개되던 시기이기도 하지만 일제의 오랜 식민지 통치가 극에 달함으로써 문학계는 비평 정신의 사멸 한 발자국 앞에까지 이른다. 그러나 오랜 침묵은 침묵으로 그치지 않고 김환태 · 최재서 · 김문집 등의 비평가를 배출한다. "문예 비평의 대상은 문학이므로 문예 비평은 언제나 작품에 응하지 않으면 안 된다. 다시 말하면 사람을 기쁘게 하고 감동시키는 작품의 그 고유한 법칙에 따르지 않으면 안 된다"(「비평문학의 확립」)고 김환태는 말하는데 우리는 여기서 민족문학론의 커다란 전기 내지는 변화를 발견한다.

한국 문학사의 전반적인 반성이 시작된 것이다. 근대 자본주의의 붕괴에서 야기되는 세계적 경제공황과 이로부터의 세계 회의·인간 회의는 우리에게도 어느덧 실감으로서 다가온 것인데 그것이 국권 상실에서 오는 만성 우울증과 합병하여 일종의 식민지 민족문학인의 기능성(技能性)을 만들었다. 그러니까 30년대 후반에 나타난 이들 비평가들은 이러한 기능성을 시대의 침전물로서 이미 받아들이고 나선 것이라 볼 수 있는데, 아무튼 이에 의해 민족문학론은 구체적 시민문학론의 형식을 얻는 상황으로 변모한다. 김환태가 과거의 마르크시즘론을 '기준비평'이라고 배척하면서 작품 본위의 예술론을 편 것은 이미 그 자체가 시민사회의 일반적 논리와 깊은 관계가 있는 것이기 때문이다. 문학예술이 스스로의 독자적 영역으로 기능화하면서 종교의 압박, 봉건사회의 압박을 벗어나는 서구의 경우를 살펴볼 필요가 있을 것이다. 따라서 우리는 당연히 30년대 후반의 당대를 시민사회로 규정할 수 있을 것인지 혹은 시민사회적 성격의 근대사회로 규정할 수 있을 것인지 하는 것을 문제 삼지 않을 수 없다. 우리는 다시 한번 한국사의 곤혹을 겪는다. 나는 여기서 우리의 근대화가 서구와의 충돌에서 내용의 구체성을 얻고 식민지화와 결부됨으로써 기형적 전개를 하여왔다는 사실을 다시 한번 상기하고자 한다. 그것은 국권의 주체가 상실된 민족의 문화라는 명제를 가져온다. 국권이 상실된 민족에게도 문화의 개념은 있을 수 있는가 하는 문제의 해결이 없는 한 모든 것은 공전하기 때문이다. 그것은 신문학사 전부를 유효화하기도, 무효화하기도 한다. 결론으로서, 나는 일단 독일 문학으로 문화권을 빼앗긴 스위스에도 스위스 쪽으로서는 스위스 문학이 성립될 수 있다는 크라우스Werner Krauss의 이론에 동조함으로써 나의 생각을 조정하고 김환태 등의 민족문학론을 이해하기로 한다. 요컨대 근대사회로의 과정을 인정하는 것과 같은 논리로 시민문학론으로의 잠정적 인정을 행사할 수 있을 것이다. 이 시기에 이르러 문학은 시의 회화성, 감각의 문제, 비유의 문제를 비롯한 문학의 형식 및 기교에 대한 논의를 비평의 내용으로 삼는다. 문학은 정치 현실과 일단 다른 곳에서 자기의 양식을 확실히 하는 것인데 서구의 시민문학론이 확실한 시민사회의 소산으로 확실한 시민 계층의 뿌리 있는 애호를 받는 것에 반하여, 시민 계층의 부재 위에 만개하는 시민문학론은 그것이 민족문학론의 논리상 자연스러운 발전이며 문학 현실의 자연스러운 요구임에도 불구하고 현실적으로는 프로문학이 보여준 것과는 전혀 다른 의미에서 관념성을 유발한다. 즉 최재서가 아무리 T. S. 엘리엇, 헉슬리Aldous Huxley를 이야기하고 그것이 주지주의라는 이름으로 변호되어도 현실적으로 그는 원용되지 못하였던 것이다. 그러나 당시 현실에 대한 통렬한 비판의식에서 나온 것이 분명한 그의 풍자문학론은 높이 평가되어야 하며 정치 현실에서 문학이 얼마나 독자적일 수 있는가 하는 문제 내지는 사회사와의 무관성 위에서 문학사는 자기의 땅을 가질 수 있다는 문제를 내보여준 커다란 성과라고 할 만하다. 이와 함께 그가 한국 문학에서 심리학의 문학적 입지를 밝혀주고 인간 내면을 조명해주는 역할을 이행하였음은 민족문학론이 이끌어온 의의 속에 속할 수 있다.

민족문학론은 김동리에 의해서 30년대 후반에서부터 50년대에 이르기까지 새로이 확산된다. 그것은 이른바 순수주의론의 등장이다. 39년 유진오의 『순수에의 지향』을 반박하면서 쓰여진 『순수이의(純粹異議)』를 통해 김동리는 자기 세대의 문학적 순수성을 옹호한다. 여기서 그가 밝힌 논리의 요집은 "표현 없는 정신, 이것은 문학 세계에 있어 언제나 순수의 적(敵)이다"라는 말로써 요약된다. 순수주의론은 그것이 유진오·이태준 등의 당시 기성과의 세대논쟁 끝에 나왔다는 점, 그리고 그 기성층의 문학론이 마르크시즘 내지는 동반작가론이었다는 점에서 민족문학론의 한 확산으로서 읽힐 수 있다. 마르크시즘론의 과격한 논쟁 시대와의 후대적 산물로서의 위치를 감수할 수밖에 없는 이때의 민족문학론은 그렇기 때문에 일제 발악의 외부 상황과의 연결 아래 45년까지 신문학 훨씬 이전의 19세기 중엽 이전을 연상시키는 조용한 분위기로 빠져들어간다. 이념의 테를 달지 않은 농촌문학론·전원문학론 혹은 신변문학(身邊文學) 등의 관조적인 경향인데, 이러한 작품 활동 자체의 현상 때문에 표현에 강점을 두었던 순수주의론은 오히려 '표현'을 위한 아무런 구체적 문체론을 제시하지 못한 채 탈이념 시대의 대명사가 되어버리고 말았다. 그리하여 해방이 오고 독립이 되고 전란이 터진다. 순수주의론은 정치 조건의 숙명적 이점 아래에서 내부의 발전 없는 논리의 고집이 확보되어가고, 마르크시즘론은 완전히 소멸된다. 민족문학론은 50년대에서 다만 유종호에 의해 순수주의론의 극복이 시도되나, 최재서의 풍자소설과 같은 시기를 타는 행운 없이 이론의 전개가 중단되어버린다.

4

1969년 백낙청에 의하여 『시민문학론』이 쓰여졌다는 사실은 퍽 흥미로운 일이다. 왜냐하면 시민문학론은 서구 사회의 경우—물론 프랑스와 영국, 독일의 경우가 각각 다르지만—1789년이라는 기점에서부터 발달한 부르주아 사회의 문학이론으로서 휴머니즘의 자동발전론이기도 하다. 상공업의 발달·화폐의 발달·기계의 발달 등이 그 특징인데, 이것은 역으로 교회의 몰락·전원의 몰락·권위의 몰락·형식의 몰락을 초래하면서 서구 사회는 새로운 부의 개념을 형성해나가는 것이다. 그러나 그 과정이 그렇게 순탄한 것은 물론 아니다. 1789년이 시민혁명의 승리였음에도 불구하고 자본과 노동의 충돌은 빈번히 일어난다. 1848년의 마르크시즘 운동이 그 대표적 예라고 할 만하다. 그러나 그것은 실패하고 휴머니즘은 미자각층에게 계몽성의 형태로, 때로는 자본가의 이론으로, 때로는 피지배층의 이론으로, 상호 혼접하면서 오늘날의 개인주의·합리주의·민주주의로 발전해왔다. 오늘의 문학인·지식인을 부르주아 중산층의 소산으로 보는 이론으로서의 시민문학론이다. 독일어로 그것을 Bürgerliche Literatur로 부르는 것도 그 까닭이다. 르네 웰렉 같은 문학이론가는 이 문학론의 대표적 인물이라고 할 만하다. 웰렉의 "문학을 시민화의 역사와 반드시 일치시키려는 것은 문학 연구라는 특수 분야, 특수 방법을 부인하는 것이다"라는 견해는 시민문학론 전개의 기본 입장인 것이다. 그는 또한 "문학이란 무엇이냐는 것을 정의하는 또 다른 길은 걸작들, 그들의 주제가 무엇이든 문학적 형식 혹은 표현을 위해 주목할 만한 것이라면 그들 작품에게로 모든 것을 집중하는" 것이라고 밝히면서, "이 경우 그 기준은 미학적 가치만이어도 좋고, 일반적 지성과의 관련 아래에서의 미학적 가치여도 좋다"고 시민문학론의 전제와 그 태도를 말하고 있다. 다분히 현상학적인 관찰로서 역사주의와 실존주의 현상학을 함께 바탕으로 하고 있다는 점에 유의할 필요가 있다. 따라서 넓은 의미의 시민문학론은 기독교의 성서해석학 내지는 해석학Hermeneutik까지도 그 방법론의 하나로 원용한다.

그러나 백낙청의 『시민문학론』은 이와는 상당히 다르다. 상당히 다를 뿐 아니라 본질적으로 상위(相違)되는 점을 내포한다. 그는 우선 현상학적 분석성을 배격하는 데 있어 사르트르J. P. Sartre의 의견을 인용함으로써 그에 동조한다. 그러나 서구 사회에서 이미 평가되어 있는 바와 같이 사르트르는 바로 그 이론을 자신의 근본으로 하는 실존적 마르크시스트, 혹은 마르크시즘적 실존주의자이지 시민문학론자는 적어도 아닌 것이다. "시민계급의 분석 정신은 봉건사회의 온갖 특권과 신화를 와해시키는 공격 무기로 유효했으나 이제 와서는 새로운 현실을 직시하고 인간의 새로운 가능성을 인식하는 일을 이성의 이름으로 방해하고 있다는 것이다"라고 말함으로써 그는 적어도 현재의 서구 사회에서 쓰여지고 있는 시민문학론, 마르크시즘 혁명을 유럽에서 패배시키고 발전해온 오늘날의 시민사회 문학이론으로서의 그것은 아닌 것이다. 백낙청은 스스로 이 점을 인정하고 있다. 그의 희망은 "최근 체코슬로바키아를 비롯한 공산 진영 내부의 자유화 운동에서

나, 인종 문제를 둘러싼 미국 양심의 새로운 발현에서나 또는 라틴아메리카의 저항문학에서 우리는 우리 시대의 가장 생기 있는 문학 활동을 볼 뿐 아니라 새로운 시민사회의 형성 과정에서 작가와 지식인이 또 한번 핵심적 역할을 맡고 있음을 보는 것이다"라는 그의 말대로 새로운 시민사회로의 당위를 말하고 있다. 주목할 것은 그의 이러한 독특한 시민문학론은 한국의 상황에서만 추출된 것이 아니라 범세계성으로 파악되었다는 것, 그리고 신학자이며 아직도 객관성의 뒷받침을 받고 있지 못하는 테야르 드 샤르댕Pierre Teilhard de Chardin의 '사랑'과 같은 예언적 발언을 논리의 실체로 하고 있다는 점에서 미래지향적인 새로운 '이성(理性)' 발견으로 휘돈다. 논리의 발전에 따라 이른바 '새로운 헤겔리즘New Hegelianism'에로 도달할 가능성을 함유하는 이론이다. 그것은 시민문학론이 아니라 사회비판론임이 여기서 자명해진다. 그의 시민문학론은 그의 표현 그대로 옮기더라도 "우주 내에서 플라톤적 '설득'의 원칙으로서의 '이성', 그 움직임의 추진력으로서의 '사랑'(플라톤 철학의 에로스Eros), 그리고 그러한 이성과 사랑의 역사적 구체화로서의 '시민의식'"이다. 적어도 그가 생각하는 새로운 시민문학론이며 따라서 기존의 역사주의를 무시했다. 그러나 구체적으로 한국 문학사와 관련된 마당에서 그는 3·1운동을 진정한 시민의식의 기점으로 파악하고 있다. 자연한 논리 발전으로 33인 중의 한 사람인 시인 한용운이 높이 평가되면서 그의 『시민문학론』은 구체화된다. 그 이념적 배경으로 등장한 것은 대승불교의 정신이다. "대승불교의 정신이 실학사상·동학사상·개화사상의 근대적 요소와의 접촉으로 재생될 때 평등주의 및 구세주의의 시민적 종교로서의 불교가 만해(萬海)를 통하여 새로이 빛을 발할 수 있었던 것"이라고 그는 적고 있다. 백낙청에 의하면 한용운의 '님'은 바로 그가 추구하는 시민정신이자 새로운 이성력이며, 「님의 침묵」은 그러므로 그 당시 상황과의 조우에서 시인이 표현한 높은 시민문학이 아닐 수 없다는 것이다. 여기에 이르면 기왕의 시민문학론을 보는 느낌이다. 실상 그는 문학사에서 최초로 의식의 개척, 심리학을 개발한 이상까지도 자기류의 시민문학론에 편입하고 이런 식으로 60년대의 김승옥까지도 포함해버리는 야심을 나타내고 있다. 아마 그는 사회비판론으로서의 시민문학론을 의도적으로 의식하였는지도 모른다. 그것은 그가 『시민문학론』의 서두에서 '시민'과 '소시민'의 개념을 제기해놓고, 이 둘을 반대 개념으로 이해하려 들지 않았다는 점으로도 설명된다.

서구 문학에서 쓰여지는 '시민문학'과 백낙청이 쓰고 있는 그것과의 상위는 이렇듯 의도적인 것으로 생각된다. 이러한 판단은 몇 년간의 침묵 끝에 오랜만에 발표된 그의 「민족문학 이념의 신전개」라는 논문에서 예각적으로 부각된다. 백낙청의 글은 그 논제에 이미 함축되어 있듯이, 재래의 민족문학을 아예 도외시, "이렇게 이해되는 민족문학의 개념은 철저히 역사적인 성격을 띤다. 즉 어디까지나 그 개념에 내실을 부여하는 역사적 상황이 존재하는 한에서 의의 있는 개념이고 상황이 변하는 경우 그것은 부정되거나 보다 차원 높은 개념 속에 흡수될 운명에 놓여 있는 것이다. 따라서 이러한 민족문학론은 민족이라는 것을 어떤 영구불변의 실체나 지고의 가치를 규정해놓고 출발하는 국수주의적 문학론 내지 문화론과는 근본적으로 다르다"고 주목할 만한 발언을 하였다. 그것은 물론 국수주의적 태도를 경계하기 위한 의도 아래 쓰여진 것으로 보이지만 "민족이라는 것을 어떤 영구불변의 실체나 지고의 가치로 규정하는 것을 거부"한다는 점에서 전적으로 새로우며 다분히 임의적이다. 그 말 속에는 보다 높은 가치의 발견에 의해서 '민족'은 그 자리를 양보할 수도 있다는 점을 드러낸다. 그렇다면 그 있을 수 있는 가치는 무엇을 말하는가. 매우 조심스럽게, 그러나 완강하게 내보인 그의 요지는 반식민, 반봉건 의식 나아가서는 민중의식이라는 말로 표현되는 그 어떤 것이다. 이 경우 민중이라는 개념이 시민을 의미하는 부르주아에 대항하는 프롤레타리아를 의미하는 것인지 어떤지 확실치 않다. 그러나 한 가지 확실한 점은 "현실을 타개하는 기사회생"이라는 그 대안적 제시에서 볼 수 있듯이 그것은 기존의 현실에 대한 강렬한 비판의식을 그 어떤 예술적 감동보다 우월한 미덕으로 삼으려고 한다는 것이다. 그것은 논리라기보다 일종의 확신이며 더 나아가서는 모든 것을 통일적 입장에서 관찰하려는 도그마다. '사람됨'이 중요하다는 지극한 애매모호성은 바로 그것을 반영한다. 역사비판, 혹은 사회비판 이론의 철저한 현신(顯身)이라고 할 수 있을 것 같다.

그렇다면 마르크시즘에서 출발한 사회비판론과 이에 맞서 민족문학론으로 전개된 시민문학론은 서로 상반하는 개념이 아니라고 보아야 할 것인가. 20년대에 함께 시작되었고 이른바 카프 시대에 들어서 마르크시즘이 30년대를 휩쓸었고, 민족문학론은 그 뒤를 이어 문학의 형식성, 문학의 예술성을 주장하는 시민문학론으로 발전해왔다. 40, 50년대는 순수주의론과 그 지배에 반발하는 몇몇의 세찬 주장을 동반했으나 새로운 이념으로의 고착을 보지 못하고 60년대에 들어서 김수영·최인훈·백낙청·김현·염무웅 등의 새로운 이론가들을 만난다. 한편에서는 최인훈 등이 분석주의적 태도로 민족문학론의 실체를 점검하는 사이에 백낙청은 김수영류의 사회비판론을 과감하게 민족문학론으로 결부시키면서 새로운 시민문학론을 주장한다.

과연 60년대는 비평의 종합론을 위한 진통기라고 볼 만한 것이다. 한국문학의 사회비평론 그리고 민족문학론은 새 자리에 섰다. 모든 비평이 민족문학론을 자처하고 나섰던 해방 직후의 상황은 무엇인가, 신문학 발생기의 계몽주의론으로의 귀환인가. 그러나 그렇게 파악하는 것은 문화의 태도가 아니며 역사가의 태도도 아니다. 물론 비평의 태도도 아니다. 여기에 신념과 이론이 평화스러운 합일을 보아야 할 비평의 어려움이 있다.

(1970)

분석론, 그리고 종합론의 가능성

1

우리나라의 문학비평이 그 태도의 정열적인 접근에 비해서 이렇다 할 내용의 결실을 거두지 못해왔다는 것은 널리 인정되고 있는 사실이다. 1960년대 후반 이후 이와 같은 통념은 차츰 수정되어가고 있는 듯한 기운이 있으나 그것은 전폭적으로 수락되고 있는 형편에까지는 이르지 못하고 있는 것 같다. 수많은 논쟁의 기록을 갖고 있는 비평계의 이와 같은 자기모순은 대체 어디서부터 연유하고 있는 것일까. 미상불 따져볼 만한 일이 아닐 수 없다.

> 인식의 自己增殖 속도가 놀라운 것이었음에 반하여 현실의 발전은 그것을 따르지 못하였다.

50년대 후반 소설가로서 등장한 최인훈은 흡사 자기 소설의 옹호처럼 이러한 자각적 평론을 쓰기 시작한다. 역사와 문학, 혹은 시민화와 문화의 틈, 거리, 그리고 다시는 만나지지 않는 접점 없는 두 본질을 본질적으로 자각하기 시작했다는 의미에서 그는 1945년 이후의 분열된 민족문학론을 한 평면 높게 끌어올린 평론가로서의 자리로 들어간다. 그것은 시대 인식의 구체적 발전이다. 마르크시즘론이 소멸된 후 시민화 과정에 대한 탐구의 노력 역시 이어령의 소박한 참여론을 제외하고는 침묵의 상태로 들어간 50년대, 그 시기에서 '문화'의 개념은 공전한다. 이른바 순수문학으로 숨어버린 순수주의론이 '문화'라는 고도의 인식 형태를 점령해버렸기 때문이다. '시민화'와의 상관관계에서 상대적 개념일 수 있는 '문화'는 따라서 정신Geist 없는 공백의 영혼Seele을 지속한다. 발상과 태도의 평면을 넘어설 수 없는 '영혼'이 순수론이라는 이름을 달았으나 그것은 입구와 출구가 노출된 허황한 동굴 같은 것일 수밖에 없었다. 광원(鑛源)도, 광상(鑛床)도 보이지 않는 무(無)의 상태, 그러나 그것이 광산(鑛山)이라는 이름으로 현실성·객관성을 얻었다면 그 내부 내용은 발견되고 충만되어야 하는 것이다. 최인훈은 조심스럽게 입구를 들여다보고 출구로 뚫린 공도(空道)가 아닌 어두운 입체 공간에서 더듬더듬 자기의 연장, 자기의 조건을 말하기 시작한다.

모든 표현은 그 표현이 택한 문맥과 수준 안에서만 평가되어야 한다. 표현은—자기가 방법적으로 제외한 수준의 사실—즉 표현하지 않은 것에까지 책임이 물어져서는 안 된다.

진화론은 종의 '성립'의 이론이지 '개혁'의 이론은 아니다. (「人間存在의 現象學」)

문학 작품을 쓴다는 것은 작가의 의식과 언어와의 싸움이라는 형식을 통하여 작가가 자기가 살고 있는 사회에 대하여 비평을 행하는 것이다. 그러므로 그것은 작가의 자유가 현실에 부딪쳐서 일어나는 섬광이며, 작가에게 있어서의 현실은 언어 속에서의 싸움이다.

음악처럼 그 매제 자체가 비현실적인 사물이라는 혜택을 가지지 못한 문학은 比喩와 虛構라는 그 조작을 통하여 현실의 기호인 언어를 현실을 부정한 사물로 昇格시킨다. (「文學과 現實」)

최인훈의 이러한 자기 표백은 어두운, 그러나 비밀스러운 '문화'라는 인간 정신의 총체를 향하여 문학의 입구를 통해서 들어가는 한 유능한 광산기사(技師)의 모습을 연상시킨다. 자기의 연장, 자기의 업무, 노동의 양, 그 조건, 그 시간과 범위 등에 대한 조심스러운, 그러나 명확한 언명이다. 그것은 오랫동안 광산촌에 칩거해온 마을 사람들의 피상적 구경이 아니라 전문가의 그것이며, 따라서 풍문적이며 취락적인 것이 아니라 경험적이며 개인적이다. 요컨대 분석적인 평면 위로 준비와 각오를 가지고 올라선 것이라고 볼 수 있다. 마르크시즘을 매도하기 위해서는 용감했으나 막상 자기 논리를 구축하는 데에는 무력하였던 순수론적 민족문학론은 그리하여 붕괴(붕괴될 것도 없을는지 모른다. 구조 체제가 없었으므로)되고 민족문학은 다른 것이 아니라 민족을 이루고 있는 개개인의 의식과 그 양태를 살펴보는 것으로 변모한다. 이 변모는 그러나 물질생활의 역사적 전개와 정신생활의 역사적 전개를 그 이념의 정각(頂角)으로 하지 않고 있다는 점, 문학의 보람을 개인의 자유, 의식의 자유, 상상의 자유에서 파악하고 있다는 점에서 서구의 시민문학론을 방불케 하고, 그 한국적 가능성 위에 선다. 개인의 분석, 상상력의 분석에서 물질생활과의 중세기적 화해는 이미 단절된 것으로 파악하며 문화의 자율, 예술의 자율, 문학의 자율을 이론의 한 윤리로 받아들인다. 내가 민족문학론이라는 어휘보다 분석주의론이라는 어휘로서 이러한 일련의 방법론을 이해하고자 하는 것은 이 까닭이다.

2

분석주의론은 그러나 사실상 50년대 후반 백철의 뉴크리티시즘론에서 이미 그 구체적 논의가 태동한다. 그는 실제로 「분석비평의 의의」라는 글을 써서 지금까지의 한국 문학비평이 지나치게 작품 외적 조건들, 이를테면 작품을 포함하고 있는 사회의 일반 현상이나, 작가의 생애 등에 치우친 나머지 작품 그 자체 분석을 소홀히 하여왔음을 지적하고 이의 불식을 강조한다. 그가 1956년에 쓴 「분석비평의 의의」는 이와 같은 주장의 구체적 표현으로서 때마침의 '뉴크리티시즘'을 소개한 것이다. 그러나 백철이 관찰한 '뉴크리티시즘'과 '분석비평'은 지나치게 밀착되어 있어 거의 동의어로 쓰여 있는 것 같은 느낌마저 준다. 순수주의론의 허황한 이론적 공백으로부터 상대적으로 자극받기 때문인 것으로 보여지는 이와 같은 무분별은 김윤식에 의해서도 지적된 바 있다. 그러나 백철이 비록 '뉴크리티시즘' 그 자체를 작품 분석의 구체적 실제에서부터 그 역사적·문화적 문맥을 완전히 이해하지 못하고 소개하였다고 하더라도 그가 '뉴크리티시즘'과 관련해서 문학의 분석정신에 관심을 쏟았다는 것은 쉽게 알 수 있다. "그것이 곧 뉴크리티시즘 그것이 아니라 하더라도 현대 비평의 특질로서 그 분석비평의 과정을 중요하게 채용해야 할 것"이라는 그의 말에서 그것은 명료하게 드러난다. 그러나 한국 문학의 비평과 관련된 보다 명백한 글로서는 김용권의 「뉴크리티시즘과 한국 비평문학」을 들 수 있을 것이다. 김용권은 1960년 이 글을 발표했는데, 실제 한국 이입에서의 문제점을 적시했다는 점에서 유일한 논문이다.

백철의 뉴크리티시즘 논의와 거의 같은 시기—50년대 후반에서 60년대 초반에 이르는 유종호의 비평 활동 역시 분석주의론의 범주에서 관찰할 수 있을 것이다. 그는 60년 「비순수의 선언」을 발표하는데, 이로서 비평가로서의 문학사적 자리를 분명하게 한다. 이 글은 "현대의 한 대변인인 사르트르는 문학의 순수한 '문학적'인 가치처럼 흥미 없는 것은 없다고 공공연히 말하고 있지 않습니까"라고 말함으로써 사르트르의 문학관을 내보이는 듯하지만, 사실은 서구 문학에 대한 문학 전체적인 문맥 속에서의 파악이 삼제되어 있는 점을 주의해볼 때, 그것은 사르트르의 위와 같은 언급의 의도와는 다른 의미에서 쓰여져 있음을 알 수 있다. 그것은 김동리 등의 순수주의론에 대한 결별이며, 저항의 뜻인 것이다. 매우 함축적인 표제의 이 글은 송욱의 시 「하여지향(何如之鄕)」에 대한 작품평의 형식으로 쓰여진 것이다. '남'과 '여'의 대화체를 통해 유종호는 이 글에서 그때까지의 한국 문학, 한국 문학비평을 예리하게 비판하는데, 그 속에는 문학의 예술적 기능과 사회적 기능의 양면이 포함된다. 「하여지향」을 '비평의 시'라고 풀이하면서 그 득(得)을 사회 현실에의 인식으로, 그 실(失)을 예술성의 감소로서 결정짓는데, 그 과정에서 그는 재래의 문학이 '천편일률의 풍월' 놀이었음을 지적해낸다. 문학은 보다 지적인 작업임을 천명한 것이다. '본질 개념의 해체'라는 범세계적 인식의 기초 위에서 그는 '시 세계의 확장' '가능성의 구가'를 아마도 문학비평의 새로운 지평으로 생각하였던 것 같다. 엘리엇, 오든, 알베레스René Marill Albérès 같은 서구 문학인의 문학 표상이 빈번히 원용되는 까닭은 시 세계의 확장, 가능성의 구가로 향한 구체적 노력의 하나라고 이해될 수 있다. 아닌 게 아니라 그는 「하여지향」의 성과를 "산문적인 것의 대담한 도입과 시의 음악성, 특히 우리말에 있어서의 음악성의 추구"라는 말로써 나타내는데 그 의미 구축에 엘리엇의 「황무지」, 발레리, 말라르메 등의 언어 관념이 원용된다. 즉 그는 순수론의 극복을 일차적으로 언어의 의미 확충 속에서 바라보는데, 이것은 매우 적절한 시기적 발전이라는 면과도 맺어진다. 그의 이러한 생각은 다음과 같은 「서(序)」에 잘 나타나 있다.

> 非純粹라는 점에 현대 문학과 현대의 중요한 성격이 암시되어 있다고 생각한다. 非純粹의 宣言이란 타이틀을 택한 것은 그 정도의 意味다.
>
> 時代의 狀況은 言語의 威力과 非力을 동시에 切感케 한다. 설령 그것이 非力의 길이라 할지라도 가는 데까지 가 보고 싶다.

언어의 문제는 그리하여 그에 있어 비로소 학문적 분석의 형태로 문학비평의 전면에 등장한다. 「언어의 유곡(幽谷)」이라는 글을 나는 이와 관련하여 주목하고 싶다. 발레리, 니체Friedrich Wilhelm Nietzsche, 사르트르, 헉슬리 등의 언어관을 소개하면서 쓰여진 이 글은 그들 전술한 서구의 문학인들이 얼마나 깊은 의식으로 언어를 의식하였느냐 하는 다분히 서구 문화사 속에서의 언어 절대 경향의 풍조를 전달한 것이었으나 "이러한 언어에 대한 자의식의 저변에서 저들의 세계관 및 문학관의 축도(縮圖)를 원시적인 형태로 발전할 수 있다고 믿었기 때문이었다"는 그의 밝힘대로 한국 문학 비평에는 귀중한 노트가 되었다. 그것은 순수론의 허황한 자기고착과 마찬가지의 비중으로 위험시되는 무분별한 현대 사조—가령 50년대의 모더니즘 운동을 보라—해명에도 커다란 힘이 되었기 때문이다. 말하자면 현대의 창작 문학 자체가 그렇듯이 서구 표상에서 이입되는 비평의 첫 과제는 분석 정신이고 그 구체화는 언어의 해석임을 그는 마땅한 시기에 적절하게 수행한다. "현대 문학이 제공해주고 있는 여러 가지 화제, 가령 순수소설이라든가 관념소설의 문제 혹은 난해성의 문제, 아니 전통의 문제까지도, 그 생성의 기원은 다름 아닌 이러한 언어의 유곡이었다"는 자기 석명이 따르는데, 이는 타당하다 할 것이다. 어휘 자체로서는 새롭지 않다고 하더라도 휴머니즘, 경험, 상상력, 관점 등의 문학 개념이 따라서 명백하게 검토 분석된다. 이들 용어들은 사실상 전후의 한국 문학을 무차별하게 누벼온 개념들인데 그 사용의 빈도와는 멀어서 제대로 개념 규정의 시도조차 되어 있지 않은 터였다. 우선 그는 휴머니즘의 개념이 한국 문학에서 어떻게 쓰여져왔는가 하는 사실을 반성하면서 세 가지의 현상적인 카테고리를 설정한다. 첫째가 '인간에 대한 애정을 환기시키는 동정의 미학', 둘째 '이른바 부정적 인간의 고발' 그리고 마지막으로 '회귀형 내지는 갱생형'으로 나누어진다. 첫째의 경우, 현대에 잘못 태어난 이들 성선설(性善說)의 불우한 유복자들은 그들의 선도로 해서 대부분 패망자의 운명을 감수하지 않을 수가 없다. 약한 사람들, 가난한 사람들, 학대받는 사람들을 등용하여 이들에게 무한한 선의를 부여할 때 이들 작중인물들은 독자들의 동정을 받게 마련이다. 둘째의 경우, 선의의 인간의 배율(背律)로서 긍정적 인간에 대립한다. 그리하여 이 긍정적 인간과 부정적 인간이 멜로드라마 속의 선인과 악한처럼 상극한다. 셋째의 경우, 이 경우의 주인공 역시 선의의 인간, 다만 도중에 약간 탈선을 한다. 그러나 그에게는 곧 계시와 참회의 순간이 찾아온다. 유종호의 이러한 휴머니즘 분석은 그들 소설 인물의 인격 형성, 인간 조립의 과정에 사회 전체와의 마땅한 인간관계가 자기 관련성이 제거된 채 다루어지기 때문에 가지는 약점이 있으나, 그의 말대로 '센티멘탈리즘'을 지적·비판한 점은 한국 문학에서의 인간과 휴머니즘의 한 특징을 잘 부각해낸 것이다. 유종호가 가장 혐오하고 비판한 것은 바로 이 센티멘탈리즘의 문제이다. 순수주의론의 그 풍속적 실체—센티멘탈리즘, 인정주의, 음풍영월 등은 사실상 그를 비롯해서 50년대 한국 비평이 목표로 하고, 그 극복을 노력했던 요소들로서 당시 거세게 논란되는 전통의 계승, 단절 문제에도 중요한 한 핵심인 것이다. 한국 문학이 전통이라는 이름 아래 온존하고 있었던, 그리고 순수라는 이름으로 그 이념적 호도를 일삼았던 비문화적인 요소를 차근차근 분석해낸 점은 유종호의 성과라고 나는 믿는다. 사고의 획일성, 도식성, 상투성들이 그리하여 하나하나 적발되고 종래의 한국 문학은 '소박한 리얼리즘'으로 규정되고 "소박하기 때문에 사회의 비판이나 역사에의 증언, 인간 전형의 창조, 인간 본질의 사변적 추구, 사상의 표현, 이러한 현대 소설을 풍요케 하고 있는 제 요소의 부재"가 개탄된다. 경험이라는 산문 문학의 가장 기초적 등걸에다가도 그는 "경험이라고 하는 것은 한 주체가 이를 수용한다는 의미에서 어디까지나 주관적"이라는 조명을 비추어주고 상상력의 문제도 상식적인 차원에서라 하더라도 애써 다시 강조된다. 50년대 후반의 문학적 분위기를 조감할 때 유종호의 비평 활동은 비록 부분적으로 상식적·원론적 성격이 있다 하더라도 분석론의 중요한 자리를 차지한다. 그는 이론 부재의 시대에 문학의 상식을 정리해주었다.

「한국 단편소설론」을 통해서, 관념·현실·문학—특히 소설과의 관계를 추적·분석한 천이두(千二斗)의 비평적 자리도 나는 여기서 분석주의론의 일환으로 파악하고 싶다. "오늘날의 한국 소설에 있어서 현실은 절대군주처럼 문학 위에 군림하고 있거나 엄격한 타부처럼 경원당하고 있다"고 그가 현실의 의미를 문학에서 재발견해내고자 한 노력은 높이 평가될 만하다. 사실 문학의 원천이며 그 사회적 기능에서 양 축의 일변이기도 한 현실은 우리 문학에서 그의 말대로 너무 무책임하게 쓰여져왔기 때문이다. 그는 "소설은 다른 어떤 장르의 예술보다도 더 철저히 현실 속에 살지 않으면 안 된다는 논거만을 비대하게 확대시킨 나머지 그것이 문학이라는 사실이 망각되어버렸거나 소설에 있어서의 현실은 현실 그 자체일 수 없다는 논거를 일방적으로 왜곡시킨 나머지 소설이 산문의 미학이어야 한다는 가장 초보적 상식조차 묵살되어버렸거나 하다는 것"이라고 문학 속의 현실론을 환기시킨다. 김현이 초기에 시에 관한 관심으로부터 자기 확대를 하여나갔다면 천이두의 그것은 소설로부터의 문제 추구이며, 따라서 다른 어떤 요소보다 '현실' 구명에 집요하게 따라붙는다. 이것은 그가 거둔 성과와는 별도로 문학을 양식 면에서 연역적으로 점검하였다는 의미에서 중요한 뜻을 갖는다. 소설과 시를 구분하는 데 있어 그는 사르트르의 판별법인 '의미의 요소'를 더욱 정리하여 "시와 산문을 판별 짓는 가장 기본적 요인은 '의미'의 유무나 그것의 다과(多寡)에 있다기보다도 그 의미의 질료에 차이가 있다"고 관찰한다. 소설 인식에의 이러한 기본 태도는 "주어진 객관 상황과의 교호 관계를 전제로 한 인간의 인식이 소설의 가장 중요한 입지로 이어지면서 건전한 현실 인식을 강조한다. 그는 신문학사 이후의 한국 소설을 사분하여, ① 계몽주의 및 카프의 정치주의 ② 염상섭 등의 사실문학 내지 세태소설 ③ 한국적 인정 및 한(恨)의 소설 ④ 내성적·자의식적 소설들로 가른다. 그리고 그들 하나하나를 분석·비판하여간다. 이러한 입장은 그러한 입장의 고조(高潮)에서 유발되기 쉬운 연대순적 문학사 회고의 함정을 피하면서 꽤 비판적으로 전개된다. ①의 경우를 공리주의 문학 여기(餘技)주의라고 비판하는데 여기에 기준으로 작용하는 논리가 ①, ②의 전 경향에 포괄적으로 적용되는 이론이 못 되는 허점을 안고 있기는 하지만, 양식 면에서 구체적 반성의 양상을 이루었음이 사실이다. 특히 방법론의 필요성을 절감하고 그 하나의 기본으로서 내세운 산문정신의 강조는 주목할 만하다. '산문적'이라는 말 속에는 지적 인식이라는 철학적인 면과 구체적 형상화라는 방법론적인 면이 불가분의 양면성으로 함축되어 있는 것이다. 따라서 산문정신이란 인습이나 상식을 거부하는 준엄한 부정(否定) 정신이요 올바른 형상(표현)을 모색해 마지않는 줄기찬 탐험의 정신이다. "그런데 우리에게는 그러한 부정 정신과 탐험 정신의 착실한 세례가 없었다"는 그의 진단은 구체적으로 최서해·이기영·채만식 등등의 작가를 작품 분석을 통해 알아본다. 그 결과 천이두는 20, 30년대의 프롤레타리아문학 운동이 실패한 이유로 그가 명명한 산문정신의 빈곤을 발견한다. "1920년대 후반기에 있어서의 카프 작가들도 1차대전 이후 서구 및 일본에서 바야흐로 풍미하던 이른바 혁명적 이데올로기를 받아들이는 데만 골몰한 나머지 그 이론이 1920년대 조선의 빈곤한 조건과 어떠한 본질적 갭이 있는가의 사실에는 아랑곳하지 않았다"는 견해는 적절하며, 그가 이유로 내세운 산문정신의 부재는 현실 수용의 엄격성을 말해주었다는 점에서 발전적이다. 이러한 엄격성으로 그는 김성한, 선우휘, 최인훈, 남정현까지 "관념 선행적 방법론에 입각"한 것으로 해석하는데, 그 논리의 확대 속에서 그는 ①, ②에 속하는 소설 거의 전부를 "일정한 관념을 전제로 하고 있다"고 비판한다. 김, 선우, 최, 남 등의 「바비도」「귀환」「불꽃」「오분간(五分間)」「열하일기」「탈의기(脫衣記)」 등이 비록 20, 30년대의 작가들보다 높은 차원에 와 있고, "노기에 찬 육성, 혹은 일그러진 요설"을 지양했다 하더라도 채만식 등이 보였던 "풍자 작가의 방법론적 약점과 본질적으로 궤를 같이한다"는 의견이다. 그가 확실히 제시하고 있지는 않지만 그가 생각하는 산문정신의 본질의 윤곽은 여기서 어슴푸레하게 드러나는 것 같다. 그것은 심리주의나 구조주의 같은 것을 방법론으로 택하는 생각과는 멀리 떨어져 있는 사상이다. 자연스러운 논리의 결과로 그는 산문정신의 본질로서 리얼리즘(그는 '사실주의'라는 말을 썼지만)을 고창(高唱)한다. 이러한 주장은 천이두 비평의 결론이라는 의미에서라기보다, 60년대의 다른 일각이 되고 있는 사회비판론과 어떤 차이점을 갖고 있느냐는 차원에서 주의 깊게 관찰될 필요가 있다. 사회비판론의 문학방법론이 리얼리즘 혹은 사회적 리얼리즘에 크게 의지하고 있기 때문이다. 천이두의 그것은 사회비판론의 그것과 그러면 같은 것인가? 이 질문에 대한 대답은 문학비평의 분석이 결과로 하는 우리 시대의 대단히 중요한 한 가치 문제와 결부된다. 천이두의 그것은 사회비판론의 그것과 다르다. 서로 상반한다.

> 왜냐하면 사실주의란 소설에 있어서의 技法論의 기초 위에서 파악되어져야 할 개념이지만 恨 및 인정의 문학이니 사회 참여의 문학이니 하는 따위는 소설에 있어서의 命題論의 기초 위에서 파악되어야 할 개념들이기 때문이다. 물론 技法論과 命題論은 긴밀한 상호관계 속에 있는 게 사실이긴 하지만.

'상호관계'를 단서적으로 붙이긴 하였지만 이와 같은 생각은 천이두의 비평이 문학의 양식론으로 소설을 택해 추구했다는 점과 함께 이른바 전체로서의 그것이 아닌, 기법론으로서의 리얼리즘을 말하고 있음을 보여준다. 그것은 문체론으로서의 영역이다. 이 과정에 이르기까지 그가 추구한 소설 양식의 구체적 전개는 분석주의적 태도로서 가능할 수 있었던 한 성과임이 분명하다고 나는 생각한다. 물론 그는 현실에의 관심과 그 묘사에 가장 열렬했던 염상섭까지도 "정작 현실을 그 자체의 자리에서 포착하려는 한국의 사실주의 작가는 현실을 다만 구경할 뿐 그 현실이 자기 자신의 생명의 절실한 욕구와 어떤 필연적인 연대 관계 속에 있어야 하는가를 생각지는 않았다"고 봄으로써 기법론으로서의 리얼리즘 그 이상을 암시한다. 그 이상을 그는 '꿈'이라는 말로서 요약한다. 그것이 없는 소설이 염상섭을 비롯해서 '방관주의'라는 이름으로 매도된다. 나로서는 이 부분을 천이두의 이론적 갈등이라고 보는데, 아마도 그것은 이론적 갈등이라는 표현보다는 앞에 말한 대로 포괄적 이론의 부재가 결과하는 혼란이라고 보는 것이 더 적절한 말이 될는지도 모른다. 그러나 이 혼란은 천이두 개인의 혼란이라기보다 우리 문학비평 전반의 혼란이며 한국 문학이론 발견을 위한 진통이라고도 볼 수 있다.

프랑스 상징시·순수시에 대한 탐닉에서부터 문학 의식을 얻고 60년대 전반에 걸쳐 정력적인 활동을 하고 있는 김현의 경우를 논함으로써 분석주의론은 한층 심화될 수 있다. 『존재와 언어』라는 그의 첫 비평집의 표제대로 그의 문학적 관심은 애당초 역사주의와는 무관한 곳에서 출발한다. 사물과 인간의 존재 그 자체가 중요한 것이며, 그 자기 표현으로서 언어이며 그 활동으로서의 문학으로서 그에게는 문학이 이해되고 있었다. 이것은 다분히 순수시에서 현대 실존주의에 이르는 프랑스의 문화 콘텍스트와 긴밀하게 맺어져 있는 인상을 던진다. 아닌 게 아니라 그는 주로 보들레르 Charles Baudelaire, 말라르메, 발레리 등의 소개에 주력하며 인간 의식의 탐구, 심리의 탐구에 노력한다. 나로서는 프랑스 문학 소개의 단계가 일단 넘어선 그의 문학론으로 보이는 「상상력의 두 경향」「고은의 상상적 세계」에 우선 주목하려고 한다. 「상상력의 두 경향」이라는 글에서 그는 이렇게 말하고 있다.

> 한국시의 경우로 문제를 한정시킨다면, 한국시의 定型은 어떤 것이고, 소리型은 무엇이며, 韻律은 어떠한가, 母音과 子音의 質感은 어떤 형태로서 나타나는가, 그러한 모든 것은 한국 음악과 어떤 연관을 맺고 있는가 하는 등등의 문제를 탐구해 나가는 것이 첫 번째 작업, 우리가 詩美學 연구라고 부를 수 있는 것의 내용을 형성한다.

문학 연구의 실제가 얼마나 심화·확대되고 있는가 하는 점이 간명하게 드러난다. 그는 이 글에서 구체적으로 한국 문학 연구 내지는 비평에서 소홀하게 다루어져온 상상력의 문제에 도전한다. 바슐라르의 상상력 연구에 근거하고 있는 이론이기는 하지만, 그는 그것을 "동적 이미지와 형태적 이미지"로 정리, 한국 현대시의 시 분석과 과감하게 연결시킨다. 한 시인에게 있어 그 시인의 경험의 극점이 형태를 얻고 나타나는가 어떤가 하는 시인 의식의 탐구로서 최하림, 김화영 등의 시인을 '형태적 상상력'이 작용하는 시인으로, '상상력이 동적'으로 작용하는 경우를 이성부, 강호무, 정현종 등의 시인에서 찾아내고 있다. 김현의 문학비평 발단이 언어 의식에서 출발하였다는 점을 보면 그가 주로 시론에 경주한 까닭은 자명해진다. 아무튼 그는 시에 대한 비평 분석의 이론이 거의 없다시피 한 상황에서 줄기차게 자기 분석을 반복한다. 그것은 시인 개인개인이 속하고 있는 시대 상황과의 적절한 상황감이 배제된 상태에서 이루어지지만, 특히 그가 60년대 동시대의 시적 작업의 비밀과 자기 정당성을 발견해주었다는 점은 분석적 방법이 도달할 수 있었던 성과의 하나임이 분명하다. 그러나 김현의 분석적 태도는 60년대 후반에 들어 최인훈의 소설에 관심을 가짐으로써 문학 전반으로 넓혀진다. 최인훈의 「크리스마스 캐럴」 연작에 대한 분석과, 이어서 발표된 「한국 문학의 양식화에 대한 고찰」을 나는 그 전기(轉機)로서 파악하고 있다. 「크리스마스 캐럴」에서는 한국 문학의 파행성, 즉 실제의 풍속과 그 풍속의 표상인 관념과의 괴리를 지적하고, 문화가 언제나 선행적으로 주어져온 사실을 비판해낸다. 또한 이른바 근대화 과정에서의 여러 가지 불균형, 불합리, 예컨대 돈에 대한 경멸과 탐닉의 이중 구조 같은 것을 지적하는데, 나로서는 이것을 전통 논의의 발전적 해소의 차원에서 이해하고 싶다. 전통적으로 알려져온 것과 단절되어 있는 것으로 보이는 새 상황 사이의 점검이기 때문이다. 「한국 문학의 양식화에 대한 고찰」은 이러한 분석방법론의 중간 결산과도 같은 것으로 "개인도 규범도 없는 세대"에서 문학의 틀을 찾아내려는 고민으로의 도달이다.

3

나는 분석주의론이라는 이름으로 50년대 후반에서 지금까지에 이르는 비평의 한 일각을 살펴보았다. 여기서 일각이라고 함은 이 기간의 비평 방법은 이 밖에 사회비판론의 이름으로 관찰한 다른 일각이 있기 때문이다.

따라서 분석주의론은 시민문학론의 한 발전이기도 하다. 이미 김윤식은 뉴크리티시즘 자체를 시민문학론의 그 일반적 논거가 되고 있는 르네 웰렉의 이론과 같은 평면에서 이해하고 있다. 그러나 내가 관찰한 분석주의론은 시민문학론의 심화로서의 그것이지 새로운 포괄적 이념과 이론을 갖추고 있는 것은 아니다. 이를테면 마르크시즘 혹은 헤겔리즘에서 내세우는 이성적 내지는 절대이성적 인간 파악에 대한 반명제로서의 심리학은 전혀 미개발의 상태로 계속 남는다. 혹은 그 둘의 새로운 양보의 한 양태로 보이는 구조주의의 경우도 마찬가지이다. 서구 문화의 현상이 단편적으로 무분별하게 이입되고 있는 상황에 비추어보아도 아이러니컬한 일이라고 하지 않을 수 없다. 내가 김현의 「상상력의 두 경향」이나 「고은의 상상적 세계」 그리고 그의 구조주의론에 주목하는 것은 이 때문이다. 거의 유일한 심리주의론으로 보이는 이 두 편의 글은 시인 의식에 대한 심리학적 분석이라는 점에서 그 성과와는 관계없이 일단 중요하게 평가되어야 할 것이다. 심리학을 원용하지 않고서는 도대체 그 본질 규명이 불가능한 상상력의 문제에 있어 그는 "상상력의 고유한 점은 과거의 이미지를 다시 창조하는 게 아니라 그냥 이미지를 창조하는 점에 있다"는 심리학개론에서부터 시작한다. "프루스트의 찻잔은 어렸을 때 마시던 마드렌느 과자의 부수물로서의 그것이며, 말라르메의 여자란 어렸을 때 죽은 여동생 마리아의 모사(模寫)이다"라는 식의 인용은 사실 한국 문학비평에서는 그것만으로도 충격적인 일이다. 다음과 같은 그의 설명을 들어보자.

> 그러나 우리가 어떤 작가나 詩人의 '想像的 世界'를 말할 때 단순히 '想像的인 것'만의 나열을 의미하지 않는다. 상식적인 것의 편향 같은 것을 우리는 숱한 창작가에서 발견하는데, 古典的 프로이트 學派들은 그것을 콤플렉스라고 부르고 있다. 이 콤플렉스란 상상력을 계속 자극하는 압력단체 비슷한 역할을 하고 있는데, 그것은 과거의 이미지의 강요를 말하지 않는다.

작가의 가장 내면한 곳까지 도달하기를 원하는 그는 '원초적 경험'이라는 말을 쓰면서 조르주 풀레나 베베르 같은 심리학파를 내세운다. 그의 심리주의론은 사르트르의 실존적 정신분석에까지에 이른다. 더 구체적인 말을 들어보자.

> 이러한 것은 古典的 프로이트 學派의 所說과는 상당한 거리를 유지한다. 그들에 의하면 모든 이미지란 항구적이고 계속적인 내포를 포함하고 있기 때문이다. 그 변주란 거의 인정되지 않는다. 보석 상자나 분지…… 같은 것은 女子 性器를, 나무, 지팽이…… 등은 남자 성기를 표시하며, 콤플렉스 역시 외디푸스 콤플렉스, 엘렉트라 콤플렉스, 나르시시즘 등의 몇 개념으로 곧 정리된다.

나는 이와 관련해서 만일 김현의 이러한 심리주의적 방법이 아니라면 고은의 본질이 과연 어떻게 밝혀졌을까 하는 생각을 해본다. 가령 역사적·비판적 태도에 의해서 밝혀질 고은의 본질과 이 경우의 그것이 주는 해명이 질적 격차까지를 포함하는 것이라면, 하나의 정신Geist이라도 개발해야 할 한국 문학으로서는 커다란 상실이 될 것이기 때문이다. 고은의 원초적 경험 혹은 정신적 외상을 '누이의 죽음'으로 풀이하고 '의식의 완벽'을 쫓음으로써 시인의 허무, 혹은 그 언어의 관념 내부가 밝혀지는데 이것은 곧 심리주의론으로서만 석명되는 문학비평의 한 특이한 몫인 것이다.

구조주의론 역시 김현에 의해 처음 한국 비평에서 문제로서 제기되는데, 이것이 서구 문학계에서 가지는 자리—역사주의와 분석주의의 새로운 지양·종합의 한 형태라는 사실을 상기할 때 한국 비평에서 차지하는 의미 또한 중요한 것으로 보인다. 그러나 이러한 논리를 제외하더라도 구조주의론은 기왕의 다른 외래 사조와는 본질적으로 다른 심각성을 우리에게 던져주었다. 그 첫번째 의미는 천이두가 상식적·원론적·고전적 의미로의 회복을 꾀했던 문학에 있어서의 현실 개념의 새로운 이해이다. 김현의 「한국 소설의 가능성—리얼리즘론 별견(瞥見)」은 바로 이 문제와 관계된다. 그것은 재래의 포지티비즘에 대한 비판이며 구조주의에의 승인이다. 그는 구조주의론 대두의 프랑스 문학 상황, 특히 신소설에 심취하고 그의 현실관을 소개한다. "소설은 무에서 시작하여 그 무엇을 창조하는" 작업이라든가 "상상력을 통해서만" 얻을 수 있다는 생각은 알려진 것이라 하더라도 "현실은 사물과 사물 사이의 관계로서 인지된다"는 것은 충격적이다. 그것은 곧 '자기의 현실'이며 '인지된 현실'이다. 다음과 같은 그의 말을 보자.

> 상상력은 시대와의 계속적인 긴장 관계를 통해 그 시대에 알맞은 구조를 획득하기 때문이다. 그 구조는 無이다. 그러나 그 無는 현실을 조명하면서 무엇이 되어 간다. 갈매기 나는 것, 파도치는 것은 다만 저기에 있는 어떤 것이며 그것을 의미의 세계로 불러오는 것은 상상력이다. 그럴듯하게 그것을 그린다. 그것이 무슨 의미를 띨 수 있단 말인가? 명확하게 묘사하는 것이 하나의 환상이라면 〔과연 누구가 자기 앞의 책상 하나라도 명확하게 묘사할 수 있는 것일까?〕 그럴듯함이라는 신화를 버리지 않으면 안 된다. 〔(그럴듯함은 롤랑 바르뜨에 의해 최근의 『傳達』誌에서 철저하게 분석된 바 있다.)〕

롤랑 바르트Roland Barthes는 레비스트로스Claude Lévi-Strauss, 뤼시앵 골드만Lucien Goldmann, 자크 라캉Jacques Lacan 등과 함께 프랑스 구조주의자들이다. 그는 현실 개념을 싸고 문학비평화한 이른바 프랑스 신비평의 핵심 인물이며 인간 구조의 동질성을 문화인류학적으로 주장한 레비스트로스의 발전이다. 그는 언어와 마찬가지로 신화를 하나의 의미체계로서 분석한 바 있다. 말하자면 언어가 의미하는 것과 의미된 것 그리고 이들의 복합으로서 하나의 표지(標識)를 형성하는 것이라면 신화는 언어 자체를 의미하는 것으로 또 의미된 것으로 흡수하며 자기의 표지를 형성한다. 그 구조도 마찬가지이다. 이러한 사고는 소박한 진화론적 역사주의와 충돌한다. 그것은 시대를 가르고, 지역을 가르면서 실재의 규명에 공헌한다. 구조주의가 언어와 맺은 관계는 그 발단의 한쪽 봉우리가 언어학의 근원으로 소급되는 소쉬르Ferdinand de Saussure로 거슬러지는 것으로도 알 수 있다. 종시적(縱時的)인 사고가 아닌 동시적(同時的)syrchronisch 사고의 구조주의에서 언어는 그 일치와 관계 및 결합의 결정적 형태가 된다. 그러나 구조주의에도 문제는 있다. 그것은 문학에서의 언어(시어 따위)가 지니는 비일상성, 비학문성 때문에 일어나는 혼란이다. 구조주의의 분석 가운데서 일어나는 언어가 과연 얼마나 정확할 것이냐는 문제로서, 독일의 불문학자이며 유일한 구조주의 학자인 후고 프리드리히Hugo Friedrich의 우려가 그것이다. 김현의 구조주의론은 물론 이러한 우려를 전혀 의식하지 않고 전개된다. 국어학이 덜 발달한 우리말에서는 어쩌면 이러한 우려가 아예 필요 없는 일인지도 모른다. 나 역시 그것이 구조주의 자체의 기형적 소개임을 인정하면서도 한국 문학에서 이것이 지금 그대로 원용될 수는 없다고 생각한다. 김현이 구조주의에 흥분한 것은 이와는 전혀 달리, 재래의 리얼리즘의 도식성에 대한 반발 때문인 것으로 보인다. 구조주의에서 이론을 얻는 상징적 기술 방법 "질문하는 대답이며 대답하는 질문"의 기술 형식, "문학이란 기술자가 쓰는 도중의 사람에서 쓴 사람으로 변모하는 순간의 기록"이라는 롤랑 바르트에의 동의가 그의 논리의 바탕을 이루고 있다.

4

이러한 미흡의 마당에서 문학비평의 종합적 방법론을 말한다는 것은 너무 성급한 일이며 혹은 거의 무모한 일일는지도 모른다. 차라리 강조되어야 할 것은 분석주의론을 더욱 심화하고 적용하는 긴 연습일는지도 모른다. 심리주의론이 그렇고, 구조주의론이 그렇고, 아예 형식주의론 자체가 그렇다. 그것은 마치 우리의 시민화 과정 자체가 그렇듯이 아직까지 제대로의 자기 적응—현실 밀착화가 되어 있지 못한 탓인지 모른다. 작품에 대해서, 예컨대 염상섭의 『삼대』에 대해서 세대이론Generationstheorie이 얼마나 철저히 적용 분석되었는지, 장용학의 『원형의 전설』에 대해서 근친상간 소설Inzestroman로서의 심리주의적 분석이 얼마나 면밀하게 적용되었는지, 이러한 문제를 우리는 아직도 결실로서 갖고 있지 못하다. 외디푸스 콤플렉스가 그렇게 자주 논의되건만, 『햄릿』 분석과 같은 성과를 가지고 있는가. 또한 구조주의론은 실제 작품 비평에 과연 제대로 응용된 일이 있는가. 이런 종류의 질문들에 대한 우리의 대답은 한결같이 부정적이며 미흡하다. 그러나 분석주의론의 엄청난 필요성에도 불구하고 그것이 받는 도전 또한 엄청나다. 그것은 한국의 현실 구조가 요구하는 압박이며 그 압박의 반응으로 나타나는 사회비판론으로부터의 도전이다. 우리가 살펴본 바대로 사회비판론·시민문학론·분석주의론에는 근본에 있어서는 인간의 정신력을 독립적으로 평가하려는, 그리하여 문화를 창조하려는 의식의 한 편향과 물질생활의 합리화를 도모, 경제적 평화를 추구하는 시민화 노력의 대립이 깔려 있다. 이러한 대립 관계를 역사적으로 살펴볼 때 우리는 한 가지 분명한 사실을 발견할 수 있다. 즉 문학의 자기 기능으로서의 전통이 우리의 경우 거의 없어왔다는 점이다. 그것은 불과 1세기 미만의 시간을 기록한다. 귀족 내지는 사대부들의 출세 도구로 쓰여왔던 문학과 계몽주의론으로서의 신문학 초기까지의 과정을 주의해보라. 그러나 더욱 처음에 지적했듯이 문학의 자기 기능으로서의 첫 출발에 대한 시비도 마르크시즘 논의로서 시작된다. 말하자면 현세적 정치 현실에의 친체제적 추종에 대한 반성으로서 그것은 역으로 정치 현실에 대한 무조건적 거부 현상을 배태한다. 대부분의 사회비판론이 이론의 공준(公準)을 찾지 못하고 아나키즘으로 흐르곤 하는 현상이 이를 반영하고 있다. 따라서 시민문학론 역시 현실 시민층과의 자기 관련성을 차단하고 예술지상주의로 환원하기가 일쑤다. 이러한 순환은 문학을 역사의 정직한 문맥 속에서 문화적 총체로 인식하는 사고와는 상반한다. 그러나 나는 그것을 한국적 구조, 한국적 특수성으로 보고 싶지는 않다. 우리의 사회, 우리의 현실도 어느덧 물질적 발달에 부분적으로 침윤되고 있으며 정신생활 역시 점진적 진화와 다양화를 겪고 있다. 그것이 비록 서구의 그것만큼 통일적이며 균형적인 것은 아니라 하더라도 그렇다. 이것을 설명하는 데에는 구조주의자들의 문화인류학을 원용하여도 좋고 마르쿠제의 양자합일의 노력을 원용하여도 마찬가지이다. 문화와 시민화가 별개의 장에서 있을 수밖에 없는 근원주의자들이나 문화를 시민화의 수준에서 조절하려는 마르쿠제류의 역사비판론자나 정신의 역사적 분리 과정·단독 과정을 이쪽에서 추출해 점검하기는 마찬가지의 일이다. 그럼에도 불구하고 분석주의론에 도전하는 한국적 역사비판론에는 자기 논리의 구축이 결여되어 있다. 가령 아도르노Theodor W. Adorno가 주장하듯 "정신은 이미 하나의 참여이며 문학은 그 카테고리와 매체를 넓혀야 한다"는 논리나 벤야민Walter Benjamin이 "문학은 사회관계에서 폭발하는 비극 정신에 그 참된 미학이 있으며 알레고리가 이때 결정된다"고 말하는 논리가 우리에게는 부족하다. 이미 극복된 문학사가 하우저Arnold Hauser의 "작가는 현실의 모순을 힘차게 그리는 것이라는 상식적·원론적 수준에서 더 나가 있지 못하거나 혹은 테야르 드 샤르댕의 '사랑'과 같은 명제로서 아직 방법론의 앞에 머물러 있다.

김윤식·김현이 공저자가 되어 출간된 『한국 문학사』는 아마도 종합론을 위한 비장한 시도로 여겨질 수 있을는지 모른다. 분석적 입장의 김현과 실증적 입장의 김윤식은 단순한 평면 기술로서의 문학사 서술에 회의하고 '새로운 의미망'의 구축이라는 방법론 아래 한국 신문학에 대한 통념을 뒤엎고 그것을 '근대문학'이라는 용어로 환치, 문학의 역사성에 대한 관심을 고조시킨다. 이와 같은 관찰은 그것이 문학 내부의 질서가 현실 사회의 변동, 특히 역사 변천과 긴밀한 조응 관계를 지닌다는 결정과 함께 이루어진 것으로서 분석론과 비판론의 종합적인 시도인 것만은 확실하다. 그러나 그것이 저자들의 의도만큼 성공하지는 못했다는 사실이 퍽 시사적이다. 왜냐하면 그것은 문학비평의 종합론이 과연 어느 수준에서 가능할 수 있는가 하는 근본 문제와도 긴밀하게 연관되기 때문이다.

나는 『종합적 분석*Synthetisches Intepretieren*』이라는 책을 내어 문학비평의 종합론을 모색하고 있는 헤르만트 Jost Hermand(독문학자, 미국 위스콘신대 교수)와 『문학사는 상호유발이다 *Literaturgeschichte als Provokation*』라는 강의 서로서 문학에서의 역사 이해, 현실 이해에 새로운 차원을 개척하고 있는 야우스 Hans Robert Jauss(불문학자, 독일 콘스탄츠대 교수)의 일련의 노력을 이와 관련하여 주목하고 있다. 먼저 헤르만트의 경우, 그는 20세기에 들어오면서 팽배·몰락하는 과학주의적 합리주의를 시초로 하여 그 후의 문학 이론을 개관한다. 정신사적인 입장, 민족문학적인 특수 입장, 그리고 정신분석학적 심리주의론과 사회주의론과 마르크시즘론, 존재에의 윤리적 형이상학적 봉사론, 그리고 형식주의론을 살펴보고 종합론의 필요성·필연성을 주장한다. 그의 주장은 얼핏 보아 새로운 느낌을 주지 않고 문제 제기 자체도 실은 새로운 것이다. 그는 특히 형식 그것뿐, 구조 그것뿐, 양식 그것뿐, 문학은 그것뿐은 아니지 않느냐고 일련의 형식 우월론을 비판하고 '새로운 헤겔리즘'에 관심을 나타낸다. 그러나 그는 결국에 가서 "헤겔 역시 그가 그 목적을 예술에까지 적용하는 데에는 주장이 미흡하다"는 결론을 얻는다. 이러한 결론은 새로운 헤겔리즘에서 "문학이라는 것은 그러면 구태여 왜 존재하는가"라는 자문으로 돌아옴으로써 굳어진다. 즉 그가 간추린 이제까지의 문학비평 및 그 연구는 체험과 형상, 형식과 내용, 실존적 사건과 가치 판단 등의 나열·병렬의 상태에 있지 그 의미 발견에는 미치지 못하고 있다. 종합론의 필연성은 당연한 것으로 보인다. 우리가 살고 있는 이 시대를 규정하기에 앞서 그것의 집합성 자체를 이해하여야 한다. 헤르만트는 그리하여 집합개념 Sammelbegriff으로서의 '시대성'이란 말을 사용한다. 그럼으로써 그에게 있어 확실한 것은 다만 모든 것은 변전(變轉) Wandel 한다는 사실뿐으로 나타난다. 문화를 운동으로서 이해하고 새로운 변증법을 찾아내려는 사고라고 할 수 있다. 의식까지를 포함한 사물의 분화는 서구의 경우 이제 그 극(極)을 보고 있는 것이다. '문학사는 상호유발(相互誘發)'이라는 규정을 시도하고 있는 야우스의 생각은 이러한 움직임을 개념화한 가장 첫번째의 가장 최근의 성과이다. 역사 이해에 대한 그의 말을 직접 옮겨보자.

> 문학사라는 것은 美學的 受容과 그 생산의 과정이다. 문학 작품을 읽는 독자가 늘어나고 그것을 해석하는 비평가가 늘어남으로써 새로운 作家群을 또 다시 생산하는 것이다. 문학의 성과라는 것은 정치의 그것과 같이 지속적으로 존재하면서 다음에 오는 어떤 세대에서도 힘을 잃지 않는 불가결한 결과를 갖고 있는 것은 아니다.

야우스에 의하면 한 세대라도 격(隔)하지 않고 영원불멸하는 문학작품은 존재하지 않는 것으로 보인다. 한 문학작품이 평가를 받느냐, 못 받느냐 하는 것은 전혀 시대에 따라 다른 것이 되고, 이 시대의 작가는 뒤 세대의 독자, 비평가에게 오직 가치 있는 것으로 판단될 희망만을 가질 수 있을 뿐이다. 이렇게 되면 자연히 현실성, 객관성이 문제된다. 그는 이렇게 말한다.

> 문학사를 그 고유의 역사성에서 파악하고 표현하는 것이 가능한가의 여부는 이 期待水平(Erwartungshorizont)의 객관 가능성에 달려 있을 것이다.

야우스의 이러한 입장은 물론 역사의 새로운 상대주의라는 이름으로 불릴 수도 있을 것이다. 그러나 나로서 이들 새로운 의지에 관심을 갖는 것은 그들이 보여주는 정신의 높은 힘 때문이다. 특히 야우스의 경우 그는 이 분열의 시대를 극복하는 데 재래의 방법론 이상의 고민을 보여준다. 말하자면 현상학과 변증법 자체에 대한 비판이며 새로운 이론에의 모색이다. 문학예술의 본질적 갈등의 두 요소가 극화되어 있고 그것이 새로운 지양을 하여야 한다는 것까지는 변증법적 발상이지만, 그것을 한 시대의 시대 양식, 시대 문체의 범주적 상황 아래에서 이해한다는 것은 예술의 전통적 절대 정신에도 상위하고, 이제까지의 역사주의론에도 어긋난다. 또한 그것은 새롭되 변증법적 새것은 아니다. 다만 새로운 이해일 따름이다.

한국 문학이 주목해야 할 점은 바로 이러한 '변전(變轉)'에의 대치이며 정신의 높은 힘, 그 윤활력이다. 문학의 제 타입을 역사 속에서 이해하려는 노력과 역사 그 자체를 다시 문학과 관련된 시대적 가변체(可變體)로 보려는 눈은 우리의 경우, 다른 어떤 상황에서보다 절실하다. 예술을 위한 예술이냐, 관련된 예술이냐는 추궁 방식은 이미 비현실적인 사고이며, 그런 의미에서 낡은 것이다. 문학작품이 그렇듯이 문학비평도 현실성을 지녀야 한다. 우리는 객관성 대신에 객관 가능성을, 주관성 대신에 주관 가능성을 내놓는 정신의 폭을 가져야 한다. 그것은 분석과 종합의 참을성 없이 이루어지지 않는다.

역사가 그렇듯이 인간은 변전한다. 그 변전은 투시와 분석, 그리고 비판과 종합의 끊임없는 공부·탐구의 노력 없이 주어지지 않는다. 자기부정까지를 포함하는 용기와 실천에 의해 그 발전은 민족에 따라, 집단에 따라, 개인에 따라 그 격차를 결과로서 가져온다. 한국의 현대 문화는 그 종합의 면에서 그 어느 때보다 이를 달성할 높은 정신력을 요구하고 있다. 만일 우리가 여기서 온몸 속에 잠재해 있을 영혼을 이끌어내어 그것을 정신의 수준으로까지 끌어올리는 데 태만하거나 실패한다면 문화의 모형 성립은 포기될 것이며, 그것은 영원히 정치 현실의 그림자로서 일반 역사의 노예로서 굴복하고 말 것이다. 지금으로서의 나의 생각은 이러한 정신의 발전만이 문학이론의 개성과 보편성을 동시에 획득하는 일이 될 것이며, 민족문학론을 보편성의 차원으로 이끌고 갈 것이라는 정도이다. 만약, 만약 그렇게 되지 못한다면 우리는 우리가 모르는 사이에 민족문학론을 공허한 것으로 떨어뜨릴 것이며, 그것은 동시에 우리의 개별성마저 잃게 할 것이다. 식민지 문화의 위험성이 여기서 배태된다.

(1970)

근대문학 기점 논의의 문제점

1

'근대'문학의 기점(起點)을 어디서부터 볼 것이냐는 문제를 놓고 논의가 벌어지고 있다. 작년 말경부터 시작된 이 논의는 필경 지금까지의 문학사 서술에 대한 반성으로서 비롯된 것인데, 넓은 의미에서 그것은 한국의 고유한 문화를 정리하려는 일련의 국학적인 반성과도 상응한다.

한국의 현대문화가 걸어온 족적으로 보아 이와 같은 태도의 반성은 지극히 당연한 것이다. 그것은 19세기 말 서양에 문을 터준 '개항' 이후 우리 문화에 하나의 도전권을 이룬 '신문학' '신학문' '신생활' 등등, 요컨대 서양 생활, 서양 사고, 서양 방식의 전면적 점검을 의미한다. 따라서 이 문제의 논의는 이러한 도전권에 얼마나 충실하게 자기 능력으로서 반응할 수 있는가, 또한 그것이 가능할 경우에 우리의 전통문화와 얼마나 보람 있는 결합과 종합을 내보일 수 있을 것이냐는 매우 중대한 결과와 맺어지는 일이다.

그렇지 못할 경우 우리는 도전을 도전으로 받아들일 줄 모르는 식물적 기능인으로 주저앉게 된다. 이렇게 되면, 우리의 문화에 대한 서양 문화의 도전은 도전으로서의 모습을 잃고 강제로서 변모할 것이며, 우리는 아마도 끊임없는 저항만을 일삼을 것이다. 그것이 문화의 태도가 아닌 것은 우리가 이미 알고 있는 바와 같다. 문제를 감상적으로 해소시켜버리지 않기 위하여 나로서는 문학에서의 본격적인 역사 취급이라는 점과 아울러 근대문학 기점 시비의 문제 제기를 각별히 주목하고 싶다.

이 문제는 1971년 10월 11일자의 『대학신문』에 의해서 제기되었다. 우선 이때 독립 논문을 발표한 김용직, 염무웅의 소론을 먼저 알아보자.

김용직은 「근대문학 기점의 문제점」이라는 글에서 몇 가지의 전제 입장을 설정했다. 그리고 그러한 설정 밑에서 가능한 세 가지 방법을 제시했다. 김용직의 세 가지 방법은 다음과 같다. 즉 ①춘원의 『무정』이 『매일신문』에 발표되기 시작한 1917년을 기점으로 근대문학을 관찰하는 방법, ②『해에게서 소년에게』나 『혈의 누』 등이 발표된 1900년대로 보는 방법, ③영·정조 시대로 보는 방법이다.

이 중 ②는 '신문학'이라 하여 가장 널리 퍼져 있는 통설을 그대로 근대문학으로 보자는 신문학-근대문학의, 지금까지의 암묵적 인정을 그대로 제시하는 것이다. 그리고 ①의 경우는 보다 작품 자체의 엄격한 해석에 의한 접근이다. 이 방법 역시 가끔 거론되어왔던 것이다.

가장 충격적인 것은 ③의 방식이다. 그것은 시조, 가사 등의 전통문학과 신문학 사이의 거리를 전통의 단절이라고 표현하였던 재래의 방법론에 대한 부정을 나타낸다. 김용직은 그러나 ③을 포함한 세 가지의 방법을 제시했을 뿐이다. 그는 이 글에서 세 가지 중 어느 쪽을 택하더라도 얻는 것과 함께 잃는 것도 있다고 그 구체적 장단점을 열거하기도 했다. 그러나 김용직의 글에는 그가 분류하고 추적한 '근대'문학의 세 가지 기점 가능성에도 불구하고 막상 '근대'문학 그 자체에 대한 규정은 생략되어 있었다.

염무웅의 「근대문학의 의미」는 이런 면에서 좋은 대조를 이룬다. 그는 무엇이 '근대'인가를 밝히려고 노력한다. 염무웅은 우선 '근대'문학의 합당한 내용과 형식이 무엇이냐는 것을 살펴야 한다고 말하면서 "문학의 역사는 그 상위 개념으로서의 일반 문화사와 전 역사를 배경으로 갖는다"고 그의 기본 태도를 밝히고 있다.

따라서 기왕에 나와 있는 문학사(김사엽, 『개고(改稿) 국문학사』, 조윤제, 『국문학사』, 이병기 · 백철, 『국문학전사』, 김태준, 『조선(朝鮮)소설사』)들은 18· 19세기의 한국 문학사에서 이미 근대 의식을 파악하였다 하더라도 "그 것 자체로서는 설명하고 있으나 한국사 전체의 발전과 관련된 진정한 중요성에서 파악하는 데에는 실패"하고 있다고 비난한다. 동시에 그는 "종래의 신문학사는 심하게 말하면 신종 박래품(舶來品)들의 파노라마"라고 비난한다. 말하자면 그는 일반 문학사와 문학사의 일치를 주장하면서 '근대'문학의 기점은 종래의 1900년대 설에서 훨씬 소급, 이미 주체적 자각이 트이기 시작한 18, 19세기로 보는 견해에 은근한 동조를 보인다.

그러나 염무웅은 여기서 논리를 약간 비약, "문학의 주체가 식민지주의자의 하수인이냐 민족적 이익과 근대적 정신의 수호자냐 하는 점이 중요하지, 시간적으로 더 빠르냐 늦으냐 혹은 식민모국(植民母國)의 모형에 더 닮았느냐 아니냐가 중요할 수 없다"고 그의 결론에 이른다.

따라서 그에 의하면 "근대문학을 완성된 실제로 보고 그것이 기점이 어디냐를 찾는 문제의 접근 방식 자체에 오류"가 있다는 것이다. 염무웅은 그러므로 문제 제기에 함께 참여하면서 그 '문제의 접근 방식 자체'를 부인해버렸다. 그것은 있을 수 있는 태도이다.

그러나 우리는 이 논의가 '기점론'이라는 것을 상기할 때, 그의 태도에 약간의 당혹을 느끼게 된다. 왜냐하면 역사 서술이 아무리 현재의 자리에서 그 형성의 연속체로서 과거를 보는 것이라 하더라도, 하나의 "역사 개념에 관계된 기점의 가설적 설정이라는 문제" 부여와 그의 태도에는 상당한 상위가 드러나 있기 때문이다. 아무튼 그는 '근대'문학을 아직도 '완성되지 않은 실체'로 보고 있기 때문에 그 기점을 어디로 잡느냐는 문제와 스스로 무관해진다. 그것은 과거의 어느 시점에 놓여 있는 것이 아니라 앞으로 와야 할 것이기 때문이다.

한편 정병욱은 같은 지상(紙上)에서 좌담회를 통해 "청나라에서 구라파의 과학사상이 들어온 시기, 18세기 후기에 싹트기 시작해서, 19세기 초기와 중기로 볼 수 있는 실학사상이 싹튼 시기와 같은 시기"로서 '근대'문학의 기점에 접근한다. 이러한 관점 아래에서 그는 박연암, 김삿갓 등의 '근대' 의식을 중요시하고 있다. 정한모의 경우도 비슷하다. 그는 "양식에 의한 문학의 현상이 문학의 전부가 아니다"라고 말하면서 "내면의 의식이나 정신을 생각할 때에" '근대'문학의 기점은 "충분히 위로 올라갈 수 있다"고 주장한다. 구체적으로 그는 사설(辭說)시조와 가사에서 기점을 찾을 수 있다고 말한다.

특히 그는 사설시조에 주목하면서, 고정 형태로부터의 탈피 노력, 평이한 언어, 풍자적이면서 에로틱한 내용 등을 "평민들이 자기들이 하고 싶은 말은 했다"는 점에서 '근대'적 문학이라고 관찰했다. 이러한 주장은 이 자리에 참석한 다른 두 비평가 김윤식, 김현에 의해서도 거의 비슷하게 받아들여진다. 결국 "우리의 근대문학을 구라파문학 양식으로만 쓰여진 것에 한정시켜야 하는가라는 문제를 생각해보아야 한다"는 김현의 말에도 이 논의는 '신문학'에서가 아닌, 서양 양식에 의한 것이 아닌 한국 고유의 문학 의식과 그 양식에서 '근대'를 발견하자는 것이다.

김윤식과 김현은 이러한 전제 밑에서 이미 문학사의 재집필에 착수했다. 『문학과지성』 7호에서부터 이들은 공동 집필의 형식으로 "영·정조에서 4·19에 이르는 한국 문학사"를 씀으로써 이른바 '근대'문학의 기점이 영·정조 시대에 있음을 못 박고 나섰다. 이들이 첫 회에서 다룬 「시대구분론」을 잠깐 살펴보기로 한다.

시대구분론의 제하에서 양 김씨는 세 가지의 입장을 명백히 하고 있다. 그것은 ① 문학사는 실체가 아니라 형태이다, ② 한국 문학은 주변 문학을 벗어나야 한다, ③ 한국 문학사의 시대구분은 그러한 인식 밑에서 행해져야 한다고 압축되어 있다. 양 김씨가 전제로서 강조한 이 세 가지의 명제 가운데 문학사는 실체가 아니라 형태라는 점이 특히 주목된다. 이러한 태도는 근대문학을 완성되지 않는 실체로서 파악하고 그렇기 때문에 기점 여부가 애당초 논의될 수 없다는 앞서 염무웅의 태도와 예리하게 상반된다.

양 김씨로서는 또 이러한 전제 아래에서만 문학사를 집필할 수 있을 것이다. 아무튼 이러한 태도는 그들 스스로가 밝힌 대로 토인비 사학의 기본 입장이기도 하며 레비스트로스, 그리고 최근의 H. R. 야우스에 이르기까지 일관되게 지켜지고 있는 전제이다. 그러나 그것은 단순히 '전제'라는 말이 지니듯이 간단한 문제는 아니다. 문학사가 실체냐 아니냐 하는 문제는 문학사를 기술할 필요가 있느냐 없느냐는 근본적인 문제와 관련되기 때문이다.

문학사라는 것은 쉽게 상상할 수 있듯이 그것 자체로서 벌써 곤혹을 일으키는 개념이다. 한개 한개의 작품과 한사람 한사람의 독자적 세계와 그것을 종시적(從時的)으로 묶어버리는 역사와는 애당초 대립의 개념이기 때문이다. 그러나 그것을 대립의 개념으로 몰아버리지 않으려고 노력하는 데에 모든 문학비평의 보람이 있고 어려움이 있는 것이다. 왜냐하면 문학비평이 노리는 가치의 문제는 개개의 작품과 역사가 대립의 것으로서 서로 마주 볼 때 스스로 상실되어버리기 때문이다. 그렇다면 어떻게 해서 가치를 건질 수 있을 것인가? 개개의 작품이 개개의 독자성을 인정받으면서 그들 문학작품 사이의 가장 명백한 어떤 제 관계가 지금까지의 전통적 집적, 축적된 요소로의 기능을 발휘할 수 있을 때 가치는 탄생하는 것이다. 개별적인 제 작가들 사이의 문학적 제 관계를 수립하는 일이 그러므로 가장 핵심적인 작업이 된다.

웰렉의 관계 도표scheme of relationships 개념은 이와 같은 과정을 적절히 압축한 것으로 생각된다(이에 대해서는 필자의 『문학사와 문학비평』을 참조하기 바란다). 그러나 그렇다고 해서 이러한 태도를 단순히 역사주의적 태도라고 못 박을 것은 못 된다. 소박한 역사주의에 대한 비판으로서 새로운 비판이론으로 부각되고 있는 H. R. 야우스의 문학사 유발론 같은 것도 이러한 태도에 깊이 침윤되어 있음을 알 수 있다.

김윤식·김현의 문학사 형태론도 이러한 태도에 부응하고 있다. 그들은 "문학사로 기술할 때 가장 중요한 것은 문학적 부분과 부분의 상호 관계로 이루어지는 전체로 파악하는 일이다"라고 말한다. 동시에 그들은 이것이 바로 "역사주의의 오류에서 문학사가를 벗어나게 한다"고 하면서 부분과 부분의 관계를 통한 의미망을 주장한다.

"과거의 문학적 집적물은 문학적 실체가 아니라 관계를 이루려는 기호에 지나지 않는다. 그 기호를 어떻게 이해하느냐는 것이 의미인(意味人)의 임무이다. 그 의미인을 통해 기호의 유효성과 한계가 주어지며, 단위의 크기가 주어진다. 작품 가치의 판단은 그 의미망의 그물코에 달려 있다"는 양 김씨의 태도는 그러므로 역사주의를 피하면서 문학사를 기술하려는 어려운 노력을 적절하게 수행하고 있는 것으로 판단된다.

양 김씨의 두번째 기본 입장, 즉 "한국 문학은 주변 문학을 벗어나야 한다"는 이야기는 첫번째의 태도가 문학사의 일반적 기술방법론의 천명인데에 비하여, 한국 문학의 특수한 기술방법론에 대한 강력한 옹호를 드러낸다. 그것은 최근의 식민지사관 극복 노력을 문학적 차원에서 표현한 것이다. 임화의 문학비평을 '서구 취향적 태도'이며, 식민지성, 주변 문화성이라고 매도하면서, 원효, 이황, 이이를 들먹이며 한국 문화의 우수성을 논해온 사람조차도 "심리의 이면에는 한국 문화의 주변성에 대한 심리적 콤플렉스가 잠재해 있다"고 동시에 양쪽을 몰아붙인다. 그렇게 함으로써 이들은 감정적 민족주의도 허망의 보편주의도 다 같이 배격한다.

그러한 태도의 배후에는 우리에게도 고유한 문화 유형culture pattern이 존재하고 있음을 시사한다. 실제로 이들은 항(項)을 달리한 한국 문학의 인식과 방법의 장(章)에서 이것을 반복하고 있다. "한국 문학사는 개별 문학이냐"라고 왜 또 새롭게 달리 썼을까 의심할 정도로 이를 강조하고 있다. 요컨대 한국 문화의 주변성을 극복하자면 그 문화 유형의 특수성을 인정하고 들어가자는 것인데 그것은 최근의 한국사 이해에 대한 방법과 일치된다. 또한 그것으로부터의 원용이기도 하다.

따라서 이들의 현대문학사 기술은 문학의 역사를 기왕의 정치사회사와 일치시킬 수 없다는 태도, "문학사는 형태다"와 함께 한국사 이해에 따른 한국사 이해 방법(독자유형론)에의 동조 태도를 동시에 내보인다. 순전히 논리적으로만 말하자면, 이 두 가지의 태도는 서로 모순되는 것이다.

간단히 말해서 그것은 문학작품은 일반 역사와는 다른 특수한 것이라는 태도이며, 그러나 한국 문학작품은 한국사와의 요소적 일치가 가능하다는 태도이다. 그러니까 문학작품은 특수한 것으로서, 그 특수성은 국적 내지는 민족을 초월할 수 없다는 한계의 표명이다.

따라서 양 김씨의 방법론은 한국 문학사는 그런 식으로밖에 기술될 수 없다는, 이를테면 방법론 자체의 특수성을 제시한 것으로 생각될 수 있다. ① 시대구분론 ② 한국 문학의 인식과 방법으로 내용이 나뉘어 있으나 ①의 항목들이 '문학사는 형태이다' '한국 문학은 주변 문학을 벗어나야 한다' '한국 문학사의 시대구분은 그러한 인식 밑에서 행해져야 한다'로 나뉘어 있는 것이나 ②의 '한국 문학사는 개별 문학이다' '한국 문학사는 문학이다' '한국 문학사는 형성의 문학이다'나 같은 이야기다. 아마 강조일 것이다.

2

한국 문학사가 다시 쓰여져야 한다는 것은 역사는 언제나 다시 쓰여질 수 있다는 일반론이 아니더라도 절실하다. 우리의 경우 사실 그러한 일반론의 필요를 말할 계제조차 못 된다.

김사엽, 조윤제, 김태준, 이병기, 백철, 조연현 들의 문학사는 많은 비평가들이 지적한 대로 공과 함께 많은 허점을 안고 있는 것이 사실이다. 그중 가장 두드러진 허점은 문학사를 무엇 때문에 집필하느냐는 근본이 생략되어 있다는 점이다. 그것은 동시에 방법론을 상실시킨다. 앞에 적은 이들의 문학사가 크게 보아 기록 이상의 성과를 보여주지 못하고 있는 것도 이 때문이다.

이런 의미에서 김윤식·김현이 쓰고 있는 영·정조에서 4·19에 이르는 한국 문학사는 각별한 관심을 끈다. 그것은 지금껏 보지 못하던 성실한 방법론의 설정 때문이다. 그러나 양 김씨의 의욕에 넘치는 착수 이외에 아직 이렇다 할 구체적 자료조차 없는 터에 '근대'문학 기점 논의는 너무도 조심스럽지 않게 확대되고 있는 느낌이다.

이광훈이 지적했듯이(「근대문학의 기점론」, 『고대신문』) "근대화의 의미는 무엇이며 근대정신이란 무엇인가?"에 대한 규명 없이 문제의 복판에 뛰어들었다는 점도 이야기될 수 있다. 그러나 그 무엇보다 당황스러운 것은 왜 이러한 방식으로 문학사 문제가 제기되고 있는가 하는 점이다. 그것은 염무웅이 "근대문학을 하나의 완성된 실체로 보고 그것의 기점이 어디냐를 찾는 문제의 접근 방식 자체에 오류가 있음을 알 수 있다"고 이의를 보인 것과는 다르다.

나로서 의아하지 않을 수 없는 것은 간단히 소개해서, 문학사의 시대구분론이 왜 반드시 '근대'문학의 기점론으로 풀이되어야 하느냐는 문제이다. 한국 문학사의 집필에 있어서 반드시 근대문학의 기점이 그렇게 중요한 것일까. 나는 상당히 의심한다. 그 이유는 물론 '근대'라는 개념 설정 때문이다.

말할 나위 없이 '근대'라는 개념은 서구의 역사분절법이다. 토인비를 비롯한 무수한 역사가 그리고 또한 무수한 문학사가들이 즐겨 사용해온 시대구분의 방법이 바로 이 고대, 중세, 근대의 분절법이다. 이 점은 김윤식, 김현의 글에서도 인정되어 있다. "모든 것은 구라파식의 역사 발전에 의거하지 않으면 안 된다. 고대, 중세, 근세의 역사적 삼분법, 근대주의 등의 모든 학문적 근거는 진보라는 개념에 입각해 있나"고 쓰고 있다.

이렇게 되면 왜 굳이 '근대'문학의 기점을 영·정조 시대로 소급시키려고 하는지, 그 의도와 방법 사이에 심한 모순이 드러나버리고 만다. 한국 문학사 속에서의 의식의 성장을 서양 문학 양식의 접합으로 야기된 이른바 신문학 속에서 보지 않고, 더 거슬러 올라갈 수 있다는 것은 그럴 법한 일이다. 뿐만 아니라 그것은 한 역사 단위의 폭을 넓히고 그 동질성을 확인하는 작업으로서 의미를 갖는다. 그렇다고 해서 그것이 꼭 '근대'문학으로 불리어야 할 까닭은 무엇인가. 이에 대한 기본적 천착 없이 '근대'문학의 기점론을 왈가왈부한다는 것은 사학계의 '근대' 개념 추구에 안이하게 편승하려는 태도처럼 보이기 쉽다. 나로서는 문학사에서 시대구분론이 저지르기 쉬운 이러한 혼란의 배제가 다른 무엇보다 더욱 시급한 문제라고 생각한다.

「문학사와 문학비평」이라는 글을 통해서 나는 문학사에서 역사 단위를 이루는 것은 시대 인식에 그 기점(岐點)이 있지 않나 생각해본 바 있다. 그 예로서 ① 전설 시대 ② 초월성과 영웅식 변용 ③ 이상과 현실주의 ④ 세계성과 시대 비판 ⑤ 자기표현과 형식주의로 16세기 초까지의 불문학사를 정리한 바이네르트의 방법을 살펴보았다. 즉 이러한 분류는 철저한 시대 인식이 선행하지 않을 경우 애매하다는 것이다. '이상과 현실주의'는 13세기의 지적이자 19세기의 그것도 되고, '세계성과 시대 비판'이라는 이름도 14세기와 함께 계몽주의의 설명이 되기도 하기 때문이다. 시대 인식이 왜 결정적인 요건이 되는가 하는 점은 자명한 것이다. 그것은 순서 개념에 의해서 문학사를 관찰하든, 본질 개념에 의해서 관찰하든 마찬가지로 중요한 것이다.

문학사가 크라우스는 역사 단위 분절의 기준으로서 순서 개념과 본질 개념의 둘을 말한다. 가령 17세기다, 18세기다, 19세기다 하는 식의 분류는 순서 개념인 것이며, 르네상스다, 고전주의다, 낭만주의다 하는 사조식 분류나, 혹은 괴테 이후다, 토마스 만Thomas Mann 이후다 하는 것은 본질 개념과 맺어져 있다. 그렇다면 단순한 기록이 아닌 문학사는 어떻게 기술될 때 가장 문학사 집필의 의도에 부합한 것이 될 것인가 우리가 문학사를 새로 집필한다면 방법론의 첫 출발은 여기서부터 이루어져야 마땅할 것이다.

자체 내에서 정치적, 경제적, 문학적인 근대화를 전개하지 못한 독일 문학에서는 '근대문학'이라는 용어를 회피한다. 그 대신 이들이 말하는 것은 '질풍노도 시대' 혹은 '괴테 시대'이며, 괴테 이후의 18·19세기를 '괴테 이후 시대Deutsche Literatur nach Goethe'라고 말하기도 한다. 그것은 독일 내에서 자발적으로 전개된 어떠한 근대화 움직임, 혹은 프랑스혁명, 산업혁명의 모방 움직임보다, 괴테 한 개인의 문학적 활동을 시대 인식의 결정적 요인으로 관찰하는 독일 문학의 방법론이기도 하다. 거기에는 독일 문화보다 선진이라고 판단되는 문화에 대한 추종도, 배격도, 콤플렉스도 존재치 않는다.

그것은 역사에 흡수되는 개인으로서가 아니라 역사를 창조하는 개인에게 조명을 부여함으로써 그 이후의 수많은 다른 작가들을 흡사 에피고넨으로 몰아버리는 폐단을 동반한다. 그러나 그렇게 관찰하는 것은 문학의 입장이 아니다. 그것은 한 작가의 질의 차이, 위대성의 차이로 설명되어야 한다. 독일 문학사의 경우, 한 위대한 작가를 문학사의 한 기점으로 삼는 것은 벌써 하나의 견고한 방법론을 이루고 있다. '현대modern' 규정에 부심하는 대신에 토마스 만 이후의 문학이라는 용어가 더 빈번히 사용된다.

실제로 괴테와 토마스 만은 18세기 이후의 독일 문학사를 양분하는 기점이 되고 있다. 괴테로 이루어진 문학 세계의 새로운 구축, 가령 순수한 이성의 논리 문화에 반대되는 감성의 개발과 상상력의 고양, 그리고 개인의 자유를 질서 원리에 대응하여 역설한 것은 그가 거의 한 세기에 걸치는 오랜 문학 활동을 통하여, 구부렸다 폈다 하는 높이의 변동을 보여주었다 하더라도 그 이전의 문학 세계와 비교할 때 판이한 것이었다. 뒤의 칸트의 『순수이성비판』도, 뒤의 낭만주의 운동도, 그런 의미에서 독일 문학사 안에서는 괴테의 키를 넘지 못한다. 무엇보다 괴테가 이렇게 시대 인식의 한 표징이 될 수 있었던 것은 소설·희곡·서정시 모두에 걸치는 그의 끊임없는 작품 활동의 양과 질 때문이다. 그의 작품량이 많다는 것은 알려진 이야기다. 그러나 질이라고 이야기할 때 우리는 그것을 독일 문학사에서 차지하는 양식의 확고화 과정 속에서 주목하여야 한다. 그는 실제로 자기의 체험을 통하여 어떠한 혁명에도 가담한 일이 없으나, 스스로의 몸을 통해 의식의 혁명을 보여주었다. 그가 당대 독일 사회의 지도층 인물이라는 것은 역시 잘 알려진 사실이다. 그의 의식의 혁명은, 그러나 정치 지배계급의 인사들이 흔히 저지르기 쉬운 포즈로 떨어지지 않고 거듭 발전한다. 『파우스트』라는 희곡을 통해서 성립되는 독일 희곡-드라마의 양식 개척은 따라서 단순한 의미의 형식이 아닌, 그의 오랜 사상의 결정이다.

우리는 흔히 괴테에 이르기까지, 그의 앞에 있었던 몇몇 인물을 괴테와 비교해서 사상의 높낮이를 이유로 간과해버리고 있다. 헤르더Johann Gottfried von Herder와 클롭슈토크F. G. Klopstock 같은 작가가 그 예가 될 수도 있다. 그러나 의식의 혁명과 자기의 세계, 독일 예술문학도 잠을 깨어야 한다는 주장을 폈다는 점으로 본다면 이들도 결코 괴테에 뒤떨어지지 않는다. 헤르더는 직접 『새로운 독일 문학 수립에 대하여』 『독일 예술론』 등을 쓰기도 했고, 클롭슈토크는 "시인은 이 세계의 혁명자"이며 독일 서정시는 틀을 갖추어야 한다고 주장한다. 빌란트Wieland는 영어 · 독일어 · 불어 · 이탈리아어를 비교하며 문학어로서의 독일어의 무능을 개탄하기도 한다. 그러나 괴테는 그 모든 주장 사상을 양식화한 것이다. 바로 이 때문에 이들은 괴테의 뒤로 물러선다. 오늘날 독일 희곡은, 괴테의 연극은 셰익스피어에게 떨어지지 않고 있다. 그 스스로가 하나의 연대(年代)를 창조한 것이다.

3

'근대'라는 개념이 서양 문화의, 그것도 르네상스, 프랑스혁명, 영국 산업혁명을 잇는 새로운 시대 인식과 결부된 개념일 때 이러한 개념을 다른 종류의 문화 유형에서 수용할 경우 그것은 어차피 유개념(類概念)이 된다. 그러나 우리가 주목하여야 할 것은 이러한 유개념으로서 무엇을 추궁할 수 있을까 하는 점이다. 한국인의 경제 의식이 박지원, 박제가, 정다산 등의 실학파를 거쳐 고려 시대의 정도전까지 소급되면서 그것은 철저히 서양의 고전주의-자본주의의 경제 발달 이론과 대조되면서 전개된다. 정치사적인 측면에서도 마찬가지다. 고려 때까지 소급되기도 하는 이른바 '근대'의 기점 시비는 여론 정치 형태를 그 척도로 해서 서양 시민사회 발달의 논리와 발맞춘다.

우리가 이때에 그 내용에 대한 규정 없이 '근대, 근대'를 떠들 때, 그것은 서양 문화의 규정에서 확대되고, 또 확대되어 마침내 유개념이 되어버리고 만 것이다. 그러나 정치사회사 혹은 일반사라고 부르는 것에서는 그러한 태도가 방법적으로 용인될 수도 있다. 왜냐하면 이 분야의 시대구분론에서는 그것이 하나의 방법론이 될 수 있기 때문이다. 그것은 서구의 이론 도입에 있을 수 있는 역사학계의 최소한의 양보일지도 모른다.

그러나 문학의 경우, 문학사의 경우는 다르다. 그것은 무엇보다도 문학사라는 것 자체가 김윤식, 김현의 지적대로 실체가 아니라 형태이며 목적이 아니라 방법론이기 때문이다. 문학사는 문학사 자체를 위해서 공헌하지 않는다. 문학사는 제 작가 사이의 제 관계를 알기 위해서 쓰여지는 것이며, 제 타입과 타입, 그리고 양식과 양식 사이의 관계와 변이를 탐구하기 위하여 쓰여지는 것이다. 그렇다면 결국은 문학 연구의 방법론으로 환원되는 문학사를 위하여 유개념으로 확대되는 '근대'라는 에피셋을 왜 필요로 하여야 하는가.

우리는 흔히 현대문학이라는 말을 하고 또 이따금이지만 '고대문학'이라는 말도 한다. 그러나 '현대문학'이라는 용어의 경우 또한 별 개념 규명 없이 쓰여져온 것이다. 그런 의미에서 그것은 차라리 수사법에 불과한 것이며, 본질 개념은 아닌 것이다. 그것은 영어의 Contemporary, 혹은 독일어의 Gegenwaertig에 해당하는 것으로서, '현재'라는 뜻에 머문다. 해방 이후라거나 6·25 이후라거나 60년대라거나 하는 넓은 시간 공간에 그것은 포괄적으로 쓰여지고 있다. 동시대를 흔히 그렇게 표현하고 있는 것에 지나지 않는다. 역사의 분절에 있어서 '고대' 개념과 '현대' 개념은 '근대'와 마찬가지의 성격을 띠는 것 같으나, 사실은 그렇지 않다. '고대' '현대' 등이 보다 순서 개념에 가까운 반면에 '근대' 개념은 본질 개념에 가깝다.

말하자면 '현대'가 동시대의 현재적 시간 평면을 말하고 있고, 또 '고대'는 역사 시대의 가장 처음 부분을 시작으로 하고 있기 때문이다. 시대 인식으로서 역사 단위를 동질성의 시간 공간으로 끊어내는 '근대' 등의 개념은 보다 본질적인 면과 관련된다.

물론 이러한 해석은 '현대'의 개념 규정을 둘러싸고 일어나는 논쟁 때문에 차츰 상대적인 설명이 되어가고 있기는 하다. '현대'를 단순한 순서 개념이 아닌 본질 개념으로서 보고, 그 성격을 규정하려는 노력은 점점 치열해가고 있다. 그러나 그렇다고 하더라도 '현대' '고대' 등의 무의도적, 선험적 사용에 비해 '근대'의 경우는 문제의 핵심이 판이하다. 다시 한번 물어도 좋다면, 대체 왜 '근대'라는 개념을 넣어서 설명하려고 하는가.

살펴본 바와 같이 '현대' '고대' 등의—우리로서는 순서 개념에 지나지 못하고 있는 역사 분절법에 모르는 척하고 슬쩍 끼어버리려고 하는 것은 아닐 것이다. "한국 문학은 주변 문학을 벗어나야 한다"는 명제나 한국 문학은 개별 문학이라는 명제에 압축되어 있듯이 '근대'문학 기점 설정 논의는 식민지 사관의 극복, 주체적 문학방법론의 확립 등에서 힘차게 솟구쳐 올라오고 있는 것이기 때문이다. '근대' 개념의 도입은 그것이 서구로부터의 유개념이라는 의미에서, 그리고 그 유개념이 방법론으로서 원용되는 역사학에서가 아니라 문학사 자체가 방법론이 되는 문학사 기술에 도입되었다는 점에서 커다란 모순을 안고 있다.

이렇게 되면 애써서 문학사를 다시 쓰려고 하는 의도는 자기 방법론의 모순에 의해서 상쇄(相殺)되어버리고 만다. 식민지 사관, 주변 문화성 등을 탈피하려 노력하고 또 그것을 콤플렉스 없는 감정주의의 지양 가운데에서 이루려는 '근대'문학 기점론은 여기서 스스로 감정적 차원에서 서술되고 있음을 드러내버리고 말게 된다. 말을 바꾸면 그것은 '근대'에의 집착이며 콤플렉스다. '근대'라는 서구식 역사 분절법으로는 '근대'문학의 기점을 아무리 영·정조 시대로 소급시킨다 하더라도 결국은 "영·정조 시대로의 소금" 이외에 별다른 문학적 성과와 연결되지 못할 것으로 우려된다. 그러한 발상의 저류에 깔려 있는 '개별 문학'으로의 희망은 무산되고 오히려 그러한 주장이 염려하고 있는 것과 똑같은 결과, 즉 언제나 서양 문화, 서양 문학을 뒤쫓고 또 뒤쫓는 결과가 되지 않을까.

우리가 서양 문학의 이론, 방법론에서 받아들일 수 있는 최소한의 것은 문학의 보편적인 내포와 그 질서에 관한 것일 것이다. 중요한 것은 '근대'의 기점이 영·정조 시대에 있다는 것이 아니라 한글로 쓰여진 작품이 언제부터 누구에 의해 시작되었다거나 개인의식, 그 표현에의 욕구가 언제부터 적극화되었다거나 혹은 민족의식이 집합적으로 언제부터 추구되기 시작하였다거나 하는 일들일 것이다. 그러한 요소들은 한 개인 개인을 통하여서 산재한다. 문학사가가 문학사를 통하여 해야 할 일은 이들 산재되어 있는 개별끼리의 관계를 이끌어내고 그 도표를 작성하는 일이다. 그리고 거기에 문학사가 자신의 이름을 붙여줄 수 있을 것이다.

이러한 과정은 서양의 유개념을 역사학과 똑같은 차원에서 받아들이고 그러한 수용 아래에서 "우리도 이러한 것이 있었다"는 개별의 적발을 연역적으로 이루어가는 과정과 상반한다. 문학사를 저술하는 방법은 그 역이 되어야 하며 특히 이 점은 한국 문학사 기술 방법론에서 더욱 강조되어야 할 요체라고 생각한다.

김만중의 17세기에서 박지원, 정약용 등으로 연결되는 한국사의 18·19세기는 확실히 당대 사회의 구조적 모순의 발견과 그 극복을 위해 놀랄 만한 발전을 보이고 있는 시기로서 평가되고 있다. 특히 영·정조 시기는 한국의 정신사에서 중요한 획을 긋는다. 양반 사회의 기본 구조의 붕괴와 깊이 관계되는 이러한 측면은 이제 많은 사학자, 경제학자. 정치학자의 공통된 동의를 획득하고 있는 것 같다. 상인 계급이 발호하여 화폐 제도가 확대되고 이러한 확대는 전통적 농촌성을 침략하며 경영형 부농의 탄생을 보게 된다. 과거의 양반 사회적 경제 질서, 운명적 부 의식이 의심되고 이에 대신해서 직업의식이 대두한다. 따라서 시장이 성립되고, 그에 의한 경쟁의식이 촉진된다. 이러한 경제 구조의 변모가 의식의 변모를 함께 유발할 수 있다는 점은 쉽게 짐작된다.

그것은 양반층에게는 카리스마적 권위 대신에 합리주의를 일깨워주고 서민층에게는 자기 능력에의 믿음과 인간 평등에의 믿음을 계발한다. 이러한 사태는 문학사에 이르기까지 자연스러운 충격을 던진다. 그러나 그것은 문학사에 관한 한 어디까지나 '충격'이다.

가령 박지원의 소설 『허생전』 『광문전』 『양반전』 등은 이 시기의 민중의식을 우수하게 표현한 작품으로서 열심히 찬양되고 있다. 그러나 그의 이러한 작품들이 어떠한 방식으로 민중을 고무하고 당대 양반 사회를 비난하였는지는 훨씬 덜 이야기되고 있다. 양식의 문제가 튀어나올 때에는 그보다는 오히려 사설시조 이야기가 들먹거려지고 가사가 어떻고, 판소리가 어떻다고 말해진다. 말하자면 이 시기에 일련의 '근대'적인 요소들이 있지 않느냐는 열거에 지나지 않는다. 이에 덧붙여 구비문학론까지 나오고 있다. 한 개인의 창작이 아니라 집단의 구성에 의한 창작이라는 점에서 한국 문학의 새로운 양식론으로 제기될 수 있는 문제이다.

그러나 많은 문제가 너무도 쉽게 생략되어 있다. 그 근본적 까닭은 이 시기의 의식의 운동을 문학사가 정당한 '충격'으로 받아들이지 않고 너무 빨리 그 속으로 함몰되어버린 데에 있다고 나는 판단하고 싶다.

문학사에서 살펴보아야 할 것은, 그리고 문학사를 통해서 밝혀져야 할 것은 김만중의 양식과 박지원의 그것이 동질의 것이냐 아니냐 하는 것, 그리고 그 차이의 크기가 두 사람의 작가를 다른 시대로 각각 넘겨줄 만큼 이념적인 것이냐 아니냐 하는 것이다. 물론 박지원과 정약용도, 이인직 사이와의 관계도, 다른 모든 작가들 사이의 관계도 마찬가지다.

뿐만 아니라 그것은 표현, 의식의 다른 모든 차원에서도 마찬가지다. 거기에 붙여주어야 할 이름은 중요한 것만큼 신중해야 한다고 생각한다. 가령 이러한 모든 분석 종합을 통해서 그 모든 시대 인식적 요소를 함께 지니고 있는 위대한 작가를 만난다면 얼마나 좋겠는가. 우리는 그때 기꺼이 그의 이름에 문학사의 기점을 붙일 것이다. 문학사를 기술하는 진정한 재미도, 사명도 여기에 있다고 할 것이다.

(1972)

대중문학 논의의 제 문제

대중문학 혹은 대중문화에 대한 관심이 최근 크게 고조되고 있는 것 같다. 이 문제에 대한 관심은 한국 사회의 산업화 추세에 따라 당연히 제기될 만한 문제이겠으나, 당연한 과정으로 대두되어야 할 대중사회론을 생략하고 있다는 점에서 적잖이 의아스러워 보인다. 말하자면 오늘의 한국 사회가 과연 대중사회냐, 아니냐 하는 논의와 대중사회란 어떤 것이냐 하는 문제에 대한 합의 내지 토의가 소홀히 된 채 대뜸 대중문학론으로 뛰어들고 있어, 문제 제기의 비약성을 느끼지 않을 수 없다.

이렇게 순서가 뒤바뀐 감이 있는 대로 대중문학론에 대한 관심이 일고 있는 까닭은, 아마도 이른바 70년대 작가들에 대한 소위 상업주의 시비로부터 그 원인을 바라보는 것이 타당할 것 같다. 나의 판단으로는 최인호의 신문소설 『별들의 고향』이 인기를 얻으면서부터 서서히 일기 시작한 문학의 상업성 시비는 그 뒤를 이어 조해일·조선작·박완서·김주영의 소설들이 계속해서 잘 팔리는 소설들이 되자 급기야 본격화되었던 것이다. 여기에 송영·황석영·조세희·윤흥길 등의 작가들 경우까지 포함해서 이 문제는 매우 중요한 양상을 포함하고 있음에도 불구하고 70년대 문학=대중문학=통속문학=상업주의 공식에 휘말려 무슨 이야기를 어디서부터 실마리를 끄집어내야 좋을지조차 모르는 것이 정직한 사정인 것 같다.

한 가지 분명한 것은, 이들 이른바 70년대의 작가들의 세계가 전 세대의 그것과는 다른 시대적 특징을 갖고 있고, 그것이 바로 산업화 사회의 과정 가운데서 파생되고 있는 세태와 밀접한 관계를 갖고 있다는 점이며, 그것은 우리로서는 충분히 낯선 풍속이라는 사실이다. 이 때문에 이 현상은 우선 우리에게 충격적으로 받아들여진다. 더구나 그 충격의 반응은 부정적으로 나타나기 쉽다. 뒤에 보게 되겠으나 전통 사회의 유제(遺制)를 유형·무형으로 안고 있는 우리 사회에서 어쩌면 그것은 당연한 것처럼 보이기도 한다. 그러나 우리의 체질적인 반응에 관계없이 이에 대한 이론적 접근은 보다 냉정할 필요가 있다. 70년대 작가들이 앞서 제기한 것으로 보이는 이 문제는 과연 대중문학 논의와 어떻게 관련되는 것일까?

1

대중문학 논의는 '대중문학', 즉 '문학'이면 '문학'이지 굳이 '대중'문학은 무엇인가 하는 데에서부터 그 문제 제기의 단서를 풀어보는 것이 유익할 것 같다. '문학'이면 충분할 터인데, 왜 구태여 '대중'이라는 말을 앞에 놓고자 하는가? 이런 의문은 자연히 '대중'이라는 말이 놓여 있지 않은 '문학'은 적어도 '대중'문학은 아니었다는 사실을 반증하는 것이 될 것이다. 그렇다면 '대중문학' 아닌, 그냥 '문학'은 말하자면 비대중문학이었다는 말이 되는데, 과연 우리는 우리가 지금까지 무심히 수용해온 '문학'이라는 개념을 '비대중'이라는 개념과 연결이나 시켜본 일이 있는가? 이 질문은 두 가지로 나누어 살펴질 수밖에 없는 측면과 결부된다. 첫째는 '대중'이라는 개념이 새로 생겨난 것이므로[1] 지금까지의 문학을 이 개념과 연관

1 우리나라에 있어서는 말할 것도 없거니와 미국 사회에서도 그것은 새롭다. Edward Shils, *Selected Essays*, p. 21 참조.

시켜 생각한다는 것은 애당초 있을 수 없다는 측면이다. 말하자면 '대중'이라는 개념을 아예 존재하는 것으로조차 생각지 않았던 마당에, 구태여 대중문학이니 '그냥' 문학이니 하는 분간이 도시 불필요했다고 볼 수 있는 것이다. 이러한 생각은 '대중'이라는 개념을 이른바 대중사회와 관련시켜 바라보는 한, 지극히 타당한 것일 수밖에 없다. 이 점은 지금의 한국 사회를 대중사회라고 할 수 있느냐, 없느냐 하는 논의와는 별도로 그것이 지금까지의 과거와 연관되는 부분에서는 어떤 의미에서든지 대중사회와 무관하기 때문이다. 그러나 이러한 논리 추구가 결과로 하는 것은, 이제는 우리 사회도 대중사회적 성격을 드러내고 있다는 가설이 될 것이다. 과연 어떤 사회가 대중사회인가 하는 문제에 대해서는 이미 그 체험을 얻고 있는 것으로 보이는 서구 사회의 많은 이론가들조차 서로 엇갈린 견해[2]를 내놓고 있어 우리로서도 손쉬운 통념을 얻기는 힘들다. 그러나 그들이 어떤 다른 의견으로 충돌하고 있든 간에 결과적으로 대중사회적 풍속이라고 부를 수 있는 현상의 노출이 부분적으로나마 우리 사회에도 등장하고 있는 것은 사실이며, 바로 이 점이 "문학이면 충분할 터인데 왜 구태여 대중문학이 문제되는가?" 하는 문제를 유발한다.

그다음에 주목해야 될 사항은 지금까지의 우리 현실에서 비록 '대중' 혹은 '대중사회'라고 부를 수 있는 현상은 없었다고 하지만, 그렇다고 해서 우리 사회가 현실적 측면에서든 문화적 측면에서든, 아무 계층 없는 하나로 통일된 조화를 영위해왔다고 할 수 있겠느냐는 점이다. 비록 '대중'이라는 개념은 없었을지언정 이 점에 대한 우리의 대답은 너무도 명백한 것이다. 서양보다도 훨씬 더 오랜 전통 사회를 겪어오고, 남의 나라 밑에서 식민 통치를 당한 경험마저 갖고 있는 우리에게는 소수의 귀족 혹은 지배 계

---

2 대표적인 것으로서 프랑스 학자 르봉, 스페인 학자 오르테가 이 가세트 José Ortega y Gasset, 그리고 독일 프랑크푸르트학파의 대중 비판론과 미국 학자 등의 대중 긍정론을 대비할 수 있다.

급층만을 제외하고는 언제나 대다수의 백성만이 남아 있었던 것이다. 이 '백성'(혹은 이즈음 유행어를 빌려 '민중'이라 불러도 좋다)의 성격을 오늘날의 '대중'과 바로 동일시해서 사용할 수는 없겠으나, '대중'을 염두에 두지 않은 문학이나 '백성'에 괘념치 않은 문학 사이에는 그것이 제한된 어떤 특수층에 주로 작용해왔다는 점에서 공통성이 없는 것은 아닌 것이다. 일부 제한된 계층, 정치적으로 선택된 계층이 소유하는 문화적 세련성으로서의 문학이 서구의 경우 19세기 중반에 이르기까지 계속되었고, 우리의 경우엔 그 와해가 아직도 진행 중인 상태의 것이라는 점에 대한 이해는 이미 상식에 속하는 일이다. 흔히 생각하는 것처럼 문학은 고상해야 하고 순수해야 하며, 거기에 나오는 주인공들의 말씨는 점잖아야 한다는 통념, 나아가서는 문학을 통해서 돈을 벌어서는 못쓰며, 글 쓰는 사람은 청빈해야 한다는 생각은 모두 이 시대의 문학이 그 최대의 덕목으로 표방했던바, 이른바 신성성divinity이라는 문제와 결부되는 것이다. 따라서 백성을 그 창조적 능력은 물론, 향수(享受)의 능력 면에서조차 고려치 않았던 과거의 문학 전통을 그대로 받아들여 대중 혹은 대중문학을 통속시하는 것은 기본적으로 그 정당성 구축에 장애가 있는 것이다. 이 점이 대중사회 여부에 관한 논란 다음에 문제되는 대중문학에 대한 역사적 시각이 될 것이며, 대중문학의 성격 해석에 계속해서 긍정적인 요소로 작용하지 않을 수 없는 필연성이 될 것이다.

이런 점들이 왜 굳이 '대중'이라는 말을 앞에 놓고 문학을 논의해야 하는가, 다시 말해서 '대중문학'이라는 특정한 개념이 왜 생겨나야 하는가 하는 문제 제기의 배경이 될 것이다. 따라서 우리는 우리 사회의 새로운 개념으로 등장하고 있는 대중사회와 관련된 대중문학의 성격 파악과 아울러 역사적 변화라는 차원 속에서 이해되는 대중의 실체를 함께 고려함으로써 대중문학의 부정적 측면과 긍정적 측면을 아울러 평가할 수 있을 것이다.

2

대중사회의 성격에 대해 엘리트적 입장에서 비판적 견해를 피력한 사람으로는 흔히 르봉Gustave Le Bon이 먼저 손꼽힌다. 19세기 중엽 프랑스에서 태어나 루이 나폴레옹이 황제가 되기까지의 교활한 군중 이용, 제3공화국의 시련, 대중 선동가의 권력 장악과 그 몰락 등을 목격한 르봉이 내놓은 『군중 심리학*Psychologie des foules*』은 대중사회의 등장을 예언하고 또 일부나마 증언하고 있다. 그는 이 책에서 오랫동안 사회를 떠받들고 있던 전통 세력은 몰락해가고 바야흐로 군중의 세력이 등장하고 있다고 보았는데, 물론 그에게 있어서 군중이란 전통 사회의 귀족적 엘리트를 대치해가고 있던 대중을 의미하는 것이었다. 이런 상황에 대해 르봉은 두려움마저 느끼고 있었는바, 그는 혁명 이후의 프랑스 사회가 대중 선동가의 꼭두각시 놀음을 하고 있다고 비판했던 것이다. 그는 대중이 권력을 장악하게 된 것이 서양 문명의 마지막 단계라고 보고, 질서가 무너진 혼란한 무정부 상태를 군중의 등장과 연관해서 매우 비판적으로 보았던 것이다. 군중의 성격에 대한 그의 묘사는 이렇다.

> 지금까지 노쇠한 문명을 이처럼 철저히 파괴하는 것이 대중의 가장 명백한 과업이었다. 문명은 이때까지 소수의 지적 귀족에 의해 창조되고 방향지어진 것이지 결코 군중에 의해 창조되고 방향지어진 것이 아니다. 군중은 다만 파괴력이 강할 뿐이다.[3]

요컨대 르봉은 대중의 속성을 파괴성에서 찾았으며, 대중에 의해서는 아무것도 창조될 수 없는 것으로 파악했다.

르봉과 함께 대중의 등장에 대해 못마땅한 시선으로 이를 바라본 호세 오르테가 이 가세트도 이 견해와 관련해서 기억해둘 필요가 있을 것이다.

---

3 · 박영신, 『현대 사회의 구조와 이론』, 일지사, 1978, pp. 38~39 참조.

그는 19세기에 들어 발달하기 시작한 자유주의적 민주주의와 기술에 의해 역사의 표면에 부상한 대중은 지금까지의 분산된 소집단으로서의 고독한 생활에서 갑자기 하나의 집단으로서, 군중으로서 등장하게 되었다고 관찰한다.[4] 카페 · 호텔 · 극장 기타, 그 어느 장소 어느 시설이든 군중으로 가득 찬 오늘의 현실을 그는 그렇게 설명하면서 주역이 없는 채 합창으로서의 역할을 군중이 수행해나가고 있다는 것이다. 오르테가에 대해 많은 연구를 해온 정문길(鄭文吉)의 분석에 의하면, 현대의 대중은 대중으로서의 속성을 포기하지 않은 채 엘리트의 지위와 장소를 대신 점유하기에 이른 것이다. 말하자면 의무에 무감각하고 공리적 타산에만 민감한 다수의 사람들이 생겨난 것이다. 이런 현실 파악은 근본적으로 르봉과 같은 노선에 있다. 눈을 서양의 근대사에 밀착시켜볼 때, 전통적인 문화와 도덕 따위는 헌신짝처럼 버려버리고 파렴치한 물질적 · 육체적 노예로서의 인간 군상으로 줄달음쳤던 19세기의 소요와 혼란을 우리는 어렵지 않게 기억해낼 수 있다. 그 근인은 정치적 혁명과 반동의 소용돌이 속에서 시민사회의 추구라는 이름 아래 자행된 온갖 이기주의의 경합에서 찾아지겠으나, 여기에는 이른바 과학의 발전, 기술의 발전이라는 요소도 강력히 거들고 있다. 과학의 발전은 주로 산업혁명을 필두로 한 산업화의 촉진과 도시화 현상을 유발했으나 이에 못지않게 중요한 역사적 사건으로는 무엇보다 다윈의 진화론과 유전론을 지적하지 않을 수 없다. 인간의 조건으로서 육체와 물질을 크게 부각시킨 다위니즘은 급기야 문학적 인간관에도 다위니즘을 적용시키는 결과로 나타났으니, 19세기 후반의 이른바 자연주의를 이와 관련해서 주목할 필요가 있다. 그러나 자연주의 문학이 결과로서 남긴 것은 무엇이었는가. 나라에 따라 그 상황은 조금씩 달라 한 묶음으로 말하기 힘드나, 인간을 동물적인 수준의 조건으로 격하한 것이라고 말할 수 있을 것이다. 문학에서의 자연주의란 곧 자연과학주의이니까. 그러나 이런 요인이란 언제나 양면

---

4 鄭文吉, 『疏外論硏究』, 文學과知性社, 1978, p. 253 참조.

적으로 작용하는 것이므로 반드시 부정적으로만 생각되는 것은 아니다. 극소수에 국한되었던 부를 많은 사람들이 나누어 누릴 수 있게 되었고, 사회생활의 여러 면에서도 구속과 제약이 현저하게 줄어들었다. 이른바 법 앞에 만인이 평등하다는 생각에 고취되었고 신분에 따른 특권의 철폐는 무엇보다 대중을 흥분시킬 만한 일이었다고 할 수 있다. 소수층의 붕괴와 다수층의 이 같은 부상에서 만나게 되는 인간을 오르테가는 평균인(平均人)이라는 말로 부르고 있다.[5] 그러나 오르테가에게 평균인의 개념은 즐겁게 인식되고 있는 것 같지 않다. 그는 역시 귀족주의적 내지는 엘리트주의적 학자답게 "역사 이래로 귀족이 없는, 뛰어난 소수자가 없는 사회란 없었다"[6]고 말하면서 물질적 풍요 속에 정신적 고민을 저버리고 있는 대중의 무지몽매함을 개탄한다. 대중은 자동차나 의상의 새로운 모형에 대해서는 비상한 흥미를 가지지만, 인간 사회의 정신적 가치에 대해서는 무감각해졌다는 것이다. 소위 현대 문명의 위기론이 대두되는 것이다. 이런 발상은 뒤에 살펴보게 될 아도르노나 마르쿠제Herbert Marcuse 등 프랑크푸르트학파의 발상과 기본적으로는 거의 동일한 것이다. 그러나 대중 및 대중사회에 대한 오르테가의 불만은 아도르노와 마르쿠제의 그것보다 훨씬 격렬하고 반동적인 구석마저 있다. 가령 그는 "사회란 모범적인 자와 거기에 복종하는 자로 형성된 동적이고도 정신적인 통일체이다"라고 말한다.[7] 모범에의 순종을 그는 사회를 유지하는 최고 힘이며 미덕인 것으로 본다. 그러나 대중은 소수자에게만 국한되었던 생활 분야를 그들 스스로의 것으로 만드는 데에서 더 나아가 소수 엘리트에게 불복하는 한편, 그들을 밀어내려고까지 한다. 이런 평균인들은 그들의 영혼을 스스로 닫아버리고 자기 자신 이외의 사물과 인간에는 냉혹하다. 이것이 바로 '대중의 반역'으로 그에게는 이해

5 정문길, 앞의 책, p. 275 참조.

6 같은 책, 같은 쪽 참조.

7 같은 책, p. 279 참조.

되고 있다. 대중의 사명이란 탁월한 자를 따르는 것인데, 모범적 인물이나 우수한 인물을 혐오하고 거부하는 사회는 혼란에 직면할 수밖에 없다는 오르테가의 대중사회 파악은 따라서 대중 지배라는 관점에 선, 매우 정치적인 시각이라고 할 수 있다. 실상 이 같은 그의 견해는 20세기 초 유럽의 우수한 두뇌들이면 거의 한 번쯤 경험한 바 있었던 논리의 발견이라고 할 만하다. 작가 토마스 만 역시 자유민주주의를 가리켜 개성이 아닌, 숫자가 지배하는 사회라고 통박하면서 엘리트 지배의 정당성을 역설한 바 있었던 것이다. 오르테가의 대중 경멸이 그의 귀족주의적 체질과 관련된다는 점은 탁월한 자와 대중의 구별을 주로 인간적인 특징에 의거하고 있다는 점에서도 살펴진다. 귀족은 그가 서 있는 상황 속에서는 언제나 고상한 언어로 품위 있는 몸짓을 할 줄 알았으며, 그의 화제에 국가와 문화를 거론할 수 있도록 습관이 되어 있다는 사실의 이해에 있어서 그는 너무 보수적이었던 것이다. 이리하여 대중의 무교양성·야비성·조잡성·순응성은 역사적 수평에서 고려되지 않고, 마치 선천적인 유전의 그것처럼 더욱 불치의 것으로 선전된다.

3

시기적으로 이들보다 훨씬 뒤이며, 또 그들이 경험하고 살아가는 땅이 전통적인 유럽 대신 미주 신대륙인 탓인지, 그리고 이른바 대중사회가 훨씬 그럴싸하게 이루어지고 있는 곳이기 때문인지, 미국 쪽의 대중사회 및 대중문화 이론은 이들보다 훨씬 진보적이며 긍성적인 면이 있다. 특히 『대중사회의 정치학』이라는 저서로 일찍이 대중사회 문제에 있어서 권위의 자리를 굳힌 콘하우저William Alan Kornhauser는 대중사회의 개념 규정에 있어서 우리에게 매우 계몽적인 데가 있다. 이 점을 먼저 알아보기 위해 그의 사회 유형 분류를 참고해볼 필요가 있다.[8] 콘하우저의 분류에 따르면 사회 유형은 네 가지로 나누어진다. 제1유형은 공동체적 사회이다. 이 사회는 비엘리트의 영향을 쉽게 받지 않는 엘리트와 엘리트에 의해 쉽게 동원되지 않는 비엘리트로 조직되어 있는 사회 체계이다. 전통적 귀속 가치에 의해 고착된 엘리트에게 독자적 위치를 부여하고 비엘리트의 압력에 굴복할 필요가 없게 하며, 비엘리트는 친족 집단과 같은 공동체에 긴밀히 결속되어 있어서 쉽게 엘리트의 동원 대상이 되지 않는다는 것이다. 제2유형인 다원적 사회는 비엘리트의 영향을 쉽게 받는 엘리트와 엘리트에 의해 쉽게 동원되지 않는 비엘리트로 조직되어 있는 사회 체계이다. 엘리트에의 접근 양식은 독자적 집단 사이의 경쟁을 통한 소통과 권력의 행사이며, 비엘리트의 비동원 양식은 다양한 독자적 집단에의 중복적 결속 관계로 이루어진다. 반면 제3유형이라고 할 전체주의적 사회는 비엘리트의 영향을 쉽게 받지 않는 엘리트와 엘리트에 의해 쉽게 동원되는 비엘리트로 조직되어 있는 사회 체계이다. 엘리트가 설득과 강제 수단을 독점하고 있어서 비엘리트의 영향을 쉽게 받지 않으며 다른 한편으로 엘리트에 대항할 수 있는 독자적인 사회 기반을 비엘리트가 구축하고 있지 않으므로 엘리트의 통제하에 있는 다양한 조직망을 통해 비엘리트는 쉽게 동원된다고 한다. 그러나 마지막 유형이라고 할 대중사회는 엘리트와 비엘리트가 서로 영향받기 쉽고, 비엘리트는 엘리트에 의해 쉽게 동원되는 특징을 갖고 있다. 그런 의미에서 공동체적 사회와 그 특징이 가장 상반되는 것처럼 보인다. 말하자면 엘리트가 힘을 갖고 있는 사회가 전체주의적 사회, 그리고 비엘리트가 힘이 있는 사회가 다원적 사회라면 대중사회는 양자의 관계가 너무도 잘 소통되는 사회라 할 수 있다. 이 점은 마르쿠제의 이른바 '일차원적 인간'을 상기시킨다. 그러나 콘하우저는 여기서 어느 사회가 더 훌륭한 사회이며, 더 좋은 사회라는 가치 판단은 유보하고 있다는 점이 주목된다. 그는 대중사회의 이 같은 특성에 대해서 엘리트와 비엘리트의 직접적인 연결에 의해 직접적인 대중사회 참여 현상, 즉 대중 정치 현상이 야기된다고 보며, 그것은

8 박영신, 『현대 사회의 구조와 이론』, 일지사, 1978, p. 44 참조.

강력하고 독자적인 중간 집단이 없기 때문에 유발된다고 보는 것이다.

대중사회에 대한 콘하우저의 견해가 반드시 긍정적인 것만으로 못 박혀 있는 것은 아니지만, 개방성·진취성이 강한 미국 사회의 체질을 보다 적극적으로 반영하고 있는 것은 틀림없다. 그가 『대중사회의 정치학』에서 핵심적으로 추구하고자 했던 것은 대중사회에서의 대중운동에 관한 것이다. 그러므로 현대 사회에 나타나고 있는 여러 가지 사회 과정을 부정적으로 인식하고 있는 대부분의 유럽 이론에 비해 그가 어떤 다른 근본적 자세를 보여주고 있는가 하는 점이 각별히 중요하다.

> 현대 산업은 소규모 기업 사회의 조건을 파괴하나, 또 한번 사람들이 새로운 생활 방식을 자유롭게 추구할 수 있는 풍요의 조건을 제공해 주고 있다. 현대 도시 생활은 전통적 사회 집단을 분쇄하여 개체화하나, 또 하나 사회적 수평선과 사회적 참여의 폭을 넓히는 다양한 접촉과 경험을 제공해 주고 있다. 현대 민주주의는 엘리트의 정당성을 약화시키나, 또 한편 경쟁적 엘리트의 중복·다양성을 권장하고 있다.[9]

콘하우저의 이 같은 관찰은 확실히 현대 사회의 온갖 풍속이 갖는 역기능을 다만 역기능으로 비판하려고만 하는 태도에서는 훨씬 벗어나 있다. 그렇다기보다는 그러한 현상을 하나의 사회 과정으로 이해하고 여러 가지 구조적 가능성을 발견해보려는 새로운 안목을 감지케 한다. 물론 대중유동의 직접성·극한성과 관련된 그의 우려가 없지는 않다. 그러나 이 문제는 대중사회의 현상과 과정을 긍정적으로 이해하려는 눈이 확립된 다음에 제기될 수 있는 문제로서, 가령 중간 집단의 육성과 같은 문제가 요구될 수 있을 것이다.

대중사회 이해의 긍정적 시선은 대중사회 속에서의 문화에 대한 다음과

---

9 박영신, 앞의 책, p. 46에서 재인용.

같은 이해의 시선으로 나타난다.

국부적 문화를 대중 수준으로 대체하는 일은 복수 형태의 충실성을 향한 문화의 기반을 약화시키고 대중의 정당성을 강화시킴으로써 모든 사람들의 능력을 증가시킨다. 그것은 또한 엘리트 수준과 권위의 정당성을 가치 절하함으로써 엘리트에게 직접적인 접근 방법을 증가시킨다. 반면에 대중 수준은 많은 사람들을 조직하고 동원하는 기반으로서 대중 지향적인 엘리트에 의해 쉽게 사용된다.[10]

그에 의하면 대중문화의 부정적 측면은 그것이 획일적이고 가변적이라는 점이다. 그러나 많은 사람들의 의견이 통일되고 있다는 것은 전통적 가치, 전문적인 훈련성, 그리고 기구상의 자율성에 대해 그것들을 넘어서는 최고의 수준을 형성하는 것이 된다. 대중 의견의 내재적, 즉각적인 가치가 이런 식으로 요약되면 여러 가지 기관의 정책 결정 추구 과정에서 대중은 능동적인 참여를 할 수 있다는 것이다. 말하자면 진정한 여론과 대중의 압력화가 가능하다는 생각이다. 그런가 하면 가변성이라는 대중문화의 성격은 예기할 수 없는 변화라는 측면을 안고 있지만, 반면에 어떤 경직된 구상이나 계획에 신속히 저항할 수도 있다고 그는 주장한다. 여기서 한 발짝 더 나아가서 그는 대중사회에서의 필요한 중간 집단이 다원화하는 경우, 가변성·유동성이란 오히려 바람직한 것으로 지적된다. 대중운동과 정치권력 구조라는 논점의 의식 때문이겠지만, 콘하우저는 대중문화가 성숙함으로써 생겨나는 대중 지향적 엘리트mass-oriented elite의 성과에 대해 다음과 같이 말한다.

---

10 William Kornhauser, *The Politics of Mass Society*, The Free Press, New York, 1968, pp. 102~03.

정치 집단은 그들이 그들 자신의 방향 감각을 잃어버릴 때엔 언제나, 지도자들이든 그 그룹의 멤버들이든 대중 지향적 엘리트에 의해 꼼짝없이 발목을 잡히게 된다.[11]

한편 대중사회를 가리켜 복지 사회·산업 사회·대규모 사회라는 이름으로 특징짓고 있는 실스Edward Shils의 생각은 훨씬 더 낙관적인 것처럼 보인다.[12] 대중사회는 사회적인 여러 가지 기회를 확대하고 많은 사람들을 자극시킴으로써 권위·전통·조상의 위계질서 속에 숨겨진 카리스마를 부수고 개인들 속의 감수성과 질에 따라 그들을 사회적으로 재배치시킨다는 것이 실스의 기본적인 생각이다. 이러한 개인적 성향, 즉 합리성과 감정, 따뜻함과 냉랭함, 친절함과 무뚝뚝함, 사랑과 증오는 개인의 구성 요소인데 이것이 그 개인 스스로에 의해 느껴지고 인식되고 대치된다는 것이다. 말을 바꾸면 그것들이 바로 개인성으로 형성된다는 것이다. 시민적 질서 속에서 개인이 갖는 개성과 신성성 같은 것이 아니다. 어떤 의미에서 신성성은 개성의 부정이기도 하다. 그것은 개성을 넘어서거나 유예시킨다. 그럼에도 불구하고 양자는 어쨌든 전통적인 억압의 계몽, 공동체적 신성성의 엄격함이 약화되면서 대두된 것이라는 점에서 동일하다고 그는 본다.

실스는 대중사회의 문화가 갖는 특징을 지역 문화regional culture의 다양성이 소멸되고 계층과 직업, 심지어는 세대에 따른 차별이 없어진다는 점에서 발견한다. 이 점이 이른바 문화의 민주화에 공헌한다는 것이다. 그리하여 한 개인은 다방면에 걸쳐 개방된 온갖 체험을 추구하게 되는데 이 추구는 기왕에 존재하고 있는 체험의 추구이자 동시에 상상적인 체험의 추구이기도 하다. 아무튼 체험의 개방과 감성의 개화와 긴장이 촉구된다. 이것은 모두 개인의 능력이 신장되는 데서 오는 것이다. 또한 대중사회는 조잡

11 콘하우저, 앞의 책, p. 105 참조.

12 Edward Shils, *Selected Essays*, University of Chicago, 1970, pp. 30 ~33 참조.

한 대로 인간관계의 경험의 가치가 음미되는 것을 보고 있으며, 그 중요성이 강조되는 것을 바라본다. 물론 실스 역시 대중사회의 개인들이 갖는 온갖 혼란과 감각적 탐닉의 이기주의를 배제하고 있는 것은 아니지만, 그것들은 모두 인간의 잠재적 능력이 대량으로 개발되는 초기 단계에서 지불해야 할 대가라고 언급된다.

첫째, 복지사회로서의 대중사회는 물량의 증가와 정서적 연민의 확대에 기초를 두는 것이다. 오늘날 어떤 정치 체제나 경제 체제이든 사회·경제의 수준 향상을 목표로 하지 않는 체제란 없으며 기독교 사상의 확산은 이른바 '세속 국가'의 건설에 깊이 참여한다(이 점에서 실스의 생각은 아주 미국적이다). 둘째, 산업사회로서의 대중사회는 이미 누누이 지적되고 있는 바와 같이 테크노크러시에 의한 문명화의 촉진으로 생활 조건의 개선, 편의화에 크게 기여한다. 특히 지적인 전문직의 증식을 필요로 함으로써 교육의 확대와 타인 간의 서로 다른 경험의 교류를 세련시킨다. 특히 중요한 점으로 그는 산업화된 대중사회가 인간의 가치를 재해석하는 것을 주목한다. 사회 내 구성원으로서의 자질에 의해 그는 최소한의 존엄성을 필요로 하게 된다. 한 인간으로서 그리고 구성원으로서의 자질에 대한 평가는 그 사람의 행동 방향과 지위 기준에 대한 한 수준으로서 개인적인 성취의 중요성을 감소시킨다. 삶의 질은 자기평가의 근본으로서, 그리고 남을 평가하는 기준으로서 직업상의 역할과 숙련도를 대체하게 된다. 셋째, 대규모 사회로서의 대중사회는 그 기능과 전망에 있어서 오히려 완전한 획일성, 혹은 동일성이 불가능하다고 그는 믿는다. 과거의 폐쇄적 전통 사회에 비할 때는 물론 획일적인 유사 현상이 크게 부각되고 있으나 거기에 한계가 있다고 보는 그의 분석은 독특하다. 문화적 전통, 계층이나 종교적 신앙의 다양성이 아니라 하더라도 대규모 사회는 어쩔 수 없이 유사한 한계를 드러낼 수밖에 없다는 것이다. 이렇듯 낙관적이라 할 만한 그의 대중사회 분석은 그에 대한 비판에 대해서도 아예 미리 방어를 겸한 언급을 해놓고 있다. 주로 소외, 믿음의 상실, 부도덕성, 뿌리 뽑힌 규격성 등등 부정적 요소로 지적되는 점에 대해서 그는 다음과 같이 설명한다.

자주 언급되는 소외란 권위의 신성성을 부정하는 하나의 극단적인 형태다. 무절제한 자기 본위주의, 부박한 쾌락주의는 개인의 감수성의 성장에 기인한다. 젊음의 방종은 위계 질서가 갖는 원초적인, 그러나 위축되어 가는 억압의 힘을 비추어 주는 과정의 산물이다. [……] 많이 지적되는 비정상이란 대중사회가 제공하는 결정의 연습에 참여하는 기회가 확대된 결과로서 그 주의력의 첨병이다. 조잡성은 많은 민족들의 오랜 무감각을 대체해 주는 감수성의 팽창의 한 표현이다.[13]

이렇게 실스는 대중사회의 뒷면까지 변호한다. 그는 대중사회의 어떤 합의나 도덕적 균등성, 그리고 감수성과 개성의 신장이 모두 불완전하다고 보고 있으나 그것을 인간 본연의 도덕적 질의 구성 결과로 생각한다. 실스의 대중사회 이해가 반드시 긍정적인 것만으로 결론지어진 것은 아니고, 앞으로의 문제점으로 기술 진보에 의한 온갖 가능성의 성취, 그리고 카리스마적 질서로부터 모험의 참된 전환을 제시하고 있으나, 대중사회를 역사의 발전 단계로 파악하고 있는 것은 분명하다.

물론 미국 사회 쪽에서도 대중사회를 변호하는 이론만이 있는 것은 아니지만(가령 대중사회가 대중 자신의 주체적인 참여로 움직이는 것이 아니라고 보는 C. W. 밀스의 경우도 있다)[14] 콘하우저와 실스의 이론은 해석의 새로운 지평을 열고 있다는 점에서 각별히 주목된다.

---

13 실스, 앞의 책, pp. 33~34 참조.

14 C. W. Mills, *The Power Elite*, Oxford University Press, 1956, pp. 301~10.

4

"소수의 상류층에 국한된 귀족 문화의 유지·보존이 대중을 바탕으로 하는 문화의 저변 확대와 보편화보다 반드시 강조되어야 하고 또 더 나은 것이라고 감히 말할 수 있는가? 게마인샤프트의 약화는 곧 비인간화이며 인간화의 고향과 구심체는 사라져가는 게마인샤프트적 사회일 수밖에 없는가? 개인의 취향과 가치 기준에 따라 이러한 문제에 대한 해석과 판단은 서로 어긋날 수밖에 없기 때문에 논쟁의 승부는 가릴 길이 없을 것이다"라는 한 사회학자의 고민[15]은 이제 미국식 경험을 바탕으로 한 그 혼자만의 고민이 아닐 것이다. 살펴보았듯이 대중사회를, 그리고 그들에 의해 감각적으로 이루어지는 대중문화를 비관적으로 바라본 유럽의 귀족주의 맞은편에는 그것을 문화의 민주화라는 측면에서 보다 긍정적으로 보려고 하는 미국의 개방주의가 놓여 있기 때문이다. 이 같은 대비는 비단 유럽과 미국이라는 지역적 대립의 의미를 갖는 것만이 물론 아니다. 한쪽은 변모되어 가는 세계 속에서 전통적 가치의 소멸을 아쉬워하는 폐쇄적 보수주의를 반영하는가 하면, 다른 한쪽은 모든 사람에게 문화적 기회의 균등화를 과감하게 터놓아버리는 리버럴리즘을 보여준다. 이 둘은 어쩌면 두 가지 요소가 혼재하고 있는 현대를 사는 사람들 속에 있음 직한 심리 구조의 양면성을 동시에 말해주는 것일지도 모른다. 사실상 현대 한국 사회의 체험은 이 같은 반목의 체험에 훨씬 실감을 느끼고 있다고 해도 좋을 것이다.

여기서 우리는 이 같은 갈등의 체험을 그들 민족정신의 한 본질로 인식하려는 독일의 경우, 특히 프랑크푸르트학파의 효장 격이라고 할 T. W. 아도르노의 대중문화 이해를 참고함으로써 결론에 한 발짝 가깝게 갈 수 있을는지도 모르겠다. 아도르노에 대한 관심은 우리 사회에 있어서도 매우 높아지고 있는 것 같으나, 비개념적인 것들을 개념화하려는 그 특유의 사상적 모험과 학문화·체계화를 거부하는 직관의 철학 때문에, 그에 대한 깊

15 박영신, 『현대 사회의 구조와 이론』, p. 42 참조.

은 이해는 차단되어 있는 실정이다. 그렇다 하더라도 그는 독일 낭만주의의 전통 아래에서 주관과 객관, 실천과 이론의 통일된 모습을 찾으려는 독일인 특유의 이상주의를 그 극점까지 추구함으로써 개인과 대중이라는 모순된 명제의 극복을 위해서도 하나의 각별한 시점을 제공하고 있다. 역사적 전통의 면에서, 또 지역적인 위치에 있어서 독일의, 특히 아도르노의 이 같은 사고가 우리에게 많은 계발이 될 수 있을 것이다.

일반적으로 독일 낭만주의라고 하면 환상적인 꿈속에서 보다 완벽한 세계의 본질을 파악할 수 있다는 생각을 그 기본 구조로 보고 있는 것 같다.[16] 이를테면 이성을 통한 해석만으로는 불충분하기 때문에 환상을 통해 보이지 않는 내면세계에 도달할 수 있다는 것이다. 이런 생각 때문에 낭만주의는 '동경'이라는 문제를 낳고, 그 필연적 과정 속에서 '주관' 혹은 '자아'라는 것을 '발견'하기에 이른다. 현대문학이 가장 사랑하는 말이 되어버린 자아 혹은 개성이란, 말하자면 낭만주의를 통해서 획득되었다고 투박하게 일단 말할 수 있을 것이다. 바로 이 낭만주의적 속성을 기반으로 하는 독일정신은 그렇기 때문에 19세기 시민사회의 형성 과정에서 말썽꾸러기 지진아일 수밖에 없었다. 낯선 비정의 이익사회가 등장하는 것에 상대적인 저항이 앞섰던 것인가. 인간적인 정취를 상실해가는 근대사회를 비판적으로 보고 목가적, 전원적인 과거로의 그리움이 나타나는가 하면 전인격적인 사회 결속이 이루어지지 않는 살벌한 대중사회에 대한 반감이 형성된다. 르봉이나 오르테가 노선을 흡사 방불케 하는 퇴니에스Ferdinand Tönnies 같은 낭만주의 사회 비평[17]이 생기는 것도, 카를 만하임Karl Mannheim 같은 천재주의[18]가 생기는 것도 모두 그 까닭이다. 인근 프랑스가 한창 리얼리즘을 구가하고 있을 적에 기껏 '시적(詩的) 사실주의'라는 말밖에 들을 수 없었

16 Hermann A. Korff, *Das Wesen der Romantik: Begriffsbestimmung der Romantik*, Hrg. von Praag, p. 195 참조.

17 박영신, 앞의 책, p. 41 참조.

18 Karl Mannheim, *Man and Society in an Age of Recontruction*, London, 1940 참조.

던 것도 이런 낭만주의 전통 때문이다.

그러나 우리는 자칫 독일 낭만주의의 다른 얼굴을 읽고 있는 느낌이 있다. 낭만주의는 무한한 동경의 과정 속에서 환상을 통한 참된 자아의 발견에 성공하였으나, 그 만족할 수 없는 "부단한 파괴와 생성의 이상주의" 때문에 그들이 발견한 자아의 모습도 부유하는 자유 속에 다시 방기된다. 그 결과 끊임없는 갈구의 끝이 만날 수 있는 것은 결국 아무것도 없다는 자각에서 역사 및 고고학 연구, 역사적 법률 연구, 역사상의 국가 및 사회 형태의 복구 등에 몰두하는 복고주의로 전환해버렸던 것이다. 긍정적으로 표현한다면, 자아의 발견에서 독일의 발견이라는 보다 거시적인 안목으로 돌아선 것이다. 따라서 개인을 초월한 민중의 시 정신이 반영된 민요·설화·전설·동화가 수집·개발되고 "낭만주의 문학의 의식적 환상이 민중의 무의식적 환상과 교차"[19]된다. 그리하여 낭만주의의 의식적 환상은 개인으로서의 무력감을 느끼고 공통된 민중 정신의 주류를 찾으려고 하는 것이다. 이 민중 정신의 주류가 바로 아도르노의 표현을 빌리면 "집단적 저류ein kollektiver Unterstrom"[20]가 된다.

낭만주의의 이 같은 두 얼굴은 논자에 따라서는 병적인 초기 낭만주의와 반동적 후기 낭만주의라는 말로 매도되기도 하지만, 자아의 발견과 그 한계, 그리고 독일 정신 추구 과정으로서의 민중의 발견과 그 문제점을 동시에 제시했다는 점에서 매우 중요한 역사적 의미가 있는 것으로 판단된다. 아도르노는 이런 고민을 스스로 떠안고 있는데, 그의 고민은 그의 선배 헤겔이 주관과 객관, 그리고 절대정신이라는 삼각형과 함께 정·반·합이라는 변증법 삼각형으로 이를 명백히 도식화함으로써 그 고민을 유연하게 해결했다는 사실 때문에, 말하자면 자신은 그와 같은 도식화에 안주할 수 없다

---

19 T. W. Adorno, "Rede über Lyrik und Gesellschaft," in *Noten zur Literatur I*, Suhrkamp Verlag, p. 79 참조.

20 같은 책.

는, 체계화에 대한 알레르기 때문에 한결 심각해 보인다. 어쨌든 그의 사고는 일견 유럽의 전통적인 귀족주의에다 퇴니에스 내지 만하임식의 낭만주의 사회 비평처럼 보인다. 그는 가령 이렇게 말한다.

> 개체로의 침잠이 왜곡되지 않은 것, 붙잡을 수 없는 것, 요컨대 추론되지 않은 것을 드러내게 함으로써 서정시를 보편성으로 끌어 올리는 것입니다. 질이 나쁜 보편성이 인간과 얽매여지지 않은 상태, 말하자면 너무 깊은 특수성이 다른 어떤 것과 결부된 상태에서 정신적인 어떤 것을 제거함으로써 보편성으로 올라선다는 것입니다. 정직한 個體化에 의해 서정시는 그 보편성이 기대됩니다.[21]

그는 시의 사회성이 문학 외부에서 주어지는 것이 아니라, 그 속에서 솟아나는 것이라고 본다. 이른바 자발성의 원리다. 이런 입장은 다분히 개인주의적인 인상을 준다. 그러나 그는 다시 "서정시의 내용이 지니는 예의 보편성이란 그럼에도 불구하고 본질적으로 사회적"이라고 말한다. 말장난 같아 보이기도 하는 이런 식의 난해성은 그가 주관과 객관, 혹은 자아와 집단이라는 양극성의 해결을 정·반·합의 헤겔식 변증법에 의하지 않고, 근본적으로 합의 세계란 있을 수 없다는 영원한 미래 지향적 낭만주의를 극단화함으로써 생겨나는 것인데, 이것이 유명한 그의 부정의 변증법이란 것이다. 물론 이 자리에서 우리는 아도르노의 그 난삽한 세계를 다시 뜯어볼 겨를도, 필요도 없다. 중요한 것은, 개인과 집단 혹은 대중은 고루한 귀족주의적 입장이나 단순한 개방주의적 입장에 의해 어느 한쪽으로 선택되어지듯 그렇게 소박한 문제가 아니라는 사실을 그를 통해서 자각하는 일이다. 물론 그는 재즈와 같은 현대 음악의 순응주의적 측면을 부인함으로써 대중문화 그 자체를 부정하는 것처럼 보이기도 하지만, 자세히 살펴보면

21 아도르노, 앞의 책, p. 75 참조.

이 역시 재즈가 표방하고 있는 진보성의 허구를 이끌어내보려는 부정의 변증법의 일단인 것이다. 이런 사정으로 볼 때 그가 서문을 쓴 「사회학의 제측면」 가운데에 다음과 같은 구절이 오히려 함축적일 수 있는 것이다.

> 그러나 개인은 그를 대중에게로 이끄는 것이 무엇인지 명백히 하려고 열심히 시도할는지 모른다. 그리고 이런 의식 방법으로 그를 그러한 대중 형태로 받아들이는 逆潮에 그는 저항한다. 그것은 그러한 대중 존재의 피할 수 없는 성격에 관련된 유력한 이데올로기적 환상을 꿰뚫을 수 있다. 또한 그것은 사람들에게 呪文을 던지는데, 그것은 그들이 그것을 믿는 한 그들에 대한 呪力을 가진다.[22]

프랑크푸르트 사회과학연구소의 이름으로 발간된 이 책은 주력(呪力)을 가리켜 다시 "비합리적 심리 요소의 합리적 개발"이라고 부른다. 이런 현상은 사람들로 하여금 집단의 환상을 불어넣어주는데, 그 환상과 똑같이 그것은 개인의 원자화·소외·중요성을 미리 예상한다는 것이다. 따라서 주력 그 자체는 비합리적인 것이지만 그 현실 조작 과정은 논리적으로 합리적이라는 말이 될 것이다. 즉 한 사람의 개인은 대중화함으로써 오히려 더 개인화한다는 역설 아닌 현실이 유도되는 것인데, 결론만을 본다면 실스나 콘하우저의 그것에 근사하다. 이렇게 볼 때 아도르노의 대중사회 이해는 그 특유의 부정 변증법에 의해서 부정에 의한 긍정의 가능성을 보여준다고 하겠다.

5

르봉과 오르테가류의 전통적 보수주의와 콘하우저·실스·밀스식의 진

---

22 Frunkfurt Institute for Social Research, *Aspects of Sociology*, Beacon Press, 1972, p. 82 참조.

보주의를 개관하면서 나는 오늘의 한국 사회가 그 형태 면에서 직면하고 있는 것처럼, 이론의 구성 면에서도 갈등과 도전을 겪고 있는 것을 느끼지 않을 수 없다. 70년대에 들어 가속화되고 있는 근대화·산업화 과정은 그 자체만으로서는 상당한 사회 합의에 의해 이루어지고 있다. 그러나 바로 그러한 과정에 대응하는 문학의 현장에서 그것은 심각한 장애에 부딪히고 있다. 앞서 언급되었듯이 70년대 작가들의 세계가 상업주의와 대중문학의 이름으로 매도되고 있는 것이 그것이다. 물론 그것이 별 숙고 없는 저널리즘과 일부 비평에 의한 것이기는 하지만, 어쨌든 그것은 다시 우리 사회가 여전히 전통 사회의 가치관에 집착하고 있음을 보여주는 예일 수 있을 것이다. 그렇다면 우리는, 몸은 대중사회를 지향하고 머리는 그곳에서 지향을 거부하는 피곤한 자세를 취하고 있다고 할 수 있다. 말을 바꾼다면 의식의 이중 구조 현상이라고 할 수도 있을 것이다. 그러나 대부분의 대중문화 인식은 그것이 이러한 이중 의식과 관련되어 있음을 잊어버림으로써 논점의 객관화를 이루지 못하고 있다. 이것이 성취될 때 아도르노와 같은 독자적인 고민과 독자적인 출구가 보일 수도 있을 것이다. 그런 의미에서 대중문학에 대한 우리의 공격은 차라리 논리 아닌 도그마에 가까운 인상을 준다.

우리가 우리의 대중문학 논의를 객관화해볼 수 있다는 것은 우리의 역사 과정에 그에 상응하는 문학 정신을 반성할 수 있다는 것을 뜻한다. 널리 인정되고 있는 바와 같이, 한국 문학은 20세기 현대문학의 짧은 역사를 제외하면, 그 이전의 거의 전부를 귀족 문학에 봉사해왔던 것이다. 가령 사대부 계층이 정치 지도층을 이루었던 조선조 사회에서 문학은 정치적 도구에 불과했던 것이다. 춘원을 비롯한 20세기 초의 작가들이 이 도구에 강력히 저항하며 문학의 자율적인 카테고리를 확보하려고 했고, 그것은 개념화에 있어서는 비교적 성공한 것으로 보여져왔다. 그러나 아직도 문인은 문사로, 선비로, 나아가서는 지사로까지 부단히 인식된다. 이것은 문학의 현대적 개념화와는 상관없이 문학에 대한 기본적인 인식이 여전히 전통적임을 말해주는 것이다. 그러나 이 전통 의식이 과거의 폐쇄 사회, 귀족 사회에 대한 옹호로까지 복구되어서는 곤란하다. 문학은 시대와 더불어 시대정신을 반영하면서, 인간을 억압하고, 그 정신의 자유를 간섭하는 금기들을 깨뜨려왔다. 전통이 복고로 경직될 때, 그것은 문학 앞에서 더 이상 전통으로서의 빛을 잃고 '깨뜨려져야 할 억압'이 되어버리는 것이다. 여기에 대중문학론을 바라보는 전통적 입장이 경계해야 할 한계가 있는 것이다.

그러나 대중문학이라고 해서 그것이 대중의, 대중에 의한, 대중을 위한 문학의 모든 조건을 충족시키는 것은 아니다. 대중문학이란 무엇보다 제한된 소수 엘리트 계층local group이 그들만의 방언으로 기껏 지역 문화를 만든다는 점에 대한 문화적 반성으로부터 정당성이 나오는 것이다. 그것은 실스의 말대로 모든 개인의 감수성의 신장이다. 그러나 문학의 창조는 결국 작가가 하는 것이고 작가란 개인이지 대중은 될 수 없는 것이다. 말하자면 대중을 위하되, 대중에 의한 것은 될 수 없는 것이 대중문학의 한 본질일 수 있다. 그것은 개성의 확산일 뿐, 몰개성의 복사일 수는 없다. 이렇게 볼 때 70년대의 많은 작가들의 세계가 대중문학이냐 아니냐 하는 문제는 스스로 분명해진다. 대중문학이라고 해서 작가의 개성이 없을 수 없다. 다만, 그는 작가끼리의 방언 대신 대중 현실을 그의 주요한 문학 현실로 삼고 있는 자이다. 물론 상업주의와 대중문학은 분간되어야 한다. 시장 또한 대중사회의 중요한 현장 가운데 하나이지만, 목적이 문학을 통한 문화 창조에 있지 않고 화폐의 획득에만 있다면 상업주의 운운의 비난 이전에 작가라는 이름을 스스로 내놓아야 할 것이다.

(1978)

민족문학론의 당위와 한계

이 글은 최근 새삼 다시 활발히 논의되고 있는 민족문학론(民族文學論)에 대하여 그 문제 제기의 의미를 검토해봄으로써 말인즉 그럴싸하나 자칫 동어 반복의 공소함을 야기하고 있는 이 논의의 성격을 구명해보고자 하는 의도 아래 씌어지는 것이다. 나는 여기서 '최근'[1]이라는 말과 함께 '다시'[2]라는 말을 썼는데, 그것은 민족문학이라는 말의 개념 정립과는 상관없이 이 문제 자체로서는 결코 우리에게 낯선 것이 아니라고 생각되기 때문이다. 그러나 그럼에도 불구하고 민족문학은 여전히 이룩되지 않고 있는 숙원의 사업처럼, 그리고 민족문학론은 아무리 강조해도 지나칠 것이 없는

---

1 가장 최근의 진지한 논의로서는 「植民地 文學觀의 克服問題」(廉武雄, 『創作과批評』 제13권 4호)와 「民族文學, 이것이 問題다」(趙東一 · 임철규 대담, 『文藝中央』 78년 가을호), 「민족문학의 史的 展望」 (任軒永, 『世界의文學』 78년 겨울호)이 있고 78년엔 『民族文學과 世界文學』(白樂晴, 創作과批評社 발행)이라는 책제(册題)의 단행본도 출간된 바 있다.

2 최근의 활발한 논의 이전에도 이 논의는 20세기 한국 문학사에서 주요한 쟁점의 하나로서 꽤 오랜 전통을 갖고 있다. 가령 1920, 30년대의 이광수 · 염상섭 · 양주동 등의 그것과 45년 해방 이후 김동리 등의 그것을 살펴볼 수 있을 것이다. 여기에는 물론 민족문학과 민족주의 문학의 사이에 차이점이 있을 수 있으나 우선 범박하게 같은 문맥 속에서 보기로 한다(金允植, 『韓國近代文藝批評史研究』 및 졸저 『文學批評論』 참조).

당위처럼 계속 역설되고 있을 뿐 막상 그 개념이 반드시 명료하게 밝혀지고 있는 것 같지는 않다. 나로서도 그 개념을 정립한다는 일은 쉽게 느껴지지 않는다. 그러므로 이 글은 '문학'이라는 표현 앞에 왜 굳이 '민족'이라는 말이 덧붙여 필요한가 하는 사정을 알아보고 그 일의 정당성 여부를 그 나름대로 추론해보는 것에 머무르기로 한다.

1. 언어는 절대 조건인가

문제를 쉽게 시작하기로 하자. 가령 아주 정확한 방법은 아닐는지 모르지만, 민족문학이라는 말을 영어로 옮길 경우 일단 그것은 National Literature라는 번역을 감수할 수밖에 없을 것이다. 그렇게 될 때, 그것은 세계 문학World Literature 혹은 민족 간 문학International Literature이라는 말의 반대말이 될 것이다. 즉 국가를 이루는 민족의 성원을 단일 민족의 경우로 본다면, 바로 그 나라의 문학이라는 말이 된다. 그렇지 않은 경우라 하더라도 그것은 그 민족의 문학이라는 말이 된다. 그렇다면 그 나라 말, 혹은 민족어에 의해 문학 창작을 할 때, 그것은 어차피 모두 민족문학일 수밖에 없다. 말하자면 굳이 '민족'이라는 말을 덧붙이지 않더라도 구체적인 문학 창작들은 모두 그것을 가능케 한 언어의 주인이 되는 민족이나 나라의 문학이지, 달리 어떤 다른 문학도 될 수 없다는 것이 너무나도 자명한 이치인 것이다. 특히 우리와 같은 단일 민족은, 우리말과 글로 된 문학은 구태여 '민족문학'이라는 말을 쓰지 않더라도 마땅히 모두 우리의 민족문학이며, 민족문학일 수밖에 없으며, 또 민족문학이어야 하는 것이다. 물론 이러한 논리에도 몇 가지 전제와 단서가 있다. 그것은 그 나라의 말로 씌어진 문학작품은 모두 그 나라의 문학이며, 또 그 나라의 문학은 모두 그 나라의 말로 씌어져야 하느냐 하는 문제가 그것이다. 이 문제는 단일 민족에 의해 국가가 구성되지 않은 나라, 여러 나라가 같은 언어를 사용하는 나라, 단일 민족이라 하더라도 여러 개의 언어를 사용하는 나라, 그리고 무엇보다 식민 지배하의 피식민지 문학이 지배국 언어에 의해 씌어졌을 때 심각하게 제기되는 문제들이다. 이 가운데에 여러 나라가 같은 언어를 사용함으로써 생겨나는 민족어와 민족문학의 관계는 서유럽에서 벌써부터 목격되어왔던 터였다. 예컨대 과거 신성로마제국의 영토 내지 그 주변에서 독일어를 사용했으나 오늘날은 독일·오스트리아·스위스 등 엄연히 나누어진 국가 형태로 존재함으로써 야기되는 독일 문학의 범위와 규정 문제, 또한 같은 영어를 사용함으로써 영문학과의 관계에서 비슷한 갈등을 겪어야 하는 미국 문학의 문제 등은 그 비근한 보기라고 할 수 있을 것이다. 독일 문학의 예에서 본다면 독일 문학은 그 문학작품이 독일어로 씌어졌다는 이유로 해서 오스트리아 문학과 스위스 문학까지 독일 문학의 범위에 포함시키고 있다. 오늘날의 국경으로 확정된 통일 국가 성립 이후에도 그것이 공인되고 있는 까닭의 중요 원인은, 독일어로 씌어졌다는 사실 때문이다. 19세기 후반 독일 최대의 작가로 알려진 고트프리트 켈러가 스위스 소속임은 물론 현대 독일 극작가로 명성이 높은 막스 프리슈Max Frisch·뒤렌마트Friedrich Dürrenmatt 등이 사실은 모두 스위스 작가인 것이다. 오스트리아 국적의 작가는 이보다 훨씬 더 많은 숫자로 일일이 예거하기 어려울 정도다. 한편 오스트리아나 스위스 쪽에서 볼 때에는 그들 작가들이 모두 자기 나라 작가이기도 하므로 이들은 결국 양쪽 나라 문학에 모두 속하고 있는 셈이다. 그러나 미국 문학의 경우는 이와 달리, 영어를 사용하고 있으면서도 영문학과 분리해서 미국 문학을 고집하고 있는 입장이다. 호손Nathaniel Hawthorne이나 헤밍웨이Ernest Hemingway 등은 오늘날 미국 문학으로 수용되는 데 별 이의가 없어 보이며, 영문학 쪽에서도 그들을 꼭 영문학의 범위로 포섭하려는 데 연연해하지 않는다.

그렇다면 어떤 언어로 씌어졌느냐 하는 문제는 그 나라의 문학의 범위와 내용을 규정짓는 데 반드시 절대적인 요인은 못 되는 것 같다. 이런 점은 많은 종류의 언어를 갖고 있는 인도 문학이나 한자와 한글 두 개의 언어를 갖고 있는 한국 문학에도 적용된다고 하겠다. 더욱이 중요한 것은 식민

지배 아래에서의 피식민지 문학인데, 강요된 지배국 언어로 씌어진 문학을 어느 나라 어느 문학으로 보아야 하느냐 하는 문제 역시 간단치 않다. 식민지배를 당한 경험을 갖고 있는 우리로서 그 시기에 비록 우리나라 작가에 의한 것이었다 하더라도 지배국의 언어, 즉 일본어로 씌어진 것을 민족문학이라 할 수 있을 것인가? 이상·최재서 등의 경우를 생각해보면 좋을 것이다. 만일 이들을 우리 민족문학으로 받아들이기를 거부한다면, 일본 문학은 그것들을 자기네 것으로 포함할 것인가? 예를 좀 먼 곳에서 본다면, 가령 프랑스의 지배를 받은 아프리카의 몇몇 나라 문학을 비록 불어에 의해 씌어진 것이라 하더라도 불문학이라고 볼 수 있느냐 하는 문제이다. 아니면 불어로 씌어졌음에도 불구하고 아프리카 문학이 될 수 있느냐는 문제가 생긴다. 이 문제는 매우 어려운 문제로서 전문가들 사이에서도 아직 어떤 합의에는 도달하지 못하고 있는 실정이다.

2. 고유문학이 민족문학인가

여기서 내가 말하고자 하는 것은, 그 나라의 문학이 어차피 모두 '민족문학'이 될 수밖에 없고, 또 되어야 한다는 이야기의 전제와 단서로서의 언어에 관한 것이다. 이 언어의 문제는 이 문제만으로 별도의 논구를 필요로 하므로 일단 제외하기로 한다. 따라서 그 민족의 문학이 구태여 민족을 내세우지 않아도 어차피 민족문학이 된다는 논리를 앞의 전제와 단서를 유보한 채 받아들일 때 '민족문학'을 거듭 강조하는 저간의 민족문학 논의는 얼핏 이해되지 않을는지도 모른다. 대저 우리 문학은 모두 우리의 민족문학인데, 왜 민족문학, 민족문학 하고 흡사 구두선처럼 역설되는 것일까? 이러한 회의와 질문은 자연스럽게 우리의 문학에는 '우리의 것' 아닌, 다시 말해서 '민족의 것'이 아닌 그 어떤 '다른 요소'가 개재해 있기 때문이 아닌가 하는 짐작을 가능케 한다. 그렇거나 '우리의 것' '민족의 것'이 크게 훼손당한 체험과 그 아픈 과거의 기억에서 오는 보상 심리가 아닌가 하는 생각이 가능해진다. 이 두 가지의 짐작은 '민족문학'을 큰소리로 부르짖는 한, 그 목소리의 높이만큼 타당하게 들린다. 그것은, 더 말할 나위 없이 20세기 전반을 거의 망가뜨리다시피 하고 계속해서 그 후유증을 남겨놓고 있는 일제 식민 통치하의 피맺힌 과거와 확실히 긴밀한 관계를 갖고 있다. 말하자면 우리는 현대사에 한해서만 말한다 하더라도, '과거'가 있는 민족인 것이며, 이러한 아픈 상처의 체험이 우리에게 민족 콤플렉스를 심어주게 된 것이다. 이 점은 민족문학론을 열창하는 논자도, 그 논의의 의의와 성과를 회의하는 논자도 다 같이 겸허하게 인정할 필요가 있다. 민족 콤플렉스는 우선 이 논의가 계속해서 강력하게 제기되고 있다는 점만으로도 충분히 검증되는 것인데, 우리 가운데에 그것이 존재한다는 사실은 부인될 수 없는 것으로서 자랑스러울 것도 못 되지만 숨기고 부끄러워할 만할 일도 아니다. 중요한 것은 숨기고 감추거나 그것을 갖지 않도록 위선적인 권고를 행하는 일이 아니라 우리의 과거를 시인하고 그 바탕 위에서 정직한 논의를 전개함으로써, 우리 속에 맺힌 민족 콤플렉스를 서서히 해소해나가는 일이다. 이것이 말하자면 민족문학론이 구태여 제기될 수밖에 없는 이유의 정서적·심정적 기초라 할 것이다.

그러나 최근의 논의에서 볼 수 있듯이 우리의 민족문학 논의는 일제 식민 지배로 인한 현대사 단절 내지 훼손이라는 20세기 전반 한국사의 아픔을 넘어 훨씬 그 이전, 그러니까 17, 18세기까지의 조선 후기에로 소급·전개되고 있다. 일본 식민 정치로 인한 민족사의 순수성 훼손만이 민족문학론을 당위의 것으로 요구하는 것이 아니라, 훨씬 그 이전부터 그것이 나타난 것으로 인식되기도 한다. 한 논자는 이렇게 말한다. "한편으로는 한문을 통하여 동양적인 보편적 문화에 참여하고 또 한편으로는 우리말을 통해 우리의 문학을 이룩한 것이다. 예를 들어 향가(鄕歌)라든가 또 같은 시기의 일본의 시가(詩歌) 등을 보면 그런 사정을 짐작할 수 있다. 그러한 이중적 문화 조건 속에서 민족과 민족 언어, 나아가서는 민족문학에 대한 인식이 고대부터 싹튼 것이다. 그러다가 그 후에 오히려 동양 문학의 보편성이 더 강조되는 한때를 경험하게 된다."[3] 이 논자는 동양의 보편적인 문화와 우리의 고유한 민족문화에 대한 경사를 서로 엇갈리면서 반복·발전해온 것으로 한국 문학사를 보고 있다. 그에 의하면 동양 문학의 보편성이 강조되는 조선 전기 16세기까지의 대표적 인물이 원효·퇴계 같은 이로서 이들은 모두 불교와 도학의 보편적인 수준 향상에 기여했으나 중국의 것이 아닌 우리의 것, 민족문학에 대한 자각과 인식은 부족한 형편이었다는 것이다. 두 문화 사이의 갈등을 느낀 최치원 이후 일연·이규보 등에서 한문문학 이전에 있었던 우리 문학의 재발견이 이루어졌다는 것이 그의 생각인데, 이러한 생각은 비단 그뿐만 아니라 보편적인 문화와 특수한 문화를 나누고 그러한 분리된 도식과의 관련 아래에서 민족문화를 바라보는 일반적인 사고 형태를 대변해주는 것 같다. 즉 이 논자의 경우에는 그것을 나누면서도 일단 연관시켜보려는 노력이 엿보이고 있지만, 대체로 보아 우리의 민족문화 논의는 외세와 무관한 우리의 자생적인 문화가 있다는 입장에 크게 의지하고 있다. 이 점은 일제 식민지 체험과 관련된 부분과 연결 지을 때는 아무리 역설해도 결코 틀릴 것이 없는 이야기다. 그러나 일제 식민지 시대를 제외한 한국사의 진행 과정에서 과연 무엇이 자생적, 즉 고유한 것이며 무엇이 외래적, 즉 중국적이거나 서구적인 것이냐 하는 문제는 보편성과 특수성의 추상적 분리처럼 그렇게 간단해 보이지는 않는다. 이 문제는 결국 고유문화란 무엇이며 외래문화란 무엇이냐는 질문과 관련되는데, 과연 외래 요소 없는 고유문화가 있을 수 있을는지는 대단히 의심스러운 일이 아닐 수 없다. 앞의 논자는 우리 민족문화 고유의 예로서 전통 민속극을 들고 이것을 중국의 창극(唱劇)이나 악극(樂劇) 혹은 일본의 가부키(歌舞伎) 등과 비교하고 있는데, 그와 같은 상대적 비교가 곧 고유의 것을 의미하는 것은 아니다. 또 설령 고유의 것이라 하더라도, 그것이 오로지 고유의 것이기 때문에 훌륭한 민족문화라는 논거도 희박한 것이다. 이에 대해서

3 趙東一, 「民族文學, 이것이 問題다」, 『文藝中央』 대담, p. 159.

는 그 역시 "일찍부터 자기의 문학을 가진 것"으로 알려진 일본 문학과 한국 문학을 비교해보고, 동양적 보편성에 대한 깊이가 한국 문학에 문화적인 폭과 사상적 깊이를 주고 있음을 인정하고 있다. 이렇게 볼 때, 식민지 시대의 쓰라린 아픔 때문에 마땅히 제기될 수밖에 없고, 또 제기되어야 마땅할 민족문학론은 그 문제 제기의 배경에 복잡성이 가미되면서 혼선을 빚어내고 있다. 식민지 시대의 상처를 청산하기 위한 민족문학론이 아니라면 무엇 때문에 구태여 민족문학론이 논의되어야 하는가. 민족 고유의 것을 지키고 외래적인 것에 문을 닫기 위해서인가. 그러한 국수론적 문화가 대단한 가치도 없다는 것을 안다면, 보편성과 특수성이 왜 반복해서 재론되는가. 여기에는 아무래도 고유문화와 민족문화를 결부해서 생각하려는 습관의 오류가 숨어 있을 것이다.

정도의 높낮이는 있겠으나 어느 나라, 어느 민족의 문화이든 완벽한 고유문화란 없을 것이다. 그들이 설령 '고유문화'라고 믿고 있는 것이라 하더라도, 역사를 거슬러 소급해 올라가보면, 결국 그것은 또 다른 외래문화로 미분되어버리고, 고유문화란 어떤 추상의 점으로 수렴되고 말리라는 것을 우리는 어렵지 않게 추론할 수 있다. 그러나 실제에 있어서 고유문화란 발생 순간 점의 형태로 존재하는 것이 아니라, 수많은 다른 요소들과 더불어 작용하는 가운데 바로 '더불어 작용하는 힘'으로 기능하는 것이 아닐까. 그것은 차라리 눈에 보이지 않는 어떤 에너지라고 하는 것이 옳을는지 모르겠다. 이렇게 볼 때 고유문화와 외래문화를 구별한다는 것은 현실적으로 거의 불가능한 일처럼 생각된다. 우리 전통 문화의 중요한 부분으로 인식되고 있는 신라 시대의 불교문화나 조선조의 주자학 문화를 외래문화라고 해서 우리 문화에서 떼어버릴 수는 없을 것이다. 문제는 양적인 차원에서 고유성을 가려낼 것이 아니라, 온갖 외래적 요소를 모두 잘 소화해내는 능력이라는 면에서 찾아내어야 할 것이다. 이것이 이를테면 '더불어 작용하는 힘'이 될 것이다. 이런 관계를 더 세밀히 논증하기 위해 서양 문학 쪽의 예를 든다면 얼마든지 예거할 수 있을 것이다. 가령 그리스 문화를 즐겨 모방한 로마 문학은 어떻게 되는가. 오늘날 우리는 로마 문학에 대해 주체성 고유성이란 전혀 없고 그리스 문화의 아류라는 말을 쓰지는 않는다. 민족문학의 열기가 가장 뜨거운 나라의 하나인 독일만 하더라도 청년 괴테의 이상은 고대 그리스·로마 문화의 재현이었던 것이다. 그러므로 단순한 소재나 대상을 위주로 해서 문화의 고유성을 판별하고 그것을 그 민족만의 특수한 성향으로 보려고 하는 태도는 자칫 문학이나 예술을 양(量)의 차원에서 가치 평가하게 되는 위험과 만나기 쉽다. 따라서 이런 태도의 문맥 속에서 민족문학론을 제기한다면 그것은 곧 자기 한계와 부딪쳐버리기 쉬울 것이다.

3. 민족문학은 가치 개념인가

내가 살펴본 바로서는, 민족문학론 제기의 가장 정직한 한 태도는 "다시 말해서 그것은 민족의 주체적 생존과 그 대다수 구성원의 복지가 심각한 위협에 직면해 있다는 위기의식의 소산이며 이러한 민족적 위기에 임하는 올바른 자세가 바로 국민 문학 자체의 건강한 발전을 결정적으로 좌우하는 요인이 되었다는 판단에 입각한 것"[4]이라고 말하는 논자에게서 찾아진다. 여기에 이르면 민족문학은 단순한 표현 개념 아닌 가치 개념이 되고 있음을 볼 수 있다. 민족문학을 고유성과 외래성, 특수성과 보편성의 각도에서만 보는 한 그것은 표현 개념의 범주를 넘어설 수 없다. 단순히 중국 문학, 혹은 일본 문학과 구별되는 속성을 가진 한국 문학을 말할 때 쓰여지는 민족문학이란 개념은 거의 표현 개념에 지나지 않는 것이다. 그렇다면 그때엔 굳이 '민족문학'이란 표현 대신 '한국 문학'이란 표현으로도 족하다. 이렇게 볼 때 쓸데없는 동어 반복에서 벗어나, 그러니까 계속해서 논의될 만한 가치가 있는 개념으로서의 '민족문학'은 어떤 내용이든 가치 개념

4 白樂晴, 『民族文學과 世界文學』, p. 125.

이어야 한다. 그런 의미에서 이 논자의 태도는 정직하다고 할 수 있다. 이 논자는 이에 앞서 같은 글에서 "민족문학의 주체가 되는 민족이 우선 있어야 하고 동시에 그 민족으로서 가능한 온갖 문학 활동 가운데서 특히 그 민족의 주체적 생존과 인간적 발전이 요구하는 문학을 '민족문학'이라는 이름으로 구별시킬 필요가 현실적으로는 존재해야 한다"[5]고 말하고 있다. 이러한 그의 말은 지금까지 산발적으로 논의된 민족문학론 가운데 그 개념을 정립해보고자 시도한 가장 분명한 경우에 속하는 것으로 판단된다. 요컨대 그는 '주체적 생존'과 '인간적 발전'이 요구하는 문학을 '민족문학'이라고 보고 있는 것이다. 여기서 우리는 '주체적 생존'과 '인간적 발전'의 내용이 구체적으로 무엇이냐는 질문을 하기에 앞서 '민족'이라는 개념이 논자에 따라 그와 같은 변모를 감수해도 좋은 것인지에 대해서 일단 생각해보지 않을 수 없다. 물론 '주체적 생존'과 '인간적 발전'이란 말은 백 번을 거듭해도 지나칠 것이 없는 훌륭한 이야기이므로, 이와 관련해서 '민족'의 개념을 굳이 캐보려는 태도는 자칫 형식 논리나 호사 취미로 생각될 수도 있겠으나, 무엇이든 좋은 것이면 그것을 모두 '민족'이란 이름으로 포섭할 수 있다는 태도는 의도와는 별도로 이 문제를 결국 정치적 차원의 도그마로 몰고 갈 위험이 있기 때문이다. '민족'이라는 개념은 원래 생물학적, 신화적인 차원에서 주로 쓰여지는 것이지만 오늘날에 와서는 역사적인 차원에서도 많이 쓰여지고 있는 것 같다. 원래 종족의 이름을 말하는 단순한 표현에 지나지 않았던 이 말에 역사적 개념이 결부되게 된 까닭은, 민족 간의 갈등이 역사의 진행을 크게 간섭했기 때문일 것이다. 사실상 우리는 역사 이후 수많은 민족 간의 갈등, 싸움을 목격해왔으며 그와 같은 불화는 초현대적인 과학 문명을 자랑하는 오늘날의 세계에서도 그치지 않고 있다. 특히 약소민족 혹은 후진민족이라고 불릴 만한 세계의 소수 종족들은 예나 이제나 강대 선진국의 침략과 박해와 억압을 음으로 양으로 당하고 있

5 백낙청, 앞의 책, p. 124.

는 것이 사실이다. 따라서 '민족'이라는 말이 갖는 정신적 연상 작용은 강대 선진국에 있어서보다 후진 약소국에 있어 훨씬 강한 호소력을 띠고 있다. 후진국의 지도자나 약소민족의 정신적 리더치고 '민족'이라는 말을 부르짖지 않은 경우를 거의 생각할 수 없다는 우리의 기억이 무엇보다 확실한 그 증좌라 할 만하다. 그러나 민족 그 자체의 뜻이 무엇인지에 대해서는 여전히 분명하게 밝혀진 것 같지 않다. 분명한 것은, 그것이 한 핏줄 아래 형성된 단일 단위의 인간 집단이라는, 매우 강한 인상의 혈연 집단이라는 점 정도다. 그럼에도 불구하고 그것이 표현 개념을 넘어 일종의 방어 개념으로 사용되고 있는 것은 '민족'이 어떤 공격에 처해 있거나 위기에 빠져 있다는 인식으로부터 유래하는 것이다. 아닌 게 아니라 '민족문학'을 '주체적 생존'과 '인간적 발전'의 내포로 파악하고 있거나 이와 비슷한 견해를 갖고 있는 논자들은 한결같이 제국주의의 침략에 맞선 세력으로서의 민족문학을 생각하고 있음이 주목된다. 앞의 논자에 따르면 "제국주의·식민지주의에 대한 철저한 비판과 저항은 민족문학에 있어 하나의 기본적인 생리"[6]로 인식된다. 여기서 '민족문학'은 단순히 외세에 대항하는 민족자존의 힘이라는 측면을 바탕으로 가치 개념으로서 더욱 확대된다. 즉 그것은 반제국·반식민으로서의 민족주의일 뿐 아니라 제국주의·식민주의와 연결되어 있는 일체의 내부적 요인도 용납할 수 없는 문학, 다시 말해서 '민중문학'과 사실상의 동의어로 바뀌고 있는 것이다.

그동안 우리 문학계를 해일처럼 풍미하고 있는 이 민중문학론이 민족문학론과 이음동어(異音同語)라는 사실의 확인은 마치 그것이 당연한 것처럼 보여지고 있으나 사실은 충격적인 것이다. 왜냐하면 민중문학 즉 민족문학, 혹은 민족문학 즉 민중문학을 말하고 있는 여러 논자들이 누누이 역설하고 있듯이 민중문학이란 조선조에서는 양반 내지 엘리트 계층, 그리고 오늘날에 와서는 부르주아지 내지 의사(擬似) 부르주아지에 맞서는 개념

---

6 백낙청, 앞의 책, p. 138.

으로서 사용되고 있는 것 같은데, 이렇듯 계층상의 제한을 스스로 품고 있는 개념이 '민족' 전체를 포괄하는 개념이 될 수 있느냐 하는 문제가 심각하게 제기되지 않을 수 없기 때문이다. '민족'의 실체를 어떻게 보아야 하느냐 하는 문제에 대해서 우리는 통일되지 않은 많은 견해들을 갖고 있다. 가령 민족문학과 민중문학을 거의 동일시하는 논자에 의하면 그것은 거의 '민중' 그것만을 의미하는 것처럼 이야기된다. '민족'이라는 말을 따로 떼어서 '민중'과 일치시키고 있는 것은 아니지만 가령 "민중이 즐기고 민중을 움직일 수 있는 문학에서 민족문학의 전통을 찾아야 할 필요성"[7]이 역설될 때 그것은 거의 의심스러워 보이지 않는다. 앞서 이야기된 바지만, 생물학적, 신화적 성격의 '민족'에 역사적 성격이 부여되기 시작했다는 것은 널리 인정되는 바와 같다. 가령 비슷한 의미를 지니고 있는 국가·국민·민족이라는 개념의 상관관계에 대해 비교적 분명한 규정을 시도하고 있는 한 글에 의하면, "민족이 민족으로서 역사에 등장하는 것은 국민의 그것과 비교하면 훨씬 나중의 일"로서 "민족의 차이에 대한 의식이 상당히 오래된 것임은 민족이 가지는 두 가지 성격에 대한 의식이며, 다른 일면인 역사적·사회적 성격에 대해 그보다 나중인"[8] 것으로 나타난다. 말하자면 이런 두 가지 측면과 함께 '민족'의 개념이 발전해온 것은 사실이다. 그러나 그 발전의 과정은 같은 신체적 조건과 같은 생활양식을 가진 집단으로서의 민족이 다른 민족과의 사이에 부당한 지배 관계가 형성될 때, 이러한 조건의 개선을 위해 투쟁 과정에서 획득된 것이지 같은 민족 속에서 계층이나 다른 조건에 의해 분열적으로 특정지어진 것은 아니다. 비근한 예로 한말의 민족적 위기에서 자결로 민족정신을 선양한 시인 황매천(黃梅泉)을 그가 당시 사회의 민중이 아닌 엘리트 출신이었다는 점만으로 민족문학과의 관련에서 폄하하려는 태도 같은 것은 '민족'을 지나치게 자의적으로 해석함

---

7 백낙청, 앞의 책, p. 130.

8 車基璧, 『한국 민족주의의 이념과 실태』, 까치, 1978, p. 12.

으로써 오히려 민족 자체의 분열을 조장한다는 인상을 씻기 힘들 것이다. 한국의 '민족'은 그 근대화 과정에서 때로는 근대 지향보다는 민족 그 자체의 보전에 치중했던 때가 있었는가 하면, 그와 반대로 근대화를 지상의 목표로 삼다가 민족의 자존을 지켜나가는 일에 결과적으로 등한했던 때도 있었고, 개화자강계(開化自强系)에서 보여지듯 이 두 가지가 강력하게 함께 추진되었던 때도 있었다. 민족문학을 지나친 가치 이념으로 몰고 가는 논자들은 흔히 조선조 후기의 민족의 주체적인 근대화 능력이 외세와 결부된 일부 반동 양반 세력에 의해 좌절되고 그 좌절이 식민 통치를 몰고 왔으며, 그랬기 때문에 우리의 주체적인 민족 발전이 지체되고 있다는 논리에 거의 아무런 불편 없이 편승하고 있는 것 같다. 아닌 게 아니라 그동안 역사학 및 국문학계의 끈질긴 노력에 힘입어 한국인의 주체적 능력을 과시하는 것에 틀림없는 많은 성과들이 이룩되고 있으며, 특히 조선조 후기에 대한 연구는 매우 고무적이다. 그러나 이러한 연구의 결과를 받아들이는 과정이 지나치게 단선적인 것은 좀 생각해볼 문제가 아닌가 싶다. 최근 한 논자는 조선조 후기의 이 같은 연구 업적을 간단히 리뷰하면서 이 시기에 이루어진 상품 경제의 발전과 사상인층(私商人層)의 성장으로 봉건적 조선 정부의 행정 능력이 한계에 이르고 신분제가 와해됨으로써 평민이나 천민 출신의 예술가는 양반의 권위를 농락하게 되었고 양반 계급의 저항 속에서도 민중 세력이 지속적으로 성장했다고 언급한 후, 급기야 "민중이 민족의 실체요 역사의 주인이라는 이론이 한갓 관념적인 주장이 아니고 역사의 필연적인 추세임을 우리는 깨닫게 된다"[9]고 단정적으로 말하고 있다. 따라서 그는 "오늘의 올바른 민족문학관은 이러한 민중 사관에 기초하지 않아서는 안 될 것이며, 그 밖의 다른 어떤 문학관은 객관적인 역사적 사실과 배치되는 것이라고 감히 주장할 수 있을 것"이라는 다소 흥분된 언사도 피하지 않고 있다. 이러한 생각이 얼마나 심정적, 단선적인 사고의 결과냐 하는

9 廉武雄, 「植民地 文學觀의 克服問題」, 『創作과批評』 13권 4호, p. 37.

것은 그와 비슷한 주장을 하고 있는 다른 논자가 "우리가 이조 후기의 서민문학을 높이 평가하면서도 〔……〕 바로 근대적 민족문학 그 자체로 인정하기를 주저하는 것도 대부분의 서민문학이 이러한 시민문학적 경지에 미달하고 있기 때문이다. 그것은 아마 일부 진보적 유학자들과 신흥 상인 계층과 서민들의 충분한 제휴로만 가능했을 것"[10]이라고 이견을 보이는 것만 보아도 알 수 있다.

4. 이데올로기 위험은 없는가

민족주의가 가치 개념으로 정착되었을 때 상정할 수 있는 위험은 무엇보다 문학 창작의 범주를 그 스스로가 제한하는 데에서 오는 자유의 위축이다. 문학의 상식적인 원론을 되풀이하는 감이 있지만, 보편적인 이념으로서의 문학이란 '문학'이라는 말 그 앞에 아무런 다른 것도 가져오지 않는 것이 이상적이다. 물론 비평이나 분석의 방법론으로 경우에 따라서 얼마든지 다른 개념을 복합·변형할 수 있으나 그것은 어디까지나 방법적인 것이지, 그 자체가 최종의 목표, 더구나 지상의 가치일 수는 없는 것이다. 민족문학 역시 마찬가지이다. 우리가 추구하는 것은 인간으로서의 인간다운 삶이지, 그 삶이 반드시 "한국인으로서의 한국인다운 삶"에만 얽매이거나 만족할 수는 없는 것이다. 이렇게 볼 때 가치 개념으로서의 민족문학론은 그 정서적인 외연의 불필요한 확대를 막기 위해서도 자기 기능을 가지는 것이 좋을 것 같다. 만약 그렇지 못할 때, 그것은 폐쇄적인 봉건사회의 인습으로서의 취락주의(聚落主義)를 조금 규모만 크게 한 것이라는 혐의에서 벗어나기 힘들 것이다. 실제로 민족문학을 강조하고 있는 논자들에 의해 찬양되고 있는 작품들을 보면 불행하게도 이 같은 혐의가 단순한 기우가 아님을 확인하는 경우가 있는 것이다. 예컨대 토속적인 방언과 농촌을 무대

10 白樂晴, 『民族文學과 世界文學』, p. 331.

로 한 소재—돌쇠·이쁜이 따위 옛 이름들을 도구로만 하면 그 작품이 곧 민족문학의 전형적인 패턴으로 대접받는 현실은, 문학의 개방적인 지평에 스스로 차단기를 내리는 행위나 다를 바 없다 하겠다. 민족문학을 좁은 가치 개념으로만 고집할 때 예상되는 위험은 그 밖에도 얼마든지 있다. 가령 우리의 경우는 지금 후진 약소국이라 하지만, 이렇듯 민족문학을 계속 강조함으로써 다다르게 될 어떤 향상된 수준, 쉽게 말해 문학적으로도 우리가 선진형에 도달했다고 생각해보자. 이때에는 민족문학을 지고의 가치 개념으로 주장한 논자들이 펼쳐온 논리의 모순이 바로 우리 현실에서 나타나게 될 것이다. 즉 오늘 우리로 하여금 '민족'에 이렇듯 예민하게 만든 자극 내지 도발로서의 세력을 서구 제국주의라고 할 때 그 제국주의의 모태는 과연 무엇이었던가. 그것은 바로 서구 각국의 민족주의였던 것이다. 그렇다면 오늘 민족문학 수립을 갈망하고 있는 여러 논자들이 불필요하다고 생각하고 있는 서구의 전철을 구태여 우리가 밟을 필요가 있을까. 이에 대해서는 물론 좋은 것만 취하고, 나쁜 것은 취하지 않는다는 태도가 있을 수 있으나, '민족문학'이라는 별도의 항목을 '문학' 이외의 별항으로 갖고 있는 속성과 메커니즘을 저지하기는 힘들 것이다. 그 비근한 예를 우리는 독일에서 지나치게 명백하게 보아왔다. 뒤에 자세히 살펴보겠지만 독일의 민족주의는 낭만주의에서 그 구체적 발현을 얻고 자연주의에서 전성기를 누리다가 마침내 '도이치란트 위버 알레스Deutschland über Alles'를 주장한 나치에 와서 급기야 파탄을 맞고 말았던 것이다. 말하자면 제국주의에 의해 촉발된 민족주의를 마이너스 형태의 그것이라고 한다면, 그것은 어느 순간 곧장 플러스 형태로 작용하게 된다는 소박한 물리를 잊어서는 안 된다. 그렇게 될 때, 우리 자신 역시 제국주의에 가담하게 될지도 모른다는 사실을 단순한 형식 논리로 본다면 지나치게 순진한 태도이다. 이러한 점은 앞의 논자에 의해서도 잘 인식되고 있다. "흔히 지적되는 국수주의·배타주의·인종주의들이 민족 감정의 대변자가 되며, 국내적으로도 민족주의는 계급적 차별과 한 걸음 나아가서 개인 독재의 명분조차 제공하게 된다. 그러한 경향은 뒤늦게 경쟁에 뛰어든 민족국가에서일수록 두드러지게 마련이다."[11] 이렇듯 그 역사의 폐해를 잘 알고 있는 이 논자는 그러나, 너무도 소박하게 그 전철을 밟지 않고, 나아가서는 그 폐단과 횡포에 맞설 수 있는 대안을 찾아내고 있다. 즉 그는 선진국 민족주의의 타락과 폐단을 막는 일을 제국주의의 직접적인 피해자라는 이름 아래 후진 지역의 민족들에서 찾고 있다. 사실 이 논자뿐 아니라 오늘날의 많은 지식인들이 이 같은 발상에서 후진국 민족주의를 이야기하고 있다. 더 구체적으로 살펴보면, 이들은 서구 제국주의에 맞서기 위해서 이른바 제3세계의 민족주의를 내놓고 있는 것이다. 서구의 문명적 폭력과 그 횡포에 이들과 마찬가지의 공분을 느끼고 있다는 점에 있어서는 나 역시 동감이다. 그러나 그에 맞서기 위해서 우리 역시 민족주의를, 나아가 제3세계와의 정신적 제휴를 생각한다는 점에 있어서는 적어도 문학에 관해서 말할 경우 일말의 저항을 느끼지 않을 수 없다. 왜 그런가. 서구 제국주의 내지 세계를 지배하는 강대 세력들에 대항해서 약소국끼리 단결해야 한다거나 약소국 자신이 똘똘 뭉쳐 정신을 차려야 한다는 주장에 의심이 있을 수 없듯이 그동안 수모와 굴욕, 그리고 온갖 불이익을 감수해야 했던 후진국 내지 제3세계와 국제정치 면에서 같은 호흡을 해야 한다는 생각은 매우 타당하다. 그러나 자칫 혼돈되어서는 안 될 것이, 그것은 어디까지나 국제정치 면에서만 그러한 것이다. 혹자는 인간적인 삶을 구현한다는 당위에 있어서 국제정치니 문학이니 하는 카테고리와 제도가 근본적으로 문제가 될 수 없다는 반론을 내놓을 것이다. 그러나 문학마저 '민족문학'이라는 이름으로 이 싸움에 홀홀하게 말려들었다가는 인간의 마지막 보루를 지켜줄 마지막 패, 인간이 생각해낸 최후의 카테고리마저 짓밟혀버리고 말리라는 생각을 단 한 번만이라도 해주기 바란다. 제3세계도 어디까지나 냉엄한 국제사회의 한 세력이다. 서구 제국주의가 밉다고 해서, 그들과 정치적으로 제휴하는 것은 좋으나 그들에게

11 白樂晴, 「人間解放과 民族文化運動」, 『創作과批評』 13권 4호, p. 5.

곧 인간적인 삶이 보장되는 보편의 원리가 있다고 착각해서는 안 될 것이다. 실제로 우리는 서구 제국주의와 불가분의 관계에 있는 고도의 과학 문명과 정치 문명에 항거하는 제3세계 내지 이와 비슷한 이념의 젊은 저항을 목격하고 있지만, 그들의 어떤 과격한 행동에서도 인간적인 삶이 평화스럽게 보장되는 광경을 기미조차 엿보지 못하고 있지 않은가. 그것은 '민족'이라는 말이 어떤 계층만을 따로 떼어내어 사랑하는 편협한 것이 될 수 없듯이, 역사의 결과로 빚어진 제도와 문명 역시 하루아침에 극단적인 방법에 의해 변혁되기 힘들다는 냉엄한 사실을 반증해주는 것이기도 하다. 물론 이 같은 나의 말은 현실 보수를 말하는 것이 아니라 역사의 개혁에 대한 인간 지혜의 방법론을 말하는 것이며, 앞의 논자도 그 이론의 타당성을 수긍하고 있는 하버마스Jürgen Habermas의 표현을 빌리면 "이론과 실천 사이의 갈등"[12]이기도 한 것이다. 하버마스의 말대로 시민계급의 역사 추진의 합법성에 위기가 도래한 것은 사실이지만, 그 위기는 보다 세밀한 이성 작업에 의해 극복되어야 할 것이다. 실제로 하버마스는 이성을 매우 세밀하게 구분하고 그 사이의 관계를 인식해 들어가고 있다.[13]

요컨대 민족문학론이 추상적, 정서적인 것으로 떨어져버리거나 경직된 가치 개념으로 고착될 때의 위험은 그것이 다른 형태의 이데올로기로 변질되지 않겠느냐는 점에 있다. 현재의 논의 추세로 보아 그렇게 큰 걱정을 할 계제는 안 되지만, 이것이 관급형 문화나 민중 강조형의 문화와 결부될 때 반드시 그렇게 되지 않으리라는 보장도 없다. 왜냐하면 민족문학론이라는 말 속에 이미 살펴본바 그 불씨가 묻혀져 있기 때문이다. 민족문학론이 배타적인 취락주의나 인종 열등주의 혹은 인종 우월주의로 변모하는 순간이란 현실적으로 포착하기 매우 힘들다. 그러나 그 어떤 순간에도 그것이

---

12 J. 하버마스, *Theorie und Praxis*, Suhrkamp Verlag, 1971. 곳곳에서 볼 수 있는바 특히 서문 참조.

13 J. 하버마스, *Legitimation Crisis*, Beacon Press, Boston, 1975, p. 141. 그는 여기서 이성을 목적적 이성, 체계적 이성, 실천적 이성으로 나누고 있다.

'민족적'이 아니라는 점 때문에 가치 평가에서 제외될 때, 그 순간 그 문학은 열려진 문에 스스로 자물쇠를 채우게 되고 정신은 자기만족 속에서 녹슬게 된다. 결과적으로 민족문학론을 운위하는 논자들에게만 심한 엘리트적 폐쇄 우월감을 심어주게 된다. 이것이 바로 이데올로기로의 적신호이다. 우리에게는 인간다운 삶의 조건을 방해하는 체험적 세계의 조건들—가령 정치적인 자유 등—도 중요하지만, 그것 못지않게 그것과 싸우는 우리 자신의 무기가 제대로 돌아갈 수 있는 공간의 자유도 중요한 것이다. 하버마스의 표현을 다시 따른다면 '체계적 이성'[14]의 견지이다.

5. 주체성은 어떻게 얻어지는가

고유문화라는 추상 관념 자체가 민족문화가 될 수 없고 민족문화가 지고의 가치 개념이 될 수 없음에도 불구하고 민족문학론이 제기될 수밖에 없는 상황은, 우리 민족의 식민지 체험에 따른 아프고 수치스러운 상처, 그리고 오늘날에도 남북으로 같은 민족이 갈라져 있는 특수한 상황과 떼어서 생각할 수 없을 것이다. 게다가 이 두 가지 체험과 현실이 모두 우리 민족의 주체적 결정과는 상관없는 가운데, 이른바 강대국가의 자체 이해관계에 의한 조정의 산물이라는 점에 우리의 민족적 정서는 가만히 앉아서 참을 수 없는 것이다. 말하자면 민족문학론 제기의 당위성은 여기서 크게 고조된다. 그렇다면 필경 무엇을 어떻게 하는 것이 민족문학을 제대로 수행해 나가는 길인가 하는 것이 문제되지 않을 수 없다. 앞서 나는 고유문화와 민족문화를 말하면서 민족문화란 외래문화를 받아들이면서 거기에 '디불어 작용하는 힘'이라는 말을 했는데, 이 막연한 이야기는 이미 낯익은 언어지만, 결국 '주체성'이라는 말로 되돌아올 수밖에 없을 것이다.

민족문학과 관련해서 주체성을 말하기 위해서는 잠시 독일의 예를 들어

---

14 하버마스, 앞의 책, 같은 쪽.

보는 것이 유익할 듯하다. 왜냐하면 오늘날 지나치게 성공한 것으로 평가되는 서구 민족주의의 형성 과정에서도 독일은 가장 뒤늦게 출발하여 가장 열렬하게 이를 수행한 본보기로 우리에게는 좋은 의미에서나 나쁜 의미에서나 모두 계몽적이라고 할 만하기 때문이다. 그러나 여기서는 '주체성'과 관련해서 좋은 의미의 그것만, 그것도 민족문학의 형성기라고 할 낭만주의 전후의 부분만 살펴보기로 한다.

널리 알려지고 있는 바와 같이, 근대 시민 계층의 본격적인 대두라고 할 프랑스혁명이 터질 당시의 독일은 여전히 절대군주 체제였다. 혁명이 터진 다음 해 요제프 2세가 죽었으나 그의 동생 레오폴트가 뒤를 이었고 봉건 군주국으로서의 체통엔 별 흔들림이 없어 보였다. 문학사는 정치 면에서 별 동요가 없음을 전하면서 이해에 괴테의 『타소*Torquato Tasso*』가 나왔음을 알리고 있고 칸트의 『실천 이성 비판』과 『판단력 비판』이 각각 그 전해, 그다음 해에 나왔음을 보여준다. 어떤 사학자에 따르면 이 시기부터 상당 기간(결국 낭만주의 기간이 됨)은 "프랑스혁명의 그늘에 있는 독일"[15]이라는 해괴한 기간이 된다. 요컨대 독일 낭만주의는 정치적으로 불우하기 짝이 없는 시기에 태동한 정신 운동이었던 것이다. 독일 낭만주의는 흔히 그들의 기관지 격이었던 『아테노임*Athenäum*』의 발간 시기로부터 계산되는데, 이 시기는 프랑스의 정치적 열풍이 강력하게 들이닥치던 18세기 바로 말경이다. 그런데 낭만주의의 이념은 어떠했던가. 이 당시 낭만주의자들은 무엇을 내세웠던가. 그들은 정치적 자유와 평등을 쟁취하려는 이웃 민족의 아우성을 어깨너머로 들으면서 무한하고 막연한 것을 향한 동경, 꿈, 인간의 내면적 세계, 보이지 않는 세계의 신비한 본질에 눈을 돌렸다. 그때까지 무심하게 보아온 피상적 관찰에 상대적 통찰의 눈을 돌리고 공리주의적인 사고에 의해 이름 붙여진 사물들을 인간 특유의 상상력 속에서 재구성해보려고 했던 것이다. 잘 알려진 독일 낭만주의의 이런 특징들에 대해서

---

15 M. Freund, *Deutche Geschichte*, List Taschenbücher, 1969, p. 71.

는 이미 "감각 세계의 오성적 인식에 주력하는 계몽주의가 자연과학의 절대화라면, 낭만주의는 이런 것들을 세계의 표면적 이해에 지나지 않는다고 생각하면서 상상력의 도움으로 세계와 사물의 깊은 곳을 파악할 수 있다고 믿는 문학의 절대화"[16]라는 해석이 나와 있다. 요컨대 독일 낭만주의는 자연과 사물에 대한 깊은 통찰을 통해 현세적, 정치적, 공리적인 존재에 불과했던 인간에 다면적인 조명을 비추어줌으로써 인간의 총체적 전면을 부각시키기에 이른 것이다. 우리나라에는 독일 낭만주의의 이 같은 성격이 몽환적, 병적인 것으로 알려져 있으나 그것은 백조파(白潮派)를 중심으로 한 신문학 수입기의 왜곡된 전달일 뿐, 낭만주의는 종교적 믿음에 회의하고 절대 군주의 손에서 빠져나오려는 인간의, 최초의 구체적 인간적 각성으로서 그 의의가 매우 큰 것이다. 실제로 나폴레옹의 손아귀와 전제군주의 압제에서 벗어나려는 독일 민족의 애타는 열망은 이 같은 '조용한 각성'을 통해 그 토대가 기초부터 튼튼히 다져진 것이다. 이 당시의 민족주의자들, 예컨대 피히테J. G. Fichte, 훔볼트K. W. v. Humboldt, 횔덜린Friedrich Hölderlin 등이 모두 낭만주의 문인이었다는 사실은 음미해볼 가치가 있는 일이다.

독일 낭만주의의 이 같은 교훈은 민족의 생존을 결단하는 주체성이 현실적으로 어떻게 함양될 수 있느냐는 문제에 매우 많은 암시를 준다. 지금까지 역사를 보면, 우리는 단일민족으로서의 오랜 민족사를 갖고 있고, 그 민족사는 온갖 외세와의 갈등 속에서도 민족의 생존을 지켜온 자부심이 있다. 그런 의미에서의 주체성에는 부족함이 없다. 그러나 현대에 와서는 일본에 의해 지배당하는 불행한 오점도 있었다. 또 민족적 역량을 기르려는 선각자들의 노력도 많았다. 그러나 노력만큼 소기의 성과를 거두고 있는지에 대해서는 또한 회의가 따른다. 이런 요소들을 복합해볼 때 집단적인 차

---

16 H. Korff, "Das Wesen der deutschen Romantik," in: *Begriffsbestimmung der Romantik*, Wissenschaftliche Buchgesellschaft, Darmstadt, p. 198.

원에서의 민족의식, 즉 주체성은 상당히 있다고 할 수 있겠으나, 참된 의미에서의 세련된 자기 각성이라는 점에서는 반드시 긍정적인 것만으로 생각되지는 않는다. "우선 민족으로서의 자각 내지 자의식의 문제다. 우리는 한국 사상의 대외관계나 문화에서 민족의식을 단적으로 드러내는 여러 사례를 손쉽게 찾아낼 수 있지만, 한편으로 민족의 자의식이 불완전했던 시기가 의외로 길었던 사실도 부인하기 어렵다"[17]는 견해는 그런 의미에서 매우 날카로운 지적으로 생각된다. 나에게는 이처럼 불균형 내지는 파행적인 의식의 발전을 할 수밖에 없었던 우리의 주체성이 무슨 까닭에 그 같은 약점을 지닐 수밖에 없었는지가 가장 큰 관심이다. 여기에도 물론 정치·사회적 요인을 중심으로 한 사회과학적인 해석이 있겠으나, 나로서는 독일의 예에서 볼 수 있는 바처럼 인간적인 차원에서의 개인적인 각성, 다시 말해서 개성의식의 발아와 확립이라는 역사적 체험이 우리에게는 결여되었던 탓이 아닌가 생각한다. 앞의 논자가 그다음으로 지적하고 있듯이 "주민의 등질성을 전제로 한 '우리' 의식 내지 '우리'라는 동포 의식"[18]의 문제도 중요하겠으나, '우리'의 의식이 있기 위해서는 그 전 단계로 '나'의 의식이 전제되어야 하는데, 바로 이 자아의식, 개성의식이 없었던 까닭에 '우리 의식'은 실천력이나 현실적 상응력이 없는 추상 관념으로 떨어져버리고 '나'의 의식도 '우리'의 의식도 모두 결핍되었던 것으로 보인다. '나'를 통하지 않은 '우리'는 지속적인 생명력을 갖기 힘들다. 그리고 이러한 진정한 개성의식은 서구 문학에서 우리가 겸허하게 받아들여도 좋을 만한 장점으로서, 그것을 인정하는 데 인색해서는 안 될 것이다.

그것을 논하는 논자들의 의도와 상관없이 민족문학론은, 자칫 잘못할 때 서구 문화에 대한 까닭 없는 혐오와 불신, 나아가서는 백해무익한 것이라

---

17 千寬宇, 「韓國民族主義의 歷史的 構造—再發見」(陳德奎 編, 『韓國의 民族主義』, 現代思想社, p. 77.

18 같은 책, 같은 쪽.

는 태도를 조장하기 쉽다. 아닌 게 아니라 서구 문학뿐 아니라 서구 문물이 우리 문화에 끼친 악영향과 부작용은 예거하기 힘들 정도로 많을는지 모른다. 그러나 실제로 오늘의 인간은 세계인으로서의 인간이다. 우리는 한국인이면서 동시에 세계인이다. 그중 어느 쪽에 천평이 기운다 하더라도 인간의 참된 삶은 방해받을 것이다. 한국인이 세계인보다 방법적으로 강조되는 것은 좋지만 가치적으로 역설될 때, 그것은 인간의 참된 삶을 어느 구석에서부터인가 무너뜨릴 것이다. 마찬가지로 서에 대항하기 위한 동, 동에 대항하기 위한 서, 남에 대항하기 위한 북, 북에 대항하기 위한 남 혹은 기존 세계에 대항하기 위한 제3세계와 같은 사고방식은 결국 그 한쪽에 속한 민족으로 하여금 다른 민족에 대한 우월 관계를 필연적으로 초래하고 말 것이다. 억압받아온 민중으로서 제3세계의 생존과 그 가치가 부각되는 것은 백번 마땅한 일이지만, 제3세계고, 제4세계고 결코 그 어떤 환상일 수는 없다. 중요한 것은 우리 스스로에게 가혹하고 정직하고 겸손하는 일이다. 그렇게 될 때 세계인으로서의 인간도 한국인으로서의 주체성도 동시에 획득될 것이다. 만약 이 같은 사고 자체가 서구적 발상이라고 비난된다면, 그것은 시민문학으로 고양되어야 할 민족문학이 그 스스로 변방의 취락주의로 안주하겠다는 모순을 드러내는 것밖에 안 된다. 이 같은 개성의식이 한사람 한사람에게 체질적으로 확산될 때 민주주의의 초석도 다듬어질 수 있을 것이다. 서구 문학의 반성은 역사적 상황의 비교와 모델 추출에 따른 기법상, 방법상의 그것이어야지, 그렇지 않고 제국주의 문화를 거드는 도구의 하나라는 인식의 이해로만 나타난다면, 우리 자신 약소민족이라는 이름 아래 또 다른 형태의 제국주의 심리를 길러가는 무서운 발톱을 갈고 있는 것은 아닌지 되돌아볼 일이다. 언제나 자기 자신에게로 정직하게 되돌아오는 것, 거기서 참된 주체성은 싹튼다.

(1979)

기술 발전과 대중문화

1. 서론

오늘의 사회는 엄청난 기술 발전의 현실을 경험하고 있다. 기술 혁명이라고까지 불리는 이러한 현실은, 전통의 단절에 가까운 급격한 현실 변화와 연관된다. 하루가 다르게 첨단에 첨단을 거듭하는 새로운 기술은, 생활양식과 사고방식에 새로운 충격을 던지면서 우리의 삶을 간섭하고 장악해 나가고 있다. 그리하여 연장된 수명으로 확대된 노인 계층과 더불어, 새로운 기술 및 그것에 의한 감각으로 변화된 젊은 계층 사이의 삶은 다양한 거리로 넓어졌으며, 그 결과 사회 통합이 새로운 사회 문제로 부각되기에 이른다. 말하자면 기술 발전이 초래하는 삶과 현실의 변동은, 같은 사회 내에서도 이질적인 문화권과 문화 집단을 대립시키는 구도마저 만들게 된 것이다. 예컨대 컴퓨터에 매달리는 컴마니아와 컴퓨터에 대해서 전혀 무지한 컴맹이 한 가족 안에 동거할 수도 있게 된 것이다. 이들은 비록 한 가정의 울타리 안에 있지만, 문화적으로는 서로 대화가 불가능한 이질 집단에 속하게 된다. 이러한 현실은 가족 해체를 촉진시키면서, 한 개인의 단자화·고립화 현상을 유발시킬 수 있다. 기술 발전이 삶의 질을 향상시키고 문명의 수준을 높일 것이라는 일반적인 낙관론[1]에도 불구하고, 실제로 일어날 수 있는 부정적 측면에 대한 고찰과 예견은 이렇듯 동시에 생겨난다.

지금까지 기술 발전과 현실 변동, 혹은 문화와의 관계에 대해 서구 이론을 중심으로 하여 간단없이 그 연구가 행해져왔고,[2] 또 일반에게 그것이 소개되어왔다. 그러나 우리에게 있어서 아직은 그것이 연구실 안에서의 학문의 모습으로 투영되어온 것이 사실이다. 오늘 우리의 현실과 관계된 현장적인 모습과 이러한 주제가 맺어지게 된 것은 아마도 90년대에 들어서면서부터일 것이다. 그러나 90년대 이후 오늘에 이르기까지 이 주제가 진지한 학문적 대상으로 떠오르게 된 일은 그리 많지 않은 것 같다. 대부분의 경우 저널리즘적 차원에서의 개황 소개 및 이 문제와 직접적으로 매개된 논의가 폭발적으로 개진되어온 감이 있다. 가령 문학잡지에서의 토론이나 특집, 더 나아가 기술 발전의 구체적 성과를 선전하거나 이용하는 저널의 등장 등이 그것이다. 아무튼 사회의 폭발적인 관심은, 현재 이 문제를 특집 형태로 다루지 않는 일간신문이 거의 없다는 사실에서도 찾아볼 수 있다. 기술 발전은 바야흐로 기술 사회를 가져오고 있으며, 이에 대한 관심과 지식은 그것이 이제 전통적인 의미에서의 특수한 훈련이 더 이상 아니라는 점을 확인시켜준다.

이 글은, 이러한 현실 변동이 전통적인 의미의 문화에 어떤 도전과 변화를 야기하고 있는가 하는 문제를 폭넓게 조감하면서, 그 바람직한 관계 설정을 희망하면서 씌어진다. 대상이 되는 문제들은 주로 오늘 우리의 현실이며, 그 탐구의 방법과 시각은 이 문제를 선각적으로 다루어온 서구의 여러 이론에 의지한다. 그러나 전체적인 입장은 현장적인 것이며, 이론의 종합, 혹은 이론에 대항하는 이론의 추구라기보다 메나이론적인 성향을 보여

---

1 T. S. 쿤, 『과학 혁명의 구조*The Structure of Scientific Revolution*』, 김명자 옮김, 정음사, 1981, pp. 171~90; 김명자, 『현대 사회와 과학』, 동아출판사, 1992, pp. 25~50 참조.

2 비판적인 각도에서 프랑크푸르트학파의 이른바 '비판 이론kritische Theorie'을 지적할 수 있으며, 긍정적인 시각으로는 실스Edward Shils와 콘하우저W. Kornhauser 중심의 미국 사회학자들을 참고할 수 있다.

줄 것이다. 기술 발전의 요체와 그 핵심 내용이 특히 멀티미디어의 혁명이라는 결과와 연관되기 때문에 문화의 대중화 현상이 각별한 관심 대상이 될 수밖에 없고, 이 문제는 지금도 진행 중인, 혹은 앞으로 도래할 성격을 띠기 때문이다.

2. 기술 발전과 현실 변동

21세기의 문턱에 이른 오늘날 기술의 발전은, 한마디로 말해서 불가능한 일이 거의 없어지고 있다고 보아 지나친 말이 아닌 현실이 되었다. 가뭄이라든지 홍수·지진과 같은 천재에 대해 여전히 속수무책일 수밖에 없는 상태를 제외하고서는 모든 지적 모험이, 단순한 모험 아닌, 현실 가능한, 새로운 문명의 탄생으로 바뀌고 있는 것이다. 이른바 후기 산업사회는 그동안 축적되어온 자본 및 과학기술에 의해 문명의 엄청난 열매를 거두게 되리라는 기대 앞에 서게 된 것이다. 세계적 베스트셀러로서의 명망을 얻은 『메가트렌드』의 저자는 90년대에 들어서자마자 이러한 전망을 내놓았다.

> 먼 옛날부터 인류의 황금시대의 상징으로 간주되어온 1천 년이 단락을 짓게 되는 오늘날, 인류는 이 지상에 유토피아를 건설할 수 있는 기술과 능력을 보유하게 되었다.[3]

다분히 분홍빛으로 채색된, 이른바 미래학적 지평으로 포장된 이 책에 의하면, 인류 문명의 미래는 밝다. 그 같은 전망의 중심에 기술 발전이 놓여 있다. 문명의 장래를 낙관적으로 볼 수만 없다는 견해도 물론 만만치 않다. 인류 종말의 도래가 멀지 않았다는 종말적인 인식의 부상은 주로 신학 쪽에서 제기되고 있으나, 그 바탕에 과학적인 논거가 전혀 없는 것은 아니

3 J. 네스빗, 『메가트렌드』, 『조선일보』, 1995년 3월 5일 재인용.

다. 예컨대 공해에 의한 환경 파괴가 온실효과를 초래함으로써 지구를 파멸로 몰고 갈지 모른다는 우려는 단순한 기우 이상의 설득력을 지닌다. 그러나 전망을 하든, 부정적인 개탄을 하든, 아무튼 기술의 발전에 의해 그 같은 현실 변화가 급격히 일어나고 있다는 점에는 이의가 제기되지 않는다.

1960년대부터 미국을 중심으로 전개되기 시작한 컴퓨터의 발명·보급·혁신은 우주과학을 발전시켜, 인류의 영원한 꿈으로만 생각되었던 우주 비행, 인공위성을 가능하게 하였고, 다른 한편으로는 유전공학의 혁명적인 개발로 말미암아 인간의 출생 아닌, 인간 생산이 부분적으로 가능하게 되었다. 20세기 후반의 기술 발전은 크게 이 두 가지 사건을 축으로 하고 있는데, 후자가 기술이라는 측면보다 자연과학 내지 넓은 의미의 생물학이라는 말에 어울린다면, 전자는 정통적인 의미에서도 기술이라는 범주에 상응한다고 할 수 있다. 이런 의미에서 기술 발전은 컴퓨터에 의한 각종 미디어의 개발과 긴밀하게 연결되며, 다른 용어로 바꾼다면 정보 통신의 발달이라는 말로 불릴 수 있을 것이다.

확실히 20세기 말의 기술 발전은 컴퓨터 및 정보 통신의 세계라고 요약될 수 있다. 컴퓨터의 발달은 인터넷이라고 불리는 전세계적인 컴퓨터 통신망을 구축하면서 개인과 개인 사이에도 PC 통신이라는, 기계를 통한 대화 메커니즘을 탄생시켰다. 통신의 혁명인 정보 통신이다. 퍼스널 컴퓨터, 즉 PC는 아주 작은 노트북 PC를 만들어내면서, CD-ROM 드라이브와 사운드 카드가 장착된 소위 멀티미디어 기능을 다시 추가시킨다. 새로 만들어진 기계이기에 용어조차 낯선 외래어일 수밖에 없는 이러한 정보 통신의 발달은, 불과 몇 년 전까지도 생각되지 않았던 것으로—물론 어느 정도의 예상은 가능했지만—하루하루 그 진전의 속도가 놀랍다. 그리하여 사이버스페이스cyberspace라고 하는 가상의 공간에서 가상의 컴퓨터 쇼가 열리는 세상이 되었다. 컴덱스라고 하는 세계 컴퓨터 전시회가 다시 컴퓨터 속에서 열리는 것이다. 컴퓨터는 문자를 그림으로, 그림을 문자로, 또 소리로 바꾸는 차원 변경을 자유자재로 함으로써 음성·데이터·문자·영상 등의 다양한 메시지가 어떤 장애나 매개 없이 자유롭게 소통된다. 엄청난 매체 혁명이라고 하지 않을 수 없다.

컴퓨터 문명은 영상 시대, 고속 시대를 가져왔다. 영상 시대란 전신 시스템에 의해 음성이 연결되어온 청각 교통이 영상 연결에 의한 시각 교통으로 확대된 현상과 관계된다. 19세기 말 인류는 음성을 전기 신호로 바꾼 다음 전선을 통해 타인과 연결하는 기술의 개발에 성공하였다. 전화가 대표적인 그 성과인데, 한 세기 만에 이제 데이터를 연결해주는 컴퓨터, 문자를 연결해주는 팩시밀리, 영상을 전달하는 텔레비전으로 그 성과는 발전하기에 이른 것이다. 이 가운데에서도 가장 현장감이 강한 텔레비전은, 영상의 녹화와 재현이 가능한 VTR과 더불어 현대인의 일상생활에 엄청난 변화를 야기하고 있다. 텔레비전은 그 고유의 기능 이외에 모든 통신 내용을 화면화·시각화하는 기능 혁명을 유도하고 있다는 점에서 영상 시대를 연 선도역의 자리에 선다. 물론 이러한 기능은 아날로그 시스템이 디지털 시스템으로 바뀌는 변화와 동반하고 있다. 텔레비전과 영상 시대의 긴밀한 관계에 대해서 세계적인 한 예술가의 다음과 같은 진술이 참조될 만하다.

> 〔……〕 텔레비전 발명 이후의 중요한 발명은 모두 텔레비전을 통해 이루어졌습니다. 따지고 보면 컴퓨터라는 것도 결국 모니터를 통해 사용하는 것이기 때문에 텔레비전이 없다면 기능을 못 한다고 할 수 있습니다. 텔레비전이 컴퓨터를 잡아먹는 것이죠. 또 홀로그래피 같은 영상 매체는 아직까지는 영상 확대가 불가능하고 정보량이 많아 전송도 안 되지만, 텔레비전은 이 모든 것이 가능하지요. 텔레비전이라는 소재의 가능성은 바둑에 비유해볼 수 있지요. 평면 위의 바둑이란 것이 19줄, 19줄의 조합으로 무궁무진한 수를 만들어내는 것처럼 점점 더 첨단화될 텔레비전 매체를 이용한 응용 및 예술 창작의 가능성은 무한대지요.[4]

---

4 백남준, 「만나봅시다」, 『조선일보』, 1995년 3월 27일.

결국 텔레비전의 화면이 영상 시대의 기본 바탕이 되고 있다는 논리인데, 영상 이전의 전통 매체가 화면이 결여된 추상적·관념적인 성격을 띠고 있다면, 텔레비전을 이용한 영상 매체들은 구체적·직접적인 성격을 갖게 된다. 따라서 문학과 같은 활자 문화, 음악과 같은 청각 문화가 눈에 그림의 모습으로 나타나는 장르 변이 내지 해체 현상을 맞게 되는 중요한 국면이 발생된다. 실제로 백남준을 인터뷰하고 있는 신문은 그를 가리켜 "비디오 예술의 창시자이며 전자·정보 시대의 사상가"[5]라고 말하고 있는데, 그는 최근 스톡홀름 아트 페어에서 올해의 미술가로 선정되기도 했다. 말하자면 미술이 최근 예술의 가장 중심적인 자리에 나서고 있다는 것이다. 이것을 거꾸로 풀이한다면, 모든 예술이 시각화, 즉 미술화하고 있다는 이야기도 된다. 아무튼 컴퓨터로 요약될 수 있는 현대 미술의 발달이 결국 컴퓨터 화면의 생산과 그 이용으로 나타나는 것이라면, 매체의 영상화 현상은 현실, 특히 문화 현실에 가장 큰 충격 요인이 되고 있는 것이다.

고속 시대의 구체적 내용과 그 의미 또한 굉장한 것이다. 서울-부산 간을 2시간대에 달릴 경부고속전철이 이미 착공되기도 했지만, 미 공군은 벌써 5년 전에 음속의 25배에 가까운 시속 1만 7천 마일의 항공기 개발에 착수하여 순조로운 진행을 보이고 있다고 한다. 이것이 성공할 경우 뉴욕과 서울을 한 시간 안에 날아갈 수 있다는 것이다. SF소설에서 읽을 수 있었던 내용이 현실화되고 있거나, 곧 현실화될 전망이다. 고속 시대는 인간이 직접 오고 가는 교통이나 수송 측면 아닌, 통신 분야에서 더욱 놀라운 성취와 만나고 있다. 그 성취는 광섬유의 개발과 함께 이루어지고 있다. 지금까지 이용되던 구리선보다 수백 배 높은 성능을 가진 광섬유는 유리 가닥을 꼬아 만들어지는 것으로서, 성능 못지않게 제작·생산 면에서도 많은 장점을 갖고 있는 것으로 평가된다. 또한 자기장 스펙트럼을 이용한 전송을 함으

5 『조선일보』, 1995년 3월 27일.

로써 많은 채널을 제공할 수 있다. 지금까지의 이론은 광섬유 하나에 1,500대의 컬러텔레비전 채널이 가능하다는 것이다. 광섬유의 발달은 필연적으로 통신 매체를 혁신함으로써 전화선이나 유선을 이용한 음성·화상 전송에 획기적인 발달을 가져올 것이다. 은행의 현금자동인출기가 주문 폭주로 인해 고장을 일으키는 일 따위는 없어질 것이다. 인공위성의 다양한 발사 역시 광섬유와 더불어 통신 체제에 큰 영향을 미칠 것이며, 그리하여 무선호출기나 휴대폰으로도 얼마든지 단시간 내에 국제 호출이 가능해질 것으로 예견된다.

영상 시대·고속 시대는 필연적으로 '사이버스페이스'라고 불리는 새로운 공간을 열게 되리라는 것이, 이제 현대 과학의 일치된 진단이며 전망이다.[6] 가정과 사무실의 컴퓨터·전화·텔레비전이 모두 광섬유로 연결되어 데이터·음성·영상 등, 모든 정보가 초고속으로 교환되는 정보 고속도로의 개통을 우리 사회 역시 눈앞에 두고 있다. 이것이 완성되면 우리의 일상생활은 전면적으로 달라지게 된다. 텔레비전을 보면서 먼 곳의 사람과 회의를 할 수 있으므로 이른바 재택근무를 할 수 있을 뿐 아니라, 홈쇼핑·홈뱅킹·홈스쿨·홈메디신 등 집에 앉아서 밖의 일을 두루 할 수 있게 된다는 것이다. 한 과학자는 전지구적 규모에서 지식과 정보를 공유하는 시대가 옴으로써 인류는 갈등 대신 동질의 문화를 향유하게 될 것이라고 비교적 낙관적인 예상을 내보인다.[7]

이러한 기술 발전은 결국 가상의 현실, 가상의 세계를 창출하는 경지까지 나가게 된다. 컴퓨터 사용자가 화면에 나타나는 3차원 세계 안에 들어가 있는 듯한 착각을 유발하는 이 기술은, 사용자로 하여금 컴퓨터 화면에 나타나는 3차원 영상을 마치 현실 세계에서와 똑같이 지각하게 한다. 이때 이 3차원 세계가 바로 사이버스페이스이다. 사이버스페이스의 발견은 무

---

6 이인식, 「미래의 소통 공간, 사이버스페이스」, 『파피루스』, 1995년 3호, 민음사, pp. 4~7.
7 같은 책, p. 5.

엇보다 인간의 상상력에 충격을 던지면서, 보다 입체적이며 조직적인 두뇌 개발에 깊이 간여할 것으로 여겨지고 있다.

기술 자체의 고급성 여부와는 상관없이, CATV, 즉 케이블 텔레비전의 보급도 현실 변화와 긴밀히 관계되는 부분이라고 할 수 있다. 텔레비전의 대중화라는 측면에서 중요시되는 CATV는 무엇보다 특정 시간, 특정대에 묶여 있는 시청자들을 모든 프로그램, 모든 소재, 모든 시간에 거의 완전히 개방해버림으로써 대중들의 정보 수용 체제를 완전히 시각화한다. 이렇게 하여 텔레비전·비디오·컴퓨터·CATV와 더불어 현대인은 각종 빛의 상자 앞에 거의 습관적으로 눈을 노출시키고 있는 것이 생활화되어버렸다. 인간의 오관이라는 관점에서 바라볼 때, 외계, 특히 압도적인 정보와 문화의 수용이 눈을 통해 집중하는 현실로 바뀌게 된 것이다. 그리하여 텔레비전, 혹은 앞서 열거된 유사 매체에 등장하느냐, 하지 않느냐 하는 사실 여부 자체가 곧 가치로 받아들여지는, 이를테면 가치의 도식화·획일화 현상마저 나타나게 되었다. 즉 텔레비전이나 유사 매체를 통해 전달된 정보냐, 아니냐 하는 것, 혹은 이를 통해 등장한 인물이냐, 아니냐 하는 것이 정보의 질과 인물의 신분까지 가늠하는 현실 변동을 경험하게 된 것이다.

이렇듯 화상(畵像) 중심주의 문화의 등장은 자연히 많은 현실 변화를 초래하고 있다. 그 변화의 모습을 몇 가지로 요약해본다면 이렇다: 첫째, 질적 가치관에서 양적 가치관으로의 변동이다. 특히 인간의 인격이라는 내성적 깊이의 문제는 인간 평가에 있어서 퇴각하고, 생산 관계 속에서의 생산성 및 화상에서의 반영도가 중요시된다. 탤런트·가수·프로 운동 선수들의 사회적 신분 상승은 이와 관련해서 주목될 만하다. 둘째, 화상이 정보 생산 및 공급체 역할을 함으로써 일종의 정보 평등주의가 생겨나게 되었다. 사람들은 인격과 실력의 자리에 정보의 유무와 그 양을 갖다놓게 되고 이에 따라서 인간은 사회적으로 차별화된다. 정보에서의 소외는 때에 따라 결정적인 하자가 된다. 그 대신 똑같은 정보 앞에서 모든 사람들이 개성과 취미를 잃고 획일화된다. 예컨대 광고의 대량 홍수 앞에서 결정되는 소비 행태와 집단 유행을 사람들은 개성과 취미로 착각하는 일종의 환시·환각에 관습적으로 마비된다. 일찍이 마르쿠제H. Marcuse가 예견한 이른바 '일차원적 인간'이 바야흐로 출현한 것이다. 셋째, 기술 시대는 필연적으로 선진기술로의 종속 현상을 심화시켜 이에 따른 사회적 갈등이 우리 사회의 경우 예견될 수 있다는 점이 지적될 수 있다. 반도체 등 일부 분야를 제외하고서는 아직 선진 수준이라고 할 수 없는 기술 현실에서 기술 발전의 사회는 정치적으로 여러 가지 문제를 왜곡시킬 수 있다는 것이다. 가령 컴퓨터 소프트웨어의 생산 능력이 미약한 우리 현실에서 폭증하는 뉴미디어 전송량과 멀티미디어의 요구를 충족시키기 위해서는 외국으로부터의 직간접 도입이 불가피할 것이다. 직접위성방송DBS이 미구에 실시될 때 미국이나 일본의 방송 신화가 그대로 우리 거실에 나타날 것이다. 이런 문제들은 필연적으로 정치적인 문제로 비화될 소지를 안고 있을 뿐 아니라 다국적 기업의 문제와 지적 소유권 분쟁 등 국제적인 마찰의 가능성도 그 어느 때보다 높게 열려 있다. 국내적으로는 이른바 "관리되는 사회"[8]의 면모를 띠어가면서, 국제적으로는 세계 한복판에 던져진 외로운 운명과 싸워나가야 하는 힘든 현실과 직면하게 된 것이다.

3. 문화 개념의 변모와 현황

이렇듯 기술 발전의 급격한 양상에 의한 현실의 변동은 당연히 전통적인 문화 개념에 충격을 던지면서, 문화 전반의 흐름에 영향을 끼침과 동시에 그 토대마저 흔들고 있다. 그 동요의 심각한 양상은 문화 전문가들에 의하여 예컨대 다음과 같이 진단·분석된다.

---

8 M. Horkheimer · T. Adorno, "Kulturindustrie," *Dialektik der Aufklärung*, Fischer: Frankfurt, 1969, pp. 128~51 참조.

통신망 문학, 좀더 정확히 말해, 대체로 퍼스널 컴퓨터를 단말기로 해서 유행되는 통신망 속의 문학을 포함하여 컴퓨터를 이용한 일체의 문학 활동을 사람들은 흔히 컴퓨터 혹은 'PC 문학'이라고 부른다는 것을 나는 최근에 알았다. 〔……〕 그러나 80년대에 8비트 애플 컴퓨터와 MSX, SPC-1000이 호기심 많고 새로운 오락을 즐기는 학생들을 통해 확산되기 시작하였고, 88년 경부터 16비트 IBM PC 호환 기종이 본격적으로 보급되자 컴퓨터는 문자 그대로 사무기의 '총아'로 자리 잡게 되었다. 총아인지 괴물인지 알 수 없지만, 어쨌든 그것은 컴퓨터가 그 전에 펜과 노트와 주판이 차지하고 있던 자리를 대신하게 되었다는 것을 의미했다. 그것은 엄청난 혁명이었으며, 그 혁명은 한창 진행 중이다.[9]

펜과 노트와 원고지를 대신하여 컴퓨터가 그 일을 맡게 된 현실을, 정과리는 "엄청난 혁명"이라고 단정 짓고 있다. 지금도 한창 진행 중인 이 혁명은 급기야 '컴퓨터 문학'이라는 용어를 탄생시키고 있으며, 문학의 제도 면에도 엄청난 도전을 유발시키고 있다. 제도 면에 나타나는 그 도전의 모습을, 이미 문단에 등단한 지 30년 가까운 중진 평론가 김병익은 다음과 같이 묘사하고 있다.

누구나가 작가가 될 수 있다: 모뎀 가입자들이, 원하기만 한다면 자신의 글을 올려 넣어 남에게 읽힐 수 있다는 것은 문화의 민주주의를 위해 이 체계가 갖는 가장 강한 장점일 것이다. 글은 '작가·시인'이라는 특별한 신분들만 쓸 수 있고 써야 한다는 일종의 귀족주의적 문학관을 이것은 성번으로 부정하여, 평범한 사람의 혹은 익명의 글쓰기를 통해 자유로이 창작의 즐거움을 누릴 수 있다는 것은 매력 있는 일이 아닐 수 없다. 복거일과 한수산의 작

9 정과리, 「문학의 크메르루지즘—컴퓨터 문학의 현황」, 『문학동네』, 1995년 봄호, pp. 20~21.

품과 권성우의 평문이 하이텔을 통해 인기를 누린 바 있고 한 기업이 기왕의 베스트셀러를 모뎀에 얹어 새로운 비종이책 독자를 개발할 기획을 가지고 있어 특정한 작가적 신분이 여기에서도 여전히 위세를 떨치고 있지만, 하이텔과 천리안의 문학 토론, 작품 발표는 대부분 이름 없는, 비전문 필자들이며, 앞서 소개받은 『비서일기』는 그중에도 가장 많이 읽힌, 아마추어의 PC 통신 문학 작가의 것이다. [……] 아마 이 단계에서, 한 필자가 말하고 있는 것처럼, 컴퓨터로 유통·전수되는 현대판의 새로운 '구비 문학'이 탄생할지도 모르며, 마치 80년대에 본격 문학권에 도전하는 민중 문학권이 일구어지듯이 권위주의적 문단 구조를 해체하는 새로운 '시민 문단'이 형성될 수도 있을 것이다. 그럴 때 현존의 문학 시장 체제는 전반적인 재편성을 치러내지 않으면 안 될 것이다.[10]

컴퓨터의 등장으로 인한 문학 제도의 변화까지 예견하고 있는 이러한 지적은, 단순한 예상 아닌 현실감으로 다가오고 있다는 점에 사태의 심각성이 있다고 할 수 있다. 앞서 '혁명'으로 불린 이러한 변화는, 말하자면 변화와 수용이라는 측면에서는 이미 성공 단계에 들어서 있는 것이다.

물론 컴퓨터에 의한 문학 형태의 변모가 문화 개념, 혹은 문화의 본질이라는 측면에서도 그에 걸맞은 변모를 동반하고 있느냐 하는 문제에 대한 검토는 그리 간단치 않다. 정과리의 분석처럼, 컴퓨터 문학이라고 할 수 있는 새로운 형태는, 문학 표현 내지 작품 발표에 관한 문제일 뿐, 컴퓨터의 원래 기능으로부터 문학의 어떤 새로운 성격이 창출되었다고 하기에는 아직 확실한 결과가 얻어진 상황이 아니기 때문이다.

확실한 것은, 문학에 관한 한 그 변모의 중심적인 현실은 이렇듯 컴퓨터에 의해 발생하고 있다는 사실이다. 뒤에 살펴지겠지만, 컴퓨터에 의한 문

---

10 김병익, 「컴퓨터는 문학을 어떻게 변화시킬 것인가」, 『동서문학』, 1994년 여름호, pp. 260~61.

화 충격이 물론 문학에만 국한되었다거나, 이 부문에서 특히 특징적으로 부각되고 있다고 말할 수는 없을는지 모른다. 그러나 어떤 의미에서 가장 보수적·전통적인 성격이 강한 문학에 나타나고 있는 컴퓨터 현상은, 다른 부문을 포괄하고 암시하는 함축적인 요소가 있다. 그것은, 문학의 전래적인 성격과 컴퓨터의 첨단적인 성격이 근본적으로 화해할 수 없어 보이는 간극에서 발생하는 상징적 유추라고도 할 수 있다. 말하자면, 문학에서 컴퓨터가 수용되고 컴퓨터 문학이라는 새로운 양식이 가능하다면, 문화의 다른 부문은 상당 수준 이와 비슷한 모습으로 그 변화가 성립되고 있을 것이라는 추론이다. 전통성과 첨단성이 양극적인 모습으로 대립적 성격을 갖고 있는 것으로 여겨지는 문학과 컴퓨터의 차이에 대해 정과리는 이렇게 정리한다.

> 민족어를 근간으로 하는 문학이 개인의 신화를 꿈꾸고 있다면, 이진 부호로 이루어지는 컴퓨터는 개인의 차이를 분쇄하며, 전자가 깊이를 이룬다면, 후자는 넓이를 확대하고, 문학이 점착적이라면 컴퓨터는 휘발적인 것이다.[11]

매우 흥미 있는 표현에 의한 이러한 지적은 문학과 컴퓨터의 특성, 그 관계를 명쾌하게 보여준다. 이 지적에 따르면 문학과 컴퓨터는 도저히 만날 수 없는 평행선 위에서 서로서로 바라보고만 있어야 할 것이다. 그런데 바로 이 양자가 만나는 상황이 바야흐로 전개되고 있는 것이다. 이 만남은 서로서로의 특성에 대한 간섭이나 훼손 없이 이루어질 수 없다. 이때 전통적인 문학에 의해 컴퓨터가 간섭을 받고, 그 기능이나 성격이 변화될 수 없을 것이라면, 문학이 컴퓨터에 의해 그와 같은 영향 아래 포섭되리라는 것은 추측하기에 어렵지 않다. 실제로 앞서 김병익과 정과리가 예리하게 관찰하였듯이 그 변화는 이미 일어나고 있다. 이제 문제는 그 변화가 문화 개념의

11 정과리, 앞의 책, p. 23.

변모와 어떻게 연결되느냐 하는 문제일 것이다.

이 문제에 올바로 접근하기 위해서는 문화의 개념 자체에 대한 어느 정도의 합의를 확인하는 일이 선행되어야 할 것이다. '문화'에 대한 사전적 정의는, 가령 『브로크하우스 백과사전』에 따르면 이렇다.

> 1) 한 민족이 지닌 삶의 표현의 총체. 2) 일반적으로 동물, 식물, 무엇보다 인간의 관습, 삶의 영위, 그리고 삶을 모양 만들어가는 일을 잘 다루고, 고귀하게 하고, 완전하게 하기. 문화인이라고 하면 고상한 관습을 지닌 인간을 말함. 3) 특별한 경우, 땅의 개간, 영양 식물의 경작과 손질을 가리킴. 4) 파종이나 재배를 통한 멋있는 육림.[12]

위의 정의 가운데 여기서 거론되는 개념은 아마도 두번째 경우에 가장 가까울 것이다. 삶의 모양을 고귀하게 하고, 완전하게 하는 일이라는 주장인데, 이러한 정의는, 예컨대 『웹스터 사전』의 그것과도 상통한다. 그에 의하면 문화란 인간의 믿음·분투·전통 등이 모여진 복합체이다. 결국 문화란 인간 존재의 물질적·육체적 생존을 넘어서는, 어떤 종류의 정신적 지향성, 그리고 그것들이 이미 이루어낸 성취와 관계되는 것일 것이다. 이런 가운데에서도, 가령 앞서 거론된 문학과 같은 분야에서는 정신적 지향성을 특히 중요시하여, 문학을 인간의 '반성적 성찰'이라는 측면에서 바라보는가 하면, "지적 우수성과 결부된 심미적 가치를 지닌 위대한 책"으로 관찰하기도 한다. 요컨대 심미적인 인간 정신 활동의 표현이라는 것이다. 이러한 개념은 문학 이외의 다른 문화 분야, 이를테면 음악·미술과 같은 예술의 영역에서도 비슷하게 적용된다. 말하자면 인간이 보다 인간다운 삶을 지향하면서 추구하는 미와 보람이라는 가치가 문화의 핵심이 되는 것이다. 이러한 가치 추구는, 그러므로 일체의 기성 질서나 제도·가치에 대한 질문

---

12 *Der Neue Brockhaus* 3, Wiesbaden, 1959, p. 244.

과 비판의 기능 위에서 수행될 수밖에 없으며, 새로운 문화 창조란 필경 이미 존재하는 것에 대한 비평을 포함할 수밖에 없다. 그러므로 어떤 문화 현상이 올바른 문화적 성격을 갖추고 있는가 하는, 문화성 판별의 관건은 바로 비판 의식의 견지에 달려 있다고 할 수 있다. 예컨대, 외형적인 미를 갖추고 있는 듯한 현상이나 작품이라 하더라도 그 본질에 비판 의식이 결여되어 있다면, 그것은 현실 수락, 혹은 현실 편승을 통한 문화 소비 행위일 뿐, 진정한 문화라고 하기는 힘들다는 것이다.

문화 개념의 변모 역시 이러한 관점에서 파악되어야 할 것이다. 가령 문학에 있어서, 새로운 개념으로 등장하고 있는 컴퓨터 문학에 이 같은 요소, 즉 성찰과 심미성이라는 측면이 포섭되어 있는가, 나아가 그것을 지향하고 있는가 하는 문제가 자연히 대두될 수 있다. 먼저 생각해볼 수 있는 것은, 붓이나 연필 대신 펜으로 글을 쓰게 되었듯이, 단순히 컴퓨터로 글을 쓴다는 수준의 변화는 글쓰기 구조상 전통적인 방법과 별로 다르지 않을 것이라는 점이다. 물론 김병익의 진술에 나타나듯이, 사뭇 다른 문체상의 변이가 발생하지 않는 것은 아니다.

> 그러나 내가 예상하기보다 훨씬 활발하게 전개되는 듯한 PC 통신 문학의 독자들의 상당수는 내 예측을 완전히 뒤집어, 컴퓨터에 의한 문학의 문장들이 "간결한 문체, 박진감 넘치는 사건 전개, 군더더기 없는 문체"로 종래의 문학적 문체와는 다르다는 점을 지적하고 있었다. 〔……〕 주목해야 할 것은, 필기의 도구가 달라지면서, 같이 문자를 사용하는 언어 예술이며 같은 '문학'적 글쓰기임에도 지금 그 글쓰기에 뚜렷한 변화가 나타나기 시작하고 있으며 그것은, 멀리는, 문학에 대한 개념 자체를 바꿀 수 있다는 예상에 대해, 글을 쓰는 사람이든 읽는 사람이든, 분명한 사건으로 인식해야 한다는 것이다.[13]

13 김병익, 앞의 책, p. 255.

필기도구의 변화가 문학 개념의 변화까지 초래할지 모른다는 예감이 피력되어 있는 글인데, 이것은 도구의 변화만으론 구조적 변화를 가져오지 않으리라는 정과리의 진단보다 훨씬 앞서 나간 반응이라고 할 수 있다. 정과리에 의하면, 단순한 필기도구의 이용에 의한 변화 아닌, 컴퓨터만으로 가능한, 컴퓨터의 본래적 기능에 의한 문학 활동이 있을 수 있다. 그의 분석을 들어보자.

> 한편으로는 컴퓨터와 통신망이 제공하는 '방대한 자료 구축 및 검색 시스템'을 동원한 혼성 교차의 문학이 가능할 수 있다. (……) 다른 한편으로는 문자와 동영상(動映像)과 음향이 한데로 겹치는 하이퍼텍스트의 문학이 출현할 수 있다. (……) 게다가 그러한 하이퍼텍스트에 여전히 '문학'이라는 이름을 부여할 수 있는지에 대해서는 좀더 깊은 논의가 필요하다.[14]

혼성 교차의 문학과 하이퍼텍스트 문학이 가능할 것이라는 분석인데, 컴퓨터 기능 자체에 의존한 새로운 양식이라는 점에서 매우 주목된다. 그러나 이 글의 필자 역시 이러한 양식을 문학이라고 부를 수 있느냐 하는 문제에 대해서는 회의적이다. 결국 그의 결론은, 컴퓨터와 문학이 원래의 성격을 그대로 가진 채, 양자가 결합된 문학 활동이 있을 수 있으리라는 것이다. 이것은 현재 진행 중인 현실이기도 하다. 즉 첫째, 전자 통신망을 통해 유통되는 문학 활동이며, 다음으로는 CD-ROM 등을 이용한 전자책이 있을 수 있다. 실제로 앞서 언급된 복거일 등과 달리 처음부터 컴퓨터 통신망에 연재되어 인기를 얻고 난 다음 베스트셀러가 된 작품들도 이미 출현하고 있다. 가장 대표적인 것으로서 이우혁의 『퇴마록』을 들 수 있으며, 최근 염승호는 『하이브리드』라는 작품으로 천리안 주최 제1회 컴퓨터 문학상을

---

14 정과리, 앞의 책, p. 24.

수상하기도 했다.[15]

그러나 이러한 새로운 문학 현상이 단순히 새로움의 추가라는 차원에 머물러 있는 것인지, 아니면 문화 개념의 변모라는 본격적인 징후와 연결되는 것인지에 대해서는 보다 진지한 검토가 요구된다. 멀티미디어 시대의 새로운 문화 현상을 종합적으로 다룰 것을 표방하고 있는 한 잡지 편집자의 다음과 같은 진술을 이와 관련하여 음미해볼 수 있을 것이다. 그는 평론가이기도 하다.

> 그런데도 우리는 멀티미디어에 대해 이야기한다. 이 경우 멀티미디어란, 혹은 멀티미디어 시대란 일종의 기호일 것이다. 중요한 것은 멀티미디어라는 각종 하드웨어가 아니라, 그것을 중심으로 형성되는 다종다양한 시선과 담론들의 구성체라는 것이다.
>
> 〔……〕
>
> 멀티미디어 시대와 서사 문학을 병치시키면 어떨까. 서사 문학이라고 해서 이러한 시대상으로부터 자유로울 수 없다는 것은 두말할 나위가 없다. 서사란 무엇보다도 당대의 현실을 기반으로 해서 형성되는 것이기 때문이다. 〔……〕 또 정보 전달을 위주로 하는 소설들이 신세대에 의해 등장했다고 말하는 사람들도 있으나 그것이 전면적이고 의미심장한 현상인지에 대해서는 확언하기 어렵다. 이미지를 통한 글쓰기의 경우도 마찬가지다. 요컨대 이 같은 요소들은 아직은 그 자체의 사실성이나 현상의 중요성이 충분히 검토되지 않은 것, 따라서 아직은 징후일 뿐 명료한 현상이라고 말하기는 어렵다는 것이다.[16]

---

15 이들 두 작가는 모두 공학도이다. 서울공대 출신이라는 점도 같고 작품 내용 면에서도 상당한 공통성을 갖고 있다. 예컨대 『퇴마록』은 현대의 악마를 물리친다는 줄거리이며, 『하이브리드』는 범죄 유전학을 다루고 있다. 일종의 미스터리물이라고 할 수 있는 것들이다.

16 서영채, 「멀티미디어와 서사 문제는 리얼리즘이다」, 『리뷰』, 2호, pp. 244~47.

그 자신 새로운 시대의 새로운 문화의 중요성을 적극적으로 인식하고 있으나, 새로운 문학의 새로운 모습은 아직 징후적인 것으로만 관찰되고 있다. 그렇다면 문화 개념은 여전히 전통적인 범주에 남아 있다는 해석이 가능하다. 실제로 위의 논자에 의해서도 바로 그것이 쟁점으로 받아들여지고 있음을 볼 수 있다.

〔……〕 이러한 논의들은 크게 신세대 문학론과 대중 문학론이라는 두 가지 방향으로 추려질 수 있거니와, 이 둘은 모두 진지성으로부터 유리된 문학에 대한 비판이라는 논점으로 다시 압축된다. 요컨대 역사와 사회에 대해 진지한 문제 의식을 가지고 있었던 기존의 본격 문학이 있고, 그 반대편에는 이러한 관심으로부터 일탈해가는 경박한 문학들이 새로이 등장하고 있다는 것이다. 그러므로 문학의 위기란 사실상 본격 문학의 위기를 뜻한다고 할 수 있으며 〔……〕[17]

이에 의하면 문학 개념의 변모는, '본격 문학의 위기'라는 도전의 형태로 그 조짐을 나타낼 뿐이다. 앞의 논자는 그 위기의 배후에서 물론 멀티미디어와 같은 기술 발전의 현상을 주목하고 있으나, 그것이 보다 근본적으로는 테크노피아가 약속하는 미래의 모습, 낙관주의적 미래학, 결국 자본주의에 대한 예찬에 다름 아니라고 해석한다. 그리하여 이른바 '상품 미학'이라는 용어를 그는 사용하면서, 본격 문학의 위기는 이 현상과 보다 가깝게 결부되어 있는 것으로 본다. 말하자면 대중문학의 확신을 다소 부정적인 관점에서 보는 결과와 연결된다.

멀티미디어란 매체의 복합이며, 매체의 복합이란 곧 정보의 집적을 뜻한다. 서사 문학에 있어 멀티미디어 시대란 고속도로를 질주하는 정보들의 시

17 서영채, 앞의 책, p. 247.

대이자, 고속도로 휴게실의 가판대에 비치된 일회용 흥미거리들의 시대다. 그러므로 문제는 리얼리즘이다. 저 19세기의 방식으로 돌아가야 한다는 말이 아니다. 리얼리즘의 정신, 부정의 정신이 중요하다는 것이다. 〔……〕 이제 강조되어야 할 것은 그러므로 정신의 견고함이다. 문제는 리얼리즘이다.[18]

이러한 견해는 기술 발전에 의한 멀티미디어의 등장과 유통을 일종의 기호라고 규정한 논자의 현실 인식 아래에서는 지극히 당연한 것으로 얻어질 수 있을 것이다. 매체의 복합을 정보의 집적이라고 비교적 간단히 정리함으로써 그에 의한 문학 혹은 문화의 성격을 부정적으로 보기 쉽게 만든다. 이러한 견해는 따라서 전통적인 문화 개념에서 크게 벗어나지 않을 뿐 아니라, 문화 개념이 기술 발전과 같은 획기적·첨단적인 현실 변화 속에서도 변화될 수 없음을 강조하는 당위론으로 확인된다. 사실상 서영채와 비슷한 논조와 주장은, 다양한 기술 발전에도 불구하고 우리 문화계 일각을 견고하게 지키고 있는 전통적 몸짓을 대변한다고 할 수 있다.

그러나 문화 개념이, 이러한 현실 변동에도 불구하고, 여전히 전통적인 범주에 머물러 있다고만 보는 것은 자연스럽지 못해 보인다. 무엇보다, 이에 대한 도전적 현상이 곳곳에 이미 나타나고 있음을 주목할 필요가 있다. 그중 대표적인 현상 가운데 하나가 이른바 상업주의라는 쟁점을 통한 도전이다. 국내의 유수한 한 문학 계간지는 최근 '문화 산업과 문학 상업주의'라는 특집을 꾸미고 이 문제에 대해 진지한 접근을 시도한 바 있다.

문화 및 문학의 영역에서의 상업주의의 문제는 어제오늘의 일이 아니지만, 그러나 그것이 전면적이고 보편적인 현상으로 떠오른 것은 근자에 들어서의 일이다. 근자의 그것은 대중 사회·소비 사회에서의 대중 문화·대중 문학의 문제와 겹쳐지는바, 보기에 따라서는 본래적 의미의 문화·문학의 존

---

18 서영채, 앞의 책, p. 257.

재 자체를 위협하는 것일 수도 있겠고 반대로 새로운 문화형·문학형의 형성 과정일 수도 있겠으며, 혹은 심각한 정치적 의미를 포함하는 것일 수도 있겠다.[19]

여기서 우리의 주목을 끄는 것은, 상업주의 현상이 새로운 문화형·문학형의 형성 과정일 수도 있겠다는 견해이다. 물론 이 잡지에서 홍정선은 「문사적 전통의 소멸과 90년대 문학의 위기」라는 글을 통해 전통적·보수적 입장에서 상업주의를 비판하고 있으나, 상업주의 현상이 엄청난 파고를 타고 있으며, 그에 의해 재래의 문화·문학 개념이 수정될지도 모른다는 위기감을 토로하고 있다. 그것은 역설적으로 오늘의 문화 현실이 "새로운 문화형·문학형의 형성 과정일 수도" 있다는 반증이 되기도 한다.

90년대의 상업주의 문학은 본질적으로 기술 문명의 발전에 의한 대량 생산, 다원주의 사회를 가능하게 만드는 정치적 민주화 등에 힘입으면서 나타난 것이며 막을 수 없는 변화의 추세이다.[20]

문화의 위기감을 토론한 같은 논자에 의해, 변화의 불가피성이 동시에 인정되고 있다는 사실은, 문화 개념의 변모가 진행 중이라는 어떤 징후를 느끼게 한다. 여기서 새로운 문화형·문학형이라는 말로 지적된 그것은, 구체적으로 두 가지 측면을 포함한다. 그 하나는 상업성을 지향하는 문화의 가치 수정, 그리고 다른 하나는 바로 그러한 상업성을 유발하고 있는 대중문화의 기술 사회적 속성이다. 말하자면 문화의 상업주의라는 쟁점은, 기술 사회가 만들어낸 불가피한 문제 제기인 것이다. 다소 도식적인 정리가 허용된다면, 기술 사회는 대중문화를, 대중문화는 상업주의를, 상업주의는

19 『문학과사회』 29호, 서문, p. 21.

20 홍정선, 「문사적 전통의 소멸과 90년대 문학의 위기」, 『문학과사회』 29호, p. 47.

문화 개념의 변모를 유발하고 있다고 일단 말해볼 수 있을 것이다. 이러한 전제 아래에서 홍정선의 인용을 재인용해보기로 한다.

> 정말로 내 마음에 드는 소설이 얼마나 팔릴까 하는 것은 소설이 생존권인 내겐 본능에 가까운 관심사가 아닐 수 없다.[21]

누구인지 그 이름이 밝혀져 있지는 않으나, 90년대 소설가라고는 확실하게 나와 있다. 사실상 앞의 인용에 나온 소설가는 그래도 조심스러운 편이며, 최근에는 사뭇 당당하게 많이 팔리는 소설이 곧 좋은 소설임을 공언하는 소설가들도 꽤 많다.

확실히 상업주의 논란과 더불어 문화 개념에 큰 도전이 일어나고 있는 것은 틀림없는 사실 같아 보인다. 세계적인 비디오 예술가로서 명성을 날리고 있는 백남준도 앞서 인터뷰에서 광고 출연에 대한 이유를 질문 받고서 "돈이 필요했기 때문"[22]이라고 간단히 대답하고 있는데, 예술과 돈을 대립적인 구도 속에 놓아온 전통과 이것은 크게 배반되는 생각이 아닐 수 없다. 오늘의 이러한 현실에 대한 한 증언은 이렇다.

> 그러나 최근의 상황은 이와 사뭇 달라 보인다. 무엇보다 작가 스스로 시장 속에 깊숙이 뛰어들어 자신을 상품화하고 있는 것이다. 문학성이 저급한 수준에 머물러 있는 작가들이 출판사와 제휴하여 자신을 판촉원으로 내세우고 있는 일은 어떤 의미에서 전통적인 구조의 답습이라고 할 수 있다. 문제는, 문학성도 꽤 인정될 수 있는, 제대로 된 작가들마저 자신을 상품화하지 못해 안달이 나 있다는 사실에 있다. (……) 상당한 평판을 받는 작가들도 이를 위해 알게 모르게 노력하고 있으며, 잘 팔리기 위해서라면 과거의 전통적 가

21 홍정선, 앞의 책, pp. 47~48에서 재인용.

22 『조선일보』, 1995년 3월 27일.

치에 대한 보류나 수정도 감수하는 형세를 보인다.[23]

우리 문학에서의 상업주의 논란은 크게 두 가지 국면으로 나뉘어 살펴질 수 있다. 첫째는 먼저 거론된 바 있는 70년대 현실 속의 그것이다. 이때의 논란은 한국 사회가 처음으로 산업 사회의 징후를 보이면서 발생한 것으로서, 공업화·도시화의 물결 속에서 일기 시작한 물질주의·배금주의와 관계된 것이었다. 이때 문학을 비롯한 각양의 예술 분야에 문사적 선비성과 같은 전통 대신 물질주의가 밀려들었는데, 그것은 흡사 19세기 유럽에서의 초기 자연주의 분위기와 비슷한 것이었다. 문학을 비롯한 거의 모든 예술 분야에 통속 유물주의가 스며들면서, 역시 19세기 유럽에서처럼 섹스 소재주의가 범람하기 시작했다. 그러나 이즈음의 상업주의 논란에는 결정적인 부분이 결여되어 있었다. 그것은 기술 발전이라는 요소였다. 70년대의 한국 현실은 전후 복구 차원을 바야흐로 벗어난, 보다 정직하게 말한다면, 도로·상하수도·항만·주택 등 이른바 사회간접자본의 확충으로 일컬어지는 건설 경제였다고 보는 것이 아마도 타당할 것이다. 거기에는 물론 건축 기술·토목 기술과 같은 기술이 개입되어 있었으나, 그것은 세계의 기술 발전이라는 보편적인 범주 아닌, 낙후된 우리 기술의 복구라는 차원에서 이해된다. 말하자면 기술 발전의 매개 없이 생겨난 천민 자본주의의 한 양태로서 상업주의의 논란이 일어난 감이 있으며, 이런 의미에서 본격적인 문화 개념의 변모라는 문제와는 거의 무관한 경우였다고 보아야 할 것이다.

최근에 야기되고 있는 상업주의 논의는 이보다 훨씬 진전된 수준에서 전개되고 있는 것으로서, 문화 개념에 상당한 충격을 던지는 것으로 이해될 수 있다. 멀티미디어에 의한 영상 시대로 매체 혁명이 진행되고 있는 상황에서, 상업주의는 그것을 목표로 한 무리한 욕망이 크게 개재되지 않는 경우에도 결과적으로 파생되는 문제이기 때문이다. 컴퓨터를 이용한 소설

---

23 김주연, 「작가는 신인가, 대중인가?」, 『사랑과 권력』, 문학과지성사, 1995, p. 34.

『퇴마록』으로 돈방석에 오른 이우혁의 경우, 그것은 컴퓨터 시스템이 가져다준 필연적인 행운이기 때문이다. 물론 여기서도 그것을 목표로 한 컴퓨터 문학의 의도를 적극적인 상업주의로 파악할 수도 있으나, 근본적으로 컴퓨터 메커니즘이 전제된다는 점에서, 다시 말해서, 컴퓨터가 동시에 확산시키는 대중적 매체의 생산물이라는 점에서 새로운 문화 형태는 불가분 상업주의와 매개되지 않을 수 없다. 이렇게 볼 때, 최근의 국면은 문화 개념의 변모와 직접적으로 결부된다. 컴퓨터 문학의 긍정적·부정적인 여러 측면은 적어도 소수 엘리트 창작층의 일방적인 전달 체계에 큰 변혁을 일으키고 있다는 점에서, 이에 대한 수용 여부가 개념 변화의 관건이 된다.

그러나 문화 개념의 변모를, 비교적 가치중립적인 입장에서 바라볼 수 있는 자리에 나타나는 것이, 앞서 살펴본 바 있는 이른바 사이버스페이스에 관한 부분이다. 가상공간으로 불리는 컴퓨터 속의 이 실제는, 그것이 기술의 세계에 속하는 것이지만 그 명칭 자체는 미국의 소설에서 유래되고 있다는 점이 흥미롭다. 『뉴로맨서*Neuromancer*』라는 제목의 이 소설은, 인간 신체의 여러 부분들을 로봇의 부속품처럼 마음대로 붙였다 떼었다 할 수 있는 남녀 주인공들을 등장시킨다. 인간 두뇌와 컴퓨터 통신망을 연결하여 이들 주인공들은 재래의 시간과 공간을 넘어 제3의 공간을 무대로 자유자재로 움직인다. 소위 SF소설인데, 소설의 내용대로 실제로 그러한 공간이 탄생한 것이다. 물론 사이버란 말은 사이버네틱스cybernetics에서 온 것으로 거기에는 또 다른 유래가 있다.[24] 사이버네틱스 이론에 따라서 인간 두뇌 기능을 모방한 인공두뇌로서 컴퓨터가 개발되었다는 사실도 지적될 필요가 있다. 이러한 가상 세계의 개발과 발견이 재래의 공간을 확충해준 것만은 틀림없으며, 그 자체로서는 가치중립적이라고 할 수 있다.

---

24 미국의 수학자 노버트 위너Norbert Winner(1894~1964)가 1948년 "동물과 기계에서의 제어 및 통신 문제를 다루는 학문"이라는 말로 사용한 것이다.
이인식, 앞의 책, p. 6.

그러나 사이버스페이스는, 그 응용에 따라서 긍정적인 면과 부정적인 면 양면성을 드러내기 시작해왔으며, 이것이 오늘날 문화 개념의 새로운 변수가 되고 있다. 먼저 부정적인 면부터 살펴보자. 이 측면에서는 무엇보다 '사이버펑크cyberpunk'라고 불리는 일련의 SF 작가들이 문제된다. 이들 작가들은 유토피아 아닌 디스토피아를 즐겨 그림으로써 정보 사회의 암울한 면을 노정시킨다. 일종의 반문화적인 냉소주의를 표방하는 이들은 컴퓨터 안의 정보를 빼내거나 교란시키는 해커들과 손잡고 컴퓨터의 엘리트주의·권위주의를 해체시키는 데 앞장서고 있다. 사이버펑크들이 쓰는 소설을 보더라도, 생리 기능의 부분부분이 기계로 대치되는 소위 사이보그cyborg라는 존재로 인류가 전락하는 내용이 주류를 이루고 있다. SF소설은 이어서 영화·음악·연극·미술 등 문화 전반에 그 특색을 확산시키고 있다. 우리나라에도 이미 영화 등 이러한 분야의 작품들이 상당량 선보인 일이 있다. 사이버스페이스의 이런 부정적 요소는, 가상 성교나 마약 등 치명적인 상황을 연출할 수 있는 가능성과도 맞닿아 있다.

그러나 사이버스페이스의 긍정적인 측면 또한 간과할 수 없는 것이다. 컴퓨터를 사용해 그림을 그리는 컴퓨터그래픽은 초기 단계에 불과한 것이며, 이제는 지구촌 곳곳의 예술가들이 컴퓨터 통신망을 통해 즉석에서 공동 창작을 하는, 다시 말해 사이버스페이스를 만들어가는 이른바 "네트워크 아트"[25]가 모색되고 있다. 미국·일본·독일 등지에서는 이미 자리를 잡아가고 있을 뿐 아니라 우리나라에서도 최근 세계 주요 도시를 연결하는 '국제 네트워크 아트 95'가 열려, 이 분야에 대한 시도가 본격화되고 있다. 물론 네트워크 아트는 주로 그래픽 분야에서 이루어지는 예술이지만, 국제적인 교환 과정에서 차원을 바꾸어가는 사이버스페이스로의 가능성은 무한히 열려 있는 것이다. 무한한 개방성이야말로 사이버스페이스의 최대 장점이자 매력으로 평가된다. 김병익과 정과리를 포함한 많은 논자들이 누누

---

25 『조선일보』, 1995년 3월 30일.

이 지적한 바와 같이, 컴퓨터 문학의 긍정적인 특징은, 바로 열린 공간이라고 할 수 있다. 통신망에 등록만 하면 누구나 자신의 작품을 실을 수 있으므로 재래의 제도, 즉 당선이니 추천이니 하는 절차의 매개 없이 실질적으로 문인이 될 수 있다. 문단이라는 무대와 상관없이 문학 공간에 대한 참여가 완전히 열려 있는 것이다. 이러한 구조적 특징을 논자들은 "문화의 민주주의"[26] 혹은 "이상한 형식의 민주주의"[27]로 보고 있는데, 이것들은 모두 문화 예술을 향수하는 형태의 변화라는 측면에서 관찰된 것이다. 말을 바꾸면, 문화 소비자가 문화 생산자로 곧 바뀔 수 있다는 수요·공급 체계의 변모를 뜻하는 것이다. 사이버스페이스는 여기서 그 즉각성·동시성·개방성의 상징적 기능을 압축적으로 수행하는 공간이 되며, 이때 그 긍정적인 이용의 가능성은 언제나 열려 있는 것이다.

이렇게 볼 때, 기술 발전과 문화의 관계는 문화와 매체의 관계로 집약될 수 있다. 최근 거의 모든 신문과 잡지 등의 저널리즘이 이 문제에 대해 비상한 관심을 급격히 나타내고 있는데,[28] 그중 계간 『리뷰』지 95년 봄호의 특집 '멀티미디어 시대, 예술의 운명'과 『문학 정신』지 95년 봄호의 특집 '예술과 매체'가 이목을 끈다. 그중 『리뷰』지는 특집의 서문에서 이렇게 밝히고 있다.

> 〔……〕 오히려 일정한 사회적 발전 단계에서 기술의 발전이 인간의 정신적 제반 활동에 미치는 역할을 온전하게 밝히기 위해서는, 동어 반복이지만, 사회적 생산 과정에서 인간과 기술의 연관성에 대한 철저한 분석이 더욱 필요하다. 『리뷰』는 멀티미디어가 인류의 지혜가 일구어낸 또 하나의 소중한

---

26 김병익, 앞의 책, p. 255.

27 정과리, 앞의 책, p. 29.

28 중앙 일간지들은 뉴미디어 관계의 독립 부서를 설치하고 이에 관한 고정란을 거의 매일 만들고 있을 정도이며, 올해 들어서 특히 계간 잡지들이 이 문제를 토픽으로 한 특집을 꾸미고 있다.

자산이자 전사회적 발전의 소중한 밑거름이라고 믿는다. 문제는 이 발전이 우리의 제반 사회적 활동에 미칠 상호 관련성이다.[29]

멀티미디어의 사회적·문화적 기능을 긍정적·적극적인 면에서 수용하고 있음을 보여주는 낙관적인 견해가 피력됨으로써, 멀티미디어와 문화, 혹은 예술과의 관계에 대한 분석의 필요성이 천명된다. 요컨대 문화 개념의 변모는 기술 발전 가운데에서도 매체 혁명이라고 불려지는 현상과 가장 직접적으로 매개되고 있다고 할 수 있을 것이다. 이에 관한 구체적 논의는 뒤에 가서 상술되겠지만—대중문화의 문화성에 대한 검토 부분을 말한다. 왜냐하면 문화 개념의 변모를 고찰하기 위해서는 문화 개념 자체에 대한 분석이 선행되어야 하기 때문이다—우선 제기될 수 있는 것은, 멀티미디어/컴퓨터/사이버스페이스/상업주의로 연결되는 새로운 현상에 의해 광범위한 문화적 수요가 창출되고 있다는 사실이다. 앞서 언급된 매체화 현상은, 말하자면 문화적 공급의 확대라는 측면과 관계되기 때문에, 이 문제는 수요/공급이라는 면에서 전혀 경험해보지 못한, 미지의 지평을 열고 있는 것만은 확실하다. 이 지평은 종래의 전통을 흔들며 도전한다. 이 도전이 전통의 붕괴를 통하여 새로운 전통의 수립을 도모하고 있는지, 그 문제는 아직 확실치 않다. 우리 앞에 놓여 있는 과제는 이 불확실성을 확실성의 세계로 끌어들이는 작업이라고 할 수 있는바, 여기에는 많은 변수가 개입될 것이다. 게다가 이런 문제도 있다.

전통적 논의에서는 문화적 목적과 사실적 수단 사이의 관계가 반드시 일치하지는 않는다는 점(그렇지 않을 수도 있을까?), 그 관계는 그럴 경우에도, 아주 드물거나 조화를 이룬다는 점에 합의가 지속된다.[30]

---

29 『리뷰』, 1995년 봄호, p. 233.

30 H. Marcuse, *Kultur und Gesellschaft* 2, Suhrkamp: Frankfurt, 1970, p. 149.

문화적 목적과 사실적 수단이 부합되지 않는 상태로 문화에 관한 논의가 행해져온 것이 전통적 관습이라고 말하고 있는 마르쿠제의 지적을, 아직도 이 글은 벗어나기 힘들 것이다. 새로운 변화는 새로운 패러다임 안에서 관찰·분석되어야 할 것이지만, 사실적 수단은 여전히 옛것과 결부되어 있기 때문이다.

4. 기술 시대 문화의 대중성

〔……〕 1900년경, 기계 복제 기술은 전래된 예술 작품의 총체를 그 대상으로 삼고 그 영향력에 심각한 변화를 주기 시작했을 뿐 아니라, 예술의 창작 방법에 그 고유의 자리를 얻는 수준에 도달했다. 〔……〕 기계 복제품의 상태는 실제 예술 작품을 훼손시키지 않을는지는 모르나, 예술 작품의 현장적 속성은 떨어지게 마련이다. 〔……〕 여기서 그 사라진 요소가 영성Aura이라는 개념에 들어 있다면, 기계 복제 시대에 없어진 것은 바로 이 영성인 것이다. 〔……〕 복제 기술은 그 복제물을 전통에서 떼어내어 대량 복제를 통해서 원작의 유일한 존재성을 대량 복제물로 대체시킨다. 복제 기술은 예술 감상자 자신 특유의 상황 안에 복제품을 끌어넣어 복제된 대상에 다시 활력을 넣는다. 이러한 두 가지 내용은 현대인이 처한 위기와 갱신을 뒤에 감추고 있는 거대한 싸움으로 연결된다. 오늘의 대중 운동과 긴밀한 관계에 서는 것이 바로 이것이다.

대중의 가장 유력한 매체는 영화다. 영화의 사회적 의미, 특히 가장 긍정적인 모습으로 나타나는 그 의미는, 문화 유산의 전통적 가치를 소멸시키는 파괴적·청산적 성격에 다름 아니다.[31]

---

31 W. Benjamin, "Das Kunstwerk im Zeitalter seiner technischen Reproduzierbarkeit,"

기술 시대 문화의 획기적인 변모를 이렇듯 정곡을 찔러가며 벤야민 Walter Benjamin이 예견한 것은 벌써 반세기가 넘은 1940년의 일이다. 놀라운 탁견이라고 하지 않을 수 없다. 벤야민을 포함한 이른바 프랑크푸르트 학파의 비판 이론이 이 문제를 중요한 관심으로 하고 있는데, 이 중에서도 「기술복제시대의 예술작품」이라는 그의 논문은 날이 갈수록 오히려 그 중요성이 증대되고 있는 듯하다. 특히 대중의 가장 유력한 매체를 영화라고 지적한 그의 혜안은, 오늘의 기술 사회의 문명이 영상 혹은 화상 중심으로 이동하고 있음을 생각할 때, 사태의 핵심을 감싸 안은 이론이라고 하지 않을 수 없다. 아무튼 벤야민과 더불어 기술 시대의 문화는 대중적 성격을 지니지 않을 수 없게 된다는 사실이 이론적으로는 서서히, 그러나 현실적으로는 훨씬 급격히 인정되지 않을 수 없는 상황으로 나아가게 되었다.

기술 시대의 문화가 대중적 성격을 지닌다는 인식은, 일반적으로 두 가지 방향에서 행해진다. 한쪽은 그것을 우려하는 전통적인 입장으로부터 나오며, 다른 한쪽은 그 긍정적 측면을 환영하는 적극적·낙관적 견해로부터 생겨난다. 이 문제를 선구적으로 인식하였던 벤야민의 입장은 말하자면 양비론(兩非論)적인 것이라고 할 수 있다. 그의 견해를 보다 섬세히 살펴볼 필요가 있을 것이다.

벤야민에 의하면, 기술의 발달에 의해 필연적으로 발생하는 기계 복제는 유사 이래 처음으로 예술 작품을 인간의 의식이라는 의존적인 면에서 해방시킨다는 것이다. 전통적인 의미에서 모든 예술 작품은 그 하나하나가 일회적·개별적·독자적인데, 그러한 성격을 지닌 단 하나의 작품만이 진짜일 수 있다. 이러한 성격을 벤야민은 '의식Bewußtsein'이라는 말로 부른다. 그러나 자연과학이 발달하고 기술이 발달하기 시작한 19세기 이후 예술의 이 의식으로부터의 분리 현상이 서서히 시작되었고, 마침내 소위 '철저한

Illuminations, Frankfurt, 1969, pp. 149, 152~55.

리얼리즘Konsequenter Realismus' 개념의 주장과 거의 때를 같이하여 발전하기 시작한 사진술은 이 현상을 한층 명백하게 하였다. 예컨대 사진의 원판으로부터 얼마든지 인화를 해낼 수 있기 때문에 '진짜 인화'란 무의미해진다. 예술 작품을 진짜냐, 아니냐, 다시 말해 원본이냐, 아니냐 하는 기준으로 바라보지 않는다면 '의식'이라는 전통적 기반 대신 '정치'라는 새로운 규준이 등장할 것이라고 벤야민은 설명한다.[32]

'의식' 대신에 나타나는 이 '정치'가 바로 기술 시대 문화의 대중성을 열어가는 관건과 긴밀히 관계된다. 문화의 대중성이라는 표현을 삼가면서 가치중립적 태도로 이 문제에 접근하고 있는 벤야민은 예술 작품의 수용과 평가는 두 가지 면에서 가능하다고 본다. 그 하나는 숭배 가치라는 측면, 다른 하나는 전시 가치라는 측면이라는 것이다. 예술 작품 창작이 종교 의식에 쓰이게 될 의식적인 대상으로부터 비롯되었으므로 원래의 가치는 숭배 가치였고, 이것이 전통이 되어왔다. 그러나 예술 활동이 종교적 의식, 혹은 분위기로부터 해방됨에 따라서 예술 작품의 전시 기회는 많아졌고, 자연히 많은 사람들과의 접촉·교류도 활발해졌다. 기계 복제술의 발달은 마침내 이 두 가치 사이의 거리를 급격히 좁힘으로써 양적인 변화가 질적인 변화까지 포함하는 수준이 되어간다는 것이 벤야민의 진단이다. 그 결과 벤야민은 "나중에는 예술적 기능이 부수적인 것으로 여겨질지도 모른다"[33]고 이미 진술한 바 있는데, 바로 오늘의 현실이 그 현실이 되고 있는 감이 있다. 이런 분석 아래에서 그는 사진과 영화가 예술의 새로운 기능을 담당하리라고 분명히 밝힌 바 있는데, 컴퓨터·비디오로 이어지는 영상 시대를 맞고 있는 우리로서는 이것들이 바로 사진과 영화의 복합적 화상이라는 점에서, 그 예언적 통찰에 전율마저 느끼지 않을 수 없다.

벤야민의 분석과 표현에 따른다면, 기술 시대 문화의 대중적 성격은, 기

---

32 벤야민, 앞의 책, pp. 155~56 참조.

33 같은 책, pp. 156~57 참조.

계 복제술의 일반화, 전시 가치의 증대에 따른 필연적인 결과라고 할 수 있다. 숭배 가치의 개별적 창조라는 전통적 예술관은 소수의 작가와 다수의 독자라는 구도를 수 세기 동안 형성해왔다. 19세기 후반 이후 그러나 이 구도에는 차츰 변화가 일어나기 시작하였다. 인쇄와 출판업의 발달은 독자들 가운데에서 많은 작가들을 이끌어내었으며, 영화의 발달은 배우들을, 텔레비전의 발달은 각양의 탤런트들을 관중과 시청자들로부터 만들어내었다. 대중의 문화 참여는 그 당위성 여부와 상관없이 이미 압도적인 현실이 되어가고 있는 것이다. 이와 관련된 벤야민의 발언을 다시 인용해보기로 한다.

> 예술의 기계 복제는 예술에 대한 대중의 반응을 변화시킨다. 피카소 그림에 대한 보수적인 태도는 채플린 영화에 대한 진보적 태도로 바뀐다. 진보적인 반응의 특징은 시각적·정서적 느낌을 전문가의 태도와 긴밀하게 결합시킨다. 이러한 결합은 엄청난 사회적 의미를 띤다. 하나의 예술 형태가 지니는 사회적 의미가 감소할수록 대중의 비판과 감상 사이의 구별은 더욱 확연해진다. 전통적인 것들은 비판 없이 감상되지만, 새로운 것들은 적대적으로 비판된다. 영화에서는 대중의 비판적 태도와 감상이 하나가 된다. 결정적인 그 원인은 각 개인의 반응이 모여서 이루어지는 관중의 집단적인 반응에 의해 미리 결정된다는 점에 있다. 이 현상은 영화에 있어서 뚜렷하다.[34]

기술 시대의 예술은 영화, 혹은 영화적인 것을 결국 지향할 수밖에 없으며, 그 원인은 영화의 대중적 성격에 기인한다는 해석이다. 이 해석에 따르면, 대중은 초현실주의 그림에 대해서는 보수적이지만 괴기 영화에 대해서는 진보적인 반응을 보인다. 전통적인 회화는 그 수용 면에서 대중을 조직하고 통제할 수 없으나, 영화 속에는 그것이 가능한 메커니즘이 이미 내재해 있는 것이다.

---

34 벤야민, 앞의 책, p. 167.

기술 발전이 예술과 문화 수용 체제에 변화를 줌으로써, 대중으로 하여금 예술 작품에 대한 전통적인 행위들을 새로운 형태로 개발케 하고 있는, 움직일 수 없는 현실 앞에 우리는 서게 되었다. 기술 시대가 대량 생산과 대량 소비 시대로 연결되는 이상, 문화 예술에 있어서도 대량 생산과 대량 소비는 불가피하게 되었으며 이것은 곧 기술 시대의 문화는 대중성을 띠지 않을 수 없다는 논리적 정당성을 확보해준다. 그 정당성의 인정 위에 이제 과연 대중성이란 무엇이며, 우리 사회에서 그것은 어떤 모습으로 출현·전개되고 있느냐 하는 문제가 제기되어야 할 것이다.

대중성에 관한 논의는 『대중문화의 신화*The myth of massculture*』의 저자 스윈지우드Alan Swingewood에 의해서 종합적인 개괄과 포괄적인 구체성을 얻고 있는 것으로 보인다. 우리 사회보다 거의 한 세기 앞선 19세기 후반부터 이 문제에 관심을 쏟기 시작한 서구를 중심으로 한 현상과 이론을 두루 섭렵하고 있는 스윈지우드는 여러 사회학자, 문명 비평가들 가운데에서도 훨씬 계몽적인 지식과 정보를 전달해준다. 그에 의하면 대중사회와 대중문화에 관해서는 세 가지 관점이 있는데 그 하나는 아도르노, 호르크하이머Max Horkheimer, 마르쿠제와 같은 서구 마르크시스트들의 비관적 견해, 후기 산업사회에 대한 미국 사회학의 보다 낙관적인 관점, 그리고 리비스Frank Raymond Leavis, 엘리엇과 같은 문인들의 보다 자유스러운 관점이 있다는 것이다. 그러나 대중사회 개념의 역사적 기원은 훨씬 앞선 세대, 즉 토크빌A. C. H. M. C. de Tocqueville, 니체, 오르테가 이 가세트, 그리고 엘리엇, 리비스에서 찾아진다고 그는 본다. 산업화는 대중의 의미에 기초를 둔 근대적 계급 사회의 성립에 필요한 사회적·정치적·이데올로기적 조건을 조성하였다. 대규모 공장 조직과 대량 생산, 도시화, 자본주의적 분업화, 커뮤니케이션의 광범위한 발달, 정치적 대중운동의 확대—이런 현상들이 대중사회의 중요한 특징을 이루는바, 이때 자본주의적 노동, 자본주의적 기술의 체제·가치의 실현이 못마땅한 친귀족적·반자본주의적 이데올로기 이론가들에 의해 경멸조로 사용된 말이 '대중'이다. 그것이 뜻하는 바는 우선 다중이다. 그것의 연상대(聯想帶)는 무지이며 광포성이다. 따라서 '대중'은 그 원래의 의미에 대한 분석의 차원 아닌, 문화적·경제적 우월성을 확인하고 사회적 위계성을 확보하려는 전통적 친귀족주의자들에 의해 선험적으로 규정되어왔다. 대중사회에 대한 최초의 사회학적 비판서로 인용되는 토크빌의 『미국의 민주주의』 속에 담긴 다음과 같은 진술은 이러한 방면의 관점을 압축하고 있다.

> 민주주의는 상인 계급에게 문학에 대한 흥미를 불어넣어줄 뿐만 아니라 문학 속에 상업 정신을 넣기도 한다. 독자 대중의 계속적인 증가와 새로운 것에 대한 그들의 열망은 아무도 높이 평가하지 않을 책의 판매까지 보장한다. 민주 시대에 있어서의 대중은 마치 왕이 신하를 취급하듯 작가들을 취급하는 경우가 많다. 그들은 작가들을 부유하게 해주기는 하지만 경멸한다. 〔……〕 민주 시대의 문학은 항상 문학을 하나의 단순한 장사 수단으로 생각하는 작가의 무리로 감염되어 있다. 문학을 장식하는 소수의 위대한 작가들을 수천 가지의 아이디어를 파는 상인으로 간주한다.[35]

반대중적이라고 할 수 있는 이러한 견해는 니체, 오르테가 이 가세트, 엘리엇, 리비스 등에 의해서 거듭 반복되거나 더욱 강화됨으로써 마침내 대중사회와 대중문화는 사회와 문화를 파멸시키는 거대한 악마처럼 투영되기도 했다. 대중성에 대한 이러한 부정적 관찰은 파시즘이 대중의 무지와 연결된다고 파악했던 프랑크푸르트학파들에 의해 더욱 세련된 논리를 얻어나갔다. 그들의 대중사회론은 두 개의 주제를 핵심으로 삼고 있는데, 첫째는 대대적인 경제적·기술적 변모에 의해 경제적 사회화의 메커니즘이 약화되었다는 점, 둘째는 문화 현상이 물화(物化)됨으로써 그것 스스로 인

---

35 A. 토크빌, 『미국의 민주주의*Democracy in America*』, 박지동 옮김, 한길사, 1982, pp. 465~66.

간의 통제를 넘어서는 일종의 자율적인 힘을 갖게 된다는 점이다. 그렇기 때문에 대중사회의 원자화된 개인은 맹목적 필연성에 의해 지배되게 되며, 따라서 자본주의의 경제 제도는 경제적·기술적인 필연 법칙에 의하여 지배되는 그 자체의 자율적인 세력이 된다. 호르크하이머는, 현대 사회가 개인의 모든 자율적인 흔적을 파괴하고 하나의 합법화된 자율성, 즉 전면적으로 관리되는 사회로 나간다는 것이다. 여기서 이른바 아도르노와 호르크하이머의 '문화 산업Kulturindustrie'론이 대두된다. 『계몽의 변증법*Dialektik der Aufklärung*』이라는 책을 통해 최초로 발표한 이 개념은, 대중사회의 문화와 산업이 결탁될 수밖에 없는 상황을 시니컬하게 포착하고 있다. 기술·경제, 그리고 이를 이용하는 정치에 의해 관리되는 사회에서 문화 역시 산업적 기능을 하게 된다는 논리인데, 그것은 위로부터의 지배이면서 동시에 노동자 계급에 크게 의존하는 양상을 띤다. 억압적인 매스 미디어에 순치되어 기성 질서에 순응할 때 문화 산업은 성공하고, 이에 참여하는 대중의 행복도 보장되는 것처럼 보인다. 물론 프랑크푸르트학파는 이 문화 산업의 성격을 무의미한 야만성·순응성·권태성·도피성 등과 같은 부정적인 내포로 파악한다. 중요한 것은, 이 문화 산업이 바로 대중문화의 성격을 대변한다는 점이다.

> 예술은 그 자신의 자율성을 포기하고, 자랑스럽게도 스스로를 〔……〕 공산품과 같이 교환 가능하고, 시장성 있는 소비 상품으로 내어놓았다.[36]

이렇듯 대중성에 대한 비관론은 19세기 후반부터 20세기 선반에 이르기까지 집요하게 그 내용을 달리하면서 이어져왔다. 그러나 실스, 콘하우저 등의 미국 사회학자들을 거치면서 엘리트와 비엘리트의 소통이 쉽게 이루어지는 대중사회에 대한 낙관론이 부각되었다.[37] 특히 20세기 후반의 엄청

36 M. 호르크하이머 · T. 아도르노, 앞의 책, p. 135.

난 기술 발전, 최근의 멀티미디어 현상은 모든 사회 구성원을 불가피하게 '일차원적 인간'[38]으로 환원시킨다.

우리 사회에서 대중성에 관한 논의가 제기되기 시작한 것은 1970년대 중반부터인데 그 이론 면에 대한 탐구는 대중문학론을 통해서 접근되었다.[39] 그러나 그 접근은 부정적인 방향에서 제시된 것이었다.

> 말하자면 대중을 위하되, 대중에 의한 것은 될 수 없는 것이 대중 문화의 한 본질일 수 있다. 그것은 개성의 확산일 뿐, 몰개성의 복사일 수는 없다. 이렇게 볼 때 70년대의 많은 작가들의 세계가 대중 문학이냐, 아니냐 하는 문제는 스스로 분명해진다. 대중 문학이라고 해서 작가의 개성이 없을 수 없다. 다만 그는 작가끼리의 방언 대신 대중 현실을 그의 주요한 문학 현실로 삼고 있는 자이다. 물론 상업주의와 대중 문학은 구분되어야 한다.[40]

대중문학의 문제를 70년대 중반에 최초로 제기했던 이 글은, 그러나 문제 제기의 수준에 머무를 뿐 그 성격에 대한 분명한 태도의 표명을 보여주지 못하고 있다. 분석해본다면, 대중 현실을 수용하는 것이 대중문학이므로 그 시대적 당위는 인정하되, 상업주의로 나아가는 것은 엄격히 경계되어야 한다는 논지이다. 이러한 주장은, 대중문학의 대중성이 기술 발전으로부터 유래되는 것이며 불가피하게 상업주의적인 측면을 띠고 있다는 점을 상기할 때, 현실성을 간과한 공소한 이상주의로 들릴 수 있다. 그 논지

---

37 박영신, 『현대 사회의 구조와 이론』, 일지사, 1978, pp. 43~45 참조.

38 H. Marcuse, *One Dimensional Man*, New York, 1969, pp. 25~80 참조.

39 필자의 「대중문학 논의의 제문제」를 포함하여 『대중문학과 민중문학』(김주연 편, 민음사, 1975), 『대중문화론』(강현두 편, 나남, 1975)이 나왔고, 1987년에 훨씬 정리된 강현두 편, 『한국의 대중문화』가 나왔다.

40 김주연, 「대중문학 논의의 제문제」, 『변동사회와 작가』, 문학과지성사, 1979, pp. 11~29 참조.

는 결국 20세기 중반까지의 서구 논리와 맥을 같이하는 것으로 판단된다. 이 논지는, 다음의 논지에 의해서 70년대 한국 사회에서의 대중성의 성격이 보다 분명히 상업주의와 밀접해 있는 것으로 확인된다.

> 이론으로는 무어라고 하든지 오늘의 우리 현실에서 문화의 대중성과 예술성은 엇갈리는 관계에 있는 것이 엄연한 사실이다. 지금 우리 사회에서 어떤 작품이나 문화적 노력이 어느 정도 대중적으로 될 수 있느냐를 가늠하는 가장 큰 원칙은 뭐니뭐니 해도 상업성이지 예술성은 아닌 것이다. 이러한 상업성의 원칙 앞에서는 막강한 정치 권력조차도 소극적인 통제력밖에 행사하지 못하고 있다. [……] 대중 문화가 이처럼 예술성과 동떨어진 힘에 의해 지배되고 있는 경우, 문화의 '대중성'과 '예술성'은 결코 양립할 수 없는 원칙이 아닌가 하는 의심이 커지는 것은 당연한 일이다.[41]

이 글의 논지는 특히 소수 엘리트 대신 민중문학에 있으며, 대중문학의 상업주의적 저질성을 지적하고 그것이 올바른 문화적 가치를 지닐 수 없음을 역설한다. 앞의 글들은 물론, 70년대 우리 사회에 대두되기 시작한 대중문화의 물결을 우려하는 시각에서 본 것이며, 80년대 이후, 특히 90년대에 들어서면서 이루어진 급속한 기술 발전은 젊은 논자들에 의한 새로운 분석과 전망을 낳고 있다.[42]

결국 앞서 살펴본 벤야민과 스윈지우드의 견해는, 비교적 가치중립적인 입장에서 대중성의 대두라는 문제를 폭넓게 조망하고 있으나, 역시 그 논조 속에는 일말의 불안감이 숨어 있는 것이 사실이다. 우리 사회의 경우도 비슷하여, 심지어 민중문학적인 포용력을 바탕으로 하고 있는 논지에서도

---

41 백낙청, 「문화의 대중성과 예술성」, 『민족문학과 세계문학』, 창작과비평사, 1982, pp. 75~83.

42 이 논문 도처에서 인용되고 있는 글들 가운데 특히 정과리가 돋보이며, 서영채를 비롯한 『리뷰』지의 편집위원들이 그 대표적 인물들이다.

대중성에 대한 경계는 노골적으로 드러나 있다. 말하자면 기술 발전은 필연적으로 대중문화를 유발하고 있음에도 불구하고, 기술 발전은 수용하면서 대중문화에 대해서는 거부 내지 주저하는, 일견 모순된 현상이 발생하고 있는 것이다. 따라서 대중성은 기술 시대 속에서 적극적으로 발견·개발되는 형세에 의해서가 아니라, 있을 수 있는 그 개연성에 대한 비판·비난의 모습으로 부각되고 있는, 다소 특이한 이슈라고도 할 수 있다. 물론 이 문제는 뒷부분에서 다루어지겠지만, 대중성에 대한 긍정적 시각과 옹호가 없는 것은 아니다. 그렇기는커녕 기술 발전에 의한 인류의 장래를 장밋빛으로 전망하면서, 대중문화 속에서 오히려 참다운 삶의 행적을 보고자 하는 관점들이 증가하고 있는 것이 현실이기도 하며, 이 글의 직접적인 모티프이기도 하다. 거역할 수 없는 대중성 현상이 기술 시대의 적자(嫡子)라는 점은, 이에 대한 가치 평가와 상관없이 이제 엄연한 현실이 된 것이다.

5. 대중문화의 문화성에 대한 검토

이렇듯 엄청난 기술 발전의 시대에 있어서 문화 일반이 대중성을 띠어갈 수밖에 없다는 것은, 이제 현실적으로든 이론적으로든 불가피한 현상으로 인식되기에 이르렀다. 앞서 살펴본 바와 같이 그것은 기술 시대의 새로운 미디어들과 그것들이 만들어내는 새로운 공간이 새로운 속성과 직결되는 성격이다. 그렇다면 이제 남는 문제는 두 가지일 것으로 생각된다. 그 하나는 대중문화는 여전히 부정적인 개념으로 남아 있어야 하는 문제이며, 다른 하나는 이러한 대중문화가 어떤 종류의 문화적 성격을 지니고 있는 점은 없겠느냐 하는 문제이다. 먼저 대중문화를 반드시 부정 일변도의 가치 판단 아래 바라보아야 할 것인지 하는 문제에 대해 살펴볼 필요가 있다.

대중문화의 부정적 속성에 대해서는 이 글 앞부분에서 구체적으로 고찰한 바와 같이, 19세기 후반에서 20세기 전반에 이르는 이론들이 대부분 그 견해를 함께하고 있다. 그 논지의 핵심은, 대중은 무반성적이며, 집단적이며, 비창의적이며, 현실 순응적이라는 점으로 요약될 수 있다. 이러한 비판과 지적은 그 나름대로의 타당성을 갖고 있는 것이 사실이다. 그러나 이러한 관점의 배후에는, 대중 아닌 엘리트 계층은 그와 반대로 창의적·개별적·비판적·반성적이라는 인식이 숨어 있는데, 그 전부가 진실이라고 할 수는 없을 것이다. 무엇보다도 두 계층을 대립적인 구도 속에서 관찰하는 일이, 더 이상 현실성이 없는 허구라는 사실은 이미 콘하우저의 다원사회론에서 실감 있게 수용된 바 있는 것이다.[43] 엘리트 계층 속에서도 무비판적·비창의적인 엘리트 개인들이 얼마든지 많이 있을 수 있다는 사실은 역사 속에서 누누이 경험되고 있는 일이기도 하다. 그렇다면 이와 달리 대중에게도 비대중적인 특성, 말하자면 엘리트의 특성이라고 생각되어온 통념과 상통하는 그 어떤 긍정적인 측면은 없는 것인지, 혹은 그렇지 않다 하더라도 어떤 종류의 긍정적 요소가 전혀 없는 것인지 관심의 대상이 된다. 다원 신화로 규정될 수 있는 오늘의 현대 사회에서 대중성이라는 개념이 더 이상 관습적인 비난의 범주에만 남아 있을 수는 없다는 문제 제기가 빈번하게 제기되고 있기 때문이다. 이러한 문제 제기는 서구 이론에 의해서도, 우리 사회 안에서도 두루두루 발생하고 있다.

널리 주지하고 있는 것처럼, 대중성에 대한 긍정적 시선은 실스, 벨Daniel Bell, 리스먼David Riesman, 그리고 콘하우저 등에 의해서 대체로 주어지고 있다. 이들의 이론은 산업화와 기술 발전에 의해 이루어진 인간의 이니셔티브, 자유의 무한한 가능성에 대한 축하인 것으로 평가된다.[44] 정치적 민주주의는 산업화 과정에 의해서 위협되기보다 정치적 다원주의의 사회적 기반으로 강화되었다는 것이다. 20세기 전반 대중에 대한 부정적 시각이, 대중사회가 히틀러의 파시즘으로 연결되었다고 보는 프랑크푸르트학파에 의해 수용되어왔다는 점을 간취하고 있는 이들은, 이 학파의 이론가들이

---

43 박영신, 앞의 책, pp. 5~53 참조.

44 A. 스윈지우드, 『대중문화의 신화』, 이강수 옮김, 현암사, 1984, p. 54 참조.

유럽 아닌 미국에서의 망명 생활 체험에서 얻은 대중관을 지나치게 일반화한 결과라고 지적한다. 그것은 말하자면 특수한 경험 결과라는 것이다. 현대의 다원 사회는 이 결과와 근본적으로 무관하다는 것이다. 다원적 사회에서는 인류 사상 최초로 엄청난 인구가 민주적인 대중문화에 간여하게 됨으로써 사회생활은 향상된다. 요컨대 콘하우저의 지적대로 "다원적 사회의 매개적 구조는 엘리트로부터의 독립에 의하여 엘리트로의 접근을 가능케 한다"[45]는 현상이 발생하고 있는 것이다. 이러한 사회 안에서 교육 수준의 향상, 여가 시간의 증대, 생활의 풍요가 나타남으로써 전통적 엘리트 문화는 오히려 그 저변이 확대된다. 고전문학의 보급판, 클래식 CD의 대량 소비에서 볼 수 있듯이 전통 문화는 도리어 그 수용과 전달이 활발해지고 모든 대중에게 익숙하게 된 측면을 간과할 수 없을 것이다. 대중성을 부정적 시각만으로 볼 수 없다는 견해는 그리하여 상당한 타당성을 확보하게 된다. 더욱더 컴퓨터가 일반화되어 이를 통한 컴퓨터 문화의 창작과 수용이 자유로워진 상황 속에서 더 이상 문화의 귀족성·선민성(選民性)은 무의미해 보이기까지 한다. 다시 말해 대중성은 부정적 시각과 긍정적 시각을 벌써 넘어선 어떤 자리에 있지 않는가 하는 관점도 가능할 수 있다.

그러나 보다 적극적인 관점 아래에서 대중문화의 문화성을 검토해보는 일이야말로 이 글이 지향하는 최종의 보람과 결부되는 일이다. 이러한 검토는, 엄청난 급류가 되어 흐르는 대중문화 시대 속에서 문화적 주체성을 정리하는 일이 될 것이며, 나아가서 문화의 본질에 대한 끊임없는 성찰과 더불어 이러한 시대 속에서도 바로 문화의 모든 개연성을 두루 아우르는, 그야말로 문화적 노력의 현장이 될 수 있을 것으로 보인다. 과연 대중문화의 문화성이 있다면 그것은 무엇인가. 새삼 진지한 질문이 제기된다면, 그것은 반드시 문화성 자체에 대한 질문과 동반될 수밖에 없다.

---

45 스윈지우드, 앞의 책, p. 55에서 재인용.

문화는 도덕적·지적·미학적 목적들(가치들)의 복합체로서 나타난다. 그 목적들은 한 사회를 그들 작업의 조직, 분배, 그리고 수행의 목적으로 관찰한다—'선(善)'이란 여기서 목적들에 의해 마련된 생활 방식을 통해서 도달되어야 한다.[46]

'문화'의 개념을 규정짓고자 하는 많은 노력 가운데에서도 마르쿠제의 이러한 진술은 통념의 중심부에 놓일 수 있다. "도덕적·지적·미학적 목적(가치)"이라는 표현과 더불어 사실상 문화의 개념은 전통을 형성해왔다. 이와 함께 널리 알려져온 다음과 같은 그의 도식을 다시 한번 인용해보자. 문명과 문화를 편 가른 이러한 가설 속에서 '문화'는 더욱 분명한 특징을 얻을 수 있을 것이다.

문명	**문화**
물질적 작업	정신적 작업
작업일	휴일
노동	여가
필연성의 나라	자유의 나라
자연	정신
작업적 사고	비작업적 사고[47]

마르쿠제의 이러한 문화관을 새롭게 대두되고 있는 대중문화와 연관시켜볼 때 많은 흥미로운 사실이 발견된다. 무엇보다 주목해야할 점은, 마르쿠제의 문제작 『문화와 사회』가 기술 발전의 후기 산업사회를 코앞에 예견하면서 씌어졌다는 점이며, 이런 면에서 그의 글은 상당한 현장성을 지닌

---

46 H. Marcuse, *Kultur und Gesellschaft* 2, p. 147.

47 같은 책, p. 150.

다. 여기에 나타난 문화의 성격은 1) 정신, 2) 자유, 3) 여가라는 세 가지 사항으로 요약된다. 그것들은 1) 물질, 2) 필연성, 3) 노동에 대비되는 요소로서, 후자가 물질인 육체적 생존과 결부되는 것이라면 전자인 문화는 그 같은 조건에서 벗어나고자 하는, 인간 특유의 어떤 정신적 노력에 대한 총칭이 된다. 이에 의하면 이 노력은 결국 여가를 지향하는 자유의 정신이다. 마르쿠제의 이러한 도식은 그의 이른바 현실 원칙과 쾌락 원칙, 혹은 일과 놀이의 대립 구조를 연상시킨다.[48] 문화를 이런 시각에서 보는 견해에는 적지 않은 동조가 확보되어 있다.[49] 사실 문화와 문명을 이런 차원에서 날카롭게 구별하는 관습은 독일을 포함한 대륙 계통의 사고이며, 이것이 전통적인 문화관을 형성하고 있다고 할 수 있다.

문화를 이렇게 이해할 때, 오늘의 대중문화 속에서 과연 어떤 문화성을 찾아낼 수 있을는지 긴요한 관심의 대상이 된다. 오늘의 대중문화는 지금까지 살펴본 바를 정리한다면 그 특징을 대략 다음 몇 가지로 압축할 수 있을 것이다. 그것들은 1) 고도의 첨단 기술적 매체 의존형이라는 점, 2) 대량생산·대량 공급적 성격을 지니고 있다는 점, 3) 상업적 수익성을 목표로 하거나 적어도 결과적으로 얻어지는 부의 문제에 관대하다는 점(이러한 생각 아래 문화 산업, 혹은 문화도 산업이라는 명제가 자연스럽게 유통된다), 4) 복제성, 혹은 기계성에 의하여 영적인 분위기, 혹은 인간적 입김이 박탈되고 있다는 점 등이다. 이러한 특성에 대해서는, 앞서 살펴본 대로 전통적인 문화관에 의한 부정적 시각이 주류를 이루었으나 시간이 지남에 따라서 이를 압도하는 듯한 긍정적 시각도 만만찮게 제기되고 있다. 대중문화의 이러한 성격 가운데에서도 문화성이 있다고 보는 견해들에 귀를 기울여보자. 먼저 기술 발전의 대중성과 그 문화적 기여를 폭넓게 전망하고 있는 과학

---

48 H. Marcuse, *Eros and Civilization*, New York, 1962, pp. 15~67 참조.

49 가령 최인훈 같은 소설가도 "문화란 생활의 잉여"라고 말한다. 최인훈, 『문학과 이데올로기』, 문학과지성사, 1979, pp. 111~16 참조.

자 쪽의 의견이 있다.

이 세상은 물질·에너지·정보로 이루어진다. 이미 우리 사회는 정보가 가장 중요한 자원으로 자리하는 정보화 사회로 옮겨가기 시작했다. 그리하여 정보를 생산·가공·전달·축적·이용하는 활동은 사회에 가장 큰 영향을 미치고 있다. 전자 통신과 정보 처리의 혁신, 대중 매체의 확산 보급은 컴퓨토피아의 세상을 열었다. 통신·교통 수단의 발전은 사람들 사이의 교류와 상품의 유통을 혁신시켜 지구를 하나의 촌으로 묶은 지 오래다. 앞으로의 정보산업의 발전은 산업은 물론 일상생활의 영역까지 자동화시킴으로써 생산성 향상과 에너지 절약 등에 기여하고, 교육·의료·행정·환경 등의 사회적 문제를 해결하는 데 공헌할 수 있으리라 기대된다.[50]

위의 견해는 기술·과학계의 견해를 평균적으로 대변하고 있는 것으로 보인다. 이 견해는, 대중문화의 문화성을 좁은 의미에서 반영하고 있지는 않다. 말하자면 문학·예술 등과 관련된 발언은 아니다. 그러나 훨씬 넓은 의미, 이를테면 교육·의료 등을 포함한 생활 문화 전반에 걸쳐 그 성격이 긍정적인 역할을 하리라는 것을 낙관하고 있다. 말할 나위 없이, 대중문화야말로 문화성을 제고시키고 있다는 인식이다. 이러한 인식은 이 글 앞머리에서 이미 진술된 바 있듯이, 좁은 의미의 대중문화의 문화성으로도 확산된다. 그 몇 가지 견해를 우선 선진 이론가들에게서 찾아본다.

반면에, 인구의 대다수인 대중은 문화적 욕구, 그 감수성, 그리고 도덕적인 민감성을 보임으로써 문화적으로 깊은 잠에서 깨어나게 되었다. 그리하여 대중이 구체적인 문화 내용에 있어서, 보다 일반적인 요소를 예민하게 알아내고 평가할 수 있게 되었고 미학적 수용이나 표현에 대해서도 좀더 복잡한

50 김명자, 『현대 사회와 과학』, p. 177.

수준으로 향상되었다.[51]

때론 대중 사회의 문화가 이전의 사회에서 지배자가 행하던 직접적이며 조잡하게 드러내놓고 가하는 압력보다 간접적으로 우회해서 가하는 더 큰 위험을 내포하고 있는 잠행성 효과를 가지고 있다는 비판을 하는 이가 있다. 억누른다기보다는 타락시킨다는 말도 있다. (……) 보다 많은 수입을 올릴 수 있는 기회와 그 기회를 수락하는 일이 반드시 고급 또는 우수 문화를 말살시키는 것인가. (……) 매스 미디어, 즉 텔레비전이나 영화에서 간혹 우수한 작품을 발견할 수 있다는 사실은, 곧 고급한 전통 문화를 떠나서 대중적 미디어로 옮긴다고 해서 반드시 천재적 재능이 낭비되는 것은 아니라는 확신을 갖게 하는 것이 아닐까.[52]

파퓰러 컬처popular culture는 수용자로 하여금 경이감과 외경심을 느끼게 한다. 왜냐하면 파퓰러 컬처는 수용 대중이 처한 상황의 아이러니를 표현함으로써 주는 능력과 엄청난 감동의 힘을 갖고 있기 때문이다. (……) 미국의 파퓰러 컬처는 때때로 우수하고도 고급한 수준의 내용을 만들어내기도 한다. 예를 들면 찰리 채플린의 영화, 1900년 이후 10년간의 재즈 음악 등에서 볼 수 있다. 그리고 저널리즘에 종사했던 소설가나 극작가들이 저널리즘 분야에서의 활동을 통해 파퓰러 컬처와 직접적인 접촉을 가질 수 있었고, 이러한 경험을 통해서 이들은 문학적 리얼리즘을 발달시켰다. 그 리얼리즘 가운데에서도 근대에 와서는 높은 창조성을 보여주는 것들이 있다.[53]

작가주의는 '소설가'를 무에서 유를 창조하는 신과 같은 존재, 즉 작품의

51 E. 실스, 「대중사회와 대중문화」, 『대중 시대의 문화와 예술*Culture for the Millions Mass? Media in Modern Society*』, 노먼 제이콥스 편 · 강현두 옮김, 홍성사, 1980, p. 46.

52 같은 책, pp. 65~66.

53 O. 핸들린, 「대중문화의 여러 이론에 대한 고찰」, 같은 책, p. 137.

창조자로 간주합니다. 그런 환상을 버리고 수천 년 동안 우리가 익히 듣고, 배우고 체험해왔던 전통적인 소설가의 자리로 돌아가자는 것입니다. 그것은 바로 이야기꾼으로서의 작가입니다. 소설은 이야기를 가장 감동적으로 구연하는 하나의 방식으로 존재하는 것입니다. 소설다운 소설을 '만드는' 작가, 철저히 소설적인 소설의 장인(匠人), 그것이 역사가 우리에게 가르쳐온 자리입니다.[54]

앞의 요인들은 미국의 대중문화 이론가들인 실스와 핸들린Oscar Handlin의 진술과 함께, 우리 문단의 신예 소설가인 이인화의 진술이다. 여기서 가령 핸들린의 '파퓰러 컬처'라는 이름은 대중문화massculture의 역어이기 때문에, 이와 구별해서 씌어진 것이지만, 넓은 의미에서 대중문화에 포함된다고 할 수 있을 것이다. 핸들린은 그런 의미에서의 대중문화가 지니는 폭발력, 역동성을 높이 평가하면서 브로드웨이의 극장이나 오페라관에서는 흘릴 수 없는 눈물이나, 웃어젖힐 수 있는 폭소가 뉴욕의 바우어리 환락가에서는 가능하다고 진단한다. 집단적인 공감에 의미를 두는 것이다.

다른 한편 "너무 대중적인 반응만을 의식하는 한계"를 지적하는 장정일을 향하여 말하고 있는 이인화의 진술 속에는 작가주의, 즉 엘리트주의에 대한 거부가 명백히 표명된다. '이야기를 구연한다'는 소설가의 기능은 대중 앞에 선다는 것으로, 그럼으로써 보다 깊고 넓은 공감대를 확보할 수 있다는 생각이다. 대중문화에 문화성이 있다면 아마도 이와 비슷한 시각에서 기능할 것이다.

그러나 대중문화에 이러한 문화성이 존재한다든가, 혹은 존재할 수 있는 개연성과 가능성을 인정한다고 하더라도 그 장래가 반드시 낙관적인 것은 아니다. 오늘의 현실을 '과학 혁명'이라는 말로써 규정하고 그 구조를 해명하는 저서를 이미 상재한 바 있는 쿤Thomas Samuel Kuhn 역시 어느 정

54 이인화·장정일 대담, 「UR 시대의 문화 논리」, 『상상』, 1994년 봄호.

도 인정하고 있으며, 이보다 훨씬 과격한 비관론이 제기되기도 한다. 그 가장 대표적인 경우가 최근에 간행된 『실리콘 뱀 기름*Silicon Snake Oil: Second Thought on the Information Highway*』이라는 책이다. 컴퓨터 관련 저술가인 스톨Clifford Stoll의 이 책은, 21세기 정보 혁명 시대의 정보 고속도로에 대한 낙관적 전망에 찬물을 끼얹고 있어 출간 즉시 화제가 되고 있다.[55] 정보 통신의 발달이 가져다줄 삶의 풍요로운 행복을 정면에서 거부하고 있는 이 책은, 요컨대 그러한 사회가 되더라도 삶의 질이 향상될 수 없을 것이라는 부정적 견해로 가득 차 있다. 스톨은 이 책에서 '가짜 주장'과 '숨겨진 허상'이라는 개념을 중심으로 컴퓨토피아의 한계를 예리하게 지적하고 있다. 컴퓨터 통신망이 교육과 참여 민주주의를 증진시킬 것으로 기대되고 있으나, 그 역시 스톨에게서는 부인된다. 예컨대 문자·음향·영상을 자유롭게 조작하는 멀티미디어에 의해 교사 없는 교실이 나올 수 있으나, 교사와 학생은 소프트웨어를 위해 결국 만나야 하고, 훈련되어야 한다. 학교·교사·교실이 불필요하리라는 예상은 허구라는 것이다. 온라인 도서관이나 전자책도 그 유용성만큼 전통적인 많은 요소의 결핍으로 오히려 불편한 경우도 발생하리라는 것이 그의 주장이다. 인간적 교통이 결여된 상태에서 민주주의가 확대된다는 견해도 지나치게 단순한 생각이기 쉽다는 지적이다.

컴퓨토피아 세상의 이러한 한계와 더불어, 대중문화는 그것을 유발·조성하고 있는 사회에서의 많은 문제와 부딪힌다. 선진국을 중심으로 한 기술 패권주의, 기술 개발국의 기술 민족주의로 인한 국제사회의 갈등도 심각한 문제로 대두되며, 이와 관련된 정치적 이용도 간과될 수 없는 부정적 측면으로 부각된다. 그러나 이런 여러 가지의 장애물, 혹은 부정적 요소들 가운데에서도 가장 결정적인 한계는 대중문화 자체의 속성에 대한 부정적 시각이다. 한나 아렌트의 다음과 같은 진술은 가장 전형적이다.

---

55 『중앙일보』, 1995년 4월 8일 참조.

대중 문화는 대중 사회가 문화 산물을 지배할 때 존재하게 된다. 그에 따르는 위험은, 사회의 생명 과정이 〔……〕 문자 그대로 문화 산물을 소비하고 먹어치우고 파멸시키는 데 있다. 대량 전파의 현상을 말하는 것이 아니다. 문화 산물, 책, 복제판 그림 등이 싼값으로 시장에 나와 많이 팔릴 때, 팔린다는 사실이 상품의 본질에 영향을 미치는 것은 아니다. 그러나 그 문화 산물의 본질은 이들 문화 산물들이 대량 판매에 적합한 형태가 되기 위해, 그 자체가 변화될 때 영향을 받는다. 예컨대 우수한 문학 작품을 영화로 만들려고 그 내용을 정리하고 다시 꾸미는 과정에서 우수 작품이 다시 뜯어지고, 압축되고, 발췌되어 하찮은 저속물 키치가 되는 것이다.[56]

6. 결론

기술 발전이 생활환경과 조건의 엄청난 변화를 초래하면서, 넓은 의미의 문화 전반에 지대한 영향과 충격을 던지고 있는 현실을 우리는 광범위하게 고찰하였다. 이 글은, 문화 전반이라고 지칭된 부분 가운데에서도 문화·예술을 중심으로 한 분야에서 폭발하고 있는 대중화 현상, 즉 대중문화의 문제에 집중적인 관심을 가져보았다. 그 결과 기술 발전이 매체 혁명이라고 할 수 있는 멀티미디어 시대를 열었고, 이 시대의 무대는 영상 중심의 가상현실임을 확인하였다. 이 가상현실은, 그러나 현실적으로 현실 기능을 수행함으로써 재래의 간접적인 인간 교통을 직접화한다. 이러한 세계에서 전통적인 의미의 문화는 필연적으로 위축되고, 대중문화는 확산된다. 기술 발전은 대중문화 현상을 야기하는 것이다.

양자의 이 불가분적 현상을 이해하는 한, 대중문화에 대한 가치 판단 행위는 일견 무의미한 일로 생각될 수도 있다. 그러나 대중문화가 전통문화의 자폐증적 귀족성을 와해시키는 데 기여하고, 기술 발전의 촉진에 상승

56 H. 아렌트, 「사회와 문화」, 앞의 책, p. 109.

작용을 하는 순기능이 받아들여진다고 하더라도, 이 새로움이 새로움과 편리성이라는 측면에서 무비판적으로 수용되어서는 안 될 것이다. 컴퓨터 전문가 자신에 의해서 정보 통신에 맹목적으로 매달리는 행위는 인간 소외를 자초할 것이라는 경고가 있는가 하면, 멀티미디어에 속하는 기계들을 '유목(遊牧) 물건'이라 하여 그 소용성에 한계를 두는 관점도 있다.[57] 프랑스 경제학자 아탈리Jacques Attali의 견해라는데, 이것은 앞으로 이런 기계들과 더불어 인간들은 과거 유목민처럼 유랑 생활을 하리라는 분석에서 나온 것이다. "뉴미디어 시대의 내면세계에 대한 감지력과 해석력을 갖는 것, 바로 여기에 오늘 우리의 삶과 문화의 과제"가 있다고 보는 김성기의 진술이 설득력을 가지는 것은 이 때문이다. 그것이 대중문화이든, 혹은 과거의 엘리트 문화이든 모든 문화 현상은 그것을 창출하고 수용하는 주체가 있게 마련이며, 그 주체는 언제나 인간일 수밖에 없다. 주체인 인간 밖의 모든 대상은 결국 객체이며, 객체는 주체에 의해서 항상 해석될 수밖에 없을 것이다. 대중문화 내부에 문화성이 함축되어 있는지, 혹은 결핍되었는지, 이것을 발견해내는 일은 궁극적으론 이 현상의 확대·심화를 지켜보면서 모든 문화적 주체가 그때그때 해석해야 할 과제라고 할 수 있다.

(1995)

57 김성기, 「뉴미디어 혁명은 인간의 주체적 수용을 요구한다」, 『숙대신보』, 1995년 3월 27일.

현대시와 신성 회복

1

그렇다, 나는 내가 어디서 왔는지 알지!
불꽃처럼 탐욕스럽게
나는 나를 불사르고 소멸시키네
빛은 내가 붙잡고 있는 모든 것,
재는 내가 놓아버린 모든 것,
정말이지 불꽃이 바로 나인 것을!

니체가 「이 사람을 보라」에서 인간을 이렇게 규정하였을 때, 그 인간은 잠시 활짝 불탔다가 재로 돌아가는 허무한 존재가 되어버렸다. 더 이상 인간은 신에 의한 피조물도 아니며, 부활이 약속되는 영생으로의 존재가 아닌 모습이 되었다. 확 일어났다가 꺼져가는 순간적인 물질에 불과한 몸이 인간이다. 오늘날 만일 실존주의적 관점에서 본다면, 이러한 인간관은 반드시 틀렸다고만 할 수 없는 타당성을 지니고 있는 것이 사실이다. 아닌 게 아니라 인간은 육체 없이 존재할 수 없고 육체란 물질에 불과하기 때문이다. 물질은 소멸되고야 마는 것. 물질 속에서만 관찰되고 분석된 인간은 허무하기 짝이 없다. 니체의 이러한 인간관은 19세기의 저 노도와도 같은 시민운동의 열풍, 리얼리즘의 세찬 깃발 아래에서 형성된 것으로서 시대적인 특징을 요약한 것이기도 하다. 관념적이며 환상적인 정신사를 정치적인 반동과 결부시켜 단절시키고, 때마침 그 발달이 눈부시게 가시화된 교통·통신 및 생물학에 힘입어 물질주의적 인생관과 세계관은 형이상학적 정신 분야에까지 침투해왔다. 리얼리즘이라는 문예사조는 정치적 급진주의와 제휴되어 사회주의적 경향 예술로 달려 나가는 한편, 생물학적 발전과 짝을 이루어서는 이른바 자연주의의 물결을 몰고 왔다. 니체는 바로 이러한 모든 사상의 집약적 위치의 선봉에 있었다. "나에게 있어서 육체는 정신"이라든가 "예술은 자연을 훨씬 능가한다Die Kunst ist weit überlegen der Natur"는 외침은 곧 유명한 명제로 자리 잡게 되었다. 그것은 저 연면하게 지속되어온 기독교적 세계관과 거기에 바탕을 둔 전통, 가깝게는 낭만주의에 대한 격렬한 거부의 몸짓이었다. 그러나 긴 정신사의 맥락에서 볼 때 이 모든 현상은 기독교, 즉 신성으로부터의 탈출 과정이라고 할 수 있으며, 인본주의적 시각에서 볼 때에는 끊임없는 인간화의 도정이라고 할 수 있다. 니체는 이를테면 이 지루한, 음험한 대결의 시간에 과감하게 한 점을 찍은 매니페스트적 인물이다. 그로부터 신성의 소멸은 가속적으로 그 소리가 높아갔으며, 인간성을 주창하는 부르짖음 역시 별 저항 없이 거대한 당위로 굳어져가게 되었다. "예술은 자연을 훨씬 능가한다"는 니체의 선언은 그 이후 오늘에 이르기까지 마치 모든 현대 예술의 신조가 되다시피 한 것이다.

예술이 자연을 훨씬 능가한다는 말은 그렇다면 무엇을 의미하는가. 이 말처럼 예술을 통한 신성에의 공격이 정면으로 행해진 경우는 드물다. 물론 프랑스 시인 보들레르가 니체와 거의 비슷한 시기에 그의 명작 『악의 꽃』을 통해서 "아니다. 신은 아니다. 언어는 시인이 만든다"는 또 다른 선언을 함으로써 신을 배반하고 그 자리에 시인을 올려놓는, 말하자면 언어 찬탈의 쿠데타를 획책한 바 있다. 어쨌든 이 시기를 전후하여 예술과 언어는 급격하게 신의 손에서 인간의 손으로 옮겨지게 되는데, 그 이유는 그것들이 아예 인간에 의해 창조되기 때문이라는 것이다. 신은 자연을 창조했지만 인간은 예술을 창조하였으며, 그 결과는 예술 우월로 판정 났다는 것이다. 산에 있는 한 그루의 나무가 위대한가, 세잔의 화폭 속에 담긴 나무가 위대한가, 니체의 예술 우월론은 그것을 묻는다. 세잔의 나무는 자연 플러스알파인데, 이 알파 속에 엄청난 인간 정신의 천재성과 위대성이 숨어 있다는 것이다. 이러한 인식 아래에서 알파는 숱한 모습으로 변화하기 시작한다. 자연을 있는 그대로 묘사하는 단계를 벗어나서 그것을 자신의 내면적인 심정·감정·의식 따위에 의해 변형시켜가는 것이다. 여기에 이른바 생략과 과장 등의 기법이 개발되고, 인간 위주의 갖가지 테크닉이 고안된다. 모더니즘이라고 우리가 오늘날 부르는 일련의 광범위한 문학예술 사조, 혹은 현상은 결국 이와 같은 인본주의적 문학예술관의 다른 표현이라고 할 수 있다. 말라르메나 슈테판 게오르게, 그리고 발레리와 고트프리트 벤으로 이어지는 시의 맥은 한편으로는 인간 정신의 확대라는 측면에서, 다른 한편으로는 신성으로부터의 떨어져 나감이라는 측면에서 재빠른 발걸음을 재촉하였던 것이다. 그 신성은, 신성 자체가 소멸되지 않았음에도 불구하고, 인간 쪽에서 발견해낸 몇 가지 문명적 도구에 흥분하여, 도전받고 그리하여 강제로 상처 내어지게 된 것이다. 때로는 신성의 여전한 은총과 위엄이 부담스럽다는 듯, 제 모습에 질려 우물쭈물 스스로 물러나고 있는 형상도 모더니즘 속에서 발견된다.

천사들의 무리 속에서, 설령 내가
소리친다 한들, 누가 들으리오? 그 중
한 천사가 갑자기 나를 가슴에 품는다 하더라도 나는 그 강렬한
존재로 인해 스러지리. 그도 그럴 것이
아름다움이란 놀라움의 시작 이외 아무것도 아니니까.

저 유명한 릴케Rainer Maria Rilke의 『두이노의 비가』는 이렇게 시작한다. 전 10비가에 달하는 이 장시를 통해서, 가장 현대적인 시인 릴케는 천사의 따뜻한 접근과 위무에도 불구하고 그를 거부한다. 흥미 있는 것은 그 이유다. 요컨대 천사는 너무 강하고 아름답기 때문이라는 것이다. 그 강함, 그 아름다움을 인간은 감내하기 어렵기 때문이라는 것이 이때 시인의 고백이다. 무릎 꿇고 감사하며, 그 은총에 눈물 흘림 직하지만 릴케는 그 길로 가지 않는다. 18세기 초의 클롭슈토크Friedrich Gottlieb Klopstock는 기꺼이 그 길로 달려갔다. 그러나 릴케는 쭈뼛쭈뼛 뒤로 물러선다. 인간 같은 형편없는 존재가 그런 황감한 은혜를 받을 만하냐는 일종의 자의식이 그를 지배한다. 그러나 송구스러움에서 비롯된 것으로 보이는 이 자의식은 곧 교만으로 발전하고, 그 과정에서 사물의 주인은 사물이라는 소위 사물시Dinggedicht까지 생겨난다. 이런 인식의 끝에서 결국 실존주의라는 막연한 상황을 만나게 되는 것은 당연한 논리의 귀결이기도 하다. 그것은 릴케의 운명이었을 뿐 아니라, 교만해야 버틸 수 있었던 모든 현대시의 공통된 운명이었다. 「가을날」이라는 릴케의 시는 바로 이 운명을 예감케 한다. 그 뒷부분이다.

> 지금 집이 없는 자, 어떤 집도 더 세우지 못한다.
> 지금 혼자인 자, 오랫동안 그렇게 머무르며,
> 깨어앉아, 읽고, 긴 편지를 쓰리,
> 낙엽이 구를 때엔 가로수 거리를
> 이리저리 불안하게 방황하리라.

2

오늘 우리의 현대시로 눈을 돌려볼 때에도, 서구 문학을 중심으로 전개되어온 모든 현상은 거의 그대로 재현되어왔으며, 또 재현되고 있다. '재현'이라는 낱말을 나는 썼는데, 그 까닭은 일정한 시간 거리를 두면서 한국 시의 여러 현상은 서구의 그것을 좇았기 때문이다. 니체나 보들레르, 혹은 릴케를 연상시키는 몇 가지 예와 더불어 논의를 진행시키자.

1) 크리스트에 혹사(酷使)한 한 남루한
   사나이가 있으니 이이는 그의 종생
   과 운명까지도 내게 떠맡기려는 사나
   운 마음씨다. 내 시시각각에 늘어서서
   한 시대와 눌변인 트집으로 나를 위
   협한다. 은애(恩愛)—나의 착실한
   경영이 늘 새파랗게 질린다. 나는 이
   육중한 크리스트의 별신(別身)을 암살
   하지 않고는 내 문벌과 내 음모를
   약탈당할까 참 걱정이다. 그러나 내
   신성한 도망이 그 끈적끈적한 청각을
   버릴 수가 없다.

2) 나의 아버지가 나의 곁에서 조을
   적에 나는 나의 아버지가 되고 또
   나는 나의 아버지의 아버지가 되고
   그런데도 나의 아버지는 나의 아버지
   대로 나의 아버지인데 어쩌자고 나는
   자꾸 나의 아버지의 아버지의 아버지
   의—아버지가 되니 나는 왜 나의
   아버지를 껑충 뛰어넘어야 하는지 나
   는 왜 드디어 나와 나의 아버지와
   나의 아버지의 아버지와 나의 아버지

의 아버지의 아버지 노릇을 한꺼번에
하면서 살아야 하는 것이냐.

3) 한 알의 밀이 썩는 아픔, 한 덩어
리의 말이 불에 타는 아픔, 말씀이
살이 된 살이 타는 무두질의 아픔,
제가 하는 바를 모르고 하는 저 죽
은 사람들에게 버림받은 말의 이별
의 슬픔, 이별 슬픈 말, 완강한 어둠
의 폭력에 상처입은 한 줄기 빛의
예리한 아픔의 아름다움, 어둠 긁는
말의 마디마디에 흐르는 피의 아픔의
아름다움, 어둠 슬픈 말, 〔……〕

4) 내가 떠나기 전에 길은 제 길을 밟고
사라져버리고, 길은 마른 오징어처럼
펴져 있고 돌이켜 술을 마시면
먼저 취해 길바닥에 드러눕는 愛人,
나는 퀭한 地下室에서 뜬눈을 새우다가
헛소리하며 찾아다니는 東方博士들을
죽일까봐 겁이 난다
이제 집이 없는 사람은 天國에 셋방을 얻어야 하고
사랑받지 못하는 사람은 아직 欲情에 떠는 늙은 子宮으로 돌아가야 하고
忿怒에 떠는 손에 닿으면 문둥이와 앉은뱅이까지 낫는단다
主여

5) 그는 아버지의 다리를 잡고 개새끼 건방진 자식 하며

비틀거리며 아버지의 샤쓰를 찢어발기고 아버지는 주먹을
휘둘러 그의 얼굴을 내리쳤지만 나는 보고만 있었다
그는 또 눈알을 부라리며 이 씨발놈아 비겁한 놈아 하며
아버지의 팔을 꺾었고 아버지는 겨우 그의 모가지를
문밖으로 밀쳐냈다 나는 보고만 있었다 〔……〕

1), 2)는 이상의 작품으로 「육친」과 「시 제2호」 전문이다. 3)은 정현종의 「말의 형량(刑量)」 전반부이며, 4), 5)는 이성복의 시 「출애급(出埃及)」과 「어떤 싸움의 기록(記錄)」에서 각각 후반부와 전반부를 발췌한 것이다. 이 들 작품들을 살펴보면 1), 4)는 성경적 지식과 이미지가 직접적으로 나타나 있는 것을 볼 수 있고, 2), 5)는 아버지 이미지를 통해 상징적으로 그려져 있는 것을 볼 수 있다. 그런가 하면 3)의 그것은 릴케를 연상시키는 현상학적·실존적 분위기를 자아낸다. 특히 이 시인의 시집 『사물의 꿈』과 관련지어볼 때 릴케의 사물시와 그 발상의 친근성이 돋보인다. 그러나 이 모든 작품들에 공통성이 있다면, 기독교적 세계관에 대한 거부, 인간성의 독존·사물의 개별성에 대한 존중이라는 말로 요약될 수 있는 그 어떤 것이다. 물론 「말의 형량」에서 볼 수 있듯이, 언어 역시 신이 아닌 시인이 창조한다는 보들레르식 인식은 거의 통념화되어 있다. 보다 자세히 분석해본다면, 1), 4)에서 나타나는 그리스도 혹은 동방박사는 구원과 은혜의 존재가 아니라 억압과 허상의 인물로 배척되고 있음을 알 수 있다. 특히 이성복의 「출애급」에서 "이제 집이 없는 사람은 천국에서 셋방을 얻어야 하고"라는 진술은, 릴케의 「가을날」에 나오는 "지금 집이 없는 자, 어떤 집도 더 세우지 못한다"는 구절의 패러디임이 분명한데, 그 배후에는 심한 야유가 깔려 있다. 마지막에 '주여'라고 부르는 목소리도 진정성의 외침과는 사뭇 다른, 차라리 독신적(瀆神的)인 부름이라고 할 만하다. 그것은 반세기를 훨씬 넘는 세월 저쪽에서, 귀찮기만 한 육친을 그리스도에 빗대어 차라리 죽이고 싶다고 말한 시인 이상의 고백을 훨씬 더 희화화한 것이라고 할 수 있다.

신에 대한 이러한 추궁과 비판에 뒤이어 2)와 5)는 신을 몰아내고 그 자리에 시인 자신이 들어서는 작업을 보여준다. 이상의 시 「시 제2호」인 2)는 매우 노골적으로 그 스스로가 아버지, 즉 신의 자리에 앉을 수밖에 없는 운명을 표명하고 있으며, 이성복의 시 5)는 아버지와 자식의 격투를 지극히 산문적으로 보고하면서, 시인 자신이 비록 이 싸움에 적극적으로 가담하지는 않았으나, 방관자의 위치에 있을 수밖에 없음을 말하고 있다. 아버지, 즉 신은 이미 무력해진 데다가 추태까지 부렸으므로 퇴장당해 마땅하다는, 권위의 소멸에 대한 승인이 거기에 있다. 사실 아버지에 대한 도전과 그것을 우상 파괴라는 측면에서 흔들어대고 있는 시들은 최근 한국 시의 중요한 한 특징이라고 할 수 있을 만큼 보편화되어 있다. 그 결과 현대시에서 전통적 요소에 대한 탐색과 존중은 소도구적 차원에서 박물학적 관심의 대상이 될 뿐, 철저하게 무시되어 있다. 예컨대, 그 성격에 대한 분석과 해명은 또 다른 논의를 요구한다고 하더라도, 여성 시인들을 중심으로 하여 거세게 일고 있는 섹스시 현상도 이런 측면에서 주목될 수 있다. 가령 성적 욕망을 강하게 표현하고 있는 최영미·신현림 등등의 시에서 전통적인 미덕으로 평가되어온 감춤의 품위는 허위의 제스처로 격하당한다. 이때 이 전통은 동양적인 윤리의 세계와 직접적으로 닿아 있지만, 보다 근본적으로는 신적인 권위에 대한 부인, 즉 인간으로서의 완전한 발현—물질의 욕망이라는 차원에서 관찰될 수 있을 것이다.

현대시뿐 아니라 역사적으로 '현대'라는 시대 개념 자체가 원래 서구 사회에서의 신성의 와해와 동요라는 요소를 그 가장 큰 시대 구분의 내용으로 하고 있다. 이러한 견해는 역사학을 비롯하여 모든 학계로부터 거의 한 목소리로 확인되고 있으며, 이러한 인식의 바탕 위에서 오늘날 신성의 회복이 조심스럽게 중요한 문제로 제기된다. 신성을 뒤흔들고 인간성을 구현하겠다는, 저 르네상스 이래의 거센 물결이 별다른 역사적 저항 없이 진행되어 왔으나, 그로 인한 문명의 성과가 과연 인간의 삶을 얼마나 보람 있게 만들어왔는가 하는 문제에 이제 자기비판의 눈이 떠지게 된 까닭이다. 마르쿠제가 벌써 날카롭게 지적하였듯이, 인간이 그토록 인간됨의 자부심 내용으로 내세워온 이성이라는 요소가 기계와 기술 사회를 위한 도구적 이성으로 전락하여, 인간의 삶과 사회를 총체적으로 통괄할 수 있는 지혜의 힘을 상실했다는 것이다. 문제의 핵심은 과연 바로 여기에 있다. 현대 사회와 현대인의 운명적 취약점이 여기에 있다면, 현대문학-현대시 또한 이런 관점에서 자기반성을 하고 신성 회복의 문제에 진지한 성찰을 보내야 할 것이다.

우리 한국 시의 경우로 한정해본다면, 최근 이른바 정신주의라는 이름 아래 묶여질 수 있는 형이상학적 분위기의 시들이 발표되고 있는 것을 볼 수 있다. 여러 가지 이유로 나 자신은 '정신주의'라는 명칭을 좋아하지 않지만, 어쨌든 모더니즘적 허장성세와 시인의 자기 까발리기, 더 나아가 욕망의 과대광고 따위가 더 이상 현대시의 전부가 될 수 없다는 인식의 전환이 일부에서나마 일어나고 있다는 것은 매우 반갑고, 또 중요한 현상이다. 물론 시는 구체적 사물을 매개로 하여 구체적으로 묘사되어야 한다는 당위성을 배반해서는 좋은 시가 될 수 없기 때문에, 신성 회복이라는 명제가 시 안에서 정신의 중요성을 관념적·추상적으로 강조하는 일로 반영되어서는 안 된다. 오히려 신성의 문제는 가장 일상적인 삶의 현장에서 구체적인 계시와 그 활동의 포착이라는 관점에서 그 효과를 얻을 수 있을 것이다.

이런 의미에서 나는 최근 몇몇 시인들 사이에 나타나고 있는 이른바 선시(禪詩) 경향을 경계한다. 물론 시의 장르로서 선시라는 것이 있을 수 있고, 그 가운데 좋은 시가 있을 수 있다. 그러나 시에서의 신성 회복을, 시인 자신이 도사연하고 현실을 깔아뭉개는 듯 높은 자리에서 훈시하는 포즈의 시로 만들어가는 것은 매우 위험하다. 그것은 신성이라는 이름 아래, 시를, 문학을 오히려 죽일 수 있다. 이미 말했듯이 시는 그 말하고자 하는 메시지, 보여주고자 하는 풍경이 어떤 것이든 간에 구체적 사물, 구체적 묘사를 통한 것이라야 실감과 공감을 얻을 수 있다. 이렇게 볼 때 시에서의 신성 회복이라는 문제는 그 현실적 윤곽을 보다 뚜렷하게 가질 수 있다.

그것은 무엇일까. 사랑, 타인에 대한 사랑, 사물에 대한 사랑, 세계에 대한 사랑이라고 나는 감히 그 둘레를 어림잡고 싶다. 사실 그동안 우리 시인들은 너무 자기 자신의 상처를 드러내고 그것을 호소하는 일에 엄살을 부려왔다. 자신의 욕망을 그 뿌리까지 보여주는 일이 마치 시인의 정직성이나 되는 듯이 이 일에 매달려왔다. 시에서는 시적 자아가 드러나야 하므로, 그 주체인 시인의 모습은 물론 여러 가지 모양으로 나타나야 한다. 그러나 그 시적 자아가 찡그리고 있는 얼굴인지, 분노하고 있는 얼굴인지 스스로 되돌아볼 일이다. 따뜻하게 옆 사람을 보듬고 있는 얼굴인지, 차디찬 무생물 하나라도 사랑의 생기로 살려내고 있는 얼굴인지, 피조물인 인간이 시를 통해 창조해낼 수 있는 것이 있다면, 이 작은, 그러나 사실은 엄청난 사랑으로서의 창조 활동이다. 그것은 신성이 시에 불어넣어준 생명의 입김이다.

해체와 포스트모더니즘으로 대표될 수 있는 현대시의 첨단적 극점은, 그것이 걸어오고 생산되어진 뿌리와 줄기로서의 인문주의의 결과와 내용이라는 점에서 우리를 전율시키고, 때론 절망시킨다. 과연 인간은, 인간성의 내면을 조명하고 그것을 드러낼 때 어두운 욕망의 덩어리밖에 건질 것이 없는가 하는 질문과 자책 때문에 생겨나는 전율과 절망이다. 적어도 많은 오늘의 현대시와 관련지을 때 이 전율과 절망은 현실이 된다. 그러나 정말 인간이란 그런 존재밖에 되지 않는가. 인간을 창조하고 난 다음 신이 "보기에 참 좋았다"고 말했듯이, 인간에게는 확실히 신(神) 지향성과 같은 또 다른 면이 있는 것이 틀림없어 보인다. 그런 의미에서 현대시는 신성의 축출뿐 아니라, 지나치게 악마성 쪽으로 경도되어왔다는 비판 앞에 설 수도 있다. 경우에 따라서는 그 악마성을 즐기고 오히려 뽐내는 일도 적지 않았다. 이러한 경향은 악마성이냐, 신성이냐를 떠나 올바른, 조화와 균형의 인간성 구현이라는 측면에서도 타당치 않다. 신성 회복은 그것이 초월적 신성의 세계로 가는 것이 아니라 하더라도, 올바른 인간성 회복이라는 차원에서도 매우 중요한 현대시의 관심이 되지 않을 수 없다.

(1996)

문학, 그 영원한 모순과 더불어

장미여, 오 순수한 모순이여, 기쁨이여.
그 많은 눈꺼풀 아래에서 그 누구의 잠도 아닌.
—릴케

1. 나의 모순, 나의 문학

문학은, 적어도 소년 시절의 나에게 있어서 가장 매력 있는 일거리로 보이지는 않았다. 소년 시절은—글쎄, 나에게 있어서 언제부터 언제까지가 이 시절이었을까—황량했다. 우리 시대의 소년 대부분이 그러했듯이 전쟁, 피난살이, 신문팔이, 결국 싸움과 가난이라는 말로 요약될 수 있는 어두운 긴 터널이었다. 이 컴컴한 터널 속에서 나는 이미 『피난민의 설움』이라는 소설집을 꾸민 일이 있었고, 이 경험을 전짓불 삼아 결국 글을 쓰면서 살 수밖에 없는 것이 아닐까 하는 막연한 예감에 사로잡히기도 했다. 이 예감은 글쟁이가 되고 난 다음에도 한동안 따라다녔다. 평론이라는 분야는 본격적인 글짓기가 되지 못한다는 자의식, 그러니까 컴컴한 터널을 증거할 글이라면 적어도 소설쯤은 되어야 할 것이라는 일종의 자기암시가 숨어 있었는지 모른다. 『피난민의 설움』은 이를테면 내 처녀작인 셈인데, 1952년엔가 씌어졌다. 12살, 부산 피난 시절 그곳의 국민학교 6학년 때의 일이었다. 연필로 쓴 글을 등사해서 내놓은 이 책은, 따라서 책이랄 것도 없는 작은 노트 한 권 분량의 종이 모음인데, 나는 그것을 통해 전쟁과 함께 시작된 나의 터널 주행기를 써보았던 것이다. 말하자면 이윤복 군의 수기와 비슷한 성격일 것이다. 그러나 어쨌든 나는 학교에서 글 쓰는 아이로 통하게 되었고, 나 스스로 이상한 운명의 도래를 제법 느낄 수 있었다. 이 책과 더불어 나는 수상한 자존심을 얻게 되었는데, 그것은 세상이 아무리 고난스럽고, 세상 살기가 아무리 고생스럽더라도 나는 끝내 그것을 극복하고 이길 수 있으리라는 자신감과 같은 내용과 연결된다. 그렇더라도 수상하다는 것은 무엇인가? 그것은 이러한 자신감의 획득이 즐겁게 이루어지지는 않았다는 점과 관계된다. 차라리 그것은 슬픔과 함께 왔다. 싸-한 느낌, 그리하여 마침내 콧잔등이 시큰거려지는 서러움과 더불어 그 자신감은 생겨났던 것이다. 그렇다, 밥을 굶고 거리를 헤매어도 배고프거나 창피하지 않다는 자신감은 어린 가슴답지 않게, 당차게 팽배했으나, 그것은 외로운 슬픔이었다. 대체 나의 문학적 원초 체험은 무엇이었을까를 반추해보는 지금에 와서도 40년 전의 그 기억은 나의 눈시울을 맵게 한다.

열두 살짜리 소년이 낸 책 같지 않은 작은 책 한 권이, 그 소년을 정신적으로 독립시켜주면서 서글픈 자신감을 가져다주었다는 사실에서, 문득 나는 문학이 걸어가는 한 외로운 길을 본다. 문학이 인간을 독립시켜주는, 어쩔 수 없이 서글픈 운명의 작업이라면, 말을 달리하면, 그것은 필경 인간을 세계화하는 일에 다름 아니지 않겠는가. 인간을 세계화한다는 것은, 인간 자신이 세계가 된다는 것, 즉 고독한 절대 존재가 된다는 의미일 것이다. 문학만이 이러한 일을 하는 것은 아니지만, 문학은 적어도 그 일을 한다. 그러므로 일찍이 문학에 눈을 떴다는 것은, 일찍이 세계에 눈을 떴다는 의미이다. 뜬 눈에 들어온 세계는, 그러나 어둠이다. 문학을 하는 사람들은 이때부터 문학을 통하여 그 어둠에 빛을 보낼 수 있다고 믿기 시작한다. 문학은 어떤 의미에서 그 믿음의 총체이다. 문학을 하는 사람들이 곧잘 문학은 고독한 작업이니, 소외의 극복이니 하는 소리들을 하는 까닭도 여기에 있지 않을까. 그렇기 때문에 문학인들에게는, 마치 성직자들에게서 발견되는 것과 비슷한 사명감과 자부심이 있게 마련인데, 때로 그것이 유아독존적 아집이나 독선으로, 때로 그것은 턱없는 낭만주의로 나타나기도 한다. 어쨌든 문학인은 일찍이 세계를 찾아낸 사람이라는 점에서 천재적이라는 말을 들을 만한 존재이지만, 그 세계가 그러나 어둠이라는 것을 동시에 알아버린 자라는 점에서 불행한 존재이다. 이 점에 있어서 나도 전혀 예외가 아니었다. 이 세상은 어차피 어두운 세상이라는 것, 나는 벌써 그것을 알아버린 사람이라는 것, 그러나 나는 혼자서 그 세상을 걸어갈 수 있다는 것, 그것도 때로 빛까지 비추면서 걸어갈지 알 수 없다는 것, 나는 이 비밀을 아는 몇 안 되는 소수에 속한다는 것, 이런 것들이 말하자면 나의 문학적 원초 체험이 되었으며, 그러한 은밀한 자각은 현실의 고난과 싸워나가는 숨은 힘이 되었던 것 같다.

그러나 나는 바로 이러한 자각에 부지불식간 빠져들고 있는 나 자신이 싫었다. 왠지 모르게 그 문학 체험이 부끄러웠으며, 거기에다가 인생을 자칫 걸지도 모른다는 생각으로부터 끊임없이 도망쳐버리고 싶었다. 중학생이 되고, 고등학생이 되면서 이러한 갈등은 더욱더 나를 우울하게 했으며 장래에 대한 확신을 흔들었다. 나는 책을 많이 읽고, 글쓰기를 좋아하는 사람으로 소문은 났으나, 이렇다 할 글을 막상 써서 내놓지는 못했다. 뭐라고 할까, 누가 글쓰기를 권고하면 가슴이 철렁 내려앉았으며, 글 쓰는 소년이라는 소개를 부인하고자 허둥지둥했다. 그런 일련의 분위기가 싫었으며, 그로부터 끊임없이 도주를 꿈꾸었다. 문예반 활동 같은 것에도 가담하지 않았으며, 비슷한 이야기가 나올 법한 곳을 나도 모르게 멀리했다. 그러나 이즈음 장래 직업에 대한 학교의 조사에서 내가 써넣은 것들은 언제나 언론인, 변호사, 평론가 따위였으니 운명에 대한 예감은 사실상 예감 수준을 이미 넘어선 것이었던 모양이다.

문학은 이렇듯 별 매력을 주지 못하면서도 나의 운명을 사로잡았고, 그 얼떨떨한 모순에서 여전히 나는 지금도 벗어나지 못하고 있다. 그러므로 문학인으로서의 나의 삶은 영원한 모순과 더불어 걸어가는 행로라고 할 수 있다. 그 모순은 라이너 마리아 릴케의 말처럼 순수한 모순인가, 또 기쁨일 수 있는가.

문학이 영원한 모순이라는 인식은, 문학의 양면성에 대한 인식에 다름 아니다. 문학의 양면성이란, 문학의 구원적 측면과 비극적 측면을 일컫는데, 의외로 이 당연한 인식이 보편화되지 못한 것 같은 감을 받을 때가 있다. 먼저 비극적 측면에 대한 몰인식을 살펴보자.

문학의 비극적 측면이라? 이에 대한 몰인식은 명제 자체부터 낯설어한다. 그는 자신에 차 있는 사람이다. 문학으로 무엇이든지 할 수 있다고 믿는 사람들이 여기에 속하는데, 그 범주는 뜻밖에 매우 광범위하다. 가장 씩씩한 예를 우리는 아마 마르크스에게서 찾을 수 있을 것이다. 문학은 무언가를 할 수 있으며, 특히 사회 개혁을 위한 힘이 될 수 있다는 생각, 나아가 혁명의 효율적인 수단이 될 수 있다는 생각 앞에서 문학이 비극적 측면을 지니고 있다는 발언은 허깨비 같은 허무주의로밖에 달리 반영될 수 없다. 마르크스 자신은 물론 소박한 이상주의자였을지도 모른다. 그러나 소박한 이상주의 속에서 세계에 대한 물음과 회의가 자주 생략된다는 것은, 그러한 세계관의 진실성을 의심받게 한다. 마르크스의 허구성이 물론 고의적인 것은 아니었을 것이다. 그러나 어쨌든 그는 인간의 도덕적 능력을 지나치게 신뢰했는데, 아마도 이러한 신뢰에 잘못이 있는 게 아닌가 생각된다. 왜냐하면 인간은 그렇게 도덕적인 존재도 되지 못할 뿐 아니라, 그렇게 논리적인 존재도 못 되기 때문이다. 대저 인간이란 제 마음도 제 마음대로 못 하는 존재가 아닌가. 그렇기 때문에 나의 말과 남의 말, 그 어느 것도 진실일 수 없다는 가정과 전제 아래에서 대화가 생겨나고, 타협과 종합이 이루어진다. 이것이 변증법이다. 변증법이란 말하자면 인간의 나약함에 대한 뼈저린 인식을 바탕으로 한 대화법이며, 인간들끼리의 따뜻한 보듬기이다. 그런데 이 변증법을 마르크스는 엄청나게 오해하였으며, 그 결과 역사변증법이라는, 변증법과는 전혀 다른, 엉뚱한 논리를 이끌어내었던 것이다. 역사변증법은 먼저 간 역사와 앞에 올 역사의 따뜻한 보듬기가 아니라, 무자비한 싸움으로 인식되지 않았는가. 여기에는 인간이 제 마음쯤 제 마음대로 할 수 있음은 물론, 선한 목적을 위해서는 선한 마음으로 일관할 수 있다는 낙관론이 당연한 것처럼 깔려 있다. 문학의 비극적 측면은 이러한 낙관론을 만날 때마다 당황스럽다. 너무나도 사실과 멀리 있기 때문이다. 그렇기는커녕 현실과 역사는 늘 인간의 선의를 배반해왔고, 인간과 현실은 맞부딪쳐왔다는 인식에서 벗어날 수 없는 것이 이러한 입장이다. 보자, 리어왕의 비극을, 젊은 베르테르의 비극을, 라스콜리니코프의 비극을, 비극을, 비극을…… 나 역시 문학이 존재할 수밖에 없는 이유를 거기서 보았던 것이 사실이다. 내가 이 세계를 바꿀 수 있는가. 설령 내가 막강한 힘을 가진 정치인이라 하더라도 이 세계를 고칠 수 있겠는가. 때론 혹시 그렇게 보일 수 있을지 몰라도 그것은 근본적인 한계 이쪽에 속하는 일이다. 그런 의미에서 문학인은 원천적으로 패배자이며, 문학 또한 패배에서 출발한다.

릴케는 그의 『두이노의 비가』에서 비록 천사가 인간을 껴안아준다고 하더라도, 인간은 그것을 감내할 존재가 못 된다고 개탄하였다. 인간은 사물의 본질은 알지도 못한 채, 제멋대로 필요에 따라 그 사물에 아무 이름이나 붙이고 습관적으로 살아나간다. 그것이 세계이며, 그 세계는 결국 허위일 수밖에 없다고 그는 적는다. 이러한 비극적 인식을 배경으로 해서, 그는 이 상황을 넘어설 수 있는 존재를 탐색해본다. 일찍 죽은 어린이들, 사랑하는 사람들…… 그러나 그 어디에도 진실과 구원은 없다. 시인이 도달한 마지막 땅은 시, 곧 문학이다. 문학이 구원일 수 있다는 것이다. 이렇게 볼 때, 앞서 말한 문학의 구원적 측면은 비극적 측면과 무관하지 않은 맥락에 서 있는 것으로 보인다. 이 세상은 그 어떤 것에 의해서도 바뀌지 않고, 그 본질을 드러내지도 않는다. 심지어는 만연된 악행조차 그쳐지지 않는다. 그러므로 이 세상도 새로워져야 하고, 그 세상 속에 있는 인간들도 구원되어야 한다. 비극적 인식 아래서 구원론이 비로소 가능한 것이다.

문학은 내게 있어서 구원이다, 종교다, 이렇게 말하는 사람들이 이따금 있다. 문학이 없으면 살 수 없다고까지 말하는 사람들도 있다. 이들에게 있어 아마 구원론은 가장 확실한 현실일 것이다. 보들레르, 고트프리트 벤과 같은 시인들이다. 보들레르는 언어를 창조하는 자는 신이 아니라 시인이라고 하지 않았는가. 니체도 마찬가지여서, 그에 의하면 "예술은 자연을 훨씬 뛰어넘은 것"이 된다. 예술가, 곧 인간이 자연, 곧 신을 능가한다는 것이다. 그리하여 문학의 구원적 측면은 곧잘 예술지상주의, 문학지상주의로 나아간다. 이른바 모더니즘 문학은 여기에 근거하고 있으며, 이것이 루카치와 아도르노를 어쩔 수 없이 갈라놓는다. 루카치가 낙관론에 입각해서 문학의 현실적 힘에 대한 믿음을 갖고 있었다면, 아도르노는 비관론을 바탕으로 해서 차라리 모더니즘이 현실 비판의 기능이 강하다고 했던 것이다. 이 두 태도는 문학 정신에 가열한 자들이 갈 수 있는, 나누어질 수 있는 방향들이라고 생각한다. 그러나 문제는, 치열하지도 못한 처지에 모더니즘 곧 문학으로 생각하고 여기에 안이하게 편승하는 무리들이다. 수적으로 한국의 아주 많은 문학인들이 이 부류에 속하는 것 같다. 자신의 욕망의 응어리, 심리적 억압, 피상적 감수성 등이 어울려 내발적인 충동을 자극하고, 그에 걸맞은 표현을 뛰어넘는 정신이 된다고 읊조린다. 세계에 대한 비극적 인식을 발판으로 시작된 문학, 그것이 과연 완전한 구원일 수 있는가. 내게 여전히 그것은 모순의 모습으로 앉아 있다.

2. 평론가의 길 들어서며

공식적으로 내가 이른바 등단을 하게 된 것은, 1966년의 일이다. 당시 『문학』이라는 월간 잡지가 있었는데 이 잡지에 「카프카 시론」이라는 글이 문학평론으로 당선됨으로써 문학평론가 행세를 하게 되었다. 그때 나를 당선시켜준 분은 백철(白鐵) 선생이었는데, 한국 문학에 관한 글이 아니었는데도 과분한 찬사를 써주었다. 이 잡지는 지금 전남대학교 국문과 교수로 있는 김춘섭 형이 편집을 맡아 하던 잡지로서 한 3, 4년 계속되었던 것 같다(그 정확한 햇수를 나는 기억하지 못한다. 또 내 글이 발표된 것이 몇 월인지도 생각나지 않는다. 나는 이처럼 내 글의 사후 관리를 잘 못하는 편이어서, 심지어는 스크랩도 제대로 못해 뒤에 책으로 묶어낼 때마다 애를 먹곤 한다). 그러나 내 글이 활자화된 것은 이것이 처음은 아니었다. 그 전해 월간 『세대』지에 「소설을 재미없게 하는 것들」이라는 글을 쓴 일이 있으며, 또 66년부터는 황동규·박이도·정현종·김화영 등의 시인과 평론가 김현이 함께 시와 시론 동인지 『사계(四季)』를 내기도 했다. 오랫동안의 망설임과 갈등을 버리고 결국 문단에 얼굴을 디밀게 된 배경에는 나의 신문기자 생활을 적어놓지 않을 수 없다. 1964년 2월 대학(서울대 문리대 독문과)을 졸업하기 몇 달 전, 그러니까 63년 12월 9일 나는 경향신문 견습 6기로 입사하게 된다. 당시 시험을 쳐서 들어갈 수 있는 직장이라고는 은행과 신문사가 전부였는데, 그것도 문과 대학생으로서는 신문사밖에 달리 길이 없었다. 또 신문사는 전공인 독일어를 시험 과목으로 선택해서 들어갈 수 있는 점도 있어서, 나로서는 유일한 길일 수밖에 없었다. 아닌 게 아니라 독일어반에서 시험을 볼 때, 입사시험 아닌 졸업시험을 방불케 했다. 같은 과 학생이 모두 모였기 때문이다. 이렇게 해서 시작된 신문기자 생활은 내게 적잖은 환멸을 가져다주었다. 신문기자 생활 몇 달 동안에 나는 세상을 벌써 모두 알아버린 느낌이었고, 그 엄청난 그늘을 만져버리고 난 다음의 나는 1년도 되기 전에 파김치가 되어버렸다. 나는 다시 대학원엘 진학했고 진로의 변경을 꾀하지 않을 수 없었다. 대학원 공부를 하기 위해서는 내근을 해야 했기에 문화부를 지원했다. 문화부에서 나는 자연스럽게 문학을 맡게 되었고, 결국 대학 시절의 문사 친구들과 불가피하게 다시 만나지 않을 수 없게 되었다. 불문과의 김승옥, 김현 그리고 뒤에 연이어 등단하게 되는 영문과의 박태순, 그리고 나와 같은 과의 염무웅, 이청준 들이 그들이었다. 나도 이들과 거의 같은 시기에 등단을 한 셈인데, 나의 등단은 이처럼 직업과의 관련을 뗄 수 없는 것이었기에, 어쩌면 운명적인 것이었는지도 모른다.

직업적으로 문학평론을 쓰게 된 나는 자연히 많은 문인들과 만나게 되었는데, 가장 교류가 많았던 사람들은 앞서 말한 『사계』 동인들이었다. 그러나 이들은 동인으로서의 어떤 공통점을 그리 많이 갖고 있지 않은, 어찌 보면 모두 독불장군인 자들의 모임이었다. 나 자신도 마찬가지여서, 흔히 문학청년 시절 서로 영향을 받게 마련인, 그런 종류의 어떤 교통이 없었던 것 같다. 거의 유아독존형이었던 황동규, 탐미적인 흥취에 빠져 있던 정현종, 너무 똑똑하다 싶은 김화영, 조급하다고 할 정도로 부지런하며 자신감 넘치던 김현, 그중 이런 강한 개성이 조금 덜한 듯한 이는 박이도 한 사람 정도가 아니었던가 싶다. 물론 우리는, 그럼에도 불구하고 즐겁게 만났다. 그러나 나로서는 어떤 새로운 힘을 얻는 분위기는 아니었던 것 같다. 그보다는 신문사와 가까운 명동 뒷골목 '은성'주점에서 종종 만나게 되는 시인 김수영의 존재, 그리고 청진동 신구문화사에 들르면 만나게 되는 시인 고은의 출현이 내게 훨씬 '문학적'인 감동으로 다가왔다. 두 시인은 모두 나의 일상적인 경험을 뛰어넘는 호방한 기질, 예리한 판단력, 섬세한 감수성, 그리고 무엇보다 대담한 행동이 소시민적인 내게 적지 않은 충격을 주었다. 이 시절 나는 특히 시에 많은 관심을 갖고 있었는데, 김춘수와 김수영의 작품들을 주로 통독하였다. 두 사람은 본인들 자신도 여러 가지 면에서 대조적인 것을 의식하고 있었으나 실제로 같은 시인이면서도 대비될 만한 점이 너무 많았다. 특히 시를 전문적으로 읽어보겠다고 생각하고 있는 나 같은 사람에게 두 사람은 너무 좋은 텍스트를 제공해주고 있는 셈이었다. 신동엽의 시도 많이 읽었으나, 정신은 앞서가나 작품 자체는 쉽게 씌어지고 있다는 인상에서 벗어나기 힘들었다. 이런 식으로 제법 시를 전문적으로 읽는 평론가로서 자리 잡아가기 시작했는데, 생각해보면 얼마나 가소로운 일이었을까! 그럴 것이 나 자신 대학 시절 학교신문에 시를 몇 편 가명으로 발표한 일이 있는 엉터리 시인이기도 했으니까.

신문기자 생활에 대한 회의를 말했지만, 사실 활자와의 만남은 이미 대학 시절에 훨씬 요란했다고 할 수 있을지 모르겠다. 문리대에 입학한 1학년 시절 나는 벌써 문리대 신문 『새세대』지에 기자가 되어 있었다. 같은 학년 불문과의 김승옥, 동물학과의 주우일 등과 더불어 셋이서 선배들 눈치를 보는 둥 마는 둥 제멋대로 휘갈기고 쏘다녔다. 나는 그 뒤로 이 신문의 편집장을 두 번이나 했는데, 무엇이 그리 재미있었는지 아득하게 회고된다. 이 신문은 서울대학교 전체의 종합지 『대학신문』과 달리 단과대학신문이었지만, 이상하게도 문리대생들은 이 신문에 대해 턱없는 자부심을 갖고 있었다. 굳이 이유를 캐보자면, 이 신문이 비판성이 높을 뿐 아니라 언론의 독립성을 지키고 있는 유일한 신문이라는 것이었다. 순전히 학생들에 의해 자치적으로 운영되고 있는 이 신문에는 이른바 진보적인 많은 글들이 실렸고, 학생 활동의 중심이 되다시피 했다. 시인 김지하(미학과), 영화감독 하길종(불문과) 등이 단골 필자였고, 김승옥은 아예 사무실에서 살다시피 했다. 이 신문에 시를 몇 편 발표한 일은 있으나, 그러나 이즈음에도 나는 문학이 내 운명이라고 생각한다든가, 문학에 흠뻑 젖어 있는, 이를테면 문학청년이었던 것 같지는 않았다.

60년대 후반, 문학평론가랍시고 한창 겁 없이 돌아다니던 시절의 술친구는 김현, 정현종이었으며, 선배이기는 하지만 고은 선생과도 하루가 멀다 하고 어울려 다녔다. 지금 돌아보건대 아마도 그렇게 함으로써 문학으로 향하는 마음 못지않게 속 깊은 곳에서 저항하고 있던, 문학으로 향하지 않은 마음을 죽이려고 했던 것은 아닌지. 이들의 분방한, 천의무봉하다 할 정도의 생활과 벗함으로써 문학으로 향하는 마음을 재촉하고자 했다면 우스꽝스러운 자기 합리화일까. 이들과의 주유천하는 내가 외국에 가 있던 2년간을 제외하고서 다시 계속되어, 70년대 초반에도 별 이상 없었다. 그러나 73년 유신 이후 모든 상황은 급격하게 달라져간다. 시인 김지하가 「오적」 사건으로 구속되기는 했지만, 그래도 어느 정도의 현실 비판은 가능하리라고 믿었던 일말의 기대도, 가능성도 완전히 봉쇄된 상태가 되자, 모든 인간관계마저 얼어붙어버리는 것 같은 형세가 된 것이다.

이제 '68문학'에 관한 이야기를 조금 해둘 시간인 듯하다. '68문학'은 글자 그대로 68년에 나온 책이라고 해서 붙여진 별 의미 없는 이름이다. 그러나 마치 서독의 '47그룹'처럼, 숫자로 표시된 모임의 이름이 지니는 무의미가 반드시 무의미한 것만은 아니다. 좀 비껴나가는 말이지만, 서독의 '47그룹'처럼 전후 서독 문학에 큰 영향을 미치고, 오늘의 독일 현대문학에까지 긴 파장을 던지고 있는 동인 활동은 없을 것이다. '47그룹'은 45년 독일이 2차대전에서 패망한 뒤, 1차·2차전쟁의 그 엄청난 피해에서 정신적인 복구를 외치고 나선 문학운동이다. 하인리히 뵐Heinrich Böll을 포함한 수많은 작가들이 여기에 몰려들었는데 그들에게는 하루빨리 정신을 차려보자는 것 이외에 다른 공통분모가 거의 없었다. 우리의 '68문학'도 이 점에서 '47그룹'과 아주 흡사한 면이 있었다. 이 점을 설명하기 위해서는 나를 포함한 60년대 문학인의 문학의식이라고 할 수 있는 그 무엇을 말해야 할 것이다.

「새 시대 문학의 성립」(1968)이라는 글에서 내가 지나치다고 할 정도로 강조한 일이 있지만, 60년대 문학은 무엇보다 자아의식의 형성이라는 문학의식을 갖는다. 오늘의 시점에서 지극히 당연한 것으로 여겨지는 이 문제가, 그러나 그 당시로서는 충분히 새로운 것이었다. 이제는 누구나 알고 있듯이, 60년대 문학은 바로 그 이전의 세대, 즉 50년대 문학과 너무 다른 면이 있었다. 50년대 문학은 6·25동란과 그로 인한 비극들—살육, 파괴, 궁핍, 폭력, 부조리—에 너무 깊이 함몰되어 있어 전후문학이라기보다 거의 전중문학이라고 불러도 지나친 말이 아닌 상황이었다. 고발과 절규는 그 특색이었다. 그것은 그 나름대로의 역사적 필연성을 지니고 있었으나, 언젠가는 극복되어야 할 끔찍한 원시성이 아닐 수 없었다. 서독의 '47그룹'이 극복하고자 했던 것도 이러한 인간적 불모성이었다. 60년대 문학인이라고 할 수 있는 작가로서 가장 먼저 이 문제와 더불어 돌출한 사람이 김승옥이었는데, 그는 소설 「생명연습」 「무진기행」 「서울 1964년 겨울」 등등을 통해 인간의 내면적 자아가 지니는 세계성·사회성을 부각시켰다. 그의 소설은 혁명적이라고 할 만한 반향을 일으켰는데, 여기에는 그의 작가적 재능과 함께 전 세대에 볼 수 없었던 문학세계에 대한 문단의 새로운 눈뜸, 경이가 포함되었던 것이다. 내용과 문체는 달라도 이러한 세계는 사실 이 시기의 다른 문학인에게도 공통적으로 잠재되어 있던 소양이었다. 이러한 문학의식의 결집이 '68문학'이었다. 나중에 문학적인 경향을 달리하게 되는 많은 문학인들이 여기에 가담하게 되었던 것도 이 까닭이다. 『사계』 동인들을 비롯해서 소설가 홍성원, 박태순, 이청준, 시인 최하림이 참가했으며, 평론가 염무웅, 김치수도 가세하였다. 이 활동을 통해 김병익도 평론가로서 출발하게 된다. 나의 출발은 이렇듯 동 세대적 의미를 함께 갖는다.

3. 『문학과지성』과 나

『문학과지성』과의 만남은 사실상 내 문학 생활의 새로운 운명이었다고 표현해 적절치 못할 것이 없으리라. 72년 8월 독일에서 돌아온 나는 예정대로 『문학과지성』 동인으로 추가되었으며, 그 취임식이나 되듯 6호 권두 논문 「문학사와 문학비평」을 싣게 된다. 예정대로라고 했는데, 그 까닭은 독일에 있을 때 이미 동인 가입 권유를 받고 있던 터였고, 나 역시 그것을 승낙해놓은 터였기 때문이다.

『문학과지성』 동인들이 주로 만나던 곳은 광화문의 '비봉'다방과 '연'다방이었다. 지금의 교보문고 자리 어디쯤 될 '비봉'과 역시 새 건물에 의해 없어져버린 '연'을 중심으로 우리는 거의 매일 만나다시피 했다. 여기서의 우리는 물론 동인들로서 김병익, 김치수, 김현 등이었다. 이 가운데 김치수와 김현은 대학 동창들로 벌써부터 잘 아는 터였으나, 김병익과는 아직 어색하였다.—물론 김병익과도 『68문학』을 함께하는 등 상당한 교분이 있었지만, 다른 동인들보다는 아무래도 낯선 느낌이 드는 것은 어쩔 수 없었었다—동인으로는 그 밖에 변호사 황인철이 있었는데, 김병익의 고교 동창인 그는 나로서는 초면이었다. 어떻든 문학이 혼자 하는 작업이기는 하지만—하기야 무슨 일이든 혼자 해내야 될 일 아닌 것 있으랴!—이렇게 여럿이 어울려 무엇인가를 해본다는 것은 조금쯤 흥분됨 직한 일이었다. 나로서는 재정 면이나 편집 면에서 이미 기초가 짜여진 상태에서 참가한 것이었기에 내가 직접 뛰어다녀야 할 일이 별로 없어 한편 편한 반면, 한편 미안하기도 했다. 특히 황인철 변호사와의 만남은 감동적이라고 할 만큼 신선하였다. 대전의 가난한 교육자 집안 출신의 그는 판사직을 사직하고 변호사 활동을 시작한 지 얼마 되지 않은 터였는데, 친구 김병익만을 신뢰하고 그와는 전공도 다른 문학 활동에 물질적 후원을 하고 나선 것이다. 중요한 것은, 그에게 물질적 여유가 별로 없었는데도 불구하고 이 일을 맡고 나섰다는 사실이다. 아직 변호사 경력도 짧고, 그의 도움을 기다리는 가족들도 많았다. 그러나 그는 문학이 단순히 문장놀이가 아니라 이 시대 사회현실에 대한 근본적 비판 활동이라고 생각하고, 법조인으로서의 활동 못지않게 이 사업이 뜻있는 일이라고 판단했던 것 같다. 실제로 그는 유신과 긴급조치 등 정치적 독재가 날로 강화되어가던 70년대 우리 현실에 온몸을 내던져 싸워나갔다. 김대중 사건, 김지하 사건을 앞장서서 무료 변론했으며, 수많은 이른바 시국 사건, 인권침해 사건을 거의 모두 도맡아 막아냈다. 나는 『문학과지성』을 통한 문학 활동 못지않게, 이 아름다운 법조인과의 만남을 무한히 자랑스럽게 생각한다.

동인으로서는 뒤에 성심여대 불문과와 영문과에 같이 재직하고 있던 평론가 오생근과 김종철이 참가하게 된다. 두 사람은 기왕에 있던 우리들보다는 6, 7년쯤 후배였는데 이 중 김종철은 동인을 그 스스로 그만둔다. 나중에 서울대와 영남대로 각각 옮겨 간 이들이 함께 있을 때에는 나이 차이가 나는 까닭이었는지 훨씬 폭넓은 대화와 토론이 있었던 것으로 기억된다. 그중 김종철은 성격도 매우 깐깐하고, 사회현실에 대한 문학적 태도에 있어서도 날카롭고 진지했다. 나는 그가 그러한 자세를 지키면서 계속 동인으로 함께 일해주기를 바랐으나 그는 어느 날 단호하게 그만두었다. 『문학과지성』의 분위기가 그에게는 아마도 참을 수 없는 부드러움만으로 느껴졌던 것이 아닐까 싶다.

독일에서 돌아와 『문학과지성』 동인으로 활동하면서 내가 주로 관심을 가졌던 부분은 프랑크푸르트학파의 이론이었다. 이즈음 이 이론은 성균관대학교 철학과의 김종호 교수가 학계 일각에 소개했을 뿐, 우리나라에는 전혀 알려져 있지 못한 형편이었다. 나는, 나 역시 이 이론에 정통하지 못한 터여서 김 교수를 『문학과지성』 지면에 끌어들이고자 애를 썼으며, 그 결과 한두 번 그가 기고했던 것으로 기억된다. 나는 프랑크푸르트학파의 이론, 특히 마르쿠제와 아도르노에 거의 매료되어 있는 처지였는데, 이들 이론을 문학이론으로 어떻게 원용할 것인지 그것이 고민이었다.

프랑크푸르트학파의 이론과 내가 만난 것은, 69년 9월 버클리에 도착하면서부터 바로 시작되었다. 9월 6일 밤 샌프란시스코에 도착한 나는, 버클리 대학 앞에 위치한 숙소로 가는 길에 엉뚱한 장례 행렬을 만나게 되었는데, 그것은 당시 월맹의 지도자였던 호찌민을 추모하는 버클리 대학생들의 의식이었다. 나로서 놀란 것은, 게다가 그 행렬이 수많은 만장을 거느린 동양식 장례였다는 점이었다. 생전 처음 나와본 서양에서 동양식 장의를 보다니! 그것도 도착 첫날 밤, 그것도 공산주의 지도자의 죽음을, 그것도 자유진영의 본거지라는 미국에서! 나의 놀라움은 엄청난 혼돈이었다. 어지러움에 가까운 나의 혼돈, 경악은 그 뒷날에도, 그 뒷날에도, 그 뒷날에도 계속되었다. 벌거벗은 젊은 남녀 대학생들이 대학 앞 광장에서 뭐라고 열심히 외치고 있는가 하면, 남녀의 성기를 클로즈업시킨 표지를 가진 소위 지하신문들이 캠퍼스를 어지럽혔다. 캠퍼스 곳곳에는 어디에나 붉은 낙서가 범벅을 이루고 있었는데, 내용인즉 "우리 시대에 프리섹스와 혁명을!"이라는 것이었다. 뿐만이 아니었다. 학교 남문 앞에서 텔레그래프 애비뉴로 이어지는 길에는 이상야릇한 복장을 한 젊은 남녀들이 해괴한 냄새를 피우면서 질펀거리고 앉아 있거나 떠돌았다. 그러다가 느닷없이 벌어지는 데모, 경찰의 맹추격, 심지어는 발포까지 발생했다. 켄트 대학에선가는 몇 명의 대학생이 경찰이 쏜 총에 맞아 죽었다. 한국의 현실도 혼란스러운 것이었지만, 미국의 이러한 모습은 나를 한없이 당혹스럽게 했다. 이것이 대체 무엇인가. 나는 어떠한 역사의 현장에 있는 것일까.

허버트 마르쿠제의 이름이 그때 내 앞에 다가왔다. 이름으로서뿐 아니라 실물로 홀연히 그대로 나타났다. 남문 앞 광장에서 비서인 앤절라 데이비스라는 젊은 여성과 함께 강연을 했던 것이다. 강연회의 인기는 가히 폭발적이었다. 발 한쪽 들여놓을 수 없는 상태에서, 마르쿠제가 연단에 오르기도 전부터 사방에서 환호가 잇달았다. 마이크 소리는 거의 들리지 않을 정도였다. 이 엄청난 소용돌이는 그의 저서 『일차원적 인간』을 읽어나감으로써 어느 정도 윤곽이 잡혀나갔다. 69년, 그때가 바로 스튜던트 파워의 절정기가 아니었던가. 또 버클리가 바로 그 본고장이었던 것을 나는 오히려 나중에야 알게 되었다. 나는 서울 친구들에게 이곳의 흥분, 나의 충격을 전했으며, 마르쿠제의 책들을 열심히 사서 보냈다. 박정희 군사통치 아래에서 컴컴한 시대를 살고 있는 사람들에게 그것은 상상하기 힘든 소식이었던 것 같다. 당시 가장 적극적인 반영을 보인 사람들 가운데, 특히 고려대 독문과의 박찬기 교수 같은 분이 기억된다. 어쨌든 마르쿠제를 통해 나는 역사적 현실 앞에서 눈을 뜨게 되었다. 특히 성과 혁명에 관한 논의는, 폐쇄된 한 동양의 구석에서 날아온 존재가 받아들이기에는 너무나도 벅찬 것이었다. 그러나 그것은 호기심과 지식욕을 무한히 자극하였으며, 무엇보다 나 자신 역사의 현장에 있다는 자각이 하루하루의 나를 생동시켰다. 여러 가지로 힘든 일도 많았지만, 이렇게 해서 버클리에서의 1년은 프랑크푸르트학파의 비판이론을 이론과 몸 양면에서 접하게 된 귀중한 시간이 되었다.

한편 독일에서의 1년은 아도르노와 함께 지낸 시간이라고 할 수 있다. 비판이론에 눈을 뜬 내가 70년 초가을 프라이부르크 대학에 들어섰을 때, 그곳에서도 프랑크푸르트학파에 관한 토론은 바야흐로 열정적인 전개를 얻고 있었다. 버클리에서 비판이론이 몸으로 다가왔다면, 이곳에서는 벌써 체계화되고 있었다. 예컨대 문학연구방법론 시간에 교수가 무엇을 했으면 좋겠느냐고 물었을 때, 학생들은 거의 대부분이 프랑크푸르트학파 이론을 택했다. 이때 아도르노는 그 중심이 되었다. 나는 그에게 달려들었다. 기묘하게도 아도르노는 내가 서울을 떠날 즈음, 그러니까 1969년 8월에 별세한 터였다. 그에 대한 연구는 이를 계기로 더욱 활발해지는 듯했다.

마르쿠제와 아도르노의 영향 속으로 내가 깊숙이 빨려 들어갔던 것은, 그들 이론의 독창성·중요성 이외에도 그들 이론이 당시 한국 문단의 고질적인 결핍 부분을 폭넓게 어루만지고 있었기 때문이었다. 69년 내가 서울을 떠날 때, 우리 문단의 치열한 싸움은 이른바 순수 참여 논쟁이었다. 당히 불문학자 김붕구 교수에 의해 촉발된, 사르트르를 중심으로 했던 프랑스에서의 논쟁이 우리에게도 뜨거운 관심의 대상이었던 것이다. 물론 이 논쟁의 뿌리는 서양에서나 한국 문학에서나 꽤 깊은 곳에 있는 것으로서 비단 60년대만의 현상은 아니었다. 그러나 논쟁은 별로 바람직스럽지 못한 수준에서 전개되고 있었을 뿐 아니라, 일종의 문단 헤게모니 싸움과 같은 양상을 띠고 있었던 것도 부인되기 힘든 현실이었다. 나로서도 미상불 관심이 없을 수 없는 문제였으며, 실제로 짧은 관심을 나타내기도 했다. 이런 상황 아래에서 서울을 떠났던 나에게 마르쿠제와 아도르노는 충분히 새로운, 열린 세계였다. 나는 마음껏 그들을 호흡했으며, 귀국 이후 이 문제를 정리해보았다. 72년에 쓴 「사회비판론과 시민문학론」 「분석론, 그리고 종합론의 가능성」 등의 평문이 그러한 탐색의 결과라고 할 수 있다.

사실 『문학과지성』을 두고 항간에서는 '문지파'니, '4김(金)' 혹은 '4K'니 하지만, 『문학과지성』의 특징을 구태여 꺼내본다면, 동인 네 사람이 모두 각기 다른 문학적 성향을 지니고 있었다는 사실일 것이다. 20년이 훨씬 지난 오늘에 와서 비로소 한마디 고백한다면—나로서는 아마도 첫 언급일 것이다—나의 문학관, 혹은 이론은 다른 세 동인의 그것과 사뭇 달랐으며, 지금도 적잖이 다르다는 사실이다. 먼저 나의 그것은 김현의 그것과는 꽤 달랐으며, 당연한 결과로 이론적 충돌과 알력도 적지 않았다. 무엇보다 그와 김윤식 교수의 공저인 『한국 문학사』에 대한 나의 리뷰 「한국 문학사의 제 문제」를 읽어본 분이라면, 그 분명한 변별점을 발견할 수 있을 것이다. 김현의 이론적 출발점은 프랑스 상징주의에 있었으며, 불문학자로서의 성장과 더불어, 당연히 불문학 전반으로 그 논거가 확대되어갔다. 독일 문학을 공부하고 있는 나로서는 그러한 이론에 동의하기 힘든 것이 사실 자연스러운 일이었다. 상당히 알려진 사실이겠지만 불문학과 독문학은 마치 프랑스와 독일이 그렇듯이 그 본질에 있어서 상당한 차이를 갖고 있다. 한두 마디로 이를 도식화하는 것은 물론 무모한 일이다. 그러나 무모함을 무릅쓰고 거칠게 일단 정리해본다면, 프랑스 문학은 리얼리즘, 독일 문학은 낭만주의·이상주의가 그 맥이라고 할 수 있다. 19세기 말에서 20세기에 이르는 이른바 프랑스 현대문학사에서 이러한 빛깔은 잠시 혼란을 야기하는 것처럼 보인다. 보들레르 이후 상징주의적 경향이 대두되면서 심리주의적 관심이 문학의 중요한 내용을 이루었기 때문이다. 그런가 하면 독일 문학은 헤겔-마르크스 이후 사회과학 내지 사회주의적 발상에 의해 지배되는 것 같은 분위기가 나타난다. 그러나 20세기 중반 이후의 현실에서 볼 때, 프랑스의 상징주의·심리주의, 독일의 현실주의·사회주의는 모두 역사적 반작용에 의한, 크지 않은 돌출로 포섭되고 있다. 한국의 불문학도나 독문학도가 이 같은 흐름과 무관한 정신구조에서 문학비평을 할 수 있으리라는 상상은 비현실적이다. 김현과 나의 문학적인 관계는 기본적으로 이러한 대칭축 도형을 벗어날 수 없었다. 다른 한 사람의 불문학자인 김치수와의 관계도 아마 마찬가지일 것이다. 그러나 다른 점이 있다면, 그가 비록 반소설을 전공한 터이지만 소설은 역시 소설이어서, 그는 비교적 단선적으로 리얼리즘 노선(넓은 의미에서)을 걸어왔으며, 복잡한 복합세계와 싸우는 대신 현실주의자로서의 면모를 보다 직접적으로 드러내어왔다는 점일 것이다. 한편 김병익과의 이론적 위치는 앞의 두 불문학자에 비해 근본적인 마찰이 있을 수 없는 자리에 있었다. 그럴 것이 그의 관심은 언제나 문학과 사회의 건강한 관계에 있었기 때문이다. 섬세한 문학적 감수성을 지녔으면서도, 정치학을 전공한 사회과학도로서의 얼굴을 그는 언제나 정직하게 갖고 있었다. 그리하여 그는 자신의 논지를 강하게 편다기보다는, 많은 이론들에 성실하게 귀를 기울이고 가능한 한 그것을 종합해보고자 하는 데에서 자신의 능력을 보여주었다. 『문학과지성』이 불문학과 독문학이라는 제법 이질적인 외국문학 전공자들을 동인으로 하고 있으면서도, 오랫동안 별 탈 없이 계속되면서 표면상 조화와 안정을 지키며 발전할 수 있었던 것도 김병익의 이 같은 성격과 자질, 그의 비평적 성향이 내보여주는 덕목에도 기인하는 바 없지 않다고 생각한다.

덧붙여 몇 마디 더 첨언해보자. 프랑스 문학과 독일 문학에 관한 이야기다. 독일 문학은 아예 리얼리즘이라는 표현 자체를 싫어한다는 사실을 아는 사람들이 얼마나 될까? 그러고 보면 우리 문학에 불문학이 얼마나 깊숙이 스며들어왔는지 짐작된다. 리얼리즘이라는 표현에 낯설어하는 한국 문인은 별로 없기 때문이다. 그러나 독일 문학은, 예컨대 아도르노는 이 용어를 극도로 기피하는데, 그것은 리얼리즘이 사르트르의 말이기 때문이라는 것이다. 물론 아도르노 역시 19세기 문학사조로서의 리얼리즘은 인정한다. 그러나 그는 그것을 가치 개념으로 바꾸어가는 것을 거부한다. 앙가주망과 같은 표현에 대해서도 마찬가지로 못마땅해한다. 그런 것들은 마치 문학과 사회, 혹은 현실이 별개의 것으로 유리되어 있다는 사실을 전제로 하기 때문에 거짓이라는 것이다. 아도르노에 의하면 문학과 현실은 발생학적으로 이미 한 몸이라는 것, 따라서 그 관계를 논하는 방식 자체가 달라져야 한다는 것이다. 문학은 어디에 참여하는 기능을 가진 존재가 아니라, 현실 속에서 스스로 떠오르는 그 현실의 표현이라는 것이다. 이러한 발상의 바탕에는 저 후설과 하이데거로 이어지는 현상학이 숨어 있으며, 더 깊숙한 곳에는 헤겔G. W. F. Hegel, 그리고 칸트, 노발리스Novalis와 같은 이상주의의 숨결이 녹아 있다. 그것은 시민혁명을 등에 업고 실증주의를 내세우면서 19세기를 휘어잡은 프랑스의 현실주의와 예각적으로 대치된다. 프랑스 문학을 발자크Honoré de Balzac, 플로베르Gustave Flaubert, 모파상Guy de Maupassant, 빅토르 위고Victor Marie Hugo와 같은 19세기 산문가가 대변하고 있다면, 독일 문학의 대표 주자들은 전혀 다른 인물들이 된다. 그들은 현실 속에서 현실을 볼 수 없어서, 환상과 관념 속에서 현실을 추구했던 얼굴들이다. 위대한 괴테를 비롯하여 노발리스, 횔덜린, 클라이스트Heinrich von Kleist 등 18세기의 낭만주의·이상주의자들뿐 아니라, 토마스 만과 헤르만 헤세, 카프카Franz Kafka와 같은 20세기 작가들도 모두 비슷한 맥락 속에 있는 것이다. 우리는 쉽게 몇 마디의 말로 서양 문학을 판단하고 평가

하기 일쑤이지만, 사실 그들 사이에 서로 달리 존재하는 엄청난 구조적 차이를 간과하고 있는 경우가 너무 많다. 다소 오만한 표현처럼 들릴지 모르겠으나 『문학과지성』의 동인들은 똘똘 뭉쳐 한 가지 빛깔로 어떤 이념을 강조했다기보다, 서로서로 싸워가면서 그 내부를 풍성하게 늘려왔다는 것이 나의 생각이다. 나는 그렇기 때문에 『문학과지성』을 특정한 한두 가지의 성격으로 규정하는 것도, 동인들을 비슷비슷한 문학관의 소지자로 함께 묶어 바라보는 어떤 태도도 거부한다.

4. 하늘과 땅 모두 껴안을 수 없을까

문학이 온전한 구원의 기능을 할 수 있는가 하는 문제는, 모더니즘과 실존주의 풍토에서 지적 성장을 한 문학인들에게는 사실 당연한 것처럼 여겨져온 문제였다. 실존주의가 풍미했던 60년대에 문학청년 시절을 지내온 나에게도 당시에 그것은 지극히 자연스러운 일로 받아들여졌다. 문학예술만이 현실을 극복할 수 있는 유일한 힘이라고 굳게 믿었던 고트프리트 벤으로 학위논문까지 썼으니까. 나는 물론 실존주의자는 아니고, 더구나 문학지상주의자도 아니다. 그러나 현대시에 집중적인 관심을 가졌던 60년대 후반에 시인 김춘수에 대해 썼던 나의 일련의 글들에서 보여지듯 시적 인식, 혹은 문학적 인식에 흥미가 많았던 것은 사실이다. 게다가 『문학과지성』의 편집동인이 된 이후에는 으레 현실 개혁에 대한 관심, 이념적인 측면보다 문학의 내재적 가치, 즉 문학적 순수성에만 주력하는 평론가처럼 받아들여지게 되고, 그것은 결국 문학구원론의 지지자처럼 간주된다. 그러나 앞서 말했듯이 문학이 정말 온전한 구원 그 자체를 구현할 수 있는가. 이 명제는 오랫동안 나를 간단없이 괴롭혀왔다. 87년 평론집 『문학을 넘어서』를 상재하기 전후하여 나는 작고한 김현과 이 문제를 둘러싸고 심각한 토론을 여러 번 벌이기도 했다. 상징주의/심리주의/모더니즘을 그 비평의 기조로 삼고 있는 그는, 문학이 충분히 그 역할을 감당할 수 있다고 믿는, 이를테면 좋은 의미의 문학주의자였다. 그는 문학, 곧 초월이라고 주장했다. 그러나 나는 문학의 초월은 정서적 초월이라는 한계 이쪽의 것이며, 참된 초월은 종교적 초월을 포함하는 정신 경험을 껴안을 때 가능하다고 말했다. 나의 주장은 문학 자체가 초월이 아니라, 초월을 향해야 한다는 것이었다.

기독교에 관심을 갖게 된 후의 내 글에 대해 이분법적 사고의 위험이 있다는 지적을 한 젊은 평론가가 있다. 그 나름대로 무언가를 발견했기 때문에 나온 분석이겠으나, 나 자신은 그 판단이 옳지 않다는 생각이 든다. 왜냐하면 나는 하늘과 땅, 성과 속을 그렇게 도식적으로 나누지도 않으며, 더구나 어느 쪽만을 강조하지도 않는다. 하늘과 땅은 실제로 닿아 있지 않은가. 나는 다만 땅만 볼 것이 아니라 하늘도 쳐다볼 것을 권유하고 있다. 83년 여름부터 나는 기독교를 믿기 시작했는데, 그 이후의 글에 기독교 사상이 알게 모르게 반영되었다. 자연스러운 일이었다. 이 일은 나 자신에게 있어서 상당히 큰 변화였을 뿐 아니라, 나를 아는 내 주위의 작은 문단에도 한 작은 사건이었던 것 같다. 그러나 어찌된 일인지 주위의 문학 친구들은 축하 대신 근심 어린 시선을 던지는 경우가 많았다. 나로서는 그것 자체가 또 하나의 새로운 깨달음이었다. 왜 문인들은 종교에 대해서 그토록 거부반응을 보이는 것일까? 자신의 이성을 못 믿어 자네가 하나님 같은 허상에 매달릴 수 있느냐고 아예 펄쩍 뛰는 소설가도 있었다. 한국 문학이 정신의 본질을 탐구하는 일과 얼마나 동떨어진 곳에서 세속적 자기유희에만 빠져 있는가 하는 사실의 숨길 수 없는 반증이었다.

문학과 종교는 정신의 두 날개라고 할 수 있다. 그 몸은 같다. 종교를 거부하는 지성이 흔히 이성을 내세우지만, 독일 계몽주의 작가 레싱G. E. Lessing은, 인간이 이성적 존재라는 사실이야말로 신이 존재한다는 사실의 가장 손쉽고 직접적인 증거라고 하였다. 신비와 초월을 거부하고 합리적 세계관을 추구함으로써 인간성을 회복하고자 했던 계몽주의 작가에게서조차, 신의 존재는 부인될 수 없는 단호한 진리로 받아들여졌던 것이다. 나는 그러나 이 자리에서 변신론을 늘어놓을 생각은 없다. 다만 우리 문학이 깊이 있는 발전을 하기 위해서는, 종교를 포함한 사상 면에 더욱 큰 관심을 가져야 하겠다는 점이다. 신, 자연과 같은 본질 문제에 대한 인식이 결여된 상태에서 훌륭한 문학이 나오기 힘든 것은 오히려 당연한 일일 것이다. 한국 문학은 대체적으로 통속적인 수준에 떨어진 작품이 아니라 하더라도, 그 내용은 '통속'인 경우가 많다. 죄의 문제, 구원의 문제, 자연에 대한 관계 등등은 거의 주제로 삼아지는 일조차 드물다. 이성간의 사랑 이야기 아니면 그저 매일매일의 일상사, 기껏해야 정치적인 이념이 그 내용인 경우가 대부분이다. 내가 '통속'이라고 부른 내용들이다. 그렇기 때문에 허구한 날 이른바 담론이란 것들이 사람들끼리의 평면적 교환일 뿐, 사람을 뛰어넘는 초월자, 혹은 동·식물들과 같은 자연 존재와의 입체적인 관계 속에서 폭넓게 파악되는 상황과 연결되지 못한다. 말하자면 형이상학이 근본적으로 결핍되어 있는 것이다.

개탄스러운 것은 형이상학의 결핍 자체가 아니라, 그것을 부끄러워할 줄 모른다는 사실이다. 신을 믿다니! 무슨 큰일 난 것 같은 표정. 오직 그 표정 속에서만 한국 문학은 머물러왔다. 형이상학쯤 없는 것이 오히려 문학에서는 당연하다는 표정인데, 이 표정은 인식 아닌 습관이다. 제대로 고민되지 않은 채 잘못된 문학의 개념에 안이하게 실려온 습관이다. 그 개념의 원류는 소위 모더니즘인데, 모더니즘에 역사적 영향을 강하게 끼친 낭만주의에 대한 오해도 한몫 들어 있다. 기성 질서와 세계에 대한 비판이라는 낭만주의 이념이 그저 파격에 대한 찬탄, 환상 일변도의 세계관으로만 받아들여짐으로써 문학은 으레 이상한 기행과 더불어 가는 것으로 여겨져온 잘못된 습관이 있는 것이다. 심지어는 문학예술이 적당히 퇴폐적일수록 좋다는 엉뚱한 생각도 있는데 이러한 오류의 뿌리는 매우 긴 것 같다. 최근 산업사회의 후기 증상에 편승해서 나타나는 소비성 상업문학이 예컨대 포스트모더니즘이다, 뭐다 하는 그럴싸한 이름 뒤에 숨어 이러한 현상을 계속 정당화하고 있는 것도, 따지고 보면 이 깊은 뿌리와 닿아 있지 않을까. 그것들은 모두 형이상학의 반대편 극을 지향하고 있다.

한국 문학에 있어서 종교와 문학이 갖는 어색스러움은, 문학의 도식적인 파격 지향성과 함께 종교가 표방하고 있는 지나친 엄숙주의 내지 도덕적 율법주의에도 그 원인이 있는 듯하다. 비단 기독교뿐 아니라 대부분의 종교가 도덕적인 얼굴을 하고 있는데, 그것은 근본적으로 허위이다. 왜냐하면 종교는 믿음이며 고백이지, 인간들이 만들어낸 이데올로기나 도덕이 아니기 때문이다. 그리하여 문학예술/자유분방, 종교/계율의 도식은 문학과 종교를 한없이 서로 멀리 밀어버림으로써, 서로 이웃하여 정신을 형성해 나가야 할 임무를 잊게 한다. 아예 그것이 그들의 일이 아니라고 생각게 한다. 낭만주의 시대 독일 시인 노발리스나 횔덜린을 보라. 그들 영혼 속 깊은 곳으로부터 용솟음치는 감정을 갖고서도 그것이 자신들의 역사 어느 곳에 닿아 있는지 부단히 점검하고, 거기서 민족적 신비주의를 찾아내지 않는가. 뿐인가. 그 바람직한 승화를 위해 그리스 신화주의, 그리고 기독교 정신을 세밀하게 대조시켜, 그것들을 종합·통일시키고자 얼마나 눈물겹게 손톱을 갈았던가.

지금 이 시간 내 방의 창문 너머에도 종소리 없는 붉은 십자가들이 빛나고 있다. 밤이면 유독 많아 보이는 십자가들…… 어떤 이는 땅 끝까지 전파되는 예수의 복음이라고 즐거워하는가 하면, 어떤 이는 온통 교회뿐이라고 공연히 투덜댄다. 그러나 이 시대 우리 글 쓰는 이들에게 이러한 정신현상에 대한 진지한 고뇌 없이, 우리 문화의 참된 본질이 모습을 드러낼 리 없을 것이다. 무엇보다 글쓰기 자체가 본질로부터 겉도는 헛된 손놀림일 수밖에 없다. 왜 기독교는 우리 사회의 정신을 사로잡아가고 있는 듯이 보이며, 그 기독교의 올바른 정신은 무엇인가. 그 속에서 문학은 무엇을 발견해내고, 보다 문화적인 힘을 이끌어낼 수 있는가. 노발리스의 '기독교 정신 혹은 유럽'이라는 명제는 이제 '기독교 정신 혹은 한국'이라는 명제를 통해 또 다른 변주를 경험해도 좋을 것이다.

지난날 나는 계간 『문학과지성』 서문을 통해 너무나도 여러 번 샤머니즘과 허무주의의 극복을 외쳐왔다. 주로 70년대의 일이었다. 문학이 그 일을 맡을 수 있어야 한다고 믿었기 때문이다. 지금도 그 믿음에는 변화가 없지만, 그렇게 되기 위해서는 문학이 좀더 그 내포를 튼튼히 해야 할 것이라는 생각 위로 나는 올라와 있다. 문학이 종교적 부분까지 탐욕스럽게 껴안아야 한다. 그렇지 못할 때 발육 부진의 자폐증 상태를 즐길 수밖에 없으며, 도스토옙스키나 T. S. 엘리엇 수준의 감동을 즐기기는 힘들 것이다. 그렇다! 현실의 황폐함을 안 자들의 가슴에 신의 은총도 열려 있고 문학의 향기도 열려 있다. 두 가지의 감사함이 노상 두 가지로만 따로따로 있을 필요는 없을 것이다.

(1992)

2부 한국 문학의 맥락

새 시대 문학의 성립
—인식의 출발로서의 60년대

현상을 연대(年代)에 조준하여 파악한다는 일은 토인비의 현학적인 표현을 빌리지 않더라도 그 현상의 심리적 구조와 특색을 무시하기 때문에 연대기를 쓰고 있는 역사학에서도 문제의 본질을 알아내는 데 썩 좋은 방법으로 생각하고 있지 않는 것 같다. 토인비는 연대기적 접근법으로 어떻게 그리스문화와 현대문화의 친화성을 설명하겠느냐고 묻고 있는데, 별다른 저항을 받지 않을 말이다.

하물며 문학에 있어 연대기적 파악은 사태의 핵심을 찌르는 데 가장 덜 효과적이리라고 생각된다. 그럼에도 불구하고 이러한 구차한 전제를 붙이는 것은 우리 문학에 있어 60년대가 갖는 문학사적인 중요성을 강조하고 싶은 나의 한낱 희망 때문임을 밝힌다. 그것은 가령 20년대와 30년대, 혹은 40년대와 50년대가 다만 글자 그대로의 연대기적인 변모조차 보여주고 있지 않는 것에 비해 너무도 중요한 새로운 전환이기 때문이다. 나는 그것을 한마디로 문학에 대한 인식의 비로소 싹틈이라고 부르고 싶은데 그 성격은 아마 중세 서구의 휴머니즘을 기초로 하고 "비천한 것에 고상한 의미를 부여하고, 평범한 것에 신비스러운 외관을, 그리고 알려진 것에 새로운 품격을 주고 유한한 것에 영원한 모습을 준다"는 노발리스의 낭만주의 선언을 그 뒤의 성과로 하는 것이 될는지도 모른다. 그러나 이성과 합리주의의 문제는 독일 계몽주의나 동양 유가(儒家)의 그것이 아닌 현대 과학과 기계문명을 당위로 해야 하는 몇 가지의 복잡한 동시 수용을 받아들여야 한다. 이러한 귀중한 발견은 문학이 대중전달, 사회계몽으로서의 굴레를 쓰고 있던 서구 중세 기사(騎士)문학의 해체와 함께 이루어진다. 또한 60년대 전 세대의 우리 현실과의 조감과 함께 얻어진다.

물론 60년대라는 시간은 그 전 세대와의 부단한 변증법적 발전으로 일어난 지양(止揚)의 공간이며, 그러므로 전 세대의 작가들은 정(正)과 반(反)으로서의 그 나름의 의의를 가질 수 있다. 가령 1910년대의 문학은 소설과 시라는 새로운 문학 형태를 알려준 세대이며 20년대는 계속해서 갖가지의 외국 사조(예컨대 프랑스 상징시와 소설에서 러시아의 자연주의)를 무방비로 모방해냈고 30년대에 이르러 몇 개의 흐름을 갖춘다. 청록파와 모더니즘으로 대표되는 40년대의 특징은 30년대의 답습과 20년대로의 복귀로 설명된다. 50년대에는 전후의 초토 위에서 비로소 생명의 역사와 세계에 대한 소식을 전달받고 뿌리 없는 각종 언어들이 마치 구호처럼 거리를 뒹굴었다. 나라 밖으로부터 문화 첨병이 나타나면 마치 그것이 그 문화의 본대(本隊)처럼 대접을 받다가 다시 고유의 타성적인 인습에 밀려 후조처럼 빛깔을 잃었다. 유가의 관행에 묻혀 살아온 땅에 이광수나 최남선이 도입한 이성이란 문학의 본질에 대한 인식과는 거리가 먼 사회 개량을 위한 계몽적인 선(善)의 권유일 뿐이고, 이에 반발하여 일어난 김동인이나 이상의 이념은 확실한 근거가 약한 선동으로서 자아의 이미지를 채워놓았다. 반드시 이렇게 부정적인 관찰을 하지 않더라도 김소월이나 신석정의 30년대, 김동리의 40년대가 가장 '한국적'이라고 보여준 것이 다름 아닌 문학이 지양해야 할 샤머니즘, 결백주의의 큼직한 현현이라는 사실은 이제 거의 공인된 문학사적 평가이다. 어쨌든 45년 혹은 50년 이전의 한국 문학이라는 것이 식민지 일본 아래에서 땅과 언어를 빼앗기고 그나마도 바로 통치자인 그들의 시혜에 의해 주어진 일종의 문화로서의 성격을 적극적인 저항과 갈등 없이 받아들였다는 것은 엄밀한 의미에서 그 기초 성격조차 뿌리 없는 잎새들의 흔들거림으로밖에 볼 수 없는 것이다. 50년 이후 전쟁은 생명과 죽음을 현실로서 보여주고 세계의식과 대중의식, 정치의 비리와 기성 도덕, 가정의 파괴를 보여준다. 무지의 사회에서 겨우 눈을 떴을 때 찾아온 급격한 현실 충격은 작가들의 의식을 성급하게 관념화시키고 말았다. 50년대의 모든 특징을 가장 잘 갖고 있는 이어령의 말대로 '무중력의 상황'에 놓인 50년대의 작가들은 그리하여 눈앞의 현실을 지나치게 위기로 받아들이는 우를 저지른다. 그들에게 있어 중요한 것은 문학이 언어로 된 하나의 질서라는 사실보다 그들 생애의 충격을 담는 그릇으로 보였다는 점이다. 이렇게 해서 오상원, 서기원, 이호철, 송병수, 장용학 등은 각기 하나의 이즘을 들고 나온다. 장용학의 실존주의가 포로수용소에서 나오고, 말로André Malraux의 행동주의는 오상원이 맡고, 서기원은 아프레게르Après-guerre를 담당하였다는 식 등으로—.

물론 이들은 거의 실패했다. 한마디로 바탕 없이 들어온 제목만의 사조와 현실의 관련성이 결여됨으로써 흡사 물과 기름의 분리가 이루어진 모습이었기 때문이다. 허위와 타파를 외치다가 자기에 대한 정당한 인식을 못하고 마침내 허세의 포즈로 떨어져버린 50년대의 문학은 60년대에 들어와서 '극기'와 '자기 세계'를 작가의 관심으로 들고 나온 김승옥의 「생명연습」을 계기로 문학에서의 현실의 의미부터 전면적으로 새로 검토되는 국면으로 들어간다. '자기 세계'를 갖고 있는 몇몇의 인물들이 바로 그 '자기 세계' 때문에 가족 사이에서 타인 관계를 가지게 되는 것을 보여주는 이 소설은 우리 소설에서 인물 각자가 자기의 의식을 갖고 그 때문에 남과의 사이에 갈등과 불화를 일으키는 최초의 작품이 된다.

이 작품에서 어머니, 형, 친구, 한 교수 등 소설의 등장인물들의 의식을 들여다보면 과부 어머니는 외방 남자를 맞이함으로써 자기를 유지하고, 형은 이러한 어머니에 대한 격렬한 증오를 통해서 자기를 본다. 하루 종일 다락방에만 박혀 있다가 오후가 되어야 인적이 드문 해변으로 나갔다가 돌아와서 다시 다락방으로 올라가는 형. 어머니의 불륜으로 인해 형의 자기 세계는 깊게 패어간다. 어머니의 타살까지 음모한 형은 결국 어머니를 죽이지 못하고 자살을 선택한다. 형과 어머니 사이에 놓여 있는 적의는 소설 「생명연습」에서 인간관계 파악의 기본 심리로 확대된다. 여기서 인물 상호 간의 적의를 통해 파악되고 있는 인간관계는 그 관계의 설정 밑바닥에 섹스를 깔고 있다. 김승옥 소설의 전반적인 특색이기도 한 섹스의 취재는 그것이 인간의 개성의식에 있어 문을 열어주는 가장 편리한, 그러면서도 결코 무시될 수 없는 요소로 소설의 현실감 구성에 강점을 차지한다. 아일랜드인 선교사의 자위행위, 어머니의 남자관계, 누이의 이해, 친구의 여자 정복하기, 애정을 식히고 여자를 버리기 위해 그 여자의 몸을 범하는 한 교수 등 이 소설의 인물들은 한결같이 이성과의 성관계나 적어도 그에 대한 강한 자기의식 때문에 정신의 가장 아픈 곳을 항상 찔리고 있다. 그러나 중요한 것은 이들의 집중적인 성적 관심이 아니라 그것을 통해서 각자 각자가 자기만의 의식으로 개별화하고 있다는 사실이다. 이 점에서 김승옥의 섹스는 오상원이나 서기원, 송병수의 그것과 확연히 구별된다.

섹스가 그 시대나 사회의 표면을 흐르는 공동의 매체가 아니라 한사람 한사람의 의식의 눈뜸에 있어 그것을 결정지어주는 요소로 쓰여지고 있는 것이다. 이렇듯 섹스가 인간 상호 간에 적의를 불러온다는 것은 퍽 자연스러운 일이다. 아직은 미명의, 잘 알 수 없는, 더욱이 사회적 공인(公認)이 자유롭게 유통되지 않는 마당에서 한 개인만의 성숙한 성의식은 상대방에 대한 심한 불화를 가져온다. 어머니에 대한 형의 태도는 이러한 불화를 유형화하고 있다. 어머니와 나, 형과 나, 형과 누나 사이에도 적의는 번져 있다. 적의 관계가 끼이지 않은 사이로는 누나와 나의 관계가 나올 뿐인데 누나는 이 소설의 성공을 도운 저 성숙한 릴케의 여인으로서의 중요한 자리를 차지한다. 어머니에 대한 이해를 적고 있는 누나의 일기는 이 작품의 성격을 결정적으로 시사해준다. 그 일기는 적의와 증오로 맺어져 있는 인물들의 비극에 대한 단서를 제공한다. "이제 와서 생각하면 그처럼도 어머니를 못 이해하고 있었다니……, 그들은 차례차례 어머니를 거쳐 갔는데 이상하게도 그 남자들의 용모에는 공통된 점이 많았다. ……좀더 거슬러 올라가면 놀랍게도 아버지의 얼굴과 일치되는 것이다." 누나는 어머니의 남자관계를 "아아, 어머니는 얼마나 아버지를 찾아 헤매었던 것일까"로 보고 있는 것이다. 여기에서 아버지의 사망, 아버지의 없음이 퍽 상징적인 해석을 얻을 수 있다. 하나의 가정이 가부장의 죽음으로 한 개의 단위로서의 성격이 붕괴되고 더 작은 단위—한 개인이라는 단위로 옮아가는 과정에서의 불화인 것이다. 이 불화는 남자관계로써 자기를 유지하는 어머니와 그에 대한 증오로써 역시 자기를 유지하는 형, 다시 그를 미워하는 누나와 그 전부를 미워하는 나의 상호 적의에 의해 수행된다.

「생명연습」에서 또 하나 관심을 끄는 일은 '사소한 것의 사소하지 않음'에 대한 발견이다. 이 작품의 조그만 안타고니스트로 설정되어 있는 만화가 오 선생은 자기의 온몸과 일생을 걸고 자기 세계를 꾸려가고 있는 다른 인물에 비해 퍽 확고하게 이미 자기 세계가 서 있는 평범한 시민으로 보인다. 그러나 그는 만화의 초(草)를 뜨는 선을 긋는 데서—그대로 긋느냐 자를 대고 긋느냐로—윤리의 위기를 느낀다. 그것이 독자에 대한 기만이 아닌지를 그는 느끼는 것이다. 이러한 태도는 윤리와 도덕이 분간되지 않고 쓰여온 한국 전통 사회의 인습에서 한 발자국 벗어나고 있는 윤리다. "긍정이라든지, 부정이라든지 하는 따위의 의미를 일체 떠난 순종의 성곽 속에도 밤과 낮이 있는 모양"이라는 작가의 관찰은 이와 관련하여 썩 주목할 만한 일이다.

개인의 발견과 사소한 것에서도 중요한 것을 보는 의미의 상대주의는 김승옥의 동인문학상 수상 작품인 「서울 1964년 겨울」과 「무진기행」에서도 발견된다. 「무진기행」에서는 햇빛의 신선한 밝음과 살갗에 탄력을 주는 정도의 공기의 저온, 해풍에 섞여 있는 정도의 소금기, 그리고 안개 등 지금까지는 다만 기상의 조건으로 소설의 배면에서 처리되어왔던 요소들을 전면에 크게 내세움으로써 작품에 탄력을 주고 있다. 바람, 햇빛, 안개들은 마치 「생명연습」에서 누나가 그렇듯이 단순한 구성의 대위법 이상의 의미를 지닌다. 바람, 햇빛, 안개는 이 작품의 밑바닥을 끈질기게, 습기 있게 적셔놓고 있는데 그것은 처음부터 끝까지 '무진(霧津)'이라는 땅이 가지는 의미, 시간적으로 주인공의 축축한 과거와 지역적으로는 서울에서 천여 리 떨어진 곳으로 여행자에게 불러다주는 어떤 종류의 자유라는 이미지와 긴밀하게 붙어 있다. 그러므로 여기서 바람과 안개, 그리고 한촌이 주는 이상한 나른함은 그것이 자연 그대로의 바람과 안개일 뿐 아니라, 동시에 주인공의 의식 속에 있는 바람과 안개로서 겹의 자리를 가진다. 말하자면 그것을 통해서 주인공 '나'는 6·25 때의 골방 시절로 돌아가고 좌절의 시간에 찾곤 했던 저 먼 고향으로 돌아가는 것이다. 그러나 거기서 그는 무엇을 했던가. 화투와 수음과 불면의 나날이 뒤뚱거리고 있을 뿐이다. 밖의 자연, 예컨대 바람, 안개, 거리의 나른함 따위가 내면의 의식으로 침투되어 그 둘 사이에 일종의 대등한 사물 관계가 이루어지고 있다. 그리고 이것이 주인공의 의식을 둘로 가르는 이른바 '자기 속에서의 외계'라는 문제를 가져오는데 바로 그것이 이 소설의 상황이다. 즉 이 소설의 상황은 축축한 바람과 자욱한 안개이다. 그리고 그것은 추억과 감상이라는 의식의 한 끝을 포함하는데 그것은 의식의 다른 끝, 이를테면 시민과 책임이라는 문제에 대하여 상대적인 모습을 갖는 것이다. 주인공 '나'의 '무진'으로의 여행과 '무진'에서의 떠남은 그것이 다만 한 여행자의 귀향에서 빚어지는 센티멘탈리즘 때문에 관심을 끄는 것이 아니다. 중요한 것은 '무진'이라는 구체적인 지명이 내포하는 저 뮈르소의 세계, 작가의 말을 빌리면 "무진을, 안개를, 외롭게 미쳐가는 것을, 유행가를, 술집 여자의 자살을, 배반을, 무책임을 긍정하기로 하자"는 것이다. 물론 이러한 긍정은 "마지막으로 한 번만, 꼭 한 번"이라는 자기 맹세에 의해 그 전체를 부정당하고 있다. '무진'의 부정은 "우리는 아마 행복할 수 있을 것"이라고 쓴 인숙에의 편지를 찢고 드디어 그곳을 떠남으로써 완수된다. 아마도 우리나라의 단편문학이 가져온 성과 중에서 가장 높은 자리의 한 곳을 차지할 것으로 생각되는 「무진기행」이 감동을 주는 것은 '무진'의 명산물은 안개라는, 얼핏 보아 아주 감상적인 소재의 취재 때문으로 보이기 쉽다. 그러나 사실은 그렇지 않다. 첫째 밖에 팽개쳐져 있는 자연을 단지 그대로의 외연(外延)으로서 받아들이지 않고 내포를 확대시켜, 인간의 의식과 내접시켰다는 사실이 중요시되어야 한다. 이것은 자연에 인습적으로 맹종해온 샤머니즘의 작가들과는 전연 다른 질의 차이를 가진다. 김동리나 오영수, 오유권의 '안개'와 김승옥의 '안개'의 차이는 기후로서의 안개와 사물로서의 안개의 차이이다. 기후로서의 자연은 다만 작품의 소도구에 지나지 않지만 사물로서의 자연은 그 작품의 프로타고니스트와 정당한 대립을 보인다.

「무진기행」은 이렇게 안개 속에서 그것을 벗어나는 한 젊은이의 드라마를 통해 상황을 극복하는 한 개인의 능력을 창조하고 있다. 아무튼 아무에게도 발견되지 않았던 안개라는 소박한 자연이 김승옥에 의해 발견되고 그것이 감상이 아닌 작중 상황으로 꾸며지는 데 성공했다는 사실은 작가의식의 변모를 알리는 결정적인 계기로 볼 수 있다. 그것은 한마디로 김승옥의 트리비얼리즘의 개가이다. 트리비얼리즘이라는 것이 단지 사소한 것에 대한 집착이 아닌 "사소한 것의 사소하지 않음"에 대한 확인이라는 사실을 포함하여 한 개인에 있어 중요한 것도, 중요하지 않은 것도 없다는 이성과 인식의 출발을 알리는 전제조건이라는 것을 그는 유쾌하게 보여준 것이다. 한 개인에 있어 중요한 것도, 중요하지 않은 것도 없다는 것은 작자 자신의 표현으로 보면 "그래서 무수한 면을 가진, 아아 사람은 다면체였던 것"(「생명연습」)이며, "어떤 사람을 잘 안다는 것—잘 아는 체한다는 것이 그 어떤 사람의 입장에서 보면 무척 불행한 일"이며 그리하여 결국 "타인은 모두 속물이고 타인이 하는 모든 행위는 무위와 똑같은 무게밖에 가지고 있지 않은 장난"(「무진기행」)이다. 김승옥의 개인의식은 「생명연습」에서 약간의 보류의 표정을 짓고—외국 유학과 서양의 개인주의·합리주의 등에 대한 태도—「무진기행」에서 한 개인의 내부에 집중적인 조명을 던지고, 「서울 1964년 겨울」에서 완전한 자신을 얻는 것 같다. 처음부터 세 사람의 인물이 메마르게 주어지기 때문에 의식의 질감을 즐기기에는 전작보다 떨어지지만 이 작품은 우연히 만난 세 사람의 사내가 만나고 교환하고, 헤어지는 풍경을 통해 우리 사회에도 얼마간 가까워오는 소외의 문제를 환기시킨다. 소외란 원래 서구의 개념이며, 그것은 과학의 발달과 교회의 상대화, 기계의 능률화와 그것의 정확한 자동화 현상 뒤에 일어나는 인간의 고립을 말하는 것이기 때문에 이 모든 밖의 현상이 그 기능의 극을 보여주고 있지 않는 한 소외란 말은 관념에 불과할 뿐이다. 따라서 소외가 우리의 현실이냐 아니냐 하는 문제는 밖의 현실이 보여주는 것만큼 유동적이다.

「서울 1964년 겨울」은 그만큼 유동적인 상태를 바로 나타내주고 있다. 그렇기 때문에 그것은 소외 그 자체는 아니라 하더라도 소외에 얼마나 가까워지고 있는가에 대한 충분한 예감이 된다. 가령 50년대에 가장 화려한 각광을 받은 이호철의 관심과 주제인 한숨과 불만은 사실상 오기에 의존했는데 바로 그것이 소외로 받아들여진 감이 있었던 것이다. 요컨대 한국적인 소외—곧 오기와 허풍—가 아닌 현대의 보편적인 문제로서의 소외에 대해 귀중한 발돋움을 보여주고 있는 것이다. 추운 밤에 밤거리를 쏘다니는 이유를 묻는 '나'의 물음에 대학원생 '안'은 이렇게 말한다.

"밤이 됩니다. 난 집에서 거리로 나옵니다. 난 모든 것에서 해방된 것을 느낍니다. 아니, 실제로는 그렇지 않을는지 모르지만 그렇게 느낀다는 말입니다"라고. 이것은 밖의 현실이 보여주는 유동성과 개인 속의 현실을 맺어주는 가장 정확한 표현이다. "아니 실제로는 그렇지 않을는지 모르지만 그렇게 느낀다"는 사실이 개인의식의 전모를 말해주는데, 그 성격과 한계 역시 함께 압축되어 있다.

대학원생 '안'의 "나는 사물의 틈에 끼워서가 아니라 사물을 멀리 두고 바라보게 됩니다"라는 대화에 주의하면 얼마나 현실의 상투형에서 한 개인이 앞으로 튀어나와 있는가 하는 것이 그대로 드러난다. 「서울 1964년 겨울」에서는 김승옥이 긍정적으로 뽑아 올린 트리비얼리즘이 가장 적나라하게 열거되면서 그것이 개인의식의 고양과 긴밀한 협조를 이루고 있다.

"파리를 사랑하느냐"느니 "꿈틀거리는 것을 사랑하느냐"느니 하는 대화에서부터 시작된 사소한 내용들은 "서대문 버스정거장에 사람이 서른두 명 있는데 그중 여자가 열일곱 명이었고, 어린애는 다섯 명……" 따위로 이어져나간다. 그러나 이러한 근거 없는 사소한 대화들은 마치 현대 음악에서의 우연발생chance operation과 같은 성질을 띠고 있다는 점이 중요하다. 이 소설에서 사건을 찾는다면 갈 데가 없어 방황하는 가운데 목격한 화재와 중년의 사내에게서 듣는 그의 아내의 처참한 죽음이다. 그러나 "화재 같은 건 아무것도 아니며 내일 아침 신문에서 볼 것을 오늘밤에 미리 봤다는 차이밖에 없다"는 것이 된다. 화재가 사람들에게서 흥미를 빼겼다는 사실은, 말하자면 구경거리의 상실, 즉 대중의 상실을 뜻하며 그렇기 때문에 "화재는 오로지 화재 자신의 것"이라는 사건의 사물화가 생긴다.

그의 트리비얼리즘은 바로 이런 것이다. 왜 이런 트리비얼리즘이 생기는가? 여기에 대한 대답이 문제의 핵심을 이룬다. 아내가 죽고 그 아내의 죽음을 해부용으로 팔고 바로 그 돈으로 술을 마신다. 주석에 앉아서 이들은 "네에에, 그거 안되셨군요"라고 서로 "각각 조의를 표할" 뿐이다. 그 사내의 아내의 죽음이 과연 그렇게 가치 없는 일인가? 대학원생과 '나'에게 그것이 슬픈 현실이 되기에는 이미 그들과 그 죽음의 사이에는 굳은 벽이 놓여 있다. 죽음 자체가 사소한 것이 아니라 타인에게 그것이 사소하게 느껴질 뿐인데 중요한 것은 소설에서 현실이라고 불리는 것은 사소하지 않은 죽음이 아니라 그것을 사소한 것으로 느끼는 한 개인의 의식 쪽에 자리 잡고 있다는 점이다. 「생명연습」과 「무진기행」에서 사소한 것의 사소하지 않음으로 파악된 트리비얼리즘은 여기서 역순을 취한다. 이 작품의 파국으로 보이는 사내의 죽음과 그 죽음을 보는 대학원생과 '나'의 반응은 이에 대해 결정적인 증빙을 준다. 여관의 한 방에 투숙하느냐, 각기 다른 방을 갖느냐에서 이들은 물론 "각기 다른 방" 쪽을 택하는데 그것은 단지 "벽으로 나뉘어진 방들, 그것이 우리가 들어가야 할 곳"이었을 뿐 아니라 그 사내를 자살로부터 막기 위해 생각해낸 가장 적당한 방법이었기 때문이다. "혼자

놓아두면 죽지 않을 줄 알았다"는 대학원생의 생각은 그가 이 소설에서 갖는 자리가 뚜렷한 개성으로서의 그것이라는 점과 함께 개인의식의 팽배를 전해준다. 그리하여 결국 셋은 헤어진다.

작가는 이 소설에서 중년의 사내와 대학원생의 어느 쪽에도 표면상 가담하지 않고 있다. 대학원생은 완강한 자아가 있어 그것을 몇 번 적용했을 뿐이기 때문에 가부(可否)의 어느 쪽과도 근본적으로 무관하게 보인다. 중년의 사내 역시 아직 개인화하지 못한, 그러므로 대학원생에 대한 상대적인 인물로만 나타나 있는 것처럼 보인다. 그러나 다른 두 사람이 그렇게 분명하게 각자 '자기'였음에 반해 '혼자 있기'를 싫어했던 중년 사내가 독방에서 비로소 죽음을 택한 것은 그가 결코 다른 두 젊은이에 비해 개인화와는 먼 거리에 있는 인습적인 취락주의, 인정주의를 못 벗어났다기보다는 한 사람의 개인화 과정에서 빚어지는 한 개성의 파멸이라고 보는 편이 타당하다. 이렇게 보면 중년의 사내는 이 소설에서 그 자체가 인물이며 동시에 상황이라는 소설의 이중 구조를 함께 수행하고 있다.

이러한 점을 제외하더라도 이 소설에서 등장인물들이 얼마나 하나의 개인으로서 취급되고 있는지 알아내기는 어렵지 않다. 우선 돈에 대한 태도이다. 거리의 선술집에서 만난 세 사람은 술값을 낼 때 각각 자기의 몫만을 맡는다. "우리는 각기 계산하기 위해서 호주머니에 손을 넣었다"는 후반부의 시작은 퍽 함축적이다. 세 사람 중 하나인 "서른 대여섯 살짜리"의 사내가 동행을 요구했을 때에도—그러나 꼭 끼워달라고 하지는 않은 것으로 되어 있다—"아저씨 술값만 있다면……"이 조건이 된다. 그리고 화재를 구경하고 난 다음에 세 사람을 다시 일행으로 묶어주는 것도 돈이다. 뿐만 아니라 죽은 아내는 곧 돈과의 등가관계로서 파악되어 아내의 이름으로 사내는 젊은이들에게 넥타이를 사주고 술을 사준다. 중년의 사내를 자꾸 떨구고 가려는 젊은이들의 발을 잡는 것도 돈이다. 사내는 활활 타는 불길 속에서 아내를 본다. 그리고 불 속으로 돈을 던진다. 돈은 이미 사내에게 있어 견디기 힘든 저항이 된 것이다. 아마 그것은 개인화의 과정에서 가장 중요한 하나의 상징이 될는지도 모른다. 사실 "결국 그 돈은 다 쓴 셈이군요…… 자, 이젠 그럼 약속이 끝났으니 우린 가겠습니다"는 말과 함께 젊은이들은 각자의 길을 떠난다. 그러자 사내도 가만히 있지 않는다. 자기도 자기의 돈을 받겠다고 나선다. 월부 책값을 받겠다는 것. 월부 책값을 받겠다는 사내의 생각은 가장 구체적으로 개인화에 대한 그의 열망을 나타내는데 이것으로 우리 사회에서의 소외의 윤곽이 밝혀진다. 그것은 아마도 시민사회로의 발전에 있어서, 관념과 당위로서 주어진 돈에 대한 신화와 인습과 체험에 얽매여 있는 풍속 사이에서 벌어지는 불가피한 불화일지도 모른다. 그러니까 김승옥의 노력은 최인훈식의 표현으로 하면 '신화와 풍속'에 대한 거리를 단축하는 데 있는데 그것이 다만 신화뿐인 신화, 풍속뿐인 풍속이 아니라 한 개인이 개성화하는 도정에서 빚어지는 분비물이라는 점을 기억할 필요가 있다.

김승옥에서 발단하였다고 보는 것이 옳은 소설에서의 인물의 개성화 문제는 박태순과는 서로 다른 접근에 의해 한결 뚜렷한 부축을 받는다. 박태순은 우선 우리가 가졌던 작가 가운데 가장 정확한 현실 파악을 기초로 하고 있는 작가로 보이며, 데뷔작 「형성(形成)」이나 「연애」부터 강한 이목을 끌고 있다. 「연애」의 출발은 "그녀의 뒤를 추격하면서 연애를 구걸하는 어리석은 짓"으로 시작되는데 물론 그렇게 하는 것이 "예의에 어긋난다는 것은 나도 잘 알고 있다"면서 '연애'가 이루어지는 데 박태순의 단서가 있다. 그의 소설에서 정확한 현실 파악이란 현실의 과정으로 종합하는 것이 아니라 발음되고 나타나는 것을 그대로 옮겨놓는 능력과 결부되는 이야기이다. 그렇기 때문에 재래의 인과관계나 감정의 순서 같은 것은 무시되고 50년대의 작가에 이르기까지 충실하게 이행되어온 인습적인 윤리나 습관을 작중 인물의 대화에서부터 튕겨버린다. 그러나 이러한 거부가 장용학이 즐겨 다루었던 역사와 정치의 비리에 대한 거부라는 명제 때문에 겪어야 했던 관념만의 저항이 아니라 현실의 구체성과 긴밀하게 맺어진 거부라는 점에 그의 특색이 있고 그의 성공이 있다. 발음되고 나타나는 것을 그대로 옮긴다는 지적은 그러므로 현실의 복사가 아니라 현실의 구체성의 형상화를 말하는 것이다. 이러한 접근은 김승옥이 개인의식의 성장 모체를 의식적으로 감싸고 있는 감수성에 두고 그 감수성의 습지대를 흔히 과거의 추억이라든가, 도시로부터의 먼 변방으로 잡아 이성과 감정의 침전물 사이에 구체적인 거리를 두고 입체감을 만들어가는 태도와는 다른 양상이다. 박태순의 인물들은 거의 한결같이 도시인이고 그들의 활동 장소 역시 도시의 한복판이다. 「연애」의 경우 주인공은 시골 출신으로 되어 있지만 이러한 설정은 다만 기계적인 설정 이상으로 시골의 구체적 내포를 지시하고 있지 않다. 「연애」의 주제는 정말 그대로 연애이다. 아름다운 눈, 신비한 환상을 담고 있는 눈, 아름다운 의지를 감추고 있는 듯한 입을 가진 것으로 그려져 있는 그녀에 대한 묘사는 지극히 상투적이지만 "억근이라는 별명을 가지고 있다"든가 그녀를 본 순간 "몸이 요란스럽게 자극되면서 어쩔 수 없이 그녀의 뒤를 추격"한다든가 하는 것이 퍽 당돌하다. 뿐더러 "막상 그녀가 예의에 어긋난 일이라고 나를 비난했을 때부터 나는 내가 그녀와 연결되어 있음을 알았다"는 정도로 주인공 자신이 전면에 나타난다. 얼핏 보아 심한 소피스티케이션을 불러오면서도 그것은 잘 견제되어 있다. 그도 그럴 것이 주의해보면 사실은 "뒤돌아서는 척하면서도 그녀의 집을 알아두었다"든가 "황폐한 사나이의 세계만으로 이루어져 있었기에, 나는 극히 계산된 의지로서라도 나의 생활에다가 연애를 가산하고 싶었다"는 투의, 자기감정에 대한 솔직한 토로에서 비롯하기 때문이다. 이러한 솔직성은 따라서 때로 위악으로 보이기도 하지만 그것은 작가에 있어서 필연적인 것이기도 하다. 말하자면 도시에서의 인간의 개인화를 파악하는 데 있어 보다 중요한 것은 여유 있는 감수성의 배양에 의해서 결정된다기보다는 지극히 빠른 속도의, 그리하여 느끼고, 생각하고, 비판하는 시간의 여유를 허락하지 않는 그날그날의 일상을 관찰하는 일에 크게 힘입는다. 박태순의 소설이 김승옥의 그것에 비해 덜 입체적인 것은 바로 이 때문이다. 그래서 그에게서는 감수성의 야릇한 흔들림 대신에 일상의 언어가 크게 문제된다. 그리고 여기서 언어는 그것이 하나의 인간이 자기를 주장하는 과정에서 사용하는 대화로 나타나기 때문에 흔히 위악의 인상을 던지는 것이다. 사실상 「형성」과 「연애」를 비롯한 그의 초기 작품에서 보이는 일상어의 대화 도입은 그가 대담하게 쓰고 있는 실제 현실 현상의 도입(가령 박카스니 이미자의 「동백 아가씨」니 하는 따위)과 함께 언어생활이 그에게서 차지하는 비중을 비추어주고 있다. 뮤직홀의 대화를 현실로 잡은 「연애」는 거기에 모여 있는 젊은이의 대화에 의해서 그들 각자 각자가 확인된다. 주인공 '나'는 전날 밤에 쫓아간 여자를 찾지 못하고서 그 여자가 마치 자기의 애인이기나 된 것처럼 떠들어댄다.

요컨대 여자와 자기의 관계를 과시하다가 보니까 거짓말을 한 셈이 되는데 그 거짓말은 "나 스스로가 어떤 참된 인생을 살아온 것처럼 생각될 뿐만이 아니라, 거의 가공인물이 되다시피 한 은실이를 굳이 나의 과거의 산맥 속으로 끄집어 넣는 것은 이중의 즐거움"이기 때문에 행해진다. 거짓말이 어떤 종류의 목적을 위해서라는 객관적인 변명의 부축을 받고 쓰여지면 그것은 하나의 허풍이며 그 속에서 한 개인의 얼굴을 본다는 것은 불가능한 일이다. 가령 「고여 있는 바닥」에서 그 정체를 드러낸 이호철 소설에서의 '허풍'이 여기에 해당된다. 그러나 '즐거움'을 위한 거짓말이란 처음부터 어떤 종류의 밖의 힘과도 무관하여 오히려 '즐거움'을 위해 거짓말을 한다는 의식으로 그 사람의 개인화는 재촉을 받는다.

"하나쯤은 마음속에 비밀을 가질 필요가 있을 거라, 하나쯤은 유치함을 가지고 있을 필요가 있을 거라"는 대화를 나누고 그 속에 어느덧 자기 개인이 들어가서 거짓말을 하고, 그러나 그것이 즐거우면서도 얼마나 유치한 일인가에 대한 소박한 긍정을 내보이고 있다. 이것은 이 소설의 주제가 연애이고 연애는 곧 유치함에 대한 긍정이라는 등식을 낳는다. 이러한 등식은 연애는 곧 실연이라는 중세의 감상주의와는 서로 맞서는 것이다. "나는 내가 연애에 소질이 있다는 것을 깨달았다"는 주인공의 결론을 통해 작가는 유치함에 대한 전폭적인 긍정을 실토한다. "유치함은 고독도 되고, 사랑도 되고, 빈곤도 되고, 시골놈도 되고, 서울놈도 되고 모든 것이 다 되고 있었다"는 확인으로 이 작가가 얼마나 현실을 전면적으로 수락하고 있는가 하는 것을 알 수 있다. 사실 박태순에게 현실의 전면 수락이라는 문제는 퍽 중요하며, 이것이 도시인의 소외라는 주제를 내걸고서도 깊은 리얼리티를 얻지 못한 김광식의 경우와 다른 점이다. 그것은 곧 우리 사회를 이상하게 지배해온 샤머니즘, 결벽주의, 무위주의를 아주 무력한 것으로 만들어버리고 만다. 박태순이 즐겨 인정하는 속물에 대한 태도는 이것을 잘 반영해주고 있다. 요컨대 속물의 수락은 현실을 정직하게 파악함으로써 하나의 개성으로서 인간을 보고, 그들끼리의 인간관계를 통해 다시 새로운 현실을 본다는 건강한 소시민의식의 노출이다. 박태순의 이러한 태도는 「벌거벗은 마네킹」과 「뜨거운 물」에서 더욱 효과 있게 그려져 있다. 「벌거벗은 마네킹」에서는 항상 불구의 정신을 느낄 수밖에 없는 인간의 불완전을 통해 한 사람의 전형적인 도시 소년이 상대적으로 자기를 자각하고 타인을 느끼는 문제가 그려져 있다. 심한 자기완성의 자각 때문에 밖의 풍경들이 모두 사물화된 것이다. 도시와 밤, 시간, 추억 그리고 마네킹은 얼굴 부분과 몸뚱이 부분으로 나뉘어 마치 각기 다른 의지를 지닌 사물처럼 주인공의 의식 형성에 참가한다. "내게 중요했던 것은 어떠어떠한 사건이 있었나 하는 것이 아니었고, 그 사건이 어떠한 느낌을 내게 주었나 하는 것"인 주인공은 "도시에서의 생활은 추한 것이고, 그 도시를 벗어나서 자연을 맛보게 되니까 아주 상쾌하다고 하는 도시인의 상투어에는 간과할 수 없는 자연에의 모독이 포함"되었다고 생각한다. 현실과 생활을 수락하는 소시민이다. 그렇기 때문에 비어홀 화장실에서 손님에게 서비스하는 일이 직업이지만 "이 비어홀에서 변소에 관한 부분만큼은 샀다"고 생각한다. 그러나 표면상의 사회적 활동이 그를 자립의 한 개인으로 성립시켜주고 있는데도 그의 의식은 항상 흔들린다. 마치 옷을 입지 않은 마네킹처럼. 그는 비어홀 쇼걸과의 육체관계를 통해 해결을 시도하지만 그것은 결국 자신의 불구를 더욱 확인하는 일이 된다. 대체 무엇이 그를 불구의 의식으로 몰고 있는가? 그리고 그것은 치유될 수 있는가? 아마 그것은 영원히 불구일 것이다. 바로 원형이 불구이기 때문이다. "어떤 사람들은 육체를 혐오하고 어떤 사람은 육체를 신비스럽게 생각하지만 나는 어느 쪽에도 기울어지지 못하고 있는" 육체에 대한 퍽 정당한 태도에도 불구하고 그것이 구제되지 않는다는 것은 보다 근본적인 문제를 암시한다. 이것은 박태순이 걷어 올린 도시인의 소외로서 김승옥이 구현한 그것보다 소외의 보편성에 한 발자국 더 근접해 있다. 아마 그것은 처음부터 상황 밖의 인물이 주어지고 그 인물은 상황과의 대결 없이 자기의 개성을 두드려가는 도시 풍속과의 조응 때문에 얻어진 편의인지도 모른다. 그러나 「뜨거운 물」은 박태순에게서 두 사람의 서로 다른 개성을 통해서 인간 기능과 상황 기능을 교환하고 그렇게 하여 거의 완벽한 주제 전달을 하고 있는 작품이다.

소설 인물의 개인화가 인간의 소외 문제와 결부된다는 것은 퍽 순조로운 발전이다. 김승옥과 박태순은 이러한 어려운 작업의 각기 첫 장을 다른 방식으로 열어놓고 있는데 여기에는 서정인의 활동도 첨가된다. 그의 소설은 김승옥이 의존하는 일종의 엑조티시즘도 아니고 박태순이 태연하게 내보이는 도시 감정의 자존에 의해 꾸며지지도 않는다. 그에게 모티프를 만들어주는 것은 항상 무지와 문명의 조용한 갈등이 야기하는 작은 충격이다. 서정인의 무대는 거의 한결같이 소도시나 소읍이며, 나오는 인물들은 교사나 대학생이다. 작품 「미로」가 일종의 관념을 빌린 상징적인 접근을 보이고 있지만 그 밖의 모든 소설이 여기에 해당된다. 박태순의 소설이 서울과 같은 대도시에서 배태되는 의식을 바탕으로 하고 있기 때문에 우리 사회의 전체적인 현실의—대도시와 시골 사이에 놓여 있는 엄청난 거리에 대해서는 과연 어느 쪽이 국민 일체감의 진정한 현실이냐는 질문이 있을 수 있고, 또 이에 대한 해답은 그것 자체가 하나의 상황이기 때문에 문학은 어느 한쪽의 가담을 허락하지 않지만—불균형으로 미루어볼 때 서정인의 설정은 차라리 현실의 핵심과 이웃해 있는지도 모른다. 말을 바꾸면 무지와 문명의 충돌이라는 문제는 소도시나 소읍의 생태를 묘사하는 데서 그 본질이 드러나기가 훨씬 쉽다는 것이다.

아무튼 그의 인물들은 소도시의 풍속과 어우러진 묘사에서 하나의 개인으로서의 개화(開花)를 얻음으로써 김승옥이나 박태순의 경우보다 훨씬 현실감을 지원받고 있다. 이러한 결과는 우리 사회의 전반적인 성격이 대도시에서보다 소도시에서 더욱 특징적인 압축을 지니기 때문일 것이다. 가장 간결하게 이러한 성격을 나타내주는 「강(江)」을 보면 시골에서 천재로 자라 서울에까지 와서 고등교육을 받은 사람이 어느 날 문득 열등생이 되어 다시 시골길을 걷고 있는 좌절의 그래프로서 개인화의 내용이 나타나 있다. 그가 천재 소리를 들으며 시골에서 성장한 것은 그의 천재가 어떤 종류의 객관이나 이성에 의한 상대적인 인식에 있어서는 완전히 눈이 먼 상태에서 이루어진 것이며, 따라서 서울이라든가 대학이라는 문화와의 조응에서 그것의 무지함이 드러난다. 무지함은 술집 작부가 단지 그가 '대학생'이라는 이유만으로 그의 방에 들어가 자리를 같이하는 모습으로 확실히 밝혀진다. 다만 대학생이기 때문에 작부가 그를 좋아하는 마음. 그러한 사회가 아직도 한국의 어느 구석에 존재하는지의 여부는 분명히 알 수 없지만 우리 사회의 인습적인 심리는 그것을 가능성의 쪽에 놓는다.

이러한 무지에서 한 개인으로의 각성이라는 발전이 여기서는 생활에서의 좌절감으로 표현되고 있다. 그리고 좌절감은 술에 취해 쓰러진 뒤의 몽롱한 의식 속에서 분명한 형태를 가진다. 서정인의 개인은 문명과 무지의 충돌이 주는 가장 부드러운 양상을 보이면서 한국적인 굴절을 겪는다.

한국적 굴절이란 그의 인물이 자기 자각을 얻고 한 사람의 개인으로 성립되는 계기가 무지에서 문명으로 옮아가는 상황의 바뀜에서 촉발되는 것이라고 볼 때, 무지 쪽에 붙은 빈곤이라는 문제와 문명 쪽에 붙은 도시 사회의 부정과 비리가 그것이다. 사실 「강」에서 뱉어내는 대학생의 독백 "일등을 했다구? ……돈 없는 건 걱정할 필요가 없다. ……머리와 노력만 있으면 된다. 부지런히 공부해라……" 운운은 머리와 노력과 근면이라는 지극히 세련된 지성의 애용이 자기 논리를 지키지 못하고 빗나가고 있는 현실에 대한 심한 야유이다. 뿐인가, 다시 돌아온 시골은 아직도 깊은 빈곤 속에 빠져 있기 때문에 그의 좌절은 심화된다. 말하자면 빈곤과 그것에 붙어 있는 사회의 어떤 모순이 상대적으로 그를 더욱 외롭게 하는 것이다. 그러나 중요한 것은 빈곤과 부정이라는 문제는 그것만으로는 한 인물이 개성 있는 인간으로서의 눈을 얻음에 있어 그에 대응하는 상황으로서의 충실한 조건이 되지 못한다는 것이다. 그것은 다만 무지라는 근원 현상의 한 속성으로서, 그리고 또 문화라는 근원 현상의 한 속성으로서 파악되기 때문에 정당한 평가를 받는 것이다. 「강」의 경우에서도 그러므로 좌절에 빠진 한 대학생의 자의식이 그가 중얼대는 대로 "가난과 끈질긴 싸움을 하다가 어느 날 문득 열등생이 되어버린 것"만으로 이해해서는 안 된다. 버스가 '군하리'에 도착하기 전까지 일어난 버스 속의 풍경 묘사에서 이러한 문제는 적절하게 처리되어 있다. 몇 사람의 요설이 오고 가는 차내에서 대학생은 시종 요설 대신 상상을 하고 있다. 모두들 공연히 들떠서 여자와 희수작을 하거나 차장과 희롱을 하는데 그는 오직 혼자 다만 담담히 구경만 하고 있을 뿐이다. 그것은 그가 차내의 좌중을 몰라서가 아니라 "알고도 모른 척, 모르고도 모른 척"하는 것이다. "그것은 대단히 즐거운 일"이기 때문이다. 그에게 있어 즐거운 일은 이렇게 대중에의 취락주의적인 가담이 아니라 자기를 그대로 지키고 있는 일이며, 또 색안경을 쓴 사람을 보고 형사를 연상하는 기피자와는 달리 자기가 장님이 되어 안마사로 밤길을 걷는 것을 공상하는 일이다. 이러한 소설의 포석이 이 작가 스스로를 빈곤과 농촌을 그리면서도 실패만을 거듭한 전 세대의 여러 작가, 가령 이범선이나 오유권과 구별지어주는 것이다. 「강」의 대학생이나 「나주댁」의 교장은 표면상 좌절된 시골 지식인의 남루한 자만으로 보이기 쉽지만 그 근본에는 문화의 세련된 빛으로 그을려진 강한 개인의식이 도사리고 있다. 서정인의 개인이 갖는 소외는 그러므로 김승옥과 박태순보다 보편성의 의미에 있어 퍽 멀리 놓여 있다. 그러나 그는 우리 사회에서의 적응 과정에서 일어나는 빈곤이나 부정, 기타 사회제도, 정책과 같은 부산물을 버리지 않고 함께 포용하고 있다는 점에서 일단 독보적이다.

작품 활동을 시작한 지 불과 몇 년 동안에 20여 편의 소설을 발표하여 놀라운 정력을 보이고 있는 이청준의 경우, 그의 비교적 인습적인 소설 기법 때문에 얼핏 세대의 어떤 공동의식과 멀리 있는 듯이 보인다. 그러나 그의 관심을 이루고 있는 것이 인간의 심정 깊숙이 자리 잡고 있는 경험과 관념, 지속과 붕괴, 동화와 거부 같은 원초의식에 대한 양극성Polarität의 갈등이라는 사실의 이해가 긴요하다. 그것이 뿌리박을 수 있는 작가의 정신 소속이 무엇인가가 밝혀지는 동인문학상 수상작 「병신과 머저리」에도 두 개의 대립이 작품의 주제를 만들고 있다. 6·25 세대인 형과 '나'의 대립이 그것인데 이 대립은 경험과 관념의 마찰이라는 문제로 나타난다. 작품의 모티프로서 주어지고 있는 6·25전쟁 전장에서의 살인은 형에게는 직접적 경험을 이루고 있지만 '나'에게는 다만 관념인 것이다. 의사인 형은 있을 수 있는 환자의 죽음 이후 자신을 지키지 못하는데 그러한 자기 동요는 스스로 쓴 소설이라는 관념을 통해 전장에서의 동료 살해를 확인함으로써 수습된다. 여러 개의 복선이 깔린 이 소설은 매우 조심스럽게 분석될 필요가 있다. 형은 6·25에서의 쓰라린 경험으로 출처를 알 수 있는 아픔을 갖고 있고 '나'는 환부를 알 수 없는 아픔을 갖고 있기 때문에 하나는 병신이고 또 다른 하나는 머저리라는 대답 아닌 분류로서는 작품이 정당한 빛을 받을 수 없기 때문이다. 중요한 것은 작가가 흘려놓은 그러한 혼란을 헤치고 들어가서 관념 조작의 부축을 받지만 자기를 주장할 수 있는 형의 윤리와, 인습 집착 및 처음부터 아예 눈에 보이는 것, 강한 것, 요컨대 인습적인 기성의 규준으로 통용되고 있는 가치에 대해 무관심한 동생의 의식을 견주어보는 일이다. 사실 얼핏 보면 적극적이기 때문에 개성적으로 보이기 쉬운 형의 태도는 50년대 의식의 한 전형이다. 자기가 살기 위해 동료를 죽이는 전장에서의 출발부터 본능에 의지하는 그는 원래 노루 사냥에서 피를 보거나 총소리를 듣고 놀라는, 퍽 감성적인 성격이다. 그러한 형은 자기의 책임이 거의 없는 한 소녀 환자의 죽음을 이겨내기 위해 사실인지 아닌지 알 수 없는 허구를 만든다. 이것은 장용학이 관념으로 테를 둘러주었고 이호철이 오기를 심어준 영락없는 50년대 지식인의 허풍에 찬 모습을 방불케 한다.

아닌 게 아니라 형은 환자의 죽음을 극복하기 위해서 거리의 거지 소녀의 발을 짐짓 밟는 등 잃어버린 균형을 얻으려고 애쓰는데 그의 심리가 내보이는 것은 다만 치사할 뿐인 감정일 따름이다. 동생인 '나'에게서 본인조차 아무렇지도 않게 생각하고 있는 '혜인'의 결혼을 힐난한다거나, 자기 기분이 좋다고 동생 그림의 화폭을 찢고 욕설을 하는 행위는 모두 타인을 타인으로 의식하지 않는 취락주의의 소산들이다. 이 작품의 끝에는 "형은 관념을 파괴해버릴 수 있는 힘이 있었다. 무엇보다도 형은 그 아픈 곳을 알고 있었으니까"라는 표현이 나오는데 여기서 "관념을 파괴할 힘이 있다"는 것은 그에게 있어서 관념의 중요성을 지적하는 것에 다름 아니다. 그것은 다음에 나오는 "어쨌든 형을 지금까지 지켜온 그 아픈 관념의 성은 무너지고 말았지만"이라는 설명에 의해 풀이된다.

반면 동생의 아픔은 무엇인가. "형에게서처럼 명료한 얼굴이" 없는 아픔은 그러면 공연한 엄살인가. 동생의 아픔은 말하자면 대상이 없는 아픔이다. 형의 아픔이 확실하고, 그러므로 누구나 주어지면 가질 수밖에 없는 상투적인 것이라면 동생의 그것은 다만 그림이 잘 안 그려지는 것에 대한 초조와 불안이다. 그러나 이것은 전혀 충분하지 못하다. 동생의 아픔에 원인이 있다면 그것은 지극히 사소한 것이다. 우연히 목격한 형의 소설이 빨리 빨리 쓰여지지 않는다거나 그림이 잘 그려지지 않아 쭈그리고 앉아 있는 그에게 "그래 도망간 아가씨의 얼굴이 그리고 싶어졌군"과 같은 상투적인 야유나 던지는 형에 대한 야속함 같은 것이 그 본래의 사소한 의미를 벌어내고 동생의 아픔에 크게 작용한다. 분명히 말해둘 것은 동생의 아픔에 형의 경험은 그 어두운 제 무게로 연결되는 것이 아니라 그것을 받아들이는 형의 태도—관념의 조작—로서 이어진다는 점이다. 형과 동생의 대립은 관념과 경험의 대립이라는 관계를 인습과 개성의 대립이라는 차원으로 바꾸어놓는다. 동생의 여자 친구였던 '혜인'의 말에 따르면 인습과 개성의 차이는 '연극기'이다. 형은 '연극기'를 가지고 연기를 통해 감정을 채웠지만 동생은 "모든 것이 자신의 안으로 돌아가는 것뿐'이며 그것은 결국 '혜인'의 말대로 "자신의 힘으로밖에 치료될 수 없는 것"이다.

「병신과 머저리」에서 보여준 두 인간의 대립은 개인의식이라는 점으로 그 차이를 바라볼 때 한쪽만의 일방적인 승리로서 해소된다. 그러나 이 작가는 항상 복잡한 구성을 통해 그러한 안이한 해소를 저지한다. 바로 이것이 이청준이 동 세대의 다른 작가와 다른 점의 핵심이다. 가령 「줄」에 있어서만 하더라도 '운'의 어머니를 죽이고서야 다시 줄을 탈 수 있는 허 노인과 '운'의 대립 관계가 일어나는데 이 대립에서 무기력한 인습의 세대를 일견 퍽 긍정하는 태도를 보인다. 즉 '줄'이라는 상황과 '허 노인'의 미분화된 의식을 연결시키고 있는데 '줄을 탄다'는 것은 어떤 종류의 질서와 장인으로서의 도를 상징하는 것이다. 마치 토마스 만이 일생을 두고 팽팽하게 잡아당겼던 것처럼 양극의 철저한 대립을 시도한다. 그러나 이청준의 대립은 다만 작가가 어느 쪽에도 쉽게 가담하지 않는 것 같은 구성을 통해서일 뿐 항상 해소의 공유점을 포함하고 있다. 그의 소설에서 대립을 이루는 인물의 세대가 결코 같은 법이 없다는 사실, 그러니까 형과 동생, 노인과 청년, 아버지와 딸 같은 서로 다른 세대에 속하고 있는데 여기서 형이나 노인, 아버지는 자기의 현존만으로는 도대체 하루의 일상조차 꾸려나가지 못하는 자들이다. 그것은 현재만으로 충분한 질서가 되는 소시민으로서의 개인들—동생, 청년, 딸들에 비해 불완전한 인간들이다. 실제로 사람을 죽이거나 적어도 관념으로라도 그것을 거치거나 하여 자기를 유지하고 배낭에 돌을 넣어야 산에 오를 수 있는 것(「등산기」)이다. 플러스알파로서 겨우 존재를 지탱하는 이들은 결국 자기 밖의 의지가 만들어놓은 풍속에 끝내 거부의 눈길 한번 보내지 못하고 동화되는, 비개성의 피에로에 지나지 않는다. 이청준의 대립이 근원 상황의 격심한 충돌이 못 되고, 또한 우리 사회 현실과의 관련성 때문에 토마스 만 같은 깊은 벼랑을 갖지 못하는 것은 불행한 일이다. 그러나 오히려 우리 소설에서의 양극성의 갈등과 대립이 어떻게 개인의식의 조성에 참여하고 있는가 하는 매우 귀중한 보고를 제출한다.

개인의식의 양성은 성경의 그것과 다른 많은 알레고리를 상황으로 받아들이고 있는 박상륭에게서도 특이한 형태로 발견된다. 사회현실과의 공공연한 절연을 지키면서 행해지는 그의 상징적인 수법은 최인훈의 그것을 방불케 하면서도 사뭇 관념과 요설을 지향한다. 이를테면 작중 상황 자체가 알레고리와 일치하며 그 속에서는 모든 현실의 약속이 구체적으로 그려진다. 얼핏 난해하게 보이는 그의 소설은 단지 상황 자체의 궁벽함에서 오는 것일 뿐이다. 전체 마비라는 불구의 조건을 일종의 알레고리로 깔아놓고 있는 소설 「2월 30일」은 이 작가를 이해하는 데 가장 손쉽고 적절한 작품이다.

A씨와 Z씨는 병동에 갇힌 전신마비 환자다. 그러나 두 사람의 병을 받아들이는 태도는 판이하다. A씨는 주술이나 소명에 의해 자신이 구원되리라고 굳게 믿고 있지만 Z씨에겐 이미 아무 믿음이 없다. 그러나 이러한 믿음의 없음이 곧 자신을 포기하는 것은 물론 아니다.

소명을 굳게 믿은 A씨에게는 죽음이 오고, 다만 "오늘 여기에 있으니까 나의 전부가 여기에 있을 뿐"이라고 느끼는 Z씨에게는 치유의 빛이 나타난다. 여기서 A씨가 내보이는 것은 김현의 지적대로 한국 사회를 면면히 지배해온 샤머니즘의 모습이다. 그의 병은 표면상 의학적 진단을 얻고 목사의 문병을 받지만 의사나 목사도 과학이나 종교의 내포와는 거리가 먼 샤머니즘 사회의 주술에 익숙한 한 풍속으로 되어 있다. Z씨는 A씨의 믿음이라기보다는 차라리 굴복의 태도에 심한 혐오를 느낀다. 그에게 있어 중요한 것은 사소하지만 늘 거기에 그렇게 있는 존재들이다. 자신이 자리를 옮기면 따라서 가야 하는 "쓸모없는 척추니, 복숭아뼈니, 맹장이니, 회충이니, 심지어는 대소변" 같은 것이며 독감방의 벼룩과 같은 것이다. 그것들이 중요한 것은 "웃고 싶은 기분이다. 침을 덮어씌우고 싶은 혐오감이나, 어떤 종류의 감정도 유발시키지 못하는 언제나 거기에 그 공간을 차지하고" 있기 때문이다. 사람들은 모두 오물이나 쓰레기통만을 지고 다닐 뿐, 정작 그들의 심장은 어떤 곳에나 두고 다닌다. "지나간 시간의 뒤지 속 또는 다가올 시간의 꽃망울 속"만 생각한다.

Z씨의 "끈끈이의 붙은 것을 즐거워하는 것도 아니고 슬퍼하는 것도 아닌" 의식의 좌표는 그래서 지금 그곳에 존재하기 때문에 생기는 사물에 대한 소박한 긍정에서 발단한다. 이것 역시 트리비얼리즘의 긍정이라는 문제를 포함하며 개성의 성립은 바로 이것을 긍정한다는 태도 자체의 성립과 이어진다.

박상륭의 개인은 항상 기성의 메시아를 껴안고 있어야 존재하는 샤머니즘의 꼭두각시를 극복하고 "대상이 없는 대상과의 승산 없는 씨름에서, 말하자면 그것의 허점을 발견한 듯한 기분"으로 지루하지 않을 수 있는 소시민으로서의 그것이다.

김승옥, 박태순, 서정인, 이청준, 박상륭 이외에도 몇 명의 작가가 떠오르지만 그들을 이들과 같은 문맥으로 파악하는 데는 나로서 약간의 곤혹을 느낀다. 그러나 주로 장편을 많이 쓰고 있는 홍성원의 경우에도 가령 「종합병원」과 같은 단편이 보여주고 있는 소외의 문제는 우리 현실에서도 어느덧 실감을 지니게 된 제도와 인간 사이의 괴리가 상황이 됨으로써 희귀한 성과를 보여주고 있다. 또한 사회현실을 정확하게 받아들여서 이에 소박하나마 대결의 형식을 부여하고 있는 정을병이나 최근 활동이 줄어든 이제하의 경우도 검토될 만한 일이다. 그러나 역시 감수성의 엑조티즘을 빌려 본능으로부터 개인을 끌어낸 김승옥에 있어서 이성에 대한 불가피의 희원이 개인화의 결정적 요소가 되는 것과 같은 근본이념의 형상화는 그들에게서 찾기 힘들다. 이러한 근본이념은 박태순의 경우에 본능과 감각의 긍정을 통한 자기 견제라는, 이를테면 이성에 대한 불가피한 불만의 형태로 나타난다. 서정인의 개인은 보다 사회학적인 파악에 의해 쉽게 이해되는데 그것은 요컨대 사회 속에서의 좌절을 통한 개인의 부각이다. 그러나 이러한 좌절이 50년대 작가의 그것과 질을 확실히 달리하는 것은 그 인간을 둘러싸고 있는 사회에 대한 근원적인 탐구가 서정인에게서는 이루어지고 있기 때문이다. 말하자면 빈곤이나 모순을 그것만으로 피상적으로 관찰하는 것이 아니라 보다 근원현상Urphänomen, 가령 문명과 무지, 꿈과 현실과 같은 것의 현상적인 노출의 일부로 받아들이기 때문에 상대적으로 인간의 좌절은 한 개인의 성립을 가져온다. 그런가 하면 이청준이나 박상륭은 구체적으로 완고하게 의식이 경화(硬化)된 전 세대의 상투적인 관행을 그림으로써 거꾸로 항상 미완성이며 몽롱하고 무위의 일상을 갖는 현대인의 속성 속에서 개인을 빚어낸다. 이청준의 개인이 나오기 위해 쓰여진 대립의 상투적 인간형은 동양적인 엄숙주의자 혹은 관념론자들이고 박상륭의 그들은 샤머니스트들이다. 그리고 개인이 발견되기까지 이들 작가들에게 거의 공통된 것이 있다면 이는 트리비얼리즘의 긍정이라는 현상이다.

시의 분야에서는 어떤가? 크게는 신문학 출발 당시부터의 소설과는 다른 배경 때문에 여러 가지 문제가 다르게 검토되어야 하지만, 6·25전쟁을 전후한 공동의 격심한 체험을 비롯하여 적지 않은 세월 속에서의 교호작용이 둘의 상이성을 서로 많이 긁어내고 있다. 이러한 상호 혼융이 가져온 결과에는 좋은 것도 있고 그렇지 않은 것도 있다. 그러한 많은 요소 가운데 내가 보기에는 시의 산문화 경향(김종길의 표현을 빌리면 이른바 스트럭처의 상실)이 좋지 않은 것 중의 중요한 부분이고, 받아들일 만한 것으로는 의식의 공동 체험과 같은 문제인 것 같다. 가령 20년대 이후 시인들이 까닭 없이 예민한 반응을 보였던 시인의 결벽주의라든가 형식의 관념적인 답습(예컨대 행만 가르면 시인 줄 알고 있던 시인이 얼마나 많았는가. 이것은 현실을 공연히 깔보는 자기 탐닉의 의식이다)이 현저히 줄어들면서 체험을 정당하게 받아들이는 문제는, 소설 쪽에서 영향을 준 현실 수용과 문법에의 관심이라는 좋은 현상이라고 생각한다. 시에서 나타나는 개인의식은 소설과 비교할 때 시간적으로 조금 앞선 것으로 생각되는데, 이러한 판단은 김춘수와 박재삼의 55년에서 60년까지의 활동에 근거를 둔 말이다. 김춘수는 예의 순수시에 대한 의지 때문에 개인의식의 발아라는 문제와 떼어 생각할 수 없으며, 박재삼은 자연의 변용이라는 점 때문에 인간 의지와의 관련성을 문의 받는다. 보다 자세히 언급하면 김춘수가 벌이고 있는 일련의 노력은 시인의 감각과 의식을 자극하는 일체의 사물을 있는 그대로 보고자 하는 갈구이다. 요컨대 사물의 객관화 대상의 조작이다. 그에게 있어 순수시란 사물이 그곳에 있음을 확인해주고 그 확인을 통해 사물의 의미가 비로소 주어지면서 그것이 밖으로 전달되는 전체를 뜻하는데, 그렇게 되자면 하나의 사물에 대한 부당한 편견이 일체 제거되어야 한다. 이때 편견이라는 것은 물론 사물 쪽에서의 생각인데 단지 그곳에 그렇게 있는 존재에 대한 묘사 이외에 어떤 종류의 형용, 감상, 무시, 과장, 의미 등이 이에 해당된다. 그런데 이러한 요소들이란 한마디로 인간이 가지고 있는 기성의 감정이나 윤리라는 시점에서 관찰된 지극히 인습적인 낡은 상투형이다. 김춘수가 「꽃」 연작을 비롯한 많은 노력에서 추방하려고 애썼던 것들은 모두 이러한 감정의 조각들이다. 그가 인간의 제거라고 할 때 인간이란 이렇게 과거의 풍습에 염색된 집단화된 정감의 때(垢)를 가리키는 것이다. 그렇게 함으로써 사물이 본질을 드러내고 그것은 시의 대상이 되며 거기서 시인은 겨우 하나의 개성으로서 객관화된 사물의 맞은편에 자리를 갖는다. 그러나 냉정하게 말해서 김춘수는 그가 시도한 양과 의의에 비해 너무 조금뿐인 성과를 가지고 있을 따름이다.

중요한 것은 차라리 그의 노력 자체이다. 김춘수의 성공이 작은 것에 그친 까닭은 대략 두 가지로 보이는데, 하나는 현실에 대한 그의 불분명한 태도 때문인 것 같다. 이것은 한국적인 편견의 때를 가장 많이 입고 있는 처용에 대한 그의 현학적인 관찰에서 잘 나타난다. 그는 처용에게서 샤머니즘이라는 껍질을 벗기기는 했지만 또 다른 감상적 소영웅주의 혹은 권위주의를 남겨놓는다. 이것은 시인 자신의 의식이 이성으로서의 개인이라든가 분열로서의 개인이라든가 혹은 극단의 무위로서의 개인이라든가 하는 점에 대해 아무런 절실감을 갖지 못하는 데서 오는 결과인데, 바로 그렇기 때문에 관념의 허세가 아닌가 하는 의심을 남기게 된다. 다른 하나는 묘사를 기본으로 해야 할 순수시에 있어 사물을 파악하는 의식의 깊이가 얕은 데서 비롯된 진부한 반복이다. 즉 사물의 묘사라는 문제를 가시적인 차원만을 통해 바라보기 때문에 표현에 단조로움이 생기고 그것을 메우기 위해 상투형을 그대로 빌려 쓰기 때문에 사물의 독자적인 파악이 붕괴되고 감상의 늪이 그대로 고인다. 이것은 상상력 아니면 체험 둘 중 적어도 어느 한쪽에 대한 정복이나 여과를 필요로 하는데 시적 이미지의 빈곤 때문에 상상력은 막히고 개인으로서의 내부 고민을 겪지 않기 때문에 체험은 아직 오지 않는 것으로 떨어져 있다. 김춘수의 이러한 결함은 60년대의 시인들에 의해서도 직접적으로 고쳐지지는 않는다. 김춘수의 시는 원래 특유한 발생법에 의지한 것이기 때문에 같은 방식에 의한 발전은 아직 발견되지 않는다. 그러나 60년대에 들어 얼굴을 보인 마종기와 정현종에 의해 김춘수의 노력은 깨끗이 분해당하고 새로운 조립으로 준비된다. 얼핏 보아 충격적인 이러한 연결은 김춘수가 개인으로서의 자기를 느끼면서도 하나님을 부른다거나(「나목의 시」) 사회현실에 대한 눈치(「꽃」 연작을 제외한 많은 작품)를 보이면서 도덕적인 주저를 하고 있던 현실을 마종기와 정현종이 적극적으로 수락하고 있다는 사실에서 일어난다.

마종기의 두 권의 시집 『조용한 개선(凱旋)』과 『두번째 겨울』의 제목이 보여주듯 이 시인은 현실을, 삶을 '조용한 개선'으로 보고 있다. 체험은 시인에게 마침내 거역할 수 없는 현실의 중점을 이루는데 그것은 김춘수가 묘사한 사물이 거의 모두 처음부터 시인의 체험과 떨어져 있는 관념만의 관계였다는 사실과 견주어볼 때 퍽 귀중한 시사를 던진다. 체험을 시의 사물로 수용하는 일은 외계가 따로 있고 그 외계에 대한 감정적인 야유 아니면 찬가를 불러온 전 세대의 많은 시인들이 실은 시인이라기보다는 중세의 기사나 교회 목사였다는 비난을 낳을 수 있다. 체험의 사물화—그것은 곧 체험의 자기화를 말한다. 중세의 기사나 목사에게 있어 전쟁에서의 무용담이나 교회에서의 설교는 체험의 자기화가 아니라 체험의 헌납을 통한 체험의 무효화이며 이 점에서 자연 찬가나 부르고 사회 야유나 일삼던 많은 수의 전 세대 시인들은 시인이 아닌 대중이라고 보는 편이 옳을지도 모른다. 마종기에게 처음으로 시의 대상이 될 수 있게끔 사물화된 체험은 그러므로 열렬한 나르시시즘의 분위기를 꾸며간다. 그의 「연가(戀歌)」 연작은 사소한 사물에서도 동요와 흥분을 느끼는 자신의 심리에 대한 귀여운 탐닉을 알려준다. "전송하면서 나는 살고 싶네"로 시작하는 「연가 9」나 "아무도 없는 곳에서/슬그머니 웃는 理由를/누가 알까"로 시작하는 「연가 10」 그리고 「연가 12」 「연가 13」 「연가 끝」 등 모두 시인의 나르시시즘이 바닥에 깔려 아름다운 소리를 내고 있는 작품들이다. "女子에게서 취할 것은/약간의 美貌와/약간의 愛嬌와/女子에게 취할 것은/약간의 料理와/봄날의 이불"(「연가 13」)이라는 표현은 여자에 대한 시인의 관심과 욕망을 잘 그려주고 있다. 약간의 미모, 약간의 애교, 약간의 요리 그리고 이불이란 도대체 얼마나 사소한 것들인가. 김소월이나 조지훈, 혹은 박인환이나 전후의 그 많은 시인들이 여자에게 요구했던 칙칙하고 끈덕진 도덕과 에고의 추상명사들과 비교해보라. 시인이 생각한 이 사소한 사물들은 그러나 사실에 있어 너무도 중요한 것들이다. 다만 자기의 입으로 발음하고 자기의 생각으로 고백할 줄 몰랐던 타성과 편견으로 깊숙이 눈뜨지 못하고 있었던 것이다. "그리고 敗殘의 꽃잎으로 일찌기 숨을 것이다/약간의 슬픔을 듣고/그 이름을 떠날 것이다"라고 말함으로써 시인 의식의 전모가 드러난다. 그것은 나르시시즘 속에서의 모든 사물의 평균화이다. 특별히 중요한 것도 특별히 중요하지 않은 것도 없이 사물이 그 이름을 갖고 있는 한 조금은 기쁘고 조금은 슬픈, 말하자면 가치의 상대적 부여인데, 여기서 시인인 자기 존재에 대한 유한성의 자각이 나오고 그것은 자신에게 개인으로서의 의미를 되묻게 한다. 또한 시의 기법상으로는 구체성의 문제와 종결어미에 대한 리듬의 문제를 몰고 온다. 마종기에서 나타난 체험의 사물화, 자기화와 그것의 나르시시즘적 성격, 그리고 그 때문에 일어나는 가치의 상대성과 사물의 유한성 문제는 모두 하나의 소시민으로서의 개인의 탄생이라는 종합을 향해 집중된다. 그리고 그가 거두고 있는 성과는 정현종에 있어 상상력의 개발이라는 매우 중요한 문제와 연결된다.

마종기의 현실이 체험의 사물화임에 비해 정현종의 현실은 보다 상상력에 빚지고 있다. 먼저 확실히 할 일은 상상력이란 서구 낭만주의의 발생과 깊이 관계되며 개인의 자의식의 소산이라는 점이다. 상상력은 대부분의 문예학자들의 해석 그대로 체험 혹은 경험의 다음 단계이다. 말을 바꾸면 한 사람의 체험 속에 있는 기억이 상상의 모체가 되어 그것을 근거로 현실감을 꾸민다. 정현종에게 있어 현재의 상태에 대한 묘사나 과거의 체험을 적고 있는 일이란 거의 일어나지 않는다. 최근에 발표한 작품들만 몇 편 보아도 한결같이 추상적인 어휘들이 모여서 체험의 묘사도 현실의 기술도 아닌 색다른 리얼리티를 만들고 있다(물론 정현종이 갖고 있는 추상 어휘란 것과 이른바 시의 추상성은 전혀 다른 문제이다). 「바람 병(病)」「처녀(處女)의 방(房)」「상처(傷處)」「한밤의 랍소디」라는 시제들이 말해주듯 모두 추상 어휘가 등장한다. 그러나 추상 어휘들은 앞의 세대들에 의해 이미 습관화된 낡은 관념, 가령 사랑, 고독, 비애 따위와는 근본적으로 다른 구체적인 이미지를 가진 상상력의 표현이라는 점에서 그 성격은 전연 다르다. 가령 그가 즐겨 쓰는 '바람'이라는 추상 어휘는 다만 기상학에서의 바람이거나 이미 닳고 닳은 '허무' 따위와 같은 죽은 관념으로서의 그것이 아니고 "心臟에서 더욱 커져/살들이 매어달려 어둡게 하는/뼈와 뼈 사이로 부는" 구체적이며 일회적인 시인만의 고유한 이미지를 띠고 있는 상상력의 표현인 것이다. 이러한 현상은 매우 중요한 사실을 함축한다. 추상 어휘이든 현실적인 사물의 지시어이든 간에 사물이 시인의 의식 속에서 내포를 변용당하게 되는 것이다. 시인이 의식의 형상화를 위해 사물의 존재를 관리하는 자리로 올라간다. 이것은 밖의 사물에 지배되어온 지난 시대의 시인들과 전혀 딴판이다. 정현종이 하고 있는 추상어 앞의 '저의 ~'라는 관형구나 추상어와 구체적 지시어 사이의 '~의'라는 연결(예컨대 "시간의 옷" 등), 그리고 추상어끼리의 주어, 목적어 관계는 모두 사물의 독립을 통한 그 지배라는 효과에 봉사하는 시작(詩作)의 기법이다. 여기서 강한 개성의식은 절정을 이룬다. 물론 시 자체가 보여주는 것은 마종기와 마찬가지로 사소하면서도 유한한 모든 사물에 대한 타성과 편견이 배제된 소시민의 반응이다. 시인 스스로의 말을 빌리면 "갈대가 없는 기쁨, 갈대가 없는 슬픔"이다.

마종기나 정현종과는 달리 퍽 다양한 시작법으로 어쩔 수 없이 소시민이 된 개인을 자연예찬론자나 모더니스트의 시인들이 그릇되게 읊어온 관념의 허무로서가 아니라, 개인이 되었기 때문에 느끼는 저 현대인의 보편적 '허무'로서 자각해가는 시인이 황동규다. 그의 시작법은 앞의 두 시인이 처음부터 도시인의 감정으로 출발하고 있음에 반해 「달밤」「눈」「겨울 노래」「봄날에」 등 비교적 전 세대들의 관심이 많이 머물렀던 계절이나 자연에 대한 관찰로부터 만들어진다. 황동규가 박재삼이나 고은, 박성룡 등의 시인과 관련해서 이야기되는 것은 이 때문이다. 시집 『어떤 개인 날』에서 보여준 그의 자연에 대한 파악은 그때까지 박재삼이 이루어놓은 자연 파악과 퍽 다른 빛깔을 띠었기 때문에 주목을 끌었다. 박재삼은 자연을 받아들이는 데 있어 자연예찬론자의 기본 심리에 동조하면서도 자연을 부동의 완고한 자리에서 한 발자국 끄집어냈다. 가령 강이나 산에 대한 형용에서 그것이 지니고 있는 오랜, 습관적인 의상을 벗기고 시인 스스로의 감정을 마치 자연의 그것처럼 옮겨놓았는데 이것은 자연을 시인의 힘으로 움직였다는 점에서 평가될 만하다. 그러나 황동규에 있어서는 시인 자신이 훨씬 크게 나타난다. 시인은 처음부터 자연과의 사이에 거리를 놓고 앉아 조용히 그 움직임을 다만 볼 뿐이다. 그리고 자연의 운동에서 이윽고 '아무것도 없음'을 알아버리는데 이러한 '없음의 앎'이 자연 쪽에서 보아서는 이제까지의 의미의 상실이 되고 시인 쪽에서는 의식의 싹틈이 된다. 이리하여 시인과 자연은 귀중한 대립의 징조를 보인다. 이후 그는 「비가(悲歌)」를 거치면서 열심히 '없음의 앎'을 계속해가는데 그 없음을 드러내는 소재로는 자연이 일상으로 변하고 또 그것이 사회로 변하는 변화를 보인다. 그의 다양함이란 바로 시인의 '없음의 앎'을 위해 쓰여진 소재의 다양함인데 '없음의 앎'이라는 시인의 이념이 앞에서 어떤 경우에는 대상이 된 사물과 시인 사이에 심한 불화가 생기기도 한다. 자연이 대상이 된 「어떤 개인 날」과 일상이 대상이 된 「비가」 그리고 사회현실이 대상이 된 「태평가(太平歌)」 「외지(外地)에서」 가운데 그의 이념이 비교적 성공적으로 그려진 것이 「비가」이고 보면, 그 역시 개인화는 앞의 두 시인처럼 도시 소시민으로서의 각성에서 이루어진 것인지도 모른다. 황동규의 왕성한 실험정신은 자기의 개인 인식에 있어 시의 사물과 대상의 고정화를 거부하고, 상황을 바꾸는 것에서만 나타나는 것이 아니라 박재삼과 박성룡을 방불케 하던 초기의 시 전개법을 묘사의 그것으로 지향시킨 표현 기술에서도 나타난다. 마종기가 체험을, 정현종이 상상력을 사용한다면, 황동규는 현재의 현실 자체를 묘사하면서 체험과 상상력을 마치 현재의 현실처럼 묘사하는 어려움을 겪고 있다. 아마 그만큼 자신의 능력을 믿는 시인도 드물 것이다.

보다 확실히 말하자면 문학에서의 재능은 소설보다 시 쪽에 더 많이 모여질수록 좋지 않을까 하는 생각이 나에게는 있다. 그러나 역시 냉혹하게도 현실은 오히려 반대인 듯하다. 물론 그 수에 있어서는 소설의 몇 배에 달하지만 그것은 다만 숫자일 뿐이다. 60년대의 시인들은 특히 너무 많다. 그러나 아직 나는 여기서 훑어본 정도의 재능 있는 시인들 말고는 몇 사람밖에 더 모른다. 이성부, 박이도, 최하림, 이유경, 김영태, 조태일, 김화영, 이승훈, 박제천, 마종하, 김종철 등이 그들인데 이들 중 반 이상이 한때 몇 편의 좋은 시를 쓰다가 소식이 없어졌거나 아직 몇 편밖에 쓰지 못한 시인들이어서 그나마도 언급할 계제가 못 된다. 이 가운데 이성부와 박이도는 황, 마, 정의 세 시인과는 또 다른 체질을 가진 시인이다. 그리고 초기에 의식의 좌절을 실감 있게 그렸던 최하림과 도시 감정 수집에서 자기 지양이 기대되었던 김화영도 계속 관심을 가질 만한 시인이다.

문학은 하나의 빛이다. 과거의 어둡고 흐릿한 기억들에서 현실을 만들고 있는 경험의 빛을 끌어내고 이것을 원형 삼아 내일의 수평을 밝혀야 한다. 그 수평의 물빛을 현란하고 아름답게 비추어야 한다. 문학에서의 현실이란 오늘의 땅 위를 부지런히 왕래하는 어떤 것이 아니라, 오늘의 땅 속을 깊이 파내어 어제의 본질을 체험으로 굳히고 그 위에 높이 올라서 내일이 있어야 할 현실을 향해 상상력의 넓은 깃발을 올려야 한다. 의식의 "내려앉음Sinken-lassen"과 "뛰어오름"의 복합이 곧 문학의 현실이다. 말을 바꾸면 현실은 시간적으로 파악되는 것이 아니라 형성되어가는 과정으로서 파악되는 것이며, 보다 정확히 말해 실제의 시간과 공간은 인간의 밖에 있는 것이 아니라 인간의 속에 있는 것이며, 그렇기 때문에 중요한 것은 인간이며 현실이란 바로 인간 그 자체라는 인식이 나온다. 인간은 이미 완성된 무기(無機)의 어떤 존재가 아니다. 의식함으로써 존재하는 것이며, 김현의 말대로 "인간은 형성되어가는 그 어떤 것"이지 존재하기 때문에 의식하는 물체는 아니다. 새 시대 문학의식의 기본 심리가 되고 있는 소시민의식은 여기서 현대문학이 지향하는 개성적 인간의 현현이라는 이념과 순조로운 연결을 본다. 물론 이 경우에 소시민의식이라는 어휘는 사회구조와의 필수적인 연계 관계 아래에서 고찰된 사회학적 결론과는 무관하다. 사실상 우리 사회가 소시민을 허락하고 있는 상태인지 아닌지에 대해서는 사회학 자체에서도 정설(定說)을 보고 있지 않을 만큼 그 유동이 심하며 또 그에 대한 결론은 이 경우 반드시 필요한 것도 아니다.

문제가 되는 것은 작가의 의식층 밑을 흐르고 있는 것이 바로 소시민의식이라는 사실을 짐짓 발견해내려는 태도 자체이다. 그것은 현장성actuality과는 논리의 소박한 함수관계를 벗어난 문학 현실reality로서의 문제인 것이다. 사실상 60년대의 작가와 시인들처럼 낮은 목소리로 이야기하던 세대는 이전엔 없었다. 50년대 소설가 서기원이 솔직히 고백하듯 무언가 항상 전 세대에게서는 뒤틀리는 몸부림으로 보이는데 그것은 역사와 관념을 그들의 현실과 일치시키지 못하는 데서 오는 공허한 굉음 이외에 아무것도 아니다. '낮은 목소리'란 새 세대 문학의 근본 속성이며 바로 그렇기 때문에 이들은 외치지 않고 말한다. 물론 이러한 새로운 특징의 발견을 위한 노력은 작가나 시인 자신보다 흔히 평론가에 의해 보다 직접적으로 추구되고 지적된다. 보들레르의 '악(惡) 속에서의 미(美)'라는 명제를 넣고 「나르시스 시론(詩論)」으로 등단한 김현은 아마도 60년대 문학의 흐름을 함께 관류하고 있는 가장 열의 있는 증인 같아 보인다. 그는 「나르시스 시론」 이후 말라르메, 발레리 등 주로 프랑스 순수시에 관심을 두고 사물의 존재에서 비로소 얻어지는 언어의 문제를 다루었다. 그의 이러한 평론 방법은 이전의 평론가들이 본질을 떼어버린 사조만을 생경하게 도입하거나 정확한 내포 없이 관념으로서 위기의식을 조성하거나 기껏해야 인상비평 이전의 감정비평을 일삼던 일에 비할 때 상당한 차이를 지닌다.

그것은 무엇보다 문학에서의 언어가 가지는 의미에 대한 가장 기초적인 인식의 출발을 말해준다. 그가 끈기 있게 파고든 노력의 결과로 우선 수사학의 둔사에 지나지 않았던 '상상력'은 귀중한 문학의 터미놀로지 성립의 가능성을 보여준다. 그러나 김현의 가장 큰 성과는 최인훈의 「크리스마스 캐럴」을 탐구하면서 쓰여진 「풍속적 인간」과 「한국 문학의 양식화에 대한 고찰」을 정점으로 주장하기 시작한 문학에서의 개인에 대한 강조이다. 「풍속적 인간」에서는 우리 사회에서의 돈에 대한 이해를 경험과 관념이라는 차원에서 보고 경험적인 것을 선험적인 것으로 받아들이는 재래의 소설을 "모두들 허공에 떠 있거나 땅 속에 숨어 있거나 했다"고 매도하고 나섰다. 매우 주목할 만한 이 발언은 신라 향가부터 이호철까지를 다룬 「한국 문학의 양식화에 대한 고찰」이라는 논문에서 보다 확실히 정리된다. 그는 여기서 한국 문학이 양식화되기 위해 규범과 개인이라는 두 개의 명제를 내놓고 결국 있어야 할 것은 개인이라고 주장했다. 이후 그의 평론은 이러한 이념을 기본으로 끈질기게 계속되는데 그것이 마땅히 이루어져야 할 당위이고 보면 작가들이 행하고 있는 일련의 창작 활동과 상응한 결실이 거두어질는지도 모른다. 「에고의 자기점화(自己點火)」라는 논문에서 최인훈의 에고를 동조하면서 나온 염무웅의 경우도 마찬가지였다.

그는 특히 "평론가의 임무는 우선 한 작품이 가지고 있는 질서에 굴절해

들어가는 것"이라고 자신의 태도를 밝히고 작품 자체에 대한 분석을 소홀히 해온 전 제대의 비평을 몰아세웠다. 또한 그는 몇 마디의 저항적인 발언이 담겨졌다고 해서 저항문학으로 삼을 수는 없다고 남정현을 비판했는데 이 역시 감정의 소박성에 대한 근본적인 검토의 문제를 제시했다. 그 후 염무웅은 마침 평론 활동을 시작한 백낙청과 많은 부분에 의견을 같이하면서 문학의 책임을 사회 전체와의 관련 아래 보는 입장으로 변하는데, 아직까지는 "예술가에 있어서 중요한 것은 그가 사회 현실의 문제와 모순을 얼마나 힘차게 제시하느냐"는 하우저의 말에 대한 동조 정도로 상식 논리 속의 것이어서 그것이 개인에 대한 상황의 우위를 말하는 것인지, 단지 자본주의 사회에서의 양심에 대한 환기인지, 혹은 다른 무엇인지가 분명치 않은 채 있다.

그보다는 평론에 있어 작가 최인훈 스스로의 활동과 김우창의 시평이 평가될 만하다. 최인훈은 월평, 대담 등 많은 비평적 좌석을 통해 소설에서의 현실의 의미와 작가에 있어 언어의 문제를 소박한 기계주의나 감정적 인상주의에서 벗어나 인식의 밑바닥에서부터 추적한다.

「계몽 · 토속 · 참여」라는 그의 평문은 관념을 실체로 착각하여온 수십 년 동안의 우리 문학에 매운, 그러면서도 세련된 비판을 가하고 있는데 이 글은 그의 말대로 "관념에 실증된 풍속의 추가 달려 있지 않은" 우리 현실의 허점에 대한 정확한 요약이며 새로운 문학에 대한 우연하지 않은 시사를 던지고 있다. "지성은 관계를 인지하는 작용이다"라는 말을 하면서 "시에 있어서의 지성"으로 시에 대해 명징한 관찰을 보이고 있는 김우창의 경우도 지도 논리가 너무도 취약한 시단으로서 상당한 도움을 얻는다. 시에서 스테레오타입과 클리셰를 지적, 비판하면서 그는 그것이 틀려먹었다는 이유로 현실을 은폐하였다는 것, 공허한 제스처라는 점을 드는데 역시 새 시대가 지향하는 당위의 이념에 잘 걸맞은 생각이다. "지성은 대개의 경우 구체적인 물체를 선택 배열하는 숨은 원리로서 나타난다"고 말하는 그가 시에서 바로 지성을 강조하고 있다는 것은 결코 그만의 우연한 발상이 아닐 것이다.

결코 많지 않은, 그러면서도 목소리가 낮은 이러한 평론가들의 활동 때문에 60년대의 문학은 얼핏 활기가 없어 보일는지 모른다. 물론 돌이킬 수 없는 착각에 속하는 이러한 판단은 60년대의 문학에 대한 무관심에서라기보다는 문학 그 자체에 대한 무지에서 연유한다.

현대문학은 귀향 장병의 무용담도 아니고 방랑하는 길손의 풍류담도 아니며 위기의식으로 목이 부은 부흥사의 설교도 아니다. 전쟁과 여행과 부흥회로 소비된 지난 많은 시간은 문학이라는 이름으로 보관되어질 것이 아니라 문학을 위해 있을 수밖에 없었던 지양 뒤에 남은 어떤 것으로 물러서지 않을 수 없다. 그들은 모두 「병신과 머저리」에 나오는 형의 얼굴들을 하고 있다. 살인이나 이별과 같이 오랜 상투적 때를 뒤집어쓰고 있는 것만을 사건으로 받아들이는, 철저하게 자기가 없는 인습과 관행 속의 인물, 조작된 관념의 부축을 받고서나 겨우 존재를 유지할 수 있는 타성과 무위의 피에로, 요컨대 항상 플러스알파로서 인습의 정량을 채우려고 하는 개성 없는 무기물의 분자. 그래서 그들은 입에 침이 마르도록 시·인간성·역사·자유·지성 등의 현란한 단어들을 외고 다녀야 했던 불행한 사람들이다. 마치 물 위에 뜬 잎사귀만을 따가지고 연꽃의 전부를 말하려 드는 것처럼 그들이 가졌던 것은 관념이 무성한 거대한 부흥회였다.

사건은 존재해서 사건인 것이 아니라 느껴서 사건인 것이다. 형의 눈에는 사소한 것, 쓸모없는 것에 불과한 것들도 동생에게는 아픔이다. 대상이 없는 아픔—그 아픔은 대상이 없는 것이 아니라 아픔을 느껴가는 것 그 자체가 대상이다. 신과 역사와 자유, 우리 문학을 혼미하게 휩쓸어왔던 모든 공허한 말뿐인 눈보라는 가장 작은 것에서부터 비로소 처음의 의미를 얻어야 한다. 새로운 문학이란 바로 사물에 대한 인식의 눈뜸이다. 일체의 공상과 선험, 편견, 그리고 근본적으로는 사실의 종합으로서만 압박을 주는 역사, 수사학으로서의 신, 정신의 허위가 가득 담긴 허세나 가장 거부되어야 할 동양적 체념과 감상에서 감연히 벗어나 하나의 나뭇잎, 겨울 방의

한기, 만남의 기쁨에 모두 제 무게를 재어주고 똑같은 논리의 순환으로 전쟁과 삶, 질병과 죽음, 모순과 허무의 추상 감각에도 정당한 제 무게를 달아주어야 한다. 사물에 대한 보편인식이란 바로 개성의 여부를 말한다. 개성의 창조—아름다운 개성의 창조이다. 아름다운 것은 위대한 것이다.

밖의 현실이 상황으로서의 긴장을 보이면 보일수록 아름다운 것은 그 자체가 위대한 능력으로서 자라간다. 이것이 문학에 대한 정당한 생각이 아니겠는가.

(1968)

한국 문학은 이상주의인가

1

이 글은 한국 문학이 내재적으로 지니고 있는 이상주의적 경향에 대한 조그마한 탐구이다. 한국 문학이 과연 이상주의인지 아닌지, 이 순간 나 자신 역시 확실하게 말할 수 없다. 이러한 생각은 결론에 이르러서도 역시 마찬가지일지도 모른다. 그럼에도 불구하고 이러한 시론(試論)을 쓰는 나의 의도는 다음 몇 가지에 있다.

첫째, 문학작품 평가에 있어서 무분별한 사조주의(思潮主義)가 과연 의미 있는 일인가 하는 데에 대한 깊은 회의이다. 20세기 한국 문학을 작품으로서 일별해볼 때 느끼는 인상의 대강은 20세기 한국의 정신사와 불가분의 관계를 지니고 있다. 즉 개항 이후의 서양화 과정, 혹은 조선조 사회의 전통적인 그것과 개방에서 오는 외래적 문화 요소와의 갈등과 부단한 관계를 맺고 있으며, 이러한 갈등은 1910년의 '한일합방'이라는 주권 상실에 의해 한층 심화되고 복잡화되고 있는 것이다. 이러한 정신사적 측면과 아울러 그 복잡한 내용 가운데에는 문학의 본질적 문제, 가령 문체의 변화 문제, 양식의 변화 문제가 역시 포함되는바, 이는 20세기 문학사 편집에 있어 가장 중요한 부분이 되리라고 생각한다. 요컨대 20세기 한국 문학은 개방과 수구의 갈등에서 제 틀을 못 찾고 있는 정신을 그 배경으로 하여 문학 내적인 제반 양상에서 중요한 변모를 겪어오고 있는 것이다. 이러한 조감은 20세기 한국 문학 이해의 기초 과정이다. 그런데 과연 이러한 이해는 제대로 이루어지고 있는가?

이광수는 인도주의, 계몽주의로 불리고 있고, 김동인은 자연주의와 낭만주의라는 이름으로 해석되고 있는 것이 지금까지의 비평 현실이다. 그런가 하면 염상섭이나 현진건은 사실주의로 명명된다. 거의 동시대를 살다 간 작가들이 이렇듯 판이한 '주의'의 병렬을 보일 수 있을까? 만일 조금이라도 주의해서 이 현상의 내부에 눈을 돌린다면, 우리는 불행하게도 하나의 작품, 한 명의 작가를 서구식 유개념(類概念)에 따라 재단하고 있는 비문화적 폭력성을 엿볼 수 있을 것이다.

둘째, 한국 문학에 엄연히 현상적으로 존재하고 있음에도 불구하고 자기의 존재론을 획득하고 있지 못하는 이른바 순수문학과 대중문학에 대한 무규준적 분류를 문제 삼지 않을 수 없다. '순수'와 '대중'이라는 관형(冠形)은 이 경우 무엇을 뜻하는 것인가? 우리는 이에 대한 해답 없이 수십 년을 희희낙락거리며 순수가 어떻고 대중이 어떻고 떠들어댔다. 그러나 과연 순수문학은 무엇인가? 잘 안 팔리는 것은 '순수'이고 잘 팔리는 것은 '대중'인가? 혹은 아닌가? 이 문제 역시 심상찮은 문제라 할 수 있다.

셋째, 결국 종합적인 이유가 되겠는데, 우리 문학은 그것을 문학이론 면에서 점검할 경우, 근본적인 반성점에 이르렀다고 나는 판단한다. 시기적으로 이야기할 때 우리는 지금 한 줄의 시구(詩句)가 지니고 있는 메타포나 한 편의 소설이 지니고 있는 플롯에 대한 연구와 똑같은 비중으로 그들 조건에 대한 가치 판단의 작업을 해나가야 할 시기라고 생각한다. 전체적인 가치의 콘텍스트와의 관련성이 삭제된 부분 분석이란 무의미하기 때문이다. 그 폐해로서 나타난 것이 유개념 주입의 사조주의이며, '순수'와 '대중'의 내용 없는 혼란이 아니겠는가. 이러한 인식의 눈금으로서는 우리 시대의 진정한 시대정신도, 우리 시대를 살고 있는 작가의 진정한 개성도 제 모습대로 드러날 수 없다는 것이 나의 생각이다.

말하자면 우리는 아직 우리의 자〔尺〕를 갖고 있지 못하다. 줄자로 잴 것인가, 저울로 달아볼 것인가, 아니면 천평으로 견주어볼 것인가. 그것을 결정하는 것은 바로 측정 대상의 성격이다. 그것이 공간의 길이라면 줄자를 쓸 것이며, 소금 자루라면 저울이 이용될 것이다. 혹은 귀금속이라면 천평을 사용해야 하리라. 우리는 아직 우리를 모르는 처지에 있다. 우리가 지금껏 사조주의적 유개념으로 즐거워한 것은 어쩌면 천평으로서 공간의 길이를 재려들었던 어리석음일는지 모른다. 여기서 한국 문학을 그 구조적 측면에서 성격 규정하는 일이 절실한 과제로서 대두되는 것이다. 한국 문학의 운명은 무엇이며 그 전통은 과연 무엇인가? 그러나 이 일은 일의 당위성과 이 일에 대한 조급한 기대처럼 그렇게 쉽게 달성될 수 있는 것은 물론 아니다. '이상주의'라고 붙여본 나의 소견은 따라서 앞에 말한 자〔尺〕로서의 의의를 갖는 것이 아니다. 그것은 대상의 성격을 파악하기 위한 그 이전의 기능에 만족하는 개념이다. 따라서 사조의 지칭이 물론 될 수 없다. 구태여 말하자면 이상주의라는 개념은 한국 문학의 구조적 편향을 알아보기 위한 기초적 가설이라고 해두는 게 좋을 것이다.

2

이상주의라고 말할 때 흔히 연상되는 것은 그것이 현실주의와 반대를 이루며, 성취되기 힘든 이상에만 매달려 현실을 소홀히 하는 태도, 즉 이상지향적 인생관이다. 그런가 하면 한편으로는 긍정적인 내포를 띠기도 한다. 현실의 모순을 그대로 받아들이고 일체의 비판 의지를 삭제한 채 순응만을 일삼는 태도에서 벗어나, 자기 나름의 모델을 추구하여 거기에 논리적이며 동시에 윤리적인 완벽성을 부여하는 태도를 이상주의라는 이름으로 주형화(鑄型化)할 때, 그것은 긍정적인 차원에서 내다보여진 것이다. 이상주의가 갖고 있는 이와 같은 가치의 양면성을 밝혀보기 위해서 우선 사전적 해석으로 돌아가보자. 먼저 『국어대사전』(이희승 편)은 다음과 같이 정의하고 있다.

① 인생의 의의를 순전히 이상, 특히 도덕적·사회적 이상의 실현을 위한 노력에 치중하는 입장. 현실과 타협하지 않고 어디까지나 이상의 실현을 위하여 일신의 불리와 희생을 도외시하는 고결한 태도를 말하나 다른 면으로는 현실적 가능성을 무시하고 허공에 뜬 이상을 추구하는 공상적 또는 狂信的 태도를 의미하는 수도 있음. 觀念論의 실천적 측면. 唯物論·現實主義의 반대. ② 觀念論

한편 『옥스퍼드 사전』은 더욱 간명한 정의를 보여주고 있다.

① 사물을 이상적 형태로 표현하려는 태도. 환상적 태도(리얼리즘과 反對) ② 外部 知覺의 대상이 관념의 구성을 위해 열려 있는 思考體系(리얼리즘과 반대)

그런가 하면 독일 『두덴 사전』은 다음과 같이 설명하고 있다.

윤리적, 미학적 本性의 이상을 顯現하려는 노력으로서 이상을 통해서 결정되는 세계관과 인생관. 따라서 그것이 무엇인가 하는 것에 만족하지 않고, 그것이 무엇이 되어야 하는가에 열중하는 태도다. (以上은 실제적 이상주의 Praktische Idealismus) 이론적 이상주의를 알기 위해서는 파토스의 철학이 기본을 이루고 있음을 이해해야 한다. 즉 영원히 변치 않는 참된 原初像의 이념 체제를 통해 결정되는 파토스의 철학으로서 그 原初像이란 감각적으로 認知可能한 사물을 통해 관심깊게 연결되는 것이다(新플라톤主義에 입각). 따라서 理想主義는 우리를 둘러싸고 있는 현실을 단순한 현상으로만 보는 모든 철학의 배후에 그것을 정립해 준 諸理念의 진실을 숨기고 있다. 이상주의의

한 극단적인 형식은 피히테에서 볼 수 있는 바와 같은 주관적 이상주의로서 意識을 하나의 객관적 진실 세계로 바라보고 外界를 인식적인 自我의 산물로 간주하는 것이다. 칸트의 비판적 이상주의는 외계를 독립적인 것으로 인정한다.—그러나 외계는 우리들 認識 능력의 주어진 形式 속에서만 파악되는 것이다. 칸트 이후 그를 따르는 독일 이상주의의 頂點은 헤겔의 '절대적 이상주의'이다. 그것은 '현실'과 '개념'을 理念 속에서 아주 一致하는 것으로서 변증법적으로 '止揚'했던 것이다.

이러한 해석들을 요약해보면 이상주의의 성격은 ① 공상 및 환상성 ② 관념성 ③ 파토스 ④ 당위지향성(當爲志向性) 등으로 나타나며, 그 한국적 특성으로는 ① 고결함 ② 광신(狂信)과 같은 것이 첨가된다. 그러나 고결함은 당위 지향에 포함되고 광신은 파토스에 포함될 수 있으리라.

이상주의라는 말이 하나의 수사학으로 보편화되기 이전의 근거는 물론 철학사에서 찾아진다. 슈퇴리히Hans Joachim Störig는 그의 『세계 철학사』에서 19세기 철학의 첫 태동을 독일 낭만주의와 이상주의에서 찾는바, 이것이 이상주의가 하나의 정신, 하나의 사고 체계로서 정립되는 최초의 순간이다. 즉 이상주의는 18세기 초까지 정신문화, 물질문명의 모든 면에서 낙후를 면치 못하고 있고, 따라서 극도의 정치적 불안과 경제적 피폐로 특징지어지고 있던 독일이 유럽 문화사에 적극적으로 참가하면서 얻은 최초의 명칭이었던 것이다. 그것은 칸트와 괴테가 나와서 활약하기 시작한 18세기 중엽부터 서서히 태동하여, 19세기의 세기바뀜Jahrhundertwende을 전후하여 크게 융성한 독일 정신의 표현이다. 말하자면 독일의 정신은 이상주의라는 이름을 달고 세계 문화사에 등장하기 시작한 것이며, 그것은 근대적 의미에서 최초의 문화 각성이며 독일의 르네상스라고도 불려질 만한 계기를 이룩하고 있다. 요컨대 문학사상 고전주의로 불리는 사조와 낭만주의라고 불리는 그것을 정신사적으로 동시에 포함하고 있는 것이 독일 이상주의이다. 그렇다면 그것은 어떠한 배경에서 어떠한 특질을 갖고 있는가?

일반 역사와의 전반적인 관계를 생략하더라도 사회 발전에 있어 심한 불균형 속에서 국가로서 성장해온 독일 사회의 역사적 구조가 그 첫번째 배경이 된다. 무엇보다도 경제적 궁핍은 독일 사람들에게 현실과 관념을 평온하게 일치시켜 발전하게 해줄 경험론의 정착을 저해하였다. 이것이 로크나 버클리, 흄, 그리고 프랑스의 여러 계몽사상가들이 독일에 와서 여전히 하나의 헤테로노미가 되어버린 근본 원인으로 판단된다. 루소나 볼테르 대신에 칸트를 배출하게 된 독일의 사회적 구조는 여기서부터 현실적 풍속에 앞선 관념의 발전을 보게 된 것이다. 그는 계몽주의가 주장하고 나선 이성의 허구성을 『순수이성비판』을 통해 비판하면서 인간 인식의 세계를 확대했다. 단순히 '현실'이라고 이름 붙은 세계를 소재와 형식으로 갈라서 '형식'의 문제를 추출해내고, 그것을 다시 감각의 현실과 이성의 현실로 도형화함으로써 인간 정신의 무궁한 가능성을 제시한 것이다. 칸트의 출현은 이렇듯 외부 지각의 대상물을 모두 관념의 구성을 위해 수용하는 이상주의의 기본적인 기능을 보여주게 되었다. 세계를 인식 내부에 구축함으로써 환상에 도달하는 낭만주의의 이론적 선구자로서 칸트가 지목되는 것은 바로 이 까닭이다. 슈퇴리히는 칸트에 이어 피히테, 셸링, 그리고 헤겔에 이르기까지의 19세기 전반을 이상주의로 규정짓고 있다.

독일 문학사에 있어 낭만주의 이전의 인물들, 가령 괴테나 실러, 클라이스트 등이 고전주의라는 개념에 안주하지 못하고 '질풍노도 시대'와 같은 다른 이름을 갖고 있는 까닭은 황폐한 현실을 벗어나기 위한 정신의 혼란 때문이다. 그리하여 이들은 국가가 통일되기 전에, 통일이라는 표상이 먼저 정립되고, 윤리가 보편화되기 이전에 윤리라는 표상이 생겨나며, 마찬가지로 자연, 예술 등의 표상이 발전하게 된다. 이러한 관념의 세계 구축은 헤겔이 논리학을 말하면서 주관과 객관의 새로운 운동 법칙을 말하기 이전까지 순조로운 발전을 얻는다. 이상주의를 다만 관념론의 실천으로만 보지 않고 유물론, 즉 물질주의에 대응하는 개념으로서 바라보는 태도는 헤겔 이후에 태동한 실증주의와 긴밀한 관계를 갖는다.

칸트가 강조한 인간 세계의 무한함이 — 취미를 비롯한 개성의 문제, 형식의 제 가능성 — 피히테와 슐레겔 형제를 거쳐 인간의식의 몽환적 세계로까지 확대되자 이상주의는 갖가지 낭만의 꿈을 꾸며 노발리스, 횔덜린에까지 이른다. 노발리스의 『밤의 찬가』, 횔덜린의 작품 거의 전부는 주관의 극대화가 가져올 수 있는 심연의 극점을 보여줌으로써 공상과 불가능한 상상에까지 이른 것이다. 실증주의는 이러한 풍조에 대한 역사적 반동으로서 나타나는바, 그것은 정치의 안정, 경제적 발전, 자연과학의 발달이라는 제측면과 밀접한 배경 관계를 유지한다. 문학사의 경우 19세기 초의 독일 비더마이어Biedermeier의 문학은 바로 이 시기의 산물이다.

하나의 이념Idee이란 결국은 자기변명, 자기합리화Self-justification라고 문학비평가 요스트 헤르만트J. Hermand 교수는 말한다. 현실의 생존적 조건이 충족되어 있는 곳에서 현실주의, 곧 리얼리즘이 성장하고, 현실의 생존적 조건이 비교적 각박한 곳에서 이상주의, 곧 아이디얼리즘이 보다 팽배하리라는 것은 따라서 쉽게 추론된다. 그것은 프랑스에서 리얼리즘이, 독일에서 낭만주의가 그들 의식 구조의 가장 깊은 본질에 가까운 것으로 개화했다는 사실로서도 어렵지 않게 증명된다. 물론 이러한 가설의 바탕에는 그들 주민들의 정신이 쉽게 현실의 여러 현상에 순응하지 않는다는 것을 전제로 한다. 그렇다면 이상주의라는 자(尺)는 좋은 것도, 나쁜 것도 아닌, 다시 말해서 가치의 긍정 혹은 부정과는 상관없는 곳에서 정신의 어떤 충전 작용을 하는 것임이 틀림없다. 그렇다면 ① 환상성 ② 관념성 ③ 비물질성으로 특징지을 수 있는 이상주의의 성격이 한국 문학에서는 어떻게 반영되고 있는가. 나로서는 이 표준이 특정한 문학 사조보다 포괄적이라는 의미에서, 그리고 역사 일반과의 배경 관계가 보다 관련적으로 밝혀지지 않을까 주목하고 싶다.

3

이상주의적인 경향이 가장 잘 나타난 작가로서 김동인을 들 수 있을 것 같다. 20세기 초의 소설가들인 이인직, 안국선, 최찬식 등의 작품들도 모두 이러한 경향을 띠고 있지만, 그중 철저한 작가가 김동인인 것 같다. 아마도 국권을 잃은 식민 치하에서 작가가 취할 수 있었던 반일제적인 감정이 일본 제국주의의 풍속적 물질주의에 대한 경원으로서 나타났는지 모른다.

김동인의 주인공이 예술가 혹은 예술가적 기질의 소유자로 등장하고 있고, 그의 주제가 예술 혹은 예술적인 어떤 장인의 세계를 추구한다는 사실을 이와 관련해서 주목할 필요가 있다. 가장 짧은 단편 「광화사(狂畵師)」를 보자.

「광화사」의 주인공은 솔거라는 화가다. 그는 산중 오막살이에 30년간이나 숨어 살면서 오직 그림에만 정진, 수천 점의 그림을 그렸다. 그러나 10년 전부터 솔거는 자기의 그림에 불만을 품었다. 전통적인 지금까지의 그림이 아닌 살아 움직이는 사람을 그려보고 싶었다. 미인을 그려보기 위해서 어렸을 때의 희미한 기억 속에 있는 어머니의 모습과 같은 모델을 찾아보았다. 모델은 쉽사리 발견할 수 없었다. 「광화사」가 지니고 있는 이상주의 지향은 이러한 구도에서 우선 손쉽게 드러나고 있다. 솔거라는 인물이 불만의 화가라는 점도 그렇거니와 "전통적인 지점까지의 그림이 아닌 살아 움직이는 사람"이라는 그의 희망은 다분히 주관적인 작가 세계, 원망(願望)의 세계를 말한다. 대체 '살아 움직이는 사람'의 그림이란 어떠한 것인가? 솔거는 궁중 뽕밭에 숨어 한 달이나 뽕 따는 궁녀를 살펴보았는데, 그가 본 50명의 궁녀가 미녀는 미녀였으나 "그가 그리고자 하는 사랑에 넘치는 눈을 가진 미녀"는 아니었던 것이다. 말하자면 그가 그리고자 하는 미녀, 즉 사랑에 넘치는 눈을 가진 미녀의 조건은 오로지 그만이 판단할 수 있는 주관 속의 것이다. 이러한 세계는 일견 예술 세계에서 일어남 직한 절대 주관을 연상시키지만, 거기에 솔거 스스로의 강력한 바람이 들어 있다는 점에서 다분히 이상적이다. 이 작품이 삶의 완벽한 형태로서 이상주의를 추구했다는 사실은 솔거가 오랜 방황 끝에 그의 마음속에 미녀로 받아들여진 소경 처녀를 만나는 대목에서부터 극화(劇化)된다. 즉 솔거는 10년 동안 찾던 미녀를 찾았는데 불행히도 그녀의 눈은 장님이었다. 솔거는 여의주 삽화(揷話)로서 그녀가 광명을 볼 수 있다고 말한 후, 그가 늘 바라온 미녀도를 그리기 시작하나, 바야흐로 눈동자를 그리려고 할 무렵, 그녀 눈이 하룻밤 사이에 애욕의 눈으로 변해 있음을 발견한다. 이로써 솔거는 그가 바라고 있는 미녀의 상이 지고지선(至高至善)의 것, 세속에서는 거의 충족될 수 없는 것에 집착하는 인물로서 형상화된다. 화공 솔거는 욕을 퍼부으면서 소경의 멱살을 잡아 흔든다. 그녀는 원망스러운 눈으로 숨을 거둔다. 화공이 그때 손을 놓자, 그녀 시체가 쓰러지면서 벼루를 차면서 먹물을 그림에 튕겼다. 그러자 두 눈동자가 그림에 찍혀 나왔다. 그러나 소경 처녀는 죽었고, 두 눈동자는 원망에 가득 찬 채 까뒤집혀져 있는 것이다.

동양적 신비주의의 분위기마저 풍기는 이 작품이 함축하고 있는 것은 이상주의 관점에서 볼 때 매우 중요한 요소와 연결된다. 그것은 이상주의가 죽음을 초극한 차원에서 완성된다는 면으로서 인식되는 것이 아니라, 무죄의 현실을 짐짓 비극으로 몰아넣음으로써, 그 현실 속의 인간을 불만과 원망, 저주하게끔 하는 것이 과연 무엇이냐는 질문의 제기다. 그것은 하나의 '완전한' 예술, 하나의 '완전한' 세계를 구축하는 데에 있어서 필요한 정신의 통일, 긴장을 의미한다고 설명될 때, 선량한 죽음을 포함한 막대한 희생에 대한 설명의 다른 일면이 그대로 삭제되는 결과를 낳는다. 따라서 타인의 죽음까지도 자신의 절대 추상 속에서 하나의 관념으로서 적극적 행사를 하게 되는 셈이다. 이것은 저 독일의 낭만주의, 그리고 도스토옙스키의 사회적 이상주의를 방불케 한다. 「광화사」의 화공은 예술적 완벽을 이상의 모델로 추구했다는 점에서, 그리고 마침내 광인으로까지 자기 발전을 수행했다는 의미에서 마법적인 이상주의의 얼굴, 노발리스 혹은 횔덜린의 그것을 연상시키며 타인의 죽음을 주관 속에서 정당화하고 있다는 점에서 도스토옙스키의 그것을 연상시킨다. 다만 도스토옙스키의 그것이 의도적인 것임에 반해, 김동인은 무의식성을 노출한다.

예술을 주제로 삼아 이상주의적 소양을 현상화한 작품으로는 「광염(狂炎)소나타」도 마찬가지라 할 수 있다. 이 소설은 「광화사」의 화공이 음악가로 바뀌어진 것 이외에 「광화사」와 다를 것 없는 주제, 구도를 보여준다. 소경을 죽여서 그림을 완성한 대신에 여기서는 불을 지르고서야 음악을 완성할 수 있는 격렬한 기질의 음악도 백성수라는 인물이 등장한다. 담배 가게에 불을 질러놓고 「광염소나타」를 작곡하고, 볏짚 낟가리에 불을 지르고 그 흥분으로 「성난 파도」를 작곡하는 주인공! 그 뒤 그는 방화에서도 차츰 감흥을 느끼지 못하게 되자, 시체를 모독한 뒤 「피의 선율」을, 시체를 간음한 뒤 「사령(死靈)」을 짓고, 마침내는 사람을 죽임으로써 예술적 흥분을 불러일으키기에 이른다. 이 소설의 화자로 나온 K씨는 소설 끝머리에서 이렇게 말한다. "힘과 굵은 선과 야성미로 백성수는 베토벤 이후로 불멸할 예술의 기념탑을 세웠다. 방화나 살인이라는 변변찮은 범죄를 구실로 그 같은 천재를 없애버린다는 것은 더 큰 죄악이 아닐 수 없다."

환상과 광신, 그리고 물질성에의 냉소와 함께 격렬한 파토스가 나와 있는, 말하자면 이상주의 문학의 제 요소가 팽배해 있는 작품으로서 「광염소나타」는 한국의 미의식이 도달할 수 있는 관념의 한 극치를 시현하고 있다고 볼 수 없을까. 예술 세계가 지녀야 할 이상성을 짧은 단편에서 이토록 절박하게 나타내는 경우를 보기란 쉽지 않을 것이다.

4

김동인의 모든 작품을 일률적으로 이상주의로 규정하기에는 약간의 무리가 따른다. 가령 그의 대표적 단편의 하나로 흔히 간주되는 「감자」의 경우, "음침하고 더러운 평양의 칠성문 밖 빈민굴을 무대로 하여 펼쳐지는 도둑질·매음·살인 등의 밑바닥 사회를 그려놓았기 때문"(조연현의 주장)에 자연주의 계열로서 해석되고 있다. 아닌 게 아니라 이 소설에는 도둑질·매음·살인 등이 나온다. 그러나 그것을 자연주의로서 파악하는 것은 편협한 소재주의Stofflichkeit의 결과다. 작품을 분석, 비평하는 데 있어서 소재의 기능은 지극히 부차적인 것이다. 그런 정도의 소재는 어떤 종류의 사조에도 나오는 것이다. 문제는 그러한 소재가 어떻게 그려졌느냐 하는 것, 즉 환상적으로 처리되었느냐, 사실적으로 묘사되었느냐에서 시작해서 작품이 효과로서 양성(釀成)해놓는 결과에 주목해야 한다.

이 소설은 그런 의미에서 자연주의가 지녀야 할 제 요소를 무참히 배반하고 있다. 자연주의의 특성은 이상주의적 제 경향이 환상적 광신성을 갖는 데 반해 즉물적 과학성을 그 기본으로 한다. 그 사조 자체가 19세기 후반, 국가의 안정과 경제적 발달, 따라서 성장하는 물질주의의 기반 위에서 현대 과학 발전, 특히 진화론을 중심으로 한 생물학으로부터 깊이 영향받고 있음을 생각할 때 이것은 지극히 당연한 문제에 속한다. 그것은 현실주의(리얼리즘)의 심화로서 현실 속에서의 인간의 문제, 현실 산물로서 인간의 문제를 심각하게 추궁하는 기능을 수행한다.

「감자」에서 주목할 점은 바로 주인공 '복녀'의 성격에 있다. 그녀는 "가난해서 매음을 하는" 모티프로 출발하지만 '왕 서방'이 "우리 집에 가" 하고 말을 걸 때 "가재문 가디, 원, 것두 못 갈까" 한 이후, 엉덩이를 휘두르며 즐겁게 그 짓을 한다. 그녀는 왕 서방에게서 받은 3원을 남편 앞에 내놓고 왕 서방의 이야기를 하며 '웃는다'. 그 뒤부터 왕 서방은 무시로 찾아오고 남편은 밖으로 나가준다. 여기서 벌써 이 소설은 매음과 가난이라는 소재가 조성해주어야 할 자연주의적 분위기와는 무관하게 전개된다. 결국 '왕 서방'이 딴 색시를 마누라로 맞고, 질투에 불탄 '복녀'가 살인미수 끝에 도리어 낫에 맞아 죽는 사건을 벌이게 되는바, 이 작품의 주제는 섹스에 탐닉한 원초상으로서의 여인, '복녀'의 광신으로서 드러난다. 파토스적 관념의 파탄인 것이다. 이 작품이 자연주의 계열의 것이 되기 위해서는 질투를 모르고 돈에만 눈이 어두운 여인으로서의 '복녀'의 즉물화, 가난과 매음, 도덕 사이에서 논리적 고민을 보여주어야 할 '복녀' '왕 서방'의 반파토성이 요구된다. 따라서 「감자」 역시 김동인의 이상주의적 편향을 크게 벗어나지 못한 작품으로 해석된다.

김동인의 「감자」와 일견 방불한 「날개」를 쓴 이상 역시 한국 문학의 이상주의를 풍성하게 해준 작가이다. '이상(理想)'을 의식했는지 그가 이름부터 '이상(李箱)'으로 바꾼 것이 흥미롭다. 이상에게는 피히테적 이상주의가 강렬하게 엿보인다. 즉 의식을 하나의 객관적 진실 세계로 바라보고 외계를 자아의 산물로 파악하고 있다는 점에서, 비정한 현실에 야합하지 않고 독자적 정신세계를 구축하려는 집념은 20세기 우리 문학사에서 거의 독보적인 자리에 선다. 「날개」는 어떤 작품인가.

'나'는 이웃의 어떤 사람과도 더불어 놀지 않고 인사를 하는 법이 없는 사회를 스스로 차단해버린 사람. 스스로 박제가 되어버린 천재를 자처한다. 세계를 현실 속에서 보지 않고 자기의식 내부에서 본다는 점에서 이미 그는 관념적으로 방기된 인간이다. 이러한 주인공이 맺는 유일한 사회와의 교섭은 '아내라는 여인'뿐이다. 이러한 세상은 싱겁기 짝이 없는 세상이다. 주인공 스스로 "싱거워서 견딜 수 없다". 따라서 아내와의 교섭이 만들어주는 현실조차 그에게는 현실성이 없고, 환상적인 측면으로 기운다. 매음으로 생활하는 아내이건만 아무런 불화를 느끼지 못하는 것이 그 비현실성을 반영한다. 물론 이러한 주인공 '나'는 표면상 아무런 의지를 갖고 있지 못한 좌절형으로 보인다. 그러나 '나'의 현실 의욕 상실을 통해서 작가가 의도하려는 것은 무엇인가, 그것이 중요하다.

작가는 여기서 주인공의 관념성, 비물질성을 묘사함으로써 삶에 대한 당위 없이 즉물적 생활에만 급급하는 인생관에서 벗어나려고 한다. '나'는 마침내 아내가 숙명적으로 맞지 않다고 자각하게 되는데, 이것은 주인공이 현세적 물질주의로부터는 박제가 되었지만, 삶 자체에 대한 의지를 포기하지는 않았음을 나타내는 것이다. 오히려 그는 아내의 소름 끼치는 시선을 피하여 거리로 나와서 이리저리 방황하며 정오의 사이렌 소리를 듣는다. 이상은 「날개」에서 철저하게 비현실주의적인 인간을 부각함으로써 역으로 그의 이상주의를 완수한다. 비현실적이라는 피상적 인상만으로서, 그가 도피의 문학을 창조한 것으로 판단되지 않고, 보다 높은 문학 정신으로의 한 지향으로 이해되는 것은 이 때문이라고 할 것이다.

이상주의 문학은 60년대 이후에도 발견된다. 그중 가장 열렬한 예로서 최인훈을 서슴없이 들 수 있다. 가령, 그의 일련의 관념소설을 제외하고 가장 사실적으로 쓰여진 『광장』을 보더라도 주인공 '이명준'이 얼마나 이상주의적인 인간인가 하는 점은 곧 판명된다. 이미 널리 분석된 바와 같이 '이명준'은 「날개」의 주인공이 그렇듯이 밀실 속에서 자아를 키워온 사람이다. 그러한 그가 이데올로기의 대립이 극심한 현실 상황에 투척되면서부터 자신의 관념이 환상으로 돌아가는 위기를 느낀다. '명준'은 현실과 맞서 현실적 노력을 계속하지만 결국은 땅 위에서의 선택에 실패하고 바다에 투신하는 비극을 보여준다. 이것은 이상주의적 소양을 갖고 있으나 현실에 대한 적극적 의지로 동화하는 이광수의 인물들과는 판이한 세계이다. 최인훈 이상주의의 특색은 다른 어느 작가보다도 강한 당위 지향을 내보이고 있다는 점에서 이른바 고결성을 띤다. 60년대 이청준의 경우도 이상주의와 현실주의를 규준으로 할 때 확실히 전자에 드는 작가이다. 그의 인물들이 갖고 있는 관념성, 비물질성, 당위 지향성들은 비록 그들 인물의 표면에 뜨거운 파토스가 나타나지 않고 환상적 흥분을 보이지 않는다 하더라도 집요한 이상주의의 한 측면임을 부인할 수 없다.

5

그러나 과연 20세기 한국 문학은 정신적 관념주의로만 내달았는가? 그렇게 보기에는 오히려 거북한 많은 역사적 사실을 우리는 갖고 있다. 이러한 기운을 역사적으로 살펴볼 때 우리는 1876년 개항 이후 이 땅에 드높이 물결치기 시작한 거대한 개화 의지와 관련된 물질주의의 태동을 중요시하지 않을 수 없다.

흔히 '공리공론(空理空論)'의 사상이라고 비난받아온 조선조 사회와 유학적 이념이 19세기 후반에 거세게 일기 시작한 '실사구시(實事求是)'의 이념, 실학에 의해 도전받음으로써 20세기 정신 전반에 걸친 물질주의의 침윤이 일어난다(이에 대한 연구는 이미 소상하게 이루어진 바 있다). 특히 연암과 다산의 사상은 이러한 관점에서도 크게 주목될 수 있을 것이다. 말하자면 연암이나 다산 등의 이른바 선각자는 그들이 민중의식을 계발해서 신분과 계급의 타파라는 정치적 차원에서의 근대화를 수행한 면과 함께, 비록 아직도 많은 보수주의의 한계를 노정하고 있다고는 하지만 실제 경제생활 면에서의 개선에 역점을 두었다는 면이 중요하다. 이것은 북학파의 이용후생론, 그리고 서양 문물을 기술적인 차원에서 소화하자는 동도서기론(東道西器論) 등으로 이해해도 좋을 것이다. 96년 『독립신문』 이후의 언론 문화 사업, 86년 배재학당 이후 육영 교육 사업, 『소년』『청춘』 등에서 주도된 문학 저널리즘 활동 등은 모두 이러한 근대화 과정의 물질주의가 하나의 충격이 되어 유발된 새로운 문화의 전개인 것이다.

이 시대의 사상적 저류를 최한기에서 하나의 예로 찾아보자. 혜강(惠崗) 최한기는 19세기 벽두(1803년)에 태어나서 19세기를 몸으로 살다 간 인물(1899년에 죽음)이다. 그는 "농·공·상업에 종사하는 신흥 계층의 주체적 노력이 사회 구조를 변화시키고 있다는 대담한 역사의식을 몸으로 느꼈는데"(이돈녕, 『한국 철학의 근대적 극복』, 한국인물대계 6) 이와 같은 입장은 한국의 19세기가 영·정조 이후 비로소 태동하기 시작한 정신의 실증주의적 추적이라는 면을 철학적으로 반영한다. 그것은 사상적 기조에 있어서는 서양의 19세기가 추진하고 있었던 일련의 합리주의, 자연과학적 사고와 발상의 궤를 같이할 수 있는 것이라고 하겠다. 최한기의 철학적 태도는 한국적 철학사에서는 유기론(唯氣論)이라는 이름으로 표현되는바, 그것은 객관적으로 존재하는 사물을 객관적으로 파악하려는 태도이다. 더욱 그의 사상이 실천 면에서 농·공·상 등의 신흥 산업 계층에 근거하고 있다는 점은 한국에서의 물질주의 역시 마치 서양에서의 헤겔의 경우처럼 객관적 대상-이성의 확립-실증주의적 인식-자연과학·산업의 발달과 같은 공식화를 방불케 한다. 박종홍에 의하면 최한기의 객관론은 선천적 관념을 부정함으로써 경험주의의 세계에 들어선 것이다(박종홍, 『최한기의 경험주의』, 아세아연구). 그의 경험주의를 이해하기 위해서는 다음과 같은 인용이 참고가 될 수 있다.

> 적고도 미세한 것으로 크고도 먼 것을 추측하려는 것이나 만일 객관적 법칙〔天氣運化〕과 인간의 법칙〔人氣運化〕에 대한 분별이 없이 마음이 광대광명하고 神通妙用이라고 하여 주관에 깊이 빠진다면〔自信甚篤〕, 객관적 법칙과 자신의 지식을 혼동하게 된다. 사실 사람이 궁구하지 못해도 우리는 객관적 법칙을 證驗하려 하지만 아직도 항상 미진한 것이 많다.
>
> —『人政』 3권 2장

최한기의 이러한 지적 가운데에는 한국의 샤머니즘적 이상주의 경향에 대한 비판이 교묘하게 숨어 있다. 즉 '신통묘용'이라는 표현을 통해서 그가 말하고자 했던 것은 유교의 주관적 관념론이 정당한 제 관념을 얻지 못하고 샤머니즘의 무술주의밖에 현실로서 표출해내지 못했던 조선조의 정신사에 대한 시니컬한 비판이었던 것이다. '신통'이라는 개념은 일신적(一神的) 권위로서 신의 위계질서가 구축되어 있지 않은 우리의 경우, 하나의 객관적 인식 대상의 범주를 탈출하는 개념이다. 그것은 객관적 인식의 세계에 있다기보다는 심정적 정서의 세계 속에서 배양되는 일종의 감정적 분비물인 것이다. 그것은 따라서 보편적 인식이 불가능한 개개인의 마음속에 존재하며 일정한 가치를 형성하는 것이 아니라 필요와 상황, 개개인의 욕구에 따라 변모한다. 따라서 '신통(神通)'을 그 정신의 축으로 삼고 '묘용(妙用)'을 그 실천적 방안으로 삼는 샤머니즘적 편향은 그것이 추구하는 바의 이상성, 완전성에도 불구하고 개개인으로 하여금 보편적 방법에의 길을 제시하기보다는 '묘용'만을 강조, 결국 적자생존적 원시문화를 조장하게 되는 것이다. 말을 바꾸면 '묘용'의 원리는 강자만이 영원히 강자로 남는 현실주의로 흐르게 되고 여기서 다시 찰나주의가 배태되게 되며, 결국저 이른바 인간의 초월성은 거부당하고 만다. 이러한 논리의 과정은 애초의 의도가 지녔던 이상주의와는 예각적으로 배반되는 결과를 초래하는 것으로서 조선조 유교의 관념론이 지니는 최대의 약점이며, 함정이라고 할 수 있다. 이리하여 최한기의 유기론은 역사적 정당성 위에서 그 평가를 획득한다. 우선 물질주의자로서의 그의 철학에 주목하는 나로서는 그의 '기(氣)'가 만물을 구성하고 있는 자료를 의미한다는 사실, 그리고 "항상 실제에 응함과 일에 힘씀으로써 의심스럽고 곤란한 것을 처리해야 한다"(『인정(人政)』 12권 10장)는 그의 소견만으로도 19세기의 물질주의 사상의 성장을 발견할 수 있다.

생활의 개선과 편의를 그 이념적 목표로 하는 물질주의는 이렇듯 사상적 태동에 있어서는 서양의 경우와 거의 비슷한 시기상의 일치마저 보인다. 이러한 물질주의가 정당한 자기 발전을 이루지 못한 까닭은 전혀 사상외적, 학문 외적인 곳에 있다. 그것은 개항과 거의 동시에 격화된 한반도를 에워싼 국제정치학적인 설명이 대답해주어야 할 부분이며, 그와 함께 권력의 각축을 벌인 국내 정계를 살펴봄으로써 확실해질 부분이다. 아무튼 정치적인 차원에서는 복잡한 현상이 계기(繼起)함에도 불구하고 20세기의 한국은 물질적 근대화라는 것을 불가피한 당위로서 받아들인다.

1910년의 한일병탄은 19세기에 팽배한 이러한 기운이 물질주의 사상의 발전이라는 면에서는 긍정적으로 전개되어가는 새로운 시발점으로서, 그러나 정치적으로는 국가의 상실이라는 초정치적인 비극의 상황으로 변하는 이중의 의미를 출발시킨다. 여기서 근대 물질주의는 발전의 문턱에서 그 명분의 착종을 초래하게 된 것이다.

19세기 말 물질주의 사상의 확대를 배경으로 돋아나기 시작한 각종 문화사업, 교육 사업, 언론 출판 사업은 여기서 행복한 시민사회의 논리 추구에 앞서, 상실당한 국권의 회복이라는 민족 생존을 위한 투쟁의 일선에 나가지 않을 수 없는 역사적 당위에 직면하게 된 것이다.

최남선, 주요한, 이광수, 김동인 등으로 주도되는 한국의 20세기 문학은 말하자면 이러한 고통의 틈바구니에서 솟아난 것이다. 이광수의 주인공들(이형직, 석순옥, 허숭 등등)이 항상 이상주의적 꿈을 지니고 있으면서도 현실과의 화합(가령 조건 좋은 배우자 쪽으로의 결과적 선택 등)을 보이는 것은 특히 이러한 관점에서 다시 음미될 필요가 있다. 확실히 이광수 문학의 가장 드라마틱한 소설적 전기(轉機)는 정신적 편향이 다른 둘 이상의 남녀관계에서 일어나는 선택의 장면이다. '영채'를 사랑하면서도 부잣집 딸 '선형'과 결혼하는 '형식', '안빈'을 사랑하면서도 돈 많은 탕아 '허영'에게 가는 '순옥', 고향의 첫 애인 '유순'을 버리고 서울의 참판집 딸 '정선'과 결혼하는 '허숭' 등 그의 인물은 모두 두 개의 판이한 상황, 두 개의 상이한 정신세계에서 갈등을 겪고 고민을 하다가 결국은 돈 많고 조건 좋은 현실의 편으로 기운다. 그것은 아마도 우리의 사상적 발전을 중단시키고 일제가 이를 강점적으로 대행하는 데에서 오는 심리적 울분이며, 무의식적인 물질주의에의 콤플렉스인지도 모른다.

6

우리 문학이론에서 오랫동안 쟁점이 되어온 것이 리얼리즘 문제이다. 그러나 리얼리즘이란 말을 현실주의라는 말로 바꿔놓으면 이 문제는 바로 이상주의와 동하는 이야기가 된다. 그렇다면 리얼리즘을 추구하는 비평정신의 전제에는 한국 문학이 다분히 이상주의적 색채를 띠고 있다는 인식이 숨어 있다. 혹은 그 반대도 가능하다. 즉 한국 문학은 지나치게 현실 순응적이며 이상다운 이상, 높은 정신의 절대성을 믿지 않는다는 불만이 숨어서 리얼리즘을 강조하는 편향에 비판을 보인다. 이렇듯 상반된 두 태도는 원칙적으로 공존할 수 없는 본질의 상극이다. 어떻게 이상주의와 현실주의가 공존할 수 있겠는가. 그것은 '이상'과 '현실'이 같이 있을 수 있는 차원과는 엄청나게 다른 차원의 논리를 갖는다. 그러나 우리는 이광수와 김동인을 동시대에 가졌고, 한용운과 이상마저 거의 동시대에 가졌다. 그런가 하면 염상섭이 인기가 없던 시절에 김내성과 정비석의 인기가 드높음을 목격하여왔다. 각기 세계가 다른 최인훈과 이호철이 동시대의 정신을 대변하고 있으며 이청준과 박태순의 이름들도 대립의 인상보다는 동류의 인상으로서 독자들은 물론, 문학 전문가들에게까지 받아들여지고 있다.

그러나 과연 이광수와 김동인의 문학 본질은 그들이 서로 내접하고 있는 것만큼 비슷한 것일까? 최인훈과 이호철, 이청준과 박태순은 어떤가? 나는 이들 20세기 한국 작가들이 갖고 있는 개성으로서의 '현실'과 개성으로서의 '이상'과는 별도로 각기 이들을 이상주의적 편향과 현실주의적 편향으로의 분류가 가능하지 않을까 판단한다. 그것은 20세기 한국을 지배하고 있는 두 편향을 첨예하게 반영하는 것으로서 그 혼류가 바로 이 시대의 정신으로서 긍정적으로 평가되어야 하지 않을까 하는 뜻이다. 우리 시대는 아직도 전체의 포괄적인 구조를 발견하기에 앞서 부분부분의 비본질적 형식들을 본질로서 착각하는 경향이 있다. 그 좋은 보기가 김동인이다. 끝없는 이상주의자인 그를 이상주의 문학과 사뭇 다른 자연주의로 바라보고 있는 한, 그에 대한 진정한 이해는 달성되지 않는다. 이광수의 경우도 마찬가지이다. 그를 흔히 계몽적 이상주의라고 부르나 그것은 결합될 수 없는 명칭의 견강부회에 지나지 않는다. 춘원의 문학은 앞에서 보았듯이 물질주의에 대한 심한 경사(傾斜)를 보이고 있으며, 그것은 생활의 합리화, 농촌 사회의 개발이라는 측면으로서 표현된다. 그가 갈구한 것은 정신의 절대화를 통한 초월성의 구축에 있는 것이 아니라, 당대적 편의에 있음을 환기할 필요가 있다. 춘원 문학은 심훈의 『상록수』로 연면히 이어지고, 40년대의 공백을 거쳐 50년대 이후 이호철을 비롯한 전후 작가의 서민문학-농촌문학으로 맥락을 잇고 있다. 이들의 현실주의는 세기 초의 리얼리즘이 지녔던 강렬한 개화 의지의 퇴조 때문에 상대적으로 취약한 느낌을 주나 현실주의가 현실의 순응에만 안주하지 않고 문학의 구축 과정에서 현실에 대한 실천적 비판력을 배양(예컨대 소설 리얼리즘을 보라)한다는 의미에서는 오히려 기대될 만하다. 말하자면 엉뚱하게 김동인에게 씌어졌던 자연주의의 본질은 이러한 방향에서 비로소 참되게 발견할 수 있으며, 그것이 바로 문학사적으로 현실주의가 담당할 수 있는 몫인 것이다.

김동인, 이상, 그리고 최인훈이나 이청준으로 대표될 수 있는 한국의 이상주의는 문학사적으로 보다 치밀한 연구의 대상이 된다. 세속을 배격하고, 당대성과 물질성을 배제하는 이들에게 있어서는 아무리 환상적 방법이 회피되고 사실적 방법이 선택되더라도 그것만으로 그 본질이 쉽게 밝혀질 수는 없다. 최인훈의 『서유기』가 그렇고 『회색인』이 그렇다. 이청준의 『소문의 벽』 역시 관념성, 그리고 당위 지향의 '고결'을 숙명처럼 안고 있다. 이러한 이상주의야말로 한국 문학의 정신 전체로 볼 때에는 귀중한 정신의 샘으로 신성한 느낌마저 주지만, 그들 작가 스스로서는 한없이 외로운 길 위에 서 있는 것이다. 왜냐하면 이들에게는 이상주의가 시대정신의 전폭적 대변이 될 만한 역사적·사회적 구조의 일치를 얻고 있지 못하기 때문이다. 그 일치를 얻기에는 우리 사회가 오히려 물질 지향의 풍성한 사회이며, 차라리 과학이 발달한 사회이며, 경험 중심의 관념적 모순 사회인 까닭이다.

60년대의 최인훈은 한국 정신의 비극을 관념과 풍속의 괴리에서 내다보았다. 그는 노발리스나 횔덜린처럼 낭만주의의 극단으로 가지도 않았다. 그에게는 사회 구조의 전폭적인 일치가 이루어지지 않은 까닭이었다. 이제 문학 정신의 비극을 말하려면 관념과 풍속의 괴리를 말할 것이 아니라 이상주의와 현실주의의 공존을 말해야 할 것이다. 이미 그 둘의 배격은 무의미하다. 우리 문학에서 어떠한 복합적 양식으로서 그 공존의 독자성을 획득하고 있는지 그 과정을 분석적으로 살펴보아야 할 필요의 발견이 이 글에서 얻게 된 소득이 아닐까 싶다.

(1972)

산업화의 안팎
—70년대 신진 소설가의 세계

1

오늘 우리가 만나는 현실은 비단 겪어나간다는 점에 있어서뿐 아니라 그것을 설명해보려고 할 경우에도 매우 괴롭고 힘든 과제로 반영된다. 도시에서는 수십 층에 이르는 고층 빌딩의 임립(林立), 지하철의 건설, TV와 인터폰이 설치된 문화 주택의 예쁜 단장이 하루하루 달라 보일 만큼 문명화·근대화·산업화를 거듭하고 있으며, 그것들은 지식인의 경멸과 선망이 교차되는 가운데 어쩔 수 없는 풍속의 핵으로 자리를 차지해가고 있다. 선진 제국에 결코 뒤질 것이 없어 보이는 문화시설이 갖추어진 대규모 아파트 단지가 속속 이루어지고 있는가 하면, 도심에 위치한 휘황찬란한 백화점의 진열대에는 인간의 소비욕을 자극하는 갖가지 물품들이 산적된 채 유혹의 눈길을 던지고 있다. 코카콜라 광고, 아이스크림 광고, 햄버거 광고, 각종 향수·화장품의 광고와 서양식 술집들의 시위 속에 도시의 해는 뜨고 또 저물어간다. 생활의 정보 매체라고 불리는 신문들은 가난을 못 이겨 제 목숨을 끊은 어느 여인의 애화(哀話) 따위는 아예 기삿거리에서 빼어버린 지 오래되고, 그 자리에 새 시대 매스컴의 첨병이라도 되듯 울긋불긋한 컬러판에 외국의 풍물을 소개하고 있다. 학문의 전당이니 상아탑이니 하던 대학에 가보라. 긴 머리에 블루진으로 통일된 외양은 이미 남학생인지 여학생인지조차 구별할 수 없는 중성 인간들을 생산해 내놓고 있으며, 그룹 미팅이니 고고춤이니 하는 낱말들은 실험실 속의 어느 시약 이름만큼이나 대학생들에게 친숙감을 부여하고 있다. 요컨대 부지불식간에 우리 사회는 산업화 과정의 한복판에 들어와 있는 것이다. 다른 계층은 그만두고라도 자가용을 타고 출퇴근하는 대학 교수가 있고, 부동산 투자를 본업보다 더 열심히 하고 있는 문인이 있다는 사실이 이와 같은 현실의 단적인 증인이 될 수 있을 것이다.

우리는 자가용 타고 출퇴근하는 대학 교수나 땅장사에 열 올리는 문인을 여기서 비판하려고 하는 것이 아니다. 그들도 사람인 이상 잘살고 싶어 할 것이다. 또한 우리는 그런 문제에 있어 제삼자가 왈가왈부할 계제가 못 된다는, 말하자면 알 바 없다는 식의 오불관언적(吾不關焉的) 태도로 책임의 권외로 달아나려고 하지 않는다. 이 자리는 다만 우리 현실의 압도적인 한 풍경을 말하는 자리일 따름이며, 그에 대한 가치 평가는 좀 뒤의 일로서 넘겨줄 수 있을 것이다. 우리 현실에 대한 인식의 출발은, 가령 도심의 한복판에서 25원짜리 시내버스를 타고 당도하게 되는 어느 종점, 어느 변두리 풍경을 만나게 될 경우에도 똑같이 일단 의연할 수 있다. 거리라고 걸어보아야 붙잡아 흔들면 곧 쓰러질 듯한 선술집이 몇 채 서 있고 그곳에는 이렇다 할 직업이 없는, 혹은 하루에 몇백 원씩을 겨우 벌 수 있을 뿐인 막벌이 노동자들의 검고 앙상한 얼굴들, 그 얼굴들은 즐겁기는커녕 남루하기 짝이 없다. 이러한 얼굴들을 보기 위해서는 굳이 변두리 산비탈의 무허가 블록집을 찾지 않아도 좋다. 농촌이나 어촌의 선창가로 나가지 않아도 좋다.

네온사인이 아름답게 명멸하는 도시의 한가운데에서, 가령 어느 술집이든 들어가보자. 수십 명 수백 명씩 쭈그리고 앉아 있는 호스티스라는 이름의 여인들, 낙지 한 접시에 끼니를 걸고 앉아 있는 작부들, 혹은 구두 닦는 소년들, 혹은 행상들. 가령 근대화의 결정적인 표시로 각국이 자랑하는 지하철이지만 동시에 그 지하철 공사장에는 수천 명의 가난한 얼굴들이 흙을 파내고 쇳덩이를 나르며 삶을 이어가고 있는 것이다.

이와 같은 풍경들은 의심할 나위 없이 전근대 농촌사회에서는 볼 수 없었던 것이다. 산업 구조가 1차적인 평면에 머물러 있어 제 땅에 제가 모를 심어 추수해 먹고 살면 그만이었던 사회에서는 볼 수 없었던 것이다. 우리 사회만 하더라도 그 이론적인 추구와는 상관없이 풍속 면에서 아파트가 대규모화하고 TV가 대중화하기는 60년대 후반에서부터 본격적인 것으로 계산된다. 해방과 건국, 그에 연이은 전쟁은 무질서의 극단을 걸어갔다. 그러나 60년대를 넘기면서 산업화는 그 실천 면에서 눈에 띄게 발전해왔으며, 그 과정에서 많은 사회적 갈등과 굴곡을 드러내었다.

산업화를 하나의 신화처럼 받들고 있는 산업화 추진의 주체에 대한 윤리적 탐구가 이루어진다면, 앞서 언급한 바 있는 산업화의 부정적 배면(背面)이 중요하게 클로즈업된다. 이 글은 양자가 문학, 특히 소설을 통해서 어떠한 문제점을 야기하고 있으며 그것을 통해서 다시 어떻게 비판되고 있는가 하는 점들을 알아보게 될 것이다. 당연히 70년대 작가들이 분석의 대상이 된다.

2

최인호의 일련의 소설집, 즉 『타인의 방』 『잠자는 신화』 『내 마음의 풍차』 등이 정신없이 쏟아져 나온 것이 하나의 기폭제라도 되었는지, 1970년을 전후해서 소설을 쓰기 시작한 신진 작가들이 올해에 첫 창작집들을 내놓고 있다. 앞서 말한 최인호 이외에 황석영의 『객지(客地)』, 조해일의 『아메리카』 등이 그 대표적인 예라고 할 수 있다.

이들 세 작가는 마치 70년대의 선두주자처럼 소개되고 있으나, 그러나 작품 세계에 있어서는 각각 조금씩 다른 양상을 유지하고 있으며 독자들에게 감동이나 충격을 전달하는 데 있어서도 그 양상을 달리하는 것으로 판단된다. 따라서 이들을 포함해 조선작(趙善作), 김주영, 박완서 등 70년대를 말하면서 결코 무시해버릴 수 없는 여러 작가들을 일괄해서 리뷰한다는 것은 쓸모없는 일에 지나지 않을는지 모른다. 그것은 작가론도 일반론도 아닌, 애매모호한 글로 생각되기 쉽기 때문이다. 그러므로 이 글에 단 하나의 의의가 있을 수 있다면 이들 여러 작가들이 지닌 감수성의 어떤 공통점을 발견해내는 일일 것이고, 그것은 결국 우리가 당면하고 있는 현실에 반응하는 문학인의 어떤 공통된 운명을 터득하는 일이 될 것이다.

최인호의 수많은 작품 가운데에서 나에게 가장 감동을 주고 있는 작품은 67년 조선일보 당선작 「견습환자」와 「타인의 방」, 그리고 중편 「무서운 복수(複數)」와 「내 마음의 풍차」이다. 그 밖에도 「술꾼」 「잠자는 신화」 등도 신비한 상징성으로 쉽게 잊을 수 없는 작품들이다. 우선 처녀작 「견습환자」는 폭발적인 인기를 얻고 있는 이 작가의 세계를 전체적으로 이해하기 위해 약간의 분석을 반드시 해보아야 할 작품이다.

> 참으로 이상한 일이다. 나는 지금껏 그 사람들에게서 웃음을 본 일이 없다. 〔……〕 그러나 내가 정말로 아파 오기 시작한 것은 늙은 간호원이 병실 앞에 내 이름이 새겨진 문패를 걸어준 후, 수의(囚衣) 같은 환자복을 주었을 때였다. (인용 ①)

> 종합 병원은 하나의 살아 있는 동물이었다. 〔……〕 일층, 이층, 삼층, 사층, 모든 병동은 밤에도 환히 눈을 뜨고 있었다. 간호원들은 병실과 병실 사이를 부산스레 헤매고 있었고, 간혹 의사들은 '비상'을 알리는 주번하사 같은 기민한 동작으로 층계를 오르내리고 있었다. 나는 그들이 균을 잡아먹는 백혈구와 같다고 생각했다. 〔……〕 그 즈음 나는 새로운 사실을 발견했다. 입원한 이후 저들의 얼굴에서 웃음을 발견치 못했다는 중대한 사실이었다. 〔……〕 이리하여 나는 그들을 웃기기 위해서 고용된 사설 코메디안 같은 무거운 책임 의식을 갖게 되었고, 밤낮으로 그들이 무엇을 원하고 있는가를 알아 내려 애를 썼다. (인용 ②)

> 나는 이 철근 콘크리트로 격리된 견고한 미로 속에 쥐 대신 그 젊은 인턴을 삽입해 보고자 생각했다. 그리하여 그날밤, 나는 병동이 잠들기를 기다려 간호원의 눈을 피해 일병동에 있는 문패와 이병동에 있는 문패를 모조리 바꿔버렸다. 〔……〕 자, 이 병동의 의사와 간호원들은 어떤 방황을 시작할 것인가. 나는 나의 인턴이 새로운 방황의 길로 떠나주기를 기원했다. 뛰어라, 미로에 빠진 나의 투사여. (인용 ③)

「견습환자」에서의 병원은 조직 사회의 한 상징이다. 의사와 간호원은 병을 고쳐주는 고전적 인술인(仁術人)들이라기보다, 병원이라는 거대한 '동물'의 발가락이며 발톱이다. 그들은 조직의 부분품이 되어버린 것이다. 실상 우리는 이와 같은 말들을 자주 들어왔다. 주로 서양 사회의 특징을 말하기 위해 씌어지는 분위기 묘사였는데, 어느덧 우리는 「견습환자」에서 그것을 생생한 현실감으로서 갖게 된 것이다. 인용 ①, ②, ③에서 "수의 같은 환자복" "살아 있는 동물" "철근 콘크리트로 격리된 견고한 미로"와 같은 표현들은 종합병원이 지닌 비인간적 조직성을 여실하게 노출하기에 조금도 부족함이 없다. 이와 같은 조직 사회는 산업화로서 불리는 이른바 근대화 과정이 한 단계의 매듭을 가지게 될 때 발생하는 것으로서 그것을 한 목적 지향으로 하는 사회과학은 이에 대해 긍정적인 반응을 보이는 것이 보통이다. 인정주의적이며 취락주의적인 인생관과 몌별하고 전근대적인 비합리성의 풍토를 벗어나게 된다는 점에서 아닌 게 아니라 조직사회가 내포하는 긍정적인 가치가 부인될 수 없는 것이지만, 그러한 기능 못지않게 조직사회가 완벽하게 형성되면 될수록 그 역기능 또한 증대한다는 것을 우리는, 문학의 입장으로서는 간과할 수 없는 것이다. 필경은 무엇을 위한 조직사회인가? 비록 결과라고는 하지만 조직이 인간 자체를 위협하게 되었다는 것은 우리 현실의 중요한 변화를 의미하는 것이다. 아직 제스처에 지나지 않는 것이지만 조직을 강조하고 제도와 규율을 높은 가치로서 훈련시키려고 하는 경향은 어느덧 한국 사회의 새로운 특징으로서 등장하고 있는 감이 있다. 최인호는 그것을 한 종합병원이 웃음을 상실하고 있다는 점을 착안점으로 해서 능률을 자랑하듯 바삐바삐 오가는 인간들의 규격화된 언동이 과연 보람 있는 일인가 묻고 있다. 이 작가는 상실당한 웃음을 통해서 상실당한 인간을 보고 있는 것이다.

병을 고쳐준다기보다 오히려 병을 심어주는 병원(수의 같은 환자복을 입을 때 비로소 아프기 시작했다는 대목을 주의하라), 그리하여 「견습환자」의 주인공은 "나는 그들을 웃기기 위해서 고용된 사설 코메디안 같은 무거운 책임의식"을 갖게 된다. '사설 코메디안'이라는 매우 웃기는 표현이 사용되었으나, 그것은 차라리 눈물겨운 해학으로 보아야 할 것이다. 해학이란 절망적인 상황에서도 절망하지 않고 일어서는 생명력과 비판력의 복합적인 발로다. 아무튼 주인공에게 '사설 코메디안'이라는 '무거운 책임의식'을 부하시킨 이 작가는 사실 그러한 입장을 작가 스스로의 기본 입장으로 일찍이 천명해놓은 것이나 다름없다. 「견습환자」 이래 그의 세계는 바로 이 "사설 코메디안 같은 무거운 책임의식"으로 일관되고 있다는 사실이 주목되기 바란다.

그렇다면 「견습환자」의 주인공이 환자들의 문패를 바꿔놓고, 시취(屍臭) 풍기는 의사나 간호원을 골려주려고 하는 까닭은 무엇인가. 요컨대 질서 있게 움직이고 있는 병원의 기능에 한 작은 파행을 자행하려는 진정한 까닭은 무엇인가. 같은 이야기의 반복같이 들리지만, 그 까닭은 이 환자의 진정한 아픔이 "수의 같은 환자복"을 입을 때 비로소 시작되었다는 진술과 긴밀한 관계를 가진다. 말하자면 이 환자는 병원이라는 조직으로부터 소외감을 느끼기 시작한 것이다. 그것은 기계주의가 갖는 자동성autonomie으로부터의 소외다. 「견습환자」는 그러므로 우리 사회에서 소외의 문제가 현실감을 가지고 조심스럽게 제기된, 거의 처음 만나게 되는 작품이라 할 수 있다. 소외를 현대인의 한 숙환이라고 말할 수 있다는 「견습환자」의 주인공은, 정말 견습환자인 셈이라 할 수 있다.

「견습환자」에서 견습적으로 시험된 최인호의 소외는 「타인의 방」에 이르러 거의 완벽하다고 할 정도의 한 결정(結晶)을 얻는다. 이 소설은 도시의 훤소(喧騷)에서 제 아파트로 돌아온 어느 사내가 아내의 부재 때문에 느끼게 되는 심리를 추적하고 있는 작품이다. 자기의 집을 옆집 사람들의 낯설고 의심쩍은 눈총 아래 들어가게 되는 서두부터 그 자신이 소유하고 있는 자기의 소유물에게서조차 심한 배신감을 느끼고 소외의 극한감을 겪는 결구에 이르기까지, 사물에 부딪쳐 인간이 반응하는 불화의 위화감이 어떻게 소외로 발전하고 있는가 하는 것을 생생하게 그려낸다.

> 물건들은 놀랍게도 뻔뻔스러운 낯짝으로 제자리에 가라앉아 있었다. 그는 비애를 느낀다. 무사무사의 안이 속에서 그러나 비웃으며 물건들은 정좌해 있다. 그는 투덜거리면서 스위치를 내린다. 그리고 소파에 앉아 단 설탕물을 마시기 시작한다. 방안 어두운 구석구석에서 수군거리는 소리가 들렸다. 〔……〕 옷장의 거울과 화장대의 거울이 투명한 교미를 하는 소리도 들려온다. 그는 어둠 속에서 눈을 부릅뜬다. 벽이 출렁거린다. (인용 ④)

아내의 부재라는 단 하나의 모티프로서는 설명될 수 없는 「타인의 방」 주인공의 극단적인 소외감은 사실 아내도 타인이 될 수밖에 없는 전통적인 가족관계의 붕괴, 소위 핵가족의 진행이라는 문명화 과정이 품고 있는 풍속의 소산이다. 거기에는 인간이 혈연적으로 기대할 수 있는 게마인샤프트적인 인간관계의 소멸과 그것을 야기시키고 있는 산업사회의 즉물주의가 숨어 있다. 거짓 쪽지를 남겨놓고 아내가 나가버린 아파트의 텅빈 공간에서 주인공 사내는 제자리에 앉아 있는 가구들조차 "놀랍게도 뻔뻔스러운 낯짝으로" 앉아 있다고 생각한다. 그의 마음은 마침내 뒤틀린 것이다. 그의 눈에는 이미 사물도 단순한 물건이 아닌, 이쪽의 존재에 상응하는 한 대상, 한 존재로서 파악되고 있다. 그것은 하나의 발생인데, 불화를 통한 발생이라는 점에서 소외에 대한 정의와 일치한다. 남의 나라의 이야기로 흘려버리기만 하였던 이 소외의 문제가 어느덧 우리 문학에서도 현실감을 동반하여 육박해 들어오고 있다는 점에 우리는 경탄에 앞서 두려움을 느끼지 않을 수 없다. 최인호는 우리가 부지불식간에 그 와중을 헤매는 사이에, 그것을 한 현실로서 형상화하고 있는 것이다.

신으로부터의 소외가 실존철학을 낳고 노동으로부터의 소외가 이데올로기를 낳았다는 것을 우리는 알고 있다. 과학의 발달이 갖다준 문명·산업사회가 물질로부터 인간을 소외시키고, 여기서 소외된 인간이 인간의 자리로 복귀하지 못하고 방황하고 있다는 것을 우리는 알고 있다. 서양 정신을 휩쓸고 있는 마르쿠제의 이름이 바로 이 방황의 철학이라면, 우리는 이 현상을 어떻게 받아들일 것인가. 최인호가 제기한 문제는 바로 이것이다. 외래의 것이라고 굳게 문을 잠그는 태도로 남아 있을 것인가. 압도적인 현실을 외면하고 말이다. 그의 소설이 아니었다면 어쩌면 이 문제는 아직도 표면에 부각되지 않은 채 현상뿐인 현실만 부유하고 있을는지 모를 일이다.

기계문명·산업사회가 물질로부터 인간을 소외시켜버리고 난 다음의 인간은 구미의 히피와 뉴레프트들이 그렇듯이 다분히 성애적이며 폭력적이다. 그것은 마르쿠제가 지적하기도 했거니와 우리가 목격하고 있는 것과도 같다. 최인호의 소설에서도 관능과 파행은 그 중요한 소설적 분위기를 형성하고 있다. 그의 모든 작품을 통해 슬금슬금 냄새를 풍기는 단호박, 혹은 단내. 그리고 기계적인 질서에 대한 도전으로 감행되는 파행. 「견습환자」의 마지막 대목에서 주인공을 흐뭇하게 한 것이 인턴과 젊은 여성의 데이트 장면이었다던가. 「타인의 방」 인용 ④에서와 같은 설탕 냄새는 바로 이 단내의 현현이다. 그것은 관능의 세계다. 환자 문패 바꾸어놓기에서 시작된 파행은 소년에게 술을 마시게 하며(「술꾼」), 무고한 한 어른을 자살로까지 유도하는 소년을 내놓는다(「모범동화」). 그런가 하면 「예행연습」에서처럼 "길들여놓은 그 해머에 왼편 새끼손가락을 내리 찍혔고, 그 통렬한 고통과 단 한 편의 짜릿한 쾌감, 성교의 충동"을 느끼는 조숙한 소년이 나와 관능과 파행을 동시에 수행하기도 한다. 이 두 요소가 극적으로 결합되어 있는 작품으로는 「내 마음의 풍차」를 들 수 있으리라. 제 여인을 여관에 옷 벗겨놓고 동생을 대신 집어넣는 형의 장면은 바로 관능과 파행이 하나로 나와 있는 부분이라 할 수 있다. 그렇다면 그 의미는 무엇인가. 이 작가는 외설 작가이며 폭력·파괴주의자인가?

최인호의 관능·파행은, 그러나 방법적 관능이며 파행일 뿐 그는 결코 섹스를 찬양하지도, 폭력과 불법·비도덕을 칭송하지도 않는다. 그의 관능, 그의 파행은 언제나 주인공들이 소외감을 느껴가는 과정의 한 절정에서 자행되고 있다는 점이 여기서 조심스럽게 살펴질 필요가 있다. 가령 근대화된 풍속에 편승해 있는 이복동생과 야성의 세계를 대표하는 듯한 이복 형의 교섭을 통해서 한 개인을 밀실 속의 환상으로 소외시킨 문명화를 비판한 「내 마음의 풍차」를 보라. 형이 동생에게 교사(教唆)하는 도둑질이나 오입은 그 자체에 의미가 있는 것이 아니라 그것을 통해서 싱싱한 본연의 인간성으로 복귀하자는 은밀한 수단이 되어 있는 것이다.

3

최인호와 비슷한 감수성으로, 그러나 현실 파악에 있어서는 지극히 대조적인 작법을 보이고 있는 작가로서 황석영이 주목된다. 그는 1970년 『조선일보』에 「탑」이 당선됨으로써 활발한 작품 활동을 벌이기 시작한 작가인데, 「탑」 「낙타누깔」 등 월남전을 배경으로 한 소설에서 재치와 짜임새를 자랑하는 문학적 저력을 내보인 바 있다. 그러나 이 작가의 주된 문학적 관심은 창작집 『객지』에 실려 있는 작품들의 대다수가 그렇듯이 —「객지」 「아우를 위하여」 「이웃 사람」 「잡초」 「돼지꿈」 「삼포(森浦) 가는 길」 「섬섬옥수(纖纖玉手)」 「장사(壯士)의 꿈」 등등 — 이른바 '민중'에 쏠려 있다. 나로서는 그 개념 파악에 항상 곤혹을 느껴야 하는 이 '민중'이라는 어휘는 그의 작품집에 붙어 있는, 이를테면 이 작가의 작품 세계에 대한 주어진 변설(辨說)이다. 그것은 아마도 한 개인의 고뇌가 아닌 다수의 고뇌를 말하려고 하는 것인지도 모르며, 정치적 지배층과 피지배층의 구별 아래에서 피지배층의 슬픔을 말하려고 하는 것인지도 모른다. 그러면서도 그 말은 상당히 적극적·긍정적인 연상을 독자에게 환기시켜준다. 그러나 나로서는 이러한 막연하고도 추상적인 관형(冠形)의 둘레에서 벗어나 그의 작품에서 진정으로 문학의 문제점으로 추출되고 부각될 수 있는 것이 무엇인가 하는 점에 흥미를 갖고 있다.

> 여럿의 윤리적인 무관심으로 해서 정의가 밟히는 일이 있어서는 안 될 거야. 걸인 한 사람이 이 겨울에 얼어 죽어도 그것은 우리의 탓이어야 한다. 너는 저 깊고 수많은 안방들 속의 사생활 뒤에 음울하게 숨어 있는 우리를 상상해 보구 있을지도 모르겠구나. 생활에서 오는 피로의 일반화 때문인지, 저녁의 이 도시엔 쓸쓸한 찬바람만이 지나간다. 〔……〕 우리는 너를 항상 기억하고 있으며, 너는 우리에게 소외되어 버린 자가 절대로 아니니까 말야. (인용 ①)

소설의 한 구절이라기보다 감동적인 에세이의 한 대목을 방불케 하는 인용 ①은 「아우를 위하여」라는, 이 작가의 인생관이 비교적 직재적(直裁的)으로 표현되어 있는 작품에 나오고 있다. 편지체로 씌어진 진술 때문에 주인공 인격의 변화나 형성에 같이 참여할 필요 없이 적나라하게 목격할 수 있는 황석영의 작가적 태도는 강렬한 윤리적 유대의식이다. 왜 걸인 한 사람이 얼어 죽어도 그것이 '우리'의 탓이어야만 하는가. 깊고 수많은 안방들 속의 사생활 뒤에 음울하게 숨어 있는 사람들이 왜 '우리'로 표현되어야 하는가. 그것은 민족의 모든 성원이 다 같은 동포이기 때문이라는 단순론은 최소한 아니다. 거기에는 사람들을 헐벗게 함으로써 자기네들은 오히려 안락함을 누리는 세력과의 어떤 힘의 마찰 관계가 숨어 있다. 즉, 현실은 끊임없이 개선이 모색되는 것이지만, 그러한 과정은 '윤리적인 무관심' 상태에서 수행되고 있기 때문에 '피로의 일반화'를 촉진하고 있을 뿐이라고 이 작가는 판단하고 있는 것이다. "저녁의 이 도시엔 쓸쓸한 찬바람만이 지나간다"는 부분은 이와 관련해서 이 작가의 기본적인 감수성의 소재를 일러주는 매우 중요한 묘사이다. 도시를 쓸쓸하게 느낀다는 것은 도시 문명의 가치를 회의하고 있다는 것이 분명하다. 그리고 이 작가의 경우 그것은 거대한 집단, 거대한 외형이 야기하는 개인의 소외감 때문에 일어나는 비감(悲感)과 같은 것이 아니라 그 과정의 부산물로서 버려진 희생물, 생존들에 대한 연민으로서 작용한다. 최인호의 비감이 안의 문제라면 황석영의 그것은 밖의 문제라고 할 수 있을 것이다.

이때 우리는 그들을 비감케 하는 소설적 모티프로서 다 같이 문명화·도시화·산업화가 작용하고 있다는 사실을 분명히 기억할 필요가 있다. 황석영의 이와 같은 세계를 보다 확실히 알아보기 위해서 단편 「이웃 사람」을 읽어볼 수도 있다.

> 이거보쇼. 내 수갑 찬 손목이 조여서 아파 죽겠군요. 선생은 알록달록 근사한 넥타이를 목에 두르셨는데, 내 모가지에 굵다란 삼밧줄이 걸리는 걸 상상해보시지요. 〔……〕 어쨌거나 죽는 놈은 불쌍하지 않습니까. 나두 그 새끼를 죽일 마음은 전혀 없었다구요. 정신을 차려 보니 자빠져 있데요. 그 녀석이 무슨 죄가 있었겠어요. 운이 나빴던 거죠. 나두 재수 옴붙어 버린 놈이구요. 그러니 할말두 별루 없구. 댁의 허여멀쑥한 얼굴을 대하기 싫으니까 얼른 가 보시오. (인용 ②)

제대한 지 다섯 달 만에 고향을 떠나 서울에 온 청년, 남의 땅 부쳐 먹는 처지에 많은 식구들에 얹혀 있던 청년, 군대에서 딴 나라 전장에까지 나가 고생하고 온, 그러니 "노골적이지만, 농사일은 하기 싫은" 청년이 날품팔이 노동으로 공사판을 전전하는 것을 그린 이 소설은 마침내 주인공 청년이 피까지 팔아가며 살아보려고 한 보람도 없이 살인자로 전락하는 과정을 실감 있게 묘사한다. 근로자 합숙소로, 고층 빌딩 건설장의 막일꾼으로 혹은 호화주택 짓는 데 임시 인부로 굴러다니는 그는 밑바닥 인생을 압축한 다. 생활 근거인 농촌을 상실당하고 현대전(現代戰)이라 일컫는 월남전에 참전한 경험이 있는 젊은이에게 "눈부시게 발전해가는 도시"는 다만 욕망의 발전, 소비성 자극의 발전을 뜻하는 것이었을 뿐, 아무런 발전의 의미를 부여하지 않는다. 그렇기는커녕 쉬지 않고 일거리를 찾는데도 "아무리 부지런해봤자 희망은 파리 눈곱만큼도 없는 것 같다"고 느낀다. 그러나 이렇듯 춥고 배고픈 청년도 인간이기에 술도 마시고 싶어 하고 여자와의 정사 충동도 받는다. 그도 역시 그러한 의미에 있어 근대화된 풍속 안에 들어 있는, 그 이상도 이하도 아닌 인간이었던 것이다. 결국 이 소설의 주인공 청년은 헐벗은 몸과 마음이 극단으로 치달음에 따라서 아무 죄도 없는 방범 대원을 찔러 죽이는 우발적인 범죄를 저지른다. "나두 그 새끼를 죽일 마음은 전혀 없었다구요. …… 그 녀석이 무슨 죄가 있었겠어요. 운이 나빴던 거죠"라는 인용 ②의 한 대목은 이러한 정황을 대변하는 것이라 할 수 있다. 그것은 윤리적인 관심이 배제된 근대화 과정의 자동성이 초래하는, 쉽게 예상될 수 있는 비극인 것이다. 이러한 비극의 특징은 범죄를 자행한 가해자나 피해자나 모두 한 개인의 입장에서 관찰될 때엔 우연의 제물이라는 데에 있다. 그러나 사회 전제적인 평면에서는 언제나 개연성의 문이 열려져 있는 것이 바로 이와 같은 비극의 발생이다. 한 사회가 물질적·경제적으로 성숙해지면서 그 과업이 실행되기 위해 유보되어야 했던 도덕성·윤리성이 마침내 포기의 경지에 이르게 될 때, 그 사이의 희생자들은 증가하기 마련이며 그들의 분노는 위험한 싹으로 커갈 가능성을 내포한다. 이른바 이데올로기적 분쟁이다. 그러나 황석영의 소설은 이와 같은 측면에 연결되지 않고 "어쨌거나 죽는 놈은 불쌍하지 않습니까" 하면서 인간적인 접근을 보인다. 그것은 윤리성이 삼제(芟除)된 물질주의의 발달에 대한 한 반성은 될지언정, 그 가치를 송두리째 부인하고 그에 대신하는 조직적인 도전을 보임으로써 이데올로기화하는 경향과는 구별되어야 하는 세계다. 이 작가가 우리 사회의 이른바 문명화 과정에 내재하고 있는 비주체성, 허영

혹은 그 비본질성을 얼마나 신랄하게 비판하고 있는지 우리는 그의 최근작 「섬섬옥수」를 통해서도 다시 확인할 수 있다.

나는 파혼을 하기로 결심했다. (……) 우리 아버지는 지방 소도시에서 유지 노릇을 하는 흔한 부자였다. 흔하다고는 하지만, 극장과 백화점을 경영하는 성공한 실업가라고 말할 수 있었다. (……) 남자가 자존심 때문에 괴로와했다. 여자에게서 미역국을 먹었다는 사실에만 신경을 쓰고 있는 듯한 그의 태도가 답답해서 나는 긴 말을 늘어놓지 않았다. (인용 ③)

그는 기름투성이의 검게 물들인 작업복을 입고 있었다. 코끝과 빰에 모빌유가 검게 묻었고, 바닥이 시꺼멓게 더럽고 끝이 다 떨어진 목장갑을 끼고 있었다. (인용 ④)

인용 ③은 이 소설의 여주인공이 한 상공인의 딸이라는 것과 함께 "여자에게서 미역국을 먹었다는 사실에만 신경을 쓰는" 한 남자에게 파혼을 선언했다는 것을 전해준다. 그것은 이 작품의 모티프를 형성하는 중요한 문제점을 시사하는바, 그 첫째는 "극장과 백화점을 경영하는" 처녀의 부친이 함축하고 있는 경제·사회적 계층의 설정이다. 의심할 바 없이 이 작가는 처녀의 파혼 선언을 통하여 처녀가 속한 소시민적 일락(逸樂)에 대해 도전을 선언한 것이다. 그것은 물론 주인공 처녀의 명백한 태도 결정을 통해 표명된다. 그녀는 이렇다 할 야심도 야성도 없이 "여자에게서 미역국을 먹었다는 사실에만 신경을 쓰는" 좀스러운 남성을 차버린 것이다. 그것은 정신적인 회의와 문제의식의 추구가 결여된 채 이루어진 근대화가 초래한, 저 권태로운 자동성에 대한 도전이다. 그녀의 선택이 무엇을 의미하는가 하는 것은 인용을 참고로 할 때 더욱 확연해진다. "기름투성이의 검게 물들인 작업복"에의 매력, "코끝과 빰에 모빌유가 검게 묻은" 사내에의 경도(傾倒)는 진실에 대한 그녀의 취향이 소시민적 무사안일로부터 노동의 현장이 풍겨

주는 어떤 생기 쪽으로 이동하고 있다는 것을 보여준다. 그것은 다시 한번 이 작가의 세계가 근대화의 기계적 자동 기능에 편승하고 있는 것이 아니라, 그 과정에 날카로운 윤리적 비판을 행하고 있다는 점을 강조해준다. 주인공 처녀와 아파트 관리실의 공원 청년의 관계는 마침내 강가로 함께 놀러 갈 정도로 발전하지만 종내 파국에 이르고 만다. 다음과 같은 그 파국 장면은 이 소설의 성격을 결정적으로 특징지어주고 있다.

> 나는 자기가 정말로 볼품없는 여자라는 걸 깨달았다. 그가 나의 속옷에까지 손을 댔을 때, 나는 서두르지 않고 그를 약간 밀어 냈다. 그가 고개를 들었다. 그의 표정은 지금도 생생하다. 너무나 무심했다. 입을 반쯤 벌리고 시선은 낯설었다. 일어섰다. 아찔, 현기증이 일어났지만 잠깐 뒤에 밝아졌다. 그가 얼결에 내 한쪽 다리를 잡았다. 운동화가 벗겨졌다. 나는 물가로 뛰어갔다. 배를 부르기 위해서였다. 멍청히 섰던 상수가 그제서야 벗겨진 신발을 던지며 투덜거렸다. "똥치 같은 게 겉멋만 잔뜩 들어 가지고" (인용 ⑤)

우리는 여기서 일개 공원에 지나지 않는 26세짜리 청년의 마지막 발언에 건강한 의미를 부여하고 있는 작가의 의도를 어렵지 않게 간취할 수 있다. 반대로 세상살이에서 별 아쉬움 없이 대학까지 다니고 있는 23세의 처녀가 대변하는 행태를 '겉멋'이라고 단정하는 작가의 숨은 뜻을 쉽게 읽어낼 수 있다. 황석영의 아름다운 대표작의 하나다.

「영자의 전성시대(全盛時代)」「성벽(城壁)」의 두 작품으로 데뷔한 지 얼마 안 되었음에도 불구하고 문단의 비상한 주목을 받고 있는 조선작의 소설 세계도 일견 황석영의 그것과 흡사하다. 그의 세계는 창녀의 세계이며 개백정의 세계다. 물론 이 작가는 그 뒤에 「미술대회(美術大會)」「고압선(高壓線)」 등 약간 계열을 달리하는 듯한 작품을 발표한 바 있으나, 근본적으로 그는 사회적 지위, 경제적 지위에서 불우한 처지에 놓여 있는 사람들의 연민에서부터 작가 정신의 한 샘을 발견하고 있는 것이 틀림없어 보인다. 창녀와 개백정이 물론 한국 사회의 근대화 과정과 밀접한 관계를 원래부터 지니고 있는 현실의 요소들은 아니다. 그러나 조선작의 소설을 읽어본 독자라면 그것들이 경제 구조의 탈바꿈을 위해 근대화·산업화라는 이름으로 추진되고 있는 도시 문명과 어떤 종류의 관련성을 맺고 있다는 것, 그리고 그것은 황석영의 경우와 마찬가지로 그 과정에서 밀려난 가난한 삶에 인간이 지닐 바 "인간다움의 모든 것"을 부여하려는 끈질긴 노력과 결부된다는 것을 알 수 있다. 말하자면 창녀 영자의 비극은 돈 없고 몸 팔기만 즐기는 한 여인의 비극으로 묘사되는 것이 아니라, 삶의 근거여야 하는 시골 고향에서 뿌리를 뽑히고 도시화의 물결에 휩쓸려, 한갓 육체밖에 지닌 것이 없는 무능한 여인이 결국에 가서는 그 창녀촌마저 '근대화'에 밀려 파괴당하는 비극을 통해서 비쳐진다. 그것은 이를테면 농업 사회에서 산업 사회로, 촌락 사회에서 도시 사회로 옮겨가는 근대화 과정에 대한 비판이라고 할 수 있다. 그 과정에서 위협받는 인간의 생존은 어떻게 보상될 수 있을 것인가. 이 작가는 작품을 읽고 난 다음의 감동이 제기하는 문제점으로서 그것을 내놓고 있다.

「성벽」이라는 작품은 보다 준열하게 그것을 파헤치고 있는데, 특히 이 소설에서 우리는 주인공 어린이의 아버지가 가난과 질병에 시달리다가 죽어 묻힌 자리에 그 음습한 풍경을 호도(糊塗)하기 위하여 세워진 나무널빤지 그리고 그 위에 울긋불긋 '아름답게' 칠해진 빛깔의 상징적 의미를 주목할 필요가 있다. 그것은 여기에 비참한 삶으로 등장한 개백정, 개 도둑, 자전거 도둑이 원래부터 그렇듯 악독한, 나쁜 사람들이 아니었다는 점과도 관계된다. 이들은 가난하지만 순진한 사람들이다. 아니 원래 가난하지조차 않았던 사람들인지 모른다. 그러나 그들은 차츰 가난해지며 마침내는 범죄에 가까운 수법으로 구차한 삶을 이어갈 수밖에 없을 정도로 저질화·포악화한다. 생존 자체가 사회의 법질서라는 눈으로 볼 때 우범화돼버린 것이다. 그리고 그것은 이 소설의 마지막 결구가 결정적으로 말해주듯이 '근대화'의 부산물이다. 인구의 도시 집중으로 전근대적인 초라한 풍모에서 고층화, 대형화로 능률과 미관을 함께 추구하는 현대 도시 문명의 부산물. 마치 제가 눈 똥을 저도 쳐다보기 싫어하는 것처럼, 내팽개쳐진 찌꺼기가 이 소설의 주인공들인 것이다. 이 소설의 성격을 이렇듯 분명하게 해주는 것은 순진무구한 어린이로 자리 잡힌 소설의 시점이다. 배고프면 먹고 싶고, 추우면 입고 싶은 천진한 감성과 본능의 화신인 어린이가 어떻게 슬픈 얼굴로 변모해가는지, 이들 가난한 인생들이 산업화를 명제로 한 문명에 밀려남으로써 더욱 가난해지고, 더욱 우범화되어가는 현실이 이를 반영해준다.

4

「지렁이 울음소리」로 화제를 모은 박완서, 「마군우화(馬君寓話)」로 그 능력을 선보인 김주영 등도 그들의 연령이 다른 신진 작가들보다 다소 많다는 점은 있으나 현실을 파악하는 데 있어서 비슷한 감수성을 보여주고 있는 작가들이다. 특히 두 작가는 문명화가 목적으로 하는 물량주의가 우리 사회 안에서 어떤 모습으로 수행되고 있는가 하는 그 자체에 비판의 눈을 모으고 있다는 점에서 공통되는 바 있다. 그것은 최인호가 문제로서 제기하고 있는 개인의 소외 문제와도 다르고 황석영, 조선작이 내놓고 있는 그 사회적 역기능의 문제와도 다르다. 앞의 작가들이 문명화 현상을 일단 현상으로서 관찰하고 난 다음에 거기서부터 유발되는 인간 현상, 혹은 사회 현상을 중요시하고 있다면, 박·김 두 작가의 경우에 있어서는 문명화 자체가 즉물적으로 희화화되고 있는 것이다. 앞의 작가들이 본격적으로 비판의 명제를 모색하고 있다면 이들 두 작가는 그 현상에 줏대 없이 휘말려 들어가고 있는 인간 피에로를 풍자하고 있는 것이다. 그 점에서 이들의 작품은 캐리커처의 세계라 할 수 있을 듯하다.

박완서의 「지렁이 울음소리」는 이미 자세히 언급한 바 있듯(「순응(順應)과 탈출(脫出)」) 물질적인 근대화가 가져온 편안한 일상 속에서 그것을 회의 없이 즐기고 있는 소시민, 대부분의 현대 도시인에 대해 심한 야유를 보내고 있는 작품이다. 이 작품에서 그 대상은 TV 앞에 앉아서 쪽을 못 쓰는, 그러면서도 그저 맛있는 것이나 날름날름 집어먹고 앉아 있는 남편으로 그려져 있으며, 그러한 생활에 대해서 불만도, 회의도 더구나 어떤 모험과도 같은 것은 언감생심 꿈도 꾸지 못하는 남편에 대해 그의 부인은 무한한 모멸감을 품는다. 학창 시절 호탕하던 선생님을 그리워하는 부인의 마음은 그러므로 그에 대한 비판으로서의 기능을 갖는다. 그러나 그 호탕하던 선생님조차 어느덧 안이한 물량주의에 깊게 감염되어 있음을 발견하게 되는데, 이때 주인공은 자기의 상상을 통해서 그 선생님으로부터 호방한 음성을 얻어내려고 노력한다. 그러나 그 결과 그녀에게 들리는 것은 지렁이 울음소리에 지나지 않는 비명. "날 살려줘" 하면서 꺼져가는 그 음성은 기계와 조직, 그것이 배금주의와 순응주의로 착색한 다음 개인에게 가하는 압력이라고 할 수 있을 것이다. 이 작가는 이후 같은 주제에 대해 끈질긴 탐구를 보내면서 제정신 없이 그 풍속에 놀아나는 피에로 인간 군상을 거기서 탈출하고자 하는 시선을 통해 날카롭게 꼬집어내고 있다.

김주영의 세계도 박완서의 그것과 마찬가지로 금전·물질 일변도로 치닫고 있는 한국의 산업화 풍속에 대한 신랄한 풍자로 구성되어 있다. 「말더듬이 바로잡기」「사팔뜨기 바로잡기」 등 두 개의 삽화로 연결되어 있는 소설 「마군우화」는 그 좋은 예다. 이 작품은 도시화에 들뜬 한 시골 청년이 우스꽝스러운 오기를 통해서 우리 사회의 근대화가 얼마나 급속히, 그에 대한 정당한 성찰이나 논리의 반성 없이 외면적으로만 질주하고 있는가 하는 점을 재미있게 지적하고 있다. 그것은 철저한 조직 사회, 자동화하는 기계적 작업 행태에 아직도 실감으로서 참여하지 못하고 있는 대다수 한국인의 모습을 역으로 그려내고 있는 것으로서, 이 경우에도 역시 인간은 피에로로 떨어질 위험을 안고 있다는 것을 경고해준다.

5

이제까지 한국에서 진행되고 있는 이른바 문명화 과정이 신진 작가들에 의하여 어떻게 수용되고 있는가 하는 것을 일별해보았다. 「산업화의 안팎」이라고 해서 묶은 이들의 세계는 물론 다른 기준의 조명에 의해서 달리 살펴질 수도 있을 것이다. 그러나 최인호의 소설에 음흉하게 도사리고 있는 관능과 파행에의 유혹, 황석영·조선작의 작품이 생생하게 재현하고 있는 헐벗어가고 있는 또 다른 이웃들의 피와 눈물, 그리고 김주영·박완서가 날카롭게 꼬집고 있는 돈과 물질의 노예들은 모두 한국 사회의 산업화 과정이 파생시키고 있는 문제의 산물들이다.

한편 얼핏 보아 최인호의 그것은 한국이라는 특수한 현실성이 약간 배제된 가운데, 다른 작가들의 그것들은 이 현실성에 보다 밀접하게 놓여 있는 것처럼 나타나지만 그것들이 모두 낯선 논리에 의해 가속도적으로 진행되고 있는 산업화·문명화의 안과 밖이라는 점에는 결코 다를 것이 없다.

같은 신진 작가이지만 조해일의 세계는 앞의 다른 작가들과 여러 가지로 달라 보인다. 무엇보다 이 작가는 '산업화의 안팎'이라고 포괄적으로 이름붙인 나의 조심스러운 명명 속에 포함되기를 거부하는 것으로 보인다. 그만큼 조해일의 작품 세계는 오늘 우리가 살아나가고 있는 시대 풍속의 어떤 특유한 시대정신과 떨어져 있는 것처럼 보인다.

물론 중편 『아메리카』가 보여주듯이 동두천 근처의 미군 기지와 그 일대에 기생하는 소위 양공주들의 이야기는 6·25동란이라는, 우리 현실로서는 가장 비극적인 사건이 후유(後遺)한 소재로 이루어져 있다. 또한 단편 「1998년」의 내용은 기상 관측이라는 특이한 알레고리를 빌려 우리 시대의 어떤 상황을 예리하게 고발하고 있는 것이 분명해 보인다. 그러나 그럼에도 불구하고 조해일의 작품 세계는 우리 시대를 끌어나가고 있는 시대정신의 어떤 이념을 중심으로 작성되지 않고 있다는 느낌이 강하다. 이 작가에 있어서 중요한 주제는 보다 근원적인 존재 양식에 밀착되어 있는 것으로 판단된다. 그에게 문학적인 모티프를 유발하는 것은 언제나 폭력·빈곤·구속·억압과 같은 것인데, 이것은 20세기 중반을 넘어서는 서양 사회, 그리고 우리의 경우엔 60년대 후반부터 극화(極化)하기 시작한, 산업사회의 이데올로기와는 별 직접적인 관계가 없는 고전적·전통적인 주제들이다. 그런 의미에서 그는 그보다 앞선 작가들 가운데 김승옥·박태순의 쪽이라기보다 이청준의 세계를 방불케 한다. 상황과 개인, 억압과 자유, 빈곤과 안락, 자연과 인공의 이원론은 근대문학 이래의 주된 문학적 관심으로서 그 시대의 지배적인 시대정신에 아랑곳없이 때로는 그 시대정신 속에 스며들어, 때로는 아예 그것과는 무관한 지역에서 꾸준히 반복되어왔다. 쉽게 말해서 구체적인 연대와 관계없이 언제 어느 곳에서 읽어도 일정한 감동을 유지할 수 있는 것이 조해일의 세계이다. 그것은 이 작가의 탁월성과 함께 그의 작품에서 그가 속한 현실과 시대상의 핵을 알아낼 수 없다는 약점을 아울러 포함한다. 가령 그의 대표작 가운데 하나로 꼽히는 「뿔」만 하더라도 역전 공터에 몰려 앉아 있는 지게꾼들의 불우한 삶을 사회 발전·진행의 모순된 논리와 관련해서 관찰하려는 의도는 애당초 존재하지 않는 작품이다. 그렇기는커녕 이 작품의 주인공인 지게꾼은 직업화한 신식 지게 대신에 자연목을 뿔처럼 깎아 세운 지게를 메고 뒷걸음질을 다른 사람 앞걸음질처럼 하는, 한마디로 말해서 기이한 사람이다. 더욱 기이한 것은 자신도 지게꾼인 처지에 걸인 여인의 동냥하는 돈 그릇을 발로 걷어차는 기행(奇行)이다. 그러나 더욱 기이한 것은 기이한 짓을 할 때마다 거기서 오히려 아름다움을 느끼는 주인공 '가순호'다. 요컨대 일상적인 질서와 관습에 역행하는 모습을 아름다움으로 받아들이는, 질서와 문명에 대한 작은 반란이자, 본성에 대한 예찬이다.

우리는 이 작품에서 잘 노출되어 있는 작가의 의도와 함께 이 작품이 문명과 자연이라는 전통적인 대립, 주제의 실현이라는 점을 곧 알아차릴 수 있다. 그러나 이 경우 문명은 자연에 대비되는 그 카운터파트로서의 관념성에서 벗어나지 않고 있다는 점이 주의를 필요로 한다. 그의 작품의 또 하나 특징을 이루는 이 관념성은 이 작가의 인물들이 성장·발전하거나 현실의 파랑(波浪) 속을 겪어가면서 마멸되거나 쓰러져가는 것이 아니라 대체로 처음의 고정관념을 확인 또는 변경해나간다는 점으로도 설명될 수 있다. 조해일은 근본적으로 선량한 것, 순수한 것, 자유 그리고 평화를 옹호하는 고전성의 맥락을 지키고 있는 작가이며, 이 점에 있어 이 글에서 살펴진 다른 작가들의 감수성과는 사뭇 다른 감수성의 소유자이다.

개괄적으로 훑어볼 경우, 최인호와 황석영·조선작은 맞서 있는 것처럼 보이고 김주영이나 박완서는 그 중간쯤으로 보일 수 있다. 또 그것을 유형화하려는 비평의 경향도 있다. 그러나 그것들은 모두 목적주의적이며 문단주의적인 하나의 발상일 따름이며 논리적 분석의 세계를 동반하지 않고 있다. 그럼에도 이들은 서로서로 그렇게 멀리 떨어져 있는 작가들은 아니라는 것이 나의 생각이다.

(1973)

한국 현대시와 기독교

1

죽는 날까지 하늘을 우러러
한 점 부끄럼이 없기를,
잎새에 이는 바람에도
나는 괴로와했다.
별을 노래하는 마음으로
모든 죽어가는 것을 사랑해야지
그리고 나한테 주어진 길을
걸어가야겠다.

오늘밤에도 별이 바람에 스치운다.

윤동주는 내게 기독교 정신의 정화가 아름답게 꽃피워진 가장 대표적인 시인으로 언제나 생각된다. 기독교 정신이란 그렇다면 무엇인가. 기독교 정신을 한두 마디의 말로 요약하는 일은 지금의 나에게 매우 어렵게 느껴진다. 그런 가운데에도 한 가지 분명한 것은 사랑의 정신이 아닐까 싶은 것이다. 생명의 말씀을 구구절절 담고 있는 성서의 어느 한 부분만을 거두절미 인용하는 것이 때론 인용하는 자의 아전인수식 이용이 될 수 있다는 점을 감안하면서도, 이 경우 우리는 마가복음 12장 29~31절에 잠시 머무를 필요가 있겠다. "이스라엘아 들으라. 주 곧 우리 하나님은 유일한 주시라. 네 마음을 다하고 목숨을 다하고 뜻을 다하고 힘을 다하여 주 너의 하나님을 사랑하라 하신 것이요. 둘째는 이것이니 네 이웃을 네 몸과 같이 사랑하라 하신 것이라. 이에서 더 큰 계명이 없느니라." 많은 기독교의 계명 가운데에서 이처럼 사랑, 곧 하나님 사랑, 인간 사랑을 으뜸으로 꼽고 있으니, 기독교를 일단 사랑의 종교라고 불러 무방할 듯싶다. 이 사랑은, 앞의 본문처럼 둘로 나뉘는바, 첫째는 하나님에 대한 충성과 공경이며, 둘째는 인간들 상호 간의 사랑이다. 시인 윤동주에게는 바로 이런 의미에서의 사랑이 깊이 체질화되어 있음을 볼 수 있다.

윤동주에게도 물론, 기독교 정신이 육화되어 있다고 보기 힘든 작품들이 있는 것이 사실이다. 예컨대 「아우의 인상화(印象畵)」와 같은 시에 "싸늘한 달이 붉은 이마에 젖어/아우의 얼굴은 슬픈 그림이다"라고 했을 때, 거기엔 냉정한 인상주의와 결부된 좌절의 음영만이 나타난다. 그러나 아마도 이 같은 부분적인 상기는, 그의 얼마 되지 않는 시 작품의 바탕을 관류하고 있는 사랑의 정신에 비추어볼 때 사소한 예외에 지나지 않아 보인다. 『하늘과 바람과 별과 시』라는 제목을 가진 그의 시집에 「서시(序詩)」라는 이름으로 나타나 있는 앞의 작품으로 돌아가보자.

이 작품, '작품'이라고 부르기에도 민망할 정도의 작은 소품 속에 나타난 시적 자아는, "나한테 주어진 길을/걸어가야겠다"는 성실한 의지의 인간이다. 일상생활에서 흔히 듣고, 보고, 또 스스로 그렇게 말하기도 하는 우리 인간들의 범상하다면 범상한 감정이기에, 그것을 새로운 시적 자아의 성립 운운하기가 쑥스럽기까지 하다. 따라서 이 시에서 중요한 것은 그 같은 시적 자아의 성격이 아니라, 그같이 평범한 의지의 표현이 진부함에 떨어지지 않고 감동을 주는 까닭의 비밀에 있다. 전 9행에 불과한 이 시에서 진부함으로 연결되지 않는 표현이란, "잎새에 이는 바람에도/나는 괴로와했다/별을 노래하는 마음으로/모든 죽어가는 것을 사랑해야지"라는 4행뿐이다. 이 표현도 일견 새삼스러울 것이 없어 보이는 쉬운 말투를 하고 있지만, 사실 아무런 이유 없이 잎새에 이는 바람에도 괴로워한 시인은 한국 시단에서 찾아보기 힘들다. 대체로 자연을 노래한 우리 시인들의 '자연'은 지금까지 두 가지 노선의 어느 한쪽 위에 있어왔다. 그 하나는 자연에 대한 맹목적인 예찬의 그것이며, 다른 하나는 자연을 시인 자신의 정서적 분비물을 담는 그릇으로 삼아온 경우였다. 자연과 시인 사이의 건강한 관계가 인식의 대상이 된 경우란 드물었던 것이다. 그 까닭을 살펴본다면, 역시 한국사의 전통과 무관하지 않을 것이다. 자연에 순종하고 자연의 섭리를 따르는 것을 최고의 미덕으로 알아온 주자주의(朱子主義)적 분위기는 맹목적인 자연 예찬의 노예로 시인을 몰고 갔다. 다른 한편 문학을 정신의 수준으로 높이는 데까지 못 이른 문학적 인식은, 단순한 정서적 반응, 즉 감상주의의 차원에서 자연을 처리함으로써 자연을 센티멘털리즘의 매개물로 떨어뜨려 버렸던 것이다. 자연과 인간의 건강한 관계란, 자연의 일부로서의 인간과, 자연을 넘어서 그것을 극복하고자 하는 힘과 의지의 단위로서의 인간에 대한 올바른 시선의 확립으로부터만 비로소 가능한 것이다. 이렇게 볼 때 자연에의 맹종 혹은 공리주의적 자연 이용의 자세는 말할 것도 없고, 샤머니즘이나 애니미즘의 태도 모두 자연과 인간의 건강한 관계에 기여한다고 볼 수 없을 것이다.

자연의 일부로서의 인간 인식이란 인간의 피조물로서의 자각, 따라서 창조자인 신에 대한 감사와 경배의 마음씨로 이어지는바, 이것이 기독교에서 말하는 하나님 사랑과 통하는 개념일 것이다. 반면 자연을 넘어서 그것을 극복하고자 하는 인간 인식은, 인간에 대한 사랑을 기초로 한, 말하자면 하나님의 은혜에 감사하면서 이 땅 위에 주어진 본분을 열심히 일함으로써 수행하고자 하는 자세와 연결된다. 하늘은 땅에 대해서 은총을 내리고, 땅은 그에 보답하는 결실을 거두어 바치는 관계—이것이 바로 자연과 인간의 건강한 관계이다. 말을 바꾸면, 인간에 대한 신의 축복과 인간으로서의 성실성을 다함으로써 신의 현재를 드러내는 일이 바로 그것이라고 할 수 있다. 시를 포함한 문학작품에서, 그 실제적인 구체화는 시인이 자연을 어떻게 바라보고 있느냐는 점을 통해 나타난다.

윤동주에게서 그것은 잎새에 이는 바람에도 괴로워하는 시적 자아를 통해 현현된다. 대체 왜 그는 괴로워하는가. 삶이 고달파서? 사랑에 실패해서? 아니면 센티멘털리즘인가? 아니다. 모두 아니다. 마치 십자가의 예수가 아무런 죄 없이 죽어갔듯이 그의 괴로움에는 아무런 사적 모티프가 없다. 여기서 그의 자연은 공리주의나 감상성의 도구로 쓰여지고 있지 않음이 명백해진다. 그렇다면 그는 왜 잎새에 이는 바람에 괴로워하는지 우리는 거듭 묻지 않을 수 없다. 이 시에 나타나는바 그 이유는, 이 땅 위에서의 삶이 부끄럽다는, 그러니까 심한 죄책감의 다른 쪽 면이다. 말하자면 땅 위에서의 삶이 성실할 수 없는 자신에 대한 채찍질, 기독교의 표현을 빌리면, 자신을 죄인으로 생각하고 통회하는 데서 비롯되는 심리적 표상이다.

세상을 살아가면서 사람들은 이렇게 저렇게 죄를 짓기 마련인데, 사람에 따라서 어떤 사람들은 자신을 죄인으로 생각하기도 하고, 어떤 사람은 그 수락을 거부하거나 그저 무관심해하기도 한다. 여기서 문제는 이 시인이 자신을 철저하게 죄인시하고 있다는 점인데, 죄인의 내용이 사적 범주 아닌 공적 범주에 속한다는 점이 주목된다. 어떻게 인간이 죽는 날까지 하늘을 우러러 한 점 부끄럼 없이 살 수 있을 것인가. 그런데도 시인 윤동주는 그렇게 살기를 갈망했고, 그렇게 살고 있지 못함을 부끄러워했다. 우리가 익히 알고 있듯이 윤동주가 살았던 시대는 일제강점기 그들의 폭정이 절정에 달한 시기였으며, 민족적 양심을 지닌 사람들로서는 하루도 견디기 힘든 시기였다. 윤동주는 그런 시기를 살고 있다는 자체를 참을 수 없어 했으며 수치스럽게 여겨, 그것만으로도 자신이 죄인이라고 생각했던 것이다. "잎새에 이는 바람에도"라는 표현은, 지극히 작은 자연의 운동을 가리키는 것으로서, 시인의 양심이 얼마나 치열하게 당시의 시대적 삶을 거부하고 있는가를 가열하게 보여준다. "잎새에 이는 바람에도"란 말하자면 가장 작은 단위의 신의 현재이며, 이를테면 신의 콧김에 지나지 않는다. 그러나 시인은 그 앞에서조차 자신이 죄스럽게 살고 있음을 고백한다. 이러한 괴로운 마음은 그렇기 때문에 "모든 죽어가는 것을 사랑해야지"라는 태도로 자연스럽게 이어진다. 그러한 상황에서 삶보다 죽음이 더욱 보람스럽다는 무서운 선택이, 그러나 매우 조용하고 잔잔하게 나타난다. 기독교 정신의 은밀한 현현이라고 할 수 있다. 욕스러운 목숨보다 영원한 생명을 택한 예수의 작은 그림자라고 해도 지나칠 것이 없다. 그 증거는 모든 죽어가는 것을 사랑하는 마음이 "별을 노래하는 마음으로"부터 연유하고 있음에서도 극명하게 나타난다. 별을 노래하는 마음으로 죽어가는 모든 것을 사랑한다는 것이야말로 영생에의 믿음을 통한 죽음의 수락 이외에 다른 아무것일 수 없다.

"그리고 나한테 주어진 길을/걸어가야겠다"는 그의 시적 자아는 이런 과정을 통해 형성된다. 그러므로 그 문맥만이 독자적으로 나타날 때의 평범함을, 이 시 전체는 근본적으로 거부한다. 여기서의 주어진 길은, 따라서 죽든지 살든지 하나님 보기에 아름다운 길이며, 죽음을 초월한 진실로의 길이다. 그것은 초월성에 대한 인식이 이루어진 다음의 세계이며, 일상적 삶에 대한 끈기를 포함한 단호한 결정의 세계이다. 그것은 기독교 정신에 대한 투철한 믿음의 세계와 더불어 가는 이름이며, 그러한 믿음이 없이는 애당초 불가능한 세계이다. 이 땅에서의 사랑과 신에 대한 사랑이라는, 사랑의 수직과 수평이 만나서 이루어진 아름다운 현장을 윤동주의 「서시」는 보여주고 있으며, 그렇기 때문에 이 시가 감동적일 수 있는 것이다.

사랑·성실·영생에의 믿음으로 특징지어질 수 있는 윤동주 시의 기독교적 정신은 물론 그가 기독교인이므로 얻어진 것이겠으나, 다른 한편 시인으로서의 능력이 낮게 평가되어서는 안 될 것이다. 그러나 이러한 지적은 말의 앞뒤를 바꾸어도 마찬가지다. 말하자면 시인으로서의 그의 능력은 기독교 정신에 의해 충전되고 발화되었으며, 어려운 시대를 문학적으로 증언할 수 있는 어떤 거룩한 힘을 얻을 수 있었다. 「십자가(十字架)」라는 또 다른 감동적인 작품이 그에게 있는데, 이 시는 기독교에 대한 지식과 믿음이 없는 자에게도 아름다운 충격을 주는 작품이다.

쫓아오던 햇빛인데
지금 교회당 꼭대기
십자가에 걸리었읍니다.

尖塔이 저렇게도 높은데
어떻게 올라갈 수 있을까요.

종소리도 들려오지 않는데
휘파람이나 불며 서성거리다가,

괴로왔던 사나이,
幸福한 예수 그리스도에게
처럼
십자가가 허락된다면

모가지를 드리우고
꽃처럼 피어나는 피를
어두워가는 하늘 밑에
조용히 흘리겠읍니다.

「서시」에서 신의 현재가 잎새와 바람을 통해 드러나고 있다면, 여기에서는 고통받는 인간 자신을 통해 신이 임재하고 있음을 시인은 보여준다. 흔히 고난의 현실 속에서 신은 무시·부정되는 경우를 종종 보게 되는데(특히 20세기 서구 현대문학에 나타나는 신 부재론은, 두 차례의 세계대전과 인간의 죽음 앞에서 신이 무력했음을 야유하는 경우가 많다), 이것은 기독교 신앙의 본질에 대한 무지에서 연유하는 것이다. 신이 고통의 현장에서처럼 그 모습을 분명히 보여주는 경우란 드물다. 그 가장 전형적인 예가 바로 예수의 십자가 사건이며, 여기서 성부와 성자의 일치 관계가 이룩됨을 우리는 알고 있다. 시인 윤동주에게도 어두워가는 하늘, 일제의 살인 정치 아래에서 십자가로 가는 길 이외의 선택은 없었던 것으로 인식된다. 윤동주가 실제로 그 같은 죽음을 당했다는 사실을 다시 한번 상기한다면, 시인 윤동주야말로 시인으로서, 기독교인으로서 우리 현대사에서 찾아볼 수 있는 거룩한 희생을 우리에게 보여주는 거의 유일한 예가 아닐까 생각된다. 높은 첨탑으로의 길은 쉽지 않으나, 희생과 괴로움의 감수로 그곳에 이를 수 있다는 확신이 윤동주에게는 있었으며, 그것이 행복이라는 인식에 그는 이미 올라 있었다. 그것을 결행한 그는 과연 행복한 인간이었고, 현대 시사에서 그를 갖고 있는 우리 또한 행복하다고 할 수 있다.

2

기독교 정신의 육화라는 측면에서 우리 현대 시사를 되돌아볼 때, 윤동주를 뛰어넘는 시인은 드문 것 같다. 박두진·김현승이 비슷한 연배의 시인들로서 상당한 성과를 거두고 있는 것이 사실이지만, 윤동주의 치열한, 그러면서도 서늘한 구체화의 수준과는 일정한 거리에 놓여 있어 보인다.

일생을 완강한 하나의 시 세계로 일관한, 그의 시집 제목 『견고한 고독』을 방불케 하는 삶을 살다 간 김현승의 경우, 그에게 기독교는 살아 있는 삶 속에서의 교감이자 교제였다기보다 경배의 대상이었던 것 같은 느낌이 강하다. 가령,

내 마음은 마른 나무 가지,
주여,
나의 머리 위로 산까마귀 울음을
호올로 날려주소서.

〔……〕

내 마음은 마른 나무 가지,
주여
빛을 주고 밤이 가까왔나이다!
당신께서 내게 남기신 이 모진 두 팔의 형상을 빌려
나의 간곡한 포옹을
두루 찾게 하소서
두루 찾게 하소서.

시 전체가 기도를 연상케 하는 작품이다. 그 기도는 아름답다. 그러나 시인에게는 구체적인 시적 대상이 없다. 김현승의 경우, 그 대상은 대부분 시인 자신이기가 일쑤인데, 이럴 때 우리는 자칫 현실감을 잃어버리기 쉽다. 사실 기독교는 그것이 생겨난 이스라엘 땅과 출애급 사건 이후의 역사가 극명하게 보여주듯이 강렬한 동역학을 그 성격으로 하고 있다. 무수한 죄와 놀라운 은혜, 피비린내 나는 살육과 뜻밖의 이적에 의해 삶과 죽음이 연결되는 드라마는 다이내믹한 하늘과 땅의 교통이다. 이 점 지극히 정태적인 동양 종교와는 매우 대조적이다. 물론 칼뱅 이후의 개신교에서 강조되고 있는 절제와 경건의 미덕은, 기독교의 동역학을 조용히 정화시키고 있는 느낌을 주는 것이 사실이지만, 이 땅 위에서의 인간의 삶이 지닌 치열한 현실의 모습이 생략될 때 하늘로부터 주어지는 은혜의 뜻과 실감은 크게 줄어든다. 기독교적 분위기의 시에서, 시적 자아가 이렇듯 치열한 현실의 극복 위에 나타나지 않고, 공허한 자신의 모습을 반복적으로 되풀이하는 형상으로 비칠 때, 이런 현상은 일어난다. 기독교 신앙 안에서 말한다면, 자칫 잘못된, 이른바 보수 신앙에서 나타나는 언어의 동어 반복적 예배 습관이 이와 비교될 수 있을 것이다. 다 같이 시인의 내면적 양심을 말하면서도 윤동주에게 그것은 어두운 시대에 대한 치열한 현실 의식을 기반으로 하고 있었으나, 김현승에게는 그 같은 의식이 덜 분명해 보인다. 그렇기 때문에 그의 양심적인 많은 시들이 그 나름대로 순수하고 깨끗하면서도, 현실감의 획득이라는 면에서는 미약한 느낌을 주는 것이다.

한편 김현승보다 현실 의식이 강한 시인으로 평가되고 있는 박두진의 경우를 보더라도, 그 성격은 비슷한 것 같다.

> 타오르는 목을 축여 물을 주시고
> 피 흘린 상처마다 만져 주시고,
> 기진한 숨을 다시
> 불어넣어 주시는,
>
> 당신은 나의 힘.
> 당신은 나의 주.
> 당신은 나의 생명.
> 당신은 나의 모두……
>
> 스스로 버리라는
> 버레 같은 이,
> 나 하나 꿇은 것을 아셨읍니까.
> 뙤약볕에 기진한
> 나 홀로의 핏덩이를 보셨읍니까.

「오도(午禱)」라는 시의 뒷부분인데, 여기서 박두진은 예수가 그의 구주임을 진하게 고백한다. 그 고백은 순연하고 진솔하다. 그러나 「감람산 밤에」 「5월의 기도」 「당신의 사랑 앞에」 「갈보리의 노래 I, II, Ⅲ」 「부활절 시편」 등 예수의 큰 능력을 직접 찬양한 그의 다른 여러 시들과 함께 이 작품은 예수의 전지전능을 노래하는 것 이외에 다른 것들은 거의 보여주지 않는다. 물론 예수의 전지전능을 예찬하는 것은 중요하며, 기독교의 생명이기도 하다. 특히 예수가 인간이면서도, 인간을 넘어선 신의 아들이라는 것을 찬양하는 것은 거룩한 일이다. 그런 의미에서 박두진의 예수 찬양의 시가 때로 화려하다고 할 정도의 수사로 가득 차 있는 것은 결코 비난받을 일이 아니다.

특히 "엘리……엘리……엘리……엘리……스스로의 목숨을 스스로가 매어달아, 어떻게 당신은 죽을 수가 있었는가? 신이여! 어떻게 당신은 인간일 수 있었는가? 인간이여! 어떻게 당신은 신일 수가 있었는가? 아……"와 같은 시인의 감탄은, 예수에 대한 올바른 이해를 위해서 매우 중요한 대목이라 할 만하다(이에 대해서는 염려되는 두 가지 견해가 있다. 하나는 예수를 하나님의 신비 그 자체로만 봄으로써 신비주의에 흐르는 견해이며, 다른 하나는 인간으로만 봄으로써 세속주의에 그대로 안주하는 견해이다). 그러나 박두진 시에서의 가장 커다란 문제는, 그 같은 예수의 역사에 의해 감동된 인간 자신, 즉 시인의 변화된 모습이 시에 별로 투영되지 않고 있다는 사실이다. 구태여 지적한다면 기독교적 시적 자아가 미약하다고 할까. 그 시적 자아는 오늘의 현실 속에서 걸러지고 새롭게 태어난, 시인이 가장 뜨겁게 부딪친 그 나름의 현실과의 만남 속에서 이룩된 문학적 감동으로 나타나야 할 것이다. 그러나 그의 시는 갈수록 관념화의 길을 걷고 있는 것 같고, 사람들과의 사랑 아닌 자기 폐쇄적인 인상마저 주는 것 같아 매우 안타깝게 생각된다.

김현승·박두진과 비슷한 연배의 박목월은, 어떤 의미에서 기독교 정신에 의해 새로운 변화를 보여준 시인이라고 할 수 있다. 초기에 목가적인 시 세계로 시종했던 그는 60년대 중반 이후 서서히 일상적인 생활 현장에 눈을 돌리면서, 범상한 일에서 새로움을 발견해내는 작업을 벌여왔다. 이즈음부터 그의 시에는 말하자면 생활 속에 용해된 기독교 정신이 차츰 풀려나간 것이 아닌가 생각된다. 가령 그중 몇 토막을 살펴보자.

이 비의로 말미암아
내 생활의 변화를 하물며
그는 모른다.

〔……〕

나는
찬란한
완전한 밤을
기다린다.

—「비의」 부분

을지로 6가를
우리는 걸었다. 안개 속을.
선생님, 이래도 살아야 할까요.
아암, 살아야지.
내 대답은 한결같았다.
싸구려 장수로 해가 저물면
그래도 밤에는 야간 대학에 나오는.

〔……〕

그럼 선생님 뭣을 바라며
이 괴로움 참아야 할까요.
아아, 여보게.
내일은 다만 신이 다스리는 시간.

—「동행」 부분

박목월의 세계가 물론 김현승·박두진을 능가하는 치열한 현실 인식을 전제로 하고 있다고 한두 마디로 말하기는 힘든 일이다. 그러나 김현승과 박두진에게서 신과 시인의 관계가 수직적인 은총의 부여라는 성격으로 나타나, 그것을 고백하는 일이 시의 주요한 성격이었음에 비해, 박목월에게서는 보다 생활에 밀착된 현실 속에서, 조금은 세속화된 형태로 신이 받아들여지고 있다는 점이 흥미롭다.

앞서 언급한 시인들과 비슷한 연배의 시인들로서 김경수·박화목·석용원·이상로·임인수·황금찬 등도 그들의 시에 기독교 정신을 중요한 모티프로 삼고 있는 이들로 손꼽힌다. 그러나 이 자리에서 나로서 간단히 언급하고 싶은 시인은 그보다 훨씬 아래의 중견 시인 박이도의 존재다. 박이도 연배에는, 그 앞 혹은 뒤와 달리 기독교 시인들이 아주 드물게 발견되므로, 그는 상당히 희소한 입장에 서 있는 셈이다.

새벽꿈에
바닷가 어부가 되다
빛의 言語로 그물치는
싱싱한 言語를 건져내는 어부

〔……〕

그냥 立像이고 싶다

아직 의미가 없는
野生의 原木이고 싶다
처음 떠오르는 言語이고 싶다.

예수는 바다에서 그를 증언할 제자 베드로를 낚았으나, 박이도는 언어를 낚고 싶어 한다. 언어, 즉 시의 과제와 기능이 인간을 인간답게 살게 하기 위한 것이라면, 그 같은 복음적인 의미에서 양자는 서로 상통하는 부분이 있을는지도 모른다. 박이도의 시적 인식과 기독교 신앙은 거기까지 내려와서 만나고 있다. 이 같은 만남은 이전 선배 시인들과의 비교를 통해 볼 때 매우 귀중한 진전이라고 할 만하다. 박이도의 선배 시인들이 개인적인 차원에서 예수를 만나고, 그를 영접하는 순간의 환희와 그를 따르고 싶은 마음의 시화에 열중했다면, 박이도는 시와 시인의 기능이 기독교적 복음의 수준과 연결될 수 있는 가능성에의 타진으로까지 나간다. 이러한 생각은 사실 박이도 훨씬 이전, 현대시의 출발점이기도 하다. 시가 신의 자리에 설 수 없을까 하는 용기와 교만의 교차점이라고 할 수 있는데, 박이도는 때로 그 자리에서 물러서 시가 결코 그렇게까지는 될 수 없다는 겸손으로 돌아서기도 한다. 여기에 박이도의 혼란이 있는데, 나는 그 혼란을 오히려 긍정적으로 보고 싶다.

3

70년대 이후 나타난 젊은 시인들 가운데 기독교적 인식을 그 세계관으로 깔고 있는 시인들로서 고정희·정호승·김정환 등이 특별히 주목된다. 이들은 정치적으로 어두운 시대였던 70년대에 시를 쓰기 시작하면서, 강렬한 현실 의식과 시대 비판 정신을 바탕으로 하고 있다는 점에서 공통되는데, 기독교에 대한 이해와 그 시적 구체화에는 각기 조금씩 다른 양상을 보여준다.

그는 모든 사람을
시인이게 하는 시인
사랑하는 자의 노래를 부르는
새벽의 사람
해 뜨는 곳에서 가장 어두운
고요한 기다림의 아들

절벽 위의 길을 내어
길을 걸으면
그는 언제나 길 위의 길
절벽의 길 끝까지 불어오는
사람의 바람

들풀들이 바람에 흔들리는 것을
용서하는 들녘의 노을 끝
사람의 아름다움을 아름다와하는
아름다움의 깊이.

날마다 사랑의 바닷가를 거닐며
절망의 물고기를 잡아먹는 그는
이 세상 햇빛이 굳어지기 전에
홀로 켠 인간의 등불

『서울의 예수』라는 시선집에 수록되어 있는 정호승의 「시인 예수」 전문이다. 여기서 정호승의 기독교 이해는, 시인과 예수는 같으며, 같아야 한다는 인식을 그 내용으로 하고 있음을 알 수 있다. 왜 그런가. 정호승에 의하면 시인도 예수도 그 생명은 사랑이기 때문이다. 그 사랑은 여기서 인간에 대한 끝없는 사랑으로 발견된다. 일부 기독교 교단에서는 휴머니즘을 인문주의 혹은 인본주의로 이해하고 신본주의에 맞서는 것으로 보고 이를 배격하는 경향이 있으나, 기독교의 근본이 인간에 대한 하나님의 놀라운 사랑에 있다는 점은 의심할 나위가 없다. 신은 인간에게 인간들끼리 서로 사랑할 것을 가르쳐준다. 정호승은 그것이야말로 인간을 시인 되게 하는 일이라고 말하는데, 이러한 인식 속에는 이 세계에 사랑이 결핍되어 있고, 사랑의 회복이야말로 시의 과제라는 시인의 소망이 담겨 있는 것이다. 그러나 신성과 인성을 동시에 갖추고 이 땅 위에 온 예수에 대해서 이 시인은 그가 어디까지나 "고요한 기다림의 아들"이며, "사람의 바람" "아름다움의 깊이" "홀로 켠 인간의 등불"이라고 믿는다. 말하자면 인간으로서 도달할 수 있는 가장 높은 곳에 도달한 거룩한 인간으로서 예수가 파악된다. 그렇기 때문에 그 같은 거룩한 인간에 이르지 못한 시인에게는 알 수 없는 슬픔이 항상 감돌며, 그 슬픔과 사랑은 기묘한 자기 연민으로 발전한다. 이 연민의 세계가 잘 그려져 있는 작품이 바로 시집과 같은 제목의 「서울의 예수」라는 시다.

> 술 취한 저녁. 지평선 너머로 예수의 긴 그림자가 넘어간다. 인생의 찬 밥 한 그릇 얻어먹은 예수의 등뒤로 재빨리 초승달 하나 떠오른다. 고통 속에 넘치는 평화, 눈물 속에 그리운 자유는 있었을까. 서울의 빵과 사랑과 서울의 빵과 눈물을 생각하며 예수가 홀로 담배를 피운다. 사람의 이슬로 사라지는 사람을 보며, 사람들이 모래를 씹으며 잠드는 밤. 낙엽들은 떠나기 위하여 서울에 잠시 머물고 예수는 절망의 끝으로 걸어간다.

다섯 부분으로 된 시의 두번째 대목이다. 예수를 인간으로, 오직 사랑이 가득한 인간으로 보고자 했기 때문에, 그의 희생과 죽음이 윤동주처럼 행복으로 받아들여지지 않고 존경과 연민으로 수용된다. 앞의 인용에서 나타난 모습은 오늘 우리 시대 삶의 한 단면이다. 거기에는 먹기 위한 싸움과 눈물이 있고 허위가 있다. 어쩔 수 없는 사람들 세상의 풍경이다. 순전히 인간적인 차원에서 볼 때, 그것은 차라리 정직한 현실이다. 더럽지만 어차피 거기에 묻혀 있는 우리들! 예수는 그리하여 '절망의 끝'으로 걸어간다. 예수의 이 같은 절망은, 물론 타락한 현실에 대한 시인의 비판 의식을 반영하는 것이지만, 그것이 직접적인 분노 아닌 연민의 형태로 나타나는 것은 역시 기독교 정신과의 관계에서 그 까닭을 찾아야 할 듯하다.

정호승에게서 가볍게 시도된 예수의 인간화는 김정환의 『황색 예수전』에서 본격화되면서, 전통적인 기독교 보수 신앙에 부딪치는 기독교 이해가 나타나기 시작한다. 강렬한 현실 의식을 시의 기본적인 인식으로 삼고 있는 이 젊은 시인에게서, 예수는 하나의 시적 미디어가 된 느낌을 준다.

그대는 살과 뼈와 피비린 인간의 모습
인간됨의 가장 비참한 모습.
사람들은 믿지 않는다
그대는 하늘 그냥 늘 푸른 하늘일 뿐
그대 못박힌 손발의 상처에
갈수록 아픔이 생생한 살이 돋는 사랑을
사람들은 믿지 않는다.
그대도 어쩔 수 없다, 사랑의 힘은 그대를 다시 태어나게 하고
우리가 그대의 사랑을 확인할 때
(그것은 항상 너무 늦었을 때)
그대가 확인하는 것은 우리들의 돌아선 뒷모습.

『황색 예수전』의 「서시」 일부분인데, 제1부 성년식, 제2부 행전, 제3부 부활로 된 이 시집 전체를 이 자리에서 훑어볼 겨를은 내게 없다. 그러나 전체적으로 한 가지 말할 수 있는 것은, 예수의 출생으로부터 죽음·부활에

이르는 전 과정을 하나의 긴 연작시로 꾸몄다는 점에서 이 시집은 전무후무하다고 할 수 있을 것이라는 사실이다. 시인이 기독교인이라든지 기독교 정신을 시에 담고 있다든지 하는 경우는 우리가 어렵지 않게 만날 수 있으나, 이처럼 예수의 행적 전체를 시집 전체의 내용으로 삼고 있는 경우란 매우 희귀한 일이 아닐 수 없다. 그런데 더욱 놀라운 것은, 이 시집의 해설에서 채광석이 언급하고 있듯이, 예수가 신의 아들이라기보다 고통받는 민중의 상징으로 나타나고 있다는 점이다. 말하자면 예수의 십자가 사건을 철저하게 역사적 현상으로만 관찰함으로써, 시인은 예수 당시의 예루살렘과 오늘의 이 땅의 현실을 역사적 아날로지를 통해 대비하고 있는 것이다. 이런 문맥 속에서 예수는 당연히 인간의 아들이며, 예수의 죽음은 인간의 영웅적 행동이라는 범주에 머물게 된다.

여기서 일반적으로 제기되는 의문, 즉 인간으로서 과연 예수와 같은 행동이 가능할 수 있겠느냐는 물음에 대해서 김정환은 초월적 신성이나 능력 대신 '사랑'이라는 힘을 내놓는다. 다시 말해서 예수가 온갖 고통을 감수하고 십자가에 못 박힐 수 있었던 것은, 민중에 대한 그의 뜨거운 사랑 때문에 가능할 수 있었다는 것이다. 김정환 스스로 "사람들은 믿지 않으나" 그래도 어쩔 수 없다고 말한다. 그가 말할 수 있는 것은 다만 "사랑의 힘은 그대를 다시 태어나게 한다"는 것일 뿐이다.

예수의 십자가 사건이 '사랑의 기적'이라는 사실에 대해서는, 앞에 살펴본 시인들 모두에게서 공통된 인식으로 나타난다. 그러나 그 사랑의 힘이 신으로부터 주어진 것인가, 아니면 인간 스스로의 노력에 의해 이룩된 것인가 하는 문제에 대해서는 차츰 견해가 갈라지는 경향이 있다. 특히 젊은 시인들에 이르러 후자에 기우는 듯한 인상이 있는데, 김정환은 바로 그러한 분위기를 대표적으로 압축한다. 그러나 김정환은 예수를 역사적 인간에서 한 발짝 더 나아가 민중의 힘을 상징하는 관념으로 형상화함으로써 당시의 역사적 문맥에서 벗어나 오늘 우리의 현실에서 예수적인 인간상을 만든다. 이러한 예수 이해는, 새롭게 태동되어온 이른바 민중 신학과의 연관 아래에서 생각할 때, 있을 수 있는 하나의 해석에 바탕을 둔 것으로, 시인의 예수 해석은 궁극적으로 현실 해석의 성격을 띤다. 『황색 예수전』에서 자칫 혼선을 가져올 만한 것이 있다면 '사랑'을 '싸움'이라고 이해하고 시적 전개를 함으로써, 현실적인 싸움을 거부하고 죽음을 택한 예수의 승리를 설명하는 데 필요한 논리의 결핍을 보여준다. 이것은 하나의 혼란이다. 실제로 김정환의 세계는 '사랑'을 '싸움'으로 이해하는 논리에 앞서, '사랑' 그 자체로 충만되어 있는 경우가 훨씬 더 많다.

우리들의 사랑법은
시대의 가장 여린 물잎으로 이땅에 눕기.
안타깝기. 서로 보듬기. 가장 몸서리칠 태풍의 예감으로
치떨기. 우리들 가장 여린 허리의 흔들림 덕택으로
서로 껴안기. 강하고 무딘 것들을 위해
미리
몸서리쳐주기.

험난한 시대를 살아감에 있어서 필요한 일은 인간들 서로 간의 따뜻한 사랑이며, 그 사랑의 힘은 궁극적으로 하늘, 곧 신으로부터 온다는 신과 인간의 건강한 관계는, 젊은 시인들 가운데 고정희에게서 가장 바람직스럽게 나타나는 것으로 생각된다. 그에게 신은 관념적 우상이나 신비적 힘, 혹은 어떤 권위주의적 계율이 아니다 그러나 그렇다고 해서 세속적인 친구나 지상의 한 표상적 양심도 아니다. 시집 『이 시대(時代)의 아벨』 첫머리에 실려 있는 「서울 사랑」 연작은 그 관계를 분명하게 보여준다. 그중 「어둠을 위하여」는,

이 어둠 속에서 우리가 할 일은
오직 두 손을 맞잡는 일

손을 맞잡고 뜨겁게 뜨겁게 부둥켜 안는 일
부둥켜 안고 체온을 느끼는 일
체온을 느끼며 하늘을 보는 일이거니

라는 대목을 담고 있다. 이 땅 위에 있는 인간들의 수평적인 사랑의 고리와 하늘을 바라보는 초월적 사랑의 경건함이 조화를 이루면서 어울려 있다. 이 시 끝부분에서 시인은,

그대가 빛으로 남는 길은
그대보다 큰 어둠의 땅으로
내려오고 내려오고 내려오는 일
어둠의 사람들은 행복하여라

고 말하는데, 여기서 우리는 윤동주 이래 끊길 듯 끊길 듯하면서도 연연히 이어져온 기독교적 정신의 한 아름다운 개선을 만나게 된다. 이 땅 위에서의 돈·명예·권력·향락을 행복으로 받아들이기를 거부하고, 고난 속에서 신의 참된 임재를 체험하는 믿음으로 말미암아 비로소 기독교 정신이 사회의 빛과 소금이 될 수 있음을 고정희의 시는 정직하게 입증한다. 그리하여 그는 계속해서 「절망에 대하여」「두엄을 위하여」「각설이를 위하여」「죽음을 위하여」「말에 대하여」「침묵에 대하여」라는 부제를 가진 연작시를 통해, 어렵고 타락한 이 시대에 있어서 진실된 삶은, 더욱 낮아지고 더욱 고통을 감수하고, 그러면서도 하늘을 믿는 용기와 더불어 절망 앞에서 두려워하지 않는 자세 속에서 모색될 수 있음을 역설한다.

하느님을 모르는 절망이라는 것이
얼마나 이쁜 우매함인가를
다시 쓸쓸하게 새김질하면서

하느님을 등에 업은 행복주의라는 것이
얼마나 맹랑한 도착 신앙인가도
토악질하듯 음미하면서, 오직
내 희망의 여린 부분과
네 절망의 질긴 부분이
톱니바퀴처럼 맞닿기를 바랐다.

—「절망에 대하여」 부분

오 야훼님
노하지 말으소서
한 번만 더 간청하오니
여기 의인 열 사람만 두엄으로 뿌려지면
이 땅을 멸하지 않으시렵니까?

—「두엄을 위하여」 부분

고정희의 시는 올바른 삶, 참된 사회를 위한 두엄이기를 희망한다. 그의 시에는 고통받는 이 땅 민중들의 비극과 슬픔이 진하게 배어 있으나, 그 슬픔이 좌절과 절망, 혹은 회한이나 원한으로 채색되지 않고, 이상한 기쁨으로 충만하다. 그것은 아프게 낮아진 자의 사랑이며, 영생에 대한 믿음이다. 말을 바꾸면 그것이 바로 초월성인데, 이 초월성으로 인해서 그의 시에는 강건한 힘과 의지가 한과 슬픔을 감싸주게 된다. 그의 시가 현실의 모순과 비리를 예리하게 파헤치면서도 아름다운 감동을 유발하는 까닭은, 그것을 절망과 비극으로만 수용하고 결코 주저앉지 않기 때문이다. 하늘과 땅을 동시에 보는 자의 힘인데, 땅 위에서의 사랑을 땅 위에서의 싸움으로만 보는 인식의 한계를 그 힘은 넘어선다.

4

한국 현대시와 기독교의 관계를 이 짧은 지면에 다루고자 한 일 자체가 나로서는 아무래도 무모한 일이었던 것 같다. 이 글을 쓰면서 나는 언급된 시인들 한 사람 한 사람마다 별도의 글이 필요하다는 것을 느꼈다. 그러나 가장 중요한 것은 이들을 일별해보는 사이, 우리의 시인들 사이에서도 시대의 변화에 따라 기독교 세계관이 차츰 변모되고 있다는 사실을 발견한 일이었다. 과거의 보수 신학에서 최근의 민중 신학에 이르는 변모의 과정은 흥미롭다. 가능하면, 다양성이라는 측면에서 이들 모두가 제 소리를 가져야 하겠으나, 그것들이 신이며 동시에 인간인 예수의 기본 성격을 파괴해서는 곤란하지 않을까 나로서는 조금 걱정스럽다. 한 가지 즐거운 것은, 기독교 신앙에 바탕을 둔 시인들이 문학적으로도 이미 유능한 평가를 받는 시인들이며, 그들의 시가 기독교를 모르는 독자들에게도 충분히 감동적인 시들이라는 사실이다.

(1985)

한국 문학, 왜 감동이 약한가
—그 초월성 결핍을 비판한다

1. 현대문학과 세속성—리얼리즘

"소설은 신에 의해 버림받은 세계의 서사시"라는 루카치György Lukács의 지적은, 현대문학의 세속적 성격을 투시한 날카로운 통찰로서 음미될 만하다. 문학은 현실의 반영이며, 사회 구조의 모순을 해부하고 묘사함으로써 사회 발전에 기여하는 것이 작가의 할 일이라고 굳게 믿고 거듭 반복해온 루카치 이론은, 오늘날 어떤 의미에서 신물이 날 정도의 진부함을 지니고 있는 것이 사실이다. 그러나 그 진부성에 동의하면서도, 그것은 우리에게 문학에 대한 인간의 믿음이 이토록 철저하게 현실적일 수 있는가 하는 것을 충격적으로 보여준다는 점에서 항상 새삼스럽다. 루카치의 이론은, 문학의 세속화가 극화(極化)된 한 현장이다. 프랑스 시민혁명 이후, 민중주의가 형이상학을 붕괴시키면서 세계를 일원론적으로 인식하게 되었다는 것은 이미 우리가 잘 알고 있는 바와 같다. 인간의 감각을 통해 인지 가능한 세계, 과학적으로 검증될 수 있는 세계, 예컨대 경험적인 세계만을 진실로 인정하는 리얼리즘의 대두와 발달은 이 파도의 가장 큰 파랑을 이루면서 문학의 세속화를 급격하게 몰고 왔다. 신과 인간의 관계를 은총과 축복이라는 차원에서 건강하게 바라보고자 했던 클롭슈토크의 세계도, 미적인 이상주의에서 도덕적 실천의 힘을 동시에 보고자 했던 실러Johann Christoph Friedrich von Schiller의 세계도, 죄와 속죄의 끝없는 순환의 원형 속에서 인간의 한계와 그 극복을 어떤 거룩한 힘을 통해서 이루어보고자 했던 괴테의 세계도 이미 이 같은 파장 속에서는 실종되어버렸던 것이다. 기독교적 세계관과 낭만주의적 세계관은 경험 제일주의, 물질적 합리주의에 의해 열광적으로 대치되었으며, 인간 영혼과 정신의 힘에 대한 형이상학적 탐구는 백안시되거나 거부되었다. 그리하여 신 대신 인간이 모든 것을 이룰 수 있다는 믿음과 더불어 리얼리즘의 행진은 시작되었고, "신에 의해 버림받은 서사시"인 소설은 이러한 리얼리즘 문학의 핵심적 매체로 등장한다. 소설이 19세기의 산물이라는 까닭도 바로 그것이다. 소설은 과연 리얼리즘의 이념을 가장 걸맞게 수행하는 장르로서의 위력을 발휘하기 시작하였으며, 역사의 뒷면에 오랫동안 묻혀 살아온 민중들의 모든 것을 담아주고, 또 토해냈다. 물론 헤겔은 소설을 중산 계급을 잘 그려내는 문학 장르로 보았으나, 헤겔 당시 중산 계급의 형성 자체가 회의적일 수밖에 없는 형편에서, 소설이란 장르를 이와 관련지어서만 보는 것은 옳지 않을 듯하다. 오히려 소설은 실로 오랜만에 봇물 터지듯 거리로 쏟아져 나온 여러 가지 형태와 성격의 민중들의 이야기를 담아줌으로써, 심지어는 통속소설·간통소설이라는 명명까지 나올 정도로 그 그릇의 폭이 넓어지는 형세가 되었다. 따라서 소설은 장르의 본질상 그보다 앞선 다른 장르들, 예컨대 서정시·서사시와의 형식 내적 연관성을 완전히 부인할 수 없다고 하더라도, 이 같은 현실주의의 매체가 되어 문학의 세속화에 가속적인 기능을 한 것만큼은 틀림없다.

여기서 우리는 문학의 세속화에 대한 올바른 뜻을 한번 반추해볼 필요가 있을 것이다. 대체 세속화란, 특히 문학과 관련하여 무엇을 뜻하는가. 앞의 이야기와 연관해서 볼 때, 리얼리즘이 전통 사회를 지배해온 초월적인 가치의 거부—기독교의 그것과 낭만주의의 그것—위에 기초하고 있다는 점이 먼저 유의되어야 할 것이다. 그렇다면 기독교적 세계관과 낭만주의의 그것은 세속화되지 않은 상태, 말하자면 세속화 이전의 어떤 상태와 평화를 이루는 이름일 것이다. 가령 이 시기의 작가로서 지금까지도 우리의 마음을 줄기차게 움직이고 있는 괴테는 「가니메드」(그리스 신화에 나오는 미소년—필자 주)라는 시에서,

아침 놀 속에서
그대 나를 둘러싸고 타오르듯,
봄이여, 사랑하는 이여!
수천 겹 사랑의 기쁨으로
그대 영원한 따사로움의
성스러운 감정
무한한 아름다움이
내 가슴에 몰려오도다!

내 그대를 이 팔에
안고 싶은 것을!

아, 그대 가슴에 누워
애태우노라,
그대의 꽃, 그대의 꿀
내 가슴에 몰려온다.
그대는 내 가슴의
타는 갈증을 식혀 준다.
사랑스러운 아침 바람,
밤꾀꼬리가 안개 낀 계곡에서
사랑스럽게 나를 향해 운다.

내가 가지요! 내가 가지요!
어디로? 아, 어디로?

위로, 위로 가려고 애쓴다.
구름들이 아래로 떠돈다
구름들이 그리움에
목마른 사랑에게 고개를 숙인다.
내게, 내게!
그대 품 속에서
저 위로
얼싸안으며 감싼다!
저 위로
그대의 품에,
사랑이 풍성하신 아버지여!

라고 노래한다. 아름다운 소년에게서 촉발된 시인의 미적 감수성은 자신의 그렇지 못한 모습에 대한 반성, 아름다움에 대한 동경·헌신을 거쳐 마침내 창조주인 신에 대한 찬탄과 감사로 이어진다. 괴테 시대라고 부를 수 있는 독일의 18세기는 어떤 의미에서 이렇듯 신을 발견한 시대라고도 할 수 있다. 저 높은 곳에서 유유자적하던 신, 이 땅 위에 내려와봐야 기껏 교회와 교회 지도자들에게만 와 있던 신, 그리하여 오랫동안 지배 이데올로기와 동의어를 이루었던 신이, 그 억압적 우상성을 벗고 인간에게도 따뜻한 사랑과 은혜의, 살아 있는 힘일 수 있음을 발견한 시대이다. 괴테와 거의 동시대인이었다고 할 수 있는 클롭슈토크는, 그리하여 『구세주』 『봄의 축제』와 같은 작품에서, 신 아닌 인간을 위한 신을 힘차게 노래한다. 예컨대 『구세주』와 같은 장편 서사시에서는 과거의 귀족들이 즐겨 사용해온 운율을 과감히 버려버리고, 보다 폭넓은 인간애에 입각한 정열을 바탕으로 하여 이 땅 위 살아 움직이는 신을 성공적으로 그려내고 있다. 『봄의 축제』에서도 자연 속에서 전개되는 신의 활동이 찬미되는데, 물방울 하나, 벌레 한 마리도 생명의 고귀함과 아름다움에 대한 찬양에 힘입어 사물로서의 의미를 획득하고 있음을 볼 수 있다. 이 시기는, 말하자면 신과 인간이 만나는 시대였다. 독일의 경우 기독교는 이방 종교로서 그 토착화에 상당한 시련을 겪어왔으며, 민족정신의 정통성과는 일정한 거리를 갖는 종교였다. 널리 알려져 있는 바와 같이 독일 정신의 전통은 차라리 신비주의에 있다고 하는 편이 옳을 것이다. 낭만주의는 이 같은 신비주의적 본질이 정치적·문화적 상황과 만나서 이루어진 하나의 범민족적 사회 운동의 성격을 띠고 있었던 것이 18세기 말 독일의 분위기였다. 중세 『니벨룽겐의 노래』와 같은 작품에서 이미 강하게 나타나기 시작한 신비주의적 요소는 르네상스 종교개혁 시기를 전후하여 경건주의적 경향을 보이다가 마침내 18세기 중반 이후 낭만주의라는 이름 아래 통합되고 있음을 문학사는 보여주고 있다. 그 바탕의 저류가 되고 있는 공통된 어떤 것이 있다면, 그것은 이른바 데몬Dämon이라는 이름의 초합리적·초자연적인 요소이다. 우리나라의 샤먼과 비교될 수 있는, 흥미 있는 여러 특징을 지니고 있는 이 요소는, 요컨대 기독교가 수용되기 이전 독일 정신의 바탕을 이루었던 것으로서, 18세기 말 낭만주의에 이르러 하나의 유형화를 얻게 된다. 그 특징은 환상을 통한 자아의 발견으로 개성을 중시하며, 개성의 발전을 위해 영원히 힘쓰는 것을 이상으로 한다. 이러한 낭만주의는 계몽주의적 합리성을 비판하고, 내면세계에의 조명으로 인간 개성의 확충을 도모함으로써 인간성의 발견에 획기적인 기여를 하였다. 물론 정신적인 맥락에서 볼 때, 모든 사조가 그러하듯이 낭만주의 역시 상당한 역기능을 한 것이 인정된다. 예컨대 낭만적 반어는 사물과 현상의 해석 방법에 대한 끊임없는 이상주의적 태도를 심어주었으나, 인간 정신의 지나친 추상화로 필경 낭만주의의 생명을 단축시키는 결과를 초래하기도 했던 것이다. 어쨌든 낭만주의는 기독교와는 또 다른 차원에서 세속화 이전의 어떤 문학적 기질을 지녔었다. 가령 낭만주

의적 특질을 전형적으로 지녔던 시인으로 평가되는 노발리스는,

> 〔……〕 어두운 밤이여, 그대 또한 우리에게 따뜻한 마음마음을 갖고 있는가? 그대 외투 속에 나에게 보이지 않으면서 영혼을 힘차게 사로잡는 그 무엇을 숨기고 있는가? 매혹의 향기가 그대 손에서, 양귀비 다발에서 흩날려 떨어진다. 그대 감정의 무거운 나래 높이 쳐들고—. 어두움 속에서 우리는 말할 수 없는 감동을 맛본다.

고 노래한다. 빛과 아름다움을 찬양하면서 창조주를 찬양하는 것 대신, 여기서는 '밤'에 대한 찬미만이 가득하다. 제목 자체가 『밤의 찬가』인 이 장시에서는 빛 대신 어두움이, 낮 대신 밤이, 창조주 대신 그 무엇인지 알 수 없는 어떤 신비스러운 힘이 시인의 가슴을 사로잡으면서 감동을 던져준다. 이것이 바로 신비주의다. 신비주의에서는 창조주 신의 사랑인 아가페 대신, 인간들의 성적인 사랑인 에로스가 중시된다. 따라서 이성 간의 사랑의 순간은 신비롭게 예찬되고, 여기서 생겨나는 힘이 창조의 원동력으로 이해된다. 그렇기 때문에 기독교에서는 그 과도한 탐닉을 죄로 보고 있는 섹스가 오히려 구원의 실마리가 되기도 하고, 감정과 결합된 밤의 한가운데에서 영생에의 믿음이 태동하기도 한다.

이렇듯 기독교는 유일신, 신비주의는 범신론에 가까운 믿음을 표방하고 있음에도 불구하고, 그러나 이 둘 사이에는 공통된 것이 있다. 그것은 두 가지 모두 어떤 형이상학적인 믿음을 갖고 있다는 점이다. 초월성이라는 이름으로 부를 수 있는 이 믿음은, 우주와 인간을 창조한 어떤 존재에 대한 믿음을 통해서 인간 존재를 포함한 모든 존재의 유한성을 깨닫고 있다. 이 각성은 이 세상에서의 삶이 전부가 아니라는 이해를 가져오며, 그런 의미에서 인간 영혼의 정신화의 첫 단계가 된다. 물론 그 정신화로의 길이 반드시 순조로운 것은 아니다. 날카로운 감수성으로 이미 그 같은 존재의 부재를 느끼고, 정신화로의 길에 회의를 품었던 횔덜린은,

> 그 다음에야 천둥을 치며 신들이 내려오리라. 그 동안 나는 자주
> 친구도 없이 이렇게 외롭게 기다리는 것보다 잠을 자는 것이
> 차라리 좋으리라 생각한다. 무엇을 하고 무엇을 말할지 모르겠다.
> 이 궁핍한 시대에 시인들은 무엇을 해야 한단 말인가?
> 그러나 그들은 성스러운 밤에 이 나라에서 저 나라로
> 진군해 간 酒神의 거룩한 사제들 같다고 당신은 말한다.

고 기독교인지 신비주의인지 알 수 없는 태도로, 조금은 자학적으로 정신과 시의 갈 길을 우려하고 한탄하였다. 그 횔덜린이 정신이상으로 40년 가까운 고난의 세월을 보내고 나자, 기다렸다는 듯이 시와 정신을 능멸하는 시대가 오고야 말았다. 그러나 사람들은 그것을 오랫동안 학수고대해온 표정으로 환영하였다. 물론 귀족주의와 봉건주의는 정치적 차원에서건 문학적 차원에서건 타파되어야 했고, 그런 의미에서 19세기 중반 이후의 시민사회 형성 과정은 보다 활발한 전개가 촉구되었어야 할지언정 이를 부정적으로 보아서는 안 될 것이다. 그러나 시민사회의 형성을 위해 건전하게 작용했어야 할 인간 이성과 과학의 기능에 대해서는, 그 평가가 비판적이 되지 않을 수 없다. 문학에서 문제되는 것은, 이른바 리얼리즘이라는 현실주의적 세계관과 결부된 문학의 지나친 세속화 현상이 바로 그 비판의 대상이 된다. 문학이 일부 귀족과 문학 애호가의 손에서 벗어나 민중들의 생활 현장으로 옮겨진 것은 시극히 바람직스러운 일이었다. 그러나 그것이 확대와 심화라는 차원을 넘어, 기능 자체에 대한 변질과 이어지면서, 마치 이성이 과학주의와 정치주의의 도구로 떨어진 것처럼, 현실 사회의 환경과 조건을 바꾸기 위한 도구로 떨어졌을 때, 비극은 시작되었던 것이다. 왜냐하면 정신화의 한 형식으로 올라가야 할 문학이 물질 현상과 같은 범주로 부단히 요구되었기 때문이다.

물론 리얼리즘을 이 같은 물질 현상 내지는 자연과학과 구별해서, 리얼

리즘 자체에 어떤 정신적인 요소가 있는 것으로 바라보는 견해도 있다. 예컨대 리얼리즘은 사실주의적인 측면과 이상주의적 측면을 동시에 지녔다는 생각인데, 여기에는 리얼리즘이 '현실의 객관적 반영'이라는 해석과 더불어 '현실의 주관적 선택'이라는 해석이 교묘히 깃들어 있다. 리얼리즘은 당대 사회 현실을 객관적으로 묘사하는 것이라는 오래된 강조에도 불구하고, 사실상 어떤 특정한 현실적 목표에의 기여를 목적으로 한 논의가 많았었다는 사실을 상기시키는 기르누스의 입장[1]은 차라리 모든 리얼리즘 신봉자들의 숨겨진 이중 의도를 전형적으로 드러내주는 말인지도 모르겠다. 그러나 여기에서 쓰여진 주관을 정신이라는 말과 같은 것으로, 그리고 이때의 이상주의를 초월성과 결부시켜 이해하는 것은 아무래도 무리인 것 같다. 그럴 것이 이때의 주관은 작가의 현실적 의도의 선택에 작용하는 기술이며, 이상주의란 그것에 의한 사회적 비전의 현실화에 지나지 않기 때문이다. 그 어떤 경우이든 작가에 의한, 문학에 의한 이 세계의 현세적 개혁이 완벽에 가깝게 성취될 수 있다는 믿음은 문학적 세속주의를 표본적으로 보여주고 있다. 어떤 의미에서 그것은 천진스럽게 보이기까지 한다. 그것은 그들—특히 루카치를 중심으로 한 이론가들—이 그렇게 통박해 마지않았던 모더니즘이 하나의 형식주의였듯이 또 다른 의미의 형식주의—아마도 이데올로기적 형식주의라고 할 수 있지 않을까—를 극명하게 보여준다. 인간에 의해서 찬미될 것은 이제 '훌륭한 인간' 이외에는 아무것도 남지 않았다는 초기 리얼리즘은, 아도르노가 예리하게 지적했듯이 이제는 "기계라는 이름의 천사"[2]밖에 남기지 않고, 여전히 반성하지 않고 있다는 사실에서 세속화된 문학의 슬픔이 그치지 않는다.

1 Wilhelm Girnus, *Wozu Literatur*, Frankfurt, 1976, p. 35 이하 참조.

2 T. W. Adorno, *Noten zur Literatur*, Frankfurt, 1966, p. 135 참조.

2. 현대문학과 세속성—모더니즘

그렇다, 나는 내가 어디서 왔는지 안다.
불꽃처럼 탐욕스럽게
나는 나를 불사르고 소멸시킨다.
빛은 내가 잡고 있는 모든 것.
숯은 내가 놓아 버린 모든 것.
불꽃이야말로 정말이지 나 자신이다!

「이 사람을 보라Ecce Homo」는 시에서 니체가 이렇듯 씩씩하게 '인간 만세'를 주장한 이후, 이른바 모더니즘은 리얼리즘과 더불어 문학의 세속화에 결정적으로 기여한 것으로 보인다. 한국 문학에 나타난 리얼리즘과 모더니즘은 적대적인 표정을 하고 있는데, 문학의 세속화라는 관점에서 보면, 둘은 그리 멀리 있는 것 같지 않다.[3] (리얼리즘과 모더니즘의 적대적 관계는 물론 우리 문학에서만 문제되는 것은 아니다. 예컨대 루카치가 「오해된 리얼리즘을 반박한다」는 글을 쓰기 전후하여 표현주의·초현실주의 등을 반사실주의라고 비난하고 이들을 부르주아의 타락상으로 규정한 것은 널리 알려진 사실이다. 그러나 이 같은 그의 견해는 문학적 진보주의와 역사의식은 전위적 형식을 통해 매개된다는 아도르노의 반격을 비롯해서 많은 서구 마르크시스트의 반론을 만났고, 이즈음에 와서는 낡은 웃음거리가 된 감이 있다.) 그렇다면 무엇이 둘을 이음동어(異音同語)처럼 들리게 하는가. 리얼리즘이 훌륭한 인간에서 기계에 이르는 과정을 바람직한 가치로 보았다면, 모더니즘은 훌륭한 인간에서 예술에 이르는 모든 것을 바람직한 가치로 보았다. 이 길은 전자에 비해 훨씬 정신적이며, 형이상학적인 느낌을 준다. 그러나 어떤 의미

3 그 가장 비근한 예는 白樂晴 編, 『리얼리즘과 모더니즘』, 창작과비평사, 1984에서 볼 수 있다.

에서는 리얼리즘보다 모더니즘이 훨씬 완강하게 문학이 지닌 초월성과의 전통적 유대를 끊어버렸다고 할 수 있다. 리얼리즘이 과학과 정치라는 우회를 통해 결과적으로 초월성을 차단해버렸다면, 모더니즘은 의도적인 단절의 바탕 위에서 출발했기 때문에 초월성과의 관계는 차라리 배반이라는 표현이 더 적절할는지도 모른다. "신은 죽었다"는 니체의 과장된 몸짓이나 "언어는 시인이 창조한다"는 보들레르의 선언은, 모두 그 배반을 뼈아프게 나타내는 현상들이다. 물론 리얼리즘이 그렇듯이, 모더니즘에 대한 개념 접근도 그리 간단한 것은 아니며, 일반적 통설은 니체나 보들레르를 지나 20세기 문학에 주저앉아 있는 것이 사실이다. 막연히 현대문학의 포괄적인 성격을 일컫는 경우도 있고, 특히 소위 전위적·실험적 경향에 집중되어 있는 경우도 있지만, 그 뿌리는 역시 니체나 보들레르로까지 소급해서 바라보는 것이 정당한 것으로 내게는 생각된다.

초기 니체에서는 사실 모더니즘이라고 부를 수 있는 어떤 것과 리얼리즘이라고 부를 수 있는 것의 혼재를 우리는 발견할 수 있다. (리얼리즘과 모더니즘의 먼 거리가, 보기에 따라서 반드시 그렇지 않을 수도 있다는 것은, 일반적으로 리얼리즘의 연장이라고 생각되는 자연주의를 오히려 모더니즘이 답습하고 있다는 루카치의 견해에서도 흥미 있게 읽혀진다.) 그 혼재의 현장은 앞서 인용한 시 「이 사람을 보라」에서 은밀하게 노출되고 있다. 즉 이 시를 잘 읽어보면, 거기에는 리얼리즘 가치관의 바탕이 되고 있는 물질주의와 모더니즘 예술의 줄기가 되는 인간 정신에의 확신이 교묘하게 얽혀져 있음을 볼 수 있다. 실제로 니체는 그의 유명한 『차라투스트라는 이렇게 말했다*Also sprach Zarathustra*』에서 "나에게 있어 육체는 정신이다!"라고 소리쳤는데, 이것은 그때까지 공허한 관념론으로만 비쳤던 전통적 형이상학에 대한 반기이자 인간 정신에의 긴장된 집중을 통해 정신·육체·물질의 통합을 이루어보고자 했던 야심의 표현이라고 할 수 있다. 여기까지의 니체는 격려될지언정 비난받을 수 없을 것이다. 그러나 그가 그 같은 통합이 인간의 능력에 의해 이루어질 수 있다고 부지불식간 믿기 시작했을 때, 개인적으로는 그 자신의 고난이, 그리고 역사적으로는 하나의 파탄이 준비되기 시작했던 것이다. 니체에 의해 불붙여진 이 같은 믿음은 벤Gottfried Benn과 같은 시인에 의해 하나의 극점에 도달하게 된다. 벤은 말한다, "형식은 신Gott ist Form"이라고. 여기서의 형식은 물론 문학작품, 특히 시에서의 그것을 가리키는 말이다. 니체의 영향을 크게 받은 그는, 니체에게서 한 발짝 더 나아가 자연과 인간에 대해서까지 일체의 기대를 포기하기로 공언하고, 예술의 절대화를 통해 절망적인 현실을 극복할 수 있다고 주장하였다. 벤의 이러한 주장은 그의 유명한 공작성 개념과 절대시론으로 대변된다. 이에 앞서 「삶—보다 낮은 환상」이라는 그의 시를 보면,

> 형식만이 믿음과 행동,
> 처음엔 손으로 가만히 만져지고
> 다음엔 손들로부터 벗어난
> 그 影像들은 새싹들을 감추고 있다

는 표현이 나온다. 자세한 해석이 필요 없을 정도로, 시, 즉 문학은 인간에 의해 창작되기 시작되지만 그것이 하나의 형식으로 독립해나가는 과정은 자율적이라는 뜻을 담고 있다. 그리하여 마침내

> ……이 시는 아마도 분열된 시간들 가운데 하나를 모을 것이다—절대시, 즉 믿음이 없는 시, 희망이 없는 시, 누구에게도 향하지 않고 있는 시, 당신이 매혹적으로 조립하고 있는 어휘들로 된 시……

이것이 그의 절대시이다. 과연 이런 시가 있을 수 있는가 하는 문제와는 별도로, 여기서 우리는 이른바 '예술의 비인간화'라는 경지에 이르게 된다. 예술은 예술 혼자 넉넉히 존재할 수 있는 것으로, 인간조차 거기에 개입할 필요도 없으며 개입해서는 안 되고, 개입하지 않아도 좋다는 이론이다. 현

대문학·예술이 잃어버린 신의 자리에 오르는 순간이다. 공작성이라는 벤의 개념을 계속해서 살펴보면,

> 공작성은, 내용의 일반적인 몰락의 와중에서 그 스스로를 내용으로 체험하고 이 체험으로부터 하나의 새로운 양식을 형성하려는 기법의 시도이다. 그것은 가치의 일반적인 허무주의에 대항하여 새로운 초월성을 정립하려는 시도이다.

라는 주목할 만한 발언이 개진된다. 시 창작의 실제 기법의 과정에서 나오는 공작성이라는 개념이, 알고 보면 어마어마한 이 시인의 예술관·문학관의 핵심이 되고 있는 것이다. 그것은 "가치의 일반적인 허무주의에 대항한 새로운 초월성 정립의 시도"라는 것이다. 가치의 일반적인 허무주의란 이른바 모더니즘 계열의 서구 문화인들이 일반적으로 동의하고 있는 당시의 정신적 생활이다. 무엇이 허무주의를 유발하고 있는지에 대한 이들의 진단이 반드시 동일하지 않은 가운데, 우리로서 발견할 수 있는 것은 '신의 실종'이라는 현상이다. 이들은 대체로 압도적인 물질주의·과학주의·정치주의가 인간을 소외시키고 세계 불안을 고조시키는 주범들이라는 인식에 직접적으로 매달리고 있지만, 그 배후에는 그것을 확신에 찬 믿음으로 뒷받침하고 있는 거대한 무신론이 숨어 있음을 간과해서는 안 될 것이다. 무엇보다 그것은 그들이 새로운 신과 새로운 초월성을 찾는 데서 명백해진다. 흥미로운 것은, 여기서도 벤이 공작성을 가리켜 새로운 초월성의 정립 시도라고 밝히고 있는 점이다. 그러나 과연 그 공작성이 초월성으로 올라섰는지에 대한 지금으로서 우리의 대답은—이 시인의 끈질긴 정신에 경의를 표함에도 불구하고—지극히 회의적이지 않을 수 없다. 왜냐하면 지상적인 것이 이 지상을 넘는 초월성을 갖기란 근본적으로 불가능하다는 것을 우리는 체험적으로 익히 알고 있기 때문이다. 오히려 그것은 우리에게 메마른 교만을 가져다준 일면이 없지 않다.

모더니즘이라는 말로 한국 문학에서 요약되고 있는 일련의 내면 중심적 경향은, 요컨대 리얼리즘과는 다른 차원에서 인간 정신의 완벽주의를 공공연하게 드러내고 있다. 앞서 살펴보았듯이 벤의 경우엔 아예 인간 정신이 예술 정신으로 전환되면서 인간 자체를 탈각시켜버리는 힘마저 갖게 되었다. 이런 입장은 이른바 순수시를 내세우고 있는 발레리도 마찬가지다. 이런 생각의 흐름은 현상학에 의해 포괄적으로 파악되고 설명되면서 현대인의 '자아'를 폭넓게, 그리고 심도 있게 파헤치는 데 기여하였으나, 궁극적으로는 자아를 한없는 불안으로 몰고 갔음을 우리는 알고 있다. 후설 Edmund Husserl에서 하이데거Martin Heidegger에 이르는 현상학의 과정을 그 축적과 노력의 도정으로 본다면, 사르트르Jean Paul Sartre에 이르러 그것은 엄청난 추락을 만나게 된 것으로 이해된다. 이런 측면에서 볼 때 실존주의란, 파헤쳐질 대로 헤쳐진 인간 자아의 잔해가 앙상하게 떨고 있는 현장으로 보이기도 한다. 물론 넓은 의미에서 모더니즘이라는 말 속에 포함되고는 있으나, 모더니즘이 니체, 벤, 그리고 현상학과 실존주의로 설명될 수 있는 맥락만을 갖고 있는 것은 아니다. '모더니즘'이라는 내용을 지닌 그것은 다른 한편 심리주의라고 불리는 많은 작품들을 또한 갖고 있는바, 예컨대 조이스James Joyce, 프루스트Marcel Proust, 브로흐Hermann Broch, 무질 Robert Musil 등이 아마 여기에 속할 것이다. 그러나 이들 심리주의 문학은 인간의 내면세계를 확충시킴으로써 인간의 미묘한 작은 세계들을 통찰하는 데 봉사한 것 같으면서도 기실 변형된 자연주의라는 비판을 받기도 한다. 또한 이러한 경향에는, 다소 억울하다고 하더라도 소위 '삶을 위한 문학'의 노선을 걸어간 일군의 작가·비평가 들도 어쩔 수 없이 포함된다. 그 가장 미묘한 예는 유명한 T. S. 엘리엇인데, 그는 "우리가 시를 바라볼 때 그것은 무엇보다 시로 바라보아야지 다른 어떤 것으로 보아서는 안 된다"고 말함으로써 일견 예술 지상주의의 태도를 보였다. 그러나 작품 자체를 중시하면서도 엘리엇은 문학과 삶의 관계를 끊임없이 인식하고 있었는데, 필경 엘리엇이 기독교 신앙으로 개종해 갔다는 것은 의미심장한 일이 아닐 수 없다.

모더니즘의 파탄은, 언어에 매달리다가 결국 언어에 절망하고 죽어간 바흐만Ingeborg Bachmann이나 첼란Paul Celan에게서 극적으로 나타난다. 파울 첼란은 그에 대해서 가해진 한 비평, 즉 "사회의 여러 가지 힘과 거리낌없이 부딪치면서 아방가르드적 문체를 보여주는 걸작"이라는 말이 말해주듯, 매우 전위적인 시인이다. 전위적이라는 표현은, 이를테면 모더니즘의 다른 말이라고 할 수 있겠는데, 그것은 시대를 의식하는 작가의 의식이 일체의 과거로부터의 탈출, 내용과 형식 모든 면에서의 철저한 거부를 뜻한다. 첼란은 익명화·물질화되어가는 인간의 구원으로서 언어의 정확성을 시도, '언어 창살'이라는 개념에까지 이르렀으나 언어는 결코 신이 될 수 없었다. 마침내 그는 고양된 언어의 형태로 침묵을 선택했고, 끝끝내 그 침묵 속에 자신을 가라앉혔다.

3. 세속성의 한계와 문학의 기능

문학의 세속화가 정치적·종교적 의미에서 문학의 민주화·대중화를 가져온 것은 사실이다. 그러나 리얼리즘과 모더니즘은 그런 의미에서 그 발전을 이끌어오며 점차 부정적 기능을 드러내었고 시간이 지나가면서 그 한계에 대한 각성과 비판도 스스로 갖게 되었다. 그것들 자체로부터 비롯된 각성의 주요 내용은 대략 다음과 같은 것들이다. 예컨대 리얼리즘의 경우, 리얼리즘이 단순히 현실의 객관적 묘사가 아니라는 주장이다. 이 점에 관해서는 루카치의 「오해된 리얼리즘을 반박한다」에 대한 아도르노의 반론, 백낙청·임철규의 최근 견해가 주목되는데 그중 백낙청의 소견을 듣는다면,

〔……〕 우리의 리얼리즘론이라는 것도 이러한 작업을 제대로 거친 뒤에야 이 시대의 진실을 비평 분야에서 대변하는 이론으로서 진리의 감화력을 빌

> 릴 수 있을 것이다. 그러한 리얼리즘론은 리얼리즘 자체에 관해서도 종전의 통념을 크게 바꾸지 않을 수 없을 것이 분명하지만. (……)

으로 나타난다. 이 글은 이른바 모더니즘에 대한 자상한 검토를 담고 있는, 그가 엮은 『리얼리즘과 모더니즘』에 수록된 것인데, 크게 바뀌어야 할 리얼리즘의 새로운 개념에 대한 직접적인 언급은 없다고 하더라도, 리얼리즘이 더 이상 19세기식 인생 겉핥기에 머무를 수 없다는 점만큼은 도처에서 강력히 시사되고 있다. 이러한 생각은 리얼리즘에서 과거에 금과옥조처럼 여겨져온 '객관성'이라는 미망 대신 오히려 올바른 주관성이 중시되어야 한다는 입장의 대변처럼 보인다. 이것은 리얼리즘을 물질주의·현실주의의 동의어에서 구출하는 데에 있어서는 확실히 진일보한 생각이며, 현대의 리얼리스트들은 여기서 그 문학적 규범을 찾고 있는 것이 사실이다. 그러나 그 기대가 다음과 같은 소박한 믿음이 될 때, 우리는 그 가능성에 대해 회의하지 않을 수 없다.

> 현실을 모순과 적의의 대상으로 거부한 자아가 다시 그 현실로 돌아올 때, 현실의 본질은 모순이라는 것을 다시 깨달을 수밖에 없다. 그러나 모순의 실체인 현실 이외에 돌아갈 또다른 세계는 없다. (……) 현실의 모순을 극복하여 이 현실에서 새로운 세계를 창조하고자 하는 것이 리얼리즘의 기본 정신이라면 리얼리즘의 기본 정신에 의해서 모더니즘의 절망적인 인간상은 극복될 수 있는 것이다.[4]

그럴싸하고 또 그럴 법하다. 어떤 의미에서는 그랬으면 좋겠다는 생각도 든다. 그러나 과연 그럴까. 또 그럴 수밖에 없을까. 첫째, 현실의 본질은 모순이라는 것을 깨달으면서도 그 현실 이외에 돌아갈 세계는 정말로 없는

4 임철규, 『우리 시대의 리얼리즘』, 한길사, 1983, p. 177 참조.

것인가. 물론 현실적으로 보아 현실 이외에 돌아갈 곳이 없는 것은 사실이다. 그러나 우리는 인간이기 때문에 모든 사물과 현상을 현실적으로만 볼 수는 없는 것이다. 하나의 실상으로 존재하고 있는 것은 경험적인 현실이라고 이 글의 필자는 진술하고 있는데, 이 경우 그 경험의 구체적 내포에는 당연히 환상과 같은 관념적 경험도 포함되어야 할 것이다. 감각에 의해서 인지되는 것만을 경험으로 받아들인다면, 인간의 모든 형이상학적 노력은 허망한 가상에 지나지 않는 것이 될 것이다. 인간이 꿈을 실제로 꾸는 존재인 한, 꿈도 현실의 일부일 수밖에 없다. 따라서 현실의 본질이 모순이며, 현실 이외에 돌아갈 또 다른 세계가 현실적으로 없다는 것을 인정하는 경우에 있어서도, 우리는 동시에 다른 길이 있을 수도 있다는 믿음을 포기해서는 안 된다. 이것이 포기되면 온갖 논리적 조작에도 불구하고, 리얼리즘은 다시 물질주의·과학주의, 심지어는 동물주의의 대명사로 타락될 수 있음을 직시해야 한다. 둘째, 모더니즘의 인간상은 절망적인 것이며, 리얼리즘은 그렇지 않은 것일까 하는 회의이다. 그렇게 볼 수도 있으나, 보기에 따라서는 그 반대일 수도 있다. 모더니즘이 신의 사망을 선고하고 그 자리에 초인의 개념을 추구한, 어떤 의미에서 인간의 영적 능력에 대한 과신을 근간으로 하는 니체 사상을 원류로 하고 있다는 점, 19세기 리얼리즘이 인간을 동물적 수준으로 격하시킨 자연주의를 그 자식으로 삼았다는 역사적 사실을 상기할 때, 모더니즘만을 절망적 인간상으로 규정짓는 것은 어느 한 면에 대한 관찰일 수 있다. 그러나 가장 중요한 것은 다음과 같은 마지막 질문이다. 즉 리얼리즘의 기본 정신이 "현실의 모순을 극복하여 이 현실에서 새로운 세계를 창조하는" 것이라고 했을 때, 과연 리얼리즘은 무엇으로 이 세계를 창조할 수 있느냐는 것이다. 원래 문학의 세계 창조론은 낭만주의 이론으로부터 유래된 것으로서, "영원한 파괴와 생성을 거듭하는 정신"인 낭만적 아이러니는 작가에게 항상 이 세계를 새롭게 바라보기를 요구하였다. 여기서 낭만주의가 그 방법으로 제시해준 것이 바로 꿈과 환상이었다. 이들을 통해 현실로부터 멀어졌다가 다시 현실에 가까이 갔을 때 현실은 새롭게 보일 수 있다는 생각이었다. 그렇다면 낭만주의적 문학관을 정면에서 거부하는 리얼리즘은 무엇을 통해서 새로운 세계를 창조할 것인가. 이른바 전형을 통해서? 낭만주의를 포함, 리얼리즘 역시 이 지상의 인간적인 어떤 것에 의해서는 그 새로움에 일정한 한계가 있음을 나는 지적하고 싶다. 초월적인 가치가 실체이든 아니든, 그것은 초월적인 가치에 의해서 어느 정도 가능하리라는 것이 이 글의 입장이다. 다시 말하면, 인간(작가)은 아주 높은, 혹은 아주 깊은 어떤 경험을 함으로써 거듭 태어날 수 있고, 세계를 새롭게 볼 수 있을 뿐이다. 그 아주 높고 깊음이 초월성이다.

리얼리즘에서보다 오히려 전위적 예술에서 보다 참된 역사의식과 진실을 발견하고 있는 아도르노는 전위적 형식, 즉 아방가르드적 세례를 받지 않은 작품들에 대해 수상쩍어 한다.[5] 그러나 넓은 의미에서 모더니즘의 범주에 포함될 수 있는 이 같은 아방가르드적 노력도 초월성에 앞서 인간적 세속을 드러내는 결과를 넘어서 존재하는 것은 아닌 것 같다. 앞서 잠깐 살펴본 첼란과 같은 시인처럼 많은 '전위 작가'들이 초월성에 관심을 가졌고, 실제로 그 가능성을 모색한 것은 사실이었다. 그러나 그들은 형식과 언어를 통해서 그 가능성을 찾고자 했다. 형식과 언어는 인간적인 것이 아닌, 독자적인 어떤 것으로 보고자 했으며, 심지어는 거기서 신적인 것을 보았던 것이다. 안타까운 일이다. 첼란은 모더니즘의 극점에 이르러 그것을 반성한 양면성을 지니고 있으나 끝끝내 그 갈등을 극복하지 못했다.

제물이 된 점토질의 수불들이
달팽이 속에서 기어나왔다.
세계의 모습이
나무딸기 무리 위에서
하늘을 향해 고양되어 있다.

---

5 T. W. Adorno, 앞의 책, p. 107 이하 참조.

이 얼마나 눈물겨운 시인가. 그는 초월성의 결핍으로 인하여 인간의 지상적 아이덴티티마저 상실의 위협에 직면해 있다고 보고, 언어를 통해 신과 만날 수 있는 길을 보고자 했다. 그러나 근본적으로 인간의 어떤 정신적인 고양에 그 가능성을 두었다. 인간적 고양은 마치 해탈의 그것처럼 기껏 침묵에 이를 수 있었을 뿐, 살아 있는 삶을 풍성하고 거룩하게 해줄 수는 없었던 것이다. 그것은 우리가 죽음을 넘어설 수 없는 것과도 같은 이치다. 최근에는 영미 계통에서 포스트모더니즘이란 개념까지 등장하여 모더니즘의 폐해를 반성·극복해보고자 하는가 본데, 초월적 실체를 인간적 범주에서 찾으려고 하는 한, 모더니즘의 또 다른 변형에 불과할 것이다.

리얼리즘과 모더니즘을 세속성이라는 이름 아래 한 묶음으로 비판하고, 이에 대응하는 초월성이 강조될 때, 자칫 문학의 신비주의화, 비의적인 문학에 대한 지나친 옹호가 우려될는지도 모른다. 그러나 이미 이 글 앞부분에서 밝힌 것과 같이, 신비주의는 그 자체가 초월적 문화의 맞은편에 있다. 가령 초월성과 신비주의가 애매한 공존을 보여주는 것 같은, 19세기 말에서 20세기 초에 걸친 독일의 신낭만주의를 보면 흥미롭다. 신낭만주의자들로 통칭되고 있는 게오르게Stefan George, 호프만슈탈Hugo von Hofmannstahl, 릴케Rainer Maria Rilke 등 세 시인은 비슷하면서도 상당히 다른 세계를 지닌 시인들이었다. 거칠게 분류한다면 이들 중 게오르게는 신비주의에 가까웠고, 릴케는 초기 기독교의 세계에서 점차 모더니즘적 경향으로 옮겨갔으며(실존주의적 경향을 넓게 잘라 말한 것이다), 호프만슈탈만이 온건하게 기독교적 전통에서 멀리 가지 않고 있었다. 당시 가장 혁신적으로 보였던 시인은 물론 게오르게였으나, 그는 이미 '죽은 시인'으로 평가된다. 그러나 날이 갈수록 그 맛이 새로워지는 시인이 호프만슈탈이다. 그는 게오르게나 릴케처럼 비의적 공간으로 쉽게 숨어버리지 않았다. 건강한 현실 의식과 언어 의식을 갖고 있되, 실험적인 온갖 아방가르드적 노력과 정치적 극단주의가 문명을 파괴하고 있다고 피곤해하면서, 초월성 앞에 무릎을 꿇고 새로운 힘의 강화를 시도했다. 호프만슈탈의 시나 드라마에서 때로 범접하기 힘든 어떤 엄숙함과 신선함 혹은 서늘한 분위기를 느낄 수 있는 것은 이 까닭이다. 초월성을 18세기 말 낭만주의의 핵심적 가치로만 보려는 역사적 이해가 반드시 정당하지 않은 것 또한 이 까닭이라 할 수 있다. 리얼리즘과 모더니즘은 물론 계몽주의 이후 근세·현대문학의 내용을 다양하게 이끌어온 것이 사실이며, 거기에 바쳐진 문학인의 지혜와 노력은 마땅히 존중되어야 할 것이다. 그러나 그것에 의해서 문학적 감동이 실현되고, 자체의 모순이 극복될 수 있다고 믿는다면, 그것은 어리석은 맹신일 뿐이다. 무엇보다 기능화되고, 원자화되고, 익명화된 독자들이 그런 문학으로부터 자꾸 멀어지고 있음을 알아야 한다. 문학은 그런 현세적 기능주의의 세계관에 의해 인간 구원이 이루어지지 않는다는 것을 기능적으로 보여주어야 한다.

4. 한국 문학의 일상성주의와 초월성 결핍

한국 문학이 세속성에 의해 그 특징을 부여받고 설명될 수 있느냐 하는 것은 간단치 않은 문제이다. '한국 문학'이라고 했으나 그 범위 규정도 수월치 않은 일이며, 장르에 따른 고찰 역시 항상 병행되어야 할 것이다. 그러나 이 짧은 지면은 그 모든 것을 허락지 않는다. 따라서 내가 대상으로 삼은 것은 최근—대체로 45년 이후—의 한국 문학이며 이것은 거친 인상기적 성격을 넘어설 수 없음을 먼저 밝히지 않을 수 없다.

우리 주변을 살펴볼 때, 오늘 우리의 문학은 문학하는 사람들 이외의 사람들에게 폭넓은 관심을 끌고 있지 못한 것이 정직한 현실이다. 최인호의 『별들의 고향』, 김홍신의 『인간시장』과 같은 장편소설이 70년 이후 장기간 베스트셀러로 작가의 수입을 올려주었고, 조세희의 『난장이가 쏘아올린 작은 공』, 김주영의 『객주』, 황석영의 『장길산』이 각각 다른 의미에서 평단과 매스컴의 이목을 집중시킨 것은 사실이지만, 그것들을 포함한다고 하더라도 한국 문학은 평균적인 한국인들을 훌륭한 독자로 소유하고 있느냐 하는 문제에 대해서는 회의적일 수밖에 없다. 그럴 것이, 오늘날 수많은 한국의 직업인, 예컨대 군인·상인·공무원·노동자 등등 가운데 문학 독자로 계속 머물러 있는 부류는 지극히 소수의 지식인 정도임이 여러 가지 정보를 통해 밝혀지고 있기 때문이다. 무엇보다도 4천만 명의 인구를 가진 나라에서 연간 고작해야 5천 부 팔리는 소설집이나 시집이 베스트셀러로 기록되고 있음을 보아도 그 형세는 넉넉히 짐작된다. 문학 강연회나 세미나 등의 행사에 참석하는 청중 대부분이 학생 아니면 일부 지식층이라는 사실은, 소위 산업사회 운운하는 요즈음의 현실에서도 별로 달라지지 않고 있다. 지금까지는 주로 '책을 읽지 않는다'는 명목 아래, 문학 독자 아닌 일반인들에게 그 비난이 행해져왔고, 그 비난 이상의 어떤 원인 규명적 노력도 행해진 일이 드물었던 것으로 생각된다.

그러나 과연 문학이나 문학인 쪽에서 반성할 만한 요인은 없는 것일까. 왜 우리 문학은 시장의 상인을, 은행원을, 공무원을, 의사를 감동적으로 사로잡지 못하는 것일까. 무엇이 우리 문학을, 문학인만의 문학, 문단주의의 놀잇감 수준으로 방치케 함으로써, 사회 전체의 정신적 구심점으로, 말하자면 살아 움직이는 삶의 원리에 작용하는 힘을 잃게 하는 것일까. 나는 여기서 한국 문학의 이 같은 감동 상실의 원인을 한국 영화의 그것과 비교해서 살펴보는 것도 흥미로울 것으로 생각한다. 영화인들의 자기 위안의 수준에 머물러 있는 소위 '국산 영화'는 오랫동안, 정말로 너무하다고 할 정도로 관중들로부터 외면되고 있다. 그 이유는 간단하다. 재미가 없기 때문이다. 영화든, 소설이든, 소재라는 측면에서 접근할 때 새삼스러울 아무것들도 없다. 모두 사람들의 살아가는 이야기다. 사람이 태어나서 자라나고, 사랑을 알게 되고, 사람들을 만나고, 자신의 일을 갖게 되고, 그러다가 사랑의 슬픔, 사람들과 때로는 헤어지는 아픔, 혹은 일에 실패하여 당하는 고통으로 괴로워한다. 때로는 무엇인가를 위해 싸움도 하다가, 이윽고는 모두 죽어가는 것이다. 남자든 여자든, 흑인이든 백인이든, 그러나 똑같은 이야기를 그리고 있음에도 불구하고, 이른바 외화, 즉 서양 영화에는 관객들이 몰리는데 우리 영화는 왜 그렇지 못한가. 왜 재미가 없는가. 사람들이 재미를 느낀다는 것은 그들이 작품을 통해 일정한 감동을 맛본다는 것이다. 그렇다면 감동은 어떤 경우 촉발되는가. 이를 위해서는, 어떤 경우에 감동 없이 재미를 느끼지 못하는가를 살펴보는 길이 있을 수 있다. 일반적으로 사람들은 일상의 재현에서는 감동을 느끼지 못한다. 오히려 지루함만을 느낀다. 문학을 포함한 모든 예술을 통해 사람들이 찾고자 하는 공통된 심리가 있다면, 그것은 일상으로부터의 탈주, 즉 일상성의 파괴다. 일상성이란 앞서 언급한 일상적 생활의 궤적인데, 일상적 삶이 더도 덜도 아닌 인간의 모습이라는 점에서 중요함에도 불구하고, 예술에서 단순한 일상의 반영은 아무런 의미를 갖지 못한다. 그렇기 때문에 이성간에 사랑이 행해지고, 헤어지고, 아파하는—무대와 세트도 마찬가지여서, 밥 먹고, 자고, 차 타고 가고, 전화 걸고, 술 마시고, 다투는 장면이 대부분이다—한국 영화가 별 감흥을 이끌지 못하는 것이다. 그것은 인간 삶의 본질에 대해, 인간들이 벌이는 생활의 희로애락이라는 측면에서 그 탐구를 멈추기 때문에 생겨나는 어쩔 수 없는 한계이다. 예술은 바로 이 한계와 만나서 싸우는 또 다른 인간의 모습을 보여주어야 한다.

한국 문학도 크게 보아 한국 영화와 그 속성이 별로 다를 것이 없어 보인다. 물론 문학은 오랫동안의 전통을 갖고 있고, 그 전통에는 한국인의 사상이 은밀하게 숨어 숨 쉬고 있을 것이다. 이 점에서 짧은 역사를 가진 영화와는 비교되지 않는 그 나름의 문화를 지니고 있는 것이 사실이다. 그러나 45년 이후 한국 문학을 훑어볼 때, 전통 단절론의 어느 쪽에 손을 들든지 간에, 거기에는 한국 영화에서 지적되는 비슷한 문제점들이 온존되어 있음을 피할 수 없이 인정하게 된다. 현대 한국 문학에 나타나는 인간들의 문제는 앞서 언급된 생활의 희로애락 묘사 수준을 크게 넘지 않는다. 그러나 인간에게 가장 큰 문제가 있다면, 그것은 그의 존재에 대한 물음일 것이다. 어디서 왔으며 어디로 가는가에 대한 치열한 인식이 배제된 채, 지금 이 땅 위에서의 현실만을 인간성이라는 이름으로 포착한다면, 그것은 불구의 인간성 인식이 될 수밖에 없다. 그러한 인식 아래에서는 이 땅에서의 일상적 삶의 모습도 제대로 파악될 수 없다. 땅 위만을 걸어 다닌 자의 땅에 대한 생각과, 하늘을 날아본 자의 땅에 대한 생각은 같을 수 없을 것 아닌가. 인간 현존 이전의 상황과 인간 현존 이후의 상황이 인간 현존 상황에 대한 인식과 병행을 이룰 때, 인간 현실에 대한 정당한 전체적 인식은 비로소 가능해지는 것이다. 이런 관점에서 볼 때, 현대 한국 문학은 너무도 나태한 상태에서 전체적 인식을 가장하고 있으며, 이러한 결함이 문학의 감동성 상실이라는 유감스러운 결론으로 유도되고 있다.

현대 한국 문학이 이런 측면에서 관심을 표한 일이 전혀 없는 것은 아니다. 우선 떠오르는 것으로서 김동리의 『사반의 십자가』「무녀도」 등의 장·단편소설들이 이 문제와 간접적으로 부딪히는 작품으로 보이는데, 섭섭하게도 거기서 나오는 결론이 감동과 맺어지느냐 하는 것은 의문이다. 가령 『사반의 십자가』에서 작가는 기독교의 십자가에 의문을 표시하고 지상에서도 구원이 있을 수 있다는 '지상의 신'을 내놓는데, 그것이 지상에 현존의 형태를 가지는 한, 창조적 초월성 아닌 피조물의 위치를 벗어나기는 힘들다. 결국 그것은 신 아닌, 하나의 이념이며 우상이다. 그것이 인간을 위해서 무엇을 할 수 있는가. 다시 말해서 인간의 현존적 삶에 어떤 거룩한 힘을 발휘할 수 있는가. 『사반의 십자가』에는 아무런 논리적 전개 없이, 한국인의 샤머니즘적 심성만이 표출되어 있다(여기서 우리는 초월성과 종교의 관계를 생각해볼 수 있겠으나, 이에 대해서는 또 다른 별도의 고찰이 필요할 것이다). 황순원도 초기의 『카인의 후예』, 후기의 『움직이는 성』『신들의 주사위』에서 이 문제를 은근히 건드리고 있으나, 그 세계 역시 초월성에 대한 본격적인 관심과는 다소 거리가 있다. 예컨대 가장 직접적인 제목을 가진 『카인의 후예』에서 작가가 표현하고자 했던 주제는 인간 선악의 문제, 우리의 남북의 대치 상황에서 유도된 작가의 비극적인 정치 인식과 결부된다. 이후 이른바 50년대의 한국 문학은 전후 문학이라는 이름에 걸맞게 6·

25의 동족상쟁과 이데올로기 대립의 현장에 대한 치열한 고발·규탄으로 이어졌는데, 흥미로운 일은 이 경우에서도 현실의 황폐와 인간성의 마멸에도 불구하고, 초월적 존재와의 관련 아래 이 문제를 보고자 하는 시각은 거의 없었다는 점이다. 이 점은 서구의 전후 문학과 좋은 대조를 이루는바, 가령 하인리히 뵐의 『아홉시 반의 당구』 『아담아, 너는 어디 있었는가?』와 같은 소설이 나치의 횡포와 전쟁의 광포성 가운데에서 신의 존재에 대한 끝없는 질문을 배경으로 이루어졌다는 사실이 음미될 수 있겠다. 감수성의 혁명, 개인의 발견이라는 말로 그 특징이 설명되는 60년대의 문학에서도, 산업사회 의식·현실 의식·민중 의식의 전개라는 측면에서 논의되는 70년대의 문학에서도 초월성의 문제는 진지하게 제기되지 않았다. 예외가 있다면 백도기의 『가롯 유다에 대한 증언』, 이문열의 『사람의 아들』, 이청준의 『낮은 데로 임하소서』, 그리고 한승원의 『불의 딸』 정도가 있지 않나 생각되는데, 이들 작품들도 초월성의 문학적 형상화라는 수준에서보다는, 이것을 문제로서 제기했다는 차원에서 평가될 수 있을 것이다.

초월성이라고 하면, 시간과 공간의 한계를 뛰어넘는 어떤 힘에 대한 이름일 것이다. 그것은 항상 **지금 여기**에 존재하고 있게 마련인 인간이 그 **지금 여기에 있는 상태로부터** 벗어나 올라감을 의미한다. 일종의 차원 돌파가 초월이다. 무릇 보편적 진리는 이 같은 초월성을 바탕으로 그 구체적 내포가 추구된다. 일상적 삶을 그린다고 하더라도, 우리 인간들이 겪는 현실의 개별성을 묘사하고, 또 그에 대한 작가의 태도를 진술한다고 하더라도, 그러한 삶을 의미 있게 하는 보편적인 힘의 제시가 은밀하게나마 나타나야 하는 것이다. 이런 각도에서 한 나라, 한 민족의 문학은 그 나라와 민족의 종교와 깊은 관계가 있다는 견해가 통념화될 수 있는 것이다. 그러나 모든 종교가 초월성을 지니고 있는 것은 아니기 때문에, 문학은 때로 종교 비판적인 모습을 취하기도 한다. 이런 측면에서 최근에 발표된 한승원의 『불의 딸』과 같은 장편이 주목될 수 있다. 이 소설은 우리 고유의 샤머니즘과 외래의 기독교를 우리 현실 생활을 지배하는 두 가지 종류의 정신적 패턴으로 대립시켜놓고, 한국인에게는 역시 샤머니즘이 제 옷일 수밖에 없다는 것을 강조한다. 일상성주의에서 벗어나 형이상학적 주제를 다루었다는 점에서, 40년대 김동리식의 허구적 현실 인식에서 탈피했다는 점에서 상당한 진전을 보여준 『불의 딸』은, 그러나 문학에서 중요한 것이 무엇이냐는 문제에 대한 관심과 빗겨남으로써 모처럼의 기회가 상실된 감이 있다. 이 소설에서 작가는 샤머니즘이 우리 고유의 것이라는 사실을 지나치게 중시, 현세적 집착을 마치 바람직한 가치가 되는 듯한 결론에 빠지고 있다. 따라서 다른 한편 그의 기독교 비판은 기독교의 세계관과 인생관, 즉 기독교 교리에 대한 비판 아닌, 잘못 인도된 어느 기독교 신자에 대한 비판이라는 차원으로 인도되고 있다. 나로서는 『불의 딸』에 나타난 두 가지, 서로 달라 보이는 작중 인물들, 즉 부부의 태도는 한쪽이 샤머니즘, 한쪽이 기독교에 빠져 있음에도 불구하고 근본적으로 모두 똑같은 샤머니즘의 그것으로 판단된다. 그 결과 이 소설은 우리에게 바람직스러운 삶의 표상을 감동적으로 표출하지 않고, 원시적·동물적 색채의 삶을 폐쇄적으로 반영하는 데 머무르게 된다. 문학에서 중요한 것은 초월성이라는 인식이 처음부터 배제되어 있었기 때문이다. 초월성을 거부한 인간의 나머지 길이 어떻게 비극으로 연결되어가는가 하는 것은 이문열의 『사람의 아들』이, 그것을 받아들인 인간의 고귀한 승리는 이청준의 『낮은 데로 임하소서』가 근자에 각각 그 나름의 성과를 갖고 보여준 바 있다. 초월성은 현세성을 무화 내지 약화시켜주는 개념이 아니라, 그 자체를 강화·승화시켜주는 방법 정신이다.

한국 문학은 이제 리얼리즘에의 맹신과 모더니즘의 환상으로부터 함께 깨어나야 한다. 오늘의 한국 문학은 리얼리즘이냐 모더니즘이냐는 부질없는 양자 선택의 강박에서 무엇보다도 벗어나야 하며, 어떤 역사적 경험에 대한 지적 탐닉도 경계되어야 한다. 중요한 것은, 오늘 우리의 삶을 삶답지 못하게 하고 있는 원인에 대한 깊은 통찰이다. 여기에는 역사적 고찰, 사회심리적 고찰, 보다 깊은 철학적 고찰이 물론 필요할 것이다. 그러나 이들과 함께 조심스럽게 살펴져야 할 일은 한국인의 기본적인 정신 구조에 대한 끈질긴 탐구의 자세다. 정치 상황이 바람직스럽지 못했다면, 또 그 상황에 대응하는 사람들의 태도가 올바르지 못했다는 것을 역사에서 배웠다면, 그것을 가져온 보다 근원적인 문제에까지 거슬러 올라가야 한다. 초월적 가치가 현세적 생명과의 교환까지도 사양치 않는, 그러면서도 우리의 삶을 풍성하게 하는 것이라면 과연 우리에게 그것은 있었는지, 있었다면 어떤 형태로 존재했는지 캐어내야 한다. 나로서는 이 같은 질문에 다소 회의적인 대답을 갖고 있다.

한국인의 정신 구조는, 기록이 전하는 한에 있어서는 외국의 그것으로부터 부단한 영향을 받아왔다. 또 상당한 변모를 거듭했다. 이 과정에서 특히 주목할 점은 그 외래 정신의 수용이 대체로 정치 지도자나 그 지배 세력에 종속적인 지식인들에 의해 자의적으로 이루어져왔고, 따라서 지배 이데올로기에 알맞은 변화를 감수하거나 지배 이데올로기 자체로 문화가 경직되어왔다는 사실이다. 관인(官人) 문학과 서민 문학으로 분류되는 근세 초기의 한국 문학은 이를 웅변으로 나타낸다. 이런 형세 아래에서 문학은 원천적으로 도구적 이성의 구실을 할 수밖에 없었고, 초월성 아닌 현세성이 두드러진 특징으로 전통화되다시피 되었다. 자연히 일반 민중은 한을 키워가게 되었고, 한은 한풀이를 통해서 풀어버려지는 순환 회로를 갖게 된다. 한풀이 문화란, 근본적으로 사적이며 개별적인 범주를 넘어서지 못한다. 귀족문학이든 민중문학이든 이런 성격은 동일하며, 그 보이는 형태가 달라진 오늘날에 와서도 사정은 마찬가지다. 그렇기 때문에 문학은 온갖 고통과 한계를 지닌 이 땅 위에서의 삶을 극복하고 올라서는 힘이 되지 못하고 억압에서 달아나는 풀이의 문화가 된다. 요즈음 곳곳에 웬 풀이의 문화가 그리 많은지, 살풀이춤이 횡행하는 것도 이런 맥락에서 비판받아야 할 것이다. 문학이 초월성을 획득하려면, 자연과 자연의 창조주 앞에 겸허한 마음을 가져야 하며 어떤 거룩한 신성성 앞에 감사와 찬탄의 노래를 부르는 일에 인색해서는 안 될 것이다. 인간이 하늘과 땅, 우주 속에서의 자신의 위치를 상대적으로 인식할 때, 인간은 배전(倍前)의 힘을 가질 수 있다. 겸허함과 강건함은 한국 문학이 그 감동성의 회복을 위해 긴요하게 배워야 할 당면한 미덕이다. 수동적 싸움Passivität을 버리고 영원한 지평을 바라보아야 한다.

(1984)

소설의 장래와 그 역할

1

현대 소설이 더 이상 오락이나 교훈을 줄 수 없고, 독자에게 이렇다 할 삶의 조언을 주기도 어렵게 되었다는 사실은, 소설 이론상 널리 인정되어 온 터이다. 서양의 19세기 시대 산물로 인식되어온 소설이, 그러나 불과 한 세기의 위세도 자랑하지 못한 채 위기설 속에 빠지게 되었던 것을 우리는 기억하기 때문이다. 불어로 된 마르셀 프루스트의 작품이, 영어로 된 제임스 조이스의 작품이, 그리고 독일어로 된 헤르만 브로흐의 작품이 발표되었을 때, 이 같은 위기감은 현실로 나타나게 되었다. 도대체 이것이 소설일 수 있겠는가 하는 문제에 대한 놀라움은 독자뿐 아니라 문학 전문가들에게도 마찬가지로 일어나게 되었던 것이다. 작가가 만들어주는 감동적인 소설 공간을 수동적으로 즐기기만 하면 되었던 독자들은 더 이상 그 같은 향수 자세를 즐길 수 없게 되었고, 현실의 재현을 아름답게 수행하기만 하면 되었던 수공업적 장인 의식만이 작가가 할 일이라는 인식도 사라지게 되었던 것이다. 작가는 오히려 독자를 근본적인 어떤 사고 과정으로 몰아넣고, 인습적인 사고방식과 행동양식에서 탈피해줄 것을 요구한다. 그러므로 자기 자신의 일상적 삶 속에서 나와 어떤 문제의식과 형식 양식을 향해 능동적인 자세를 취하는 독자만을 향해서 소설 형식은 열려 있는 것처럼 보이게 되었다.

소설이라는 예술 형식이 위기에 직면하게 된 것이다. 소설의 위기, 혹은 형식의 혼란이라고 할 수 있는 이 같은 현상은 어떤 원인에서 유래한 것인가? 소설의 장래를 가늠해보고자 하는 우리의 의도는 이 문제에 대한 관찰과 분석에 다시금 유의하지 않을 수 없다.

소설은 그 속성상 이른바 리얼리티의 확보가 문학의 다른 어떤 장르보다 긴요하게 요구되는 양식이므로, 한 시대의 위기가 소설에서 가장 날카롭게 부각된다는 점은 이해하기 그리 힘들지 않다. 19세기에 있어서 현실은 진보하는 듯이 생각되었고, 그리하여 문학은 낙관적 세계관의 기반 위에서 발전하였다. 그러나 그 소설은 대부분 탁월한 재능을 가진 소설가들에 의해 창작되었고, 바로 그러한 재능의 기호가 소설로 여겨졌다. 오늘날 소설 기법이란 이와 달리 재능보다는 오히려 '만드는 기술'로 생각되는 것이 일반적이다. 중요한 것은, 순전히 수공업적인 기술은 많은 사람들에 의해 이미 물린 바 되었다는 사실, 보통의 독서 수준도 퍽 향상되었고, 따라서 작가 자신에게도 그 같은 과정의 산물로서의 소설이 의심쩍은 것이 되어버렸다는 사실일 것이다. 요컨대, 시대의 위기가 소설의 위기, 특히 형식의 혼란을 유발하였는바, 이러한 상황은 크게 두 가지 측면에서 주목된다.

그 하나는, 서사시의 세계가 과연 삶의 본질과 직접적으로 연관되는가 하는, 이를테면 루카치식 질문과 관계된다. 루카치는 다른 많은 서양의 이론가들과 마찬가지로 고대 그리스의 문화를 완결된 조화의 세계로 보고 이를 동경하였다. 그리하여 그리스 문화의 붕괴로부터 총체성의 상실이 이루어진 것으로 관찰하는데, 이러한 관찰은 사실상 19세기에 이르기까지 서양 정신사에 대한 분석의 주류를 형성해왔던 것이다. 따라서 우리는 『소설의 이론』에 나타나고 있는 루카치의 견해에 동조하느냐 하는 문제와 관계없이, 그리스 문화에 대한 인식에서 발원하는 대부분의 소설 이론을 간과할 수 없다. 그리스 문화는 완성된 문화였다, 그 세계에는 총체성과 아름다움이 있었다, 형식이 온전하였다, 그 문화는 이제 죽었지만 지금도 여전히 매력적이다라는 등의 역사 인식이 소설 위기론과 소설의 미래에 대한 예견을 재촉하고 있다는 사실을 알아야 할 것이다. 이로부터 소설을 비롯한 예술은 그러한 완성의 세계를 재건해야 할 운명을 걸머지게 되며, 형식을 비롯한 모든 것을 스스로 만들어가야 하는 책임과 만난다. 루카치의 말에 의하면, "예술의 제 형식은 자기 본래의 선천적 기능을 발휘하기 전에, 스스로의 힘으로 그 전제 조건과 대상, 그리고 환경을 만들어내야" 하게 되었다. 그리하여 소설은 상실된, 또는 숨겨진 삶의 총체성을 찾아내어 이를 형상화하는 길에 나선다. 이러한 인식 아래에 선다면 사실상 그리스 문화의 와해 이후 시대의 위기는 계속되어온 것이며, 소설은 계속되는 위기의 산물로서, 소설에 새삼스럽게 위기가 도래했다는 인식 자체가 이상해 보인다. 그렇다면 삶의 본질과 서사시의 세계가 직접 연관된다는 생각은 반드시 당연한 것만이라고 할 수는 없다. 서사시의 세계는 물론 소설을 포함하는 통시대적인 것으로서, 극적인 세계, 서정시적인 세계와의 대비에서 상대적으로 삶을 전면적으로 투영한다는 점과 그 역사성은 인정된다. 그러나 소설은 그 가운데에서도 19세기 이후에야 발생한 양식으로서 "더 이상 삶의 외연적 총체성이 구체적으로 주어져 있지 않은" 시대에 총체성을 지향하고자 한다는 루카치식의 인식 속에서도 그 자체가 위기의 소산임이 입증된다. 이렇게 볼 때, 시대의 위기가 소설의 위기라는 소박한 등식성은 재검토될 필요가 있는 명제다. 이러한 명제는 차라리 위기의 산물인 소설이, 계속되는 시대적인 상황 속에서 그 같은 성격을 얼마나 제대로 반영하고 있는가 하는 질문으로 바뀌어져야 할 것이다.

다른 하나는, 결국 이러한 상황은 문제의 초점을 소설의 형식이라는 측면으로 집중시키고 있다는 점과 결속될 수밖에 없다. 왜냐하면 시대 위기론→소설 위기론은 실제에 있어서 형식의 혼란 때문에 외견상 야기된 면이 강하기 때문이다. 그렇다면 소설 형식과 관련하여 우리는 무엇을 말할 수 있는가.

소설이 아직 본격화된 시대의 양식으로 지배적인 자리를 갖기 이전, 예컨대 독일 낭만주의는 소설이라는 개념을 '낭만적인 것'이라는 개념과 밀접하게 결부시키고 있다. 그 이유는, 바로 소설이라는 형식이 '초월적 보호 상실성'을 갖고 있기 때문이라는 것이다. 이해하기 다소 까다로운 이러한 용어는, 쉽게 말해서 그리스 문화의 완전성이 와해된 시대를 일종의 고향 상실로 보고 '보호 상실성'이라고 이름 부른 것으로 생각된다. 그러나 그 앞에 '초월적'이란 표현이 붙은 것에서 우리는 소설 형식이 지니고 있는 성격을 일종의 운명적 차원에서 보고자 한 낭만주의자들의 꿈을 읽을 수 있다. 그러므로 사실상 소설은 19세기 이전부터 인간의 꿈이 담긴, 상실된 보호성을 찾고자 하는 영원한 동경의 짐을 진 대상이며 수단이라는 것을 알 수 있다. 일찍이 그것은 낭만주의자 노발리스의 『하인리히 폰 오프터딩겐*Heinrich von Ofterdingen*(파란 꽃)』에서 간절하게 다루어진 바 있다. 그러나 『하인리히 폰 오프터딩겐』에서 명료하게 드러난 바 있듯이 소설은 그 꿈을 실현시키는 데 실패하면서, 오히려 서정성에 그 임무를 넘겨주고 격려한다(이 소설에서 하인리히와 그의 애인 마틸데가 결혼하는 것을 작가는 시의 출발로 그리고 있다). 그 희망과 꿈은 어디까지나 선험적·초월적인 것이었기 때문에 19세기 시민사회의 성숙 속에서 그러한 세계관은 경험주의에 밀릴 수밖에 없었던 것이다.

경험주의에 바탕을 둔 시민사회의 세계관 속에서 소설은 추상적 이상주의를 버리고 구체적이며 현실적인 꿈의 실현에 착수한다. 그 예를 소설이론가들은 흔히 발자크Honoré de Balzac에서 찾고 있다. 발자크의 소설에는 원래 낭만주의의 잔재라고 할 수 있는 심리적 마성이 있는데, 그것이 서사적 행동 속에서 객관화되고 모든 인간 행동의 원칙이 되고 있다는 점이 주목된다. 마성의 객관화라는 이 어려운 작업은 마성 자체가 인간 내면의 본질적 현실이라는 파악을 통해 물질화되고, 현실과 영혼은 서로 뒤엉키는 것이 당연한 일로 받아들여진다. 그럼으로써 발자크는 현실 인정으로부터 이질성 갈등의 극복의 힘을 얻어내고 객관화에 성공하는데, 이것은 결국 영혼이나 마성 역시 경험주의적 분석에 의해 그 실체 파악이 가능하다는 믿음에서 생겨나는 것이다. 여기서부터 형식의 실체가 나타나는데, 루카치는 발자크를 가리켜 궁극적으로 형식의 승리라고 말한다. 아무튼 발자크 이후 소설이 발전해온 것은 틀림없으며, 그렇기 때문에 19세기를 위대한 산문 시대, 혹은 소설 승리의 시대라고 말하게 된다. 게다가 유독 프랑스에서 이러한 발전의 자취가 현저한데, 사실상 오늘날에도 중요한 리얼리스트로 지적되고 있는 대부분의 소설가들, 예컨대 스탕달Stendhal, 플로베르Gustave Flaubert, 빅토르 위고Victor Marie Hugo 등이 모두 프랑스 작가라는 점은 예사로운 일이 아니다. 그것은 아마도 프랑스 시민 혁명과 프랑스 사람들의 현실주의·형식주의를 가장 비근하게 웅변하고 있는 한 징표일지도 모른다. 이리하여 소설 개념은 낭만주의에서 리얼리즘으로 넘어가게 되었고, 형식의 구체적 모습이 시대와 현실 이해의 눈금으로 그 기능을 인정받게 되었다.

결국 19세기 당시 소설의 형식과 기능이 오늘날 위협받고 있다는 가설 아래에서 '그 장래와 역할'에 대한 논의가 한결 심각한 현실성을 갖게 된다. 그런데 과연 그러한가. 프루스트와 조이스, 브로흐류의 소설이 오늘의 소설을 지배하고 있는가. 반드시 그렇게만 보이지는 않는다. 이런 소설들이 지나가고 난 뒷자리에, 역시 정통적 소설 형식을 위협하는 듯한 소설들이 대거 나타난 일이 있다. 그 역시 프랑스에서의 일인데, 50년대의 사르트르, 카뮈Albert Camus와 같은 작가들, 그리고 60년대의 이른바 반소설 작가들, 예컨대 뷔토르Michel Butor와 같은 이들이 그들이다. 그들은 대개 실존주의, 혹은 부조리라는 이름 아래 프루스트 등과 비슷한 소설을 썼는데, 그 이념적 배경은 발자크식의 형식성이 지니는 과학주의의 반인간성·허구성이었다. 이들의 소설은 그 내용 못지않게 이론의 전위성으로 소설계를 풍미하였고, 실질적으로 현대 소설에 많은 영향을 끼친 것이 사실이다. 그러나 동시대의 다른 많은 작가들에 있어서 소설 형식은 전면적으로 회의되거나 비판되지 않고 보존되어온 것 또한 사실임을 주목할 필요가 있다. 독일의 경우 헤르만 헤세Hermann Hesse나 한스 카로사Hans Carossa, 그리고 전후 하인리히 뵐 등은 비교적 이 문제에 큰 배려를 하지 않고 작품 활동을 하면서도 시대의 위기나 현실 문제의 중심부에 정면으로 대응해나갔던 것이다. 물론 독일 소설에서도 보르헤르트가 보여준 기막힌 단문소설과 귄터 그라스식의 파상적 풍자소설의 극치를 형식 파괴적인 측면에서 살펴볼 수는 있을 것이다. 그러나 한 가지 분명한 사실은, 그 어떤 대응 구조가 위기에 처한 시대에 대한 가장 적절한 형식이었는지에 관해서는 분명한 대답을 어렵게 한다는 점이다.

19세기에 다윈이 진화론을 발표하였을 때 빅토리아 왕조는 발칵 뒤집혔다. 그러나 20세기에 와서 인간이 달에 착륙하는 광경을 TV를 통해 보고 앉아 있으면서도 사람들은 별로 놀라지 않는다. 그 놀라움은 "신혼여행은 언제 달로 가나?"로 나타난다. 말하자면 세계 인식의 태도와 현실 수용의 방법이 그만큼 달라졌다는 것이다. 상대성 이론, 비유클리드 기하학 등의 새로운 용어는 더 이상 새롭지 않고, 컴퓨터와 로봇에 이어 DNA, RNA에다가 인간 자체가 과학에 의해 생겨날지 모르는 세상으로 접어들고 있다. 문학은 더 이상 새로운 세대들을 독자로 포섭하지 못하고, 정통적인 소설은 젊은이들에게 지루하고 따분한 글로 받아들여진다. 오늘의 서양에서도 이 같은 새로운 현실 변화에 대응하는 문학의 이론은 아직 발견되지 못하고 있는 듯하다. 다만 이 같은 정보 시대에 문학도 이제 정보 기능 면에서 살펴져야 하지 않겠느냐는 정보 이론이 제기되고 있으며, 문학의 소피스티케이션을 포스트모더니즘이라는 이름으로 이론 면에서 수용하고자 하는 듯이 보인다. 모두 숨 가쁜 일이다. 이 숨 가쁨은 사실상 19세기의 시민사회·과학주의·물질주의·형식주의에서 이미 그 싹이 심어져 있던 것으로서, 오늘날 무성하게 자라나 우리 인간을 오히려 답답하게 덮고 있다. 문학도 그 싹 심기를 거들었던 장본인의 하나로, 그 무성한 성장을 올바르게 한다면서 사실은 그 기형적 성장을 도와온 감이 없지 않다. 형식 파괴를 통한 형식 복구는 그 뜻과 결과에 있어서 심한 배리를 느끼게 하는 한 예일 것이다. 이런 형국에 과연 소설은 다시 씌어져야 하며, 도대체 어떤 소설이 씌어질 수 있겠는가?

소설을 '초월적 보호 상실성'으로 규정하는 한, 소설은 계속 다시 씌어져야 할 것이다. 오늘의 현실 역시 '초월적'이 아닌 경험적 보호 상실이라는 측면을 드러내고 있으며, 그것은 초월적 보호 상실성을 통해 항상 그 상황이 포착되고 경고되어야 할 것이다. 적어도 이것이 이론 면에서 바라본 오늘의 소설, 내일의 소설에 대한 진단이며 예측이다. 그 당위성을 받아들일 때, 모든 소설은 구체적으로 어디를 지향해야 하는가? 나로서는 그 지향점이 모든 현실을 총체적으로 반성케 하는 인물과 정신의 창조로 집중되어야 한다고 생각한다. 그러나 실제 오늘의 세계 현실에서 볼 때, 당분간 그 같은 희망은 희망으로 머물러 있을 염려가 크다. 아마도 당분간 소설은 총체성 대신, 갖가지 분야의 기능적 정보 매체로서 살아가는 한편, 오락의 보조 역할을 하는 수모를 감수하게 될는지도 모른다. 그러나 소설의 신속한 몰락은 역설적으로 소설의 온전한 회복을 가져오게 될지도 모른다. 왜냐하면 어떤 기계 문명과 과학 앞에서도 정신적 영성을 대신할 천사는 없으며, 정신적 영성은 언제나 과학의 언어 아닌, 인간의 언어로 전달되기 때문이다. 오늘날 인간의 언어는 자꾸자꾸 다른 언어로 대체되어가고 있으며, 감각만이 날카롭게 살아 움직인다. 그러나 이러한 현상이 결코 오래갈 수는 없다. 리얼리즘에 의해 형식을 얻고 객관화된 '초월적 보호 상실성'은 다시금 새로운 낭만주의의 세례를 받고 그 초월성을 확인하면서 한 차원 높은 형식성을 찾아 영원한 모색을 할 것이 틀림없다. 모든 소설에 관한 이 같은 기본 인식 아래에서 오늘의 우리 소설을 살펴보고 내일을 기대해보는 것이 무익한 일은 아닐 것이다.

2

그렇다면 한국 사회의 시대적 위기와 혼란이 소설과 맺고 있는 관계는 어떤 것인가? 권영민이 최근 편집한 『해방 40년의 문학』 소설 편에 의하면, 해방 40년 동안 한국 현대소설이 보여주는 변화의 과정은 리얼리즘의 정신을 주조로 하면서도 사회적 관심의 확대와 소설의 장르적 확대를 동시에 꾀하고 있다는 점이 특징으로 지적된다. 여기서 나의 관심을 끄는 지적은 '소설의 장르적 확대'라는 표현인데, 그것은 우리 소설이 시대 인식에 있어서 근본적인 반성을 동반하고 있다는 이야기로 들리기 때문이다. 만약 우리 소설이 이른바 리얼리즘에만 맹목적으로 추수하고 있다면, 적어도 그것은 앞서 살펴본 바 소설의 기능과 관련지어볼 때 소설의 원초적 출발 기능에 대한 인식이 소홀하다는 평가와 만날 수밖에 없을 것이다. 더구나 해방 이후 40여 년의 문학 공간과 함께해온 우리의 시대적 상황은 위기의 연속이었다고 해도 과언이 아니기에, 소설 형식에 대한 근본적 반성과 고민이 없는 소설은 시대 비판으로서의 역할에 대한 회의를 받아 마땅할 것이다. '소설의 장르적 확대'가 꾀해져왔다는 지적은, 그러므로 우리 소설의 장래와 관련지어볼 때 매우 의미 있는 대목이라고 할 수 있다.

한국 사회가 단순한 리얼리즘적 기술만으로 그 문학적 비판의 온전한 대상이 될 수 없다는 점은, 이 사회가 지닌 위기적 문제 상황의 점검을 통해 다시 한번 확인될 수 있다. 오늘의 한국 사회의 위기적 문제 상황은 무엇인가? 그것은 대체로 다음과 같은 몇 가지로 요약될 수 있다.

첫째, 남북의 분단 상황이다. 일제 식민 통치와 미·소 등 이른바 세계 양강의 분할 통치의 산물로 야기된 분단은 사회 전체의 기형화는 물론, 개인의 의식 면에 이르기까지 의식·무의식의 분열과 갈등을 초래하고 있다. 게다가 통일을 향한 새로운 세대의 열망은 이 문제를 잠복한 내재성으로부터 이끌어내어 현재화함으로써 피할 수 없는 현안으로 대두시키고 있다.

둘째, 제1공화국 수립 이후 계속되어온 권위주의적 독재 체제가 형성해온 정치 문화의 낙후성이다. 4·19에 의해 도전받은 이러한 낙후성의 극복은 5·16 군사쿠데타 이후 오히려 더욱 퇴보·심화되었으며, 이른바 10월 유신 이후에는 전면적인 사회 분열과 개개인의 의식 분열까지 조장하면서 사회를 퇴영시키고 말았고, 80년대 이후에도 극심한 혼란을 계속시켜왔다.

셋째, 이 같은 엄청난 위기 상황 속에서 이루어져온 경제 발전과 산업화 현상이 초래하고 있는 역사적 아이러니를 지나칠 수 없다. 이 아이러니는 시대착오적 지배 형태인 유신 정치가 바로 산업화·경제 발전의 주역으로 나타나는 데에서 비롯되는 아이러니이다. 70년대는 그리하여 혹독한 정치적 억압이 행해지는 다른 한편에서 산업화가 이루어짐으로써 역사의 이상한 메두사 몰골을 드러내게 되었던 것이며, 이로 인한 사회적 양극화 내지 다극화 구조는 상호 불신을 동반하면서 사회 각 그룹 사이에 깊은 골을 만들게 되었다. 더러운 돈과 깨끗한 가난이라는 아이러니도 생겨났는바, 여기서 '더러운'과 '깨끗한' 경제적 의미와 더불어 정치적 의미까지 띠면서 사회 분열을 조장시킴으로써, 국민적 에너지의 통합을 저해시킬 뿐 아니라 개개인의 정체성을 붕괴시켜버렸다.

넷째, 이러한 위기 상황들은 그것들이 모여 상승 작용을 함으로써 필연적으로 사회적 구심점을 약화시키고, 우리 사회와 각 개개인들의 정신 그 자체를 무력화시키게 되었다. 흔히 가치의 혼란으로 이야기되는 이 현상은 그 같은 표현을 훨씬 넘어서는 중대한 문제와 연결된다. 그것은 아주 쉽게 말해서 사회 구성원 한사람 한사람이 삶의 의욕, 삶의 의의에 대한 엄청난 회의를 갖게 되었다는 사실인데, 이러한 현상 때문에 한 사회는 자연히 어떤 정신적 구심력에 대한 믿음과 동경 대신 손쉬운 자기 확인, 즉 폭력을 선호하며 찰나적·물질적 세계와 결탁을 거듭하게 되는 것이다.

과연 이러한 위기가 우리 소설에서 위기로 나타나고 있는가? 우리 소설의 어떤 것을 읽어보면, 그 현상이 극명하게 압축되어 있는가? 이 논의를 확대하기에 앞서 우리는 다시 한번 왜 '그 위기'가 '이 위기'로 전화되는지에 대해서 새삼 살펴보아도 좋을 것이다. 시대의 위기가 소설의 위기로 곧바로 연결될 수밖에 없다는 루카치식 사고는 일면 진실이면서도, 그것이 그리스 문화 소멸 이래 언제나 그러했다는 점에서 반드시 진실일 수는 없다는 사실을 알아본 바 있다. 이 두 측면은 소설 형식에 관한 논의를 포함하면서 자연스럽게 두 가지 측면, 즉 형식 보존적 충동과 형식 파괴적 충동의 양면을 껴안게 된다.

1945년 이후의 한국 소설을 되돌아보면 이러한 두 가지 측면, 즉 형식 보존적 충동과 형식 파괴적 충동은 어느 쪽이 어느 쪽을 압도하였다고 말하기 힘들 정도로 팽팽한 호각의 세를 지켜온 것으로 생각된다. 형식이 단순한 형식 내발적인 욕구의 소산이 아니라는 점을 더욱 분명히 한다면, 우리 소설은 시대적 위기 상황에 대응함에 있어서 동시대에서 두 충동의 병존 구조를 보여왔다고 할 수 있는 것이다. 이것은 말을 바꾸면, 소설이 시대의 위기와 직결하기 때문에 소설 역시 위기에 처했다는 인식과 더불어 시대의 위기가 소설의 위기로 연결될 정도로 새삼스럽고 심각한 것은 아니라는 인식이 공존하고 있다는 논리가 된다.

먼저 후자의 경우를 살펴보면, 얼핏 한국 소설의 대종을 이루고 있는 것 같이 그 양적인 면에서 많은 작가들을 포함하고 있다. 채만식 · 염상섭 등의 해방 전 작가들을 제외하더라도 그 숫자는 상당하다. 개괄해본다면 김동리 · 황순원 · 안수길 · 선우휘 · 박경리 · 하근찬 · 이호철 · 김원일 · 황석영 · 최일남 · 박완서 · 홍성원 · 조정래 · 김주영 · 김원우 · 이문열 · 임철우 등등을 손쉽게 예거할 수 있다. 이 이름들과 얼굴들은 사실상 한국 소설을 대변하고 있는 것이 틀림없지만, 이들에 의해서만 한국 소설이 오늘의 수준을 유지하고 있는 것은 아니라는 점이 함께 중요하다. 전자의 경우라고 할 수 있는 또 다른 이름들을 살펴본다면, 손창섭 · 김승옥 · 최인훈 · 박태순 · 이청준 · 서정인 · 이제하 · 조세희 · 오정희 · 이인성 등등의 얼굴들이 쉽게 포착된다. 물론 이러한 분류가 그리 간단한 것은 아니다. 가령 채만식을 쉽게 형식 보존적 충동과 관련짓는다든가, 김승옥을 형식 파괴적 충동으로 묶는 일이 아무런 주저 없이 자동적으로 이루어질 수 있는 일은 아니다. 그러나, 그럼에도 불구하고 앞으로의 사회와 앞으로의 현실이 필경 소설 형식을 둘러싸고 그 양식의 존속과 생명이 논의될 수밖에 없다고 할 때, 이 같은 분류는 그 필요성이 인정된다.

여기서 우리는 우리 시대의 위기가 소설과 소설 형식에 어떤 충격과 영향을 주었는지, 그 상황별로 알아보고 싶은 흥미를 느낀다. 무엇보다 남북분단을 고착화시킨 6·25동란의 비극이 한국 소설에서 어떤 형태로 반영되었는가. 그 소재와 주제 면에서 본다면 이에 해당되는 작품이 적지 않다. 선우휘의 「불꽃」을 비롯한 여러 작품, 홍성원의 『남과 북』을 포함한 많은 작품, 이호철의 적지 않은 실향민 소설들이 50년대에서 60년대 초에 이르기까지의 한국 소설계에서 발견되는 이른바 6·25 소설들이다. 그러나 이들 작품들이 있었음에도 불구하고 60년대에 이르기까지 6·25 대하소설론이 촉구되었고, 엄청난 민족의 비극이 있었으며 또 그 상황이 계속되고 있음에도 불구하고 이를 다룬 이렇다 할 작품이 나오지 않는다고 한탄하였다. 적어도 이것이 전쟁이 지난 지 20년이 가까워오는 60년대까지의 현실이었다. 이러한 상황은 시대적 위기와 소설의 위기의 관계에서 많은 것을 시사해준다. 즉 그 과정과 결과에 있어서 엄청난 비극으로 유도된 전쟁이, 과연 그 과정과 결과에 대한 리얼리즘적 묘사만으로 양자의 기본적인 관계를 충실히 이어나가느냐는 문제이다. 비교적 리얼리즘적 형식에 충실했던 소설들이 꽤 있었음에도 불구하고 6·25 문학에 대한 아쉬움이 가시지 않았다는 사실은 무엇을 말해주는가.

그 다음의 일을 더듬을 수 있는 분명한 기억이 없었다. 그것은 불연속선. 순간적으로 내민 자기의 주먹에 쓰러지던 연화 앞에 버티고 섰던 보안서원의 소총을 낚아채고 군중의 틈으로 빠져나가던 기억. 수라장이 된 네거리 집행자들의 고함과 군중들의 비명, 몇 발의 총성, 눈앞에 드리웠던 황갈색 베일, 그 베일을 통해 눈에 뛰어들던 땅을 밟으며 어디를 어떻게 달리었던지. 쫓기던 끝에 ××강 하류에 이르러 물속에 뛰어들던 기억. 그래도 소총은 그 손에 있었다.

선우휘의 「불꽃」 가운데 한 토막으로, 분단과 전쟁의 비극을 리얼하게 묘사하고 있다. 이 소설은 1957년에 발표되었는데, 발표 이후 상당 기간 문제작으로 평가되었다. 6·25의 참상을 그리면서, 세대를 지나가면서 문제되는 이데올로기적 갈등과 대립까지 포함하였기 때문이리라. 실제로 이 작품은 동 세대의 여러 다른 작가들, 서기원·오상원·송병수·장용학 등의 6·25 소설 가운데에서 가장 우뚝 솟은 것으로 생각되며, 그 리얼리즘적 기법으로 6·25 비극의 현장이 여실히 독자들의 손에 잡히게 된다. 그러나 이제 소설 형식이라는 관점에서 다시 읽어볼 때, 6·25라는 시대적 위기가 이 작가에게 있어서 소설적 위기론까지 이어지고 있다는 흔적은 발견되지 않는다. 작가에게 있는 것은 숨겨진 대로 형식 보존적 충동인데, 그것은 시대적 위기가 형식을 파괴하는 상태로까지 갔다는 사실로 나아가지 않는다. 말하자면 형식 자체에 대한 믿음은 그대로 답습되고 있는 것이다. 그것은 앞서 인용한 대목의 끝부분 "그래도 소총은 그 손에 있었다"에서 함축적으로 설명이 가능해진다. 즉 이러한 위기에서 「불꽃」의 주인공에게 중요한 것은 위기의식과 그 의식이 발전시키고 있는 실존 양식이 아니라, 실존 그 자체인 것이다. 어떤 식으로 살아나감으로써 위기의 온전한 극복이 가능할 것인가 하는 문제에 대한 탐색이 아니라, 그냥 살아야 한다는 생존의 욕구 그 하나이다. 이러한 욕구는 물론 비난될 수 없으며, 이러한 욕구의 묘사 또한 절실한 것이다. 그러나 한 가지 분명한 사실은, 작가가 형식 보존의 충동을 유지·확대하는 한 그 같은 절실함 이외의 다른 절실성은 거기에 추가되거나 끼어들 틈이 없어질지도 모른다는 사실이다.

그러므로 형식 보존의 잠재된 충동 위에서 씌어지는 리얼리즘적 기법의 소설은 현실에 대한 객관적 묘사라는 미덕을 통해 시대의 위기를 위기로서 증언하는 한편, 소설 주인공의 내재적·의식적 위기에 대해서는 기법상 더 이상의 묘사를 행할 수 없는 이중의 국면에 처하게 된다. 그리하여 가령 앞의 소설 「불꽃」은 주인공 현에 대한 다음과 같은 묘사와 더불어 끝나게 된다.

현은 흐려져 가는 의식 속에서 자기를 부르는 하나의 소리를 들었다. 쿵! 하고 들려오는 포소리보다 가까운 하나의 부르짖음.

"보라, 저 소리. 벌써 저기 가까워오는 그리운 저 목소리."

울음에 가까운 그 부르짖음은 차차 이 동굴로 가까워오면서 산과 산에 부딪치고 골짜기를 감돌아 메아리에 또 메아리를 일으켜갔다.

산과 산. 어디까지나 이어간 산줄기. 굽이치는 골짜기. 영겁의 정적은 깨뜨려지고 거기 새로운 생명이 날개를 치며 퍼득이기 시작했다.

전쟁과 죽음과 좌절로 점철된 주인공 현의 의식 속에서 아직 살아 있는 것은 새로운 생명을 향한 그리움이며, 이 주인공과의 일치를 통해 작가는 시대적 위기의 극복을 향해 노력한다. 그 노력은 여기서 "새로운 생명이 날개를 치는" 것으로 나타난다. 남북 분단과 관련된 우리 소설들의 위기 극복의 방식은 대체로 이와 비슷하다. 그 자세는 매우 훌륭하고, 그 같은 비전의 제시를 통해 문학의 사회적 책임은 보상될 수 있다. 박경리의 『토지』 『시장과 전장』이 그러했고, 이호철의 「닳아지는 살들」 또한 마찬가지였으며, 많은 문제작들이 그와 같은 작법상에 있었다. 그러나 형식 보존적인 규칙에 성실하게 따라온 이 같은 소설들은, 시대의 위기를 형식 문제와 관련지어볼 때 하나의 한계를 갖지 않을 수 없다. 그것은 시대의 위기가 소설 형식에도 위기로 나타나는 그 도발성에 눈을 감고 있다는 비판과 관계되는 한계이다. 다시 말하면, 시대의 위기는 소설을 쓰는 소설가의 모든 조건에 도전해오게 마련이며, 그것은 필경 소설을 어떻게 쓸 것인가 하는 형식에 대한 도전으로 궁극적인 연결을 갖게 된다는 것이다. 왜냐하면 시대의 위기는 객관적인 상황이면서 동시에 그것을 받아들이는 주체의 주관적인 상황이며, 이때 그 주관은 소설 속의 주인공과 자기 동일화 현상을 겪게 된다. 따라서 작가→주관→주인공으로 이어지는 인간의 위기감은 위기에 반응하는 대응 구조를 갖추는 것이다. 이 대응 구조가 이를테면 형식 파괴적 충동이다.

6·25전쟁과 남북 분단 문제를 다룬 소설에서는 형식 파괴적 충동과 관련된 작품으로 이청준의 몇몇 작품이 예거될 수 있을 것이다. 이를테면 「병신과 머저리」에서의 한 장면을 보자.

그러나—

나는 멍하니 드러누워 생각을 모으려고 애를 썼다.

나의 아픔은 어디서 온 것인가. 혜인의 말처럼 형은 6·25의 전상자이지만, 아픔만이 있고, 그 아픔이 오는 곳이 없는 나의 환부는 어디인가. 혜인은 아픔이 오는 곳이 없으면 아픔도 없어야 할 것처럼 말했지만, 그렇다면 지금 나는 엄살을 부리고 있다는 것인가.

나의 일은, 그 나의 화폭은 깨어진 거울처럼 산산조각이 나 있었다. 그것을 다시 시작하기 위하여 나는 지금까지보다 더 많은 시간을 망설이며 허비해야 할는지도 모른다.

어쩌면 그것은 나의 힘으로는 영영 찾아내지 못하고 말 얼굴일는지도 모를 일이었다.

1966년에 발표되어 화제작이 되었고, 얼마 지나지 않아서 동인문학상을 수상한 이 작품은 6·25에 직접 참전한 경험을 가진 형과 그 같은 경험이 없는 아우의 이야기이다. 형은 소설을 쓰고, 아우는 그림을 그리는데, 그러나 형은 소설을 잘 쓰지 못한다. 소설의 화자인 주인공은 여기서 아우인데, 그는 형이 전쟁터에서 사람을 죽인 가책을 상처로 안고 살아왔다는 것을 알게 된다. 그것은 엄청난 고통이다. 그러나 문제는 그러한 고통이 없는 아우에게도 아픔이 있다는 사실이다. 외면상 이 소설에서 그 아픔은 사랑의 실패에서 연유하는 것처럼 보이지만 문제는 그리 간단치 않다. 아우는 전쟁에 직접 참가하지 않았지만, 전상으로 괴로워하는 형으로부터 정신적인 전염 상태에 있으며, 그것이 그의 이상한 아픔의 병원체가 된다. 그렇기 때문에 이 소설의 형식은 소설 화자인 아우의 기술 속에 나타나는 형, 화자의 애인의 기술 속에 나타나는 아우 등 복합 구조로 구성된다. 전래적인 형식의 보존 아래에서는 이와 같은 내용의 복합성을 제대로 나타내기 힘들다는 작가의 의도 때문일 것이다. 6·25전쟁의 비극성이 미치고 있는 영향과 그 범위의 복합성은 마침내 소설 형식에까지 이르렀다는 판단이 작가 의식을 직·간접으로 건드리고 있으며, 위기가 몰고 오는 파괴는 형식 파괴에서 온전하게 수행된다. 이청준의 다른 소설 「소문의 벽」에서 이 문제는 더욱 확인된다.

> 아무리 깊은 취중의 일이었다고는 하지만, 그날 밤 내가 박준을 대뜸 나의 하숙방까지 끌어들이게 된 데에는 어딘지 꼭 그럴 만한 이유가 있을 것만 같다.
>
> 〔……〕
>
> —도대체 작자들이 무슨 이유로 그처럼 한결같이 글을 쓰지 않으려고 하는 것인가.
>
> 그리고 그렇게 술을 마시고 나면 나는 또 더욱 깊은 허탈감에 젖어들면서 끝내는 그 무의미한 싸움에 그만 끝장을 내어버리고 싶은 생각까지 솟아오르곤 하는 것이었다.
>
> 〔……〕
>
> 박준—그런 이름의 젊은 소설가 한 사람이 있었다. 요즘은 그렇지도 않지만 이 한두 해 전만 해도 한창 정력적으로 작품을 발표하고 있던 그 젊은 소설가 말이다. 한데 이 소설가의 본명이 박준일인 것이다.
>
> 〔……〕
>
> "글쎄요. 그게 그렇지를 않아요. 사실은 그 환자가 저희 병원을 찾아들게 된 것도 전혀 정상적인 경위에서가 아니었거든요……"
>
> 김박사는 여기서 잠시 말을 망설이는 듯했다. 그러나 터무니없이 진지해지고 있는 나의 표정을 한번 힐끗 스쳐보고 나서는 생각을 고쳐먹은 듯, "알고 싶으시다면 말씀드리지요." 다시 말을 잇기 시작했다.

〔……〕

—어렸을 때 겪은 일이지만 난 아주 기분나쁜 기억을 한 가지 가지고 있다. 6·25가 터지고 나서 우리 고향에는 한동안 우리 경찰대와 지방 공비가 뒤죽박죽으로 마을을 찾아드는 일이 있었는데, 어느 날 밤 경찰인지 공빈지 알 수 없는 사람들이 또 마을을 찾아들어왔다. 그리고 그 사람들 중의 한 사람은 우리집까지 찾아들어와서 어머니하고 내가 잠들고 있는 방문을 열어젖혔다. 눈이 부시도록 밝은 전짓불을 얼굴에다 내리비추며 어머니더러 당신은 누구의 편이냐는 것이었다. 하지만 어머니는 그때 얼른 대답을 할 수 없었다. 전짓불 뒤에 가려진 사람이 경찰대 사람인지 공비인지를 구별할 수 없었기 때문이었다. 대답을 잘못 했다가는 지독한 복수를 당할 것이 뻔한 사실이었다. 하지만 어머니는 상대방이 어느 쪽인지 정체를 알 수 없는 채 대답을 해야 할 사정이었다. 어머니의 입장은 절망적이었다. 나는 지금까지도 그 절망적인 순간의 기억을, 그리고 사람의 얼굴에 가려버린 전짓불에 대한 공포를 생생하게 간직하고 있다.

〔……〕

—그런 뜻이 아니다. 어느 시대 어느 지역의 작가를 막론하고 그가 만약 정직한 작가라면 자기의 시대를 위기의 시대로 받아들이지 않는 사람은 없다. 하지만 그런 위기 의식을 가지고 자기의 시대를 극복해 나가려는 방법은 작가에 따라 얼마든지 달라질 수 있다. 물론 주관적으로 말한다면 한 시대가 모든 작가들에게 어떤 특정한 작업 방법을 요구해올 경우를 상상해볼 수는 있다. 그러나 대개의 경우 한 시대의 압력이란 모든 작가들에겐 상대적인 것이며, 일률적으로 그들을 강제할 기준을 지니게 된다고는 말할 수 없다. 작가는 그가 만약 자기 시대의 요구를 비겁하게 회피하지만 않는다면 그것을 성실하게 극복해나갈 방법을 선택할 권리가 있다는 뜻이다. 다른 것은 그 방법일 뿐이다.

「소문의 벽」은 소설의 화자를 한 사람으로 갖고 있지만, 시점을 달리하는 복합 구조에 의해 형식 파괴의 한 모범을 보이고 있다. 그러나 그 모범은 또한 형식 파괴가 의미하는 것까지 포함하는 높은 수준으로 이어지면서 시대의 위기와 소설의 위기를 직결시킨다. 작가는 격자소설적 구조로 된 소설 내부에서 또 다른 주인공 박준을 통해 위기의 시대를 극복하는 방법의 다양성과 형식의 전위성에 대해서 옹호하고 있다. 사실상 이청준이 「소문의 벽」에서 보여준 형식이 아니라면, 6·25 당시의 전짓불 사건은 단순한 사건으로만 기록될 뿐, 오늘의 삶을 계속해서 피폐시키는 숨은 병원체로서의 역할을 하지 못할지도 모른다. 더구나 작가가 이 소설을 쓸 당시의 상황은, 비록 6·25의 포성이 멎은 지 20여 년이 지난 시점이었으나 여전히 정치적 억압의 어두운 분위기가 지배한 위기의 시대였기에 전짓불은 사건 이상의 형식으로 살아 있을 수 있었던 것이다.

형식 파괴의 충동에 의한 성공적 예는 70년대 중반 이후 한국 소설계를 뒤흔든 『난장이가 쏘아올린 작은 공』 파동에서도 엿보인다. 조세희가 쓴 이 작품은 앞서 지적한 우리 사회의 커다란 위기적 징후들, 그러니까 정치적 억압과 기형적인 경제 발전, 착종된 가치관을 종합적으로 풍자한 소설로서, 그것은 70년대 이후 한국 사회에 대한 통렬하면서도 전면적인 비판의 성격을 가진다. 그러나 기이하게도 소설에서 이루어지고 있는 소설 공간은 지극히 환상적이다. 소설 화자를 난장이로 한 구도부터 비현실적 공간 구축을 통한 현실성의 획득이라는 어려운 형식 추구를 행한다. 화자인 난장이는, 갖가지 부조리와 폭력에 의해 꼬일 대로 꼬여진 현실과 왜소해진 인간을 대변하며, 이러한 상징적 대표성에 의하지 않고서는 파괴된 삶의 현장이 더 이상 압축된 현실성을 얻을 수 없는 것으로 작가에게는 판단되었던 것이다. 이 소설은 과연 엄청난 독자의 반응을 얻었는데, 그것은 이른바 정통적인 리얼리즘의 기법이 용이하게 독자를 얻을 수 있다는 막연한 통념을 부순 것이었다. 그것은 광주의 저 끔찍한 비극을 다루면서도 아름다운 소설 공간을 만들어내고 있는 임철우의 소설에서도 비교적 낮은 톤으로 형성되고 있다.

그러나 형식 파괴의 충동에 의해서만 시대적 위기가 그 리얼리티를 획득한다고 보는 데에는 또한 무리가 따른다. 그 실례를 우리는 바로 앞서의 보기, 즉 조세희에게서 보게 되는데, 그는 『난장이가 쏘아올린 작은 공』 이후 침묵하고 있는 것이다(「시간여행」 등을 발표했으나 거의 침묵할 정도다). 그렇다면 작가의 침묵은 무엇을 말하는가. 결론부터 말한다면 작가의 침묵은 형식 파괴의 마지막 형식이라고 할 수 있다. 형식 파괴의 충동은 19세기 이래 정통적인 방식으로 간주되어온 리얼리즘적 기법에 대한 파괴를 우선 뜻하지만, 반드시 그것만은 아니다. 형식 파괴의 충동은 결국 하나의 다른 형식을 만들게 마련이며, 그 형식은 이어서 또 다른 형식 파괴 충동과 만나서 또 다른 형식을 유발하게 된다. 그 과정은 마치 낭만적 아이러니의 전개 과정과 흡사한데, 여기서 우리는 18세기 말 낭만주의자들이 소설이라는 개념을 '낭만적인 것'으로 풀이한 점을 상기할 필요가 있다. 그들은 소설이라는 형식이 '초월적 보호 상실성'에 있다고 하지 않았던가. 소설은 그렇기 때문에 그 '보호성'을 찾아가는 영원한 길 위에 있는바, 여기에는 어떤 또 다른 '보호'가 있을 수 없다. 아울러 형식의 모습에도 제한이 없다. 형식 파괴의 충동은 영원히 반복될 수밖에 없는 것이다.

그러나 이렇게 볼 때 우리가 형식 보존의 충동이라고 부른 일련의 경향 역시 '상실된 보호성' 속에 있음을 알게 된다. 형식 보존도 형식 파괴의 다른 가능성을 가진다는 것이다. 그렇다면 형식 보존이든 형식 파괴든 운명적으로 보호막 없는 세계 속에서 보호의 역할을 해줄 형식을 찾아 끝없는 여행을 할 수밖에 없을 것이다. 양자가 모두 존중되어야 할 까닭이 여기에 있다.

3

소설, 특히 우리 소설의 장래는 어찌될 것인가? 평론가는 점쟁이가 아니므로 점을 칠 수는 없는 일이다. 그러나 지금까지 살펴본 것을 토대로 90년대의 우리 소설을 전망해볼 때 몇 가지 조심스러운 예측을 해보는 것이 전혀 불가능하거나 무의미한 일만은 아닐 듯하다.

90년대의 한국 소설에서 주도적인 몫을 맡을 작가들은 아무래도 80년대에 등장한 작가들일 터이고, 그런 의미에서 90년대 이후의 소설은 80년대, 즉 오늘의 소설과 소설가들의 성격에 의해 크게 가늠되어질 것으로 판단된다. 이렇게 볼 때, 아직은 싹에 불과할지 모르지만 80년대에 활발한 활동을 전개하거나, 전개하기 시작한 작가들의 동향은 사뭇 중요하고, 또 주목될 만하다. 80년대 작가들이라고 부를 수 있는 이들의 면모를 살펴보면 현길언·김원우·임철우·김향숙·이인성·최수철·양귀자·이창동·이승우·김남일·김성동·박인홍·조성기·정도상·유순하·고원정·양헌석·김영현·방현석 그리고 이문열을 들 수 있을 것이다. 이 가운데 김성동·김원우·이문열 등은 이미 그전부터 활발한 작품 활동을 해왔으나, 그들의 작가적 역량이 80년대에 들어 더욱 확연하게 드러나게 되었다는 점에서 여기에 포함시켜도 무방할 것 같다. 이 작가들은 과거 어느 세대에 비해서도 다양한 내용과 주제, 그리고 형식을 갖고 있으므로, 가령 70년대 작가들—황석영·최인호·김주영·박완서 등등—의 공통된 어떤 특징에 비해 그 성격을 일반화하기가 매우 힘들다. 이들 가운데 예컨대 현길언만 하더라도 강점기 시대와 분단 문제로부터 오늘의 산업사회의 구조적 모순에 이르기까지 광범위한 관심을 보여줌으로써 그를 하나의 명칭 속에 묶는 것을 거부하고 있다. 이러한 경향은 각 작가들 사이에 널리 편재해 있어서 가령 김원우와 이인성, 양귀자와 최수철, 그리고 조성기와 유순하 사이의 거리는 모든 면에 걸쳐서 꽤 멀어 보인다. 그것은 70년대, 황석영과 최인호의 그것보다 멀다.

80년대 작가들의 상호 상거성은 그 원인을 무엇보다 사회 자체의 다극화에서 찾아야 할 것이다. 나는 '다극화'라는 표현을 썼는데, 이러한 표현은 '다양화'로 읽혀지지 않기를 바라는 마음과 관계된다. 왜냐하면 광주의 비극과 함께 시작된 80년대는 현존하는 정치 세력을 거부하는 줄기찬 저항과, 이 저항에서 파생된 수많은 집단들, 그리고 이 정치 세력에 적극적으로 동조하거나 묵시적으로 함께하는 또 다른 계층들에 의해 여러 가지 모습으로 분열되어 있기 때문이다. 분열된 많은 모습과 다양성은 애당초 그 본질이 다른바, 다양성은 공존을 윤리로 하지만 분열은 상호 배척을 생리로 삼는다. '다극화'라는 표현은 이같이 분열된 여러 모습들의 다른 이름으로 씌어진 것이다. 바로 이 다극화 현상이 작가들에게 상호 상거성을 갖게 함으로써 80년대 작가들은 동 세대를 살고 있음에도 불구하고 매우 다른 성격을 배태한다. 극단적인 경우로서 당파성까지 논의되는 작품이 거론되는 다른 한편에서는, 이른바 해체 이론의 옹호를 받는 전위적 형식의 소설이 발표되었던 것이다. 그러나 현실에서의 다극화 현상과는 달리, 문학에서의 상호 상거성은 그 의미가 반드시 부정적이지 않다는 것이 나의 생각이다. 이러한 생각은, 근본적으로는 소설의 '초월적 보호 상실성'에서 '보호성'을 찾는 영원한 모색이라는 본질적 개념에서 비롯되지만, 동시대적으로 관찰할 때에 보다 구체적인 양상과 관계된다.

80년대 작가들의 상호 상거성은 크게 세 가지 측면에서 논의될 수 있을 듯하다. 물론 소설 형식 문제와의 관련성 아래에서의 이야기인데, i) 김원우 · 현길언 · 양귀자 · 이창동 등의 형식 보존적 충동, ii) 이인성 · 최수철 · 조성기 · 유순하 · 정도상 등의 형식 파괴적 충동인데, 이 가운데 다시 ii)는 첫째 의도적인 형식 파괴와, 둘째 형식 무시로 나뉘어 살펴질 수 있다. 따라서 다시 정리한다면 형식 보존, 의도적인 형식 파괴, 형식 무시의 셋으로 나누어진다는 것이다. 이 경우 i)은 별로 새삼스럽게 거론될 만한 점이 없어 보인다. 그러나 ii)에서 양상은 다소 복잡해진다. 의도적인 형식 파괴와 형식 무시의 두 가지 태도가 너무도 다르기 때문이다. 또 의도적인 형식 파괴의 현장 역시 한국 소설에서 거의 혁명적이라고 할 만큼 대담하다. 이인성의 일련의 작업을 보자.

나는,

모든 것

을 수락한다, 그는. 순간(!), 마침내 기다림은 채워진다. 한순간의 극심한 현기증을 넘어, 불현듯 트여오는 한없이 맑은 의식으로, 그는, 예기치 못한, 새로운, 완전히 새로운, 두렵기조차 한, 어떤 감각 속에 휘말려 든다. 무심히 손을 뻗친 나무에서 뜻밖의 촉감이 밀려오고, 이상한 밝음과 내음이 가득차오고, 돌과 나무와 또 모든 사물들이 믿을 수 없는……, 아! 지금, 그는, 저 스스로 충만한 감탄의 느낌표다! 그런데, 거의 동시에, 아! 하는 한탄의 느낌표가 되며, 그는,

감각의 한 모퉁이가 무너짐

을 느낀다, 나는.

「낯선 시간 속으로」라는 작품인데, 소설 화자의 미분화된 의식 속으로, 독자 역시 의식을 미분시키지 않고서는 도저히 들어갈 수가 없다. 이러한 세계는 더 이상 오락이나 교훈을 얻을 수 없다는 현대 소설의 특징적 징후를 환기시키면서 프루스트나 조이스, 브로흐를 연상시킨다. 그러나 이런 작가들의 이른바 현대성에 대한 아류라는 측면에서 이 소설은 관찰되지 않는다. 왜냐하면 가늘면서도 풍성한 이 소설 주인공의 넓은 의식 세계는 우리 현실의 가장 날카로운 부분들과 만나고 있기 때문이다. 다시 말하면, 세밀하게 미분화된 주인공의 의식은 현실이라는 가해자에 의한 상처로서, 작가는 그것을 상처 그대로 방치하지 않고 삶을 위해 재활용하겠다는 의지를 보여주고 있는 것이다. 이른바 해체 이론의 현실적 기능이 바로 그것이다.

그러나 정통적인 형식 보존 충동의 동요는 의도적인 파괴 쪽에서만 일어나고 있지 않다. 80년대의 특징적 현상이라고 할 수 있는 이러한 동요는 아예 형식 자체에 대한 배려를 무시하는 쪽으로부터 나타난다. 그들은 애당초 르포르타주식의 보고문을 취하거나 일기식 기록, 혹은 논픽션에 가까운 사실 취재로서 얼마든지 소설을 대신할 수 있다고 믿는다. 80년대를 풍미하다시피 한 민중문학과 노동문학의 세계는 이러한 논리와 매우 가깝게 붙

어 있다. 개인차를 물론 갖고 있지만 유순하·정도상·김남일 등의 소설은 다소간 여기에 기울어 있다. 유순하의 경우는 다르지만, 이에 속하는 대부분의 작가들은 내용과 이념이 결과적으로 만들어내는 형식이 가장 좋은 형식이라고 믿음으로써, 형식의 소설 이념적 기능을 무시하거나 간과한다.

결국 80년대를 지나면서 한국 소설은 결과적으로 다양한 소설 형식을 갖기에 이르렀다. 이른바 스토리텔링의 리얼리즘은 그대로 살아 있으면서, 강력한 의식 분석의 소설이 그 현실성을 인정받는가 하면, 조심스럽게 타진되던 아지프로agitation propaganda의 무형식 소설도 대담하게 발표됨으로써 형식 면에서 그 개방의 지평은 매우 넓어지게 되었다. 이 넓어진 지평 위에서 아마도 90년대 이후의 한국 소설은 넓은 날개를 퍼덕일 것이다. 그러나 그 날개가 그저 창공을 자유롭게 나는 짐 없는 천사가 될 수는 없다. 소설 형식이라는 것이 단순한 형식이 아닌, 시대의 위기를 고민하고 또 고민한 결과의 결정체라면, 그 형식은 그 과정을 보다 리얼하게 압축한 소설 인물을 통해 자기 입증을 해야 할 것이다. 도스토옙스키의 카라마조프같이, 또는 카프카의 K처럼. 그런 의미에서 볼 때 지금까지의 한국 소설은 크게 보아 시대소설, 혹은 세태소설의 범주를 크게 벗어나지는 못한 것으로 내게는 생각된다. 소설 형식이 앞으로 더욱더 다양해짐과 더불어 그 형식과, 그 형식의 다른 이름으로서의 주인공이 우리의 소설사를 다시 쓰게 해주기를 조심스럽게 희망한다.

(1989)

노동 문제의 문학적 인식

인간의 모든 문제를 총체적으로 다루어나가는 문학에서 그 인간을 계층과 직업·성별·인종 따위로 나누어 관찰한다는 것은 근본적으로 바람직한 태도는 못 된다. 문학에서 문제로 삼는 인간은 그 인간이 어떤 특정한 정치·경제·문화적인 조건과 결부됨으로써 생기는 문제의 어느 한 국면이 아니라 그것들을 이른바 전체적인 관련성 아래에서 보고자 하는 것이다. 따라서 문학의 대상이 되는 인간을 농민·노동자·지식인 등등으로 구분해 바라보는 일은 자칫 문학에서의 가치를 단순한 소재에 의해 판단하려고 한다는 인상을 주기 쉽다. 사실상 그런 인상만을 주는 데 그치지 않고 실제로 그러한 소재주의를 보여주어온 예들도 적지 않다. 가령 지식인을 주로 다루는 문학은 창백한 관념 놀이이며, 농민이나 노동자를 다루는 문학만이 건강한 것이라는 견해들은 그 보기들이라고 할 수 있다. 그러므로 문학에서 무엇이 훌륭한 문학이냐는 근본적인 논의 이외의 논의는 대체로 이 근본적인 논의에 도달하기 위한 방법적인 것일 수밖에 없으며, 그런 한계 속에서 기능을 갖는다.

한국 문학에서 많은 계층과 직업 중 유독 지식인이나 농민·노동자가 문학의 중요한 테마로 잘 부각되는 까닭은, 물론 그 나름의 중요한 논거와 역사적 배경을 갖고 있다. 그중에서도 노동자 문제는 전근대적인 취락 구조의 농촌 봉건사회가 와해되고 산업사회로의 이행이 이루어진 19세기 서양 사회와 그 문학에서 중요한 쟁점으로 등장하던 것으로서, 우리 사회에도 그 역사적 아날로지는 비슷하게 이루어질 수 있을 것이다. 간단한 개관이 허락된다면 우리는 이 문제에 대해 다음과 같은 서구의 경험을 한번 상기해보는 것이 좋을 것이다. 즉, 18세기에 이르기까지 서유럽은 르네상스와 종교개혁 등의 열띤 인간적 각성에도 불구하고 정치·경제적 조건이 성숙하지 못함에 따라 계속 봉건 전제 사회의 그늘 속에 남는다. 이 같은 그늘이 제대로 걷히게 되는 계기를 역사가들은 보통 프랑스혁명으로 보고 있는데, 자연과학의 발흥에 따른 실질적인 민중의 의식화가 이루어졌다는 점에서는 19세기 중반부터의 시기가 아마 그 광범위한 계기가 될 것으로 생각된다. 헤겔, 마르크스, 다윈, 콩트와 같은 지성들이 당시 민중 정신의 과학화·의식화를 이끌어보고자 했던 사람들일 것이다. 이 시기 지성들의 각별한 세계를 개별적으로 추적할 필요는 없겠으나, 우리로서 잊지 말아야 할 것은 이들에게 그 밑바탕에 공통으로 깔렸던 정신은 왕족이나 귀족 중심의 전통적인 정치 형태, 그리고 그것을 뒷받침해주는 중세적 기독교 신관으로부터의 탈피 추구였다는 사실이다. 이것은 정치적으로 모든 사람이 평등하다는 사상과 함께 인간의 경제적·문화적 조건이 선험적·운명적으로 결정될 수 없다는 의식의 성장을 뜻하는 것이다. 문학적인 표현을 쓴다면 개성적인 자아의식의 대두라고 하겠다. 그러나 그 개성적인 자아의식도 독일의 예에서 볼 수 있듯이, 과학의 발달에 크게 의지하게 된 것이 틀림없을 경제 발전이 제대로 이루어지지 못한 상황에서는 인간의 관념적 세계만을 풍성하게 할 뿐, 역사의 파행성을 초래하게 된다. 이런 역사의 파행성은 재래의 귀족 중심적 형이상학에 대한 반발과 함께 정치·경제적 조건을 내용으로 하는 현실 생활에 대한 강력한 요구를 나타낸다. 19세기를 풍미한 리얼리즘의 세계는 바로 이 같은 역사적 필연성의 산물인 것이다.

노동자 문제는 이런 역사 과정에서 어쩔 수 없이 제기되는 인간의 문제다. 농민·지식인 문제와 더불어 노동자 문제가 단순한 직업인의 문제로만 그치지 않고 인간 조건의 귀중한 측면으로 부각되는 까닭이 있다면, 이와 같은 역사적 아날로지에서 드러나는 그 특성 때문일 것이다. 다시 말해서 노동자 문제는 오랜 봉건사회의 형이상학 중심의 가치관과 거기에 정당성을 두고 극대화되는 귀족 중심의 편익주의가 19세기 산업화 사회에서도 그대로 발전해나가는 데 대한 역사의 한 저항으로서 의미를 갖는 것이다. 따라서 그것은 정치·경제·문화의 모든 분야에서 평등한 권리를 쟁취하려는 소외된 인간 계층의 인간 회복이라는 차원에서 중요하게 관찰된다. 이런 사정과 관계를 올바르게 이해할 때 전체 역사 발전의 한 부분으로서의 노동자 문제가 갖는 특수성과 한 사람의 인간으로서 그것이 갖는 보편성의 양면을 정확하게 바라볼 수 있을 것이며, 한국 문학에서 이 문제가 차지하는 의미의 객관성도 제대로 저울질될 수 있을 것이다.

한국 문학에서 참다운 말의 뜻에서 노동자 문제가 제기된 일은 최근의 몇몇 작품, 예컨대 조세희의 『난장이가 쏘아올린 작은 공』과 같은 작품집이 있기까지는 거의 없었다고 보아 무방할 것이다. 그것은 한국 작가들이 이 문제에 유독 무관심하다는 이야기도 되겠으나 그보다는 이 문제를 사회적 쟁점 내지 현실의 주요한 부분으로 받아들이는 의식이 빈곤하기 때문이라고 할 수 있겠다. 그러나 이런 의식 역시 그것이 조정될 만한 충분한 조건이 있었음에도 불구하고 나타나지 않았다고 보기는 힘들기 때문에, 결국은 사회 자체가 이런 문제를 제기할 정도로 발전하지 못했다는 사실을 그 원인으로 판단할 수밖에 없을 것 같다. 노동자 문제는 그것이 대규모로 산업화된 도시 사회·공업 사회와의 관련성 아래에서만 불가피하게 유발될 수 있는 것으로서 한국 사회의 발전을 어떤 관점에서 분석하더라도 최근, 보다 정확히 말한다면 70년대 이전의 사회에서 그 특색을 찾아낸다는 것은 거의 불가능한 일로 생각된다. 한국 소설에 나타난 소재로서의 직업인들을 살펴보면 20년대 이래 무직자가 압도적이고 간혹 직업이 있다 하더라도 거의 직업이라고 하기 힘든 것들이다. 가령 20~30년대 소설의 전형적인 특징들이 압축되어 있다고 할 염상섭의 소설들을 보면 봉건 지주 및 개화기 지식인으로서 구체적 직업이 부각되지 않은 인물들이 대부분이다. 이 시기 소설 속의 직업인들의 유형은 김유정(金裕貞)의 농민들, 이상(李箱)의 도시 룸펜들이 또한 압도적으로 보여주는 것과 같이 식민지 백성들의 뿌리 뽑힌 삶이 아무런 직업의 토대도 없이 부유(浮游)하고 있음을 볼 수 있다. 말하자면 우리 사회에 있어서 현대문학의 출발은 그것 자체가 꽤 성숙된 현대적 현실의 기반 위에서 세련을 얻음으로써 이룩된 것이 아니라, 봉건 농촌사회의 와해의 현장 위에서 그대로 이루어진 것이라는 점에 그 각별한 특징이 있는 것이다. 게다가 현대화의 물결이 일본 제국주의의 식민 통치에 의해 시기적으로 병행됨으로써 현대화 곧 식민화의 등식을 낳게 하고, 이 인식은 현대화에 대한 우리의 가치 판단에 이중 구조를 형성하게 된 것이다. 경제적인 의미에서의 근대 시민사회가 형성되지 않은 시점에서 정치적으로 식민화된 주체에 의해 그것이 촉진되는 양상은, 2차대전을 전후한 이른바 다른 후진국들에서와 마찬가지로 역사의 복합적인 파행성을 가져오지 않을 수 없었던 것이다. 그렇기 때문에 당시 사회의 직업인들이란 필경 붕괴되어가는 구질서의 흔적들, 가령 몰락 양반이나 신흥 상인들이 식민 세력과 부지불식간에 손을 잡지 않을 수 없었던 새로운 인간상들, 예컨대 개화기 지식인이라거나 식민 체제 아래의 소시민들일 수밖에 없었다. 30년대 후반 채만식(蔡萬植)과 박태원(朴泰遠)의 풍자적인 소설들은 직업다운 직업을 갖지 못하고 비극적인 생존을 유지하고 있는 왜곡된 농민의 형해와 마멸된 도시인의 일생을 잘 보여주고 있다. 당시의 삶이란 결국은 식민 체제에 붙어먹으면서도, 그것과의 직접적인 관련성을 배제하려고 하는 양심과 생존의 고통 어린 싸움의 기록으로서 술집 여자, 그리고 술집 여자를 아내로 둔 사내들의 생활이 이 참상의 정직한 증언들이 된다. 45년 이후 한국인의 삶은 식민 통치와 봉건 체제에서 더불어 벗어난 근대적인 지평을 획득하기 시작하는 것처럼 보인다. 그러나 식민 통치에서의 해방으로 인한 혼란이 제거되기도 전에 일어난 동족 전쟁은 다시금 근대사회로의 발돋움을 결정적으로 저해한다. 소위 전후 세대로 이야기되는 많은 작가들, 손창섭·장용학·이호철·서기원·이범선·박경리·선우휘 등의 문학이 사회 발전과 그 구성원으로서의 인간에 대한 언급 대신 동족상잔의 운명과 그 역사적 비극에 대한 고발과 절규를 그릴 수밖에 없었던 것도 바로 그 배경을 말해주는 것이라 할 수 있다. 한국 현대사의 이 같은 불행 때문에 근대인으로서의 자기 자신에 대한 자각, 다시 말해서 자아의식의 형성은 최인훈·김승옥·이청준 등 60년대 작가들에 의해서 겨우 일반화되기 시작할 정도다. 이 자아의식, 곧 개성이란 사회의식이 강조되는 문학에서는 자칫 간과되기 쉬운 개념이지만, 굳건한 사회의식이 분명한 개성의식을 바탕으로 전개될 수 있다는 점을 이해한다면, 60년대 문학의 문학사적 성과는 이러한 역사적 문맥에서 제자리를 드러낸다고 할 수 있을 것이다. 물론 60년대 문학이 가능할 수 있었던 것으로 전 세대까지의 문학적 전통과 당시의 사회적 안정을 들 수 있겠으나, 무엇보다 중요한 것은 문학에서의 개성의 참된 의미에 대한 이해와 요구가 증대했다는 사실 자체에 있을 것이다.

따라서 70년대 이후에 노동자 문제가 문학의 주제로 등장하게 되었다는 것은, 역사적 차원에서 볼 때 한국 사회가 그만큼 성장했다는 것의 반증일 수 있으며, 특히 산업사회로 변모하고 있다는 것의 움직일 수 없는 한 징표가 되는 것이다. 근대 혹은 현대사회를 그 정치·문화적인 시각과 함께 경제적인 각도에서 특징지을 때 그 기능에 대한 판단과는 별도로 산업화 사회를 가장 중요한 요소로 보는 것은 당연한 일이다. 선진 공업 사회는 그로 인해 파생되는 사회문제·인간문제에 대한 탐구로 이미 상당한 수준에 올라 있으나 우리로서는 이제 그 뒤를 쫓는 격이 된 것이다. 그리고 문제는 바로 여기서부터 생긴다. 즉 간략한 현대사의 개괄에서 드러나듯 우리 사회는 경제적으로 아직 미숙해 있으며, 그것이 문화·정치 분야에 끼치는 영향 또한 다대하다. 그러므로 경제 발전 일변도의 가치관은 계속 강조되어야 하는가, 아니면 이미 많은 역기능과 부작용을 드러내고 있는 산업화 추진의 사회 규범을 다시 조정해서 우리 나름대로의 새로운 가치와 규범을 모색할 것인가? 이 경우 산업화 사회를 뒤늦게 체험하고 있는 우리로서 19세기 서구로부터의 참된 역사적 아날로지는 과연 어떤 것이라고 할 수 있는가?

이런 선택의 물음 앞에서 인간의 정신이 항상 똑같은 반응을 보이는 것은 아니라고 나는 생각한다. 예컨대 자연과학이나 사회과학의 경우 대체로 앞의 물음에 동의할 수 있을 것으로 생각된다. 물론 과학철학이나 인간주의 사회학, 혹은 사회발전론 등 사회와 세계를 이해함에 있어 개개의 생명으로서의 인간을 고려하는 이론적 관심이 없는 것은 아니지만 자연과학이나 사회과학은 대체로 보다 귀납적이며 전체적인 것 속에서 객관성을 찾으며, 또 거기서 진실을 발견하기를 좋아한다. 그러나 인문과학, 특히 문학의 경우, 우리로서는 전체 역사와의 관련 아래서 개개 현상과 사물의 존재를 관찰하면서도 가치의 판단이 요구될 때에는 언제나 개개 현상과 사물을 무시할 수 없다는 선택을 할 수밖에 없게 된다. 이런 문학의 특수성이 학문으로서의 문학을 정의하고 문학사를 기술하는 방법론의 문제에서 언제나 갈등을 일으키고 있음을 우리는 알고 있다. 하나의 개체, 한 사람의 인간도 일반화와 객관화의 추상에 가려 그 생명과 절대성이 희생되어서는 안 된다는 사고야말로 문학을 문학되게 지탱해주고 있는 최대의 힘이다. 따라서 현대사회로의 충실한 발전이 산업사회의 내실화에 의해 이루어진다는 논리에 충분히 동의하면서도 우리는 그와 같은 경제 일변도, 생산성 제일주의의 규범을 비판하지 않을 수 없는 것이다. 그것이 바로 문학의 입장이다. 그리고 그것이 바로 이 시기 문학인의 중요한 시대적 기능이 되는 것이다. 그 기능은 30년대 김유정이 남부여대하고 유리걸식하는 당대의 황폐화된 농민을 그리는 것이나 50년대의 서기원이 전쟁에 의해 멍이 든 채 폐허를 방황하는 젊은이를 그리는 것이 근본적으로 동일한 것이다. 김유정이나 서기원 혹은 채만식이나 선우휘가 단순히 농민이나 쌀장수, 그리고 제대 군인이라는 특정한 직업상의 인물들을 그림으로써 그 소재에 안주하려고 하는 것이 아니듯이, 산업화 사회의 작가가 노동자를 그리는 것은 단순히 노동자라는 특정한 소재와 범주에 그 자신을 얽매어놓으려고 하는 것이 아니다. 그들은 각기 그들이 선택한 인물의 시선을 통해서 그 시대 인간의 구체적 모습을 알려주고 그럼으로써 인간의 참된 인간성을 지키고자 하는 것이다. 이른바 개별성을 통한 보편성으로의 도달인 것이다. 이런 시대 현상과 작가의 관계를 날카롭게 포착해서 작품으로 성공시킨 것으로 보이는 조세희의 소설을 예로 든다면 그 파악이 가능할 것이다.

조세희 소설에서 주인공으로 등장하는 인물들은 『난장이가 쏘아올린 작은 공』의 난장이로 대변되는 하루살이 단순 노동자, 예컨대 채권 매매, 칼갈기, 고층 건물 유리 닦기, 펌프 설치하기, 수도 고치기 등으로서 이와 같은 잠재 직업 유형의 노동자는 도시화 단계의 사회 변동기의 파생물이다. 이 문제를 정면으로 다루고 있는 작품이 바로 『난장이가 쏘아올린 작은 공』인데, 작가는 여기서 도시 재개발 사업에 의해 헐려나가는 무허가 건물의 일가를 소개함으로써 사태의 핵심에 명료하게 접근하고 있다. 재개발 사업이니 무허가 건물이니 하는 개념과 현상 자체가 급격한 도시화 추세에 따르는 새로운 사회적 병폐를 말해주는 것으로서 근대적인 도시 사회의 건설이 그 필요한 외형과 구조를 갖추기 위해 얼마나 많은 인간의 삶을 왜곡시키고 타락시키며 또한 빈곤하게 하는가 하는 문제가 여실하게 드러난다. 도시화와 산업화는 그 나름대로의 꾸준한 의식의 성장과 그에 바탕을 둔 힘, 이를테면 기술과 교육 기반 등을 전제로 할 때 비로소 균형 있는 발진을 진망할 수 있는 것으로서, 이런 사회 과정이 생략되거나 단절될 때에는 엄청난 사회 문제가 생겨나게 마련인 것이다. 필요한 교육도, 자본도 결여되어 있는 전근대적 형태의 노동자나 소시민은 대량화된 기술과 자본의 메커니즘에 의해 생산성이 낮은 별 볼 일 없는 인간들로 격하당하고 그렇게 됨으로써 그들은 알몸뚱이 이외에 생산 수단을 찾을 수 없게 되는 것이다. 『난장이가 쏘아올린 작은 공』에서의 난장이란 바로 이처럼 그의 단순한 육체 이외에는 아무것도 갖지 못하고 왜소화된 산업사회의 서민들 이름

이외에 다른 아무것도 아니다. 그리하여 남자는 칼 갈기와 유리 닦기 인부로, 여자는 접대부와 창녀로 전락하는 직업인 아닌 직업의 길을 자연스럽게 들어서게 된다. 한때 창녀와 호스티스를 주로 다룬다고 해서 비판의 대상이 되기도 했던 일부 70년대 작가들의 소설들도 이런 관점에서 바라볼 때, 그 나름의 사회적 의미가 있다고 하겠다. 사실상 하루아침에 대량 소비사회의 모습으로 변모한 사회에서 극도로 촉발된 소비·사치·허영의 욕망과 그 공급은 육체 이외의 생산수단이 없는 대부분의 일용 노동자들에게도 거의 무제한의 수요를 만들어내고 있는 현실이다. 창녀와 호스티스의 범람은 그것이 여성에게서 가장 첨예하게 나타난 보기에 불과할 따름이다. 『난장이가 쏘아올린 작은 공』에서도 집을 철거당하고 입주권마저 팔아버린 난장이 일가 가운데 그 딸이 부동산 업자에게 몸을 팔고 다시 입주권을 빼앗아오는 장면이 나오는데, 그것은 입주권마저 팔 수밖에 없는 '없는 자'의 생존이 필경은 그 같은 최후 수단마저 동원할 수밖에 없는 논리의 실증인 셈이다.

날품팔이 노동자나 창녀의 사회 계층은 산업사회가 정상적인 발전을 해나가면서 차츰 계약에 의해 고용되는 공장 노동자로 흡수된다. 아마도 광범위한 근로 계층의 건전한 형성을 그 기초로 삼을 산업사회에서 그것은 당연한, 또 바람직한 과정일 것이다. 그러나 계약된 노동자들은 준실업 상태를 벗어난 직업인이라는 의미에서 발전적으로 받아들여질 뿐 그들이 맺은 계약의 성격과 계약 상대방과의 참다운 관계 수립이라는 측면에서는 새로운 문제를 그로부터 파생시키고 있는 것이다. 노동자가 맺은 계약은 무엇과의 계약인가? 자본과의 계약인가, 자본주의와의 계약인가? 아니면 경영자와의 계약인가, 노동자 자신과의 약속인가? 또 바람직한 계약 조건은 어떠한 것이어야 하는가? 이런 질문들은 광범위한 근로 계층을 토대로 하지 않을 수 없는 산업사회에서 그 사회가 건전한 발전을 하기 위해서는 반드시 정립해야 할 규범과 연결되는 문제들이다. 그러나 우리로서 보다 중요한 것은 그 계약과 조건이, 그리고 그 실천적 내용이 인간의 존귀함과 인격의 신성함을 얼마나 지켜주고 있는가 하는 점이다.

> 날마다 점심 시간을 알리는 버저 소리가 나를 구해주고는 했다. 오전 작업이 조금만 더 계속되었다면 나는 쓰러졌을 것이다. '쌍권총의 사나이'는 점심 식사를 제대로 할 수 없었다. 혓바늘이 빨갛게 돋고, 입에서는 고무 냄새와 쇠 냄새가 났다. 물론 양치질을 해도 냄새가 났다. 큰 공원 식당에 가 차례를 기다려 밥을 타지만 수저를 드는 나의 손은 언제나 떨리기만 했다. 시래기와 꽁치를 넣어 끓인 국을 반쯤 먹었다. 밥도 반밖에 못 먹었다. (조세희, 「은강 노동가족의 생계비」 중에서)

조세희의 소설이 말하고자 하는 것은 바로 그 인간적 조건에 관한 것들이다. 근로 조건과 작업 환경, 노동자에 대한 대우, 노사 관계, 나아가서는 노동자의 정당한 권리 등등이 모두 그 구체적 실현들일 터인데, 이 작가는 그것이 제대로 이루어지지 않고 있는 현실을 은밀하게, 그러나 신랄하게 매도한다. 그 매도는 급기야 그와 같은 비인간적인 행위를 일삼는 경영인에 대한 폭력의 형태로까지 나타나고 있으나, 이 작가에게 중요한 것은 그렇다고 해서 그가 산업사회 전체의 논리를 근본적으로 부인하고 있는 것은 아니라는 사실이다. 그것은 그의 다른 작품들, 예컨대 「뫼비우스의 띠」나 「클라인씨의 병(甁)」이 암시적으로 나타내고 있는 바와 같이 사회 현상의 근본 구조가 기본적으로 표리 관계에 있다는 것을 역설함으로써 작가가 전체적 통일의 문제를 강조하고 있는 데에서 잘 보여진다. 그것은 노동자 위에 군림하고 있는 것처럼 보이는 자본가와 경영자를 제거함으로써 노동자의 인간적 조건이 성취되는 것이 아니라 노동자의 인간적 조건이 개선됨으로써 비로소 자본가와 경영자에게도 인간적 정직성이 부여될 수 있다는 순환의 논리이다. 이러한 인식은 산업사회에서의 노동자 문제를 바라보는 문학의 시각에 있어 매우 중요하게 간주되어야 할 요소이다. 그럴 것이 문학에서의 인간이란 언제나 전체적인 관점에서 파악되는 인간이며, 그것은 당시 사회 계층 전반의 모든 인간을 포용하는 것이기도 하다. 말을 바꾸면 문학에서의 인간성은 노동자만의 그것에 편재해 있는 것이 아니라 자본가에게도 경영인에게도, 그리고 그와 다른 범주에 있는 것으로 보이는 농민에게도, 지식인에게도 똑같은 무게로 있는 것이다. 따라서 어느 특정 범주와 계층의 인간성을 회복하기 위해 다른 범주와 계층의 인간성이 희생될 수는 없는 것이다. 역사적인 지평 속에서 구체적인 시대인의 모습으로 나타나는 인간의 취약한 구조를 고발하고, 거기에 사랑과 휴머니즘의 피를 부어 넣어주는 문학이 언제나 '통일된 존재로서의 인간'에 관심을 갖게 되는 것은 그런 의미에서 당연한 것이다. 조세희의 이런 바람직한 자세는 노동자가 폭력을 행사하는 장면을 그리고 있는 「내 그물로 오는 가시고기」에서 다시 확인된다. 이 작품에서 작가는 경영인의 시점을 택하고 있는데, 그것은 그의 눈을 통해 경영인, 즉 가진 자들의 입장을 변호하거나 혹은 그들을 더욱 증오하려는 이유에서가 아닌 것 같다. 작가는 여기서 가진 자들의 각성을 통해 깨우쳐지지 않은 그들의 인간성을 환기하고자 하는 것처럼 보인다. 그것이 '통일된 존재로서의 인간'을 보고자 하는 조세희의 노력이다. 마치 뫼비우스의 띠처럼 서로 엇갈려 물고 돌아가는 서로 다른 계층들은 그들이 도식적으로 독립되어 있지 않음을 깨달음으로써 사랑과 이해의 관계를 새로 맺을 것을 강력히 암시하고 있는 것이다. 그러나 이 작가에게 그 같은 인식을 가능케 해주는 것은, 그렇지 못한 현실의 비극적 파행성 때문에 생겨나는 것이다. 그것은 노동자들의 무성의라기보다 가진 자들의 무지에서 비롯된 것이다. 그들은 그들의 경제적·사회적 이익과 노동자들의 불이익을 마치 당연한 것처럼 받아들임으로써 산업사회의 역사적 배경과 역사적 진로에 대한 이해를 스스로 차단하고 있다. 산업사회란 서유럽에서 이미 많은 역기능을 드러내고 있듯 그것 자체가 인간 이성의 최종적 목표이거나 승리인 것은 아니다. 이렇게 볼 때 오늘의 사회에서 노동자 문제를 보는 문학의 시선은 동시대의 가장 치열한 인간 존재의 조건을 바라보는 수밖에 없으며 또 그런 한에서 의미가 있을 수 있을 것이다. 그렇지 못할 경우 19세기 서구에서 잠시 나타난 것처럼 과격한 정치소설로 치닫거나 한가한 몰인식 속에서 그 인간적 실체를 보지 못하는 순응주의로 떨어져버릴 위험을 배제하기 어려울 것이다.

2

한국 문학에서 노동자 문제가 제기되기 시작한 것은 70년대 중반, 보다 구체적으로는 소설가 조세희의 『난장이가 쏘아올린 작은 공』이 출판되어 문단은 물론 우리 사회 전체의 이목을 집중시키면서부터라고 할 수 있다. 평론가 김병익은 이 소설집이 나온 78년에서 8년이 지난 86년 이 소설집의 문학적·사회적 의미를 회고하면서 이렇게 말한 바 있다.

> 1978년 조세희가 연작소설집 『난장이가 쏘아올린 작은 공』을 간행했던 것은 하나의 사건이었다. (……) 그러나 조세희적 사건이 더 크게 돋보인 것은 산업화 시대에 이제까지 무관한 상태로 방치되어온 근로자의 세계에 날카로운 조명을 가함으로써 이 의도된 연작집은 사회 현실의 인식에 적극적인 기여를 했다는 점에서이다. 소설은 작가와 지식인·문학도들뿐 아니라 종래의 본격 문학의 독자 한계를 뛰어넘어, 이 소설들이 대상으로 하고 있는 근로자 자신들, 그리고 기독교인들·회사원·기업인·주부 들까지 유례없는 폭으로 읽혀졌다. (……) 이 작품이 나올 수 있었던 것이 산업화 시대로의 사회적 변화와 이에 전혀 무관심하게 노동자 계층의 열악한 근로 조건과 비인간적 생존 상태를 노출시킨 상황의 덕분이겠지만, 그것을 날카롭게 인식하고 아름답고 슬프게 형상화할 수 있었던 것은 조세희 개인의 뜨거운 정열과 미학적 창조력에 의한 것이었다.

김병익에 의해 '조세희적 사건'이라는 표현으로서 나타난 그 사건은 도대체 어떠한 사건이며, 문학적으로 어떤 의미와 만나는 것인가. 이 문제는 자연히 우리 문학에서 조세희의 이 소설이 나타나기 이전까지의 상황에 대한 고찰을 요구한다.

『난장이가 쏘아올린 작은 공』이 나오기 이전의 우리 문학은, 좁게는 노동문학 혹은 노동자문학이라는 개념을 갖지 못한, 넓게는 이 문제의 현실성 인식이 제대로 이루어져 있지 못한 수공업 사회적 문학 사회에 머물러 있었다. 다시 말하면 산업사회의 미성숙에 따른 문학 인식의 미성숙이라고 말할 수 있을 것이다.

그러나 70년대에 들어서면서 이른바 근대화의 기치 아래 점차 그 현실적 모습을 나타내기 시작한 산업화 기운은 우리 사회 전체에 낯선 충격으로 다가오게 되었다. 전통적 농업사회와 전후의 경제적 피폐에서 벗어나지 못하고 있던 현실은 충분히 새로운 산업사회로의 이행에 당혹하지 않을 수 없었다. 도시화·공업화로 특징지어지는 이 새로운 현실은 이미 많은 선발 외국의 예에서 볼 수 있듯 많은 사회문제를 유발했으며, 문화적 갈등을 야기시켰다. 그것은 새로운 현실을 발전적인 측면에서 바라보지 못한 이른바 제도권 속의 기존 체제에게는 저항과 장애로까지 생각되기도 했던 것이다.

문학의 경우도 이러한 현상은 비슷한 형태로 일어났다. 그러나 문학에 있어서는 기본적으로 두 가지의 내재적 요인이 이미 함축되어 있음으로 인하여 보다 특이한 양상을 띠게 되었다고 보는 편이 타당할 것이다. 그 하나는 노동 문제와 노동자 문제가 이미 1930년대의 프롤레타리아 문학론의 전개 과정에서 상당한 수준으로 진행된 역사적 경험과 결부된다. 임화·김기진 등에 의해 문화 이입적 관념론의 형태로 이루어진 당시의 프로문학론은 1970년대 중반에 어떤 형식으로든 우리의 응전력에 작용함으로써 현실적으로 낯선 새로운 산업사회의 풍속맞이와는 다르게 문학적 대응의 탄력을 공급할 수 있었다. 풀어 말한다면 노동자문학·노동문학은 산업자본주의 사회의 문화에서 제기될 수 있는 당연한 현상의 일부라는 사실을 조금은 자연스럽게 받아들일 수 있었다는 것이다.

그럼에도 불구하고 문제는 두번째 요인과의 관계에서 보다 바람직스럽지 못한 과정을 노출시킨다. 즉, 그것은 1948년 이후 불법화된 프로문학론의 소멸로 인해서 이루어진 이른바 순수문학론 일변도의 제도권적 문학론의 지배와 관계된다. 다시 말하면 노동문학과 노동자문학을 죽은 망령의 되살아남, 혹은 생겨서는 안 될 현상의 등장으로 선불리 판단하고 이를 불온시하는 생각의 만연이다. 이러한 현상은 문학이 사회 현실과 근본적으로 무연하다는 소위 순수문학론의 무방비적 자기 향수 때문에 비롯된 것이다. 그리하여 노동자문학·노동문학은 문단에도 필요 이상의 심각한 알력을 초래하게 되었으며 정당한 이해는 지연되었다.

조세희의 소설집은 이러한 현실 때문에 역설적인 성공을 거둔 면이 없지 않다. 그는 노동자 문제를 다루었으나 이를 불온시한 보수 계층의 요구를 정면으로 배반하지 않았던 것이다. 조세희가 광범위한 문학 세력과 독자층의 지지를 획득할 수 있었던 것은 이 같은 그의 작업의 절묘한 형상력 때문이라고 할 수 있는바, 그것은 작가 개인의 성공이자 한국 문학의 저력을 드러낸 우리 모두의 승리라고도 할 수 있다.

어쨌든 『난장이가 쏘아올린 작은 공』으로 인해서 노동문학은 문학으로서의 가능성을 과시하기에 이르렀다. 그러한 문제를 다루어도 충분히 문학이 될 수 있다는 정당성이 입증된 셈이며, 80년대에 들어서 많은 다른 양상으로 뒤바뀐 노동문학도 이 같은 역사적 자리의 인정에는 인색하지 말아야 할 것이다.

이 소설은 여러 가지 의미에서 의미 있는 작업을 수행했으나 무엇보다 노동자들에게도 꿈이 있고 사랑이 있다는 사실을 공인시켰다는 점에서 획기적이다. 왜냐하면 이전까지의 대부분의 소위 순수문학 작품에서 꿈·사랑과 같은 테마는 상당히 세련된 감수성과 의식의 소유자들에게만 존재하는 것처럼 은연중 인식되어온 감이 있기 때문이다. 그의 획기적인 공적은 바로 이 꿈과 사랑이 그것 자체로서만이 아니라 그것을 소유한 자가 존재하고 있는 사회의 여러 조건·환경 들과 긴밀한 관계에 놓여 있다는 사실의 증언으로 이어진다. 이 쉽지 않은 작업을 조세희는 겸손하고 단정하게 추구해나갔으며, 이 같은 업적은 그에 대해 가해질 수 있는, 있을 수 있는 비판과 관계없이 여전히 돋보인다.

노동문학은 그러나 80년대에 접어들면서 발 빠른 변화를 보여주게 되었다. 그 중요한 전기는, 노동문학은 노동자들 자신에 의해 씌어질 때 참다운 것이 될 수 있다는, 말하자면 노동자문학론의 대두와 결정적으로 관계된다. 노동자도 아닌 사람들이, 지식인들이, 노동 현장 경험도 없는 사람들이 노동자들의 아픔을 제대로 반영할 수는 없다는 주장이 이러한 논리의 배면에 깔려 있다. 얼핏 듣기에 매우 소박한 논리로 여겨지는 이 주장은, 그러나 지식인적 노동문학은 허위라는 주장으로 연결될 때 이데올로기적 분위기를 띠게 된다.

오늘의 노동문학론의 쟁점은 바로 이 부분에 집중되고 있다. 과연 노동자들 자신에 의해서 씌어진 것만이 참다운 노동문학인가 하는 문제는 찬반의 거센 그림자를 이끌고 있다. 실제로 그것은 1984년 박노해라는 노동자 시인이 나타남으로써, 그리고 그의 시집 『노동의 새벽』이 유례없는 성공을 거둠으로써 본격화될 수 있었다. "저임금과 장시간 노동의 암울한 생활 속에서도 희망과 웃음을 잃지 않고 열심히 살며 활동하는 노동 형제들에게 조촐한 술 한상으로 바칩니다"라는 진솔한 헌사는, 그러나 노동 현장과 문단에 격렬한 반응을 일으켰다. 무엇보다 시적 형상화에 일정한 수준을 보여준 그의 시인적 능력을 높이 평가할 때, 전문 시인들에 의해서만 시가 창작되는 것은 아니라는 이른바 민중문학론의 논리가 강화될 수 있었던 것이다.

> 우리 세 식구의 밥줄을 쥐고 있는 사장님은
> 나의 하늘이다.
>
> 프레스에 찍힌 손을 부여안고
> 병원으로 갔을 때

손을 붙일 수도 병신을 만들 수도 있는 의사 선생님은
나의 하늘이다.

〔……〕

아 우리도 하늘이 되고 싶다
짓누르는 먹구름 하늘이 아닌
서로를 받쳐주는
우리 모두 서로가 서로에게 푸른 하늘이 되는
그런 세상이고 싶다.

박노해의 시집에 실린 「하늘」이라는 작품의 첫부분과 끝부분인데, 읽노라면 뭉클한 감동을 느끼게 된다. 아무것도 가진 것이 없는, 육체밖에, 그리하여 단순 노동의 능력밖에 가진 것이 없는 사람들에게도, 그러나 인간적 권위와 최소한의 삶을 지탱하기 위한 소망이 간결하게 그려지고 있다. 이렇듯 가지고 있지 못한 사람들 쪽에서 이루어진 시각은 자연스럽게 민중문학론의 성격을 보여준다. 더불어 노동문학론이 민중문학론의 한 갈래일 수 있음도 이해된다. 그 이해는 노동문학이 노동자들 자신에 의해서 보다 실감 있게 수행될 수 있다는 믿음으로 성장할 수도 있을 것이다.

그러나 노동자들에 의해서 씌어지는 문학만이 올바른 노동문학이 될 수 있다는 논지가 지배하게 된다면, 문제는 뜻밖의 파생점을 만날 수 있다. 앞서 언급되었듯이 이데올로기화의 우려가 그것이다. 배타적인 진리는 진리로서의 가능성을 스스로 폐쇄하기 때문이다. 따라서 오늘의 우리 문학에서 제기되고 있는 노동문학론은 그것이 어느 누구에 의해서 씌어진 것인가와 상관없이 노동의 소중함과 진지함에 대한 고려를 끊임없이 행하는 노동문학에 대한 옹호라는 차원에서 그 정당성을 확인받을 수 있다.

인간의 체험을 육체적인 체험에 한정시킨다면, 우리의 짧은 삶은 몸으로

부딪쳐보지 않은 현실 이외에 아무것에 대해서도 말할 수 없을 것이다. 그러나 인간은 육체와 함께 정신을 지닌 감사한 존재이며, 이 정신을 통해 육체를 확장해간다. 노동 현장에 종사해보지 않은 작가에게도 우리가 얼마든지 훌륭한 노동문학을 기대할 수 있는 것은 이 까닭이다. 나로서는 이런 각도에서 노동문학을 통해 한국 문학이 더욱 풍성해지고, 풍성해진 한국 문학이 우리 노동 현실을 풍성하게 하며, 우리 노동자들의 삶을 풍성하게 할 수 있기를 기대한다. 요원한 일이라고 아마도 비판될지 모른다. 그러나 이 회로 없이 어떤 현실이 쉽게 개선될 수 있을 것인지!

노동문학의 앞날이, 또는 노동문학론의 방향이 어느 쪽을 향하든 그러나 노동문학론은 문학 쪽에도, 현실 쪽에도 보다 유용한 기능으로 작용해야 할 것이다. 그것은 노동문학의 창작자가 노동문학론자들 못지않게 이를 받아들이며 읽어나가는 이들 모두의 자세와 긴밀하게 조응한다는 점을 나는 힘주어 말하고 싶다.

그 역점은 아주 소박하다. 그것은 우리의 삶이 일과 놀이로 구성된다는 평범한 진리에 대한 재인식이다. 사람은 누구나 일하며 산다. 또 일하며 살아야 한다. 그러나 일 그 자체가 목적일 수는 없다. 사람의 삶의 높은 가치는 삶 그 자체여야 하며, 그것은 올바른 삶, 멋진 삶의 구현이라는 말로 설명될 수 있을 것이다.

그 삶은 무조건 일만 하는 삶이 아니라 일과 놀이가 조화를 이루는 삶이며, 둘이 서로 도와가는 삶이다. 산업자본주의 사회에서 양자의 관계는 그러나 파괴되기 쉽다. 여기서 주목해야 할 부분은 경영자나 관리자 역시 자신들 또한 일꾼이라는 겸허한 인식으로 쇄신되어야 한다는 점이다. 산업자본주의 사회에서 이러한 당위성을 강조한다는 것이 지나치게 소박하거나 비현실적인 주장으로 여겨질지 모르나 오늘의 노동문학은 바로 그것을 요구하는 인간의 소리일 따름이다. 만일 이러한 요구가 외면된다면, 노동문학은 이데올로기적 이론으로 경화될지 모르며, 그것은 우리 모두에게 바람직스러운 일이 아닐 것이다. 노동 문제를 바라보는 문학의 입장은, 문학의 입장을 완전히 포기할 수 없다는 입장 때문에 노동을 주는 자와 노동을 취하는 자 모두에게 불만족스러울지 모르나, 그 불만을 먹고 자라면서 문학은 그들 모두에게 커다란 희망으로 살아 있다.

(1988)

성 관습의 붕괴와 원근법주의

—세기말의 젊은 소설가들

1

이 글은 90년대에 글을 쓰기 시작한 젊은 소설가들 가운데 김영하·백민석·박성원·이응준에 대한 짧은 인상기이다. 이 인상기를 쓰게 된 것은, 편집자의 요구가 아니라 하더라도 일련의 신세대 작가들에 대한 나의 관심이 그 가장 큰 원인이다. 몇 년 전 나는 「기술 발전과 대중문화」라는 논문을 정신문화연구원에서 발표한 일이 있고, 최근에는 동국대학교 문예대학원에서 '대중문학론'을 강의한 바 있다. 덧붙여 2년 가까이 계간 『동서문학』에 신세대 작가론을 연재해오고 있는 터이므로 이들 작가들을 묶어 살펴보는 일은 어차피 내 관심의 중심이 되었다고도 말할 수 있다. 이런 일련의 일들을 하면서 느끼게 되는 막연한 소감은, 이른바 신세대 작가들이 하는 작업이 '가짜 현실', 좀 그럴듯한 요즈음의 컴퓨터 용어로 말하면 '사이버스페이스'적인 어떤 것이라는 사실이다. 최근 나는 채영주론을 쓰면서 제목을 「가짜의 진실」이라고 붙인 바 있는데, 요컨대 그런 어떤 것들에 이들이 매달리고 있다는 인상이다. 그러므로 이 글은 그러한 나의 인상의 진위 확인 작업이라고 할 수 있다. 마침 『나는 나를 파괴할 권리가 있다』라는 김영하의 작은 장편소설을 보면 책 날개에 이런 말이 들어 있다.

> 『나는 나를 파괴할 권리가 있다』는 **순전한 허구의 매력**을 만끽하게 해주는 걸출한 작품이다. 자살 보조업자가 들려주는 이야기는 그야말로 **말짱 거짓말**이지만 〔……〕

고딕체 강조는 내가 한 것인데, 순전한 허구니 말짱 거짓말이니 하는 카피가 유난히 눈에 들어온다. 소설이 허구이며 거짓이라는 것쯤이야 새삼스러운 사실이 아닌데도 특히 돋보이는 까닭은, '순전한' '말짱' 등의 강조와 더불어 이 세대 문화의 사이버적 성격 때문이리라. 자, 무엇이 얼마나 가짜·허구·거짓이며 그것은 어떤 문학적 의미와 연결되는가. 네 작가는 이런 고리 안에 그들의 독창적 개성들의 편입을 허락하는가. 결국 그 분석이 이 글의 내용이 될 것이다.

장편 『나는 나를 파괴할 권리가 있다』는 다섯 부분으로 나뉘어 전개되는데, 그 각 부분의 제목에는 외국어로 된 고유명사들이 붙어 있다. '마라의 죽음' '유디트' '에비앙' '미미' '사르다나팔의 죽음'이 그것들인데, 그 대부분이 또한 그림 제목과 중복된다는 특징을 갖고 있다. 이러한 특징은 앞으로 자세히 살펴지겠지만 비단 김영하만의 현상은 아니다. 이른바 신세대 작가들은 넓은 의미의 미술에 비상한 관심을 갖고 있으며, 그 속에서 특유의 상상력들을 내뿜고 있다. 주인공들이 직접 화가로 나오는가 하면, 그림 그리기에 대한 열망을 직접적으로, 때론 은밀하게 나타내는 경우가 허다하다. 미술의 분야도 다양하여 단순한 회화에서부터 전위적인 해프닝에 이르기까지 그 범위는 넓다. 이들 소설들의 결정적인 지향점과 긴밀한 관계에 있는 것이 틀림없을 이러한 미술적 성격은, 특히 김영하에 있어서 전형적인 모습을 띤다. 『나는 나를 파괴할 권리가 있다』라는 작품은 바로 몇 점의 그림 감상기, 혹은 그 분석기라고 보아도 무방한 요소들로 구성되어 있기 때문이다. 소설책은 앞표지에 한 장, 속표지에 또 두 장의 그림을 수록하고 있는데 결국 이 세 장의 그림이 소설의 모티프이다. 소설 첫머리는 이렇게 시작된다.

> 1793년에 제작된 다비드의 유화, 「마라의 죽음」을 본다. 욕조 속에서 피살된 자코뱅 혁명가 장 폴 마라의 모습이 그려져 있다. 〔……〕 흰색과 청색 사이에 마라가 피를 흘리며 절명해 있다. 작품 전체의 분위기는 차분하고 정적이다. 〔……〕
>
> 나는 이미 여러 차례 그 그림을 모사해보았다. 가장 어려운 부분은 마라의 표정이다. 내가 그린 마라는 너무 편안해 보여서 문제다. 〔……〕 다비드의 마라는 편안하면서 고통스럽고 증오하면서도 이해한다. 〔……〕 다비드는 멋지다. 격정이 격정을 만드는 것은 아니다. 건조하고 냉정할 것. 이것은 예술가의 지상 덕목이다. (『나는 나를 파괴할 권리가 있다』, pp. 7~8)

내가 읽어본 소설들 가운데, 이렇듯 한 점의 그림에 관한 묘사와 인상으로 시작하는 소설은, 내 기억의 범위 안에서는, 없다. 이것부터가 사실은 문제다. 한 사람이 그림을 골똘히 감상한다는 것은 우선 두 가지 조건의 충족을 전제로 한다. 말할 나위 없이 그림에 대한 깊은 관심과 지식이 가장 우선하는 조건이다. 그림을 뚫어져라 들여다보고 싶은 흥미, 그리고 식견이 없이는 그림은 대체로 스쳐지나가는 풍경과도 같은 대상이기 일쑤다. 그러나, 그렇다 하더라도 또 하나의 필수적인 조건이 동반되어야 그림은 감상된다. 그것은 시간이다. 그것도 넉넉한 시간이다. 생활에 쪼들리고 그날그날의 생업에 쫓기는 마음속에서 그 시간은 마련되지 않는다. 그렇기 때문에 화랑을 거니는 관람객의 발걸음에서는 그림을 볼 줄 아는 마음의 멋과 함께 생활의 여유라는 넉넉한 시간이 감지되게 마련이다. 김영하를 포함한 여러 젊은 소설가들에게서, 때로 속도 빠른 문체와 자기 분열적인 현란한 분위기가 솟아오르고 있음에도, 이 같은 여유의 시간이 발견된다는 것은 흥미롭다. 그것은 아마도 더 이상 생존의 실제 상황에서 일어나는 긴박한 삶의 모티프가 이들에게 실감을 주고 있지 않다는 사실을 반증해주는 것일지도 모른다. 그들보다 앞선 기성의 비평적 감각에서 보자면 그만큼 그들은 '한가하게' 보일 수 있다.

그러나 다비드의 유화 「마라의 죽음」 그 자체는 결코 한가하지 않다. 그렇기는커녕 피비린내가 난다. 왜 작가는 그 많은 그림들 가운데에서 하필이면 여기에 머물렀을까. 저 유명한 미켈란젤로며, 단정한 세잔, 풍만한 르누아르에게는 왜 눈이 가지 않았을까. 여기서 나는 그림에 대한 이 작가의 관심이 단순한 고미술품 감상 내지 정물, 풍경화적 고전주의와는 일정한 거리에 있다는 점을 먼저 확인해둘 필요를 느낀다. 그곳에는 오히려 죽음, 때로는 잔인한 자살이나 타살이 숨어 있다. 거꾸로 말해보자. 잔인한 자살이나 타살이 숨쉴 곳은 그림 속뿐 아니겠는가. 많은 소설들 속에서도 죽음은 일어났지만, 그 죽음은 어디선가 생겨서 어디론가 사라졌을 뿐 죽음의 표상으로 머물러 제 모습을 지속적으로 우리에게 보여주지 않는다. 그러나 그림은 다르다. 그림은 그것을 그리는 사람의 감정이나 인상을 기록하는 수준에서 결정되는 어떤 것이 아니라, 죽음까지 포함하는 삶의 폭넓은 기복을 동시에 감싸안고 지속하는 독특한 양식이다. 적어도 『나는 나를 파괴할 권리가 있다』에서 그것은 그렇게 이해된다. 몇 편의 프래그먼트라고 하는 편이 차라리 타당할 이 중편 분량의 장편은, 다소 복잡한 구조에도 불구하고 이러한 기본 메시지를 감추고 있는 것 같다.

주로 여성들과의 여러 관계를 통해 이야깃거리를 만드는 자살 안내원이자 작가인 소설 속의 화자에게는 유디트와 미미라는 젊은 여성이 지나간다. 지나간다, 고 나는 적었는데 이런 표현이 이 소설에서는 불가피하다. 그 여성들은 소설 화자의 애인도 아니며, 심지어는 친구라고도 할 수 없는 일시적 존재다. 그러나 그들과 화자는 애인이나 부부 관계 이상의 성관계로 연결되어 있다. 이 점에서 우선 김영하의 여성들은 지금까지의 전통이나 관습과 철저하게 무관하다. 그들은 전위적·퇴폐적이라는 표현이 무색할 정도의 성 행태를 보여주는데, 그것을 뒷받침해주는 배경 설정이 깔려 있다 하더라도 그것은 낯설고 도발적이다.

—나가자.

—지금은 싫어.

—그럼?

—조금만 더 여기 있고 싶어. 참, 우리 섹스할까?

사각거리며 그녀의 치마가 내려가는 소리가 들렸다.

유디트의 손이 C의 어깨를 잡아끌었다. 〔……〕 그녀를 뒤에서 안은 채 둘은 길고 지루한 섹스를 시작했다.

〔……〕

—왜 사정하지 않지?

길고 지루한 움직임 끝에 그녀가 물었다. 그제서야 C는 자신이 그녀와 섹스를 하던 중이었음을 알았다.

—흥분되지 않아.

—그럼 내 목을 졸라봐. 흥분이 될 거야. (『나는 나를 파괴할 권리가 있다』, pp. 50~51)

포르노그래피를 방불케 하는 이 장면에서 주목되어야 할 것은 무엇보다 섹스의 인과관계, 즉 필요한 배경과 과정이 결여되어 있다는 점이다. 쉽게 말해서 그들은 심심하고 따분해서 섹스를 하는데, 그것조차 지루하고 흥분되지 않는다. 그 결과 그들은 목을 감는, 즉 살인 연습에 가까운 흥분을 조작해낸다. 이렇듯 끔찍한 장면을 스스럼없이 연출해내면서 작가가 우리에게 보내는 전언은 무엇인가.

누군가를 죽일 수 없는 사람들은 아무도 진심으로 사랑하지 못해. (『나는 나를 파괴할 권리가 있다』, p. 52)

말하자면 일상적 현실에의 편승과 순응은 진실이 아니라는 메시지인데,

그것은 결국 결핍과 곤경을 체험해보지 못한 세대의 리얼리티 훈련이라고도 할 수 있다. 잔잔한 파도로서는 바다를 알 수 없다는 식의 논리인데, 이로 말미암아 인공적으로 격랑이 만들어진다. 젊은 작가들이 끊임없이 유혹받는 '죽음'이라는 어휘는 죽음이 결여된 평상적인 일상의 다른 표현이라고 할 수 있다. 현실 속에서 죽음이 시도 때도 없이 들이닥친다면 '죽음'에의 유혹은 물론, '죽음'에 대한 진지한 인식의 시간도 생겨나기 힘들다. 섹스를 죽음과 결부시킨 것은 둘 중 어느 쪽에서 보든 본질적인 인식에 가까이 간 것이기는 하지만, 그 사회적 필연성과는 낯선 관계에 선다. 더구나 여성으로부터의 적극적인 섹스 요구는, 그것이 페미니즘적인 차원에서든 여성성의 와해라는 차원에서든, 현실의 새로운 면이라는 점을 감안하더라도 지나치게 작위적인 냄새가 난다. 요컨대 죽음과 섹스, 혹은 죽음과 사랑은 작가의 말대로 긴밀한 관계에 있는 것이 사실이지만, 이 소설 속의 C와 유디트의 그것은 아무래도 비현실적이다. 비현실적인 소설 전개는 미미라는 여성의 퍼포먼스 이벤트와 목욕탕 자살 사건도 마찬가지다. 이러한 비현실성은 작가 자신의 치밀한 계획과 계산에 의해 작성된 절묘한 구도를 갖고 있는바, 이 점이 현실성을 의심받는 엉터리 소설들과 이 작품을 근본적으로 구별하게 만든다.

2

김영하의 절묘한 구도란, 다시 말하지만, 그의 그림 읽기이다. 읽기의 대상이 된 작품은 세 점인데, 그중에서도 클림트의 「유디트」가 중심이다. 적장과 섹스를 하다가 그의 목을 베어 죽인 이스라엘의 여걸 유디트를 그린 그림인데, 다분히 관능적인 모습으로 나와 있다. 그녀는 애국적인 민족주의자, 영웅적인 여장부로서 그림뿐 아니라 문학작품으로도 형상화되어 있는데(예컨대 헤벨Friedrich Hebbel의 드라마 『유디트』가 유명하다), 여기서는 죽음과 섹스라는 관점에서 읽혀지고 있다. 작가는 이 두 가지 요소의 원천적 유대를 그림으로부터 도전받고, 그것들의 가능한 활동 상황을 마치 컴퓨터 놀이처럼 조작해보다가 다시 그림 속으로 던져 넣는 구도를 작성한다. 도전받을 때의 그림은 모티프적인 측면이 강했으나, 그가 벌여놓은 사건들을 다시 그림, 혹은 미술성이라는 범주로 밀어 넣을 때는 작가의 어떤 세계관으로 새롭게 정리된다. 말을 바꾸면, 이 소설은 그림 속의 죽음과 섹스가 일종의 사이버스페이스에서 각양의 실험과 변주를 거듭한 다음, 그것들의 현실적 가능태를 다시 그림 속에서 확인하는 것이다. 앞서 나는 이 소설의 형태가 프래그먼트를 연상시킨다고 했는데, 이 형태를 통해 드러난 그 확인 과정에는 다음과 같은 작가의 직·간접 진술이 들어 있다(이하 『나는 나를 파괴할 권리가 있다』에서 인용).

나는 여행을 떠난 후에는 소설을 읽는다. 대신 이 도시에서는 소설을 읽지 않는다. 소설은 삶의 잉여에 적합한 양식이다. (p. 11)

그럼으로써 나는 완전한 신의 모습을 갖추어간다. 이 시대에 신이 되고자 하는 인간에게는 단 두 가지의 길이 있을 뿐이다. 창작을 하거나 아니면 살인을 하는 길. (p. 16)

—그랬구나. 세상은 재밌어. 진실은 사람을 불편하게 만들지만 거짓말은 사람을 흥분시켜. 안 그래? (p. 33)

낮에 만지는 손님들의 차를 그는 경멸했다. 기껏해야 최고 시속 180이 고작인 차를 끌고 와서 별것도 아닌 고장에 호들갑을 떠는 이들을 보면 가소로웠다. (p. 47)

도박을 해봐야 다시 도박으로 날려버리고 여행을 떠나봐야 어디든 거기가 거기다. (p. 59)

가끔 허구는 실제 사건보다 더 쉽게 이해된다. 실제 사건들로 이야기를 풀어나가다 보면 구차해질 때가 많다. (p. 61)

이제 죽음은 TV로 생중계되는 일종의 포르노그라피가 되어 있다. 과거엔 풍문으로 전해지던 학살이 이제는 상세하고 신속하게 위성을 통해 중계된다. 포르노그라피를 보고 감동할 사람은 없다. (p. 66)

그럴 때 그의 구상은 태평양의 섬 하나를 천으로 뒤덮는 크리스토퍼식의 환경 미술까지 확장되었다가 비디오 카메라 두 대와 매킨토시 컴퓨터 한 대가 고작인 자신의 현실로 축소되기를 반복했다. (p. 99)

—퍼포먼스가 아닌 다른 모든 예술은 가짜이고 타협이고 부질없는 불멸에의 욕망, 그 찌꺼기들이지 않아요? (p. 113)

결코 이 거리를 좁히지 못하리라. 세계와 자신, 오브제와 렌즈, 그가 만나왔던 여자들과 자신, 그들 사이에 놓인 강을 결코 좁히지 못할 것이라는 비감한 절망이 몰려들었다. (p. 118)

K의 눈동자는 붉게 충혈되어 있었다. 관자놀이 부근의 심줄도 강하게 도드라져 보였다. C는 동생의 모습이 극사실주의 회화처럼 보인다고 생각했다. (p. 133)

그림의 왼쪽 상단에서 이 모든 광경을 관조하는 자가 있다. 그는 바빌로니아의 왕 사르다나팔이다. 왕은 팔베개를 한 채로 자신의 애마와 애첩들의 몸에서 뿜어나오는 피를 뚫어지게 바라보고 있을 뿐이다. (p. 137)

—아무도 다른 누구에게 구원일 수는 없어요. 그게 내가 이 조화들을 키우는 이유이기도 하죠. (p. 139)

이제 이 소설을 부치고 나면 나도 이 바빌로니아를 떠날 것이다. 비엔나 여행에서처럼 그곳에도 미미나 유디트 같은 여자가 나를 기다리고 있을까? 왜 멀리 떠나가도 변하는 게 없을까, 인생이란. (p. 141)

이러한 진술들은 사실 소설을 구성하는 대화나 지문들이라기보다, 작가 자신의 직접적인 단상에 가깝다. 그런 의미에서는 에세이 소설적 분위기도 다소 섞여 있는데, 아무튼 이것들을 읽으면서 나는 고트프리트 벤, 그리고 원근법주의(遠近法主義)Perspektivismus라는 말을 떠올리게 된다. 그러고 보면 이 시대를 죽음이 없는 시대, 무사무사한 평범한 일상의 시대로 파악한 나의 진단은 어쩌면 틀릴지도 모르겠다. 이들 젊은 작가들에게 오늘의 세기말은 저 19세기 말의 암울한, 차단된 전망의 시간만큼이나 절망적으로 느껴질지도 모르겠다는 생각이 문득 나를 사로잡는다. 고트프리트 벤이 느껴야 했던 그 어두운 죽음의 그림자를 이들 신세대 작가들이 공유하고 있단 말인가. 그리하여 속 깊은 내면의 울혈을 쏟아내야 했던 저 표현주의적 절규를 말이다. 벤은 죽음의 시대를 어둡고 강한 어조로 증언한 다음, 이제 더 이상 현실은 존재하지 않는다고 보고 형식의 세계—절대시의 세계—정시(靜詩)의 세계로 자신을 못 박아나갔다. 그 속에서는 모든 역동성, 미세한 움직임마저 경멸되었다. 여행의 부정도, 김영하의 말을 따른다면 "여행을 떠나봐야 어디든 거기가 거기"라는 인식도 그 가운데에 들어 있다. 벤은 그림으로 가지 않았으나, 그림 같은 시라고 할 수 있는 시, '정시'의 세계로 갔다.

시대가 다르고 내용이 다른 벤을 김영하와 관련지어 유추한다는 것은 물론 타당하지 않은 더 많은 부분을 노출시킬지 모르며, 그런 일이 쓸모가 꼭 있는 것은 아니다. 그러나 그림이라는 공간의 성격이 워낙 정적(靜的)인 것이라면, 그 의미가 무엇이겠느냐는 질문 앞에서는 양자 사이에 도움이 있을 수 있다. 물론 벤의 시대와 달리 오늘 우리의 시대는 컴퓨터와 비디오를 중심으로 하는 영상 시대이며, 이 영상은 그림의 확대된 공간으로서 이해된다. 그러나 이러한 영상적 성격을 일단 배제할 경우 그림에 남는 것은 무엇일까. 말하자면 영상을 통한 넓은 의미의 현대적 조작(操作)이 만화와 컴퓨터놀이, 그리하여 영화 「사랑과 영혼」 신드롬으로 연결되는 환상적 가상성을 가져왔다면—이 소설의 퍼포먼스 예술가 미미가 보여주듯이—이제 그것을 가능케 한 어떤 근원적 기능이 그림에 있는지 물어보아야 할 것이다.

나로서는 그러한 기능이, 그림이 보여주는 원근법주의가 아닐까 생각해본다. 이에 대해서 벤은 그의 시 「정시」를 통해서 놀라운 예언적 소묘를 벌써 보낸 일이 있다. 그중 우리의 논지와 관계되는 부분만을 인용해보자.

> 원근법주의란
> 현자의 정역학(靜力學)에 대한 별명이다.
> 덩굴 법칙에 따라서
> 선(線) 긋기
> 계속 그어나가기
> 덩굴은 불꽃을 튕기고
> 떼지은 까마귀떼도
> 겨울 새벽 하늘 속으로 던져진다.

「정시」의 끝부분인데, 그 해석에 다소 난해한 점이 있고, 또 서로 다른 이론들이 없지 않으나, 이것을 그림이라고 생각하고 보면 의외로 그 이해는 소박해질 수 있다. 현자(賢者)란 동양의 현인들이고, 그들의 사상은 기본적으로 움직임이 배제된 명상에 기초하고 있다는 것이 서양의 발상법이다. 재미있는 요체는 덩굴 법칙이라는 말인데, 이것은 그림에서의 데생 내지 크로키라고 보면 무방할 것 같다. 이러한 그림 기법은 그 나름의 자동기술의 성격을 갖고 있기 때문에 그림은 온갖 현실을 원근법을 통해 가치화하고 유형화한다. 그러나 그것들은 결국 한 평면에 수용·수렴된다. 이런 기법과 성격으로 인해서 까마귀떼가 겨울 새벽 하늘 속으로 날아가는 것도 그림에서는 가능한 것이다. 다만 그것이 '던져진다'고 묘사되는 데에 원근법주의의 특색이 있다. 이렇게 원근법주의를 이해한다면, "왜 멀리 떠나가도 변하는 게 없을까, 인생이란"이라는 결론으로 끝나고 있는 이 소설이 바로 이러한 원근법주의를 그 방법적 세계관으로 내보이고 있다는 분석은 하나의 가설로서 꽤 유용해 보일 수 있다.

3

김영하에 있어서 직접적으로 노출되고 있는 몇 가지 새로운 소설적 특징은 『이상(異常) 이상(李箱) 이상(理想)』이라는 소설집을 내놓은 박성원에게서 계속 확인된다. 「크로키, 달리와 갈라」 등 6편의 소설을 수록하고 있는 이 책은 김영하의 의도적 다층 구조와는 달리, 비교적 선명하게 신세대의 성격, 그러니까 그림 모티프와 원근법주의라는 세계관으로 내가 파악해 본 젊은 작가들의 문제의식을 보다 선명하게 표명하고 있다. 예컨대 다음과 같은 고백은 나에게 제법 충격적이다.

> 내가 가끔씩 기억하는 어린 시절에도 내 또래의 다른 아이들과 소꿉놀이를 한다든지, 병원놀이를 한다든지 하는 그런 기억들은 전혀 없으며, 오직 회상되는 것은 흩뿌려진 그림들뿐이었다. (……)
>
> 그렇게 나는 말 대신에 그림을 그렸고 또 그림과 대화를 나누었다. 그리고 그 대화라는 것도 공기의 울림에 따라 흔들리는, 파장을 가진 발성이 아니라 손가락 끝의 파형을 통한 일종의 교감이었으며 세상을 살아가는 자기 만족이었다. 라스코의 동굴 벽화를 그린 원시인이 그랬듯이 그림은 나에게 있어

서 하나의 종교와도 같았고 가시화된 나의 존재와도 같은 것이었다. (「크로키, 달리와 갈라」, pp. 35~36)

소설 화자를 통하여 진술되고 있는 그림에의 열정과 그 이유는 거의 원초적이며 선험적인 상황이라고 할 수 있다. 그것은 마치 인류가 나무의 열매를 따먹고 물고기를 잡아먹으면서, 그 모습들을 동굴 속에 새겨놓았던 상형문자 이전 시대의 벽화를 연상시킨다. 그것은 표현에 대한 최초의 의식이자 양식이다. 또한 그것은 모방 본능의 노출이자 동시에 자신만의 반영 세계를 만들어보겠다는 욕망의 구현이기도 하다. 이 작가에 의하면 일루전의 추구인데, 이것을 통하여 인간은 자신의 상상력을 개발하고 스스로 주체화한다. 상상력을 계발·조장하고, 형성된 상상력이 표현 공간을 얻는 양식이 물론 그림이나 미술뿐인 것은 아니다. 그러나 눈에 보이는 가시적 질서와 공간이라는 점에서 그림은 비슷한 다른 양식, 가령 문학보다 훨씬 직접적이며 동시적·전면적이다. 게다가 그림에는 무엇보다 실재와 관념의 공존이 시각적으로 가능하다는, 매우 특징적인 측면이 존재한다. 소설 「크로키, 달리와 갈라」에서 주인공과 창가의 소년 사이에 일어나고 있는 갈등—창조와 모방, 현실과 일루전, 독자성과 예속성, 원본과 복제 등등—그리고 나라라는 처녀와 아내인 민하에 대한 주인공의 착시와 환상은 크로키 자체에 대한 집념의 과정에서 일어나고 있는 사건들이자, 크로키라는 기법이 스스로 내재하는 성격의 구조에 대한 암시이기도 한 것이다. 크로키는, 이 소설에 자세히 설명되고 있듯이 질감이나 입체감·공간감·원근감 등을 그대로 살릴 수 있는 회화상의 방법으로서 동일한 사물이나 현상을 대상화한다 하더라도 이러한 감각들을 통해 얼마든지 차별화를 이루어낼 수 있는 것이다. 그 차별화의 극단에는 말하자면 실재와 허상의 공존이 있다. 하나의 화면이 지니는 이러한 구조와 기능의 비밀은 단순한 회화상의 기법 이상의 세계관과 연결된다. 그것은 젊은 평론가 김태환의 탁월한 지적, 즉 "자본주의의 발전은 진정한 것과 가식적인 것, 창조와 모방, 원본과 복제품, 정열과 허영, 자발적인 욕망과 타인의 암시에 부화뇌동하는 욕망 사이의 구분을 점점 더 어렵게 만들어간다"는 말과 깊은 관계에 선다. 요컨대 가짜와 진짜 사이의 구분이 모호해진 시대에, 그 진위 감별이 종래의 리얼리즘적 접근으로는 더 이상 가능하지 않게 된 것이다. 더 나아가, 그 구별의 의미 자체가 퇴색한 것이다. 이때 크로키는, 그림은 양자를 동시에 같은 화면에 수용함으로써 정확한 감별의 방정식 대신 일루전을 조성한다. 어차피 진짜와 가짜의 구별이 불투명해진 세상에, 아마도 이 방법이 오히려 진실하리라는 전언이 그 속에 담겨져 있다. 이것이 내가 바로 원근법주의라고 부르는 것이다.

원근법주의에 대해서는 박성원 자신의 다음과 같은 진술이 이들의 세계를 결정적으로 설명해준다.

> 나는 중학교로 접어들면서 내가 그려왔고 또 앞으로도 그려야 할 것이 바로 크로키임을 알았다. 나는 알브레히트 뒤러가 그린 「화가의 어머니」라는 소묘화를 본 적이 있다. 흰 종이에 목탄으로 그려진 그 그림에는 목탄의 색 외에 그 어떠한 채색도 없었지만 그림의 질감이나 입체감은 여타의 채색된 그림들보다도 더욱 입체적이었다. 나는 그제야 비록 색이 없어도 극명한 대비를 담을 수 있다는 것을 알았다.
>
> 미술에는 일루전illusion이라는 것이 있다. 이것은 작품을 볼 때 일어나는 일종의 심적 과정으로, 입체감이나 원근감, 그리고 공간감으로 인해 2차원적인 평면이 마치 실제의 사물을 보는 듯한 착각을 불러일으키는 것을 말한다. (……) 단순한 하나의 데생만으로 일루전을 만드는 것, 그것은 내가 만든 피안의 경지였다. (「크로키, 달리와 갈라」, pp. 36~37)

박성원에게서 확인된 원근법주의는 이응준과 백민석에게서는 표면상 상반된, 그러나 본질적으로는 동일한 차원에서 변주된다. 그 상반된 모습은 예컨대 이응준에게서는 완만하면서도 온건한 자세로, 백민석에게서는 훨씬 래디컬한 자세로 나타난다는 것을 의미한다. 물론 달리 말할 수도 있다. 말하자면 이응준은 보다 전통적·서정적인 방법으로 원근법주의에 닿아 있는가 하면, 백민석은 아예 혁명적이라고 할 정도로 전복적인 방법에 의해 그것을 실현하고 있는 것이다. 그러나 그 어느 쪽이든 이들 소설들의 화자나 주인공은 어차피 그림에 빠져 있거나 그것을 희망하며, 때론 화가이거나 미대생 자신이기도 하다. 그렇지 않을 경우, 그들은 넓은 의미의 미술을 통한 영상주의의 범주 안에 포함되어 있다. 회화가 아니라 하더라도 조각이나 조형, 영화나 비디오, 만화 따위 말이다. 아, 만화야말로 정말이지 이들의 소설이기도 한 것을! 특히 백민석의 소설들은 글로 된 만화, 혹은 만화 풀이라고 하는 편이 어울릴 정도라는 것이 나의 해석이다.

먼저 이응준을 읽어보자.

그녀는 주인 여자와 이미 친분이 있는 듯했다. 난 그 요상한 이름을 가진 카페의 주인을 처음 보았을 때 '모딜리아니'의 그림 「젊은 하녀」에 나오는 여자를 많이 닮았다고 생각했다. (「이제 나무묘지로 간다」, p. 9)[1]

나는 커피가 쓰게 다가오는 것을 느끼며, 그녀의 하얀 목덜미에서 반짝거리는 투명한 목걸이에 눈길을 주었다. 네가 만화가? 세상에, 만화가라니! (「이제 나무묘지로 간다」, p. 12)

그러던 내가 그림을 그리게 된 연유는 좀 우습다. 재수하며 미대 지망생과 여관방에 간 일이 있었는데, 그애 가방에서 마그리트의 화집을 훔쳐보았다. (……) 그러니까 한마디로 정상인이 보기엔 미친 그림이다. 근데 난 그 그림을 보는 순간, 엉엉 울어버렸다. 내 어머니가 거기에 있었던 것이다. (……) 모두가 과대망상이란 그림 한 장 때문에 일어난 일이었다. (……) 왜? 못 믿

---

1 이하 인용은 창작집 『달의 뒤편으로 가는 자전거 여행』에 수록된 작품들이다.

기겠지만, 과대망상이란 그림 한 장 때문에 그랬다. (「그는 추억의 속도로 걸어갔다」, pp. 32~33)

인간이 가장 행복한 순간은 고래의 꼬리만을 인식하고 살아가는 시절이다. 사랑도, 슬픔도, 기쁨도, 하고 싶은 일에 대한 기대도 전부 그렇다. 따라서 가장 완벽한 고래 그림은 꼬리만 있는 고래 그림이다. (「그는 추억의 속도로 걸어갔다」, p. 39)

난 내 또래의 아이들이 야구와 축구 같은 것들에 열중하며 대나무숲처럼 쑥쑥 키가 자랄 때, 방구석에 틀어박혀 크레용으로 알 수 없는 그림들을 그린다거나, 만화 빌려보기를 좋아하던 편모 슬하의 나약한 외동이었다. (「아이는 어떻게 숲을 빠져나왔는가」, pp. 56~57)

이를테면 크레파스로 거대한 벽화를 그리는 것이다, 산다는 것은. (「아이는 어떻게 숲을 빠져나왔는가」, pp. 79~80)

나와 클레는 둘 다 크레용으로 그림 그리기를 시작한 어린아이였는데, 그는 우울한 세상을 그리는 위대한 화가가 되었고, 나는 우울한 세상 자체가 되었다. (「아이는 어떻게 숲을 빠져나왔는가」, pp. 80~81)

졸음에 겨운 눈을 감으려는데, 차창칸 벽면에 걸린 조그만 액자 안으로 이런 구절이 적혀 있는 게 보였다.
'사람은 누구나 자신이 가지고 있는 시야의 한계를 세계의 한계로 간주한다.' (「아무것도 기억나지 않는 나라의 분명한 기록」, p. 146)

해본 사람들은 알겠지만, 크레용을 불에 대면 아주 질퍽한 기름 물감처럼 흐물흐물해진다. 그때 우린, 수천 년 뒤에 세상 사람들에게 발견되어질 동굴

벽화를 그리는 원시인이 된 듯한 기분이었다. (「어둡고 쓸쓸한 날들의 평화」, p. 158)

이런 인용들은 얼마든지 발췌 가능하다. 이것들이 보여주는 것은 요컨대 그림 그리기와 관계된 것들이다. 이 작가는 얼핏 읽을 때 그림과 관계된 부분이 덜 선명하게 나타난다. 선명하게 다가오는 것은, 희뿌옇게 가라앉아 있는, 그러면서도 여전히 살아서 몸을 적셔오는 사춘기의 쓸쓸하면서도 아름다운 기억과 그 회상이다. 그런 면에서 이응준의 소설은 성장소설이라고 할 수 있다. 이런 소설들이 지니고 있는 저 아득한 소년의 꿈과 비애 같은 전형적 요소가 그에게는 있다. 몽정과 창녀, 아버지와의 갈등, 어머니를 보는 안쓰러움과 결핍감, 고독하면서도 서정적인 문체, 때로는 조숙하게 느껴지는 단호한 잠언성 진술 등도 이러한 범주의 성공작들이 갖고 있는 분위기와 일치한다. 그림은 그 가운데에서 이 작가의 독특한 상상력을 부각시켜주면서 정서적 모티프와 방법적 세계관의 매개 기능을 하고 있는 요소가 된다. 그림은 사춘기의 꿈과 좌절, 그리고 거기서 새롭게 배태되는 소망의 가능한 현실적 양식으로 수용된다. "과대망상이란 그림 한 장" 때문에 인생이 달라진다는 경험은, 그것을 통해 인생이 달라질 수 있으며, 또 달라져야 한다는 희망과 당위로까지 연결된다. 그림은 과대망상, 즉 꿈을 받아들인다. 물론 그 실현은 이미 한계가 전제된 실현이다. 이 점에서 작가의 젊음은 벌써 달관적 선험을 감각적으로 동반한다. 헛된 망상이 제거된 "꼬리만 있는 고래 그림"을 가장 완벽한 그림이라고 생각한다든지, "시야의 한계"를 세계의 한계로 여긴다든지 하는 것은 그림이 지니고 있는 초월의 성격에 대한 분명한 인식이라고 할 수 있다. 이 역시 원근법주의의 절묘한 현장인 것이다.

백민석에 이르면, 그 과격한 원근법의 세계가 절정에 이르는 모습을 만날 수 있다. 만화가 그것이다. 그의 테마는 소설이 만화가 될 수 있을까 하는 질문이며, 그럴 경우 소설도 영상적 매체에 편입될 수 있겠느냐는 가능성으로의 발돋움이다. 따라서 이 작가에게는 애당초 그림, 즉 회화의 철학에 대한 진단이나 분석, 원근법주의의 세계관에 대한 진지한 성찰도 존재하지 않는다. 그것은 말하자면 당연한 것으로 이미 치부되어버린 상태에서 생략되고 비약된다. 백민석의 그림 그리기가 래디컬하다는 것은 이런 의미이다. 만화는 그림 가운데에서도 가장 격렬한 그림, 이응준식 표현으로는 과대망상이 담긴 그림으로서 스피디한 진행과 전개로 한 폭의 그림이 아닌, 그림의 연속적·불연속적 변화와 왜곡을 싣고 가는 특수성을 지닌다.

> 박스바니와그의친구들…… 은종이로 싼 나무토막 서너 개…… 박스바니와그의친구들, 앞에 놓인 악기들…… 악기들, 고무줄로 이어붙인 캐스터네츠, 조약돌들로 속을 채운 플라스틱 필통, 청동제 요령 두어 개, 쇠못들을 술처럼 매단 막대, 그리고 유리 구슬들이 든 유리 우유병 하나…… 됐어,
>
> 말한다. 박스바니와그의친구들은 각자 가장 맘에 드는 악기 한 가지씩을 집어든다. 됐어, 말한다, 다 끝난 거야.
>
> 박스바니는 죽었어, 울먹인다, 하지만……
>
> 우린 아직 연주할 수 있어, 설사, 죽었다 해도. 그의친구들은 고개를 끄덕이며, 옳아, 한다. 그의친구들은 이제…… 연주하기 시작한다. (『헤이, 우리 소풍 간다』, p. 36)

만화라는 선입견을 버린다면, 마치 자연주의 연극의 한 장면 묘사를 연상시키는 대목인데, 이 젊은 작가의 소설은 바로 이런 대목들로, 지칠 줄 모르게, 구성되어 있다. 여기에는 주인공과 행동이 있기 때문에 묘사라는 표현도 꼭 합당치 않고, 주관의 진술이 없기에 서술이라는 말도 반드시 어울리지 않는다. 그러나 이것이 만화의 장면들에 관한 것이라는 생각으로 옮겨 앉으면, 서술이든 묘사든, 아무래도 상관없이 이해가 된다. 만화가 사춘기 이전 소년들의 것이라고 생각될 경우, 비디오에 대한 문자 기록, 혹은 아예 영화의 그것이라고 보아도 무방하다. 요컨대 이 작가의 소설은 그림

들 잇기라고 해석할 때, 그 읽기가 용이해질 것이다. 그것은 정과리의 말대로 문화의 실체가 없는 "필름 속의 세상"일 뿐이다.

그렇다면 "필름 속의 세상"이 갖는 문화적-문학적 의미는 무엇일까. 사이버스페이스의 가상성이 허위의 현실보다 오히려 진실일 수 있다는 메시지는 여러 번 이들 젊은 작가들에게서 거듭 확인된 바 있다. 원근법주의의 철학도 충분히 해석되었다. 이 문제를 백민석에게 돌릴 경우, 이 작가는 조금 특이하다. 그는 마치 비디오테이프를 되감기로 돌리듯이 재현함으로써, 화상/영상이라는 차원이 지니는 속성상의 진실 이외에 그 진실의 진실성을 되묻는다. 이 점에서 그는 앞의 세 작가와 달리 단순한 영상주의가 아닌, 메타영상적 작업을 하는 것으로 생각된다. 세 작가들이 현실에 대한 회의에서 그림이라는 가상공간을 향하고 있다면, 백민석은 처음부터 만화와 비디오에서 출발하여 그 진실 가능성을 오히려 타진한다.

4

앞서 살펴본 것들을 정리해보면 대략 다음과 같다: 젊은 작가들, 특히 90년대에 등단한 서른 살 안팎의 신세대 작가들의 특징을 요약한다면, 크게 두 가지, 즉 전통적인 성 관습의 붕괴라는 점과 그 세계관이 알게 모르게 정적 원근법주의에 닿아 있다는 점이다. 첫번째 특징은 인간관계의 근본 구성에 관한 도전적 메시지라는 측면에서 매우 중요하게 읽혀져야 할 요소들을 지니고 있다. 인간관계의 최초 출발을 남녀 관계 안에서 발견할 때, 이미 거기에는 지배와 순종, 억압과 저항이라는 권력적 구도가 배태된다. 이것은 오늘날 유행적 학문의 카테고리에 들어선 여성학의 입장이 아니라 하더라도, 널리 인정되고 있는 역사적 사실이며 역사적 인식이다. 그 권력 관계는 부계 사회 이후 대체로 남성 지배의 이데올로기를 발전시켜왔으나 여성의 순종이 항상 평화와 공존을 보장해온 것은 아니다. 어떤 의미에서 영원한 암투일 수밖에 없는 그 관계 속에서 남성은 지배의 도구적 간교함을 끊임없이 개발해왔고 여성은 저항의 수단을 다각적으로 점검·실험해왔다. 양자는 이런 면에서는 잠재적 적대 관계로 이해되기도 한다. 이런 관계 속에서, 그럼에도 불구하고 가장 오래된 양자의 도식으로서 비교적 오랫동안 받아들여져온 것은 남성/여성, 적극성/소극성이라는 성적 수용의 방법론이다. 가령 성적 접근의 욕망이 있을 때, 그 적극적 주도권은 남성에게 있으며 여성은 소극적인 피선택의 입장에 선다는 것이 그것이다. 아울러 남성보다 여성에게 성적 순결이 압도적으로 강조되며, 이런 것들이 동요할 때 남녀 관계는 파국 내지 파행의 위기를 맞게 된다. 따라서 여성 쪽에서 성적 적극성을 띤다거나 순결 의식을 우습게 알 경우 그 여성은 이 사회의 지배 이념 밖으로 나앉게 되며, 일탈자로서의 제도적·심리적 불이익을 감수하지 않을 수 없게 된다. 그것은 실제로 지금까지의 사회 현실이며, 소설을 비롯한 문학 속에서의 그 자리 역시 이 같은 구도의 암묵적 동의 아래에서 이루어져왔다. 설령 이에 대한 비판이 있다 하더라도 그것은, 이 관계를 하나의 제도로 전제한 기성 현실에 대한 비판의 모습으로 제기되어왔다고 할 수 있다.

그러나 신세대 작가들에게 더 이상 이 구도는 이미 구도 자체로서 존재하지 않는 느낌을 준다. 그것은 말하자면 이념주의·도덕주의의 해체 현상이라고 할 수 있다. 이들의 작품 속에서는 남자가 먼저 여자에게 접근하는 일도 거의 없고 이 문제 때문에 생기는 갈등이나 자의식도 일절 없다. 여기서 한 발짝 더 나아가 여성의 순결 문제도 애당초 문제로서 심각하게 제기되지 않는다. 여성 스스로도 그것을 대수롭지 않게 여기고 행세하며, 남성 쪽에서도 적어도 표면상으로는 이 문제에 연연해하는 모습을 보여주지 않는다. 그러나 남자가 여자같이, 여자가 남자같이 행세할 수는 있으나, 남자가 여자가 되고, 여자가 남자가 될 수는 없다. 이 때문에 이 같은 전통적 성 관습의 붕괴는 얼핏 보기에 새로운 평화 공존의 현실을 만들고 있는 것처럼 보이나, 오히려 새로운 문제를 유발시키고 있다는 것이 나의 시선이다. 앞서 살펴본 김영하를 제외한 세 작가들에 있어서 그 관습이 무너진 현장의 보기를 하나씩 들어보자.

정약사는 묘한 웃음으로 나를 보았다.

—다 아는 수가 있죠. 이리 오세요. 내가 그 비법을 가르쳐드릴 테니까. 방음은 완벽하니 걱정은 마세요.

〔……〕

그러면서 정약사는 내 윗도리의 단추를 하나씩 풀었다.

〔……〕

눈이 떠졌다. 새벽 같았다. 정약사는 알몸으로 시집을 읽고 있었다. 달빛을 받아 몸이 빛났다. 어렴풋한 달빛이었지만 시집을 읽고 있는 정약사의 표정이 예전의 모습이 아니었다. 잠긴 듯하면서도 슬픔을 받아들이지 않는 모습. 차라리 빛나고 있었다.

나는 나의 몸도 벗겨져 있는 것을 알아차리고는 부끄러워졌다.

〔……〕

—원래 내 사랑은 그이뿐이에요. 장선생은 나를 마다한 병신일 뿐이죠. 그 병신은 꼭 사랑해야만 섹스를 한다고 생각을 하거든요. 그래서 속이고 시집가려다 소박을 맞았어요. (박성원, 『이상 이상 이상』, pp. 144~47)

그녀는 얼마간 나를 무표정하게 보더니, 순식간에 거짓말처럼 환하게 웃으며 말했다.

"그러지 말구요, 내 집에 가서 한잔 더 안 할래요? 〔……〕"

난 굉장히 난감해지고 있었다. 이걸 어떻게 받아들여야 옳은가? 〔……〕

"왜, 싫어요?"

"아, 아닙니다. 가죠."

그렇게 해서 난 불과 하루 만에, 그 재미나게 생긴 건물 안으로 들어갈 수 있었다. 〔……〕

아픈 머리로 깨어났다. 난 벌거벗은 채로, 벌거벗은 그녀 곁에 누워 있었다. 나는 나도 모르는 사이, 보랏빛 커튼 안쪽의 공간으로 들어와 있었던 것이다. 그녀의 작고 도톰한 유두가, 내 가슴 한 언저리에 닿아 새근새근 숨 쉬고 있었다. 난 기억을 뒤짚어볼 겨를도 없이, 서둘러, 그러나 그녀가 깨어나지 않도록 조심스럽게 일어나 옷을 입었다. (이응준, 『달의 뒤편으로 가는 자전거 여행』, pp. 130 ~40)

나는 그녀에게 들려줄 무엇도 더 이상은 가지고 있지 않다. 하지만 나는 그녀가 무엇인가를 더 원한다고는 생각하지 않는다. 그녀는 토끼 같은 두 눈과 엉덩이를 가지고 있으며, US WHEELING 1942는 식을 줄을 모른다. 그러면, 세상이 다 좋은 것이다.

"해줘."

"해줘." 그녀는 반쯤 졸린 목소리로 말한다. 나는 그것 쪽으로 두었던 엉덩이를 모로 눕히며, 노래를 시작한다: (백민석, 『내가 사랑한 캔디』, p. 139)

『내가 사랑한 캔디』에서의 여주인공의 요구가 반드시 성적인 것인지는 분명치 않으나, 그 애매모호한 재촉이 성적 분위기와 연관되고 있는 것은 틀림없다. 이것은 백민석의 소설이 남녀 간의 성행위를 아예 어린이 놀이의 차원에서 마치 만화같이, 순진하게 처리하고 있는 사실에 비추어볼 때 설득력이 있다. 그 밖의 소설들, 이응준과 박성원의 그것이 여성들로부터의 적극적 공세라는 점은 너무나 명백하다. 그러나 성행위에 대한 모든 관념과 가치를 남녀에게 똑같이 적용한다면, 이런 장면들이 주목되어야 할 이유는 없다. 이런 면에서 볼 때, 도덕주의와 이념주의는 해체되었다고 보기 힘들며, 더 나아가 일체의 해체 현상이 일반화되었다고 보기는 어렵다. 그렇기는커녕 이 소설들에서 가볍게 표면에 떠오르는 것과는 달리, 성 관습의 붕괴는 젊은 작가들을 오히려 무겁게 강박하고 있는지도 모른다. 이들 소설 속에서 여성들은 쉽게 남성들 앞에서 옷을 벗고 당당한 음성을 잃지 않으나, 그녀들의 순결 상실에 위축된 남성들은 올바른 항의 한번 해보지 못한 채 그녀들 곁을 떠나고 있다. 표면상, 혹은 명목상 남성들은 이 문제에 괘념치 않는다는 표정을 짓고 있으나, 그 갈등과 좌절은 때론 성적 장애로 나타나기도 하며, 인격적 장애로 확대되기도 한다. 성이라는 것이 남성, 혹은 여성 내부에 단독으로 존재함으로써 그 기능과 의미를 갖지 않는다면, 이것은 분명 비극이다. 그것은 여성에게나 남성에게나 그 고유한 성격의 붕괴로만 읽혀질 뿐이다. 이런 측면에서 이 젊은 작가들은 문제의 노출 차원에만 머무를 뿐, 본격적인 인식의 수준에는 진출하지 못한 감이 있다.

방법상 원근법주의를 맴도는 세계관은 바로 이러한 비극성을 파멸과 절망의 차원으로 받아들이지 않겠다는 의지의 보호, 혹은 은폐 기능을 하는 것으로 생각된다. 그것은 그림이 지니는 원근법을 통한 주관의 조절, 즉 대상에 대한 평가 기능을 신뢰하는 것이라고 할 수 있다. 세상이 비록 부조리하더라도—그 대부분이 남녀 관계·가족 관계에 집중되어 있으나—심하게 움직이지 않고 눈과 손이라는 정적 조망을 통해 그 본질을 그려내겠다는 것이 이들 소설가의 세계다.

그렇다, 이들보다 앞서서 일찍이 장정일이 몸을 팔면서까지 갖고 싶어 했던 뭉크의 그림, 채영주가 뜬금없이 그리고 싶어 했던 바다장어 그림도 모두 우연한 소도구들이 아니었다. 역동적인 행동의 무위를 일찍이 깨달아버린 젊음의 새로운 예감, 그 사인이었던 것을 왜 나는 이제야 알게 되었을까. 박성원의 말대로 데생만으로 일루전을 만드는 것이 "내가 만든 피안의 경지"라면 그것이 피안이라는 이유만으로 이들이 비난받아야 할 이유는 없을 것이다. 문학이 예술인 한, 피안으로의 건너감이 하나의 초월이라면, 원근법 속에서 전개되는 피안의 그림들을 관람해가는 인내가 필요할지도 모르겠다는 것이 나의 결론이다. 이 인내는 물론 나와 같은 세대의 것, 바야흐로 젊은 작가들에게는 가장 활발한 현실 비판일지도 모른다. 이 공존 속에 소설의 운명에 대한 새로운 예감이 숨 쉰다.

(1997)

욕망과 죽음의 정치학

—90년대 시의 신표현주의적 경향

1

방문이 열려 있다. 들어선다. 눈에 들어오는 흰 천의 이불, 이불들. 무언가를 덮고 있는 듯한데, 그 속이 보이지 않으니 내용은 알 수 없다. 긴 테이블들 위에 길게 이어져, 울퉁불퉁한 모습이 꼭 사람을 덮고 있는 것 같기도 하다. 아, 이건 영안실 광경이 아닌가! 순간 한 줄기 소름이 몸 가운데를 뚫고 지나간다. 뒤셀도르프 미술 아카데미의 한 전시장 내부. 그 내부에는 소름 끼치는 것만 있지는 않다. 메스꺼워 구토를 유발하는 것, 너무 유치해 실소를 자아내게 하는 것, 조금쯤 괴기스러운 것, 심지어는 너무 평범해 당황스러운 것들까지 널려져 있다. 예컨대 수세식 변기가 그대로 나와 있는가 하면, 시중의 거울이 무슨 뜻이 있다는 듯 작품이라고 걸려져 있다. 저 유명한 요제프 보이스Joseph Beuys와 백남준이 선생으로 있던 이 학교를 중심으로 해서 벌어지고 있는 이런 경향에 대해 사람들은 '신표현주의'라는 말을 붙여놓고 있는데, 이제 이 말은 비단 미술의 울타리 안에만 갇혀 있기엔 답답한 형세가 되었다. 그도 그럴 것이 예술이라는 이름 아래 자행되고 있는 온갖 유희들이 오늘날 모두 이와 비슷하거나 이를 뒤쫓고 싶어 안달하고 있지 않은가. 포스트모더니즘이라는 말도 있지만, 보다 분명한 느낌은 차라리 '신표현주의'에서 온다. 이제 이 말과 더불어 문학, 그것도 90년대 한국 시를 난폭하게 장악하고 있는 그 실상을 뒤적여보기로 한다. 사태의 핵심을 알아야 미상불 그 현상을 바라볼 수 있는 안목도 생길 수 있을 것이며, 정당한 평가 역시 가능하기 때문이다. 그것은 또한 우리 시의 변화 양상을 현재적 시점에서 단절해보는 일이 되기도 할 것이다. 현재적 시점이란, 널리 회자되고 있는 대로 세기말, 그것도 20세기 말이라는 매우 의미 있는 시점이다. 그 의미는 서양 문화, 그리고 거기에 동화된 세계사가 이른바 인본주의적 욕망을 극대화시켜온 시기라는 점에서 19세기 말보다 훨씬 폭발적이며 현실적이다. 말하자면 19세기의 세기말이 욕망 개발의 초기 시대라면, 숱한 지성들의 다양한 개탄과 비판에도 불구하고(예컨대 인간 이성의 도구적 타락을 지적한 H. 마르쿠제를 보자) 20세기 말은 그 욕망의 무반성적 확대와 향수(享受)라는 죄악적 특징을 지닌다고도 할 수 있다. 그 극단적 성격을 한 시인은 이렇게 고백한다.

허허벌판이다

나,
지쳤거나
지치고 있거나
지쳐갈 사람이다

그러나
어제라는 前生과
오늘이라는 전생

그리고 내일이라는
입맛 돋우는 전생

내가 살고
네가 살
여기, 생의 주막에서

극단이 아니면 삶은 없다
극단이 중심이다

동서남북
이 세상 그 어디서
나, 치우쳐
비록 흐릴지라도
결코 음악을 잊어본 적은 없다

나, 미쳤거나
미치고 있거나
미쳐갈 사람이다

지구 끝까지 가리라

—박용하, 「다시, 序詩」 전문

희극적인 세계관이 춤을 낳고, 비극적인 세계관이 시를 낳는다는 말도 있지만 참으로 이 시는 극단적으로 비극적이다. 이러한 극단적 비극성은 우리 시의 경우 가깝게는 70년대 후반부터 가열화의 길을 걷기 시작했고, 보다 넓은 시야로 나갈 경우 19세기 후반부터의 전 세계적인 시의 경향이라고 할 수 있다. 우선 가까운 우리 시를 돌아볼 때 이러한 경향에 불을 지른 시인은 70년대 후반에 등장한 이성복·황지우·박남철·최승자 등이라고 할 수 있다. 이들은 날로 강화되어가던 유신 독재 체제의 어두운 사회 분위기 속에서 마멸되어가는 자아의 위기를 날카롭게 인식하고 이에 저항하는 절규를 토해내었는데, 그 언어는 분노와 고통, 심지어는 절망과 저주의 피범벅이었다. 풍자와 야유는 기본 톤이 되었고, 때론 직접적인 욕설이 그대로 쏟아져 나오곤 했다. 황지우가 정치 현실에 대한 지독한 풍자를, 박남철이 모든 권위에 대한 도전과 전복을 시도했다면, 이성복은 아버지 표상을 통한 기성 체제의 부정, 그리고 최승자는 남성으로 상징되는 폭력과 뻔뻔스러움에 대한 고발과 절망을 그려나갔다. 이러한 모든 파토스적 격정은 시대 현실의 부조리, 그에 대한 불가피한 반응이라는 타당성을 갖고 있으나, 그 현실 또한 인간 정신의 소산이라는 점에 눈이 이른다면, 시인들의 전면적인 비관의 목소리가 뜻하는 보다 참된 의미에 전율하지 않을 수 없다. 무엇이 시인들을 그토록 지치게 만들며, 미치게 만들며, 극단으로 몰고 가는가. 또한 그것을 그대로 고백하게 만들며, 또한 독자와 이론가들로 하여금 그것을 현대시의 특징적 현상으로 수락하고, 비극적 세계관의 끊임없는 확대 재생산으로 이어지게 하는가. 30여 년간 현대시의 부지런한 애독자였음을 자임하는 나로서는 이 시점에 이러한 질문을 나 자신에게 되던지지 않을 수 없다. 그러한 시인들의 출현과 시 작품들의 만연에 한몫 거들어온 나로서 이즈음 이 문제는 시, 나아가 문학의 새로운 도전을 위한 진지한 성찰의 화두가 된다.

80년대에 활약한 시인들의 이러한 경향은 90년대 이후 극복의 모진 훈련과 만나기보다는, 오히려 더욱 쇄말주의적 욕망론으로 범람해가고 있는 느낌이다. 여기에는 '해체'론, 그리고 포스트모더니즘의 물결이 차라리 부정적인 영향을 끼치고 있다는 인상마저 든다. 오늘 우리 현대시의 흐름을 사실상 반영하고 있는 '문학과지성 시인선'에 포함된 다수의 신인 시인들에게서도 이러한 현상은 피할 길 없이 부각되고 있다. 예컨대『바람부는 날이면 압구정동에 가야 한다』는 시집으로 90년대 시단을 화려하게 열었던 유하 역시 이성복·황지우의 모습을 극복 아닌 계승의 자리에서 바라다보고 있는 것이 발견된다. 그것은 풍자와 야유의 방법론이다.

> 소망교회 앞, 주 찬양하는 뽀얀 아이들의 행렬, 촛불을
> 들고 억센 바람 속을 걸어간다 태초에
> 불이 있나니라, 이후의 —
>
> 〔……〕
>
> 불의 소망 근처에서
> 불의 구린내를 빠는 똥파리의
> 윙윙 날개 바람
>
> 바람 속으로 빽이 든든한
> 촛불들이 기쁘다 구주 기쁘다
> 걸어간다, 보무도 당당히, 오징어의 시커먼 눈들이
> 신바람으로 몰려가는, 불의 부페 파티장 쪽으로

「바람부는 날이면 압구정동에 가야 한다 4」의 앞부분과 뒷부분인데, '불의 부페'라는 부제를 달고 있는 이 시는 기독교, 적어도 기독교인과 교회에 대한 조소와 야유로 가득 찬 일종의 독신론(瀆神論)적 세계를 보여주고 있다. 독신론은 신보다 인간의 우위를 주장하고 나선 보들레르와 니체 이후 현대시의 근간을 형성해오고 있는데, 많은 경우 그것들은 신과 기독교에 대한 불신과 무지의 바탕 위에 기초하고 있다는 공통성을 지니고 있다. 유하의 시에서도 다분히 의도적인 반어라고도 할 수 있으나 교회를 불의 이미지와 연결짓는, 다소 어긋난 신 이해를 드러내고 있다. 니체의 「이 사람을 보라」라는 시에서 극명하게 천명되고 있듯이 불은 인간의 속성이며, 신의 속성은 불 아닌 물이라는 것이 오랜 정설이다. 창세기 제1장부터 신은

물과 더불어 이 세계를 시작하고 있으며, 물은 인간적 노력 저쪽의 초월적 에너지와 관계된다. 반면 불은 에로스적 에너지, 즉 성적 이미지의 본원지로서 그리스 신화를 바탕으로 한 헬레니즘 신비주의와 관계된다. 물론 불은 헬레니즘 신비주의뿐만 아니라 모든 신비주의, 예컨대 우리의 샤머니즘에서도 근본 에너지를 이루고 있는바, 그것은 결국 인간적 속성—욕망의 본거지이자 상징인 것이다. 따라서 교회나 교인이 불의 이미지와 결합되고 있다면, 그것은 관찰자의 몰이해 아니면 무자비한 공격이라고 할 수 있다. 만약 그것이 후자라면 그것은 일종의 자학적 몸짓이다. 그것은 신과 기독교를 그렇게밖에 받아들일 줄 모르는 우리 인간 모두에 대한 경멸과 자조이기 때문이다. 여기서도 시인의 절망감은 숨김없이 숨쉰다. 이 절망감은 앞의 시집 다음 해인 1992년에 시집 『56억 7천만 년의 고독』을 내놓은 시인에게서도 비슷하게 발견된다.

인류여 멸망하자—
봄날 우리 묵묵히 그 모래 바람 속을 걸었습니다

〔……〕

사라방드 같은 비와 폴로네즈 같은 가로수를 걸으며
나는 집시처럼 춤춥니다
당신처럼 푸르른 세상은 없을 겝니다
이처럼 어두운 희망도 없습니다
나도 전자파의 조합으로 만들어진 영상처럼
리모컨의 붉은 단추로 사라져버리는 허상이지요
아니면 욕계의 더러운 짐승? 습기 머금은 바람의 서자다
살해의 도구를 피하려 안간힘 쓰는 자궁 내의 태아처럼
단 하나의 출구가 내겐 말할 수 없는 고난의 입구다

—함성호, 「타르쵸」 부분

앞의 시보다는 훨씬 침착하고 단정하게 기술되고 있는 이 시는, 그러나 무분별한 야유 대신 절망적인 세계관이 아주 단호하다. 시인은 아예 여기서 "인류여 멸망하자"고 말하면서 시적 자아인 자신이 포함된 세계의 불의와 부정·타락을 개탄하고 경고한다. 티베트 밀교 등 비교적 알려지지 않은 종교에 대한 관심과 인용을 통해 신비주의적 모색을 곳곳에서 행하고 있는 함성호에게 이 세상은 물론 썩은 세상이다. 그러나 그것을 극복하고 새로운 시적 정신을 불어넣으려는 노력 대신, 그의 모색은 공범과 공멸 쪽에 오히려 놓여 있다. 분노와 고발, 고백의 터질 것 같은 파토스의 세계는, 시인이 그 표현으로 그것들을 몰고 가게 되는 과정에서 정당한 설득력을 얻는다. 그러나 그것들이 표현된 생산물로서 독자들의 앞에 다가올 때, 그 시는 폭발적인 전염력을 발휘하는 것 또한 사실이다. 그리하여 독자들은 냉철한 사색과 성찰 대신, 자신도 이미 잠재적인 감정으로 동조하고 있던 심성에 불이 붙는 것을 느끼게 된다. 이것이 이른바 신표현주의적 감동이며 리얼리티다. 나로서는 그것이 안타깝고 두려운 것이다.

2

시가 세상을 보는 눈이 비극적이며, 시인은 그 세상 속에서 끊임없이 불만과 원망으로 괴로워하는 존재라는 사실은 18세기 낭만주의 이래 확인되어온, 사실상 새삼스러울 것이 없는 문학의 현실이다. 가령 횔덜린이 "이 궁색한 시대에 시인은 무엇을 할 수 있단 말인가?" 하고 그의 「빵과 포도주」에서 자탄하였을 때의 모습은 그 근대적 원형이다. 그러나 그때 그는 무엇 때문에 그토록 괴로워하였는가. 우리는 이러한 질문에 애써 비켜나 있거나 무관심하다. 그저 으레 그런 것이려니 생각하기 일쑤다. 이것이 관습화될 때 시의 비극성은 삶의 본질에 다가가 인간의 위엄을 되찾아주고, 세계에 맑은 빛으로 부활하는 기능 대신, 자칫 비극적 제스처의 직업적 반복의 동작만으로 머물기 십상이다. 오늘 우리의 현대시가 그 위험한 시그널을 깜박이고 있다는 것이 나의 판단이다. 작고한 김현과 함께 쓰고 편집한 『문학이란 무엇인가』라는 책에서 이미 20여 년 전에 말한 바 있지만, "문학은 삶에 대한 총체적 고려"이다. 다시 말해 삶에 대한 끊임없는 성찰을 통해 보다 바람직한 삶으로 나아가기 위한 싸움이며, 그 언어의 기록이다. 시로 된 문학 역시 마찬가지의 운명을 부여받고 있다. 모든 억압과 맞서 나가면서 인간의 영역을 확장하고 지키되, 그것이 여의치 않다고 해서 파괴와 절망, 자학을 미화하는 말놀이가 되어서는 안 된다. 자, 과연 횔덜린의 자탄은 어디에서 연유한 것이었는가.

횔덜린의 비극은 신이 사라지고 있다는 인식에서 비롯된, 다시 말해 '궁색한 시대'란 '신이 사라져가는 시대'라는 뜻이며, 이 시대에 시인의 과제는 무엇일 수 있겠는가에 대한 통렬한 물음이었다. 그렇다, 우리 시와 시인들에게는 지금 이러한 물음이 없다. 그들은 자신들이 불행하고 절망의 늪에 빠져 있다고, "잘못 찍힌 쉼표"(강유정, 「누드」, 『네 속의 나 같은 칼날』) 라고 개탄하지만, 그것이 어디서 오고 있는지 묻지 않는다. 시인은 고발하고 개탄하는 자의 이름을 넘어 유토피아로의 먼 눈길까지 보여주어야 할 것이다. 이 두 가지 모습의 불분명한 혼재를 다시 90년대 중반의 유능한 두 시인들을 통해 만나본다.

> 봄에 시드는 꽃
> 몇 장
> 엽서 같은 꽃
> 잘못 발송된 그대나 나나
> 우리에게 언제나
> 약간의 비애를
> 주는 귓바퀴를 붉히며

꽃

잘못 찍힌 쉼표

—「누드」 전문

시인은 스스로 "봄에 시드는 꽃"이라고 자신을 비하하는데, 이러한 자기 비하 속에는 개인으로서의 시인 자신뿐 아니라 인간 전체에 대한 비극적 시선이 포함된다. 물론 시에서의 이러한 자학적 표현은 일종의 반어, 즉 아이러니라고 할 수 있으며, 그 역사적 뿌리는 꽤 깊다. 낭만주의자들에 의한 이른바 '낭만적 반어romantische Ironie' 이후 2백 년이 넘는 전통을 거느린 이 방법은 20세기 초 표현주의 이후 급격히 과격화의 길로 들어선 것이다. 가령 고트프리트 벤이 그의 초기 시 「시체 공시장 · 기타」에서 보여준 그 비뚤어질 대로 비뚤어진 반어의 세계는 거의 처참하다고 할 정도다. 그는 이름 없이 죽은 술배달꾼의 시신을 그리면서 그 속에 끼워 넣어진 꽃을 향하여 그 시신 속에서 오히려 실컷 피를 빨아먹으라고 외친다. 인간의 죽음, 인간성의 방기와 파멸은 애타게 연민의 대상이 되지 않고 반어법을 통해 한 단계 더 칼질되고 있는 모습이다. 물론 반어는 보다 깊은 곳에서 인간과 사물을 향한 애정의 조사(措辭)라고 이론적 변호를 받고 있으나, 그것이 전면에 표방하고 있는 거센 전복의 입김은 사뭇 섬뜩한 것이 사실이다. 이 모든 것은 결국 니체 이후 개발에 개발이 거듭되어온 인간 욕망의 추한 실체라는 점에서 이제 문학은 방법적 반성을 진지하게 행할 때가 된 것이다.

1994년에 나온 『나는 이제 소멸에 대해서 이야기하련다』라는 박형준 시인의 시집은 이 시점에서 그 욕망과 반성의 두 축을 저울추처럼 오가는 정직한 상황을 반영해준다.

겨울 갈대밭에

휘이익 휘이익 벗은 발을 찍는

저 눈부신 비애의 발금

살을 다 씻어낼 때까지
잠들지 못하는 공포, 겨울 갈대밭에
바람의 찬 손이 허리를 감아쥐고,
빛나는 옷을 입고 내려온 물방울이
소금물에 휘고 있다

—「갈대꽃」 전문

갈대꽃을 노래하고 있는 이 아름다운 시는, 그러나 갈대꽃에 비유된 인생의 보람·한계, 그 의미에 대한 성찰이 간결하게 함축되어 있다. 시인에 의하면 인생은 "눈부신 비애의 발금"이다. 인생은 슬프지만, 그 인생은 초대받은 축복이다. 그러나 이 양면성은 그 실존이 소멸될 때까지 편안을 모르고 끊임없이 위협받고 있다. 시인은 그것을 "살을 다 씻어낼 때까지/잠들지 못하는 공포"라고 말한다. 앞서 나는 이 시인이 욕망과 그 성찰의 두 측면 사이를 오가고 있다고 했는데, 그렇다고 해서 이 시인의 시들이 역동적인 시의 공간을 만드는 것은 아니다. 박형준의 욕망은 시집 어느 곳에서도 큰 소리로 드러나거나 파괴적인 신호와 연결되어 있지 않다. 그러나 작품 곳곳에 산재해 있는 비애와 공포는 욕망이 주는, 욕망을 애비로 한 불안한 자식들이다. 시인은 그것을 알고 있다.

그러나 나는 이제 소멸에 대해서 이야기하련다
허름한 가슴의 세간살이를 꺼내어 이제 저문 강물에 다 떠나보내련다

—「나는 이제 소멸에 대해서 이야기하련다」 부분

라고 말했을 때 시인은 이미 그의 욕망을 "허름한 가슴의 세간살이"로 겸손하게 털어내버릴 준비를 한 것이다. 이러한 세계 인식은 인간의 실존이 어차피 욕망의 화신임을 솔직히 인정하면서도, 그것으로서는 결코 맑고 올바른 세계로의 진입이 이루어질 수 없다는 것을 동시에 내다본 결과다. 그

의 시가 다소간 쓸쓸하면서도 감동을 자아내는 것은 이 때문이다. 욕망을 버린 자의 뒷모습은 미상불 그렇지 않겠는가.

그러나 1996년에 나온 몇 권의 시집들은 이러한 성찰을 상당 부분 무력하게 만들면서 욕망을, 그 욕망의 뜨거움, 마침내는 그것의 자연스러운 과정인 죽음을 직접적으로 다루고 있다. 시집의 제목만 보더라도 『처형극장』(강정), 『무덤을 맴도는 이유』(조은), 『극에 달하다』(김소연) 등 이 문제를 노골적으로 드러낸다. 과연 그 내용들은 무엇일까.

내 몸이 빨리 썩어 흩어지도록
이승의 단맛을 가득 채워 묻어다오.
내가 풀 한 포기나 나무 뿌리에 기대어
미련스럽게 이 세상으로 다시 오지 못하도록
스무 길 땅속에다 깊이 묻어다오.
스무 길의, 흙을, 잘 구운 기와처럼, 내게 얹어다오.

삶이여, 죽음에 닿아보는 이 순간은
너도 내게서 쉬고 있구나!

—조은, 「묘비명」 전문

이 시의 메시지는 다름 아닌 죽음에의 동경, 그 동경은 차라리 열망에 가깝다. 시인은 왜 그토록 죽음을 향해 치닫는가. 여기에는 삶에 대한 좌절과 절망, 구원의 폐쇄된 전망들이 숨어 있다. 오죽하면 죽음이 마치 구원이나 되듯, 죽음에 닿아보는 순간 삶이 휴식을 취한다는 안도감을 내보인다. 삶이 이처럼 곤비한 이유는 이 시에서 "이승의 단맛"이라는 표현을 통해 슬쩍 비쳐지고 있을 뿐인데, 그것은 한마디로 채워지지 않는 욕망이다. 말하자면 삶은 욕망인데, 욕망은 필경 충족되지 않은 채 불안·좌절·자기 소외로 연결된다. 시인 조은은 그것을 알고 있다. 그렇기에 그 모든 과정에 대한 구차스러운 경험과 묘사를 뛰어넘은 채 그것들의 종착지인 죽음에 선험적으로 먼저 도달한다. 그럼으로써 욕망을 최소한의 양으로 절제하고 삶 자체의 균형을 얻는 것이다. 말을 바꾸면, 죽음 의식의 곁에서 삶의 평정이 유지된다. 「무덤을 맴도는 이유」에서 이 과정이 바로 은밀한 우리의 독서를 요구한다. 시 중간 부분이다.

그러나, 알고 있다, 오늘도 나는
내 봉분 하나 넘어가지 못한다
새들은 곳곳에서 찢긴 하늘처럼 펄럭이고
그들만이 유일한 출구인 듯 눈이 부시다

알 수가 없다
무덤만 있는 이곳에 멈춰 있는 이유
막막함을 구부려 몸 속으로 되밀어넣으며
싱싱했던 것들이 썩는 열기를
느끼는 이유

욕망의 세속에 안주할 수도 없고, 그렇다고 죽음의 세계에 들어설 수도 없는 실존. 찢긴 하늘처럼 곳곳에서 펄럭이는 새들이 유일한 출구로 느껴지는 것은 차라리 당연하다. 그들은 죽지 않았어도 세속과 욕망의 저쪽에 있는 듯이 보이기 때문이다. 조은의 새는 박형준처럼 욕망과 성찰의 양극을 날아다니는 아름다운 이미지의 자유를 누리고 있으나, 그 성찰의 끝에 죽음이 항상 떠오르고 있다는 점에서 서늘한 경지를 지나 사뭇 처연하게 느껴진다. 삶에 대한 통찰과 그 시적 조형에 있어서 이 시인보다는 미흡한 감이 있으나 『극에 달하다』라는 시집의 시인 김소연은 그의 생각 속에 빠져 있는 욕망의 모습들을 훨씬 직접적으로 드러낸다. 예컨대 이렇다.

끝물은
반은 버려야 돼.
끝물은 썩었어. 싱싱하지 않아.

우리도 끝물이다.

서로가 서로의 치부를 헛짚고
세계의 성감대를 헛짚은.
내리 빗나가던 선택들. 말하자면
기다림으로 독이 남는 자세.
시효를 넘긴 고독. 일종의 모독.
기다려온 우리는 치사량의 관성이 있을 뿐.
부패 직전의 끝물이다.

제철이 아니야.
하지만 끝물은
아주
달아.

군데군데 문법상의 부자연스러움을 지니고 있는 이 시의 제목은 「끝물 과일 사러」다. 이 시의 내용은 비교적 단순하다. 끝물은 썩었으나 단맛을 갖고 있는데, 우리도 바로 그 끝물이라는 것이다. 그런데, 우리가 끝물이기 때문에 그렇게 되었는지, 아니면 그렇기 때문에 끝물이 되었는지 알 수 없으나, 하는 일이라곤 치부를 헛짚고 성감대를 헛짚는 일이다. 따라서 고독도 시효가 벌써 지났고 그저 관성대로 살아가는 모습이 거의 치사량에 다다랐다는 판단이 그나마 다행하게 남는다. 실로 의미 없는 인생이다. 그러나 물론 시는, 모든 시는 그 시가 의미 있는 인생을 말하고 있는가 의미 없는 인생을 말하고 있는가 하는 점에 겨냥되어 있지 않다. 중요한 것은 의미 없는 인생의 의미이다. 인생은 욕망이며 욕망 없이 어떤 인생의 실존도 존재하지 않는다. 그러나 문제는 그 욕망의 성찰이며, 그것도 어떤 과정을 거쳐 성찰되고 있느냐 하는 점이다. 시는 그 과정을 관찰하며 적어간다. 욕망을 자학적으로 과시하거나, 신비적인 거리로 뛰어넘어 죽음에 잇대고자 하는 인식은 문학의 저 아름다운 운명에 대한 곡해를 자칫 불러올 위험이 있다. "나는 말라 죽은 화분의 누런 잎과 간통하였고, 나는 텅 비어 있는 액자를 모셔놓고, 오! 나의 사랑이여, 헤프게 헤프게 고백을 하였다"(「극에 달하다」)는 고백이 보여주는 허무주의적 냄새는 바로 이 우려와 관계된다. 그리하여 마침내 우리는 『처형극장』이라는 끔찍한 이름의 시집을 만나게 된다. 아마도 90년대의 가장 절망적인 시집으로 기록될 이 시집에는 "한번도 믿어보지 않은 하늘아, 땅아"라고 시인 스스로 내뱉고 있는 죽음의 파편들이 즐비하다.

아버지가 외출하셨다, 나는 자유다
수년 전 전화번호부를 뒤적거린다
이제는 엄마가 된 계집들 불러모아 떼씹을 벌이리라

〔……〕

죽어도 좋아, 한 년이 꿍얼거린다 나는 죽었다
나는 죽을 것이다 만국의 아낙들이여, 나는 이미 죽어버렸네

〔……〕

옛날 계집들이 내 거웃을 후빈다 죽은 식물의 즙액 같은 피를 핥는다
우린 죽을 것이다 죽어야 돼, 죽을 수 있을까?

—「선동하는, 선동시키지 못하는 詩」 부분

나는 목매달고 있다 온 일생이 내 부동의 눈알 뒤에서
춤춘다 나는 죽기 위해 목을 매달고 있다 정말 죽을 수 있을까?
이건 다만 연극일 뿐이다 내 일생의 마침표로 나는 연극을
택하지는 않는다 나는 연극 속에서 죽기를 원한다 연극은 내 정말 삶일 것
이다

—「寸劇의 형태」 부분

강정 시집의 거의 모든 시들을 지배하고 있는 죽음의 풍경은 인용된 두 편의 시에서 그 근본 모티프를 발견한다. 앞의 시는 모든 권위와 금기의 거부 위에 선 욕망의 끝으로서의 죽음이며, 뒤의 시는 그 죽음의 허위성이다. 먼저 시인은 아버지의 외출로 자유로워진 다음 문란한 섹스의 극치를 즐긴다. 그리스 신화에서 에로스와 타나토스가 이웃하듯, 이 경우 섹스는 죽음과 친밀해질 수밖에 없다. "죽어도 좋아"라는 성행위 순간의 고백은, 그것이 비록 진부한 관습의 수사라 하더라도, 인간 욕망의 불가피한 죄성(罪性)을 노정하고 있다. 그러므로 강정의 죽음은 욕망의 자연스러운 과정이며, 의도적인 자기 파괴로 이해된다. 그가 시집 곳곳에서 자궁을 생명과 출산의 장소로 바라보지 않고, 해설자의 말대로 "모든 시체들의 저장소"로 삼고 있는 까닭도 바로 이 섹스라는 욕망의 모티프를 시의 에너지로 삼고 있기 때문이다. 게다가 그의 시에는 뒤의 시에서 말해지듯 죽음에 대한 진실성이 결여되어 있다. 그 죽음은 시인의 연극—나로서는 연극기라는 말로 부르고 싶은데—속에서 너무나도 강경하게 반복된다. 이 반복을 해설자는 악순환이라는 말로 옮겨놓았는데, 요컨대 죽음의 리얼리티가 약화된다. 시인 스스로 이러한 그의 시적 현실을 알고 있기에, "나의 꿈은 내 스스로 처형받는" 것이라고 술회하고 있는데, 차라리 이러한 태도에서 나는 시와 시인의 구원을 본다.

오랫동안 누누이 지적되어왔듯이 현대시는 아버지의 외출, 즉 인간에 의한 신의 부정 이후 그 본질을 강화해왔으며, 그것은 아마 인간화·세속화·이성화라는 말로 요약될 것이다. 그러나 이제 그 인간화·세속화·이성화의 속내가 무엇인지 밝혀질 대로 밝혀져버린 세상이 되었다. 그것들은 결국 욕망의 극대화→죽음이라는 도식으로부터 벗어나기 힘든 상황이 된 것이다. 우리의 모든 현실이—비이성적인 권력, 기능화되어가는 학문, 아귀다툼의 경제 전쟁, 게다가 천재지변의 이상한 조짐 등등 소위 세기말적 현상들—이러한 도식의 정당성을 향해 달려가고 있는 마당에 문학이 무엇을 할 것이며, 그 품위와 사회적 존중을 어디서 되찾을 것인가. 앞에서 나는 문학의 아름다운 운명이라는 말을 쓴 바 있는데, 이러한 본질론이 지켜지는 한 그 대답은 자명하다. 인간의 총체적 성격 가운데 욕망의 측면으로 급격히 기울어온 방향을 바로 세우기 위한 역사 이해, 문화 이해의 새로운 인식이 긴요한 것이다. 말하자면 니체와 그 에피고넨들, 프로이트와 그 후예들 일변도의 인문학 분위기는 보다 균형된 안목으로 바뀌어야 할 것이다. 특히 이들 모두가 기독교 신 중심의 헤브라이즘과 그리스 신화에 바탕을 둔 헬레니즘을 두 산맥으로 파생되어온 거대한 흐름이라면 이 흐름을 종합적으로 관찰하고 해석하는 노력이 우리 문학에도 필요할 것이다. 지금은 그런 의미에서 헬레니즘적 문화 이해가 지나치게 우세하며, 이것이 독신론적 자기 모멸을 자꾸 조장하는 감이 있다. 죽음에 대한 탐닉은 여기에 그 먼 원인을 갖고 있다는 것이 나의 생각이다.

3

표현주의의 기운이 어둡게 깔리기 시작하던 20세기 초의 유럽 시단이 동시대를 '죽음의 시대'로 강하게 느꼈듯이, 오늘 우리의 역량 있는 많은 젊은 시인들이 이 시대를 또한 죽음의 시대로 불가피하게 느끼고 있다는 사실은 나에게 가벼운 우연으로 생각되지 않는다. 20세기 초를 몸으로 살아

보지 못한 나에게는 지금의 이 시점이 훨씬 두렵게 인식될 뿐인데, 그것의 가장 큰 원인은 물론 한 세기에 가까운 시간에 그 현실과 이에 반응하는 문학적 응전이 모두 구조적 확산만을 거듭해왔다는 점에서 찾아진다. 신의 부정과 인간적 이성에 관한 맹목적 신뢰가 정치주의·물질주의·과학주의의 발달을 가져왔으나, 그 결과는 오히려 삶의 총체적 위기를 조장하고 있다는 사실에 문학을 포함한 모든 문화가 공감하고 있다. 그러나, 그러면서도 문학은 그 개선·극복·승화의 길보다 고발과 분노·개탄을 통한 위기의 재생산에 직·간접으로 간여하고 있다. 오늘의 문학은 이 사실을 똑바로 바라볼 필요가 있다. 특히 시는 그 관계가 더욱 심각해 보이는데, 무엇보다 주체, 즉 시적 자아의 주관의 직접적 표출 대신 사물과 현상에 대한 침착한 관찰력을 회복해야 한다. 시적 자아의 과도한 지배는 시 아닌 정치 언어의 우려가 크다.

물론 90년대에 발표된 모든 시들, 유능한 많은 시인들이 모두 이 욕망과 죽음의 시학에 젖어 있는 것은 아니다. 가령 박라연·이정록과 같은 시인들은 싱싱하고 풋풋한 언어로 이웃의 아픔을 껴안고, 자신의 상처를 보듬으면서 자신을 극복하고 세계를 정화시키는 맑은 목소리들을 들려준다. 그런 의미에서 나는 90년대 시인은 아니지만 90년대에 와서 원숙한 시 세계를 정립하고 있는 한 중진 시인에게서 큰 위로를 받는다. 그의 존재는 타락한 욕망과 검은 죽음을 향해 단 한 번의 자기 성찰도 생략한 채 질주해가는 많은 시인들의 소용돌이 속에서 내게 하나의 경이로 다가온다. 그는 바야흐로 이순의 나이에 이르고 있는 시인 마종기다. 이 격정과 자기 과시의 신표현주의 시대에 그로부터 우리는 무엇을 배울 수 있을까.

> 경상도 하회마을을 방문하러 강둑을 건너고
> 강진의 초당에서는 고운 물살 안주삼아 한잔한다는
> 친구의 편지에 몇 해 동안 입맛만 다시다가
> 보이는 것을 바라는 것은 희망이 아니므로,

향기 진한 이탈리아 들꽃을 눈에서 지우고
해뜨고 해지는 광활한 고원의 비밀도 지우고
돌침대에서 일어나 길 떠나는 작은 성인의 발.
—「보이는 것을 바라는 것은 희망이 아니므로」 부분

시인은 이탈리아 들꽃도 눈에서 지우고, 광활한 고원의 비밀도 지운다. 먼 여행지로의 유혹도 이미 지워져 있다. 시인은 마치 "작은 성인"이라도 되는 듯 돌침대에서 잠을 자고 길을 떠나는 여행을 잠시 생각해본다. 물론 그 같은 생각은 순간이리라. 그러나 순간의 결정 속에는 "보이는 것을 바라는 것은 희망이 아니"라는 거대한 세계관이 숨어 있다. 그것은 감각의 세계를 넘어서는 보다 전면적인 세계 이해이다. 욕망이 주로 감각의 세계에 머무르고 있다면, 마종기의 시는 그것을 넘어서는 곳을 지향한다. 인간은 그가 아무리 성인이라 하더라도 욕망의 저 끈적끈적한 늪을 벗어날 수는 없다. 그러나, 그렇다고 해서 그것이 지양된 보다 맑은 세계로의 조망을 짐짓 거부해서도 안 될 것이다. 그 두 쪽은 모두 인간 앞에 펼쳐진 진실이며, 그가 참된 시인이라면 양자를 통합하는 큰 틀을 꿈꾸어야 할 것이다. 현실에 대한 인간 내면의 폭발인 표현주의–신표현주의의 열기는 이제 전환기에 처해 있다.

(1997)

페미니즘, 그 당연한 욕망의 함정
—21세기 문학의 발전적 전망과 관련하여

1. 글머리에

이 글은 1995년 이후에 발표된 여성 작가들—시인, 소설가, 비평가—의 글들을 대상으로, 거기에 나타난 성 문제의 구조와 성격을 밝히는 것을 목표로 삼는다. 성 문제라고 했으나, 이처럼 특별한 문제의식을 그 주제로 선행시키지 않는다고 하더라도 짧은 이 기간의 문학작품들은 놀랍게도 이 문제에 집중해 있다. 그것은 불과 5년 안팎에 걸쳐 있는 시기의 소산이지만, 과거 그 어느 시기보다 빠르게, 그리고 급격하게 성 문제에 대한 문학 의식의 변모를 형성하고 있어 주목된다. 나 자신 이미 1990년대 한국 문학의 특징을 이와 관련하여 관찰한 바 있으나,[1] 그 이후로도 그 변모는 더욱 확실하게 이루어지면서 여성문학 내지 이른바 페미니즘 문학의 홍수 혹은 개화를 이루고 있는 느낌이다. 따라서 이 글은 시, 소설, 평론 분야로 나누어져 그 특징을 보다 세심하게 추적하고 규명하는 데 바쳐지기를 스스로 희망한다. 20세기가 바야흐로 끝나가고, 새로운 밀레니엄이 동터 오는 시

---

1 김주연, 「성 관습의 붕괴와 원근법주의」, 『가짜의 진실, 그 환상』, 문학과지성사, 1998, p. 61 이하 참조.

점에서 이 문제의 본질을 탐구하는 일은, 비단 '여성문학'이라는 특정한 범주에만 국한된 연구 이상의 어떤 의미가 있을지도 모른다. 1990년대 들어와서, 특히 후반에 들어와서 활발해진 여성 작가들의 진출과 그들의 일정한 성과가 바로 그 가능성을 시사해준다고 할 수 있다.

1990년대의 한국 문학은 장르 각 분야에서 많은 여성 작가들을 배출하였다. 또한 그들 중 상당수가 문학적으로 우수한 역량을 지닌 것으로 평가되고 있으며, 그 작품의 내용과 가치가 바로 90년대 한국 문학의 내용을 구성하는 것은 물론, 새로운 세기의 방향을 가늠해볼 수 있는 이정표 역할을 하는 것으로도 주목된다. 바로 페미니즘이 그 자체로서 21세기 한국 문학의 새로운 방향과 내용에 중대한 영향을 미칠 것으로 생각되는 것이다. 1990년대 후반, 즉 1995년 이후만을 분석 대상으로 삼는 이 글에서도 대상이 되는 작가들은 상당수에 이른다. 먼저 소설의 경우 은희경을 비롯, 공지영, 서하진, 김인숙, 전경린, 김연경, 이명인, 신이현, 이남희, 배수아, 송경아, 차현숙, 김이정 등이 그 권역에 포함될 것이다. 이 밖에도 90년대 문학의 원류를 이루고 있는 최윤, 신경숙 등과 또 다른 작은 흐름 안에 있다고 할 함정임, 한강, 공선옥, 하성란, 조경란 등이 있으나 성 문제에 새롭게 도전하고 있는 큰 세력과 이들은 다소 떨어져 있다.

다른 한편 시의 경우, 여성 시인들의 수 자체는 소설 분야에 결코 못지않다. 그러나 질적으로 우수한 작품들을 내놓으면서 활발한 활동을 벌이고 있는 여성 시인들은 소설 쪽보다 다소 그 수가 적어 보인다. 역시 1995년 이후 질·양 면에서 모두 괄목의 대상이 되고 있는 시인들은 김혜순, 황인숙, 박라연, 조은, 이원, 이선영, 최정례, 김언희, 최영미, 신현림 등이 있으며 김규린, 강문숙, 이나명, 정채원 등이 그 뒤를 이어 발돋움하고 있는 상황이다. 이 시인들의 경우도 근본적으로는 소설가들과 마찬가지로 여성들의 주체적 성 행동을 강조·주장하는 문학 현실 안에 있으나 그 의식과 양식 면에서 별도의 검토가 필요한 것으로 생각된다.

1990년대 후반 여성문학에서 가장 특이하게 부각되고 있는 분야는 평론

부문이다. 전통적으로 가장 적은 수의 여성 평론가를 배출해온 풍토를 일거에 쇄신하듯, 짧은 기간에 쏟아져 나온 유능한 다수의 여성 평론가들의 활약은 새삼 눈부시다고 할 만하다. 90년대 여성문학 평론은 기껏해야 사실 박혜경 정도에 머물렀으나 최근 몇 년 사이에 상황은 일변하였다. 김영옥, 김미현, 최인자, 이혜원, 최성실, 신수정, 백지연, 문혜원 등 젊은 평론가들의 등장과 그 활동은 여성문학의 성격 부여에 새로운 힘으로 작용하면서 남성적 시각에서 처리되기 일쑤였던 여성문학의 해석에 다양한 지평을 마련하고 있는 것이 사실이다. 여성평론의 방향을 올바로 투시하는 일도 이 글의 한몫이 되어야 할 것이다.

2. 소설의 경우

(1) 남성적 폭력과의 싸움

남성성을 폭력성 속에서 찾는 경향은 여성소설의 한 전통을 이룬다고도 할 수 있다.[2] 1990년대 한국의 여성소설에서 이러한 경향은 그 극명한 모습을 드러낸다. 그 폭력의 핵심은 남편의 배신과 외도, 때로는 그로 인한 직접적인 폭언과 폭행이라는 아내의 상황이다. 이러한 상황은 물론 20세기 여성문학에서 처음으로 제기되는 소재도, 주제도 아니다. 박화성 이래 거의 한 세기 가깝게 여성소설의 한 맥을 이루고 있는 문제이다. 그러나 그에 대한 반응은 아주 다르다. 90년대 후반의 새로운 특징은 이러한 폭력성에 대해서 여성들이 정면으로 대결하고 있다는 점이다. 남성의 그 폭력성과 이에 맞서는 여성의 싸움은, 말하자면 다음과 같은 상황에 대한 싸움이다.

---

2 주디스 뉴턴, 「오만과 편견」, 『여성해방문학의 논리』, 창작과비평사, 1990, p. 271 이하 참조.

오래 생각했어. 정말 당신에게 할 짓 못할 짓 다 했더군. 그러면서도 난 그게 내 나름대로의 최선이라고 생각했어. 정말 무엇보다도 내 자신에게 정직하고 충실한 시간을 갖고 싶었던 거야. 때론 그게 욕망이기도 했지만 내 안의 소리에 최선을 다해 응하면서 살았어. 물론 내가 얼마나 이기적인지 알아. 특히 당신에겐 더할 수 없는 폭력이란 것도.[3]

단 한 번이라도 남편의 돌아눕는 팔이, 다리가 내게 부딪친 적이 있었을까. 잠이 들기 전 남편은 나와의 사이에 보이지 않는 벽을 쳐놓기라도 하는 것일까. 잠든 남편은 움직일 줄 모르는 나무 인형 같았다.[4]

남편의 폭력성은, 적극적으로는 다른 여성과의 정사를 통해서, 소극적으로는 아내에 대한 권태와 혐오를 통해서 온다. 아내를 거부할 뿐 아니라 일상적 질서로부터 일탈함으로써 여러 부분에 걸쳐 무질서를 초래한다. 그중에서도 가장 두드러진 무질서는, 무질서 자체가 유발하고 있는 폭력성이다. 그것은 남편 자신의 사회생활은 물론, 특히 가정생활의 질서를 파괴함으로써 아내, 즉 여성의 정신 전반에 큰 타격을 가한다. 물론 이러한 타격은 남성의 직접적인 폭언과 폭행에 의해 보다 적극적으로 발생하기도 한다. 여기서 새삼스러운 것은 이에 맞서 싸우는 여성들의 태도와 방법인데, 한마디로 그것은 대단히 적극적이다. 인내와 굴종이 전통적인 여성상이었다면, 1950년대 이후, 즉 20세기 후반의 한국 소설에서 남성의 폭력성에 대응하는 여성의 응전 방법은 예전에는 비교적 소극적이었다.

자신이 네 여자들 중의 하나 취급을 받는다는 것이 부당한 일로 여겨지면서, 이렇게 되고 만 것은 아무래도 남편 때문이라는 생각이 들었던 것이다.

---

3 김이정, 『길 위에서 중얼거리다』, 문학동네, 1997, p. 203.

4 서하진, 「타인의 시간」, 『사랑하는 방식은 다 다르다』, 문학과지성사, 1998, p. 65.

남편이 존중해 주지 않는 안사람을 누가 대접해 줄까. 아내 무시하기를 특기로 삼는 신무현. 그렇게 소리치고 싶은 신무현 씨 아내는 쿨럭쿨럭 와인을 삼킨다. (……) 10년 전까지 그 여자는 남편이 꿇어앉으라고 하면 꿇어앉는 벌을 감수해야만 했다. 말대답을 하다 보면 뺨을 맞게 되었다. 잘못을 저지르면 그에 상응하는 대가를 치러야 한다는 것이 신무현 씨 믿음이었던 것이다. 결국 모임에 가는 신무현 씨를 따르지 않을 수 없었다. 그러나 아무 일 없었던 듯한 평온함을 위장하기란 쉬운 일이 아니었다. 나이와 함께 참을성은 줄어만 들었으므로 술기운을 빌려야 했다.[5]

그러나 90년대 후반에 와서 그 싸움의 방법은 훨씬 투쟁적이 되며, 다른 많은 가능성을 배제한 채 훨씬 단순화된다. 이 역시 폭력에는 폭력이라는 도식으로 요약될 수 있는 그 어떤 것을 지향한다. 외도하는 남성들의 폭력성에 대한 대항의 전술은, 그렇기 때문에 의외로 간단하고 거의 모든 소설들에서 비슷하게 반응된다. 커다란 변화다.

"그만둬! 지금 내팽개치고 있는 게 누군데…… 나쁜 자식, 개자식! 복수할 거야, 내가 받은 이 수모를 그대로 돌려줄 거야!"

희경은 탁자 위에 있던 맥주컵을 들어 인섭에게 끼얹었다.[6]

남편의 얼굴을 주먹으로 갈겨 줬어야만 했는데…… 왜 그러지 못했을까. 어이없게도 너무도 간단히 모든 것을 포기해 버렸다. 한참의 시간이 흘러서야 알았지만 남편은 그녀의 자존심을 건드리려고 했던 것이다.[7]

---

5 김향숙, 「환절기 소묘」, 『수레바퀴 속에서』, 창작과비평사, 1988, pp. 154~56.

6 김이정, 앞의 책, p. 207.

7 김인숙, 「그림 그리는 여자」, 『유리 구두』, 창작과비평사, 1998, pp. 138~39.

우리의 결혼이 대책 없는 파국으로 치달을 즈음 그때의 그에게 소리쳤다. 죽여 버리겠어! 언젠가 네가 내 앞에서 천천히 죽어 가는 걸 보고 말겠어![8]

"난, 언젠가는 그이를 죽이고 말 것 같아요."

방 안으로 나와서도 여전히 웅크린 자세로 앉아, 그 여인이 한 첫마디는 그것이었습니다. 원한이나 적의, 그런 것들이 전혀 느껴지지 않는 목소리였습니다. (……) 머리카락은 흐트러져 있고, 왼쪽 눈두덩이는 벌써 푸르게 부풀어 오르고 있었습니다.[9]

"그런데 누가 먼저 파업을 했니?"

"응?"

운전사가 힐끗 돌아본다.

"니 남편과 너 중에서 누가 먼저 파업을 했냐구?"

"동시 파업이야."[10]

그러나 여성들의 이러한 폭력성이 상대방 남성의 폭력성으로부터 직접 유발되고 있다고 단정하는 것은 타당치 않아 보인다. 여기에는 보다 다양한 방향에서 유래하고, 또 은밀한 모습으로 잠복해 있는 여러 형태의 상처들이 그 원인으로 작용하고 있는 것이 또한 사실이기 때문이다. 그중에서도 결손 가정 등 왜곡된 가정의 구조는 가장 빈번하게 나타나는 원인이다. 그러나 이 경우에서도 가정의 구조적 왜곡은 대부분 가장, 즉 아버지 되는 남성의 외도나 폭력이 다시 원인이 되는 사례가 많은 것을 볼 때, 폭력의 배후와 남성의 관계를 이 문제 논의에서 배제할 수는 없을 것으로 생각

---

8 공지영, 「조용한 나날」, 『존재는 눈물을 흘린다』, 창작과비평사, 1999, pp. 203~04.

9 김형경, 「담배 피우는 여자」, 『푸른 나무의 기억』, 문학과지성사, 1995, p. 24.

10 차현숙, 「나비의 꿈, 1995」, 『나비, 봄을 만나다』, 문학동네, 1997, p. 34.

된다.[11] 이렇게 볼 때 폭력이 상처를 낳고 그 상처가 다시 폭력을 낳는 순환 구조가 이제 남녀의 성 관계를 거의 규칙적으로 형성해가고 있는 상황이라고 할 수 있다. 그것은 폭력-상처-체념으로 이어졌던 전 세대의 그것을 전복한다. 전 세대의 그것은, 신세대 작가들과 비교적 근접해 있는 세대라 할 수 있는 김향숙의 경우에서 보여지듯, 폭력에 승복하고 순응하지는 않을지언정 그에 대해 정면으로 맞서지는 않는 것인바, 말하자면 폭력 대 폭력의 구조를 갖는 것은 아니었다. 그 대신 그 저항은 몇 가지 형태를 만들어냈다는 점에서 주목되어야 할 것이다. 예컨대 김향숙의 단편 「환절기 소문」에 나타나듯 ① 피상적 승복, ② 증오와 은폐와 잠복, ③ 음주를 통한 고통의 완화 같은 방법들이 그것이다. 1980년대에 씌어진 이 소설은 소설 전체의 분위기가 꽤 현대적이지만, 그럼에도 불구하고 그 방법들은 전통적인 관습 안에 머물러 있다. 요컨대 폭력에 제대로 저항하지 못한 여성들은 위장된 순종 속에 한을 감추고 있었는데, 이제 그것이 전면에 폭발되고 있다는 것이다.

(2) 주도적 성행위의 실천

1990년대 후반의 여성소설에서 남녀 간의 성행위가 여성에 의해 적극적으로 주도되고 있다는 사실은, 이 시기 여성문학의 가장 두드러진 특징이라고 할 수 있다. 사실상 현실 생활에서 이미 새로운 풍속처럼 자리 잡기 시작한 이러한 성적 현상은 전통적 윤리와 페미니즘적 도전 사이에서 적잖은 혼란으로 인식되고 있는데, 소설에서 이 현상은 벌써 긍정적인 검토의 대상이라는 인식 차원을 훨씬 넘어서, 새로운 성격으로 자리 잡아가고 있는 느낌이 강하다. 앞서 인용·분석된 「길 위에서 중얼거리다」의 여주인공 희경이 보여주는 다음과 같은 행동은 이제 그녀만의 돌출적인 사건이 아니다.

---

11 이효재, 『여성과 사회』, 정우사, 1979, pp. 26~33 참조.

"선배도 벗어요."

희경은 소름이 돋은 팔을 감싸 안으며, 마지막 옷을 걸고 돌아서는 수현을 향해 말했다. 조금은 거칠고 낮은 음성이 명령인 듯, 애원인 듯 모호했다.

수현은 또 잠시 멈칫하더니 말없이 옷을 벗었다. 그는 돌아앉아 벗은 옷을 역시 옷걸이에 건 다음 이불 속으로 들어왔다. 잘 데워진 수현의 몸이 희경의 차가운 피부 표면을 스쳤다. 희경은 그의 알몸을 껴안았다. 수현도 멈칫거리던 팔을 뻗어 희경의 몸을 감싸 안았다.

〔……〕

수현은 완강했다. 그는 교묘히 닫은 입을 좀처럼 열지 않았다. 그럴수록 희경은 점점 더 집요했다. 결국 희경의 집요함에 밀리듯 수현이 입을 벌리자 희경은 그의 입속에 온몸을 던지듯 혀를 넣었다.

〔……〕

"……내게 …… 들어와요."

메말라 갈라진 땅에서 새어 나오는 소리는 몹시도 거칠었다. 순간 수현의 몸이 갑자기 멈추었다.

"아냐, 그건 안 돼."

〔……〕

"그렇게 여러 가지 의미 덧씌우지 말아요. 그냥 단순히…… 그래요…… 그냥, 성욕이라고 해요."[12]

여주인공 희경이, 외도로 인해 남편이 자신을 버림으로써 생활의 모든 질서가 붕괴되어간다고 생각하고 있는 상황에서 우연히 만난 대학 선배와 벌이고 있는 정사 장면이다. 숱한 소설 속에서 숱하게 등장하는 것이 정사 장면이지만, 여성에 의해 주도되고 요구되는 장면으로서 이처럼 적극적이

---

12 김이정, 앞의 책, pp. 233~35.

며 단호한 경우는 매우 드문 예에 속한다. 더욱이 그것이 아내나 애인에 의한 것이 아닌, 또한 그렇다고 해서 창녀나 직업여성에 의한 것도 아닌 경우로서는 거의 희귀하다고 할 정도다. 그러나 이제 이 일은 더 이상 희귀한 사례에 속하지 않는다. 이를 확인하기 위해서는 몇 가지 사례가 더 인용되는 것이 좋을 것이다.

그 정지의 시간 동안 나의 것이 온기를 회복하며 한 잎 한 잎 열려 그를 맛보고 빈틈없이 조이며 끌어안고 뜨거운 숨을 쉬며 깊이 빨아들여 마침내 삼켜 버리려 할 지경에 이르기까지.

그것이 무엇이었던가? 나는 유체 이탈된 영혼처럼 나의 내부뿐 아니라 외부에서도 결합되었다. 나는 그 모든 것을 너무나 생생하게 느끼며 동시에 너무나 생생하게 의식했던 것이다. 혈관이 진동을 일으킨 마지막 순간에 경련이 반복되는 동안 밤하늘에 번갯불이 일어나듯 내 존재의 어두운 뿌리에 불꽃이 하얗게 튀어 오르는 것이 눈에 보인 듯했다. 우리는 두 번의 섹스를 나눈 뒤 똑같이 잠이 들어 버렸다. '초원의 빛'이라는 모텔에서 나왔을 때, 이미 어두워진 하늘 끝에서 밤바람이 불어왔다. 처음으로 머리끝까지 피가 운반되는 신선한 생기가 몰려왔다.[13]

나는 한 시간쯤 꼼짝 않고 누워 있다가 마침내 실내 슬리퍼를 손에 쥐고 창문의 방충망 문을 열고 창틀을 타 넘어 밖으로 나갔다. 그리고 언덕길을 타고 윗집을 향해 살금살금 오르기 시작했다.

〔……〕

다섯 개의 돌계단을 올라가 현관문을 두드렸다. 그것이 소용없자 곧바로 블라인드가 쳐진 창문을 두드렸다. 창문이 열리더니 규가 아연하게 내려다

---

13 전경린, 『내 생애에 꼭 하루뿐일 특별한 날』, 문학동네, 1999, pp. 131~32.

보았다. 그 눈 속에 무슨 이런 짓을 하느냐는 금지의 뜻이 완연했다.[14]

"벗어 봐, 네 몸을 보고 싶어."

그녀의 그 말은 그를 순식간에 달구어 버렸다. 의미 같은 것은 더 이상 아무 데에도 없었다. 유선은 열렬히, 정말 열렬히 그를 받아들였고 그는 그날 밤 뱃속의 창자까지 모두 내쏟는 듯한 느낌으로 자신의 정액을 방사했다. 섹스를 사랑이라고 표현하는 사람들에게라면 그는 그 첫날밤의 일을 분명히 이렇게 말할 수 있을 것이다. 그날 밤, 그들은 정말로 열렬히, 열렬히 사랑했노라고.

사랑…… 그러나 사랑이라니.[15]

피곤할수록 정신이 말똥말똥해질 때가 있다. 생각이 꼬리에 꼬리를 문다. 그중에는 섹스에 대한 몽상도 있다.

한껏 몰두해서 일하다가 드디어 그 일을 끝마치고 나면 으레 겪는 일이다. 그동안 묶였던 시간이 눈앞에 자유롭게 펼쳐지며 불현듯 이완된 기분에 빠지고 싶어진다. 그런 때는 대개 혼자 술을 마신다. 하지만 오늘처럼 섹스가 생각나는 때도 이따금 있다.

〔……〕

그러나 섹스라는 멋진 운동은 파트너가 없이는 이루어질 수 없다는 점에서 결정적인 제약이 있다. 그러기에 지극히 대중적인 운동이면서도 공개적으로 보급시킬 수는 없는 것이리라.

〔……〕

섹스는 몸의 친근이다. 사람을 가까워지게 만들고 때로는 사랑하게도 만든다. 사랑하게 되어 섹스를 원하는 것이 순서이겠지만 먼저 섹스를 공유한

---

14 전경린, 앞의 책, pp. 141~42.

15 김인숙, 「유리 구두」, 앞의 책, pp. 9~10.

뒤에 사랑에 빠지는 일에도 많은 진실이 있다. 우정이나 호감을 사랑으로 바꾸어 주는 것도 섹스이고, 교착된 관계를 결정적으로 밀착하거나 끊어지게 만드는 것도 섹스의 영역이다. 술에 취했거나 어떤 충동에 휘말려 관계를 가졌다고 해서 께름칙하게 여길 필요는 없다. 그렇게 시작된 사랑이 순서에 맞지 않는 것은 결코 아니니까. 또 그렇게 했는데도 사랑이 시작되지 않는다 해서 회한에 빠지는 일도 우습다. 그때는 그냥 조금 더 친해진 것뿐이다.[16]

나는 네 입에서 나오는 데카르트를, 라이프니츠를, 니체를, 벤야민을 알지 못했다. 〔……〕 그것은 네가 도스토예프스키를, 레르몬토프를, 푸슈킨을 모르는 것과 비슷했다. 또한, 내가 그들을 얼마나 알고 있는지를 나도, 너도 모르는 것과 비슷했다. 그러나 어느새 나는 아우라를 열망하듯, 너를 열망하게 됐다. 너와의 섹스를 원하는 게 아니라, 사랑을 원하는 것이었다. 내 질 속으로의 단속적인 삽입을 원하는 것이 아니라, 내 삶 속으로의 지속적인 삽입을 원하는 것이었다. 너의 시선을 받고 싶어했다, 나는.[17]

오래도록 열망했지만 결국 생의 어떤 부분도 지우개로 지울 수 없다는 것을 나는 깨닫는다. 생보다 진한 지우개는 이 세상에 존재하지 않는 것이다. 죽음조차도. 식사가 끝나자 나는 옷을 벗고, 강물이 베란다 밑에서 찰랑이는 모텔 방에서 김 대리와 익숙한 섹스를 했다.[18]

이처럼 남성을 주도하는 적극적인 성행위의 장면은 1990년대 후반 여성문학의 중요한 변화이자 도전이다. 그것은 이른바 남근주의(男根主義)라는 말로 매도되어온 남성 우위의 이데올로기에 대한 가장 래디컬한 저항이며,

---

16 은희경, 「마지막 춤은 나와 함께」, 문학동네, 1998, pp. 214~15.

17 김연경, 「'우리는 헤어졌지만, 너의 초상은', 그 시를 찾아서」, 『고양이의, 고양이에 의한, 고양이를 위한 소설』, 문학과지성사, 1997, pp. 92~93.

18 공지영, 「조용한 나날」, 앞의 책, p. 204.

그러면서도 가장 구체적인 문학적 현장이다. 이른바 남근주의라는 용어는 여성문학, 혹은 페미니즘 논의에서 가장 빈번히 등장하면서 또한 가장 타기할 부분으로 배격되고 있는바, 말하자면 남녀의 성 문제를 인격적·사회적·문화적인 시각에서 바라보지 않고 성기 중심으로 보는 시각에 대한 강력한 반발이 이 용어 사용 속에 숨어 있는 것이다. 이에 관한 논의는 지나치다고 할 정도로 풍성한데, 그중 다음과 같은 견해가 문제의 핵심에 닿아 있는 것 같다.

> 그러나 그녀(뤼스 이리가라이Luce Irigaray)는 엄연한 사실로서 존재하는 여성의 신체와 성적 쾌감을 여성의 자의식 탐구를 위한 출발점으로 삼는다. 그 이유는 바로 그것들이 남성의 담론에서는 아예 없거나 잘못 재현되어 왔기 때문이다. 여성은 이를테면 성기의 두 음순으로부터 나오는 확산된 성욕과 남근 중심적 담론과 같이 동일성만을 요구하는 가설 내에서는 이해도 표현도 될 수 없는 리비도적 에너지의 다중성(多重性)을 경험한다는 것이다. 남성적 담론은 "나는 수미일관성을 갖춘 통일적 존재다. 또한 세계의 의미 있는 것은 모두 나의 남성 이미지를 반영하는 것이다"라고 말한다. 이리가라이는 더 나아가 여성의 성이 남성적 논리와 언어에 대한 여성의 문제적 관계를 설명해 준다고 주장한다.[19]

요컨대 여성에 대한 남성의 지배는 남성 성기의 우월성이라는 그릇된 가설에 근거한 것으로서, 그 우월성의 정체가 적극적 성욕론을 바탕으로 한 것이라면 이제 당연히 불식·소멸되어야 한다는 주장이다. 이 주장은 여성 성기 역시 남성 성기 못지않게 적극적 성욕을 지니고 있으며, 그런 의미에서의 우열은 의미 없다는 견해다. 존스는 여기서 한 발짝 더 나아가서 "여

---

19 앤 로잘린드 존스, 「몸으로 글쓰기」, 『여성해방문학의 논리』, 창작과비평사, 1990, p. 176.

성은 바로 온몸에 성 기관을 가지고 있다"[20]고 말한다. 성기 중심으로 나오기 일쑤인 남성 우월론자에 대항하기 위해서는 반드시 여성 자신의 쾌감과 성욕을 깨닫고 주장해야 한다는 것이다. 1990년대 후반의 여성소설은 마치 이러한 이론을 선험적으로 숙지하고 실천이라도 하는 듯, 재래의 관점으로 볼 때 놀라울 정도의 노골적 묘사를 보여준다. 그 수준은 이제 성과 사랑의 분리라는 마르쿠제적 가설까지 입증할 만한 것이다. 동성애 문제는 그 구제적인 실현이라고도 할 수 있다. 성행위의 주체적 실천은 그것이 반드시 사랑하는 이성 사이에서의 일만은 아니라는 데 도달함으로써 동성애와 자위행위를 포함, 급속도의 진보를 드러낸다.

1) "하지만 그렇게 사랑과 섹스가 확연하게 구분 지을 수 있는 것일까? 근데 이 나이를 먹도록 나도 꽤 여러 번 연애를 해봤는데 말이지, 여지껏 제대로 통한다고 느껴지는 상대가 없었어. (……)"[21]

혼자 있을 때 조용히 생각하다 보면, 그런 섹스가 대단히 재미있고 어색하지도 않다는 사실을 깨닫고 놀라곤 하였다. 좋은 점도 많았다. 같은 성이기 때문인지 서로의 욕망에 민감했고 같은 감정에 빠져 드는 때가 많았으며 굳이 말로 표현하지 않더라도 서로를 아주 잘 이해할 수 있었으며 서로에 대한 배려도 어디까지나 동등하게 주고받는 편이었다. 남자와 관계할 때의 미진한 느낌, 때로는 맛보게 마련인 굴욕적인 느낌은 이런 섹스에서는 없었다. 적어도 '누가 누구를 범한다'는 굴욕적인 표현은 전혀 적용되지 않는 것이다. '그것만 해도 대단하잖아.' 은명은 감탄하였다.[22]

---

20 앤 로잘린드 존스, 앞의 책, 같은 쪽.

21 이남희, 「플라스틱 섹스」, 『플라스틱 섹스』, 창작과비평사, 1998, p. 37.

22 같은 책, pp. 39~40.

2) 그녀는 아무도 보지 않는다고 생각하며 빨간 치마 위에 손바닥을 대고 힘주어 문질러 자위를 하기 시작한다. 아무도 보지 않는다. 모두가 자신의 갈망에 눈이 멀어, 이 안에서는 아무도 볼 수가 없다.

〔……〕

그나마 가장 먼저 알아차린 것은 엘리베이터 걸이다. 짧고 은밀한 자위가 절정에 올라 끝나는 순간, 엘리베이터 걸은 엘리베이터가 보통 때보다 더 빨리 내려가고 있다는 것을 깨닫는다. 홀로 느꼈기 때문에 더욱 만족스럽고 소중한, 정사와 비슷한 자위의 여운을 달래며 그녀는 생각에 잠긴다.[23]

1)은 여성끼리의 동성애를, 2)는 여성의 자위행위를 그리고 있는데, 두 장면 모두 우리 소설에서 처음 보는, 대담하면서도 리얼한 묘사로 가득 차 있다. 특징적인 것은 섹스 묘사의 과감성에도 불구하고 그 분위기는 지극히 단정하고, 즉물적인 느낌마저 준다는 사실이다. 동성애와 자위행위는 널리 알려진 대로, 이성 간의 성행위가 야기하는 여러 가지 문제들을—예컨대 임신 등—비켜 가면서 섹스 그 자체를 즐길 수 있다는 점에서 이성애와 다른 성격을 갖는다. 말하자면 독자성과 자율성이 훨씬 뛰어나다고 할 수 있다. 자위행위와 동성애를 통한 섹스의 향유(享有)는, 여성들이 섹스의 파트너로서 반드시 남성을 전제로 하지 않는다는 점에서 성적 예속성의 탈피라는 중요한 문제를 시사한다.

(3) 가정의 안주성 거부

남성의 폭력성에 폭력으로써 함께 맞설 때, 그 여성이 속해 있는 가정이 붕괴에 직면하리라는 것은 쉽게 예견되는 일이다. 일반적으로 이혼이라는 형태로 나타나는 이 붕괴는 당사자 부부는 물론 자녀들에게도 심각한 위해를 가하는 현상으로서 정상 가정을 곧 결손 가정으로 추락시킨다. 따라서

23 송경아, 「엘리베이터」, 『엘리베이터』, 문학동네, 1998, pp. 19~20.

이혼의 상당한 사유가 있다고 하더라도 가능한 한 그 마지막 선택은 회피되어온 것이 사실이며, 특히 여성들에게는 쉽지 않은 선택으로 간주되어왔다. 게다가 가정은 그 안정을 위협하는 여러 요인들에도 불구하고, 그 위협의 직접적인 당사자에게조차 은신과 휴식의 보루로 여겨져왔다고 할 수 있다. 요컨대 여성들로서는 남성의 폭력 앞에서도 뛰쳐나가고 싶은 가정일지언정 그것을 지키는 모습으로 문학 속에서도 반영되어왔다고 할 수 있다. 그러나 1990년대 후반 홍수를 이루다시피 하고 있는 여성소설들에서 이 같은 가정의 안주성은 격심한 동요를 겪고 있는 것으로 나타난다. 이 안주성의 거부는 크게 두 가지 배경에서 행해진다. 첫째는 남편이나 가족의 폭력성으로부터의 탈출이라는 여자의 입장이며, 둘째로는 자신의 또 다른 사랑, 혹은 성적 욕망의 성취를 위한 결단이라는, 성적 자아의 입장이다. 이제 그 예를 몇 가지 끌어내보자.

1) 남편의 손찌검은 나날이 심해지고 언제부터인가 그 이유조차 불분명한 채로 매를 맞는 날이 계속되었다.

〔……〕

우리는 일주일이 멀다 하고 싸움을 벌였고 그때마다 그는 내게 주먹을 쳐들었다. 매번 나를 때린 후, 혹은 때리기 전 그가 참혹한 갈등에 빠진다는 것을 그도 나도 알고 있었다. 알면서도 그렇게 만드는 나를 향한, 알고도 그렇게 하는 그를 향한, 서로의 분노는 끝 간 데 없이 치솟아 올랐다.[24]

아무런 이유 없이 계속되는 폭력 속에서 1년을 보내고 그의 미국 근무가 끝났을 때 나는 혼자 남겠다고 말했다.

〔……〕

고통에도 내성이 생기는 것임을 나는 알게 되었고 그대로 일생 동안 내가

---

24 서하진, 「그림자 여행」, 『책 읽어 주는 남자』, 문학과지성사, 1996, pp. 23~25.

그 고통을 견디며 살 수도 있으리라고 생각하게 되었다. 동시에 나는 그와 헤어지지 않으면 안 된다는 것을 깨달았다.[25]

2) 남자들은 독신 여성보다는 이혼녀에게 더 호락호락하게 군다. 말 한마디를 걸어도 이혼녀 쪽에 더 허물이 없어지는 것이 공식적인 헌 물건을 대하는 남자들의 태도이다. 결혼 체험이 군 복무나 현장 근무, 해외 연수의 경험처럼 그 사람의 실력을 보장해 주는 이력이 될 수는 없다. 그러나 되지 못할 것도 없다. 어떤 문제에서 사람들은 오직 하나, 딱 한 번이어야 한다는 강박에 너무 쉽게 굴복한다. 그러나 내 생각에는 반드시 하나뿐이라야 하는 것이 세상에 그리 많지 않다. 결혼도 마찬가지이다.

이혼이란 특별히 딱하다거나 절망적인 일은 아니다. 결혼 생활이 인생을 새로 시작하게 해주는 '멋진 신세계'가 아니듯이 이혼 또한 절대 겪어서는 안 될 '낙원 추방'은 아닌 것이다.[26]

3) 늘 느끼는 거지만 가장 선정적인 남자란 화이트칼라…… 특히 테크노크라트다. 실내에서만 살아 창백한 얼굴, 파릇파릇하게 깎은 뺨, 근육 없이 마른 몸, 무채색의 정장. 찔러도 푸른 피가 나올 듯한 그들을 남자의 상징으로 떠올리는 건 아마 그들이 이 현대의 실질적인 권력이기 때문일 거다. 〔……〕 지방 도시의 하급 공무원의 딸로 태어나 그녀가 꿈꾼 미래는 사랑받는 여자이기보단 성공하는 여자였다.

〔……〕

그날 밤 모텔에서 함께 밤을 보냈고, 이후 무섭게 빠져 들었다. 쉽게 곁을 내주지 않는 기질인데도 전 존재가 함몰되는 듯했고, 또 1년은 행복했고 그것은 곧 고통으로 뒤집혔다. 한 치의 틈도 못 견디는 소유의 열망, 심장이 깨

---

25 서하진, 앞의 책, pp. 28~29.

26 은희경, 앞의 책, p. 85.

어질 듯한 통증에 어쩔 줄을 몰라 그에게 이혼을 요구했을 때 그의 얼굴.[27]

이렇듯 여성들은 집이 안정과 안주의 장소로서의 기능이 이미 파괴되었다고 생각할 때 그곳을 과감히 버려버린다. 비록 파괴가 진행 중이라 하더라도, 여성들이 그들 자신의 노력에 의해 그 파괴를 막아보고자 노력했던 전 세대의 의식과 행태는 더 이상 의미를 지니지 못한다. 그러한 노력을 하기에 남성들의 폭력성은 너무나도 가증스럽고, 여성들 스스로의 욕망 또한 너무나도 뜨거운 것이다. 인용 3)이 보여주듯이, 그 뜨거움은 때로 다른 가정을 파괴하려고 하는 유혹에까지 이르기도 한다. 욕망의 무게, 성적 자아의 발견과 독립이라는 명제가 가정의 전통적 중요성을 넘어서기 때문이다. 우선 인용 1)이 말하는 것은, 폭력이 지배하는 가정은 더 이상 가정이 아니며, 따라서 그 가정은 그 속에 머무를 가치가 없는 것으로 설명된다. 이러한 가정으로부터의 탈출은 불가피하며, 폭넓은 설득력을 지닌다.

그러나 인용 2)에서 그 설득력은 다소 흔들린다. 결혼이 '멋진 신세계'가 아니듯이 이혼 또한 '낙원 추방'이 아니라는 이혼 불가피론의 등장인데, 그 타당성이 자연스러우면서도 조금은 충격적이다. 타협과 인내와 같은 종래의 미덕이 자연스럽게 그 자리를 잃어버렸기 때문이다. 중요한 것은 자신의 욕망이다. 인용 3)은, 말하자면 그 욕망의 극점이 나타나는 경우라 할 수 있겠는데, 현실 생활에서 이따금 발생하는 일임에도 불구하고 소설에서 그것이 자연스럽게 정당화되는 일은 최근의 현상이라고 할 수 있다. 심지어는 자신의 욕망을 위해 협조하지 않는 상대방을 잘못의 정범(正犯)으로 간주하는 태도가 일반화된다. 가정은 더 이상 움직이지 않는 안주의 땅이 아니다.

---

27 윤효, 「모던 타임즈, 1996 '유리꽃'」, 『허공의 신부』, 문학동네, 1997, pp. 15 ~ 17.

3. 시의 경우

(1) 여성적 언어와 남성적 언어

소재 면에서의 과감한 변화를 통해 주제 변경이 시도된 소설과는 달리, 시에서는 언어와 형식이라는 범주가 문제된다. 언어에 있어서도 여성과 남성의 성차(性差) 문제가 있을 수 있으며, 있다면 어떤 방식으로 그것이 가능할 것인가 하는 다소 복잡한 양상이 제기된다. 말하자면 여성적 주체가 언어와 맺는 관계는 남성적 주체가 언어와 맺는 관계와 어떻게 다른가 하는 질문이다. 나아가서 도대체 여성적 언어와 남성적 언어의 구분이 가능한가 하는 질문이 자연스럽게 발생하고, 이 경우 여성 시인들의 시 작품은 어떤 언어의 기반 위에서 여성성을 실현하는가 하는 문제도 이어진다. 이 문제에 대해 가장 진지한 고뇌를 그의 문학 전체를 통해 치열하게 뿜어냈던 시인은 아마도 오스트리아의 여성 작가 바흐만일 것이다. 시와 산문을 함께 썼던 그에게 이 문제가 핵심 주제가 되었던 작품이 소설 『말리나 *Malina*』인데, 여기서 그는 남성적 언어를 통해서만 세계에 접근할 수 있는 현실에 깊은 회의를 나타낸다.

이러한 생각은 기본적으로 여성성 그 자체에 대해서는 전통적인 개념이 그 기반으로 보존되어 있다. 여성의 모성성이나 부드러운 특징이 병든 문명을 치유하는 능력을 지니고 있다는 생각인데, 이미 19세기부터 서구의 여러 여성 운동가들이 주장하던 터였다. 말하자면 남성은 악이며 여성은 선이라는 이분법적 도식의 전제 아래에서 여성은 '모성적·협동적·평화적' 덕목을 갖춘 존재이므로 여성들이 힘을 모으면 사회에 질서와 풍요와 안정을 가져다줄 것이라고 생각했다.[28] 말하자면 남성과 여성의 속성은 전통적인 성격 그대로 유지·보존되는 가운데 남성의 속성인 폭력성을 완화·제거하면서 그 자리에 여성성을 앉혀보자는 주장이라고 할 수 있다. 바

---

28 조혜정, 『한국의 여성과 남성』, 문학과지성사, 1990, p. 334 참조.

흐만의 '여성적 언어'를 폭력성 짙은 남성 주도의 문명사회에 하나의 대안으로 제시하겠다는 입장으로도 해석된다. 여기서 '여성적 언어'란 구체적으로 어떤 언어인지, 문체론적으로 이른바 '여성 문체'라는 것이 미약한 우리말에서는 미묘한 난점이 제기될 수 있다. 따라서 비록 확정된 형태로서의 문체는 아니라 하더라도, 시에서의 언어, 혹은 시어로서 남성적 말투에 대비되는 여성적 말투가 존재한다는 가설 아래 여성적 언어의 사용 문제가 논의될 수 있을 것이다. 사실상 우리말에서는 시어 혹은 산문 속의 대화체에서 여성적 언어라고 부를 수 있는 것이 존재해왔는바, 이러한 여성적 언어의 부상(浮上)은 1990년대 후반 한국 시어에서 오히려 감퇴하는 현상을 나타낸다. 여성적 언어에 의한 남성적 언어의 대체 현상은, 그 타당해 보이는 주장과 필요성에도 불구하고 날이 갈수록 약화되고 있는 것이다. 그보다는 차라리 여성적 언어의 남성화라는 차원에서 급격한 변모를 보여주고 있는 것이 현실이다. 90년대 후반의 한국 시에서 여성적 언어에 의한 시적 현실의 확보는 기껏해야 한두 명의 여성 시인에게서 겨우 설득력이 얻어질 정도이다.

> 저것 좀 봐!
> 가냘픈 꽃대 사이사이에
> 한 잎의 마음 사이사이에
> 점점점…… 맺혀 있는 이슬방울 좀 봐줘
> 제발, 한 잎의 꽃잎 그 꽃잎
> 제 명대로 못 살까 두려워 긴기아남, 너는
> 제 몸의 피 한방울 안 남기고
> 지금 이슬되어 역류했을 거야[29]
>
> —박라연, 「긴기아남 2」 부분

---

29 박라연, 『너에게 세 들어 사는 동안』, 문학과지성사, 1996, p. 23.

이 시를 읽는 독자는 시인이 여성이리라는 것을 어렵지 않게 짐작할 수 있다. 여성적 언어로 씌어져 있기 때문이다. 여성적 언어는 일반적으로 두 가지 범주를 통해 드러난다. 한 가지는 내용 면을 통해서 나타나며, 다른 한 가지는 문체를 포함한 어법 전반을 통해서 인식된다. 여기서는 양면에 걸쳐서 여성적 언어의 인지가 확연히 가능하다. "저것 좀 봐!"라는 식의 개시 부분부터 여성적 언어의 등장은 너무 확실하다. '봐!'라는 감탄사는 남성적 언어에서는 절대로 불가능할 정도이므로(남성적 언어는 이 경우 대부분 '보라!'라는 형식을 취한다) 여성 이외의 경우는 아예 생각되지 않는다. 게다가 "좀 봐줘" "제발" "역류했을 거야" 등 여성적 언어가 전형적으로 등장한다. 내용 면에서도 전통적 여성성은 보존된다. 꽃, 꽃잎, 꽃대에 대한 섬세한 관찰과 묘사, 그리고 연약함의 강조 뒤에 숨어 있는 슬픈 호소력 등 모두 여성적 언어의 범주 안에 들어 있다. 이것들이 바흐만의 희망처럼 거칠고 폭력적인 남성적 언어의 대안이 될 수 있겠느냐는 문제에 대해서, 그러나 훨씬 많은 수의 여성 시인들은 강력한 의문을 던진다. 1980년대의 시인이지만 1995년 이후 오히려 적극적인 활동을 벌이고 있는 김혜순의 경우가 대표적이다.

오늘 나의 일용할 천사님들은
블루, 화이트, 브라운 오렌지, 핑크라는 가명을 쓰는
다섯 까마귀였다
이놈들아 깨부술 테면 빨리 빵구내 줘라[30]

—「타락천사」 부분

몸속의 바다는 말라 있다

---

30 김혜순, 『불쌍한 사랑기계』, 문학과지성사, 1998, p. 18.

마른 바다에서 멀리 신기루
우리는 함께 벌거벗은 채
파도를 탄다 달빛이 우리의
벗은 몸을 씻는다 우리의 두 꼬리가
황금빛 바다를 탕탕 친다[31]

—「수족관 밖의 바다」 부분

두 편의 시 가운데 일부분을 인용했는데, 여성 시인들을 포함한 현대 한국 시에서 유례를 찾기 힘들 정도의 난해성을 지니면서도, 다른 한편 강력한 이미지를 띠고 있다. 김혜순의 시에 대한 본격적인 분석과는 다소 떨어진 자리에서, 이 작품들은 여성적 언어를 거부하는 여성 시인의 독특한 상황을 보여준다. 부드러움과 따뜻함, 그리고 수동적 순종형의 언어는 낱말이나 어법 그 어느 면에도 전혀 나타나지 않는다. 그 대신 「타락천사」에서는 시적 화자가 분명히 남성의 모습으로 나타날 만큼 그 언어가 남성적이다. 그러나 "이놈들아 깨부술 테면 빨리 빵구내 줘라"의 의미가 고려된다면, 시적 화자는 여성이라는 짐작도 가능하다. 이렇듯 남성적 언어와 여성적 메시지의 혼조는 이 시인의 최근 시를 거의 전면적으로 지배한다. 두번째로 인용된 시에서도, 여성 화자에 의한 섹스의 장면 묘사로서는 전통적인 여성 언어의 관습과 문법에서 벗어나 있다. 남성적 적극성/여성적 소극성의 대립 구조는 물론, 여성의 관능성과 유혹이라는 상투적 내용의 답습도 보이지 않는다. 물론 수줍음이나 숨김 같은 정서 작용도 애당초 결여되어 있다. 그렇기는커녕 "황금빛 바다를 탕탕 친다"는 호쾌한 표현으로 성행위의 절정과 환희가 묘사됨으로써 시적 화자의 남녀 구별이 근본적으로 무의미해진다. 여성인 김혜순 시인이 보여주고 있는 이러한 성차의 무력화 시도는 다음과 같은 작품에서는 아예 여성성의 새로운 발견과 그 현시(顯

31 김혜순, 앞의 책, p. 66.

示)라는 수준까지 나아간다.

물동이 인 여자들의 가랑이 아래 눕고 싶다
저 아래 우물에서 동이 가득 물을 이고
언덕을 오르는 여자들의 가랑이 아래 눕고 싶다

땅속에서 싱싱한 영양을 퍼 올려
굵은 가지들 작은 줄기들 속으로 젖물을 퍼붓는
여자들 가득 품고 서 있는 저 나무
아래 누워 그 여자들 가랑이 만지고 싶다
짓이겨진 초록 비린내 후욱 풍긴다

가파른 계단을 다 올라
더 이상 올라갈 곳 없는
물동이들이 줄기 끝
위태로운 가지에 쏟아 부어진다
허공중에 분홍색 꽃이 한꺼번에 핀다

분홍색 꽃나무 한 그루 허공을 닦는다
겨우내 텅 비었던 그곳이 몇 나절 찬찬히 닦인다
물동이 인 여자들이 치켜든
분홍색 대걸레가 환하다[32]

—「환한 걸레」 전문

이 시는 여성성의 내용으로 생산성을 내놓고 있다. 그 자체는 새로운 발

32 김혜순, 앞의 책, p. 73.

견이 물론 아니지만, 여기서는 여성의 생식기를 생식기-성기와 교묘히 이미지 복합을 시키면서, 여성 성기가 단순한 욕망의 대상 아닌, 욕망의 주체이면서 동시에 생산의 주체임을 강렬히 암시하고 있는 것이다. 그 여성은 관능의 대상으로, 이른바 관능적 상황 속에 있는 여성만이 아닌, "물동이인 여자들"로서 전통적인 노동과 가사의 현장에 있는 그들이다. 성적 관능성 역시 반드시 남성과의 짝짓기라는 상황이 전제되지 않은, 오히려 물동이로 상징되는 가사 노동의 일상성이 수행되는, 그 가장 전형적인 어떤 자리와 순간에 가장 아름답게 획득되는 것으로 나타난다. "물동이들이 줄기 끝/위태로운 가지에 쏟아 부어진다/허공중에 분홍색 꽃이 한꺼번에 핀다"는 대목은 그 자랑스러운 과시의 현장이다. 생식과 성은 더 이상 남성적 해석과 간섭 없이도, 그 자체가 분리되지 않은 모습으로 여성 고유의 능력이자 아름다움이 된다는 주목할 만한 전언을 담고 있는 시라고 할 수 있다.

(2) 언어 파괴와 여성적 자아

김혜순이 여성적 언어에 대한 도전과 그 파괴를 통해 여성적 자아의 독립을 추구하고 있다면, 그 어느 한 면에 집중적인 관심을 보이고 있는 여성 시인들은 상당수에 달한다. 우선 그 메시지에 있어서 여성의 독자적인 성적 욕망에 관한 진술이 그 하나의 경우이다.

그녀의 조그만 방은 문이 닫혀 있고
그녀는 종일을 방 속에서 나오지 않는다
아침이 지나 정오에 이르면 그녀의 방은
온도가 높아지기 시작한다
책을 들고 있기도 하고
펜을 들고 있기도 하고
어느새 그녀의 손이 절로 제 젖가슴을 움켜 쥐면
그녀의 하반신은 뜨겁게 불타오른다

오후의 숨 가쁜 언덕을 오르는 그녀의 방
그녀의 몸에선 연기가 피어 오른다[33]

—이선영, 「그녀가 혼자 있는 방은 뜨겁게 불타오른다」 부분

소설에서 송경아 등이 그렇듯이 여성의 자위행위에 대한 묘사인데, 특징적인 것은 어떤 수치감이나 죄의식 따위의 전 세대적 고정관념이 철저히 배제되어 있다는 점이다. 자위행위가 남성을 전제로 하지 않는다고 할 때, 이 시의 대상은 오직 욕망 그 자체일 뿐 일체의 다른 조건이나 요소는 제거되어 있다. 그 대상과 묘사의 단순성은 전례 없는, 그리하여 90년대 후반 여성시의 또 하나 특징을 형성한다. 욕망에 대한 적극적 탐닉은 시의 기존 문법을 무시하고 다소 저돌적인 자세로 나타난 신현림에게서 더욱 처절하게 서술된다.

같이 살 놈 아니면 연애는 소모전이라구 남자는 유곽에 가서 몸이라도 풀 수 있지 우리는 그림자처럼 달라붙는 정욕을 터뜨릴 방법이 없지 이를 악물고 참아야 하는 피로감이나 음악을 그물 침대로 삼고 누워 젖가슴이나 쓸어내리는 설움이나 과식이나 수다로 풀며 소나무처럼 까칠해지는 얼굴이나
좌우지간 여자 직장을 사표 내자구 시발[34]

—「너희는 시발을 아느냐」 부분

이 시는, 시라고 부를 수 있는 요소들이 거의 배제된, 산문이라고 불러 무방할 시다. 서술된 내용도 직접적으로 여성의 성적 욕망과 그 해소 방법에 관한 불만·한탄으로 일관한다. 이선영의 그것이 자위행위에 의한 성적 욕망의 실현이었다면, 여기서는 남성과의 성교가 전제된 상대적 불평과 원

33 이선영, 『글자 속에 나를 구겨 넣는다』, 문학과지성사, 1996, p. 16.

34 신현림, 『세기말 블루스』, 창작과비평사, 1996, p. 98.

망이라는 특징이 폭발한다. 따라서 이선영의 시는 비교적 묘사의 방법을 부분적으로나마 포섭하면서 욕망이 모티프가 된 시적 공간을 형성하고 있으나, 여기서는 시적 공간 자체가 아예 결여되어 있다. 시인의 욕망은 너무나 거세고 거칠어 그 같은 공간의 필요성마저 염두에 두고 있지 않아 보인다. 특히 주목되는 점은, 그 거친 조야성(粗野性)이 단순히 욕망 자체의 처리에만 집중되어 있지 않다는 사실이다. 이선영의 시뿐 아니라 소설 일반에서도 확인되었듯이 욕망 자체의 해소와 그 문학적 처리 방법은 자위행위와 동성애로도 다양하게 나타났다. 그때 성적 욕망과 남성의 관계는, 다소 극단적인 표현을 사용한다면, 무관하다고 해도 무방할 정도였다. 그러나 신현림의 경우, 불만은 남성과의 관계에서 오히려 고조된다. 즉 남성들은 유곽에라도 가는데, 여성들은 그에 걸맞은 해소 방법이 없다는 것이다. 일종의 상대적 박탈감이다. 이렇듯 남성을 파트너로 인식하면서도 막상 남성이 결핍되어 있다든가, 남성과의 이별·배신 등에 의해 남성에 대한 불신과 원망이 쌓여 있는 경우, 성적 욕망은 단순한 자위·동성애로만 나가지 않기도 하는 것이다. 아이러니한 성격을 지니고 있기는 하지만, 여성의 성적 욕망을 이 같은 상황 속에서 표출함으로써 시단에 상당한 충격을 몰고 왔던 최영미를 이런 측면에서 다시 살펴볼 수 있을 것이다. 이미 1994년에 발표되어 이러한 방면에 첨병(尖兵)으로 홀연히 나타났던 시집 『서른, 잔치는 끝났다』에서 다음 작품의 예는 가히 주목된다.

어쨌든 그는 매우 인간적이다
필요할 때 늘 곁에서 깜박거리는
친구보다도 낫다
애인보다도 낫다
말은 없어도 알아서 챙겨 주는
그 앞에서 한없이 착해지고픈
이게 사랑이라면

아아, 컴—퓨—터와 씹할 수만 있다면![35]

—「Personal Computer」 부분

(고딕체 강조는 시인)

성교의 속된 표현을 시의 전면에 그대로 노출시키고 있다는 점에서도 이 시는 도발적이지만, 여성 성욕의 구체적 실현의 한 형태를 새롭게 제시하고 있다는 면에서도 깊은 관심을 끈다. 그것은 성욕의 실현이 자위-동성애-이성애로 이어지는 구조에서 자위-동성애/컴퓨터-이성애로 이어지는 새로운 구조의 발생을 의미한다. 여기서 컴퓨터는 그 단계에 있어서 동성애와 같은 자리에 위치하고 있으나 그 기능은 달리 조명되어야 할 것이다. 동성애의 경우, 그것은 비록 남성과의 성교라는 접촉을 피하고 있으나, 그 대상이 되는 여성 역시 인간이라는 점에서 인간 상호 간의 성행위라는 범주 안에 포함된다. 그것은 이성 간의 성행위에 따른 여러 문제들, 예컨대 임신·결혼 등의 복잡한 과정을 회피할 수 있을지 모르나 동성인 인간 사이에 유발되는 감정적 교류와 환희, 혹은 고통을 회피하지는 못한다. 이렇게 볼 때 이성이든 동성이든 그 대상이 인간인 한, 성적 교통으로 야기되는 갖가지 인간적 현상은 이 행위가 본질적으로 안고 있는 숙명으로 이해될 수밖에 없다. 이것이 회피되어야 한다면 단 하나의 길은 자위행위뿐이다. 여기서 컴퓨터 성교론은 그것이 단순한 희망 차원에서만 머무를 수밖에 없는 것이라 하더라도, 컴퓨터가 기능하고 있는 인공지능의 사이버 세계를 감안할 때, 상당한 대안으로서의 의미를 띠는 것을 부인할 수 없을 것이다. 거기에는 인간과의 성적 교통에 따른 감정적 갈등 등 번잡한 문제가 애당초 배제되고, 욕망하는 인간 쪽의 조종과 지배가 어느 정도 가능하다는 조건이 잠재해 있다. 성적 주체의 일방적 에고이즘이 상당한 부분 발산되면

35 최영미, 『서른, 잔치는 끝났다』, 창작과비평사, 1994, p. 76.

서도, 자위행위의 건조한 일방성을 멀리할 수 있는 것이다. 최영미가 "친구보다도 낫다/애인보다도 낫다"고 말할 때 그것은 동성애/이성애를 넘어서는 컴퓨터 성교론의 우월성을 말하는 것일 것이다. 이러한 분석을 통해서 드러나는 것은 결국 욕망의 에고이즘인데, 그것이 남성 쪽의 성적 욕망이 일방적인 지배라는 폭력성에 근거해왔다는 인식을 바탕으로 하고 있으므로, '에고이즘'이라는 부정적 진단 대신 '여성적 자아의 독립'이라는 긍정적 관찰이 보다 타당한 시점으로 진단된다.

> 나는 앉는다. 허리 근처의 옷이 겹치고
> 살갗에 좀 더 가까이 닿는다.
> 배 부분에서 살끼리 겹치고
> 허리는 둥근 선을 그리며 엉덩이 위에 얹힌다.
> 가슴이 좁혀져서
> 나는 듣지 못했던 내 숨소리를 듣게 되고
> 두근거리는 피의 운동을 느낀다.
>
> 〔……〕
>
> 〔……〕
> 다리는 성큼성큼 엇갈리다가
> 허벅지와 무릎 안쪽 사이에서 부딪친다. 그 감촉에
> 나는 깜짝 놀란다.
> 물론 아무도 눈치 채지는 못하지만
> 금지된 것 같은 느낌.
>
> 〔……〕

〔……〕

'나'는 내 '몸'일까?

네가 내 전부니? 혹은 그럴지도

생각을 담고 있는 그릇, 정신으로 극복해야만 하는 한갓 '영혼의 옷'으로서가 아니라

스스로 가득 찬 아리따운 생명, 너

나의 몸이여.[36]

—양애경, 「검은 외투 속의 몸」 부분

여성적 자아의 발견과 독립은, 그리하여 이 시에서 보여지듯, 여성의 몸을 통하여 시작된다는 견해는 다시 한번 그 타당성이 입증된다. 그러나 그 발견과 독립은 현실에서와 마찬가지로 문학에서도 그렇게 쉬운 일은 아니다. 앞서 언급한 바와 같이, 시의 경우 문제를 포함한 언어 일반에 대한 고려가 함께 병행할 때 그 타당한 보편성은 설득력을 높이기도 하고 낮추기도 하기 때문이다. 이를테면 여성적 자아의 독립을 주장하면서도 여성적 언어에 계속 의존하는 경우와, 그것을 파괴하고 이른바 남성적 언어를 선택할 경우로의 구분이 가능한 것이다. 이선영이나 양애경의 경우를 전자와 관련시킬 수 있다면, 김혜순이나 최영미·신현림은 후자와 관련된다고 할 수 있다. 여기서 여성적 자아를 여성의 성 내부로 깊숙이 들어가서 가장 비여성적인 언어로 끄집어내고 있는 또 다른 도발적인 여성 시인의 예를 들 수 있다. 『트렁크』라는 시집 전편을 섹스에 관한 해부학적 상상력으로 가득 채우고 있는 김언희의 경우다.

탈수 중엔 뚜껑을 열지 마지압

36 양애경, 『바닥이 나를 받아 주네』, 창작과비평사, 1997, pp. 14~17.

몸체를 격렬히 떨며
회전 수축하는
기계 질(膣)

손대지 마시압 나는 지금
탈수 중
탈수 중
탈수 중

혈관 속을 흐르는 전기 피
전기 욕정으로
요분질
중

혀를
빼어 물도록 쥐어짜인
쭈글쭈글한 껍데기 세상을
퉤,
뱉어 버리기 위하여[37]

—「탈수 중」 전문

이 시는 두 가지의 해석을 가능케 한다. 그 하나는, 성적 욕망과 흥분의 절정에 있는 한 여성의 상황을 사실적으로 받아들이는 해석이다. 이럴 경우, 이 시는 외설에 가까울 정도의 극사실성으로 독자를 전율시킨다. 성기는 물론 성교의 상황에 대한 가열한 묘사는 여성 시인으로서의 여성적 언

37 김언희, 『트렁크』, 세계사, 1995, pp. 56~57.

어는커녕, 남성적 언어라고 하더라도 그 도발성이 거의 폭력적이다. 다른 한 가지의 해석 방법은, 이 시를 치밀한 상징으로 읽는 것이다. 이때 이 시의 대상은 전기에 의해서 돌아가는 기계로 읽혀질 수 있다. 전자인 경우는 말할 나위 없고, 후자의 경우라 하더라도 그 성적 상상력의 질감은 역동적인 수준을 넘어선다. 그러나 김언희의 경우 그의 시집 도처에 나타나는 성적 소재 및 그 상상력의 형태가 궁극적으로는 세계에 대한 비극적 인식 및 인간 혹은 생명의 비하라는 세계관과 연관되었다는 점에서 특이하다. 앞의 시에서도 "쭈글쭈글한 껍데기 세상을/퉤,/뱉어 버리기 위하여"라는 끝부분이 강력히 진술하듯이 여성의 질이 회전 수축한다거나 전기 욕정으로 요분질하는 것이 모두 "껍데기 세상"에 대한 반란이라는 의미이다. 이러한 의미 연결은 다소 부자연스럽다. 그러나 정욕을 터뜨릴 방법이 없다고 소리 지르는 신현림이나 컴퓨터와 차라리 성행위를 하고 싶다는 최영미와 기본적으로 이 시인의 인식은 궤를 같이한다. 그것들은 모두 남성이 지배하는 세계에 대한 성적 예속화의 거부이자, 그것에 자신들의 몸을 던져 정면으로 도전하고 있다는 점에서 폭력적이다. 이렇게 볼 때 조금쯤 부자연스러워 보이는 김언희의 세계 부정—성기로서의 그의 육체 모두를 던져 행하는—은 여성 성욕의 실현과 여성적 자아의 발견이라는 측면에서 매우 래디컬한 국면을 지닌다. 그것은 마치 1980년대 여성 시인 최승자가 자궁을 가리켜 생산의 장소 아닌 죽음의 장소로 인식하고 있듯이,[38] 여성의 성이 전반적으로 남성과의 관계에서 생산적인 사랑의 역할을 하지 못하고 있다는 숨은 의식을 반영한다. 마치 주검처럼 널브러져 있는 여성의 성은 김언희에게서 '허기'(당신, 이리 와/배때기 째 벌려지는, 이/허기 속으로[39]), '비참'(당신의 음경에/꼬치 꿰인 채/뜨거운 전기오븐 속을/빙글빙글빙글/영겁회귀/돌고 돌게요/간도 쓸개도 없이[40]), '오욕'(탱탱한 비닐 정조막을 덮어쓰고/

---

38 최승자, 『즐거운 일기』, 문학과지성사, 1984, p. 49.

39 김언희, 앞의 책, p. 55.

비늘 친 알몸으로 당신의/식욕을/기다린다[41]) 등으로 나타난다. 그것은 결핍이나 배신, 이별로 나타나는 부재의 남성보다 훨씬 참담한 상태로 부각된다. 김언희의 해부학적 상상력은 그러므로 여성의 몸이 남성의 성적 욕망의 대상으로서 유린되어온 현실에서 유발되었다는 해석이 가능해진다. 그의 다른 시이다.

……태어나보니
냉장고 속이었어요

갈고리에 매달린 엉덩이짝이 나를
낳았다는데 무엇의
엉덩짝인지
아무도 모르더군요

지하 식품부
활짝 핀 살코기 정원에서
고기가 낳은
고기[42]

—「태어나 보니」 부분

남성의 일방적인 성적 횡포는 관습이라는 이름 아래 도처에서 빈발하고, 심지어는 사랑하는 남녀 사이의 성행위의 실제 현장에서 모욕적으로 자행된다는 것이 시인의 은폐된 고발이다. 그러나 그 은폐는 감추어진 깊이만

---

40 김언희, 앞의 책, pp. 12~13.

41 같은 책, p. 69.

42 같은 책, p. 63.

큼 높은 탄력으로 뛰어올라 그의 언어를 비여성적인 언어의 파괴력으로 몰고 간다. 이렇게 볼 때 소설의 경우와는 달리, 시에서는 이른바 여성적 언어로부터의 과감한 탈피를 통한 언어 파괴라고 부를 수 있는 독특한 현상이, 여성성을 확보·구축하는 과정에서 여성시의 새로운 내용으로 나타나고 있다고 할 수 있다. 1980년대의 황지우·이성복 등의 남성 시인을 능가하는 여성 시인들의 언어 전복 현상은 이러한 시각에서 또 다른 조명을 받아야 할 것으로 판단된다.

4. 평론의 경우

1990년대 후반 여성문학의 가장 특징적인 현상 중의 하나는 여성 평론가들의 대거 등장이라고 할 수 있다. 시·소설 분야와 달리 평론은 여성 문인들의 진출이 매우 희소한 분야로서 20세기 한국 문학 전반을 통틀어도 그 수는 한 자리에 머무는 형편이었다. 강인숙, 이인복, 정효구 등 극소수의 평론가들을 90년대 이전에 가졌을 뿐인 여성 평단은 90년대에 들어와서 예전과 비교할 수 없는 놀라운 수로 증가한 여성 평론가들을 만나게 되었다. 박혜경, 최인자, 최성실, 김영옥, 김미현, 신수정, 백지연, 황도경, 정끝별 등 거의 두 자리에 육박하는 인물들이 짧은 시간 내에 배출되었다는 사실은, 이러한 현상 하나만으로도 90년대 여성문학의 중요한 특징이라고 할 수 있다. 그도 그럴 것이, 문단 내부에서도 여성문학은 주로 시 부문에 적합한 것으로 받아들여져왔고, 소설 쪽은 이보다 조금 덜 적합한 것으로, 그리고 평론 쪽은 아예 어울리지 않는 것으로 여겨져온 것이 종래의 통념이었기 때문이다. 이러한 통념은 여성-감성적/남성-논리적, 여성-서정적/남성-서사적이라는 이분법적 도식을 배경으로 한 것으로 볼 수 있다.[43] 이

43 리처드 에번스, 『페미니스트』, 정현백 외 옮김, 창작과비평사, 1997, pp. 16~32 참조. 이러한 등식에 대한 여러 견해가 잘 정리되어 있다.

러한 도식은 철저하게 검증된 상태에서 이루어졌다기보다 다소 선험적인 분류라는 혐의를 받기 쉬워졌는데, 바로 90년대 여성 평론가들의 대거 등장이 그 반증이라고 할 수 있을 것이다.

90년대 여성 평론가들의 활약은 남녀의 구분이 감성적/논리적이라는 대립 구조에 대해서도 도전이 될 수 있으나, 그 밖의 요인도 연구의 대상이 되어야 할 것이다. 그 가장 중요한 문제 제기는 페미니즘의 대두와 여성 평론가들의 진출이 시기적으로 맞물려 있다는 사실이 의미하는 함수 관계이다. 이것은 페미니즘의 내용이, 여성문학으로 하여금 평단으로의 진출을 조장하였으리라는 추론을 가능케 한다. 평론의 성격이 비판과 더불어 해석과 감상을 포함하는 것이라면, 어떤 의미에서 여성문학은 남성 평론가들에 의한 비평 행위에 관습적으로 만족해왔는지 모른다. 90년대 여성평론은 바로 이러한 관습과 행태에 대한 전복적 의미를 띠는 것으로 해석될 수 있다. 말하자면 여성소설과 여성시에 대한 분석과 평가를 더 이상 남성적 시각에 맡기지 않겠다는 강렬한 의지의 소산으로 읽혀져야 하리라는 것이다. 90년대 후반 여성문학의 대표 주자인 은희경에 대한 90년대 후반의 평론가 김미현의 다음과 같은 진단은, 이와 관련하여 깊이 음미될 만하다.

> 순수함이나 도덕성은 남의 이익을 포기시킬 때가 아니라 자신의 이익을 스스로 포기할 때 생기기 때문이다. 그녀의 위악은 고통을 피하는 것이 아니라 고통을 미리 겪어 버리는 것에 있기 때문에 그녀를 두 배로 더 아프게 한다. 은희경의 소설 속에 나오는 위악의 진정성은 그것이 고통을 준다는 사실이 아니라 이처럼 고통스러운 줄 알면서도 무릅쓰는 용기에 있다.[44]

일견 지나치게 남자관계가 분방하고 자유로운 성 관념을 지니고 있는 것처럼 보이는 주인공들로 된 소설의 작가를 변호하는 논리이다. 섹스와 그

---

44 김미현, 「사랑의 상형문자」, 『마지막 춤은 나와 함께』 해설, p. 282.

에 따른 사회적 약속이나 규범을 동행시킬 수 없는 이유를 주인공 여성은 "희망을 갖는 일이 두렵기" 때문이라고 말하고 있는데, 평론가 김미현은 이것을 가리켜 "위악의 진정성"이라고 평가한다. 더 자세히 설명한다면, 여성은 성행위를 매개로 해서 남성에게 속아왔기 일쑤였기 때문에 양자를 함께 묶는 관습을 여성 쪽에서 먼저 깨뜨린다는 것이다. 말하자면 속지 않기 위해서는 먼저 속여야 하며, 상대방의 사랑을 믿을 수 없는 잠재적인 불신 상태가 불가피하다는 주장이다. 그것은 고통스러운 위악이지만 차라리 진정성을 지닌다. 배신 같아 보이는 이러한 결단이 오히려 순수하고 도덕적이라는 김미현의 논리에는 남성의 폭력적 관습에 대항하는 여성적 자아의 전략과 그에 대한 윤리적 자부심이 숨어 있다. 그 전략을 '용기'로 높이 평가하는 견해에는 남성평론이 도달할 수 없는 여성 평론가 특유의 독자적 세계가 숨 쉰다. 그리하여 90년대 여성 평론가는 지금까지의 남성 평론가들이 발견하지도, 전개하지도 못했던 새로운 논리를 개진하는데, 사랑의 영역과 관련된 그 논지는 확실히 발전적인 측면을 지닌다.

> 진희(주인공 여성)가 사랑하는 것은 사람이 아니라 사랑이다. 그녀는 사랑을 사랑한다.[45]

> 은희경은 사랑 자체를 부정하거나 파괴하려는 것이 아니라 사랑에 대한 우리의 사유 방식을 바꾸어 놓으려는 것이다.[46]

90년대 후반의 여성 작가가 보여주는 격렬하면서도 단정한 사랑의 서사를 남성에 대한 여성의 예속적 사랑이라는 관찰 방법에서 과감하게 끊어내는 논리이다. 주인공 여성이 끊임없이 이 남자, 저 남자와 사랑의 행각을

45 김미현, 앞의 책, p. 286.

46 같은 책, p. 292.

벌이는 까닭은, 어떤 남자 한 사람을 사랑하기 때문이 아니라 사랑 그 자체를 사랑하는 까닭이라는 것이다. 자위행위나 동성애와 같은 차원에서 성적 자아와 그 독립성을 실현하고 있다는 생각이다. 페미니즘에서의 성적 사랑은, 김미현에 의하면 "사랑에 대한 사유 방식을 바꾸어놓는 일"이다. 은희경에 대해서 그는 이것을 "거꾸로 된 사랑을 위해 은희경은 지금도 마지막 춤을 추고 있다"고 다소 불안해하면서도 페미니즘의 '거꾸로 된 글 읽기'의 당위성을 변호한다. 한 세대의 시인·작가 들이 동 세대의 평론가들을 갖고 있다면, 90년대의 여성 시인·작가 들이 같은 세대의 여성 평론가들을 다수 확보하고 있다는 것은 그들에게 행복한 일이다. 자칫 세기말의 퇴폐적 현상이라는 부정적 평가와 만날 수도 있는 여성의 성 문제가 90년대 후반 여성문학 안에서 긍정적 의미와 연결될 수 있다면, 이들 여성 평론가들의 활동과 무관하지 않을 것이다. 남성 세계의 비정함과 황량함, 그 속에서의 인내와 적응을 모성적 여성성으로 받아들여온 어머니 세대를 비판하고 거부하는 윤효의 소설을 분석한 또 한 사람의 여성 평론가 신수정의 다음과 같은 진술도 이러한 진용(陣容)의 중심부에 놓여 있다.

> 사막의 모래더미에서 영원히 살아남을 그 무언가를 발굴해 내고자 하는 윤효의 소설은 그리하여 생의 정점에 선 자가 되돌아보는 공포와 그 공포가 빚어내는 역설적인 아름다움으로 가득 차 있다. 사막에서의 사랑이란 그런 것이다.[47]

여성적 자아가 정당하게 실현되지 못하는 세상에서의 사랑을 "사랑의 사막"이라고 예리하게 지적하면서도, 그 사막에서의 사랑을 "그 공포가 빚어내는 역설적인 아름다움으로 가득 차 있다"고 신수정은 격려한다. 이 격려는 성적 독립을 통해 여성적 자아를 획득하려고 하는 여러 여성 작가들

47 신수정, 「사랑의 사막, 사막의 사랑」, 『허공의 신부』 해설, p. 277.

에게는 힘찬 원군(援軍)이 된다. 90년대 후반의 여성 평론가들 가운데 가장 활발한 활동을 전개하는 평론가 중 하나인 신수정의 이러한 견해는, 여성의 성적 자아와 그 독립성의 중요성을 강조하면서도 래디컬한 극단론으로 경사되지 않고 있다는 점에서 한층 주목된다. "역설적인 아름다움"이라는 표현이 말해주듯, 그에게는 여성의 성과 그 인간적·사회적 기능이 남성과의 관계에서 반드시 물량적인 동등을 의미하는 것으로 나타나지는 않는 것 같다. 이 점에서 신수정의 입장은 이른바 생리적·물리적 남녀평등론 아닌, 문화적 평등론에 기울어 있다. 문화적 평등론은 여성의 성적 자아가 남성의 그것에 비해 기능적으로 열등하다든가 사회적으로 부당하게 대우되어왔다는, 이른바 여성 차별론을 애당초 거의 의식하지 않고 있다는 점에서 문학적이라고 할 수 있다. 모든 문학은 필경 "역설적인 아름다움"이기 때문이다. 문학의 자리에서 볼 때 모든 현실은 일종의 공포이며 억압이다. 문학이 이 공포와 억압으로부터 인간을 지키기 위한 눈물겨운 노력이라면, 그 노력이 값지기 위해서는 공포가 더욱 가공스러울 필요가 있을는지 모른다. 그것은 역설이다. 문학은 그러나 이 역설의 구도 속에서 그 가치와 의미가 선명해진다. 핍진한 삶과 그 삶을 조장해온 남성적 세력을 수동적으로 추종한 여성으로서의 어머니를 거부했던 딸이 그 어머니에게서 오히려 무서운 끈기와 자존심을 발견한 것으로 여성 작가 윤효의 소설들을 분석해낸 신수정이, "공포가 빚어내는 역설적인 아름다움"을 보았을 때, 그 아름다움은 바로 문학 본원의 아름다움으로 통한다. 자칫 잘못 읽힐 때, 페미니즘 대신 순응주의적 여성관으로 반영될 수도 있는 이러한 문학관 속에는 오히려 남녀평등이 당연히 전제된 여성적 자존심이 자리 잡고 있다. 이러한 자존심은 그리하여 마침내 여성 작가뿐 아니라 남성을 포함한 작가 일반으로 확대되어 때로 부정적인 이미지로까지 그려졌던 여성의 자궁에 대해 다음과 같은 통합적인 관찰을 가능케 한다. 여성 평론가에 의한 종합적·전체적인 인간 이해가 더욱 활발해지리라는 예견은 여기서 상당한 타당성을 얻게 될 것으로 보인다.

우주적 차원으로까지 확대된 대어머니의 자궁은 이제 더 이상 여성성에 국한된 그 무엇이 아니다. 어머니를 중심으로 저만큼 물러앉아 외로워하는 아버지를 허용하는 식의 이분법이 사라진, 자꾸 또 다른 결핍의 극복, 즉 또 다른 여인을 대리로 찾아다니는 욕망과 갈증을 다 풀어내 버릴 수 있는 거대한 합일의 소용돌이, 그것이 한승원이 희구하는 구원의 세계인 것이다.[48]

5. 성의 겸손한 이해를 위하여

20세기가 지나가고 21세기를 맞는다. 시간의 범주에 관한 한 가장 엄청난 변화, 즉 밀레니엄의 변화에 직면하여 세계는 새로운 경험에 관한 예감으로 인해 불안과 흥분, 기대 속에서 전율하고 있다. 그 가운데에서도 문학은 두 가지의 커다란 현상을 환상 아닌 현실로 바라본다. 그 하나는 문학의 양식(樣式)과 본질에 관한 새로운 도전과 과제이며, 다른 하나는 이른바 페미니즘으로 일컬어지는 여성문학의 급격한 대두이다. 전자가 애니메이션과 PC문학 등 영상 문화에 접속된 문학 영역의 변화와 관계되는 것이라면, 후자는 부계 사회의 가부장적 질서에 대항하는 여성운동의 문학화라는 테마 중심의 변화를 목표로 한다. 사실상 현대 한국 문학은, 문학이 모든 반인간적 억압 질서를 비판함으로써 자유로운 인간성의 확보와 획득을 지향한다는 그 현대적 개념의 수용에도 불구하고, 그렇지 못한 현실과 혼합된 상황을 거듭해왔다. 가령 봉건적 질서와 유교적 가치관을 부분적으로나마 지지하고 있는 이문열·이인화 등의 평가에서 나타난 혼란을 그 반증으로 삼을 수 있을 것이다.[49]

---

48 김영옥, 「울렁거림의 시학, 출렁거림의 신화」, 한승원 시집 『사랑은 늘 혼자 깨어 있게 하고』 해설, p. 125.

49 김신명숙, 『if』 창간호, 1997, pp. 68~73 참조.

여성문학이 여기서 여성의 몸과 성의 문제를 화두로 삼아 문제를 본격적으로 제기하게 된 것은, 이 상황에 대한 정면 대응으로서 논리의 순서상 설득력을 지닌다고 할 수 있다. 그 결과, 이 글이 불충분한 대로 밝히고 있듯이, 여성은 그 몸의 생리, 그와 결부된 정신적·영적인 활동에서 남성과 아무런 차이를 지니지 않는 것으로 입증되었다. 따라서 지금까지의 차별성은 사회적·문화적인 관습의 차이에서 야기된 것으로 파악된다. 소설·시·평론으로 구성된 문학은 삶의 현실을 세밀하게 추적·반영함으로써 차별성의 반인간적·반문화적 성격에 접근한다. 특히 여성의 성적 욕망이 본질상 얼마나 강렬한가와, 그것이 미치는 현실적 영향력의 무게를 생각할 때, 이 분야에 대한 보다 깊은 관심과 진지한 탐구는 21세기의 새로운 문학 현상을 이해하기 위한 필수적인 조건으로 떠오른다.

그러나 이 탐구는 필연적으로 또 다른 문제와 만나게 된다. 그것은 오랫동안 금기시되어온, 적어도 공론화가 기피되어온 여성의 성욕 문제가 여성 작가 스스로에 의해서, 그것도 상당히 과격한 표현과 방법에 의해 행해짐으로써 야기되어온 성 모럴의 공황 현상이다.[50] 물론 이 현상은 잠재적이지만, 충분한 개연성을 지니고 있다. 혹은 남성 중심 사회의 성적 폭력성이 여성의 참여에 의해 소멸·완화되는 것이 아니라, 오히려 배가하지 않겠느냐는 우려도 그 방어 논리를 충분히 갖추지 못한 형편이다. 성은, 그것이 남성에 의한 것이든 여성에 의한 것이든, 전면적으로 노출될 때 과장의 측면으로 빠져들기 쉬우며, 비판의 결과보다 퇴폐·타락의 결과로 유도되기 쉬운 속성을 지녔기 때문이다. 새로운 세기의 여성문학은 그런 의미에서 보다 총체적 인간관·세계관을 준비해야 할 것이다.[51] 남녀평등은 공의

---

50 무엇이든 산업화하려고 하는 후기 공업사회의 특성은 여성의 성 개방과 진출을 산업적 측면에서 입을 벌리고 포섭하고자 한다. Kathleen Barry, *The Prostitution of Sexuality*, New York University Press, 1995, pp. 122~64 참조.

51 같은 책, pp. 304~09 참조. 이 책은 여기서 '인권이라는 새로운 페미니스트a new feminist human rights'라는 개념을 내놓고 있다.

와 가치 면에서의 상향적 평등으로 올라서야 하며, 남녀 공범의 악마적 타협의 얼굴이 되어서는 안 된다. 이런 의미에서 21세기의 한국 문학은 겸손한 성의 상호 이해를 위한 새로운 도전 앞에 직면해 있다고 할 것이다.

(2000)

인터넷 대중과 문학적 실천

—새로운 소설 징후들을 보면서

1

노무현 대통령의 출현은 '노무현 현상'이라고 부름 직한 새로운 현상을 우리 사회에 야기했다. 투표에서 그를 지지했든 반대했든 그 과정과는 상관없이 이 현상에 주어지는 눈길들은, 비록 그 평가에서는 다르다 하더라도 그 내용에서는 비슷한 모습이다. 그 모습을 요약하면 대체로 이런 것 같다. 1) 무엇보다 노무현은 마땅히 찍을 사람이 없는 상황에서의 불가피한 선택이었다. 특히 막강한 맞수로 설정된 이회창이 지니고 있는 두 가지 특징에 대해서 도저히 용인할 수 없는 상황의 산물이었다. 즉 이회창의 주위에 포진된 이른바 수구적 인사들과 그 분위기는 당연히 더 이상 전승되어서는 안 되었다. 다음으로 이회창 개인의 이미지도 문제였다. 그는 강직한 법조인으로서는 많은 국민의 공감대 안에 있었으나 폐쇄적 엘리트주의 냄새와 더불어 대중으로부터 스스로를 배제시키는 결정적인 한계를 지니고 있었다. 2) 보다 적극적인 관점에서 볼 때, 노무현은 폭넓은 대중적 지지를 얻을 수 있는 많은 요소들의 소유자였다. 무엇보다 그에게는 광대 기질이라고 보아도 무방할 특출한 개성이 있었다. 첫째, 그는 언변에 탁월한 재주를 갖고 있었는데, 그것은 논리와 감성의 적절한 안배를 통해 자기표현을 능숙하게 해내는 결과를 낳았다. 대중은 이러한 기술에 매료되기 마련이다. 그것은 문학과도 비슷한, 언어의 독자적이며 자율적인 자동 세계다. 쉽게 말해서, 그의 말은 그 자체로 근사하고 재미있어 듣는 이로 하여금 거기에 빠져들게 하는 마력을 발휘한다. 게다가 그는 반전(反轉)의 명수로 뒤집기를 잘한다. 느닷없이 앞으로 불쑥 튀어나오기도 잘하고, 문득 뒤로 움츠러들거나 빠져버리기도 한다. 그런가 하면 양보의 제스처를 통해 더 큰 것을 얻어내기도 한다. 여기에 덧붙여 그에게는 특유의 센티멘털리즘 구사 능력이 있다. '노무현의 눈물'로 선전된 감성주의가 그것이다. 눈물은 여자에게서와 마찬가지로 많은 위기 타개의 비법이기도 한데, 이 특기가 잘 활용되었다. 요컨대 이 모든 것이 그의 광대 기질을 극대화하였으며, 한국인에게 잠재된 비슷한 기질을 정치적으로 실현시킨 것이다. 많은 연예인들이 대거 그의 주위에 몰려들었고, 지금도 여전히 실세를 이루고 있는 상황은 무엇을 말하는가. 더구나 상대방이 무미건조한 논리주의의 단조함에 머물러 있는 판에 그의 성공은 예견된 것이었다. 3) 그러나 노무현의 성공은, 많은 사람들의 지적대로 인터넷의 성공이었다.

그러나 이 점에 대해서는 사실 그 성격이 심도 있게 살펴지지 않은 듯하며, 이에 대한 분석은 비단 앞으로의 정치 문화뿐 아니라 우리 문화 전반의 이해와 발전을 위해 긴요한 것으로 생각된다. 하여튼 네티즌의 열광에 힘입어 노무현이 대통령이 된 것은 자타가 인정하는 사실로서, 투표 당일 그들의 놀라운 전파력은 선거법 위반 소동까지 낳기도 했다. 그렇다면 대체 인터넷이란 무엇이며 네티즌이란 누구인가. 한마디로 줄인다면 그것은 현대판 괴수(怪獸)이며, 근사하게 부른다면 사이버스페이스 오디세이다. 손가락 클릭 한 번으로 세상 어느 누구도 불러낼 수 있고(죽은 자들까지도!), 그들과 말을 나눌 수 있으며, 자신의 희망을 실현시킬 수 있다. 역설적으로 말해서 누구의 신세도 지지 않고, 또 별 돈도 들이지 않고서 말이다. 당연한 일로서, 세상 모든 사람이 달려들 수밖에 없고, 또 자신의 욕망을 털어놓을 수 있다. 게다가 익명이지 않은가. (물론 자신의 신분을 밝혀야 하는 경우들이 있으나, 이 또한 얼마든지 변조/위장이 가능한 현실이다.) 따라서 그 욕망은 증폭되기 마련이며, 엄청난 파장의 폭을 넓혀간다. 이 물결에 편승한 노무현이 대통령에 당선된 것은 지극히 당연한 일로서, 득표수의 근소한 차이가 오히려 낯설 지경이다.

자, 왜 뒤늦게 나는 노무현 현상에 대해 이토록 장황한 언사를 늘어놓는가. 정치 쪽으로의 관심과 언급을 가능한 한 자제해온 수십 년래의 습관대로 나는 지금 정치 이야기를 하려는 것이 아니다. 문제는 이 현상이 파동으로서 유발하고 있는 문화성 혹은 반문화성이며, 그중에서도 특히 문학 부문에 번지고 있는 새로운 흐름에 나의 관심은 흘러들고 있다. 광대 기질의 문화와 인터넷의 혼음! 그것은 재미있고 흥겹기 짝이 없으나 글쎄, 그것의 지속이 어떤 정신과 형태를 우리에게 '남길 만한 것'으로 남기겠는가 하는 회의, 혹은 불안. 행여 뽕의 도취와도 같은 일시적 열락으로 지나칠 것은 아닌가. 재미와 불안 사이에서 문학의 자리는? 욕망과 소망 사이에서 정신은? 우리의 문화 인터넷은 점검을 요구받고 있다.

2

발터 벤야민은 참 대단한 이론가이며 문학비평가였다. 그가 태어난 해가 1892년이고, 나치에 쫓겨 자살한 해가 1940년. 그가 열심히 글을 쓴 시기는 그러니까 1920~30년대였다. 바이마르의 혼란기와 나치의 폭정 시기였고, 독일에는 이렇다 할 과학기술, 특히 오늘날의 컴퓨터와 같은 그 어떤 문명 도구도 출현하지 않았던 시기였다. 그때에 이미 그는 이렇게 말했다.

> 사물들을 공간적, 인간적으로 가깝게 끌어오고자 하는 것이 바로 현대 대중의 열정적 갈망이다. 마찬가지로 복제된 사진들을 통해서 모든 사건들의 일회성을 극복하고자 하는 성향을 띤다. 그림, 그러니까 모사와 복사에서 가

장 가까운 대상을 장악하려는 욕구는 날이 갈수록 불가항력의 힘을 얻는다.[1]

널리 알려진 명 논문 「기술복제시대의 예술작품」에서의 진술인데, 여기서의 모사·복제기가 바로 컴퓨터이며, 욕망의 대중이 곧 네티즌 아니겠는가. 물론 벤야민은 이 글에서 아직 등장하지 않은 이들 개념을 알지 못해서 언급에 넣고 있지 않다. 그가 당시에 말했던 것은 사진이며 영화였다. 그러나 "날이 갈수록 증대한다"고 했던 그 예언은 적중하여 사진과 영화를 모두 담은 인터넷이 나와서 그 욕망을 증폭시키고 있다. 그렇다면 벤야민은 단순한 예언자였는가. 날카로운 통찰로 분석한 결과가 예언으로 나타날 수밖에 없었던 것은 아닌가. 나로서 중요하게 생각되는 것은 이제 그 분석과 예언을 넘어선 그의 총체적 진단이다. 엘리트적 상징주의자였던 그가 '대중'의 등장을 호의적으로 수용하고, 대중과 함께 걸어가기로 결심한 듯한 결단과 그 자세다. 그의 진술을 한 부분만 더 경청해보겠다.

> 대중을 향한 리얼리티의 실행과 리얼리티를 향한 대중의 실행은 사고와 직관 양면 모두에서 무제한의 넓이로 된 발전 과정이다.

여기서 내 눈을 끄는 것은 "무제한의 넓이로 된 발전 과정"이라는 표현이다. 발전 과정이라는 표현이 훨씬 자연스러워 그렇게 옮겼는데, 독일어 원문은 그냥 '과정Vorgang'일 뿐이다. 말하자면 발전인지 아닌지는 알 수 없으나 그 과정은 무제한의 넓이로 열려 있다는 것이다. 무엇이 그렇단 말인가. 다음 관계가 그것이다.

---

1 W. Benjamin, "Das Kunstwerk im Zeitalter seiner technischen Reproduzierbarkeit," *Gesammelte Schriften*, Frankfurt: Suhrkamp, 1976, pp. 18~19.

사고	직관
대중→리얼리티 리얼리티←대중	대중→리얼리티 리얼리티←대중

사고와 직관은 흔히 구별된다. 무엇보다 사고에는 시간이 소요되고, 직관에서는 시간이 축출된다. 그러나 대중과 리얼리티의 관계에 관한 한, 그 구조가 똑같다는 것이 벤야민의 지론이다. 여기서 흥미로운 일은 대중과 현실이 아닌, 대중과 리얼리티라는 개념으로 이 문제를 설정해놓고 있다는 점이다. 반드시 그렇다고 할 수 없을지 모르나, 나로서는 그 리얼리티를 사이버스페이스의 세계, 즉 인터넷과 결부지어 생각하지 않을 수 없다. 그렇다면 대중과 인터넷의 세계는 아주 리얼하게 연결되고 그 안에서 벌어지는 '무제한 넓이의 과정'은 그야말로 무제한으로 전개된다. 대중은 과연 사이버 공간의 리얼리티를 개척한 것이다. 또 어떤가? 그 리얼리티 역시 대중을 그 수에 있어서 엄청나게 극대화하고 있지 않은가. 게다가 인터넷 속에서 사고와 직관의 차이는 벌써 유명무실해진 감이 있다. 이 같은 현실을 벌써 70년 전에 논리화했다는 사실이 끔찍하게 느껴질 정도다. 벤야민이 보여준 통찰력의 놀라움은, 종교 의식과 더불어 발달된 형상물을 예술 작품의 본질적인 모습으로 수용해온 의식(儀式) 가치가 20세기 이후 소멸되고 대신 전시(展示) 가치가 대두되고 있다고 관찰한 점에도 있다. 물론 그는 사진과 영화를 중심으로 이 가치의 등장을 흥미 있게 분석하고 있지만 양자가 합쳐진, 그리고 그 기능이 최대화된 인터넷을 만일 그가 지금 다시 살아나 보게 된다면 어떤 반응을 보일 것인가. 아마도 스스로의 탁견에 그 자신 전율을 금치 못하리라. 확실히 대중은 전시하는 것을 좋아한다. 전시되는 것도 물론 좋아한다. (이즈음의 얼짱과 누드 열풍을 보라.) 이렇듯 대중의 대두를 불가피한 현상으로 내다보면서 오직 영화만을 비평이 가능한 (그것도 몇 가지 단서가 포함된) 거의 유일한 예술 양식으로 그는 규정한다. 70여

년 후에 강력한 현실성으로 다시 부각된 벤야민의 생각은 우리의 경우 바로 '노무현 현상'과의 관련 아래에서, 비로소 새로운 규정이 요구되는 현안이 된 것이다. 실제로 인터넷을 제외한 전통 예술 양식 가운데 우리에게도 오직 영화만 뜨고 있지 않은가.[2]

이렇게 볼 때 우리 문학이 대중으로부터의 무관심을 오히려 영광으로 알고 대중으로 들어가려는 노력을 천박한 것으로 치부하는 관습을 무반성적으로 답습해온 일은, 어쩌면 시대착오라는 비난을 들어 마땅한 일인지도 모른다. 대중을 동원할 수 있는 바로 그곳에서 힘든 과제의 해결을 위해 애써야 한다는 벤야민의 논지에 동의한다면, 이제 그 무반성은 반성되어야 할 것이다. 나 자신 대중문학과 대중문화에 대한 관심을 비교적 이른 시기인 1970년대부터 심심찮게 표시해왔지만 과연 분명한 입장을 가졌던 것인지 스스로 혼란스럽지 않을 수 없다. 그러나 이제는 분명해졌다. 인터넷의 대두, 그 막강한 위력의 현실화와 더불어 분명해졌다. 어차피 예언적 비평으로의 능력에는 많이 미흡했던 모양인데, 그렇다면 영화 쪽에 모든 것을 양보하고 주저앉겠다는 것인지 스스로에게 되묻지 않을 수 없다.

그러나 전면적인 반성 대신 오히려 나에게는 아직 이런 문제들이 남아 있다. 두 가지의 문제인데, 그 하나는 '노무현 현상'에서 보이는 인터넷의 승리가 정치적 정의의 정당화까지 보장해주느냐 하는 문제이며, 다른 하나는 대중적 기반 위에서 행해지는 인터넷 문화에 반문화적 요소는 없는가 하는 회의다. 이 둘은 모두 전통적 엘리트주의 문화관의 소산일 수 있다는 혐의로부터 물론 자유로울 수 없다. 그럼에도 이런 문제들로부터 완전히 떠날 수 없는 것은, 이른바 민주화가 이루어졌다고 해서 불과 10년 전까

---

2 꽤 괜찮았던 소설가 이창동이 영화감독으로 옮겨 갔다가 다시 노무현 정부의 문화관광부 장관이 된 사실은, 우연 이상의 의미가 있다. 아울러 유능한 문학청년이 문학보다 영화 쪽을 기웃거리는 현상 또한 최근 5, 6년 사이에 형성된 새 풍속으로 주목된다. "예술은 대중을 동원할 수 있는 바로 그곳에서 예술의 가장 힘들고 중요한 과제를 풀어나가려고 애쓴다"는 벤야민의 주장은 여기서도 설득력 있게 들린다.

지 우리 문학을 강타하고 지배해온 소위 거대담론의 효용은 완전히 소멸되었는가 하는 질문, 그렇다면 문학의 이념과 논리 또한 한시적인 '대책문학'의 범주를 넘어설 수 없는가 하는 질문이 대답을 얻지 못한 채 소멸되었기 때문이다. 민족문학론, 민중문학론, 리얼리즘론은 그 정치적 결과(직접적인 결과야 아닐지 모르지만)로서 민주화를 가져왔지만, 문학론 자체의 바람직한 답안은 얻지 못한 채 사라져버린 감이 있다. 그렇다면 문학 역시 비민주적 정치 사회를 개혁하기 위한 시민단체의 활동과 별다를 바 없는 양식인가 하는 문제가 남는다. 말하자면 정치적 의(義)가 구현된 사회에서는 문학이 큰 목소리나 모습으로 존재할 필요나 가치가 없느냐는 자문(自問)이다. 새로운 관계 설정의 이념과 형식을 나는 묻고 싶은 것이다.

다른 하나는, 인터넷 문화의 반문화적 개연성에 대한 의구심이다. 자주 거론되고 인정되듯이, 인터넷은 익명으로 불특정 다수 사이사이를 연결시킨다. 특히 한 전문가가 날카롭게 지적했듯이 "신화의 소비와 우상의 숭배가 이데올로기로 고착하여 하나의 사회적 현실로 자리 잡는 과정"[3]일 수도 있는 인터넷이, 문화의 근본 핵심인 '반성'의 기능에 무심하다는 것은 내게 치명적인 함정으로 느껴진다. 위의 지적이 말하듯 우상을 만들어 숭배하고 그것을 신화화하여 소비하는 일은, 앞서 노무현 대통령 만들기에서 가공할 위력을 발휘하지 않았는가. 여러 명의 연예인들이 이 과정에서 활약했지만, 활자를 통해 논리를 펴는 작가들의 개입이 미미할 수밖에 없었던 것을 반문화성으로 연결 짓는 일은 무리일까. 그 일이 아니라 하더라도 강력한 매체에 의한 강력한 동원력은 아무래도 개체를 존중하는 문화의 본질과는 사뭇 먼 거리에 있는 것 같다. 이 역시 이 문제와 씨름하고 있는 전통적인 활자 문화, 즉 문학의 새로운 양상과 더불어 심도 있게 논의되어야 할, 인터넷과 쉽게 동행할 수만은 없는 예민한 문제다.

3 홍성욱 · 백욱인 엮음, 『2001 싸이버스페이스 오디쎄이』, 창작과비평사, 2001, p. 5.

3

문학에도 확실히 새로운 모습들이 있다. 몇 년 전, 그러니까 지난 1998년 봄 나는 『가짜의 진실, 그 환상』이라는 비평서를 내놓은 적이 있는데, 이 책에서 나는 1980년대 중반 이후의 젊은 소설가들인—이제는 모두 쟁쟁한 중견들이 되었다—정찬, 최윤, 신경숙, 장정일, 이순원, 윤대녕, 배수아, 박청호, 채영주, 은희경, 송경아 들을 살펴보면서 그들의 문학적 특징을 추출해보고자 했다. '가짜의 진실, 그 환상'이란 말하자면 그 당시의 결론인 셈이었다. 이들 소설가들의 작품들이 영상 내지 화상(畵像)성을 알게 모르게 띠고 있다는 공통점을 찾아내본 것인데, 1990년대 중반의 이 작업은 곧 이어 활성화된 인터넷 문화로의 몰입으로 확인되었다고도 할 수 있다. 뒤이어 관심을 가졌던 테마는 페미니즘의 문제였는데, 이 문제는 2001년 봄에 간행된 비평서 『디지털 욕망과 문학의 현혹』에 '페미니즘의 가능성'이라는 장 제목으로 몇몇 방향의 논제가 수록된 일이 있었다. 영상성과 여성성이라는 관점에서 세기말/세기초의 우리 문학 현상의 성격에 주목했던 것인데, 이제 그로부터 6년, 3년이 각각 지나면서 문득 '노무현 현상'이라는 새로운 도전을 만나고 있는 것으로 보인다. 그 모습은 무엇일까? 결론이 먼저 허락된다면, 우선 소설의 경우 나는 그 특징을 즉물성, 실용성, 과시성이라는 용어로 축약할 수 있지 않을까 생각한다.

헐렁한 실내복 원피스를 벗고 화장대 거울 앞에 선다. 유방은 몰락한 왕의 무덤처럼 거대하고 황폐하다. 검게 착색된 젖꼭지, 삼각 팬티의 밴드 바깥으로 불룩하게 비어져 나온 허리 살, 생명을 품어본 적 없는 늘어진 뱃구레까지, 눈 한번 깜빡이지 않고 그녀는 제 몸을 본다. 어떤 슬픔이나 비애도 없이. 일요일 오전, 종교가 있는 사람들은 주일 예배를 준비하고 가족이 있는 사람들은 아침 식사를 나눌 시간이다. 그녀는 아무것도 할 일이 없다.[4]

---

4 정이현, 「신식 키친」, 『낭만적 사랑과 사회』, 문학과지성사, 2003, pp. 191~92.

2002년에 등장한 정이현이라는 여성 작가. 나로서는 미상불 이 작가, 그리고 이와 비슷한 연배의 작가들을 살펴봄으로써 새로운 시대의 특징을 감지할 수밖에 없다. 『낭만적 사랑과 사회』라는 논문 제목 비슷한 제목의 소설집을 벌써 출간한 이 작가의 소설 「신식 키친」의 한 대목이 앞의 인용이다. 웬만한 감수성의 독자는 벌써 여기서 슬그머니 다가오는 필링이랄까, 그런 것을 느낄 것이다. 그 필은, 별 필링이 없다는 점이다. 여성이 옷을 벗고 자신의 몸을 감상하고 있는, 이를테면 감상기와 같은 것인데, 도무지 어떤 감상도 기록된 느낌이 없는 것이다. 그것은 그저 무심한 묘사에 가깝다. 그러나 모든 형용에서 벗어난, 형용 중립적인 것은 아니다. 유방을 가리켜 "몰락한 왕의 무덤처럼 거대하고 황폐하다"고 하지 않는가. 그러나 이 표현은 '~처럼'이라는 비유가 동원되었음에도 불구하고, 이 작가가 화려한 수사법을 좋아한다는 인상과 잘 연결되지 않는다. 그 이유는 비유로 씌어진 사물보다는 묘사하고자 하는 사물 자체에 시선이 집중되어 있기 때문이다. 말하자면 "검게 착색된" "삼각 팬티의……" "생명을 품어본 적……" 등등의 형용이 나오지만 그보다는 오히려 젖꼭지, 허리 살, 뱃구레 등등의 묘사에 독자의 시선이 모이는 것이다. 그것은 작가의 시선이 거기에 머물러 있기 때문이다. 이런 분위기는 보통 즉물성Sachlichkeit이라고 불리는 그 어떤 것이다. 사물 자체만을 부각시키는 것. 그와 관련된 다른 환경을 차단하고, 그 사물에 가해지는 일체의 작가적 주관—연상, 기억, 이념 따위—을 배제하는 작법인데, 이것은 단순한 작법 아닌, 그 자체가 작가 세계의 본질로 결부되는 그 어떤 것이다. 작가는 이 작품을 통해, 혹은 앞의 인용 부분을 통해 자신의 몸을 총체적으로 그려내거나, 그 몸에 대한 자신의 기대와 욕망을 말하지 않는다. 더구나 몸을 통한 특정한 주장이나 이념을 내세우지도 않는다. 앞의 인용에서 특기할 만한 것은 특히 "일요일 오전, 종교가 있는 사람들은 주일 예배를 준비하고 가족이 있는 사람들은 아침 식사를 나눌 시간이다"라는 부분이다. 종교와 예배, 가족까지 철저히 사물화시키고 있는 이러한 표현은 일견 무심한 묘사로만 보이지만, 사실 그 배후에는 작가의 강한 자아가 숨겨져 있다. 종교가 있으면 예배 드리러 가고, 가족이 있으면 아침 식사를 한다? 평범한 듯한 이 진술이 감추고 있는 것은 무엇인가. 그것은 작가든 작중 화자든 그에게는 종교도 가족도 관심이 없다는 언질이다. 이 언질은 은연중 가족과 종교 같은 인간 사회에서 전통적으로 가장 소중하고 긴요하게 여겨져온 개념에 대한 격하의 작업과 연관된다. 사실 이런 공작은 이미 몸에 대한 묘사에서 벌써 진행된 바 있다. 여성의 유방, 허리 등은 얼마나 오랫동안 중요하게 다루어져온 기관들인가. 생명의 차원에서도 관능의 차원에서도 그것들은 가려지고 보호될지언정 이처럼 물질화된 표현과 만난 일은 거의 없다. 아니, 물론 많이 있었다. 졸라의 자연주의 이후 인간의 몸은 물질화의 길을 신속하게 걸어왔고, 최근에는 우리 여성 작가들에 의해서도 관능과 페미니즘의 정치학, 그 치열한 대상이 되어왔다. 그러나 몸들에는 일정한 이념들이 붙어 있었다. 그런데 여기엔 거의 그것들이 없다. 알맞게 존중되어야 할 몸이 여기서는 아주 격하되고 무시되는 느낌인데, 작가는 "어떤 슬픔이나 비애도 없이" 그 몸을 바라본다. 말의 제 뜻에 가까운 즉물성이 분명하다. 정이현의 소설 곳곳에 편재해 있는 이 같은 성격은 또 다른, 그보다 조금 앞선 1990년대 작가들의 2000년대적 변화 속에서도 비슷하게 엿보인다. 김영하, 김경욱, 김연수, 배수아, 백민석 등이 그들이다. 가령 배수아의 작품을 보자.

그러나 마가 이렇게 소리치고 있을 때는 이미 마의 전처가 현관에서 신발을 벗고 있었다.

"안녕, 전처."

마는 어색하게 인사했다.

"이름도 잊어버렸군요."

마의 전처는 지저분한 방 안 풍경을 그리 놀라지도 않고 받아들였다. 돈경숙이 소파의 빨랫감을 치우자 고양이가 성난 얼굴로 노려보더니 달아나버렸다. 그 자리에는 지독한 노린내가 났지만 마의 전처가 앉을 만한 장소라고는 그곳밖에 없었다. 그렇지 않다면 마가 누워 있는 침대뿐이었는데 아마도 전처는 그것은 별로 원하지 않는 듯했다.

"스타킹에 자수가 놓였네."

돈경숙이 전처의 다리를 훔쳐보며 감탄했다.[5]

최근작 『일요일 스키야키 식당』의 도입부 한 장면인데, 종래의 시나리오 작품 한 대목을 연상시킨다. 이름 아닌 성, 그것도 존칭이나 별칭이 생략된 상태에서 '마'로 불리는 인물, 이름 없이 '전처'로 등장하는 인물, '돈경숙'이라는, 사람 아닌 사물화된 존재로 의도되고 있는 인물 등, 짧은 장면에서 나란히 나오는 세 사람은 인격체로 서로 교류하고 있다는 인상 대신 마치 건조한 꼭두각시처럼 각자 뒤뚱거린다. 이혼한 전처가 전남편의 새 가정을 찾아온다거나 그녀를 향해 전남편이 "안녕, 전처"라고 인사하는 부분은 우습다는 느낌을 넘어 그들이 좀 모자라는 사람들이 아닌가 하는 분위기를 풍긴다. 인간이 즉물화될 때 발생하는 자기 소외 현상이다. 이렇게 되면 소규모의 인간 집단도 주체적인 생명감으로 운행된다기보다는 익명의 대중 집단으로서 객체화된다. 그들 각자가 지녀야 할 원천적인 속성과 고유함, 그리고 그들 사이에서 교환되는 감정과 그 반응 같은 것들은 애당초 결핍되어 있다. 따라서 전처가 나타났는데도 후처인 현처는 뜬금없이 스타킹에 놓인 자수나 바라보고 감탄한다. 그러나 이때 '감탄'이라는 단어를 보라. 감동이 실려야 할 전통적인 이 어휘는 얼마나 왜곡된 채 그 본래의 뜻을 무시당하고 버려져 있는가. "돈경숙이 전처의 다리를 훔쳐보며 감탄했다"는 표현 속에는 감정과 관념을 거느린 총체적 인격으로서의 인간 아닌 부위별로 해체된 물질로서의 육체 조각—'인체'만이 너울거린다.

다른 한편 실용성과 과시성도 최근 소설들에서 두드러지게 나타나고 있

---

5 배수아, 『일요일 스키야키 식당』, 문학과지성사, 2003, p. 10.

는 현상이다. 즉물성의 대표적 보기가 되었던 정이현의 경우, 대표작 「낭만적 사랑과 사회」에는 복수의 남자 친구를 가진 여자 주인공이 나오는데, 그녀가 그들을 사귀며 지내는 이유가 종래 세대와는 판이하다. 예컨대 사랑이라는 고전적, 전통적 이유는 물론 애당초 개입할 여지조차 없으며, 성적 욕망의 주체적 구현이라는 바로 전 세대, 즉 1990년대 열망도 벌써 쫓겨나 있다. 그런데도 그들은 왜 남자 친구를 혹은 여자 친구를 사귈까. 그 이유의 언저리는 이렇다.

> 차가 없는 남자애는 피곤했다. 우선 폼이 안 났다. 대학교 3학년이나 된 이 나이에 아직도 강남역 뉴욕제과 앞, 압구정동 맥도널드 앞 같은 곳을 약속 장소로 정한다는 건 쪽팔리는 일이었다. 게다가 데이트를 끝내고 집에 갈 때는 또 어떤가? (……) 지방 캠퍼스에 다니는 데다 키스 하나 제대로 못하는 어리어리한 민석이를 몇 달째 만나는 이유도 따지고 보면 그애의 스포츠카 때문이었다.[6]

주인공 여대생에게는 또 한 사람의 남자가 있는데 그에게는 차가 없다. 그러나 그는 명문 의대생. 순전히 실용적인 면에서 두 남자는 그녀에게 각각 효용성이 있다. 의대생과 자가용은 어쩌면 오늘의 젊은이들이 탐닉하는 가장 전형적인 키워드일 것이다. 이 소설은 두 가지 요소를 정직하게 반영한다. 실용성인데, 다분히 자기과시욕이 그 핵심으로 작용하는 그런 실용성이다. 양자는 앞의 즉물성과 합하여 고스란히 인터넷 문화의 속성을 대변한다. 인터넷의 영상성이란 어차피 자기과시이며, 온라인 속에 철저히 매몰된 그 즉물성이 이를 이용하는 네티즌들에게는 가장 실용적이지 않은가. 말을 바꾸면, 네티즌들로 대변되는 젊은이들은 자기과시성이 가득 찬 인터넷과 영상 문화의 즉물성을 가장 실용적인 것으로 즐기며, 젊은 소설

---

6 정이현, 앞의 책, pp. 12~13.

들은 그 현상을 충실히 증언, 반복하고 있는 것이다.

이 점에서는 전자책e-book 형태로 나왔다가 다시 종이책으로 나온 백민석의 『러셔』가 한 전형이 될 수도 있을 것이다. 장편 『헤이, 우리 소풍 간다』 『내가 사랑한 캔디』로 만화 같은 소설, 혹은 소설의 만화화 가능성에 일찍이 도전한 바 있는 이 작가는 『러셔』에서 사이버 세계의 리얼리티를 실용화한다. 사이버펑크 SF 소설이라는 평을 듣고 있는 이 작품에는 현실 세계를 다루는 종래의 소설들과 달리 초월자, 능력자, 기술자, 노동자라는 공작적 기능 위주의 인물들이 포진해 있다. 이러한 배치는 현실 공간에서의 활동보다 사이버 공간에서의 실행을 연상시킨다. 가령 컴퓨터 게임을 생각해보아도 좋을 것이다. 모비와 메꽂이라는 한 쌍의 주인공은 일종의 능력자로서 호흡구체의 핵심 시스템을 파괴하고자 활약한다. 호흡구체는 말만 그럴싸할 뿐 환경 문제의 근본을 은폐하는 역할을 하기 때문에 제거되어야 한다는 것이다. 이 작품에는 이와 비슷한 전문 기술 용어, 혹은 전도되고 조작된 유사 용어들이 빈번히 나오는데 그것들은 오프라인의 현실에서는 당장 존재하기 힘든 만화적인 기제이지만, 몇몇이 온라인 속에서 조직될 때 가공할 위력으로 미래의 지평을 열어간다. 호흡구체와 함께 나오는 폴립군체라는 것이 있는데, 그것의 제거를 위해 호흡구체가 파괴될 때 환경 물질의 범람으로 세계는 파국에 직면한다. 이러한 기능 물질의 포진은 종래의 소설에서도 존재했던 극적 장치의 일환으로 간주될 수 있으나, 여기서는 만화나 영화에서처럼 훨씬 폭발적이며 아슬아슬한 극적 구도의 방아쇠 구실을 한다. 여기에 덧붙여 개인의 내면적 심리와 욕망을 제거시키면서 사회 공동체의 이데올로기로 소설 진행의 명분을 얻어가는데, 이것은 컴퓨터 게임의 속도나 추진의 힘으로 작용하면서 환상을 만들어낸다. 나로서 이 작품에서 가장 주목하는 대목은, 기능 물질의 연결로만 진행되는 즉물성의 공간이다. 그렇다면 젊은 평론가 이수형의 지적대로 워쇼스키의 「매트릭스」 공간과 과연 무엇이 얼마나 다를까. 공간 밖으로 튀어나오고자 하는 화면 자체의 과시성도 마찬가지다.

허밍이 들려왔다. 거대 팬의 바람이 모래 알갱이들을 쓸어올리고, 쓸어내리는 소리였다. 지름 0.09밀리미터나 0.07밀리미터쯤 되는 모래 알갱이들의 틈새를 핥고 훑고 파고드는 소리였다.[7]

스크린에 좌표가 떴다. 그녀는 엔진에 파워를 넣고 숨을 한 번 토했다간 짧게 들이마셨다. 발사, 빨리 갔다 와, 발사. 예, 알겠습니다. 새파란 전광이 그녀의 시야를 채웠다. (……) 그녀는 이제 없는 존재가 됐다. 반물질이 됐다. 아주 짧은, 그 어떤 시간이 그녀와 그녀의 호버 탱크를 덮쳤다.[8]

즉물성과 과시성, 그리고 실용성이 어울려 이루어지는 열매 가운데 가장 눈에 잘 띄는 것은 섹스와 폭력이다. 그것들은 모두 호감, 의리, 환경, 편의, 그리고 정치적 의를 표방하지만, 그 자체가 새로운 이데올로기일 뿐, 사이버 공간의 추가 이외에 이렇다 할 행복과 연결되고 있는 성과는 없다. 모비와 메꽃처럼 그들은 선의의 테러리스트로서 두려움의 대상에 아직 머물러 있을 뿐이다.

4

다소 거창한 표현이 되겠지만, 21세기 우리 소설들이 이처럼 즉물성/실용성/과시성을 키워드로 삼을 때 인터넷 문화의 정치적 표현으로 현실화된 '노무현 현상'과의 관련성은 어떻게 되는 것일까. 벤야민의 논리를 추적하면서 제기된 문제들, 즉 첫째, 정치적 의가 구현된 사회에서, 그것도 인터넷 문화의 매개에 의한 그 구현에서 문학은 손을 털고 돌아서도 되느냐

---

7 백민석, 『러셔』, 문학동네, 2003, pp. 9～10.

8 같은 책, pp. 15～16.

는 질문이다. 이에 대해서 21세기 초입의 소설들은 외면상 표정으로는 무심하다. 먼저 즉물성을 생각해보자. 그들은 자신의 몸을 보아도 전체적으로 보지 않을뿐더러, 어떤 감정을 실어서 보지도 않는다. 유방이 보이면 유방을 볼 뿐이고, 허리가 보이면 허리를 볼 뿐이다. 비록 유방이 크고 황폐해 보여도 슬프지 않다. 몸은 부분적으로 해체되어 지각된다. 연계, 유대와 같은 전통감은 중요해 보이지 않는다. 인터넷이 그렇다. 클릭하면 아름다운 알프스가 나오고, 다시 클릭하면 벌거벗은 남녀의 섹스 장면이 나온다. 로마 교황청 바로 다음 순서에 미얀마 사원이 연결된다. 대체 이들 사이에 무슨 연관이 있겠는가. 즉물성은 작가의 의식을 단편화한다. 정이현이 연속성 대신 옴니버스 스타일을 즐기는 까닭도 이와 무관치 않다. 결국 노무현이 인터넷에 의해 대통령에 당선된 것은, 정치적 의라는 목적 지향의 결과 이외에 인터넷 자체의 논리와 소위 코드, 코드의 연결 결과라는 분석이 가능할 수도 있다. 가령 노무현의 경우 정치적 의라는 목적 지향성이 상당 부분 포함되었다고 하자. 그러나 그 같은 요소가 전혀 고려되지 않는 다른 미래의 다른 개연성도 상정해볼 수 있는 것이다. 절대 권력에 의해 대중 조작을 경고한 벤야민의 우려가 아니더라도, 대중의 즉물성을 생각할 때 그 개연성은 두렵다. 하물며 문학마저 그와 같은 길에 들어서고 있다는 가설이 타당하다면, 문제는 간단치 않아 보인다.

다음으로는 인터넷 문화의 반문화성 혐의가 제기된다. 미흡한 수준이기는 하지만, 이미 확인되고 있는 실용성, 과시성을 정통적인 문화성의 차원에서 수긍하기에는 적잖은 지이함이 있지 않은가. 새로운 소설들은 이미 오프라인의 종이 문화 속으로 이러한 특성을 자연스럽게 유입시키고 있다. 실용성이란 현실 비판 아닌 현실 추수인데, 최근의 소설들이 아이러니에 의한 비판의 성격을 감추어 담고 있다는 일부 옹호론을 감안하더라도 이에 대한 경도는 부인할 수 없는 추세로 보인다. 과시성의 경우는 보다 심각한 새 징후이다. 그것은 즉물성의 불가피한 사회적 측면이다.

앞서 나는 백민석의 『러셔』 주인공들을 두렵게 바라보게 된다는 말을 했는데, 그 까닭은 그들이 미래의 주인공이며 그들이 기능 물질과 명분을 선점하고 있기 때문이다. 결국 그들은 모든 것을 소유하고 있는데, 그러면서도 그들은 남아 있는 저항을 낡은 것으로 공격하는 도덕성마저 찬탈하려고 한다. 더욱이 때로 확신이 없다고 하면서도 돌진하는 모비의 모습은 불안하기 짝이 없다. 그렇다면 이 같은 비판은 무위의 견제에 지나지 않는 것일까. 블랙홀로의 함몰처럼 문화 양식으로서 문학 또한 기능 물질화의 운명을 감수할 수밖에 없는가. 그렇지만은 않다. 『낭만적 사랑과 사회』와 『러셔』에는 그럼에도 불구하고 처녀성을 찾는 고전, 그리고 이식 인간에 의해 순수한 육체로 감탄되는 메꽃의 아날로그적 향수가 엿보인다. 나는 우선 이 작가들의 작은 서정성을 평가한다. 그것은 결코 작지 않은 틈새다. 정치와 대중, 폭력의 미혹 사이를 비집고 나오는 아름다운 틈새! 그 틈새는 더욱 벌어져야 할 당위와 만나고 있다. 그 당위는 문학이 뒷받침해야 할 몫이다.

(2004)

한국 문학 세계화의 요체

1

한국 문학이 세계 문학과 섞여들고 있다. 한국 문학은 한국의 모든 것들이 그러했듯이 세계의 변방이었다. 그러나 한국이 세계의 중심으로 서서히 진입하듯이 한국 문학 역시 이제 세계 문학과 호흡을 함께하는 상황에 이르고 있다. 그러나 한국 문학은 구체적 실재가 있지만, 세계 문학이란 대체 무엇인가. 막연하게 생각되어온 '세계 문학'은 문학의 보편성에 대한 국제적 관심이 높아져가고 있는 이즈음 보다 구체적으로 그 개념과 과정이 검토될 필요가 있을 듯하다.

세계 문학은 일반적으로 그 가치와 내용, 지향점에서 보편성을 대변하는 개념으로 암묵리에 받아들여져왔다. 보편성은 이때 개별성, 특수성의 맞은편에 있는 용어로서 특정한 시간과 공간을 넘어서는 어떤 초월적 진리로의 개연성을 의미하기 일쑤였다. 말하자면 20세기 한국에서만 통용되는 문학이라든지, 19세기 중국에서만 유효한 문학이라면 그것은 보편성이 없는 경우로 제외될 수밖에 없을 것이다. 당연한 이야기이겠으나, 이에 관해서는 이론이 없는 것도 아니다. 가령 한국 문학은 불과 10여 년 전까지만 하더라도 이른바 '한국적인 것' '토속적인 것'이 오히려 국제사회에서 이목을 끌 수 있다는 주장 아래 소설가 김동리, 시인 서정주 등이 한국 문학의 간판으로 내세워졌고, 그 타당성에 대한 논의가 꽤 진지했다. 이에 관한 논란은 여전히 남아 있으나, 개별성과 특수성보다 모든 인류의 보편성이 세계문학의 핵심적 가치라는 생각은, 예컨대 노벨문학상 수상 작가의 면면에서도 드러난다. 가령 1994년 수상 작가인 일본의 오에 겐자부로는 장애인 문제에 깊이 천착함으로써 인류 공통의 아픔을 절실하게 일깨워준 점이 높이 평가되었던 것이다.

한국 문학의 세계화라는 문제가 우리 문학 내지 우리 사회의 명제로 떠오르게 된 것은 그리 오래된 일이 아니다. 이른바 해방 이전의 마지막 세대이자 해방 공간을 통하여 그 이후의 세대와 연결되는 교량 역할을 했던, 그리하여 1950년대 이후 폐허에서 문학 생활을 시작했던 세대들, 그리고 그들에게 태생적으로 어버이 자리에 있을 수밖에 없었던 세대들, 이들이 함께 어울려 살았던 문학 공간에서 그것은 아직 명제는커녕, 화두로조차 회자되지도 않았다. 소설가 김동리, 황순원, 안수길 등과 서정주, 조지훈, 박두진, 박목월 등의 시인들이 여기에 해당된다. 이들이 여전히 창작의 일선에서 활약했던 1970, 80년대까지 한국 문학은 변방문학으로서의 위상을 운명적으로 감수하고 있는 모습으로 투영된다. 이때 감수한다는 의미는 체념적/부정적인 뜻만은 아니다. 이들과 이들 세대의 비평, 혹은 문학 저널리즘은 오히려 이른바 "토속적인 것이 보편적"이라는 슬로건적 명제를 내세워 한국적/변방적인 것을 긍정적인 것으로 파악하려는 태도를 표방함으로써 변방성으로부터의 탈피나 극복을 필요한 일로 간주하지 않았다. 오늘에도 여전히 일부에 남아 있는 이러한 견해는, 그러나 인터넷 문화의 급속한 보급과 이른바 글로벌리제이션이 촉진되면서 현저히 퇴색하고 있다. 한국을 포함한 모든 나라들의 문학이 토속적 고유성을 주장하는 것이 과연 얼마나 가능할 수 있겠느냐는 회의론이 현실적 설득력을 얻고 있기 때문이다.

2

토속성 논의가 약화되는 자리에 자연스럽게 보편성에 대한 관심이 증가하면서 한국 문학의 세계화 문제는 점프업된다. 우리의 경우 딱 부러지게 언제부터라고 말하는 것은 가능하지도 않고 필요해 보이지도 않는다. 그러나 거칠게 말해본다면 1990년대 중반, 더 구체적으로는 1996년 한국 문학번역금고가 정부의 지원 아래 출범하던 시기 전후가 아닐까 생각한다. 번역금고의 전신은 한국문학예술진흥원의 해외 부문이다. 우리 문학을 세계에 소개하기 위하여 외국어로 번역하고 이를 당해국 출판사에서 출판하며 우리 작가들로 하여금 외국을 단기 방문 혹은 중장기 체류하게 하는 프로그램이 여기서 운영되었다. 외국 작가들을 드물게나마 초청하는 프로그램도 있었다. 그러던 것이 바로 이 해외 부문이 독립하여 번역금고로 발전하였고, 번역금고는 2001년 다시 한국문학번역원이라는 정부 산하의 공공기관(법적 명칭은 기타 공공기관이다)으로 그 모습을 갖추게 된다. 세계 시장에서 한국 문학의 상품적 가치를 토속성에서 찾던 논의가 보편성의 강조로 슬그머니 변색하게 된 시기도 이러한 시기와 거의 궤를 같이하고 있다고 할 수 있다. 이 시기는 동시에 활자문화 시대에서 영상문화 시대로의 이행, 혹은 공존의 시기이며 점차 인터넷이 맹위를 떨치게 되는 시기이기도 하다. 이즈음은 굳이 보편성을 역설하지 않더라도 세계 문학의 모든 정보와 내용이 콘텐츠라는 이름 아래 단일한 (혹은 동일한) 차원을 형성하고 있다. 가령 그래픽 노블은 그 원산지가 미국이더라도, 그리고 만화는 그 원산지가 일본이더라도 이제 세계인 공동의 재산으로 애용된다. 여기에는 이른바 포스트모더니즘에 의한 해체 이론의 영향도 은밀하게, 그러나 압도적으로 작용해오고 있다. 널리 알려져 있듯이, 포스트모더니즘은 모더니즘에 남아 있는 형이상학적 전통의 요소를 과격하게 밀어내면서 모든 개념의 개념화 작업을 거부한다. 해체론은 포스트모더니즘의 당연한, 그리고 핵심적인 결과이다. 그 결과 눈에 띄게 부각되는 현상은 모든 경계의 소멸이다. 남과 여의 경계가 없어지고, 어린이·성인·노인의 경계도 애매해진다. 남녀노소의 구별이 현저히 약화된 것이 사실상의 현실이다. 이러한 현상은 국가 간에도 존재하여 국경의 벽이 얇아지고 국가 고유의 특징, 예컨대 토속성의 비중 또한 점차 낮아지고 있다. 탈공업사회에서 정보사회로의 이행은 전 세계를 동일한 위기로 전염시킨다. 최근의 경제 위기에서 보듯이 한쪽에서 발생한 위기는 전 세계를 동일한 위기로 전염시킨다. 이렇듯 온갖 경계들이 와해되면서 '보편성'은 더 이상 추구되고 획득되어야 할 가치라기보다 거의 선험적으로 주어지는 상황이 되어버린 것이다. 반드시 번역되지 않아도 좋다면 보편성이라는 용어 대신 차라리 유니버설리티universality라고 부르는 편이 현실적인 모습일지도 모른다.

이러한 현실 앞에서 한국 문학은 세계 문학으로의 진입을 강요받고 있다. 따라서 언어가 매개되어 있는 태생적 한계를 고려할 때 번역은 이제 선택이 아닌 필수가 되었다. 쉽게 말해서 한국 문학이 세계화를 얼마나 잘 성취할 것인가 하는 문제는 전적으로 번역에 달려 있다고 할 수 있다. 우리 모두가 알고 있듯이, 한국어는 마이너 랭귀지, 즉 소수언어이다. 소수언어는 세계의 언어시장에서 살아남을 수 없다. 보호되지 않는 이상, 약화되고 퇴화된다. 언어문화인 문학은 따라서 보호되어야 할 운명을 지니고 있는 바, 그 보호의 주체는 국가가 될 수밖에 없다. 국가가 법령에 의해 한국문학번역원을 설립하고 국가 예산을 투입하여 이를 경영할 수밖에 없는 배경도 여기에 있다. 국가의 개입 없이 소수언어를 매개로 한 한국 문학은 세계화를 향한 날갯짓을 펼 수 없는 것이다.

3

세계 문학이라는 용어가 그다음으로 환기시키는 것은 그것이 서구 중심의 선진국 문학이라는 점이다. 노벨문학상의 경우 1901년 쉴리 프뤼돔R. Sully-Prudhomme이라는 프랑스 시인이 제1회 수상자가 된 이후 백 년이 훨씬 넘는 시간에 비서구권에서 수상자가 나온 예는 불과 일곱 명뿐이라는 통계가 이를 잘 보여준다. 더욱이 유럽 문학이라고 하지만 문학적으로 그리 뛰어난 업적을 갖지 못한 북유럽의 작가들이—스웨덴, 노르웨이, 덴마크 등—초기 수상자들의 대부분을 차지하였다는 사실은 '세계 문학'이라는 말이 지닌 허구성의 일단을 보여주고 있는 셈이다. 특히 영미 중심의 서구 사회의 교양 계층과 긴밀하게 연결된 이미지는 18세기 후반 독일의 문호 괴테 역시 '세계 문학'으로의 편입을 열망하고 있었다는 점을 살펴볼 때 쉽게 수긍될 만하다. 이러한 사정은 비서구권 대부분이 경제적으로 뒤떨어지고, 정치적으로 아직 비민주화에 머물러 있던 경우가 많아서 서구 문학을 세계 문학의 모델 내지 그 실체로 은연중 여기게 된 데서 비롯했다. 우리의 경우, 즉 한국 문학도 예외가 아니어서 서구 문학을 세계 문학의 실제 내용으로 수용하고 그 미학의 기준을 우리의 그것으로 삼는 일에 익숙해온 것이 사실이다. 최근에 이와 같은 경향과 현실에 반발하여 동아시아 중심의 특유한 문화가 지닌 보편적 성격을 연구하고, 이를 기준으로 하는 현상이 대두하고 있는 것은 따라서 자연스러운 한 추세이기도 하다. 한편으로는 서구 문학 맹종, 그리고 다른 한편 이를 제국주의적 태도로 혹평하는 양극적 자세의 지양이라는 점에서 앞으로도 보다 깊이 있는 연구가 나옴 직하다.

그러나 세계 문학으로의 길은 서구 문학의 추종, 혹은 거부라는 자세의 문제만은 아니다. 서구 문학은 세계 문학이라는 거대 카테고리에 일찍이 진입한 선행 주자로서 누릴 수 있는, 그리고 누릴 수밖에 없었던 프리미엄이 있으며, 스스로의 의사와 상관없이 이는 세계 시장에서 존중된다. 그렇다면 한국 문학도 이러한 질서를 일단 존중하면서 시장에 들어갈 수밖에 없다. 들어가는 방법은 마이너 랭귀지인 한국어를 메이저 랭귀지, 즉 영어/프랑스어/독일어/스페인어 등의 서구어로 번역하고 그곳 현지의 유수한 출판사들을 통해 책으로 출판해야 한다. 이제는 중국어, 일본어 등의 동양 유력 언어로의 번역도 필수적이다. 지금은 그 초기 단계이며 여기서 제법 괜찮은 고객을 만나면서 적으나마 호의적인 반응을 얻고 있다. 최근 10년 안팎에 약 30개 가까운 언어로 번역된 문학 책이 4백 권 넘게 출판되고 있는바, 이것은 상당한 성과이다. 무엇보다 원자재라고 할 수 있는 소설집과 시집이 그만큼 있다는 사실이 소중하며, 한국어와 30개에 이르는 당해 외국어를 함께 구사할 수 있는 번역 인력이 있다는 사실이 주목된다. 무엇보다 이를 뒷받침하는 공공의 지원의 힘이 있다는 것이 고무적이다.

한국 문학은 지금 세계 문학과 만나고 있으며, 그 질적인 수준에서 수평적인 교류가 이루어지고 있다. 여기에는 어떤 열등/우월 의식도 개입되지 않는다. 국경이 갈수록 낮아지고 있는 시대에 모든 분야의 스타일이 평준화되고 있는 세상에 우리의 것과 이웃의 것은 소통될 수밖에 없다. 중요한 것은, 소통을 위한 창의적인 콘텐츠가 많이 만들어지는 일이며, 번역의 질과 기술이 독자 중심의 수용층으로 재정립되는 일이다.

4

그렇다면 문학은 일반적으로 문화라는 카테고리 안에서 어떤 성격을 갖고 있으며, 그 문화적·산업적 의미를 띠고 있을까. 우리 사회 내부에서, 그리고 세계 문화 시장에서 그 사정을 살펴보는 일이 긴요하게 되었다. 이와 관련하여 여기서 잠시나마 문학의 본질을 환기할 필요가 있다.

문학은 언어를 매체로 하여 현실을 반영하고 표현하는 인간 정신의 한 양상이다. 현실을 반영하고 표현해주는 인간 정신의 소산이 어디 문학뿐이겠는가. 그러나 인간을 인간답게 특징지어주고 있는 고귀한 권리에 속하는 언어를 매개로 하고 있다는 점에서 문학은 다시 그 독특한 자부심을 갖는다. 그러나 한편 생각해볼 때, 언어를 매개로 하는 인간 정신은 의외로 다양한 양태로 존재하고 있어, 문학이 무엇인지 알고자 하는 노력이 곤혹스러운 경우를 만나기도 한다. 가령 가장 비근한 예로서 역사를 생각할 수 있으며 그 밖에도 문헌의 형태를 가진 많은 문화 양태를 발견할 수 있다. 가령 논어를 비롯한 동양의 많은 고전, 혹은 로마의 법전을 상기해보자. 그것들은 모두 언어의 옷을 입고 인간 정신의 치열한 어떤 불꽃들을 연소시키고 있으나 오늘날 우리가 문학이라고 부르는 그 어떤 것과는 다른 것이 사실이다. 여기서 문학을 이해하는 길은 일단 미로에 빠지기 쉬운데, 자칫 우리는 문학이라는 가장 오묘한 정신 앞에서 그야말로 가련한 미아가 되기 십상이다. 미로의 발견은 문학에 관한 한, 그 광범위하면서도 정치한 비밀로의 잠입으로서, 이때부터 우리는 이 미로의 어슴푸레한 길을 밝혀주는 횃불이 되어야 한다. 문학이론을 공부하는 데 있어서 단순한 소박성이 미덕이 될 수 없는 까닭이 바로 여기에 있으며, 마찬가지로 복잡 혹은 복합이 기피될 수만은 없는 까닭도 바로 여기에 있다. 만약 그렇지 못할 때, 문학은 항상 미로인 채로 남아 문학에 접근하고자 하는 모든 사람에게 신비적인 우상 덩어리로만 군림하게 되며, 그렇게 되면 문학은 이미 인간 정신의 높은 발로로 인간에게 봉사하리라는 우리의 믿음을 배반할 수밖에 없게 된다. 그도 그럴 것이 문학이 반영하고 표현하는 현실이란, 현실의 피상적 전면을 그저 기계적으로 사진 찍듯 모사하는 그러한 현실이 아니라, 그 속에 인간의 힘이 담겨진, 그리하여 인간에게 끝없는 반성과 사고를 요구하는 현실이기 때문이다. 말을 바꾸면, 문학의 형태로 주어져 있는 문화 양태란, 인간에게 공연히 겁이나 주고 혼자 잘난 체하는 어떤 화석화된 관념이 아니라, 그 스스로 변화와 생성·파괴를 거듭하면서 인간을 부단히 자유스럽게 하는, 말하자면 움직이는 충격인 것이다.[1] 이러한 문학의 본질은 문학이 문화산업의 일부로 평가되면서 영상매체와 혼융을 이루어가는 오늘의 현실에서 때로는 심각하게, 그리고 끊임없이 고려되어야 할 부분이다.

5

국경이 느슨해진 글로벌 시대를 살면서 이제 국제 경쟁력과 국가 브랜드

---

1 김현·김주연, 『문학이란 무엇인가』, 문학과지성사, 1976, 서문 참조.

는 문화 차원을 넘는 생존의 문제와 연결되는 세상이 되었다. 한국도 이른바 한류를 통해 문화의 경쟁력이 상당한 국가로 평가되고 있다. 한류가 영화와 드라마, 대중가요 등의 공연예술을 통한 대중문화의 수준과 인기를 말하는 것이라면, 이제 이러한 트렌드는 문학 출판과 같은 전통적인 활자문화/본격 문화로도 연결되어 문화의 격을 다각적으로 높이는 문제와 만나고 있다. 그러나 모든 문화 장르의 중심에 있는 문학은 언어를 매개로 하는 까닭에 세계 문화 시장에서 숙명적인 핸디캡을 안고 있다. 한국어는 운명적으로 소수자 언어이기 때문이다. 소수자 언어를 극복하고 메이저 언어에 끼어서 함께 뛰어야 한다는 당위는 그러므로 이 시점에서 절체절명의 명제가 되고 그 방법으로서 번역은 중대한 사명으로까지 인식된다. 피할 수 없는 이 길은 만만치 않은 여러 문제들을 제기한다.

"프랑스어는 음악같이 울리고, 이탈리아어는 정서적인 울림이 깊고, 영어는 이지적으로 진행되는데, 울퉁불퉁한 독일어로 이들 나라의 문학을 대체 어떻게 옮긴단 말인가?" 독일어의 문학성에 대한 18세기 중반 독일 극작가 빌란트C. M. Wieland의 비관적인 한탄이다. 그럼에도 불구하고 결국 그는 많은 셰익스피어 작품들을 독일어로 옮겼고, 작가로서의 문명(文名) 못지않게 셰익스피어 번역가, 영국 문학의 소개자로서 문학사에서 그 이름을 남겼다. 울퉁불퉁한 독일어로 그는 어떻게 번역을 했을까.

빌란트는 셰익스피어를 울퉁불퉁하게 독일어로 옮겼다. 그 이상도 그 이하도 아닌, '그의 독일어'로 옮겼던 것이다. 이즈음 시대의 용어로 말한다면 자국의 소비자 입맛에 맞게 수입할 수밖에 없었던 것이다. 이러한 사정과 구도는 그로부터 250년이 지난 지금에도 그대로 들어맞는 이야기가 된다. 아니, 사정은 훨씬 더 그 방향으로 진전된다. 원전이라는 이름의 원자재에 고지식하게 머물러서는 문학의 세계 시장에서 단 한 사람의 소비자도 붙잡을 수 없는 것이다. 다른 일반 도서와는 달리 문학작품이 과연 번역될 수 있겠느냐 하는 고전적인 딜레마도 이제는 운명적인 것처럼 간주될 필요가 없을지도 모른다. 왜냐하면 번역의 딜레마란 원전의 의미를 어떻게 그대로 지키면서 옮길 수 있는가 하는 고민이었기 때문이다. 지키면서 옮기기는, 한마디로 말해서 불가능하다. 언어는 곧 사고방식이기 때문에 사고는 같아도 방식이 다른, 다른 언어를 통해 사고방식 자체를 똑같이 복원한다는 일은 애당초 불가능하며, 또 무의미하다. 그리하여 한국어로 옮겨진 셰익스피어, 한국어로 옮겨진 괴테는 넓은 의미에서 한국 문학의 일부로 흡수, 포용되며 성장한다. 일종의 다문화 문학 가족이 되는 것이다. 따라서 중요한 것은 번역의 주체이며, 주체적 문학관이다. 여기서 번역의 창의성 문제가 자연스럽게 대두된다.

지난날 우리는 이른바 '직역'을 좋은 번역, 실력 있는 번역이라고 생각해왔다. 직역이란 원문에의 충실성을 일컫는 것일 터인데, 잘된 직역은 곧 역자의 해당 외국어 실력의 증거가 된다. 그러나 그 밖의 소중한 요소들은 대체로 무시된다. 가장 위험한 일은 막상 작품이 옮겨지는 나라의 언어, 즉 당해국 독서 소비자들의 언어에 대한 능력은 간과되어버린다는 점이다. 셰익스피어나 괴테를 우리말로 옮기는데, 그 말이 도대체 우리말 같지가 않아서 우리들이 이해할 수 없다면, 번역은 쓸데없는 문서 소동에 지나지 않는다.

우리 문학작품들이 영어를 비롯한 여러 나라 말로 번역되고 있으며, 그중 몇몇 작가들은 적지 않은 해외 독자들을 이미 확보하고 있다. 노벨상 후보로도 유력하게 거론되고 있는 어느 소설가는 유럽에서 한 해에 1억 원가량의 인세 수입을 올렸다. 그럼에도 불구하고 해외의 유력 문학 저널리즘과 평론가들은 번역된 우리 문학작품들을 이해하기 힘들다며 질 좋은 번역을 주문한다. 대체 '질 좋은 번역'이란 무엇일까. 프랑스면 프랑스인, 독일이면 독일인이 이해 가능한 번역을 내놓으라는 것이다. 그동안 우리는 외국어로 번역하면서도 우리 눈높이와 정서에 따른 번역을 해왔다. 말하자면 국내용 번역으로 세계시장을 두드린 것이다. 이제 번역은 원문 중심, 생산자 중심에서 벗어나 당해국 언어, 전통, 관습에 능숙한 시각에서 그곳 소비자 중심으로 가슴을 열어야 한다. 그들이 읽고 그들이 감동할 수 있도록 그들에게도 해석의 키를 주어야 한다. 현지 독서 소비층들을 위한 새로운 번역·번역가가 나와야 하며, 우리 사회도 글로벌 사회를 살아가는 새로운 지혜를 터득해야 한다.

(2010)

3부

추억과 서정

—

시론

교양주의의 붕괴와 언어의 범속화

—김수영론

1

1970년 안팎의 20세기 한국 시문학사에서 아마 김수영(金洙暎)만큼 그의 시 세계에 대해 자주 논의된 시인은 그리 많지 않을 것이다. 확실히 그는 한용운·이상·윤동주·김소월 등 그의 선배 시인들 못지않게, 경우에 따라서는 그보다 훨씬 자주, 그리고 깊숙이 논의되는 시인으로서, 그가 세상을 버린 지 이제 겨우 10여 년이 되었다는 사실을 감안해볼 때 그 사정은 특히 놀랍다. 그에 대한 이 같은 논란과 평가가 어떤 성격을 띠고 있는지는 뒤에 살펴보기로 하겠으나, 그가 70년대 시단에서 가장 관심의 대상이 된 시인이었다는 점, 그리고 비평의 이목을 모았다는 점은 다만 시인 김수영의 차원에서뿐 아니라 70년대 이후 우리 문학이 지닌 반성적 성격을 반영해주는 것으로 생각된다.

최근에 나온 『김수영전집(金洙暎全集)』(민음사)에 의하면, 김수영은 25세 되던 1945년부터 시를 쓰기 시작해서 48세 되던 1968년 작고하기까지 모두 173편의 시를 쓰고 발표했다. 그의 처녀작은 『예술부락(藝術部落)』지에 실린 「묘정(廟庭)의 노래」이며 그의 마지막 작품은 「풀」이다. 그러나 처녀작에 대한 그의 격심한 불만과 자기 부정을 고려하고, 이 작품이 지닌 그의 세계 속에서의 낯선 위치를 생각할 때, 그의 처녀작은 차라리 그다음 번 작품인 「공자(孔子)의 생활난(生活難)」으로 보는 편이 타당할지도 모르겠다 ("南廟문고리 굳은 쇠문고리/기어코 바람이 열고/열사흘 달빛은/이미 寡婦의 靑裳이어라—"로 시작되는 「묘정의 노래」는 그 짙은 복고 분위기가 이후의 김수영 시 세계와는 동떨어져 있다).

꽃이 열매의 上部에 피었을 때
너는 줄넘기 作亂을 한다

나는 發散한 形象을 求하였으나
그것은 作戰같은 것이기에 어려웁다.

국수—伊太利語로는 마카로니라고
먹기 쉬운 것은 나의 叛亂性일까

동무여 이제 나는 바로 보마
事物과 事物의 生理와
事物의 數量의 限度와
事物의 愚昧와 事物의 明晰性을

그리고 나는 죽을 것이다

—「孔子의 生活難」

풀이 눕는다
비를 몰아오는 동풍에 나부껴
풀은 눕고
드디어 울었다

날이 흐려서 더 울다가
다시 누웠다

풀이 눕는다
바람보다는 더 빨리 눕는다
바람보다도 더 빨리 울고
바람보다 먼저 일어난다

날이 흐리고 풀이 눕는다
발목까지
발밑까지 눕는다
바람보다 늦게 누워도
바람보다 먼저 일어나고
바람보다 늦게 울었다
바람보다 먼저 웃는다
날이 흐리고 풀뿌리가 눕는다

—「풀」

23년이라는 시간상의 거리를 갖고 있는 이 두 작품에서 느껴지는 첫 인상은 시 자체의 성숙도에 관한 것뿐 아니라 그 세계가 매우 다르다는 것이다. 가령 「공자의 생활난」에 나오는 "국수—伊太利語로는 마카로니라고/먹기 쉬운 것은 나의 叛亂性일까"와 같은 표현은 유치한 느낌마저 주는 데 비해 「풀」은 이 시인이 그간에 얼마나 큰 시적 성장을 이룩했는지를 압축해서 보여준다. 그 밖에도 두 작품은 시인 김수영의 짧은 일생과 그의 세계를 다른 면에서 압축하여주는 느낌도 있다. 그것은 한마디로 말해서 두 시가 지니는 극도의 암시성이다. 첫 작품은 직접적으로 그 암시적 성격을, 그리고 마지막 작품은 빗대어서 그것이 암시임을 보여준다.

「공자의 생활난」에서 시인은 사물을 '바로 보겠다'는 의지를 천명한다. 사물의 생리, 수량, 한도, 우매성과 명석성을 모두 똑바로 보겠다는 그의 의지는 그것이 얼마나 강렬한지 그것만 제대로 이루어지면 죽어도 좋다는 상태에 다다른다.

과연 그는 그것을 이루고 죽었는지 모르겠으나, 죽기 직전에 씌어진 「풀」은 적어도 그가 젊어서 공언한 그 같은 태도를 버리지 않고 집요하게 추구해왔음을 보여준다. 그렇다면 '바로 보겠다'는 바로는 그에게 무엇을 뜻하는가. 오히려 이 첫 시의 첫 대목, 즉 "꽃이 열매의 上部에 피었을 때/너는 줄넘기 作亂을 한다"는 부분을 보면 '바로 본다'는 것이 시인 나름의 어떤 '작란'과 관계되는 것이 아닌가 생각되어 이상해진다.

그러나 '바로 본다'는 시인의 자세는 어떤 형상의 추구 끝에 일어난 태도임이 시의 두번째 부분에 밝혀져 있다. 또 심리적으로 보아서는 상당한 생활과 문화를 누리고 있음에도 불구하고 그것을 제대로 향수할 줄 모르고 '작란'이나 하는 '너'에 대한 반발과 관련지어져 있음도 또한 알 수 있다.

말하자면 이 시에서 사물을 똑바로 보겠다는 시인의 의지는 꽃과 열매를 가진 것처럼 생각된 문화와 그 향수층이 사실에 있어서는 사물을 제대로 파악하지 못하고 본질에 대한 탐구 대신 '작란'만을 일삼는 데에 대한 반란의 형태로 나타난 것이다. "국수—伊太利語로는 마카로니라고"라는 유치한 표현도 그러므로 시인 자신이 화자가 아닌, 이를테면 간접화법의 인용으로, 여기서 그 화자는 작란을 일삼는 '너'인 셈이다.

마지막 작품 「풀」에는 풀이 의인화되어 마치 시의 화자로서 작용한다. 처음부터 끝까지 풀이 나와서 시적 자아를 완성시킨다. 따라서 우리는 풀이 무엇인가를 암시하고 있다고 생각할 수밖에 없는데, 그 가장 자연스러운 것이 시인 자신이다. 세 부분으로 나누어져 있는 이 시에서 시인은 바람에 밀려 쓰러지고 또 쓰러짐이 슬퍼 운다. 그러나 그 쓰러짐이 곧 좌절로 이어지지는 않는다. 오히려 시인을 쓰러뜨린 세력보다 빨리 울어버리고 더 빨리 일어난다. 그럴 것이, 시인을 쓰러뜨린 힘 역시 함께 쓰러지기 때문이다.

여기서 왜 시인은 쓰러지게 되었는지, 또 쓰러져도 다시 일어날 수 있는지에 대해서는 23년간의 시작 활동을 보다 상세히 살펴봄으로써 해석이 가능해질 것이다.

그러나 한 가지 주목할 점은, 그가 첫 작품 「공자의 생활난」에서 보여준 의지를 시인이 죽는 날까지 지켰을 뿐 아니라 어떤 힘과도 맞설 수 있다는 능력으로 키웠다는 사실이다. 그것을 가능케 한 첫 단서를, 나는 첫 작품에서 이미 은밀히 그 싹을 보인 교양주의에 동행하면서도 그것을 은밀히 혐오하고 있는 점에서 관찰하고 싶다. 사실상 김수영이 날카롭게 지적했듯이 국수를 마카로니라고 부르는 식의 교양주의는 50년대 시단의 한 특색이라고 보아도 무방한데, 이 시인은 이 같은 교양주의적 경향을 가장 많이 띠던 이른바 모더니즘에 가담하고 있으면서도 그로부터의 은밀한 탈출의 마음을 지녔던 것이 아닌가 여겨진다. 「달나라의 장난」을 중심으로 한 그의 초기 시들은 이 같은 앞뒤 사정을 잘 반영한다.

팽이가 돈다
팽이가 돈다
팽이 밑바닥에 끈을 돌려 매이니 이상하고
손가락 사이에 끈을 한끝 잡고 방바닥에 내어 던지니
소리없이 회색빛으로 도는 것이
오래 보지 못한 달나라의 장난같다

김수영의 시로서는 드물게 암시성을 지닌 이 작품은, 그러나 딱히 무엇을 암시하는지 확실치 않다. 이렇듯 암시의 불명료성은 비단 그뿐 아니라 이 시기의 많은 시인들이 갖고 있었던 공통점 같아 보인다. 당시에 그는 김경린(金璟麟) · 이한직(李漢稷) · 박인환(朴寅煥) · 박태진(朴泰鎭) 등등과 이른바 모더니즘운동을 벌였는데, 이들에게서 비슷하게 발견되는 점이 있다면, ① 강력한 문명비판의 기치, ② 외래어의 과감한 사용, ③ 자의식의 표현,

④ 암시의 불명료성을 들 수 있을 것 같다. 물론 모더니즘운동은 그 나름의 성과를 거둔 점이 있는 것도 사실이지만, 무엇보다 시를 시인 자신의 내면적인 고통의 산물로 이해하지 않았다는 점에 중요한 한계가 있는데, 나는 그것을 교양주의라는 말로 부르고 싶다. 김수영의 출발도 그러했던 것이다.

2

이렇듯 단순한 교양으로서 시를, 교양인으로서 시인을 보았던 자세로부터 자기 탈피를 하게 된 김수영에게 6·25는 커다란 의미를 갖게 된 사건으로 부각된다. 즉 반공포로로서의 뼈저린 체험을 갖게 된 것이다. 이 체험은 그에게 상당한 영향을 미친 듯, 이후 그는 많은 시에서 '설움'을 토로하기 시작한다.

이때부터 그의 시는 작은 감상성과 더불어 조금쯤 축축한 습기를 갖게 되면서, 문명한 사회에서 총명한 교양인으로서가 아닌, 세상과 직접 관계를 맺는 어쩔 수 없는 시인으로서 눈을 뜨게 된다. '설움'을 토로한 대목은 상당히 많다.

> i) 서울에 돌아온 지 일주일도 못되는 나에게는 도회의 騷音과 狂症과 速度와 虛僞가 새삼스럽게 미웁고
> 서글프게 느껴지고
> 그러할 때마다 잃어 버려서 아깝지 않은 잃어 버리고 온 모자 생각이 불현듯이 난다.
> ……
> 나는 모자와 함께 나의 마음의 한 모퉁이를 모자 속에 놓고 온 것이라고
> 설운 마음의 한 모퉁이를
>
> —「시골선물」

ii) 비가 그친 후 어느 날—

나의 방안에 설움이 충만되어 있는 것을 발견하였다.

—「방안에서 익어가는 설움」

iii) 나는 너무나 자주 설움과 입을 맞추었기 때문에

가을바람에 늙어가는 거미처럼 몸이 까맣게 타 버렸다

—「거미」

iv) 설움과 아름다움을 대신하여 있는 나의 긍지

오늘은 필경 긍지의 날인가 보다

—「矜持의 날」

v)「헬리콥터여 너는 설운 動物이다」

—「헬리콥터」

vi) 그러나「그때는 그때이고 지금은 지금이라」고

구태여 達觀하고 있는 지금의 내 마음에

샘솟아 나오려는 이 설움은 무엇인가

冒瀆당한 過去일까

掠奪된 所有權일까

—「國立圖書館」

vii) 거리에 굴러다니는 보잘것없는 설움이여

—「거리(二)」

viii) 남의 일하는 곳에 와서 덧없이 앉았으면 비로소 설워진다.

—「事務室」

ix) 秩序와 無秩序와의 사이에

움직이는 나의 生活은

섧지가 않아 屍體나 다름없는 것이다.

—「여름뜰」

x) 또한 설움의 歸結을 말하고자 하는 것도 아니다

오히려 설움이 없기 때문에 꽃은 피어나고

—「꽃(二)」

설움은 50년대 초반에서 중반에 이르는 김수영의 시에서 이렇듯 주요한 심리적 모티프가 되어 있다. 그는 전쟁으로 포로가 되고, 다시 석방되는 파란만장의 청년 체험을 통해 비로소 상실의 아픔을 맛본다. 서울에서 태어나 서울에서 학교를 다닌, 서울의 중산층 풍경을 보고 자란 그는 전쟁이 준 충격적 경험 때문에 소년기와 청년기를 지탱시켜준 학문과 진리의 바탕이 붕괴되고 있음을 알게 된다. 설움이라는 일종의 배반감은 이 같은 상실감의 다른 표현임이 분명하다.

설움이라는 감정이 처음 나타나는 i)의 시를 보면, 시골 외출에서 돌아온 시인이 자신의 고향인 서울이 자신에게 이미 낯설어 있음을 고백하고 있다. 도회의 소음, 광기, 허위 따위가 싫어진 것이지만, 보다 근본적으로는 그것들과 맺어져 있던 일체감을 던져버렸다는 데에 대한 원망과 노여움이 그 낯섦의 내용을 이룬다.

그리하여 시인은 잃어버린 모자 생각을 하게 되는데, 여기서 모자는 암시를 거의 하지 않는 이 시인으로서는 드물게도 학문과 진리의 한 암시라는 것을 알 수 있다. 결국 전쟁은 젊은 시인에게서 학문과 진리에의 열망을 빼앗아가고 그 자리에 설움이라는 허허로운 감정을 심어준 셈이다. 사실상 김수영은 전쟁이 나기 전, 그러니까 그가 시를 쓰기 시작한 3, 4년간 학문에 대한 상당한 집착을 하고 있었음이 이 시절 그의 시에서 읽혀진다. 그러나 이상하게도 이 시절 그의 시에서는 별 감동이 전달되지 않고 오히려 현학적인 분위기만이 가득해 보인다.

설움이 그의 비극적인 전쟁 체험에서 직접적으로 유발된 것임은, 인용 ii)의 작품에서 아주 선명하게 나타난다. "비가 그친 후 어느 날" 설움이 자신의 기본 감정으로 충만되어 있음을 알게 되었다는 시인의 말 속에서 우리는 아픔이나 슬픔 혹은 절망 대신 '설움'이라는 표현을 통해 이 시인이 얼마나 자신의 지난 시간에 대한 안타까움과 아쉬움, 그리고 그리움을 말하고자 하는지 읽을 수 있다.

이 시에선 또 "설움을 逆流하는 야릇한 것만을 구태여 찾아서 헤매는 것은/우둔한 일인 줄" 안다고 하면서도 그것을 버리지 못하는 자신의 어쩔 수 없는 마음의 저변을 슬쩍 보여준다. 설움에 역류하는 것이라면, 그것은 말할 것도 없이 지나간 시간 그가 매달렸던 학문에의 열정일 것이다. 그러나 이제 그는 "아아 그러나 지금 이 방안에는/오직 시간만이 있지 않느냐"면서 결국 설움을 수락할 수밖에 없음을 표명한다. 실제로 그는 이때 "나의 설움은 유유히 자기의 시간을 찾아갔다"고 쓰고 있는데, 그와 함께 그의 시는 그의 공간을 찾아간 것이다.

> 마지막 설움마저 보낸 뒤
> 빈 방안에 나는 홀로이 머물러 앉아
> 어떠한 내용의 책을 열어보려 하는가

「방안에서 익어가는 설움」은 이처럼 상당한 함축을 내보이면서 끝난다. 책만을 지상의 선으로 삼아왔던 김수영은 여기서부터 현실 일선에 나가지 않을 수 없게 된다. iii)의 작품 「거미」에서도 그는 얼마나 그가 설움 속에 빠져 있는지를 말하면서도 "내가 으스러지게 설움에 몸을 태우는 것은 내가 바라는 것이 있기 때문"이라고, 말하자면 모두 까닭이 있음을 일러준다.

여기서부터 전쟁 체험 속에서 불행한 분비물로 파생되었던 설움은 시를 위한 동기로서 아주 의미 있는, 긍정적인 의도성과 연결된다. 인용 iv)에 나타나고 있는 설움은 그런 의미에서 주목된다.

「긍지의 날」이라는 다소 생경한 제목을 달고 있는 이 작품은 김수영에게 명예와 긍지가 얼마나 중요한 것인가 하는 것을 숨김없이 보여주는 시다. 설움은 바로 이 명예와 긍지의 상실로부터 직접적으로 유래되고 있다는 사실도 드러난다. 결국 시인은 전쟁으로 인해 인간이 지향해야 할 정신적 가치의 토대가 붕괴된 데에 대해서 격심한 분노를 느끼고 있는 것이며, 이것이 그에게 최초로 공공의식과 공분의 감각을 일깨워준 것이다. 「긍지의 날」의 중간 부분은 이렇게 되어 있다.

내가 살기 위하여
몇개의 번개같은 幻想이 必要하다 하더라도
꿈은 敎訓
青春 물 구름
疲勞들이 몇배의 아름다움을 加하여 있을 때도
나의 源泉과 더불어
나의 最終點은 긍지
波濤처럼 搖動하여
소리가 없고
비처럼 퍼부어
젖지 않는 것

긍지는 시인의 원천이자 최종적인 목표이다. 한편 그의 시 세계의 범속한 트임이 자신이 믿었던 정신적 가치의 붕괴로부터 시작되었다는 것을 잘 보여주는 작품으로 이즈음에 씌어진 「PLASTER」가 있다.

나의 天性은 깨어졌다
더러운 붓끝에서 흔들리는 汚辱
바다보다 아름다운 歲月을 건너와서
나는 태양을 주웠다고 생각하지는 않았지만
설마 이런 것이 올 줄이야
怪物이여

3

이후 김수영은 생활 현실을 소재로 한 시에 집중적으로 매달린다. 매달린다고 했으나, 그런 표현보다는 오히려 그에게 있어서 시와 생활은 일종의 등과 배의 관계처럼 붙어 있었다고 하는 편이 옳을 것 같다. 그것은 젊은 날 책을 중심으로 한 학구적 생활을 염원하였던 그가 전쟁으로 그 꿈을 잃고, 생활의 방편마저 확실치 않게 된 마당에 지극히 자연스럽게 찾아든 과정이라고 하겠다. 먼저 그는 떨어져 있었던, 혹은 아직도 떨어져 있는 가족들에 대한 그리움 내지 확인을 통해 생활의 일차적 기반을 다져본다.

제각각 자기 생각에 빠져 있으면서
그래도 조금이나 不自然한 곳이 없는
이 家族의 調和와 統一을
나는 무엇이라고 불러야 할 것이냐

차라리 偉大한 것을 바라지 말았으면
柔順한 家族들이 모여서
罪없는 말을 주고 받는
좁아도 좋고 넓어도 좋은 房안에서
나의 偉大의 所在를 생각하고 더듬어 보고 짚어보지 않았으면

거칠기 짝이 없는 우리 집안의
한없이 순하고 아득한 바람과 물결
이것이 사랑이냐
낡아도 좋은 것은 사랑뿐이냐

이상은 「나의 가족(家族)」의 뒷부분인데, 가족에 대한 시인의 애정과 그것을 소중히 생각하는 마음씨가 잘 나타나 있다. 그러나 그의 가족주의는 처음부터 가정에 안주하고 거기에 가장 의의를 두는 그런 가족주의가 아니다. 그것은 높은 이상과 정신적 지향점이 좌초당한 다음에 주어지는 거역할 수 없는 운명적 현실이기에, 이에 대한 사랑은 차라리 운명애 같은 느낌마저 준다. 가령 "차라리 偉大한 것을 바라지 말았으면" 같은 대목은 읽는 이를 서럽게 한다. 청년 김수영의 뜻이 어디에 있는지를 알기에 가족과의 이 같은 절충의 정서가 유감처럼 생각되는 것이다.

이후 시인은 삶, 생활, 현실, 육체와 같은 지극히 현실적인 대상들에 대해서 그것이 거역할 수 없는 명제라는 것을 수락한다. 여기서 한 가지 우리가 주목해야 할 것은 그의 시가 지니고 있는 비암시성, 산문성 그리고 경험적 자아와 시적 자아를 시의 내면적 질서가 주는 발전에 의해 파악하지 않고 애당초 동일한 것으로 받아들이는 대상의 직접성이다.

다시 말해서 김수영은 경험적 자아를 제시하고 그 나름의 상징 공간을 통해서 시적 자아를 추구해나가는 것이 아니라 자신의 현실을 그대로 옮겨 놓는 산문적 방법을 선택한다. 이러한 방법은 대상을 드러냄으로써 곧 비판한다는, 이른바 리얼리즘적 색채를 포함한다. 김수영 시에 나오는 일상어의 과감한 사용, 비속어의 대담한 취택 등은 모두 이 같은 측면에서 이해될 수 있을 것이다.

뮤우즈여

용서하라
생활을 하여나가기 위하여는
요만한 輕薄性이 必要하단다
〔……〕
물에 빠지지 않기 위한
생활이 卑法하다고 輕蔑하지 말아라
뮤우즈여
나는 功利的인 人間이 아니다
〔……〕
그러나 사람들이 웃을까 보아
나는 적당히 넥타이를 고쳐매고 앉아 있다
뮤우즈여
너는 어제까지의 나의 勢力
오늘은 나의 地平線이 바뀌어졌다

생활과 시라는 고전적 명제는 김수영에게서도 예리한 대립으로 인식된다. 그러나 그에게서 그것은 관념적인 추상의 형태로 인식되지 않고, 그 자체가 시인의 생활의 반영이 된다. 여기서도 시적 자아와 시적 화자는 구별되지 않고 한 몸이 된다. 그는 시적 화자의 필요성을 애당초 생각하지 않는다. 말하자면 시 속에 다른 인물이나 제3의 시점을 동원해서 비유적인 상황을 만드는 일에 흥미를 갖지 않는다.

그의 시가 때로는 격렬한 토로나 절규·격문의 형태를 띠게 되는 것은 이 때문이다. 그의 시에서 지적되는 정직성은 이와 관련된다. 앞의 시 「바뀌어진 지평선(地平線)」은 뮤우즈, 즉 시만을 생각하다가 먹고 살아나가는 생활을 생각하지 않을 수 없게 된 시인 자신의 환경·사정의 변화를 말해주면서 생활에의 경사가 그로서는 어쩔 수 없는 하나의 상황일 뿐, 공리적 선택은 아님을 내세운다. 그리하여 그는 하나의 방법으로 시와 생활의 균형을 모색하게 되는바, 이 모색은 단순한 개념상의 조화가 아닌, 시가 생활이 되고 생활이 시가 되는 김수영 시학의 기본으로 성장한다. 이 작품 끝부분에서 그는,

모두 다 같이 나가는 地平線의 隊列
뮤우즈는 조금쯤 걸음을 멈추고
抒情詩人은 조금만 더 速步로 가라
그러면 隊列은 一字가 된다.

사과와 手帖과 담배와 같이
人間들이 걸어간다
뮤우즈여
앞장을 서지 마라
그리고 너의 노래의 音階를 조금만
낮추어라
오늘의 憂鬱을 위하여
오늘의 輕薄을 위하여

라고 말함으로써 고난의 시대에 있어서 시의 갈 길에 대해 처음으로 의미 있는 시사를 한다. 그것은 그 자신을 포함한 교양주의 시대의 시와의 결별을 뜻한다. 뮤우즈도 중요하지만, 이 시대에 마찬가지로 중요한 것은 사과, 수첩, 담배 따위의 일상용품일 수도 있다고 그는 생각한다. 따라서 시는 시만의 독자적인 영역으로 걸어가서는 안 되며, 비록 시 자체의 톤과 아름다움을 유보하는 한이 있더라도 현실과의 배려 속에서 보다 건실한 관계를 이룩할 수 있을 것이라는 그의 믿음이 성립한다.

그러나 김수영이 생활 현실을 수긍하고 그 일상성의 세계를 항상 받아들인 것은 아니다. 만약 그 같은 수락과 동조의 입장에 그대로 머물렀다면 오

늘의 김수영을 만나게 되기는 어려웠을 것이다. 그는 생활 현실의 엄숙성을 인정하고 강조하면서도 그 현실에 매달려 있을 수밖에 없는 자신에 대해 부단히 반란을 꾀했다. 그것은 시가 단순한 리얼리즘으로서는 이룩될 수 없는, 현실을 넘어서는 어떤 정신의 틀이어야 한다는 당위의 불가피한 자기표출이었다.

생활을 가리켜 "오늘의 경박(輕薄)"이라고 했을 때, 그것을 인정하면서 동시에 넘어서고자 했던 그의 모순된, 그러나 바로 그렇기 때문에 가장 탁월하게 올라설 수 있었던 그의 시적 전환점은 마련되었다. 사실상 김수영이 시의 미디엄이 되는 언어에 대한 관심을 갖게 된 것도 이때가 처음이었다. 1959년 발표된 「모리배(謀利輩)」는 그의 언어관이 이 같은 자기모순의 갈등 속에서 최초로 성장했음을 보여주는 좋은 보기이다.

言語는 나의 가슴에 있다
나는 謀利輩들한테서
言語의 단련을 받는다
그들은 나의 팔을 支配하고 나의
밥을 支配하고 나의 慾心을 지배한다

그래서 나는 愚鈍한 그들을 사랑한다
나는 그들을 생각하면서 하이덱거를
읽고 또 그들을 사랑한다
生活과 言語가 이렇게까지 나에게
密接해진 일은 없다

言語는 원래가 유치한 것이다
나도 그렇게 유치하게 되었다
그러니까 내가 그들을 사랑하지 않을 수가 없다

아아 謀利輩여 謀利輩여

나의 化身이여

김수영은 언어를 유치한 것으로 생각한다. 그것은 언어가 생활과 너무 밀접해 있기 때문이다. 유치한 생활과 붙어 있는 언어는 유치할 수밖에 없고 그 유치한 언어를 사랑하는 시인 자신은 사기와 협잡을 일삼는 모리배라고 스스로 생각한다.

그렇다면 생활과 언어의 밀착이란 그에게서 무엇을 뜻하는가. 뮤즈의 유보를 공언한 시인에게서, 그 언어가 생활 현실 수준에 어깨를 맞춘 언어의 범속화를 의미한다는 것은 명백해 보이는 일이다. 시인은 바로 이 언어의 범속화를 스스로 못마땅해하기 때문에 자신을 모리배로 자처한 것이다. 이처럼 시인 자신이 매우 안타깝고, 격조를 떨구는 것 같은 아쉬움과 자기기만의 마음으로 감행한 '언어의 범속화'는 김수영에 의해서 개발된 매우 중요한 현상으로서, 60년대에 그가 거둔 시적 성공은 사실상 여기에 크게 빚지고 있는 것으로 판단된다.

범속화 현상이란 신성성 개념에 대한 반대 개념이다. 신성성이 우리 문학을 오랫동안 지배해온 전통적 우상으로서 문학이란 반드시 점잖고 고귀하고 아름다운 것을 신성하게만 다루어야 한다는 태도라면, 범속성은 이에 맞서 비천한 모든 것조차 포함해서 모든 계층의 모든 삶에 그에 상응하는 의미를 찾아주자는 태도이다(이에 대해서는 필자의 졸고 「김광규론(金光圭論)」과 「비평문학(批評文學)의 현 위치와 과제」를 참조해주기 바란다).

김수영이 이처럼 일찍이 과감하게 개척한 범속성은 70년대 중반 이후 많은 새로운 시인들, 특히 김광규와 같은 시인들에게 영향을 미쳤으며, 한국시의 고질적 취약점인 교양주의를 불식시킴으로써(교양주의는 난해성, 그릇된 주지주의, 시의 맹목적 경건주의, 무형태적 형식주의 등 좋지 않은 많은 현상들을 낳은 원천적 오류였다) 우리 시에 새로운 숨통을 트게 했다.

4

김수영 시의 본령이 60년대 이후에 있음은 여러 논자들에 의해 상세히 분석되어온 바와 같다. 그러나 그의 시의 참다운 이해를 위해서는 앞서 언급한바 교양주의의 와해와 생활 현장과의 거짓 없는 부딪침을 통해 그가 어떻게 범속화되어갔는가 하는 과정을 살펴보는 것이 더욱 중요하다고 나는 생각한다. 아무튼 60년대 이후, 범속화의 길을 걷기 시작한 그의 시는 그 자신의 초기 시, 그리고 당시의 많은 시들이 보여주고 있었던 것과 판연히 다른 '자유스러움'을 구가한다.

이 '자유스러움'은 언어의 귀족주의로부터 벗어남으로써 가능해진 그의 활달한 생활 공간인 것이다. 4·19 직후 발표한 「우선 그놈의 사진을 떼어서 밑씻개로 하자」는 작품은 흔히 정치적 자유와 권력에 대한 비판을 노래한 저항시의 표현으로 거론되지만, 나에게는 이 같은 범속성이 거침없이 발휘된 가장 좋은 보기로 생각된다.

> 너도 나도 누나도 언니도 어머니도
> 철수도 용식이도 미스터 강도 柳중사도
> 강중령도 그놈의 속을 모르는 바는 아니었지만
> 무서워서 편리해서 살기 위해서
> 빨갱이라고 할까보아 무서워서
> 〔……〕
> 밑씻개로 하자
> 이번에는 우리가 의젓하게 그놈의 사진을 밑씻개로 하자
> 허허 웃으면서 밑씻개로 하자
> 껄껄 웃으면서 구공탄을 피우는 불쏘시개라도 하자
> 강아지장에 깐 짚이 젖었거든
> 그놈의 사진을 깔아주기로 하자……

이 작품의 중간 부분을 아무렇게나 인용해본 것이다. 여기에는 물론 독재자에 대한 증오와 다시 찾은 자유에 대한 감격이 주된 내용을 이루고 있지만, 보다 두드러진 인상으로 다가오는 것은 그때까지 그 누구도 감히 시 속에서 그것을 시어로 써볼 엄두도 못 내었던 말들, 이를테면 '밑씻개' '구공탄' '불쏘시개' 따위의 단어들과 철수, 용식이, 미스터 강 등 생활 주변에서 일상적으로 만나는 이름들을 그저 아무 구애 없이 사용하고 있다는 사실이다. 시인의 언어에 대한 그 나름의 확고한 사상이—그때까지 그가 꾸준히 추구해온—없다면 이것은 불가능한 일이다.

그리하여 언어와 생활 사이의 벽을 허문 그는 이때부터 자유스럽게 그 두 개의 범주를 드나들면서 마침내 자유 그 자체를 주제로 삼는다. 그의 자유는 이렇듯 10여 년간 자신에게 있어서 시를 쓴다는 것이 무엇을 의미하는가를 끊임없이 모색해온 시인의 자기 혁명의 결과로서 주어진 일종의 방법적 대상인 것이다.

> 自由를 위해서
> 飛翔하여 본 일이 있는
> 사람이면 알지
> 노고지리가
> 무엇을 보고
> 노래하는가를
> 어째서 自由에는
> 피의 냄새가 섞여 있는가를
> 革命은
> 왜 고독한 것인가를

「푸른 하늘을」이라는 이 시에서 우리는 정치적 자유의 쟁취에는 혁명이 필요하다는 일반론 이외에도 그것이 김수영 '자신의 고독한 시 작업'을 고백하는 심각한 토로임을 인정하게 된다. "자유에는 피의 냄새가 섞여 있다"는 말은, 따라서 자유라는 것이 어떠한 경우에도 관념적으로 주어지는 것이 아니고 노고지리에 대한 부러움만으로 이루어지는 것이 아니라는 암시가 깔려 있다. 이 시인의 경우와 구체적으로 관련지어본다면, 자유란 언어를 자기화하는 과정에서 필연적으로 획득된 자기동일성의 다른 모습이라는 점을 말하고 있는 것이다.

그러나 역시 자유의 실천적인 모습은 정치적 자유라는 차원에서 가장 잘 나타나는 모양인지, 이후 김수영의 시는 이 방면에 대해 왕성한 관심을 표명한다. 「육법전서(六法全書)와 혁명(革命)」「만시지탄(晩時之嘆)은 있지만」「가다오 나가다오」「허튼소리」「그 방을 생각하며」「황혼(黃昏)」 등등 60년대 초에 씌어진 많은 시들은 이 같은 관심을 통해서 이해되어야 할 작품들인 것이 사실이다. 그러나 이 작품들을 지배하고 있는 주제도 보다 엄격히 말하면, 단순한 자유 아닌, '혁명'이라는 방법론에 관한 것이다.

혁명이 기존 질서의 거부를 통한 새로움의 구현이라면, 모든 창조는 결국 혁명적이지 않을 수 없다는 것이 그의 생각이다. 참다운 혁명을 통하지 않고 참된 자유가 주어질 수 없듯이, 시인에게 있어서도 참다운 자기 혁파 없이 참된 시적 창조가 있을 수 없다고 굳게 믿는바, 이것은 문학의 참다운 길을 제시한 탁월한 견해로 평가되어 마땅할 것이다. 김수영 문학의 진면목도 여기서 빛난다. 자기 혁파의 흐뭇한 순간을 보여주는 다음과 같은 시도 여기서 빛난다.

> 내가 정말 詩人이 됐으니 시원하고
> 인제 정말
> 진짜 詩人이 될 수 있으니 시원하고
> 시원하다고 말하지 않아도 되니
> 이건 진짜 시원하고

이 시원함은 진짜이고
自由다

부정과, 부정의 부정을 통한 긍정, 그것의 또 부정, 이런 논리가 말장난의 느낌을 전혀 주지 않고 시인의 자기 혁파를 그야말로 시원스럽게 보여준다. 나로서는 그의 이러한 정신과 기법이 독일 낭만주의 특유의 낭만적 아이러니와 근본적으로 같은 맥에 있지 않나 생각한다. 그것은 끊임없는 파괴와 생성의 정신으로서, 어떤 화석화된 형식이나 정신을 용납하지 않는 영원한 새로움, 영원한 자유 추구의 정신이다.

김수영에게 있어 "다시 몸이 아프게" 된 것은 그의 죽음보다도 아픈 일이다. 자기 혁파에 신이 나 있었던 그가(물론 그는 그것의 어려움, 예컨대 "혁명은 안 되고 나는 방만 바꾸어 버렸다"는 말에서 보이는 고민도 생각하지 않을 수가 없겠으나) 시름시름 아프게 되고, 주위에 적을 느끼게 되면서 훨씬 더 투쟁적이 되어간 것은 당연한 일이었을 것이다. "먼 곳에서부터/먼 곳으로/다시 몸이/아프다"(「먼 곳에서부터」), "아픈 몸이/아프지 않을 때까지 가자"(「아픈 몸이」)면서 아프기 시작한 그는 60년대 중반을 전후하여 혁명과 정치적 자유에 대한 직접적 진술 대신 돈·여자 등 보다 세속적인 소재에 대한 언급을 자주 한다.

그러나 중요한 것은 이 같은 소재의 대상화에도 불구하고 거기서 통속적인 느낌이 유발되지 않는다는 사실이다. '여자' '돈'과 같은 노골적인 제목의 작품을 포함하여 「어느 날 고궁(古宮)을 나오면서」 「이 한국문학사(韓國文學史)」 「H」 「식모」 「설사의 알리바이」 「금성(金星)라디오」 「도적」 등등 그의 많은 후기 시들은 통속적이기는커녕, 통속적 소재를 다루면서도 통속적으로 떨어지지 않는 한국 시의 우수한 모범을 보여주었는데, 나는 그것을 김수영의 범속화가 가져온 시적 승리라고 부르고 싶다.

배가 모조리 설사를 하는 것은 머리가 설사를

시작하기 위해서다 性도 倫理도 약이

되지 않는 머리가 불을 토한다.

—「설사의 알리바이」 부분

그는 괴로운 표정으로 더 이상 자기 혁파를 계속하지 못하고 있음을 고백하고 심지어는 그런 자신의 태도를 '전향'이라고까지 부르고 있으나 사실상 자기 혁파는 그가 죽을 때까지 계속되어갔고, 바로 이 점에 그의 위대성이 있는 것이다.

그는 변화된 상황 속에서도 '여기 이렇게 살고 있음'의 엄숙함, 삶의 진지함을 수락하기 위해 통속화되어가는 삶을 반어적으로 비판하였으며 그 기막힌 반어의 정신은 바로 자기 혁파의 쓰디쓴 다른 얼굴이었던 것이다.

(1982)

명상적 집중과 추억

—김춘수의 시 인식

1966년 김춘수(金春洙)의 시를 말하는 자리에서 나는 다음과 같은 글을 쓴 일이 있다.

> 金春洙의 「忍冬잎」이 보여 주는 시적 성과는 현실에 대한 울분이나 노여움도 아니고 한국 사람의 정서의 근본을 만드는 회한의 한숨도 아니다. '忍冬잎'이라는 사물에 대한 인식이 시의 힘으로써 지탱되고 있다. 사실상 우리 시에 있어 김춘수만큼 철저한 인식의 시인도 드물다. 그것은 세계의 일반적인 질서에 이르는 개인의 눈을 그가 가지고 있다는 것을 뜻한다.

나의 이와 같은 생각은 거의 10년이 가까워진 지금에 와서도 별로 변함이 없다. 나 자신의 생각이 그만큼 굳은 것이라기보다 김춘수의 시 세계가 이미 그러한 방향에서 확고해져버렸음을 뜻하는 것이다. 여섯 권의 시집을 상재한 바 있는 그는 그중 다섯 권을 이미 그의 30대, 즉 1960년 이전에 내놓았으며 그 뒤에 내놓은 것은 한 권〔69년 『타령조·기타(打令調·其他)』〕에 불과하다. 따라서 66년 이후의 작업에 커다란 변화가 없다는 것은 당연한 일처럼 보일는지 모른다. 그러나 이러한 관찰이 보여주기 쉬운 함정—가령 김춘수의 시작(詩作)이 저조 혹은 부진했다는——을 피하기 위해서 우리는 무엇보다 그의 근작 시들 「타령조(打令調)」 연작과 「처용(處容)」 연작을 염두에 둘 필요가 있다. 사실상 66년 이후 김춘수의 작품은 주목할 만한 진경·성숙을 보여온 것으로 판단되기 때문이다.

그렇다면 김춘수 시의 특질로 지적되는 '인식(認識)의 시'란 무엇을 뜻하는가. 이것을 명쾌히 파악하기 위해서는 인용의 대상이 되었던 「인동잎」을 다시 자세히 살펴볼 필요가 있다.

눈 속에서 초겨울의
붉은 열매가 익고 있다.
서울 近郊에서는 보지 못한
꽁지가 하얀 작은 새가
그것을 쪼아 먹고 있다.
越冬하는
忍冬잎의 빛깔이
이루지 못한 人間의 꿈보다도
더욱 슬프다.

——「忍冬잎」

"이루지 못한 人間의 꿈보다도/더욱 슬프다"라는 끝의 두 행을 제외하고 읽어보면, 이 작품은 무엇이 시의 대상이고, 또 그것을 통해서 무엇을 시인이 말하려고 하는지 딱히 알 수 없으리만큼 하나의 풍경 소묘에 작품 전체가 그대로 제공되어 있다. 독자가 여기서 맛볼 수 있는 감정이란 초겨울의 한 선연한 풍미(風味), 단지 그것뿐이다. "이 시는 무엇을 말하려고 하는가?" "또 그것은 대체 의미 있는 일인가?" 하는 의문을 가지고 그의 작품에 다가설 경우, 그것은 의문 그대로 공전(空轉)하는 느낌을 받는다. 그렇다면 김춘수의 시는 엉터리이며 쓸모없는 말장난에 지나지 않는 것인가? 그러나 우리는 당연히 이 질문에 동의할 수 없다. 왜냐하면 「인동잎」으로 제시된 한 폭의 풍경 앞에서 우리의 마음은 맑은 감정이입의 순간을 느끼게 되기 때문이다. 그것은 흡사 한 폭의 그림, 한 폭의 사진, 혹은 한 폭의 글씨 앞에서 만나게 되는 전체적이며 동시적인 어떤 연상의 순간과 흡사한 것이다. 말하자면 일상적인 사물, 구체적인 설명으로 '무엇'인가를 '말하려고' 하지 않고 시인 스스로 머리에 떠오른 어떤 관념을 풍경적 묘사를 통해서 구체화한 것이다. 그 관념은 이렇다 할 의미를 갖고 있지 않는 무상(無想)의 관념을 지향한다.

무상의 관념이란 의미가 제거된 넌센스nonsense의 세계를 말한다. 즉 시에서 쓰여지는 언어를 그 사회와의 관계에서 차단해버리고 언어 그 자체를 절대화한다는 전제가 거기에는 의식, 무의식적으로 깔려 있다. 시가 언어로 씌어지는 것이기는 하되, 또 그것을 쓰는 주체가 인간이기는 하되, 사회적인 제 관계의 복합적인 측면이 시 그 자체엔 절대로 개입해서는 안 된다는 주장을 이른바 순수시라는 이름으로 이해할 때, 김춘수의 그것은 이를테면 순수시인 셈이다. 그것은 근본적으로 시의 대상이 되는 모든 사물 그 자체에 대한 회의라고 할 수 있다. 시가 사회적인 안목으로도 어떤 의미를 띠어야 한다고 생각하는 것이 사물 자체에 대한 회의는 접어두고 행해지는 것이라면, 순수시란 필경 사물과 언어의 존재 양태에 대한 끈덕진 질문이라고 할 수 있을 것이다.

나는 시방 危急한 짐승이다.
나의 손이 닿으면 너는
未知의 까마득한 어둠이 된다.
存在의 흔들리는 가지 끝에서
너는 이름도 없이
피었다 진다.

—「꽃을 위한 序詩」

「꽃을 위한 서시」의 일부를 한번 읽어보라. 여기에는 이렇다 할 시의 대상이 없음을 독자들은 발견하게 될 것이다. "未知의 까마득한 어둠" "存在의 흔들리는 가지 끝에서" 이름도 없이 피었다 지는 그 무엇, 그것은 사물 자체에 대한 회의가 시작될 때 발생하는 모든 존재의 한 비밀스러운 구석이다. 그것은 사람이어도 좋고 짐승이어도 좋고, 생명조차 없는 무생물, 심지어는 바로 언어 그것이어도 좋다. 이것이 김춘수가 그 시의 특색으로 갖고 있는 무상의 관념이라고 할 수 있을 것 같다.

김춘수가 언어의 의미보다, 오히려 그 존재에 관심을 갖고 있다는 것은 50년대의 「꽃」 연작에서 벌써 서서히 드러나고 있다.

> 내가 그의 이름을 불러 주기 전에는
> 그는 다만
> 하나의 몸짓에 지나지 않았다.
> 내가 그의 이름을 불러 주었을 때
> 그는 나에게로 와서
> 꽃이 되었다.
>
> ―「꽃」

서술적으로 씌어지고 있으나 「꽃」은 김춘수가 시에서의 관심이 사물의 존재에 있다는 것을 보여주는 데 있어서 매우 중요한 작품이다. 시인이 이름을 불러주기 전에는 "다만/하나의 몸짓에 지나지 않"는 사물, 누가 일컬어 '꽃'이라고 하겠는가. 그것은 상식의 차원에서도 쉽게 이해될 만한 일이다. 세상에는 무수한 사물들이 있고, 그들은 모두 그들 나름의 이름을 달고 있지만 그 이름이란 사물 스스로의 존재 밑바닥에서 올라온 이름인가. 오히려 그들은 사회의 상투적인 습관에 의해서 주어진 부질없는 명명(命名)인지 모른다. 단지 그것들을 구별하고자 하는 세상의 안이한 눈이 만들어준 이름은 아닐까. 시인은 그러나 그것을 부인한다. 시인은 세상 사람〔俗人〕으로서 세상 편에 들지 않고 오히려 사물 그 자체의 편이 되어 그와 함께 존재의 심연에 빠져보고 거기서 그 이름을 찾아주려는 것이다. 그러므로 의미의 거부는 속인의 거부이며, 그럼으로써 시인은 그 자신을 사물화하는 것이다. "내가 그의 이름을 불러 주었을 때/그는 나에게로 와서/꽃이 되었다"는 것이 아닌가. 꽃은 식물적인 자기기능에 의해서 꽃이 피는 것이 아니다. 적어도 인간에게는 그렇게 받아들여지는 것이 아니다. 꽃은 꽃을 꽃으로 볼 줄 아는 시인에 의해서 비로소 꽃이 되는 것이다. 내가 모두(冒頭)에서 말한 '인식의 시'란 바로 그것을 두고 말하는 것이다.

인식이란 알고자 하는 노력이며, 더 나아가 철저히 알고자 하는 노력이다. 그것은 필연적으로 회의를 동반한다. 한 포기의 무심한 꽃, 한 잔의 무심한 술…… 그러나 그것을 꽃도 아니고 술도 아닌 '어둠'으로 파악하고 그 "흔들리는 가지 끝에"까지 가봄으로써 만나게 되는 이름. 바로 그러한 과정을 시에 있어서 '인식'이라는 말로 나는 부르고 있다.

꽃이여, 네가 입김으로
대낮에 불을 밝히면
환히 금빛으로 열리는 가장자리
빛깔이며 香氣며
花粉이며……나비며 나비며
祝祭의 날은 그러나
먼 追憶으로서만 온다.

—「꽃의 素描」 부분

김춘수의 꽃은 이렇듯 한국인의 완상적(玩賞的) 정서를 배반하며, 아울러 회한 어린 심정적 의탁을 의도적으로 무시하고 있다. 그의 꽃은 그러니까 무상무념의 한 부호에 지나지 않는다. 꽃이라면 생각되는 상투적인 아름다움, 혹은 그 단아 · 화려한 이미지는 애당초 없는 것이다. 그 사정을 「꽃을 위한 서시」의 마지막 부분은 다음과 같이 감동적으로 표출하고 있다.

나의 울음은 차츰 아닌 밤 돌개바람이 되어
塔을 흔들다가
돌에까지 스미면 金이 될 것이다.

……얼굴을 가린 나의 新婦여.

—「꽃을 위한 序詩」 부분

김춘수가 시를 처음 쓰기 시작한 것은 광복 2년 뒤인 1947년의 일이다. 그의 처녀 시집 이름은 『구름과 장미』인데 시인 스스로 시집명을 가리켜 "매우 상징적인 뜻을 지니고 있다"고 고백하고 있다〔대표작 자선자평(自選自評) 「의미(意味)에서 무의미(無意味)까지」〕. 무슨 말이냐 하면, 구름은 우리 고전 시가에도 많이 나오는 낯익은 말이지만 장미는 박래어(舶來語)이며, 따라서 『구름과 장미』라는 이름에는 두 개의 이질적인 요소가 공존하고 있다는 것이다. 40년대 시인답게 그는 '전통적인 한국 것'과 '서양으로부터 온 새것'을 화합하고자 하는 야심을 은연중에 갖고 있었던 것 같다. 그 '장미'는 특히 '순수한 모순'의 표상으로 우리에게도 읽혀지고 있는 저 릴케의 장미였다. 초기에 그는 릴케에 심취했던 모양이었고 또 실제로 그에 대한 작품을 쓰기도 했다.

世界의 무슨 火焰에도 데이지 않는
天使들의 純金의 팔에 이끌려
자라가는 神들
〔……〕
라이너어 · 마리아 · 릴케,

당신의 눈을 보고 있다.

—「릴케의 章」

구름과 장미를 동시에 쳐다보고 있었지만 김춘수에게 근본적으로 강한 시의 모티프로 잘 통했던 것은 구름보다는 장미였다. 그만큼 그의 출발은 관념적이었다.

그러나 김춘수가 처음부터 무상의 관념에서 출발한 것은 아니다. 시인이고자 하는 사람들이 대체로 그렇듯이 그도 처음엔 전통적인 서정주의에 대한 소박한 믿음을 기초로 시를 쓰기 시작한 것으로 보인다. 첫 시집 『구름과 장미』라든가 제2시집 『늪』, 그리고 제3시집 『기(旗)』에 이르기까지 그러한 믿음은 의심 없이 지속되고 있는 것 같다. 그것은 헝가리에서 치솟은 자유를 위한 민중의 투쟁과 그 과정에서 죽어간 인간을 한국의 상황과 대비, 서술적으로 읊조린 「부다페스트에서의 소녀(少女)의 죽음」까지 거의 큰 변화 없이 계속된다. 실상 그로서는 요설(饒舌)이라고 할 수 있을 정도의 서술적 지리함과 그 자신 가장 혐오해 마지않는 관념어의 추상적 조합, 게다가 분노의 의미마저 포함하고 있는 「부다페스트에서의 소녀의 죽음」은 비교적 절제되어온 이 시인의 감정이 가장 노골적으로 누설된, 이 시인으로서는 이례적인 작품이라고 할 수 있다. 아무튼 그는 이 작품을 분기로 하여 서서히 인간과 세계, 그 내면의 공간으로 관심을 돌리기 시작한다. 그러나 자세히 살펴볼 때, 김춘수는 서정주의 시대에 벌써 인간과 세계에 대한 근본적인 어떤 자기 나름의 철학을 지니고 있었던 듯하다. 가령 「서풍부(西風賦)」와 같은 작품을 보자.

너도 아니고 그도 아니고, 아무 것도 아니고 아무 것도 아니라는데…… 꽃인 듯 눈물인 듯 어쩌면 이야기인 듯 누가 그런 얼굴을 하고 간다 지나간다. 환한 햇빛 속을 손을 흔들며……

아무 것도 아니고 아무 것도 아니고 아무 것도 아니라는데, 왼통 풀냄새를 늘어놓고 복사꽃을 울려놓고 복사꽃을 울려놓고 복사꽃을 울려만 놓고……
환한 햇빛 속을 꽃인 듯, 눈물인 듯, 어쩌면 이야기인 듯 누가 그런 얼굴을 하고…….

—「西風賦」

이 작품은 얼핏 보기에 서정적인 한국의 전통 정서에 밀착되어 있는 것처럼 보인다. 복사꽃·눈물·햇빛 등 자연 내지는 그로 인한 일차적 감응이 시어로서 주어지고 있으며, 이 시의 모티프가 어디에 있든지 간에 그것들은 자연과의 화합을 보여준다. 그러나, 그럼에도 불구하고 「서풍부」에는 자연 의탁적인, 혹은 자연 존숭적(尊崇的)인 재래의 리리시즘 흔적이 현저히 배제되어 있다. "꽃인 듯, 눈물인 듯, 어쩌면 이야기인 듯"이라는 표현은 대체 무엇을 말하려는 것인가.

우선 우리는 여기서 사용된 '꽃'이란 낱말이 서정주의자들이 무심코 쓰고 있는 일상적인 자연으로서의 '꽃'과는 약간 다른 내포(內包)를 띠고 있음을 주목지 않을 수 없다. 그것은 '눈물'이라고 해도 좋고, '이야기'라고 해도 좋은 그 어떤 것에 지나지 않는다. 이 시에서 중요한 것은 그러한 불확실의 대상이 아니다. 너도 아니고 그도 아니고, 아무것도 아니기 때문이다. 중요한 것이 있다면 주체가 분명히 밝혀지지 않은 가운데 '간다' '지나간다'는 행위일 것이다. "환한 햇빛 속을 손을 흔들며" 지나가는 행위에 대한 조망일 것이다.

김춘수에게 있어 대상이 되는 사물의 선택보다 행동에 대한 주망이 중요하다는 사실은 필연적으로 그를 묘사의 시인으로 만들고 있다. 「꽃의 소묘」「소묘집」이라는 소제목이 나와 있고 시제(詩題) 자체가 「꽃」「시」 등으로 나와 있는 데서 엿볼 수 있는 것처럼 묘사란 시인으로서 의도적인 작업이다. 그것은 시를 서술함으로써 발생하게 되는 주관, 특히 감정과 인간적 의지의 개입을 최대한으로 저지하려고 하는 노력이다. 그렇기 때문에 그는 어떤 대상을 택하는가 하는 문제에 구애받지 않고 무엇이든 그 사물의 존재를 그 사물이 내보이고 있는 형상에 대한 묘사를 반복함으로써 밝혀내려고 한다.

김춘수 스스로 "내게 있어 사물과 언어는 따로 떨어져 있지 않다"고 고백하고 있는데 이 말은 그와 같은 시인이 도달하게 되는 필연의 경지일 것이다. 왜냐하면 사물이란 시에 앞서서 피사체처럼 먼저 존재하는 것이 아니라 시인이 묘사를 해나가는 과정에서 획득되어지기 때문이다. 김춘수의 시가 거의 모두 그러하지만 한 좋은 예로서 「꽃 II」를 들어볼 수 있다.

> 바람도 없는데 꽃이 하나 나무에서 떨어진다. 그것을 주워 손바닥에 얹어 놓고 바라보면, 바르르 꽃잎이 훈김에 떤다. 花粉도 난다. 「꽃이여!」라고 내가 부르면, 그것은 내 손바닥에서 어디론지 까마득히 멀어져 간다.
>
> 지금, 한 나무의 변두리에서 뭐라는 이름도 없는 것이 와서 가만히 머문다.
>
> —「꽃 II」

철저한 묘사의 시다. 시인의 목소리나 표정이 일절 발견되지 않는다. 마치 사진을 찍듯, 무엇인가를 열심히 묘사하고 있다. 그러나 물론 묘사의 시와 사진 찍기는 전혀 다른 것이다. 묘사는 무엇보다 실제로 존재하는 실재의 묘사와 함께 그것을 보다 높은 차원에서 리드하는 시인 내부의 관념의 투영인 까닭이다. 외부의 풍경 묘사로 시종하고 있는 듯이 보이는 경우에도 그것은 시인의 속에 담겨진 관념을 유추하고 있는 것이다. 따라서 묘사를 사진 찍기에 비유하자면 시인의 관념을 찍는 일이요, 더 자세히 말해서 시인의 의식을 찍는 일이다. 그것은 렌즈를 통해서 인화지에 투영되듯 일차원의 세계가 아니다. 무수한 굴절과 조합, 때로는 파괴에 의해 조성되는 복잡한 지적 조작이다.

그렇다면 김춘수의 관념 속 깊숙이 자리 잡고 있는 의식의 핵은 무엇인가. 도대체 무엇을 아날로지analogy하고 있는 것인가 하는 문제가 미상불 궁금하지 않을 수 없다. 이것을 알아보기 위해서는 앞서 인용한 「꽃의 소묘」가 한 단서가 될 수 있을 듯하다. 즉 「꽃의 소묘」 앞부분 끝 3행을 보면 이렇다.

花粉이며……나비며 나비며
祝祭의 날은 그러나
먼 追憶으로서만 온다.

묘사의 긴장이 풀어진, 다분히 설명적인 요소가 들어가 있으나 이 작품은 시인의 의식의 끝이 노출된 결정적인 정보를 우리에게 누설하고 있다. 모든 관념의 축제는 "먼 추억으로서만 온다"는 것이 그것이다. 이러한 단서를 잡고 그의 시를 살펴볼 때, 그는 아주 섬세한 감정으로서 무엇인가를 부끄러워하며, 무엇인가를 감추려고 한다는 것을 눈치 챌 수 있다. 그러한 수줍음, 은폐의 노력은 필경 이 시인의 의식이 과거, 그것도 유년 시절에의 추억을 일종의 콤플렉스로 지니고 있는 것이 아닐까 하는 추측을 가능케 한다. 66년 이후 가장 큰 업적으로 판단되는 「처용단장(處容斷章)」 제1부의 조사에서 그것은 그대로 증명된다.

I의 I
바다가 왼종일
새앙쥐 같은 눈을 뜨고 있었다.
이따금
바람은 閑麗水道에서 불어오고
느릅나무 어린 잎들이
가늘게 몸을 흔들곤 하였다.

I의 II
三月에도 눈이 오고 있었다.

눈은 라일락의 새순을 적시고
피어나는 山茶花를 적시고 있었다.
〔……〕
깊은 수렁에서처럼
피어나는 山茶花의
보얀 목덜미를 적시고 있었다.

I의 Ⅲ

다시 또 잠을 자기 위하여 나는
검고 긴
한밤의 망또 속으로 들어가곤 하였다.
바다를 품에 안고
한 마리 숭어새끼와 함께 나는
다시 또 잠이 들곤 하였다.

I의 Ⅷ

내 손바닥에 고인 바다
그때의 어리디어린 바다는 밤이었다.
새끼 무수리가 처음의 깃을 치고 있었다.
〔……〕

—「處容斷章」

손에 잡히는 대로 뽑아본 연작시 「처용단장」의 분위기는 이렇듯 '처용'이라는 고대의 설화적 인물 설정에도 불구하고 '처용'에 대한 구체적인 어떤 연관성을 보여주지 않는다. 그 대신 「처용단장」은 바다와 밤, 그리고 "삼월에 오는 눈" "눈보다도 먼저 겨울에 오는 비" "한 마리 숭어새끼" "두 마리의 금송아지" "팔다리를 뽑힌 게 한 마리" "아이를 낳는 얼룩 암소"와 같은 이미지들에 의하여 암울한, 그러나 몽환에 가득 차 있는 시인의 어린 시절을 반영하고 있다. 묘사를 통한 순수·객관을 지향하고 있는 이 시인은 세속적인 이미지의 발생을 극력 기피하고 있으나, 밤바다와 낯선 동물에의 환각으로 항구의 어린 소년의 이미지를 성공적으로 구축하고 있는 「처용단장」은, 시인의 의식을 발바닥에서 조종하고 있는 것이 억압된 어린 시절의 욕망이라는 것을 여실히 드러내고 있다. 그것은 한 내성적인 소년의 빨리 자란 감정의 세계다. 그가 얼마나 내성적이었나 하는 것은 왼종일 더불어 살 수밖에 없는 무변(無邊)의 바다를 "새앙쥐 같은 눈을 뜨고 있었다"고 말하는 대목에서 명백하게 찾아진다. 외계로 향한 이와 같은 적대감은 소년의 정서가 불만의 수준에 머물고 있었다는 것을 말해주는바, 그는 현실 속에서 현실을 보는 것 대신에 낯선 풍경, 혹은 왜곡된 질서 속에서 현실을 바라본다. 아이를 낳는 얼룩 암소, 눈보다 먼저 내리는 겨울비. 그는 마침내 "濠州 宣敎師네 집/廻廊의 壁에 걸린 靑銅時計가/겨울도 다 갔는데/검고 긴 망또를 입고 걸어오고 있었다"고 말한다. 그의 환각적 감성의 발달을 보여주는 극심한 예로서 그 현실은 마치 꿈속의 현실이 그렇듯이 심리학적인 해부를 필요로 할 만하다. 그러나 우리는 여기서 다만 그것들이 모두 시인의 의식 근원을 이루고 있다는 점, '처용'이란 이때 그것을 감추기 위한 유추 작용에 지나지 않는다는 것만을 알아두자.

김춘수가 순수·객관을 지향하고 있다는 것은 그러므로 지극히 당연한 시적 추구로 믿어진다. 그는 내성(內省)의 의식을 오랫동안 익혀온 시인이며, 따라서 어느 누구보다도 말해야 할 자기 속의 관념이 풍부한 시인이다. 그에게는 자기 밖의 현실에 눈을 돌리고 거기서 이야기를 수집하고, 다시 그것을 의미화할 시간적인 여유, 즉 감응력이 애당초 절실한 것으로 비추이지 않을 것이다. 그러나 관념은 관념으로서 전달되지 않는다. 누구보다 시인 자신이 그것을 잘 알고 있다. 이때 그 관념을 육화시켜주기 위해서 차용된 아날로지로서의 사물이 보편적인 일상 경험 속의 그것과 같을 수 없다는 것은 당연한 일이다. 그의 언어는 '없는 사물'을 만들어주기 위하여 언어 그것만으로 보다 순수해져야 할 지극한 당위성 앞에 놓여 있다. 우리가 그의 시를 통해서 획득하게 되는 즐거움이 있다면, 그의 이러한 아픈 추억들이 아니라 그것이 강요해낸 아름다운 말의 진행일 것이다.

(1974)

죽음과 행복한 잠

—고은의 70년대

1

시집 『문의(文義) 마을에 가서』(1974), 『입산(入山)』(1977), 『새벽길』(1978), 그리고 입산 이후 시절은 시인 고은을 감성적 서정 시인으로부터 광야의 서정 시인으로, 내성적 감각의 시인으로부터 민중적 각성의 시인으로 넓혀준 중요한 변화의 시기에 해당된다. 한 시인의 생애를 바라볼 때 그 궤적은 여러 가지 무늬로 비쳐진다. 어떤 시인에게서는 변함없는 한 가지 색깔이 그의 젊은 시절로부터 노년까지 집요하게 채색되어 있는 것이 발견된다. 또 어떤 시인에게서는 하나의 관심이 다양한 방법을 통해 거듭거듭 심화되어가고 있는 것을 볼 수 있다. 그런가 하면 관심과 주제를 전면적으로 확대해나가는 시인도 있는데, 고은의 경우가 바로 그 대표적인 예라고 할 수 있다. 미세한 나뭇잎 하나의 떨림에서 촉발되다시피 하고 있는 그의 시적 감성은 정치적 압제와 폭력, 역사의 부조리와 그로부터 유발되는 민중의 한에 대한 공분으로 폭넓게 확산된다. 앞에 내놓은 70년대 중·후반의 시집들은 그 변모를 구체적으로 보여준다. 고은, 그는 과연 어떤 식으로 이 엄청난 확대와 변화를 그려내는가, 그리고 왜?

최근 나에게는 비극이 없다.
나 이제까지 지탱해준 건 복 따위가 아니라 비극이었다.
어이할 수 없었다.
동해 전체에 그물을 던졌다.
울릉 너머 수수리목 지나서까지
倭地 秋田縣 바닷가까지……
처음 몇 번은 소위 보수적 허무를 낚아올렸을 뿐
내 그물에서 새벽 물방울들이 發電했다.
휘잉! 휘잉! 깜깜한 휘파람 소리
내 손이 타고 내 四大色身이 탔다.
그러나 나는 참나무 숯이 된 채
신새벽마다 그물을 던졌다.
비극 한 놈 용보다도 더 흉흉한 놈이냐!
이윽고 동해 전체를 낚아올려서
동해안의 긴 바닷가 모래밭에 오징어로 널어뒀다.

한반도 권세여 아무리 다급할지라도 바로 이 비극만은 팔지 말아라.
내 오징어로 눈부시게 마르는 비극만은 안 돼! 안 돼!

『문의 마을에 가서』에 실린 시 「투망(投網)」의 전문이다. 이 시에서 시인은 직접적인 어조로 자신의 심경을 토로하고 있다. 그의 의하면 그에게는 더 이상 비극이 존재하지 않는다. 비극의 반대 상황이 행복이라면, 그는 이제 행복해진 것이다. 그러나 이 같은 시인의 천명은, 그러한 진술 이전까지의 그의 삶이 비극적이었다는 사실을 드러내준다. 그가 시인이 된 50년대 후반 이후 70년대 전반에 이르는, 약 20년에 가까운 그 세월을 시인은 말하자면 불행하게 살아온 것이다. 그 불행을 그는 '소위 보수적 허무'와 관련지어 되돌아본다. 문장의 논리대로 따른다면 그 같은 허무에 사로잡혔던

지난날이 비극이었는데, 이제 그로부터 벗어났으므로 더 이상 비극은 없다는 말이 된다. 이러한 진술이 하나의 명제로서 올바르게 성립되는지의 여부는 물론 중요하지 않다. 중요한 것은 시인이 그렇게 생각하고 있다는 사실이며, 그리하여 엄청난 변화가 바야흐로 전개되고 있다는 사실이다. 기본적으로 고은은 끊임없이 변화하는 시인이며, 이런 시각에서의 또 다른 고찰이 필요할지도 모른다. 그러나 우선 주목할 것은 그가 '소위 보수적 허무'를 버려야 할 것으로 생각함으로써 그의 변화를 시작했다는 점이다. 이처럼 변화 내지 타기의 대상이 된 보수적 허무란 대체 무엇이며, 그것은 고은과 어떤 관계에 있는 것일까. 고은의 70년대를 위해서는 이에 대한 이해가 선결로 요구된다. 그의 시는 처음에 밤·별·여인·눈물이었다. 가령 시집『피안감성(彼岸感性)』(1960)에 나오는 다음과 같은 시를 읽어보자.

잠 안 와 돌아누우면
물소리 잠겨
아무도 없는데
뜬눈의 어둠에 오는 별빛이여
幻寂台 소나무들도
바람 내버리고
그 우 소스라치는 별빛이여
차라리 빛은 소리인 것을
내 눈의 어둠에 내리는 별빛이여

—「별빛」 전문

시인은 이때 어둠이었다. 어둠은 일반적으로 낭만주의의 가장 보편적인 표상으로 알려져 있다. 현실보다는 환상 속에서 세계를 찾고자 했던 낭만주의—어둠을 통해 그 세계는 훨씬 잘 인식되기에 많은 낭만주의 시인들은 그것을 긍정적인 표상으로 노래하였다. 이러한 세계관의 밑바탕에는 그러나 현실에 대한 비극적인 인식이 깔려 있다. 현실은 근본적으로 모순이며, 그 모순은 인간적인 노력에 의해 해결되지 않는다는 저 절망의 미학인데, 그러나 낭만주의자들은 그것을 패배로 생각하지 않는다. 오히려 그들은 현실 개혁을 소박하게 믿는 현실주의자들을 연민의 눈으로 바라보거나 허위의 몸짓이라고 비판한다. 어쨌든 문학은 이 두 가지 태도의 갈등을 통해서 발전해왔으며, 그 존립의 거점도 거기에 있는 것이 사실이다. 특히 낭만주의야말로 문학의 문학됨을 부각시키면서 문학의 영역을 확장시켜온 소중한 인식의 영역이다. 감수성이 풍성한 청년 고은의 출발이 이와 관련되어 있다는 사실은 그러므로 조금도 어색스러워 보이지 않는다. 따지고 보면 낭만주의 혹은 낭만적 기질로부터 문학을 시작하지 않은 문학인이 어디 있겠는가.

그러나 고은에게 있어서 낭만주의적 색채와 관련된 세계의 발견은 매우 중요하다. 왜냐하면 낭만성은 그에게 시적 재질의 단서일 뿐 아니라 그의 체질 자체인 측면이 강하기 때문이다. 앞에 인용된 시 「별빛」 이외에도 초기 시집이라고 할 수 있는 시집들, 예컨대 『해변의 운문집』(1964)이라든지 『제주가집(濟州歌集)』(1967) 들은 모두 이러한 분위기에 지배되고 있다. 또한 그의 운명적 체질로까지 생각되는 그 요소는 방향 전환을 이룬 70년대 중반 이후의 시에서도 일정한 작용을 하고 있는 것으로 판단된다.

"최근 나에게는 비극이 없다"고 선언한 「투망」에서의 '비극'은 우선 이런 면에서 자기 반성적인 요소를 갖고 있다. 그 비극은 삶에 대한 비극적 세계관을 청산하겠다는 의지에서 바라볼 때의 비극이다. 그렇기 때문에 되돌아보고 싶지 않은 비극이다. 순전한 형식 논리에 따른다면, 그것은 자신이 지니고 있는 낭만성에 대한 거부이다. 그 거부는 두 세계를 놓고 저울질하는 선택적 거부가 아니라, 과거의 자신을 부인하고 싶어 하는 자탄과 회오에 찬 거부이다. "나 이제까지 지탱해준 건 복 따위가 아니라 비극이었다"는 표현은, 시인이 과거의 자신을 부인하고 싶어 하는 열망을 강하게 노출하고 있다. 그렇다면 과거의 고은은 어떻게 낭만적 서정에 함몰되어 있었으며, 왜 홀연히 그 세계를 거부하게 되었을까 미상불 궁금하지 않을 수 없다. 앞서 나는 그의 이 낭만적 서정을 체질이라고 부른 바 있는데, 이러한 지적을 제쳐놓고 다른 분석이 가능해 보이지 않는다. 왜냐하면 그의 초기 시, 즉 60년대의 시 거의 전부가 이러한 감성에 깊이 침윤되어 있기 때문이다. 문제는 고은이 왜 이러한 자기 부인을 하게 되었을까 하는 점이다. 자신도 "어이할 수 없었다"는 구절이 시에 나오는데, 이것은 과거의 시에 대한 자기 진단이다. 다시 말해서 거의 허무에 가까울 정도로 어두운 감성에 충만했던 그의 시는 그의 본원적인 체질이었다는 판단이다. 말하자면 운명과 같은 것이었는데, 이제 시인은 그것이 운명이라기보다 자신의 편협한 선택이었다고 생각하게 된다. 따라서 "동해 전체에 그물을 던졌다"는 말은 그가 스스로의 운명을 바꾸어보겠다는 의지라기보다 시의 대상, 즉 시야를 확대해나가겠다는 선언으로 들린다. 그러나 그 과정이 그리 간단하지는 않다.

『문의 마을에 가서』 이후 『새벽길』까지의 세계는, 한마디로 말해서, 시인이 세상과 만나는 과정을 보여주고 있다. 잘 알려져 있듯이 고은은 환속 승려인데, 이 지적 속에는 그가 일찍이 청년 시절 자기 나름대로의 탈속·해탈의 감정을 이미 맛보았던 경험이 있다는 뜻이 포함된다. 그러나 젊은 날의 탈속 감정이 과연 얼마나 해탈의 경지에 이를 것인가. 거기에는 무엇보다 세상과의 만남이라는 육질의 체험이 결여되어 있다. 이 체험이 결핍되어 있는 곳에는 천재적 관념이 난무할 수는 있어도 삶의 고단한 실재가 보이지 않게 마련이다. 흔히 감수성이 풍성하고 예민한 젊은 시인들에게서 자주 발견되는 현상이다. 고은의 60년대도 말하자면 이러한 현상이 압도적으로 지배하던 시기이다. 『문의 마을에 가서』는 바로 이러한 시기로부터의 탈출, 구체적인 세상, 세상 사람들과의 만남으로 새롭게 각인된다.

겨울 文義에 가서 보았다.
거기까지 다다른 길이

몇 갈래의 길과 가까스로 만나는 것을
죽음은 죽음만큼
이 세상의 길이 신성하기 바란다.
마른 소리로 한번씩 귀를 달고
길들은 저마다 추운 소백산맥 쪽으로 뻗는구나.
그러나 빈부에 젖은 삶은 길에서 돌아가
잠든 마을에 재를 날리고
문득 팔짱 끼고 서서 참으면
먼 산이 너무 가깝구나.
눈이여 죽음을 덮고 또 무엇을 덮겠느냐.

—「문의 마을에 가서」 부분

작품 전반부에 나타나 있는 것은 시인이 찾아가서 본 문의 마을이다. 여기서 마을 사람들은 아직 보이지 않는다. 대체로 시의 현실은 자연과 더불어 제시되고 있지만, "그러나 빈부에 젖은 삶은 길에서 돌아가/잠든 마을에 재를 날리고"에서 한 전환을 이룬다. 빈부에 젖은 삶, 즉 가난한 사람들이 길에서 돌아가는 것이다. 그리고 그들은 잠든 마을에 재를 날려버린다. 무슨 이야기인가. 사람들이 자연을, 고향을, 땅을, 제 집을 버린다는 이야기다. 왜? 가난 때문이다. 이들의 자연 포기와 더불어 고은도 그의 자연 서정을 포기한다. 그는 지금까지 자연의 위대성을 소박하게 믿어왔다. 그 자연과 인간이 함께 있는 곳이 길이었다. 길은 인간이 만들지만 자연의 것이다. 시인은 이에 대해서 "죽음은 죽음만큼/이 세상의 길이 신성하기 바란다"고 적는다. '죽음은 죽음만큼'이라는 표현이 다소 애매하지만, 그것은 모든 길이 신성하기를, 즉 자연의 섭리에서 벗어나지 않기를 바라는 시인의 염원을 반영하는 것으로 이해될 수 있다. 이 세상의 길이 신성할 때, 자연과 인간은 조화를 이루고, 아마도 인간과 인간 사이의 화평도 이루어질 것이다. 그러나 시인이 문의 마을에서 본 길은 그렇지 않다. "거기까지 다다른 길"은 "몇 갈래의 길과 가까스로" 만난다. 조화와 화평은 벌써 깨어져 있는 상태다. 길이 길과 가까스로 만나다니! 그 길은 마침내 "저마다 추운 소백 산맥 쪽으로" 뻗어간다. 길에서 돌아갈 수밖에 없는 가난한 사람들에게는, 그 길이 그들을 버리고 달려가는 것으로 인식될 수밖에 없다.

이렇듯 세상에서 고은이 처음 만난 사람들은 가난한 사람들이며, 버림받은 사람들이다. 그러나 이렇게 만난 세상이 시인에게 준 것은 무엇일까. 연민인가, 분노인가, 아니면 혁명의 의지인가. 「문의 마을에 가서」에서 시인은 아직 이 점에 있어서는 크게 변하지 않고 있다. 문득 "팔짱 끼고 서서 참고" 있다. 연민과 분노가 그를 휩싸고 있었을 터이지만, 그는 그대로 참고 있다. 그러자 "먼 산이 너무 가깝게" 다가온다. 신비의 힘을 잃어버렸던 자연이 다시 가깝게 느껴지는 것이다. 이제 자연을 떠나 세상 사람들 속에서 무언가 변화의 의지를 다듬는 것이 아니라, 자연의 원초적인 힘에 다시금 되돌아가기 때문이다. 세상을 보고, 새로운 것을 깨닫기는 했으나, '참을' 수밖에 없는 시인의 한계, 혹은 시의 영역이 드러난다. 그리하여 시인은 달관한 듯 한탄한다.

> 눈이여 죽음을 덮고 또 무엇을 덮겠느냐.

가난한 삶, 버림받은 자들의 아픔은 시인에게서 '죽음'으로 극단화된다. 그것은 슬픔을 단순한 슬픔으로만 받아들이지 않겠다는 의지의 표현일 수도 있고, 분노한 감정의 과장법일 수도 있다. 이러한 죽음의 표상은 작품의 후반부에서 보다 분명해진다.

> 겨울 문의에 가서 보았다.
> 죽음이 삶을 꽉 껴안은 채
> 한 죽음을 무덤으로 받는 것을.
> 끝까지 참다 참다

죽음은 이 세상의 인기척을 듣고
저만큼 가서 뒤를 돌아다본다.
지난 여름의 부용꽃인 듯
준엄한 정의인 듯
모든 것은 낮아서
이 세상에 눈이 내리고
아무리 돌을 던져도 죽음에 맞지 않는다.
겨울 문의여 눈이 죽음을 덮고 나면 우리 모두 다 덮이겠느냐.

후반부에서 가장 주목을 끄는 부분은, "죽음은 이 세상의 인기척을 듣고/저만큼 가서 뒤를 돌아다본다"는 대목이다. 죽음이 황폐한 삶이라면, 비록 황폐한 상태라 하더라도 때로 살아나서 그야말로 살길을 찾으려고 한다는 뜻 아니겠는가. 그 성찰과 한탄, 분노의 몸짓을 시인은 '지난 여름의 부용꽃' 혹은 '준엄한 정의'라고 풀이한다. 요컨대 그것은 아름다움이며, 올바름이다. 그러나 결국 "아무리 돌을 던져도 죽음에 맞지 않"기에 시인이 기대하고 의탁할 것은 여전히 자연뿐이다. 이 시에서 그것은 눈이다. 마지막 시행 "겨울 문의여 눈이 죽음을 덮고 나면 우리 모두 다 덮이겠느냐"는 읊조림은 그렇게 해서 생겨난다. 눈이 이 세상을 하얗게 덮을 때, 그 눈은 삶도 죽음도 한결같은 모습으로 덮어준다. 눈은 이를테면 이 시에서 시적 자아이다. 그것은 시인이 도달한 자기 일치의 세계이며, 그것을 통한 구원 이외에는 다른 대상을 찾지 못한다. 「문의 마을에 가서」는 이렇듯 세상과의 새로운 만남을 보여주는 한편, 그 만남이 가혹한 현실의 발견임을, 그러면서도 아직은 탈속 감정의 외연이라고 할 수 있는 자연을 통해서 현실 극복을 할 수밖에 없음을 드러내준다. 어떤 의미에서 그것은 전통적인 시의 세계라고 할 수 있다. 그러나 고은에게 있어서 그것은 상당한 변모이며, 그 변모가 그의 시 세계를 성숙하게 하고 있다. 관념적인 낭만과 달관의 허위성을 스스로 떨구어버리고, 피할 수 없는 삶의 현장과 부딪침으로써 그의 감수성이 아연 튼튼한 육질을 얻게 된 것이다.

그러나 이 시에서 가난한 삶을 '죽음'과 연관 지은 것은, 여전히 고은의 문학적 시각이 철학적인 방향에 조준되어 있음을 말해준다. 그 기초가 불교 정신임은 물론이다. 말을 바꾸면, 그는 내면적인 감성의 세계에서 가난과 압제의 희생자들을 만나 그들 삶의 신산함을 시의 현실로 받아들이게 되었으나, 이른바 구조적 모순의 개선과 같은 사회과학적 접근에 관심을 두지는 않았다는 것이다. 그의 관심은 그런 의미에서 철학적·종교적이다. 이러한 그의 기본 바탕은 고은 시의 큰 힘이 되며, 70년대 이후 숱한 현실적 어려움에도 불구하고 오히려 그의 문학을 왕성하게 하는 엄청난 에너지의 동인으로 작용한다. 예컨대, 앞의 시집에 수록되어 있는 시 「삶」의 전문을 보자.

비록 우리가 몇 가지 가진 것 없어도
바람 한 점 없이
지는 나무 잎새의 모습 바라볼 일이다.
또한 바람 일어나서
흐득흐득 지는 잎새의 소리 들을 일이다.
우리가 기억 니은 아는 것 없어도
물이 왔다가 가는
저 오랜 古群山 썰물 때에 남아 있을 일이다.
젊은 아내여
여기서 사는 동안
우리가 무엇을 다 가지겠는가.
또 무엇을 生而知之로 안다 하겠는가.
잎새 나서 지고 물도 차면 기울므로
우리도 그것들이 우리 따르듯 따라서
무정한 것 아닌 몸으로 살다 갈 일이다.

현실의 고통을 바라보면서도, 시인은 동참과 극복 아닌 응시자로서의 자세를 버리지 않고 있다. 이때 응시자는 동시에 달관자의 모습을 띤다. 그 구체적인 방법은 자연에의 의탁이며, 결국 현실 수락이다. 앞서 나는 이러한 그의 태도를 다소 비판적으로 지적했으나, 그러나 그것은 현실적·정치적 악에 대한 동조 아닌 우주적 섭리에의 동의라는 관점에서 이해될 필요가 있다. 나무 잎새 하나, 바람 소리 하나에서 우주를 발견하는 눈이 있기에, 삶을 물질적 싸움의 차원 아닌 죽음과의 연속성 속에서 파악하는 전체적 통찰이 가능한 것이다.

2

가자, 허허벌판 잠자러 가자.
온 길 삼천리
쓰라린 弱水 삼천리
어느 세상에 꽃 하나 보랴
뉘엿뉘엿 해지면
나온 새 까막까치도 돌아간다.
가자. 하늘 아래 오늘이 간다.
잠 못 이룬 별들이면
내 가문 가슴에 재워주마.
피리젓대 무엇하랴
한마디 가락 아직도 남았다면
부는 바람에 버리고 가자.

77년에 나온 『입산』 모두에 실린 시 「허허벌판」의 전반부다. 30년이 넘는 고은 시인의 생활, 그리고 수십 권이 넘는 그의 시집 가운데에 가장 고은다운 진면목을 담고 있는 작품으로 생각되는 시다. 이 시를 잘 읽어보면 얼핏 과격해 보이는 그의 시적 변모에도 불구하고 변하지 않는 시 세계의 본질이 묻어 나온다. 원래의 허무주의적 감수성과 구체적 현실 체험의 병존 현상이 나타나는데, 이 병존이 여기서는 절묘한 화합을 이루고 있다. 세밀한 분석 자체가 긴요해 보이지 않는 이 시에서 가장 주목할 부분은 현실을, 가혹한 현실을 온몸으로 껴안는 시인의 가슴이다. 70년대 중반을 전후하여 엄습한 정치적 한파는 시인들을 비롯하여 모든 지식인을 엄동설한의 동사 직전으로 몰아붙였다. 이때 이들의 첫 반응은 당연히 저항이었다. 그것은 거의 본능적인 것이었으며, 생존의 방어 기제적 성격마저 띤 것이었다. 이른바 민중문학론이 태동하였고, 그 내용 또한 이념적인 색채를 띨 수밖에 없었다. 모든 이념이 대체로 그러하지만, 문학에서의 이념 또한 공격적인 특징을 갖는다. 이념은 실천되어야 하며, 그 실천은 극복·타기의 대상을 가지며, 그 과정에서 전략을 필요로 한다. 따라서 전술·전략적인 반성은 있을 수 있으나 근본적으로 자기 자신의 인격적인 반성은 있을 수 없다. 모든 이념적인 문학이 안고 있는 근본적인 취약점은 이것이다. 인간의 독자적인 영혼이나 정신이 회의되기 때문에(그것 역시 사회 구조의 전체적인 틀 속에서 영향을 받는다고 생각되기 때문이다!) 자기반성은 부질없는 나약함으로 반영된다. 이러한 생각이 전혀 타당성이 없는 것은 아니나, 전적으로 타당하다고만 할 수는 없다. 무엇보다 현실을 인식하는 주체로서의 인간 스스로에 대한 자기 평하가 깔려 있는가 하면, 그것은 동시에 반성을 부정하는 자기 교만의 형태로도 보이기 때문이다. 이 마당에 자기 가슴으로 허허벌판을 껴안는다는 것은 얼마나 아름다우냐. "잠 못 이룬 별들이면/내 가문 가슴에 재워주마"라는 시인의 전언은 눈물겹도록 고마웁다. 아니, 아예 허허벌판에 잠자러 가자는 발상부터 폐허의 세상을 껴안는 담대한 사랑이, 시인의 자존심을 느끼기에 부족하지 않아 보인다. 더 읽어보자.

가자 가자.

허허벌판 잠자러 가자.

참다운 이 벙어리 아니다.

자고 나서 노래하리라.

온 길 삼천리 노래하리라.

백도라지 백도라지야

너 어느 세상에 피었느냐

만 원한 묻힌 가슴

네 노래 내 노래 다 버렸다.

가자. 가자. 허허벌판

저 벌판이 내 집이로다.

자고 나면 나라 온다.

가자. 가자. 잠자러 가자.

허허벌판에서 잠을 잘 수는 없다. 잠을 잔다면, 최소한 비바람을 가릴 수 있는 작은 공간이 있어야 한다. 따뜻한 온기가 있는 방이라면 더욱 좋고, 침대가 있다면 한결 어울릴 것이다. 어디 허허벌판에서 잠을 잘 수 있는가. 그렇다면 왜 하필 잠인가. 이 대목은 매우 중요해 보인다. 잠이 갖고 있는 의미, 특히 시적 이미지는 이 시에서 두 가지로 나타난다. 그 하나는 포근한 안주의 이미지다. 잠은 그런 의미에서 집과 통한다. 허허벌판에서 잠을 자자는 시인의 권유는 따라서 엄청난 아이러니일 수밖에 없다. 허허벌판은 집과 정반대의 장소인데, 거기에 정반대되는 이미지를 만들기 위해 잠이 마련된다. "뉘엿뉘엿 해지면/나온 새 까막까치도 돌아"가는데 하물며 사람이 그곳에서 자다니! 그것은 잘 곳을 잃은 자의 반어적 억지이며, 잘 곳을 잃은 자들을 향한 사랑의 패러독스이다. 그 패러독스를 통해 시인은 자신의 가슴으로 그 헐벗은 땅과 인간을 보듬겠다는 강한 사랑과 의지의 적극성을 내보인다. 그런 의미에서 「허허벌판」이라는 제목과는 달리, 이 시는 고은의 허무주의의 극복을 극명하게 보여준다.

잠이 지닌 다른 하나의 이미지는, 안락한 안주성과는 사뭇 다른 어떤 것이다. 그것은 횔덜린이 그리스를 노래하면서 말한 의미, 즉 휴면을 통한 꿈의 시간일 수 있다. 왜 하필 잠인가. 생리적인 뜻에서의 수면이 소극적인 휴식 행위라면, 적극적인 의미에서 그것은 현실 극복의 한 수단일 수 있다. 잠을 통해서 인간은 꿈을 꾸고, 그럼으로써 시간과 공간을 마음대로 넘나들 수 있는 것이다. "궁핍한 시대에 시인은 무엇을 할 수 있느냐"면서 18세기 독일 현실을 한탄하고 그리스 시대를 그리워했던 횔덜린에게, 잠은 희랍으로 날아가는 꿈의 마차였다. 이 시에서도 그 이미지는 은밀한 인상으로 숨어 있다. 예컨대 후반부에서 "참다운 이 벙어리 아니다/자고 나서 노래하리라" 하였을 때, 왜 자고 나서 노래한단 말인가. 이때 '자고 나서'는 쉬면서, 꿈꾸고 나서의 뜻일 것이다. 고은은 지금 활동할 시기가 아님을, 지금 요구되는 것은 차라리 꿈을 잉태한 잠이라고 생각하고 있음이 분명하다. 그렇기에 그는 이어서 "온 길 삼천리 노래하리라"고 높은 음성으로 외친다. 지금은 압제의 시대, 분단의 시대, 요컨대 폐허의 시대다. 그러므로 통일과 자유의 그날이 올 때 온전한 노래를 부를 수 있으리라는 전언을 이 시는 함축하고 있다.

이러한 잠의 이미지는 물론 비판의 대상이 될 수 있다. 가령, 잠의 이미지는 마취의 의미, 몽환적인 세계의 의미로만 읽힐 수 있다는 주장이 제기될 수 있다. 이념적인 투쟁의 전략으로서 시가 채택될 때, 이러한 견해는 설득력을 얻는다. 그러나 그러한 견해 밖으로 나올 때 내부분의 비판은 무력해진다. 잠·꿈·환상이야말로 문학의 핵심적인 표상들이기 때문이다. 더구나 70년대의 저 살벌했던 정치 현실을 생각할 때, 이러한 문학의 세계가 배제된다면, 김지하의 말대로 자살이라는 선택 아닌 선택밖에 있을 수 없었던 점을 상기할 필요가 있다. 고은의 잠이 소중하게 느껴지는 까닭도 여기에 있다. 이미지의 통일성을 제고시키면서, 그의 대표작 가운데 하나로 꼽힐 수 있는 반열에 이 작품이 올라설 수 있는 이유는 진지하게 음미되어야 할 것이다. 끝부분을 다시 읽는다.

가자. 가자. 허허벌판
저 벌판이 내 집이로다.
자고 나면 나라 온다.
가자. 가자. 잠자러 가자.

고은은 이후 그의 이러한 생각을 때로 과격하게, 때로 은밀하게 발전시켜간다. 특히 "저 벌판이 내 집"이라는 생각에는 열정적으로 충실하게 매달린다. 폭력 정권의 말기 증상이 노골적으로 노출되기 시작하는 78년에 나온 『새벽길』은 불과 1년 동안에 그가 얼마나 정력적으로, 그의 이러한 시상과 그 세계를 확대·심화하고 있는지를 잘 드러내준다. 물론 이 경우 그 확대·심화에 대한 평가는 얼마든지 다양할 수 있겠으나, 벌판을 집으로 삼기 시작한 시인이 그곳에서 잠을 자게 되었다는 점을 기점으로 삼을 때, 확실히 『새벽길』의 세계는 발전으로서의 많은 요소를 지니고 있다는 것이 나의 생각이다. 이 판단을 위해서는 다음 두 편의 시가 시사적이다. 시집 『새벽길』에 실린 「어린 잠」 전문과 「삼사상(三舍上) 봄밤」의 일부를 옮겨본다.

1) 가만
가만
귀기울여보세요
어느 놈의 천하장사도 못 당할 힘으로
우리 어린것들 잠자는 숨소리에
큰 벼랑 무너지는 굉소리 들려요

악아
악아

네가 옳아요

어린것들 깨어나면
임진강 스무나루 이쪽저쪽 오가는 배에
고려 뱃노래 물도 울려 온몸으로 들려요

2) 거룩하다 서로서로 불쌍한 것들
쇳도막 하나 엿 사먹으려다가
환장할 팔자 전과 누범된 것들
〔……〕
농투산이 어깻죽지도
마구잡이 배를 짼 케로이드 흉터들도
그것들이 잠든 모습 거룩하다
감방마다 잠꼬대 거룩하다

1)은 어린아이들의 잠자는 숨소리에서 희망의 앞날에 대한 예감과 그 기약을 제시하고 있는 작품이다. 모든 잠은 마치 어린아이와 같다. 어린아이들이 성장하면 새로운 현실을 만들어가듯이, 잠에서 깨어날 때 사람들은 새로운 활력으로 움직인다. 잠은 일종의 현실 청산의 매개물이다. 자고 나면 달라진다? 그렇다, 자고 나면 나라가 온다고 역설한 시인에게 있어서 아직 올바른 나라가 오고 있지 않을 때, 수면의 시간은 아름답게 느껴진다. 아, 빨리 자고 이 시간이 지나갔으면…… 하는 것이 시인의 마음일 것이다. 그 마음이 가장 투명하게 반영된 것이 1)이다.

2)는 교도소 풍경을 묘사한 시다. 그 안에는 온통 죄수들로만 가득한 현실 속에서 시인은 뜻밖에도 거룩함을 발견한다. 그 거룩함은 가난하여 죄를 지을 수밖에 없었던 삶에 대한 연민을 통해서 형성된 감정이다. 나로서 특히 주목되는 것은 '잠든 모습'이 거룩하다는 부분인데, 왜 그럴까? 어린

아이의 잠든 모습, 죄수들의 잠든 모습, 혹은 잠꼬대에서 발견되는 거룩함은, 삶의 원초적인 형상이라는 점과 아울러 그들이 모두 사회적으로 약자라는 점에서 연유한다. 그렇다면 약자들의 잠이 특히 거룩한 까닭은 어디에 있을까? 그것은 앞서 설명된 이유, 즉 잠은 인간을 달라지게 한다는 시인의 기대와 관련된다. 아이들이 어른이 되고, 죄수가 해방될 때 그들은 달라질 것이 분명하다. 이렇듯 고은은 하나의 시적 이념과 그 표상으로 제시했던 '잠'을 『새벽길』에 와서 구체적인 인물들, 현실들을 통해서 더욱 구상적인 내용으로 형상화해간다. 그것은 확실히 일종의 발전이다.

『새벽길』에 이르러 나타나는 또 하나의 새로운 현상은, 시에 교도소·연금·연행 등과 연관된 내용들이 많이 등장하고 있다는 사실이다. 독재 정권에 저항 운동을 벌이던 시인 자신이 직접 겪게 된 현실이 시의 현실이 된 것이다. 이즈음 저항을 통해 현실에 참여하게 된 이 시인의 활동을 앞의 '잠'의 이미지와 관련지어볼 때, 모순처럼 느껴지기도 한다. 그러나 넓은 의미에서 잠은 이 모든 활동을 포함한다. 「문의 마을에 가서」의 죽음처럼 잠은 보다 넓은 범주의 이미지로 기능하고 있기 때문이다. 즉 죽음이 황폐한 현실과 그 속의 가난한 사람들을 포괄하는 표상이었다면, 잠은 죽음의 현실에 대항하여 시인이 선택할 수 있는 생존적 대응 문화를 총칭하는 이미지로 부각된다. 그런 의미에서 교도소를 드나드는 저항과 투쟁조차도 고은에게는 잠의 활동일 수 있다. 자주 강한 부르짖음이 나타나지만, 그 역시 '거룩한 잠꼬대'의 범주 속에 포함되어 별 무리가 없어 보인다. 사실 '새벽길'에 나선 고은의 모습은 이따금 잠이 덜 깬 사람의 표정이 되어, 『새벽길』 전체의 내용이나 수준이 그 이전의 두 시집보다 혼란스러워 보이기도 한다. 그것은 아마도 고은으로서도 처음 맞이하는 가공스러운 현실 때문이리라. '잠'을 내세웠으면서도 현실적으로 잠만 자고 있을 수 없는 현실. 그 현실을 극복하고자 하면서도 쉽게 이념의 편에 설 수 없는 천재적 감성의 시인은 어차피 한차례 혼란의 터널을 지나가지 않을 수 없었으리라. 자연과 일상, 조국에 대한 사랑과 투쟁적 관념이 혼재하는 시집 『새벽길』은 따라서 '보수적 허무'라는 '비극'을 버리고 현실 개혁을 위한 전략 개념으로서의 '잠'의 이미지를 택한 시인의 불가피한 단계로 이해된다. 그러나 '잠'을 통해 고은은 실제적으로 소중한 시적 수확을 획득한다. 과거의 역사를 되돌아보고, 거기서 역사 의식을 역사 지식과 함께 얻는 것이다. 조선조 귀족 사회·양반 사회의 모순, 일제 식민 치하의 참상 등 오늘의 현실을 통시적으로 바라보는 시간의 지혜를 갖게 된다. 횔덜린이 그랬던 것처럼. 그리고 그는 80년대의 저 엄청난 광야로 걸어간다. 잠이 깨어나는 예감과 더불어.

(1998)

* 이 밖에 고은에 관한 필자의 평론으로 「현실, 시 그리고 초월」(1986; 『문학을 넘어서』), 「결핍의 열정」(2003; 『근대 논의 이후의 문학』)이 있다.

자기 확인과 자기 부인

—황동규 시의 종교적 전망

1

황동규의 시를 기독교적 색채와 관련하여 바라본 이는 평론가 김현이다. 그는 「황동규를 찾아서」에서 이렇게 말했다.

> 그 자신은 그것을 뚜렷하게 고백하고 있지 않지만 상처받은 인간이라는 생각은 기독교적 인간관에 기인하고 있는 것이 확실하다. 그의 초기 시에 빈번하게 등장하는 성서적 이미지들이 그것을 입증한다. "어지러운 꿈마다 희부연 빛 속에서 만나는 자여, 나와 씨름할 때가 되었는가"(「이것은 괴로움인가 기쁨인가」), "잘들 있었는가 그대들은 어느 곳에 상처를 받았는가"(「얼음의 비밀」), "아이들을 만나면 못을 박고 또 뽑는 일들을 가르쳐주리"(「피에타」). 씨름·상처·못 따위보다 더 성서적인 이미지는 없을 것이다. (『황동규 깊이 읽기』, p. 67)

그러나 이러한 지적은 별 주목을 받지 못한 것 같다. 읽는 이들의 필요에 의해 받아들여지게 마련인 모든 텍스트들은, 특히 그 해석자 자신보다 텍스트 자체에 대한 자기 이해를 선행시키고 있기 때문이다. 말하자면 김현의 지적에도 불구하고 황동규의 시를 그 같은 시각에서 바라본 다른 해석자들이 거의 없었다는 이야기이다. 그도 그럴 것이 허구한 날 절 주위를 맴돌며 이른바 '동(同) 선회'의 인상을 강하게 뿌려온 그의 시들—특히 후기 시들—을 그 누가 기독교적 시각과 문맥에서 바라볼 생각을 하겠는가. 그러나 성급한 결론이 허락된다면, 눈치 빠른 김현의 예감은 비단 몇몇 성서적 이미지와 단어들에 의해서만이 아니라 황동규 시 전체의 흐름에서 상당히 정곡을 향하고 있다는 것이 나의 판단이다. 나로서는 이제 시력 40년을 넘는 중진 시인으로서 우리 시단을 대표하는 이 시인의 본질이 바로 기독교적 정신에 뿌리를 두고 있다는 조심스러운 가설을 내세우고 싶다.

황동규의 시를 40년 가깝게 옆에서 읽으면서, 그리고 인간적으로 교유하면서도 나는 1991년에 나온 시집 『몰운대행(行)』에 해설을 썼을 뿐, 그의 시에 대해 이렇다 할 촌평조차 제대로 하지 못해왔다. 뭐라고 써야 좋을지 몰랐기 때문이다. 이런 것 같아 보이는가 하면 저런 것 같고, 저런 것 같은가 하면 또 쓰윽 빠져나가고…… 그는 나에게 한 손에 잡히는 것을 좀처럼 허락하지 않았다. 기회 있을 때, 겨우 내가 할 수 있는 말이란, 황 시인은 시의 모범생이다, 는 것이 전부였다. 그 강인한 문학 정신으로 그는 모든 소재와 현실을 감싸 안아 균형 있게 매 한편 한편의 시를 '성공작'으로 만들어왔던 것이다. 나로서는 정말이지 별로 할 말이 없었다. 그런 판에 이게 웬일? 그의 시에서 나는 최근 느닷없이 예수의 정신을 보고 만 것이다. 초기 시에서 최근 시에 이르기까지의 그 자기 쇄신과 변화의 정신은, 예수에게서 나타난 중생(重生)의 정신에 다름 아니라는 확신이 그것이다. 자, 이제 살살 따라가보기로 한다.

예수는 33세로 어느덧 세상 떠나고
이젠 어쩔 수 없이
80세까지 겨웁게 황톳길 걸어 적멸한
불타의 뒤꿈치 좇아가는 길.

30대 초반
나무에도 다람쥐에도 성벽 여기저기 입혀지는 돌옷〔地衣〕에도 뛰놀던
저 지구의 핏줄
십자가에 오른 예수는 보았을까.
저 아래 뒹구는 손도끼 곁에서 막 새로 태어나는 바람을.
아득타!
이제는 시무외인(施無畏印)으로 사람들 안심시키던
오른손을 거두어
가슴의 상처 가리고
가시 면류관 쓴 채 누워 열반하는 예수,
지상의 마지막 끼니 소화하지 못하고
나무를 타고 올라
두 팔 벌려 십자가 되어
하늘 끌어당기는 불타를 꿈꾸랴.
아득타!

—「아득타!」 전문

불타와 예수를 한 몸으로 받아들이는 장대한 프로그램이 오랜 그의 시력과 정신, 기법 안에 모두 녹아 있는 걸작이다. 기독교나 불교의 정통적인 해석과 교리 안에서 보면 당연히 불만스러운 점이 있을 수 있을 것이다. 그러나 이 시는 황동규라는 시인이 걸어온 그 긴 씨름의 결과라는 점에서 그 불만을 무력화한다. 예수가 불타가 되고, 불타가 예수가 되었다고 해서, 이 시인을 혹시라도 종교 다원주의자로 생각한다면 큰 착각이다. 여기서 강조되고 있는 것은 남의 고통, 다른 모든 사람들의 고통들을 감싸안는 자의 고통이며, 그 고통에 가깝게 가고 있지 못한 시인의 뼈저린 자탄(自歎)이다. 자탄으로 시작된 시인의 첫 출발이, 그 작은 욕망의 좌절에서 엄청난 크기의 인류애로 심화되고 있는 형국이다. 헤세는, 석가모니야말로 참다운 크

리스천이라고 했는데, 황동규 또한 헤세 비슷한 경지로 가고 있는 것일까. 다른 이들을 위한 고통의 감내는 희생이며, 대속이다. 이 시에서 대속에 대한 인식은 아직 나타나 있지 않지만, 그 아득한 거리가 인간의 능력 바깥에 있음을 받아들일 때, 대속의 현실감은 의외로 쉽게 찾아올 수도 있다.

그러나 종교에 대한 시인의 관심은 어제오늘에 비롯된 것이 아니다. 이미 1961년에 상재된 그의 처녀 시집 『어떤 개인 날』은 그 전체가 기도하는 분위기로 충만해 있음을 볼 수 있다. 아예 「기도」라는 제목의 시도 있다.

한 기억 안의 방황
사방이 막힌 죽음
눈에 남는 소금기
어젯밤에는 꿈 많은 잠이 왔었다.
내 결코 숨기지 않으리라
좀더 울울히 못 산 죄 있음을.

깃대에 달린 깃발의 소멸을
그 우울한 바라봄, 한 짧고 어두운 청춘을
언제나 거두소서
당신의 울울한 적막 속에.

—「기도」 부분: 『황동규 시전집』 (I,[1] p. 23)

여기에는 폼 내는 듯하면서도, 사실은 겸손하기 짝이 없는 죄의 고백이 있다. 황동규가 즐겨 부르는 호격 '너' 혹은 '당신'이 친구나 연인 그 누구도 아닌 어떤 절대자를 향한 것이었음이 분명히 드러나고 있다. 그 같은 겸손 때문에 그의 시적 자아는 우울하고 낮은 자리에서 오히려 단단한 전망

1 이후 인용 시에 붙는 번호는 『황동규 시전집』의 권수를 가리킨다.

을 예감케 한다. 1, 2, 3 세 부분으로 나누어진 이 시의 2 부분에는 이런 대목이 나온다.

> 내 꿈결처럼 사랑하던 꽃나무들이 얼어 쓰러졌을 때 나에게 왔던
> 그 막막함 그 해방감을 나의 것으로 받으소서.
> 나에게는 지금 엎어진 컵
> 빈 물주전자
> 이런 것이 남아 있습니다
> 그리고는 닫혀진 창
> 며칠 내 끊임없이 흐린 날씨
> 이런 것이 남아 있습니다.

"엎어진 컵" "빈 물주전자" "닫혀진 창" "흐린 날씨"는 확실히 차단된 전망, 낙백의 무기력, 슬픔…… 그런 것들이다. 그러나 바로 이런 출발이 오늘의 황동규를 가능케 한 원동력이었음을 이제는 바라보게 된다. 그것은 자신의 상황에 대한 절망적 인식이다. 이 인식은 곧이어 「비가」 연작을 낳게 되는데, 문제는 이 같은 절망이 오히려 시를 통한 구원의 전망을 가져다주면서 그를 필생의 시인으로 올라서게 하였다는 점이다. 이런 과정은 얼핏 보아 릴케의 그것을 방불케 한다. 현실에 절망하고 시, 혹은 노래와 예술의 힘에서 구원을 발견한, 그리하여 마침내 사물 자체를 하나의 독립된 신적 주체로까지 받아들인 릴케의 시적 과정과 그 형성의 논리는 황동규의 그것과 많은 부분 흡사한 것이 사실이다. 그러나 릴케와 황동규는 우선 그 출발 단계에서 근본적으로 다른 세계 인식을 보인다. 릴케는 무엇보다 그의 「제1 비가」가 분명히 선언하고 있듯이 신에 대한 회의, 즉 "천사의 무리들 가운데에서 비록 그 어느 한 천사가 나를 가슴에 받아들인다 해도, 나는 그 강함으로 말미암아 스러져버리리라"는 거부의 고백을 내놓는다. 말하자면 신의 구원은 고맙지만 벅차다는 것이다. 얼핏 보아 릴케는 구원을 인

정하고 감사해하는 자리에 있는 것 같지만, 그럼에도 불구하고 그 수용이 불가피하게 유발하는 결과, 즉 인간 자아의 주체성 위협이라는 측면에서 이를 피하고 있는 것이다. 그가 일찍이 실존주의의 문을 은밀하게 열었다는 문학사의 판단은 이런 의미에서 정당해 보인다. 황동규의 비관론은 그러나 이와 사뭇 다르다. 그의 "빈 물주전자"와 "닫혀진 창"은 신에 대한 회의가 아니라, 현실 자체의 신산(辛酸)으로부터 유래한다. 그것은 현실적이며, 그 반응은 정서적이다. 그리하여 그 극복으로 그는 '기도'한다. 신을 찾는 자세라고 보는 편이 오히려 정당하다.

신산의 현실, 그것을 넘어서기 위한 극복의 몸짓은 그 첫 단계가 정서적인 수준에서 진행되는데, 그것은 시의 중심 이미지가 된 '눈'을 통해 실현된다. '눈'은 황동규 초기 시의 거의 전편을 뒤덮고 있다. 그에 대한 분석은 여러 평자들에 의해 이미 오랫동안, 꽤 많이 행해져왔는데, 나로서는 여기에 덧붙여 기독교적 의미의 중생과 관련된 해석 한 가지를 추가하고 싶다. 그것은, 지난 과거를—지금의 현실을 포함하여—덮고 새로워지기를 갈구하는, 혹은 이 세상이 새로워졌으면 하는 소망의 반영이라는 해석이다. 눈이 오면 이 세상은 모두 눈에 덮여 하얗게 된다. 백색 일색이다. 다양한, 혹은 잡다한 모든 것들이 흰색 하나로 일단 새로워지는 것이다. 이러한 소망 속에는 눈에 보이는 감각적 현실을 비롯한 시인 주변의 모든 것으로부터의 '벗어남'이라는 의식/무의식의 의지가 잠복해 있다. 그리하여 시인은 '눈'을 통해 과거와 현재를 부인하고 새로워지고 싶은 것이다. 여기서 중요한 것은, 시인은 세상의 새로워짐뿐 아니라 자기 스스로의 갱신을 그 안에 개입시키고 있다는 점이다. 이러한 시인 스스로의 개입은, 많은 다른 현실 비판의 시인들과 그가 구별되는 지점이며, 자신이 큰 시인으로 성장하는 가장 긴요한 요체가 된다.

눈이 왔다. 열두시
눈이 왔다. 모든 소리들 입다물었다, 열두시.

너의 일생에 이처럼 고요한 헤어짐이 있었나 보라
자물쇠 소리를 내지 말아라
열어두자 이 고요 속에 우리의 헤어짐을.

—「한밤으로」 부분 (I, p. 17)

오 눈이로군.
스스로 하나의 꿈이 되기 위하여
나는 꿈꾼다, 꿈꾼다, 눈빛 가까이
한 차고 환한 보행(步行)을
한 눈시림을.

—「눈」 부분 (I, p. 29)

눈 멎은 길 위에 떨어지는 저녁 해, 문 닫은 집들 사이에 내 나타난다. 아무 것도 움직이지 않는다. 나는 살고 깨닫고 그리고 남몰래 웃을 것이 많이 있다.

—「어떤 개인 날」 부분 (I, p. 36)

진실로 진실로 내가 그대를 사랑하는 까닭은 내 나의 사랑을 한없이 잇닿은 그 기다림으로 바꾸어버린 데 있었다. 밤이 들면서 골짜기엔 눈이 퍼붓기 시작했다. 내 사랑도 어디쯤에선 반드시 그칠 것을 믿는다. 다만 그때 내 기다림의 자세를 생각하는 것뿐이다. 그동안에 눈이 그치고 꽃이 피어나고 낙엽이 떨어지고 또 눈이 퍼붓고 할 것을 믿는다.

—「즐거운 편지」 부분 (I, p. 40)

초기 시에 나타나는 이 같은 '눈'의 홍수는, 그 이미지에 의지하지 않고는 견딜 수 없는 시인의 정서적 동요를 반영한다. 눈은 세상의 모든 번잡과 욕망으로부터 "고요한 헤어짐"을 가져다주고, 눈은 "하나의 꿈"이 된다. 그것 역시 현실로부터의 헤어짐이다. 눈 멎은 길을 바라보며 시인은 또한 무엇인가를 깨닫는데, 그 깨달음은 "남몰래 웃을 것"으로 연결된다. 골짜기에 퍼붓기 시작한 눈은 결국 사랑의 휴지(休止)와 기다림을 가르쳐준다. 이처럼 많은 눈의 이미지는 필경 모든 세속/욕망/계산, 그리고 인간적 사랑에 대한 반성까지도 조성한다. 그리하여 어떤 성급한 성과 대신 조용한 기다림의 힘을 배우게 한다. 요컨대 눈의 이미지는 마치 성처녀 마리아와도 같고, 모든 죄를 용서하고 새롭게 하는 예수의 조용한 사랑과 능력을 상기시킨다. 이 시절 황동규에게는 이를 직접 고백하는 중요한 시들이 있다. 그 가운데 한 작품.

1

무겁게 높은 이마, 먼지 낀 노을, 진실로 나에겐 간단한 세월이 지나갔다. 그 세월의 시초부터 난 안다. 사행천(蛇行川)의 바람낀 새벽부터 사막의 저녁까지. 그러면 노을 속에 바람이 지나가고 금빛 어둠이 지나가고 어둠 뒤에 앉아 있는 내가 보인다. 그 세월은 나의 이마를 높게 해준다. 내 사랑했으므로, 맨발로 치는 종소리, 사막 위의 하루 저잣거리, 예수여, 내 너를 사랑했으므로, 불놀이 때 불꽃을 안고 뜨는 대기처럼 내 사랑했으므로, 네 앞에 내 머리는 이처럼 높다.

2

모래 위에 그림자, 너의 이마 위의 그림자, 너를 이처럼 어지럽게 안은 사막 위의 거리, 때로 이는 바람, 너는 무엇을 준비했는가. 피해 없는 일생, 피해 없는 일생, 여자와 앵무들, 예수여, 너의 후예들이 사랑할 것은 다 있다. 청춘에서 먼 죽음, 눈물 없는 고독, 최후의 참회를 미리 외우는 사내들…… 보라, 우리의 지평엔 무엇이 있는가 무엇이 지나가는가. 사막 위의 거리, 모래 위의 그림자, 나는 캄캄히 앉아 있다.

—「피에타」 전문 (I, p. 59)

예수를 사랑한다는 이 단호한 고백! 이 고백과 더불어 시인은 그를 휩싸고 있었던 어둠이 "금빛 어둠"이었음을 동시에 고백한다. 초기 시에 짙게 드리우고 있는 우울과 방황, 때로는 절망의 분위기가 이 시에서는 일순 안개 뒤의 햇빛처럼 일변하고 있다. 오죽하면 맨발로 달려가 종을 치는가. 예수를 뜨겁게 껴안는 시인의 마음은 참회의 기쁨으로 들뜬 나머지 구원된 인간들을 그 미래의 지평 위에서 만나는 데까지 나아간다. "최후의 참회를 미리 외우는 사내들…… 보라, 우리의 지평엔 무엇이 있는가"의 열띤 음성은, 결국 수십 년의 세월이 지나간 오늘 이 시인의 보다 크고 넓은 기약을 향한 의미 있는 예감으로 잠행한다.

2

황동규는 그 이후 상당 기간 그의 작품들에서 기독교적 빛깔을 짐짓 지워버린다. 그 대신 오히려 그는 불교적 색채로 스스로를 서서히 물들인다(물론 이러한 표현은, 엄격히 말해서, 타당하지 않다. 다만 그는 사찰 주위를 끊임없이 맴돌 뿐이다). 그런가 하면 『비가』 『태평가』 『열하일기』 등의 시집과 더불어 자신의 고독과 좌절감을 직접적으로 정직하게 드러내는 것 대신, 아이러니를 통한 소피스티케이션으로 나아간다. 기독교적 세계와의 만남, 혹은 예수로의 열림이 시적 단순성의 경지로 빠질지도 모른다는 우려 때문이었을까. 어쨌든 그는 20대의 그 종교적 감격을 황망히 거둔다(그러나 그것은 좀처럼 밖으로 빠져나갈 수 없는 것이었음을 그가 과연 눈치챘을까). 그리하여 복음서를 인용하고, 다음과 같은 고백을 그 시집 첫머리에서 행했음에도 불구하고 기독교로부터 차츰 떠나가는 듯이 보인다.

너는 아직도 알지 못하겠느냐
너의 사랑은 많은 물소리 같고

너의 혼령은 들판 구석구석에 스민 황혼이로다.

너는 아직도 알지 못하겠느냐

지금 네 사랑은

이미 인간이 아니로다.

우리들 서로의 눈에 어리는

우리들 인간이 아니로다.

너의 사랑은 빚진 자의 집이요

빈 들의 물소리로다.

생시를 버린 꿈이 있다면

그것은 너의 눈물이로다.

—「비가 제1가」 부분 (I, pp. 68~69)

황동규 시에 나오는 많은 '너'들이 그렇듯이, 여기서도 '너'가 누군지는 딱히 분명치 않다. 그러나 나로서는 어쩐지 그 '너'가 예수 같아 보인다. 그렇지 않은가. "이미 인간이 아닌" 사랑, 그 "네 사랑"은 예수밖에 누가 있는가. 성삼위일체를 믿지 않는 불신자의 경우라 하더라도, 예수의 출생과 고난, 십자가의 죽음과 부활을 이해한다면, 그리고 그것이 인간을 향한 사랑의 산물이며 과정이라는 것을 알게 된다면, 그는 이미 인간의 범주를 벗어난 자, 즉 하나님의 아들이라는 인식 앞에 부딪칠 수밖에 없을 것이다. 그리하여 시인이 "너의 사랑은 빚진 자의 집이요/빈 들의 물소리"라고 말했을 때, 이 구절은 예수의 사랑을 은유하는 우리 시의 가장 탁월한 수준을 이루는 것이다.

그러나 시인은 곧 "이제 너의 기다림을 어디 가 찾으리오" 하면서 더 이상 기다릴 수 없음을 안타까워한다. 이때 그 '너'는 예수일 수 있고 시인 자신일 수도 있으리라. 「비가 제2가」에 나타나는 이 같은 애절함은 황동규 시의 은밀한 전환을 이루는 중대한 순간인데, 이 순간을 통해 그는 예수 없이, 더 이상 그를 기다리지 않고 혼자 가기로 결심한다.

혼자 가는 자에게는
강해 보인다 세계가,

—「외지에서」 부분 (I, p. 143)

이러한 슬픈, 빼저린 인식과 결단의 배후에는 기독교적 복음에 대한 신뢰로부터의 낮은 이반, 기다림으로부터의 퇴각과 같은 홀로 서기가 감지된다. 나는 황동규 시 전반을 올바르게 이해하기 위해서는 이 부분에 대한 음미가 필수적이라고 생각한다.

이제 너의 기다림을 어디 가 찾으리오.
하늘도 땅도 소리없이
목말라 울 때
뉘 있어
네 가볍지 않은 기다림을 받아주리오.
들판에는 한 줄기 연기가 오르고
붉은 황톳길 흰 돌산에 오르고
바람 한 점 없는 들판
벌거벗은 땅 위에
그림자처럼 오래 참으며
무릎 꿇고 앉아 있었노라

—「비가 제2가」 부분 (I, pp. 71~72)

시인의 비가는 그러므로 오래 참되, 더 이상 참을 수 없다고 생각한 자의 외로운 등정(登程)이다. 그는 예수를 믿되, 그의 재림만을 믿고 앉아 있기에는 너무 뜨거운 피를 갖고 있다. 뜨거운 피는 기다림을 언제나 미덕시하지는 않는다.

너의 기다림은 내파(內破)당한 자의 빛이요
그 빛 속의 어지러운 순례로다.
빈 들에 줄을 메고 선 자여
자신을 돌보지 않는 자에 여유 있도다.

인자(人子)여 인자여
마음속의 미명
비 읍내의 물소리
기다리는 자의 갈증

—「비가 제3가」 부분 (I, p. 74)

이후로 시인은 기다림을 포기하고 "보행하는 자의 평화"(I, p. 75)를 누리며 "혼자 살다 고요히/바람의 눈시울과 뺨을 맞비"(I, p. 77)빈다. 그는 예수를 통한 하나님과의 교감과 그로부터의 응답이라는 보다 깊은 세계로의 잠입을 거두어들인다. 그러나 진리와의 교통 없이 안주하지 못하는 논리적 엄격성은 예수 없이 사는 삶의 흐트러진 질서를 용납하지 않는다. 그 논리는 그의 정서를 불안케 한다. 그 결과 그는 홀로 득도할 수 있는 길을 모색케 되고, 마침내 사찰 주위를 맴돌게 된다. 서구적 감수성의 시인이 동양적 도와 선에 본격적 관심을 갖게 되는 것은 이 같은 논리의 발전에 비추어볼 때 지극히 자연스러운 양상일 수밖에 없다. 그 전조는 필경 「비가」의 진행 속에서 드러난다.

길조(吉兆)여
중흥사(重興寺)도 타고
대화궁(大華宮)도 탔더라.
〔……〕

유월에 비 내리고 비 내리고

십이월에 긴 눈 내린다.

수월히 살기가 가장 수월쿠나.

너무 수월하매

잠 못 드는 밤이 잦았더라

길조여.

—「네 개의 황혼」 부분 (I, p. 109)

황동규의 시는 근본적으로 내성(內省)의 시다. 그는 사물을 묘사하는 데 열중하는 김종삼과도 다르고, 일상의 생활 속에서 감염되는 갈등과 모순을 토해내는 김수영과도 다르고, 격정을 토로하는 고은이나 이웃의 애환을 노래하는 신경림과도 사뭇 다르다. 그렇기 때문에 그는 고통스럽다. 고통스러워서 시를 쓰고 시를 쓰느라고 더욱 고통스럽다. 그때 만난 예수는 기쁨과 함께, 기다림의 고통을 배가시킨다. 마치 시 쓰기의 기쁨이 고통으로 연결될 수밖에 없듯이. 그러나 이제 그 기다림에서 놓여나자 삶은 홀연히 수월해진다. 그렇지 않은가. 불교를 포함한 동양의 거의 모든 지혜는 사람들로 하여금 욕망을 포함한 모든 마음을 풀어버리고 놓아버리라고 하지 않는가. 시인 스스로의 표현에 따르면 그것은 '무관계'의 편안함이다. 그리하여 "수월히 살기가 가장 수월"하다는 모처럼의 안식을 얻게 되는데, 그러나 이 안식은 세속적인 안식인 것이다. 황동규는 세속적인 안식 안에 안주하지 못하며 시인은 바로 이 같은 안식을 거부하는 자의 이름이라고 생각한다. 그의 갈등은 여기에 근원을 지닌다. "너무 수월하매/잠 못 드는 밤이 잦았더라"는 모순은 당연히 배태될 수밖에 없고, 그는 아이러니의 먼 길을 떠나게 된다. "길조여"로 시작되고, 연호(連呼)되는 앞의 시는 아이러니의 간단없는 실행이다.

내성의 시는 자신의 내부를 들여다보기 때문에 자칫 추상 관념에 머물기 쉽다. 황동규의 초기 시에도 그 흔적은 얼핏얼핏 지나간다. 이 징후가 현저하게 약화되고, 시의 구체성이 만져지기 시작한 것은 『태평가』 이후이다. 정신과의 가혹한 싸움에서 일정한 거리를 두고 물러서 훨씬 편안한 동양적 안식의 땅을 걷기 시작하면서부터라고 할 수 있다. 그 심정은 다음 시편에서도 엿보인다.

> 저녁 무렵
> 우물물을 길어올린다
> 오래 길들인 높이에서 떨어지는 나뭇잎들
> 길들인 깊이에서 삐걱거리는 소리.
> 나를 포기한 친구를 생각해본다.
> 울타리 안에
> 문득 확대되는 조망(眺望)
> 두레박에 가득 차는 빛
> 보인다. 나의 '가시리 가시리잇고.'
> 황금빛 물을 다시 깊이 떨어뜨린다.
>
> —「세 개의 정적」(I, pp. 122~23)

이 아름다운 시에는, 그러나 두 개의 서로 다른 길이 길항하고 있다. 신선한 우물물을 길어올리는데, 왜 길들인 깊이에서 "삐걱거리는"가. 또 무엇 때문에 시인은 친구로부터 포기되었으며, 무엇보다 "황금빛 물"이 "다시 깊이 떨어"시는가. 세속의 안식은 그 나름내로 편안하며, 때로 투명한 안목까지 제공한다. 시인은 그런데도 이 경우에서도 그것을 뒤집어본다. 그 투명이 반드시 영안(靈眼)은 아닐 수도 있다는 전복의 몸짓. 이것이 황동규의 아이러니, 즉 반어인데 이 고단한 뒤집기 덕분에 그의 시는 늘 긴장을 유지한다. 결국 예수로부터는 걸어 나왔어도 쉽게 세속으로 걸어 들어가지 못하는 것이다. 혹은 이미 푹 잠겨 있는 세속의 안락함으로부터 끊임없이 시적 탈출을 의도적으로 시도해보는 것이다. 그 정황은 그즈음 다음 대목에서 재미있게 표현된다.

> 나는 요새 잔다
> 모든 기관(器官)이 거부하는 잠을.
> 새벽이면 상륙한다.
> 브라질에 갓 이민 온 사람처럼
> 웅크리고 합승에 상반신을 싣는다.
>
> —「브라질 행로」 부분 (I, p. 134)

내성-예수-세속-동양의 고리는 1970년대에 들어와서 훨씬 현실 가까이 시인을 데려간다. 유신 독재의 삼엄한 시대는 정치 현실 쪽에 큰 시선을 주지 않았던 시인에게도 미상불 아프고 고통스러운 것일 수밖에 없었다. 『열하일기』, 그리고 『나는 바퀴를 보면 굴리고 싶어진다』와 더불어 시인은 이 시대를 견뎌내는데, 아이러니컬하게도 여기서 그의 시는 내성과 현실이 어우러진 진한 언어의 농축을 뱉어내며 큰 성취를 이룩한다. 가령 그것은 이렇다. 『열하일기』 중의 한 토막 시,

> 고통, 덜 차가운 슬픔
> 원고의 번역을 밤새 따라다니는
> 합창 같은 자유.
> 모든 나무의 선 그 흔들림이
> 아직 그대로 남아 있는
> 이 시월
> 무사무사(無事無事)의 이 침묵.
> 아침, 거품 물고 도망하는 옆집 개소리.
> 하늘을 들여다보면
> 무슨 부호처럼

떠나는 새들.

—「철새」 부분 (I, p. 175)

농축은 그러나 말처럼 압축의 켜 속에 갑갑하게 스스로를 가두지 않고 오히려 우리의 가슴을 그나마 숨통 트이게 한다. 독재가 정식으로 선포된 10월 유신을 가리킴이 분명한 "이 시월"의 풍경을 쓸쓸히 그리면서 시인은 부호의 모습으로 떠나는 한 마리 새가 된다. 그리고 우리 모두 그 "새들"이 되고자 한다. 지상에 머리 둘 곳 없는 이 핍절은, 황동규 시의 현실 인식을 강화시키면서 절망도, 희망도 현실로부터 솟아남을 증거한다.

3

내성과 현실이 안팎으로 교류하면서 생겨난 현실감과 구체성은 그것을 가능케 하는 고통과 긴장 덕분에 그 이상의 성과를 황동규 시에 얹어준다. 1980년대 후반 이후 『악어를 조심하라고?』를 중심으로 나타나기 시작한 그 모습은 「풍장」 연작에서 절정을 이루면서 현대 한국 시의 빼어난 경지에 올라선다. 그 모습은 『악어를 조심하라고?』에서 우선 이렇게 그 전조를 드러낸다.

배나무나 벚나무 상공(上空)에서
새들은 땅 위에서 환한 구름이 일어나는 것을 보고
잠시 천상(天上)과 지상(地上)을 잊을 것이다.

—「꽃 2」 부분 (I, p. 297)

위의 인용은 세 부분으로 된 시 가운데 마지막 부분인데, 그 앞에는 꽃과 벌이 정열적으로 만나는 장면과 함께 열매의 성숙에 대한 잠언적 리포트가 나와 있다. 그 완전한 포옹에 대해 시인은 찬미하는데, 그 찬미는 고통의 지상을 버린 새들로 하여금 천상과 지상의 구별을 잠시나마 잊게 한다고까지 노래한다. 무엇이? "꽃송이 하나하나가/마침 파고든 별을 힘껏 껴안는/이 팽팽함!"이라니 지상에 남아 있는 축복은 바로 이 팽팽함이라는 것이다. 정치적 억압 속에서 죽지 않고 살아남은 자의 방법은 시인에게서 그것밖에 없었던 것 같다. 그 삶의 긴장으로 그는 그다음 영적 순례의 길을 떠난다. 연작 「혼 없는 자의 혼노래」를 거쳐 「풍장」에 이르는데, 그 길은 가볍기 그지없다. 마치 자동차 바퀴의 공기압이 팽팽해지면 자동차도 운전자도 가벼워지듯!

과연 그는 악어로부터 자신을 방어하고, 이 지상에서도 천상 못지않게 사는 방법을 터득한 자답게 「몰운대행」 이후 전국을 돌아다닌다. 팽팽하게, 신나게 그리고 가볍게. 그의 여행길을 여기서 일일이 뒤따라다닐 필요는 없을 것이다. 그러나 1982년 이후 1995년까지 10여 년에 걸쳐 고투를 거듭하면서 마침내 70편을 써낸 「풍장」 연작은 이 시인 필생의 대표작으로서 그의 현실 인식과 시의 방법론, 그 정신이 모두 함축된 거대한 문학 정신 그 자체로서의 의미를 갖기에 이와 관련하여 주목된다.

아 색깔들의 장마비!
바람 속에 판자 휘듯
목이 뒤틀려 퀭하니 눈뜨고 바라보는
저 옷 벗는 색깔들
흙과 담싼 모래 그 너머
바다빛 바다!
그 위에 떠다니는 가을 햇빛의 알갱이들.

소주가 소주에 취해 술의 숨길 되듯
바싹 마른 몸이 마름에 취해 색깔의 바람 속에 둥실 떠……

—「풍장 2」 전문 (II, p. 191)

풍장이 바람에 주검을 날려버리는 의식이라면, 그것은 공기 중의 분해를 가리킨다. 화장이 불로 태우는, 시신을 재로 만드는 의식이고, 매장이 시신을 땅속에서 썩히는 의식임에 비해 풍장은 시신을 그대로 놓아둠으로써 바람과의 교통을 허락한다. 새가 쪼아 먹고 비와 눈이 주검을 적시지만, 그래도 바람 앞에 널널히 드러나 있다는 점에서 시원하다. 그리고 살부터 문드러지고 찢어질 것이다. 그리고 뼈가 드러날 것이며, 바싹 말라 없어질 것이다. 화장이 소멸, 매장이 부패라면, 풍장에는 와해, 혹은 분해라는 표현이 어울린다. 그렇다면 왜 와해를? 대답은 간단하다. 그것이 그중 가장 팽팽하고, 무엇보다 가볍기 때문이다. "바싹 마른 몸이 마름에 취해 색깔의 바람 속에 둥실" 뜨고 싶기 때문이다. 이 경쾌성은 시인으로 하여금 "웃옷 벗어 머리에 쓰고 허리 낮추"(II, p. 192)게 하고, "맨발로 덩실덩실"(II, p. 196) 어디론가 내려가게 한다. 그런가 하면 "겁없이 하늘에 뛰어든"(II, p. 198) 가벼움으로까지 전진한다. 이 천의무봉의 상황을 통해 시인은 이윽고 기쁨을 고백한다.

이 세상 가볍게 떠돌기란
양말 몇 켤레면 족한 것을.
해어지면
기워 신고
귀찮아지면
해어지고
(소금쟁이처럼 가볍게
길 위에 떠서.)

아 안 보이던 것이 보인다.
콘크리트 터진 틈새로

노란 꽃대를 단 푸른 싹이
간질간질 비집고 나온다.
공중에선
조그만 동작을 하면서
기쁨에 떠는 새들.

—「풍장 12」 부분 (II, p. 205)

가볍게 떠돌더니 안 보이던 것이 보인다는 것이다. 뿐만 아니라, 조그만 동작을 하면서 새들이 기쁨에 떤다는 것이다. 그 새들이 대체 누구였나. 시인을 포함한 우리 모두 아니었는가. 지상에서 견디지 못하고 공중으로 날아오를 수밖에 없었던 자들이 아니었는가. 그러던 그들이 기쁘단다. 밝혀진 그 이유는, "콘크리트 터진 틈새로/노란 꽃대를 단 푸른 싹이/간질간질 비집고 나오"는 것을 보았기 때문이다. 어떤 폭력적인 힘에 맞서서도, 그 무서움을 뚫고 나오는 연약한 생명의 힘! 그렇다, 풍장을 통해 가볍게 날면서 시인이 발견하고 확인한 것은, 여린, 그러나 강한 생명의 힘이다. 풍장이라는, 다소 범신론적이며 애니미즘적인 접근을 통해 이루어진 그 끈질긴 와해의 검색이 내려준 결론이다.

황동규는 지금 다시 생명의 신비 앞에 무력하게 자신을 노출하고 있다. 「풍장」 연작을 거쳐 「아득타!」에서 고백한 그 신비와의 마주침…… 그 스스로 도전해보았고, 예수와 부처를 통해 전면적으로 그 실체 전부를 수용해보고자 했던 욕망은 "아득타!"라는 탄식에서 성공적으로 거부되고 있다. 그 이유는 역시 간단하다. 부처와 마찬가지로 예수 또한 인간으로 받아들이는 그의 종교관 때문이다. 예수를 신 아닌 인간, 훌륭한 인간으로 받아들이는 한, 예수도 부처도, 그리고 노자도 장자도 우리 옆에 있는 한 훌륭한 인격자에 불과할 뿐, 생명의 신비라는 근원 현상과는 모두 무관한 존재에 지나지 않는다. 시인 황동규는 그 스스로 자신의 종교관을 갱신할 수도 있는 수준까지 벌써 나아간 일이 있고(다시 「비가 제1가」 참조), 아직도 그 주위를 맴돌고 있다. 예수를 인간으로 바라보는 한, 그의 아득함은 줄어들 수 없으며, 죽음의 상상력은 인간적인 애통함의 범주에 머물 수밖에 없다. 그러나, 그러기에는 너무 안타깝다. 시인은 이미 너무 많이 그 초월의 경계까지 와 있기 때문이다.

이러한 모든 과정을 살펴보면서, 황동규 시의 숨겨진 메시지들과는 다소 별도로, 이 시인에게 기독교적 요소가 깊이 침윤하여 있음을 간과할 수 없다. 그것은 단 하나의 이유, 그가 끊임없는 자기 갱신의 시인이라는 이유 때문이다. 초기에 시인은 부단한 자기 성찰, 즉 내성을 통해 자신이 누구인지, 자기의 고통이 무엇인지를 진지하고 정직하게 토로한다. 자기 확인의 도정일 것이다. 놀라운 것은, 그 확인 작업 후 그는 자신을 뒤집는 일을 부끄러움 없이 감행해왔다는 사실이다. 예수의 발견으로 자신을 부인하고 새로운 길을 바라보며, 다시 그로부터 떠나 이른바 동 선회한다. 그러나 동 선회가 동양 정신으로 나아갈 즈음, 그는 곧 다시 가볍게 여기서 벗어나 하늘로 떠오른다. 시의 기법상 그것은 아이러니의 소산이지만, 보다 근본적으로는 자신을 거듭 부인하는 자기 부인의 정신세계와 관계된다. 이 정신은 기독교적 중생의 원리로서, 우리 문학에서는 여전히 낯선, 황동규에 의해 힘들게 개척되어온 문학의 도전이다. 이 도전은 앞으로 도래할 또 한 번의 자기 부인에 의해 한국 시의 아름다운 사명을 수행할 것이다.

(2002)

* 이 밖에 황동규에 관한 필자의 평론으로 「역동성과 달관」(1991; 『문학, 그 영원한 모순과 더불어』)이 있다.

따뜻한 마음, 따뜻한 시

—마종기의 최근 시를 읽으며

1

잊지 마라,
낮게 타는 불은 산 위에 서고
빙판에 붙는 불은
우리들의 끝없는 대답이다.

—「氷河時代의 불」

우울해서 펜도 잡기 싫은 6월 어느 날, 바다 건너 날아온 마종기(馬鍾基)의 시를 읽었다. 남의 글조차 읽기 싫은 하염없는 허무의 바닥(허무! 웃지 말아주기 바란다. 80년의 초여름은 참을 수 없이 허무하다. 나이 40이 다 되어서야 니체가 그토록 찡그린 얼굴을 하고, 벤이 차가운 돌의 표정으로 바라보았던 허무의 실상이 비로소 잡히는가. 많은 생명의 고통 속에서 허무라는 말의 생명을 겨우 느끼는 이 부끄러움!)에서 꼬박 한 달하고도 일주일이 지났다. 그리고 처음 읽은 것이 바로 그의 『안 보이는 사랑의 나라』다. 예쁜 시, 아름다운 시, 슬픈 시, 그 누구도 거부할 수 없는 쉽고도 정직한 시. 이번따라

유난히 그의 시가 가슴을 메이게 한다. 날카로운 칼로 살을 파고드는 것 같은 고통도, 육중한 음성으로 온몸을 흥분시키는 격렬한 정열도 그의 시와는 상당한 거리가 있다. 때로는 감상적인 느낌마저 줄 정도로 여리고 다감한 것이 그의 시가 주는 분위기다.

날아도 날아도 끝없는
成年의 날개를 접고
창을 닫는다. 빛의
모든 슬픔을 닫는다.

「성년(成年)의 비밀」이라는 제목을 갖고 있는 시의 마지막 부분이다. 이해가 잘 안 가는 어려운 단어도 없고, 이른바 관념적인 난해의 그림자라곤 없다. '관념적'이라는 말은 애당초 이 시인과 무관하다. 어느 부분은 너무 쉽고 어느 부분은 너무도 일상적으로 쓰이는 말들이라서 차라리 상투적이라는 느낌이 드는 경우도 있다. 「성년의 비밀」 가운데 앞서 인용한 대목 같은 것도 비근한 예라면 예일 수 있을 것이다. 그러나 이 시의 앞부분을 읽고 보면 그 느낌은 스스로 경솔했음을 시인하지 않을 수 없게 된다.

最後라고 속삭여다오.
벌판에 버려진 不貞한 裸木은
알고 있어, 알고 있어,
초저녁부터 서로 붙잡고
부딪치며 다치며 우는 소리를.

목숨을 걸면 무엇이고
무섭고 아름답겠지.
나도 목숨 건 사랑의

연한 피부를 쓰다듬고 싶다.

이렇다 할 내용은 없는 시다. '내용'이라고 하는 것보다 대상이 없는 시라고 하는 것이 옳을는지 모르겠다. 그러나 "나도 목숨 건 사랑의/연한 피부를 쓰다듬고 싶다"와 같은 표현은 놀라운 감동을 던져준다. "목숨 건 사랑"이 주는 치열함·무서움이 "연한 피부를 쓰다듬고 싶다"란 표현에 의해서 얼마나 절묘한 반전을 겪으면서 위로를 받고 있는가. 이런 기술은 단순한 말만의 기법이 아니다. 거기에는 그것을 통어할 수 있는 정신이 있어야 한다. 마종기에게는 바로 그것이 있다. 문학소녀의 섬세함뿐인 듯한 말의 표피를 열고 보면 그 속에 단단하게 도사리고 앉아 있는 인생과 시대의 거역할 수 없는 아픔이 있는가 하면, 그 아픔이 큰소리 내어 오열하고자 하는 것을 재빨리 막아버리는 따뜻한 초극(超克)의 지혜가 있다. 이 정신과 기술이 이 시인의 매력이다. 이것은 그가 20년이 넘는 시인으로서의 오랜 연륜을 통해 도달한 어떤 경지라고도 할 수 있겠으나, 나로서는 그것이 마종기 특유의 본성이라고 할 수 있는 따뜻한 마음으로부터 우러나오는 본원적인 시의 승리라고 말하고 싶다.

2

마종기 시의 대상은 대부분 사적(私的)이다. 시뿐만 아니라 문학 일반에서 '사적'이라는 말은 그리 좋은 말이 못 된다. 문학이 쓰는 사람, 즉 작가의 이야기인 것은 분명하지만 작가 자신만의 이야기, 다시 말해서 사적이어서는 안 된다. 사적인 것은 순전히 그 자신만의 일이어서 다른 사람에게 공감을 줄 수 없기 때문이다. 작가 자신의 이야기이면서도 자신만의 이야기가 아닌 것, 그것을 보편성이라는 말로 부른다면 이 보편성이야말로 작가가 갖추어야 할 최대의 덕목일 것이다. 누구의 이야기인지 모를 것을 쓰면 구체성이 없고, 자신만의 이야기를 쓰면 사적인 경지로 떨어지는 이 어려움을 극복하는 곳에 작가의 능력이 있을 것이다. 마종기의 시가 사적이라는 사실은, 그러나 분명히 그 대상이 사적이라는 점만을 가리킨다. 엄밀한 의미에서 아직 그것은 사적이 아니다. 그러므로 내가 말하고자 하는 것은, 누가 읽든지 시인 자신의 이야기 같은 것이 많이 나와 사적이라는 느낌을 가질지도 모를 이 시인의 세계가, 사실은 결코 사적이 아니라는 것을 밝히려는 데에 있다. 마종기 시의 대상이 일단 사적인 인상을 주는 것은 사실이다.

> 아버지는 돌아가신 뒤 주로 金谷 묘지 근처의 언덕을 중심으로 돌아다니시고 때때로 자식 걱정에 잠 못 드시겠지만, 어머니는 십여 년 홀로 사시면서 요즈음은 남의 땅 신혼 시절의 골목길을 걸으신다지. 남동생은 移民 와서 에리湖 근처에 자주 나가 어처구니없어 앉아 있다더니 여동생은 시카코 남쪽 흐린 연기 속에 무얼하고 있을까.

「중산층가정(中產層家庭)」의 첫부분인데, 시의 형식을 겨우 갖추었을 뿐, 시인 자신의 집안 이야기이다. 이런 그의 '개인 사정'은 특히 시인이 의사라는 직업을 갖고 있고, 또 고국을 떠나 미국에 가 있다는 사실을 중심으로 각별히 부각된다. '의사'와 '외국 생활'은 확실히 이 시인에게 있어서 중요한 두 가지 모티프를 이루고 있다. '의사'의 모티프는 도처에서 발견된다.

i) 豫科時節에는 개구리 잡아 목판에 四肢를 못 박고 산 채로 배를 째고 內臟을 주물럭거리고 이것이 콩팥, 이것이 염통 외어도 봤지만, 개구리 뱃속의 構造를 알아보아야 사실 그게 개구리와 무슨 상관인가. 개구리는 일찍 죽고 싶었겠지.

ii) 의학적으로 말하자면, 소리는
작고 큰 공기의 흔들림이

세 개의 흰 뼈의 다리를 지나
드디어 맑은 물에 닿을 때
피어나는 것.

iii) 가끔 당신을 만나요.
먼 나라 낯선 도시에
나는 지금 살지만
나를 찾아온 환자 중에서도
비슷한 윤곽, 안경과 대머리
당신은 미소하시겠지만
나는 말없이 반가와서 속으로 울어요.

iv) 1966년의 내 統計學은
50여 명의 殺人
200여 명의 死亡診斷.
숨 거두는 모습 기다려 보자면
사람들은 모두 같아.
참으로 외로와 보이더라
한 줄씩 눈물을 흘리면서 헤어지지.

v) 醫學校에 다니던 5月에, 屍體들 즐비한 解剖學 教室에서 밤샘을 한 어두운 새벽녘에, 나는 순진한 사랑을 고백한 적이 있네. 희미한 電球와 屍體들 속살거리는 속에서, 우리는 人肉 묻은 가운을 입은 채.

i) 「개구리」, ii) 「소리의 발단(發端)」(「새로운 소리를 찾아서」 중 일부), iii) 「선종 이후(善終 以後)·4」, iv) 「통계학(統計學)」, v) 「연가(戀歌)·9」 등의 작품 중 일부를, 시를 순서대로 읽어나가면서 무심코 뽑아본 것이다. 의사가

모티프가 되었다고 생각되는 작품들인데, 공통되는 점이 있다면 의사의 직업성 혹은 의사로 인한 어떤 과시적 표현이 거의 보이지 않는다는 점이다. 그는 이미 훌륭한 중견 의사임에도 불구하고, 의사 모티프는 대체로 의술을 공부하기 시작할 무렵의 충격과 연결되어 있다. 의사로서는 가장 초기라고 할 예과 의학도 시절부터 그는 이미 개구리 해부의 무의미함과 덧없음, 생명의 안타까움을 호소한다(「개구리」). ii)는 이 시인에게서는 드물게 의학의 지식을 약간은 자랑스럽게 활용하고 있는 작품인데, 그것은 '소리'의 본질을 투명시켜보기 위한(시인은 소리에서 생명을 본다) 한 방법으로 쓰이고 있다. 그런가 하면 iii)은 돌아가신 아버지를 그리워하는 일상적 생활인의 무심한 시절의 하나로 의사가 그려져 있다. 의사로서 생명의 허무함을 절실히 느끼면서도 절망하거나 미치지 않고 생명에 대한 따뜻한 사랑의 끈을 놓지 않겠다는 작은 의지가 엿보이고 있는 작품은 iv) 「통계학」, v) 「연가·9」 등이다. 별로 어려울 것이 없는 이들 작품을 읽으면서 느낄 수 있는 것은, 의사 모티프가 사적인 관심을 훨씬 넘어서고 있다는 사실이다. 육체만을 대상으로 하는 그 즉물적 관심, 혹은 치유라는 과정을 통한 그 공리적 관심이 극복되고 아픔을 사랑으로 변위(變位)시키는 따뜻한 마음이 기본적으로 숨어 있음을 우리는 알게 된다. 이런 극복의 마음씨는 또 다른 사적 모티프로 생각되는 '외국 생활'에서도 마찬가지로 찾아낼 수 있다.

i) 外國에 십년도 넘게 살면서
향기도 방향도 없는 바람만 만나다 보면
헐값의 虛榮은 몇 개쯤 생길 수 있지.

호박잎 쌈을 싸 먹고 싶다.
익은 호박잎 잔털 끝에
목구멍이 칼칼해지도록.
목포 앞바다의 생낙지도

동해의 팔팔한 물오징어도.

ii) 그렇다. 파편이라는 뜻을 버릴 수 없다. 긴장의 순간에 빛나던 시간은 사라져 버리고 더 이상 소리낼 수도 폭파될 수도, 불을 지를 수도 없어서 자유로운, 자유로와서 아름다울 수 없는 沈澱의 生活을. 그러나 한낮에도 未知의 땅에서 먼지를 뒤집어 쓰는 파편의 뜻을 버릴 수 없다.

iii) 南海 작은 섬 평상에 누워
낮잠이 들기 전
한 마리 파리 소리
그립다.
外國의 高級 침대에 누워
잠이 오지 않는
여름 나이.

iv) 여름 꽃이 웃는다.
異國의 한 病棟에
이제 나는 醫師가 되어
퇴원하는 환자에게 꽃을 준다.
보이지 않는 꽃,
십여 년 전 한여름의
내 웃음을 전해 준다.

이 작품들 역시 순서대로 읽으면서 뽑아본 것으로서, i) 「몇 개의 허영(虛榮)」, ii) 「중산층가정」, iii) 「일상(日常)의 외국(外國)」, iv) 「퇴원(退院)」 등의 일부이다. i)은 글자 그대로 외국 생활에서 얻게 된 고국에의 그리움을 말하고 있는데, 외국 생활을 "향기도 방향도 없는 바람"이라고 규정하고 있는 것이 눈에 띈다. 방향이야 없을지 몰라도 얼마만큼의 '향기'쯤 있는 것이 외국 생활 아닐까? 그러나 시인은 그렇게 생각하지 않는 것 같다. 그것은 이 시의 마지막 부분을 보면 잘 알 수 있다.

이제 알 듯도 하다.
돌아가신 先親이 다 던지고 귀국하신 뒤
아쉬움 속에서도 즐기시던 당신의 가난을,
가난 속에서 알뜰히 즐기시던 몇 개의 허영을.

몇 개의 허영이란 과연 무엇인가? 바로 그것이 외국 생활에서 만나는 얼마만큼의 향기가 아닐까? 그러나 그것은 시인에 의하면 다만 "헐값의 허영"일 뿐이다. "가난 속에서 알뜰히 즐기시던" 선친의 허영은 외국 생활을 청산하고 돌아와 만난 고향의 모습, 즉 거울이 되어 다시 반영되고 있는 자기 자신의 모습이다. 다소 감상적일지언정 그 그리움을 꼭 붙들고 살아가는 다정한 한 개인의 모습이다. 인용 ii)에서는 외국 생활의 참모습을 '파편'이라는 말로 강하게 표현하고 있다. 근자에 이르러 마종기는 이런 투의 강한 어법을 자주 사용하고 있는데 여기서도 "그렇다. 파편이라는 뜻을 버릴 수 없다"고 높은 톤으로 말한다. 왜 외국 생활이 파편인가. 거기에는 소리도, 폭파될 그 무엇도, 불을 지를 그 무엇도 없기 때문이다. 그것은 의사라는 직업인 혹은 일상인으로서는 만날 필요가 없는 격정의 세계다. 따라서 시인이 이 작품에서 "자유로운, 자유로와서 아름다울 수 없는 沈澱의 生活"이라고 한 것은 아름다울 수 없는 생활에 대한 한탄이며, 그것이 파편으로 이루어지는 자기 인식이다. 그렇다면 아름다운 생활이란 무엇일까? 「일상의 외국」이란 제목의 iii)의 시는 봄·여름·가을·겨울의 네 부분으로 구성되어 있는데, 그 한결같은 분위기는 고국에 대한 그리움이다. 평상에서도 잘 수 있는 낮잠이 고급 침대에 누워도 오지 않는 까닭은, 그가 10여 년 이상 외국에서 살고 있음에도 불구하고 외국 생활이 언제나 파편에 불과하다고 생각하기 때문에 생겨난다. 그리고 그것은 아름다울 수 없다고 생각하는 그곳의 생활 때문에 비롯된다.

그러나 뜻밖에도 우리는 iv)에서 시인이 외국에서도 그렇게 불편한 생활만을 하는 것은 아니라는 하나의 조짐을 발견한다. "異國의 한 病棟에/이제 나는 醫師가 되어/퇴원하는 환자에게 꽃을 준다"는 대목을 읽었을 때, 이 시인이 외국에서 느끼고 있는 격리감·이질감(異質感)이 어느 정도 해소되고 있는 것이 아닌가, 혹은 보다 높은 사랑의 경지로 승화되고 있는 것이 아닌가 하는 단서를 잡을 수 있다. 그러나 그는 다시 말한다. "보이지 않는 꽃/십여 년 전 한여름의/내 웃음을 전해 준다"고. 아, 아직도 시인의 눈에는 "보이지 않는 꽃"이 보이고 있는가. 그래서 퇴원하는 환자에게 준 꽃은 "십여 년 전 한여름의 내 웃음", 즉 고국의 그리움에 못 박힌 한국인의 사랑이었던 것인가.

그래서 내 꽃은 긴 여행을 했다.
당신은 그 모든 꽃 위에 意味를 주신다.
피어나고 落花하고 열매 맺는
당신의 香氣.

마종기가 「퇴원」을 이렇게 끝맺음하면서 "당신의 향기"라는 말로 고국과 고향과 젊은 날의 친구와 인정을 그 사랑의 모태로서 받아들이고자 할 때, 우리 또한 그와 더불어 "그 모든 꽃 위에 의미"를 가질 수 있다. 여기에서 우리는 그의 여린 듯한 그리움의 갈망이 단순한 그 자신만의 향수로 주저앉지 않고 보다 넓은 지평 위에 있는 인간들을 위한 따뜻한 사랑의 마음으로 성장하고 있음을 느끼지 않을 수 없다.

3

“나는 문득 튼튼한 사내가 되고 싶었다”(「꽃의 이유(理由)·2」)라고 쓰고 있지만 마종기 시를 튼튼하게 해주고 있는 받침돌은 우렁찬 남성적 의지라기보다는, 따뜻한 사랑의 마음씨라는 것을 나는 거듭 말하고 싶다. 바로 이 사랑하는 마음이 의사라는 튼튼한 기능인, 그리고 미국이라는 편안한 외국 생활을 슬프게 만들고 있다. 그것은 동시에 미국에서 사는 의사라는 자신의 안정된 사적 카테고리에서 그가 벗어나 한 사람의 진실을 말하는 시인이라는 공적 카테고리로 올라서는 지렛대 구실을 하고 있다. 그의 사랑은 그렇기 때문에 돋보인다. 그의 사랑은 어디서 그런 힘을 얻을 수 있었을까. 그는 일찍이 이런 시를 쓴 일이 있다.

> 共同墓地를 새벽에 지나면
> 항상 박하 냄새 난다.
> 박하내 나는 4角의 窓
> 그 창밖에서 새벽은
> 안을 보는 연습이 필요하다.
> 천장도 바닥도 모서리도 없는
> 한 個人의 이온化 現象.
> 그 싱싱한 몸을 일으켜
> 밤이면 다시 目見하리니
> 언제 내 손을 깊이 씻어
> 당신의 지문을 찾아내리.

「증례(證例)·5」라는 작품의 끝부분인데, 이 시 앞머리에서 그는 의사의 오진과 환자의 죽음, 꿈속에서 사자(死者)와의 만남 등을 고백하고 있다. 의사 체험과 시적 자아와의 만남을 거의 동시에 출발한 이 시인에게 있어 직접·간접으로 시신과의 경험이 이 시인의 내면을 심화하고 거기서부터 사랑의 질감이 의미하는 바 무엇을 깊이 터득케 되었다는 점을 우리는 부인하기 힘들 것 같다. "그 창밖에서 새벽은/안을 보는 연습이 필요하다"고 했을 때, 그리고 "언제 내 손을 깊이 씻어/당신의 지문을 찾아내리"라고 말했을 때, 우리는 벌써 이 시인이 구체적인 주검 하나하나를 넘어 인간의 영원한 본질을 향한 어렵고 긴 길을 선택하고 있다는 점을 쉽사리 수긍하지 않을 수 없다.

물론 이에 앞서 더욱 처절했던 6·25 체험이 시인에게 사랑의 중요함과 어려움을 일깨웠던 증거도 있다.

> 몇 해 피난갔다가 다시 돌아왔을 때, 경학원 자리. 그대로 앙상한 소나무 깔아 놓은 채 있고 조금은 춥고 무서웠지만, 눈오는 밤을 혼자 걸으면서 사랑하려고 했지. 세상 모든 것을 사랑하는 것만이 좋은 詩人이 되는 길인 줄 믿고 있었지.
>
> —「經學院 자리」 부분

메마르고 헐벗었던 소년기 체험이 오히려 시인에게 사랑의 따스한 감정을 채찍질해주었다. 그리고 그것은 시체 해부실에서 사랑을 고백하고, 시신들의 냄새를 박하 냄새로 맡을 줄 아는 사랑으로 커갔다. 시인은 부모 형제를 떠나 외국으로 간다. 사랑의 따뜻한 마음씨가 부모 형제와 떨어진다는 것은 남다른 고통이다. 그러나 시인은 언제나 고통 속에서 사랑을 더욱 더 키워왔다. 고국과 떨어져 사는 것, 사랑하는 마을과 떨어져 사는 것, 사랑하는 사람과 떨어져 사는 것은 언제나 마음 아프다. 그러나 단순한 그리움이 사랑이 아니라는 것을, 사랑하면서도 아무것도 하지 못하는 것이 얼마나 괴로운가를, 나아가서는 그리움의 대상이 그의 사랑을 배반할 때 그가 무엇을 해야 하는가에 대해서까지 그는 마침내 생각하기에 이르렀다. 그 성숙을 우리는 다음 시들에서 여실히 바라볼 수 있다.

그림 그리기를 시작했다.
겨울같이 단순해지기로 했다.
창밖의 나무는 잠들고
形象의 눈은
헤매는 자의 뼈 속에 쌓인다.

항아리를 그리기 시작했다.
빈 들판같이 살기로 했다.
남아 있던 것은 모두 썩어서
목마른 자의 술이 되게 하고
자라지 않는 사랑의 풀을 위해
어둡고 긴 內面의 길을
핥기 시작했다.

「그림 그리기」라는 이 시의 백미를 이루는 부분은 "形象의 눈은/헤매는 자의 뼈 속에 쌓인다"는 표현이다. 마치 광막한 러시아의 평원을 방황하다가 돌아온 릴케가 파리의 작업실에서 손끝이 닳은 로댕을 만났을 때의 장면이 이렇다 할까! 우리는 여기서 마종기의 사랑이 그 나름대로 고통을 극복한 끝에 강인한 팔뚝을 얻고 있음을 본다. 이제 그는 그가 그리워했던 것들이 어떤 것임을 안다.

숨어다니는 목관악기 소리는
사랑보다 달지만
우리들의 古典은
머리부터 풀고 칼부터 물지.

자주 깨는 겨울 밤

잠 속의 친구의 신음.

—「유태인의 木管樂器」 부분

멀리 있는 자가 더 잘 본다고 했던가. 그는 멀리 있어도 이제 우리와 떨어져 있지 않다. 잠 속에서 친구의 신음 때문에 자주 깨는 시인. 멀리 있는 사랑의 나라가 안 보이는 것쯤 당연하건만 그는 "안 보인다"고 안타까워하기 시작한다. 안 보이는 것이야 어제오늘의 일이 아니건만 왜 자꾸 안 보이는 것일까. 여기서 우리는 지금 마침내 시인이 무엇인가를 보고 있다는 작은 역설을 읽는다. 그가 본 것은 시인 자신에게만 안 보이는 것이 아닌, 모두에게 안 보이는, 혹은 모두 제대로 보고 있지 못한 거대한 역사적 상황이다. 그것을 그는 외국에서 사는 시인답지 않게 우리 역사에 대한 깊은 통찰을 통해서 보다 넓게 조망하고 있다. 시인 마종기의 사랑이 거두고 있는 튼튼한 개가이다. 그가 미국에 있든 한국에 있든 그는 항상 우리와 함께 있을 아름다운 사랑의 시인이다.

이 고장의 바람은 어두운 江 밑에서 자라고
이 고장의 살과 피는 바람이 끌고 가는 方向이다.
西小門 밖, 새남터에 터지는 피 江물 이루고
脫水된 영혼은 先代의 江물 속에서 깨어난다.
안 보이는 나라를 믿는 안 보이는 사람들.

—〈2. 己亥年의 江〉, 「안 보이는 사랑의 나라」 부분

(1980)

* 이 밖에 마종기에 관한 필자의 평론으로 「초월 속의 평화/동심과 달관」(1997; 『가짜의 진실, 그 환상』), 「따뜻한 사랑이 오는 곳」(2003; 『근대 논의 이후의 문학』), 「이슬과 꽃, 그리고 시인」(2015; 마종기 시집 『마흔두 개의 초록』)이 있다.

시적 실존과 시의 운명
—정현종의 시

사람으로 붐비는 앎은
슬픔이니……

1. 결핍에서 충일로

정현종의 첫 시집 『사물(事物)의 꿈』이 출판된 지 꼭 20년. 그 시집을 펼쳐보니 "1972년 5월 25일 발행"으로 되어 있다. 나는 이 시집에 발문이랄가, 해설이랄까 하는 것을 쓴 일이 있는데 그 제목은 「정현종의 진화론」이었다. 이 시집은 당시 이 시인을 좋아하는 친구 몇 사람이 추렴을 해서 만든, 말하자면 품앗이의 결과인데, 지금은 시에 관심이 있는 사람들이면 모두 알 만한 큰 시인이 되었으니 나의 진화론은 그럴싸했던 셈이다. 그는 이 시집 이후 많은 시집을 내어놓았는데, 처녀 시집 20년 만에 나온 것이 『한 꽃송이』다. 쓸쓸하게 바람을 노래하던 시인은 이윽고 한 꽃송이가 된 것인가.

『한 꽃송이』에서 우선 눈에 띄는 것은, 자연을 향하는 시인의 마음이다. 동·식물들의 순연한 움직임, 그 생명에 대한 찬탄은 부러움과 동화 욕구로 이어지며, 이 시집의 근본 모티프를 형성하고 있다.

나의 자연으로 돌아간다.
무슨 充溢이 논둑을 넘어 흐른다.

동물들은 그렇게 한없이
나를 끌어당긴다.
저절로 끌려간다
나의 자연으로.

무슨 충일이 논둑을 넘어 흐른다. (p. 11)

자연은 충일, 즉 가득참이다. 그 가득참을 정현종은 좋아하는 것이다. 아니, 좋아하게 된 것이다. 초기에 그의 시는 물론 그런 분명함을 지니고 있지 않았다. 예컨대 그는,

비 오는 날 저는 비
바람부는 날 저는 바람이었어요
수없는 빗방울이 몸에 다 아프고
수없는 바람이 다 제 숨을
번쩍이며 곯게 하여
학교도 거리도 꿈도
다 무서웠어요

라고 첫 시집에서 고백했다. 이때 시인은 바람과 비를 동경하며 거리로 나선다. 왜냐하면 시인의 "삶인 房이 무섭기" 때문이다. 이후 시인은 그치지 않고 바람을 노래한다. "하염없는 情感으로 별빛만 있고/바람만 있는 여기"(「외출(外出)」)에서부터 "有情한 바람/일종의 醉氣를"(「센티멘틀 자아니」) 지나 "바깥에는 바람이 불고/나는 밤새도록 집에 없었네"(「기억제(記憶祭) (2)」)라는 진술에 이르도록 그는 바람에 실려 떠돈다. 방을 거부하고, 집을 싫어하는 그의 낭인벽은 물론 결핍에서 온다. 그의 방은 빈방이었던 까닭이다. 반면 그에게 방 밖의 세계는 충일하다. 「기억제 (2)」라는 시는 이

렇게 연결된다.

그즈음의 내 집은
門前까지 출렁이는 바다가 와 닿아
愛人이 보내주는 바람과 물결 위로
달빛이 하늘에서 떠나듯이
나는 떠나서 흘러들고 있었고
그리고 바뀌는 바람 소리 때문에
또는 시달리고 있었네.

시인은 집에 흘러들어 오지만, 바뀌는 바람 소리 때문에 시달린다. 시달림은 물론 다시 나갈 수밖에 없는 어떤 강박에서 비롯된 것으로, 늘 바뀌는 바람은 바로 그것을 암시한다. 요컨대 시인은 안주하지 못한다. 채워지지 않는 그 어떤 것 때문에 "출렁이는 바다"의 충일은 시인의 그리움이다. 그 정현종이 20년이 지난 지금 충일을 말하고 있다. 이 자리에서 나는 결핍→충일에 이르는 그의 진화 과정을 살펴보려고 하지 않는다. 살펴보고자 하는 것은 다만 그의 '충일의 속'일 따름이다. 앞의 시에서 그것은 동물이었다. 이 시의 앞부분으로 올라가자.

더 맛있어 보이는 풀을 들고
풀을 뜯고 있는 염소를 꼬신다
그저 그놈을 만져보고 싶고
그놈의 눈을 들여다보고 싶어서.
그 살가죽의 촉감, 그 눈을 통해 나는

자연의 내부는, 즉 왜 자연이 충일인지는 밝혀지지 않고 있다(물론 이 글은 그 밝힘을 희망하면서 씌어지고 있다). 그냥 '무슨 충일'이다. 그러나 시인은 만져보고 싶고 들여다보고 싶어서, 그러니까 감각을 통해 그 충일과 접촉하고 싶어서 동물을 좋아함을 숨기지 않는다. 그것은 육체적 접촉이며, 관능의 세계이다. 이러한 방법은, 방법을 넘어 대상의 내용성도 함께 암시한다. 그것은 본능의 세계, 생명의 세계에 대한 전면적 수락이라고 할 수 있다. 이러한 태도로 말미암아 정현종은 모든 대상을 바로 이 수락의 시선으로 바라보게 된다. 그것은 너그러움이다. 이 너그러움은, 그러나 이상하게도 잃어버릴 것을 모두 잃어버린 자의 편안함과 같은 분위기에서 우러나오는 너그러움이다. 그런 의미에서 정현종의 『한 꽃송이』는 근본적으로 비가(悲歌)이다.

나무들은
난 대로가 그냥 집 한 채.
새들이나 벌레들만이 거기
깃든다고 사람들은 생각하면서
까맣게 모른다 자기들이 실은
얼마나 나무에 깃들여 사는지를!

이렇듯 자연의 새로운 발견 속에는 인간 존재에 대한 절망적 인식, 혹은 욕망으로서의 인간에 대한 포기와 같은 상실감이 숨어 있다. 인간은 그 자신 자연의 일부이면서 얼마나 자연을 향해 행패를 부려왔는지! 아니, 아예 그러한 사실조차 제대로 알지 못한 채 살아왔고, 살고 있다. 한심한 인간—이 시집 전체의 근본 모티프로 작용하고 있는 비인간주의는, 그리하여 이 시인의 시를 비가로 만들어간다. 앞으로 살펴지겠지만, 시인이 어떤 유머의 웃음을 짓든, 어떤 사랑의 입김을 흘려내든, 심지어는 어떤 넉살 좋은 여유를 보이든 간에, 그 밑바탕에는 인간에 대한 절망감이 고즈넉하게 자리 잡고 있다. 에로틱한 숨소리를 뿜어낼 때에도!

그렇다면 그 인간은 어떻게 살아갈 수 있을 것인가? 삶의 유일한 가능성은, 인간 자신 "나무에 깃들여" 산다는 사실을, 겸손히, 그러면서도 통절하게 깨닫는 길뿐이다. 「지식인의 환생(幻生)」이라는 소박한 상징의 시에는 이 시집 전체의 지향점이 이렇게 압축된다.

그런데, 그런데 말씀입니다.
그때 처음으로 지식인이 내 눈에 이뻐 보였습니다.
외양간 속의 지식인들—
소와 외양간의 후광은 대단했으며
문득 모두 소가 된 듯했고
비로소 그 사람들이 이뻐 보였습니다. (pp. 46~47)

정현종에게 새롭게 찾아든 충일은 인간에 대한 비극적 인식과 짝을 이룬다.

2. 앎의 슬픔—비인간과 자연

정현종의 시에 깔려 있는 인간에 대한 어쩔 수 없는 아픈 절망은, 부정과 거부 아닌, 사랑과 연민을 통한 절망이다. 그렇기 때문에 그 아픔은 슬픔이라는 말로 표현된다.

안다고 우쭐할 것도 없고
알았다고 깔깔거릴 것도 없고
낄낄거릴 것도 없고
너무 배부를 것도 없고,
안다고 알았다고
우주를 제 목소리로 채울 것도 없고
누구 죽일 궁리를 할 것도 없고

엉엉 울 것도 없다
뭐든지 간에 하여간
사람으로 붐비는 앎은 슬픔이니 — (p. 20)

사람에 대한 절망은, 사람 그 자체보다 못된 인간성에서 유래한다. 그 인간성은 곧 교만이다. 언제 어디서든 자신을 드러내고자 하는 존재가 인간이라면, 정현종은 이를테면 타고난 원죄 의식의 소유자다. 인간들은 그저 우쭐대거나 깔깔거리거나 낄낄거리기를 좋아하는데, 그것들은 모두 인간이 뭐 좀 안다는 데에서 오는 교만의 소산이다. 지적 교만이다. 정현종은 이것이 싫다. 알았댔자 뭘 얼마나 알겠는가, 하고 그는 생각한다. 어차피 진리는 따로 있는 것. 초월자의 것일 수밖에 없는 진리 밖에서 자신들의 앎을 자랑한다는 것은 부질없는 일일 수밖에 없다. 지식과 문명에 대한 혐오는, 자연스럽게 자연에 대한 놀라운 사랑으로 나타난다. 이런 시를 보자.

그 갈대꽃이 마악 어디론지
떠나고 있었다
氣球 모양을 하고,
허공으로 흩어져 어디론지
비인간적으로 반짝이며,
너무 환해서 투명해서 쓸쓸할 것도 없이
그냥 가을의 속알인 갈대꽃들의
미친 빛을 지상에 남겨두고. (p. 23)

환하고 투명한 갈대꽃! 갈대꽃의 그 아름다움은 일체의 인공적인 것, 문명적인 것을 거부하고 앉아 있는 그 자리에서 솟아난다. 시인은 그 꽃의 움직임을 "비인간적으로" 반짝인다고 묘사한다. 비인간적으로 반짝이기 때문에 아름답다는 것이다! 이럴 수 있을까 ···· 시인은 인간을 증오하는가?

그렇지는 않다. 말의 정직한 의미를 따른다면, 그는 타락한 인간에 절망하고 있는 것인데, 그 타락은 곧 문명이며, 지식이며, 역사다. 그 타락은 도덕이며, 관습이며, 이데올로기다. 그런 의미에서 그 타락은 성경적인 의미와 매우 가깝다. 에덴동산의 과일나무에서 열매를 따먹은 이후 타락에 빠진 인간. 그 인간은 예수 부활로 구원되었으나 그 실존적 모습은 여전히 타락의 범주에 있다. 자연을 망가뜨리며 진행되고 있는 이른바 문명의 온갖 양태가 이를 그대로 드러내주고 있지 않은가. 욕망의 소산인 지식과 문명 때문에, 인간은 애당초 신의 모습처럼 순수했던 자연성을 잃어버리고 끊임없는 성취의 노예가 된다. 정현종이 슬퍼하고 있는 것은 이것이다.

짐승스런 편리
사람다운 불편.
깊은 자연
얕은 문명.

자연을 잃고 문명화되어가는 인간에 대한 슬픔은, 그 인간이 원래의 본질과는 먼, 인간화된 관습에 얽매여 사는 현실로 확대된다.

흙길이었을 때 언덕길은
깊고 길었다.
포장을 하고 난 뒤 그 길에서는
깊음이 사라졌다.

숲의 정령들도 사라졌다.

깊은 흙
얄팍한 아스팔트.

낡은 관습이라면, 이윽고 비근한, 사소한 순간에도 시인은 슬퍼진다.

슬프구나
작년에 입었던 옷 호주머니 속에
들어 있는 손수건 (p. 27)

단 세 줄로 된 시, 이 시는 인간이 관습의 자식임을 말하고 있다. 손수건은 작년과 금년을 이어주는 끈질긴 끈, 곧 관습이다. 모든 인간은 관습의 바깥에 존재하지 않는다. 인간은 관습을 넘어서지 못하는데, 관습이야말로, 점잖게 말해서, 해석되어진 세계이다. 그러나 훨씬 쉽게 말한다면, 관습은 모든 교만과 위선의 배설물들이 합쳐진 누적된 쓰레기 더미다. 릴케는 『두이노의 비가』에서 우리의 삶을 "관습에의 왜곡된 충실"이라고 슬퍼하면서 인간 실존의 비극을 발견했지만, 우리 삶의 기준 하나하나 관습 아닌 것이 있는가. 관습이 이렇듯 진실과 무관한 자리에 있지만, 그 힘은 엄청나거의 폭력적이다. 관습이 슬픈 것은 이 때문이다. 아무도 그것을 넘어설 수 없다는 슬픔—그것이 인간의 슬픔이다.

정현종의 자연은 이 슬픔이 돌려지는 곳에 저절로 나타난다. 아주 당연하게.

새벽에,
마악 잠 깼을 때,
무슨 슬픔이 퍼져나간다
퍼지고 또 퍼진다,
생명의 저 맹목성을 적시며
한없이 퍼져나간다

메뚜기가 보고 싶다 (p. 26)

시인은 인간인 것이, 그 역시 인간일 수밖에 없는 것이 슬프다. 앎과 욕망의 관습 속에 그대로 머물러 있을 수밖에 없음이, 그 새로운 자각이(새벽에 잠 깨었을 때 문득 다가오는 새로운 자각이라니!) 슬픈 것이다. 그로서는 다만 생명의 맹목성에만 머물고 싶은데 말이다. 차라리 그는 메뚜기가 그리운 것이다. 그 맹목적 생명, 순연한 자연이 그리운 것이다. 그러나 정현종은 자연 예찬이나 자연에의 외경과 같은 경지 속에서 자연을 찾지 않는다. 그에게서 자연은 가령 이런 부분을 통해 가장 정직하게 드러난다.

거창 학동 마을에는
바보 만복이가 사는데요
글쎄 그 동네 시내나 웅덩이에 사는
물고기들은 그 바보한테는
꼼짝도 못해서
〔……〕
올 가을에는 거기 가서 만복이하고
물가에서 하루종일 놀아볼까 합니다
놀다가 나는 그냥 물고기가 되구요! (p. 24)

자연은 정현종에게 있어 이렇듯, 이를테면 부러움이다. 부러움이 지나치고, 그것을 억압하는 현실이 강할 때, 그 부러움은 곧잘 꿈이 된다. 그러나 이 시인에게서 부러움은 그러한 상황으로까지 가지 않는다. 무엇보다 그 부러움의 대상이 자연이라는 본질을 향한 것이기에, 그는 그 실현을 가상적으로나마 꿈꾸지 않는다. 다만 부러워할 뿐이다. 그렇기 때문에 차라리 그 부러움은 동화적이다. 꿈이 그 실현을 전제로 집착할 때 그 시는 망상에 시달리며 난해해지기 일쑤이고, 꿈 자체를 화려한 심리학으로 전개시킬 때 그 시는 상징의 잔치가 되기 쉽다. 그러나 정현종은 이 같은 경지를 그의 오랜 경험과 노력으로 이미 넘어서고 있다. 그는, 그가 비록 시인이라고 하더라도, 그 자신 자연이 될 수 없음을 알고 있다. 그는 또한 그것을 꿈으로 만들어 거기에 집착할 때의 성과와 한계를 알고 있다. 이러한 인식 아래에서, 부러움을 통한 자연 사랑을 그는 동화적인 분위기로 몰아간다. 그 분위기는 무엇보다 동화적인 말투의 도움을 받아 조성된다. "놀다가 나는 그냥 물고기가 되구요!"라고. 그런 시들은 많이 있다.

이 나라의 처녀들아
저 생명의 원천 흙기운을 두고 묻노니
저 너무 맑아서 달디단 시골 공기를 두고 묻노니
〔……〕
"사람들은 죽으려고 도시로 모여든다"라고
한 시인이 말한 그 도시로 모여드는
이 나라의 처녀들아

무슨 대답 좀 해주렴 (pp. 12~13)

그런데 그놈은 나를 향해서 기어왔다.
내가 옆으로 비켜섰더니
그놈은 다시 내 쪽으로 방향을 돌려
꾸벅꾸벅 절을 하듯이 기어왔다.
나는 또 비켜섰다.
장수하늘소는 다시 나를 향해 왔다.
이번에는 선 채로 다리를 벌렸더니 비로소
그 밑으로 기어서 제 갈 길을 갔다. (p. 22)

앞의 시는 「이 나라의 처녀들아」, 그다음의 시는 「장수하늘소의 인사」 중 일부분인데, 두 시 모두 재미있는 동화적 분위기로 가득 차 있다. 상황의 현실성을 터득하고 있으면서도, 그 정당성을 인정할 수 없을 때 나타나는 시인의 안타까움은, 동화적 상상력을 통해 부드러운, 그러나 상황 전체를 뒤집는 근본적인 비판의 힘을 행사한다. 자연을 무시하고, 자연을 파괴하는 인간의 타락한 욕망을 부끄러워하면서, 오직 생명인 자연으로 가고자 하는 열망이 시에 동화적 공간을 만든다.

3. 관능인 자연의 의미

그런데 이상도 하여라, 정현종의 자연은 맹목적인 생명일 뿐 아니라, 동시에 관능적인 호흡을 하고 있다. 자연이 순수한 생명이면서 관능적인 몸짓을 하고 있다는 사실은, 무엇보다 자연이 그 나름대로 인간화되어 있다는 점을 강하게 암시한다. 자연을 다루고 있는 거의 전편에 편재해 있는 이 같은 현상을 몇몇 인용과 더불어 살펴보자.

바라보면 야산 산허리를 돌아
골을 넘어 어디론가(!)
사라지는 길이여, 나의 한숨이여
빨아들인다 너희는, 나를,
한없이,
〔……〕
산허리를 돌아 처녀
사타구니 같은 골로 넘어가며
항상 발정해 있는 길이여
나의 성욕이여, (pp. 16~17)

기지개를 켤 때 너는
듣지 않느냐
공기가 웅신거리는 소리를—
흙길을 걸으면서 나는
내 발바닥에 기막히게 오는
흙의 탄력에 취해 자꾸자꾸
걸어가지만, (p. 34)

서 있는 나무의
나무 껍질들아
너희를 보면 나는
만져보고 싶어
〔……〕
그것만으로도 나는
너희와 체온이 통하고
숨이 통해
내 몸에도 문득
수액이 오른다. (p. 92)

관능은 에로스—그 원천적인 의미는 마찰에서 출발한다. 마찰, 만짐과 비빔. 참, 정현종은 만지고 비비기를 좋아한다, 예쁜 것만 보면. 그러니 어찌 나무껍질인들 만져보고 싶지 않을 것이며, 흙의 탄력에 취하지 않을 것인가. 자연을 부러워하는 시인의 마음은, 마침내 자연이 인간보다 더 인간 같은 관능의 대상이 되는 것이다. 에로스가 가장 원초적인, 그렇기에 가장 정직한 만남의 형태라면, 자연과 관능적인 교감을 통해 만나고 싶어 하는 시인의 마음은 가장 확실한 자연 사랑이 된다. 그 결과 자연 자체가 성적으로 인간화된다. 맨 앞의 것은 「길의 신비(神秘)」라는 제목의 시다. 이 시에서 길은 여성의 성적 이미지로 살아나서 시인을 흥분시킨다. 인간적인 온갖 때를 묻히지 않고 있기에 시인의 부러움의 대상이 되었던 자연이 슬그머니 인간의 성을 갖고서 인간을 유혹한다. 화해와 너그러움의 순수성이 홀연히 긴장 관계를 만들고 있는 것이다. 이것은 모순이 아닌가.

그러나 정현종은 이 모순을 즐긴다. 그에게 그것은 모순이 아니기 때문이다. 자연은, 정현종에 있어서 다만 생명인데, 그 생명은 성적 몸짓을 통해 그 자신의 알리바이를 인간에게 전한다. 그러므로 이 시인에게 있어서 관능은 인간적인 욕망의 표현 아닌, 자연의 가장 아름다운 몸놀림일 따름이다. 심지어 그것은 모든 인간적 갈등과 상처를 감싸안는 구원의 가능성으로 부각된다.

> 그런데
> 그런데 말이지
> 무슨 소리가 들리는 것 같다
> 얼음이 녹는 소리,
> 녹아 봄 햇빛 아래
> 반짝이는 소리,
> (잘돼야 할 텐데)
> 아픈 데가 나으려는지
> 이 땅의 어디어디
> 근질근질 풀리는 소리,
> 온갖 동식물들
> 수런대는 소리,
> 〔……〕
> 아, 꽃피는 소리
> (그래야 할 텐데)
> 상처에서 꽃피는 소리! (pp. 96~97)

얼음 녹는 소리, 근질근질하는 소리, 수런대는 소리가 모두 자연의 관능성과 가깝게 맺어져 있다. 시인은 남북 대화마저 이처럼 엉뚱하게 갈라져 있는 자연이라는 시각에서, 그리고 이제 그 자연이 관능적으로 만나고 있다는 관점에서 그의 자연관을 능청맞게 드러낸다. 그 에로스적 만짐과 비빔의 통로를 통해서 "아, 꽃피는 소리!"가 가능해진다. "상처에서 꽃피는 소리!"—관능이라는 저 원초적 몸놀림이, 문명화된 이데올로기라는 장벽을 압도하는 순간이다. 지상적 구원의 모습이 있다면, 아마 이 정도가 최선일 것이다. 성적 몸짓—생명의 무의식적 구도는 다음 시에서 더욱 분명하게 나타난다.

늦겨울 눈 오는 날
날은 푸근하고 눈은 부드러워
새살인 듯 덮인 숲속으로
남녀 발자국 한 쌍이 올라가더니
골짜기에 온통 입김을 풀어놓으며
밤나무에 기대서 그짓을 하는 바람에
예년보다 빨리 온 올봄 그 밤나무는
여러 날 피울 꽃을 얼떨결에
한나절에 다 피워놓고 서 있었습니다. (p. 43)

숲속-남녀의 성행위-밤나무꽃으로 연결되는 이 시의 내용은 앞뒤 두 쪽으로 나누어질 수 있다. 앞쪽은 자연과 친화를 이루고 있는 인간의 성적 몸짓이며, 뒤쪽은 그것에 의해 밤나무꽃, 즉 자연은 자연의 생명력을 높이고 있으며, 인간은 마치 자연의 개화와 같은 순수한 성적 몸짓에 몰입되어 있다는 상징 구조이다. "얼떨결에/한나절에 다 피워놓"은 밤나무꽃—그것은 두 남녀의 성행위를 자연의 생명력으로 치환시킨 시인의 상징적 마음이다. 이렇듯 시인은 성적 몸짓을 생명의 가장 구체적 활동으로 평가하며, 인간도 그런 한에 있어서는 순수 자연의 범주로 용인된다. 그리하여 이런 것들이 어우러져 마침내 하나의, 단 하나일 수밖에 없는 초월적 물질을 만들어낸다.

> 우리의 고향 저 原始가 보이는
> 걸어다니는 窓인 저 살들의 번쩍임이
> 풀무질해 키우는 한 기운의
> 소용돌이가 결국 피워내는 생살
> 한 꽃송이(시)를 예감하노니…… (p. 83)

이 시는 그 앞부분에서 예쁜 여자 다리를 보고 감동한다. 그 감동은, "原始가 보이는/걸어다니는 窓인 저 살"로 여자의 다리가 보이는 데에서 생긴다. 그것은 에로스적 에너지이며, "저 살들의 번쩍임이/풀무질해 키우는 한 기운"이다. 시인은 이 기운의 소용돌이가 피워내는 생살이 시라고 말한다. 시는 "한 꽃송이"를 다시 괄호로 열어놓은 곳에 있다. 자연의 생명, 그 역동적 에로스의 현장에서 풀무질 끝에 핀 꽃.

시인 정현종—그의 존재는 사람들 속의 자연이다. 아니다, 신의 살아있음의 누설이다. 레싱은 말하지 않았는가. 인간에게 이성이 있음이야말로 신의 계시라고. 정현종의 시가 물론 이성은 아니다. 그러나 정현종이 시를 쓸 때, 그 배후에서 신이 함께 일하고 있음을 나는 느낀다, 그가 믿든 안 믿든 간에. 그런데, 그런데…… 그 신은 무슨 신인가?

(1994)

* 이 밖에 정현종에 관한 필자의 평론으로 「정현종의 진화론」(1972; 『변동사회와 작가』), 「시와 구원, 혹은 시의 구원」(2000; 『디지털 욕망과 문학의 현혹』)이 있다.

바라봄의 시학

—김형영 시집 『낮은 수평선』

1

"하늘과 바다가 內通하더니/넘을 수 없는 선을 그었"(「수평선 1」)다는 풍경 속에 김형영 시인의 메시지는 숨어 있다. 숨어 있다,고 내가 말한 까닭은 조심스럽게 들쳐보아야 그 의미가 드러나기 때문이다. 생각해보자. 하늘과 바다가 내통했으면 그 본래의 구분은 없어지고 자연히 "넘을 수 없는 선" 또한 보이지 않을 것이 아닌가. 그렇다면 '내통(內通)'이 거짓이든지 "넘을 수 없는 선을 그었"다는 것이 시인의 착시 아닐까. 명백한 이 모순의 비밀은 "나 이제 어디서 널 그리워하지"라는 마지막 시행이 쥐고 있다. 대체 시인 앞에서 사라진 것이 무엇이길래 그는 '널' 그리워하는가. '너'는 대체 누구인가. 소멸된 것은 "넘을 수 없이 그어진 선" 아닌 것, 즉 그 반대의 상황일 것이다. 그러니까 이전에는 선 없이 하늘이 바다이며, 바다가 하늘이었던 것. 그러던 것이 하늘과 바다가 내통하여 하늘은 하늘로, 바다는 바다로 갈라지기로 한 것이다. 이러한 이별은 '내통'의 연상과는 사뭇 다르다. 양자의 결정은 내통이라기보다는 단순한 결정, 혹은 슬픈 별리라고 하는 편이 산문적 관습에 어울린다. 세상에 헤어지자고 내통하는 자들이 있겠는가.

그렇다면 내통이라는 표현은 아마도 아이러니일 것이다. 그렇다고 접어두고 이제 하늘과 바다에 대해 생각해보자. 하늘에 대해서, 혹은 바다에 대해서 그것들이 풍경으로 다가오는 한, 우리는 모를 것이 없다. 그러나 둘의 이별로 말미암아 잃어버린 '너'가 있다니 단순한 풍경은 아닌 것 같다. 그렇다면 이별 이전, 즉 하늘과 바다가 하나를 이루고 있는 상황의 소멸이 바로 시인의 상실인 셈이다. 시인은 결국 하늘과 바다가 하나로 어우러진 세상을 그리워하고 있고, 거기에 자신의 시인 의식이 속하고 있음을 고백한다. 바다인 하늘과 하늘인 바다. 그 세상은 대체 어떤 세상인가.

김형영의 하늘과 바다는 밖의 풍경 아닌 마음의 심상이다. 둘은 시인의 마음속에서 둥글게 어울려 있다.

얼마나 아득하기에
천 번 만 번
처음인 양 밀려왔다 밀려가는가
아무리 꿈꾸어도 가 닿지 못하는
너와 나 사이
둥근 금줄이여

어느 하루 편한 날 없었다
빛이 끝나는 그곳을
바라보고 바라보고 바라보아도
잴 수 없는 거리여
하늘의 천둥 번개도
바다의 해일도 지우지 못하는
내 마음 수평선이여

「수평선 3」 전문이다. 수평선은 시인에게서 마음의 수평선이며, 하늘의 천둥 번개도 바다의 해일도 지우지 못한다. 우리의 시각을 통해 인지되는 수평선은 하늘과 바다를 갈라놓는 경계의 금인데, 여기서는 그 일을 하지 않는 독특한 금줄, "너와 나 사이/둥근 금줄"이다. 말하자면 그 줄이 보이기는 보이지만, 시인은 짐짓 보지 않는다. 그렇기에 수평선을 바라보는 마음은 "어느 하루 편한 날 없었다". 그렇다면 시인은 왜 굳이 선일 수밖에 없는 수평선을 말하는가. 구별과 선 대신, 하나로 어우러진 '둥긂'의 세계를 그리워하는 그에게 수평선은 원망의 금줄로 극복하고 싶었던 것인가. 「수평선 2」라는 작품이 한 편 더 있다.

> 땅끝마을에 와서
> 수평선 바라보는 날
> 무수한 배는
> 넘을 수 없는 선을
> 넘어가고 넘어오는데
> 내 그리움 하나
> 실어 나르지 못하고
> 어느덧 깊어버린
> 오늘 또 하루

배는 수평선을 넘어간다. 배를 타면 수평선은 없어지는 것이다. 그러나 시인은 배를 타지 않고, 배를 바라다본다. 김형영 이해의 단초는 바로 여기에 있다. 움직임 아닌 응시의 의식. 가거나 오지 않고 바라보기만 할 때, 당연히 그곳을 향한 그리움만 생겨날 수밖에 없다. 그리하여 결국 그리움의 한계에 대해서 시인 자신도 절망하고 안타까워한다. 「수평선 1」이다.

> 하늘과 바다가 內通하더니
> 넘을 수 없는 선을 그었구나

나 이제 어디서 널 그리워하지

선은 그 속에 화자가 있을 때 보이지 않는다. 선은 거기에 가까이 갈 때 잘 보이지 않는다. 그러나 멀리 떨어지면—아주 멀리 가버리지 않는다면—잘 보인다. 이 점에서 시인은 항상 일정한 거리에서 선을 보고 있는 것이다. 하늘과 바다 사이의 수평선뿐이겠는가.

2

김형영의 시는 이렇듯 바라봄의 시학을 펼친다. 그의 바라봄 안에는 하늘과 바다만 있지 않다. 꽃도 있고, 산도 있고, 나무도 있다. 그 현장을 뒤져 보자.

지친 걸음걸음 멈추어 서서
더는 떠돌지 말라고
내 눈에 놀란 듯 피어난 꽃아

—「노루귀꽃」 뒷부분

멀건 대낮
하늘에다 대고
어디 한번 보기나 하시라고
답답한 가슴 열어 보였더니

—「가을 하늘」 중간 부분

올해에는
집집으로 호명하듯 피어서

저 좀 보셔요 저 좀 보셔요
속곳도 없이
소복을 펄럭이는 통에
온종일 그걸 바라보던 하늘이
그만 낯이 뜨거워
노을 속으로
노을 속으로 숨어버리네

—「올해의 목련꽃」 뒷부분

가난해도 꽃을 피우는 마음
너 아니면
누가 또 보여주겠느냐
이 세상천지
어느 마음이

—「변산바람꽃」 뒷부분

별 볼일 없이 살다보니
먼 산 바라보기 바쁘다

—「아버지」 앞부분

그 사람이 누군 줄 뻔히 알면서도
우두커니 바라만 보고 서 있는
당신은 누구세요

—「먼산바라기」 뒷부분

오늘은 너를 꺾어 들고
억만 광년의 별 하나 처음 만난 듯

바라보고 바라보고 바라보나니

너를 바라보듯

나를 바라보는 나조차도

—「보이지 않아도」 뒷부분

거울 앞에 와서

물끄러미 바라보는

내 얼굴이여

—「거울 앞에서 2」 중간 부분

밤새워 아파야 하는

무슨 잘못이 하나

깊이깊이 뿌리박고 있는 것인가

눈을 감아도 보이지 않는

눈을 떠도 보이지 않는

—「밤눈」 뒷부분

부르면 연이어

돌아눕는 산

밤늦도록 바라보는

먼 산이야

—「산 산 산」 중간 부분

속창자까지 보이며 사라지는

새벽달을 바라보니

내 속내가 보여

바라보는 내 눈알이 짜다

—「나의 시」 중간 부분

내가 살아서 가장 잘하는 것은 멍청히 **바라보는** 일이다. 산이든 강이든 하늘이든, 하늘에 머물다 사라지는 먹장구름이든, 그저 **보이는** 대로 **바라보는** 일이다.

—「나의 시 정신」 앞부분

보이는 건 안 그릴 수 있어도
느끼는 건 안 그릴 수 없는
無爲의 붓질,

—「金剛力士」 중간 부분

온몸이 다 멍이 들어버린
퍼런 하늘은
그만 무엇을 **보았는지**
공중에 떠서 붉게 물이 드네

—「가을 잠자리」 뒷부분

(고딕체로 강조한 부분은 필자)

그의 시 거의 대부분에 앉아 있는 이 같은 '봄' 그리고 '보임'! 그의 시는 그러므로 무엇인가를 바라보는 응시의 시며, 눈의 시학이다. 일찍이 G. 벤과 같은 시인은 세상의 동역학에 절망하고 역사를 부정함으로써 응시의 시학에 매몰되었다. 그러나 그는 거기서 저 유명한 정시(靜詩)를 태동시켰으며, 절대시론을 전개함으로써 20세기 현대시의 한 축을 세우지 않았던가. 그렇다면 김형영의 바라봄은? 딱히 잡히는 것이 마땅찮다. 그저 하염없이 바라만 보고 있는 것이다. 시인 스스로 "가장 잘하는 것은 멍청히 바라보는 일"이라고 하지 않는가. 그러나 바로 이 작품에서 시인은 중요한 단서 하나를 흘리고 있다.

> 그러다 어느 날 어딘지 거기 눈앞을 가리는 것들 사이사이로 나를 바라보는 내가 보이기라도 하면, 두렵고 부끄러워 그만 돌아눕고 돌아눕고 돌아누워버리지만,
>
> —「나의 시 정신」 중간 부분

시인은 한 평면 공간에 널려 있는 풍경이나 사물들을 무연히 바라보다가 문득 그 사이에서 기억이라는 시간의 공간으로 그 응시 대상을 이동시키는 것이다. 그 기억은 시인 자신의 것. 거기서 그는 부끄러움을 발견한다. 이 부끄러움은 자책과 자기 연민으로 발전하면서 시적 자아를 흔든다. 이 동요 때문인지 바라봄의 주체는 시인 자신만이 아니라 타자의 형태로 나타나기도 하는데, 그때 그 타자의 자리에 잘 등장하는 존재가 하느님, 혹은 하늘이라는 사실이 특이하다. 앞의 긴 인용들에서 이 장면들이 드러난 부분을 다시 본다.

> 하늘에다 대고
> 어디 한번 보기나 하시라고
> 답답한 가슴 열어 보였더니
>
> —「가을 하늘」 중간 부분

위 시에서 시적 화자는 시인이지만, 그 화자는 하늘로 하여금 다시 시적 화자가 되어줄 것을 요구한다. 하늘이 보아주기를 바라는 시인의 가슴이 답답하기 때문이다. 시적 자아의 심리적 자리는 이렇듯 답답함이며, 그로부터 유래된 자괴감이다. 여기서 시인은 하늘을 바라보고, 하느님을 찾는다. 그러나 자신의 상황을 이해하고 받아들여주기를 바라면서도, 자신의 속을 보아달라고 요청하면서도 막상 하느님 앞에서조차 여전히 부끄럽다.

「올해의 목련꽃」에서 “저 좀 보셔요 저 좀 보셔요” 하고 하늘을 향해 보아줄 것을 호소하던 목련꽃, 그러나 그 꽃 속을 보던 하늘이 낯뜨거워 노을 속으로 피해버린다는 묘사는, 이 시집에서 가장 아름다운 장면을 만들면서 김형영 시의 핵심을 건드린다. 그 부분을 조금 더 풀이하면 이렇다.

1) 목련꽃이 하늘을 바라보고 보아줄 것을 요구한다.
2) 목련꽃은 속곳도 없이 소복을 펄럭인다.
3) 그 민망한 장면을 하늘이 온종일 바라본다.
4) 하늘은 낯이 뜨거워 노을 속으로 숨는다.

여기서 목련꽃은 시인, 하늘은 물론 하느님이다. 시인은 바로 다음 작품에서 목련꽃에 이어 변산바람꽃이 되며, 가난해도 꽃피는 마음을 지닌 자신의 이중 처지를 내비친다. 즉 ‘가난과 꽃’이다. 가난한 꽃의 모습으로 빚어진 시적 자아를 통해 시인을 바라보고, 또 바라봄의 대상이 된다.

3

그러나 김형영은 사람은 잘 바라보지 않는다. 그 사람들이 어울려 만들어가고 있는, 저 ‘현실’이라는 플레게톤의 강은 들여다보기조차 두려운 것일까. 이와 관련해서는 몇 군데 수상한 대목이 눈에 띈다.

나 같은 것
나 같은 것
밤새 원망을 해도
나를 아는 사람 나밖에 없다

—「나」 전문

원수 같은 놈
원수 같은 놈 죽어나버리지
되뇌듯 미워했는데
오늘 세상 떠났다는 소식에
내 앞길을 막으며
하얗게 쌓이는 아득함이여

—「告解」 전문

눈이 쑤신다
낮에는 멀쩡하던 눈이
밤이면 쑤신다
밤을 새워 쑤신다
불을 켜지 않았는데도
불빛이 박히듯 쑤신다
내가 아직도
누굴 미워하고 있는 것인가

—「밤눈」 앞부분

산문적인 고백으로 된 위의 인용들은 이 시인이 인간관계를 통해 마음의 상처를 받았고, 그 상처에 예민하게 반응하고 있으며, 그 기간 또한 오래 지속되고 있음을 보여준다. 또한 타자에 대한 증오, 자신에 대한 지학과 같은 감정이 남아 있음을 숨기지 않는다. 어머니 마리아와 베드로를 시의 제목으로까지 삼고 있는 가톨릭 교인임을 생각할 때, 시인의 이러한 진술은 다소 뜻밖이다. 교인으로서의 첫 출발이 영성이라고 할 때, 그것은 자신의 깨어짐으로부터 비롯된다고 하지 않는가. 죄인임이 고백되고, 그리스도에 의해 구속이 이루어짐에 감사하는 기본적인 재생의 감격이 인간관계에 의해 훼손되고 있는데, 문제는 그 훼손이 시에까지 파장을 일으키고 있다는 사실이다. 그 훼손은 지나친 자기 집착→반성→자학으로 이어져, 앞서 언급한 시적 자아의 동요라는 형태로 나타난다. 원래 시적 자아란 경험적·일상적 자아에 대비되는 말로서, 평범한 일상인인 화자가 시를 통해 특정한 시인의 모습으로 다시 탄생함을 일컫는 것이다. 대개의 경우 이때 그 시는 시인이 선택한 대상으로서의 사물이 경험계 안에서의 형상을 벗고 시적 상징에 의해 다른 형상으로 태어나는 과정 그 자체이며, 여기서의 그 '다른 형상'이 바로 시적 자아이다. 가장 비근한 예로 김춘수의 「꽃」을 들 수 있다. 김형영의 시적 자아는 어떤 경우 경험적·일상적 자아가 그대로 재현되며, 그렇지 않다 하더라도 위축되고 왜곡된 자아에 대한 안타까움이 부각된다. 고려되어야 할 일이 있다면, 경험적 자아에서 시적 자아에 이르는 회로에 구체적인 대상으로서의 사물이 자주 결여되어 있다는 점이다. 그리하여 경험적 자아는 시적 대상이 된 사물의 매개 없이 시적 자아로 직진해버린다. 시가 운문으로서의 우회—상징, 멜로디 따위—대신 산문적 분위기를 풍기는 것은 이 때문이다.

초기의 관능적인 시로부터 최근의 경건한 시들에 이르기까지 40여 년간 단정하게 시업을 지켜온 김형영 시의 부피는 많지도 적지도 않다. 그러나 풍성한 느낌이 들지는 않는데, 그 원인이 작업량의 과소와는 무관해 보인다. 오히려 지나치게 자성적인 시의 성격과 분위기 탓이리라. 무언가 육질의 촉감이 느껴지지 않는다면, 이 역시 관능성의 퇴조를 지적하는 말로 읽혀지면 안 될 것이다. 앞서 말했듯이 그것은 시적 사물에 무관심한 태도에 대한 나의 불만의 표현일 것이다. 세상은 사람들로 가득 차 있지만, 그 사람들의 좋은 지배를 받아 좋을 숱한 사물들로 또한 가득 차 있다. 그 사물들 속에는 물론 꽃, 나무와 같은 식물들도 있고, 김 시인이 단 한 번도 최근의 시에서 진지한 대상으로 삼은 일 없는 동물들도 있다. 물론 산, 강과 같은 자연들도 있다. 이즈음엔 엄청난 기술 발전에 의한 문명의 사물들이 곳곳에서 넘쳐난다. 그런데 김 시인의 시에는 그런 것들이 별로 보이지 않는다. 역동적인 움직임의 세계는 따라서 김형영과는 아예 무관한 나라이다.

'바라봄의 시학'을 지키기 위해서는 눈이 좋아야 한다. 그러나 그 눈에도 문제가 생긴 것 같다. 「밤눈」을 읽는 내 마음은 많이 아프다. 눈이 쑤신다고 하지 않는가. 불을 켜지 않았는데도 불빛이 박히듯 쑤신다니! 그 이유로서 시인은 자신이 누굴 미워하기 때문이 아닐까 짐작한다. 사람의 눈은 그 같은 양심에 의해서 상해도 좋을 지탄의 대상이 아니다. 거꾸로 말해서, 누구를 미워하는 것을 반성하는 양심은 제 눈을 쑤시는 것으로 자족해서는 안 된다. 그것은 시적 모티프일 수는 있어도, 한두 번의 직접적인 토로, 혹은 진술로 보다 완성된 작품으로의 길을 중단시켜서는 안 된다. 아, 나는 이렇게 말하면서도 이제 이 세상에서 그 글자조차 없어진 것 같은 '시인의 양심'이 고통을 받고 있는 것을 본다. 그 고통은 소중하지만, 읽는 이의 마음은 편치 않다. 결국 시인은, 쑤시는 눈의 고통이 누군가를 미워하는지도 모른다는 자의식에서 비롯되었음을 인정하면서도 그것이 진정되지 않음에 다시 고통스러워한다. 이번에는 심한 육체적 통증을 동반한다. 그 통증의 원인은 이제 눈을 감아도 보이지 않고, 눈을 떠도 보이지 않는다. 바라봄의 시학도 이렇게 되면 흔들리지 않겠는가.

그러나 기억하라. 하늘과 바다가 내통하더니 헤어진 그 기막힌 아이러니를. 아이러니는 여기에 이르러 새롭게 그 진면목을 닦아 보인다. 하염없이 풍경만을 바라보던 그 바라봄의 시학은 자신의 내면을 거침으로써 마침내 제 눈을 쑤신다. 시인은 이로 말미암아 눈을 감아도, 눈을 떠도 아무것도 보이지 않는다고 하지만, 바야흐로 여기서 눈 없이도 볼 수 있는 저 천지인 삼재회통의 세계가 열리고 있음을 어쩌랴.

눈 감기듯
눈 감기듯
겹겹이는 누워서
먼 산이야

부르면 연이어
돌아눕는 산
밤늦도록 바라보는
먼 산이야

언제든 눈 감으면
눈 감기듯 넘어가는
먼 산이야

「산 산 산」 전문이다. 이 시에서 산은 없다. 눈으로 바라보는 산은 존재하지 않는다는 말이다. 누워 있는 듯하면서도 없는 산. 더 정확하게 말한다면 있는 듯 없고, 없는 듯 있는. 적어도 눈을 통한 산은 없다. 그런데 이상도 하여라, 눈을 떠난 산은, 산, 산, 산……으로 이어지고 겹쳐진다. "구름 속을 들락거리는/별 하나"(「별 하나」)도 그리하여 "눈 깜박"의 시간이며, "언덕을 넘으면/또 언덕/퍼지다 퍼지다/이내 사라지는/한 점 구름같이/어디로 가나"(「저무는 언덕」)라는 출현과 소멸의 잠언이 새삼스러워진다. 그것은 눈을 통한 현상의 세계를 지우고 내면 속에서 새 현상을 만들어보는 소멸과 출현의 길이다. 그 회로에는 목적지가 없다. 중요한 것은 그 과정 속에서 시인 자신이 거듭 지워지고 있다는 것. 시적 자아는 급기야 소멸일 수밖에 없다는 쓸쓸한 인식이다. 그 세계는 비감스럽지만, 베드로와의 동행을 꿈꾼다면 차라리 행복하리라. "옷깃 여미는/긴 그림자/나를 지우며/어디로 가나"(「저무는 언덕」)라는 쿠오바디스적 질문은, 따라서 아이러니다. 아니, 반드시 그렇게 되어야 시를 읽는 독자들은 시의 숙명적인 조직이 감추고 있는 비밀을 누릴 수 있을 것이다.

그 비밀의 일단은 사실상 이미 밝혀졌다. 그것은 분리·이별을 두려워하는 그리움 속에 내재해 있다. 하늘과 바다가 수평선을 통해 서로의 몸을 분명히 하는 것을 내통한다고 일갈했던 시인 의식 속에 숨어 있는 저 분화(分

化)를 향한 불안감. 어떤 분화의 선이든 "둥근 금줄"이기를 바라는 그의 희망은, 그러나 분화에 분화를 거듭하는 기술 사회에서 무력하기 짝이 없다. 게다가 끊임없이 변화와 개혁의 쇳소리들이 가세하는 형국에서는 아예 묻혀버리기 일쑤이리라. 김형영 시의 신선함과 긴장감은 역설적으로 이 같은 바보스러운 고풍에 깃들어 있다. 문화재마저 상품성으로 평가되는 이 날렵한 세상 속에서 무연하게 앉아 있는 그 어긋난 시적 자아는 차라리 새로운 문화재의 몸매인지도 모른다.

(2008)

* 이 밖에 김형영에 관한 필자의 평론으로 「비움과 가득 참」(1994; 『사랑과 권력』)이 있다.

시와 아이러니
—오규원의 근작과 관련하여

1

살을 에는 듯한 추운 날씨 속을 걸어가면서 우리들 가운데 누구 한 사람이 말한다. "선선하구먼!" 이때 우리들은 정말이지 순간이나마 추위를 잊고 씁쓸하게 웃는다. "시원하지, 시원해." 그 무더웠던 지난여름도 마찬가지였다. 우리들 가운데 누구 한 사람은 이따금 "따뜻하구먼!" 하는 소리를 심심찮게 뱉어냈고 그때마다 우리는 "춥다고는 할 수 없어! 확실히" 하면서 고소(苦笑)와 함께 맞장구를 쳤다. 바로 이즈음 시인 오규원(吳圭原)은 이런 시를 쓰고 있었다.

> 내가 이렇게 자유를 사랑하므로, 世上의 모든 자유도 나의 품 속에서 나를 사랑합니다. 사랑으로 얻은 나의 자유. 나는 사랑을 많이 했으므로 참 많은 자유를 가지고 있읍니다. 매주 주택복권을 사는 自由, 주택복권에 미래를 거는 自由, 금주의 運勢를 믿는 自由, 運勢가 나쁘면 안 믿는 自由, 사기를 치고도 술 먹는 自由, 술 먹고 웃어 버리는 自由, 오입하고 빨리 잊어버리는 自由.
>
> —「이 시대의 純粹詩」 부분

시인 오규원이 진술한 의미를 여기서 아무런 딴 생각 없이 정직하게 받아들인다면, 정말로 그에게는 많은 자유가 있는 셈이다. 그러나 그것을 그대로 인정한다고 하더라도, 그 자유는 주택복권을 사서 거기에다가 미래를 거는 자유, 금주 운세나 보는 자유, 술 먹고 오입질하는 자유에 지나지 않는다. 말하자면 일상생활에서 가장 저차원적인 본능만이 열거되고 있는 것이다. 그러나 우리의 해석이 이런 범주에서 제기될 때, 이 작품은 별수 없이 두 가지의 가능성을 우리 앞에 제기해줄 뿐이다. 즉 그 하나는 정말로 그만큼 이 시는 저질이거나(물론 시인 역시 마찬가지다), 아니면 다른 경우 우리 쪽이 오히려 바보스러운 알라존(힘만 셀 뿐 바보스럽기 짝이 없는 그리스 비극의 주인공)에 지나지 않으리라는 것이다. 결국 이 작품은 지독한 아이러니로의 해석 가능성을 배제하는 한, 문학 정신의 가장 값진 자유의 이념을 망쳐버리게 할 것이다. 우리는 주택복권이나 사서 거기에 우리의 운명을 점치려는 타락한 샤머니즘을 자유로 볼 수 없을 뿐 아니라, 점이나 치고 술과 오입질에 놀아나는 방탕을 더구나 자유의 이름으로 변명할 수 없을 것이다. 이렇게 볼 때, 정말이지 일상생활에서 만날 수 없는 그 많은 자유의 품목 가운데에서 유독 점·술·오입질 따위를 굳이 예거한 시인의 심사에서 우리는 강한 의도적 반칙을 엿볼 수 있다. 아이러니란 아마 이 의도적 반칙에 해당될 수 있는 이름일 것이다.

> 나의 사랑스런 自由는 종류도 많습니다. 걸어다니는 自由, 앉아다니는 自由(택시 타고 말입니다), 월급 도둑질하는 自由, 〔……〕 그리고 점심시간에는 남은 몇 개의 동전으로 느름하게 라면을 먹을 수밖에 없는 自由.

> 이 세상은 나의 自由투성이입니다. 사랑이란 말을 팔아서 공순이의 옷을 벗기는 自由, 시대라는 말을 팔아서 여대생의 옷을 벗기는 自由, 꿈을 팔아서 편안을 사는 自由, 〔……〕 쓴 것도 커피 정도면 알맞게 맛있는 맛의 自由.

여기에 이르면 '—자유'라는 말이 붙지 않았던들, 완전히 '사실' 그대로였을 산문적 의미를 우리는 만난다. 사실, 오늘 우리의 현실을 볼 때, 택시나 타고 호기 있게 출퇴근하면서 라면으로 점심을 때우는 자기기만쯤은 이미 상습화되어 있는 생활 풍경이다. 사랑이니 시대니 하는 어휘는 그 등가적(等價的) 실천 없이 허위의 표어가 되어가고 있다. 요컨대 시인의 지적은 대체로 그대로 현실이다. 문제는 그럼에도 불구하고, 시인이 여기에다가 "나의 사랑스런 自由는 종류도 많습니다"라든가, "이 世上은 나의 自由투성이입니다"라고 단서를 붙인 그 수사법에 있는 것이다. 이러한 표현은 시인이 지적한 현실에 대한 시인의 생각이 거기 지적된 말의 의미와는 일치되어 있지 않다는 점과 함께, 그가 되풀이하고 있는 '자유'의 개념이 또한 그 지적의 내용과 사뭇 다르다는 점을 아울러 보여주는 기능을 수행한다. 말을 바꾼다면, 시인은 그가 지루하리만큼 예거한 현실의 제 양상을 자유의 실천적 내용으로 판단하지 않고 있을 뿐만 아니라, 그것을 자유로밖에 표출할 수 없는 현실을 비판하고 있는 것이다. 그것은 현실에 대한 비판이자, 현실이 맺고 있는 자유와의 관계에 대한 비판이다.

그러나 「이 시대의 순수시」에 대한 정당한 이해는 이 작품의 첫부분과 끝부분을 함께 읽어봄으로써 비로소 완성될 수 있다.

> 자유에 관해서라면 나는 칸트주의자입니다. 아시겠지만, 서로의 자유를 방해하지 않는 한도 안에서 나의 자유를 확장하는, 남의 자유를 방해하지 않기 위해 남 몰래(이 점이 중요합니다) 나의 자유를 확장하는 방법을 나는 사랑합니다. 世上의 모든 것을 얻게 하는 사랑, 그 사랑의 이름으로.
>
> —첫부분

흡사 자유에 관한 정견 발표, 혹은 에세이를 연상케 하는 이 논리적 문장은 "서로의 자유를 방해하지 않는 한도 안에서 나의 자유를 확장"한다는 자유관의 천명이다. 시인 스스로 여기서 자신이 칸트주의자임을 공언하고 있는데, 자유 문제에 있어서 칸트주의란 것이 어떤지 모르는—물론 뒤의 부연이 그 내용 설명이라고 할 수 있으나—독자들로서는 일단 그 이해가 상당한 지식을 전제로 하고 있다는 것을 알 수 있을 정도다. 이렇게 볼 때, 생활의 마이크로적인 세계를 부정함으로써, 그가 생각하는 자유의 개념이 보다 거시적·정치적인 것임을 암시받았던 우리로서는 사태가 발전에 발전을 거듭하는 미묘한 느낌에 사로잡히게 된다. 과연 시인은 어떤 의미로 자유를 파악하고 있는 것인가. 우리로서 확실한 것은, 그가 칸트주의를 표방함으로써 문제의 단순한 파악을 일부러 늦추고 있다는 점뿐이다. 자유는 "월급 도둑질하는 自由" "늠름하게 라면을 먹을 수밖에 없는 自由" "사랑이란 말을 팔아서 공순이의 옷을 벗기는 自由" 따위와는 상관없는, 보다 고차적인—이를테면 정치 참여의 자유 등등—그 어떤 것이라는 태도를 시사하는 듯하다가, 이를 뒤집고 오히려 그가 예거한 이런 등속의 일상생활을 그 내포로 받아들일 수밖에 없는 것처럼 느끼게 한다. 이 점 아이러니의 보다 지적 유희의 개념인 패러디에 가까운 방법 구사라고 할 수 있다. 드디어 시인은 이렇게 끝맺는다.

밖에는 비가 옵니다.
이 시대의 純粹詩가 음흉하게 不純해지듯
우리의 장난, 우리의 언어가 음흉하게 不純해지듯
서 음흉함이 드러나는 의미의 迷妄, 무의미한 純潔의 몸뚱이. 비의 몸뚱이들……
조심하시기를
무식하지도 못한 저 수많은 純粹의 몸뚱이들.

—끝부분

자유에 관한 시인의 결정적 암시를 기대해온 우리가 이 마지막 부분에서 만나게 되는 것은 무엇일까. 마이크로적인 일상인가, 아니면 보다 거창하면서도 전체적인 보편의 어떤 추상 가치인가. 그러나 시인은 여기서도 분명한 표정이 없어 보인다. 그 대신 그는 순수의 '순수성'을 느닷없이 비판한다. 그에 의하면 밖에 비가 오는 오늘의 시대에 이미 순수란 존재하지 않는다는 것이다. 왜 갑자기 그는 이런 말을 할까. 나로서는 그가 순수와 관련, '순수시'라는 말을 썼다는 점에 주목해서 아이러니 아닌 시적 표현이 벌써 불가능하다는 점을 말하려고 한 것으로 이해한다. 시에 있어서의 외관적 의미는 이제 어떤 경우에 있어서도 시인의 참된 의미를 전달해줄 수 없다는 것이다. 어떻게 보면 평범한 문학이론이다. 그러나 현실을 수용하는 시적 언어의 이러한 이중 구조를 새삼 발견했다는 점에 이 시인의 귀중한 자기 개시(開示)가 있으며, 이 점은 최근의 우리 시에서 귀중한 하나의 계기로 모든 시인들에게 새삼 인식됨 직한 중요성이 있는 것으로 판단된다.

"밖에는 비가 오는" 시대, 아무리 순수한 존재라도 결국은 "비의 몸뚱이들"인 존재는, 그것이 외부 세계에 의한, 다시 말해서 객체에 의한 주체에의 시대적 변형 영향 요인이라는 면에서 주목된다. 여기서의 주체란 물론 현실을 인식하는 주체로서의 시인이다. 그것은 동시에 움직이는 현실을 받아들이는 시점이기도 하다. 그런데 바로 그 주체이자 시점 자체가 변모하고 있는 것이다. 그 변모의 상황은 여러 가지겠지만, 우선 나타나는 현상으로서 시인이 지적하는바, "의미의 迷妄" "무식하지도 못한 純潔"을 들 수 있다. 나로서는 오규원이 찾아낸 이 같은 현실 인식 태도의 소피스티케이션이야말로 역으로 그의 시를 정직하게 하는 참된 방법론이 될 수 있을 것으로 생각한다. 따라서 이 시인이 믿고 있는바 자유의 성격과 본질을 묻는 것 대신에, 그가 대답으로 제시한 우리 자신의 '불결화'를 깨닫는 것이 이 시대의 시와 인간을 이해하는 보다 바람직한 자세일지도 모른다.

2

낭만주의자들에게 아이러니는 문학 정신을 구현해나가는 데 있어서 가장 중요한 실천적 방법이었다. 낭만주의를 이론 면에서 개척한 프리드리히 슐레겔Friedrich von Schlegel은 아이러니를 가리켜 "자기 창조와 자기 파괴의 끊임없는 순환"이라고 정의했는바, 끝없는 문학 정신의 지평, 즉 문학적 이상주의의 도정을 그는 그렇게밖에 말할 수 없었음이 명백하다. 낭만주의란 코르프Hermann A. Korff에 의하면 일종의 환상의 문학인데, 그렇다고는 하더라도 그것이 근대적 교양 위에 기초하고 있다는 점은 세심하게 주목되어야 한다. 이를테면 계몽주의적 공리(功利)를 근간으로 한 '합리성'에 반발하고 있다는 점에서 '환상'이라는 이름이 주어지는 것이지, 공허한 유희로서의 환상은 아닌 것이다. 가령 이탈리아 여행에서 돌아온 괴테가 단순한 자연의 모방이 얼마나 미흡한 것인가를 깨닫고 대상을 관념의 세계 속에 끌어들이고자 했을 때, 그는 이른바 고전주의의 완성과 함께 이미 낭만주의의 새로운 새벽을 보고 있었던 것이다. 요컨대 균형 대신 파괴 속에서 미적 가치를 발견하려고 했던 것처럼 일반적으로 인식되고 있는 낭만주의의 본질은, 그 끊임없는 이상주의적 노력의 범주에서 이해될 수 있을 것이다. 그들은 고전주의자들이 금과옥조로 여겼던 자연과의 조화, 혹은 사물과 사물 사이의 균형이라는 현상을 일시적 형식미로 보았고, 이러한 형식미야말로 문학이 추구하는 참된 형식에 배반되는 그 어떤 것으로 보았다. 낭만주의자들에 의하면, 어떤 완성된 형식이란 애당초 존재하지 않는 것으로 여겨졌던 것이다. 오늘의 현대 문학이론이 가장 크게 빚지고 있는 이 같은 낭만주의의 한 특성은, 무엇보다 현실 인식의 주체인 인간을 고정된 어떤 존재로 보지 않고, 항상 변화되어가는 어떤 가변체로 보았다는 점에서 평가된다.

아이러니가 이러한 낭만주의의 소산, 적어도 그 문학적 기능이 독일 낭만주의자들에 의해서 크게 다듬어지기 시작했다는 사실은 역사적 의미를 떠나서도 음미해볼 점이 많다. 우리로서 가장 두드러지게 흥미로운 점은, 결국은 관념적 환상밖에 만날 수 없었던 낭만주의자들의 이상주의가 그 관념적 환상을 허상으로 떨어뜨리지 않게 하는 유일한 도구로서 아이러니를 붙들고 있다는 것이다. 기존의 어떤 형식에도 가치를 주지 않았던 그들에게 참된 가치란 항상 '저쪽'에 있는 그 어떤 것이었다. 그 부정과 새로운 모색의 과정이 결국 그들의 작업량일 수밖에 없었다면, 어떤 형태로든지 이 과정에 대한 지적 옹호가 필요했는데, 이것을 바로 그들은 '아이러니'라고 불렀던 것이다. 티크Ludwig Tieck는 "아이러니는 유머, 그리고 참된 활성을 함께 지니고 있는 깊은 의미의 진지성을 갖고 있다. 아이러니는 소극적이 아닌, 적극적인 그 어떤 것etwas을 갖고 있다. 아이러니는 시인으로 하여금 편파성과 헛된 이상화의 미망에 빠지지 않게끔 한다"고 했는바, 낭만주의자들이 아이러니에 걸었던 기대의 일단이 여실히 나타난다. 모든 사람들이 으레 그렇다고 믿고 있는 굳은 현실의 각피 속을 뚫고 들어가 계몽적 이성의 상식적 현실 집착을 공격하기 위해 아이러니는 매우 유력한 효과를 발휘했던 것이다. 이러한 낭만주의자들의 노력을 노발리스는 한마디로 "시는 절대적 실재이다. 모든 것은 시적일수록 진실한 것"이라고 요약, 아이러니야말로 상투적 현실 인식을 지양하고 그 속에서 상대적 안목을 얻음으로써 필경은 절대적 이상에 이르려는 수단, 즉 시의 영역을 확고히 하는 수단이라고 주장했다. 뒤집어보면서 한 걸음, 다시 또 뒤집어보면서 한 걸음의 행진이 진실에 접근하는 것이라는 믿음이다.

낭만주의를 통해서 세련된 이러한 아이러니의 특성은, 현실 인식의 주체인 시인에게 두 개의 눈을 갖게 한다. 그것은 하나의 가슴을 더욱 뜨겁게 하기 위한 두 개의 눈이다. 하나의 눈은 기존의 형식을 받아들이는, 이를테면 테제These로서의 눈이며, 다른 하나의 눈은 그것을 공격하는 안티테제Antithese로서의 눈이다. 사실 낭만적 아이러니에 의하면 뒤집어지고 공격되지 않는 것이 없다. 사물의 시적 파악만이 진실이고 이성적 파악은 현혹에 지나지 않는다는 대공격에서부터 시작, 화살은 낭만주의 자체에도 돌아간다. 어느 정도냐 하면, 그 시적 세계관 또한 절대적 진리일 수 없으므로 정신은 그것을 애교로 지나치지 않게끔 눈을 부릅뜨고 있어야 한다는 것이다. 절대적인 것은 결코 존재하지 않고 모든 것은 상대적이다. 가장 비현실적인 동화도 비록 눈에 보이는 현실보다는 진실되지만, 진실 그 자체 앞에서는 동화로서의 가치밖에 없다. 코르프는 이러한 성격을 가리켜 모든 것은 "정신의 잠정적 중간 단계일 뿐 목표에 다다른 것은 아닌 것"으로 풀이한다. 이렇게 볼 때 아이러니의 논리는 일종의 변증법 논리라는 점을 우리는 알 수 있다. 그러나 그것은 진테제Synthese가 성립할 여유마저 주지 않는 그런 재빠른 순환의 논리이다.

낭만적 아이러니에 관해서는 많은 논의가 있을 수 있겠으나, 한 가지 확실한 것으로서 우리는 그것이 인간 정신의 화석화를 막음으로써, 문학을 언제나 문학 되게끔 하는 활력을 부여해왔다는 점의 인정에 인색할 수 없다. 특히 시에 있어서, 시인이 지닌 사물을 상투화된 세계 속의 그것과 늘 구별해줌으로써, 새로운 사물의 탄생에 늘 기여해온 공로를 우리는 잊을 수 없다. "당신의 눈으로 보라!"는 오랜 충고는 낭만적 아이러니의 결과이며, 클리셰를 시의 적으로 배척해온 우리의 시 감상 관습은 그 이후 굳어진 생리라는 사실도 겸허하게 받아들이면 좋을 것이다. 그러나 아이러니라는 커다란 범주 속에서 '낭만적 아이러니'라는 보다 역사적인 한 구체성에 머무를 때, 그 평가는 유동적일 수 있다. 그것은 낭만주의 자체의 소멸과 그 유산에 따른 문학사적 평가와 연결되는 것으로서, 낭만적 아이러니가 티크의 주장과 같이 진지성을 끝내 지키지 못했거나, 헛된 편파성 혹은 이상화의 미망에 빠진 결론으로 유산된다면, 우리는 이 부분, 내면적 필연성이 없는 유희로 타락한 것이 아닌가 충분히 경계할 필요가 있다. 이렇게 볼 때, 아이러니는 낭만주의를 통해서 그 기능적 세련을 얻었지만, 그것이 낳은 한 시대적 특성은 오히려 이를 받아들이는 오늘의 문학에 하나의 부담—아이러니가 헛된 유희로 떨어질 수 있다는—으로서 가능한 선례가 될 수 있다는 점이 조심스럽다.

「이 시대의 순수시」 분석에서 본 오규원의 세계는 확실히 이러한 아이러니의 구사에 그 비밀을 맡기고 있다. 그러나 물론 아이러니를 그 주된 시적 방법으로 사용하고 있는 시인은 그만이 아니다. 어떻게 보면 부분적이나마 모든 시인이 아이러니 방법론에 침윤되어 있으며, 그것은 이 시대에 있어서도 역시 한 시대적 특징처럼 느껴질 정도다. 특히 정현종과 같은 시인은 이미 오랫동안 체질처럼 이를 구사해오고 있는 경우라고 할 수 있겠으며, 몇몇의 보다 젊은 시인들에게서도 그 점은 드러난다. 그러나 오규원의 경우, 그가 아이러니를 자기 발견의 한 방법으로 새삼 발굴해냈다는 점에 그 특이함이 있는 것 같다. 이것은 그가 오랫동안 시를 써오면서 현실 수용과 언어라는 측면에서 시의 기능에 각별한 고민을 해왔다는 증거일 수도 있으며, 자기 속의 체질을 뒤늦게 정직하게 고백하고 나섰다는 이야기도 될 수 있다. 그 어느 쪽이든 우리는 그것이 오늘과 같이 현실을 보는 안목의 종합성이 요구되고 있는 상황에서 매우 중요한 작업이라고 생각하지 않을 수 없다.

3

1967년부터 시를 발표하기 시작, 71년에 첫 시집 『분명한 사건(事件)』을 내놓은 오규원은 매우 활발한 활동에도 불구하고, 그 나름의 독자적인 세계를 평가받는 데에 있어서 명백한 어떤 동의를 획득하여오지 못한 것 같다. 그 원인의 소재가 어디 있는지는 알 수도 없고, 알 필요도 없는 일이지만, 나의 견해로서는 그의 작품 세계가 보여주는 변모의 형태도 그 일인(一因)으로 짐작된다. 그는 시집 『분명한 사건』 가운데 같은 제목의 작품에서 처음 이렇게 쓰고 있었다.

> 안경 밖으로 뿌리를 죽죽 뻗어나간
> 나무들이
> 西山에서
> 한쪽 다리를 헛집고 넘어진 노을 속에
> 허둥거리고 있다.

키가 큰 산오리나무의 두 귀가
불타고 있다.

시간의 둔탁한 大門을
소란스럽게 열고 들어선
밤이
으스름과 부딪쳐
기둥을 끌어안고
누우런 밀밭을 밟고 온
그 밤의 신발 밑에서
향긋한 보리 냄새가
어리둥절한 얼굴로
고개를 내밀고 있다.
〔……〕

이 시는 '—사건'이라는 이름을 달고 있지만 아무리 뜯어보아도 이렇다 할 사건은 없다. 그렇기는커녕, 작품 전편은 어떤 풍경의 묘사에 바쳐지고 있다. 첫번째 부분은 나무의 정황에 대한 묘사다. 그러나 그 나무는 산에 있거나 들에 있는, 혹은 마을이나 도시 속의 것이라 하더라도 자연으로서의 나무 아닌, 약간 이상한 변형을 입은 나무다. 즉 "안경 밖으로 죽죽 뻗어나간" 나무이며, "두 귀가/불타고 있는" 나무다. 과연 나무는 무엇의 상징일까. 두번째 부분에서 묘사의 대상이 된 사물은 '밤과 보리 냄새'다. 그러나 그 '밤과 보리 냄새' 역시 그들이 마치 사물을 지각할 수 있는 주체라도 되는 듯이 의인화되어 있다. 예를 들면 밤은 "시간의 둔탁한 大門을/소란스럽게 열고 들어"섰으며, 보리 냄새는 무슨 얼굴이 있기에 "어리둥절한 얼굴로/고개를 내밀고 있다." 그러나 의인화를 통한 이러한 상징 조작은 오규원이 아니더라도 흔히 보아온 터라 놀랄 일은 아무것도 없다. 단지 우리로서 관심을 갖게 되는 점은 나무·밤·보리 냄새 등이 주어가 된 이 간단한 풍경을 '분명한 사건'으로 받아들인 시인 의식이다. 여기서 나무·밤·보리 냄새가 무엇의 상징인가는 그리 중요하게 생각되지 않는다. 그것이 만약 단순한 풍경 묘사의 한 방법이 아니라면, 결국 시인의 이성 작용과 감각의 한 지체(肢體)일 터이니까. 그렇다면 시인은 그것이 단순한 풍경이든 자신 속의 어떤 이성적·정서적 작용이든, 분명한 것은 자신이 인지하거나 느낄 수 있는 자기 혹은 자기의 주위라는 사실을 말하고 있는 것일 것이다. 이렇게 볼 때, 자기 혹은 자기의 주위를 나타내는 표상이라고 할 수 있는 마을에 관한 언급이 이 시집에서 자주 등장하는 점이 주목된다. 「정든 땅 언덕 위」 「그 마을의 주소(住所)」 「꽃이 웃는 집」 「육체(肉體)의 마을」 「서(西)쪽 마을」 「인식(認識)의 마을」 등등 이런 점을 전달해주는 제목이 이 시집에는 많다. 또 제목은 다르더라도 많은 다른 작품들이 이와 비슷한 분위기를 보여준다. 이 시기에 아마도 오규원의 시력은 자신과 자신의 주위에서만 날카롭게 빛나고 있었던 것 같다.

그러나 전반적으로 볼 때, 첫 시집 『분명한 사건』에는 의외로 분명하지 않은 구석이 많다. 그것은 우선 표현에서 드러난다. "質問의 창을 두드려도" "고장난 수도꼭지에서도/뚜욱뚜욱/言語들이 죽는다" "가지 끝에 未明을 사르던/잎새들의 統合을 조용히 받는다" "世界의 눈물이 한 방울/뚜욱 떨어지고 있다" "손은 必要를 저으며 떨어져 나가고" 등등…… 요컨대 구문에 맞지 않거나 서로 조합이 안 되는 품사들을 억지로 떼어 맞춘 표현들이 적잖은데, 이러한 현상은 한마디로 말해서 시인 의식의 내부에서 조성된 감성과 외계의 풍경, 혹은 사물과의 관계에 등가적 인식이 이루어지지 못한 결과라고 할 수 있다. 인식의 주체인 시인은 어쩌면 "西山에서/한쪽 다리를 헛집고 넘어진 노을 속에/허둥거리고 있는" 나무를 닮아 있었는지 모른다. "두 귀가/불타고 있을" 뿐인 나무! 그것을 시인의 아날로지라고 할 때, 사태는 한결 명백해 보인다. 확실히 시인은 허둥거리고 있기 때문인지, 그의 안경과 외계 사이에는 풍경의 원근을 방해하는 안개가 서리어 있다.

오규원의 시 세계는 73년에 나온 『순례(巡禮)』에 이르러 오히려 분명한 전망을 얻는다.

> 종일
> 바람에 귀를 갈고 있는 풀잎.
> 길은 늘 두려운 이마를 열고
> 우리들을 멈춘 자리에
> 다시 멈추게 한다.
>
> 막막하고 어지럽지만 그러나
> 고개를 넘으면
> 전신이 우는 들,
> 그 들이 기르는 한 사내의
> 偏愛와 죽음을 지나
>
> 먼 길의 귀 속으로 한 사람씩
> 떨며 들어가는
> 영원히 집이 없을 사람들.
>
> 바람이 분다, 살아봐야겠다.

—「巡禮의 書」 부분

마치 시집 『순례』의 헌사처럼 앞에 씌어져 있는 이 시는 이 시집의 성격과 운명을 짙게 암시하는 매우 중요한 작품이다. 「분명한 사건」을 시종 압도하던 의식 과잉도, 그것의 결과임이 분명한 언어의 돌쩌귀 소리도 여기에선 정말 거짓말같이 자취가 없다. 기껏 '마을'을 맴돌며 '허둥거리던' 감수성은 이제 자기 반란의 소용돌이를 진압하고 "바람에 귀를 가는" 지혜를 터득하고 있다. 의식과 감수성의 무한한 깊이와 무게는 더 이상 시인의 정태적 자기 조작을 허락지 않는다. 그리하여 그는 비록 "두려운 이마를 열고" 있는 길이지만, 그 길에 나선다. "막막하고 어지럽지만" 그는 떠난다. 꿈에 본 파란 꽃을 찾아서 길을 떠난 하인리히의 낭만주의처럼 그렇게 길을 떠난다. 그러나 18세기의 시대와 지금은 어쩔 수 없이 다를 수밖에 없는 것, 오규원의 순례는 천재적 영감에 의한 세계의 구심점을 찾는 낭만적 순례자의 그것은 아니다. 그의 길은 한 시대의 "偏愛와 죽음을 지나"서 어쩔 수 없이 그 앞에 다다른 길이다. 여기서 우리는 비록 그에 상응하는 사물과 언어를 얻지 못했던 『분명한 사건』의 시대가 시인으로서는 "편애와 죽음"의 내적 싸움의 시기였음을 안다. 말하자면 오규원의 순례는 그 자신의 사랑과 절망의 심연에서 올라와 이제 비로소 현실과 만나게 되는 조우의 순간이라고 할 수 있겠다. "바람이 분다, 살아봐야겠다"는 강한 의지의 표명은 그가 빠져 있었던 심연의 혼란과 바야흐로 부딪치고 있는 현실의 비리를 반증해주는 것으로 볼 수 있을 것이다. '뜰'과 '집'과 '마을'만을 왕래하던 그가 "먼 길의 귀 속으로 한 사람씩/떨며 들어가는/영원히 집이 없을 사람들"로서 그 앞에 나타난 인간의 운명을 예감했을 때, 그것은 대단한 안목의 발견이라 하겠다.

바람이 분다, 살아봐야겠다.

무엇인가 저기 저 길을 몰고 오는
바람은
저기 저 길을 몰고 오는 바람 속에서
호올로 나부끼는 옷자락은

무엇인가 나에게 다가와 나를 껴안고
나를 오오래 어두운 그림자로 길가에 세워 두는 것은

그리고 무엇인가 단 한 마디의 말로
나를 영원히 여기에서 떨게 하는 것은

멈추면서 그리고 나아가면서
나는
저 무엇인가를 사랑하면서

—「巡禮의 書」 나머지 부분

그리하여 마침내 시인의 예감은 현실과의 조우에서 불길하게 눈을 뜬다. "어리둥절한 얼굴로/고개를 내밀었"을 뿐인 "향긋한 보리 냄새"에 지나지 않았던 시인의 여린 의식은 그를 "오오래 어두운 그림자로 길가에 세워 두는 것"에 부딪치면서, 다른 한편 "무엇인가 단 한 마디의 말로/나를 영원히 여기서 떨게 하는 것"을 느낀다. 그것은 말할 나위 없이 어둡고 거칠고 사나울 수밖에 없는 현실과, 그 현실에서 벗어나진 못할망정 언어를 통해 '떪'으로써 그를 지켜줄 시와의 상징 구조를 의미한다. "멈추면서 그리고 나아가면서/나는/저 무엇인가를 사랑하면서"의 '저 무엇'은 너무도 명백한 그것, 바로 이 시인의 시에 대한 믿음이 된다. 이 시기에 씌어진 많은 작품들은—「비가 와도 젖은 자(者)는」「적막한 지상(地上)에」「기댈 곳이 없어 죽음은」「떨어져 내린 빛은」「만물은 흔들리면서」 등등—결국 이 「순례의 서」에 압축된 세계의 변용들이다. 그는 『분명한 사건』과 더불어 두 편의 작품, 「고향 사람들」과 「어느 마을의 이야기」에서는 이렇게 말한다.

벽촌 龍田里를 알고 떠난 者는
제각기 다른 곳에서 龍田里가 된다.
있을 때보다 더 깊은 눈빛을 하고
눈 뒤에서 龍田里에게 대답한다.

—「고향 사람들」 전반부

꿈에서 깨어나듯, 현실과 만난 시인의 세계는 시인의 언어에 대한 믿음이 있음으로 해서 반드시 고통스러운 순례만은 아닌 여행으로 기대된다. "멈추면서 그리고 나아가면서/나는/저 무엇인가를 사랑하면" 되기 때문이다. 그러나 이러한 믿음은 곧 다시 커다란 시련이 되어 시인 앞에 나타난다. 그것은 언어에 대한 그의 믿음이 얼마나 소박한 것이었나를 보여주는 일이, 현실과의 부딪침에서 자꾸자꾸 발생함으로써 생겨난다.

〔……〕
이웃집 아저씨가 연탄이
아저씨를 감화시키는 사실을 모르듯
우리는 우리가 무엇에
물드는지 모르고 있다.

진실로 우리를 감화시키는 것은
말이 아니다.
연탄집의 햇빛은
연탄가루 때문에
조금씩 엷어져 갈 뿐이다.

—「진실로 우리는」 후반부

언어의 무력에 대한 이러한 자각은 오규원이 초기에 가졌던 언어에 대한 믿음의 한 취약성을 보여주는 것이라고 할 수 있겠으나, 보다 근본적인 원인으로서는 현실과의 관계에서 언어 자체가 가질 수 있는 능력과 그 한계에 대한 발견이 뒤늦게 이루어졌다는 점을 차라리 말해주는 것이 좋을 것이다. 어떻든 '어두운 그림자'인 현실을 감싸줄 유일한 사랑, 언어에 대한 회의와 불신은 시인을 일시적으로 슬프게 했을지 모르나, 시인 오규원의 시적 발전을 위해서는 귀중한 계기가 되고 있다.

오규원의 시가 아이러니를 획득하고, 보다 확실한 시적 공간을 구축할 수 있게 된 것은, 이를테면 현실의 발견에 이어 언어의 무력을 통절하게 느끼게 되면서부터라고 할 수 있다. '순례'를 마친 그의 소감이 다음과 같이 나타난 것은, 따라서 당연한 결과인 동시에 우리로서도 바람직한 방향의 한 모색이라고 평가할 수 있을 것이다.

> 커피나 한잔, 우리들께서도 커피나 한잔, 우리들의 緘默, 우리들의 拒否께서도 다정하게 함께 한잔. 우리들을 응시하고 있는 窓께서도, 窓 밖에서 날개를 비틀고 있는 새께서도 한잔. 이 50원의 꿈이 쉬어 가는 곳은 50원어치의 포도덩굴로 퍼져 50원어치의 하늘을 향해 50원어치만 웃는 것이 技巧主義라고 우리들은 누구에게 말해야 하나.
> 容納하소서 技巧主義여, 技巧主義의 시간이여 커피나 한잔.
>
> —「커피나 한잔」 전반부

이 작품에 이르면, 기교주의란 말이 거침없이 나오고 있으나 내용과 문맥상에 이른바 '난해'한 구석은 아무 데에도 없다. 초기 『분명한 사건』이 의식과 현실과 언어 사이에 아무런 타당한 상응 관계의 성숙을 얻지 못함으로써 오히려 기교적 난해로 비추었음에 반해, 이 시가 노골적인 기교주의의 표방에도 불구하고 정직하게 받아들여질 수 있는 것은, 지금까지 훑어본바 시인 의식의 자연스러운 성장 때문이라 할 수 있나. 이 시에 있어서의 기교주의라면 사물을 보는 시선의 다양성과 그것을 가능케 하는 유머 정신을 지적할 수 있다.

> 살의 事實과 살의 꿈을 지나 살의 노래 속에 내리는 확인의 뿌리께서도 한잔 드셨는지. 저 바람의 비난과 길이 기르는 불편과 발자국과 그 길 위에 쌓이는 음울한 死者의 목소리를 지나 우리들께서는 무엇을 확인하시려는가. 우

리들께서는 그 敗北로 무엇을 말하시려 하는가.

풀잎은 理由 때문에 흔들리지 않고, 풀잎은 풀 때문에 흔들린다고 잠 못 드신 들판께서도 피곤하실 테니 커피나 한잔.

—「커피나 한잔」 후반부

바람과 비, 풀잎과 들판 등 현실을 나타내는 시인의 표상들이 일거에 시인 앞에 엎드려 커피 한잔을 얻어 마시고 있는 것 같은 유머러스한 시선이 느껴진다. 시인의 한쪽에는 각박한 현실이, 시인의 다른 한쪽에는 유머를 담은 언어가 각기 시인의 부분만을 기다리고 있는 인상이다. 말하자면 비로소 시인의 위치와 시인의 얼굴이 그 윤곽을 확실하게 우리에게 제시해 주고 있는 것이다. 이것을 일컬어 우리는 시적 자아의 획득이라는 말로 불러도 좋을 것이다. 다시 말하자면, 그는 자의식의 심연에 빠져 있을 때에도, 현실에 따라 순례의 길을 갈 때에도 얻지 못했던 자신의 시인으로서의 얼굴을 여기서 비로소 얻고 있는 것이다. 그것은 언어를 알고 현실을 알고, 그리하여 마침내 양자 사이에 관계까지 터득하고 난 다음에 주어지는 값진 시인의 몫이다.

유머를 포함한 오규원의 아이러니는 이후 그의 작품을 철저하게 지배하고 있다. 연작시 「양평동(楊平洞)」을 비롯해 「환상수첩(幻想手帖)」 1·2·3, 「희시(戱詩)」 등등 그의 근작이 특히 그러하고, 이런 작품들에서 비교적 선명한 시적 자아가 드러난다. 따라서 우리로서 다음 단계에 관심을 가질 일은, 오규원의 시적 자아를 얻게 해준 아이러니의 능력이 우리 현실의 개명과 언어의 미화에 얼마나 기여하고 있는가 하는 점일 것이다. 그것은 계몽적 합리성을 거부함으로써 보다 자유스러운 정신에 도달한다는 낭만적 아이러니 이외에 우리의 그것은 이 시대 현실의 한 핵심을 찌르는 무기일 수도 있다는 시대성이 첨가되기 때문이다. 쉽게 말해서 18세기의 농촌 사회적 현실과 지금의 그것은 현저하게 다르기 때문이다. 우리는 계몽적 합리성의 거부와 함께 반인간적 문명의 적대 요소를 거부해야 할 새로운 요인을 추가받고 있다. 이런 점에서 최근작 「이 시대의 순수시」와 「방아깨비의 코」 등은 이러한 가열한 정신의 소산이라 할 만하다. 특히 「방아깨비의 코」를 비롯한 몇몇의 작품은 낭만주의자들의 것처럼 동화적 세계로의 가능성을 보여주고 있어 주목된다. 각박한 현실 속의 아이러니가 가질 수 있는 하나의 출구가 동화적 세계라는 점은 이미 낭만주의자들이 여실히 구현한 바 있거니와, 그 문학적 성과를 부정적인 안목으로 보아서는 안 될 것이다.

오규원이 아이러니의 훈련을 통해서 우리에게 보여주는 가장 계몽적인 성과의 하나는, 그 밖에도 현실 속에서 현실을 볼 줄 아는 눈, 즉 현실의 맞은편에서 시인 자신은 증류수의 모습, 혹은 죽림칠현(竹林七賢)의 모습처럼 서 있는 태도의 지양이다. "만물은 흔들리면서" 있음으로, 또 "연탄집의 햇빛은/연탄가루 때문에/조금씩 엷어져 갈 뿐"이라는 것을 알고 있음으로 해서, 그에게는 사물의 상대적 파악이 가능하다. 그렇기 때문에 사물에 대한 묘사는 발전에 발전을 거듭할 수 있는 것이다. 다만 여기서 주의해야 할 점은, 현실의 참모습에 대한 접근으로서의 아이러니가 아니라 말의 바꿈, 바꿈 그 자체에 재미를 붙인 아이러니가 될 때의 그 유희적 타락상이다. 여기서 낭만주의의 소멸에 따른 한 교훈을 다시 새겨보는 것도 좋겠다. 나는 오규원에게도 이 나쁜 가능성이 그의 정신적 긴장을 지켜주는 감호(監護)의 불빛처럼 비추어짐으로써 그가 부단한 경계를 게을리하지 말아주기를 바라고 싶다.

(1977)

눈이 붉은 작은 새, 큰 새가 되어

—김지하의 시 세계를 돌아보며

1

1970년 여름 김지하의 장시 「오적(五賊)」을 읽었을 때의 경이와 충격이 생각난다. 그때 나는 버클리 캘리포니아 대학 동양 도서관에서 이 작품을 만났다. 그곳에 근무하는 한국인 김익삼 씨가 일러주어서 『사상계』를 찾아보게 되었는데, 놀라운 마음, 반가운 마음에 몇 번이나 그 작품을 읽었던지 지금도 그 기억이 코앞에 있는 듯 생생하다. 놀라운 마음이란 물론 그 서늘하고 담대한 내용에서 오는 것이었다. 그러나 그에 못지않게 반가운 마음도 들었다. 김지하와 나는 같은 시절, 같은 캠퍼스에서 대학 생활을 한 터였으며, 그와 비록 절친한 관계는 아니었다 하더라도 그의 문학적 열기에 대해서는 이미 어느 정도 알고 있었기 때문이었다. 69년 미국으로 내가 떠나기 전까지, 그러나 그는 아직 이른바 문인으로서의 활동을 벌이지 않고 있었다. 그런 그가 엄청난 소리와 더불어 시인이 되고 있었던 것이다. 나의 반가움은 또 다른 면으로부터도 나오고 있었는지 모른다. 대학 시절 김지하의 시는 다분히 소위 모더니즘적 분위기에 지배되고 있는 듯이 생각되었는데, 이 시는 그러한 과거의 모순을 깡그리 부수고 있었고, 이러한 새로움이 나를 공연히 신나게 만들었지 않았나 추억된다. (대학 시절의 나는 문학에 대하여 회의적인 생각 안에 머물러 있었다. 더구나 불문학을 공부하는 친구들의 초현실주의적·상징주의적 성향과 그 탐닉은 못내 못마땅했으며, 그런 분위기가 문학으로 향하는 나의 마음을 밀어내었다. 내 기억으로는 김지하도 이때 그러한 공기를 함께 마시고 있었던 것으로 생각되는데, 이러한 이유가 아마도 그와 나의 친근한 교통을 방해하지 않았나 여겨진다. 아, 아득한 젊은 날의 어리석음이여!) 어쨌든 김지하의 「오적」은 나에게 김지하의 변모로 보였으며, 그 모습은 참으로 반가웠다.

그 뒤 1975년 잠시 김지하는 감옥 밖으로 나온 일이 있었는데, 그때 그는 어느 일간지와의 회견에서 "나에게 있어서 문학적 상상력은 곧 정치적 상상력"이라는 요지의 발언을 했다. 평소 나는 이 둘은 분리되어야 마땅하다는 생각을 갖고 있었는데, 이상하게도 김지하의 말은 절실하게 내 가슴을 움직였다. 적어도 그에게 있어서 그 말은 진실일 수밖에 없다는 생각이 들었으며, 갑자기 그가 보고 싶다는 열망에 빠졌다. 그때가 아마도 75년쯤으로 기억되는데, 그때 그는 언론과 수사기관이 그 행방을 열심히 뒤쫓고 있는 처지였었다. 그런 그와 정말 우연하게도 길거리에서 마주쳤다. 무교동 뒷골목에서였다. 우리는 맘모스라는 다방으로 들어가 꽤 많은 시간을 이야기했던 것 같다. 많은 사람들이 만나고 싶어 해도 만나기 힘든 사람을 이렇게 쉽게 보게 되어 나는 재수가 좋다는 이야기, 「오적」과 같은 작품도 좋지만 헤세의 「청춘은 아름다워라」류의 작품을 써보는 것은 어떻겠느냐는 이야기를 나는 했던 것 같으며, 그는 대체로 웃으면서 동감을 나타냈던 것 같다. 그 얼마 뒤 그는 다시 캄캄한 감방으로 들어갔다.

70년대 중반 이후 그의 소식은 그의 변호사이기도 했던 외우 고 황인철 형을 통하여 듣게 된다. 일주일에 한 번쯤은 꼭 만나게 되는 황 형을 통하여 들려오는 김지하의 소식은 눈물겨우면서도 감동적인 것이었다. 독재 정권을 향한 불굴의 싸움은 조금도 흔들림 없는 것이었으나, 그에게 이미 어느 특정인을 향한 증오라든가 투사에게서 흔히 나타나는 강한 오만과 같은 것은, 그림자조차 보이지 않았다. 대신 그에게서는 이미 생명의 본질을 향한 겸손한 질문, 현실을 넘어서는 초월적 세계에 대한 관심, 살아 있는 모든 것들에 대한 따뜻한 사랑과 같은 것들이 넘치고 있었다. 가톨릭이나 증산교 등에 대한 깊은 경도는 특히 나에게 인상 깊게 전해졌다. 문학은 한 개인이나 민족에 있어서 그 정신이므로, 필경 그 깊이에서 종교를 만날 수밖에 없는 것이다. 그러나 우리 문학에서는 이 연결의 자연스러운 고리가 약한데, 김지하에게서 그 깊은 울림을 보게 된 것이다. 마침 가톨릭에 귀의한 황인철 형의 여러 전언을 들으면서 나는 염치없게도 감방에 앉아 있는 이 시인과 더불어 제법 행복할 수 있었다. 김지하는 출옥 이후 80년대를 일관해서 생명의 소중함을 일깨우는 작업에 종사해왔다. 이런 그의 모습이 때로는 저항 시인으로서의 면모와 다른 것이 아니냐는 비판의 눈길을 받기도 했으나, 대저 저항 시인이란 무엇인가.

저항 시인도 시인이라면, 나에게는 김지하의 모습이 아주 자주 저 볼프강 보르헤르트Wolfgang Borchert의 아름다운 얼굴과 겹쳐진다. 스무 살의 어린 나이에 나치에 의해 사형 선고를 받고, 불과 2년간의 짧은 세월 속에서 전집 분량의 책을 쓰고 간 보르헤르트! 두 번씩 감형과 사면의 특전을 받고서도 정치적 폭력을 날카롭게 비판했던, 스물일곱 살에 죽은 그 예쁘디 예쁜 영혼이라니! 그의 작품 그 어느 곳에도 그러나 증오의 살벌한 표정이 없다. 세상을 넘어서는 초월의 유머 정신만이 오히려 우리의 가슴을 저미게 한다. 사실 나는 70년대를 김지하 시인과 보르헤르트 덕분에 그나마 간신히 견디어냈다고 고백하고 싶다(결국 보르헤르트의 작품을 그의 단편 제목 「이별 없는 세대」라는 이름으로 75년 나는 번역하였다). 이 두 사람은 나에게 문학이 무엇인지, 그들의 체험과 작품을 통하여 아프게 가르쳐준 사람이다. 두 사람에게 있어서 문학은 인간이었으며, 그 인간은 어떤 조건과 수식어로도 가려지지 않는 그냥 그저 인간이었다. 꽃을 보고 아름다움을 느끼며, 여인을 사랑하며, 책 속에서 기쁨을 발견하고, 이웃과 더불어 화평한 것이 즐거운 그냥 인간. 문학 속의 이런 총체적 인간에게는 이데올로기도 없고 도덕도 없으며, 사회적 신분 같은 것은 더더욱 존재하지 않는다. 심지어 김지하는 자신을 죽이려고 했던 박정희가 죽었다는 소식을 들었을 때, "먼저 잘 가시오. 나도 뒤에 따라가리다"라고 말하지 않았던가. 독재자나 시인이나 필경 인간일 수밖에 없는데, 독재자는 그 사실을 모르고, 시인은 그 사실을 알았던 것이다. 시인의 위대함은 바로 여기에 있다. 그러나 모든 시인이 이 평범한 사실을 잘 알고 있는 것은 아니다. 얼마나 많은 이른바 시인들이 인간의 우열을 그의 조건과 더불어 말하고 있는가. 이데올로기나 사회적 상상력, 또는 감성의 능력이나 천재성에 의해 문학 속에서 뜻밖에도 숱한 살인이 저질러지고 있음을 민감하다는 작가들 스스로 깨닫지 못하고 있는 경우가 있다. 생명은 소중하다. 이때 그 생명이란 모든 인간의 생명이며, 나아가 모든 살아 있는 것들의 생명이다. 여기에 어떤 제한은, 없다.

생명
한 줄기 희망이다
캄캄 벼랑에 걸린 이 목숨
한 줄기 희망이다

돌이킬 수도
밀어붙일 수도 없는 이 자리

노랗게 쓰러져버릴 수도
뿌리쳐 솟구칠 수도 없는
이 마지막 자리

어미가
새끼를 껴안고 울고 있다
생명의 슬픔

한 줄기 희망이다. (II: 297)[1]

시인의 고백 그대로 캄캄 벼랑에 걸린 한 줄기 희망으로서의 생명을 읊고 있는 시이지만, 동시에 이 시는 생명이야말로 가장 궁극적인 것, 가장 보편적인 것, 가장 총체적인 것임을 알기 쉽게 드러내준다. 생명은 시인의 표현에 따르면 "마지막 자리"이다. 그렇기 때문에 거기에는 남녀노소나 그 어떤 사회적 조건도 용훼되지 않는다. 이 원천적 에너지는 육체적인 것이자 동시에 정신적인 것. 시인은 『생명』이라는 제목의 산문집을 통해서 이를 다시 산문으로 풀이한다.

> 7년의 감옥 생활은 내 사상의 전환점이었다. 막힌 것을 뚫으려 하다보니 막힌 것도 뚫을 것도 없는 생명의 드넓음에 부딪히게 된 것이다. 그러나 전환의 씨앗은 훨씬 더 이전부터라고 해야겠다. 내 내면의 영적 생활과 사회적 변혁을 통일적이고 전체적인 시야에서 볼 수 없을까 하는 것이 나의 갈증이었다. 카톨릭 입교, 불교와 동학에 대한 꾸준한 관심도, 이것저것 산란한 입견 등도 모두 그것과 관계가 있다. 〔……〕 특정한 종교를 더 이상 내세우고 싶진 않고 모두의 공통분모를, 모두의 융합을 내 자신의 체험적 전망으로 말하고 싶다. 〔……〕 생명이 본래 그렇듯이 애당초 어느 한 개념이나 한 방면에 집착할 생각은 없었다. 보다 실팍한 허리를 찾고 싶은 생각 간절하다. (『생명』, pp. 13~14)

김지하의 이러한 진술은 적어도 나에게는 독재 정권에 대한 저항과 투옥, 사선을 넘나드는 고난의 역정과 똑같은 무게로, 어쩌면 그보다 훨씬 큰 비중으로 감동적이다. 나는 일찍이 문학의 세계를, 종교를 포함한 정신의

---

1 이 글은 『결정본 김지하 시전집』 1, 2, 3(솔출판사, 1993)을 텍스트로 삼았다. (II: 297)은 『결정본 김지하 시전집』 제2권의 p. 297을 가리킨다.

깊은 곳과의 관계에서 이처럼 치열하게, 그리고 정직하게 꿰매고 있는 작가를 본 일이 없기 때문이다. 문학은 한 인간과 그 민족의 정신이며, 그 정신은 그들의 종교, 혹은 종교성과 무관할 수 없기 때문이다. 김지하는 고난의 바닥에 있었으나, 이러한 믿음과 그 실천에 있어서 가장 앞자리에 이미 있었다. 오늘날 고난의 현실이 지나가고 난 다음, 아니, 오히려 이제 와서 살펴볼 때 김지하가 큰 시인으로 우뚝 설 수 있는 것은, 그의 이러한 의연한 깊이 때문이다. 이것은 몇 마디의 문장들, 시인 자신의 내밀한 욕망의 표현만으로 이루어질 수 없는, 의미 있는 성격을 가진다. 생명이란 무엇보다 실존 자체이지만 그것은 실존주의자들이 한때 매달렸듯이 존재론적인 존재만은 아니다. 김지하가 광범위하게 섭렵하고 있는 종교적 차원에서 볼 때 그것은 계시론적 존재이기도 하다. 그렇기 때문에 종교에서는 삶과 죽음이 반드시 대립적인 위치에서만 서지 않고, 죽음으로써 삶이 오히려 완성된다든지, 부활을 통한 영원한 삶이 약속된다든지 하는 깊은 경지가 열린다. 삶을 세속적인 차원에서만 바라볼 때, 그것은 끈끈한 욕망과 소유의 범주를 벗어나지 못한다. 우리 문학이 자본주의나 사회주의 같은 이념적 이해에서 삶을 천착하는 수준에 머물고 있는 것은, 이처럼 세속적 차원의 삶만을 소유하고 있기 때문이다. 김지하의 생명적 시 세계가 이룩하고 있는 높이는 이러한 낡은 그물을 찢고, 생명을 그 원초의 바닷속에서 다시 껴안는 데에 있다. 그것은 우리 문학의 차원 돌파를 향한 엄청난 기여라고 할 수 있다.

김지하의 시 세계에 나타나는 생명 사상의 아름다움은 '— 사상'이라는 말에서 묻어나는 관념적 지식과 무관한 곳에서, 시인 자신의 몸을 통해 그 귀중한 앎이 마치 한 떨기 꽃처럼 피어나고 있다는 사실과 관련된다.

> 내 안에서
> 치악산이 동터오고 있다
> 내 안에서

내가 걷고 있다
맑은 나도 더러운 나도
앞서거니뒤서거니 함께
내 안에서 걷고 있다
첫눈 내린 새벽길
뿌리깊은 기침도 함께. (II: 261)

생명은, 생명을 만든 이에 의하여 주어져 있지만, 생명을 받은 그 주체는 막상 그것을 잊고 살아간다. 우리 모두의 모습처럼. 시인의 표현대로 말한다면 "내 안에서/내가 걷고" 있지 못하다. 그러나 앞의 시 「속살 1」에서, 시인 안에서 시인은 걷고 있다. 이 단순 평범하면서, 그 터득이 먼, 먼 길. 그 자아는 이때 "맑은 나도 더러운 나도" 모두 포함한다. 인간은 관습과 도덕이라는 이름으로 맑음과 더러움을 나누지만 생명의 본체 안에서 그 구분이 있을 수 있겠는가. 비교적 최근에 씌어진 이 시에서 시인의 생명은 하나의 단위로 통합되어 있다. 그러나 이러한 터득이 어찌 손쉽게 이루어진 것이겠는가. 시인은 그것을 "뿌리깊은 기침"이라는 말로 적어놓음으로써, 거기에는 긴 고난의 과정이 숨겨져 있음을 고백한다. 그러나 그 뿌리깊은 기침이 있기에 생명의 소중함은 전체적인 얼굴을 갖출 수 있다. 생명이 마악 태어난 어린이의 순수함만으로 설명된다면, 거기에 생명의 온전한 완전성은 없다. 김지하의 생명에 대한 관심과 깊이는, 현실에 대한 관심과 고통의 깊이 속에서 솟아나고 있다는 점에서, 삶의 높낮이와 시의 높낮이를 아울러 생각케 하는 경건한 순간을 보여준다.

그러나 근본적으로 생명이란 무엇보다 살아 있는 모든 것이며, 살아 있는 모든 것에 대한 소중한 마음씨다. 그것은 잘난 것도 아니며, 못난 것도 아니다. 아마도 모든 잘난 것이며, 모든 못난 것이라고 말하는 편이 차라리 맞는 말이리라. 김지하에 의하면 가령 그것은 이런 것들이다.

쥐었다 폈다

두 손을 매일 움직이는 건

벽 위에 허공에 마룻장에 자꾸만

동그라미 동그라미를 대구 그려쌌는 건

알겠니

애린

무엇이든 동그랗고 보드랍고 말랑말랑한

무엇이든 가볍고 밝고 작고 해맑은

공, 풍선, 비눗방울, 능금, 은행, 귤, 수국, 함박, 수박, 참외, 솜사탕, 뭉게구름, 고양이 허리, 애기 턱, 아가씨들 엉덩이, 하얀 옛 항아리, 그저 둥근 원

그리고

애린

네 작고 보드라운 젖가슴을 만지고 싶기 때문에

〔……〕

애린

그러나 이제

아무리 부르려 해도

아무리 아무리 그리려 해도

떠올리려 해도

난

안 돼

그게 안 돼

모두 다 잘 안 돼

쥐었다 폈다

두 손을 온종일 움직이는 건

벽 위에 허공에 마룻장에 자꾸만

동그라미 동그라미를 대구 그려쌌는 건
알겠니
애린.

—「결핍」(I: 230)

시인은 살아 있으나, 살아 있는 것 같지 않은 생명으로 묘사되어 있다. 움직일 수 없기 때문이다. 그리고 움직일 수 있는 것을 가질 수 없기 때문이다. 움직일 수 있는 것이라고는 "쥐었다 폈다/두 손을 매일 움직이는" 일뿐이다. 시집 『애린』 가운데 한 작품인데, 여기 그려진 시의 현실은 물론 감방이다. 자유와 움직임이 박탈된 감방은 이 시인의 가장 중요한 경험으로서, 이 경험을 통해 시의 많은 주제들이 성숙된다. 시인이 분명히 그 내용을 밝히지 않고 있는 '애린'은 아마도 움직이는 모든 것이 아닐까. 모든 만물의 생명은 인간에게 있어서 존재 그 자체만으로 존재하는 것은 아니다. 앞의 시에서 그려지듯, 움직이는 느낌으로 전달될 때 비로소 존재한다. 말하자면 생명은, 생명감이다. 이런 의미에서 시집 『애린』의 서시가 「소를 찾아나서다」로 되어 있는 것은 흥미롭다. 소의 표상은 그의 시 어디에서도 확실한 내용을 갖고 있지 않다. 그러나 서시에서 우선 그것은 그리운 자연으로 나타난다. 그 자연은 그러나 정적인 풍경만은 아니다. "네 얼굴이/애린/네 목소리가 생각 안 난다/어디 있느냐 지금 어디/기인 그림자 끌며 노을진 낯선 도시/거리 거리 찾아 헤맨다/어디 있느냐 지금 어디/캄캄한 지하실 시멘트벽에 피로 그린/네 미소가/애린"(I: 207)에서 지적되듯, 소는 아마도 애린이리라. 사실 시집 『애린』 속에서의 '애린'은 분명한 내용이 없는 대신 여러 가지로 읽혀질 수 있는 다양한 상징의 그림을 갖고 있다. 그러나 한 가지 분명한 것은 그것이 죽음이나 다름없는 폐쇄된 공간을 넘어서 자유롭게 움직이는 생명의 이름이라는 점이다. 그 모습을 형상으로 만들어놓은 것이 「둥글기 때문」이라는 시다.

거리에서
아이들 공놀이에 갑자기 뛰어들어
손으로 마구 공 주무르는 건
철부지여서가 아니야
둥글기 때문

〔……〕

거리에서
좁은 바지 차림 아가씨
뒷모습에 불현듯 걸음 바빠지는 건
맵시 좋아서가 아니야
반해서도 아니야
천만의 말씀
색골이어서는 더욱 절대 아니야
둥글기 때문

〔……〕

개 같은 이 세상에 아직 살아 남아
내 이렇게 허덕이는 건 허덕이고 있는 건
다른 뜻 있어 아니야
굳이 대라면 허허허
지구가 워낙 둥글기 때문 (I: 278~80)

'애린'은, 그것을 형태화한다면, 둥근 어떤 것, 둥근 모든 것이다. 말하자면 김지하에게 있어서 생명은 움직이는 둥근 것이다. 그의 생명은 가치나 이데올로기와 무관한, 그 이전의 형상이다. 얼마나 평범한 모습인가. 그럼에도 불구하고 현실은 이 평범함을 근원적으로 상실하고 있다. 특히 김지하의 현실이었던 70년대의 우리 현실, 물론 80년대를 포함한 우리의 현실은 이 점에서 끔찍할 정도다. 시인을 때리고 가두고 거의 죽음으로 몰고 간 현실 아닌 현실! "딱딱한 데, 뾰족한 데 얻어맞고 찔려 산" 현실. 이러한 현실 속에서 생명을 상실당하다시피 한 존재는 사실상 시인만이 아니었다. 그러나 우리들은 거의 침묵하였다. 놀라운 것은, 시인 김지하가 여기서 그를 죽이려고 했던 정권의 현실뿐 아니라 모든 현실의 깊은 뿌리 속에서 생명을 죽이는 폭력의 음험한 손길을 보고 있다는 사실이다.

2

김지하의 생명 사상은 그렇다면 어디서 온 것일까. 자칫 공소한 추상성에서 관념적으로 역설되기 쉬운 이러한 생각이 이토록 절절한 설득의 힘으로 우리를 사로잡는 데에는 필시 까닭이 없을 리 없다. 있다. 그것은 죽음이다. 죽음의 나락에 가까이 가보지 못한 자에게 어찌 생명의 소중함이 그토록 아프게 울릴 수 있을 것인가. 이런 의미에서 김지하 시의 근본 모티프는 죽음이라는 것이 나의 분석이다. 그 모티프는 이미 초기 시 「황톳길」에서부터 벌써 나타난다.

황톳길에 선연한
핏자욱 핏자욱 따라
나는 간다 애비야
네가 죽었고
지금은 검고 해만 타는 곳
두 손엔 철삿줄
뜨거운 해가

땀과 눈물과 모밀밭을 태우는
총부리 칼날 아래 더위 속으로
나는 간다 애비야
네가 죽은 곳
부줏머리 갯가에 숭어가 뛸 때
가마니 속에서 네가 죽은 곳 (I: 47)

아마도 먼저 죽은 아들을 그리워하며 부르는 애비의 심정을 그린 작품이리라. 여기서, 먼저 죽은 아들이 무슨 일로 어떻게 죽었는지는 분명히 밝혀져 있지 않다. 그러나 뒤이어 계속되는 시에서 그의 죽음이 어떤 종류의 만세 사건과 관련지어져 있음이 암시되는데, 확실한 것은 그 죽음이 현실에 대한 저항의 결과라는 점이다. 처녀 시집의 첫 작품에서 이러한 형태의 죽음, 그 죽음에 대한 애달픈 마음을 시의 모티프로 삼았다는 사실은 이 시인이 분노와 회한의 감정에서 시를 쓰기 시작했음을 말해준다. 그러나 그의 분노와 회한은 절망과 좌절·공격 대신에 미묘한 서정의 공간을 새롭게 빚어낸다. 하늘과 땅, 삶과 죽음이 어우러져 만들어내는 이상한 그리움의 공간.

무성하던 삼밭도 이제
기름진 벌판도 없네 비녀산 밤봉우리
웨쳐 부르든 노래는 통곡이었네 떠나갔네

시퍼런 하늘을 찢고
치솟아오르는 맨드라미
터질 듯 터질 듯
거역의 몸짓으로 떨리는 땅
어느 곳에서나 어느 곳에서나

옛이야기 속에서는 뜨겁고 힘차고
가득하던 꿈을 그리다
죽도록 황토에만 그리다
삶은
일하고 굶주리고 병들어 죽는 것 (I: 52)

「비녀산」이라는 시의 앞부분이다. 이 시에서 '비녀산'은 통곡의 공간이다. 그 통곡은, 그 때문에 하늘이 찢어지고 땅이 떨리는 그런 종류의 통곡이다. 그런 통곡이 가득찬 공간은 참혹한 폐허의 장소일 수밖에 없다. 그러나 시인에 의해 그것은 '맨드라미'로 표현된다. 맨드라미는 별로 아름답지는 않으나 질긴 꽃. 그것은 아름답고 장렬하다기보다, 쉬운 죽음을 거부하는 몸짓의 상징이며, 억압받는 사람들의 삶 자체이다. 그 삶은 곧 죽음이다.

삶은 탁한 강물 속에 빛나는
푸른 하늘처럼 괴롭고 견디기 어려운 것
송진 타는 여름 머나먼 철길을 따라
그리고 삶은 떠나가는 것
〔……〕

무거운 연자매 돌아 해 가고
기인 그림자들 밤으로 밤으로 무덤을 파는 곳
피비린내 목줄기마다 되살아오고
터질 듯한 노여움이 되살아오고
낡은 삽날에 찢긴 밤바람
웨쳐대는 곳

여기
삶은 그러나
낯선 사람들의 것. (I: 52~53)

비녀산 사람들의 삶은 결국 무덤을 파는 일로 판명된다. 이러한 시인의 진술은, 시인이 그리고자 한 현실이 민중들의 저항과 억울한 죽음이라는 사실과 함께, 처음부터 그것은 좌절될 수밖에 없었다는 점, 따라서 죽음과 삶은 하나일 수밖에 없었다는 비극적인 현실 인식을 내보여준다. "삶은 그러나/낯선 사람들의 것"이라는 말이 보여주듯, 삶을 제 삶으로 살아갈 수 없는 소외된 자들의 죽음과 같은 삶에서 김지하의 생명 사상은 원초적으로 잉태되어 있다. 그것은 사회적인 것이지만, 동시에 개인적인 차원의 비극성을 포함한다. 시집 『황토』의 현실은 죽음의 현실이다. 그의 상상력은 이 전율스러운 바탕 위에서 피어난다. 가령 그것은 이렇다.

새가 내린다
칼날 위에
칼날처럼 내린다
눈이 붉은 작은 새
젖고
마르고
또 젖어드는 내 눈망울 속에 꽃접시
뜨락에도 붉은 꽃접시 (I: 70)

「비」의 중간 부분인데, 바로 김지하 시를 구성하는 상상력의 원형이 숨어 있는 대목이다. 인용 부분 조금 앞쪽에는 "그 위에 내리는 종이새/그 위에 죽어서 날으지 않는 종이새/죽어서도 죽어서도 훨훨훨 날으지"라는 표현이 나오는데, 이렇듯 그의 새, 즉 그의 상상력은 죽음을 딛고 피어나는 원죄다. 오열과 분노에 지친 "눈이 붉은 작은 새"다. 눈이 붉은 작은 새가 되어 김지하는 이후 20여 년간 때로는 숨가쁜 고공 비상을, 때로는 저공을 선회하며 애타게 땅을 어루만지듯 날아다닌다. 그러다가 그가 머문 첫번째 기항지.

어디에 와 있는 것이냐
나는 살아 있는 것이냐
무딘 느낌과 예리한 어둠이 맞서
섞이지 않는다 부딪치지도 않는다
또다시 시퍼런 새벽이 온다

남포가 터진다
흙차가 돌아간다
나는 흙 속에 천천히 깊숙이
대낮 속에 새하얀 잠의 늪 속에 빠져들어간다
이것이 대체 무엇이냐. (I: 112)

시인도 알 수 없는 "새하얀 잠의 늪"은 아마도 '비녀산'의 춥고 허기지고 공포스러운 공간 이후에 만난 어떤 휴식처, 또는 피곤의 순간이 아닐까. 이즈음은 어쩌면 시인의 고향 아닌 서울 생활의 어떤 부분과 연결되어 있을지 모른다(물론 그는 시 「서울」에서 서울을 저주의 도시로 묘사하고 있으나 동시에 '늪'으로 부르고도 있다). 그러다가 그는 한 희한한 체험을 고백한다.

희한하다
더러운 개울물이 졸졸졸
소리만은 맑은 곳에 나는 있어라

〔……〕

큰 돌이 때론 흰 물살을 이루고
때론 푸른 하늘마저 내려와 몸을 씻는다
밤마다 지친 일꾼들이 먼지를 씻는다
지쳐 대처에서 돌아온 큰애기들
더럽힌 몸도 마음도 씻는다 희한하다

더러운 개울물이 졸졸졸
아아 머나먼 바다로 가리라
끝내 가리라 쉬임없이
꿈만은 밝은 곳에 지친 나는 서 있어라. (I: 123~24)

시인은 이제 깜박 잠든다. 잠든 그에게 꿈이 찾아들고, 잠시 그는 비극적인 현실 인식을 접어두고 맑은 희망에 잠겨본다. 70년대 김지하에게서 드물게 발견되는 이러한 동화적 세계는 시인의 말대로 그저 희한한, 예외적 경우다. 그러나 이 시는 시인의 비극이, 그의 시적 전망을 차단하는 근본적인 목적과 연결되는 것은 아님을 나타낸다. 그는 눈물을 너무 참아 눈이 붉어졌을 뿐, 푸른 하늘을 향하는 새는 분명히 새인 것이다. 이 작은 잠과 꿈으로 표상되는 짧은 시기에, 그의 시에는 지식이나 도시와 관련된 작품들이 이따금 등장한다. 예컨대 「책들」 「보래내」 등이 그것들인데, 그렇다 하더라도, 이들이 시인의 근본적인 죽음의 모티프를 바꾸지는 못한다. 꿈을 꾸어보았자 그가 도달한 세계는 죽음의 또 다른 현장이기 때문이다.

꿈꾸네
새를 꿈꾸네
새 되어 어디로나

날으는 꿈을 미쳐 꿈꾸네
기름투성이 공장바닥 거적대기에
녹슨 연장 되어 쓰레기 되어
잘린 손 감아쥐고 새를 꿈꾸네 (I: 162)

「지옥 1」의 앞부분으로, 꿈꾸어보았자 별 수 없는 도시의 현실이 암울하게 그려져 있다. 그에게 있어서 도시는 소외된 사람들, 고향 땅 사람들의 또 다른 현장으로밖에 반영되지 않는다. "눈이 붉은 작은 새"였던 시인은, 도시 노동자가 되어 공장에서 손이 잘리는 아픔을 함께 겪는 이상한 새가 된다. 그 새는 하늘을 향해 날지 못한 채, 기껏 날으는 꿈을 꾸는 새다. 이런 현실들을 묶은 시들이 「지옥」 1, 2, 3의 연작시로 꾸며져 있다는 사실은, 이 시기의 시인의 정서가 얼마나 참혹한 상황에 처해 있었는지 잘 말해준다. 그러나 이러한 상황 속에서도 그는 죽음 가운데 피어나는 인간 영혼의 아름다움, 그 생명의 놀라움을 잃지 않고 노래한다.

회전하며 울부짖으며 기계가 되어가는 지옥의
저 밑바닥에서
보아라
나의 눈에 보이는 피투성이의
내 죽음과 죽음 위에 피어난 흰 나리꽃
사이의 아득한 저
혼수의 밑바닥까지
꿈이냐
아아 이게 생시냐 (I: 167~68)

시인의 꿈은 여기서 희망·소망과 같은 동경의 새로운 공간 아닌, 현실을 현실로 받아들일 수 없는, 현실 거부의 슬픈 순간으로 나타난다. 이렇듯 꿈도 생시도 아닌, 도저히 현실로 수락할 수 없는 슬픔과 아픔의 순간을 공간화하는 것이 바로 김지하의 시다. 그 공간은 죽음의 현실을 죽음으로 받아들일 수 없는 인간성 자체의 눈물겨운 저항이며, 죽음과 삶이 불분명한 상태로 얽혀 있는 "혼수의 밑바닥"이다. 아, 아, 그 실신의 정신은 정신의 깊이, 정신의 현실이다. 여기서부터 새롭게 올라오는 그 정신의 높이는 우리를 압도할 것이다. 그 정신은 "어둠 속에서" 밝아지는 그 무엇이기 때문이다.

어둠 속에서
누가 나를 부른다
건너편 옥사 철창 너머에 녹슬은
시뻘건 어둠
어둠 속에 웅크린 부릅뜬 두 눈
아 저 침묵이 부른다
가래 끓는 숨소리가 나를 부른다 (I: 171)

침묵과 가래 끓는 소리가 어둠 속에서 시인을 부르는데, 그것은 비록 철창 속에 갇힌 미약한 모습이지만 "부릅뜬 두 눈"이 되어 필경 어둠을 밝히게 된다. 80년대 중반에 내놓은, 다분히 서정적인 시집 『애린』도 이 어둠 속에서 솟아난 생명의 정신인 것이다. 죽음이 죽음으로 끝나지 않고, 끈질긴 생명력으로 연결되는 장엄한 현장이다. 그 연결의 순간순간은 기날프고 눈물겹지만, 그것이 생명이기에 나는 '장엄하다'는 말로 부르고 싶다.

결국 김지하는 죽음과 더불어 생명의 시를 추구해왔다고 할 수 있다. 자칫 공소하게 들리기 쉬운 이 엄청난 길을 그는, 자신이 그 현실이 된 죽음을 통하여 달려온 것이다. 이 죽음의 모티프를 나는 다시 두 가지 측면으로 나누어본다. 그 하나는 밖의 현실로 목도된 죽음이 그의 시작 모티프 안으로 들어온 경우이며, 다른 하나는 그 자신이 죽음의 중심 한가운데 현실로 처해 있는 경우이다. 밖의 죽음과 안의 죽음이라는 말로 구분해 불러도 될까. 김지하의 생명은 이렇듯 '밖의 죽음'과 '안의 죽음'이 모여서 만들고 있는 한 채의 엄청난 집이다. 이 상황을 아름답게, 탄탄하게 보여주고 있는 최근의 시 한 편이 있다.

내가 가끔
꿈에 보는 집이 하나 있는데

세 칸짜리 초가집
빈 초가집

댓돌에 피 고이고 부엌엔
식칼 떨어진

그 집에
내가 사는 꿈이 하나 있는데

뒷곁에 우엉은
키 넘게 자라고 거기
거적에 싸인 시체가 하나

〔……〕

아침 길 기다란 그림자에서
바람 많던 날들의 노래 소리가 들려오고
길 옆 벽돌담엔
죽어간 이들의 얼굴이 어린다

〔……〕

대낮에도 식은땀 흘리며
감옥꿈 꾸며 미소짓는 주름살 몇 가닥.
고름 질질 흐르는
썩어가는 도시의 살에 맑게 비치는
옛 마을의 희미한 실핏줄
핏줄을 찾아
벗이여 살 속으로
다리를 놓자
무쇠솥다리
집을 짓자
세 발 달린 집
〔……〕 (II: 301~03)

저항과 혁명의 시인으로 불리면서도 짐짓 생경한 의지나 적극적인 의사 표명을 사양해왔던 김지하로서는 드물게 보여주는 역동성이다. 「역려(逆旅)」라는 시의 제목이 여전히 회한과 슬픔의 분위기를 버리고 있지 않지만, 이 시에서는 어쨌든 긍정적인 현실 수락의 자세가 엿보인다. "세 발 달린 집"이 딱히 어떤 집을 말하는지 분명치 않으나, 적어도 그 집은 "살 속으로/다리가 놓"아진, 생명감이 충일한 살아 있는 집이다. 그리고 그 집은 발이 셋이기에 안정되어 있으며, 필요하다면 움직인다. 뒤에 가면 "물과 불이 서로 싸우는 다리"라는 표현이 나오는데, 아마도 그것이야말로 생명이 아니겠는가. 참다운 생명은 이 두 죽음이 살껍질을 벗고 나올 때 탄생하는 것임을 알려주는 다음과 같은 예언시 속에서, 김지하의 '생명'은 놀라운 성취를 이룩한다.

저녁 몸 속에
새파란 별이 뜬다
회음부에 뜬다
가슴 복판에 배꼽에
뇌 속에서도 뜬다

내가 타죽은
나무가 내 속에 자란다
나는 죽어서
나무 위에
조각달로 뜬다

사랑이여
탄생의 미묘한 때를
알려다오

껍질 깨고 나가리
박차고 나가
우주가 되리
부활하리. (II: 308)

3

슬픔과 분노, 초극과 새로운 절망으로 이어지는 죽음/생명의 시 세계는 김지하에게 있어서 어떠한 기법과 형식을 통해 이루어질 수 있었을까. 삶의 본질을 꿰뚫는 깊이의 정신은, 원칙적으로 그 내용 자체가 기법이며 형식이다. 그러나 그가 즐기는 시의 말투가 없는 것은 아니다. 무엇보다 장시 「오적」의 분석에서 많이 논의되었듯이 그에게는 이른바 담시풍의 말투가 있다. 담시라는, 여전히 낯선 이 용어의 가장 큰 특징은 역시 이야기적 성격이라고 할 수 있다. 다분히 극적인 반전과 같은 방법을 이따금 동반하는 이러한 성격은 이 시인의 시를 생동감 있게 만들어주는 활력이 되는 것이 사실이다. 그렇기 때문에 그의 시에서는 시적 화자의 행동을 서술해나가는 것이 큰 내용을 이룬다. 이때 시적 화자는 시인 자신일 때도 있고, 시인이 만들어놓은 다른 인물일 때도 있다. 전자의 예와 후자의 예를 몇 대목 옮겨 보자.

나비들이 살풋 앉을 때
지분 냄새 콧가에 설핏 스칠 때
나는 이미 알몸이었다
주무르고 벗기고 악을 쓰고 빨고 핥고
나는 고름 담긴
술 한 잔의 고름 (I: 122)

남북 공동 성명이 발표되자
나는 마산 병원에서 연금에서 풀려났고
유신 헌법이 공포되자
내겐 구속 영장이 다시 떨어졌다
〔……〕

속초로 강릉으로 원주로 서울로
기어이 마산 병원으로 다시 돌아간 나의
기흉 터져 수술실에 아주 누워버린 나의
또다시 기인 연금 속에 갇혀버린 나의

비틀거리는 비틀거리는 저 발자국들만
외롭게 외롭게 뒤에 남기고. (II: 107, 109)

나 이제 가겠다
순한 저 옛 벗들이
빛 밝은 날 눈부신 물 속의 이어도
일곱 빛 영롱한 낙토의 꿈에 미쳐
가차없이 파멸해갔듯
여지없이 파멸해갔듯
가겠다
나 이제 바다로

〔……〕

가지 않겠다
가지 않겠다
혼자서라면
함께가 아니라면 헤어져서라면
나는 결코 가지 않겠다
바다보다 더 큰 하늘이라도
하늘보다 우주보다 더 큰 시방 세계라도
화엄의 바다라도
극락이라도. (II: 111~13)

위의 인용들은 전자의 예들인데, 일부만 옮겨졌으나 시인 자신의 이야기를 극적으로 진술하고 있는 상황임을 쉽게 알 수 있다. 반면 시인이 제시하고 있는 인물이 시적 화자가 되고 있는 경우들은 이렇다.

번개와 폭풍의 밤에
스물일곱 해의 굶주림의 곤혹에
가장 모질은 돌밭에 삽질을 한다
너는 그것을 원했다 빈손으로 일군 땅
네 피가 아직 더운 흙가슴의 모진 곳
좌절당한 반역의 이 불밭에 운명에
너를 묻기 위해
뜬눈의 주검
더없이 억센 뜬눈의 주검
염도 새끼줄도 관조차도 없다 (I: 90)

덧없는
이 한때
남김없는 짤막한 시간
머언 산과 산
아득한 곳 불빛 켜질 때

둘러봐도 가까운 곳 어디에도
인기척 없고 어스름만 짙어갈 때
오느냐
이 시간에 애린아 (I: 248)

해는 중천인데
닭 울음 소리

햇살 거느리고

잠속으로 깊이 빠질수록
자본과 자본론에 묶여
헤어나지 못하는
이 잠속에
낮닭 울음 소리 (II: 209)

그러나 이 두 가지 경우 외에 시인 자신과 시인이 대상으로 삼은 또 다른 인물들이, 서로 부르듯이 함께 나와서 넘나드는 경우도 있다. 실제로는 이런 경우가 훨씬 더 많다고 할 수도 있다. 다음과 같은 예들을 읽어보자.

용당리에서의 나의 죽음은
출렁이는 가래에 묻어올까, 묻어오는
소금기 바람 속을
돌 속에서 흐느적거리고 부두에서
노동자가 한 사람 죽어 있다
그러나 나의 죽음
죽음은 어디에 (I: 71)

詩가 내게로 올 때
나는 침을 뱉았고
떠나갈 때
붙잡았다 너는 아름답다고

詩가 저만치서 머뭇거릴 때
나는 오만한 낮은 소리로
가라지! (I: 196)

시인 자신과 시인이 내놓는 대상 사이의 교류, 마치 대화하듯, 때로는 속삭이며 때로는 호소하고, 또 때로는 호령해 불러내는 이 같은 장면은 판소리의 어떤 순간처럼 눈물겹고 다정하다. 일반적으로 시를 통해 시인이 말하는 방법에는 두 가지, 즉 대상을 묘사함으로써 시적 자아를 획득해가는 길과 시인 자신이 자기의 감정이나 생각을 토로하는 길이 있다. 한쪽이 사물을 대상화함으로써 하나의 객관을 만들고 있다면, 다른 한쪽은 주관의 직접적인 전달을 도모한다고 할 수 있다. 보통 인식의 시라고 할 수 있는 부류가 앞에 속한다면, 자신의 주장이나 이념이 강한 시들이 뒤의 경향을 띤다. 60년대식으로 말한다면 앞쪽에 김춘수가, 뒤쪽에 김수영이 있다고 할 수 있다. 그러나 김지하에게는 이 두 가지 방법의 구분이 아예 의미가 없다. 둘 모두인가 하면, 둘 모두가 아니기 때문이다. 그의 시는 이야기를 가진 대화이며, 그런 의미에서 담시적이라고 할 수 있다. 그러나 나는 이 '담시'라는 말을 좋아하지 않는다. 그 대신 차라리 판소리풍이라는 말이 어울리지 않나 싶다. 그러나 물론 이 시인의 시는 판소리와도 확연히 다르다. 그 정신 속에 대화의 방법이 내재해 있다는 것일 뿐, 무엇보다 그에게는 아름다운 서정성이 있기 때문이다. 그렇다면 이 시인에게는 서정성과 서사성·극성이 모두 혼재해 있는 셈이며, 이 점 때문에 김지하 문학은 문학적으로 높은 수준을 가지고 있다고 할 수 있다. 서정성과 서사성·극성 등 어떤 의미에서는 서구 문학의 도식적인 이 구분을 그는 그저 그의 온몸으로 조용히 부수고 있는 것이다.

앞에 인용된 시 「시(詩)」를 보자. 첫 연은 짧은 이야기다. 그러니 거기에는 시라는 대상과, 그 대상과 만난 시인의 위치가 분명히 나타나면서 시와 시인의 대화적 자세가 극명하게 자리잡는다. 시는 물론 첫 연에서 시인으로부터 침 뱉음을 당하는 경멸의 대상이 됨으로써 대화의 상대방으로서 격을 잃고 있는 듯이 보인다. 그러나 곧 시인은 다시 그 시를 아름답다는 이유로 붙잡는다. 그러다가 다시 "가라지!" 하면서 반어적 몸짓으로 되돌아선다. 이 작품은 이어서 이러한 멈칫거림의 대화가 계속되고 있음을 보여준다. 이 글 앞머리에서 내가 소개한 바 있는 보르헤르트에 대한 회상의 글에서 하인리히 뵐이 '어쩔 줄 몰라 하기Betroffenheit'와 '아무 일도 없었다는 표정으로 있기Gelassenheit' 사이에 이 작가의 세계가 있다고 한 일이 있는데,[2] 바로 그 미묘한 순간이 여기에도 적용될 수 있을 것 같다. 대상화된 시는 "저만치서 머뭇거리며", 시인은 "오만한 낮은 소리로" 그 시를 부른다. 시는 말이 없지만 침묵으로 시인과 대화한다. 이러한 대화는 마치 마당극에서의 그것처럼 사실상 김지하의 시 대부분을 이끌고 나가는 기법 아닌 기법이 되고 있다. 「시(詩)」에서는 그 대상이 시였다. 거의 대부분 그 대상은 사람이다. 그것도 억울한 죽음을 당한, 소외되고 억압당하고 있는 가엾은 민중들이다. 다른 하나의 인용 「용당리에서」를 보면, 예컨대 그 사람은 부두에 죽어 있는 노동자이다. 시인은 여기서 죽은 노동자와 대화한다. 죽은 이는 말이 없으나, 그의 침묵은—「시(詩)」에서의 '시'와는 또 다른 의미로—너무도 많은 말을 함축하고 있다. 시인은 이미 그것을 알고 있다. 아니, 그가 알기에 그러한 사람들만이 그의 대상이 되고 있다(물론 지금 그 대상은 모든 인간이지만!)

이제 나는 일단 이 글을 여기서 접기로 하겠다. 김지하와 관련된 글이라면, 마치 우리의 생명이 그러하듯 훨씬 더 많은 말을 할 수 있으리라는 생각이 내 가슴을 서늘하게 한다. 그러므로 이 글은 하나의 접기일 뿐. 그러나 반드시 적어두어야 할 이 글의 결론이 있다. 김지하가 보여주고 있는 시인 자신의 모습과 그가 역시 만들어(아마도 현실 속에서 끄집어내어라는 말이 보다 정확한 표현일 것이다) 보여주고 있는 대상의 모습은 이제 하나라는 것을. 시인과 대상의 인격적 일치라는 말로 부를 수 있는 그 경지는, 모든 시인이 부러워하는 정신의 한 정점이다. 그 대상이 특히 슬프게 죽은 자일 때, 그 대상과의 동일화란 삶의 진실 밑바닥까지 가지 않을 때에는 얻어질 수 없는 것. 김지하에게서 그 접근이 보여지는 것은 두려우면서도 아름

---

2 한스 마이어Hans Mayer 편, 『독일 문학 비평』 제4권, 피셔출판사, 1978, p. 417 참조.

답다. 시에 침을 뱉다가 다시 붙잡듯이, 시가 저만치서 머뭇거리듯이……
아, 아, 이런 몸놀림들이란 모두 서로 사랑하는 자들 사이의 그것이 아닌
가. 김지하는 죽은 자와도 이 몸놀림을 하는구나!

(1993)

범속한 트임
—김광규의 시

1. 현실과 정직성

난해한 현대시의 시대에 시에 대한 지식을 익힌 우리들은 관제탑의 노예가 되어 날아다니는 현대 시인들의 복잡한 여러 가지 기술을 알고 있다. 그 기술의 연마 시기에 시를 관찰하는 법을 익힌 나로서는 김광규(金光圭)를 다시 만났을 때, 나의 시 관찰법이 상당히 관념적이었다는 것을 깨달아야 했다. 김광규의 시에 대해서 말한다는 것은, 그러므로 허망한 말의 기술로부터 생활 속의 말로 돌아온다는 것을 우선 뜻한다. 그런 의미에서 그는 나에게 시 독해의 계몽주의자이다.

그러나 시인 김광규 자신은 그 어떤 계몽주의자도 아니다. 비단 계몽주의자 운운으로 이야기될 것이 아니라, 그 어떤 '주의'도 그와는 철저하게 무관하다. 도대체 그는 무엇인가를 내세우지 않기 때문이다. 세상이 어떠어떠하다는 것을 목청 높여 말하려고 하지도 않으며, 자기 자신의 처지나 이념 혹은 감상을 그럴싸한 목소리의 단장으로 드러내려고 하지도 않는다. 세상에는 또 아무것도 내세우지 않는다는 점을 특히 강조해 내세우려고 하는 시인들도 있는데, 그는 이런 일도 전혀 하지 않는다. 그러면 도대체 그는 무엇을 하는가. 그가 하고 있는 것은 시를, 마치 생활을 하듯 그대로 시를 쓰고 있을 뿐이다. 따라서 그의 시의 말들은 그의 생활이며, 생활의 숨소리가 곧 시가 된다. 이 점은 생활, 다시 말해서 삶과 그 삶을 지배하는 원리로서의 언어, 다시 말해서 윤리적 결단이 유리될 대로 유리되어 그 틈새가 벌어질 대로 벌어진 오늘 우리의 현실에서는 하나의 희귀한 생활 양태이자 곧 문화 양태를 보여주는 셈이 된다. 따지고 보면 범상하기 짝이 없는 이 단순성이 대체 어떤 대단한 의미를 가질 수 있는가. 혹은 그것이 대단한 의미를 가진다면, 이 시인은 그토록 대단한 단순성을 어떤 식으로 이룩하고 있는가. 나의 시 독해법에 정직한 가르침을 보여준 그에게 이 글은 내 쪽에서 보내는 한 장의 리포트가 될 것이다.

김광규가 처음 뜻을 둔 문학의 관심 분야는 원래 시가 아니었다. 철없는 사춘기 시절 이래 20여 년 동안 그를 옆에서 보아온 나로서 글의 첫머리에 왜 이 대목부터 생각이 나는지 잘 알 수 없는 노릇이다. 아무튼 그는 열광적인 문학 소년이었으며, 그는 소설을 쓰고 싶어 했다. 실상 그는 10대에 이미 소설을 썼고, 그것은 그 나름대로 당시에 상당한 주목을 받았다. 그러던 그가 마치 정확한 병명조차 모르고 시름시름 앓듯, 차츰 소설을 멀리해 갔다. 그는 글 쓰는 일에서 완전히 벗어난 듯 보였고, 외국 유학을 했고, 대학교수가 되었다. 그런 식으로 그의 삶은 자리 잡아 나가는 듯했다. 그러던 그가 30대의 평범한 가장이 되어 불쑥 시 몇 편을 들고 나타난 것이다. 75년의 일이다. 나는 아직 활자화되지 않은 원고로 된 그의 시를 읽으면서 묘한 감동을 느꼈다. 그때의 감동은 나의 정서 밑바닥을 훑는 흥분의 그것이 아니라, 무어라 말하기 힘든 담박한 어떤 동일감이었다. 그때 그 동일감을 이제 나는 시인의 정직성이라는 말로 부르고자 하는데, 아마 그는 이 정직성에 도달하기 위해 오랫동안의 시간을 묵묵히 기다리고 있었던 것이 아닌가 싶다. 다시 말해서, 그는 그가 시를 쓰기 시작하게 된 어느 날까지 그 사이에 먼저 글을 쓴다면 정직성을 얻지 못할 것으로 생각했던 것이 아니었나 생각된다. 이것은 그에게 있어 그의 말을 가능하게 하는 생활의 기본이 확보되지 않았던 것으로 느껴졌던 것이 아니냐는 추측이다. 말하자면 그는 신비주의적인 문학의 모티프를 잃어버린 후 그에 상응하는 현실을 얻지 못하고 방황하다가 훨씬 나이 든 다음에서야 비로소 문학이라는 말과 현실이라는 삶의 관계를 아주 정직하게 발견하게 되었던 것이 아닐까. 그가 어린 시절 꿈꾸었던 신비적인 문학의 세계와 이제 그것이 다만 '신비'였다고 자신 있게 피력할 수 있게 된 심리의 거리는 데뷔작에서 이미 명백히 나타난 바 있다.

내 어렸을 적 고향에는 신비로운 산이 하나 있었다.
아무도 올라가 본 적이 없는 靈山이었다.

靈山은 낮에 보이지 않았다.
산허리까지 잠긴 짙은 안개와 그 위를 덮은 구름으로 하여 靈山은 어렴풋이 그 있는 곳만을 짐작할 수 있을 뿐이었다.

靈山은 밤에도 잘 보이지 않았다.
구름 없이 맑은 밤하늘 달빛 속에 또는 별빛 속에 거무스레 그의 모습을 나타내는 수도 있지만 그 모양이 어떠하며 높이가 얼마나 되는지는 알 수 없었다.

내 마음을 떠나지 않는 靈山이 불현듯 보고 싶어 고속버스를 타고 고향에 내려갔더니 이상하게도 靈山은 온데간데 없어지고 이미 낯설은 마을 사람들에게 물어 보니 그런 산은 이곳에 없다고 한다.

—「靈山」 전문

뒤에 그는 「늦깎이」라는 작품도 썼지만, 아무튼 그는 뒤늦게 '영산(靈山)'이란 현실적으로 존재하지 않음을 깨닫는다. 그러고 나서 그는 언어와 빛의 매체를 발견한다. 김광규로서는 환상과 꿈의 현실에서 멀리 달아나온 것이다. 「영산」과 함께 발표한 「유무(有無) I」 「부산(釜山)」 「시론(詩論)」 등의 작품은 이런 그의 출발점을 은밀하게 암시하고 있다.

> 染料商 붉은 벽돌집
> 봄비에 젖어
> 色相表에도 없는 낯설은 색깔을 낸다
>
> —「有無 I」

색상표에 있는 색깔, 혹은 색상표와 상관없이 막연한 꿈속에 보아온 색깔, 그 어느 것도 아닌, 벽돌집이 봄비에 젖어 내놓는 "낯설은 색깔"은 김광규가 시인으로서 자신의 색깔을 내기 시작하는 최초의 순간이다. 색상표에 있는 색깔이나 꿈속의 색깔만을 색깔로 보지 않는 낯선 의식은 그 스스로도 발견하지 못했던 낯선 순간이다. 그러나 "봄비에 젖은 낯설은 색깔"은 실재한다. 여기서부터 시인 의식이 생겨나는 것이다. 중요한 것은 대상으로서의 단순한 사물 그 자체도, 그리고 그것을 바라보는 인간의 눈 그 자체만도 아니라는 의식 속에 그는 선다. 그것이 그의 "낯설은 색깔"이다.

> 아무도 눈여겨 보지 않은 이 색깔
> 지붕에 벽에 잠시 머물다
> 슬며시 그 집을 떠난다
>
> 보일 듯 잡힐 듯 그 색깔 따라
> 눈이 좋은 비둘기는
> 鐘樂이 울리는
> 아지랭이 속으로 날아간다
>
> —「有無 I」

여기서 「유무」라는 제목이 강력히 암시하는 함축의 의미가 전개된다. 색상표에 없는, 기껏 봄비의 물기에 의해 순간적으로 존재했던 그 "낯설은 색깔"은 그저 "지붕에 벽에 잠시 머물"뿐, "슬며시 그 집을 떠나는" 것이다. 즉 낯선 색깔은 없어지는 것이다. "눈이 좋은 비둘기"를 삼인칭의 주어로 내세워 비둘기만은 아지랑이 속에서 그 알 듯 말 듯한 색깔을 따라간다고 적고 있으나, 그와 같은 묘사가 말해주는 것은, 바로 있지도 않고 없지도 않은 어떤 매체의 존재에 관한 것이다. 있기도 한 것 같고 없기도 한 것 같은 매체를 통해 현실과 존재의 실상과 가상을 묻고 있는 것이다. 실상 우리들 범상한 사람들로서도 우리가 어떤 실재를 본다는 것은, 그 실재에 닿는 빛을 보는 것인지, 그 실재와 다른 무엇이 부딪쳐 내는 소리를 듣는 것인지 의심에 빠지는 일이 적지 않은데, 매체에 대한 관심은 여기서 자연스럽게 발생할 수 있는 것이다. 현실보다 신비를 먼저 보기 시작한 김광규가 매체에로 눈과 의식이 돌아서기 시작했다는 것은, 그러므로 귀중하면서도 자연스러운 발전이라고 할 만하다.

> 날다 지쳐 마침내 되돌아온 비둘기
> 옆집 TV 안테나 위에 내려앉아
> 染料가 지저분한 벽돌집을 물끄러미 바라본다
>
> —「有無 II」

"날다 지쳐"라는 표현이 다소 어색하지만, 이 끝부분은 비둘기로 내세운 그의 시적 자아가 현실과 만나는 장면을 말해주는 것으로서 주목된다. 비록 "染料가 지저분한 벽돌집"일망정, 그리고 바라보는 꿈이 "물끄러미"로 그려지고 있을지언정, 시인에겐 이제 현실과 불가피하게 대응할 수밖에 없는 상황이 마침내 성립한 것이다. 그러나 이렇게 출발한 김광규의 시인 의식 속에서 매체, 즉 색깔이나 언어에 대한 그의 생각은 현실을 받아들이는 데에 있어서 아주 걸맞고 투명한 도구로 여겨졌던 것은 물론 아니다. 이즈음 오히려 그는 그것을 회의한다.

우리가 잠시 빌려 쓰는
이름이 아니라 약속이 아니라
한 마리 참새의 지저귐도 적을 수 없는
언제나 벗어 던져 구겨진

언어는 불충족한
소리의 옷
받침을 주렁주렁 단 모국어들이
쓰기도 전에 닳아빠져도
언어와 더불어 사는 사람은
두려워하지 않고 슬퍼하지 않고
아무런 축복도 기다리지 않고

—「詩論」

그가 발견한 언어는 이처럼 "불충족한" 것이다. 그저 "소리의 옷"일 뿐 사물 자체가 될 수 없다. 물론 현실 자체일 수 없는 데에서 언어의 진실스럽지 못함도 드러난다. 그러나 그런 언어라 하더라도 그 언어와 더불어 사는 사람은 구태여 두려워할 것도 슬퍼할 것도, 또한 축복을 기다릴 것도 없다. 그것은 언어의 힘없음을 통감해서가 아니라, 언어가 애당초 그와 같은 공리적인 힘과는 무관함을 깨닫고 있기 때문이다. 언어는 그 애매모호한 "낯설은 색깔"로 사물의 모습을 있는 그대로 말해주려고 뒤쫓아 뛰는 것만으로도 숨이 차다. 여기서 이 시인이 발견한 현실과 언어, 말과 삶의 관계에 대한 정직한 인식의 발상이 드러난다. 「시론」이란 작품 자체의 짜임새는 다른 작품들에 비해 좀 성긴 것 같지만, 이런 그의 의도가 잘 반영되고 있다는 점에서 주의 깊게 읽혀질 필요가 있다.

2. 시적 대상의 시적 자아화

애매모호한 매체에 대한 인식을 통해 김광규가 처음 발견한 현실은, 매우 무력한, 맥 빠진 현실이다. 다이내믹한 생명의 힘이 결여된, 기껏해야 "물의 소리"로 전해지는 현실이며, 그런 현실은 "사내들을 자꾸 작아지게" 하는 현실이다. 그리고 그가 발견한 현실은 우리의 그것과 그대로 상응한다. 이런 나의 지적은 그가 한편으로는 그 자신의 내부로부터 어쩔 수 없이 현실을 만나게 되었다는 점과 함께, 우리의 현실 자체가 삶의 싱싱한 동역학을 잃은 자리라는 점을 함께 포함하려고 하는 것이다. 이런 상황은「물의 소리」에서의 '물'이 아주 현실적으로 쓰여지고 있는 데에서도 쉽게 나타난다.

> 끝없는 渴症을 술로 빚어 마시고
> 물을 모방하여 神을 만들고
> 石油를 파내어 물을 배반하고
> 낮에는 살을 움직여 얼굴로 웃고
> 밤에는 둘씩 만나 어색한 장난을 하고
> 더럽혀진 몸뚱이를 다시 물로 씻는다
>
> —「물의 소리」

「물의 소리」에서의 물이 별다른 신화적 상징이나 특별한 비유로 쓰여지지 않고, 그저 자연의 평범한 한 표상을 대변하고 있다는 것은 잘 알 수 있는 일이다. 따라서「물의 소리」의 물이 노여워하고 있는 것은, 자연을 잃어버린 도시화된 건조한 삶이다. 그런 삶이란 김광규에게 바로 무력한 삶으로 인식된다. '물'이 이렇듯 힘의 표상으로 등장하는 것은, "욕망의 모습으로/괴어 있는/물/흐르는 물/밀려오는 물의/가득한/두려움"(「물의 힘」)과 같은 표현에서 잘 나타나며, 뒤에「물의 모습 I·II」로 이어지기도 한다. 신비의 상실은 정당히 받아들여지지만, 그것이 곧 힘의 상실로 뒤바뀌는 현실과 만나면서 그의 시인 의식은 갈등을 일으키고 그리하여 최초의, 그 특유의 시적 현실을 얻게 되는 것이다.

그의 시적 현실은 힘을 잃은, 왜소화된 인간의 생존 양태이다. 작품「작은 사내들」은 그 모습을 너무도 잘 보여준다. "모두가 장사를 해 돈 벌 생각을 하며 작아지고/들리지 않는 명령에 귀 기울이며 작아지고/제복처럼 같은 말을 되풀이하며 작아지고/보이지 않는 적과 싸우며 작아지고/……/이제는 너무 커진 아내를 안으며 작아진다." 확실히 데뷔 시절 그의 세계는 작아질 대로 작아져 싱싱한 힘이라고는 찾을 길이 없어 보이는 현대인의 모습 묘사에 지배되고 있다. 그러나 시인으로서 보다 확고한 그의 시적 자아가 꿈틀거리기 시작한 것은「물의 모습 I」을 발표하기 전후로 생각된다. 떨어지는 빗물의 모습에서 모티프를 얻고 있는 이 시는 중반부에서 이렇게 전개된다.

땅을 적시고
땅 위에 괴었다가
땅 속으로 스며들지 않고
물은 정답게 흘러간다

"땅 위에 괴었"으나 "땅 속으로 스며들지 않고" 그들끼리 그대로 흘러가는 빗물의 묘사는 그것만으론 평이하기 짝이 없는 풍경이다. 이 단순한 묘사는, 그러나 단순한 스케치가 아니다. 그 속에는 현실과 인생의 기미를 놀랄 만한 안목으로 포착한 경구(警句)가 숨어 더불어 흐르고 있다. 이런 관찰은 시의 다음 부분에서 이어지는 보다 확대된 묘사에서 더욱 예리하게 나타난다.

바다 밑으로 스며들지 않고

바다에 가득 괴었다가
바닷가로 다시 올라와
물은 그린랜드의 무서운 얼음이 된다

그렇다면 힘인 물은 무엇인가? 다시 말해서 시인과 어떤 관계가 있는가? 단순한 시적 대상인가? 아니면 시적 자아로의 성립인가? 여기에 김광규 시 세계의 묘미가 있는 것 같다. 비단 「물의 모습 1」에서만 드러나는 현상이 아니지만, 이 시인은 이른바 묘사의 수법을 즐기고 있는 것같이 보인다. 이 기법 위에 서 있는 시인들로서 우리는 김춘수·김종삼 이래 많은 시인들을 알고 있으나 그들이 특정한 어떤 시의 이념(가령 '순수시'라든가 하는)에 매달려 있음에 반해 김광규에게서는 그런 흔적이 전혀 나타나지 않는다(이 점은 꼭 김광규에게만 해당되는 이야기는 될 수 없다. 최근 많은 젊은 시인들에게 이런 기법은 알게 모르게 상당히 확산되어 있으며, 상당한 상식의 원리로 받아들여지는 것 같기도 하다). 우선 「물의 모습 1」에 한정해서 말한다면, 물의 일생을 그 흘러가는 광경을 통해 담담히 묘사함으로써 시인은 물이라는 사물이 시적 대상으로 확연히 그 모습을 부각시키는 것만으로 자기 할 일을 마쳤다고 생각하지 않는 것이다. 그렇게 될 때, 그것은 일종의 무의미의 시(김춘수류의 그것을 상기해도 무방하다)일 수 있을 터인데, 김광규에게 그것은 그야말로 무의미해 보인다. 그에게 중요한 것은, 이런 묘사를 통해서 오히려 삶의 의미를 강력하게 이끌어내려는 그 환기 작용에 있는 것 같다. 그것은 이 시의 마지막 부분에서 완강하게 드러난다.

바다는 이미
땅이 끝나는 곳에서
시작되지 않는다

바다와 땅은 그에게 그렇게 명백한 경계로 구분되어 있지 않다. 바다는 잠시 물이 만나는 곳, 그 물은 무서운 힘으로 다시 땅에서 존재의 의미를 발휘한다. 시인은 적어도 그렇게 보고 있다. 또 그것을 시인은 말하고자 한다. 대상만을 드러내게 함으로써 시인 자신의 모습을 감추려고 하는 것이 아니라 대상과 더불어서 시인이 함께 있으려고 한다. 나는 김광규의 이런 시 세계를 말과 삶이 어울리는 단순성의 세계라고 부르고 싶다.

말이 간단해 단순성의 세계이지, 이런 세계란 시인뿐 아니라 시를 이해하려는 사람의 입장에서도 쉽게 접근하기 힘든 세계다. 어쩌면 그것은 시를 쓰거나 시를 읽는 순간순간의 한 작은 이상일 것이다. 이런 단순성의 세계가 확보되려면 두 가지의 어려운 일이 그 나름대로 어떤 수준에 이르러야 하기 때문이다. 우선 무엇보다 세상의 사물들을 시의 대상으로 만들 줄 아는 능력이 있어야 한다. 사물에 시인이 마구잡이로 빠져들어서는 사물이 제 모습을 드러낼 리 없다. 즉 시적 대상이 되지 않는 것이다. 차분한 마음, 맑은 눈, 끈기 있는 손을 그것은 요구한다. 묘사의 기법도 이런 한에서 생겨나고 또 의의가 있는 것이다. 그러나 시적 대상을 형성하는 시는 어느 이념, 어떤 국면에서 시의 가치를 만족시키는 우수한 시일 수 있겠으나 그것이 우리 삶에 반드시 감동을 주는 시가 아닐 수도 있다. 순수시, 혹은 절대시라는 개념에서 볼 수 있는 것처럼 그것은 고도의 관념 속에서 인간의 지적 능력을 훈련시키면서 문화 양태의 다양성을 열 수는 있으나, 그것이 꼭 한마디로 우리를 옭아매는 단순성의 감동을 가져오는 것이 아닐 수도 있다는 이야기다. 이렇게 볼 때, 하나의 범속한 사람의 입장에서 시적 대상을 탁월하게 만드는 능력도 중요하지만, 그것을 우리 삶의 살이 있는 어떤 구체적 양태와 직접적으로 연결하는 능력도 값진 것이다. 그런 연결이 하나의 표현에서 담박하게 나타날 때, 그것이 단순성의 세계가 아닐까 싶다. 따라서 시적 대상 못지않게 우리는 시인의 얼굴에 대한 시인 자신의 끊임없는 반영, 혹은 반성의 내색을 읽으려고 한다. 대상과의 합일에서 일상적 자아를 넘어서는 시적 자아의 문제를 말할 수 있겠으나, 그런 정도에 이르지 않는다 하더라도 시인이 왜 이러저러한 시적 대상에 부심하고 있는가 하는 구체적인 삶의 사정이 문제된다는 것이다. 가령 다음과 같은 몇몇 표현은 그런 두 가지 모습의 조각들이 어울리고 있는 쉬운 보기들일 수 있겠다.

내 사랑하는
탱고의 나라
敵이 없어 언제나
불행한 나라

—「아르헨티나」

아침까치는 이미
아무런 기다림도 전하지 않는다
십원을 아껴가며 참고 견뎌
이제는 모든 것을 샅샅이 알아 버렸다

—「늦가을」

오버바이에른의 가을 마을에
나는 때때로 안개가 되어

가버린 나에게
편지를 쓴다

—「葉書」

김광규에게 있어서 이 단순성의 세계는 그의 재질적인 문제와도 관계가 있겠으나, 일련의 작품들은 그것이 보다 그의 문학적 성장의 배경과 관련됨을 말해주는 듯하다. 즉 앞서도 말한 바 있으나, 대상의 모색은 그의 잃어버린 현실에 대한 상응물의 추구라는 관점에서 이해된다. 그러나 그 대상은 그에게 명료하게 잘 나타나지 않는다. 언어를 통해, 색깔을 통해(「보고 듣기」라는 함축적인 제목의 작품도 있다) 알려지지만, 소년기를 형성해준 신비의 현실 자리를 마음에 꼭 맞게 채워주는 것은 아니다. 그 과정에서 그는 자연히 대상도 대상이지만 자기 자신은 누구인가 하는 회의에 빠지게 된다. 말하자면 대상과 시인의 관계가 문제되는 것이다. 실제로 그는 「나」라는 제목의 시에 이런 사정을 숨김없이 털어놓는다.

그렇다면 나는
손님이고
주인이고
가장이지
오직 하나뿐인
나는 아니다

—「나」

'나'는 아버지의 아들이자 동시에 아들의 아버지이며, 친구의 친구이자 또한 적의 적이다. 이런 묘사 아닌 묘사로 시종하고 있는, 얼핏 기이하게 느껴지는 이 작품에서 우리가 건질 대목은 신비한 소년의 자아 수용에서 그가 시민적인 자아의 상대적 각성에 눈을 뜨면서 대상과 자아 사이를 왕래하기 시작하게 되었다는 점일 것이다. 그리하여 시인의 귀는 열리고 눈은 떠진다. 그러나 귀가 열리고 눈이 떠졌다고 해서, 대상이 제대로 드러나지 않는 세계에 여전히 그대로 앉아 있다는 것을 알게 된 것이 그의 최초의 개안 성과이다. 여기서 대상은 대상으로서만 안주하지 않고 자아를 시인으로 격려하고 흥분시킨다. 현실의 비극이 시인의 단순성을 위한 귀중한 인식의 발판이 된 것이다. 어떤 에세이의 자리에서 그는 "죽음은 주체의 소멸이므로 모든 대상의 인식을 불가능하게 한다. (……) 오늘날 우리의 인식과 욕망은 많이 조작되고 통제되는데 이것이야말로 진실한 삶을 기만하고 거짓된 죽음을 연습하는 어리석은 것이 아닐까"라고 말하고 있는데, 그가

'조작되고 통제되는' 비극의 현실을 '죽음'으로까지 생각하고 있는 것을 보아도 대상에의 자유로운 파악과 이해가 삶의 진정한 모습과 얼마나 직접적인 관계를 이루는지 실감된다.

눈 뜨면
敵과 同志 어디에나 있고
귀 기울이면
웃음과 울음 어디서나 들려온다

—「보고 듣기」

3. 죽음 혹은 범속한 트임

시를 쓰기 시작한 지 이제 5년쯤 되는 김광규가 아직 많은 작품의 양을 가진 것도, 더구나 그것들이 어떤 변모를 보여주는 것도 아니다. 그러나 그는 확실히 지난 시대(5, 60년대)의 시 작품들에서 폐해로 지적되던 현상들을 처음부터 아예 보여주지 않고, 비교적 단순한 시 세계를 구축해왔다. 그런 그가 그 단순성의 세계를 그야말로 놀라운 단순성으로 그려낸 뛰어난 작품이 한 편 있는데, 이 작품과 더불어 나는 이제 이 시인이 바야흐로 심화되기 시작한 시인 의식의 깊이에 뛰어들어보고 싶다. 그 작품은 78년에 발표된「어린 게의 죽음」이다.

어미를 따라 잡힌
어린 게 한 마리

큰 게들이 새끼줄에 묶여
거품을 뿜으며 헛발질할 때
게장수의 구럭을 빠져나와

옆으로 옆으로 아스팔트를 기어간다
개펄에서 숨바꼭질하던 시절
바다의 자유는 어디 있을까
눈을 세워 사방을 두리번거리다
달려오는 군용 트럭에 깔려
길바닥에 터져 죽는다

먼지 속에 썩어가는 어린 게의 시체
아무도 보지 않는 찬란한 빛

―「어린 게의 죽음」 전문

아마도 현대 한국 시사의 한구석에 기록될 것이 틀림없을 이 짧은 시 한 편은 시인 김광규의 발전과 한국 시의 발전을 동시에 기약하게 될는지 모른다. 이 시는 그렇게 평가될 만한 여러 측면을 포함하고 있다. 얼핏 보기에 시장바닥 게 장수의 풍경을 옆눈으로 일별하고 그것을 다만 스케치하고 있는 것에 불과해 보이는 이 시는, 그러나 몇몇 측면에서 흥미 있게 분석될 수 있다. 우선 무엇보다 그것은 시적 대상을 죽음과 다를 바 없는 현실 속에서 찾아낸 시인이 그 죽음과의 대결에서 장렬한 전사를 하고 있다는 사실이다. 이 시에서 게는 시적 대상이며 동시에 시적 자아이다. 처음에 그것은 게 한 마리가 어미 게들 틈바구니에서 빠져 나온다는 한 평범한 사물의 묘사에 의해 대상으로서 형상되기 시작한다. 그리다가 결국 군용 트럭에 깔려 길바닥에 터져 죽는 것으로 끝나는데, 게는 여기서 죽음으로써 대상으로서 소멸되고 있는 것이 아니라 시적 자아로, 이를테면 초월하고 있는 것이다. 그리하여 살아서 잡힌 게는 시인의 눈에 비친 대상이요, 죽어서 "먼지 속에 썩어가는 어린 게의 시체"는 시인 자신이 된다. 보고 듣는 것마다 죽음의 현실이며, 잃어버린 꿈의 세계는 찾을 수조차 없게 된 현실, 그리하여 "때때로 안개가 되어 가 버린 나에게/편지를 쓰던" 시인은 마침내 군용 트럭에 깔려 정말 죽어버린 것일까. 그렇다. 시인은 아주 죽어버린 것이다. 살아서는 기껏 안개와 같은 매체에 가려, 안개가 매체인지 현실인지조차 구분할 수 없는, "안개 때문에/아무 것도 보이지 않는"(「안개의 나라」) 세계에서 뛰어나와 그는 자신을 내어던져버린 것이다. 대상을 가리고 있던 마지막 커튼을 벗겨버린 것인데, 그것은 동시에 자신의 삶을 삶답게 하지 못하고 있는, 결국 말을 말답게 하지 못하고 있는 허위의 너울을 벗어버린 것을 의미한다. 죽음의 나라에서 살기 위하여 그는 죽은 것이다. 대상과 한 몸뚱이가 되어버림으로써 그의 시는 단순성의 극화(極化)를 얻게 된 것이다.

그렇다면 죽음의 나라에서 살기 위해 죽는다는 건 무슨 뜻인가. 죽음의 현실 앞에 굴복한 것을 뜻하는가. 시인은 그의 시적 자아를 완성시킨 마지막 부분에서 "먼지 속에 썩어가는 어린 게의 시체/아무도 보지 않는 찬란한 빛"이라고 적고 있다. 죽은 게가 무엇 때문에 찬란한 빛을 발하는가. 물론 죽은 게가 그런 빛을 뿜을 리 없다. 그것을 통해 시적 자아를 완성한 시인의 의식이 그 빛을 찬란하게 보여주고 있을 뿐이다. 죽음의 현실을 눈과 귀로만 보고 듣던 시인이 이제 "길바닥에 터져 죽음"으로써 관찰자의 한 가닥 허위의식을 벗어던지고 대상의 차원에서 시인의 자기동일성을 획득한 것이다. 현실을 계속해서 죽음으로 느낄 수밖에 없었던 억압에서 해방된 것이다. 그것은 죽음과 같은 현실을 위해 선택한 죽음이 아니라 시인이 자신의 시적 자아를 얻기 위해 행한 예술적 모험인 것이다. 「어린 게의 죽음」을 쓰기 전후해서 그는 죽음에 대해 비상한 관심을 보인다. 그것은 힘도 잃고 자유도 잃은 현실의 죽음이, 오히려 그것을 그렇게 받아들이는 시인 자신을 죽이고 있는 것이 아닌가 하는 의도적인 시점의 선정과 관련된다.

> 가위에 눌려 한밤중 꿈에서 깨어났을 때 나의 몸은 이미 수의에 싸여 관 속에 들어 있었고 귀에 익은 목소리들이 나의 죽음을 슬퍼했다.
>
> 〔……〕

화구에 불지피는 노인이 불방망이를 던졌다. 나는 선뜻 한손으로 그것을 받아쥐고 눈부신 밝음 속으로 가뿟하게 날아올랐다.

〔……〕

그러나 나의 목소리는 그들에게 들리지 않았고 나의 모습은 그들에게 보이지 않았다.

돌아다보지도 않고 들어가 문을 잠그는 그들의 등 뒤에서 나는 안타깝게 울부짖으며 잠드는 수밖에 없었다.

—「꿈과 잠」

시인은 죽음을 통해 "눈부신 밝음 속으로 가뿟하게 날아"오른다. 그 날아오름을 통해 그는 다시 살아나는데, 살아 돌아와 가족 앞에 서건만, 가족들은 문을 잠그고, 시인은 안타깝게 울부짖으며 "잠드는 수밖에 없게" 된다. 시인의 이런 잠은 우리에게도 안타깝게 느껴지며, 그런 한에서 어떤 한계가 보이는 것도 사실이다. 「어린 게의 죽음」은 바로 이런 한계를 부수고 있다. 시인의 설 자리가 굳이 '잠'과 같은 어정쩡한 곳일 필요가 없어지고 '죽음' 그 자체를 통해 외계와의 통일을 이룩하게 되는 것이다.

김광규의 시를 읽으면 불편한 가운데에서도 편안함을 느낀다. 그것은 시인 개인에게 '죽음의 현실'로 받아들여지고 있는 현실이 우리에게도 곧 그렇게 느껴지기 때문이다. 시인의 개인성과 보편성의 일치라는, 굳이 어려운 설명이 필요할까. 그가 소년기 문학의 꿈을 잃고 오랫동안 침묵할 수밖에 없었던 까닭도 아마 거기에 있을지 모른다. 실상 이 시인이 이미 잃어버린 것으로 보고 있는 이른바 신비의 세계를 아직도 현실의 중요한 핵심 내용으로 보고 있는 성년 시인들이 얼마나 많은가. 김광규, 그는 그가 당하고 있는 현실의 억압 속에서 그 자신의 억압된 모습을 보고 있다. 혹은 그 반대로 말해도 좋다. 즉 그 자신이 받는 억압이 곧 우리의 억압된 현실이라고. 중요한 것은 그 두 가지가 그에게 있어 하나가 되고 있다는 사실일 따름이다. 그래서 우리는 그의 시에서 말과 현실이 동떨어져 있는 괴리의 느낌도, 시인의 속과 밖의 현실이 찢기어져 있는 분열의 느낌도 가질 수 없다. 그러나 그것은 고통이 없는 조화의 세계가 아니다. 시인 스스로를 아프게 채찍질함으로써 현실 그 자체를 또한 가열하게 몰아세우는 정직의 세계이다. 금년 봄에 그는 그의 시 세계의 방향을 짙게 암시했던 「유무 I」의 속편이라고 할 「유무 II」를 발표했는데, "있으면서 없고, 없으면서 있는", 아직은 애매했던 신비와 현실의 착종 뒷이야기를 다음과 같이 전하고 있다.

나비처럼 너풀너풀 날다가 어깨 위에 내려앉고, 슬그머니 손을 뻗치면 다람쥐처럼 재빨리 달아나고, 숨을 헐떡이며 쫓아가면 어느새 나의 몸 속으로 스며들어 가슴을 답답하게 했다.

언젠가 그것이 내 곁에 온 것을 붙잡은 적이 있었다. 뱀처럼 차갑고 미끈미끈한 것이 손에서 빠져나가려고 꿈틀댔다……

〔……〕

골목길을 되돌아 나오며 나는 행인들과 자동차와 가로수와 담배가게와 길가의 리어카에서 그것을 보고 놀랐다. 그것은 이 세상 어디에나 있는 모습 같았다.

그러나 손으로 붙잡으려면 그것은 여전히 아무 곳에도 없었다.

—「有無 II」

여기에 이르면 「영산」에서 보았던 신비의 모습이 실제로 그의 생활 현장, 이를테면 시장이나 백화점에 나타나는 신비의 범속화 현상이 가림 없이 드러난다. 그리하여 시인의 손에 구체적으로 "생선이나 과일 또는 의복"이 잡히기도 한다. 그러나 역시 그런 것들은 시인이 꿈꾸고 노려온 그것 자체는 아니다. '영산' 아닌 "세상 어디에나 있는 모습"에서 보이지만 역시 붙잡으려면 아무 곳에도 없는 그것— 바로 그것이 김광규의 시다. 범속한 트임을 통해 시인으로서의 정직성과 시점을 획득하면서 기계와 도시와 정치에 의해 왜소해질 대로 왜소해지고, 무력해질 대로 무력해진 현실을 부단히 비판하는 그의 겸허한 자기 확인이 그에게 영원히 붙잡히지 않는 삶과 시의 이상적 존재 양태를 환기시켜주고 있는 것이다. 그가 「어린 게의 죽음」에서 보여준 것과 같은 보다 과감한 예술적 모험에 정진해주기 바란다.

(1979)

바다의 통곡, 바다의 의지
—문충성의 첫 시집

1

순수라는 그 진부하고 간지러운 추상의 이름이 문득 문충성(文忠誠)에게 부딪쳤을 때의 아픈 감동을 나는 잊을 수 없다. "한 톨 純粹여 너와 내가 앓아 온 熱望이/자그만 열매를 키워 가나니/별나라의 꿈을 익후며 시궁창까지/잔뿌리 뻗어 그 캄캄함을 빨아올리며 졸리는/……"〔「서시(序詩)」에서〕과 같은 대목을 읽어보면 얼핏 상투적으로 생각되는 그 낱말들이 그렇게도 진솔하게 우리 몸에 한마디 한마디 닿아 울리고 있는 느낌을 떨굴 수 없다. 그것은 기교가 채 침투하지 않은 곳의 세계, 이를테면 진정의 세계다. 그것은 무엇이 이 시인을 시인 되지 않을 수 없게 하는가 하는 말하자면 기본적인 발상을 동시에 암시한다.

40년 동안 구슬 한 알 못 빚고 서서 우는 사내여, 조발에
찬 바람 창 앞에 와 서걱일 때 홀로 깨어 우는 사내여
그렇다면 네 눈물로 구슬을 빚지, 네가 보던 세상
거느리던 그림자들 그 구슬에 환히
비춰나게, 앞으로 오는 세상 나의 죽음도 거울 속같이 알아보게

「구슬 빚기」라는 제목을 가진 이 시는 이 시인의 어떤 슬픔으로부터 시가 솟아나고 있는가 하는 사정을 잘 전달해주고 있다. 아득한 어린 시절, 제주 바닷가에서 꿈꾸던 여의주(如意珠) 이야기 속에 이미 새까맣게 묻혀 있었던 시인 의식이 그동안의 풍상에도 불구하고 다만 "앓고 있었을" 뿐 소멸되지 않았음을 보여주고 있는 것이다. "아아 내 구슬들 누가 훔쳐 내갔나 시름시름 석달을 앓았지 무당할망은 구슬귀신에 홀렸다 어린 넋을 살풀이하고 나는 저승의 하늘을 미친 듯이 떠돌아 다녔네"라는 인용 부분 앞의 대목은 구슬을 잃은 어린 유년의 이야기이자 40의 나이에 이르도록 그에 상응하는 꿈의 현실을 소유하지 못한 시인 의식의 아날로지로서의 이중 의미를 띠고 있다. 그것은 유년 시절의 추억이자 그 추억을 통해 실물대로 커버린 상실의 슬픈 통곡이기도 하다. 이 '상실의 심리'야말로 이 시인의 발상으로부터 시의 분위기 전체를 지배하고 있는 주요한 톤이며, 이 톤의 떪을 통해 우리는 순수한 마음이 지켜온 오랜, 뜨거운 가슴이 문득 상실을 발견했을 때의 아픈 한탄 속에서 우리 삶의 저어할 수 없는 섬찟한 진실 앞에 우리도 더불어 함께 서 있음을 목격한다.

문충성이 꿈을 키우고, 다시 그 상실을 만난 아픔의 땅은, 우리들 땅의 저 남녘 끝 제주 바다이다. 그것은 아득히 먼 바다요, 그런 의미에서 볼 때 그것은 하나의 관념이며 허상처럼 생각되기 쉽다. 도시 속에서 자라났거나, 혹은 도시 속에 편입된 의식의 가상 속에서 사기의 자리를 잡기 좋아해온 많은 우리 시인들의 습관, 그리고 독자들의 습관에서 바라볼 때, '제주 바다'라는 말은 하염없이 낭만적으로 들려오기 쉽다. 또 실제로 몇몇 시인들에게 있어서 그것은 우리의 단순한 편견을 넘어 이미 사실로서 사용되어 온 바 있음을 우리는 기억하고 있다. 그러나 문충성의 '제주 바다'는 처음부터 그와 같은 허상의 세계와는 전혀 무관하다. 그곳은 아름다운 남국의 꿈이 이름 모를 열대 식물에 싸여 아롱지는 신기루의 나라가 아니라, 어두운 생존과 괴로운 싸움으로 범벅이 된, "韓半島의 슬픔을 내다보는 바늘 구멍"과 같은 형극의 현장, 원한의 섬이다.

> 누이야, 원래 싸움터였다.
> 바다가 어둠을 여는 줄로 너는 알았지?
> 바다가 빛을 켜는 줄로 알고 있었지?
> 아니다. 처음 어둠이 바다를 열었다. 빛이
> 바다를 열었지, 싸움이었다.
> 어둠이 자그만 빛들을 몰아내면 저 하늘 끝에서 힘찬 빛들이 휘몰아 온
> 어둠을 밀어내는
> 괴로와 울었다. 바다는
> 괴로움을 삭이면서 끝남이 없는 싸움을 울부짖어 왔다.

전반부만을 인용한 「제주(濟州) 바다 I」의 맨 끝부분에서 시인은 그리하여 "濟州 사람이 아니고는 진짜 濟州 바다를 알 수 없다"고 끝맺고 있다. 우리로서 가장 관심을 갖게 되며, 또 이 시인의 가장 큰 매력이기도 한 '제주 바다'의 이 같은 성격은 무엇보다 소박한 자연으로서의 제주 바다, 그리고 시인 관념의 막연한 허상적 사물로서의 제주 바다가 완강하게 거부되고 있다는 점에서 주목된다. 우리로서는 '제주 바다'가 싸움터였다는 것만도 지식 이상의 한 충격이다. 뿐만이 아니다. "바다가 어둠을 열거"나 "빛을 켜는 줄로 알고 있었던" 사람들에게 "처음 어둠이 바다를 열었다"는 것을 가르쳐줌으로써 이 시인은 제주 바다에 무지한 사람들의 헛된 믿음을 뒤집는다. 제주 바다에 대해서 무지한 사람들의 헛된 믿음을 뒤집는 일은 곧 이 시인이 얼마나 단단하게 제주 바다에 몸을 박고 서 있는가 하는 사실의 전달이 된다. 물론 제주 바다와 제주 땅이 역사 속에서 얼마나 험난한 현실과 맞부딪쳐 싸우고, 또 당해왔는지, 파란의 비극적 현대사를 넘어서는 고난의 역사가 있음을 시는 말해준다. 중요한 것은 현장에서 시인에 의해 체험

되고 받아들여진 제주 바다의 벌거벗은 모습이다. 이것을 전문 용어로 바꾼다면, 시의 대상이라는 것이 된다. 문충성에게 시의 대상이 되고 있는 이 '제주 바다'가 희귀하게도 이 시집에 실린 작품 거의 전부에 바로 그대로 시의 대상이 되고 있다는 사실이 놀랍다. 그것은 이 시집에 실린 작품 거의 전부가 미발표의 신작이라는 점과 더불어 시작(詩作)에 대한 이 시인의 정열이 얼마나 끈질기고 무서운가 하는 점을 동시에 말해준다.

그러나 이 시집과 더불어 이 시인이 시인으로서의 출발을 성공적으로 수행하고 있다는 사실은, 무엇보다 시의 대상이 되고 있는 제주 바다와 시인 사이에 간극 없는 통일이 이룩되고 있다는 점에서 발견된다. 시인에 의해 선택되고 수용된 제주 바다의 그 처절한 전장으로서의 모습은 그것이 곧 시인 내면의 투영이 되고 있는 것이다. 그는 이 광경을 이렇게 말하고 있다.

> 옛날에 하르방의 하르방적 옛날에
> 涯月面 古城里 항파두리에서
> 金通精이란 장수가
> 되놈들하고 싸운 이야기해 주카
> (……)
>
> 일곱 살 내 幼年의 天下大將軍
> 金通精이는 내 꿈속을 자주 날아다녔다.
>
> 五百餘年前 아흔 아홉 골에서 그의 죽음은
> 옛얘기 해 주시던 외할아버지 죽음으로
> 내 핏줄에서 다시 살아나
> 내 아들에게 얘기해 주고
> 겨드랑이에 날개가 돋아나는

일곱 살짜리 내 아들 그 눈동자에 이는 파란 불꽃을 본다.

—「金通精」

여기서의 소재는 옛날 김통정(金通精)이라는 장수의 이야기이지만, 시인이 말하고자 하는 바는 역시 싸움터로서의 제주 바다와 그것을 받아들이는 시인 의식으로서의 한·원한·투지와 같은 것들이다. 김통정이라는 인물은 말하자면 그 매개의 역할을 썩 훌륭하게 해내고 있는 것이다. 구체적인 인물을 통한 이런 매개 작업은 작품 「서귀포(西歸浦)」에서도 비슷하게 발견된다.

2

西歸浦에 볼 것 있나
있다면 붓 한 자루로 세상을 살아가는 이
보통 키에 여윈 체구.
墨香에 묻혀 인생의 비밀을 캐느라
스스로를 다스리다
눈이 침침해 안경조차 썼다.
낙엽 구르듯 步法에도 墨香이 어리고 술을 마시면 죽겠다고 저승을 넘나드는 이
술을 마셔 혹이나 때묻었을까. 툭툭
홍진을 털면 선비의 자세로 돌아가
붓 한 자루로 인간을 다스린다.
—拔山蓋也
"뜻을 모르거든 공부를 하게"

—「西歸浦」

죽은 인물이든, 살아 있는 인물이든 문충성의 제주 바다와 더불어 살아온 인물들은 한결같이 "이미 지나간 사람"들이다. 그리하여 그들은 몸으로 살아서 움직이는 힘 대신, 마치 전설 속의 힘으로 현실에 남아 있다. 그러나 "겨드랑이에 날개가 돋아나는" 김통정, "一拔山蓋也"를 그리워하는 소암(素菴) 선생에게서 볼 수 있듯, 그들은 그 시절, 그 옛날 현실 속의 힘에 있어서도 두려울 것이 없었던 강장한 인물들이었다. 이 지나간, 힘센 인물들이 이 시인에게 뜻하는 것은 무엇일까? 이와 관련해서 연작시 「그림자」는 흥미 있는 암시를 던진다.

① 아무 것도 없는 자리에서
화안히 밝아 가는
빈 거울 속에
있다.

② 흙속에서 잠자다 아침 햇살의
따슨 무게에 눈 비비고
일어나는 내 그리움의 어린애들

오, 맨발 벗은 채 없는
形象을 찾아 가시밭을
내달려 가는 그림자들이어.

내게로 돌아오렴, 걸음마부터
흘러가는 구름이나 보고 새 소리만
흉내내지 말아야지. 눈뜨는 법부터
사라지지 않는 발걸음을 배워야지.

③ 달밤에 홀로 눈 뜬다. 아직 어린 주인은
단잠 속에서 허덕인다. 그의 잠 속에서
가만히 거리를 빠져 나온다

④ 나의 꿈 속을 살그머니 빠져 나와
더 깊은 잠 속으로 들어간다. 귀에 들리지 않는
네 목소리가 얼마나 많은 나를 울려 버릴지 겁이 난다.

⑤ 어린 날의 꿈을 태우던 하늘도
한 가지 어두움으로 저무는 나의 하루도
그림자에 떠밀려 지금
나는 어디로 가는 것일까.

①~⑤는 각각 「그림자 I」 「그림자 II」 「그림자 III」 「그림자 IV」 「그림자 V」에서의 일부 인용이다. 여기서 볼 수 있듯이 그 시절, 유년의 꿈과 더불어 살아 있던 힘센 사람들은 이제 자취 없이 사라져버리고, "아무 것도 없는 자리에서/화안히 밝아가는" 그림자만이 남아 있을 뿐이다. 그리하여 시인은 "없는 形象을 찾아 가시밭을/내달려 가는 그림자들"이 되어버린다. 맨발 벗은 채. 이렇게 볼 때 제주 바다의 억센 야생적 정기와 시인의 꿈이 담겼던 유년 시절은 신기하게도 여기서 유추 현상을 일으키고 있음을 알 수 있다. 즉 억센 힘의 고장 제주 바다는 그것의 객관적인 사실 여부에 상관없이 시인의 유년 시절과 맺어진 의식의 현실, 추억의 현실인 것이다. 세상이 변하고, 이제 제주는 "서울놈/釜山년/八道江山에서/돈 벌러 오고 돈을 뿌리러 오고/돈을 벌어 가고 뿌리고 가고, 그 숱한 觀光 길"(「돌하르방」)이 되어버림으로써, 김통정의 힘은 찾을 길 없는 현실이 되었지만, 다른 한편 이미 유년 시절을 상실한 시인에게는 어쩔 수 없는 상실의 현실이 될 수

밖에 없는 것이다. 기본적으로 문충성의 시는 이처럼 바다의 상실에서 생겨나는 한·원한·투지와 깊은 관계를 갖고 있다.

그러나 문충성의 한은 재래의 이른바 서정시들이 갖고 있는 체념적, 퇴영적인 한과 근본적인 차이를 보여준다. 재래의 서정시들이 지닌 한이 토속적인 습속에 무력하게 주저앉아온 절망의 몸짓이라면, 이 시인에게서 그것은 보다 명징한 모습을 갖추고 뜻밖에도 어떤 역동성마저 나타낸다. 나로서는 그의 이 같은 힘이 역시 제주 바다를 싸움터로 파악한 그의 원초적인 의식과 불가분의 관계를 갖고 있는 것이 아닌가 믿어진다. 그리하여 이 시인은 이미 잃어버린 제주 바다에 대해서 그것이 벌써 상실된 현실이라는 점에 좌절하지 않고, 그것이 아직도 얼마나 신선한 시의 대상일 수 있는가 하는 것을 보여주려고 은밀하고 차분한 묘사를 계속한다. 그리고 그것은 동시에 제주 바다를 거듭 오염시키려고 하는 불순한 힘에 대한 방어와 증오의 미학을 키워준다. 이와 관련해서 그의 다른 연작 「돌」을 읽어보자.

① 사뿐사뿐 가시내가 밟고 가네.
도둑놈도 엉겁결에 발잔등을 디디고 뛰어가네.
〔……〕

그러다 어느 날 바스러지리, 바스러지는 나의 별 조각을
꼬옥 껴안고 외롭게 흙이 되리, 살을 깎는
비바람 눈보라로 가슴을 씻고
바스라지는 달콤함에
한 줄기 들풀이나 키워내리, 썩어가는
땅에 썩어 문드러지는 들풀이 되리.

② 가둬놓는 돌이어, 나를 풀어다오.
풀어놓는 돌이어, 나를 가둬다오.

③ 팽이가 도는 幼年의 중심 속으로 나는 돌아가지 못한다.
이름 없는 들판에 나자빠져 안으로만 삭이는 빗소리 하얀
길이 햇살에 밀려 떠내려갈 때 아릿아릿 저미는 이마
나는 좀 더 멀리 어둠의 깊이 속으로 물러나 앉는다.

④ 속으로 썩는
돌은 밤마다
별빛에
맑은 얼굴 씻고
물의 故鄕을 노래한다.

⑤ 이미 없는 내 幼年의 길목에
보얗게 부서지누나, 하얀 안개 돌돌 감아 돌리는 조약돌들
어느 세월에 죄를 벗고
물거품 속 한 줌 햇살로 바스러지나

①~⑤는 각각 「돌 I」「돌 II」「돌 III」「돌 IV」「돌 V」의 일부분이다. 여기 '돌'은 잃어버린 제주 바다, 잃어버린 유년 시절 대신 그림자를 끌고 다니던 시인이 만난 시적 대응물이라고 하겠다. '돌'은 이미 사라져간 힘의 바다, 꿈의 유년 시절 대신 나타난 현재의 시간, 황폐한 바다이다. 가시내도 도둑놈도 발잔등을 디디고 뛰어가는 제주 바다에 서서 지금 밟힌 그것이 바로 시인 자신의 모습이라고 시인은 느낀다. 회복할 수 없는 정서의 근원에서 멀리 벗어난 시인에게는 그 스스로가 "아릿아릿 저미는 이마" "땅에 썩어 문드러지는 들풀"밖에 될 수 없다는 비감이 닥쳐온다. 그러나 시인은 곧 "가둬놓는 돌이어, 나를 풀어달라"고 외친다. 이것이 제주의 돌하르방이라던가. 돌은 돌이되 문충성은 여기서도 굳어버린 화석이 되기를 거부하

고 "속으로 썩는/돌은 밤마다/별빛에/맑은 얼굴 씻고/물의 故鄕"을 노래한다. 힘의 제주 바다, 야성의 바다는 없어지고, 그와 더불어 시인의 유년 시절은 흘러갔지만, 그 객관의 인식과 함께 시인은 '그림자'로서, '돌'로서 가능한 것이 무엇인지를 조심스럽게 되묻고 있는 것이다. 이러한 현실 수용과 대상 인식이 그의 시들을 무척 아름답게 하고 있다. 한은 한이되 읽고 듣는 이로 하여금 읽기 싫고, 보기 싫은, 흉하고 역겨운 부정의 얼굴을 지루하게 강조하는 것이 아니라, 현실의 엄정한 인식 아래에 거기서부터 솟아나는 한과 더불어 시인이 디딜 수 있는 영역을 그는 타진한다. "어느 세월에 죄를 벗고/물거품 속 한 줌 햇살로 바스러지나"와 같은 대목은 지금은 비록 돌일 수밖에 없으되, 언젠가는 자기 구제를 통해 보다 적극적인 지평에 이를 수 있으리라는 희망과 낙관의 언어를 내보인다. 그것은 한 작은 돌의 작은 투지이다.

문충성의 시를 지배하고 있는 때 묻지 않은 그 언어의 신선한 분위기는 모두 이 상실의 슬픔과 그로부터 비롯되는 작은 투지로 구성되어 있는 것 같다. 그의 소재들은 거의 자연이지만, 새 한 마리, 풀 한 포기 그 상실의 세월과 무관한 것이 없으며, 산을 바라보아도, 가을바람 소리를 들어도 어느 것 하나 시인의 작은 한과 투지, 혹은 통곡의 의지가 담기지 않은 것이 없다. 여기서 우리는 이 제주의 시인이 철저하게 대상화하고 있는 제주 바다를 반드시 저 남녘의 한 조각 땅에 굳이 제한시켜둘 필요성을 잃어버린다. 우리의 국토 그 어느 곳 제주 바다 아닌 곳 있으며, 이 땅에 숨어 숨 쉬는 그 어느 생명 하나 그 한의 슬픔에 젖어 있지 않은 것 있는가. 그러면서도 우리는 '한(恨)' 그것 자체가 혹은 당연하고, 혹은 불가피한 것으로 받아들이는 습관에 익숙해왔고, 그것을 '자연시'라는 허울 좋은 이름으로 불러오지 않았던가. 자연은 있되 그것을 대상화하는 시적 자아는 언제나 그 자리에 없었던 탓이다. 그리하여 자연을 말하고, 토속을 그리는 시들은 언제나 무기력하지 않았던가. 각성된 한 개인으로서 그것들을 볼 줄 아는 안목의 필요성 앞에서 문득 이 시인은 제주 바다를 내놓는다. 이제 우리는 문충성의 제주 바다를 우리 국토의 모든 환부로 바꾸어가며 읽어보자.

> 차가움 속에 나자빠져 얼마만한 세월을 속 썩혀 왔나
> 캄캄한 따스함이
> 내 속을 울렁인다. 어둠을 밀어내야지
> 내 生命의 넋을 지그시 누르는 이 숨막히는
> 어둠을, 흙 속에 뿌리내리고 이제
> 나는 뚫는다, 눈부신 빛을.
>
> —「生命 I」 첫째 부분

헐벗은 자연과 헐벗은 인간의 만남은 그것이 다만 자연과 인간만의 죄가 아님을 묵시적으로 보여준다. 시인은 구태여 상징을 조작하지 않지만, 우리는 그 묵시가 말하고자 하는 바를 듣는다. 힘 잃은 자연 앞에서 도시의 일상에 찌든 사람들이 되어버렸지만 그것은 결국 고향을 배반하고 생명을 좀먹는 일이라는 그의 경구를 알아듣는다. 세월에 밀려 '돌'이 되었지만, 그것은 회복되어야 할 새로운 생명이라는 그의 통곡에 우리는 가슴 저려옴을 안다. 다시 그는 말한다.

> 환한 세상에서 살다 가야 해, 내가 열심히 살면
> 이 세상 있는 자그만 기쁨의 씨앗들 푸른 눈 트고
> 흙 속에 꼭꼭 나를 묻던 농부들 가슴 속
> 한숨 몰아낸 바로 그 자리에
> 별빛 같은 즐거움 알알이 깨어나리.
>
> —「生命 I」 둘째 부분

「생명(生命)」 역시 이 시인의 연작시다. 다른 작품들에 비해 훨씬 강력한 삶의 적극성을 표방함으로써, 헐벗은 자연 속의 헐벗은 인간의 끊임없

이 다시 살아나는 생명력을 호소하고 있으나, 섣부른 원망이나 저주, 그리고 사회를 향한 도움의 제스처는 조금도 엿보이지 않는다. 그것은 그가 큰 소리로 말하지 않아도 그의 모든 사물이 두 눈으로 이미 말하고 있는 것이다. 제주 바다에서 조금 벗어난 듯한 그의 유일한 작품은 이런 사정을 이렇게 표현한다.

당신네 나라에도 한 잔하고 流行歌를 부를 수 있는
民主主義가 없지 있느냐, 내가 알고 있는 건
당신네 나라 자그만 고을, 그 고을에 살고 있는
말없는 사내, 잠깐 꼽아보면 스무 해 전
나를 잃어버린 明洞 부근서 손금조차 없는
처음 두 손을 맞잡았지, 그 해 나는 紅疫을 되게 앓고 나선
죄 머리칼을 잃었고 겨우 보리밥 두어 술에 食困症을 달래고는

—「沈黙의 나라에 가기 위하여」 전반부

이 짧은 묘사에도 세계의 차원이 넘나들고 있다. 하나는 제주 바다로 보이고 있는 자그만 고을, 그리고 명동, 그곳을 왔다 갔다 한 시인. 그리고 그 세계의 차원이 어떻게 서로 어울리고 있는가 하는 것이 소상하게 눈에 보인다. 원시적인 생명의 힘과 그것이 사회로 뻗어 나가는 투쟁의 힘이 될 수 있었던 세월을 잃어버린 시인이 도시에 와서는 유행가나 부르고, "겨우 보리밥 두어 술에 食困症을 달래는" 무습이 하나로 통일된 영상을 이룩하고 있다. "눈물이 질펵이는 빌레왓이라도 서너 평 살 작정이다"라고 끝나고 있는 이 시는 결국 시에서 통일을 찾을 수밖에 없는 그의 통곡과 의지가 걸맞은 융합을 드러내고 있는 좋은 예이다. 그러나 그가 시에서 모든 위안을 얻고 있는 것은 아니다. 그렇기 때문에 그는 우리 시대의 어느 시인보다 시인으로서의 참된 가능성을 훌륭하게 갖고 있다고 나는 믿는다. 나는 「시」라는 제목을 가진 다음 작품을 함께 읽으며 이 시인을 얻은 기쁨을 우리 시

대의 고달프고 가슴 아픈 많은 사람들과 나누고 싶다.

너를 팔아 세상을 산다한들 무슨 소용 있으리
내 속에서 피 말리는 자
나는 네게서 벗어나고 싶다
깊은 밤 홀로
깨어 우는 울음 죽이고
저승으로 이어지는 너의 어둠을 두들긴다.

(1978)

부패한 몸, 우울의 예술성
—이성복론[1]

1

이성복 시의 가치는, 이즈음 흔해진 말로, 그 진정성에 있다. 그의 시가 고통과 사랑, 그리고 회복을 말하고 있다고 하지만 고통과 사랑, 회복을 말하지 않는 시가 있었던가. 문제는 얼마나 절실하고 치열하게 싸우고 표현했는가 하는 것이며, 그리하여 시적 성취에 도달했는가 하는 것이다. 요컨대 '진짜'냐 하는 것이다. 1980년 『뒹구는 돌은 언제 잠 깨는가』를 첫 시집으로 상재한 이성복은, 출간 즉시 시단 내외로부터 큰 관심을 받으면서 김혜순, 황지우 등과 함께 1980년대 시단을 이끌다시피 했다. 이후 30여 년에 걸쳐 6권의 시집을 내놓은 그는, 비교적 다작은 아니라 하더라도 우리 시단의 대표 시인으로서 이제 중진의 자리에 들어섰다. 그렇다면 많지 않은 그의 시집들의 어떤 요소들이 그를 주목받는 시인으로 만들어왔는가 세

---

1 이성복은 35년 동안 7권의 시집을 상재했다. 출간순으로 보면 다음과 같다. ① 『뒹구는 돌은 언제 잠 깨는가』(문학과지성사, 1980) ② 『남해 금산』(문학과지성사, 1986) ③ 『그 여름의 끝』(문학과지성사, 1990) ④ 『호랑가시나무의 기억』(문학과지성사, 1993) ⑤ 『아, 입이 없는 것들』(문학과지성사, 2003) ⑥ 『달의 이마에는 물결무늬 자국』(열림원, 2003; 문학과지성사, 2012) ⑦ 『래여애반다라』(문학과지성사, 2013). 이하 인용 시, 해당 번호와 쪽수만 밝힌다.

밀히 들여다볼 필요가 있다. 나로서는 첫번째가 되는 이성복론은 그러므로 조금쯤 흥분되는 진지한 탐구가 아닐 수 없다. 숱한 시인들의 범람 속에서 그를 '진짜' 시인 되게 하는 그 힘은 무엇일까.

그해 겨울이 지나고 여름이 시작되어도
봄은 오지 않았다 복숭아나무는
채 꽃 피기 전에 아주 작은 열매를 맺고
不姙의 살구나무는 시들어 갔다
〔……〕
어머니는 살아 있고 여동생은 발랄하지만
그들의 기쁨은, 소리 없이 내 구둣발에 짓이겨
지거나 이미 파리채 밑에 으깨어져 있었고
春畵를 볼 때마다 부패한 채 떠올라 왔다 (①-13)

첫 시집 첫 작품이다. 「1959년」이라는 제목의 시인데, 마치 우울증 환자처럼 우울한 모습으로 시인 자신의 내면을 그리고 있다. 내면은, 사람의 내면은 복잡하여서 논리적으로 파악되지 않을 뿐 아니라, 조리 있고 선명하게 그려지지도 않는다. 내면이 곧잘 시의 대상이 되는 것도 이 까닭이다. 뿐더러 내면의 묘사는 거의 필연적으로 비유를 동반한다. 비유는 은유와 상징에 의존하는 경우가 많은데, 그렇다 보니 상투적인 클리셰나 스테레오타입에 빠지기 십상이어서 시의 감동을 떨어뜨리고 주인공 시인을 천박하게 만들기 일쑤다. 이른바 '진짜' 아닌 '가짜' 시인들이 나오는 것이다. 비유의 진부성은 많은 경우 가짜와 진짜를 가늠하는 척도가 되며, 한 시인이 얼마나 절실하게 자신의 세계를 만들어가는가 하는 진정성의 발로가 된다. 비유는 따라서 기왕에 주어져 있는 은유나 상징을 넘어 훨씬 폭넓은 규모와 의미로 해석되고 사용되어야 할 것이다. 「1959년」은 이런 의미에서 시인의 절실한 진정성의 울림을 띤다. 그 울림은 모순된 부딪힘, 보통의 비유에서는 결코 일어나지 않는 기이한 비유를 통해 발생한다. 무엇보다 "그해 겨울이 지나고 여름이 시작되어도/봄은 오지 않았다"의 첫 구절이 보여주는 모순의 산문적 어법이 그것인데, 겨울 다음에 여름을 열거하고, 봄은 생략 아닌, 아예 "오지 않았다"고 함으로써 시간의 산문적 진행을 시적으로 단절시킨다. 이 단절은 그 자체로 하나의 비유다. 겨울이 지나면 봄이 오고, 다시 여름이 오는 것이 자연의 질서인데, "여름이 시작되어도/봄은 오지 않았다"고 했기 때문이다. 이 작은 단절의 묘사는 최소한 상투적이지 않고, 무언가 시인의 불행과 그 선포를 절실하게 예고한다. 불행의 예고는 이렇듯 자연 질서의 단절이나 파괴, 생략과 비약 등의 비유를 통해 발생하는데, 이것은 신인으로 등장한 이성복 특유의 시적 공간으로서 1980년대 시단의 한 특징으로 자리매김한다. "꽃 피기 전에 아주 작은 열매를 맺는" 자연, 혹은 세상과 자연 질서의 전도는 결국 세상의 질서도 함께 전도되고 있음을 강력하게 암시한다. 내가 말하는 이성복 시의 진정성은 여기서부터 이미 출발한다. 세상은 썩었고, 나는 아프다는 식의 진부함 아닌 자신만의 표현을 위한 굴착을 언어 동굴을 향하여 파헤치기 시작한 것이다.

이성복 시 표현의 특징은 고통 감추기, 혹은 감싸기를 통한 고통의 즉물적 노출이다. 안 아픈 척하면서 아픔을 호소하기, 남의 고통을 무감각적으로 말하는 척하면서 자신의 고통을 말하기, 세상이 썩어 가라앉는 것으로 묘사함으로써 자신의 대책 없음을 드러내는 방법 등은 이성복식의 특유한 표현법이다. 그것이 그를 돋세운다.

> 누이가 듣는 音樂 속으로 늦게 들어오는
> 男子가 보였다 나는 그게 싫었다 내 音樂은
> 죽음 이상으로 침침해서 발이 빠져 나가지
> 못하도록 雜草 돋아나는데, 그 男子는
> 누구일까 누이의 戀愛는 아름다와도 될까
> 의심하는 가운데 잠이 들었다 (①-14)

누이의 연애와 누이의 애인에 대한 질투와 회의를 그리고 있는 「정든 유곽에서」의 첫부분은 '그 男子'로 표현된 이 세상의 권세와 뻔뻔함, 일상의 반성 없는 횡포를 고발한다. 그것들은 '그 男子'처럼 "音樂 속으로 늦게 들어"와서 마치 처음부터 함께 있었던 것처럼, 혹은 그 분위기를 잘 안다는 듯이 행세한다. "내 音樂은/죽음 이상으로 침침해서 발이 빠져나가지/못하도록 雜草 돋아나는데" 어느 누가 다 잘 아는 것처럼 행동한다는 말인가, 대체. 이러한 진술과 묘사는 세상의 뻔뻔함, 일상의 진부한 수렁을 말하면서 동시에 시인 자신의 예술적 우울을 드러낸다. 우울이야말로 예술의 한 스탠더드임을, 그 바깥의 많은 것들은 참된 삶의 바깥에 있음을 은밀히 보여준다.

예술, 혹은 시와 우울을 거의 동일시하는 시인의 의식은 물론 이성복이 첫 사례라고 할 수는 없다. 가령 광기에 가깝게 내면화된 경우로 이상이 기억될 수 있고, 훨씬 공격적으로 표출된 김수영도 불러올 수 있다. 그러나 이성복은 이 두 시인 어느 경우보다 매우 얌전하고, 아주 수동적이다. 그런 의미에서 예술적 우울에 훨씬 근접해 있다. 발이 빠져나가지 못하도록 잡초 돋아나는 것이 자신의 시라고 말하지 않는가. 잡초 무성한 수렁을 시라고 인식할 때, 그 잡초와 그 수렁은 일상적인 의미에서의 뜻 아닌, 일종의 예술적 기표라고 보아야 할 것이다. 거기에는 일상의 현실을 오히려 '잡초'와 수렁으로 보는 반어가 숨어 있다. 이성복의 반어는 역설과 더불어 그의 시 거의 전체를 지배하고 있는데, 그 특징은 그것들을 유발하고 있는 현실에 대해서 증오와 적대감 대신 자괴감을 나타낸다는 점이다. 때로 그것은 겸비의 분위기마저 띤다.

> 아주 낮은 音樂으로 대추나무가 흔들리고
> 갈라진 흙벽에서
> 아이 울음 소리

길게 부는 바람 한 가닥 끌어안고
내 지금 가면
땡삐가 나를 쏘리라

아프지 않을 때까지
잎 없는 나를 열어 놓고
땡삐 집이 되리라 (①-49)

「금촌 가는 길」의 끝부분인데, “집에 敵이 들어올 것 같았다/〔……〕/敵은 집이었다”고 시작하는 이 시가 이처럼 조용히, 그리고 겸손하게 끝나는 것은 예상과 다르며, 시인만의 독특한 반어 공간이다. 그 공간 안에서 시인은 자신의 분노를 삭이고 몸을 낮춘다. 아버지와 어머니에 대한 실망과 힘든 가족의 풍경이 그려지지만, 시적 자아로 등장하는 화자는 언제나 자신을 감춘다! “너는 내가 떨어뜨린 가랑잎”(①-51)이라고 말한 아버지로 인한 자학이라고 하기엔 아들인 시인은 충분히 순종적이며, 이미 시적 내성화를 통해 순화의 길을 걷는다. 제3시집 『그 여름의 끝』에 수록된 「낮은 노래」 1, 2, 3의 연작시는 이러한 정황의 발전이다.

나의 하나님, 신부인 나의 잠자리는 젖어 있습니다 오, 근원 가까이 흐르는 물, 나의 기다림은 낮게 흘러 두 개의 밝은 호수를 이루었습니다 다만 미지와 미지라고 불리는 당신의 두 눈, 수심 깊이 곱게 씻긴 다갈색 자갈돌을 보기도 하였습니다 나의 하나님, 그러나 나의 기다림은 낮게 흘러 흐려질 것입니다 다만 당신 자신으로서의, 당신의 하나님 (③-62)

시인은 여기서 ‘기다림’이 ‘호수’를 이루었다고 고백한다. 그는 기다렸나. 누구를? 주목되는 것은 이즈음부터 문득 ‘당신’을 부르며, 혹은 ‘당신’

이라고 적는, 일종의 서간체를 문체로 시를 쓰는 일이 잦아졌다는 사실이다. 이 사실은 시인의 시가 사랑의 시로 바뀌고 있음을 알려준다.

부르지 않아도 당신은 옵니다
생각지 않아도, 꿈꾸지 않아도 당신은 옵니다
당신이 올 때면 먼발치 마른 흙더미도 고개를 듭니다
〔……〕(③-16)

놀라운 변화다. 우울하게 위축된 자아가 어떻게 이렇게 부드러워지고, 따뜻해졌는가. 물론 그 사이에는 제2시집 『남해 금산』이 있다.

한 여자 돌 속에 묻혀 있었네
그 여자 사랑에 나도 돌 속에 들어갔네
어느 여름 비 많이 오고
그 여자 울면서 돌 속에서 떠나갔네
떠나가는 그 여자 해와 달이 끌어주었네
남해 금산 푸른 하늘가에 나 혼자 있네
남해 금산 푸른 바닷물 속에 나 혼자 잠기네 (②-90)

시 「남해 금산」 전문인데, 여기에는 사랑과 이별이 모두 함축되었을 뿐 아니라 그것들의 매개물로서의 자연-사물들도 적절하게 등장하면서 우울의 예술적 승화 과정이 독특한 모습을 드러낸다. 여자는, 시인이 사랑하는 여자다. 그러나 돌 속에 묻혀 있어서 접근과 소통이 불가능하다. 『뒹구는 돌은 언제 잠 깨는가』에서의 우울과 치욕, 비참은 말하자면 이 불가능이 초래한 감정이다. 그러나 시인은 이제 알았다! 그 스스로 돌 속에 함께 들어가면 된다는 것을. 그러나 그 속에 들어갔다고 해서 남녀의 사랑스러운 화평이 보장된 것은 아니다. 여인은 돌 속에서 나와서 떠나가버렸기 때문이다. 그리하여 시인은 다시 혼자가 된다.

그러나 이 과정의 체험은 놀라운 것을 체득게 한다. 돌은 세상이며 여인은 세상 속의 여인이었다는 것, 만남은 시인 역시 세상 속으로 함께 들어갔을 때 이루어질 수 있었다는 것, 이별이 불가피하게 찾아왔을 때 시인은 독존하는 자아로서의 자신을 발견하게 되었다는 것 등은 내면의 동굴에서 세상과 마주할 수 없었었던 연약한 자아의 눈뜸이다. 그것은 뒹구는 돌의 '잠깸'이라고 할 수 있다. "푸른 바닷물 속에 혼자 잠긴" 자아는 그리하여 이제 외롭지 않다. 그는 새로운 주체이며, 느낄 뿐 아니라 행동함으로 얻어내고 받아들이는, 사랑할 줄 아는 주체이다. 우울한 내면이 성장한 사랑의 자아이다. "멀리 있어도" 당신을 아는 나다(③-16). 마침내 제3시집 『그 여름의 끝』은 비록 "낮은 노래"(③-62~64)이지만 사랑의 노래들로 출렁거린다. 그러나 온전한 사랑은 이별과 더불어 성숙한다고 했던가. 『그 여름의 끝』에는 사랑의 환희와 함께 이별, 혹은 서러움이 깔려 있고, 그것들은 사랑이라는 커다란 원을 완성을 향해 끌고 간다. 마치 한용운의 「님의 침묵」 중 어느 대목을 연상시키는 다음 구절은 이성복 사랑시의 완성감을 절절히 느끼게 한다.

> 당신이 슬퍼하시기에 이별인 줄 알았습니다 그렇지 않았던들 새가 울고 꽃이 피었겠습니까 당신의 슬픔은 이별의 거울입니다 내가 당신을 들여다보면 당신은 나를 들여다봅니다 〔……〕 (③-96)

> 아직 그대는 행복하다 괴로움이 그대에게 있으므로 그러나 언젠가 그가 그대를 떠나려 하면 그대는 걷잡을 수 없이 불행해질 것이다 괴로움이 그에게로 옮아갈 것이므로 (③-97)

언젠가 이성복은 "요즈음 나는 '당신'이라는 이름으로 불리는 '세계' 앞에 서 있다 '당신' 앞에서 나는 여지껏 경험해보지 못한 경건한 느낌을 갖는다"(시론 「집으로 가는 길」, 『나는 왜 비에 젖은 석류 꽃잎에 대해 아무 말도 못 했는가』, 문학동네, 2012)고 고백한 일이 있는데, 말하자면 당신은 이 세상일 수도 있고, 애인일 수도 있으며 시인의 관념이 만들어낸 어떤 추상의 형상일 수도 있다. 분명한 것이 있다면 시인의 마음을 그것이 열어주고 있다는 점이다. "'당신'은 내가 찾아 헤매던 '숨은 그림'이고, 나의 삶은 '당신'이라는 집으로 가는 길이다"(「집으로 가는 길」). 결국 시인은 내면 깊숙한 곳에서 '우울'이라는 자장의 진동을 거쳐 지각 표면으로 돌올하게 부상한 다음 '당신'이라는 시적 이상을 지향하고 있는 것이다. 그 '당신'의 정체는 비록 불명일지라도 그것을 바라보고 달려가는 동력은 사랑이다. 사랑은 많은 난관을 넘어서는 힘이기에 이별을 끌어안고 때로 서러움의 눈물마저 흘린다.

아직 내가 서러운 것은 나의 사랑이 그대의 부재를 채우지 못했기 때문이다 봄하늘 아득히 황사가 내려 길도 마을도 어두워지면 먼지처럼 두터운 세월을 뚫고 나는 그대가 앉았던 자리로 간다 나의 사랑이 그대의 부재를 채우지 못하면 서러움이 나의 사랑을 채우리라

서러움 아닌 사랑이 어디 있는가 너무 빠르거나 늦은 그대여, 나보다 먼저 그대보다 먼저 우리 사랑은 서러움이다 (③-106)

서러움이 이루지 못한 일로 인한 한의 소산이라면, 서러움인 사랑은 필시 이루지 못한 사랑의 분비물이리라. 이때 이루지 못했다는 생각과 감정은 그 자체가 억압이 되며, 그 억압에 핍박이라도 받은 듯 억울하고 서럽다. 그러나 서러움은 우울함과는 다르다. 우울이 내면의 들끓음과 관계된다면, 서러움은 적어도 사랑하는 두 사람 사이에서 발생하며 거기에는 정신적·육체적 교감과 왕래가 있다.

어두운 물 속에서 밝은 불 속에서
서러움은 내 얼굴을 알아보았네
〔……〕
서러움이 저를 알아보았을 때부터
나의 비밀은 빛이 되었네 빛나는 웃음이었네
하지만 나는 서러움의 얼굴을 알지 못하네
그것은 서러움의 비밀이기에
서러움은 제 얼굴을 지워버렸네 (③-105)

「숨길 수 없는 노래」 1, 2, 3 연작을 통하여 시인은 서러움이 사랑의 다른 얼굴임을 토로한다. 이제 그는 선망하였던, 가까이 갈 수 없었던, 의심하였던 사랑의 본체가 서러움임을 깨달으면서 사랑을 깨닫는다. 그 속으로 들어가본다. 그러나 가본 그곳에 있는 사랑은 '없는 사랑', 즉 '그대의 부재'인 것을. 사랑은 두 삶이 부딪치면서 발생하지만, "그 사이엔 아무도 발 디딜 수 없는 고요한 사막"이 있다. 그리하여 그는 알 듯 말 듯한 오묘한 사랑의 정의를 내놓는다.

내 지금 그대를 떠남은 내게로 오는 그대의 먼 길을 찾아서입니다 (③-107)

사랑이 쉽게 올 수 있는가. 아니, 쉽게 오는 것이 사랑이겠는가. 시인은 '뒹구는 돌' 시절의 고통을 반추하며 사랑의 무게를 존중한다. 먼 길을 찾아 가까이 있는 그대를 떠나야 하는 사랑! 이성복의 여름은 거기서 끝난다.

그 여름 나는 폭풍의 한가운데 있었습니다 그 여름 나의 절망은 장난처럼 붉은 꽃들을 매달았지만 여러 차례 폭풍에도 쓰러지지 않았습니다.

> 넘어지면 매달리고 타올라 불을 뿜는 나무 백일홍 억센 꽃들이 두어 평 좁은 마당을 피로 덮을 때, 장난처럼 나의 절망은 끝났습니다. (③-117)

"예술도 노동"이라고 갈파한 이가 로댕이었던가. 폭풍에도 쓰러지지 않은 백일홍이었던 시인은 "우박처럼 붉은 꽃들을 매달고" 버티면서 승리한 것이다. 이성복에게 예술은 싸움이었다. 폭풍과 싸우는 여름 나무! 넘어지면 매달리고 타올라 불을 뿜는 나무 백일홍! 그 처절한 싸움의 끝에 고통을 환희로 바꾼 시인 이성복의 미소가 있다. "두어 평 좁은 마당이 피로" 덮힐 때, "절망은 끝났다"고 외치는 시인의 목소리는 노동과 예술, 싸움과 예술이 함께 걸어가는 처절한 이름다움의 울림이며, 예술적 우울의 힘이다.

2

이성복 시의 본질이 있다면, 아무래도 유년성을 지적하지 않을 수 없다. '유년성'이라고 이름 붙였지만, 이것이 '아이다움'이라거나 '어린애 같다'는 말로 옮겨지기에는 마땅치 않은, 그냥 '유년성'이다. 초기 시들을 강력하게 포박한 시적 우울증 역시 유년성의 소산이었고 이제 후기로 접어든 『호랑가시나무의 기억』에서도 그것은 은밀하게 잠복된 상태를 떠나지 않는다. 「호랑가시나무의 기억」에는 그 첫머리에 다음과 같은 주목할 만한 고백이 나온다.

> 먼지 낀 유리창 너머로 보이는 풍경(짐 실은 트럭 두 대가 큰길가에 서 있고 그뒤로 갈아엎은 논밭과 무덤, 그 사이로 땅바닥에 늘어진 고무줄 같은 소나무들) 내가 짐승이었으므로, 내가 끈적이풀이었으므로 이 풍경은 한번 들러붙으면 도무지 떨어질 줄 모른다 (④-74)

큰길가에 서 있는 짐 실은 트럭 두 대, 갈아엎은 논밭과 무덤, 고무줄 같은 소나무들, 황량하고 범상한 어느 시골의 풍경이다. 그러나 이 풍경은 성인이 된 시인의 시야와 뇌리에 그대로 남아 있다. 시인의 표현에 의하면 그가 "짐승이었으므로", "끈적이풀이었으므로" 그러하다. 어느 아이인들 짐승 아니고, 어느 아이인들 끈적이풀 아니랴. 그러나 시인은 자신이 그렇다고 진술함으로써 자신의 의식이 유년에 머물고 있음을, 그리고 그 기억에 의해 세상이 인식되고 있음을 드러낸다. "호랑가시나무, 내 기억 속에 떠오르는 그런 나무 이름, 오랫동안 너는 어디 가 있었던가"(④-75) 찾아 부른다. 그러나 그 기억은 시인의 의식/무의식에 온존되어 있다. 초기의 고통, 분노, 수치도 이 의식이 단서가 되지 않았던가. 되돌아가본다면,

> 어느날 갑자기 여드름 투성이 소년은 풀 먹인 군복을 입고 돌아오고
> 조울증의 사내는 종적을 감추고 어느날 갑자기 일흔이 넘은 노파의 배에서
> 돌덩이 같은 胎兒가 꺼내지고 죽은 줄만 알았던 삼촌이 사할린에서 편지를
> 보내 온다 어느날 갑자기, 갑자기 옆집 아이가 트럭에 깔리고 〔……〕 (①-71)

더러운 현실과 부조리한 세상에 대한 묘사와 시인의 분노로만 읽히기 쉬운 이러한 시(「그러나 어느날 우연히」)도 유년의 겁먹은 기억이 모티프일 것이다. 풀 먹인 군복을 입고 돌아온 소년, 트럭에 깔린 옆집 아이는 유년의 학살 아니겠는가. 돌덩이같이 죽은 태아야말로 시대가 죽인 그 학살의 무참한 표징일 것이나. 시인은 그리하여 가해사의 얼굴로 두영된 세상으로의 진입을 두려워하고 어른으로의 성장을 거부하거나 지체시킨다. 아버지에 대한 증오 역시 시인의 개인적 모티프 차원을 넘어, 아버지로 대표되는 세상의 가학성에 대한 거부로 보다 폭넓게 이해되는 것이 좋을 것이다.

> 우리는 어디에서 왔나 우리는 누구냐
> 우리의 하품하는 입은 세상보다 넓고

〔……〕

손은 罪를 더듬고 가랑이는 병약한 아이들을 부르며

소리 없이 운다 우리는 어디에서 왔나 우리는 누구냐 (①-105)

그에게서 아이들은 늘 병약하고, 아이들과 시인 사이에는 공감대를 넘어 공명판이 함께 통한다. "아주 낮은 音樂으로 대추나무가 흔들리고/갈라진 흙벽에서/아이 울음 소리"(①-49)가 들린다. 시의 근본 모티프로 성장한 아이, 즉 유년성은 마침내 「호랑가시나무의 기억」에서 아이들에 대한 연민이라는 시인 의식을 넘어 시인 자신, 자기 아이들을 시의 대상으로 하는 현실적 구체성 속으로 주저 없이 들어간다. 파리 체류 시절 고국의 가정과 자녀들을 그린 여러 작품들에서 시인은 영락없이 자상한 아버지가 된다. 우선 연작시 「높은 나무 흰 꽃들은 등(燈)을 세우고」에서,

나의 아이는 언제나 뭘 물어야 대답하고 그것도 그저 "응" "아니요"라고만 한다 그때마다 나는 가슴이 답답하고 저 아이가 딴 아이들처럼 자기 주장을 하고 억지도 썼으면 좋겠다는 생각을 한다 〔……〕 (④-29)

여기 와서 제일 허전한 순간은 잠잘 때이다 아이들 이불을 덮어주고 불도 꺼주어야 할 텐데…… 〔……〕 아이들은 지금 잠자고 있을 때가 아니다 지금쯤 동네 앞길에서 오만 고함을 다 지르며 신나게 놀고 있을 거다 (④-30)

지금 환한 대낮에 푸른 나무들을 바라보며 나무들의 긴 그림자 밟으며 지금쯤 아이들이 무엇 하나 생각해보지만, 아마도 깊은 밤 깊은 잠속에 들어 있을 아이들 생각하면 나는 가끔 무섭기도 했다 〔……〕 (④-31)

세상에는 아내가 있고 아이들이 있다 이런 세상에, 어쩌자고, 이럴 수가 세상에는 아내와 아이들이 나를 기다리고 있다 (④-32)

「높은 나무 흰 꽃들은 등을 세우고」 연작시 거의 절반에 가까운 시들에 등장하는 아이들, 그것도 시인 자신의 자녀들은 무슨 의미를 갖는 것일까. 그 시들은 차라리 가벼운 수필이라고 불러도 무방할 정도로 담백하다. 세상에는 아내와 아이들이 있다는데, 거기 무슨 해석이 요구되랴. 그러나 굳이 생각해본다면, 아내와 아이들이야말로 "검은 세상"으로부터 보호되고 지켜져야 할 실체요 가치라는 사실이 문득 뼈저리게 인식된다. 이러한 인식은 그로서는 완성을 향한 성숙이며 상처투성이의 그가 치유되고 있다는 증거가 된다.

> 지금 이곳엔 자지러지는 새소리와 흰 꽃들, 이것은 한 무리의 잠인가, 꿈인가 나무들의 검은 둥치를 이기는, 이겨내는 흰 꽃들, 삶은 치유받을 대상이 아니었다 치유받아야 할 것은 나였다 나는 이제 속눈썹을 버린다 (④-45)

속눈썹을 버리고, 치유받은 몸으로 바라본 세상은, 그러나 태양이 상처받고 있는 기이한 세상이다. 이미 「호랑가시나무의 기억」에서 기이한 천국이 소개되었지만 제5시집 『아, 입이 없는 것들』에 이르면 천국은 진흙(⑤-97)이 된다. 이미 제4시집 해설에서 오생근이 분석해낸 물질화의 기운은 『아, 입이 없는 것들』에서 훨씬 구체화되면서 육체적/물질적 상상력의 전개가 실감 있게 펼쳐진다. 속눈썹을 버리고 들어간 검은 세상의 실상이다. 그 안은 이둡기 짝이 없다.

> 옥산서원 앞 냇물에 던져진 햇빛 한 덩어리
> 살얼음 끼어 흐르는 물에 진저리치는 핏덩이
> 저 안이 저렇게 어두워 바라보는 저희의
> 육체가 진저리치는 오후, 기슭엔 천렵 나온 (⑤-12)

햇빛을 “한 덩어리”로 묘사하는 데에서 비약적으로 전환된 시인의 물질적 상상력이 우선 놀랍다. 다음으로 놀라운 것은, 햇빛이 핏덩이처럼 붉은데도 그 안이 어두워 보인다는 비극적인 세계 인식이다. 이 시에 앞선 「1 여기가 어디냐고」에서 이미 “붉은 해가 산꼭대기에 찔려/피 흘려 하늘 적시고”라는 구절을 통해 붉은 태양의 작열하는 모습을 피 흘림으로 묘사하지 않았는가. 이러한 인식의 연장에서 육체에만 집착하는 사람들의 모습과 그 현실을 차라리 “춥다”고 그는 적는다. 햇빛 “한 덩어리” 솟아 있는데 그 안은 어둡고 춥다는 것이다. 이 시는 다시 이렇게 계속된다.

> 사내들 개 잡아 고기 구우며 농지거리하는,
> 농지거리하며 지나가는 아낙들 불러 세우는
> 겨울 오후, 밥알처럼 풀어지는 저희의 추운
> 하루 오, 육체가 없었으면 춥지 않았을 것을 (⑤-12)

육체가 없었으면 춥지 않았을 것이라는 가정의 희망을 통해 이성복은 증오, 분노, 수치, 그리움과 같은 추상적 감정의 시적 상황에서 매우 물질적인 공간으로 들어선다. 위축과 상처의 내면을 털어버리고 (시인은 이것을 치유받았다고 표현한다) 세상에 나선 그로서 처음 만나게 된 것이 육체라는 사실은 아주 자연스럽지만 그 자각은 후회스럽다〔“오, 육체가 없었으면 없었을 구멍”(⑤-13)〕. 이러한 시적 인식은 “삶은 치유받을 대상이 아니었고 치유받아야 할 것은 나였다”(④-45)는 진술이 아이러니였음을 말해준다. 말하자면 치유받지 않았다면 육체와도 부딪히지 않았을 것이라는 반어, 그리고 회한 속의 진실이다. 육체는 포스트모더니즘의 화두이고, 이에 경도된 많은 젊은 시인들의 동굴이다. 그러나 이성복에게 있어서 육체는 사랑이 그렇듯 서러움의 대상, 아주 이따금 미움의 대상일 뿐 결코 그에게로 미혹되지 않는다.

(몸아, 너는 추워하는구나
氷河 속에 웃고 있는 흰 수선화)
〔……〕
(몸아, 어떤 거미가
네 신경과 실핏줄을 엮어 짰니?)
〔……〕
(몸아, 네 흘린 흰 피는
이른 아침 창문에 성에꽃이 되는구나) (⑤-21)

「11 네 흘린 피는」 속에 나오는 몸은 이렇듯 춥고, 피 흘리는 안타까운 존재다. 동시에 추위 가운데에서도 웃고 있는 흰 수선화이며, 그 피가 창문에 피는 성에꽃이 된다. 요컨대 희생을 감수하며 살아가는 열매일 뿐, 욕망의 주체가 아니다.

3

최근에 상재된 제7시집 『래여애반다라』는 이성복 시의 한 절정을 보여주면서, 시가 예술일 수 있는 한 전형을 동시에 보여준다. 시인이 서문에서 밝혔듯이 '래여애반다라'는 "이곳에 와서, 같아지려 하다가, 슬픔을 맛보고, 맞서 대들다가, 많은 일을 겪고, 비단처럼 펼쳐지다"라는 뜻이라는데, 그 적정성 여부와 상관없이 그것은 시인의 지향을 반영한다. 예술이 슬픔에 맞서서 비단을 펼쳐내는 일 아닌가. 문제는 과연 얼마나 아름다운 비단이 우리 눈앞에 펼쳐지느냐 하는 것 아닐까. 한 편의 시를 읽어보자.

추억의 생매장이 있었겠구나
저 나무가 저리도 푸르른 것은,
지금 저 나무의 푸른 잎이

게거품처럼 흘러내리는 것은
추억의 아가리도 울컥울컥
게워 올릴 때가 있다는 것!
아, 푸르게 살아 돌아왔구나, (⑦-130)

「래여애반다라(來如哀反多羅) 1」의 전반부다. 이 시에서는 지금까지의 고통과 증오, 수치가 일거에 푸르른 나무로 집약된다. 그것들은 물론 해소 아닌 '생매장'의 형태로 집약된다. 없어졌으면서도 없어지지 않는 형태, 생매장! 그렇다, 예술은 생매장인 것이다. 그 위에서 푸른 나무가 자라나는 것이다. 고통으로 신음하고 고통을 노래한 숱한 한국 시들의 숲을 헤치고 우뚝 솟은 한 그루의 푸른 나무, 이 시에서 나는 우울을 에너지 삼아 예술로 살아난 탁월한 시인의 개선가를 듣는다. 아, 이성복, 그대 "푸르게 살아 돌아왔구나"!

허옇게 삭은 새끼줄 목에 감고
버팀대에 기대 선 저 나무는
제 뱃속이 온통 콘크리트 굳은
반죽 덩어리라는 것도 모르고 (⑦-130)

후반부는 생매장 내부의 모습이다. 얼마나 아프고 얼마나 답답하겠는가. 그러나 푸른 나무는 "온통 콘크리트 굳은/반죽 덩어리"를 제 배 속에 안고 자라난다! 그리하여 예술은 삶과 죽음을 한꺼번에 껴안고 그 둘이 어울려 만든 형식의, 제3의 생명체가 된다. 릴케의 「고대 토르소」를 연상시키는 일련의 연작시들, 가령 「이별 없는 세대」 1, 2, 3, 4, 「그림에서」 1, 2, 「조각에서」 1, 2 등에서도 그 견고한 모습들이 나타난다.

(2013)

허기와 시적 생산성
—김혜순의 시[1]

1

김혜순의 시는 여성의 인격에 대한 관능적 고찰이다. '관능적'이라고 말했지만, 조금 과장해서 말한다면, 비탄적 선언이라고 해도 좋다. 그 선언은, 선언이라고 불러도 좋을 정도로 분명한 음성으로 발화될 때도 적지 않지만, 많은 경우 은밀하게 감추어져 있다. 특히 초기 시에서 그 현상은 거의 눈에 띄지 않을 만큼 숨어 있어서, 간혹 발견되는 그에 관한 평문에서도 핵심적으로 거론되는 일이 별로 없는 듯하다. 가령 여성 문제를 음험한 미소로 드러내기 시작한 제2시집 『아버지가 세운 허수아비』를 거쳐 제4시집 『우리들의 음화(陰畵)』에 이르기까지, 이 문제와 관련된 어떤 지적이나 논평도 보이지 않는다. 김혜순의 시가 여성, 에로스, 페미니즘으로 연결되는 세계를 본질로 하고 있다는 점을 최초로 날카롭게 관찰한 이는 성민엽이

---

1 이 글에서 언급하는 김혜순의 시집은 다음과 같다. ① 『또 다른 별에서』(문학과지성사, 1981) ② 『아버지가 세운 허수아비』(문학과지성사, 1985) ③ 『어느 별의 지옥』(청하, 1988; 문학동네, 1997) ④ 『우리들의 음화』(문학과지성사, 1990) ⑤ 『나의 우파니샤드, 서울』(문학과지성사, 1994) ⑥ 『불쌍한 사랑 기계』(문학과지성사, 1997) ⑦ 『달력 공장 공장장님 보세요』(문학과지성사, 2000) ⑧ 『한 잔의 붉은 거울』(문학과지성사, 2004).

다. 제5시집 『나의 우파니샤드, 서울』의 해설에서 그는 김혜순 시의 관능성을 분석하면서 "김혜순은 행복한 에로스의 세계를 마음껏 향유하거나 거기에 탐닉하지 못한다. '너'와의 만남이 끝없이 유예되고 있기 때문"이라고 지적한다. 소박하게 말한다면 사랑, 혹은 사랑하는 사람과의 진정한 만남이 유예되고 있다는 것이다. 시인의 시는 바로 이 유예의 산물일 터인데, 그것은 막연히 사랑하는 사람을 기다리는 동경이나 한(恨) 같은 전통적 정서와 확연히 다르다는 점에서 페미니즘으로의 지평을 열어주는 개척점을 확보해주는 것이다. 여성 문제에 대한 비탄적 선언이라는 나의 명명은 이러한 지점과 연관된다. 그렇다면 사랑, 혹은 사랑하는 사람의 결핍을 모티프로 하면서 그리움과 같은 전통 정서와 배반되고 엇물리는 시인의 세계란 무엇인가? 미상불 페미니즘의 본질과도 연락될 수밖에 없는 이 세계의 규명이 바로 김혜순 읽기가 된다.

가령 첫 시집 『또 다른 별에서』부터 그렇다.

> 기다리던 신랑(新郎)은 오지 않고
> 누구냐?
> 흰 눈만 나린다. (①-60)

「기다림」이라는 시 첫부분인데, 시의 진행에 따라서 윗목에 앉은 신부는 문종이만 찢고, '메마른 눈'이 한 번 더 쏟아지고, 기다리던 신랑은 멀어지는 것으로 진술된다. 여기서 문종이만 찢는 신부와 더불어 나타나는 '메마른 눈'은 30년 가까운 이 시인의 시력에서 변하지 않고 그의 세계를 발전시키는 중요한 이미지로서도 주목된다. 게다가 이 작품 바로 옆자리에 있는 작품 「벌목하는 변강쇠」에도 주목할 만한 내용이 나온다.

> 불 먹은 여자가 뛰어오고
> 난 알게 되었네

이렇게 서서 죽을 줄 (①-61)

앞서 '메마른 눈'은 후기 작품으로 나아가면서 빈번히 나타나는 얼음이며, '불 먹은 여자' 또한 '우파니샤드' 이후 자주 등장하는, 열정에 사로잡힌 시적 자아의 또 다른 모습이다. 얼음과 불은, 말하자면 김혜순 '여성'의 본성이 압축된 상반된 외모이다. 이제부터 살펴보게 될 이 상반된 외모가 첫 시집에 이미 나오고 있다는 사실은, 피상적인 변모에도 불구하고 김혜순의 시 세계가 사실은 단호한 기반에 깊이 뿌리박혀 있음을 보여주는 것이다. 그것은 반복하거니와 끈질긴 여성성이며, 질서와 규범에 도전하는 파괴와 파격으로서의 여성성이다. 여성성에 대한 관습적 통념에 순치되어 온 우리의 '교양'과 '명분'이 그것을 바로 보지 못하기 때문에, 김혜순 시의 페미니즘적 폭발력은 그 이해 자체가 유예되어왔고, 문체의 탄력성과 치열한, 부정적 언어라는 기법적 차원에서 대체로 접근되었던 것으로 보인다. 그러나 김혜순 시의 파괴력, 그 단절과 비약, 환유의 돌발성 등은 단순히 기법이나 형식의 차원 아닌, 시인이 밀고 나가고자 하는 메시지 전달 과정의 불가피한 현상으로 해석된다.

그 메시지는 바로 관습 속의 여성성을 부수고, 인간으로서의 여성성을 새롭게 세우고자 하는 몸부림의 언어이다. 김혜순의 메시지라고 나는 말했지만, 그러나 이 시인의 메시지는 삼중, 사중으로 감추어져 있어서 표면상 그녀의 시는 철저하게 이미지화되어 있다. 그러니까 심층의 강력한 메시지로 인하여 시는 오히려 이미지로서의 강렬한 인상을 더욱 부각시키게 되는 것이다. 이 모든 어렵고 난삽한 과정과 현상은 관습으로서의 여성, 전통 정서, 전통 언어에서 벗어나야 획득될 수 있는 페미니즘적 지평 위의 여성성으로 가는 길목에서 드러난다. 김혜순의 새로운 여성성 세우기는, 더욱이 관념적 이데올로기의 도입에 의해서 이루어지지 않기 때문에 한결 난해한 도정을 밟을 수밖에 없다. 시인은 자신의 치열한 욕망이라는 내발적 요구를 통한 시적 자아를 추구하면서 이 문제와 내접/외접한다. 말하자면 시적 자아의 자연스러운 발화와 여성의 인간화라는 명제가 함께 가고 있는 것이다. 아니, 더 정확하게 말한다면, 그 내발적 폭발이 바로 여성의 인간화를 위한 절규가 된다.

시인의 첫 시집이 『또 다른 별에서』이며, 그다음 시집이 『아버지가 세운 허수아비』라는 점은, 그 제목에서부터 벌써 의미심장하다. 시인은 여성으로서의 자신의 자리를 "또 다른 별"로 의식하고, 그렇게 기표한다. 왜 시인은 같은 별 안에 남녀가 사이좋게 공존한다고 생각하거나, 아예 그 사실을 무의식으로 지나치지 않는가. 굳이 "또 다른 별"로 느껴야 할 사연이 있었는가. 있었다.

> 아버지가 허수아비를 만드신다
> 어머니 저고리에 할아버지 잠방이를
> 꿰어서 허수아비를 만드신다
> 〔……〕
> 아버지가 허수아빌 세우시고
> 넝마들에게 준엄하게 이르신다
> 황산벌에 계백 장군 임하시듯
> 늠름하게 쫓아뿌라, 잉
> 〔……〕
> 혼자서 흔들린다
> 그 뒤편에 전쟁보다 더 무서운
> 입다물고 귀막은 적막강산이
> 호올로 큰 눈 뜨고 있다 (②-79~80)

아버지다. 거의 모든 사람들에게 아버지는 억압의 근원이다. 그러나 시인들에게서는 동시에 창조의 근원이 된다. 창조의 근원은 억압이니까. 시인을 "또 다른 별"로 인식시켜준 이, 그 힘의 자리에 아버지가 있다. 아버지는 기껏 허수아비를 만들고 호령했지만, 딸자식은 거기에 복종할 수밖에 없었고, 그 위장된 복종은 딸자식을 시인으로 만들었다. 아버지의 허수아비는 "혼자서 흔들렸"지만, 그 때문에 시인을 포함한 모든 주위는 "입다물고 귀막은 적막강산"을 살 수밖에 없었다. 억압-적막강산은 "또 다른 별"을 탄생시켰고, 이제 그 별은 고통스럽게 허수아비를 마주 본다. 허수아비의 허상은 이미 파악되었으나, 적막강산을 벗어나는 일은 간단치 않다. 세 번째 시집 제목이 주장하는바, 그 일은 『어느 별의 지옥』으로 명명되며 시인은 그 공간, 혹은 그 세월을 악몽과 더불어 지나간다. 『아버지가 세운 허수아비』에서 시인의 절규는 가장 직접적으로 표출된다.

> 진정코 한번 멋들어지게 폭발하고 싶다. 그래서 이 껍질을 벗고 한 줌의 영혼만으로 저 공중 드높이…… (②-7)

2

지옥 경험 이후 시인이 도달한 곳은 사막의 땅이며, 침묵의 시간이다. 그것은 일견 달관과 체념의 경지인 듯하지만, 김혜순의 침묵은 죽은 정역학(靜力學)의 그것이 아니다. 그녀에게 있어서는 죽음도, 시체도, 귀신조차도 침묵이라는 말이 의미하듯 결코 가만히 있지 않는다. 일단, 움직이는 그녀의 「침묵」을 보라!

> 나는 사막에다 말을 걸고 싶은 타조처럼
> 동굴 벽에다 그림을 새기고 싶은 크로마뇽인처럼
> 자동차사막 바퀴사막을 달려간다
> 끈적끈적한 침으로 빚은
> 묵에다 시를 새기고 싶어
> 어둔 밤 사막을 휘휘 저어 달려간다

말은 안 하고
침을 게워
묵을 만드는 사람들 사이로
그 묵에 갇혀 급기야 콘크리트 되는
사람들 사이로 (④-12~13)

시인은 비록 말은 안 할지언정, 대신 "침을 게운"다. 그 침으로 묵을 만드는 사람들 사이로 달려간다. 그 묵에다 시를 새기고 싶어 한다. 요컨대 침묵의 순종자로 물러서지 않는다. 그렇기는커녕 훨씬 더 끈끈한, 집요한 모습으로 저항한다. 아버지에게, 아버지로 대표되는 체제와 남성들, "급기야 콘크리트 되는 사람들"에게 달라붙는다. 그것이 시인 자신이 그린 "우리들의 음화(陰畵)"이며, 그것은 그대로 네번째 시집 제목이 된다. 여기서 그녀는 침묵 이후의 풍경들로서 "죽은 자들의 춤"을 보여준다. 그리고 시체를 찬양한다.

지난 시절엔 왜 그리도 자주 젊은 시신들이 땅 속에서, 물 속에서 떠오르던지. 나는 그만 죽음에 휘둘려서. 사인불명의 퉁퉁 불은 시신을 앞에 놓고 우리는 왜 그리 또 손바닥이 붉어지던지.

또 시집을 내느냐고 웃는 사람에게 이 귀신들을 하나씩 선물한다. 부디 머리 풀고 곡하면서 소란스럽기를. (④-7)

『우리들의 음화(陰畵)』는 바로 시체들의 모습이라고 할 만큼, 이 시집에는 시체들이 넘쳐난다. "죽어서도 못 썩을 우리들의 음화(陰畵)"(④-27)라고 할 정도로 "시체는 슬픔 때문에 썩으며"(④-51), "조국은 귀신으로 꽉 차"(④-63) 있고, "무덤 밖으로/감춰둔 시체들이 떠오른다"(④-64). 죽은 이들은 "또 수의를 입고"(④-78), 침대 위의 두 남녀마저 "공동묘지를 휘어

잡는다"(④-115). 그리하여 아예 「죽음 아저씨와의 재미있는 놀이」라는 연작시까지 생겨난다. 그것은 아마도 어린 시절의 술래잡기, 콩주머니 던지기, 줄넘기까지 '죽인다' '죽었다'는 말로써 놀이의 승부가 진행되었던 두려움의 기억이 시인을 압박한 것이 아니었을까. 이 시절, 즉 1980년대 중반의 현실은 특히 시인들에게 도저한 공포의 현실로 각인되었는데, 김혜순에게서도 그 영향은 적지 않았던 것으로 보인다. 광주학살에서 발원하는 이 죽음의 현실은, 시인의 내면적 죽음과 합쳐지면서 그녀에게 현실감을 배가시킨다. 마치 고트프리트 벤에게서 자신의 개인적 죽음 체험과 바깥 전쟁에서의 죽음 체험이 일종의 시너지 상승으로 그를 몰아갔던 것과 흡사하다. 그러나 초기 시를 떠나는 이즈음 시집에는 다음 지평을 예감케 하는 중요한 한 단서가 포착된다. 「내 시(詩)를 드세요」라는 작품이다.

그리하여 나는 부글부글 끓어올라요
입김이 뭉글뭉글 솟아오르잖아요?
수많은 추억을 혼합하여 끓인 찌개처럼
돌아온 당신들이 쓰러진 나를
흰 식탁에 내려놓고
찬 숟가락을 확 들이밀 때까지
내가 이제 더 이상 볼 것이 없을 때까지

나는 시방 또 끓어올라요 (④-78~79)

이 시는 그 앞부분에 "죽은 이들이 또 수의를 입는"다면서 죽음이 억울한 죽음임을, 그 죽음이 따라서 침묵으로 끝나지 않음을 보여주면서, 죽음들의 반란을 격려한다. 그리하여 그들은 돌아와서 시인을 오히려 쓰러뜨리고 식탁에 올려놓는다. 여기서 주목되는 것은, 시인이 "부글부글 끓어오른"다는 점이다. 이 점은 두 가지로 해석된다. 그 하나는, 음식으로서의 가치가 있다는 뜻이 될 수 있다. 부글부글 끓어오른다면 맛있는 찌개일 터이며, "입김이 뭉글뭉글 솟아오른다"는 묘사도 이 해석을 거든다. 그것은 곧 죽은 자들의 먹이를 자처하는 속죄 의식의 발로일 수 있다. 그러나 또 다른 하나의 해석은, '끓어오름'과 '솟아오름'이 결국 시인의 현실적 자아, 경험적 자아를 시적 자아로 이동시킨다는 결론으로 유도될 수 있다. "수많은 추억을 혼합하여 끓인 찌개"라는 표현과 더불어 무엇보다 「내 시(詩)를 드세요」라는 제목이 이 해석을 가능케 한다. '끓임'은 발효와 함께 음식에 있어서 그 성질을 변화시켜 새로운 생성으로 이끄는 요체가 되는 방법이다. 시는, 말하자면 죽음의 현실이 끓여져 마련된 새로운 양식이다. 시인이 내 시를 먹어달라고 말하는 것은, 그러므로 죽음의 현실을 넘어서서 그 모든 것을 아우르는 시인으로 살겠다는 것을 표명하는 것 아니겠는가.

『나의 우파니샤드, 서울』은 이러한 과정을 거쳐서 당도한 산지로서, "또 다른 별"에서 '지옥' 생활을 할 수밖에 없었던 '여성'이 스스로 찾아낸 여성 발견이다. 그러나 '별'에서 떠나서 도착한 '우파니샤드'가 반드시 탈출이나 자유인 것만은 아니다. 아버지는 떠나갔고, 표면상 억압은 완화되었고, 죽음은 장사되었으나, 그리고 무엇보다 여성으로서의 시적 자아가 형성되기 시작하였으나 여전히 아버지는 무거워 "어쩌면 좋아, 이 무거운 아버지를"(⑤-49)이라는 고백이 남아 있다. 게다가 아버지 "잡아먹은" 시인은 이제 그 자신이 아버지가 되었음을 슬퍼한다.

> 얘야
> 천년 묵은 여우는 백 사람을 잡아먹고
> 여자가 되고, 여자 시인인 나는
> 백 명의 아버지를 잡아먹고
> 그만 아버지가 되었구나 (⑤-49)

다섯번째 시집에 와서도 아버지의 무거운 유산을 벗어버리지 못하는 시인에게, 그러나 이미 네번째 시집에 여성의 몸을 발견하는 시적 자아가 출현하고 있다는 사실은 놀랍다(사실 놀라운 일이라고까지야! 이항공존을 거쳐 새로운 성숙이 열릴 터이므로). 『우리들의 음화』에 벌써 등장하는 몸을 보라.

식지 않는 욕망처럼
여름 태양은 지지 않는다
다만 어두운 문 뒤에서
잠시 쉴 뿐 서산을 넘어
결코 사라지지 않는다

다시 못다 끓은 치정처럼
몸속에서 종기가 곪는다
날마다 몸이 무거워진다
밥을 먹을 수도 돌아누울 수도 없을 만큼
고름 종기로 몸이 꽉 찬다

한시도 태양은 지지 않고
한시도 보고 싶음은 지워지지 않고
한시도 끓는 땅은 내 발을 놓지 않고
그리고 다시 참을 수 없는 분노처럼
내 온몸으로
붉은 혹들이 주렁주렁 열린다. (④-111)

김혜순이 여성으로서의 몸을 발견하는 순간은, 이처럼 그 처음에 분노와 더불어 이루어진다. 아버지로 표상되는 남성 중심의 체제로부터 강요된 금욕적 억압에서 유발된 분노이다. 이 시인의 전성기에 그 역시 전성기에 있었던 페미니즘적 표현에 따르면 "남성적 욕망의 대상일 뿐인 여성의 몸"에 대한 분노이다. 이때 그 몸은 몸이 아니라 물건이며, 비생명적 사물로 백안시되는 대상이다. 어찌 김혜순의 분노가 없을 수 있으랴. 이후 김혜순의 '몸 시'는 후기 시의 핵심으로 등장하면서, "여성의 몸" "몸으로 쓰는 시" "페미니즘 문학의 선두" 등의 별호와 함께 이 분야의 개척자적 성취를 이루어나간다.

3

김혜순 시의 매력과 성취는, 그러나 사실은 그의 이미지에 있다. 특히 생략과 도약, 차원이나 범주를 혼동시키며 그 모두를 감싸 안는 색채상징 farbliche Chiffre은 단연 주목된다. 흡사 팝아트, 혹은 오프아트의 그것처럼 논리가 무너진 채, 제멋대로 얽혀져 있는 그림 같다. 실제로 시인의 시에는 피카소Pablo Picasso의 '청색시대'와도 같은 제목의 「청색시대」(제6시집 『불쌍한 사랑 기계』)가 있다.

파리로 날아가기 전 바르셀로나의 피카소는 청색시대를 난다
하늘과 바다가 멧돌처럼 맞붙어
갈아낸 푸른 가루가 식구들 위로 풀풀 날린다

오늘 일 끝내고 이불을 끌어올리면
바다를 오래오래 구워
내 뼈를 만들어주신 하나님이
나를 또 바다로 부르시네 (⑥-14)

피카소의 '청색시대'는 그가 조국 스페인의 바르셀로나를 떠나 파리로 온 1901년부터 그곳에 완전히 정착하게 된 1904년 봄까지 3년 반에 해당

하는 시기로서, 이 시기의 피카소는 슬픔과 가난에 빠져 있었다. 이 20세기 벽두에 피카소는 스페인에서나 파리에서나 절망만을 느낄 수밖에 없는 상황이었고 그것을 청색으로 그렸던 것이다. 그런데 시인 김혜순은? 시 「청색시대」를 중심으로 살펴볼 때, 시인의 청색 역시 슬픔의 색으로 드러난다. 그런데 그 슬픔은 묘하게도 성적 억압과도 연관된 관능의 슬픔과도 같은 분위기를 자아낸다.

저 세월의 바다에 잠긴 내 푸른 사진들
푸른 이끼 퍼진 얼굴이 껴안은 푸른 내 애인

퍼내도 퍼내도 푸른색은 퍼지지 않아
(이불을 들썩거리며 돌아누우며)
누가 저 바다를 꺼다오

수천 개의 수상기들이 철썩거리는 소리
내 애인에게 푸른 옷 입히는 소리
꺼다오
〔……〕
피카소는 어떻게 뼛속의 바다를 건너
장밋빛 시대의 암술 속으로 들어갈 수 있었을까
그는 어떻게 뼛속의 바다를 건넜을까 (⑥-14, 15)

시인은 피카소를 잘 알고 있다. 그의 고향 스페인의 말라가, 그리고 파리 이전의 청소년기였던 바르셀로나의 피카소를 김혜순은 잘 알고 있다. 피카소의 가난, 피카소의 열정을 그는 안다. 그의 외로움과 그의 정욕까지 시인은 안다. 특히 주목되는 부분은 욕망이 야기하는 슬픔으로서의 청색이다. 그 청색은 앞의 시 다른 부분에서 명료하게 드러난다.

뭉글뭉글 피어오르는 바다 나무 한 그루
바다 나무 이파리들이 바다 커튼처럼
커튼을 걷고 안으로 걸어 들어가면 (⑥-14)

바다 나무 한 그루가 뭉글뭉글 피어오를 때 시인의 욕망도 피어오른다. 청색이라는 표현은 생략되었어도 "바다 나무 이파리들이 바다 커튼을 걷고 안으로 들어"간다는 말 속에서 우리는 관능의 개화를 감지한다. 그리하여 "내 푸른 사진들은 바다에 잠기고, 내 애인의 얼굴에 푸른 이끼가 퍼진" 것을 본다. 커튼을 걷고 그 속으로 걸어 들어가 부유하는 푸른 욕망의 바다! 그 푸른색은 아무리 "퍼내도 퍼내지지 않는"다. 보통 뜨거움, 붉은색으로 표현되기 일쑤인 욕망의 불길이, 이 시에서는 푸른 바다로 나타나기에 시인은 "누가 저 바다를 꺼다오"라는 기이한 수사법을 사용한다. 그러나 김혜순의 시 전체를, 그리고 그의 색채상징의 문법을 들여다볼 때, 그 수사법은 별로 기이하지 않다. 그럴 것이 시인의 욕망은 우리가 생각하듯 훨훨 타오르는 불길이 결코 못 되기 때문이다. 굳이 분석한다면, 그 욕망은 금지되고 억압된, 말하자면, "멍든 욕망"이기에 붉지 못하고 푸른 상태에 머무른다. 일종의 상상임신이나 가수(假睡)와도 같은, 결과적으로 일그러진 욕망인 셈이다. 따라서 시인의 청색에 슬픔이 덧입혀져 있다면, 그 슬픔은 한 번도 제대로 발화하지 못한 채 염원으로 유예되어 있는 욕망 그 자체에 대한 슬픔이다. 파리로 가서 마음껏 욕망을 실현한 피카소는 따라서 시인에게 선망의 존재이다. 도대체 "어떻게 뼛속의 바다"를 건널 수 있었고, 어떻게 "장밋빛 시대의 암술 속으로 들어갈 수 있었을까" 궁금해하는 것은 당연하다.

욕망이 슬픔으로 받아들여진다는 사실은 김혜순 시의 모티프이며, 또한 시 문맥 전반의 기조를 이룬다. 이 사실은 제6시집 『불쌍한 사랑 기계』에서 김혜순의 「청색시대」를 형성한 이후, 최근작 『한 잔의 붉은 거울』(제8시집)에서 붉은색의 화려함을 뽐내기까지 일련의 색채상징으로 뒤덮인다.

> 사랑한다? 사랑하지 않는다? 파도는 숨골 속을 두드리고 차가운 별이 눈물 심지에 가끔씩 부딪힌다. 밤늦도록 벼랑에서 파란 인광을 내뿜는 내가 모르스 부호처럼 깜빡거린다. (⑤-23)

> 밤마다 지구가
> 달을 어룬다
> 푸른 지구는 한껏 몸을 부풀려
> 오, 아름다운 그대 눈동자! (⑤-61)

> 이브 클라인이 사색과 슬픔의 빛,
> 짙푸른 물감통에
> 하얀 알몸의 여자들을 풍덩풍덩 담갔다 꺼낸다
>
> 하얀 광목 위에 울트라마린 블루
> 몸도장을 찍는다
> (……)
> 검은 그림자들 뛰어다닌다 잠든 종로의 심해어들 날아다닌다
> 칠흙같이 검고 진흙처럼 물컹한 얼굴에
> 짙푸른 별을 두 개씩 매달고
> 엄마 없는 갓난애기 심해어들처럼
> 울며 소리치며 교미하며 (⑤-116, 120)

"파란 인광을 내뿜는 나"와 "한껏 몸을 부풀리"는 "푸른 지구"가 욕망의 외로움과 슬픔의 몸을 보여준다는 것은 이해하기 어렵지 않다. 그것은 아예 「사색과 슬픔의 빛, 울트라마린 블루」라는 앞의 시의 제목이 직접적으

로 표현하고 있는 바와 일치한다. 푸른색은 때로 "검푸른" 혹은 "짙푸른"으로 나타나면서 그 슬픔의 농도를 강화한다. 그런가 하면 검정색으로 나와서 절망의 바닥을 드러내기도 하며, 표면상 정반대되는 색, 즉 흰색으로 나와서 눈, 얼음 등의 이미지를 통한 냉혈, 차단, 고립의 감각을 제공한다. 가령 검정색은 이렇다. 제7시집 『달력 공장 공장장님 보세요』를 보자.

> 검은 쓰레기 봉투 속에서 날벌레의 애벌레들이 확 쏟아지자
> 흠칫 놀란 청소부들이 한 발짝 물러나고
> 절대로 썩지 않을 꿈의 냄새가
> 밤거리를 물들였어요 내 몸속 어디에 목숨이 숨어 있는 걸까요?
> 십만 개도 넘는 머리칼들이 콱 움켜쥔
> 검은 쓰레기 봉투 하나가 밤거리에 서 있었어요. (⑦-59)

그런가 하면 다른 한편, 흰색은 또 이렇게 나온다.

> 하얀 블라인드 쳐진 방 안, 문을 열고 들어가 가방을 던지자 방 안 가득 눈이 쌓여 있는 것이 보입니다 (……) 그러나 저기 아직도 펼쳐져 있는 하얀 이불 능선 속에서 찬 기운이 뭉클 올라옵니다 (……) 모두 흰 눈뿐입니다 형광등 불을 켜자 흡사 냉장고 속 같습니다 몸에서 차가운 물방울이 솟아오릅니다 (⑤-41)

파란색은 검정색, 흰색과 함께 비슷한 감각의 의미망을 이룬다. 피카소의 친구이기도 했던 거트루드 스타인Gertrude Stein은 "깊은 슬픔에 빠졌던 피카소는 「자화상」을 청색으로 그렸다"고 하면서, 청색은 검정색, 흰색과 함께 조국 스페인의 색깔로 같은 계열임을 주목하였다. 이 세 색들은 무엇보다 차가운 색이라는 공통성 위에 있고, 김혜순의 앞의 시 또한 차가운 "냉장고"가 강하게 지시하듯 냉혈과 냉혹의 이미지를 엄혹하게 만들어낸

다.「이다지도 질긴, 검은 쓰레기봉투」의 그 검은 쓰레기봉투는 무엇일까? 이 시의 앞부분과 연관될 때, 그것은 마치 피카소의 「자화상」처럼 시인 자신의 자화상임이 분명해진다. 인용한 뒤의 시 「블라인드 쳐진 방 3」 역시 그 같은 절망에 빠진 시인의 방임이 또한 분명하다. 그러나 흡사 냉장고 같은 방이 무슨 방이겠는가.

김혜순 시의 색채상징에 관하여 관심을 갖고 처음으로 이를 분석한 이는 소설가 이인성이다. 그는 제8시집 『한 잔의 붉은 거울』 해설에서 붉은색을 중심으로 한 시인의 최근 경향을 다루면서 "붉은색이 푸른색을 키우고, 푸른색은 붉은색을 피운다"는 주목할 만한 발견을 내놓는다(⑧-162). 속으로는 붉은 피가 흐르는데 겉으로는 푸르게 보이는 "정맥의 강가"에서 "붉은 열꽃"이 핀다는 것이다. 이 해석은 제7시집 『달력 공장 공장장님 보세요』를 포함한 후기 김혜순의 성숙을 압축하는 탁견으로 생각된다.

4

김혜순의 시는 김영옥이 잘 지적하고 있듯이 여성의 몸을 통한 여성의 시다. 시적 화자도 여성이지만 그 대상도 여성이고, 비록 시각적 이미지의 조작에 의한 화상 제출의 형식을 띠고 있으나 그 메시지도 여성에 관한 것이다. 초기에 시인은 아버지와 부권 체제의 억압에 대한 반항, 그로 인한 소외감을 그리고 있는 것으로 나타났으나, 시간의 진행에 따라서 여성의 육체성, 신화성, 사회성 전반으로 그 세계가 심화된다. 그러나 서사의 세계와 달리 서정시에서(에밀 슈타이거Emil Staiger의 지론대로 모든 서정시가 반드시 서정적인 것은 아니다) 이 문제는 객관적 서술 아닌, 시인 자신의 주관을 통해 체현됨으로써 김혜순은 자신의 몸을 던져 시를 살린다. 이 살림의 과정과 방법은 꽤 거칠다. 시인으로서는 그가 맞서는 체제와 현실의 껍질이 단단하기 때문에 문법적 논리를 뛰어넘는 것 자체가 형식 파괴를 넘어서는 새로운 형식이 되며 곧 메시지가 된다. 시인 스스로의 고백대로 침묵으로 견디다 못해 터져 나오는 비명이 시 쓰기이기 때문에 이 기법은 '여성적 글쓰기'라는 페미니즘의 본질과 내통한다. 비명에는 질서가 없고 진실의 절규만이 있다. 그렇다면 어떤 침묵으로부터 비명은 터져 나오는가. 앞서 살펴본 억압과 소외, 그리고 반항과 파괴로 범벅이 된 '악몽'의 파편들이 그것일 것이다. 여성을 깔아뭉개고, 내쫓고, 희롱하는, 여성 화자인 여성 시인의 꿈. 그 꿈은 악몽이다. 악몽 속에서 터져 나온 시는 따라서 파괴의 문법을 가질 수밖에 없다.

A는 B에게, B는 C에게, C는 D에게, D는 A에게
달려가서 환하게 터지고 싶어!
너무나 괴로운 나머지, 괴로움도 잊은 B!
밥 먹던 사람들을 향해 38구경을 들이대고
순식간에 피가 낭자한 화면!
그 화면을 향하고
비상구 하나 없는 물통들이
두 눈 부릅뜨고 가득 앉아 있다. (④-16)

악몽이네, 내 몸속에 집 짓고 새끼 낳은 수만 마리의 제비 떼들이
자욱이 내 몸 밖으로 나온 끈에 묶인 채
천 년 전의 검은 화촉들처럼
오지 마라, 오지 마라, 소리소리 지르며
날다가 돌아오고, 또 돌아와 내 몸에 깃드는데 (⑦-33~34)

「타락천사」「애처로운 목탑」 두 편의 시 일부인데, 여기에 이르면 더 이상 소외와 억압을 감수하지 않고, 여성 경시의 현실에 파괴적으로라도 저항하겠다는 의지가 강하게 투영된다. 남근주의에의 도전과 여성의 인간성 회복으로 요약될 수 있는 이 시기는 제6시집 『불쌍한 사랑 기계』, 제7시집

『달력 공장 공장장님 보세요』에 집중되어 있는데, 시인은 이즈음 「청색시대」를 서서히 떠나면서 색채상징에 대해서도 조금쯤 답답해한다. 그리하여 시인은 마침내 한 결론에라도 이른 듯 『한 잔의 붉은 거울』에 도달한다.

나는 붉은 잔을 응시한다 고요한 표면
나는 그 붉은 거울을 들여 마신다.
몸속에서 붉게 흐르는 거울들이 소리친다.
너는 주점을 나와 비틀비틀 저 멀리로 사라지지만
그 먼 곳이 내게는 가장 가까운 곳
내 안에는 너로부터 도망갈 곳이 한 곳도 없구나 (⑧-19)

『한 잔의 붉은 거울』을 흥건히 적시고 있는 붉은색의 홍수는 두 가지의 이미지, 즉 "붉은 파도"와 "붉은 잔"으로 요약되는데, 파도는 시집 전반에 걸쳐서 섹스의 몸짓으로, 잔은 물론 술로 해석된다. 그러나 붉은색으로의 도달은 그 도정이 여전히 일시적인 느낌을 감출 수 없다. 술과 섹스로 나타난 시적 자아는 위태로울 뿐 아니라 여성성 구현이라는 보편적 명제를 생각할 때 매우 개인적이기 때문이다. 물론 여성으로서의 악몽에서 탈출한 개인 '김혜순'의 실존은, 그것이 비록 아슬아슬하더라도 소중하다. 그러나 그 개인과 보편의 사이가 가까워질 때, 그는 더 중요한 우리 시의 위상을 획득할 것이다.

(2008)

* 이 밖에 김혜순에 관한 필자의 평론으로 「소통의 갈구, 물길 트기」(1993; 『사랑과 권력』)가 있다.

풍자의 제의를 넘어서
—황지우의 시

1

1980년 「대답 없는 날들을 위하여」 등을 발표함으로써 시인의 길에 들어선 황지우는 1983년 『새들도 세상을 뜨는구나』, 1985년 『겨울-나무로부터 봄-나무에로』, 그리고 1987년 『나는 너다』 등 세 권의 시집을 갖게 되었다. 그는 잘 짜여진 문장, 알쏭달쏭한 상징, 그리고 손쉬운 예찬이나 분노를 시의 아름다움으로 여겨온 많은 사람들에게 일견 좌충우돌로까지 비쳐지는 이른바 풍자를 통해서 독특한 자신의 세계를 구축해왔다. 그의 시는 지금까지의 우리 시가 보여온 어떤 묵계와 문법을 전혀 고려하지 않고, 낱말 하나하나의 생김새와 크기로부터 시행 가르기에 이르는 형식 일체, 그리고 내용 면에 있어서 역시 무소부재로 모든 영역을 넘나든다. 이러한 그의 시 전체의 인상은 하나의 엄청난 파격이라는 표현으로 집약될 수 있다. 파격은 파격 그 자체로서만은 파괴 이상의 의미를 띨 수 없는바, 황지우 시의 의미를 캐고, 그로부터 어떤 시적 보람을 얻어내는 일은, 그것이 단순한 파격의 차원에만 머물지 않고 있다는 점을 밝혀내는 일과 통할 것이다. 그의 파격을 가장 극명하게 나타내주는 몇몇 예를 살펴보자.

i) 워어매 요거시 뭐시다냐/요거시 머시여/응/뭐냔 마리여/사람 미치고 화안장 하것네/야/머고 어쩌고 어째냐/옴메 미쳐불것다 내가 미쳐부러/아니/그것이 그것이고/

—「1983년/말뚝이/발설」 부분

ii) 毒뿜고혓바닥내미는입
속으로가시돋힌푸른잎

몸받치고뺨맞고우는맘
마음없는세상텅텅빈몸

섬광의무지개드리운날
엄살의면류관피보는살

살려주세요오한번만더
갈곳이없어어느곳도더

—「뱀풀」 전문

iii) 8617번 차원옥은 동생을 찾씁니다.
동생은 차원실 륙십칠세(67) 별면은 세채
고향은 평북 영변군 팔원면 석성동
해방 전에 고향을 떠낫씀
형은 차원목 칠십삼세(73)
소림면에 출가하였씀
현재는 서울에 거주함
형에 저화열락처는 714-1258

—「벽·3」 부분

그의 두번째 시집에 실린 시들 가운데에서 인용된 것들이다. i)의 경우, 우리의 눈에 낯선 것은 / 표시이다. 이러한 부호는 행갈이를 위해 쓰여지는 것인데 여기서는 행갈이와 관계없이 제멋대로 쓰여져 있다. ii)의 경우에는 띄어쓰기가 완전히 무시되면서 글자 전체가 고딕체로 씌어지고 있다. iii)을 읽으면 시라기보다는, 누군가 사람을 찾고 있는 심인 광고를 그대로 옮겨놓았다는 생각을 하지 않을 수 없다. 그리하여 이러한 몇 부분에만 머무르고 만다면, 이러한 것들이 과연 시일 수 있는가 하는 회의에 지배될 수밖에 없게 된다. 그러므로 황지우의 시는 보다 훨씬 많은 양에 대한 집중적 고려를 — 하기야 모든 시인들이 그렇겠으나 — 요구한다. 앞서의 파격적인 분위기를 보다 극대화하고 있는 예들을 조금 더 함께 살펴본다면, 다음과 같다.

iv) 오늘 오후 5시 30분 일제히 쥐(붉은 글씨)를 잡읍시다.

벽 · 4

1984년은 쥐띠 해이다
재앙의 날들이여
조금만 더
조금만 더
버텨다오

v) 鐵甕城가튼警戒網裡
各處에서 朝鮮○○萬歲高唱
過激한 活版文書를 多數히 撒布
群衆과 警察混亂으로 負傷者多數

爆發의 第一聲은 學生堵列中—「大正十五年十月十一日, 東亞日報」

vi) 無 等

山

절망의 산,

대가리를 밀어버

린, 민둥산, 벌거숭이 산

분노의 산, 사랑의 산, 침묵의

〔……〕

이러한 표현들을 읽으면, 그것들이 던져주는 과격한 구도에 더욱 놀라게 되면서도, 시인이 벌여놓고 있는 파격 놀이가 단순한 치기 이상의, 어떠한 정신과 관계되고 있다는 심각한 고려를 행하지 않을 수 없게 된다. 30년대의 이상(李箱) 이후, 아니 그보다 훨씬 심도 있게, 대규모적으로 전개되고 있는 황지우의 시들은 대저 어떠한 맥락에서 이해될 수 있을 것인가. 이해의 단서는 편의상 앞의 작품들에서 제공되어도 좋을 것이다.

i)의 시가 진술하고 있는 요지는, 발설하기 어려운 대상의 발설이다. 그 대상이 무엇인지 딱히 나와 있지는 않지만, 바로 그 불명료성과 불안성 때문에 그 내용은 진술 방법에서 심한 굴절을 겪고 있다. 한편 ii)는 뱀풀이라는 풀에 대한 묘사를 상징화하고 있는 작품으로서, 겉으로는 선을 내세우면서 악으로 나타나는 현실 앞에서의 공포와 그 운명이 강렬하게 부각되고 있다. iii)은 언젠가 이루어졌던 이산가족찾기 운동의 내용으로서, 여기 소개된 부분은 방송국 벽에 붙은 광고 그대로인 듯하다. 시인은 몇 건의 광고를 덧붙여 시를 만들면서 시인 자신은 앞머리에 간단한 주를 달았을 뿐이다. "……통곡의 대리석 벽이여, 고통의 소문자여, 문신들이여"로 끝나고 있는 그 주를 통해서 읽혀지는 것은 엄청난 민족의 비극이 방송국이라는 "프로퍼갠더의 대성전" 앞에서 왜소화되고 있는 데에 대한 시인 자신의

알 수 없는 두려움이다. 그런가 하면 iv)에서는 노골적으로 생명에 대한 옹호, 생명을 위협하는 폭력에 대한 공포와 절망이 그려진다. 그것이 비록 쥐 잡는 날, 쥐에 대한 위협으로 나타나고 있으나 시인의 관심은 안타깝게 그 생명에 매달린다. 다른 한편 v)는 일본 식민 치하 시대의 신문 기사의 전재로 나타난다. 일제의 식민 포악정치에 항거하여 독립만세운동을 일으킨 사건의 기사인데, 아마도 신문 기사의 전재로서 시 작품을 삼은 예는 도대체 처음 있는 일이 아닌가 생각된다. 마지막으로 예거한 vi)은 이 시인의 시적 에너지의 샘처럼 보이는 전라도 광주 무등산에 대한 찬미이다. 여기서 보기로 살펴본 작품들 가운데에서 단 한 편 찬미로 시종하면서, 비교적 풍성한 서정성을 드러내주고 있는 이 작품은 그 대상이 시인의 고향이라는 점, 그리고 광주항쟁을 정점으로 한 비극적 역사의 현장이라는 점에서 시인에게는 각별한 서정적·역사적 의미로 작용하고 있다.

이렇게 볼 때, 앞의 여섯 작품들은 vi)만을 제외하고서는 하나의 공통성을 지니고 있는 것이 발견된다. 그것은 공포 혹은 두려움이라는 감정이다. 시인은 그대로 말했다가는 그 결과가 자신에게 위해롭거나, 혹은 듣는 이를 위해할지도 모를 그 어떤 것을 말하기 위해 더듬거리는 눌변과 사투리로 말을 한다. 그런가 하면 보기엔 아름다워 보이는 푸른 잎이 뱀과 같은 독을 품은 풀이라는 것을 날카로운 감성을 통해 직관하기 때문에, 대부분의 모르는 사람들이 편안한 가운데에서도 그는 두렵다. 두려움과 공포는 직접적인 위협 앞에서만 발생하는 감정이 아니다. 그 감정은 연일 정치적 선전을 하는 본산지로 여겨지는 거대한 방송국 앞에서도 생겨난다. 그 방송국이 주최가 되어 벌여주고 있는 이산가족찾기 운동마저, 그 엄청난 메커니즘 앞에서 더욱 초라하고 참담한 것으로 느껴지면서 시인의 두려움은 성장하는 것이다. 그 공포는 쥐 잡는 날이라고 해서 일제히 쥐에 대한 살해가 가해지는 날, 시인에게는 끔찍한 획일적 대량 학살로 비쳐지고, 시인은 마치 쥐의 입장이 된 듯 발버둥 친다. 인간들의 삶에 불편함으로 생각되는 쥐의 폐해를, 쥐의 생명의 소중함보다 덜 중요하게 여기는 시인의 태도는 근본적으로 선량한 마음씨의 소산이라고 할 수 있다. 그 선량함은 정치적 정의감으로 이어지고, 고향에 대한 사랑, 자신을 낳아준 자연과 모성에 대한 감사로 당연히 연결되는 것이다.

공포와 두려움은 그 대상에 대한 침묵을 버리고 발설과 진술의 길을 택할 때 배가된다. 황지우의 두려움은 바로 이 같은 이중의 회로에서 크고 있다. 그는 엄청난 공포의 대상을 곳곳에서 보고, 듣고, 만난다. 그것들은 폭력의 모습을 하고 있기 때문에 무섭다. 이때 무서움이 두려움의 형태로 모습을 갖게 되는 것은, 그것들이 무섭다는 것을 시인이 발설하기 때문이다. 시인은 자신이 쉽게 말해서는 안 되는 것을 말했다는 것 때문에 두려워하고, 이 두려움이 그의 시에 은폐 장치를 준비하게 한다. 살펴진 시들이 보여주고 있는 파격적인 모습들은 바로 이 같은 은폐 장치에 다름 아닐 것이다. 그러나 이 은폐는, 단순히 자신의 의도를 직접적으로 노출하지 않겠다는 의미에서만 은폐 장치인 것이 아니다. 그것은 오히려 남이 잘 쓰지 않는 부호와 조사(措辭)·서체(書體) 등을 통해 결과적으로 그가 말하고자 하는 바를 보다 적극적으로 드러냄으로써, 두려움의 대상에 대한 경고적 의미를 함축한다. 다시 요약한다면, 공포와 두려움을 발견한다→그럼에도 말하고 싶어 한다→감추고 싶어 하는 마음은 오히려 경고적 표현으로 나타난다→파격적 모습이 발생한다는 순서로 볼 수 있다.

이러한 회로에 얽매인 시인은, 그 회로를 통해 자유스럽고자 하는 열망과는 달리 얽매여 있음을 때때로 고백한다. 그 고백 속에서 우리는 두려움에서부터 파격 사이를 오가는 시인의 모습을 성식하게 바라볼 수 있나.

> 벗이여, 나의 近況은 위독하다. 위문와 다오. 붉고 흰 국화꽃 들고. 장의사 집앞을 지날 때마다 나는 섬찟섬찟하다. 구긴 종이가 휴지통에 정확하게 들어가주지 않은 그날은 내내 불길하고, 왜 나는 자꾸자꾸 豫示받으려 하는지. 왜 자꾸 목숨이 한숨인지, 나는 모르겠다. 벗이여, 〔……〕 아, 大韓民國, 大韓民國 憲法은 女性名詞며 大韓民國 現代史는 變態性慾者의 病歷이다. 누가 이

여인을 범하랴. (……) 물 질척거리는 그대 영혼의 잔잔한 오물이여. 폭등하는 첨탑이여. 교회는 자본주의와 性交한다. (……) 확실한 것은 TV는 다 共犯者다. 벗이여, 이제 나는 詩를 폐업처분 하겠다. 나는 作者未詳이다. 나는 용의자이거나 잉여 인간이 될 것이다. 나는 그대의 추행자다. (……) 그들과 나는 兄弟殺害의 시대에 산다. 우리는 연루자다. 벗이여 우리는 코미디언도 순교자도 못된다. 혹은 모든 시대에 코미디언은 순교자의 대칭이다. (……) 악몽이여. 흉악한 시절이여. 내 가슴 뜨거운 文身이여. 이것은 증오일까 오류일까. 나는 나 이외의 삶을 범해 버릴지도 모른다. 나는 모르겠다. 나는 혼수상태다. 벗이여 위문와 다오. 우리 결별하자.

—「近況」 부분

행갈이를 무시하고 쓴, 한 편의 시라기보다는 자학적인 일기를 연상시키는 이 작품에서, 그러나 우리는 공포로부터 발원한 시적 모티프가 파격으로 발전한 끝에, 원만한 (혹은 하나의) 시적 자아에 이르지 못하고 흔들리고 있음을 발견한다. 시인의 말대로 혼수상태에 빠져 있음을 본다. 그러나 다시 말한다면, 그의 시적 자아가 성립하지 못하고 있다는 말을 우리는 할 수 없다. 정직하게 말한다면, 그의 시적 자아는 혼수상태에 빠진 시적 자아이다. 무엇보다 중요한 것은 시인 자신이 그것을 알고 있고, 알고 있을 뿐 아니라 내세우고 있다. 위문 와달라는 호소가 바로 그것이다. 그것은 하나의 엄살이다. 이 엄살이 그의 시를 살리고 있다. 이 엄살이 그의 시가 지향하는 파격이 무의미한 파괴로 가는 것을 막으면서 파격을 파격답게 이끌고 있다.

형식 면에서 돋보이는 파격은 혼수상태에 빠진 시적 자아에 대한 시적 인식의 결과이며, 그러한 시적 자아는 이 시에서 묘사되고 있는 것과 같은 폭력적 현실에 대한 두려움에서 자연스럽게 유발된 것이다. 혼수상태와 파격이야말로 시인의 정직성을 증언한다.

2

풍자는 일종의 폭력이다. 풍자는 우선 교양 있는 중산층들의 훈련된 문법을 깨부순다. 풍자는 또한 그 문법의 언어들이 표방하고 있는 조화로운 질서를 깨부수고, 그 질서를 통해 유지되는 적극적·낙관적 세계관을 깨부순다. 풍자는 그리하여 깨부숨 속에서 파편화한 조각들을 보고 만족해하며, 그 앞에서 어떤 모습도 온전할 수 없을 것을 암시한다. 풍자는 마침내 풍자하는 자 스스로를 파괴한다.

황지우의 풍자도 이러한 풍자에 가깝다. 그의 풍자는 파격에 격을 만들어주는, 말하자면 이 시인이 벌이는 언어의 제사다. 그 자신의 파괴를 포함하는, 그 해체와 통곡의 제사가 그의 많은 시들을 배후에서 묶어주는 힘인 것이다. 그러한 징조는 이미 출발부터 현저한 특징으로 나타났다.

> 오, 亡國은 아름답습니다. 人間世 뒤뜰 가득히 풀과 꽃이 찾아오는데 우리는 세상을 버리고 야유회를 갔습니다. 우리 세상은 국경에서 끝났고 다만 우리들의 털 없는 흉곽에 어욱새풀잎의 목메인 울음 소리 들리는 저 길림성 봉천 하늘 아래 풀과 꽃이 몹시 아름다운 彩色으로 물을 구하였습니다.

첫 시집 『새들도 세상을 뜨는구나』에 나오는 아름다운 작품 「만수산 드렁칡·1」의 앞부분인데, 비교적 온전한 서정성에 바탕을 둔 그의 풍자가 번득이는 시다. 망국이 아름답다고 시작하고 있는데, 망국이 어찌 아름다울 수 있을 것인가. 아이러니에 바탕을 둔 노서한 풍사가 아닐 수 없다. 일본 제국주의에 의한 식민 통치의 결과로 우리가 나라를 잃고 만주로, 간도로 남부여대·유리걸식하며 떠났던 역사의 비극에 대한 시화인데, 그것이 그저 "오, 망국은 아름답습니다"라는 표현에 의해 반어적 압축으로 처리된다. 이어서 시인은 "우리 세상은 국경에서 끝났"기에 국경을 넘어 망명적·추방적 삶을 산 것을 "세상을 버리고 야유회" 갔었다고 신랄하게 비꼰다. 그것은 풍자가만이 누릴 수 있는 파괴의 여유다. 시인은 망국=슬픔=수난이라는 인습화된 우리의 관념을 파괴한다. 그러나 그 파괴를 통해 우리의 관념의 내용이 달라지는 것은 아니다. 그 파괴는 오히려 그 내용의 질적 강화를 가져온다. 그것이 바로 시인에 의해 이루어진 반어적 풍자의 시적 성과다. "〔……〕 다만 우리들의 털 없는" 이후는 만주와 간도를 중심으로 한 유랑민의 피폐한 삶의 묘사인데, 그것을 그저 피폐한 것으로 묘사하는 대신 "풀과 꽃이 몹시 아름다운 채색으로 물을 구하였"다고 함으로써 경제적·육체적 삶의 차원을 질적으로 상승시켜준다. 말하자면 일제에 의해 모든 것을 박탈당한 우리 민족의 참담함만을 드러내는 것이 아니라, 일제에 의해 모든 것을 박탈당했음에도 불구하고 정신적으로 의연할 수 있었다는 의식을 의연하게 조장해주고 있는 것이다. 이것이 이 시의 아름다움이고, 출발 당시 시인 황지우가 보여주었던 풍자의 서정성이다.

확실히 황지우 시에는 서정성이 깃들어 있다. 그러나 그 서정성은 자연과의 교류를 통해 이루어지는 차원으로만 만족하는 서정성이 아니다. 그 서정성은 앞의 예에서 보았듯이 곧바로 우리의 아픈 역사에 대한 통절한 역사의식과 매개된다.

갈 봄 여름 없이, 처형받은 세월이었지
축제도 화환도 없는 세월이었지
세월 미쳐 날뛰고 생목의 세례식—
〔……〕
위험한 이상주의자였지 손 한번 들어 올리지 못하고
소리 한번 못 지르고 우리는,
한 다발 두 다발 문 밖으로 들려 나가는 모습들을
'느린 그림'으로 지켜 보는
들뜬 회의주의자, 혼수 상태의 세월이었지

「대답 없는 날들을 위하여·2」인데 「대답 없는 날들을 위하여·1」과 더불어 시인이 우리 현대사의 파행성과 비극에 관하여 얼마나 속상해하고 있는지 여실하게 나타난다. 이러한 역사의식은 그러나 불행과 비극을 가져온 원인에 관한 추궁이나, 그것을 불식하고 극복할 방법에 관한 주체적·구체적 인식은 동반하고 있지 않다는 점에서 서정적이다. 그러나 나는 황지우의 이 같은 태도를 비판하고 있는 것은 아니다. 오히려 우리는 이 점과 관련하여 시의 모양과 기능에 관해 다시 생각해보는 것이 좋을는지 모른다. 시는 차라리 황지우가 시도하는 쪽일는지도 모르기 때문이다. 그것은 비극적 역사와 현실에 대한 구조적 원인 탐구, 분석적 해명에는 미흡할지 모르는 생김새를 갖고 있으나, 전류와 같은 직관적 감성과 폭 넓은 어루만지기에 의해 들추어내진 현실이 우리를 들쑤시게 하고 긴장시킨다. 황지우의 시는 그런 편에 있다.

역사의식과 서정성이라는 두 개의 가슴은 어쨌든 황지우 시를 굴러가게 하는, 쉬지 않는, 둥근(그렇다, 그 둥긂 때문에 그의 시는, 그리고 그는 가만히 있지 못한다) 바퀴이다. 그러나 역사의식과 서정성은, 결코 둘이 평화스럽게 공존하기는 필경 힘든 속성들인 듯하다. 한편으로는 하버마스의 말처럼 낭만적 결단이라는 결론으로 유도되기 쉬울 것이고(하버마스는 반진 Wahnsinn, 즉 망상이라는 표현을 쓰고 있다) 다른 한편으로는 상호 충돌로 빠지기 십상일 터이다. 시인의 풍자와 파격은 이 경우 후자에서 유발된, 그리고 시인에 의해 그것이 다시 교묘하게 조정된 결과이다. 그러한 결과는 첫 시집에서도 이미 드러난다. 작품 「새들도 세상을 뜨는구나」가 그것들이 충돌의 낌새를 보여주는 경우라면, 「꽃피는, 삼천리 금수강산」은 그것들이 비교적 짝을 이루고 있는 경우다.

映畵가 시작하기 전에 우리는
일제히 일어나 애국가를 경청한다
삼천리 화려 강산의
을숙도에서 일정한 群을 이루며

갈대 숲을 이룩하는 흰 새떼들이
자기들끼리 끼룩거리면서
자기들끼리 낄낄대면서
일렬 이렬 삼렬 횡대로 자기들의 세상을
이 세상에서 떼어 메고
이 세상 밖 어디론가 날아간다
우리도 우리들끼리
낄낄대면서
깔쭉대면서
우리의 대열을 이루며
한 세상 떼어 메고
이 세상 밖 어디론가 날아갔으면
하는데 대한 사람 대한으로
길이 보전하세로
각각 자기 자리에 앉는다
주저앉는다

영화관에서 영화가 시작되기 전에 나오는 애국가, 그 애국가와 더불어 펼쳐지는 화면을 보면서, 시인의 현실 의식과 서정성은 함께 발동하고, 그 결과 그것을 비웃어주고 싶어 하는 풍자가 생겨난다. 시인은 마음껏 그 장면을 비웃는다. 그러나 시인이 정말로 애국가를 비웃는 것은 아니다. 시인은 영화관에서 애국가가 불려지고, 그와 관련된 화면이 나오는 것 자체가 애국가를 비웃는 것이라고 생각한다. 참다운 나라 사랑이 모독되고 있다고 생각한다. 그즈음 갑자기 화면에서 새떼들이 어딘가로 날아간다. 시인은 여기서 답답한 현실, 왜곡되고 있는 민족·국가 의식에서 벗어남으로써 그것을 비판하고자 한다. 새떼를 따라 함께 날아가고 싶다는 욕망은 이렇게 해서 생겨나는데, 그 비상 욕구의 근저에는 서정적 상상력이 원초적으로 자리 잡고 있다. 여기서 우리가 주목해야 할 것은, 마음껏 비상하고 싶어 하는 시인의 천의무봉한 욕구에도 불구하고, 시적 자아는 '주저앉을' 수밖에 없다는 사실이다. 이 주저앉음 때문에, 서정성과 역사의식의 평화스러운 협력은 더 이상 유지되기 힘들어지고 둘은 서로를 과격하게 만든다.

서정성과 역사의식의 과격한 충돌로부터 풍자는 자연스럽게 배태된다. 그러나, 방금 나는 자연스럽다고 했으나, 그것이 말처럼 그렇게 자연스러운 것은 아니다. 자칫 파괴로 끝나는 파격에 그대로 머무르기도 쉽다. 그럼에도 황지우의 시는 발랄하고 날카로운 풍자의 미학을 얻고 있다. 평화스러운 둘 사이의 협력이 붕괴되었음에도 불구하고 이루어진 이 같은 차원의 원인을, 나로서는 그가 주저앉음을 깨달았기 때문이라는 다소 역설적인 데에서 찾고 싶다. 그것은 역사의식과 서정성이 실천적인 차원에서 만나게 된 실존적인 한계라고도 할 수 있다. 이 한계의 자각은 한편 시인을 한없이 슬프게 하고, 다른 한편 시의 길에 대한 현실적 인식을 단단하게 해준다. 그것이 황지우의 풍자다.

개나리꽃이피었습니다
미아리 점쟁이집 고갯길에 피었습니다
진달래꽃이피었습니다
파주 연천 서부전선 능선마다 피었습니다
백목련꽃이피었습니다
방배동 부자집 철책담 위로 피었습니다
철쭉꽃이피었습니다
지리산 노고단 상상봉 구름 밑에 피었습니다
〔……〕
백일홍꽃이피었습니다
태백산 탄광 간이역 침목가에 피었습니다
해바라기꽃이피었습니다

봉천동 판자촌 공중변소 문짝 앞에 피었읍니다
무궁화꽃이피었읍니다
경북 도경 국기 게양대 바로 아래 피었읍니다
그러나,
개마고원에 무슨 꽃이 피었는지
〔……〕
나는 못 보았읍니다
보고 싶습니다

한편 「꽃피는, 삼천리 금수강산」에 아름답게 나타나듯, 그의 풍자는 서정적 바탕 위에서 강렬한 역사 인식·현실 인식을 행한다. 그것은 시인이 갇혀 있고, 주저앉아 있다는 통렬한, 슬픈 자각을 배후로 하고 있는 그리움의 소산이기도 하다.

풍자는 원래 주문적(呪文的) 성격을 갖는 것이어서 그것을 통해 풍자하는 이는 일종의 기원과 제사적 행위를 하는 셈이다. 잘못된 현실, 불행과 고통을 불식하고 보다 개선된 현실로의 상승을 꾀하고자 하는 욕망이 거기에 숨어 있다. 이러한 제의(祭儀) 구조 속에서 제사장으로 등장하는 이가 시인 자신인데, 여기서 바쳐져야 할 제물이 문제된다. 일반적으로 풍자는 언어 자체를 제물로 한다고 할 수 있다. 도덕적·정치적 선을 획득하기 위하여 언어 파괴를 희생양으로 일단 삼는 것이다. 그러나 이 경우 언어 파괴만 일어나고 도덕적·정치적 선의 획득이 실패하는 수가 많다. 지나친 냉소주의에만 매달리는 시들이 여기에 속한다. 그들은 조소하고 야유하고, 신랄하게 비난하지만, 풍자의 대상이 되었던 현실이 새로운 모습으로 시적 자아를 약속해주지 못하는 예를 우리는 한국 현대시에서도 심심찮게 보고 있다.

황지우의 풍자시는 그러나, 그 같은 제의 구조에서 볼 때, 중요한 특이점을 지니고 있다. 그것은 시인 자신이 제사장이면서 동시에 제물의 몫까지

하고 있는 점이다(마치 예수처럼! 그러나 그는 반기독교적·독신론적 입장을 취하는 듯이 보인다. 이에 대해서는 신비주의/깊이 있는 사상이라는 대비 측면에서 뒤에 언급될 것이다). 말하자면 자신은 정치적으로 의롭고, 도덕적으로 선하다는 고지에서 현실을 내려다보고 현실을 공격·질타하지 않고 자신의 몸까지 던짐으로써 자신을 포함하는 세계를 전면적으로 풍자한다. 자칫 자학으로까지 비칠 수 있는 그의 자기 파괴는 이처럼 풍자의 제의적 구조 안에서 제물의 기능을 하고 있는 것이다. 『나는 너다』에서 이따금 나타나고 있는 '낙타'는 그 제물의 이미지를 일정하게 반영한다.

126-1

물냄새를 맡은 낙타, 울음,

내가 더 목마르다

이 괴로움 식혀다오 네 코에 닿는

水平線을 나는 볼 수가 없다

214

〔……〕

어제 개축한 방공호를 오늘 까부수고

굴착기는 못 뚫을 것이 없다

낙타가 바늘 구멍에 들어갈 수 없다는 말은 틀린 번역이다

요는 '낙타'가 아니라 '밧줄'이다

289

구반포 상가를 걸어가는 낙타

〔……〕

낙타, 넌 질량이 없어, 없어, 넌, 내장이, 넌 기쁨도 괴로움도 없어

낙타, 넌 臨在할 뿐, 不在했어

제물이 된 시인은 선량할 수밖에 없다. 그는 제사장이 되어 자신을 던졌다. 이제는 이 제의가 지니는 사회적·종교적 의미와 미상불 만나야 하겠다.

3

황지우의 시가 민중적 전망을 지니고 있는가 하는 문제에 관한 논의는—최근에 많은 논자들이 즐겨 접근하고 있듯이—보다 사회과학적인 분석에 의해 아마도 가능할지 모를 일이다. 그러나 그러한 논의는 있을 수 있는 많은 다른 논의와 함께 매우 중요한 문제이지만, 황지우 시의 구조를 밝히는 일에 있어서 고려되어야 할 우선적 사항은 아닐 수 있다. 또한 반드시 민중적 전망이라는 문제가 아니라 하더라도, 어떤 이념적 틀과 관련짓는다든지, 혹은 사회학적 유효성의 문제와 관련지어보는 것 역시 꼭 긴요한 일은 아니다. 보다 중요한 것은, 앞서 분석된 여러 가지 문제들이 황지우의 시라는 세계에서 자연적으로 흘러나와 오늘 우리 시대의 삶을 얼마나 진실하게 적셔줄 수 있느냐 하는 문제일 것이다. 그것을 뒤집어 말한다면, 그의 시가 얼마나 진리를 갈구하고 있으며, 그가 만든 형식이 얼마나 그 사정을 잘 반영해주느냐 하는 것이다.

현실 비판을 도저한 역사의식을 통해서, 그러나 천래의 풍성한 감수성·상상력의 바탕 위에서 서정적으로 행함으로써 나타나는 파격을 시의 방법 정신으로 삼고 있는 이 시인 앞에서 원칙적으로 '바람직한 모습'으로 남아 있어야 할 것은 없다. 그런 의미에서 그는 아마도 낭만주의자일지 모른다. 낭만주의는 일반적으로 민중문학관에서 배격되지만, 장르의 원리로 볼 때, 시의 정신 자체가 다소간 낭만주의적이라는 사실 또한 부인되기 힘든 것이다. 이러한 어려운 딜레마를 생각할 때, 파격을 형식화해나가는 수법으로 풍자를 택하고 있는 시인에게서 민중적 전망만을 기대하는 것은 지나치게 소박한 희망일 것이다. 이러한 기대와 희망을 잘 알고 있는 시인은 최근작

『나는 너다』에서 이렇게 그 요구에 답변한다.

503

새벽은 밤을 꼬박 지샌 자에게만 온다

낙타야,

모래박힌 눈으로

동트는 地平線을 보아라

바람에 떠밀려 새 날이 온다

일어나 또 가자

사막은 뱃속에서 또 꾸르럭거리는구나

지금 나에게는 칼도 經도 없다

經이 길을 가르쳐 주진 않는다

길은

가면 뒤에 있다

단 한 걸음도 생략할 수 없는 걸음으로

그러나 너와 나는 九萬里 靑天으로 걸어가고 있다

나는 너니까

우리는 自己야

우리 마음의 地圖 속의 별자리가 여기까지

오게 한 거야

칼도 경(經)도 갖고 있지 않은 시인에게 세상을 볼 수 있는 눈, 느낄 수 있는 가슴은 있어도, 세상을 구체적으로 이렇게 저렇게 할 수 있는 화끈한 그 무엇은 있을 수 없다. 민중적 시각을 가질 수는 있어도, 시각 이상의 것을 가질 수는 없다. 그 시각은 많은 방법을 낳는다. 그 많은 방법들은 하나의 전망으로 통일되지 않는다. 그리하여 시인은 "길은/가면 뒤에 있다"는 엄청난 아이러니를 내놓는다. 멀쩡한 모습으로, 리얼리즘적 솜씨로 다가갈 때 세상은 기만과 허위의 모습을 감추지 않고 언제나 뻔뻔스럽게 거기 그렇게 있을 뿐이다. 진실은, 진실하고자 하는 사람 쪽에서 차라리 '가면 뒤'로 돌아감으로써 얻어진다. 이 반어적인 진실의 발견은, 다시 말해서, 가면 뒤에 숨음으로써 진실을 보여주고자 하는 생각은, 그러나 '구만리 청천'으로 걸어가는 끊임없는 노력의 동반 아래에서만 그 실현이 가능할 뿐이라는 점을 시인은 알고 있다. 『나는 너다』에서 조금씩 변주를 겪어가는 나=너라는 명제의 시작은, 이처럼 일상적 자아로서의 시인과, 가면 뒤에서 시적 자아로 탄생하는 시인 사이의 대화로부터 우선 출발한다. 이 허위의 시대에 가면 뒤 아니고서는 진실할 수 없는 의식이 시인을 만들어내고 있는 순간이다. 그 가면을 민중 의식의 맞은편에서 바라보고 비판한다면, 그것은 시와 민중 의식 두 쪽 모두에 대하여 참다운 이해가 미처 이르지 못한 결과라고 하지 않을 수 없다. 올바른 민중 의식은, 민중 의식 자체의 동어 반복식 강조에 의해서보다는 세상을 뒤집고 또 뒤집고 또 뒤집는 가면적 시각에 의해서 보다 실체화되고 더 큰 힘으로 자랄 수 있을 것이다. 왜냐하면 민중 의식은 몇몇 사람의 소수 민중주의자가 내놓는 지침을 받아쓰는 방식에 의해서보다는, 보다 많은 사람들의 경험과 지식이, 황지우가 말하는 가면적 삼투 현상의 부단한 반복을 통해서 의식화되고 민중화될 수 있는 가능성이 높기 때문이다. 「503」이니 「109」니 하는 숫자를 소제목으로 하고 있는 시들 가운데 마지막으로 배열된 작품 「1」을 보면 시인의 그러한 구도가 넉넉히 짐작된다.

1

꼬박 밤을 지낸 자만이 새벽을 볼 수 있다
보라, 저 황홀한 지평선을!
우리의 새 날이다
만세,
나는 너다

만세, 만세
너는 나다
우리는 全體다
성냥개비로 이은 별자리도 다 탔다

시집 한 권 전체가 연작시 형태를 이루는 이들 작품들의 결론을 보여주는 시다. 여기에 오면 가면은 쑥 빠져버리고 "나는 너다" "너는 나다"로 직접화된다. 시인에게 중요한 것은 "우리는 전체"라는 공동체 의식이고, 가면은 다만 방법 의식이었음이 명백해진다. 「503」에서 "우리 마음의 지도 속의 별자리가 여기까지/오게 한" 것이라는 설명도, 여기서는 이미 "별자리도 다 탄" 것으로 바뀐다. 꼬박 밤을 지새는 동안, 그러니까 현실을 두 눈을 부릅뜨고 지키는 동안 다가온 "황홀한 지평선", 즉 황홀한 '새 날'이다. 그러므로 황지우에게 중요한 것은 시인이 앞장서 미래의 비전을 제시하고, 민중을 이끄는 일이 아니라, 오늘의 현실에 참여해 자지 않고 깨어 있는 일이다. 그 깨어 있는 동안 시인은 온갖 추한 것, 이상한 것, 참을 수 없는 것을 보고, 또 당한다. 그리고 그는 마치 그것들을 열심히 기록함으로써 졸지 않고 잠을 떨치고자 하는 듯, 열심히 또한 보고한다.

나로서는 이러한 황지우의 작업을 대단히 의미 있는 것으로 평가한다. 그것은 진실을 향한 시인의 노력으로서 무엇보다 정직하다. 그러나 지금까지의 분석이 그 평가의 내용이라면, 그의 작업이 더불어 갖추어가야 할 요소들에 대해서도 비판적인 고려가 가해져야 할 것이다.

무엇보다, 역사와 현실에 대한 통렬한 비판의 결과로 자연스럽게 나타나고 있는 현상이겠지만, 산업사회의 거의 모든 메커니즘에 대한 거부, 그리고 필경은 종교와 신에 대한 부인이 문제된다. 이것은 황지우 시의 사상, 즉 깊이에 관련된 문제로서, 그의 시의 소망스러운 발전을 위해서는 진지하게 논의되어야 할 사항으로 여겨진다. 이와 관련해서 시인은 어느 자리에서 "시적인 것은 선적(禪的)인 것과 닿아 있는지도 모르겠다"고 하면서 그 실례들을 「전태일 일기」와 『임제록(臨濟錄)』에서 찾아본 일이 있다고 밝힌 일이 있다. 그가 말하고 있는 「전태일 일기」는, 노동자의 비참하면서도 진실한 삶의 기록과 분노이고, 『임제록』은 도통하다시피 한 임제의 기록이다. 가령 시 「219」에서,

"설사 있다 하더라도 저는 말할 것이 없읍니다" 臨濟가 말했다.
"화살 한 촉이 벌써 西天을 지나가 버렸읍니다"

혁명가를 보면 혁명가로 살고 싶고
호스티스를 보면 호스티스와 살고 싶다

는 대목이 나온다. 시인의 선에 대한 생각이 약여하게 반영되어 있는 부분이라고 할 수 있을 것이다. 선에 대한 그의 생각은, 자연에 가깝다. 그의 서정성 밑바닥에는 모든 것을 자연화하고자 하는 마음이 누워 있는데 과연 세상의 모든 것이 자연화될 수 있는 것일까. 정신사적 측면에서 본다면, 그것은 신비주의의 한 극치라고도 할 수 있다. 아닌 게 아니라 황지우 시를 황망하게 지배하고 있는 정치적 이미지와 성적 이미지는, 그의 의도와 관계없이 자칫 신비주의적 결론으로 유도되지 않을까 하는 우려를 낳게 한다. 신비주의는 인간의 끝없는 욕망과, 세계와 역사를 파악하는 불꽃 같은 직관의 구조를 보여준다는 의미에서는 매우 흥미로운 인생관이며 세계관일 수 있다. 사실상 낭만주의 이후 문학의 뿌리가 되어온 것이 신비주의적 세계관이라는 사실은 부인될 수 없는 사실로서, 문학작품에 엿보이는 그 다양한 빛깔이 인간 심리의 현묘한 세계로 찬미될지언정 비난될 이유는 없어 보인다. 그러나 그것이 지향되고 옹호되어야 할 가치일 수 있는가 하는 점에 있어서는 재고되어야 할 문제가 없지 않아 보인다. 무엇보다 신비주의적 세계관은 인간 이해를 존재론적 절대성에 입각해 강조함으로써 자칫 자연과의 올바른 관계, 인간의 역사의식이라는 측면을 소홀히 할 수 있

는 부정적 요소와 연결될 수 있다. 이런 의미에서 문학은 신비주의적 세계관을 재생산해내는 도구적 정신의 수준을 넘어, 신비주의를 받아들이면서도 그것을 넘어서는 보다 높은 정신으로의 모색을 거듭해가는 종합적 정신이 되어야 하리라는 것이 나의 생각이다. "혁명가를 보면 혁명가로 살고 싶고/호스티스를 보면 호스티스와 살고 싶다"는 시인의 솔직한 심정에 심정적 동조를 하면서도, 거기에 머무를 수 없는 까닭이 바로 여기에 있다. 그것은 선(禪)의 세계라기보다 인간적 욕망에 바탕을 둔 신비주의이기 때문이다. 이런 이유에서 나는 황지우의 풍자의 시, 부정의 시가 부정의 철학, 부정의 사상을 거느리게 되기를 간절하게 희망한다. "나는 너다"라는 심정적 공동체 의식이 보다 역사적인 차원에서 이해되는 사상적 줄기를 갖춘 공동체 의식으로 승화되기를 바라는 것이다.

황지우의 시가 다루고 있는 대상들은 한국 현대사의 못되고, 그릇되고, 더럽고, 아픈 모든 구석들이다. 정치적 힘에 의해 억눌림을 받은 사람들, 경제적 빈부 차에 의해 소외된 사람들, 지역적 차별에 의해 부당하게 대접된 사람들, 그리고 맑고 밝은 희망 대신 허위·기만·억압으로 일그러진 젊음들과 그것들을 알면서도 일상성의 거짓 안정 속으로 숨어온 우리 모두들의 모습을 벌거벗겨 보여준다. 특별히 70년대 이후의 우리 현실을 생각할 때 그것은 탁월한 재능이며, 담대한 용기이다. 이제 그 재능과 용기가 모여서 한국 시의 가장 결핍되어 있는 부분인 정신적 깊이로까지 심화되기를 기대한다.

(1988)

신체적 상상력: 직선에서 원으로
—김기택의 시[1]

1

김기택의 시는 거의 동물원이다. 첫 시집 『태아의 잠』부터 최근의 『소』에 이르기까지 많은 동물들이 그 시적 대상으로 드나들고 있다. 쥐, 호랑이, 개, 소, 모기, 바퀴벌레, 닭, 병아리, 원숭이, 송충이, 거북이, 새, 파리, 타조, 토끼, 멸치, 명태 등등 우리 주변의 웬만한 동물들은 물론 짐승, 새, 곤충, 물고기의 여러 카테고리를 막론하고 대부분 망라되어 있다. 가위 동물의 왕국이라고 할 만한데 시인의 눈이 닿기만 하면 그들 모두 섬세한 관찰을 피하지 못한다. 과연 시인은 그들의 무엇에 관심이 가길래 그토록 집요하게 추적하는 것일까.

> 꾸역꾸역 굶주림 속으로 들어오는 비누 조각
> 비닐 봉지 향기로운 쥐약이 붙어 있는 밥알들

---

1 이 글에서 언급하는 김기택의 시집은 다음과 같다. ① 『태아의 잠』(문학과지성사, 1991) ② 『바늘구멍 속의 폭풍』(문학과지성사, 1994) ③ 『사무원』(창작과비평사, 1999) ④ 『소』(문학과지성사, 2005).

거품을 물고 떨며 죽을 때까지 그칠 줄 모르는
아아 황홀하고 불안한 식욕 (①-11)

첫 시집의 첫 시다. 제목은 「쥐」이며, 인용 부분은 끝부분인데, 문장은 '식욕'으로 끝난다. 불안한 가운데 먹이에 접근하는, 그러나 먹이를 찾았을 때 황홀해하는 쥐의 모습이, 요컨대 시인의 관심인 것이다. 그렇다. 김기택은 그 어느 동물들을 그리든지 먹이와 관계된 그들의 모습을 마치 생중계하듯이 리얼하게 묘사한다. 물론 묘사는 즉물적이라고 할 정도로 냉정하고 객관적이지만, 노상 그런 것은 아니다. 「쥐」에서도 '황홀'과 '불안'은 객관적 묘사라고 할 수만은 없지만, 그러나 쥐의 상황을 시인이 마음대로 주관화하고 있는 것도 아니다. 어떤 의미에서 간주관적(間主觀的)이라고 할까. 사람이나 고양이가 잠을 깰지도 모를 개연성에 따른 불안이 그것인데, 그 불안은 먹이를 먹어야 산다는 명제와, 붙잡히면 안 된다는 위협으로부터의 숨김이라는 명제, 그 두 가지로 인해 가중된다. 쥐가 사람의 언어로 자신을 표현하지는 않지만, 일련의 움직임이 시인에게는 그렇게 해석되고, 그 해석은 경험 법칙상 설득력을 지닌다. 간주관적인 묘사에 힘입어 동물들은 먹어야 사는 실존들로서 시인의 포착을 피할 수 없게 되고, 그 먹이 획득/피획득의 모습들이 구체적으로, 눈물겹게(그러나 '눈물겹다'는 형용은 이 또한 필자 자신의 간주관적 표현이다! 실제로 묘사는 눈물도 없을 만큼 비정하다) 떠오른다. 그리하여 김 시인의 시를 읽는 우리 모두 아, 그렇구나 먹어야 사는구나! 하는 한탄이랄까 각성이랄까 하는 것을 새삼스럽게 하세 되면서 잠시 우울해진다. 그러나 우리는 곧 회복된다. 왜냐하면 그것은 우울해할 일이 아니며, 오히려 숭고한 장면일 수도 있다는 생각이 다시 우리를 찾아오기 때문이다. 숭고!! 그렇다. 김기택의 동물들은 먹고 먹히면서, 먹고사는 일의 '숭고함'을 때로 연상시킨다. 생명을 부지하기 위하여 생명을 걸고 먹이를 찾는 일이 어찌 숭고하지 않을 수 있으랴. 여기서 시인이 끊임없이 주목하는 '힘'의 문제가 발생한다. 생명을 거는 일은 힘없이 되지 않기 때문이다.

김기택의 시에는 그리하여 도처에 '힘'이 넘친다. 그 힘은 대체 무엇이며, 어디서 나오는가.

> 느린 걸음은 잔잔한 털 속에 굵은 뼈의 움직임을 가린 채
> 한 번에 모아야 할 힘의 짧은 위치를 가늠하리라
> 빠른 다리와 예민한 더듬이를 뻣뻣하고 둔하게 만들
> 힘은 오로지 한순간만 필요하다 (①-12)

> 믿을 수 없다, 저것들도 먼지와 수분으로 된 사람 같은 생물이라는 것을. 그렇지 않고서야 어찌 시멘트와 살충제 속에서만 살면서도 저렇게 비대해질 수 있단 말인가. 살덩이를 녹이는 살충제를 어떻게 가는 혈관으로 흘려보내며 딱딱하고 거친 시멘트를 똥으로 바꿀 수 있단 말인가. 입을 벌릴 수밖엔 없다, 쇳덩이의 근육에서나 보이는 저 고감도의 민첩성과 기동력 앞에서는. (①-22)

전자는 호랑이, 후자는 바퀴벌레를 그린 시들의 일부다. 호랑이가 먹이를 얻기 위해 정중동의 몸짓 가운데 힘을 집중시키는 모습은 쉽게 상상된다. 그러나 바퀴벌레에게도 똑같은 힘이 있다는 사실은 이 시를 통해서 비로소 확인된다. 물론 바퀴벌레도 생명체이므로 그 나름대로 살아가는 힘이 있으리라는 것은 부지불식간에 인지되고 있는 사실이지만, 역학적인 의미에서 호랑이나 다름없는 강한 힘이 있다는 사실은 새삼스럽다. 이 힘은 생명을 위한 '생명적'인 것이기에 바로 생명 자체다. 따라서 인간에게 늘 유해한 벌레로, 죽임의 대상으로 간주되어온 바퀴벌레라 하더라도 시인에게는 엄숙한 생명체일 수밖에 없고, 거기에 작용하는 힘은 마찬가지로 '숭고'하다. 숱한 동물들을 섭렵하면서 그가 그들에게 눈을 뗄 수 없는 이유도 아마 여기에 있을 것이다.

모든 생명 현상은 숭고하다. 힘의 상징, 혹은 그 담지체(擔持體)로서 시인은 나아가서 '뼈'와 '정액'을 자주 거론하는데, 우연은 아니다. 그렇기는커녕 시의 활력을 높인다.

나는 돌처럼 차갑고 딱딱한 힘을 엉덩이로 집중시키고 싶어 안달하는 꼬리뼈를 단단하게 붙잡아 조인다. (①-16)

내 체중이 누르는 엉치뼈의 관절을 아슬아슬하게 이음쇠를 지탱하며 규칙적으로 움직이고 있다. (①-25)

가끔 등뼈 아래 숨어 사는 작은 얼굴 하나 (①-34)

때로 갈비뼈 안에서 멈추고 오랫동안 둔중한 울림이 되어 맴돌다가 다시 실핏줄 속으로 떨며 스며든다 (①-39)

뼈만 쫓아오는 방사선
길거리에 내 뼈가 노출된다 (①-43)

입술을 너무 벌린 까닭에 내 광대뼈는 해골처럼 찌그러져 있다. (①-59)

허공에 양팔을 묶인 가는 뼈
그 끊어진 듯 휘어진 선을
악착같이 붙들고 있는 야윈 살가죽 (①-80)

그 나무의 낡은 뼈대에는 겨울마다 살점을 도려내던 추위가 남아 있습니다. 그 추위는 아직도 녹지 않은 채 뼛속 깊이 박혀 나무와 함께 죽어 있습니다. (①-81)

특히 초기 시들을 지배하고 있는 각종 뼈들의 행렬은 때로 너무 많아서, '딱딱하다' '단단하다' 등의 형용사들과 더불어 도처에서 딱딱 부딪치고 있는 느낌이 강하며, 그리하여 시인의 인상을 다소 경직되게 하는 것이 사실이다. (이러한 인상은 시간의 경과에 따라서 후기 시로 갈수록 '둥근' 이미지로 변모하는데, 뒤에서 다루겠다.) 그러나 뼈는 뼈만으로 독존하지 않고, '정액'과 '살'을 동반하면서 생명에의 총체적 접근을 수행한다.

마침내 알을 깨고 나와 생명이 되려고
통닭들은 노른자를 빨아들이며 커간다네
똥오줌 위에 흘린 정액을 밟고 들어가면
슬픈 눈동자들은 곧 음식이 되어 나온다네 (①-15)

저 손, 매니큐어가 갑자기 정액보다 슬퍼 보이는, 아직은 오징어 다리를 든 채 입을 가리고 있는 저 손은 모든 감각을 잃고 떨며 무엇이든 있는 힘을 다해 붙들게 되리라. (①-45)

뜨겁게 달아올랐다가 식어 부서진 입술과 성기
눈을 꿈벅거리다가 끝내 낡아 허물어진 공룡
두꺼비를 삼키고 꽃가루처럼 흩어진 뱀
형체가 되기 전에 말라버린 정액 (①-68)

자궁처럼 둥글고
정액처럼 걸쭉하고 투명한 액체인
병아리는 (④-12)

가지에 닿자마자 소리지르며 하늘로 솟구치며 터지는 꽃들은

온몸에 제 정액을 묻힐 때까지 벌 나비 주둥이를 쥐고 놓아주지 않는 꽃들은 (④-26)

'정액'은 이처럼 다의적인 모습으로 서로 다른 자리에서 출몰한다. 그러나 '정액'이 생명의 씨앗이라면, 그것은 소중하게 관리되어야 하며, 뼈-살의 원천으로서 그 가치가 제자리에 있어야 한다는 공통의 필연성이 있다. 앞의 인용들에서, 그러나 그 자리는 아주 다르다. 첫 시에서는 닭의 정액이 나오는데, 그 자리는 달걀-병아리-닭-통닭으로 이어지는 닭의 생명이 그 시작과 끝이 맞물리는 현장의 비극적인 자리이다. 정액은 생명의 시작이지만, 죽음에 직면하여 배설된 똥오줌과 뒤섞인 오욕의 자리에 함께 나온다. 다음의 시에서 정액은 슬픔의 비교 상징으로 나타날 뿐 실체는 없다. 그러나 '정액은 슬프다'는 시인의 명제가 등장하는 대목은, 뒤의 '살' 부분과 관련하여 주목된다. 세번째 시에서도 '정액'은 제자리에 있지 못하고 방기된 채 "말라버린다". '정액'은 네번째 시에서 비로소 긍정적인 내포와 연결된다. 자궁과 짝을 이루면서 병아리라는 생명체의 기원임이 암시된다. 이 같은 제 기능의 모습은 꽃을 다룬 마지막 시에서도 비슷하게 나타난다. 그러나 공통된 '정액'의 이미지라면, 뼈와 달리 그것은 끊임없이 '슬픔'과 연락되고 있다는 점이다. 김기택에게서 '정액'은 왜 슬플까. 의문은 먹이일 수밖에 없는 '살', 그리고 결국 "힘의 슬픔"과 더불어 풀린다.

살이란 본래 먹이가 아니던가
두려움이 많다는 것은 당연한 일이야
나는 한 덩어리의 작은 살을 알고 있지
〔……〕
가쁜 숨과 더운 땀은 자유로이 통과시켜주던 가죽
안에서 착하게 떨던 여리고 약한 주인들을 (①-18~19)

힘이 세다는 것은 얼마나 슬픈 동작인가.

〔……〕

떨어져나가는 목숨을 붙잡으려 근육으로 모였던 힘은

여전히 힘줄을 잡아당긴 채 정지해 있다.

힘이 세다는 것은 얼마나 슬픈 동작인가. (①-24)

생명은 조형적인 시각에서 볼 때에 뼈대의 긴장을 통해 가장 건강하게 확인되는 듯하지만, 눈을 총체적 실체로 돌려보면 거기엔 생명의 원천인 정액, 구체적 내용물인 살 등이 엉켜 있음을 보게 된다. 이들은 힘의 상징으로 부각되는 뼈대와 달리 슬픔으로 시인에게 다가와 직선적인 생명관을 흔든다. 예컨대 정액은 "형체가 되기 전에 말라버린" 모습이 되어 시인을 착잡하게 한다. 정액은 자궁 안에서 난자와 만남으로써 비로소 형체를 갖는 길로 들어서지만, 모든 정액에게 이 같은 행운이 주어지는 것은 아니다. 무엇보다 자궁과의 만남이 선행되어야 하고, 그 이후로도 생명 형성의 길이 순탄하게 보장되는 것은 아니다. 무엇보다 수컷(혹은 남성)에게 있어서 정액이 반드시 생명을 창조하기 위한 소중하고도 엄숙한 결단으로만 반드시 방출되는 것은 아니기에, 자궁 내지 생명과 결부되지 않은 정액을 보는 일은 쓸쓸하고 슬프다. '살'의 경우, 그 슬픔은 더욱 심각하다. 특히 사람의 먹이나 짐승끼리의 먹이가 되기 마련인 '살'은 곧 죽음, 즉 생명의 끝을 의미하는 것이기에 슬플 수밖에 없다. 여기에 이르러 시인은 힘이 세다는 것 자체도 "슬픈 동작"이라는 고백을 하게 된다. 그 힘은 다른 살을 먹기 위하여, 혹은 다른 동물의 먹이 살이 되지 않기 위하여 버티는 실존적 고투에 불과하기 때문이다. 시인의 생명관은 따라서 그 변화가 예견된다. 어떻게 달라질까.

2

첫 시집에 수록되어 있는 「서른 살이 된다는 것에 대하여」는 「소」 연작, 「얼굴」 등과 더불어 김기택의 시 세계를 가장 확실하게 대표하고 있는 작품이다. 무엇보다도 이 시는, 김기택 시인의 시적 발상이 신체적 상상력에서 발원하고 있다는 사실을 극명하게 보여준다. 인간의 언어를 갖고 있지 않은, 따라서 정신이 결여된 것으로 생각되는 동물 세계로 들어갔을 때 이미 그 조짐은 완연했다. 동물을, 그 몸뚱이밖에 다른 무엇으로 접근하겠는가. 어차피 신체를 중심으로 한 상상력이 발동할 수밖에 없다('육체적'이라는 표현 대신 '신체적'이라고 쓴 이유는, '육체'가 '몸', 그것도 성적 기능과 결부된 의미로 자주 쓰이는 근간의 상황을 감안한 것이다). 동물의 신체에 대한 묘사는 당연히 신체에 대한 시인의 관심일 터인데, 그것이 마침내 인간으로 옮겨진 경우가 바로 「서른 살이 된다는 것에 대하여」다.

> 가슴 대신에 머리에서 끓는 소리가 들리게 될 것이다
> 냄비의 얇은 금속성들은 낮은 소리로 악을 쓸 것이다
> 그대 지식의 갖가지 자양분을 지니고 있는 흰 골은
> 이제 계란처럼 딱딱하게 익을 것이다
> 생각들은 삶은 머리에서 나오게 될 것이다
> 깨어지면 물이 된다는 것은 얼마나 두려운 일인가
> 애써 배운 것들은 얼룩을 남기며 바닥에 스며들 것이고
> 비린 점액질을 닦아내기 위해 손을 씻어야 하지 않겠는가
> 안심하라 깨져도 여전히 둥글둥글하고 튼튼한 생각 속에서
> 희면 희다 노라면 노랗다 확실하게 구분된 말들이
> 까기 좋고 먹기 좋고 잘생긴 말들이 나오게 될 것이다 (①-42)

서른 살이 된다는 사실에 대한 고려는, 이따금 문학작품의 모티프로서 작용한다. 시에서도, 소설에서도 그렇다(적잖은 실례들이 있으나 생략하겠

다). 그러나 대부분의 경우 그것들은 윤리적 성찰로 나타나기 일쑤여서, 예컨대 더 이상 감정적 동요는 멈출 수 있겠다는 희망이나 결단을 피력하는 일로 간다. 그러나 이 시에서는 그 같은 에토스의 그림자가 발견되지 않는다. 철저하게도 열 살, 스무 살, 서른 살로 이어지는 성장과 발달이 묘사되면서, 그러한 맥락 안에서 일어나는 사고 혹은 사고의 능력이 측정되고 예견된다. 그렇다면 인간 역시 동물과 다름없는 존재가 아닌가 하는 슬픈 판단이 생길 수 있다. 지식은 "계란처럼 딱딱하게 익을" 것이지만, 그것이 나오는 곳은 '흰 골'이다. 생각들은 머리에서 나오지만, 그 머리는 '삶은 머리'다. '배운 것'들은 '점액질'을 닦아내기 위해 "손을 씻어야" 한다. 언어인 말들도 "까기 좋고 먹기 좋은 것"으로 묘사된다. 인간을 생물학적인 눈으로 관찰하고 묘사하기 좋아했던 저 19세기 말 자연주의로의 복귀인가. 작품의 남은 부분을 모두 읽어보자.

> 영양가까지 계산하여 잘 삶은 목청 속에서
> 말들은 강한 억양을 타고 근엄한 틀을 갖추어 나올 것이고
> 짭짤하고 구수한 양념들이 그 위에 뿌려질 것이며
> 더 이상 떫은 비린내는 나지 않게 될 것이다.
> 누구나 돈을 내고 사고 싶어지도록 탐스러워질 것이다
> 그대 머리는 냄비처럼 점점 튼튼해질 것이고
> 그대 목소리도 비례하여 점점 요란해질 것이다
> 시끄러워서 그대는 아무 냄새도 맡지 못하게 될 것이다 (①-42)

그러나 김기택의 자연주의는 자연주의가 아니다. 전적으로 동물에 빗대어 사람이 묘사되고 있지 않을뿐더러, 의심 없는 확신에 가득 차 있던 예의 자연주의와 이 시는 매우 다르다. 동물 묘사에서 훈련된 신체적 상상력을 차용한 인간 '정신'의 구체화를 위한 콘텐츠 넣기 정도랄까. 그러나 그 구체화가 방법적인 물질화/동물화에 상당 부분 의지하고 있는 것은 사실

이다. '목청'도 "잘 삶은 목청"이고, 말들은 그 목청에서 나온다. 흡사 돼지 목살에 양념이 뿌려지듯, 그 말들에도 "구수한 양념들이" 뿌려져 "더 이상 떫은 비린내"가 나지 않는다. 그리하여 너무나도 구상적인 형태로 된 서른 살짜리 인간의 조소화(彫塑化)가 이루어진다. 이 조소성은 김기택 시의 또 다른 특징인바, 몸과 몸짓에 주목하여 그 미세한 움직임을 세밀하게 포착, 형상화하는 시의 당연한 결과일 것이다. 그러므로 『형상시집』의 릴케가 그렇듯이 김기택의 시도 시각적인데, 그 시각은 균형을 갖추어야 서 있을 수 있는 조각품처럼 팽팽한 긴장감을 통해 성립한다. 먹이를 쫓는 동물들의 일거수일투족처럼 이를 추적하여 시폭에 담아내는 시인의 손길도 긴장될 수밖에 없다.

신체적 상상력에 기초한 조소적 형상화의 한 전형으로서 「얼굴」에 주목할 수도 있다. 이 작품은 무심한 일상적 인간의 표상인 얼굴을 그 '폐허'의 바탕에서부터 추적하여 그려낸, 그야말로 신체적 상상력이 낳은 걸작이라고 할 만하다. 냉정하면서도 즉물적인 필치에 의해 '얼굴'이 비로소 탄생하는 순간이 잘 묘사된다.

> 차갑고 무뚝뚝하고 무엇에도 무관심한 그 물체를
> 내 얼굴이 생기기 전부터 있었음 직한 그 튼튼한 폐허를
>
> 해골의 껍데기에 붙어서
> 생글거리고 눈물 흘리고 찡그리며 표정을 만들던 얼굴이여
> 〔……〕
> 한참 뒤에 나는 해골을 더듬던 손을 풀었다
> 순식간에 햇빛은 살로 변하여 내 해골을 덮더니
> 곧 얼굴이 되었다 (②-12~13)

형이상학을 거친 근대의 전통 속에서 '얼굴'은 인격의 표상이며, 인간

의 인간됨을 상징화하는 정신의 기호이기도 하다. 얼굴에 대해서 모멸적 언사를 행하는 일은 인간을 모욕하는 정면 도전으로 간주된다. 얼굴은 그리하여, 가령 표현주의에 의하면, 표현의 정점이다. 예컨대 고트프리트 벤은 뇌수/해골을 인간의 구조적 공통성으로 삼으면서 인간의 독자적 개성을 오히려 뇌피라는 표면, 즉 얼굴에서 찾았다. 그러나 김기택은 반대다. 김 시인에게 중심은 해골, 즉 뼈대이며, 얼굴은 "그저 잠시 동안만 피다 지는"(②-12) 표정의 공장일 뿐, 중요하게 부각되지 않는다. 중요한 것은 어쨌든 얼굴이 육체의 일부로서 해부학적 접근의 대상으로 묘사되고 있다는 사실이다. 얼굴이 이렇게 해부되자 교통사고로 인해서 온몸이 "해골을 뚫고 풀어져 사방으로 흩어져간 후/사내는 이제 진짜 육체가 되는"(②-23) 전신 해부가 행해진다. 이러한 해부 현장을 많이 담고 있는 제2시집 『바늘구멍 속의 폭풍』에서는 그리하여 '소'를 비롯한 뱀, 멸치, 파리, 병아리들이 똑같은 솜씨에 의해 해부되고 조형되어, 마치 새로운 박제 작품들처럼 늘어선다.

팔과 다리란 무엇인가
왜 살가죽을 뚫고 몸에서 돋아나는가 (②-32)

그러나 앞의 시 「뱀」은 팔, 다리, 살가죽 등 신체에 대한 예의 동물학적 접근을 넘어 미묘한 시적 변화의 조짐을 내포하고 있다. 앞의 시는 다음과 같이 이어진다. 신체 배후의 요소가 나타나는 순간이다.

나는 안다 팔다리 달린 몸들을
그 몸들이 얼마나 뜨거운가를
그 끓어오르는 몸속에
얼마나 많은 울음이 들어 있는가를 (②-32)

3

조소적 형상으로 나타나는 김기택 시의 주제는, 그러나 뜻밖에도 생명의 태동, 더 정확하게 말한다면 태동하는 생명이다. 그것은 조소적 형상과는 대조적인 역동의 현장이다. 이 상반되는 주제인 조소/역동 현상의 대립 구도는 '잠' 속에서 완화된다. 첫 시집의 제목이 『태아의 잠』이었듯이 '잠'은 김기택 시의 근본 모티프이다. '잠'은 생성으로서의 잠이다. 그러나 이 시가 자궁 속에서 마치 의식을 갖고 잠을 자는 것인 양 묘사되듯이 "태아의 잠"은 사실 시인의 무의식 전반을 지배한다. 말하자면, 잠과 잠 비슷한 가수 상태까지 즐기는 것이다. '잠'은 생명 형성기의 '창조적 잠'으로 이해된다. 움직이지 않고 있으면서도 움직이는, 요컨대 '역동적 고요'로서의 잠이다.

> 〔……〕 작은 숨소리 사이로 흐르는 고요한 움직임이 들린다 따뜻한 실핏줄마다 그것들은 찰랑거린다 때로 갈비뼈 안에서 멈추고 오랫동안 둔중한 울림이 되어 맴돌다가 다시 실핏줄 속으로 떨며 스며든다 이 소리들이 흘러가는 곳 어딘가에 새근새근 숨쉬며 자라는 한 아이가 숨어 있을 것 같다 〔……〕 심장이 되고 가슴이 되려면 〔……〕 잠은 얼마나 깊어야 하는 것일까
>
> 잠 속은 아늑하다 〔……〕 지금은 모든 것이 하얗다 아무것도 생각해본 일이 없는 투명한 뇌가 녹고 있는 중이기 때문이다. 아마도 더 깊은 잠에 빠져 이 잠에서 깨려나 보다 (①-39~41)

> 잠을 자면서 그 산은
> 수만 년의 지층에 고요히 머리를 묻고 있습니다.
> 잠을 자면서 그 산은
> 소리없이 창세기의 어둠을 마시고 있습니다. (①-89)

이처럼 잠은 창조적 잠이다. 태초에 세상은 어둠이었고, 어둠 속에서 잠을 통해 새 생명이 태어난다. 그 과정을, 아니 그 사실 자체를 시인은 무척 신기해하면서 「연탄가스를 적당히 마시면」 1·2, 「목격자」「연쇄살인 용의자」와 같은 작품들을 통해 짐짓 잠 비슷한 상황을 연출하기도 한다. 이 모든 시적 노력은 결국, 다시 말하거니와, 새로운 생명의 탄생에 대한 신비와 축복으로 이어진다. 어린아이, 새싹, 맑은 공기—새로운 이들 생명에 대한 관심은 그리하여 시집이 거듭될수록 신체적 상상력을 발 딛고 새로운 분위기를 이끌어나간다. 여기서 그의 '뼈대'적 관심 또한 그 강직의 이미지를 버리고 '둥긂'을 향하여 서서히 전환한다.

가슴속 젖빛 어둠이 풀잎을 찾아
새벽 공기처럼 푸르게 변하는 것을 보리
어둠에서 걸러지고 걸려져 나온 빛이
동그랗게 이슬을 쓰고 풀잎 위로 구르는 것을 보리 (①-73)

무엇인가 벌레 같은 놈들이 가지마다 기어나오고 있었다. 곧 꽃이 될 저 애벌레들은 어디에서 온 것일까. (①-90)

아기는 신기하기만 하다
목구멍에서 솟아오르는
이상한 새소리 (①-37)

비 그친 뒤
더 푸르러지고 무성해진 잎사귀들 속에서
젖은 새 울음소리가
새로 돋아나고 있었다 (④-34)

그림 위에 커다랗게 씌어 있는 제목
토끼 6섯 마리.
아직은 6마리도 아니고 여섯 마리도 아닌,
크고 작은 토끼들처럼 제멋대로 섞여 있는
토끼 6섯 마리.
그러나 6마리와 여섯 마리 사이에서
곧 튼튼하고 촘촘한 철망이 될 것 같은
토끼 6섯 마리. (④-53)

깊은 주름을 흔들며 앞니 빠진 아이처럼 깔깔거리는 할머니,
상한 데 없는 맑고 어린 웃음이 경로당에서 나온다. (④-70)

어린아이든, 토끼든, 새든, 풀잎이든, 심지어 할머니에 이르기까지 새로운 조명을 받으며 새로워진다. 이때 새로운 조명은 '잠'과 같은 순수 침잠의 세계를 거치는 것이다. 새 생명의 발견과 이에 대한 찬탄은 생명의 성장과 더불어 시인의 직선적인 초기 사물관을 '둥글게' 만들어간다. 삶의 전면적인 수용, 슬픔의 수락이라고 할 수 있는 이러한 변화를 시인은 작품 자체를 통해 직접적으로 천명한다.

직선:
등뼈와 말뚝 사이를 잇는 최단거리.
온몸으로 말뚝을 잡아당기는 발버둥과
대지처럼 미동도 하지 않는 말뚝 사이에서
조금도 늘어나거나 줄어들지 않는 고요한 거리.
원:
말뚝과 등거리에 있는 무수한 등뼈들의 궤적.
말뚝을 정점으로 좌우 위아래로 요동치는 등뼈.

아무리 격렬하게 흔들려도 오차없는 등거리.

격렬할수록 완벽한 원주(圓周)의 곡선. (④-20)

이 시는 말뚝에 매여 있는 개를 보면서 개와 말뚝 사이의 팽팽한 긴장을 한 소견처럼 적는다. 여기서 주목을 끄는 점은 그 완강한 거리 때문에 우는 개 울음으로 인해서 시인이 "밤마다 그 울음에 내 잠과 악몽이 관통당하고" 있다고 고백하고 있다는 사실이다. 시인은 결국 말뚝의 개를 풀어준다. 시의 말미에서 시인은, 그럼에도 불구하고 상존하는 긴장을 말하고 있으나, 그것은 주위를 맴도는 곡선의 긴장이다. 이 긴장마저 소멸된다면 시는, 문학은 불가능하리라. 그리하여 가장 최근의 시집 『소』에서 자전거 타는 사람의 "둥근 두 엉덩이"(④-9), "둥글고 탄력 있는 타이어"(④-10) 등이 새롭게 떠오른다. 이와 함께 일상사의 다양한 측면들이 일견 공통점 없이 묘사되고 있으나, 그 잡다와 부조리까지 껴안는 시인의 '둥근' 시선이 돋보인다. 눈길에 미끄러져도 "좀처럼 일어나지 않고"(④-45), 여성의 몸에 시선이 끌려도 "낡고 폭력적인 유산"(④-47)으로 받아들인다. 수다를 예찬하는가 하면(④-62, 63), 타인에 대해 자의적 판단을 해서는 안 되겠다는 다짐(④-66, 67)도 한다. 마침내 시인은 소음마저 음악으로 느끼는 에토스적 경지로 나아간다. 벌써 달관인가. 그렇지는 않다. 그 결론은 「소」에 있다. 삶이 비록 '감옥'으로 인식되더라도 '동그란' 소에게 어쩌면 한 구원의 역설이 있을지도 모른다는 생각.

수천만 년 말을 가두어두고

그저 끔벅거리고만 있는

오, 저렇게도 순하고 동그란 감옥이여. (④-17)

(2008)

시, 생명을 살리다
—박라연론[1]

1

소설가는 세상 이야기를 하고, 시인은 자기 자신을 이야기한다. 글쎄, 모두 맞는 말은 아닐지 모르지만 시인이 소설가보다 훨씬 자기중심적인 것은 사실인 듯하다. E. 슈타이거가 말한 장르 분류법에 따르면 시는 추억이며, 소설은 행동(사건)인데, 추억하는 시인은 어차피 시인 개인일 수밖에 없다. 자기중심이라고 하면 에고Ego가 떠오르고(자기중심성을 Egocentralism이라고도 하지 않는가) 그 에고는 또한 에고이즘을 떠올린다. 에고이즘이라고는 하지만 그 범위는 매우 넓다. 타자에 대한 이해나 배려 없이 배타적으로 자신만을 챙기는 생각이나 행동을 좁은 의미의 에고이즘이라고 한다면, 슈타이거식으로 자신의 생각을 되돌아보고, 좋은/아픈 기억을 떠올리고, 또 그것을 이미지화해보는 일체의 행위는 넓은 의미의 에고이즘일 수 있다. 대

1 본문에 인용된 박라연의 시집은 다음과 같다. ①『서울에 사는 평강공주』(문학과지성사, 1990) ②『생밤 까주는 사람』(문학과지성사, 1993) ③『너에게 세들어 사는 동안』(문학과지성사, 1996) ④『공중 속의 내 정원』(문학과지성사, 2000) ⑤『우주 돌아가셨다』(랜덤하우스중앙, 2006) ⑥『빛의 사서함』(문학과지성사, 2009) ⑦『노랑나비로 번지는 오후』(서정시학, 2012). 이후 본문 인용 시, 해당 번호와 쪽수만 밝힌다.

부분의 시는 이러한 에고이즘의 소산이고, 이때 시인들은 에고이스트가 된다. 그러나 시인인 에고이스트들은 그들의 에고이즘을 통해서 타자들을 위로하고 구원한다. 비록 자기 자신의 경험과 상상력으로 빚어낸 그들만의 추억이며 그 이미지이지만 그것은 타인을 감동시킴으로써 보편적 설득력을 얻으면서 에고이즘의 좁은 범주에서 자연스럽게 벗어난다. 시인들의 에고이즘이 변호되는 순간이며, 문학 안에서 자아와 타자가 해후하는 행복이 폭발하는 순간이다.

박라연에게서는 이러한 에고가 아예 존재하지 않는 듯이 보인다. 그의 에고는 자기중심적이라기보다는 애당초 타자 지향적이다. 처녀 시집 『서울에 사는 평강공주』 이후 20여 년에 걸쳐 발표해온 시들이 거의 한결같이 이러한 세계를 노래한다. 달라져가고 있는 점이 있다면, 그 타자가 바로 옆의 가족이나 이웃에서 사회를 거쳐 전 우주로 확장되고 있다는 사실이다. 그 기묘한 변모를 읽는다.

오래 전에
슬픔의 비늘이 없어진 그는
이따금 제 살을 벗겨서라도
비늘을 한번 빚어보고 싶었는지 몰라
슬픔 없이 사는 나날이 오히려 두려운 그는
누군가의 몸 속으로
제 몸을 살짝 끼워보고 싶었는지도 몰라
슬픔이란 것도 보물 같아서
그냥 줄 수도 그냥 받을 수도 없다는 것을
깜박 잊어버린 그는 (②-18)

20여 년 전, 1993년에 나온 시집에 실린 시인데, 타자를 향해 일부러라도 아픔, 슬픔을 감수하면서 그를 보듬겠다는 아름다운 헌신의 마음이 이미 잘 드러나 있다. 사실 시는 자신의 상처를 견디지 못해 표출하는 불가피한 내상의 발로이기 일쑤이지만, 훌륭한 시는 모두 타자를 향한 강한 연민과 사랑을 드러낸다. 릴케가 그랬고 윤동주가 그랬다. 시인은 이 시에서 메기가 되어, 오래전에 슬픔의 비늘이 없어졌다고 먼저 고백한다. 그 모습은 오늘의 일상인들을 방불케 한다. 탈공업사회니, 기술정보사회니 하는 거창하고 유식한 용어들로 치장된 오늘의 사회는 아닌 게 아니라 슬픔을 반추할 여유도 허락되지 않는 사회다. 우선 일자리 자체가 불안하여 생존의 기반이 흔들리는 구조 맞은편에는, 그럼에도 불구하고 대규모로 호화로운 모습을 드러낸 온갖 욕망의 소비 시스템이 넘실거리며 조절할 수 없는 불균형의 현실을 제공한다. 어쩌란 말인가. 슬픔이라니! 그러나 메기가 된 시인은 슬픔 없이 사는 나날이 오히려 두렵다. 무슨 양심의 가책? 이 두려움은 흔들리는 생존의 기반, 욕망을 극대화시키는 소비 시스템 탓도 있겠지만, 궁극적으로는 그것들에 의해 박제되어버린 자연으로부터 유래하는 본능적인 어떤 것이다. 나는 그것을 '문화적 본능'이라는 말로 부르겠다.

그렇다, 슬픔은 문화적인 것이다. 물론 신체적, 가정적 상실로부터 그냥 그대로 흘러나오는 슬픔도 있지만, 이 시에서 박라연의 슬픔은 문화적 본능과 관계된다. 시인은 갖가지 기계 메커니즘에 의해서 복잡화된 현실, 무엇보다 그것에 의해 상실된 인간의 자연성—슬픔의 상실을 슬퍼하는 것이다. 이 구도는 자연/인간의 오래된 대립 구도의 왜곡을 가져오면서 자연 자체의 자연성을 훼손시킨다. 슬픔의 비늘이 없어진 것이다!

슬픔은 어디서 오는가. 슬픔이라는 자연(본능)은 자연스럽게 오시만, 문화적 본능으로서의 슬픔은 사람과 사람 사이에서 온다. 사람을 보아도, 사람을 만나도, 사람을 겪어도 아무렇지도 않을 때 그것은 슬픔이다. 더욱이 그 사람의 상황이 매우 곤고할 때에도 슬픔 없이 그를 지나친다면? "이따금 제 살을 벗겨서라도" 슬픔을 만들어야 한다는 사람이 이 시인이다. 박라연은 그런 이름으로 시인이고 싶어 하는 시인이다. 이 모든 것이 여의치 않다면 차라리 그는 "누군가의 몸속으로/제 몸을 살짝 끼워보고" 싶어 한다.

그러나 진정한 슬픔은 거기에 있다. 슬픔이란 보물 같아서 "그냥 줄 수도 그냥 받을 수도 없다"는 것을 그는 알고 있기 때문이다. 슬픔은 오직 슬픔을 아는 자만의 것, 슬픔의 개인주의는 거기에 있다. 문화적 본능이다. 자연의 문화적 능력이라는 말로 바꾸어 부를 수도 있는 이것은 제3시집, 제4시집을 거듭하면서 그 내포가 발전 강화된다. 두 번의 해설을 쓴 오생근의 표현에 따르면 "개성적이면서 보편적인 것으로 건강하게 확산"(③-86)된다.

어떤 주인은
장미, 그가 가장 눈부실 때에
쓰윽 목을 벤다
제 눈부신 시절을
제 손으로 쓰윽, 찰나에 베어낼 수 있는
그렇게 날카로운 슬픔을 구할 수만 있다면
꼭 한 번 품어보고 싶던 향기
꼭 한 번 일렁이고 싶던 무늬
왜 있잖아 연초록 목소리 같은 거
기가 막히게 어우러질 때
저 山 저 너머 훌쩍 넘어가고 싶다 (③-40)

시인은 여기서 장미를 보고 있다. 꽃집 주인은 그 장미를 꺾는다. 이때 주인과 장미는 주객이 엇갈리고, 바라보는 시인의 시선도 헷갈린다. 그러나 분명한 것은, 장미의 목이 베이고 잘린다는 사실이다. 당연히 이 사실은 아프고 슬프다. 그러나 박라연에게서 이 슬픔은 독특하다. 이 슬픔은 사람으로부터, 그것도 도움을 받아야 할 모습의 어떤 사람으로부터 오지 않는다. 이 슬픔은 자연의 상실이라는 무해무득해 보이는 타성적 언어를 훨씬 뛰어넘는, 자연의 살해라고 불러 마땅한 어떤 끔찍한 현장으로부터 온다. 슬픔이라고 말하기에 앞서 분노라고 하는 편이 어울리는 자연의 죽음이 거기에 있다. 그것도 인간에 의한 죽임(시인의 슬픔을 자연의 문화적 능력이라고 말했을 때, 그 자연은 시인이었던 것을 환기해주기 바란다). 자연인 시인은 장미의 죽음 앞에서 그 죽인 자가 또 다른 자연으로서의 인간임을 통절하게 슬퍼하는 것이다. 차라리 그 죽임의 대상이 시인 자신이기를, 시적 환치를 통해 호소한다.

> 아주 오래된 빈집이 있고
> 날카로운 슬픔의 주인이 있고
> 희미한 前生의 그림자가 있지만
> 이 모든 것 제 갈 길 가기 시작하면
> 나는……야 거북이처럼 느리게 골방으로 가서
> 〔……〕
> 내 주인이 쓰윽, 목을 베면
> 한 세상 다시 피어 볼 붉히는 장미
> 장미 한 송이가 되리라 (③-40)

사람들에 의해 죽어도 죽지 않는 장미, 시인이 되고 싶어 하는 그 장미는 자연의 원형으로서의 자연이다. 이러한 자연으로의 회복과 동경은 박라연 시 세계 전반기의 가장 소중한 특징이다. 장미의 죽음은 슬픔이지만, 그것을 견디기 힘든 시인은 차라리 그가 죽어 장미를 살리고자 한다. 이타적 에고의 한 극치라고 할 수 있다.

2

시인의 활동기로 보아서 후반기라고 할 수 있는 2000년 이후의 시들은 미세한 변화를 보인다. 타자를 향한 헌신, 보편적 사랑으로서의 자연 회복과 같은 모습에서 훨씬 더 나아가 자신의 무게를 이 땅에서 아예 벗어버리고 싶은 소망까지 발전한다. 가령 이렇다.

공중의 허리에 걸린 夕陽
사각사각 알을 낳는다
달디단 열매의 속살처럼
잘 익은 빛
살이 통통히 오른 빛
뼈가 드러나도록 푸르게 살아내려는,
스물네 시간 중 단 십 분만 행복해도
달디달아지는
통통해지는
참 가벼운 몸무게의 일상 속에서만
노을로 퍼지는
저 죽음의 황홀한 産卵 (④-9)

「공중 속의 내 정원 I—산란(産卵)」인데, 석양이 알을 낳는다는 기이한 이야기를 던지면서 이 시는 시작한다. 하루의 끝을 의미하는 석양이 새로운 생명을 말하는 알이 된다는 인식은, 맞는 말이기도 하고 틀리는 말이 되기도 한다. 빛이 소멸함으로써 하루의 일과가 끝난다는 점에서는 알, 즉 산란이란 인식은 얼토당토하지 않다. 그러나 밤의 새로운 시작과 더불어 다음 날로 넘어가는 과정이라는 인식 아래에서 그 시간은 회임의 시간으로서 풍성한 이미지를 갖는다. 이때 낮을 지배하던 빛은 한낮의 임무, 또는 그 수행으로 "잘 익은 빛" "살이 통통히 오른 빛"으로서의 이미지에 충실하다. 그리하여 자신의 삶을 마치고 석양을 내리는 마당에 있어서의 그 모습은 "참 가벼운 몸무게의 일상"일 수 있는 것이다. 마침내 낮의 빛은 "노을로 퍼지"며 그 빛의 죽음은 "황홀한 산란"이 된다. 낮에서 밤으로의 이행을 아름답게 묘사하고 있는 이 탁월한 시행들이 보여주고 있는 것은 결국 화려한 하늘 잔치의 세계다. 시인은 그 세계를 "공중 속의 내 정원"이라고 부르는데, 이후 시인은 걸핏하면 '공중'으로 향한다. 거기서 시인은 무엇을 얻는가.

> 육백여 분만 죽음의 알로 살아내면
> 부화될 수 있다고 믿을 생각이다
> 시누대처럼 야위어가던 한 生의 그림자
> 그 알을 먹고 사는 나날을 꿈꾼다
> 없는 우물에
> 부화 직전의 太陽이 걸렸다!
> 심봤다! (④-9)

시인이 얻은 것은 태양, 그것도 "부화 직전"의 태양인데, 아마도 지평선에 떨어지기 직전의 크고, 벌겋고, 뜨거운 태양이리라. 그 광경을 본 것은 그 자체로 "심봤다"에 버금가는 수확이라는 것인데, 그것은 시인의 말대로 "죽음의 알"이다. 산문적으로 풀이한다면, 하루 낮이 끝나고 해가 떨어지는 평범한 풍경이다. 그러나 시인은 그 '죽음'에서 오히려 거대한 탄생을 본다. 태양의 죽음! 그것이 낳는 새 생명은 과연 무엇일까. 그러나 그보다 중요한 것은, 시인이 공중 속에 정원을 짓기 시작했다는 사실이다. 어쩌면 그 정원이 새 생명일 것이다. 이후 시인은 그 정원을 보는, 정원으로 가는 재미로 시를 쓴다.

> 저 집은,
> 아픈 마음들이
> 미리 들어가 쉬기도 하는 곳
> 공중 속의 내 정원으로 가는 길이
> 훤히 보이는 곳, 이라는

이미지의 문패를 달았다. (④-11)

나무 한 그루 옆에 돌무덤을 쌓는데, 그곳은 "공중 속의 내 정원"으로 가는 길이 훤히 보이는, 마음이 편한 곳이다. 그 집은 "한시적인 죽음으로 시간을 끌어주면/(……)/생피가 흐르기를 바랄" 수 있는 곳이다. 요컨대 시인은 공중으로 향하기 시작한 것이다. 죽음은 새로운 생명을 잉태하는 현상으로 이해되고 인식된다. 다섯번째까지 계속되는 「공중 속의 내 정원」 연작을 통해서 시인은 마침내 그의 후기 시들을 미련없이 공중으로 날린다. 이때 '공중'이란 지상의 낡고 진부한, 그러니까 자기 집중의 에고에서 벗어난 공간이며, 보다 확대한다면 시인만의 환상 공간이다. 거기서 시인은 '동백새'도 되고 '비비새'도 되어 즐겁게 날고, 논다.

그저
새의 친구가 되고 싶었던 그는
제 혈관에 쌀 몇 알을 매단다
(……)
人情에 약한 새는 뜻밖에도
그의 정원에서 가장 아름다운 새,
동박새였다 (④-12)

새의 육체가 바람의 몸이 될 때까지
단지 따뜻한 사이가 되기 위해
위험한 수혈을 시도한 자책이 잊힐 때까지
어디서 어떻게
제 주소를 지우고 살 수 있을는지, (④-15)

매달려서

날개 돋는 순간의
새순 돋아나려는 순간의 가려움을
아무의 눈에도 미처 안 보이는 초록을 쪼아먹고 있다
숨구멍마다 부력이 생길 때까지
심장을 초록으로 물들일 때까지 (④-16)

枯死木을 베어낸다
죽어가던 한 사람 몸의 일부도 벤다
그 자리에 진달래 눈빛을 수혈한다 (④-17)

새가 되어, 혹은 새와 더불어 노니는 시인의 즐거움은 무엇일까. 「공중 속의 내 정원」 시리즈를 풀어보면 그 내용의 진행은 이렇다: 시인은 새의 친구가 되고 싶었지만 좀처럼 새는 그에게 날아와 앉지 않는다. 사람이 무서운 것이다. 더 정확히는, "사람의 피에 흐르는 고압선"이 두려운 것이다(사람의 피에 고압선이 흐른다고? 인간의 매몰찬 에고이즘, 그 욕망의 폭압성을 이처럼 엄중하게 표현한 시구절을 나는 알지 못한다). 그러나 새는 인정에 약했다. 동박새였다. 그 동박새는 물론 시인 자신이다. 그는 새이고 싶었지만 사람 피의 수혈을 받는, 즉 사람과 더불어 살 수밖에 없는 현실 속에 있다. 시인은 이런 상황을 "위험한 수혈"이라고 말한다. 시인은 이렇듯 사람 세상과 섞여들고 마는데, 이러한 자신의 모습을 "사람의 피가 돌기 시작한 새는/제 주소를 그에게 내어주고 만다"고 표현한다. 그러나 동박새가 된 시인은 이미 "공중 속의 정원에 제 심장을 내어주고/그의 胃 주머니 아래 누워 있었다"(④-15). 말하자면 사람으로서 사람 세상 속에 살 수밖에 없으면서 공중에 심장을 내어주는 이중생활을 하는 셈이다. 그러나 시인은 끊임없이 사람 세상 속에 새겨진 자신의 주소를 지우고 싶으며, 사람의 피를 수혈한 것에 대해 자책한다. 그렇게 되기 위해서는 새(시인)의 육체가 바람의 몸이 될 때까지 기다리는 수밖에 없다. 그리하여 시인은 질문한다. "위험한 수혈" 이전에 동박새 자신의 피는 무엇인지를.

얼마만큼 그의 피를 흔들어야
동박새의 아픈 피를
채혈해낼 수 있을는지, 라는 (④-15)

시인이라는 생명의 순수성을 되살리고 싶은 가녀린 소망. 박라연 시의 핵심은 바로 이것이다. 그 생명은 네번째 연작시가 보여주듯 숨구멍에 부력이 생기고, 심장이 초록으로 물듦으로써 새순이 돋아나는 미세하면서도 거대한 세계이다. 이러한 생명의 세계에는 "다만 공중의 주소가 없는 방문객은/들어설 수 없다 〔……〕"(뒤의 생략 부분은 "셔터가 내려지지 않았지만"인데, 마치 천국에는 누구나 초대받았으나 어느 순간 그 문은 닫힌다는 잠언을 연상시킨다). 결국 생명을 존중하는 생명의 사람이라면 누구나 생명과 더불어 살 수 있지만, 그러지 못한 사람이라면 스스로 생명 밖에 버려지고 만다는 것 아니겠는가.

박라연은, 그러나 그러한 생명에게도 끝까지 사랑의 눈길을 주고 치유의 손길을 멈추지 않는다. "고사목을 베어"내고 "죽어가던 한 사람 몸의 일부도 벤다"고 하지 않는가. 어떻게 하려고? "그 자리에 진달래 눈빛을 수혈한다"고 하지 않는가.

진달래 눈빛들이
다 살아내지 못한 채 떠나는 소나무,
와 한 사람의 몸의 일부를
공중 속의 정원
햇살 많이 드는 곳에 심어주겠지 (④-17)

죽어가는 나무, 죽어가던 사람과 함께 시인은 그들 몸의 일부를 베어내더라도 살리려고 한다. 베어낸 자리에 "진달래 눈빛을 수혈"함으로써 생명의 회복이 가능하다고 그는 믿는다. 그러나 혹시라도 살아나지 못한다면, 그 죽은 몸은 "공중 속의 정원/햇살 많이 드는 곳에 심어"지리라 믿는다. 아름답다. 죽어 묻힌 자리에서 일어나는 다음 장면 때문에, 아, 시는 이래서 꼭 필요하구나 하는 감탄이 인다.

비비새 한 마리
滿開한 산벚꽃나무를 흔들며
꽃상여 되어주자, 되어주자 조른다
지 지 배 배 지 지 배 배
요령 소리를 낸다 (④-17)

'공중 속의 정원'에 무덤을 가진 자는 죽어도 죽지 않는다. 요령 소리를 내며 활짝 핀 산벚꽃나무를 흔드는 비비새가 있는데, 그것이 생명 아니겠는가. '공중 속의 정원'을 확보한 박라연은 행복하다.

3

『공중 속의 내 정원』 이후 박라연은 제5시집으로 『우주 돌아가셨다』, 제6시집으로 『빛의 사서함』을 발간, 꾸준한 활동을 보이다가 이번에 제7시집으로 『노랑나비로 번지는 오후』를 내놓는다. 언필칭 21세기라고 불리는 이 시기의 작품들은, 이번 시집을 포함하여 우주적 상상력이라고 불러 무방할 어떤 것으로 고양되어 있고, 확장되어 있다. 그 바탕은 물론 여전히 『공중 속의 내 정원』이다. 그러나 기이하게도 시의 대상이 된 현실들은 그 어느 때보다 구체적이다. 식물적인 상황에서 유발된 여린 마음이 거친 현실의 발견과 더불어 오히려 더욱더 근본 상황에 대한 도저한 상상과 인식으로 뛰어오른 모양이다. 죽어가는 것에 대한 연민과 사랑을 넘어 그것들을 살리고자 하는 안쓰러운 회복의 열정, 또는 이미 죽은 것을 공중 정원에서라도 아름다운 무덤으로 안치하고 싶어 하는 마음이 기본적으로 서정적 상상력 이쪽의 것이라면, 가령 「208개의 사람 뼈에도 봄눈 내리는 것 보고 싶다」는 제목을 내놓았을 때, 나로서는 아연하게 된다. 유성호의 깊은 지적처럼 『구약성서』 「에스겔서」에서의 지식이 아니라면, 그 상상력의 깊이에 동참하기 힘들지도 모른다.

만상의 뼈들에게
저처럼 순결한 탯줄을 이어준 이,
무릎에 눕고 싶다. (⑤-38)

실제로 "마른 뼈들이 신선한 기운 속에서 소통하면서 결합하는 상상적 질서"(유성호 해설)가 있다. 그것은 「에스겔서」의 내용이다. 그것을 가능케 한 이는 신이다. 그런데 박라연 시인은 그 신의 무릎에 눕고 싶다고 고백한다. 왜? 죽은 뼈들에게 "순결한 탯줄을 이어준 이", 즉 생명을 준 분이라서? 도대체 죽은 뼈들이란 누구의 뼈들인가.

적조 현상에 양식장 물고기 떼로 죽어
둥둥 떠 있는 제 몸뚱어리들을
넋 놓고 바라보던,
불 속 검은
재 속에서 새끼 몸 부스러기 찾듯
사라진 생계 더듬던, (⑤-38)

그 뼈들은 양식장에서 떼죽음을 당한 물고기들이며, 9·11 때 놓쳐버린 신발들이며…… 요컨대 억울하게 죽어간 생명들의 잔해들이다. 우리 주변에 매일같이 나타나는 이 죽음의 잔해보다 더 구체적인 것들이 있을까. 시인은 추상 공간을 잠시 접어두고 시장으로, 양식장으로, 논밭으로, 그리고 매스컴을 통해 가까이 다가오는 전쟁터로 내려온다. 그 비참과 죽음은 생명을 부둥켜안고 있는 시인의 마음을 조급하게 한다. 그러나 놀랍게도 그 조급함은 상황의 근본에 대한 상상력으로 도약하여 신, 우주를 만나는 것이다. 어떤 초월적 힘이 아니라면, 시인의 서정적 꿈의 차원에서는 도저히 사람이, 아니 뭇 생명이 살아날 수 없다는 궁극적인 인식이다. 결국 시인은 공중에 자신의 정원을 만들어보면서 우주 속의 한 빛에 이르렀는데, 그 우주는 매우 큰 공중이지만, 시인이라는 인간 대신 신이라는 훨씬 초월적인 힘을 함축한다.

빛을 열어보려고
허공을 긁어대는 손톱들
저 무수한 손가락들을 모른 척

오늘만은
온 세상의 햇빛을 수련네로
몰아주려는 듯
휘청, 물 한 채가 흔들렸다. (⑥-92)

이제 필요한 일은 빛을 보내주는 우주의 큰 힘을 느낄 수 있고, 발견할 수 있는 구체적인 현장과 만나는 일이다. 이 시에서 그곳은 수련이라는 꽃이다. 그러나 수련 이외에도 비슷한 장소는 얼마든지 있을 것이다. 이번 시집에서 그곳은 "그녀가 따라서" 들어간 다른 세계처럼 그려지고 있지만, 사실은 떠남을 통해 확인된 다른 세계를 발견함으로써 그대로 남아 있는, "아직 여기 사는 나"와 상통하는 한 세계임이 입증된다. 아마도 죽음으로 떠나간 '그녀'를 경험함으로써 시인은 자신의 삶 역시 죽음과 연결되었음을 새삼 확인하고 죽음도 삶도 신의 한 영역 안에 있음을 알아채고 인식의 지경을 넓히는지도 모른다.

지숙은 떠났다 현재형의 내 일부도 분리수거해갔다 투병중인 그녀 귓가를 홍건히 적시던, 본 적도 없으면서 장황히 소개하던 다른 세계

〔……〕

달과 별과 해와 바람으로 사는 일이 그녀 2부 作이 된 듯 구경도 못한 빛들이 그녀 얼굴에 넘치도록 일렁인다 아직 여기 사는 나,

내 일부 없이도 살아갈 수 있을까 과연 내 2부 作은 무엇일까 제 살을 물어뜯으며 살 때야 찾은 神, 당신을 부르며

후다닥 다시 사는 순간일까 (⑦-16)

시인은 이제 신의 존재를 알았다. 그가 그처럼 살리고 싶어 했던 고사목, 부러워했던 동박새, 양식장의 죽어가는 물고기 떼, 그 모든 삶과 죽음이 시인을 넘어서는 초월자와 더불어 움직이고 있다는 것을 알았다. 그러나 이 앎이 좋은 시와 반드시 연결되는 것은 아니다. 시는 구체적인 사물의 관찰과 그 묘사, 그 작은 세계 안에서 이루어지는 세밀한 움직임의 언어를 통해서 살아나는 것. 박라연의 경우 그 순수한 아름다움은 처녀 시집 『서울에 사는 평강공주』와 제4시집 『공중 속의 내 정원』에서 가장 단아하면서도 진솔하게 피어난 바 있다. 생명을 찾고, 그 일을 위하여 기꺼이 자신의 에고를 희생하는 이타적 슈퍼에고의 모습에서 신의 발견에 이르기까지 원숙의 단계에 올라섰다. 나는 그것을 우주적 상상력이라는 말로 불렀는데, 그 거창한 표현과 달리, 여기에는 만만찮은 문제들이 걸려 있다.

우주적 상상력은 대체로 두 가지 방향에서 접근되는데, 그 하나는 판타지물에서 보여지는 SF적 상상력이 그것이다. 동화적 상상력과도 상통하는 이 세계에는 온갖 재미있는 사건들이 시공을 초월하여 넘나듦으로써 환상공간이 무한대로 확장된다. 게임을 포함, 어떤 의미에서 오늘 우리의 문화

전반이 이러한 우주적 상상력의 간섭 아래에 있다고 할 수 있다. 다른 하나는 우주를 창조하고 지배하는 신과 결부된 경건한 세계 인식의 상상력이다. 따라서 시에서 우주적 상상력이 논의된다면 당연히 후자이다(물론 하위문화로서의 SF적 상상력이 도입된 젊은 시들이 최근 상당히 부상하고는 있다). 그러나 우주가 눈에 보이지 않는 거대한 추상으로 연결되기 쉽듯이, 우주적 상상력의 이름 아래 보이지 않는 신의 이름이 추상화된다면 시는 그것을 거부하고 싫어한다. 박라연의 시에서 내가 감사할 정도로 감동받는 것은 이처럼 힘든 그 상상력의 현재화가 놀랍도록 구체적인 사물을 통해 이루어지고 있다는 것이다.

존함은 우자(宇) 주자(宇)이셨다는 것
아하! 하면서
비 맞은 장닭 몸을 털듯이
신들린 몸 부르르 떠는
치자꽃 (⑤-115)

치자꽃이 신이다! 이번 제7시집에는 도처에 신이 편재해 있다. 「4차원을 그대 팔에」 「별, 받습니다」 「앗 김연아」 「집중」 「허공에서 무박 3일」 등등의 시들은 공중으로 올라간 시인이 신을 만나고 난 다음, 오히려 지상에 내려와 아주 구체적으로 한 사람 한 사람, 한 물건 한 물건을 어루만지는 부드러운 잠언의 위력과 그 실현을 보여준다. 박라연, 그대를 지상과 공중 사이를 왕래하는 특사로 보내노니!

(2012)

* 이 밖에 박라연에 관한 필자의 평론으로 「작은 의식의 큰 사랑」(1990; 『문학, 그 영원한 모순과 더불어』)이 있다.

4부 현실 속으로, 현실을 넘어서

—

소설론

분단시대와 지식인의 사랑

—최인훈 문학의 지향 공간

최인훈(崔仁勳)은 한국 소설계에서는 여러 가지 의미에서 매우 찾아보기 드문 작가에 속한다. 그는 4·19 직후 남북 분단과 이데올로기의 문제를 본격적으로 다룬 장편 『광장(廣場)』을 발표해서 커다란 화제를 불러일으켰으나, 소설 수법에 있어서 이른바 사실주의적 정통성을 지닌 이 작품과 얼마쯤의 단편들을 제외하고서는 그 특이한 소설 수법 때문에 오랫동안 찬반의 논쟁을 그림자처럼 거느려오고 있는 작가이다. 가령 그에 대해 가장 격렬한 찬사를 보내고 있는 비평가의 한 사람인 김현은 그를 가리켜 "「가면고(假面考)」「구운몽(九雲夢)」『회색인(灰色人)』 등은 그를 전후 최대의 작가로 인정하지 않을 수 없게 만들었다"고 기술하고 있다. 또한 그에 대해 긍정적인 평가를 내리고 있는 또 다른 한 사람의 비평가로서 김병익은 "우리는 아마 「가면고」에 대해 한국인의 의식으로서는 극히 희귀한, 한국 문학에서는 거의 유일한 '구원(救援)의 문학'이라 할 수 있을 것"이라고 관찰한다. 사실상 화제작 『광장』에 한해서 말한다면 거의 전 평단 내지 문단과 독자들에 의해 의심할 나위 없는 명작으로 대접되었음을 다시 한번 상기해도 좋을 것이다. 그러나 최인훈의 문학적 가치가 조금의 비판도 허락하지 않은 채 완전 합의의 형태로 유지되어온 것만은 아니다. 주로 사실주의의 정통성과 그 발전적 전개를 신봉하는 평자들에 의해서는 지나치게 비현실적일 뿐 아니라, 관념성에 의존하는 수법 자체가 비소설적이라는 비난을 받아온 것도 사실이며 특히 『회색인』 『서유기(西遊記)』 등의 장편은 그 난해함 때문에 독자는 물론 일부 전문가들에 의해서도 외면되어온 실정을 부인할 수 없을 것이다. 그러므로 비교적 젊은 작가로서 이미 많은 작가론이 그에 대해서 씌어진 지금 그를 재론한다는 것은, 이 같은 찬반의 비평 속에서 그의 참다운 문학적 개성을 다시 확인하고, 그것이 우리의 문학 내지 문학 속에서 차지하는 기능과 위치를 살펴보는 매우 겸허한 것이 되어야 할 것이다.

최인훈은 지금 40대 전반의 나이이나 이미 12권으로 된 전집을 간행 중에 있으며 그중 벌써 8권〔① 『광장/구운몽』 ② 『회색인』 ③ 『서유기』 ④ 『소설가 구보씨(小說家丘甫氏)의 일일(一日)』 ⑤ 『태풍(颱風)』 ⑥ 『가면고/크리스마스 캐럴』 ⑦ 『하늘의 다리/두만강(豆滿江)』 ⑧ 『우상(偶像)의 집』〕이 나와 있다. 이것들은 이미 발표된 작품들의 재편집이라는 점과 그가 오랫동안 소설 창작에 손을 떼고 있다는 점(3년간의 미국 체류와 최근 수년간의 희곡 전념)을 감안하면 모두 10년 조금 넘는 기간에 씌어진 것으로서 우선 작품 양에서도 그는 꾸준한 다작생인 셈이다. 이 점은 그가 자신을 가리켜 '소설 노동자'라고 부를 정도로 프로페셔널리즘에 철저하다는 한 증거일 수도 있고 또 실제에 있어 문학에 순교자적인 정열을 쏟고 있는 그의 작품 세계 이해의 한 중요한 열쇠 몫도 하고 있다.

그러나 앞서 말했듯이 몇몇 작품을 제외하고 그의 작품들은 일반 독자에게 여전히 낯선 채 있다. 따라서 나로서는 기왕에 많이 논란된 『광장』을 제외한 작품들을 중심으로 해서 몇 가지 다른 스타일에 의해 시도되고 있는 일련의 그의 작품들이 어떤 일관된 작가 정신에 의해 형성되고 있는지 살펴보는 것이 좋을 것이다.

1. 한국의 성감대를 찾아

신화는 인간과 풍토가, 시간과 공간이 빚어낸 영혼의 성감대다.
—『서유기』

장편 『회색인』과 『서유기』는 최인훈의 소설 가운데에서도 가장 난해한 소설로 지적되고 있는 작품이다. 어느 비가 내리는 가을 저녁 독고준의 하숙집으로 그의 친구인 김학이 찾아가는 것으로 시작되는 『회색인』은 소설이 갖추어야 할 웬만한 동역학(動力學)이 거의 배제된 채 등장인물들의 대화, 그것도 일상생활의 그것 아닌 고담준론으로 가득 채워져 있다. 그 정도는, 이따금 나오는 최소한의 소설적 포석을 제외할 경우 소설이라기보다 차라리 한 편의 논문이라고 하는 것이 더 어울릴 만한 것이다. 가령 소설 벽두부터 주인공인 독고준이 행하는 장황한 변설의 한 토막은 다음과 같다.

> 한국의 현대시와 그 독자는 서툰 부부와 같아. 그렇다고 우리는 돌아갈 만할 전통도 없다. 아니 있기는 하다. 그러나 그 전통은 자칫 우리들의 헤어날 수 없는 함정이기 십상이다. 흥얼거리는 타령조와 질탕한 설움 속에 너울너울 춤추는 선인들의 미학은 불쌍한 우리들 개화손(開化孫)들의 그나마 탐탁치 못한 얼을 빼고 골을 훑어서 급기야 하이칼러 머리를 몽똥그려 상투를 꼬아 줄 테니까. (……) 우리들은 패배한 종족이야 상황은 간단해. 우리들은 수백년 혹은 수십년씩 식민지민이었어. 동양은 백인들의 노예로서 세계사에 끌려 나왔어. (……) 파리도 서라벌도 우리에겐 이방이야. 이제까지 우리는 오해하고 있었어. 이 같은 현상이 왜 문학에 한한 일이겠어? 이건 한국의 상황 일반이 아닌가?

그러나 주인공 독고준은 "그렇기 때문에 행동하지 않는다"고 역설적으로 단호히 맞선다. 이런 독고준의 태도는 바로 작가 최인훈 자신의 태도이기도 하며, 바로 그렇기 때문에 이 소설에서 소설다운 동역학이 기피되고 있기도 한 것이다. 이 점은 이 작가가 문학에 대해서 무엇을 요구하며 그것을 어떻게 이해하고 있는가 하는 문제에 대한 중요한 단서를 제공한다.

그가 행동 대신에 여기서 내세우고 있는 것은 '사랑'과 '시간'이다. 그는 한국의 상황에서는 혁명도 불가능한 것이라고 말한다. 혁명에 대한 그의 생각은 이렇다.

> 우리 시대뿐 아니라 혁명은 언제나 최대의 예술이다. 그러나 이 예술이 불모의 예술인 것은 이미 실험이 끝난 일이 아닌가. 천년 왕국을 앞당겨 땅 위에 이뤄 본다는 집념은 확실히 서양종이다. 우리한테는 이런 풍습이 원래 없었다. 종(種) 속에 깊이 파묻힌 에고. 그들은 게으르게 잠자고 꿈지럭거리고 힘 없이 죽어서 흙으로 돌아가면서 수천년을 살아 왔다. 산천초목 속에도 배어 있을 이 리듬을 어느 누가 하루 아침에 고칠 수 있을까.

그 대신 독고준을 통해 작가가 발견한 것은 '에고'의 세계였다.

> 그는 자기의 에고를 가꾸고 매끄럽게 다듬고 대뜸 눈에 뜨일 유별난 빛깔을 내게 하고 싶은 욕망에 사로잡혔다. 〔……〕 그로서는 분칠을 하는 무기물의 화장이 아니고 정신의 분장술을 연구한다고 했겠지만 마찬가지였다. 그는 닥치는 대로 책을 읽었다.

여기서 우리는 주인공 독고준과 더불어 이 작가가 북한 출신의 작가임을, 남북 분단이 마악 행해지는 시기를 전후하여 북에서 소년기를 보냈다는 점을 상기하는 것이 좋을 것이다. 혁명에 대한 회의, 행동에 대한 불신은 그의 소년기 경험에서 자연스럽게 배태되었던 것이다. 그는 혁명이라는 이름 아래 이루어지고 있는 황폐한 세계의 풍경 대신에 「플랜더스의 개」와 「집 없는 아이」와 같은 동화 속에서 잃어버린 꿈을 충족시켜온 소년기를 갖고 있었다. 이어서 그는 사춘기와 청년기를 6·25전란, 피난 생활, 그리고 군복무 속에서 보낸다. 이 작가 연배의 한국인이면 누구나 겪어야 했던 경험이지만 그의 인생에서는 이 모든 것들이 각별한 의미로 부각된다. 특히 일선 종군 경험에서 바라본 고향 땅은 마침 유일한 피난 혈육이었던 아버지마저 돌아간 시기에 애틋한 향수로 성장한다. 게다가 제대 후 생활 일선에서마저 무능한 사람이나 다름없이 되었을 때 독고준은 "가슴에서 정작 활활 타오를 그런 불길은 없이" "자기의 에고를 마치 구경거리이기나 하듯이 바라볼" 수밖에 없게 된다.

요컨대 6·25를 전후한 한국의 경험은 그에게 혁명과 행동에 대한 짙은 무력감을 심어주었던 것이다. 그 무력감은 시니시즘으로 발전하고, 그리하여 그가 혁명과 행동 대신에 내세웠던 '사랑'과 '시간'마저 이따금 위협당하기도 한다. "우리는 이렇게 사는 것이다. 다른 누가 와서 또 한번 겁탈하는 것을 기다리는 도착 성욕의 갈보처럼 우리 엽전은 언제까지고 임을 기다릴 것이다. 사랑과 시간. 엽전의 종교……"

무력감과 시니시즘은 급기야 독고준으로 하여금 누나의 옛 애인이었던 남자를 그가 한때 남로당원이었다는 사실을 약점으로 잡아 협박하기까지 하게 한다. 독고준은 그와의 타협으로 그의 집에 기식하는데, 이런 과정에서 그는 자신의 에고 속에서 발견한 '악(惡)'을 보지만 이미 정통적인 악마조차 없어진 세대라는 것이 그의 판단이다. 독고준은 서로 다른 많은 현실을 본다. 순한 마음으로 착한 기독교인이 된 여인을 만나기도 하고 전통적인 한국의 향교 노인을 만나기도 한다. 독고준의 친구들 역시 황폐한 시대의 황폐한 삶에 부딪쳐 표류한다. 달리는 열차에서 김학은 까닭 없이 젊은 여인을 떼밀어 죽이고 싶은 충동을 받는가 하면, 어느 젊은 해군 장교인 그의 형 친구는 항해 중 눈에 보이는 일본 땅을 향해 포문을 터뜨려버리고 싶은 순간의 유혹 앞에서 바둥거린다. 그런가 하면 불국사와 석굴암을 찾아 한국인의 흔적을 맡아보려고 하기도 한다. 요컨대 '사랑과 시간'을 믿는 젊은이도, 그것을 믿지 않는 젊은이도 방황의 열병을 앓지 않을 수 없는 현실에 작가의 눈은 가열하게 달아 있는 것이다.

사랑과 시간. 그 사랑이 문제다. 조국을 사랑한 청년이 원수의 도시를 포격하고 싶은 시대. 애국 지사의 묘소를 방문한 청년들이 드릴을 느껴야만 하는 시대. —이런 시대에서 사랑한다는 것은 무엇을 어떻게 해야 한다는 말일까. 바다에서 불국사를 생각한다는 것일까.

이러한 방황은 뒤 작품『회색인』에 나오는 여러 역사상의 인물에 대한 섭렵과 함께 단순히 주인공 자신의 개인적 방황 아닌, 이를테면 변변한 전통으로 우리 앞에 서 있지 못한 조국의 형편에 대한 한 아날로지임을 우리는 은밀히 눈치 챌 수 있다.

실상『회색인』의 구조는 이러한 아날로지에 의해 매우 중요한 골격을 갖추고 있다. 고향 W시를 잃은 주인공의 방황, 주인공 내면세계의 비극화, 그리고 아련한 향수는 곧 한국과 한국인 사이의 그 관계로 폭넓게 유추될 수 있는 구조를 이 소설은 갖고 있다. 이런 구조의 유추 관계는 김순임이라는 기독교 신자를 만났을 때, 6·25동란 당시 어느 여름날 그가 고향에서 겪었던 사춘기 경험을 되살리는 대목에서도 잘 나타난다. 즉 독고준은 그녀를 보자 그 여름날 방공호 속에서 아직 어렸던 그가 만난 하얀 얼굴, 따뜻한 팔, 뜨거운 뺨, 향긋한 살 냄새를 되살리는데, 작가는 이에 대해 "독고준에 대하여 그녀는 일종의 원형(原型)이었다"고 말하고 있다. 현실의 여자들은 그 원형에 대한 거리로 재어지며, 방공호 속에서 그는 정신적인 동정(童貞)을 잃은 까닭이었다. 이와 관련된 부분에서 소설은 이런 말을 하고 있다.

남녀간에 성에 관계되는 맨처음 사건은 흔히 결정적인 것이다. 맨처음 어떤 형태로 성에 접근했는가 하는 그 방식과 분위기가 그 사람의 대이성 태도를 결정한다. 그런 뜻에서 독고준의 경우는 자기의 취미에 맞았다. 〔……〕 순례의 길에서 본 수많은 여자를 그 성지의 여신상과 비교할 때, 그것들은 어림도 없었다. 어떤 사람이든 자기의 신(神)을 가지고 있다. 그것이 등록된 신인가 아닌가에 차이가 있을망정, 그 사람의 얼을 가장 확실하게 움직이는 힘을 가지는 한에서 그것은 신이다.

말하자면 방공호 속에서 겪은 뜨거운 뺨, 향긋한 살 냄새의 여인이 그에게는 그러한 한에 있어서 신이었던 것이다. 원형인 그 신의 모습으로는 다른 많은 여인을 재어본다. 그러나 독고준 여인의 신이 그렇다면, 한국의 신, 우리의 신은 무엇인가? 독고준을 통해 작가가 힘들게 꾸미고 있는 유추의 논리는 말할 것조차 없이 바로 그것이다. 한국인에게 뜨거운 뺨, 향긋한 살 냄새로 기억되는 한국의 신은 과연 무엇인가? 신이 없다면 그것은 원형, 즉 원초적 경험이 없다는 말이 될 것이다. 이런 사정은 한편 소설의 구조를 통해 그리고 다른 한편 주인공 대화 속의 직접적인 변설을 통해 직조처럼 짜여지고 있다.

누나의 옛 애인 집에서 만난 그의 처제, 미국 유학생인 미술학도 이유정과의 토론에서도 그것은 직접적으로 드러난다. 가령 "토착의 심벌, 전통의 목소리, 발성법을 통하지 않고 외국 옷을 입고 있으니까 번역극처럼 어색해진다"고 그가 그녀에게 말했을 때, 그것은 한국의 신, 작가 자신의 표현을 따르면 한국인을 흥분시키는 '영혼의 성감대'에 대한 언급 이외 다른 것이 아니다.

독고준은 그리스도의 처녀 김순임에 포옹과 키스의 시도를 한다. 누나의 옛 애인의 처제 이유정에게도 같은 시도를 벌인다. 돌연히 할아버지의 사촌을 찾아 시골길에 나서 보기도 한다. 현실의 동역학이 배제된 소설로서는, 그것이 비록 정통적인 사실주의 소설이 행하는 '묘사에 의한 발전'이 아니라 하더라도 꽤 바쁜 동태를 보여주는 것이라 할 수 있다. 그 바쁜 움직임의 결과 독고준은 "나의 이빨에 물리는 것은 바람뿐"임을 고백한다. 누나의 옛 애인을 물려고 했으나, 김순임을 물려고 했으나, 이유정을 물려고 했으나, 그리고 시골길 주막집 들창에 걸렸던 삶은 돼지머리의 이빨을 열어보려 했으나 그것들은 모두 실패로 돌아간 것으로 그는 판단한다. 성감대를 찾지 못한 상태에서의 서투른 사랑의 몸짓이었던 것이다. "그러나 나 자신의 살을 파먹고 있었던 것이다. 김순임을, 김학을, 현호성을 물어뜯었다고 생각한 것도 착각이었다. 내 살을 파먹고 있었을 뿐이다. 어느 구석엔가 잘못이 있었다. 이유정은?"

작가 최인훈은 여기서 드라큘라 전설을 내놓는다. 이빨로 피를 빨아먹는 흡혈귀 드라큘라에게서 그는 기독교 신에게 자리를 뺏긴 토착신의 모습을 본다. 사슬에 묶인 젊은 남자—드라큘라는 외롭다. 그는 사슬에서 풀리자 어두운 거리를 연인을 찾아다닌다. 희생자들은 그를 미워하지 않는다. 드라큘라는 '상식의 감옥'에서 빠져 나오라고 외로운 마음의 창문을 두드리는 것이다. 그것은 신을 잃어버린 인간의 드라마다. 그러나 여기서 드라큘라와 신의 관계는 반드시 기독교적인 문맥에서만 파악되지 않는다. '돈키호테'와 '선교사 부인'과 '원주민 아가씨'라는 말 등으로 표현되고 있는 작가의 무분별한 외래문화 비판, 즉 주체성 지향은 드라큘라의 모습에서 인간의 신, 무감각하게 살아가고 있는 비극을 볼 줄 모르는 한국인의 신 갈구에 대한 강한 집념을 소망하고 있는 것이다. 그리하여 마침내 아무 곳에도 들지 않았던 이빨을 들고 독고준은 깊은 밤 이유정의 방에 들어간다. 목줄기를 물어뜯는 드라큘라처럼. 그리고 다시 이유정의 방에서 나온 그는 마치 자기의 신을 찾아낸 사람처럼 한국이라는 육체를 더듬기 시작한다.

『회색인』보다도 훨씬 더 난해한 인상을 주는 『서유기』는 이유정의 방에서 나온 독고준이 더듬는 성감대 수색기라고 불러도 무방할 것이다. 그것은 북에서 내려온 실향민이 남에서의 방황을 겪은 끝에 '회색인'으로 다시 탄생하여 고향의 고향, 즉 한국의 신을 찾아가는 행로이다. 본인으로서도 고달프고 같이 따라가는 독자로서도 피곤하지 않을 수 없는 고단한 여로다. 상식적인 독해법만을 고수할 경우, 이 소설은 잘 읽혀지지 않는다. 우선 소설이 시작되기 전 "이 Film은 考古學入門 시리즈……" 운운의 느닷없는 안내문이 독자를 어리둥절하게 만든다. 게다가 이유정의 방에서 나온 독고준이 자기 방 계단을 오르다가 느닷없이 헌병에게 체포된다. 마치 카프카의 주인공처럼 이후 소설은 어디서부터 어디까지가 현실이며, 어디까지가 비현실 내지 상상의 세계인지 알 수 없을 정도로 혼란스럽다. 현실의 시간과 공간은 철저히 무시된다. 뿐만 아니라 등장인물의 위치 설정, 그들과 독고준의 관계 설정도 일견 무질서하기 짝이 없어 보인다.

그를 체포한 헌병이 그에게 존경을 표시하는가 하면, 그를 안내한 곳에는 뜻밖에도 그 옛날의 논개(論介)가 아직도 살아서 고문을 당하고 있다. 논개는 그에게 구원을 요청한다. 그러나 그는 그것을 물리치고 다시 길을 떠난다. 그러다가 다시 어느 간이역—석왕사라고 되어 있다—에서 역장에게 붙잡힌다. 여기서 그는 열차 내 방송을 통해 해방 전야의 한국 정정(政情), 특히 상해 임정에 대한 비판의 소리를 듣는가 하면, 역장의 안내로 이순신(李舜臣)·원균(元均)과 같은 역사상의 인물과 만난다. 이런 식으로 그는 조봉암(曺奉岩)도 만나고 이광수(李光洙)도 만난다. 이쯤 되면 재래식 소설에 대한 우리의 기대를 더 이상 유예할 필요는 없겠다. 그것은 최인훈 나름의 독특한 의도적 구조라고 볼 수밖에 없는 것이다.

최인훈이 『회색인』에서 거두고자 하는바 그의 소설적 목표는 한국의 성감대가 어디에 있는가 하는 것이다. 그가 만나는 역사의 인물들은 모두 그것을 알아내는 데 결정적으로 작용할 수 있는 인물들이다. 독고준은 그러나 그가 만난 어떤 인물에게도 경사하지 않는다. 논개가 붙잡아도, 역장이 사정해도, 그는 다시 그 자리를 떠난다. 거듭 자리를 떠나면서 그가 그의 행선지가 W시라는 것을 비로소 자각했다는 점, 한 곳에서 안주(安住)의 유혹을 받을 때, 저 여름날 방공호의 기억이 그의 의식을 다시 일깨워 세운다는 점 등은 모두 한국의 성감대를 찾는 그의 노력이 안이하게 주저앉아서는 안 된다는 강렬한 원형(原型) 추구의 태도를 반영하는 것이다. '여름'을 의식할 때 그의 의식이 흥분하고, 헌병-역장-검차원과의 다툼 장면 때 그 여름날 비행기 소리가 그를 위기에서 구해주는 대목 등도 이와 관련해서 세심하게 읽혀질 필요가 있다.

성감대-원형 추구-한국의 신이라는 일련의 공식은 『회색인』에서 구체적으로는 죄수(그는 곧 사학자로 뒤바뀐다)에 의해 개진되는 '민족성'이라는 말로 이해되다가, 결국은 '문화형(文化型)'이라는 표현으로 안착한다. 필경 『회색인』의 그 복잡한 구조는 한국의 '문화형' 탐색 작업이었던 것이다. 그러나 그 탐색 작업은 한없는 우여곡절과 부딪친다. 무수한 상징 구조가 나타난다. 북한 땅에서 피체되었다가 석방되기도 한다. 마치 드라큘라의 이빨을 가진 것 같았던 역장에게서 풀려났을 때 그는 '그 여름날'에 도착한 느낌을 가지지만 이유정을 범하지 못하고 물러 나온 자신의 모습에서 '사랑'의 패배를 맛본다. 결국 성감대를 찾는 기구한 역정에는 비록 성공했을지언정, '사랑의 성행위'에는 아직 이르지 못했음을 『회색인』은 보여주고 있는 것이다. 그것은 그의 에고가 한국의 신화와 여전히 관계를 맺지 못하고 있음을 뜻한다.

2. 한국에 대한 사랑

> 나는 아버님과 더불어 풍류 한담으로 즐기던 시절이 한없이 그립다. 그런가 하면 이 무서운 고통을 거느린 것일망정 내가 얻은 할렘의 쾌락—이것 또한 지금의 나에게는 없이 살 수 없는 것이 되었다. 그러고 보면 나는 날개를 닮아가는 것이다.
>
> —「크리스마스 캐럴」

사랑은 정신과 함께 몸을 요구한다. 몸을 요구하는 사랑에서 성감대의 존재는 필요 불가결한 것이다. 무엇 때문에 성감대가 필요한가? 사랑을 위해서 그것은 필요한 것이다. 한국 정신은 성감대가 없기 때문에 오늘의 한국 문화는 불감증에 걸린 채 맹목적으로 메마른 사랑의 헛동작만을 반복할 수밖에 없다고 생각하는 최인훈에게 있어서, 그러므로 가장 큰 문학적 주제는 조국 한국에 대한 뜨거운 사랑이다. 『회색인』이며 『서유기』에서 그가 어렵게 말했던, 그리하여 무슨 소리인지 알기 힘들 뿐 아니라 사실주의적 측면에서 볼 때 소설 공간마저 어지러웠던 저 구성적 모험은 결국 성감대를 찾기 위해 불감증 여인의 몸을 뒤척이는 피곤한 작업이었던 셈이다. 그것은 일견 변태처럼 보인다. 그러나 그것이 단순히 육체의 만족만을 거두기 위한 것이 아닌, 사랑이라는 높은 범주의 한 필요한 형태였음이 이제 서서히 밝혀진다. 그런 흔적은 어디서나 포착할 수 있겠으나 아버지와 아들 사이의 진기한 대화, 그리고 밤 열두 시만 되면, 또 많은 사람들을 보면 통증을 일으키는 겨드랑이의 날개 이야기를 담고 있는 「크리스마스 캐럴」 연작에서 아주 함축적으로 발견된다.

I, II, Ⅲ, Ⅳ, V 등 다섯 편으로 구성되어 있는 「크리스마스 캐럴」은 몇 해 동안 계속해서 크리스마스를 얼마 앞두고 일어나는 한 집안의 풍경을 다루고 있는 작품이다. 한 집안의 풍경이라고 했지만, 정확히 말해서 주인공 철이와 그 아버지, 그리고 간간이 끼여드는 누이동생 옥이의 대화가 전부이다. 아니 더 정확히 말한다면 주인공 철이의 이상한 날개 돋기에 얽힌 이야기다. I은 크리스마스에 친구들과 외박하겠다는 옥이를 말리는 아버지를 설득하는 이야기다. II는 역시 크리스마스를 앞둔 어느 날 '신금단 부녀 비극의 상봉' 사건을 놓고 부자간에 벌어지는 이견을 보여준다. 아버지는 이 사건에 대해서 이 일을 계기로 우리 국민 모두가 민족 양단이라는 비극을 뼈아프게 다시 느끼고, 그 일로 해서 통일 의식이 고취될 수 있기 때문에 뜻있는 일이라고 말한다. 그러나 아들은 민족의 철없는 딸을 하나 잡아서 민족이라는 신에게 바치고 그 대가로 축복을 받자는 인신 공양의 사고방식이라고 맞선다. 이런 이야기가 전개되는 가운데 작가는 그 방법론으로서 사랑의 가능성을 넌지시 내보인다.

Ⅲ에서는 소설 벽두에 집안 식구의 칫솔이 모두 갑자기 없어진 사건이 발생한다. 한편으로 부자간의 대화는 계속된다. 내용과 어법으로 보아서 부자 사이라기보다 친구 사이라고 하는 편이 어울릴 대화의 초반에서 두

사람은 잠시 다툰다. 그것은 '아첨' '위(威)' 따위에 관한 것인데, 아첨을 배격하고 위를 세우려는 아버지에 대해 정신적으로 존경하는 사람에 대한 아첨은 아첨 아닌 사랑이며, 쓸데없는 위를 세운다는 것은 헛된 일이라고 아들은 항변한다. 그러나 두 사람은 묘하게도 아들이 꺼낸 '부자유친(父子有親)'이라는 말을 중심으로 화해한다. 이 말을 통해 아들은 아버지와의 흉허물 없는 사이를 내세움으로써 자신의 당돌·무례함을 용서받으려 하고, 아버지는 아들이 동양 고전에 밝은 지식이 기특했던 것이다. Ⅲ에서는 또 소위 '행운의 편지'라는 것이 날아든 사건에 대한 의견이 둘 사이에 개진된다. 아버지는 그것이 기독교적 미신이라고 해서 불살라버린다.

Ⅳ는 주인공이 유럽에 와 있음을 전하고 있다. 프로테스탄티즘 속의 개인주의 일변도인 유럽에서 그 한 상징이나 되듯이 주인공은 쓸쓸한 독신 노파를 만나는데, 그녀는 언제나 성경을 흡사 고양이처럼 꼭 끼고 다닌다. 크리스마스의 본고장에서 그가 본 것은 노교수의 학문이 결코 거대한 관념이 아니라 신기료장수의 수공업과 같다는 것, 인간은 하나라고 생각하는 것은 식민지 인텔리의 천박성만이 꿈꾸는 관념이라는 것 등등 귀국 후 그는 자기가 있었던 유럽의 소식을 듣게 되는데, 그 속에서 그는 늙은 독신 노파가 항상 끼고 다니던 성경이 실은 신에 대한 믿음이나 외경에서가 아니라 성경을 포장한 죽은 애인의 가죽을 지키기 위해서였다는 충격적인 사실을 전해 듣는다. 이 대목에서 소식을 전해주는 유럽 친구는 이렇고 쓰고 있다.

> 그녀의 일생에 걸친 그 집요한 행위는 기독교와는 아무 관계도 없는 것이었단 말일세. 그것은 사랑이라는 가장 인간적인 동기에서 나오고 그것으로 지탱된 것이었어. 인간적인, 그리고 '인간'이라는 것 그것은 이 지구상의 모든 사람에게 주어지는 이름이 아닌가.

그러나 주인공의 감동은 사랑을 그토록 열렬히 지키기는커녕 남의 명절

(크리스마스)에 들떠 놀아나는 한국의 모습에 대한 역겨움으로 전달된다.

그는 토하고 싶어 한다. 마치 그것이 그의 사랑의 표현인 것처럼 「크리스마스 캐럴 V」는 이 연작 작품의 결구편으로서 대단한 상징 구조를 갖고 있는 소설이다.

「크리스마스 캐럴 V」의 주인공은 어느 날 밤 열두 시에 오른쪽 겨드랑이에 통증을 느낀다. 그러나 그 통증은 방을 나와 뜰에 내려서면 없어진다. 이상한 파마늘 통증은 말하자면 밤 열두 시부터 새벽 네 시에 이르는 통행금지 시간이면 발작을 하는 것인데, 그것은 또 사람이 많은 곳에선 어김없이 광란을 일으킨다. 주인공은 통증을 진정시키기 위해 법규를 어기고 통금 시간에 밤의 도시를 산책·배회한다. 그러다가 4·19와 5·16을 목격한다. 이런 이야기 이외에 별다른 이야기는 없다. 작가는 독자의 의문 그대로 그 자신 이 소설의 말미에서 "나는 한 가지 생각나는 일이 있다. 날개가 산책 도중에 만난 사람의 모두를 마다하지는 않았다는 일이다. 날개는 사람을 가렸던 것이다. 이것은 무슨 뜻일까"라고 자문하면서 끝을 맺고 있다. 정말 겨드랑이 파마늘 통증에서 돋아난 날개의 의미는 무엇일까? 이 점은 연작 「크리스마스 캐럴」뿐 아니라 최인훈 문학 전모의 이해를 위해서 매우 중요한 뜻을 갖는다. 우선 무엇보다 주목해야 할 점은, 날개의 통증은 사회법규에 저항해서 생기고 있다는 사실이다.

> 날개의 생리는 모순 그것이다. 그의 고통이 없자면 통행 제한 제도는 없어져야 할 것이다. 그러나 그는 밤거리에 타인이 있는 것도 용서치 않는다. 그렇다면 그는 스스로 해결을 거부하고 있는 것이나 다를 것 없다.

주인공은 법규에 저항해서 솟아나고 있는 날개의 통증을 달래기 위해 밤 산책을 한다. 밤 산책이란 그러므로 말할 나위 없이 자유로의 탈출이다. 그러나 날개는 자유의 세계에서조차 안정을 누리지 못하고 군중이나 타인을 용서치 않음으로써 날개의 주인을 애먹인다. "무자비하고 강압적이며 비

타협적이며, 모두를 요구하는" 날개가 진정으로 의미하는 것은 따라서 무엇일까? 여기서 우리는 4·19의 학생 데모, 그리고 일시나마 5·16의 그들에게서 날개는 잠잠했다는 사실을 지적해둘 필요가 있다. 이상한 것은 이러한 사건이 벌어지는 동안 날개는 찍소리도 없었다는 점이다. 그렇다면 그 괴상한 의식의 참례자들은 적성(敵性)이 아니었던 것이 분명하다는 대목을 이와 함께 아마 기억할 수 있을 것이다. 요컨대 날개는 온갖 구속에 맞서는 자유에의 의지일 뿐 아니라, 새로운 질서를 희구하는 강력한 정신의 아픔이다. 그러나 그것은 그 정신을 상징하는 단순한 추상형의 이름만도 아니다. 작가는 이 소설에서, 밖으로 빠져나오지 못한 채 아버지의 방에 갇히다시피 한 형편으로 날개의 고통을 감수하면서 효(孝)를 주제로 대화를 벌이고 있는 부자(父子)의 장면과 자유로운 밤 산책으로 통증을 잊고 자신을 즐기고 있는 주인공 아들을 대비시키고 있는데, 그것은 곧 전통적인 의미에서 본 한국 사회와 서양을 중심으로 한 새로운 가치 체제와 만나고 있는 한국 사회의 대비가 되고 있다. '통행금지' 또한 단순한 법규일 뿐 아니라 금기가 많은 한국 풍속의 한 보기라고도 할 수 있다. 그러나 말썽을 일으키고 있는 날개 문제를 아버지에게 들고 갈 만큼 불효하기를 꺼린다든가, "아버지와 더불어 풍류 한담으로 즐기던 시절이 한없이 그리우면서도" 다른 한편으로 "무서운 고통일망정 내가 얻는 할렘의 쾌락, —이것 또한 지금의 나에게는 없이 살 수 없는 것"으로 귀중히 여기는 그의 갈등은, 두 가지 선택 가운데에 어느 한쪽으로 기울 수 없는 한국에 대한 작가의 사랑의 진정성을 반영하는 것이다. 그는 "창경원의 차단한 고풍의 담 못지않게" '나'를 사랑하는데, 그 '나'는 "그녀들(창경원 등등) 모두를 오르가즘에 올려놓기"를 바라고 있는 것이다. 한국의 모든 것을 구체적으로 사랑하겠다는 최인훈의 정열은 매우 뜨겁다.

3. 사랑의 슬픔, 그 잔해

최인훈 소설 문학의 기본 구조를 이루고 있는 '사랑'은 지금까지 살펴본 『회색인』 『서유기』 「크리스마스 캐럴」, 그리고 『광장』 이외의 다른 작품들에도 그대로 편재해 있다. 그중에서도 『광장』 이래의 대장편소설로서 일본·영국, 그리고 동남아까지 포함하는 국제무대를 소설의 소재로 삼고 있는 『태풍』은 그의 '사랑'이 한반도를 넘어 보편적으로 작용하고 있는 느낌마저 주는 야심작이다. 이 작품에는 여러 가지 대립적 요소들이 서로 맞서서 등장하고 있다. 식민제국(일본을 지칭하는 나파유국과 영국을 지칭하는 니브리타국)과 피식민지(동남아의 나라를 지칭하는 아이세노딘과 한국을 지칭하는 애로크) 동양과 서양의 대결은 그중에서도 가장 전형적이다. 사실 이 대립의 명제는 지금까지의 다른 소설들에서도 작가가 '한국의 발견'이라는 문제의식을 추구하는 과정에서 간단없이 제기되었던 것으로서 새삼스러운 것은 아니다. 그러나 여기서는 그것이 등장인물의 대화나 독백, 혹은 환상 처리로 이루어져 있지 않고 직접 현실의 무대로 극화(劇化)되고 있다는 점이 다르다. 이 점은 작가로서는 이를테면 이론의 실천이랄 수 있겠고, 우리로서는 그의 '사랑'이 범세계적인 규모로 확대되었다고 일단 말할 수 있을 것이다. 소설의 주인공 오토메나크는 친(親)나파유 가정 출신으로 나파유군의 장교가 되어서 니브리타의 식민지인 아이세노딘에 진주하여 아이세노딘의 독립운동가 카르노스의 감금, 호송 책임자가 된다. 젊은 그는 이러한 그의 활동이 의미하는 바에 대해 아무런 생각도, 회의도 갖지 않고 있었으나 어느 날 고국에서 온 한 신문인이 전해주는 나파유의 패망 박두 소식과 카르노스를 감금한 저택의 비밀 창고에서 아이세노딘 독립운동가들의 명단·계보, 각종 보고문 등 기밀문서를 발견하는 일이 계기가 되어 그때까지의 삶 전반에 대한 각성이 비로소 생기기 시작한다. 말하자면 그는 친식민 세력의 출신 성분으로부터 서서히 깨어나 식민 통치의 권력과 피식민지 주민의 아픔의 관계를 인식하기 시작한 것이다. 그 관계에서 그는 바로 동양과 서양의 차이 혹은 대립(니브리타의 여자 포로들이 황색 및 유색인들에게 보여주는 방자한 태도는 비근한 예다)을 말하는가 하면, 식민 통치자들의 잔학성과 피식민지 주민의 역사적 수난을 증언한다. 그러면서 그는 이 모순에 찬 세계 구조를 화해하는 길은 '사랑' 이외의 방법이 없음을 적극적으로 시사한다. 그것은 오토메나크가 자신의 삶에 대한 회의·반성의 순간과 거의 때를 같이하여 카르노스의 시중을 드는 소녀 아만다와 사랑을 하게 된다는 이야기로 여실히 반영된다.

장편 『태풍』의 대단원은 오토메나크가 호송하는 포로선이 해상에서 태풍을 만나 표류하는 장면을 통해 절정에 이른다. 작가는 소설의 제목이기도 한 이 태풍의 기습을 "사회적 인간이 다시 태어나는" 사건으로 삼으면서 세계와 역사에 대해 무지했던, 내지는 반동적이었던 한 인간이 사랑을 통해 거듭 태어날 수 있음을 보여준다. 그리하여 오토메나크는 마침내 대립된 불화의 두 세계를 표류하다가 지양의 순간을 획득하는 변증법적 주인공의 위치에 선다. 이렇게 볼 때 이 작품은 '한국의 발견'이라는 명제에만 방법적으로 동원되었던 사랑이 실제에 있어서는 세계 지배의 보편적 원리임을 제시하는 데에까지 이르는 것임을 말한 명작이라고 할 수 있을 것이다. 그러나 30년 후라는 시기 설정과 위대한 지도자 카르노스에 의해 독립투사로 키워진 오토메나크가 결국은 그의 조국, 즉 한국의 통일을 위해 활약할 것이라는 강한 암시는 작가의 발상이 역시 분단된 조국에 대한 사랑이라는 문제에 깊이 뿌리박혀 있음을 어쩔 수 없이 노출하고 있다.

그렇다고는 하더라도 한국의 성감대를 찾아내어 그것을 통해 사랑의 불꽃을 튕겨보려는 최인훈의 욕망이 노상 뜨겁게 들떠 있고, 또 흥분의 정도만큼 사랑의 정열이 성과만을 갖고 오는 것은 아니다. 때로 그의 사랑은 성감대 대신 불감증의 표피라고만 믿었던 곳에 망연히 머물러서 어쩌면 헛된 몸짓에 지나지 않는 동작 아닌 정태(靜態)를 보여줄 때도 있다. 그러한 보기로서 나는 『소설가 구보씨의 일일』을 예거하고 싶다. 이 소설은 다음과 같은 대목을 담고 시작하고 있다.

구보씨는 까치 소리를 들을 때마다 기계적으로, 언제나 틀림없이 그 생각이 떠오른다. 떠오른다기보다 절로 그렇게 된다. 그 느낌은 구보씨의 어떤 사상보다도 뚜렷하다. 자기가 정말 믿고 있는 것이란 까치 소리 하나뿐인지도 모른다 하는 감상적인 생각을 그때마다 하는데, 영락없이 그러면 구보씨는 가슴 속인가 머릿속인가 어느 한군데에 까치알만한 구멍이 뽀곡 뚫리면서 그 사이로 송진 같은 싸아한 슬픔이 풍겨나오는 것을 맡는 것이었다.

사랑의 슬픔은 근원적으로 그 사랑의 황홀함이 지속적으로 이룩될 수 없는 데에서 유래한다. 그러나 사랑의 슬픔은 또한 사랑을 주고자 하는 쪽의 정열에 비해 그 사랑이 주어지는 대상 쪽이 너무 굳게 문을 닫고 있는 데에서도 비롯된다. 이렇게 볼 때 그의 집요한 사랑 추구에도 불구하고 일상생활에서 따분한 나날을 건조하게 반복할 수밖에 없는 소설가의 초상을 그리고 있는 『소설가 구보씨의 일일』은 대상의 문이 좀처럼 잘 열리지 않는 사랑의 좌절이 가져온 한 비극적인 성과라고 할 수 있을 것 같다.

이 작품을 '비극적인 성과'라고 부르는 까닭은, 김우창이 예리하게 지적한 대로 "구보씨에게 그의 관념이 구극적으로 공허하고 그의 소설이 본격적인 실감을 주는 것이 못 되는 것은 그의 자리가 사회역학(社會力學)의 주변에 있기" 때문이다. 김우창은 이 소설의 주인공 작가가 우울한 배회를 하는 것은 "물질적인 의미에서 그의 위치가 사회의 주변에 머물러 있다는 것보다도 문화적인 의미에서 그렇다는 사실일 것"이라고 보는데, 매우 적절한 분석으로 생각된다. 한 사회에 있어서 작가의 위치가 일상적인 물질생활에서 풍요함을 의미할 수 있는 시대란 과거에도 앞으로도 있을 수 없을 것이다. 우리는 그런 의미에서 구보씨의 무력함과 좌절감을 슬퍼하는 것이 아니다. 문제는 그가 소설가이며, 그것도 한국의 본질과 역사에 대해 끈질긴 관심과 정열을 가진 지식인으로서 무력감과 좌절감을 가지지 않을 수 없다는 사실에 있다. 그는 아직 젊은 나이에 소설가로서의 맡은 바 일들, 예컨대 작품을 발표하고 신인 작품을 심사하고 출판 기획에 참여하는 일 따위를 부지런히 하고 있음에도 불구하고, 그리고 무엇보다 그런 일들의 의미와 문학적·사회적 연관성에 대해 깊이 있는 사고 활동을 하고 있음에도 불구하고, 사회 문화의 핵심적 역사 현장에서 소외됨을 느끼고 있다. 그것은 그의 사랑과 사랑의 대상 사이에 호흡의 일치가 이루어지지 못하고 있음을 뜻한다. 따라서 호흡을 맞추기 위해서는 구보씨 쪽에서 어떤 식으로든지 포즈를 바꾸어야 할 필요성이 요구된다.

사랑의 슬픔이 요구하는 첫번째의 포즈 변화는 고궁·동물원 전람회 순회와 같은 구보씨의 행각이 보여주는바 철저한 정태적 생활양식이다. 생활의 모든 동역학을 의도적으로 거부하는 이 같은 방식은, 순전히 감정적인 표현을 사용한다면, 사랑의 슬픔을 체험한 자의 오기라고 불러도 좋을 것이다. 그러나 그것은 문화적인 오기이다. 실제에 있어서 현실적 영향력을 가지지 못한 작가가 할 수 있는 길을 그는 거기서 명백하게 찾아낸 것이다. 현실과 문학예술 사이의 관계를 그 나름으로 인식하게 된 것이다. 하는 일 없이 도시를 배회하면서 그가 감상의 안목을 얻은 화가가 샤갈과 이중섭(李仲燮)이라는 점도 이런 측면에서 관찰된다. "그림 속의 물건들은 현실의 기호가 아니라 감정의 기호들"이라는 샤갈, "둔중한 모사(模寫)의 공간을 이미 벗어난 자유로운 꿈의 발자국"이라는 이중섭에 대한 경사에서 구보씨는 예술의 본령을 바라본다. 그것은 현실에 대해 아무 힘이 없으나 바로 그 아무 힘이 없다는 사실로 인해서 힘을 갖는다는 논리이다.

여기서 작가 최인훈의 현실을 문학과 관련지어 보는 시선이 결정된다. 즉 그는 현실, 특히 정치 현실에 대해 문화사적인 측면에서 매우 높은 수준으로 인식해 들어가지만 그것이 단순한 정치 자체의 동역학에 의해 좌우되는 현상은 아니라고 보는 것이다. 그러므로 문학이나 예술이 그에 대해 구체적 관심으로 개입해서 실제의 효과를 노린다면 문학이나 예술 자신은 정치적 동역학으로 떨어져버린다는 생각을 갖고 있는 것이다. 여기에 이르면 우리는 한국의 성감대를 발견하고 그것을 통해 한국을 사랑하겠다는 뜨거운 의지의 배후에서 "사랑은 결국 슬픔으로 끝나는 것"이라는 생각에 처음부터 그가 선험적으로 젖어 있는 것이 아닌가 하는 일말의 의심을 배제할 수 없다. 만약 그렇다면, 즉 사랑이란 슬프게 끝날 수밖에 없는 것이며, 그 슬픔의 잔해가 예술이라고 생각하고 있다면, 그 비관적 세계관과 패배주의를 비난하기에 앞서 그 도식의 논리에 일견 불만의 저항이 있을 수 있을 것이다. 그리고 바로 이런 점이 그의 날카롭고 해박한 역사 비판과 현실 분석에 찬사를 보내면서도 동역학의 의의를 부인하는 그의 문화적 완강성에 대한 동의의 머뭇거림을 가져올 수 있다.

4. 사랑의 방법론

> 樂浪城을 지킨 自鳴鼓. 모든 사회는 그런 북을 가져야 한다. 그것이 시인이다.
>
> ―「文學을 찾아서」

최인훈의 소설이 사실주의적 정통성에서 크게 벗어나 있을 뿐 아니라, 지나치게 관념적이라는 사실은 이미 많은 논자들에 의해서 누누이 지적되어온 바 있다. 그러나 그와 같은 관념성이 다만 소설 문학의 정통적 기법에 대한 의미 없는 반항이라거나 혹은 난해를 위한 난해성 꾸미기가 아니라는 점은, '사랑'을 기본 구조로 한 그의 '한국 탐험' 분석에서 명료하게 밝혀졌다. 말하자면 그의 관념주의는 방법적 관념주의인 셈이다. 나는 이 같은 그의 기법적 특성을 살펴보기 위해 『회색인』 『서유기』 「크리스마스 캐럴」 『태풍』 『소설가 구보씨의 일일』 등을 일별해보았다. 많이 거론된 『광장』을 제외하면, 그 밖의 그의 소설 작품으로서는 전집 ⑦ 『하늘의 다리/두만강』과 전집 ⑧ 『우상의 집』이 남는다. 전자는 중편들이고 후자는 단편집이다. 이들 작품집 역시 최인훈의 일관된 작품 세계에서 모두 그 나름의 독자적인 좌표를 갖고 있으나 그에 대한 세밀한 관찰은 여기서 제외하기로 한다. 그 대신 작가의 기본적인 발상이 남북 분단과 고향 상실에 있음을 다시 확인해주는 『하늘의 다리/두만강』과 더불어 단편집 『우상의 집』 또한 그가 빚어내고 있는 사랑의 형해(形骸)들임은 다시 한번 언급할 필요가 있겠다. 그러나 발상과 과정과 결론마저 드러난 이 작가의 사랑은 도대체 어떤 모습을 하고 있는가? '사랑'의 필요성과 그 방법론적 당위성만을 청취해온 우리로서는 미상불 그 구체적인 모습에 대해 궁금하지 않을 수 없다. 마침 단편집 『우상의 집』은 그의 중·장편들과는 달리 현실적인 묘사를 보여줄 뿐 아니라, 매우 서정적인 분위기를 풍기는 많은 소설들을 포함하고 있어 이 문제에 대해 커다란 도움을 제공한다. 나로서는 그 가운데에서 매우 감동적인 단편 「웃음소리」를 예로 들고 싶다.

> 지금은 모든 것이 환하였다. 그녀는 사랑했던 것이다. 몸을 판 돈을 선뜻 바치고 의심치 않을 만큼 순정(?)을 바쳤던 것이다. 순정. 그녀는 낄낄낄 웃었다. 연거푸 낄낄낄 웃었다. 그 천한 웃음 소리가 자기의 목구멍이 아니고 방구석 어둠 속에 숨은 어떤 여자의 것인 것처럼 느끼면서 퍼뜩 잠에서 깨었다.

소설의 주인공인 바걸이 온천이 있는 시골에 와서 자살을 기도하려는 내용인데, 앞의 인용 부분은 그녀가 자살의 장소로 택한 곳에서 한 쌍의 남녀가 사랑의 행위를 하는 것을 목격한 날 밤의 장면이다. 그녀의 자살 동기는 석연찮게 알려져 있으나, '그'라고 되어 있는 어떤 남자로부터의 배신이 주요 원인으로 은밀하게 깔려져 있다. 그러나 그녀 스스로 그것을 명확하게 인식하고 있었던 것은 아닌데, 이상하게도 꿈속에서 그녀는 그것을 분명히 깨달은 것이다. 그리고 '낄낄낄' 웃는다. 그 웃음은 자조와 자학의 웃음이다. 순정을 바쳤던 자기 자신에 대한 비웃음이다. 자신은 이제 그 자리에서 죽음을 결행하려고 하는 마당에 열락에만 빠져 있는 또 다른 젊은 남녀에 대한 비웃음이다. 요컨대 그것은 '사랑'에 대한 비웃음인 것이다. 그러나 작가는 여기서 다시 한번 반전하여 그곳에서 사랑의 행위를 하던 남녀는 실제로 벌써 일주일 전에 죽은 시체였음을 말한다. 그녀의 자살 계획은 취소되고 서울로 돌아오는 열차 속에서 "암암하게 들려오는 소리, 바로 그녀 자신의 웃음소리"를 환청하게 된다.

소설 「웃음소리」는 비록 한 편의 짧은 단편이지만 '사랑'을 방법론으로 내세운 이 작가의 이해에 있어서 매우 함축적인 측면을 갖고 있다. 왜 그는 사랑 대신 죽음을 한때나마 생각했던 것일까? 왜 그는 순정과 사랑에 대해 자조와 자학의 웃음을 보내야 했던가? 왜 그는 죽음의 유예를 통해 '웃음소리'의 형태로 사랑을 변모시켜야 했던가? 이런 의문들은 사랑의 슬픔을 체험하지 않을 수 없었던 작가의 피곤한 방법 도정(途程)에서 중요한 요소들로 떠오른다. 이런 의문은 단편 「웃음소리」의 작은 무대를 떠나서 문학의 전모와 관련지어 생각됨으로써 그 해결의 전망을 얻을 수 있을지 모른다. 여기서 우리는 최인훈의 '사랑'이, 대립하는 두 세계를 화해시키는 지렛대로 쓰여지고 있다는 사실을 거듭 상기할 필요가 있다. 이때 '화해'라는 표현 대신 '지양'이라는 표현을 쓴다면, '사랑'이란 개념 또한 '변증법'이라는 개념으로 바뀌어도 무방한 것이 되어버린다. 그렇다면 최인훈의 '사랑'은 처음부터 그 실체가 관념이었던 셈이다. 「웃음소리」에서 극명하게 보여지듯이 젊은 두 남녀의 사랑의 장면은 실재 아닌 환시(幻視)의 형태로 존재했던 것이다. '사랑의 실체'가 관념이었다는 진술은 그 진실 자체가 모순의 논리로 유지되어 있다.

이 점에 대해서는 오생근의 질문이 탁월하다. 그는 묻는다.

> 왜 최인훈의 작품 속에서 사랑은 그처럼 인간적인 신뢰감으로 연결되지 않고 언제나 서로를 의심하며 확인하고 부딪치는 싸움이 되어야 하는가?

그러면서 그는 그 까닭이 "관념으로 현실을 이해하려 드는 태도와 서로 다른 에고의 충돌이라는 서구적 발상"에서 연유한다고 본다. 그리하여 사랑의 필요성이 열렬히 강조되고 있음에도 불구하고 작중인물들은 그 사랑 속에서 정신적인 휴식을 취하지 못하고 있다는 것이다. 나로서는 여기에 덧붙여 이 작가의 사랑이 결국은 자신에 대한 자조, 즉 자신의 '웃음소리'로 되돌아올 수밖에 없는 원인을 최인훈의 지나친 이상주의에서 찾아보고 싶다. 다시 되풀이되거니와, 그는 한국의 성감대를 찾아 육체와 정신이 합일하는 뜨거운 사랑을 한국에 바치고자 한다. 그의 표현으로 말한다면 이것이 그의 사랑의 '순정'이다. 그러나 그것은 곧 그의 이상주의이다. 왜냐하면 뜨거운 사랑은 정신과 육체가 합일하는 어느 순간을 통해 영원성을 획득하는 것이지만 그 순간의 영원화는 작가 자신이 깨달았듯이 죽음을 통해서만 현실적으로 존재할 수 있을 뿐이다. 그 밖에는 그저 '관념'으로 존재한다. 말을 바꾼다면, '뜨거운 사랑'에 대한 그의 욕구는 그의 에고가 요구하는 이상일 따름이다.

현실에서 사랑의 존재 양태란 오히려 서로의 허물을 이해하고 그것을 용서하면서, 때로는 그것을 덮어주는 너그러운 마음일 수 있다는 사실을 그는 짐짓 외면하고 있는 것이다. 사실 최인훈 역시 그것을 알고 있기는 하다. 「크리스마스 캐럴」에서 주인공 부자의 대화 속에 나오는 사랑은 분명히 '양보'를 속성으로 한 사랑이다. 또 그는 그것을 미덕으로 하는 전통 사회로서의 한국에 대해 "아버님과 풍류 한담으로 즐기던 시절이 한없이 그립다"고 함으로써 사랑의 전통적 개념을 동경한다. 뿐더러 "자기가 정말 믿고 있는 것이란 까치 소리 하나뿐"이라고 했을 때 그의 전통 복귀는 무심결에 강하게 드러난다. 그러나 개명화되고 논리화한 그의 에고는 거기서부터 이미 멀리 나와 있음을 어찌할 것인가. 그의 비극은 이미 '철저화된 에고' 때문에 생긴 것이다. 그 에고를 통해 보는 사랑은 허물을 덮어주는 뜨뜻미지근한 그것이거나, 불감증의 표피에 대고 비비는 어리석은 그것이 될 수 없다. 아마 최인훈은 이런 것들을 허위라고 생각할 것이다. 최인훈에게 있어 참된 사랑은 '뜨거운 사랑'이라야만 한다. 그리하여 그의 사랑은 '변증법'이라는 지렛대가 되는데 그것은 불행하게도 고도의 관념으로만 존재할 수밖에 없는 것이다. 그의 소설이 관념적일 수밖에 없는 당연한 과정이다. 그리고 그것은 모든 지식인의 사랑이 갖고 있는 운명적 속성일지도 모른다. 그러나 다른 한편 "낙랑성(樂浪城)을 지킨 자명고(自鳴鼓). 모든 사회는 그런 북을 가져야 한다. 그것이 시인이다"라는 그의 에세이의 한 구절은 '웃음소리'의 의미가 '죽음을 통한 사랑'의 긍정적 변용임을 암시하기도 하는데, 이러한 양면적 해석 가능성의 매력은 쉽게 드러나지 않는 이 작가의 한 깊이와 상응한다.

최인훈은 최근 소설을 쓰는 대신 희곡을 열심히 쓰고 있다. 장르의 선험적 구별을 부정하는 그로서는 좁은 틀 속에 구속되어 자신의 정신을 묶이고 있느니보다 자유스러운 그의 형식 속에서 마음껏 정신의 모험을 해보겠다는 야심의 발로라고 생각된다. 아무튼 최인훈은 "내용은 그에 맞는 형식을 만든다"는 헤르더Johann Gottfried von Herder의 말을 실감케 하는, 한국문학계에서는 매우 희귀하고 중요한 작가로 평가되어야 할 것이다.

(1978)

* 이 밖에 최인훈에 관한 필자의 평론으로 「지식인의 행동」(1972; 『문학비평론』), 「최인훈 문학의 두 모습」(1980; 『문학과 정신의 힘』), 「관념소설의 역사적 당위」(1993; 『사랑과 권력』), 「체제변화 속의 기억과 문학」(1994; 『사랑과 권력』)이 있다.

보편성의 위기와 소설

—서정인의 소설 세계

1

서정인의 소설이 갖는 분위기는 어딘가 착 가라앉아 있고, 우울한 그림자가 떠도는 것으로 많은 경우 지적된다. 실제로 그의 소설은 사변적이라고는 할 수 없음에도 불구하고 박진감 있는 동역학을 동반하지 않고 있다. 물론 「미로(迷路)」와 같은 작품이 사변성을 띠고 있고 「벌판」과 같은 작품에 어느 정도의 행동적 사건이 나오고는 있지만, 이런 것들이 서정인 소설의 근본적인 분위기를 바꾸어놓지는 못하고 있다. 정역학적이며 자기 성찰적인 조용함, 이런 것이 이 작가의 작품을 읽는 이들의 일반적인 인상일 것이다. 그러나 기이한 것은 이 같은 인상에도 불구하고, 서정인 소설의 주인공들은 어딘가로 가고, 또 어딘가로부터 돌아오는 끊임없는 움직임을 보이고 있으며, 그 움직임은 착 가라앉아 있는 분위기와 묘하게 조화를 이룬다. 정중동이라고 할까, 혹은 그 반대라고 할까. 이런 성격을 작가 자신 "허무주의적이라고 해서 비난도 받았다"고 밝히고 있는데, '허무주의적'이라고 쉽게 이야기해버릴 성질의 세계를 그가 갖고 있는 것도 아니다. '허무주의적'이라고 하면, 무엇보다도 이 세계를 지배하고 있는 가치에 대한 전면적인 부정을 전제로 해야 할 것이며, 그 바탕 위에서 자기 나름대로의 형이상학적 모색이 있어야 할 것이다. 나에게는, 그러나 그 같은 모든 것이 눈에 띄지 않는다. 오히려 그는 이 세계를 지배하고 있는 가치가 없기 때문에 수족관 속을 힘없이 부유하는 어족같이 보일 수 있다. 그러나 이런 지적도 반드시 옳지는 않다. 힘없이 부유한다고 했으나, 그렇게 말해버리기에는 그가 제시하고 있는 소설 속의 세계가 우리 몸이 담겨진 구체적 현실이기 때문에 너무 절실한 데가 있다. 그렇기 때문에, 그의 세계에 다가가는 사람들이 대체로 느낄 수 있는 감정은 어떤 모호함 같은 것이 아닐까 생각된다. 이 같은 모호함, 뭐라고 딱 잘라 그의 소설 세계의 특징을 규정지을 수 없는 애매함 속에서 그의 소설 거의 전편에 공통적으로 등장하고 있는 요소가 있다면 그것은 상당히 의미 깊은 어떤 것일 것이다.

i) 〔……〕 다 찌그러져 가는 대폿집은 회색으로 색이 바랜 비틀어진 판자문이 한쪽만 따져 있는데, 그 안으로 늙은이들이 서넛 앉아서 소주잔 너머로 수염들을 비비적거리고 있다. 이 동네 영감들은 술을 좋아한다. 그들은 술집에서 술을 마시거나, 그 앞 양지 바른 곳에 쭈그리고 앉아 술 마실 것을 골똘히 생각하면서 하루 해를 보낸다. 〔……〕 술이 한잔 들어가자 그가 불쑥 도로 서울로 갈까부다고 말했다. 그래서 나는 그의 계절병이 도졌구나 생각했다. 〔……〕 내가 들어가자 어머니는 왜 이렇게 늦었느냐면서 항상 술을 마시느냐고 물었다.

—「우리 동네」

ii) 자동차가 다니는 큰길 쪽에서 포장집의 펄럭이는 포장 자락 사이로 불빛 한 가닥이 새어나오고 있었다. 그는 어정어정 그리로 다가갔다.

"이거 왜 이려. 돈 놓고 묵는 술이여."

"돈 놓고 약주 마실 티여, 한 잔에 백 원씩 헌디?"

"한 납떼기만 내 와, 약주로 말이여."

"햐, 오늘 누구 부자됐나비여, 어디 봐, 돈."

"이거 돈 아니여? 오백 원짜리가 열 장 아닌감?"

"그 돈 다 어디서 났어?"

〔……〕

"이 양반은 술 좋아허는 것이 빙이지 사람은 좋은 양반이여. 어두운디 조심혀."

—「밤바람 밤비」

iii) 〔……〕 김은 제 술잔에다가 부연 막걸리를 부었다. 혼식이 아니라 혼음이 될 판이었다. 그는 잔 바닥에 찌꺼기만 남기고 주욱 들이켰다. 고가 눈을 조금 크게 뜨더니, 제 앞에 있는 반쯤 남은 술잔을 홀짝 들이마셨다. 그들은 말없이 그리고 잔을 바꾸지도 않고 또 한 잔을 각자 따라 마셨다.

〔……〕

"글쎄, 취해 오는군, 댁은 주일 학교 선생이요?"

"이 양반이 사람을 웃기시나? 댁은 그렇게도 사람 보는 눈이 없어요? 척 보면 몰라요?"

〔……〕

그들은 동리를 향해서 걸음을 옮겼다. 김은 나머지 한 손으로 술이 반쯤 남은 둥글둥글한 작은 병을 거머쥐고 있었다. 여자는 깔고 앉아 있던 손수건을 쥐고 있었다. 김은 취했다. 그는 술병을 호주머니 속에 쑤셔넣는 것을 잊었다.

—「약속」

iv) 〔……〕 그들은 서로 자기 집으로 들어가자고 했으므로 공평하게 '파주 쌀집' 옆에 있는 대폿집으로 가기로 했다. 〔……〕 그는 그 대폿집에는 단골인 듯 그들은 곧 안방으로 안내되었다. 그들은 곱창과 소주 삼십 도짜리 두 병을 시켰다.

〔……〕

그들은 술집을 나왔다. 헤어지기 전에 해동이 "뇌병원에 한번 보내 보는 것이 어떨까요?"라고 말했다. 춘호는 그를 물끄러미 쳐다보다가 "뇌병원에 일 년 동안 있다가 나온 결과가 저거랍니다"라고 대답했다.

—「어느 날」

v) 그러나 불행히도 술이 취해 오는 것은 대리만이 아니었다. 우선 행출이가 "잘 헌다, 잘혀,"라고 눈을 게슴츠레하게 뜨면서 말했다. 그리고 떡쇠는 자꾸만 옆에 앉은 연병의 깊숙한 곳으로 뻗치는 대리의 손이 점점 더 대담해지는 것을 물끄러미 바라보면서, "잘 노는데, 노는 게 귀여워,"라고 혼잣말처럼 장단을 맞췄다. 경철은 한쪽으로 비켜 앉아서 술만 마시고 있었다. 연병이는 대리 하나에 완전히 매이고, 나머지 하나가 세 사람에게 술을 따랐다.

—「벌판」

vi) 그들은 이미 꽤 취해 있었던 터라 별로 흔적이 안 나지만 경자는 잔을 낼 때마다 현저하게 눈알이 가물가물해진다. 잔이 몇 순배를 도는 동안 약방집 아들이 옛날같이 남의 집 닭 잡아먹던 이야기, 여선생 시간에 교실문 옆에서 드러누워 기다리던 이야기, 여학생들 도시락 까먹던 이야기, 솥뚜껑 같은 손으로 아무개 선생한테 뺨맞던 이야기 등등을 낄낄대면서 늘어놓다가 원래가 희극적인 양반이지만 허리춤에다 두 손을 꽂고 구부정하게 등을 굽힌 채 일어서서 비틀거리며 "조금 급했어,"라고 말하고 용케 방문을 빠져나간다.

—「南門通」

vii) "자, 교장 선생님, 반주로 한잔 드십시요."

채 밥도 다 비비지 못하고 있던 주인이 작부에게 교장 곁에 있도록 눈짓하면서 말했다.

"아까 산에서 막걸리를 마셨는데, 섞어서 괜찮을랑가 모르겠소?"

교장이 작부로부터 건네 받은 유리 술잔을 들여다보면서 말했다.

"막걸리를 자셨읍니까? 하하! 그래서 머리가 아프시그만이라. 요새 도게 탁배기가 뒷이 안 좋습네다. 그게 보나마나 종만이 짐샌네 신월 도게에서 나왔을 텐디, 요새 그 집 술, 말이 많습네다."

"정말, 큰일이올시다." 교감이 주인의 말을 받았다. "막걸리라면 농준데, 정말이지 농민들의 위생에 커다란 적신호가 아닐 수 없어요."

—「羅州宅」

viii) 그는 자기 앞에 놓인 유리잔을 물끄러미 쳐다보았다. 그리고 그때까지 방 한구석에 우두커니 서 있던 애에게 "아이야, 니 얼렁 가서 라면 두 개 삶아 내오니라,"라고 말하고 바지 호주머니에서 백 원짜리 한 장을 꺼내 주었다. 그애가 돈을 받아들고 나가자 그는 문득 소주잔을 집어 들고 단숨에 홀짝 반을 비웠다. 영해는 그녀의 술잔을 입술에다 대고 또 한 모금 꿀꺽했다. 그리고 진저리를 쳤다.

"아저씨 서울 어디서 오셨어요?"

"서울이 아니고 성남서 왔오. 원래 집은 전라돈디, 서울서 고생깨나 허고 돌아다니다가 철거돼 가지고 성남에 땅 한 조각 얻어서 기와짱 몇 개 얹어놓고 지금 사요."

—「겨울 나그네」

ix) "저기 푸줏간 옆에 뭐가 하나 생겼구나?"

"갑시다. 십 분이면 한잔 입가심하고 남겠오."

"십 분에 어떻게 한잔을 해? 앞으로 삼십 분은 버스가 없을 거다. 방금 한 대 지나갔어."

그는 동석의 뒤를 따라 대폿집을 향했다. 그러나 그때 등 뒤에서 경적 소리가 났다. 그리고 버스가 불빛을 출렁이면서 달려왔다. 그는 아내에게로 갔다. 그리고 다음 차로 갈 테니 먼저 가라고 이르고 아내를 차에 태웠다.

"앞으로 삼십 분 동안은 진짜 차가 없겠군."

술집으로 들어가면서 인우가 말했다.

—「귤」

x) (……) 그는 벌떡 일어서서 반주로 마시다 남은 두 홉들이 소주병을 꺼냈다. 그리고 주저앉아서 한 모금을 꼴깍했다. 한참을 기다린 다음에 또 한 모금을 꼴깍했다. 그리고 한참 있다가 또 한 모금 꼴깍했다. 얼마를 지났을까. 소년은 나타나지 않은 채 술병은 바닥이 났다. 그리고 그는 자리에 쓰러졌다.

피곤과 취기로 몽롱히 든 잠에서 그가 얼핏 깨어났을 때 복도에서 말소리가 들려 왔다.

"또 숫처녀라고 했냐?"

—「나들이」

다소 지루한 앞의 인용들에서 분명하게 나타나듯이, 거의 서정인의 모든 소설에는 술 마시는 장면들이 나온다. 그것들은 빈번히 나올 뿐만 아니라, 구체적이며 역동적인 행동의 현실이 결여된 그의 소설에서 상당한 행동적 기능을 발휘하고 있다. 그의 소설의 주인공들은 왜 이처럼 한결같이 술을 마시는 것일까? 물론 마시고 싶으니까 마실 것이다. 그들이 만일 습관성 알코올중독자가 아니라면, 거기에는 그때그때의 상당한 이유가 있을 것이다. 술을 안 마시고 있기에는 너무 기쁜, 혹은 너무 슬픈, 혹은 너무 괴롭고 속상한 일이 있을 것이다. 술은 그것이 결코 구원이 될 수 없음에도 불구하고 많은 경우 이 같은 희로애락의 망각제 역할을 해주는가 하면 때론 정서적 배설 내지 정화 작용을 하기도 한다. 그렇다면 서정인 소설의 술 마시기는 대체 어떤 의미를 가지는가?

서정인 소설에 나오는 주인공들은 술을 잘 마신다. 남자도, 여자도, 노인도, 청년도, 심지어는 젊다고 하기에는 너무 어린 소년소녀까지도. 또 직업이나 계층의 구별도 여기에는 신통하게 작용하지 않는다. 선생도, 부모도, 자식도 함께 마신다. 술이 이처럼 남녀노소와 직업·계층을 가리지 않은 상태에서 공통으로 애용되고 있다는 것은, 그것이 그만큼 보편적인 어떤 힘을 내고 있다는 사실의 반증일 수 있다. 술을 통하여 많은 사람들이 서로 묶어질 수 있다는 말이 될 것이다. 그들이 술을 마시게 되기까지의 사연은 물론 여러 갈래다. 「우리 동네」의 한 주인공은 제대 후 서울 생활 10년 동안 눈꼬리 밑이 잔주름만 늘어가지고 빈손으로 낙향한 사내다. 이 소설의 또 다른 주인공은 술을 마시고 어머니와 화투를 친다. 그런가 하면 「밤바람 밤비」에서의 주인공 사내인 여관 연탄불갈이는 포장마차집 주모와 술을 대작하면서 그녀의 젊은 딸, 그리고 그녀 애인의 누이에게 심한 연민을 느낀다. 「약속」의 주인공은 술집 작부와 교외선 타고 놀러가기로 했으나 바람맞는다. 그는 혼자 교외로 나가서 또 다른 술집 여자와 우연히 만나 술을 마신다. 한편 「남문통(南門通)」의 주인공은 아예 본격적인 술집 여성으로, 자기 술집에 손님으로 온 국민학교 동창들과 어울려 대취한다. 이렇게 살펴볼 때, 술 마시기의 이유가 강하게 부각되어 나타나지는 않는다. 어떻게 보면 별 이유 없이 마시는 것 같기도 하다. 알코올중독자들이 아님에도 불구하고, 그들의 생활 속에 깊이 들어와 있는 술! 술에 의하지 않고서는 정상적인 일상이 영위되지 않는다는 점에서, 이들은 모두 다소간에 상처를 안고 있는 사람들이다.

서정인의 주인공들이 입고 있는 상처는, 그러나 그들 각자의 심리적 형상물로부터 유래하는 것이 아니라 사회 환경으로부터 생겨나고 있다는 점이 중요하다. 그들에게 상처를 입히고 있는 사회는 어떤 사회인가. 그 사회는 제 시간에 가고 제 시간에 서지 않는 기차가 특급이라는 이름을 달고 다니는 사회이며(「나들이」), 아이들이 사러 가면 가짜 막걸리를 팔고 농사는 그것을 지으면 지을수록 가난해지는 사회이며(「벌판」), 일주일 걸린다던 주민등록등본이 아는 사람이 부탁하자 잠시 후에 발부되는 사회이며(「어느 날」), 포장마차집 주모는 딸 시집도 제대로 보내지 못하는 사회(「밤바람 밤비」)이다. 그런가 하면 산간벽지까지 애국을 전문으로 하는 사람들이 나타나고 있지만, 막상 그 마을은 피폐되어가고 있는 사회(「나주댁(羅州宅)」)이며, 방범대원과 도둑의 관계가 기름 친 기계처럼 양식화되어 있는 사회(「밤과 낮」)이다. 또한 이 사회에서는 스무 살밖에 안 된 멀쩡한 처녀가 아버지 같은 중년을 길거리에서 유혹하며(「겨울 나그네」), 일급 정교사가 되기 위해서는 장학사들을 구워삶아야만 되는 사회(「벌판」)다. 그리하여 그들은, 비록 그 가운데 하나인 술집 여자라 하더라도 "큰길에 나가면 겁이 날지언정 제 골목에서는 두려운 것이 없다." 통일된 규범 없이 지리멸렬의 모습으로 반영되는 이 사회의 실상은 다음과 같은 작중인물의 진술 속에 명료하게 압축된다.

"거 그렇다니까요. 그놈들이에요. 나는 도둑질을 하고 그리고 나는 도둑놈이다라고 생각을 해요. 만일 내가 도둑질을 안 한다면 나는 도둑놈이 아니라고만 생각을 해요. 그런데 그놈들은 도둑질을 안 할 때에는 도둑질하지 말라고 막 나팔을 불지요. 그러다가 즈놈들이 도둑질을 하게 되면 이건 뭐야? 끽꼑꺅 이상한 소리를 질러 가지고서는 도둑질 아닌 것처럼 보이게 해 버린단 말씀예요. 그래 가지고서는 즈놈들 자신에게도 도둑질 아닌 것으로 생각돼 버리는 모양이에요."

「어느 날」에서 한 주인공 사내가 이렇게 말했을 때, 횡설수설에 가까운 이 독백이 우리에게는 실감 있게 느껴진다. 가치와 규범이 없는 사회에서는 타락이 가장 실감 있는 정서의 공감대가 되기 때문이다. 이 주인공이 말하고 있는 것도 도둑질 자체라기보다는, 그것의 은폐에 동원되고 있는 언어의 타락이다. 언어가 타락된 사회에서 문화의 힘은 더 이상 통용되지 않는다. 그 자리에 남는 것은 폭력과 물질뿐이며, 폭력과 물질을 거부하는 자에게 마지막 양심처럼 남는 것이 술 마시기라는 자기 은폐의 정서적 동화 작용이다.

2

가치관의 혼란 혹은 가치관의 부재라는 표현은 8·15와 6·25를 거친 이후 우리 사회를 특징지어주고 있는 하나의 표어처럼 사용되어오고 있다. 그러나 이 같은 표현은, 한국 역사에 대한 깊은 통찰과 애정을 동반하지 않고 사용될 경우, 지식인의 자기 개탄이나 우국적 딜레탕티슴에 빠질 위험을 갖고 있다. 그것은 우리나라와 같은 상황에서 가치관의 혼란이나 부재가 마치 당연한 것이거나, 적어도 불가피한 것이라는 인식을 암묵리에 깔고 있기 쉽기 때문이다. 그러나 가치관의 혼란 혹은 부재에는 분명한 원인이 있으며, 그것은 한국사에 대한 엄정한 인식의 뒷받침 아래에서 밝혀질 수 있다.

가치관의 혼란은, 그것이 혼란될 때 사회가 혼란해지며, 그것은 곧바로 인간의 인간다운 삶에 대한 위협으로 이어진다는 점에서 심각성을 띤다. 대개의 경우 가치관은 그 사회를 지배하는 정치 체제의 지배 이데올로기와 일정한 상관관계를 갖는다. 특히 한국사를 뒤돌아볼 때 그 관계는 동반 관계로 파악된다. 가령 오늘 우리 사회의 가치관 혼란의 뿌리로 여겨지는 조선조 시대를 보더라도 사회의 지배 이데올로기인 주자주의와 그에 따르는 삼강오륜의 덕목적 가치는 병행되어 역설·추구되어왔던 것이다. 충효를 바탕으로 한 수직적 인간관계의 질서는 권위주의 정치 체제와 수평을 이루고 인간 개성의 창조적 발현과 사회의 역동적 진실을 저해하고 억압해왔다고 할 수 있다. 물론 조선조 사회의 이데올로기와 그 가치를 부정 일변도로만 판단할 수는 없을 것이다. 그러나 이에 대한 판단을 어느 쪽으로 내리더라도 권위주의적 정치 체제와 수직적 인간관계라는 기본 뼈대에 대한 근본적이며 객관적인 이해에는 별다른 이의가 있을 수 없을 것이다. 개항과 더불어 외국 세력들의 간섭과 요구에 의해 촉진된 사회 동요는 바로 이 같은 이데올로기와 가치관에 대한 도전으로 간주될 수 있다. 이후 한국사는 통절한 망국의 아픔과 일제강점기 시대를 겪게 되면서, 주체적인 가치 수립은커녕 내발적인 일체의 힘마저 사회 발전의 에너지로 연결시키지 못하는 비극을 체험한다. 게다가 해방과 더불어 밀려온 서양 세력의 박래 문물은 파편 상태로 와해된 조선조 이데올로기 및 가치와 대립·갈등의 관계로 부각되면서 사회 혼란을 가속화시켰던 것이다.

그러나 이 같은 역사적 리뷰가 오늘 우리 사회의 가치 부재와 혼란에 어떤 위안과 정당성을 부여하는 것은 아니다. 이 같은 진단에는 무엇보다 해방 이후 독립 정부의 수립에 요구되어야 할 주체적 주권 국가로서의 이념에 대한 강조가 결여되어 있고, 그것을 위해 나타나야 할 정치 세력의 정신력과 지성인들의 가치 지향적 자세가 아울러 결여되어 있다. 요컨대 동시대인으로서의 동시대적 역사의식의 결핍을 지적할 수 있다. 생존과 생활의 실제, 그 현장이 어떤 보편적 가치의 기능 현장으로 이어지지 못하고 있다는 말이 될 수도 있겠다.

인간의 삶이란 우선은 개별적이고 사적이다. 누구나 그 나름으로 먹어야 살며, 이를 위해서는 기초적이며 개인적인 공작인으로서의 동작을 하게 마련이다. 이것을 탓할 수는 없다. 그러나 그것은 스스로의 한계를 가져야 한다. 어느 순간 사고인으로서의 존재를 깨달을 때, 그의 개별적·사적인 동작은 보편성으로의 그리움을 알게 되며, 그것과 이어지지 않는 자신의 동작을 보람 없는 것으로 반성하게 된다. 이때 한 사회는 이렇듯 개념적으로 흩어져 생존적 동작을 반복하고 있는 개인들을 하나로 묶어주고 보편성으로의 실이 되는 그 어떤 것을 제시해주어야 한다. 그것이 미흡할 때 개인들은 그저 개인들만으로 흩어져 흡사 모래알처럼 분열된 채 그대로 남아 있을 수밖에 없게 된다. 여기에 보편성의 위기가 도래하며, 개인과 개인들은 적대적인 불화의 관계 속에서 서로의 얼굴을 바라볼 수밖에 없게 된다. 다른 사람들과 공존한다는 생각 속에서 더불어 함께 살아간다는 의식 대신, 타인을 나를 위한 미끼나 먹이로 생각한다. 타인의 주머니에 든 물질을 자신의 것으로 옮겨놓고자 하며, 관능적인 만족을 위해 물질을 탕진·소비한다. 이러한 사회는 개인과 개인을 분열시킬 뿐 아니라 계층과 계층, 지역과 지역을 분열시킴으로써, 어떤 종류의 사람이든 모두 그 나름의 제 잘난 맛으로 살게끔 한다. 남자는 남자대로, 여자는 여자대로, 어른은 어른대로, 아이는 아이대로, 있는 사람은 있는 대로, 없는 사람은 없는 대로, 경상도 사람은 경상도 사람대로, 전라도 사람은 전라도 사람대로…… 그러나 이들이 모두 공존의 관계를 인식하고 화평하게 산다면 문제는 없다. 이들은 각기 자기 나름의 삶의 방식에 독선적으로 집착함으로써 서로 적의를 갖고 상대방을 의식한다. 말의 참된 뜻에서, 이러한 생활은 문화가 아닌 동물적 수준의 생존이다.

서정인의 소설은 이처럼 공존이 없는 세계의 비극을 보여준다. 그의 술 마시기는 이 비극을 비극으로 인식하는 자들의 무의식적인 자기 구제의 몸짓이다. 그 술 마시기가 너무나 광범하게 번져 있어, 혹시 그것이 우리 민족의 오래된 어떤 습성, 이를테면 신화적인 몸짓은 아닌지 의구심이 갈 정도이지만 그것까지 분석할 계제는 못 된다. 분명한 것은 술 마시기의 주인공들이 한결같이 이 술 마시기를 통해 괴롭고 힘든, 또는 견디기 어려운 상태를 넘어서고 있다는 사실이다. 물론 그것을 결코 구원이라고 말할 수 없는, 구원은커녕 현실로부터의 도피라고 말하는 편이 더 어울릴 극복의 방법이다. 그러나 한 개인에게는 도피로 간주될 수밖에 없는 술 마시기가 그의 소설에서 뜻밖에도 분열된 개인과 개인의 화해를 만들어주고 있다는 점이 동시에 중요하게 관찰될 필요가 있다. 예컨대 「귶」에서 주인공 청년 인우와 고리대금업자의 아들 동석의 극적인 화해는 술 마시기가 만들어준 아름다운 매듭이라고 할 수 있을 것이다.

그러나 서정인의 소설은, 그의 주인공들이 술을 잘 마신다고 해서, 또 그 술 마시기가 인간관계를 부드럽게 해준다고 해서 아름답게 평가되는 것은 아니다. 그의 소설의 중요성은, 그의 인물들이 왜 술을 마시지 않을 수밖에 없는가 하는 문제를 생각게 하는 데 있으며, 여기서 우리는 술 마시기가 갖고 있는 제의적(祭儀的) 의미를 발견하게 된다. 그의 술 마시기는 일종의 제사다. 현실의 한계에 대한 통절한 인식과 고난을 넘어서고자 하는 의지,

그리고 초월적인 힘에 대한 간구와 같은 성격을 지니고 있지는 않으나, 하나의 속죄적 성격을 그것은 지닌다. 여기서 나는 이 작가가 왜 속죄 의식을 느끼며 또 그것이 어떻게 나타나고 있는가 하는 것이 흥미롭다고 생각한다.

서정인의 속죄 의식은 부끄러움에 대한 다른 이름이다. 그는 오늘의 현실이 보편성을 얻지 못하고 분열되어 있음을 보여주면서, 그것이 지식인의 잘못임을 부끄러워한다. 그 부끄러움은 술 마시기에 가려 전면에 나타나 있지는 않지만, 은밀하게 작품 하나하나에 숨겨져 있다. 여기서 우리는 보편성에 이르지 못하고 있는 현실의 뿌리를 향해 이 작가가 정치적 규탄이나 사회적 고발 대신 부끄러운 자기 성찰을 행하고 있음을 알 수 있다. 그것은 대부분의 그의 소설에 농민이나 중소 도시의 어중간한 직업인·잠재 실업자들이 주인공으로 나오면서, 이들과 함께 나오는 이른바 상층 구조라고 할 수 있는 직업인이라야 기껏해야 학교 교사 정도라는 사실을 감안할 때 확실해진다. 학교 교사를 우리 사회에서 상층 구조라고 할 수 있느냐 하는 문제는 복잡한 사회학적 고찰을 필요로 할 것이다. 그러나 그의 다른 주인공들의 직업 상황을 고려할 때 교사는 적어도 정신적 측면에서 소위 엘리트로서의 위치를 쉽게 방기해버릴 수 없을 것이다. 그러나 서정인의 교사들은 그 자리에서 밀려나고 있다. 그들은 학교 다닐 때 공부를 잘했고, 그리하여 도시로 유학하여 그 나름의 성취를 이루었으나 중소 도시로, 다시 벽지로 밀려나 역사의 현장과 무관한 하루살이 동작인의 위치로 떨어져 있다. 그러나 그러한 개인주의적 자의식만이 그를 괴롭히는 것은 아니다. 보다 괴로운 것은, 그가 역사 발전과 현실 구성의 현장에 있지 못하다는 점이며, 따라서 시대의 보편성 구축에 참여하지 못하고 있다는 죄책감이다. 이것이 그의 부끄러움이며 이 부끄러움은 간단없는 술 마시기를 통해 그 모습을 감추고 있다. 언젠가 소설가 황순원도 잘 안 쓰는 시를 통해 자신이 왜 술을 즐기는지 고백하면서, 그 이유를 이웃 사랑하기를 내 몸같이 하지 못하기 때문이라는 말로 표현한 일이 있다. 서정인의 술 마시기도 그 같은 부끄러움의 제사다.

다른 한편, 빈번히 나타나고 있는 교사의 교육적 기능이라는 측면에도 마땅한 주목이 있어야 할 것이다. 대표작 가운데 하나인 「나주댁」에서 교장 선생은 이렇게 훈시한다.

"학생들이 동원되면 당연히 교사가 따라가야 한다는 교육자적 양심은 잠시 차치하고라도, 국가적 대행사에 불참하는 것이 우선 국민된 도리로서 되었오? 그리고도 당신들은 이 지방의 최고 지성인을 자처할 작정이요? 그래? 지성인의 눈과 귀에는 매년 비가 오면 홍수요, 안 오면 한해가 되는, 이 민족적인 비극적 현실이 안 들어온단 말이요? 지성인들에게 국가적 대사업에 앞장설 의무는 있어도 그것을 뒤에서 우롱할 권리는 없을 것이요. 국가가 없다면 지성인이 무슨 소용이 있으며 민족 없는 교육자가 무슨 필요가 있겠소. 통탄할 일이요."

그러나 교직원 중 어느 누구 한 사람도 교장의 비분강개에 감동하는 사람이 없다. 교장의 훈시에 부분적인 타당성이 들어 있음에도 불구하고 교직원 사회에 더 이상 설득력이 없고, 유효하지도 않다. 교장이 교육자로서 기능하고 있지 못하기 때문이다. 이 소설에서 교장은 술 마시는 교사를 공박하고 개탄했으나, 그 자신 대낮부터 술을 마시고 있으며, 술집 여자를 음험하게 찾아가 즐긴다. 물론 교장이라고 해서 술 마시지 말고, 술집 여자와 동석하지 말라는 법은 없을 것이다. 문제는 그의 말, 그의 주장과 그의 행동, 그의 생활 사이에 심한 틈이 나타나 한 사람의 교육자로서는 말할 것도 없고, 한 사람의 인격적 주체로서의 자기 동일성이 파괴되고 있는 데에 있다. 한 개인 차원에 있어서의 보편성, 즉 주체성이 서 있지 않기 때문이다. 한 사회의 보편적 가치의 추구와 그 구현이라는 측면에서 교육이 담당하는 몫을 생각한다면, 이것은 원천적 비극을 그 바닥에서부터 보여주는 현상이라고 하겠다. 교육이 이렇듯 지도적 기능에 원천적 결함을 가짐으로써, 「나주댁」에 나오는 윤 선생과 같은 인물들은 서정인 소설 도처에 편재되어 있는 교사상으로 나타난다. 그들은 교육자로서 결코 기능하지 않는다. 오히려 현실로부터 소외되어 무위의 일상을 반복하며, 당구나 치고 술이나 마시는 퇴행적 자의식으로 부각된다.

이렇듯, 문제는 왜 지식인의 부끄러움이 술 마시기로 나타날 수밖에 없느냐 하는 데에 있다. 여기서 나는 한국의 지식인들이 처해 있는 정신적 허구라는 측면에 주목하고 싶다. 서정인 소설이 보여주고 있는 것처럼 술 마시기를 제외하면, 제의는 대부분의 한국 지식인들에게 의식의 면에서도 양식의 면에서도 아울러 결핍되어 있다. 제의가 결핍되어 있다는 것은 지식인들의 편에서 볼 때 그것을 불필요한 것으로 느끼고 있다는 말이 되는데, 그것은 거꾸로 현실 속에서 그들이 어떤 한계도 느끼지 않고 또 죄책감 역시 갖고 있지 않다는 이야기가 된다. 혹시 그것을 느끼고 있다고 해도, 인생이란 어차피 그런 것이 아니냐는 순응주의에 익숙해 있거나 수동적인 현실 수용을 반복하고 있는 것이다. 말을 바꾸면, 지식인의 세계 이해가 철저히 세속주의적이며 개인주의적이라는 것이다. 어떤 초월적인 힘에 의해 속죄함을 얻고 끊임없이 재출발하겠다는 정화 의지를 갖고 있지 않으며, 인간으로서의 개인의 힘에 대한 무제한적 믿음에 빠져 있다. 그러나 이 같은 한국 지식인의 지적 오만은 생명에 대한 통찰, 자연에 대한 상대적 통찰을 결여하고 있는 경우가 허다하기 때문에, 근본적으로 허구라고 할 수 있나. 생명체로서의 인간, 자연의 일부로서의 인간에 대한 인식이, 사회적 존재나 심리적 형상물로서의 인간에 대한 인식에 앞서가야 함에도 불구하고, 앞서가기는커녕 애당초 결여되어 있는 경우가 대부분이다. 그 원인을, 앞서 살펴보았듯이 한국인의 전통 철학에서 발견하기란 어려운 일이 아니다. 보다 중요한 것은, 오늘의 이 시점에서도 그것을 한국인의 자기 동일성 혹은 한국 문화의 본질로 규정하고, 보편성의 위기를 그대로 감수하겠느냐는 것이다. 이것은 중요한 결단의 문제다. 그것은 한국 문학이 세속주의에 안주하느냐, 초월성으로 올라서느냐 하는 어려운 결단을 요구한다. 서정인 자신, 이 문제와 심각하게 만나고 있는 것도 사실이다.

"그럼 우리 사장님의 오만함을 꾸짖기 전에 그 오만함까지를 포용할 수 있는 어떤 가치 질서를 찾아내야 된다는 말이군요?"

"대강 그런 얘기지. 보편적 가치를 세운다는 것은 대단히 어려운 일이고, 또 세웠다고 생각이 되더라도 세운 사람이 그렇다고 주장하는 것은 조금 우스운 일이지. 십 년, 이십 년, 또는 백 년 후에야 판가름이 날지도 모르거든. 어쩌면 영 안 날지도 모르고."

"그럼 혼돈 아니요? 공통된 척도가 없이 각자 자기가 옳다고 생각한다면 결국 아무도 옳지 않다는 얘기 아니요?"

"상대주의에 다분히 그런 잡종 같은 데가 있다는 것은 어쩔 수 없는 일이지. 할 수 없지 않아? 꾸준히 암중모색을 하는 것으로 위안을 삼을 수밖에 없지."

소설 「약속(約束)」에 나오는 이 대화처럼, 꾸준히 암중모색할 수밖에 없다는 말은 틀리지 않는다. 괴테가 아름답게 인정했듯이, 인간은 노력하는 한 방황하는 존재이기 때문이다. 그 '암중모색'의 구체적 모습으로서 서정인이 내놓고 있는 것이—아직은 애매한 상태의 것이지만—하나는 꿈이고, 다른 하나는 기독교다. 그는 잡지 기자와의 인터뷰를 통해 "인류의 꿈은 신화이고, 개인의 신화는 꿈"이라는 말을 한 적이 있는데, 이것을 구상화한 작품으로 「미로」「금산사(金山寺) 가는 길」 등을 예거할 수 있을 것이다. 다른 하나인 기독교에 대해서는 본격적인 통찰이 아직 전개되지 않은 상태에 있어 보인다. 그러나 교회, 혹은 교인에 대한 언급은 이따금 나온다. 가령 「밤바람 밤비」에 나오는 교인 일가는 포장마차집과는 달리 부유한 집안인데 술에 대한 반감을 통해 술 파는 사람, 술 마시는 사람에 대한 못마땅함을 드러낸다. 그 진술은 매우 조심스럽게 행해지고 있으나, 작가는 여기서 기독교인의 세계 인식·현실 인식이 선택적이며 편협하다는 인상을 그려내고 있다. 어떤 의미에선 위선적이라는 느낌도 준다. 그러나 그것이 기독교 신앙 자체에 대한 탐구로 이어지지 못함으로써 보편성의 추구와 신앙, 혹은 종교와의 관계에 대한 성찰을 중지하는 상태에 머무른다.

결론으로 달리자. 서정인의 소설에 나타나는 인간들은 대체로 나름의 우수함·선량함을 지니고 있음에도 불구하고 사회적인 측면에서 늘 패배하고 있다. 그 까닭은 우선 이 사회가 보편성을 획득하지 못하고, 국부 문화로 분열되어 있는 데서 비롯하는 것으로 보인다. 그러나 이제는 이 작가에게 그 같은 현실 이해와 비극적 인식을 넘어 '인간의 암중모색' 단계를 뛰어넘는 초월적 힘에 대한 인식에 눈을 돌리도록 요구할 때가 되었다. 왜냐하면 민족 신화에 대한 해석이 동반되지 않는 꿈은 자칫 지적 신비주의로 떨어지기 쉽기 때문이다.

(1984)

* 이 밖에 서정인에 관한 필자의 평론으로 「무의미의 의미」(1980; 『문학과 정신의 힘』)가 있다.

떠남과 외지인 의식
—황석영론

황석영(黃晳暎)은 이른바 1970년대의 소설 문학에 하나의 획기적인 성과를 기록한 작가로서 이미 많은 평가를 받아온 바 있다. 어떤 경우 '찬양'이라고 하는 편이 더 어울릴 그에 대한 평가의 주요한 내용은 그가 '민족과 민중의 작가'라는 것으로서, 가령 신경림(申庚林)은 "그의 소설은 오늘의 민족과 민중의 현실을 그려내는 데만 머무르지 않는다. 민중의 의지를 추구하고 민중의 참 길을 모색하여 소설의 차원을 한 단계 높이고 있다"고 격찬하고 있으며, 오생근(吳生根)은 "황석영처럼 현실 참여적인 작가 의식이 강렬한 작가도 드물 것이다. 그는 자기의 문학적 행위가 보다 바람직한 인간적 삶에 기여해야 할 것이라고 생각하며 또한 그렇게 믿고 있다"고 말한다. 이 소설가에 대한 찬사의 평은 그 밖에도 예거하기 힘들 정도로 많이 주어져 있다. 요컨대 황석영은 억압받고 있는 민중의 현실을 가장 리얼리즘적인 방법으로 묘사하고 있다는 것이 그의 작가적 탁월성의 주요한 핵심으로 지적되고 있다. 그리고 이러한 지적은 나에게도 거의 비슷한 생각으로 느껴진다. 이 글은 그와 같은 기본적인 동의 아래에서 그 성격을 보다 세밀하게 분석해보고자 하는 희망 아래 씌어진다. 특히 그의 문학 세계가 격심한 사회 변동기와 각별한 관계를 갖고 있다고 볼 때, 그를 단순히 사회 현실을 열렬히 반영하고 고발한 작가라는 측면에서 계속 강조하는 것 못지않게 그러한 사회와 이 작가 특유의 문학적 자아가 어떤 기본적인 상호 조장 관계를 맺고 있는지 알아보는 일이 이제 필요한 것으로 생각된다. 즉, 근대화에 따른 급속한 경제 발전이 경제적 측면에서는 상당한 성과를 거두고 있으나 사회적 균형이라는 의미에서는 오히려 파행성을 드러냄으로써 인간적인 불화의 역기능을 초래하고 있으며, 여기서 이른바 억압받는 민중이라는 표현이 대두되고 황석영은 그 가장 충실한 대변자처럼 간주되고 있지만, 그는 그저 존재하는 사회 현실을 파헤치는 데 지나지 않는 것이 아니라, 그로부터 자신만의 어떤 개성적인 소설 공간을 얻고 있는 것이다.

1

여기에서는 살펴보기 힘든 장편 『장길산(張吉山)』에서 가장 전형적으로 표출되고 있듯이, 황석영을 이해하는 데 가장 중요한 표상은 방랑의 문제로 생각된다. 출가·축출·방랑·나그네·객지로 이어지는 일련의 이미지는 확실히 이 작가의 문학 세계를 발상에서부터 지배하는 긴요한 단서들이다. 그는 이미 『객지(客地)』니 『가객(歌客)』이니 하는 이름의 작품집을 통해서 이 같은 인상의 노출을 피해오지 않고 있거니와, 그가 한 곳에 안주하거나 머물고 있는 자리에서 사색을 통한 현실 반영을 시도하지 않고 있다는 점은 우리 사회 자체가 안정된 사회가 아니라 부단히 동요하고 있다는 사실과 깊은 관련이 있을 것이다. 황석영의 주인공들은 부단히 움직인다. 어디론가 항상 가고 있다. 그러나 그들이 왜 그렇듯 정처 없이 가고 또 와야 하는지에 대해서는 언제나 말이 없다. 마치 객지가 고향이듯, 그리고 거리가 방이나 되듯 그들은 떠돌고 있는 것이다. 거의 모든 작품에 편재해 있는 이 같은 상황을 한 단편의 대목은 다음과 같은 식으로 보여준다.

여자는 집으로부터 거리로 들어간다. 참으로 그 여자는 거리로 나온 게 아니라 들어간 듯이 생각되었다. 알맞게 흐린 하늘, 정신나간 신체만이 흐늘대며 걷는 듯한 거리에는 바닷물이 가득 차서 출렁이고 있는 것처럼 보였다. 여자는 자기가 붉은 풀들이 무성한 바다의 밑끝을 걸어가는 것이 아닌가 생각했다. 바로 그 여자의 주위를 싸고 도는 거리의 소음까지도 아득하게 먼데서 들려 왔다.

그의 주인공들은 이렇듯 방랑, 혹은 유랑 속의 인물들이다. 현실과 예술의 관계를 알레고리를 통해 탁월하게 묘파한 「가객」에서 그들은 문둥이 거지새끼와 거리의 악사가 되어 떠돌고 있고 월남 파병을 앞둔 부대 마을의 음산한 풍경을 서정적으로 서술하고 있는 「몰개월의 새」에서는 떠돌이 작부와 군인들이 되어 부유한다. 왜병에 쫓겨 가는 양반의 모습을 그리고 있는 「산국(山菊)」의 무대 또한 산간을 걸어가는 피난길이며, 상사를 쏘아 죽인 군인이 소재가 된 「철길」은 야밤의 압송 과정이 다루어지고 있다. 그의 대표작 가운데 하나로 알려지고 있는 「삼포(森浦) 가는 길」은 벌써 그 제목에서 유랑과 길, 나그네의 표상이 간단히 압축되어 있다. 과연 이 작가는 무엇 때문에 이토록 거리에서 방황하는 것일까? 혹은 부단히 움직이는 동역학의 세계를 선택하고 있는 것일까? 많은 작가들의 소설이 그 발상에서 전개에 이르기까지 대부분 '움직이지 않는 것' '발전하지 않는 것'을 선택하고 있는 한국 소설계에서(이 점에 대해서는 구체적인 논구가 따로 필요할 것이다. 그러나 성장 과정의 인간적 각성을 그림으로써 내적 운동을 보여주는 교양소설이나 외적 운동의 문학이라고 할 이른바 행동문학 내지 대하소설의 빈곤은 이미 주지의 사실일 것이다) 그가 유독 집을 떠나 "날마다 곪아터진 종기와 가시나무에 째진 무릎과 그나마 하나밖에 없는 눈구녁은 진물이 흘러 내려 파리 떼가 수없이 날아드는 가엾은 꼬락서니로 강변에 나아가 건너편 저자를 그리워하는" 까닭은 우리의 관심을 끌기에 충분한 일이다. 객지가 집이고, 타향이 고향이나 진배없는 그의 주인공들은 따라서 일정한 직업인이라고 할 수 없는 것이 주요한 특징이다. 이 점을 규명하기 위해 몇

몇 작품의 주인공들을 살펴보면 다음과 같다.

「客地」— 공사판 인부들
「韓氏年代記」— 피난민
「낙타누깔」— 군인
「森浦 가는 길」— 노무자 · 작부
「纖纖玉手」— 보일러 수리공 · 여대생
「돼지꿈」— 넝마주이 · 행상 · 여공
「아우를 위하여」— 아이들
「雜草」— 아이들
「歌客」— 가객 · 문둥이 거지
「山菊」— 양반 노파 · 중인 여인네
「몰개월의 새」— 군인 · 작부
「돛」— 군인
「철길」— 군인
「苦手」— 꼽추 · 자칭 도사
「야근」— 공장 노무자들
「이웃 사람」— 실업자 · 제대 군인
「壯士의 꿈」— 때밀이 청년

여기서 볼 수 있듯이, 그의 주인공들 대부분은 조직 사회의 메커니즘 속에서 그 조직을 움직여나가는, 사회적으로 잘 훈련된 이른바 교양인들과 상당한 거리에 놓여 있는 자들이다. 그렇기는커녕 그들은 비록 직업이 있다 하더라도 하루살이 날품팔이류에 속하는 준실업자들이거나 완전 실업자들이다. 개중에는 「가객」의 수추와 같은 인물, 「고수(苦手)」의 꼽추와 같은 인물에서 나타나듯이 그들은 심지어 불구이기까지 한 것이다. 이와 같은 주인공의 사회적 성격은 흔히 지적되고 있는 바처럼 이 작가가 사회적인 지위에 있어서 교육받지 못하고 가진 것 없는 불우한 계층에 관심을 갖고 있다는 사실을 우선 전달해준다. 그러나 주인공의 직업 가운데 이런 부류들 못지않게 많은 비중을 차지하고 있는 것으로 군인, 그리고 그보다는 훨씬 적으나 어린이들이 등장하고 있다는 점은 단순히 가진 자와 못 가진 자를 중심으로 사회 계층을 나누는 것만으로는 그 성격 해명이 미흡함을 보여주는 것이다. 그의 많은 소설들에 군인이 나오는 까닭은, 물론 월남전에 종군한 바 있는 작가 체험과 무관하지 않을 것이지만, 보다 근본적으로는 어린이·실업자·근로자들과 더불어 군인이 연령층으로 보아 사회적인 규범에 있어서 아직 성숙하지 못한 존재라는 사실이 중요하게 인식되어야 할 것이다.

황석영의 군인은, 군인을 주인공으로 한 대부분의 한국 소설들이 그렇듯이 징집의 형태로 병영 생활을 하는 이십대의 청년이 기본 표상이다. 그들은 씩씩한 청년의 모습을 하고 법적으로 이미 성년의 연령 계층에 속해 있으나 정신적·육체적으로 아직 미숙하고 무엇보다 사회적으로 아직 안정되어 있지 않다. 정확한 의미에서 직업 아닌 직업의 옷을 입고 있는 것이 그의 군인들이기 때문에 그들은 「한씨연대기」 「아우를 위하여」 「잡초」에 나오는 어린이들의 다른 얼굴에 지나지 않는다고 말할 수 있다. 이런 판단은 가령 「낙타누깔」 「몰개월의 새」와 같은 우수한 작품 속에서 군인을 통한 그의 의식이 어떻게 반영되고 있는가를 보면 잘 알 수 있다.

「낙타누깔」은 귀국을 앞둔 파월병들을 다루고 있는 작품인데, 물론 주제는 전쟁의 이념이나 명예 따위와는 상관없다. 중요한 것은 오히려 이념과 명예를 찾아볼 수 없다고 느끼는 젊은 군인의 황량한 의식이다. 그러한 의식은 일차적으로 그러한 현실 자체에서 온다. 그러나 이 작가의 젊은 군인은 그러한 현실을 하나의 대상으로 객관화해보기에는 아직 응고되지 않은 가슴을 갖고 있다. 가슴이 이를테면 하나의 틀로 양식화되지 않은 규범인 것이다. 따라서 군인은 황량한 현실에 정서적으로 곧 동화되고 그 스스로 황량한 의식을 맛본다. 이것은 직업을 통해 사회화된, 그리하여 규격화된 규범을 지닌 기성의 일상인에게는 쉽게 이룩되지 않는 상황이다. 월남 파병을 앞둔 기지촌을 그린 「몰개월의 새」도 그런 의미에서 마찬가지다. 빗속에 내던져진 벌거숭이 작부를 들어다주는 군인들, 그 군인들에게 김밥을 날라다주는 야윈 작부, 떠나가는 군인들을 향해 한복을 입고 나와 오뚝이를 던져주는 작부의 풍경은 물론 먼 전장으로 떠나는 특수 기지촌과 가난한 작부들의 생태를 눈물겹게 전달해주는 것이지만, 작가가 말하고자 하는 것은 다만 그 찌든 가난의 가련한 모습만이 아니다. "몰개월 여자들이 달마다 연출하던 이별의 연극은, 살아가는 게 얼마나 소중한가를 아는 자들의 자기표현임을 내가 눈치 챈 것은 훨씬 뒤의 일"이라고 작가는 말하고 있는데, 여기서도 군인들의 등장은 작부들과 더불어 그 암울한 삶을 그대로 암울하게 받아들일 줄 아는, 아니 받아들일 수밖에 없는 "자라나는, 열린 가슴"의 주인들인 것이다. 이렇게 볼 때 군인을 주인공으로 한 그의 많은 소설들에서 군인의 냄새는 직업인으로서의 그것이 아닌 사춘기의 연장으로서의 그것으로 나타나고 있다. 이것은 직업군인과의 대비를 보여주고 있는 「돛」「철길」과 같은 작품에서 은밀하게 그 표징이 포착되기도 한다. 즉 작전의 성공을 위해서는 인간적인 배신과 기만이 용납되는 직업군인의 세계와 "장군의 서랍을 열어 비장된 양주를 훔쳐 마시면서" 이 세계의 국외자로 머물 수밖에 없는 젊은 징집된 군인을 보여주고 있는 「돛」이나 직업군인을 사살하고 압송 도중 자살하고 마는 젊은 군인을 다루고 있는 「철길」은 모두 단순히 불우한 계층으로서 군인이라는 직업을 택하고 있는 것이 아니다. 아직 사회적으로 규범화하지 않은 계층으로서 징집을 통해 군대에 나간 젊은 연령대로서 군인이 등장하고 있다. 그들은 아직 직업이 없고, 처자가 없다. 그들은 아직 집이 없고 방황한다.

방황하는 자는 순수하다고 우리는 아마 일단 말할 수 있을 것이다. 그는 무엇을 선택하거나, 무엇에 의해 선택되어 있지 않으므로 우선 그러하다. 그는 반드시 어느 일정한 곳을 향해야 할 규정과 의무를 떠나 있으므로 그러한 이해관계에서 의당 초연할 것이다. 황석영에게서 나타나는 젊은 군인들이 그렇고 그들과 풋사랑을 나누는, 기껏해야 성병을 선물로 줄 뿐인 작부들이 또한 그렇다. 「객지」의 노무자들이 그렇고, 「삼포 가는 길」에서 만난 남정네들과 작부가 역시 그렇다. 「섬섬옥수」에서 여대생과 놀러 나와 그녀에게 늠름하게 폭언을 해준 보일러 수리공도 마찬가지로 모두 순수한 사람들이다. 그들은 「잡초」의 어린이들처럼 순수하다. 그러나 그들이 순수한 것은 그들이 가난하고, 억압받고 있는 계층이기 때문에 그런 것은 아니다. 아마도 작가가 의도적으로 그와 같은 계층을 등장시켜 억압하는 자, 가진 자와의 투쟁을 고취시켰다면 이들은 순수하려야 순수할 수가 없다. 그렇게 될 때 그들에게는 투쟁의 목표와 방법이 있을 것이고, 자연히 그에 맞는 규범이 작성되어야 하기 때문이다. 황석영의 인물들이 순수한 것은 그들에게 이 규범이 결여되어 있기 때문이다. 규범이 결여되어 있기 때문에 그들은 방황한다. 방황하는 자들은 방황하는 그들 스스로의 따뜻한 체온을 그리워한다. 그 체온을 우리가 함께 그리워하는 것은, 우리 역시 방황하고 싶은 탓이다. 문학은 굳어 있는 규범에 저항하기 때문이다. 가령 「삼포 가는 길」이나 「몰개월의 새」에서 다음과 같은 대목이 가슴 저리는 감동을 가져오는 까닭은, 그것들이 모두 새로운 길로 끊임없이 올라서면서 우리를 어디론가 유혹하기 때문인데, 이 과정에서 벌써 우리는 일정한 규범에 대한 반역을 행하고 있는 셈인 것이다.

① 그때에 기차가 도착했다. 정씨는 발걸음이 내키질 않았다. 그는 마음의 정처를 방금 잃어버렸던 때문이었다. 어느 결에 정씨는 영달이와 똑같은 입장이 되어 버렸다.

—「森浦 가는 길」 끝부분

② 미자가 면회 왔을 적의 모습대로 치마를 펄럭이며 쫓아 왔다. 뭐라고 떠드는 것 같았으나 한마디도 알아들을 수가 없었다. 하얀 것이 차 속으로 날아와 떨어졌다. 내가 그것을 주워 들었을 적에는 미자는 벌써 뒤 차에 가

리워져서 보이질 않았다. 여자들이 무엇인가를 차 속으로 계속해서 던지고 있었다. 그것들은 무수하게 날아왔다. 몰개월 가로는 금방 지나갔다. 군가 소리는 여전했다.

—「몰개월의 새」 끝부분

2

황석영의 이 같은 방황과 동요가 우리 사회 자체의 방황과 동요에 깊이 연관되어 있다는 사실은 거증(擧證)하기 어려운 일이 아니다. 이 점은 그의 가난하고 힘없는 주인공들과 저 50년대의 처절한 젊은 파탄을 비교해보면 그 성격이 저절로 부각될 것이다. 손창섭이나 이범선의 가난한 사람들이 전후의 피폐한 현실의 어쩔 수 없는 축도였다면, 황석영의 그들은 상대적인 가난과 무력함을 느끼는 자들로서 그들은 언제나 부유하고 힘 있는 자들에 의해 그 의식의 상처가 깊이 패인다. 그에게 민중 작가라는 이름을 붙여준 중편 「객지」의 상황은 바로 이런 사정을 예리하게 드러내주고 있다. 말하자면 그의 가난, 그의 무력함은 사회 현실 전반이 처하고 있는 상황의 압축이 아니라 사회가 경제적으로 발전하는 과정에서 야기되는, 다시 말해서 사회 조정의 부산물로서 드러나는 사회적 불화의 반영인 것이다. 70년대에 와서 그 풍속을 급격히 변모시켜놓고 있는 사회 변동은 도시화·공업화로 요약될 수 있는 그 어떤 것들인데(여기에 대해서는 졸고, 「산업화의 안팎」 참조) 이런 이념은 명분으로서는 충분히 낯익은 것이나, 현실로서는 우리에게 매우 충격적인 것이라 할 수 있다. 그도 그럴 것이 다분히 서구화 그 자체를 의미하는 도시화·공업화의 실현이 어떤 것인가 하는 체험은 일제 식민 치하에서의 반민족적 시혜의 형태로 목격되었을 뿐, 미증유의 전란을 치르고 난 다음의 한국 사회 역시 여전히 취락 중심의 수공업적 농촌 사회의 현실에 머물러 있었기 때문이다. 도시화·공업화의 명분과 이념이 불가피한 역사 발전의 한 단계로 이해되고 있는 한, 그것은 촉진되어야 할

지언정 회피될 수는 없는 것이다.

그러나 도시화·공업화는 그 실현에 있어 많은 문제를 내포하고 전통 사회의 생활양식과 숱한 갈등을 일으키게 마련이다. 사회학의 보편적인 상식으로 이해되는 이 문제에 대해서는 긴말이 필요 없겠으나 기술과 자본의 축적을 요구하는 논리는 그것에 우선하는 가치와 논리를 갖고 있는 전통 사회의 규범과 반목을 일으킬 수밖에 없게 된다. 물론 한국의 전통 사회도, 가령 많은 조선 후기의 연구에서 볼 수 있는 바와 같이 기술과 자본에 대한 자생적인 관심과 능력을 배양해서 근대화로의 충분한 소인을 길러온 것으로 거론되기도 하지만, 범사회적으로 광범위하게 확산된 전통적 규범이라는 면에서 볼 때 기술·자본 위주의 가치와 주자학 사상에 오랫동안 물들어온 전통적 가치는 충돌을 면할 수 없는 것이다. 황석영의 소설에서 전통적 가치에 대한 옹호의 음성은 얼핏 잘 들리지 않는다. 그가 도시화·공업화에 반발하고 있다고 해서 그가 전통 사회의 전근대성·폐쇄성을 지지하고 있는 것은 아니라는 이야기다. 그러나 좀더 자세히 뜯어보면, 그가 도시화·공업화로 요약되는 사회 변동의 추세에 무조건 거역의 자세를 취하고 있는 것은 아니다. 그가 거역하고 있는 것은, 도시화·공업화에 의해 급격히 변화되고 있는 규범이다. 가령 그의 단편 「이웃 사람」을 보자. 이 소설은 월남전에서 돌아온 한 제대 군인이 아무 죄도 없는 방범대원을 찔러 죽이는 우발적인 범죄를 다루고 있는데, 그 살인의 직접적인 동기가 결여되어 있다는 것이 특이하다. 물론 그 배경에는 생활고라는 문제가 들어 있으나, "나두 그 새끼를 죽일 마음은 전혀 없었다구요. ……그 녀석이 무슨 죄가 있었겠어요. 운이 나빴던 거죠"라는 말에서 볼 수 있듯이 피해자와 가해자 간의 인과관계가 없다. 중요한 것은, 월남전에서 돌아와 제대를 했으나 농사일은 하기 싫고, 그렇다고 '기술과 자본'이 없는 처지에 달리 할 것도 없어 노동으로 공사판을 전전하는 그의 생활환경이다.

이 생활환경은 이 소설의 주인공만이 갖고 있는 것이 아니다. 도시화·공업화에 의해 생산성이 최고의 미덕으로 강조되면서 기술과 자본이 없는 인간은 단순 노동력으로 전락하고 삶의 보금자리로서의 농촌은 경제적 의미에서 그 성격이 탈색한다. 이때 단순 노동자로 전락한 수많은 사람들에게 이 생활환경은 그대로 현실이 되어버린다. 현실은 그것만이 아니다. 재래의 생산 수단으로서의 농토는 무기력해짐으로써 그 자신의 육체가 곧 생산 수단인 보잘것없는 존재가 되었으나 기술과 자본에 의해 창조된 소비 현실은 보잘것없는 그 존재 앞에도 압도적으로 등장한다. 요컨대 생산력의 의미에서 심한 사회적 균열이 일어나고 있으나 소비라는 측면에서는 같은 욕망을 가진 균일한 존재가 된 것이 오늘의 변동 사회가 초래하고 있는 인간의 행태이다. 없는 생산력과 증가하는 소비욕이 단정한 규범을 정착시킬 수는 없다. 「이웃 사람」에서 그것은 범죄로 나타난다.

황석영이 전통적인 가치에 대한 쉬운 경사도, 공업화 사회에 대한 그것도 잘 내보이지 않고 있다고는 했으나, 그가 희구하는 규범에의 욕망이 없는 것은 아니다. 그렇기는커녕 그는 때로 지나칠 정도로 그것을 보여준다.

> ① 나는 그제서야 글 쓰는 일과 시대와의 관계를 떠올리고 내 가난을 긍정하는 것만으로 당당한 일이 아님을 깨달았다.
>
> —「寒燈」 끝부분

> ② 여럿의 윤리적 무관심으로 해서 정의가 짓밟히는 일이 있어서는 안 될 거야. 걸인 한 사람이 이 겨울에 얼어 죽어도 그것은 우리의 탓이어야 한다.
>
> —「아우를 위하여」 부분

그것들은 모두 작가의 지향과 함께 문학이 지향해야 할 바 어떤 당위에 대한 명백한 태도를 드러내고 있다. 이런 태도의 명백성 내지 표명의 명백성은 거의 틀림없이 소설 자체의 진행을 방해한다. 그럼에도 불구하고 황석영은 그 함정을 절묘하게 피하고 있다. 바로 이 점에 우리가 주목의 눈을 게을리하지 않는 것이고, 이 글이 해명하고자 노력하는 포인트가 숨어 있다. 나로서는 그가 그렇듯 분명하게 규범에의 희구를 나타내었음에도 불구하고 싱싱한 소설적 감동과 현실감을 얻고 있는 까닭이 바로 그의 '방랑벽' 때문이라고 보는 것이다. 그것은 '시대와의 관계'를 절감하고 '윤리적 무관심'에 경종을 울리면서도 그가 특정한 규범에 집착하지 않고 항상 '희구'의 자세를 흐트러뜨리지 않고 있다는 것을 의미한다. 앞의 인용 ②가 다음과 같이 계속되고 있다는 사실은 신중하게 음미되어야 할 것이다.

> 너는 저 길고 수많은 안방들 속의 사생활 뒤에 음울하게 숨어 있는 우리를 상상해 보구 있을지도 모르겠구나. 생활에서 오는 피로의 일반화 때문인지 저녁의 이 도시엔 쓸쓸한 찬바람만이 지나간다.

"저녁의 이 도시엔 쓸쓸한 찬바람만이 지나간다"는 표현을 읽으면서 경직된 이데올로그의 얼굴을 연상할 독자는 아마 없을 것이다. 이것이 이 작가의 매력이며, 그의 열띤 주창에 서늘한 문화의 장치를 마련해주는 생명이랄 수 있다. 그런데 바로 이 서늘한 힘이 되는 '쓸쓸한 찬바람'이 지나가는 '저녁의 이 도시'란 앞서 살펴본바 그의 정처 없는 나그네 본성에 다름 아닌 것이다. 이 때문에 그는 '시대와의 관계'를 강조하고 '윤리적 무관심'을 개탄해도 그것이 견고한 정치적 구두선으로 변질되지 않는 여유와 공간을 확보할 수 있는 것이다.

정의로운 규범을 희구하는 황석영에게 있어 기성의 체제나 제도가 큰 의미를 가질 수 없는 것은 너무도 당연한 일이다. 그가 부단히 어딘가를 향하여 떠나는 것은 이 기성의 땅으로부터 새로운 곳을 찾겠다는 희구의 표지이다. 그렇다면 그가 거부의 몸짓으로 그곳으로부터 '떠남'을 말하는 대상들이란 어떤 것들인가. 우선 그는 집, 즉 가정으로부터 떠난다. 집의 개념이 제대로 등장하는 단 두 편의 소설 「한씨연대기」와 「한등(寒燈)」을 보더라도 그 집은 질서 있는 사회 속의 편안한 한 단위가 아니라 이별과 체념으로 얼룩진 사람들의 집단(「한씨연대기」)이거나 별로 좋아하지도 않는 깊은 산골짜기의 누옥(「한등」)으로서, 그것들은 모두 어떤 일정한 지점에서 제 기능을 하고 있다기보다, 오고 가는 거리 속의 한 나그네 집단과 같은 인상이 더 강하다. 그 밖의 소설들은 모두 '길 위의 소설'이라고 하는 것이 어울릴 정도로 집과 떨어진 곳—길·타향·객지에서 벌어지는 사건들의 묶음이다. 다음에 그가 거부의 몸짓을 보여주고 있는 것은, 매우 은밀한 형태로 나타나지만, 교육과 관계되는 그 어떤 것들이다. 「한씨연대기」에서 의사가, 「섬섬옥수」에서 대학생이 나오지만 그의 소설들은 이상하게도 거의 대부분 교육을 받지 못한 사람들을 주인공으로 삼고 있다. 뿐만 아니라 그의 인물들은 교육·배움에 대한 의지마저 애당초 갖고 있어 보이지 않는다. 「섬섬옥수」를 보면, 보일러 수리공이 여대생과 데이트하는 이야기가 나오는데, 여기서 보일러 수리공은 매우 야성적이며 늠름한 모습을 보여주는 반면 여대생은 매우 자신 없고, 무엇엔가 주눅이 들린 듯한 모습으로 그려진다. 결국 이 소설의 결구에 가면 수리공이 여대생을 보고 "똥치 같은 게 겉멋만 잔뜩 들어가지구" 하면서 개탄조의 말을 내뱉는 것을 볼 수 있다. 대학생이라는 사회적 계층은 수리공의 시점을 통한 이 작가에게 있어 '겉멋'이라는 내용으로 인식되고 있는 것이다. 그것은 우리 사회에 있어서의 교육의 기능에 대한 거부를 뜻한다. 이 작가가 교육을 통한 지식과 진리의 탐구라는 측면을 아예 무시하고 있는지는 확실치 않지만, 어쨌든 작가가 보고 있는 이 변동 사회에 있어서 교육의 기능이란 자칫 '겉멋'의 주입과 같은 난센스를 조장하고 있다고 보는 것은 틀림없는 것 같다. 이 같은 가정 거부·교육 거부의 몸짓은 필경 공업화된 도시 사회가 가져다주는 규격화에 대한 거부로 보이는데, 규격화의 거부는 그가 소년·군인·실업자 내지 준실업자 등 사회적으로 규범화되지 않은 계층을 택하고 있다는 사실과 긴밀히 맺어진다.

3

나는 다리를 건너서 철뚝을 가로지르고 걸어갔지. 동네의 집집마다 불이 하나 둘씩 켜지데. 걷기가 불편해진 나는 조금씩 절뚝이면서 눈물을 철철 흘리면서 이 도시를 떠나가기 시작했지.

—「壯士의 꿈」 끝부분

소설적으로 썩 탁월한 작품으로 생각되지는 않으나, 「장사의 꿈」은 「돼지꿈」이라는 또 한 편의 작품과 함께 '꿈'이라는 이름을 달고 있다는 점에서 주목을 끈다. 과연 황석영의 꿈은 무엇인가? 그러나 인용의 말미가 보여주듯 그의 꿈은 얼른 보이지 않는다. 그의 꿈을 좇는 우리의 눈은, 꿈은 커녕 "조금씩 절뚝이면서 눈물을 철철 흘리면서 도시를 떠나가는" 주인공의 모습에서 더불어 절뚝거리며 눈물을 흘리는 우리 자신과 만나게 된다. 목욕탕의 때밀이 청년이 이제 거세된 몸이 되어 떠나가는 도시에 분노와 연민을 함께 느끼지 않을 수 없는 것이다. 그것은 "내 살이여 되살아나라"를 외치는 이 청년의 슬픔에 대한 우리의 슬픔이다. 그러나 우리는 무엇인가 그의 속말을 보여줄 듯한 소설 결구에서 항상 다시 '떠남'을 반복하는 작가에게서 일말의 당황감조차 느끼게 된다. 왜 그는 자꾸 떠나기만 하는가? 이 질문과 더불어 우리는 그의 '떠남'이 때로는 묘한 상처를 동반하고 있다는 사실도 주의해야 하겠다. 「장사의 꿈」에서 그는 "조금씩 절뚝이면서 눈물을 철철 흘리면서" 떠나고, 「돼지꿈」에선 "만취한 사내가 노래를 부르며 뚝 위를" 지나간다. 「삼포 가는 길」에서는 "기차가 눈발이 날리는 어두운 들판을 향해서" 달려가며, 「야근」에서는 "관을 메고 아직도 가랑비가 내리고 있는 마당"을 지나가며, 「가객」에서는 아예 가객 수추(壽醜)의 혀가 잘리우고, 문둥이 거지는 강 건너로 쫓겨난다. 그들은 말하자면 출가·출분하거나 축출당하고 있는데, 그것도 찌그러지고 왜곡된 상의 형태로 이루어지고 있다는 점이 특징이다. 그 가장 대표적인 예가 「가객」의 수

추이다. 이 작품은 도시 사회 속의 규범을 거부하고 외지로 떠난 이 작가의 외지인 의식(外地人意識)과 그것을 통해 달성하려는 동경과 갈구의 형태가 가장 전형적으로 형상화되고 있는 중요한 작품이다.

소설은 외눈박이의 쬐그만 문둥이 거지새끼가 혼자 사는 거칠고 막막한 들판에 웬 난데없는 비렁뱅이 가객 한 사람이 구부러진 등에 거문고를 메고 찾아와 노래를 부르는 것을 보여준다. 그 노래 소리는 가히 신기에 가까운 것이라 하겠으나 사귀(死鬼)를 방불케 하는 추한 얼굴 때문에 증오를 산다. 만일 그가 노래를 하지 않는다면 추한 모습은 덜 주목의 대상이 되겠으나 노래를 하기 때문에 더욱 강렬한 증오의 대상이 된다. 그러나 수추는 노래를 하지 않으면 살 수가 없다. 그러다가 저자의 장자에 의해 그는 잡힌다. 노래를 부르지 않는다면 당장에 살려주겠다고 했으나 그는 살아 있는 한 노래를 불러야 한다고 맞서다가 결국 악기는 앗기우고 혀가 잘리운다. 마침내 목마저 잘려 효수된다.

이 소설은 규범화된 체제로부터 떠나간 작가가, 모든 기성의 땅과 시간으로부터 벗어난 작가가, 그 긴 방황과 배회 끝에 만난 것이 무엇인지를 깊은 상징으로서 웅변하고 있다. 그것은 저 오르페의 신화를 능가하는 현실과 예술 사이의 관계에 대한 어떤 원형과 같은 알레고리다. "드디어 이 세상에서 가장 완전한 가락이 그의 손끝에서 울려 퍼졌을 순간에 그는 물 속에 떠 있는 한 범상한 사내를 발견했던 것이었다. 그는 도저히 믿어지지 않았다. 수추는 물을 마구 헤쳐 놓고는 다시 들여다보았지만, 음률을 완성한 자의 얼굴이 아니었다"고 했을 때, 과연 그는 거기서 무엇을 본 것인가. 그는 거기서 자기가 완성한 가락이 사회의 규범에 날카롭게 향하고 있는 바로 그 가락의 칼끝을 보았던 것이다. 모든 완전한 예술은 규범 쪽에서 볼 때 참을 수 없는 거부로 반영되고, 나아가서는 반규범적인 악으로까지 규정되는 것이다. 이것은 사실 수추만의 운명도, 황석영만의 발견도 아니다. 그러나 이 작가는 그러한 관계를 거역할 수 없는 운명의 수준으로 몰고 감으로써 그의 방황과 배회가 단순히 특정한 정치 현실이나 일정한 이념에 대한 배척이 아님을 말해준다. 그의 방황과 배회가 끝없이 계속되고, 그가 부단히 '떠남'을 반복하는 까닭은, 어떤 특정한 순간에도 머물지 않겠다는 예술의 본원적 운명을 지속적으로 강조하기 위한 것으로 보인다. 이 작가가 드물게도 이 작품에서만 "나는 아직도 수추의 팔딱이는 혓바닥을 품에 지니고서, 새로운 새벽이 밝을 때마다 강변으로 마중을 나가는 것이었다"고 끝을 맺음으로써 다른 작품들에서 보여지는 회한과 우수에 찬 허무주의자로서의 인상을 일거에 불식하고 있는 것은, 그가 여기서 새로운 희구의 본질을 적나라하게 보여주고 있기 때문이다. 수추에 대한 기억이 모두 없어지도록 명령되었으나 수추의 노래는 여전히 불려지고 그가 죽었다는 것은 새빨간 거짓말로 소문이 나는 이유는 무엇일까. 바로 그것이 보이지 않으면서도 영생하는 예술의 힘이다.

황석영은 그가 속했던 체제와 그것이 만들어놓은 규격적인 메커니즘을 떠나 방황의 체험, 외지인으로서의 아픈 기억을 갖지 않는 것 속에서는 심금을 울리고 영생하는 예술이 생겨나지 않는다고 생각한다. 이런 생각은 근본적으로 낭만주의자의 그것이다. 파괴와 생명을 거듭하면서 보다 이상적인 초월성을 얻고자 하는 노력을 낭만주의자의 그것이라고 한다면, 그는 분명히 낭만주의자다. 그러나 정신에 있어서 낭만주의지만, 그는 유럽의 초기 낭만주의자들이 가졌던 피곤한 자기 확인의 작업을 싫어한다. 어떤 의미에서 그에게는 이미 그것은 이루어져 있는 것인지 모른다. 그 대신 그는 도시 사회의 기능적 부품으로 예속되어가기 쉬운 예술을 끊임없이 그 밖으로 이끌어내는 야생의 외지 바람을 불어넣는 역사적 안목을 지키려고 한다. 이것이 '떠남'을 통해 규범을 거부한 그가 마지막으로 도달하고자 하는 외로운 땅이다.

(1979)

상업 문명 속 소외와 복귀
—최인호론

1

젊은 작가 최인호(崔仁浩)의 이름이 공전(空前)의 인기 속에 장안을 휩쓸다시피 하고 있다. 『조선일보』에 연재되었던 장편 『별들의 고향(故鄕)』이 중판을 거듭하면서 아연 높아지기 시작한 그의 성예(聲譽)는 연이어 출판된 『타인(他人)의 방(房)』 『내 마음의 풍차(風車)』 『잠자는 신화(神話)』 등의 창작집을 통해 거의 굳어가고 있는 인상을 던진다. 뿐만 아니라 반짝이면서도 야성적인 그의 야욕은 도하 신문·잡지 구석구석에 그의 얼굴을 비치게 하는 한편 TV·영화에까지 연결되어 있어 때로는 눈부시다 못해 어지러운 느낌마저 준다. 과연 한 평론가가 지적했듯이 그는 30년대의 이효석(李孝石), 50년대의 손창섭(孫昌涉)이 거두었던 폭발적인 인기를 상회하고 있을 뿐 아니라, 그의 소설을 더욱 잘 팔기 위해 작성된 출판사의 광고 문안대로 왕년의 인기 신문소설 정비석(鄭飛石)의 『자유부인(自由夫人)』을 또한 능가하고 있다. 요컨대 소설에 있어서의 70년대는 바야흐로 최인호의 독주처럼 보이고 있다. 그는 그의 젊은 독자들에게 마치 새 시대의 우상이라도 된 양 부각되어가고 있는 것이다.

그러나 최인호의 이와 같은 현란한 창작 활동은 뜻밖에도 이른바 문단이라는 그의 본고장에서는 그저 침묵에 의해 환영되고 있거나 혹은 무시되고 있거나, 혹은 경멸되고 있다는 인상을 감추기 힘들다. 그의 문학에 대한 본격적인 언급으로서는 평론가 김현의 「초월(超越)과 고문」이라는 글이 겨우 있을 뿐이다. 그러나 그의 글은 작가 최인호의 최근 활동을 긍정적이라기보다는 오히려 부정적으로 관찰한 것이다. 김현의 글은 작품 「황진이(黃眞伊)」를 중심으로 한 관능(官能)의 성격을 파헤친 것으로 그에 대한 평가는 대체로 비판적인 것으로 들린다. 그러나 어쨌든 최인호에 대한 본격적인 언급으로서 주어져 있는 것은 그의 이 논평밖에 없다. 그 밖에는 그를 '통속작가' 내지는 '대중작가'라는 알쏭달쏭한 말로써 폄훼하는 한 줌의 분위기가 떠돌아다닐 뿐인 것 같다.

그러나 이와 달리 문학비평으로서는 본격적이라고 할 수 없는 신문 지상을 통해 얻은 작가 최인호의 평가는 이와는 사뭇 대조적이다. 예컨대 『동아일보』(74년 3월 29일자)는 문화면에서 그를 "오늘날의 젊은 우상(偶像)"이라고 하는가 하면, 『중앙일보』(74년 3월 19일자)는 "누구에게나 있을 수 있는 요소를 환상(幻想) 다루듯 한다"(문화면)며 긍정적인 반응이고, 또 『중앙일보』는 74년 3월 20일자 사설에서까지 최인호의 소설이 인기가 있는 것은 "우리 사회의 성숙(成熟)"을 뜻한다고 평가하고 있다. 한 젊은 작가가 얻고 있는 인기의 정체에 대한 이렇듯 엇갈리는, 혹은 모호한 평가의 본질은 무엇일까? 이에 대해서는 어느 비평가의 한 자조적(自嘲的)인 논평이 그 사정을 재미있게 꼬집고 있다.

> 근자에 어느 '문제 작가'가, 『별들의 고향』이라는 신문소설을 썼다. 비평가 중 어느 한 사람도 이 작품을 칭찬한 사람이 없다. 그런데도 독자들의 열렬한 지지 속에 그 소설은 重版을 거듭하고 있다. 문학적으로 평가할 만한 작품이 설사 못 된다 하더라도 그 인기의 원인 정도는 분석해 봤어야 할 것이다. 그러나 아무도 그런 작업을 하지 않았다. 이유는 명확하다. 신문소설이기 때문이다. (李光勳, 『創作과批評』 31호)

그 스스로가 비평가인 이광훈으로서는 결국 쑥스러운 불만에 지나지 않는 견해이겠으나, 아무튼 최근의 최인호 소설에 대한 평단의 침묵을 지적한 점에 있어서는 비교적 정직한 토로인 것으로 판단된다. 말하자면 신문소설은 곧 대중소설이며 그렇게 될 경우 그것은 당연히 문학비평에서 제외되어야 한다는 오랜 관습의 논리를 지적하고 있는 것인데, 과연 그러한 것일까? 나로서 가장 관심을 갖게 되는 문제가 바로 그 점이다. 더불어 최인호의 일련의 소설은 그러한 문제를 문제답게 제기하는가 하는 것을 살펴보는 일이 매우 중요하다. 요컨대 문단의 관습적인 편견에서 벗어나 오늘 이 시대 한국 현실 속에서 최인호의 소설이 전개하는바 그 핵심이 무엇인가를 알아보려는 것이 이 작은 글이 의도하고 있는 바다.

오늘날 우리 사회가 어떠한 사회인가 하는 질문은 수많은 논의를 유발하게 하는 매우 난해한 물음이다. 그 질문은 비단 우리나라 우리 시대만의 것은 아니다. 고전적인 질서가 화평스럽게 유지되었던 괴테 시대에도 그러한 질문은 가능했으며 서양의 몰락, 가치의 몰락이 심각한 목소리로 염려되던 토마스 만의 시대에도 이러한 질문이 역시 반복되었다.

그러한 입장에서 방금 우리가 속하고 있는 이 시대, 이 사회의 성격을 자신의 눈으로 관찰한다는 것은 지난(至難)한, 거의 불가능한 일일지도 모른다. 무엇보다 우리는 우리 시대의 고통과 우리 시대의 아픔을 쉽게, 개략적으로 설명해주는 유능한 '생각하는 자'의 결핍에 직면하고 있기 때문이다. 인간의 취미와 개성을 발견해냄으로써 중세의 잔재인 이른바 '순수한 이성(理性)'의 불가능함을 비판한 칸트, 그럼으로써 낭만주의가 안심하고 그 현상으로써 정착할 수 있었던 그 위대한, 바로 그 이름을 이 시대는 지니지 못하고 있다. 우리는 또한 주관과 객관이 대립할 뿐만 아니라 지양됨으로써 끊임없는 절대화의 노력을 계속하게 된다는 저 관념의 삼각형, 헤겔의 이름을 또한 아주 아득하게 기억할 수 있을 뿐이다. 요컨대 칸트가 18세기 세계의 한 대명사가 되고 헤겔이 19세기 세계의 한 대명사가 되듯, 20세기 후반 이 가치의 착종을 대변해줄 인물이 눈에 잘 띄지 않는다. 그것은 일단 우리를 불편하게 한다. 대체 어떠한 인물 어떠한 체계와 더불어 이 시대의 빛깔을 읽을 때, 그것이 색맹의 세계에서 우리를 벗어날 수 있게 할 것인가.

마르쿠제를 중심으로 한 이른바 프랑크푸르트학파의 일련의 학자들은 여기서 우리가 만날 수 있는 가장 현실감 있는 이론의 제출자들로 판단된다. 그들은 혹은 이미 죽고, 혹은 아직 살아 있는 우리와 동시대의 인물들인바, 가령 마르쿠제의 『일차원적 인간(一次元的 人間)』『에로스와 문명(文明)』『이성(理性)과 혁명(革命)』『문화와 사회』와 같은 여러 저서들은 우리 시대 현실의 본질에 대한 폭넓은 인식으로서 지금까지의 어느 이론가·철학가가 파악한 현실보다 확연히 다른 중요한 시대 인식을 보여주고 있다.

마르쿠제에 의하면, 인간이 행해온 근대화·산업화에의 노력은 마침내 인간을 경제적 존재로 바꾸어버렸다. 물질문명과 정신문화의 조화 있는 대결은 그 균형을 잃고 "안락하고 편안한 것이 전부인 부자유(不自由)"의 노예가 되어버린 것이다. 이러한 인식은 생산력과 생산관계의 성격을 둘러싸고 벌어진 자본주의와 공산주의의 팽팽한 이데올로기 대립을 "부(富)와 시설(施設)의 극대화"라는 관점에서 오히려 유사한 병존(併存)으로 바꾸어버리게끔 하는 상황까지 몰아간다. 정치적 이데올로기가 무력하게 된 대신, 이른바 '탈공업사회'의 경제주의가 유력하게 된 것이다. 이러한 상황은 현재 세계 도처에서 목격되는 경제 제일주의, 근대화 제일주의로써 쉽게 증명된다. 소수의 선진국에서는 '탈공업사회' 그리고 대다수의 후진국에까지 산업사회의 풍속을 주입시킨 현대는 인간의 정신에까지 영향을 끼쳐 자유인의 능력을 마비시키고, 자연인의 감성을 마멸시킨다. 여기서 바로 저 소외의 문제가 일어나기도 한다. 기계를 만들었으나 거기서 깔려 죽는 소외, 노동을 제공했으나 즐겁지도 않고 자본화하지도 못하는 소외, 애당초 그 신비한 힘을 상실한 신앙으로부터의 소외, 그것은 당연한 결과로서 물질화한 인간 상호 간의 소외로도 부각된다. 예컨대 인간의 물질화는 사랑과 성(性)을 가장 고귀한 정신의 현상으로 파악하여온 전통에서 벗어나 사랑을 제거하고 성 그 자체만을 물질화하는 정도로 고전적, 전통적인 현실 인식에 도전하고 있다. 우리 역시 그러한 현실에 지금 서서히 빨려들고 있는 것이다.

2

최인호의 소설은 제목부터 지극히 시사적이다. 「타인의 방」「사행(斜行)」「모범동화(模範童話)」『내 마음의 풍차』『바보들의 행진(行進)』 등등, 어딘가 이(齒)가 잘 맞지 않는 낱말들이 기묘한 조화를 이루고 있는 느낌을 준다. 가령 방(房)이라고 할 때, 그것은 비와 바람을 피하고 거처할 수 있는 주거의 가장 기본적인 단위를 말하는 것으로서 으레 '타인의 방' 아닌 '자기의 방'을 연상시킨다. 그럼에도 불구하고 최인호는 '자기의 방' 아닌 '타인의 방'을 택하고 있다. 「사행」 역시 마찬가지여서 '정도(正道)'에서의 빗나감을 택하고 있으며, '신화' 또한 효력을 상실한 「잠자는 신화」로 쓰여지고 있다. 이와 같은 낱말들이 전체적으로 어울려서 야기하는 분위기는 한마디로 말해 퍽 자비적(自卑的)이며 야유적이다. 『바보들의 행진』과 같은 제목은 그것을 노골적으로 아주 우직하게 보여준다.

제목의 인상만으로 말하는 것은 다소 경솔할 수 있으나, 작가 최인호는 무엇인가 질서에서의 일탈, 쉽게 말해서 "심하게 삐쳐 있는" 심리를 지닌 것으로 보인다. 과연 이러한 직관은 얼마나 타당할 것인가. 그의 작품을 하나하나 분석하는 일은 어쩌면 이러한 직관의 합당성 여부를 논리적으로 추적하는 일이 될는지도 모른다.

나는 복도 한가운데 붙어 있는 일직 당번 칠판에 그 젊은 인턴의 이름이 분필로 적혀 있는 것을 발견할 때마다 주위의 눈을 피해, 그것을 지우고 대신 그곳에 '망아지'라는 동물 이름을 쓰고 싶은 충동을 받곤 했다.

나는 이 철근 콘크리트로 격리된 견고한 미로 속에 쥐 대신 그 젊은 인턴을 삽입해 보고자 생각했다. 그리하여 그날 밤, 나는 병동이 잠들기를 기다려 간호원의 눈을 피해 일병동에 있는 문패와 이병동에 있는 문패를 모조리 바꿔 버렸다. 나는 그 거창한 작업에 거의 온 밤을 새워야 할 정도였다.

—「見習患者」

67년에 발표된 최인호의 데뷔작 「견습환자」는 한 젊은 습성(濕性) 늑막염 환자의 입원기를 다루고 있다. 그러나 그것은 투병기가 아니다. 그렇기는커녕 주인공 환자는 위의 인용이 보여주듯이 병원을 흡사 자기의 장난감처럼 갖고 놀고 있는, 말하자면 좀 이상한 환자다. 인턴의 이름을 지우고 그 자리에 '망아지'를 써놓고 싶어 하는 환자, 환자들의 문패를 바꾸어놓고 다니는 환자, 여기서 느끼게 되는 우리의 첫 감상은 주인공 환자의 장난기다. 그러나 그것은 단순히 '장난기'라고 간단히 말해버리기에는 너무 심한 장난기다. 도대체 환자가 마땅히 치러야 할 조용한 요양은 팽개쳐놓고 의사와 간호원을 놀리며 병원을 마치 제집 안방처럼 뛰어다닌다는 것은, 우리의 상식과는 너무도 어긋나는 일이기 때문이다. 그러나 그의 그러한 탈상식(脫常識)은 이 환자의 진짜 환부가 어디에 있는가를 시사한 소설의 처음 부분에 이미 의미 있게 나타난다.

그러나 내가 정말로 아파 오기 시작한 것은 늙은 간호원이 병실 앞에 내 이름이 새겨진 문패를 걸어 준 후, 囚衣 같은 환자복을 주었을 때였다.

「견습환자」의 주인공은 모든 환자들에게 획일적으로 시행되는 병원의 집단생활이 시작되는 순간부터 아픔을 절감하기 시작한 것이다. 그는 미열이나 육체적 고통 따위에 비길 바 없는 아픔을 병원 생활과 함께 시작한다. 왜냐하면 "간호원들의 얼굴은 지극히 사무적으로 빳빳해 있었고, 그녀들의 얼굴에선 웬일인지 잘 소독한 통조림 깡통 같은 쇠녹 냄새가 나는 듯한 착각을 받았기" 때문이며, "가운 주머니에 손을 찌르고 육상 선수처럼 복도를 뛰어다니는, 알루미늄 식기처럼 반짝반짝거리는 의사들" 때문이다. 최인호는 그것을 "어항 속 같은 병원" "하나의 살아 있는 동물 같은 병원"이라고 표현한다. 그것은 "시취(屍臭)가 나는" 질서이며, "웃음을 잃은" 집단이다. 따라서 환자의 문패를 뒤죽박죽으로 해놓는 주인공의 장난기는 다만 장난을 하기 위한 장난이 아니라 규격적인 질서, 비인간적인 체제에 대한 하나의 파행으로서의 의미를 갖는다. 여기서 소설 「견습환자」의 구조는 그 의미의 변전을 겪으며 긴장을 높인다.

이리하여 나는 그들을 웃기기 위해서 고용된 사설 코미디언 같은 무거운 책임 의식을 갖게 되었고 밤낮으로 그들이 무엇을 원하고 있는가를 알아내려 애를 썼다. 나는 스스로의 청진기를 들고 그들을 진단하기 시작했고, 웃음을 불러일으킬 수 있는 소인이 그들의 어느 부분에서 강하게 생겨나는가 하는, 임상 실험의 과정에 굉장한 열의를 기울이게 되었다.

환자가 의사가 되고 의사와 간호원이 환자가 되는 일종의 전도(顚倒) 현상이 일어난 것이다. 앞의 인용은 그것을 주인공 환자가 직접적으로 밝히고 있는 바로서, 작가 최인호의 현실 인식을 가장 압축적으로 묘사하고 있는 좋은 예를 이룬다. 사람의 병을 치료해주는, 가장 현대적으로 발달된 의약과 의술의 복합체인 병원이 바로 그 현대로 말미암아 야기된 즉물성·비정성(非情性)·획일성·냉혹성 때문에 오히려 환자 쪽으로부터 진단을 받기에 이르는 사태를 보여준다. "퇴원하기로 작정한 날이 다가올수록 그를 아직 웃기지 못했다는 불안과 초조로 봄닭처럼 안절부절 못하고 있는" 주인공은 어느덧 기계화되고 조직화된 현대사회에서의 소외를 체득하게 된 것이다. 그것은 마르쿠제와 프랑크푸르트학파 제씨들이 말하고 있는 소외의 개념에 그 어느 때보다, 그 어느 작품보다 밀착되어 있는 것으로서 우리의 관심을 고조시킨다. 최인호가 기계화·조직화의 한 패턴으로서 유형화한

「견습환자」의 병원은 한국 소설이 이 방면의 문제로서 제기한 예시에 도달하여 우리의 현실감을 획득하고 있기 때문이다. 어느덧 우리의 현실은 한두 개의 전문 과목을 표방하고 있는 개인 병원의 그것에서 입원과 진단, 그리고 수술과 그 수속이 각각 개별화·사무화하고 있는 굉대(宏大)한 종합병원의 그것으로 이동했기 때문이다.

작가 최인호가 물론 의도한 바와 같이 「견습환자」의 병원은 한 상징에 지나지 않는다. 그러나 최인호가 이 소설을 발표하기 전후하여 우리 사회는 이러한 상징을 거대하게 구조적으로 확대하고 있음을 잊어서는 안 된다. 고층화하는 건물, 집단화하는 사무 체제, 기계화하는 생산 수단, 대량화하는 소비 구조, 비대화하는 관료 체제, 능률의 극대화라는 항간의 표어가 압축하듯, 이 사회는 인간의 원초적인 자연을 제거하고 그 제거의 속도와 양이 빠르고 풍부하면 할수록 그것이 마치 최고의 가치라도 된다는 듯 내닫고 있다. 사회학적 용어로 바꾼다면, 요컨대 전 국토는 도시화하고 있는 것이다. 한 통계(김영모 교수 조사)는 71년의 한국 인구의 43퍼센트가 도시에 살고 있음을 보여주고 있는바, 도시민의 숫자가 곧 도시화를 가리키는 것으로 계산될 수는 없다 하더라도 "전 국민의 8할이 농민이요……" 운운하던 재래의 고정관념은 미상불 심한 곤혹을 겪지 않을 수 없게끔 현실은 변동된 것이다.

「견습환자」의 병원 풍속으로 상징되는 이 변동된 현실은 병리학적(病理學的)인 차원에만 그 의미를 국한하는 한, 인간의 질병을 퇴치하는 데 아마도 가장 유효한 위력을 나타낼는지 모른다. 정확한 양으로 투입되는 약물, 노련한 의사진에 의해 실시되는 수술, 간단없이 반복되는 회진(回診), 그것들은 적어도 수련 기간을 제대로 복무 못 한 돌팔이 의사의 그것들보다 확실히 현대적일 것이며, 그런 의미에서 인간의 '복지'와 '편의'에 봉사할 것이다. 그러나 최인호가 비꼬고 있듯이 시간에 맞춰 수면제를 먹이기 위해 잠자는 환자를 깨우는 간호원이 있다면 이야기는 어떻게 되는가. 건강의 회복을 목적으로 하는 병원의 기능은 건강의 파멸을 결과하는 하나의 '거대한 기구'로 바뀌게 될 것이다. 그러나 그것은 멸망하지 않고 여전히 '병원'이라는 이름 아래 존재한다. 문제는 바로 여기에 있다. 다만 인간일 뿐인 개인은, 그것을 파괴할 수 없다는 사실의 자각에서부터 서서히 소외의 입장을 받아들이지 않을 수 없게 되는 것이다.

소외를 극복하고 인간의 본체로 복귀하는 작가 최인호의 기본 태도는 앞서 인용한 "사설 코미디언……" 운운 부분에 함축적으로 나타나 있다. 웃음을 잃고 기계처럼 움직이는 병원 종사원들에게 "그들을 웃기기 위해서 고용된 사설 코미디언 같은 무거운 책임 의식을 갖게 되었다"는 진술이야말로 데뷔작에서부터 분명히 천명되는 그의 작가적 기본 방향으로 생각된다. 실로 그는 첫 작품에서부터 가장 최근의 작품인 『내 마음의 풍차』에 이르기까지 이러한 태도를 견지하면서 그것을 꾸준히 밀고 나온 것이다. 이 점을 이해하지 않고서는 최인호 소설의 진정한 모습을 이해할 수 없다는 것이 나의 생각이다.

3

최인호가 제기한 소외의 문제가 가장 극명하게 표현된 작품으로는 「타인의 방」이 압권이다. 이 소설은 「견습환자」의 주인공이 조직화되고 사물화된 외계의 한 집단에 대해 소외를 느끼는 것에 비해서 보다 직접적으로 소외를 다루고 있다. 그럴 것이 이 작품의 주인공은 자기가 소유하고 있는 자기의 집, 자기의 아내, 자기의 가구 따위에 의해 소외됨으로써 소외의 현실감을 한층 리얼한 것으로 부각하고 있기 때문이다.

> 당신이 나를 한 번도 본 적이 없다고 해서 그래 이 집 주인을 당신 스스로 도둑놈이나 강도로 취급한다는 말입니까. 나두 이 방에서 삼 년을 살아 왔소. 그런데두 당신 얼굴은 오늘 처음 보오. 그렇다면 당신도 마땅히 의심받아야 할 사람이 아니겠소.

하루의 일상에 지친 소설의 주인공이 막상 제집 앞에 이르렀을 때, 그리하여 피로로부터 휴식으로의 기대가 마악 충족되려는 순간, 그는 뜻밖에도 자기의 방에 들어갈 수 있는 권리를 옆집 사람에 의하여 이렇게 방해받는다. 그 광경은 주인공과 함께 어찌나 독자를 당혹하게 하는지, 우리는 흡사 카프카의 『성(城)』이나 『심판(審判)』의 첫 장면에 부딪히고 있는 느낌을 받는다. 아무튼 그 충격적인 충돌을 통해 자기의 방에 들어간 그는 응당 그를 따뜻하게 맞이해주어야 할 아내와, 피로가 가심 직한 실내의 분위기 대신에 몇 자 안 되는 아내의 부재 증명 메모, 그리고 그를 향해 다만 싸늘할 뿐인 방안의 가구들에 접하게 된다. 그것은 할아버지 이하 대가족이 옹기종기 모여 앉아 한쪽에서는 큰 소리로 다투고, 다른 한쪽에서는 낄낄거리며 즐거워하는 바로 얼마 전 세대의 가족 풍속과는 생각하기 힘들 정도로 판이한 세계다. 그 이전이 취락 사회라면 이쪽은 일컬어 핵가족이라던가. 그러나 그 핵가족 가운데 아내마저 거짓 쪽지를 써놓고 외출한 방. 자기의 방이어도 이미 아무런 소속감을 느낄 수 없는 주인공은 서서히 그의 이름으로 소속되어 있는 모든 사물로부터 소외되기 시작한다.

그는 심한 고독을 느꼈다. 그는 벌거벗은 채, 스팀 기운이 새어나갈 틈이 없었으므로 후덥지근한 거실을, 잠시 철책에 갇힌 짐승처럼 신음을 해 가면서 거닐었다. (……)

그는 화를 내었다. 그는 우울하게 서서 엄청난 무력감이 발끝에서부터 자기를 엄습해 오는 것을 느꼈으며 욕실 거울에 자신의 얼굴이 우송되는 소포처럼 우표가 붙여진 채 부옇게 떠오르는 것을 보았다. (……)

물건들은 놀라웁게도 뻔뻔스러운 낯짝으로 제 자리에 가라앉아 있었다. 그는 비애를 느낀다. 무사무사의 안이 속에서, 그러나 비웃으며 물건들은 정좌해 있다. 그는 투덜거리면서 스위치를 내린다. 그리고 소파에 앉아 단 설탕물을 마시기 시작한다. 방안 어두운 구석구석에서 수근거리는 소리가 들렸다. (……)

옷장의 거울과 화장대의 거울이 투명한 교미를 하는 소리도 들려 온다. 그는 어둠 속에서 눈을 부릅뜬다. 벽이 출렁거린다.

소외란 이미 잠시 살펴본 바와 같이 의식인(意識人)의 그것이다. 그것이 종교든 과학이든, 기계 문명이든 노동이든 그것에 회의하지 않고 적응될 수 있는 자, 순응할 수 있는 자에게는 결코 소외 현상은 일어나지 않는다. 그것은 문명화의 과정에서 자동적으로 주어지는 어떤 실체가 아니라 고도로 자동화된 기술 사회의 제 조직, 혹은 제 현상이 인간의 원형을 위협하면서 인간성 자체를 파멸하는 숙명적인 기능을 동반할 때, 그것을 느낄 줄 아는 감수성이며 그에 반응, 반발할 줄 아는 어떤 의식인 것이다. 따라서 지극히 당연한 순서로서 소외는 그 전 단계로서 대상과의 불화를 전제로 한다. 보통 때에는 그렇게도 낯익은 그의 소유물들이 흡사 무중력 상태의 대기권에 돌입한 사물들처럼 사회적·가정적인 관계들을 해소하고 사물 그 자체로서만 흐느적거림을 발견한 「타인의 방」의 주인공은 이미 그 가구·집기 들을 향한 분노의 감정을 품게 된다. 그들이 주인인 사내를 향하여 절연감(絶緣感)을 느끼게 한 것은 물론 주인공 쪽의 의식에 그렇게 반영되었을 뿐이지만, 우리는 바로 그것을 소외감이라고 부른다.

4

「타인의 방」에 나타난 사물로부터의 소외는 '단내'라는 또 다른 감수성에 의하여 그 복귀가 모색된다. "사설 코미디언 같은 무거운 책임 의식"의 포지(抱持)라는 일견 우스꽝스러운 태도를 그 작가적 기본 입장으로 밝힌 바 있는 작가는, 여기서 그 첫번째 프로그램이라도 된다는 듯 단내를 복귀의 가장 핵심적인 수단으로 제시한다. 이 작품에서의 그것은 구체적으로 서너 숟가락의 '설탕', 그리고 목욕을 통한 '성기의 발기'로 묘사되는바, 그것은 단적으로 관능을 암시한다. 이 작가의 관능이 김현의 비판처럼 과연 그렇듯 부정적 평가와 연관될 것인가 어떤가 하는 문제와는 별도로, 아무튼 관능은 작가가 소외의 현장에서 인간의 본체로 돌아가려고 하는 가장 중요한 복귀제(復歸劑) 구실을 하는 것이 틀림없어 보인다. 「견습환자」의 주인공이 퇴원을 하는 마당에 젊은 인턴의 데이트 풍경을 목격하고 비로소 회심의 미소를 짓는 결구 역시 이와 관련해서 조심스럽게 읽혀질 필요가 있을 것이다. 자기 스스로를 '사설 코미디언'이라고 비하하였던 작가의 내심에는 단지 바람뿐이며 공기뿐인 웃음이 아니라 때로는 인간들 서로를 기쁘게도 하고 때로는 인간들 서로를 슬프게도 하는 저 관능의 습기가 축축하게 젖어 있다는 사실이 주목된다.

관능에 못지않게 세심한 주목을 필요로 하는 소설적 요인으로서 최인호는 또한 소년의 문제를 내놓고 있다. 작품 「미개인(未開人)」의 소년, 「술꾼」의 소년, 「예행연습(豫行練習)」의 소년, 「처세술개론(處世術槪論)」의 소년, 「모범동화」의 소년 등 그의 작품 상당수의 주인공들이 모두 소년이며 『잠자는 신화』 『내 마음의 풍차』 「무서운 복수(複數)」 등은 마악 소년기를 벗어난 청년 혹은 프레시맨들을 그 주인공으로 한다. 그의 소설에서 동화적 분위기, 혹은 헤세의 『데미안』과도 같은 교양소설적 냄새를 읽을 수 있는 독자가 있다면, 그 원인의 상당 요인을 이러한 소년 주인공의 등장으로 설명할 수 있을 것이다.

그러나 최인호의 소년들은 이와는 다른 범주에 속하는 성격을 갖는다. 그들은 인간의 올바른 정서적 향수(享受)를 횡포하게 짓밟으며 질주하는 현대의 자동화된 집단·사물에 대하여 "사설 코미디언 같은 무거운 책임의식"을 느끼는, 말하자면 웃음을 잃은 기계화된 현실에 대한 작가의 조작된 프로그램이다. 그것은 그의 관능이 그렇듯이 다만 방법적인 소년일 따름이다. 어른 술꾼의 행태를 한 술 더 뜨는 아이 술꾼(「술꾼」), 사춘기 소년의 정욕이라기엔 지나치리만큼 집요한 열다섯 살짜리 소년의 관능(「예행연습」), 비슷한 나이의 친척 소녀에게 성욕과 복수를 느끼는 열 살짜리 소년(「처세술개론」), 그리고 무엇보다 가공스러운 것으로서 백발백중 빵빵이 판을 적중시켜, 마침내는 가난한 어른을 자살로까지 몰고 간 저 「모범동화」의 백치 같은 국민학교 학생은 모두 무엇을 뜻하는 것일까. 소년은커녕 성인으로서도 비행(非行)이라고밖에 부를 수 없는 이들 소년의 행장(行狀)은 과연 무엇을 뜻하는 것인가. 이들 소년들의 소년답지 않은 언행은 소외의 국면을 다양하게 보여주려는 작가의 치밀한 배려에 지나지 않는다. 그들은 동화 속의 그들과는 철저하게 무관하다. 가령 「술꾼」의 소년의 경우, 고아인 꼬마는 어른들이 우글거리는 술집에 들어가 술을 퍼마시며 아버지를 찾는다고 외친다. 그렇게 배회하며 돌아다니는 꼬마에게는 아버지 대신 언덕 위의 고아원이 흡사 그의 고향이라도 되는 양 남아 있을 뿐이다. 소년은 의심 없이 안주하여야 할 고아원을 벗어나 일탈을 감행하는데, 그것이 바로 음주로 표현된 것이다. 이러한 도식은 소년의 성희(性戲), 소년의 도박이라는 일련의 공통성을 획득하게 되는데, 그것은 모두 '소년'이라는 특수한 연령층으로부터의 파행을 의미한다. 그러니까 작가의 소년은 차라리 '소년의 음주' '소년의 성희' '소년의 도박'이라는 행위로 파악하는 것이 더 적절하다는 이야기가 된다. 그것은 작가가 '소년'이라는 특수한 연령층을 숙명적인 '억압된 공간'으로 관찰하고 있다는 뜻이 된다. 억압된 공간은 마르쿠제에 의하면 근원적으로 소외된 지역이다. 따라서 이들 빨리 자란 소년들의 곤혹스러운 성인의 흉내는, 근원적으로 소외당하고 있는 현대인 일반의 질곡(桎梏)과 그로부터의 복귀를 나타내주는 상징의 과정으로 해석될 수 있는 것이다. 소년의 비행은 비행이 아니라 파행이며, 그것은 관능을 경유하지 않은 이 작가의 또 하나 복귀의 길이다. "사설 코미디언 같은 무거운 책임 의식"이라는 겸손한 듯, 오만한 듯한 작가의 공언은 다시 한번 우회의 방법론을 택한 것이라 할 수 있다.

5

관능과 파행이라는 두 개의 방법에 의해서 시도되고 있는 최인호의 '소외로부터의 복귀' 공사가 가장 놀라운 종합적 성과를 얻은 작품이 바로 『내 마음의 풍차』란 장편소설이다. 이 작품은 신문 연재라는 특정한 사회적 여건의 제약 아래에서 씌어진 것임에도 불구하고 그 문학적 가치의 획득에서도 탁월한 수준에 도달하고 있어, 이 작가의 또 다른 신문 연재 『별들의 고향』과 대조를 이룬다.

『내 마음의 풍차』는 사춘기를 벗어나 청년기에 이른 '나'와 '동생'의 이야기이다. 그러나 주인공 '나'와 동생은 이복형제. 주인공은 첩의 아들이고 '동생'은 본처의 아들이라는 포석 아래 이야기는 출발한다. 이 소설 이해의 첫 단서는 바로 여기서부터 포착돼야 한다. 왜냐하면 이러한 가정적 배경은 단순히 이야기를 재미있게 하기 위하여, 그리하여 흔히 그렇듯이 장편소설이 갖추어야 할 우여곡절의 구도를 위한 포석은 아니기 때문이다. 결론부터 말하는 것이 허락된다면, 형인 첩의 아들과 동생인 본처의 아들은 자동화된 기능을 보이고 있는 소비 문명 속의 한 현대 가정과, 다만 혈연으로서만 맺어져 있을 뿐인 현대 속의 소외된 한 원시 가정을 예각적(銳角的)으로 대변하는 두 개의 축이기 때문이다.

소설은 화자인 형을 통해서 형제간의 관계 묘사로부터 시작된다. 동생은 "골덴 바지에 목을 덮는 검은 빛깔의 스웨터를 입고 앉아서 기타를 퉁기는 기가 막히게 노래를 잘하는 녀석이다." 형은 어떠냐 하면 그러한 동생이 그저 "이뻐서 미치는" 키가 작고 눈도 작은 대학교 삼년생. 그러나 형에 의하면 동생은 "이상한 구석이 있는 놈"이다. 구체적으로 말해서 동생은 "구리가지고도 금을 만들 수 있다고 생각하는 녀석"이며, "자기의 방에 개미를 잡아다 사육하고 있는 녀석"이다. 뿐만 아니다. 동생은 그의 방에 수많은 동물들을 키우고 있으며 무엇보다 요술 상자처럼 그의 방을 온통 별천지로 꾸며놓고 있다. 긴 어항에서 헤엄치고 있는 수십 마리의 열대어, 태엽을 주면 걸어가는 병정 인형, 깔깔깔깔 웃음소리가 나는 요술 상자, 선로를 따라기적 소리를 발하면서 달려가는 장난감 기차, 벽에 부딪치면 되돌아 반격하는 탱크, 모형 글라이더·모형 군함 등 도대체 스물한 살 먹은 청년의 방이라기에는 지나치게 환상적인 세계를 그는 주무르고 있다. 이에 비할 때 "바람기 있는 아버지가 탐을 낼 수 있는 만만한 직업을 가진 여자"로 막연히 추측될 수 있을 뿐인 여자의 아들인 형은 지나치게 현실적이어서 모든 사물에 조숙하다고 할 만한 반응을 보이고 있는 형편이다. 형의 조숙은 그의 어머니와 술을 나눠 마시며 몰래 어머니의 살갗을 훔쳐 쓰다듬을 정도이며, 학교와 거리에서 상습적인 도벽을 발휘할 정도다. 이러한 형의 기질은 그 스스로의 표현에 따르면 "어머니의 못된 피"의 탓으로 돌려진다. 아무튼 이따금 찾아와서 어머니와의 어색한 정사만을 나누고 가는 아버지, 거의 '부재'라고 표현하는 것이 마땅한 이러한 아버지를 바라보면서 아무렇게나 자라난 형, 이와는 반대로 과잉보호 속에서 거리에 나가면 길 하나 제대로 찾을 줄 모르는 동생은 흡사 어항 속의 열대어와 황량한 삼림 속의 날짐승처럼 그 생태에 있어서 대비된다. 이 양극적인 형제는 그러나 어느 날 날짐승인 형이 어항 속의 열대어 혹은 다람쥐인 동생의 집으로 이주해 들어감으로써, 교섭을 개시한다.

날짐승 형과 열대어 동생의 교섭은 그러나 말이 교섭이지 형의 일방적이면서도 난폭한 행동에 의하여 동생의 세계가 차츰 침윤되는 것으로서 파악된다. 모든 것이 잘 짜여져 있는 동생 집에의 첫 인상이 형에게는 "마치 묶구나무서기 해서 본 바깥세상과 같았던 것"이었으나, 조야(粗野)하게 길들어온 그의 감성은 새 집과 새 사람에 주눅들기는커녕 오히려 그 반대로서 나타난다. 그는 장난감 세계를 조작해놓고 그 속에서 몽상적으로 살아나가고 있는 동생을 거칠게 현실로 끌어낸다. 길 하나 변변히 찾을 줄 모르는 동생을 거리에 버리고 들어오는가 하면, 물건 훔치기를 가르치고, 오입까지 시켜 순수한 한 소년의 동정까지 버리게 한다. 뿐만 아니라 형은 자기 애인의 옷을 벗겨놓고 그 방에 동생을 대신 들여보내게 할 정도로 어떻게 보면 잔학(殘虐) 취미를 발휘한다. 이 소설의 내용 거의 전부는 말하자면 이러한 형의 동생 사육사(飼育史)이며 그 기묘한 교섭사이다. 이 과정은 동생에 의해 대체로 그대로 받아들여지고 수행된다. 그러나 동생은 그때마다, 하나의 악습을 습득할 때마다 높은 열을 동반하는 열병을 앓는다.

『내 마음의 풍차』의 결구는 동생에 대한 최후의 권고, 즉 애인을 대신 겁탈하라는 권고 아닌 권고를 동생이 거부하는 순간부터 조직된다. 그것을 거부한 동생은 새장의 새를 날려 보내고, 장난감 레일을 뜯어버리는 등 오랫동안 그의 세계로 군림해 있던 환상을 청산해버린다. 동생은 어느덧 형이 목적한바 기대의 근사치에 그 세계를 접근시킨 것이다. 여기서 형은 그 집을 떠난다. 동생에게 옷을 벗겨 내던졌던 여인에게 다시 전화를 걸고, "더러운 피가 흐르는", 그러나 "내 새끼야, 젖 빨러 왔냐"는 말밖에 할 줄 모르는 생모의 집으로 돌아가는 것이다.

이 소설의 핵심은 두말할 나위 없이 동생에게 관능과 파행을 선동하고 본능과 무질서만이 칩거하는 옛집으로 돌아오는 형의 귀가에 놓여 있다. 모든 생활 조건이 충족한 아버지의 집을 떠나 거친 생모의 방으로 돌아온 그의 귀가는 무엇을 뜻하는 것인가? 기능화·자동화한 현대 산업 도시로의 외출과 그로부터의 자연 귀환으로서 그 상징적 의미는 탁월하게 수행되고 있다고 할 수 있다. 그것은 무력하게 소외당하고 있는 동생을 환상이라는 소극적 편법에서 이끌어내어 과감한 관능과 파행의 구사 끝에 인간의 원형으로 복귀시키고 있다는 점에서 그의 다른 어느 작품보다 적극적인 자세를 보여준다.

작가 생활 7년에 이르는 동안 놀라우리만큼 정력적인 작품 활동을 벌이고 있는 최인호의 세계는 이와 같이 고도로 기능화하고, 그리하여 그 기능에 따른 자동화가 이루어지고 있는 현대 산업사회·조직사회에 대한 비판을 그 바탕으로 하고 있다. 그것은 전 세기의 어느 때보다 기계화·집단화한 현대의 풍속에 대한 놀라움이 아니라 그에 대한 비꼼이다. 여기에서 야기되는 인간 소외의 문제를 그는 대체로 환상적으로 처리한다. 이 '환상적'이라는 말은 최인호의 경우, 아주 주의해서 분석될 필요가 있다. 왜냐하면 그의 '환상성'이야말로 초월적 가치를 향한 문학적 평가와 이른바 대중성이라는 두 개의 가치 배척을 가늠하는 요인이 되기 때문이다.

최인호의 환상성은, 그러나 가치 배척적인 논쟁의 씨라기보다 야누스의 양면이라고 보는 것이 타당할 것 같다. 그의 환상은 현실 도피적인 현상이 아니다. 그러한 종류의 환상은 이미 『내 마음의 풍차』의 동생에게서 작가에 의해 축출된 바 있다. 그의 환상은 「견습환자」의 주인공이 벼르고 있는 그 어떤 장난기이며, 「술꾼」의 소년이 희망하고 있는 성인의 그 어떤 완벽함을 향한 발돋움이며, 「타인의 방」의 남편이 설탕물을 타 마시며 나누는 사물과의 어떤 무언의 대화이다. 이와 관련해서 그의 환상이 가장 뚜렷한 의미를 지닌 작품으로 나는 『잠자는 신화』를 지적하고 싶다.

> 코카콜라
> 코카콜라
> 산뜻한 맛 코카콜라
> 당신이 목말라 애타게 찾는 코카콜라
> 차안의 라디오에서 잠꼬대하듯 선전 문구가 노래되고 있었다.

이 비슷한 구절들은 최인호의 소설 도처에서 볼 수 있는 상업 문명의 풍속 묘사다. 작가는 그것을 묘사하면서 언제나 "잠꼬대하듯"과 같은 표현을 쓰고 있는데 아마 그것은 상업 문명·소비문화의 기계적 자동화를 비꼬는 것이리라. 아무튼 『잠자는 신화』에서 그가 파악한 현대의 현실은 185cm의 키, 75kg의 체중을 지닌 초대형 여인, 그리고 거기에 매력을 느끼고 그녀를 소유하려고 노력하는 140cm의 키, 40kg 체중의 빈약한 사내로서 잘 풍자되고 있다. 그것은 기계화된 거대한 산업사회와 경제문명 제일주의, 그리고 그것을 지상(至上)의 삶으로 생각하고 끊임없이 자신을 그에 맞추려 드는 현대의 왜소한 소시민을 적절하게 비유한 것이 아니겠는가. 그것은 거인 여인에의 구애를 '힘 자랑'과 '오빠 웃기기'의 조건 아래에 수락하겠다는 여인의 제의가 잘 뒷받침하고 있다. 힘의 자랑이란 무엇인가. 그것은 힘을 잃어버린 무력한 현대인에 대한 뼈아픈 질문이다. 오빠를 웃겨달라는 주문은 무엇인가. 그것 역시 웃음을 잃은 왜소한 현대인에 대한 날카로운 조롱이다. "사설 코미디언 같은 무거운 책임"을 느끼고 있는 작가로서는 비인간적인 산업사회에의 한 부분품을 자원하는 왜소한 사내에게 던질 수 있었던 가장 손쉬운 충고가 바로 그것이었을 것이다.

왜소한 사내는 "바카스와 알프스 · 원비 · 박탄D"를 먹고 '힘의 자랑' 테스트에 가까스로 합격한다. 그는 또한 '자동웃음기'에 의해 '오빠 웃기기'를 겨우 해낸다. 요컨대 자연으로서의 인간이기를 요구하는 시험을 아이러니컬하게도 그는 극도로 발달된 상업 문명의 이기(利器)에 의해서 통과한 것이다. 그는 이제 여인을 소유할 수 있게 된 것이다. 그러나 곧 그는 그 여인의 소유가 원천적으로 불가능하다는 것을 깨달아야 했다. 그 여인을 소유하여야 할 남성의 성기 자체가 없어져버린 것이다. 우리는 여기서 자연인을 잃어버리고 상업 문명의 가련한 피에로가 되어버린 왜소한 인간 꼭두각시를 만나게 된다. 그것이 현대인이라는 것이다. 최인호의 환상이 제기하는바 본질은 바로 이것이라고 할 수 있다. 그것은 어느 의미에서 에릭 시걸의 그것에 가깝지만 그보다 훨씬 적극적으로 문명 비판적이다.

최인호 소설에 대중적 측면을 지니고 있는 인상이 남아 있다면 그것은 거의 관능과 파행이라는 그가 즐겨 사용하는 수법 때문이다. 그것은 흡사 서양 영화의 알파와 오메가가 되고 있는 섹스와 폭력에 그대로 대응하는 이름인데, 그것은 동시에 방법적 관능이며 방법적 파행이라는 사실이 최인호에게는 중요하다. 관능만을 그림으로써 인간을 무기력하게 하고 파행만을 그림으로써 인간을 거칠게 한다면 이미 그것은 '방법적'이라는 지적 조작의 차원을 벗어난다. 그러나 최인호의 그것은 어디까지나 방법이다. 그에게 있어 보다 압도적인 전제는 언제나 압도적 상업주의의 현실이기 때문이다. 이 점이 그를 다시 한번 대중적인 것으로 부각시킨다.

문학의 평가는 언제나 작가가 현실을 어떻게 분석하며 어떻게 비판하는가 하는 그 능력에 초점이 집중된다. 최인호의 소설이 대중의 시선을 포함하면서 동시에 이 집중을 견뎌낼 수 있는 것은 그러한 방법들을 모두 방법적으로 배치하면서 그것을 통해 현실을 비판하는 능력을 보여주고 있기 때문이다. 최인호에게 중요한 것은 인간이며, 그것도 자연으로서의 인간이다. 그 인간은 그에 부딪히는 현실의 상황이 기계화·집단화·기능화·자동화한 상업주의 문명이기 때문에 소외라는 명제를 통해서 탐구된다. 이 작가가 이 문제를 얼마나 끈질기게 붙들고 있는지, 그리고 그로부터의 인간 복귀를 얼마나 갈망하고 있는지는 이 문제를 직접적으로 추구한 것으로 보이지 않는 그의 유일한 작품 「무서운 복수」를 통해서도 증명된다. 거의 행사처럼 습관화된 데모를 벌이는 대학생들의 정신적 성장을 다루고 있는 이 작품은 상업 문명이라는 전반적 현실 대신에 정치 현실을 상황으로 바꾸어 놓고 있으며, 바로 그렇기 때문에 관능의 방법론이 등장하고 있지 않지만 파행의 그것은 데모의 유형으로 바뀌어 정착해 있다. 학생들의 정신적 성장을 가리키는 것이 분명한 이 소설의 끝부분, 새가 비상하는 장면은 그런 의미에서 소외의 극복으로 해석될 수 있을 것이다. 마치 『데미안』의 아프락사스처럼 그들, 소외되어 있는 젊은이들의 비상은 이 작가의 또 다른 방법론으로서 건강하게 모색되리라 기대된다. 다만 한 가지, 상업주의에 대한 비판이 그 묘사의 실제에 있어 오히려 상업주의 그 자체에 의해 함몰될 수 있다는 것을 이 작가는 항상 긴장된 정신의 힘으로 의식해야 할 것이다.

(1974)

역사와 문학
—이병주의 『변명』

1

역사와 문학의 관계만큼 인간의 정신 활동, 요컨대 '문화'에서 우리를 긴장시키는 것은 드물다. 그것은 정치와 역사, 역사와 철학, 철학과 문학, 문학과 음악의 상상 가능한 제 관계보다 훨씬 덜 연상적이면서 그러나 본질적인 어떤 내심을 번득인다. 그 내심은 말하자면 문학이 음악에 주는 영향, 음악이 문학에 주는 영향과도 같은 어떠한 영향 관계라기보다는 문학이나 역사나 어떤 공통의 관계를 갖고 있지 않나 하는, 일종의 유사 관계이다. 이러한 관계를 가장 첨예하게 나타내고 있는 것이 문학사(文學史)의 문제다. 문학이면서 동시에 역사로 간주되는 문학사야말로 문학과 역사가 같은 편에서 있으면서도, 결코 같은 편일 수 없는 긴장이 극도로 노출된 명제이다. 그러나 그것은 긴장을 고조화시키고 있다기보다는 어느 의미에서 긴장을 화해시키고 해소시킴으로써 두 쪽의 관계를 완화, 절충시키고 있는 사고방법이라고도 할 만하다.

문학 창작이 비평이라는 방식을 통해서 자신을 체계적으로 반성하려고 노력할 때 만나게 되는 여러 가지 방법 가운데에서도 이른바 역사주의 방법이 있다. 이는 문학의 제 가치를 역사 서술에 의탁해서 설명하겠다는 문학과 역사의 관계라는 입장에서 보면, 둘 사이의 관계가 가장 잘 해소되어 있는 태도이다. 그러나 역사주의 방법은 문학 연구의 한 방법일 뿐, 우리는 그 밖의 다른 많은 방법을 알고 있다. 역사와의 관계를 아예 절연하다시피 하고 있는 심리주의 방법도 있고, 형식주의 방법도 있다. 역사 발달의 논리를 아예 무시하고 뛰어넘는다는 자세의 해석학적 방법Hermeneutik도 있고, 구조주의의 방법도 있을 뿐만 아니라, 신화 비평적인 방법도 있다. 이러한 여러 방법들은 문학과 역사의 긴장 관계라는 면에서 볼 때, 관계의 해소는 커녕 역사 쪽을 향한 대담한 도전으로 풀이될 수 있을 것이다. 그렇다면 대체 그 관계는 어떻게 해석될 수 있을 것인가? 아니 대체 그 관계는 그렇듯 까다로운 조건에도 불구하고 꼭 탐구되고 해명되어야만 할 것인가? 그것은 지나친 현학의 취미는 아닌가? 실상 문학사의 진정한 가치라는 문제에 깊은 관심을 갖고 있는 나로서도 이러한 질문은 끊임없는 압박으로서 느껴진다.

이병주(李炳注)의 『변명(辨明)』은 마침 이러한 질문과 더불어 스스로 일문일답하고 있는 나에게, 바로 그 문제가 지니는 명제와 더불어 적지 않은 감동을 준 소설이다. 무엇이 내게 감동을 주었을까? 이를테면 이 글은 몇 가지의 그 근거를 밝혀보는 데에 목적이 있다. 우선 『변명』을 읽으면서 나는 문학과 역사의 관계를 지나치게 긴장으로서 의식하고 있는 것이 아닌가, 다시 말해서 문학사를 문학도 아니고 역사도 아닌 것이 아니라 문학이면서 동시에 역사일 수 있는 그 어떤 일치로 보려고 하는 평소 생각이 지나치게 현학적(衒學的)인 것이 아닌가, 하는 생각에서 어느만큼 해방될 수 있었다. 역시 역사와 문학은 상당히 비슷한 그 어떤 것이지만, 그것은 결국 비슷한 그 어떤 것으로만 끝날 수 없다는 것을 『변명』은 보여주고 있다.

2

『변명』은 소설의 형식상 일종의 격자소설Rahmenerzählung로 되어 있다.

영화 속에서 또 영화가 상영되듯 두 가지 이상의 전혀 별개의 이야기가 접속되어 흡사 한쪽은 화자의 역할을 하듯 한 중층구조로 소설이 구성되어 있다. 그 첫부분이 마르크 블로크Marc Bloch라는 프랑스 역사가의 미완의 저서 『역사를 위한 변명』에서 시작된다. 작가는 먼저 이 책의 제목에 마음이 끌렸고 내용에 감동했으며, 그 저자의 생애의 대강을 알고 난 다음부터는 그를 사랑하고 존경하기에 이르렀다는 자신의 심경을 밝히고 있다. 이 소설의 화자는 1인칭으로 되어 있는 이른바 1인칭 소설. 작가는 물론 '나'를 통해서 말하고 있다.

마르크 블로크란 어떠한 인물인가. 이 소설에 의하면 그는 1944년 6월 16일 독일군에 의해 총살당한, 프랑스가 세계에 자랑하는 위대한 역사가다. "프랑스가 세계에 자랑하는"이란 수식어로 미루어보아 작가가 꽤 감동받은 인물인 모양이다. 아닌 게 아니라 그는 1939년 2차대전이 발발하자 여섯 아이의 아버지며 소르본 대학 교수의 신분으로서 참전한 사람. 그때 그의 나이 53세에 일개 대위로 입대했다니 애국적인 정열과 행동적 레지스탕스의 면모는 충분히 감동적이다. 그것은 우선 상식적인 의미에서 영웅적이며 눈물을 흘리게 할 만한 요소를 지니고 있다. 그러나 문제는 다만 블로크가 그렇듯 영웅적인 행동을 보여준 인물이라는 사실에만 있는 것이 아니다. 작가가 감동한 것은 오히려 "아버지, 역사가 무슨 소용 있어요?" 하는 어린이의 질문으로부터 시작했다는 그의 저서 『역사를 위한 변명』에 있는 것으로 추측된다. 이를 소상하게 하기 위해서 작가가 인용한 대목을 재인(再引)한다. 블로크가 『역사를 위한 변명』을 쓰게 된 동기와 이유다.

> 끊임없는 위기 속에 있는 어지러운 사회가 자기 자신을 의심하기 시작할 적마다 그들은 과거를 거울로 삼은 것이 정당한 일이었던가, 또 충분히 과거를 참고로 했던가로 자문 자답한다. 〔……〕 "역사가 우리를 기만했다고 생각해야 될 것인가" 우리들 가운데의 한 사람이 중얼거렸다. 원숙한 그 어른의 번민이 "역사가 무슨 소용이 있을까요?" 하고 물은 어린이의 단순한 호기심

과 겹쳐 내 앞에 문제로서 나타났다. 나는 그 어른의 고뇌와 그 소년의 호기심 쌍방에 답안을 준비하지 않을 수 없는 심정이 되었다.

역사가 마르크 블로크로서는 당연한 심정이었을 것이다. 그가 그렇듯 정열적으로 나라를 사랑한 사람이 아니었다고 하더라도 그의 전공인 역사와 관련해서 우리는 그의 심정을 이해할 수 있다. 그러나 우리는 과연 무엇 때문에 그의 심정을 쉽게 이해한다고 말할 수 있을까. 이러한 말의 배후에는 "역사가 심판할 것이다……" "청사에 빛날 것이다……" "역사를 믿는다……"는 통설에 깔려 있는 것과 같은 '역사'라는 말이 지니는 인간 신뢰가 전제되어 있는 것이다. 작가가 블로크의 위의 대목을 인용한 다음에 기술하고 있는 문제도 바로 이것이다. 역사라는 말이 지니는 인간 신뢰에의 힘을 작가는 여기서 정의의 방향·진리의 방향이라고 말하고 있다. 그리고 계속해서 주인공 나를 통해서 작가는 "그의 책에서 역사를 불신해선 안 된다는 안타까움을 읽을 수는 있어도 역사를 신뢰해야 한다는 그의 교훈에 설복될 수는 없었다"고 스스로의 독후감을 피력한다. 작가는 블로크의 삶, 그의 말에 감동은 받았으나 동조하지는 않고 있다. 그 가장 큰 원인은 역사를 위해서 끝까지 변명하려고 들었던 블로크 스스로의 처참한 죽음이다. 역사가 블로크가 변명하고자 했던 바처럼 인간의 편이었다면, 종전을 불과 1년 남짓한 채 그는 왜 그렇듯 비인간적인 죽음을 당해야 했단 말인가, 작가는 그것을 수긍하지 못하는 것이다. "역사의 대상은 인간이다…… 풍경, 기계, 제도의 배후에 역사가 파악하고자 하는 건 인간들이다"라고 블로크는 역설하고 있지만, 그것에 감동받은 한 인간은 내가 "마르크 블로크의 책을 언제나 되풀이해 읽는 것은, 그러니 그의 물음의 진지함에 있는 것이지 그의 논증이 훌륭한 탓은 아니다"라고 버틴다. 그리하여 작가가 블로크의 책과 더불어 내린 결론은 다음과 같은 것이 된다.

인생의 원통함을 구제하지 못한 채 파악되는 인간이란 해부대에 놓인 시체일 뿐이다. 역사는 비정의 학문으로선 가능할진 몰라도 칼로써 찌르면 선혈이 터져 나오는, 인간이 그 변명을 써야 할 성질의 학문은 못 된다.

소설 『변명』은 여기서 화자와도 같던 마르크 블로크를 접어두고 주인공 '나'의 체험으로 돌아가서, 중국에서 독립 운동을 하다가 한국인 밀정의 밀고로 처형당한 한 한국인의 이야기를 전개한다. 젊은 나이에 원한의 죽음을 당한 청년의 이름은 탁인수(卓仁秀). 그는 일군복을 입고 죄의식 속에 해방을 맞은 '내'가 기밀문서를 소각하다가 발견한 군법회의 기록 속에서 처음 세상에 나타난 이름이다. 중국 소주(蘇州)에서의 일이다. 역시 작가가 인용하고 있는 '탁인수 군법회의 기록'이라는 것을 대충 재인(再引)해보면,

> 학력 동경 W대학 경제학부 졸. 1944년 1월 20일 조선 용산 부대를 거쳐 입대 〔……〕 부대를 이탈, 중국 忠義救國軍으로 奔敵, 皇軍의 기밀을 팔아 이적 행위를 거듭했음. 〔……〕 조선인 부대를 만들 목적으로 상해에 잠입, 인원 포섭과 자금 조달의 공장을 시작했음. 그 동안 수십 명의 조선인을 포섭, 약간의 자금도 모았는데 이 동태를 察知한 조선인 張秉仲이 제보해 왔으므로 2월 3일 오전 7시 長江飯店에 투숙 중인 것을 상해 헌병대가 체포했음. (이하 군법회의장에서의 문답 내용 요약—筆者)
>
> 문=너는 조선인이 一視同仁의 혜택을 받고 있는 사실을 감사하게 생각하지 않는가.
>
> 답=나는 일본을 조선의 원수라고 생각한다.
>
> 문=네가 순순히 본 법정이 묻는 말에 대답하고, 반성의 빛이 있으면 너는 살 수 있고, 그렇지 않으면 죽음이 있을 뿐이다. 삶과 죽음 가운데에서 어느 편을 택할 것이냐.
>
> 답=나는 죽음을 택하겠다.
>
> 문=너는 가족을 생각해 본 적이 있는가. 너의 불충·불효·불손한 행위가 너의 가족에게 미칠 화를 생각해 본 적이 있는가.

답=나의 불효는 장차 역사가 보상해 주리라 믿는다.

애국 청년 탁인수는 이리하여 적전 부대 이탈·분적·이적 등의 죄목으로 처형되었다. 종전을 불과 두 달 남짓 앞둔 1945년 6월 15일이 그가 처형된 날이었다. 마르크 블로크가 역사를 믿으면서도 적의 총탄에 처형된 것과 너무나도 흡사하다. 죽은 날짜마저 6월 16일과 6월 15일 하루의 차이가 있을 뿐이며, 죽은 햇수는 44년, 45년 꼭 1년의 차이가 있다. 역시 "나의 불효는 장차 역사가 보상해 주리라고 믿는다"면서, 그러나 역사에 예리하게 배반당한 채 죽음을 당한 것이다. 여기서 우선 블로크와 탁인수는 역사를 신뢰하면서도, 역사의 보호를 받지 못하는 이 소설의 소재적 역할을 해내고 있다.

소설 『변명』은 그러나 거기서 끝나고 있는 것이 아니다. 작가는 주인공 '나'의 블로크로부터의 감동과 탁인수 사건으로부터의 충격을 연결, 감동과 충격을 느끼는 인간으로서의 양심이라는 문제를 제기하고 있다. 그것은 블로크의 역사를 "정의의 방향, 진리의 방향"이라고 해석한 작가로서는 대단히 자연스러운 명제의 추이일 것이다. 그 양심은 외국의 사건인 블로크의 처형과 관련해서는 어쩔 수 없이 내부의 것만으로 머무르지만 탁인수 사건과 관련해서는 그를 밀고해 죽게 한 장병중(張秉仲)이라는 동포 때문에 구체적 전개를 얻게 된다. 일은 뜻밖에도 쉽게 풀려 주인공 '나'는 같은 중국 땅에서 장(張)을 우연한 기회에 만나게 된다. 그러나 양심의 구체적 전개는 이 첫 단계에서 다음과 같은 심리의 발기만으로서 맴돌고 만다. 즉,

나는 보기 좋게 술잔으로 그 면상을 후려갈겨 놓고 그의 죄상을 폭로할 수 있으면 얼마나 후련할까 하는 생각을 되뇌이면서도 그럴 용기가 없는 나 자신이 너무나 안타깝고 억울했다. (……) 그때에 떠오른 상념을 모조리 기억할 수는 없다. 다만 탁 인수를 대신해서 장 병중에게 보복할 책임이 내게 있다는 자각과 다짐을 굳힌 기억만은 지금도 생생하다……①

이렇게 소설의 주인공은 일단 물러섰다. 그러나 기회는 또 찾아왔다. 중국에서 귀국, 잠시 그 사건을 잊어버릴 만한 터에 그가 서울에서 무역 회사를 한다는 사실과 그 주소까지 알게 된 것이다. 그러나 이때의 '나'는 어떠했는가.

> 그러나 장 병중의 소재를 알았다고 해서 어떻게 문제를 만들어 볼 방도가 없었다……②

주인공 '나'는 이렇게 하여 탁인수의 복수를 의식 속에 깊게 느껴가면서도 현실적으로 어떻게 할 수 없는 딜레마를 계속한다. 그가 이 문제로 양심의 갈등 속에서 번민해가는 어느 날 문제의 장병중이 이번에는 국회의원에 출마했다는 소식이 알려졌다. 동포를 왜경에 밀고해 죽게 한 매국노가 광복 조국에 돌아와 국회의원에까지 나선 것이다. '나'의 양심은 이때 다음과 같은 형식으로 나타난다.

> 나는 공연히 당황했다. 〔……〕 나는 생각다 못해 내가 근무하고 있는 학교에 일주일의 휴가원을 내놓고 K도 D군으로 갔다. (장 병중의 출마구) 거길 가서 무엇을 어떻게 하겠다는 계획도 작정도 없었다. 그저 가 보지 않을 수 없는 초조감에 강박당한 행동이었다……③

소설 속에 분명한 시간은 나와 있지 않지만 거의 10년을 전후한—'나'와 장이 만난 지—시간이 흐른 다음에 '나'의 양심은 마침내 행동의 차원으로 자리를 올린다. 그동안 그 사건을 그토록 잊지 않고 있다는 것만으로도 우리는 주인공 '나'의 의식이 강한 모럴에 의해 깊게 침윤되어 있음을 알 수 있으나, 애국자를 죽인 자의 신원과 소재까지 알면서도 그가 이렇다 할 행동을 보여주지 않았던 터라 상당한 긴장감과 함께 다음 단계를 주목하게 된다. 그러나 그러한 기대는 애당초 지나친 것이었는지 모른다.

생각한 끝에 나는 내 기억을 되살릴 수 있는 범위에서 탁 인수 사건의 기록을 우리말로 재생해 보기로 했다. 그것을 재생해서 인쇄물로 만들어 어떤 수단을 써서라도 군내에 돌리기만 하면 효과가 있을 것 같았다. 그 의논을 하기 위해 나는 서울에 가서 옛날 같이 일군에 있었던 M이라는 친구를 찾았다. M에게만은 張에 관한 이야기를 한 적이 있었다. M군은 내 말을 듣자 집어치우라고 한마디로 잘라 말했다. 〔……〕

나는 그 길로 돌아와 버렸다. 선거 결과 장 병중은 3위로 낙선하고 C씨가 당선했다는 사실을 알았다. 그로서 반분이나마 풀렸다는 기분으로 나는 장 병중을 까마득히 잊고 말았다……④

소설은 다시 그로부터 6년이 지난 어느 해 일본 후생성 창고에 있는 2천여 주(柱)의 유골 봉환 문제가 어느 일각에서 나오더니 그중 일부분이 돌아오게 되었다는 보도를 다루고 있다. '나'는 그 일을 서두르고 있는 J씨를 찾아가서 무슨 수단을 부려서도 탁의 유골만은 꼭 끼게 해달라는 부탁을 한다. 드디어 246위의 유골이 돌아오고, 다행하게도 탁의 유골이 그 속에 낀다. 이때 주인공 '내'가 보여준 이 사건의 매듭을 다시 추적해보면,

자그마하나마 26년 전 같은 운명에 묶였던 친구들의 정성으로 부산항을 굽어보는 양지바른 언덕에 순국 열사로서의 그를 송덕하는 비를 세웠다. ……⑤

이리하여 마르크 블로크에서 감동받고 탁인수에게서 충격받은 작가의 양심은 십수 년이 흐른 끝에 탁의 송덕비를 세움으로써 일단 그 구체적 전개를 끝낸다. 그러나 아마도 이 소설을 읽은 많은 사람들은 과연 주인공의 양심이 충족되었다고 믿지 않을 것이다. 그렇게 믿기에는 무엇보다 우리의

양심이 거기에 미흡함을 느끼기 때문이다. 왜 장을 요절내지 못했을까? 왜 작가는 문제만을 던져놓고 이 핑계 저 핑계 대다가 결국은 장을 살려놓고 마는 것일까? 이에 대해서는 거의 필요 없어도 괜찮지 않았을까 하는 정도의 변명 같은 서술이 나온다. 자기는 탁인수에 관한 섭리를 위해 분명히 소명(召命)을 받은 사람이라는 것, 그런데도 자기는 그 소명의 명분을 다하지 못했다는 것, 그것은 자기의 게으름과 비겁함의 탓이라는 것, 심지어는 천제(天帝)의 심판 앞에서 자기와 장은 공범이라고까지 말하는 참회의 표정까지 지으며 우울해한다. 그러나 이 소설을 읽는 독자들은 결코 우울하지가 않다. 그것은 우울하기보다는 비장한 것이며, 삶과 운명 그 속을 부유하는 행동과 개념의 냉혹함으로부터 얻어지는 싸늘한 자각과 같은 것이다.

3

소설 『변명』의 끝부분에 이르러 작가는 마침내 그로부터 감동만 받아오던 마르크 블로크를 압도하고 그 위에 올라선 듯이 보인다. 죽은 블로크의 입을 열게 하고 그로 하여금 "역사를 변명하기 위해서라도 소설을 쓰라"고 말하게 한다. 이 작가는 아마 송덕비만으로 만족할 수 없었던 모양이다. 이렇게 하여 결론은 소설, 문학의 힘이 가지는 인간에의 신뢰라는 판단으로 도출되고, 읽기에 따라서는 역사에 대한 문학의 우월성이라는 공식을 내세우기 위한 것 같은 인상마저 풍긴다. 문학은 언제나 역사보다 우월한 것인가. 그러나 이 소설이 가지는 의미는 역사에 대한 문학의 우위를 주장하는 데 있는 것이라고는 나는 생각하지 않는다. 그보다 역사와 문학이 가지는 긴장 관계의 탐구를 아주 진지하게 생각하게 하였다는 점에서 몇 가지 공헌하는 바가 있다고 믿는다.

무엇보다도 작가의 결론적 '우울'에 동조하지 않고 행동주의자의 입장에 설 경우 장(張)에의 복수를 우리는 가상적으로 생각할 수 있다. 우리가 역사를 인간 신뢰에의 힘으로 판단하고 그 내포를 "정의의 방향, 진리의 방향"으로 이해하는 것만을 제일의적으로 내세울 경우, 장에의 복수란 현실적으로 가능한 것이다. 그것은 역사적 평면에서 보자면 '즉각적 시정(是正)'이라는 의미를 띤다. 그리고 아슬아슬하게 그 귀추에 신경을 쓰던 독자들은 즉각적인 만족을 얻을 것이다. 거기에는 물론 동시대의 법률이 무시되어야 하고, 장의 주위, 그의 환경에 대한 모든 인간적인 조사(照射)가 무시되어야 할 수밖에 없다. 그러나 보다 큰 문제는 이 즉각적인 시정, 이 즉각적인 만족이란 곧 피의 시정, 피의 만족이라는 사실에 있다. 우리가 요구하고 있는 복수란 곧 장의 죽음이 아닐 수 없으며, 그가 속한 사회의 한 부분의 제거가 아닐 수 없다. 그것은 블로크의 죽음, 탁인수의 죽음이 그렇듯이 위대한 것은 아니지만 피의 흘림이며, 이 세상으로부터의 소멸이라는 점에서 동일하다. 다만 다른 것이 있다면 누구의 죽음은 훌륭한 것이며, 누구의 죽음은 보잘것없으며 패덕적이라는 가치의 판단만이 있을 따름이다. "역사는 변명되어야 한다"고 주장하는 블로크나, "역사가 보상해주리라 고 믿는" 탁인수나 쉽게 말하자면 이러한 피의 복수를 기대한다는 뜻이 된다. 그것이 일반적인 역사에의 고정관념이며, 역사에의 신뢰인 것이다

그러면 그러한 행동을 실천하지 못하고 문학의 힘을 말하면서 끝난 이 작가에게 있어서 과연 문학이란 무엇인가? 우리는 그것을 이해하기 위해서 인용 ①~⑤로 다시 돌아가볼 필요가 있다. 역사의 죄인, 장본인을 앞에 놓고 후려갈기고 싶어도 못 치는 마음, 그의 소재를 알고 난 다음에도 속수무책인 마음, 세상에 나와 출세까지 하려는 것을 막아보고자 현장에 뛰어갔으나, 그 현실적 무용성을 역설하는 친구의 만류로 그만 아무것도 못하는 마음, 인용 ①~⑤의 인상을 이런 식으로만 정리하자면 그것은 지나치게 비관적이고 부정적인 종합이 될 것이다.

인용 ①~⑤에서 보다 중요하게 읽혀져야 할 사실은 아무런 현실적 이해관계도 얽혀 있지 않은 한 병사의 죽음에서 공분을 느끼고, 책임감을 자각하고 소명의식을 가지면서, 그 미지의 한 인간을 위해 송덕비를 세우는 태도이다. 이러한 태도는 장병중의 죄상을 폭로하고, 그를 죽여버리는 것보

다 덜 시원하고, 덜 자극적이며, 미흡하기 짝이 없어 보이지만 즉각적인 시정이 갖는 즉각성에 비해서 담담하며 보다 생명이 길다. 이 소설은 말하자면 이러한 제 특징을 문학이라는 이름으로 수용하고 있는 것이다.

역사와 문학의 특징을 이렇게 공식화하고 보면 그것은 대립적이기 짝이 없는 것으로 들린다. 역사는 오직 스스로 변명, 보상되어야 하는 것, 피의 복수를 사양하지 않는 것으로 들리며 문학은 평화적이며 의식 집중적인 것으로 들린다. 다 같이 과거의 집적물을 다루면서 이렇듯 대조적인 입장에 서기 때문에 역사는 행동의 소산, 문학은 의식의 소산이라고 간주되기도 한다. 그러나 소설 『변명』이 감동을 주는 것은 역사와 문학이 서로 맞보고 있는 그 거리의 극대화에 있는 것이 아니라, 이 글 처음에 밝힌 바와 같이 오히려 그 반대에 있다. 그런 의미에서 블로크는 소설 주인공 '나'에 의해서 압도된 것이 아니라, 여전히 '나'의 감동을 받으면서 자신의 '역사를 위한 변명'을 확대하고 있는 것으로써 판단되는 것이 타당할 것이다.

역사는 오직 '확증된 사실의 집성'이라는 규정에서 벗어나려 하고, 문학은 그 '역사의 파도에서 익사하는' 한 사람의 생명에게까지 손을 뻗으려 하고, 그리하여 파도는 잔잔해지고, 생명은 되살아나는 한 폭의 바다 풍경을 감상하고 난 것 같은 것이 소설 『변명』을 읽은 다음의 느낌이다. 문학과 역사의 관계를 일치되는 그 어떤 것으로 보려는 생각이 쓸데없는 현학 취미가 아니라는 것을 작품을 통해 확인하게 된 것은 나로서도 개인적인 행운에 속하는 일이다.

이 글은 이 작가의 『변명』만을 대상으로 삼은 분석에 지나지 않지만, 이병주는 60년대 들어 지금까지 역사와 문학의 관계를 예각적으로 취급하고 있는 매우 주목할 만한 작가다. 특히 식민적 이데올로기의 관념적 수용으로 고난의 갈등을 겪어온 한국 현대사에 대한 날카로운 조감은 이 글과는 별도로 본격적인 연구가 가능한 장이라고 생각한다.

(1974)

제의(祭儀)와 화해

—이청준론 3

1

"……하지만 깜깜한 건 자네나 자네의 소설만이 아닐 게야. 세상엔 그보다 더 깜깜하고 답답한 인간들 천지니까. 세상을 턱없이 간단하게 생각하고 제물에 자신만만해 사는 사람들 말일세. 그런 사람들까지 모두 이런 데에 함부로 끌어들여올 수는 없는 일이지. 하지만 그 사람들에게도 이런 보이지 않는 힘과 힘의 질서가 존재한다는 사실만은 감지시켜 줄 필요가 있지 않겠나."

—「秘火密教」

그렇다. 세상을 턱없이 간단하게 생각하고 제물에 자신만만해하는 사람들이 이 세상에는 의외로 상당히 많은 것 같다. 우리 주변엔 특히 많아 보인다. 제물에 자신만만하다? 그런 범주에는 돈·권력·완력·지식 따위 등이 대표적으로 포함될 것이다. 어떻게 어떻게 해서 돈 좀 번 사람들, 어떻게 어떻게 해서 권력 속에 들어가 앉은 정치인들이나 관료들, 외국 유학을 끝낸 박사님들, 이들 가운데 많은 이들은 물론 겸허한 자세로 자신과 사회를 위해 일하고 봉사하고 있으나, 이들 중 상당수는 그저 바로 그 힘만을 믿고 교만하기 짝이 없는 생활들을 하고 있는 것이 우리 주변의 현실이다. 금력이 있는 자 오직 그 힘을, 권력이 있는 자 오직 그 힘을, 학력이 있는 자 오직 그 힘만을 믿고 다른 사람 알기를 우습게 알고 있다. 우리 사회의 갈등과 알력은 모두 이 같은 교만의 소산이라고 해도 별로 틀린 지적이 아닐 것이다. 가장 비근한 예로서, 정치인들 사이에 걸핏하면 발생하는 '강경 대립'이라는 현상은 아마도 대표적인 교만의 보기일 것이다. 별수 없는 인간들끼리 어쩌자는 것인가. 마치 모든 힘을 소유한 듯 행동하는 것을 볼 때에는, 보는 자가 민망스럽기까지 하다. 눈에 보이는 힘, 이청준의 표현에 따르면 '가시적 현상'의 힘에 너무 매달리기 때문이다.

눈에 보이는 힘에만 제물에 자신만만해하는 사람들은 앞서 말한 사람들뿐만이 아니다. 문학을 하는 사람들, 이를테면 작가들 또한 큰 예외가 아니다. 짧은 한국의 현대문학사를 되돌아볼 때, 그 실상이 이를 구체적으로 잘 보여준다. 문학의 현실적인 힘에 대한 과신에 가득 차 있는 이른바 리얼리스트들, 그리고 지적 오만에 빠져 있기 일쑤인 이른바 모더니스트들의 큰 두 주류는 우리 문학이 눈에 보이는 힘을 위주로, 거기서부터 눈을 높이 들지 못했음을 잘 나타낸다고 하겠다. 최근 젊은 작가들 일각에서 이 같은 기형적 세계 인식에 대한 반성이 일어나고 있는 것은 매우 주목할 만한 일인데—소설의 경우 이문열·김성동·조성기 등의 활동이 특기할 만하다—중진 소설가 이청준에게서도 이즈음 이와 관련된 관심의 심화가 엿보여 매우 소중하게 평가될 만한 일이 아닌가 생각된다. 한국 문학도 이제 피상적 현실주의·소재주의·테마주의를 넘어서 한국인의 정신, 나아가 인간의 정신에 관한 본격적인 탐구를 보여주는 것이 아닌가 여겨져 미상불 깊은 관심의 대상이 되지 않을 수 없다.

이청준의 중편 「비화밀교(秘火密敎)」는 확실히 현대 한국 문학의 높이와 정신을 한 단계 끌어올리면서 우리에게 많은 것을 생각게 하는 작품이다.

작가 이청준으로서도 이 작품은 그가 지금까지 집요하게 추구해온 여러 가지 테마들, 예컨대 글을 쓰는 행위의 사회적 기능 문제, 삶과 죽음의 문제, 고향의 의미 문제, 그리고 억압과 탈출 혹은 화해의 문제 등이 한꺼번에 하나의 광장에서 만나고 있음을 보여주는 이청준 문학의 중간 결산표라고도 할 수 있는 작품이다. 그는 최근, 그러니까 『잃어버린 말을 찾아서』 『낮은 데로 임하소서』 이후, 인간 존재의 사회적 조건과 존재론적 조건으로서의 언어에 대한 깊은 관심을 통해, 언어가 인간과 인간 사이의 화평(和平)과 화해를 위해 어떻게 기능할 수 있는가 하는 데에 집중해왔다. 이러한 과정에서 이청준은 정신의 가장 근원적인 양태인 종교 혹은 제의(祭儀)에 관심을 돌리면서 보다 근본적인 천착을 보인다. 인간과 인간의 관계에 집중적인 조명을 할 경우, 그 관계의 기본 구조를 우리는 대립과 화해라는 측면에서 결국 바라볼 수밖에 없으며, 이 같은 기본 얼개 안에서 지배와 피지배의 정치학, 그리고 이에 걸맞은 종교학의 발생을 보게 되는 것이다.

이 기회에 사람들이 살아온 자취를 간단히 한번 더듬어보는 것도 무용한 일은 아닐 것 같다. 이 땅에 인류가 생겨난 이후, 그들은 복수(複數)의 형태로 주어진 인간 조건 때문에 곧 불화와 갈등을 겪어야 했으며, 따라서 곧 질서의 필요성을 아울러 느껴야 했다. 하나의 부족, 혹은 민족은 그리하여 정치 지도자를 갖게 되었고, 정치 지도자는 그의 권력의 적법성을 증거하기 위한 종교 지도자와의 제휴를 필요로 하게 되었다. 이른바 제정일치(祭政一致)라는 형태를 여기서 보게 된다. 정치와 종교는 실로 인류의 시작부터 그 출발을 함께한 생존 문화의 구체적 표현이라고 할 수 있다. 정치 지도자는 그 부족이나 민족 혹은 국가의 통치를 위해 정기적 혹은 부정기적으로 제사를 지냈으며, 제사장의 자리를 그 스스로 겸직하기도 했던 것이다. 왕이 지닌 권력의 근원은 스스로 신에 의해 주어진 것으로 자처됨으로써 이른바 왕권신수설(王權神授說)은 가장 원초적인 권력론을 형성하기도 한다. 쉽게 말해서 어떤 강자가 나타나 하늘로부터 대임이 주어졌음을 선포하면, 그는 곧 정치적·종교적 통치자가 되었던 것이다. 역사의 발전은,

이 제정일치의 형태가 점차 분리의 길을 걸어나갔음을 보여준다. 제사장과 왕은 때로 서로 도와주는 협력의 관계가 아니라 서로 불신하고 싸우는 관계로 가기도 했다. 유럽 역사에 나타나는 교황과 왕의 갈등이 좋은 본보기라 하겠다.

그러나 기독교 자체의 문맥에서 볼 때, 기독교에는 제정일치의 가장 이상적인 순간이 나타났던 것으로 이해된다. 예수 그리스도의 출현이 그것인데, 그는 왕이자 제사장이자 예언자이며, 나아가 제사의 제물로까지 그가 바쳐진 것으로 파악된다. 물론 여기서의 왕은 실제로 지상의 왕으로 군림하지 못했다. 그럼에도 불구하고 고난의 이스라엘 역사에서 수많은 왕을 그의 예언자들을 통해 선택한 신이, 이제 이스라엘 국민과의 약속의 실천을 위해 보내준 구세주가 예수이기에, 그는 잠시나마 지상의 왕까지 기능했던 것으로 해석되며, 오히려 이 잠시 잠깐의 순간을 통해 영원화된다. 실로 이스라엘 국민과 기독교 사이에 나타나는 관계는 정치와 종교가 사실상 다른 몸일 수 없음을 여실히 드러내준다. 정치와 종교가 다른 몸일 수 없다는 것은, 종교가 곧 정치 현장의 실제에 항상 참여하기 마련이라는 기능적인 것을 의미하지는 않는다. 그들은 무엇보다 인간 집단의 지배 이데올로기의 연원에 관계되는 이야기이며, 근본적으로는 인간과 인간 사이의 갈등과 알력이란 원초적 숙명을 조정하는 문화 장치의 단초적 형태에서 양자가 이해되어야 한다는 이야기다. 말하자면 정치는 종교가 생산한 최초의 조정장치인 셈이며, 종교는 어떤 의미에서는 정치의 대부로서의 자리를 회피하거나 거부할 수 없는 출생 과정을 갖고 있는 것이다.

2

이청준의 소설은 정치적이면서 또한 종교적이다. 앞서 살펴본 양자의 관계를 이해한다면 이것은 필연적이며, 또한 자연스러운 일이다. 그러나 기이하게도 이청준의 많은 소설들은 정치적인 모든 것을 항상 거부하는 듯하고, 역시 종교적인 어떤 것에도 쉽게 동의하지 않는 듯이 보인다. 그가 소설을 쓰기 시작한 60년대 중반 이후, 20년간 그는 수많은 작품들을 쓰면서 한국 문학계의 가장 대표적인 작가로 부상하여왔다. 당연한 일로서 수많은 격찬을 동반하여온 것이 사실이다. 그러나 그에게도 일정한 비판이 행해져온 것 또한 사실인데, 비판의 핵심은 언제나 리얼리즘이 아니라는 것에 모아졌다. 집요하게 논리적인 문체는 비현실적·관념적인 난해성으로 때로 비난되었고, 그 테마 또한 우리 삶의 현장과 유리된 것으로 이따금 지적되었다. 그럼에도 불구하고 그의 소설이 정치적이라는 지적은 무엇인가?

그의 소설이 비현실적이라는 비판은, 「비화밀교」에서 말하는 작가의 표현을 그대로 따른다면, '가시적인 현상'만을 대상으로 하지 않기 때문이다. 이청준은 물론 어떤 정치적 이념에 대한 찬반, 구체적인 정치 형태에 대한 평가, 또는 정치인들의 실제 행각에 대한 호오(好惡)를 나타내지 않는다. 그런 의미에서라면 결코 그를 정치적이라고 할 수 없다. 그 대신 그는 '보이지 않는 힘과 힘의 질서'에 대해 끈질기게 달겨든다. 그것은 정치와 종교를 더불어 함축하고 있는 현상 배후의 원초적인 그 어떤 것이다. 그것이 바로 「비화밀교」의 테마다.

어느 지방 작은 도시에는 언제부터인지 알 수 없는 기이한 풍속이 전해져오고 있다. 전해져온다고 했으나, 이 행사에 참가한 사람은 누구나 비밀을 지키기 때문에, 참가해본 사람에게만 알려져 있을 뿐, 적어도 외관상으로는 알려져 있지 않은 풍습이다. 섣달그믐이면 그 도시 안쪽 변두리에 있는 제왕봉 정상에 올라서 불놀이를 하는 것이 그것이다. 그 고을 사람이면 누구나 참여할 수 있는 불놀이는 몇 가지 성격을 갖고 있다. 전년의 행사에 쓴 불씨를 일 년 동안 살려 간직해온 종화주(種火主)에 의해 점화한 뒤, 모든 사람들이 횃봉을 들고 불을 만든 다음 거기 모인 사람들 누구에게나 인사를 건넨다. 아는 사람이든 모르는 사람이든 서로서로 인사를 나눈다. 이발사·차장·농협 지소장·깡패·전과자·교회 목사·변호사·학교 선생…… 모든 그 고을의 주민들, 좋은 사람이나 나쁜 사람이나 선한 사람이나 악한 사람이나 산 아래에서의 신분에 관계없이 똑같은 인간으로 그들은 만난다. 이 행사의 일차적 성격에 대해, 거기 오랫동안 참가해온 그 고을 출신 민속학자는 이렇게 말한다.

"이곳은 산 아래서 이루어지는 모든 세속의 질서가 사라지고 그저 한가지 이 산 위에서만이 간절한 소망으로 〔……〕 나도 그것이 무엇인지는 확실히 말할 수가 없지만 〔……〕 하여튼 오직 한 가지 소망에로 자신을 귀의시켜, 그 소망으로 하여 모든 사람들이 한데 뭉쳐서 어떤 보이지 않는 힘을 탄생시키고, 그것을 지켜가는 숨은 근거지가 되고 있는 셈이지."

그것은 하나의 제의였다. 제의가 지닌 의미가 종교와 정치의 양면적 기능을 동시에 수행하는 데 있다면, 그러니까 알력과 대립을 극복하고 승화시켜 화해와 평화를 지향하는 데 있다면, 제왕봉의 불놀이는 제의로서의 훌륭한 성격을 갖고 있는 셈이다. 실제로 작가는 이 제의의 성공적 사례를 소설 속에서 말해주고 있다. 이에 의하면, 일제하의 동척(東拓) 설립에 즈음한 자가 농지 신고 때, 식민 통치 말기의 징용령 발동 때, 4·19 바로 전해 등에 가장 많은 사람들이 산에 올라 이 불놀이 행사를 가졌던 것으로 기술되는데, 이것은 현실의 어려움, 즉 지배자의 억압이 극심함으로 인하여 생겨난 갈등의 해소를 이 제의가 담당했음을 의미한다. 이 제의의 구체적 내용은 그렇다면 어떠한 것인가.

도열의 앞쪽 어디쯤에선가부터 문득 이상한 소리가 번져오기 시작했다. 아아, 아아—, 그것은 마치 입속을 맴도는 낮은 신음 소리나 비탄과 비슷한 지하의 합창 소리 같은 것이었는데, 소리가 한번 번져오르기 시작하자 그것은 순식간에 뒤쪽으로 뒤쪽으로 수심 깊은 물결처럼 파도쳐 전해 갔다. 〔……〕 분지는 삽시간에 온통 벌통 주변의 웅웅거림처럼 진원을 가릴 수 없는 기이한 합창 소리로 가득했다. 그리고 그 소리는 시간이 흐를수록 어떤 절정의 절규로 폭발할 것처럼 낮으면서도 힘차게 부풀어 올랐다.

제의의 내용은 비교적 간단하다. 종화주에 의해 불이 붙여지고, 횃불을 들고 서로서로 인사를 나누고, 자정을 기점으로 하여 모인 사람들이 한입으로 소리를 내는, 그러고 난 다음 횃불의 불씨를 맡기고 내려가는 그러한 행사이다. 일반적으로 제의에는 제주(祭主)가 있고 제물이 있으나, 이 제왕봉 불 제의에는 특정한 제주가 없고, 제물 역시 없다. 모여 있는 모든 사람들이 무언의 한마음으로 제주가 되고 있으며, 제물의 자리에는 그저 해를 거르지 않고 불씨의 형태로 연면히 계속되는 횃불이 있을 뿐이다. 어떤 의미에서 제주가 있다면 종화주가 이에 해당된다고 할 수 있겠으나, 뜻만 있다면 누구나 종화주가 될 수 있다는 점에서 보통의 제주와 구별된다. 이를테면 어떤 종교 지도자가 있고 그에 의해서 의식이 진행되는 제의가 아니라, 참가한 모든 이가 함께 집전하는 제사인 것이다. 이 제사의 의미를 이청준은 "우리들끼리의 용서" "그 용서를 통한 서로의 하나됨", 그리고 "그 함께함으로부터의 모종의 힘의 탄생" 등등으로 말하고 있다. 공동체적 용서라고 할까.

용서의 전제는 말할 것 없이 죄라고 할 수 있다. 그 죄는, 기독교적인 원죄의 개념을 따르지 않는다 하더라도, 이청준에게 있어서 모든 인간에게 편재해 있는 것으로 파악된다. 두 사람 이상이 살아가는 세상에서, 사회의 출발이 불화와 대립·갈등의 조정이라는 측면에서 시작되는 한, 모든 인간들은 그 같은 죄의 경험자들이라고 하지 않을 수 없다. 이 경우 누구의 죄가 더 크고, 누구의 죄가 보다 가볍다는 인식은 공동체적 삶의 화평에 별 도움이 되지 않는다. 그렇기 때문에 작가는 죄를 용서하여주는 사람과 죄를 용서받는 사람이 따로따로 있을 수 없다고 믿는다. 자연스러운 결과이겠으나, 「비화밀교」에는 그러므로 신, 혹은 어떤 신적 존재가 존재하지 않는다. 하나의 제의로서는 이것이 가장 큰 특징이라고 하겠다. 신이 없는 제사, 모든 사람이 제주가 되는 제사, 이것이 「비화밀교」의 세계이며, 이청준의 소망을 반영하는 세계이다.

죄와 용서에 대한 이청준의 관심은 근본적으로는 대립과 갈등의 현장으로 나타나는 현실에 대한 참담한 인식에서 비롯되었다고 할 수 있다. 이 같은 불화의 세계에서 언어는 무엇을 할 수 있으며, 소설은 무엇일 수 있는가 하는 문제와 오랫동안 싸워온 그가 이제 그것을 종교적 차원으로 발전시킨 것은 자연스럽고 또 당연한 일로 생각된다. 맹인 목사의 처절한 구원의 과정을 그린 장편 『낮은 데로 임하소서』는 이런 의미에서 전기를 이룬 작품으로 평가될 수 있겠는데, 한때 기독교적 세계관에 상당한 경사를 보이면서도 그는 쉽게 거기에 합류하지는 않는다. 그에게 보다 중요한 것은 이런 상황에서 소설이 무엇일 수 있느냐 하는 문제이기 때문이다. 문학 자체가 구원의 가능한 양태일 수 있느냐 하는 문제에 대한 끊임없는 질문이라고 할 수 있다. 「비화밀교」에서 그 길은 소망과 기다림이라는 개념으로 강조된다. 장화대(藏火臺)를 둘러싼 젊은이들의 흥분한 횃불춤처럼 때로 구원은 회의되고 부인되지만, 그럼에도 불구하고 그것은 묵묵히 추구되어야 할 제의이다. 제왕봉 불놀이는 그런 의미에서 이청준이 생각하는 문학의 상징적 변용이라고 할 수 있다.

그 숨어 기다리는 소망의 힘, 그것의 세상에 대한 은밀스런 증거, 그것들에 대한 설명이 아직도 마음에 차지 않았던 모양이었다. 조 선생은 또다시 거기에 대한 설명을 덧붙이고 있었다. 이번에는 샘물의 비유 속에서였다.

"그야 샘터에서 세상으로 곧바로 물길을 내놓으면 원하는 곳을 일시적으로 적셔 줄 수도 있겠고 그 결과로 증거도 쉽겠지. (……) 우리한텐 그래 가뭄에 상관없이 언제나 수맥이 끊기지 않고 땅속을 적셔 흐르는 숨겨진 샘 같은 게 소용되고 있는 게지. (……) 저자들은 그걸 이해하지 못하지. 그래 성급하게 수로를 쳐내려 세상을 한꺼번에 덮어씌우고 그렇게 것을 증거하고 싶어하지."

'저자들'이란 「비화밀교」에서 침묵의 제의를 방해하고 최면술 같은 춤을 추는 성급한 젊은이들을 가리킨다. 이들은 종교로 말하자면 광신자들이고, 정치적으로도 열광주의자들이다. 그들은 정치와 종교에 의해서 현실의 모든 문제가 해결될 수 있다고 믿을 뿐 아니라, 알력과 분쟁의 바탕이 되는 인간 서로서로의 죄와 허물에 대해서 관대하다. 특히 자신의 그것에 대해서는 눈감기 일쑤다. 그러나 상호 용서가 선행되지 않는 곳에 진정한 화해란 없는 것이다. 정치적·종교적 열광주의는 오히려 세속적 공리주의에 연결되면서 진실의 발견을 저해한다. 비록 제주도 제물도 없는 제의이지만 문학은 여기서 오히려 제의적 기능을 획득한다는 것이 이 소설의 정신이다.

"〔……〕 소설이란 어차피 사실의 증거만이 유일한 방법이 아닐 테니 말이네. 소설로는 어쩌면 그런 암시가 충분히 가능할 수 있을 게 아닌가. 사실의 기술이 아닌 사실의 암시와 증거〔……〕 세상에는 우리가 미처 감득하지 못한 어떤 커다란 힘이 존재할 수도 있다는〔……〕 그 깊은 소망의 샘물이 지금까지도 끊임없이 조금씩조금씩 깊은 곳으로 스며 흘러내려 오고 있었듯이."

문학을 특정한 종교 대신의 제의로 이해하고자 하는 작가의 열망이야말로 너무나도 종교적이며, 한국 소설에 고질적으로 결핍되어온 정신의 중요성을 환기시킨다. 문학의 제의적 성격, 즉 문학을 통한 구원의 방법적 정당성을 역설함으로써 「비화밀교」와 어떤 의미에서 짝을 이루는 소설로 주목되는 작품이 「벌레 이야기」다. 이 소설은 기독교의 교리가 사랑과 용서에 기반을 두고 있으면서도, 그것이 인간 자체의 삶을 등한시하고 교리에만 도식적으로 매달릴 때 오히려 인간의 삶을 파괴해버릴 수도 있다는 무서운 교훈을 통해 문학이 지닌 제3의 구원 가능성, 즉 제의적 성격을 다시 한번 확인해준다.

「벌레 이야기」의 주인공 '나'의 아내는 국민학교 4학년 아들을 잃게 된다. 소년은 실종된 뒤 몇 달이 지나 살해된 모습으로 나타나고, 그러고도 한참 뒤에 범인이 붙잡힌다. 이 과정에서 아내는 정신적으로 극심한 고통에 시달리는데, 다행히 이웃의 한 중년 부인의 전도에 의해 기독교의 복음에 접하게 된다. 아내가 교회에 나가기까지의 과정은, 물론 간단한 것이 아니었다. 고난과 불행을 축복으로 받아들이고, 하나님께 귀의하여 모든 것을 맡긴다는 것은, 아들을 비참하게 잃은 어머니에게 인간적으로 무리한 일이었다. 그러나 정말로 하나님의 섭리가 오묘했음인지 아내는 복음을 받아들이고 마음의 평정을 어느 정도 회복한다. 차츰 기독교인으로서의 생활에 적응해간다. 슬픔을 인내할 수도 있게 된다. 열심히 기도도 하고 교회를 찾는다. 마침내 그녀를 원한과 복수심에 떨게 하였던 상태에서 벗어나 주님의 사랑에 자신을 맡기겠노라면서, 스스로 감사의 눈물을 흘리는 상태로까지 나가는, 놀라운 변화가 일어난다. 그러자 그녀에게 복음을 전한 이웃 교인은 한 발짝 더 나가 이제는 범인을 용서할 수도 있어야 한다고 설득하기 시작한다. 그것은 어렵고 힘들 뿐 아니라 애당초 불가능한 일인지도 모른다.

그러나 기독교 안에서 타인에 대한 용서야말로 믿음의 전제이며, 바로 이 용서를 통하여 우리 자신도 하나님 앞에 우리의 용서를 구할 수 있는 자격을 갖게 된다. "우리가 우리에게 죄 지은 자를 사하여준 것같이 우리 죄를 사하여 주옵시고……"로 계속되는 주기도문이야말로 주님이 인간에게 가르쳐준 기도의 표본이기 때문이다. 이 소설에서 아내는 당연히 범인에 대한 용서로까지 나간다.

하지만 과연 인간의 인간에 대한 용서는 어떤 양태로 현존할 수 있으며, 그것이 어떤 특정한 종교적 이념으로 증거될 수 있는 것인가? 이 소설은 여기에 대해 본질적 물음을 던지고 있다. 사랑하는 아들을 잃은 아내가 기독교에 귀의한 후 어렵게 얻은 사랑과 용서의 마음이, 아내가 교도소에서 범인을 면회한 뒤, 오히려 대책 없는 파탄으로 빠져버리고 있음을 이 소설은 보여준다. 그 이유를 소설은 이렇게 설명한다.

그래요. 내가 그 사람을 용서할 수 없었던 것은 그것이 싫어서보다는 이미 내가 그러고 싶어도 그럴 수가 없게 된 때문이었어요. 집사님 말씀대로 그 사람은 이미 용서를 받고 있었어요. 나는 새삼스레 그를 용서할 수도 없었고, 그럴 필요도 없었지요. 하지만 나보다 누가 먼저 용서합니까. 내가 그를 아직 용서하지 않았는데 어느 누가 나 먼저 그를 용서하느냔 말이에요.

〔……〕

그런데 주님께선 내게서 그걸 빼앗아 가 버리신 거예요.

범인은 이미 기독교 안에서 주님을 영접하고 있었고, 그리하여 놀랍도록 평화스러운 얼굴을 하고 있었다. 그 모습은 피해자인 아내에게는 후안무치할 정도로 뻔뻔하게 보였고, 아내는 결국 용서조차 할 권리가 없다는 절망감 속에 빠지게 된 것이다. 결국 그녀는 그 절망감을 이기지 못하고 자살함으로써 사태는 오히려 비극의 확대로 끝나게 된다. 이 같은 소설 전개는 물론 그 나름의 역설적 설정을 갖고 있다. 피상적으로 읽을 때, 기독교 교리에서의 용서의 강조가 이웃 부인 집사의 그것처럼, 삶의 실제를 무시한 비인간적인 것이 아니라는 사실에 대한 배려가 충분치 못해 보이나, 무엇보다 아내 자신의 믿음 자체에 문제가 있다는 점이 주목되어야 한다. 용서란 그렇게 쉬운 일이 아니며, 상당한 인내와 기도의 병행 없이 완전한 성공이란 거의 불가능하다는 사실을 항상 겸허하게 인식하는 태도가 중요하기 때문이다.

이청준의 이 소설은 「비화밀교」와 더불어 신 없는 시대의 제의, 인간적인 아픔에 보다 가까이 가는 제의로서, 종교 아닌 문학의 종교 가능성을 조용히 타진하고 있다는 점에서 관심을 끈다. 나로서 덧붙이고 싶은 것이 있다면, 인간적인 모든 아픔과 고통이 근본적으로 인간 자신을 피조물로서 인정하지 않는다는 점, 그리고 신은 어차피 존재하지 않는다는 점을 전제로 하는 시대적 비극의 산물이라는 사실이다. 문학이 과연 그 자리에서 어느만큼의 대역(代役)을 할 수 있겠느냐는 물음은, 그런 의미에서 언제나 힘겨운 도전일 수밖에 없을 것이다.

(1985)

* 이 밖에 이청준에 관한 필자의 평론으로 「사회와 인간」(1973; 『문학비평론』), 「말의 순결, 그 파탄과 회복」(1981; 『문학을 넘어서』), 「억압과 초월, 그리고 언어」(1988; 『문학과 정신의 힘』), 「정치 현실의 본질과 인간 구원」(1992; 『문학, 그 영원한 모순과 더불어』), 「문학과 종교적 상상력」(2009; 『미니멀 투어 스토리 만들기』)이 있다.

샤머니즘과 한국 정신
—한승원의 『불의 딸』

샤머니즘은 '정신'인가? 아니면 단순한 넋인가? '정신'을 감각 아닌, 말하자면 이성적 능력에 의해 삶에 가치를 부여하는 인간의 힘이라고 이해할 때, 샤머니즘을 과연 어떻게 해석해야 타당할 것인지에 대해 우리의 결론은 유보를 면치 못할 것이다. 광복 이후 서구 문화의 폭발적인 도입이 행해지면서, 샤머니즘에 대한 해석은 한결같이 부정적인 방향에서만 이루어진 것이 사실이었다. 샤머니즘은 인간의 정신을 파괴하는 미신이라는 해석은 그중 가장 대표적인 것이라고 할 만하다. 그러나 최근에 와서 이 같은 해석은 상당한 도전을 만나고 있는 것으로 보인다. 서양 문화의 수용이 무분별하게 이루어지고 있다는 반성 아래 행해지고 있는 일련의 뿌리 찾기 움직임에 곁들여(혹은 앞장서서) 샤머니즘을 한국 정신의 원류로 보고자 하는 기운이 이즈음 활발해지고 있기 때문이다. 국문학과 민속학, 그리고 종교학의 분야에서 행해지고 있는 학문적인 노력과 일부 젊은 층에서 나타나고 있는 무교 신앙에 대한 민족적인 정열은 그 보기라고 할 수 있을 것이다.

그러나 과연 샤머니즘은 정신인가, 넋인가 하는 질문은 여전히 질문인 채 남는다. 한승원(韓勝源)의 역작 『불의 딸』은 나에게 그 질문을 더욱 강렬하게 환기시켜준다. 김동리 이후 이 문제를 처음으로, 보다 적극적으로 제시하고 있는 한승원의 이 소설은 그런 의미에서 소설 문학에서 나타난 가장 치열한 응답이라고 할 수 있다. 샤머니즘은 정신인가? 다만 넋인가? 한승원은 여기서 정신일 수도 있다는 매우 중요한 가설을 제기함으로써, 우리 소설의 취약한 뼈대인 한국인의 형이상학에 대담한 접근을 보여준다.

이 소설은 표면상 5편의 중편 연작의 형식을 갖고 있다. 「불배」「불곰」「불의 딸」「불의 아들」「불의 문(門)」이 그것들인데 이들은 벌써 그 제목에서부터 '불'이라는 공통된 중심 표상을 보여줌으로써, 이 작품이 지니는바 짙은 신화성을 강력히 드러낸다. 사실상 불은 한국 신화에서 뚜렷한 성격을 갖고 있지 않다. 알려지고 있는 한국 신화의 바탕에는 달이라든가 나무가 일종의 영매로서 자주 등장하고 있을 뿐, 불과 같은 격정적이며 동적인 표상은 거의 나타나지 않는다. 그것은 서양적인 연상대(聯想帶)와 오히려 연결되어 있다. 에로스의 원천으로서의 불, 창조적 에너지로서의 불. 그렇기 때문에 이 작가가 여기서 '불' 연작을 내어놓았을 때 그것은 다소 낯선 느낌을 준다. 그러나 소설을 읽어보면, 뜻밖에도 이 작가의 '불'은 우리의 전통적인 삶 속에서도 매우 자연스러운 자리를 갖고 있음을 알게 된다. 그 자리가 자연스럽다고 나는 말했는데, 보다 정확하게 말한다면, 그것은 이 작가가 하나의 중심 표상을 위해 그것을 그만큼 소설적으로 능숙하게 빚어놓았다고 해야 할 것이다. 어쨌든 이 '불'의 소설은, 기왕에 나타나지 않았던 '불'의 표상을, 한국인의 전통적인 정서의 틀과 연관 지어 신화적인 수준에 이르기까지 끌어올리는 데 솜씨를 보여준다.

전직 신문 기자이자 잡지사 편집장인 주인공이 30년 동안 연락을 끊고 살았던 의붓아버지를 찾아 남해안 고향을 찾아 떠나는 데서 출발하는 소설은, 그가 친아버지와 어머니의 정체를 알아내고 유골을 찾아내 합장을 한 뒤, 자신의 불구 아들을 잃고 아내와 기이한 정사를 벌이는 데서 끝난다. 그동안 주인공 사내는 의붓아버지 똘쇠를 통해 자기의 어머니가 무녀로서 숱한 남자를 편력했다는 사실을 알아내고, 마침내는 아버지까지도 무당 출신이었음을 알게 된다. 과정은 물론 간단치 않고, 그 간단치 않은 과정의 묘사에 소설은 그 대부분이 할애되어 있다. 「불배」에서는 멸치잡이 집어등을 켜고 있는 배의 불을 보면서 미쳐가는 주인공의 어머니에 대한 이야기가 나온다. 그 불은 주인공에게도 강렬한 기억으로 남아 있어, "열세 살 나던 해 초여름의 어느 날 밤에 보았던 바구니만 한 불덩이에 대한 생각은 나를 더 이상 서울 바닥에 머물러 있지 못하게" 하는 동기가 된다. 사실상 이때부터 주인공의 몸속에는 숨겨졌던 무당의 핏줄이 활발하게 다시 맥박치기 시작한 것이다. 보통 사람들에게 있어서는 다만 빛이나 열을 뜻할 뿐인 불에 대해서 소설의 주인공은 이미 각별한 느낌과 인식을 갖고 있었다. "꿈틀거리는 불을 바라다보고 있으면 불이 가슴 속으로 살갗 속으로 기어들어와서 간이나 심장이나 위장이나를 모두 녹여버리는 것 같았다"는 것이다. 이런 불은 소설에 등장하는 대부분의 인물들을 구성하는 원소적 기능을 하고 있다. 주인공의 어머니인 용례를 한때 데리고 살았던 의붓아버지 똘쇠만 하더라도, 그는 '불'에 의해 지배되고 있는 사내였다. 나루터의 배꾼인 그는 한꺼번에 몇 쌍둥이씩 딸만을 거듭 낳아서 나중엔 그 딸들을 그가 모두 데리고 살리라는 생각을 하고 있는 사람이며, 실제로 신령이 살고 있다는 가막섬에서 '신의 딸'을 범하고(작가는 이 장면을 "가막섬 속의 웅숭깊은 바위샘에다 그는 불비를 쏟아넣었다"고 쓰고 있다) 다시 거기서 낳은 딸을 아내로 데리고 살았던 것이다. 그 딸이 용례인데, 물론 그가, 용례가 자신의 딸인 줄 알았다는 이야기는 나오지 않는다. 그러나 여기서 우리는 개명한 사회에서는 좀처럼 만나기 힘든, 의미 깊은 우화를 만나면서 이 소설의 신화적 성격을 다시 확인하게 된다. 토마스 만의 『선택된 인간』에 나타나는 근친상간의 모티프가 연상되기도 하는데, 『선택된 인간』이 이중의 근친상간에 의한 아들이, 오랜 고행 끝에 구제되어 마침내 그레고리우스 교황의 자리에 오른다는 내용을 가진 것임에 비해, 여기서는 그들 모두가 비극적인 몰락으로 연결된다는 점이 사뭇 다르다. 말하자면 원죄와 원죄를 극복하려는 인간적인 노력의 크기를 말하려는 것에 『선택된 인간』의 뜻이 놓여 있다면, 『불의 딸』에서는 똘쇠나 용례의 행위에 대한 기본적인 가치 판단은 보류된 채, 그들을 그렇게 만들고 있는 힘의 성분에 대한 발견이 주요한 핵심을 이룬다. 따라서 똘쇠의 근친상간이나 용례의 남성 편력은 애당초 죄라는 카테고리와는 관계가 없는 곳에서 이루어진다. 죄는커녕, 근친상간과 남성 편력이 이루어지는 장면장면마다 등장하는 불의 신비스러운 힘은, 그 자체가 매우 현묘한 것으로 파악되고 있다. 샤머니즘에 대한 이 작가의 야심적인 이해 방법이라고 할 수 있겠다. 그가 생각하는 샤머니즘의 아름다움은 가령 다음과 같은 대목에서 잘 나타난다.

> 그러나 똘쇠는 서러웠다. 진달래가 산을 불태운 뒤, 철쭉이 피바다처럼 산등성이와 계곡을 홍수처럼 흘러도 서럽고, 마파람에 파도가 이는 보리밭의 검푸른 윤기를 보아도 눈물이 나오려 하고, 못자리할 텃논에 연분홍의 자운영꽃들이 한들거리는 것을 보아도 괜스레 억울하고 분한 생각이 주먹처럼 뭉쳐져서 뒹굴었다. 씨받이할 배추꽃밭에 벌들이 모여들고, 독새풀 무성한 들논에서 풀을 뜯는 어미소와 그 옆을 뛰어다니는 송아지를 보면서는, 돌팔매질을 하거나 불을 싸지르고 싶은 심술이 일었다.

흔히 자연의 예찬이나 자연과의 합일을 샤머니즘적 사고의 한 가닥이라고 한다면, 여기서는 그와 달리 자연 속으로의 돌입이 눈에 띈다. 그 같은 평화로운, 전원적 풍경을 즐기지 않고 왜 똘쇠는 돌팔매질을 하거나 불을 싸지르고 싶은 심술이 일어났을까. 그 원인을 우리는 대체로 두 가지 측면에서 생각할 수 있다. 하나는 자연 쪽이며, 다른 하나는 사람인 똘쇠 쪽이다. 자연 쪽에서 볼 때, 겉으로 드러난 현상적인 것을 부수고 본원적인 핵심으로 향하고자 하는 일종의 본질 추구적인 욕망이다. 이렇게 이해한다면 신화학 내지는 문화인류학적인 입장에서 불의 속성을 발견할 수 있을 것이다. 그러나 다른 하나의 입장, 즉 똘쇠 쪽에 어떤 종류의 심리적 혹은 사회적인 억압이 가해져 그로부터의 해방과 탈출이 "불을 싸지르고 싶은 심술"로 표현되었다면, 여기엔 차라리 종교 사회학적인 이해나 문학적인 해석이 보다 걸맞을는지 모른다. 물론 이 두 가지의 입장을 우리는 완전히 분리할 수는 없다. 특히 원시 사회 내지 원시적 집단의 생활양식으로 올라갈 경우, 거기에선 이 두 가지의 분리가 별 의미 없다는 것을 아주 자주 느끼게 된다. 실제로 이 소설에서도 이 두 가지는 작가가 의식했든 안 했든 간에, 함께 존재하고 있다. 가령 "말만큼씩 덩지가 크고 박꽃같이 얼굴이 흰 딸들한테 둘러싸인 스스로의 모습"을 그리는 똘쇠에게서, 우리는 자연의 깊은 바닥에 들어앉아 있는 한국인의 한 원형 의식을 보지만, 지주와 관리들의 행패에 견디어내지 못하고 시근덕거리며 그의 길을 백방으로 찾아 헤매는 똘쇠에게서는 사회적 억압의 매우 가까운 실례를 보지 않을 수 없다. 실상 우리의 샤머니즘은 우리 민족의 고난의 역사 속에서 이 두 개의 얼굴을 지녀왔다고도 할 수 있다.

한승원이, 샤머니즘이 고난의 역사 속에서도 민족의 혈기로 전통을 이어왔다고 보고자 하는 마음은, 주인공의 아버지가 무당의 신분으로 일제에 항거하는 보이지 않는 투사였다는 대목에서 매우 은밀히, 그러나 뚜렷하게 드러난다. 주인공이 한 번도 그 얼굴을 본 일이 없는, 어쩌면 어머니인 용례에게조차 희미한 한 기억이었을 뿐인 아버지는 서낭당을 헐고 무당집을 때려 부수면서 그 자리에 신사를 짓고 다닌 일본인들에 맞서 싸우다가 죽어간 무당이었다. 그는 전국을 돌아다니면서 굿을 하는 한편 신사를 습격하고 불 지르는 등 사실상의 독립운동을 했다. 작가는 그 아버지뿐 아니라 일제 시대에 적잖은 무당들이 이 같은 일제 항거 운동에 관련되어 있음을 말하고 있다. 사회적 억압과 샤머니즘의 성장이 매우 긴밀하게 연관되어 있다는 말일 것이다. 이런 생각은 기본적으로 이 작가의 샤머니즘 이해가 민족주의적인 정열에 기초하고 있음과 무관하지 않다. 그는 샤머니즘에 대한 그의 사랑이, 다음과 같은 심정에 토대를 두고 있음을 밝힌다.

> 한 민속학자가 귀뜸을 해 줌에 따라, 한 6개월 동안 우리 선조들이 섬기던 신들에 대한 기획 기사를 쓰면서, 그 학자와 무당들을 만나 이런저런 이야기

들을 나누곤 하다가 나는 몇 번이든지 혀를 깨물었다. 우리 선조들이 받들던 신들이야말로 가장 인간적이고, 나와 피가 통하는 신이라는 걸 알았다. 그 신 믿는 일을 미신이라 하고, 남의 신 받드는 행위만을 참하게 합리화하는 우리야말로 죽도록 남의 다리만 긁고 있는 사람들이라는 생각이 가슴 한 복판을 침질하곤 하였다. 이러한 생각들 때문에 나는 집안에서 더욱 외로와졌을 것이었다.

자신의 것은 소중하다. 비록 그것이 남 보기에 가치가 없고 남루한 것이라 하더라도 오직 '자신의 것'이라는 이유만으로 해서 소중하게 지켜져야 할 많은 것들이 있다. 오늘날 우리 현실의 혼란을 우리 자신의 종교나 사상이 결핍되었거나 부족한 데에 그 한 원인이 있는 것으로 본다면, 한국 정신으로서의 샤머니즘에 대한 깊은 이해와 사랑은 매우 중요한 뜻을 지닌다. 『불의 딸』은 이 방면에 내딛어진 커다란 발자국이다. 더구나 세계 창조의 신비한 힘과 인간의 원초적 에너지를 '불'이라는 공통된 표상을 통해서 연결하여 그 구조를 밝힘으로써, 샤머니즘의 구조를 역동적으로 파악하려는 힘찬 의욕을 감동적으로 제시하고 있다. 거기서 우리는 어두움 속에 묻혀온 우리들 삶의 벌거벗은 모습을 본다.

그러나 이 작가가 그 존재를 그토록 거북살스럽게 생각해온 기독교와 더불어, 그리고 그 밖에도 문제는 몇 가지 남는다. 가장 중요한 것은, 한승원이 앞서 "우리 선조들이 받들던 신들이야말로 가장 인간적"이라고 했는데, 과연 샤머니즘이 인간적이냐 하는 물음이다. 나로서는 이 질문 앞에서 이 소설은 아직 미완성이라고 할 수밖에 없다고 본다. 샤머니즘의 인간적인 성격을 그는 아직 보여주지 않고 있기 때문이다. 인간적이라고 한다면, 인간의 인간다움, 인간이기 때문에 인간만이 갖고 있다고 믿어지는 가능성과 그 크기를 보여주는 것이라야 할 것이다. 작가는 "이 땅이 막 생겨나던 옛날 옛적부터 우리들의 하늘을 지켜온 하느님, 땅을 지켜온 지신, 바다를 지켜온 용왕님, 아이를 낳게 해주는 삼신님들한테 그 창조의 공덕"은 있다고 말하는데, 그것을 모두 사실로 받아들인다고 해도, 샤머니즘의 인간적 성격은 충분히 해명되지 않는다. 그것은 인간 포용적일는지는 몰라도 인간적이지는 않다. 이 점은 『불의 딸』에서 그려지고 있는 기독교도 마찬가지다. 주인공의 아내와 장인 · 장모가 빠져 있는 기독교 또한 마찬가지다. 작가는 이들이 주 예수만을 내세우는 유일신 맹종을 하고 있다고 비판하는데, 엄격히 따지고 든다면 이 같은 기독교 사상은 이 땅에 와서 다분히 왜곡된, 어떻게 보면 샤머니즘적 색채를 지닌 기독교 이해라고도 할 수 있다. 따라서 이 소설에 나타나고 있는 샤머니즘과 기독교의 대립은, 샤머니즘과 기독교의 대립이라기보다 민족종교 지향적인 마음씨와 외래 사조 편승의 마음씨 사이에 일어나고 있는 불화며 갈등이라고 할 수 있다. 물론 이 땅에서 자라온 샤머니즘과 이 땅에 들어온 기독교의 모습이라는 점에서, 원래의 성격을 추구한다는 것은 관념적이며 그런 의미에서 무의미한 일일지도 모른다. 그러나 적어도 샤머니즘에 관한 한, 그것이 오늘의 한국인들에게 삶의 보다 인간적인 가치를 부여하는 '정신'이기 위해서는, 새로운 이해와 탐구가 행해져야 할 것이다. 그렇지 못할 때는 한국인의 생존 옆에 더불어 기숙해온 '넋'의 위치에서 샤머니즘은 크게 올라서지 못할 위험도 있다. 우리가 우리 자신의 것을 갖는다는 것은, 아무것이나 옛날에서 찾아내어 내세우는 것이 아니라, 미래 지향적으로 추구하는 가치를 포함해야 할 것이다.

『불의 딸』은 최근 내가 읽은 소설들 가운데 오랜만에 신선한 충격을 준 작품이다. 우리가 자신의 뿌리를 잊고 살아도 좋은지, 남이 좋다고 하면 무조건 따라다녀도 좋은지, 삶의 파토스와 로고스는 어떤 양태를 통해 맺어지는 것인지, 그리고 무엇보다도 바람직한 것에 대한 추구가 게을리되어서는 안 된다는 점을 새삼 일깨워준 작품이다.

(1983)

* 이 밖에 한승원에 관한 필자의 평론으로 「삶과 에로스, 또 죽음」(1991; 『문학, 그 영원한 모순과 더불어』), 「왜 여전히 신비주의인가」(1999; 『디지털 욕망과 문학의 현혹』)가 있다.

취락(聚落)의 와해와 저항
—이문구론

66년 「다갈라 불망비(不忘碑)」로 소설을 쓰기 시작한 이문구(李文求)는 장편 『장한몽(長恨夢)』, 단편소설집 『이 풍진 세상을』 『해벽(海壁)』 등을 그 동안 내놓음으로써 결코 적잖은 작품량을 과시한 작가로 평가되고 있다. 데뷔 시기로 볼 때 이른바 60년대 작가에 속하는 이 소설가는, 그러나 그 작품 세계의 전개에 있어서 60년대 작가들이 거의 공통적으로 함유하고 있는 세대적인 어떤 특징—나는 그것을 '개인의식의 성장'이라는 말로 자주 요약한 바 있다—과는 꽤 먼 거리에 놓여 있는 듯 판단되며, 그런 의미에서 퍽 특이한 존재처럼 나에게는 생각된다. 이 같은 단서는 물론 작가 이문구의 세계가 그 가치에 있어서 보다 우수하다거나 혹은 보다 보잘것없다는 식의 평가와는 무관하다. 그의 세계는 이를테면 김승옥(金承鈺)이 보여주는 감수성의 여린 떨림과 그 사회적 확산, 혹은 이청준(李淸俊)의 저 완강한 자의식과 같은 것을 체질적으로 내포하고 있는 편이 못 되고, 자기 주변의 숱한 사연을 부지런히 전달 진술하는 전형적인 이야기꾼의 그것을 방불케 한다. 그의 소설이 지니는 시점은 비록 삼인칭의 형태로 나타나는 것이라 하더라도 언제나 작가 자신의 깊숙한 개입이 느껴질 정도로, 작가 스스로에 의해 주인공이 조종되고 있는 감을 주는데, 바로 이 같은 기술적 설정이 그로서는 설정이라기보다 이미 하나의 체질이라는 점에서 주목된다. 말하자면 이문구의 소설은 각성된 자기 인식 위에서 수행되는 세계의 새로운 비판 작업이라기보다, 우리가 몸담고 살고 있는 현실 속에서 저절로 솟아오르는 체험의 목소리라는 말이 될 것 같다.

> 이렇게 마무리되는 일이 진정 내 주제에 어울리는 구색이란 말인가? 거듭 되새겨 봐도 이럴 법은 없을 것이었다. 몇 해나 지났을까. 〔……〕
>
> 그러나 이젠 모든 게 옛날얘기로 훗날 뒷말이나 하게끔 돼 버리고 말 게 틀림없으리라 싶다.
>
> "사포곶(沙浦串) 조 아무개가 이리 돼야 쓰것냐……. 이리 돼두 되느냔 말여."
>
> 조는 답답다 못해 군소리를 중얼거렸다. 그런 자의탄식을 해 보기 또한 얼마, 하나 아무리 그래 봤자 덧없는 일이었다. 모든 것—그가 하고자 별렀던 그 모든 것들이 물거품 깨지듯 사라져 버린 것을.

앞의 대목은 그의 「해벽」이라는 중편 속에서의 인용인데, 이 인용이 보여주는 바와 같이 이문구 소설의 현실과 체험은 이렇듯 실패에서 오는 좌절에 의해 유발되고 있다는 점을 우선 우리는 기억해둘 필요가 있다. 「해벽」의 주인공 조등만은 쉰다섯 살 된 촌로. 아직도 시골에 가면 얼마든지 만날 수 있는 그런 타입의 시골 사람이다. 그는 어려서부터 해지(海志)라고 할 정도의 큰 뜻을 품고 있었으나, 바다와 배에 얽매여 사는 그의 생활은 세월이 흐름에 따라 차츰 영락해버린 것이다. 마을에서 처음으로 동력선을 부리면서, 작으나마 그 지방 해운 개척에서 선구적인 몫을 담당했던 조등만의 좌절과 패배는 무엇을 의미하는가.

여기서 우리는 그 의미에 앞서서 그 경위에 먼저 관심을 가질 필요가 있다. 조등만은 비록 작은 어항이나마 향토 발전이라는 공적인 안목에서 온갖 힘을 기울여 수산고등학교를 세웠다. 그러나 이 학교 운영에 대한 주민들의 불만과 비난은 적잖았는데, 그 대부분이 경제적 부담 탓이었다. 많은 주민들이 영세 어민인 터에 어쩌면 당연할지도 모를 이러한 불만은 필경 이웃 간의 모함으로까지 발전한다. 그러나 조등만의 파멸을 초래한 결정적인 원인은 사포곶 자체의 몰락으로서, 그것은 어항 자체의 노후화, 어민들의 이향(離鄕) 현상, 그뿐만이 아니라 마을을 침식하는 이른바 도시의 물결, 문명의 바람에 따라 가속화된다. 특히 도시의 물결, 문명의 바람이란 이 소설의 경우 미군 부대의 마을 주둔과 밀접한 관계를 맺으면서, 파래·김·조갯살 따위에 그 세계를 바쳐온 폐쇄적인 한 작은 어촌을 붕괴시키는 역할을 한다. "사포곶을 떠나야겠어. 딸을 키울 수 있나, 아들이 배울 게 있나. 패가망신 허기 전에 떠나야 쓰겄잖여…… 예서 이러다가는 미국놈들허구 사돈 찾게 생겼다구—"라는 주민의 말은 이러한 정황을 단적으로 압축해 준다. 실제로 낯선 미군들에 의한 횡포도 발생, 며느리가 겁탈당한 일가가 생겨나며, 사포곶은 어느덧 가난하지만 그런대로 평화스러웠던 면모를 상실해버린다. 이러한 와중에 사포곶은 폐항의 운명 앞에 몰리게 되고, 조등만의 운명 역시 비슷한 처지로 떨어져버린다. 그러는 가운데 시세에 편승하는 모리배들도 발호하게 마련이었고, 마침내 조등만은 어협 조합장직에서도 쫓겨나는 신세가 된다. 게다가 엎친 데 덮친 격으로 그의 배까지 바다에서 유실, 생업조차 온데간데없어지는 파탄에 빠지게 된 것이다.

이렇듯 사포곶의 풍속이 달라지면 달라질수록 그의 삶은 피폐해갔으나, 마지막까지도 그는 바다에 대한 집념을 버릴 수 없었다. 사포곶의 번영이나 근대화에 대한 의욕은 무산되고 어부로서의 마지막 호구까지 한계에 도달했으나, 바다에서 태어나 바다에서 자란 바닷사람으로서의 운명에 대한 자각, 운명애(運命愛)는 더욱 치열하게 가열되었던 것이다. 요컨대 우리가 소설「해벽」에서 발견할 수 있는 것은, 첫째 가난으로 찌든 한국의 영세 농어촌 현실, 둘째 그로부터의 탈피 과정에서 파생되는 숱한 부작용, 그리고 마지막으로 이러한 사회 변동에 대처하는 주인공 인물의 전통적, 보수적 가치관이다.

이문구 소설 세계의 여러 가지 특징이 가장 잘 압축되어 있는「해벽」에서의 작품 전개 방식은 그 밖의 그의 소설 거의 모두에 편재해 있다.「그가 말했듯」의 주인공 나,「다가오는 소리」의 주인공 나,「그때는 옛날」의 주인공 됨말댁,「매화 옛 등걸」의 주인공 장신우,「덤으로 주고받기」의 주인공 신용갑 등은 이러한 관점에서 볼 때 거의 공통된 성격을 지니고 있음을 알 수 있다. 가령 이 같은 분석은, 농촌 사회의 현실과는 거의 무관한 소재를 다루고 있는「그가 말했듯」에서도 가능하다. 주인공 사내는 그의 애인이 다른 남자에게 결혼하기로 결정되었어도 이렇다 할 마음의 충격을 느끼지 않을 정도의 배포 좋은, 어떻게 보면 제법 진보적인 사상이 체질화된 듯한 사내로서 그녀가 결혼하기 전, 이른바 혼전 정사의 여행까지 감행한다. 그러나 이들이 여행의 목적지를 삼은 해인사에서 사내는 뜻밖에도 그의 중학교 때 은사를 만나게 되는데, 여기서 그는 동반한 애인 대신, 은사와 술을 퍼마시는 밤을 선택한다. 그것은 그녀와의 정사 시도 장면이 어린 중학생들에 의해 희롱당하게 되자 그들을 쫓아간 사내가 그들의 인솔자인 옛 스승을 만나게 됨으로써 이루어진 재회인데, 이 장면에서 사내는 그가 중학교 시절 마치 지금 그가 책하고 있는 중학생들과 마찬가지의 개구쟁이 짓을 했던 것을 연상한 것이다. 말하자면 사내는 곧 결혼을 함으로써 그의 곁을 떠날 애인과의 정사를 포기하고 추억과 회상에 의해 다시 나타난 자신의 옛 모습, 옛 시절로의 선택을 단행한 것이다. 그것은 하나의 윤리적인 결단인데, 그 과정에서 우리는 이 사내가 지닌 근본적인 가치관, 즉 보수에의 집념을 어렵지 않게 읽을 수 있다.

이문구 소설의 본령은 이따금 변화를 보여주는 소재 선택에도 불구하고 여전히 농어촌을 중심으로 한 취락 사회의 풍정(風情)과 인정에 집중되어 있다.「그때는 옛날」「매화 옛 등걸」「몽금포타령」「암소」 등등이 모두「해벽」과 함께 이런 세계를 보여주고 있는바, 이 세계는「그때는 옛날」에서 됨말댁이 중얼거리듯 "백성 일허구는 아무 상관 없는 게 나랏일이던개벼……"라는 말로써 그 중심이 표출된다. "세상에다 지은 죄랄 게 아무것도 없었건만, 세상은 무엇인가를 앙갚음하듯 그녀에겐 고생 보따리만을 바리로 실어다 부려준 셈"인, 그러한 현실 인식 위에서 이 작가의 주인공들은 불만과 한(恨)의 세월을 보내고 있다. 이러한 현실 인식이 독자에게 보수적인 가치관, 더 지나치게 혹평한다면 전근대적인 사회에 대한 맹목적인 지지로 비치게 된다는 것은 어쩌면 당연한 일일는지 모른다. 사실 그의 소설을 읽어보면 모든 대화를 일관해서 지배하고 있는 짙은 충청도 방언, 그리고 이따금 튀어나오는 한학(漢學)의 문자들이 완전히 지나가버린 세대를 반영해주고 있다는 점을 어렵잖게 간취할 수 있다. 뿐만 아니라 지문(地文)에 있어서도 이러한 토속적인 분위기의 조성은 젊은 작가 가운데 찾아보기 힘들 정도의 독보적인 문맥을 형성하고 있는데 이런 것들이 모두 우리의 전통 사회에 대한 애정의 소산임이 틀림없어 보인다. 그렇다면 그는 단순한 수구(守舊) 혹은 전통적인 것에 대한 사랑이라는 명제 앞에서 그의 보수적인 가치관을 어디쯤에 좌표케 하고 있는 것일까. 이 문제는 필경 이 작가의 작가적 능력과 핵심을 이루게 된다. 비단 소설뿐 아니라 시의 경우에 있어서도 짓눌린 한의 명제는 우리 문학의 전통 평가에 있어서 중요한 요소로서 거론되고 있는데, 이문구의 그것은 어떤 명제의 반영이 되는 것일까.

여기서 우리는 「그때는 옛날」에서 비교적 명쾌하게 부각된 그 성격을 중심으로 이 작가 보수성의 내용을 알아볼 수 있을 것 같다. 「그때는 옛날」의 주인공 뒴말댁은 오늘날도 시골에 가면 얼마든지 볼 수 있는 초로의 아낙네로서 가난한 살림에 아들·딸·며느리를 거느린 고 있는 평범한 여인이다. 말썽꾸러기 아들에게 없는 살림에서도 돈을 내주는 며느리와의 관계는 다른 고부 관계에서 볼 수 있는 불화가 깃들인 그것이고, 하나뿐인 처녀 딸에게는 애틋한 모정을 지니고 있는 한 사람의 필부인 여인이다. 그러나 세상 돌아가는 모습은 그렇지 않아서 그녀는 서울서 돌아온 딸에게 저녁밥을 해주려고 시장에 나갔다가 쌀을 사고 돈을 안 주고 돌아오는 순간 양심의 가책을 받은 나머지 되돌아가 돈을 내는데, 그때 그만 쌀자루를 잃어버린다. "양심과 인심으로 살아봤자 물 한 모금 얻어 마실 수 없는 세상이란 게

뼈가 저리도록 가슴을 스며드는" 체험을 얻게 된 것이다. 그녀는 중얼거린다. "두고 봐라 나도 인제버텀은…… 암, 양심? 쳇! 그때가 옛날이다." 그러나 결국 그녀의 마음은 그렇게 모질어지지 못한 채 가슴속의 한만 쌓여가는 것이다. 말하자면 한의 배후에는 남을 속이면서 악착같이 세상을 살아가기는커녕 남에게 속기나 하면서 항상 선량하게 세상을 살아가는 어진 마음이 숨어 있는 것이다.

확실히 이문구 소설의 주인공들은 어질고 착한 마음씨의 소유를 그 주요한 특징으로 하고 있다. 그들의 마음은 어찌나 착한지 「다가오는 소리」에서는 마치 이상(李箱)의 주인공이 그렇듯이 아내에 얹혀사는 무력한 사내로까지 표현되기도 하며, 「덤으로 주고받기」에서는 여자 하나 제대로 유혹할 줄 모르는 어수룩한 사내가 소개되기도 한다. 이토록 시세(時勢)에 민감하지 못하고 어수룩한 인간들을 중심으로 한 이 작가의 인물 설정 때문에 소설은 더욱 보수적인 인상을 주는 것이 사실이다. 때때로 그의 주인공들이 음험한 계략과 엉큼한 속셈을 가진 경우도 없지 않지만, 그들은 그의 소설 속에서 언제나 도덕적인 패배를 맛보게 마련이다. 엉큼하거나 간교한 인물의 등장은 따라서 그의 어질고 착한 주인공들을 돋보이게 하기 위한 구성상의 포석임이 분명한데, 바로 이 점을 깨닫게 된다면 이 작가의 보수지향이 단순한 운명론의 찬양이라든가 무지몽매한 토속 사회의 변호만은 아님을 동시에 깨닫게 된다. 얼핏 선과 악의 대비로까지 생각될 수 있는 두 가지 요소의 대비와 그 상호작용을 통해서 이 작가가 편들고 있는 시골·어리숙함·옛것 등등은 그러므로 이해관계에 약삭빠르고, 사람을 속이면서 날씬날씬하게 살아가는 것처럼 보이는 소위 근대화된 풍속 속의 인간과 사회에 대한 은밀한 비판인 것이다. 이문구의 소설이 소박한 시골 이야기를 벗어나 우리에게 부단한 반성을 요구하는 소설로서의 긴장을 획득하게 되는 원인은 여기에 있는 것으로 판단된다.

흔히 이문구의 소설은 읽기가 좀 힘들다는 비판이 있다. 나 역시 부분적으로 동의하는 이 같은 비판 역시 우연한 결과는 아니다. 그것은 이문구의 소설 공식 — 옛것, 어리숙한 것은 좋은 것이고, 새것, 날씬한 것은 나쁜 것이라는 — 이 갖는 최대의 단점 때문에 생겨나는 부산물과 같은 것으로서, 우선 그것은 그의 과거 지향성 때문에 유발된다. 그에게 있어서 지금은 비록 무력해 보이더라도 착한 마음씨의 소유자는 으레 괜찮은 과거를 가진 사람으로 등장하는바, 작가는 이에 대해 현재 묘사라는 방법 대신에 과거 서술이라는 방법을 택한다. "— 거였다" "— 것이었다"는 이야기 조의 종결 어미가 갖는 불편은 이와 밀접한 관계를 갖고 있음이 분명하다. 이 같은 불편 내지 난해함 이외에도 그의 소설은 현재의 수락 거부와 등장인물의 성격 발전 장애 때문에 소설이 거두어야 할 귀중한 가치를 잃어버리고 있는 느낌을 준다. 현실이란 변하게 마련인 것이고, 인간의 성격 역시 변화·성장을 겪는 것이라면, 그의 현실과 인물은 실제 현실의 격동에도 불구하고 그 자리에 고착화되어 있는 감이 있다. 따라서 그의 인물들이 현실과 맺는 관계란 처음부터 패배된 상태에서 출발하고 있어 인간과 상황의 대결, 그 극복이라는 문학의 기본적인 명제가 외면되고 있는 감마저 줄 때가 있다. 당연한 이야기가 되겠지만, 이로 인해서 그의 소설은 작가의 일방적인 요설에 의존하게 되는바, 그것은 과거 혹은 과거 지향적 서술 때문에 일어나는 불가피한 현상일는지 모른다. 과거도 언젠가는 현실이었으며, 현재 역시 곧 과거가 된다는 시간 인식, 그리고 인간의 성격이 언제나 착하다거나 언제나 모질다는 식의 인식이 불식될 때 이문구 소설은 좀더 힘 있는, 살아 있는 에너지로서 우리에게 감동을 줄 것이 분명하다. 왜냐하면 작가가 비록 현실 인식에 있어서 상대성을 결여하고 있다 하더라도 이 작가가 소설에 접근하는 기본적인 자세, 즉 선(善)이라는 명제는 어떠한 현실 변동에도 불구하고 결코 마멸되어서는 안 될 가치로서 지켜져야 하기 때문이다. 그렇게 될 때 취락 사회의 와해 현상에 대한 그의 저항은 한결 뜻있어 보일 것이다.

(1975)

모자 관계의 소외/동화의 구조
—김원일의 『마당깊은 집』

1

김원일의 『마당깊은 집』을 읽으면서 나는 어느덧 30년이 훨씬 넘는 시간 저쪽을 헤매고 있는 나를 찾아내었다. 그 시절, 그러니까 6월 25일 이후의 뜨겁고 지루했던 여름과 배고픔·무서움·어두움으로 점철된 그해 가을·겨울, 그리고 또 그다음 해 봄·여름…… 몇 해가 더 계속되었는지 불분명한 세월을 나는 앓고 지냈던 것이다. 가족과 헤어졌고, 엄청난 폭격을 피해 기었으며, 등가방 위에 작은 이불 보따리를 메고 정처 없는 산길을 걸었고, 낯선 곳에 쓰러져 잠을 잤고, 때로는 허기에 지쳐 밥통을 들고 구걸까지 나서야 했던 시간들, 달리는 기차의 짐칸에 대롱대롱 매어달리던 일, 충청도 옥천에선가 사흘을 굶고 외나무다리를 건너다 강물에 빠진 채 실신했다가 백사장에서 깨어났을 때 바라본 파란 하늘과 밝은 햇빛의 기억이 지금도 서럽게 다가온다. 그때 나는 혼자였다. 열 살에서 열한 살, 열두 살 즈음의 기억들이다. 그 가운데에는 부산 피난 시절의 것들이 꽤 많다. 신문 열 부를 옆구리에 끼고 "신문……" 소리를 내지 못해 하염없이 낯선 도시를 쏘다니기만 했던 일과 "신문……"을 부르는 소리를 쫓아 뛰다가 밤개천 아래로 추락한 일, 신문팔이 때문에 학교조차 결석하고 있는 사실이 알려져 급우들이 동정 사업에 나섰던 일마저 손에 닿을 듯한 가까운 시간으로 나타난다. 1952년 여름엔가 엄청난 폭우로 영주동 산기슭에 있던 종이집(판잣집도 못 되는, 군부대에서 나오는 두꺼운 종이 상자로 만들어진 집이었다)이 떠내려가던 캄캄한 새벽과 양담배를 받으러 부대에 갔을 때 흑인 병사가 총을 들고 위협하던 순간은 지금도 나를 열 살의 어린 가슴으로 되돌려놓고 한없이 떨리게 한다.

6·25전쟁이 우리 민족에게 준 상처는 무시무시한 것이었고, 우리 민족 개개인 누구 하나 그 상처로부터 자유로울 수 있는 사람은 없을 것이다. 내 연배의 사람들은 대체로 나와 비슷한 소년 체험을 했고, 그것은 부끄러울 것도 자랑스러울 것도 없는 역사의 한 장면이 되었다. 그 가운데에서도 굳이 나의 체험이 대단한 것이 될 수는 없다. 그러나 한때 나는 내가 겪은 아픔과 고통이 유독 다른 사람의 것보다 특이하고 대단한 것이 아니었을까 생각한 적이 있었다. 어린 마음이었을 것이다. 그 마음속에는 내가 죽을 고비를 여러 번 넘겼다는 신기함과 나의 비극이 우리 민족의 그것을 대변하는 어떤 상징 구조를 갖고 있다는, 어린 마음으로서는 다소 암팡진 구석이 숨어 있었다(실제로 나는 부산 남일 국민학교 6학년 시절, 『피난민의 설움』이라는 제목의 내 경험담을 프린트하여 책으로 내놓은 적이 있다). 그런 날카로운 생각의 각이 깎이기 시작하게 된 것은 언제부터인지 확실치 않다. 확실한 것이 있다면, 숱한 6·25 소설을 만나면서부터였다고 하는 편이 좋을 것 같다. 김원일도 그러한 만남의 한가운데에 있다(80년대에 와서 그가 쓴 소설들의 대부분은 6·25의 비극에 관한 것들이 아닌가. 『불의 제전』『겨울골짜기』『노을』『바람과 강』 등의 장편은 6·25 비극의 소설화에 대한 오랜 기대에 충분히 값하는 것들로서 이 작가를 서서히 대가의 모습으로 떠올려주고 있다). 말하자면 나는 6·25를 전후한 남북 이데올로기의 싸움과 전중·전후에 벌어진 국토 곳곳에서의 비참한 현실이 개인과 계층에 따라 특수한 양상으로 나타났을 뿐, 사실은 일반적인 현상이었음을 확인한 것이다.

그럼에도 불구하고 김원일의 6·25 문학은 나에게 강한 개인적 동질 연상을 불러주곤 한다. 아버지의 부재와 홀어머니의 고생으로 요약되는 그의 소설들의 공통 모티프가, 아마도 한때나마 비슷한 모양으로 소년 시절을 감금했던 나의 경우를 연상시킨 탓인지도 모르겠다. 좌우 지식인들의 대립과 월북/납북, 그로 인한 가정 결손과 소년들의 육체적 고통/정신적 방황은 이러한 상황 아래서 야기되는 공통의 현실이다. 오늘에 와서 6·25의 성격 규명과 분단 문제·통일 문제를 역사적 시각에서 바라보지 않을 수 없게 된 중년들이지만 6·25와 관련된 모든 이야기들은 그 자체가 우리의 소년 추억이 아닌가. 추억의 대상이 된 우리의 소년 시절은 그렇게 공포와 기아, 고통으로 가득찬 시간의 황야이다. 6·25를 직접 전쟁에 가담해서 치른 우리의 앞 세대와 간접 체험으로 전해 들은 우리의 뒤 세대—그 가운데에서 우리 세대는 헐벗은 고아의 모습으로 겁먹은 눈이 되어 방황해왔다. 많은 다른 소설가들이 6·25를 말하고 그리고 있으나, 김원일에게서 내가 본 6·25의 모습은 이 겁먹은 어린 두 눈이다. 그리고 그 두 눈은 곧 나의 두 눈이기도 하다. 전쟁의 한복판에서 집을 나간 채 다시는 돌아오지 않는 아버지, 홀로된 운명을 견뎌내면서 어린 장남에게 짐 지우기 훈련을 행해가는 어머니, 이 왜곡된 가정 구조의 기초 위에서 파악된 6·25는 성인들의 엄청난 파괴 연습이 아닐 수 없다. 이념도 도덕도 제도도 생존 방식도.

6·25의 포성은 더 이상 들리지 않지만, 6·25가 끝난 것은 아니다. 남북 분단으로 인해 발생한 비극은, 남북 분단 상태가 그대로 머무른 채 남아 있음으로 해서 여전히 현존한다. 이 비극의 현존성은, 그 당시의 열 살 소년이 오늘에 와서 40대 후반의 장년이 됨으로써 오히려 단단한 구조를 가시게 되었고, 추억 속에서 객관화된다. 김원일의 6·25는 그런 의미에서 정확성과 서정성을 동시에 갖고 있는데, 자신이 소년이 되어 되돌아본 그 시절은 더욱 그러하다. 그것은 내게 있어서 잊고 싶은 기억이었으나, 결코 잊을 수 없는 것임을 다시금 일깨워준다. 왜냐하면 6·25는 그 자체가 우리의 소년 시절이었으므로 6·25를 떠올린다는 것은 그러므로 자연스러운 우리의 추억이다. 『마당깊은 집』은 6·25 소설이며, 동시에 추억의 소설이다. 그런

의미에서 이 소설은 김원일의 다른 어떤 소설들보다 자전적이며, 김원일로서는 이제쯤 자신의 얼굴로 되돌아볼 때쯤 되었다는 대가스러운 문학 의식이 배어 있는 작품들이다. 방금 나는 대가스럽다는 표현을 했는데, 그것은 이 작가가 6·25 이후 50년대 초의 현실을 놀라운 기억으로 재생해내면서 치밀한 객관성을 확보해가는 한편, 다른 한편으로는 추억을 통한 소년의 시점을 시종 유지해나감으로써 풍성한 서정성을 얻고 있다는 점과 무관하지 않다. 말하자면 서정성과 객관성을 함께 획득하는 서정적 리얼리즘의 경지에 들어서고 있다는 것이 나의 생각으로서, 이 같은 생각은 물론 이들 작품에 대한 현실감을 동반하는 나의 감동으로부터 비롯된다.

그렇다, 한편의 소설이 서정성과 객관성을 아울러 지니고 있는 예를 나는 아직 많이 알지 못한다. 많은 소설들이 훌륭한 생각을 갖고 있으면서 그것을 그대로 나열함으로써 소박한 주제주의에 머물거나, 현란한 문체 속에 아름다운 환상을 꾸미면서 우리의 절실한 삶과의 관계를 외면하는 경우가 얼마나 많은가. 이 같은 문제는 문학의 올바른 길에 대한 논의가 격렬한 논쟁으로 옮겨져 가고 있는 오늘에도 여전히 크게 개선되지 않은 것으로 보인다. 아마도 그 한쪽에 대한 고집이 강하기 때문일 것이다. 그러나 문학은—진부한 표현을 계속 반복할 수밖에 없듯이—열려져 있는 정신이며, 열려 있다는 것은 여기서 높은 수준에서 주관과 객관을 그 몸 그대로 모두 받아들인다는 것을 의미하는 것이다. 그러므로 문학은 고집을 거부하고, 신념을 사양해야 한다. 형성되고 있는 그 어떤 것도, 과연 올바른 것인가 하는 점에 대해 끊임없이 반성해야 하며, 그것은 결국 자기 쇄신 또는 자기 경신으로 나타나야 한다. 김원일의 소설은 바로 그 점을 갖고 있다. 6·25를 말하면서도 이번에는 그 시점을 소년으로 옮기고 있으며, 소년 화자에게 작가 자신의 이른바 자기 동일성을 전폭적으로 떠맡기고 있다. 소년의 시점에 의해 관찰·파악된 정밀성이 객관성으로의 길을 열어놓고 있다면, 그것에 작가 자신을 거는 정서적 진술을 통해 높은 수준의 주관성이 살아나고 있는 것이다. 이것은 매우 드문 예로서 80년대 작가 중 임철우 같은 경우에서 비슷하게 확인되지만, 김원일의 경우에는 훨씬 고도의 사실성이 든든한 산문정신을 반영하고 있다고 하겠다.

2

『마당깊은 집』에서 소년의 시점에 의해 관찰·파악된 현실은 6·25 이후의 후방 현실이다. 고향 진영에서 남의 집에 얹혀 지내다가 대구로 와서 장관동 셋집에 있던 어머니·누이, 두 남동생과 합류한 소년 길남은, 그 시간부터 바로 주인집 이외에도 네 가구의 난민들과 함께 살아가게 된다. 그 네 가구는 i) 경기도 연백에서 피난 온 경기댁으로 식구는 셋이었으며; ii) 퇴역장교 상이군인으로 역시 식구는 셋이었고; iii) 평양에서 피난 온 평양댁으로 식구는 넷이었고; iv) 가까운 김천에서 내려온 김천댁은 아들만 데리고 있는 형편이었다. 그 밖에 소설에서 위채로 불리고 있는 주인집 식구는 모두 여덟 명으로서 '마당깊은 집'은 출신과 구성, 직업이 서로 다른 스물두 명으로 이루어진 하나의 사회이다. 소설은 우선 이 사회의 구성 요소 하나하나에 대한 정밀한 묘사를 행하면서, 소설 화자로 나타나는 소년의 시점에 포착된 인상을 적절히 배분한다. 여기서 「마당깊은 집」은, 이 작가가 그동안 끈질기게 추구해온 한국 전쟁의 이념적 허위성·허구성에 대한 고발과 짝을 이루면서, 그 비극이 작용하는 일상적 삶의 파탄과 왜곡의 드러냄이라는 기능을 발휘하고 있다 『불의 제전』『노을』『겨울골짜기』 등의 장편이 전자에 기울고 있다면, 이 작품은 후자에 붙어 있다. 그런 의미에서 전자가 남성적 6·25 문학이라면 후자는 여성적 6·25 문학이라고 할 수도 있을 것이며, 양자는 서로 감싸면서 김원일의 6·25 소설을 완성시켜가고 있는 셈이다. 『마당깊은 집』을 이렇게 이해할 때, 마당깊은 집은 하나의 상징성을 얻을 수도 있을지 모른다.

마당깊은 집에 사는 여섯 가구는 6·25 이후 대구·부산 등지에서 전개된 피난민의 삶을 우선 세태 묘사적으로 대변한다. 거기에는 피난민의 삶의 양태가 골고루 나와 있다. 경기댁의 딸 미선이 미군 부대에 근무하다가 미군과 결혼하고 도미하게 되는 일, 상이군인인 준호 아버지가 고무팔에 쇠갈고리를 달고 다니며 행상을 하는 일, 평양댁 아들 정태가 월북 미수로 체포된 일, 그리고 소년 길남의 어머니가 기생들 바느질 품팔이로 살아가는 일 등등은 모두 6·25 이후 피난민 생활의 단면을 압축적으로 반영하고 있는 것이다. 그 삶은 모두 전쟁으로 인해 불구가 된 삶이다. 얼핏 보아 이 같은 성격에서 제외된 삶의 모습으로 주인집 식구들을 들 수 있겠으나, 경제적으로만 궁핍에서 제외되었을 뿐(궁핍은커녕, 오히려 이른바 전쟁 경기로 치부를 했다) 불구의 삶 형태라는 점에서는 제외될 수 없다. 주인집은 가진 것이라고는 몸뚱이밖에 없는 피난민들에게 셋돈을 받아가면서, 자기 아들은 불법으로 미국으로 보내는, 6·25 이후 너무나도 많이 보아온 졸부들의 상처 난 정신 상태를 전형적으로 보여준다. 그들 부류는 한편에서 끼니가 간데없는 난민들이 신문팔이를 하며 밥을 훔쳐 먹기까지 하는 현실 속에서 자신들은 춤 파티를 열고 관리를 초청하는 등 완전히 비뚤어진 길을 걸어간다. 이들은 피난민들의 고생과 궁핍한 삶이 육체적·물질적 차원에서의 상처라면, 정신적인 차원에서 보다 깊은 내면적 상처를 입게 된 자들이다. 중요한 것은 이러한 상처들이 모여 우리 사회의 규범 자체에 큰 상처를 입히고, 이른바 전후 행태라고 할 수 있는 파행적인 삶의 질서를 재촉하게 되었다는 사실이다. 공사를 구별할 줄 모르는 관리들의 윤리, 뇌물의 성행, 도덕 감각의 마비, 법규의 자의적 운용, 배금주의·출세주의와 같은 타락한 사회 행태는 이즈음 급격히 팽배하면서, 그 이후 우리 사회의 지배적 분위기가 되어왔음을 부인하기 힘들 것이다. 말하자면 마당깊은 집에 온존하고 있는, 또는 서식하고 있다고 표현하는 편이 더 어울릴지 모르는 동물적/생존적 에토스는 전쟁이 야기하는, 불가피한 삶의 파괴된 모습으로서 문화적 가치가 끼어들 수 없는 어두운 공간을 형성하고 있다.

그러나 이상하다. 어두운 공간이라고 나는 말했지만, 마당깊은 집이 노상 어두운 것만은 아니다. 거기에는 밝다고까지 할 수는 없을지 모르나 따뜻한 온기가 숨어 있다. 서로 갈등을 일으키면서도 도와가는 피난민들의 훈기가 있고, 그 폐쇄된 공기에서 탈출하고자 하는 몸부림이 있고, 작은 에로티시즘을 바라보는 애정 어린 시선도 있다. 작가 김원일의 원숙을 느끼게 하는 이 같은 분위기는 냉전 체제의 종식이 강조되고, 전후 행태에서의 과감한 전환이 요구되는 오늘의 시점에서 볼 때 특히 감명스럽게 다가온다. 그것은 김원일의 6·25 문학이 전쟁의 허위성을 파헤치고, 이데올로기의 허구성을 비판하고, 전장의 참화를 설득력 있게 묘파하는 수준에 머물지 않고, 그 속에서도 결코 마멸하거나 쇠퇴하지 않는 인간성의 깊이를 증언하고자 하는 문학 정신을 실제로 구현하고 있음을 말해준다. 특히 길남을 신문팔이에서 신문 배달 소년으로 끌어주고, 그에게 따뜻한 격려를 아끼지 않았던 소년 한주의 존재는 이 소설에서 보석처럼 빛나는 대목을 차지한다.

> "보장하구 말구요. 제 말만 듣고 길남이를 한번 믿어 보세요." 한주가 자신 있게 대답했다. 그는 우리집에 와본 적도 없었고, 사실 나에 대해 아는 것이 별 없었다. 그런데 무엇을 믿고 그런 말을 하는지 알 수가 없었으나 그 말은 마치 따뜻한 물처럼 내 마음을 덥혀주었다.

길남은 뒤에 성장한 다음에도 한주를 잊지 못해 한주가 말한 "길남이를 믿어 보세요"라는 말과 "잠는 자에게 복이 있다"는 성경 구절의 소개를 기억한다고 고백한다. 남에 대한 신뢰와 성실성이 일종의 좌우명이 되었다는 이야기다. 한주는 비록 마당깊은 집에 속한 식구는 아니었으나 이 소설 전편을 통해, 깊은 마당에서 벗어나 높은 하늘을 바라볼 수 있는 받침돌 구실을 하고 있다. 그리하여 **마당깊은 집**은 마침내 헐리고 그 자리에 새로운 집이 지어지며, 6·25 전후 문학으로 여성적 문학의 기능을 담당하는 그 집의 상징 구조는 헐려진다.

그러나 이와 함께 주목해야 할 것은, 이 소설에서 소년의 어머니라는 또 다른 현실이다. 나로서는 이 점에 대해 오히려 각별한 관심을 갖고 싶다. 어머니가 소년 화자에게 어떤 현실로 인식되고 있는지 인용문을 들어 살펴보는 것도 좋을 것이다.

i) 고향 장터거리의 주막집에서 불목하니 노릇을 하며 어렵사리 국민학교를 졸업하자 선례 누나가 나를 데리러 왔다. 나는 누나를 따라 대구로 가는 기차를 탔다. 그때, 심한 차멀미 탓도 있겠지만, 내 신세가 팔려가는 망아지 꼴이었다. 왠지 어머니와 함께 살아갈 앞으로의 생활이 암담하게만 느껴졌다.

ii) 또한 철없는 여자들은 내가 듣기에 거북한 술집 세계 특유의 남녀 문제를 서슴없이 지껄여, 어머니가 내 눈치를 살필 때도 있었다. 멍충아, 이럴 땐 자리를 떠야지. 나는 어머니의 눈흘김을 그렇게 받아들이면서 슬그머니 밖으로 나와버리곤 했다.

iii) "무슨 심부름입니꺼?"
내가 묻자 어머니는 나를 빤히 바라보며 말씀했다.
"길남아, 내 말 잘 듣거라. 너는 이제 애비 없는 이 집안의 장자다. 가난하다는 기 무슨 죈지 그 하나 이유로 이 세상이 그런 사람한테 얼매나 야박한지 니도 알제? (……) 니는 위채에 사는 학생들과 처지가 다르다. (……) 니는 니대로 우짜든동 힘껏 노력해 볼 수밖에 더 있겠나. (……)"
어머니 목소리가 축축하게 젖기 시작했다. (……) 아직 마흔 살도 안 된 나이에 어머니는 벌써 노인티를 내고 있었다.

iv) "길남아, 비 오는 날이면 신문팔이도 쉬어라. 신문도 안 팔릴 텐데 고생이 너무 많구나." 어머니가 이런 말만 해주어도 나는 "괜찮심더, 할 때까지 열심히 해볼랍니더" 하고 대답하련만, 어머니는 오들오들 떨며 들어오는 나를 보고도 아무 말이 없었다.

v) 집으로 돌아온 나는, 한주란 동무의 소개로 신문 배달을 하게 되었다고 어머니에게 말했다.

"그래애? 아이구, 우리집에 경사났네. 잘 됐다. 니가 앞으로 월급을 받아오모 내가 그 돈으로 차곡차곡 계를 들어 내년 니 학자금으로 모아 주꾸마." 재봉틀을 돌리던 어머니는 내가 대구로 올라오고 처음으로 구김살 없이 활짝 웃었다.

vi) 나는 장가를 간 뒤에까지 때때로, 나는 다리 밑에서 주워온 자식이 아니면 아버지가 다른 여자로부터 나를 낳아 집으로 데려오지 않았을까 하는 혐의를 잠재적으로 가지고 있었다. 매질만 해도 어머니는 나에게 유독 극악을 떨었고 어렵고 힘든 일은 내게만 맡겼던 것이다. 나 혼자 진영에다 떨어뜨려둔 것도 그랬고, 대구로 올라왔으나 학교에도 보내주지 않고 신문팔이를 시킨 일도 따지고 보면 서럽지 않을 수 없었다.

vii) "(……) 길남아, 길은 오직 하나다. 니가 크야 한다. 질대같이 얼렁 커서 뜬뜬한 사내 구실을 해야 한다. 그래야 혼자 살아온 이 에미 과부 설움을 풀 수가 있다."

viii) 나는 순간적으로 이 기회야말로 집에서 나가버려야 한다고 결심했다. 어머니는 나를 보고 집을 떠나라고 말했고, 만약 그 말에 굴복하여 숫보내 회초리를 가지고 직수굿하게 방으로 들어온다면 전에 없는 가혹한 매타작이 있을 터였다. "뒈져라, 니 같은 종자는 밥만 축낼 뿐 살 필요가 읎다. 새끼 하나 전쟁통에 죽었다고 생각하모 그뿐, 내사 아무렇지도 않다!" 어머니는 이렇게 지청구를 떨며 삿매질을 해댄 끝에 내가 입에 거품을 물고 늘어질 때야 회초리를 거둘 게 분명했다.

ix) "가자. 집에 가자고."

어머니는 그 말만 하고는 앞장을 섰다. 손에 쥔 손수건으로 물코를 팽 풀고는 눈언저리를 닦는 어머니를 뒤에서 보며, 나는 역광장으로 따라 나섰다. (……) 어머니는 집에 도착될 때까지 한마디 말 없이 걷기만 했지 내가 따라오는가 어떤가 뒤돌아보지도 않았다.

앞의 인용문들은 어머니에 대한 소년의 느낌·생각, 그리고 어머니 자신의 말을 직접화법으로 옮긴 것들이지만, 이 소설에 있어서 중요한 내용을 구성하고 있다. 그것은 소년에게 있어서 6·25 이후의 생활, 즉 대구 장관동 시절의 생활이 i) 마당깊은 집을 중심으로 한 피난민들의 생활과 직접 연결되고 있으며; ii) 이와 함께 어머니를 매개로 해서 다시 연결되어 있으며; iii) 어머니 그 자체가 현실이 되고 있다는 복합 구조를 보여준다. 그중에서도 특히 중요한 것은 ii)와 iii)인데, 그 까닭은 이 현실이 작가 김원일의 6·25 소설 전반에 귀중한 심리적 모티프를 시사하고 있기 때문이다. 앞의 인용문들에서 나타나고 있듯이 소년의 어머니는 6·25로 인하여 남편과 생이별한 생과부로서 딸 하나와 아들 셋을 거느리고 살아가고 있다. 이 가운데 소설의 화자는 장남 길남이인데, 그는 가족과 떨어져 고향 진영의 남의 집에 있다가 뒤늦게 대구의 가족과 합류한다. 그러나 이 합가는 "왠지 어머니와 함께 살아갈 앞으로의 생활이 암담하게만 느껴지는 상태에서 출발하고 있으며, 그런 의미에서 화자는 이중의 고통 아래 놓이게 된다. 어머니는 딸인 누나도, 그리고 남동생들도 학교를 보내면서 화자인 소년, 즉 장남은 학교도 보내주지 않고 신문팔이를 시킨다. 온갖 심부름을 도맡아 시키며, 그 일이 힘들다는 호소도 묵살한다. 요컨대 비정스러운, 독한 어머니인데, 중요한 것은 그러한 면모가 특히 장남인 길남에게만 유독 편중되고 있다는 점이다. 왜 그럴까? 과연 길남의 짐작대로 '다리 밑에서' 데리고 온 아이였을까, 아니면 어떤 특별한 이유가 있었을까? 유독 자신에게만 증오·비정의 감정이 편재해 있었다고 서러워하는 소년 길남이에게 당시로서 그 이유가 석연치 않았던 것은 사실 당연한 일이었다. 어머니의 비정—독기라고 표현해도 좋을 단단함은, 혼자 남은 여성, 특히 전쟁터에서 혼자 남은 여성 특유의 생존 본능과 남편에 대한 원망, 그리고 장남을 향한 남편에의 대상(代償) 심리로 파악되기 때문이다. 그것은 좀처럼 허물어진 모습을 내보이지 않는 어머니가 인용문 vii)에서 보여준 것과 같은 설움에서 확인될 수 있다. 어머니는 자신의 설움을 단단하게 감추고 있으면서, 누구에겐가 기대어야 할 심리적 지주를 장남을 통해 발견했던 것이며, 어머니→장남으로 이어지는 관계에서 설움의 심리적 이행이 이루어지고 있는 것이다. 다시 말하면, 남편과의 생이별, 생활고에 의해 모질어진 어머니의 설움이 장남에게 그대로 옮겨감으로써 아직 어린 장남은 어머니와는 또 다른 의미에서 서러움을 키워갈 수밖에 없었던 것이다.

사실 이 소설에 나타나는 어머니와 장남의 관계는 여러모로 흥미롭다. 먼저 어머니의 경우 그녀는 남편의 실종으로 인해서 발생한 부재/결핍의 상황을 자기 폐쇄/자기 훈련으로 극복하고자 한다. 그러나 그것에 의해서만은 완전한 극복이 이루어지지 않는다. 그리하여 어머니는 그 의존의 대상으로 장남을 끌어들이고 장남에게 자신의 방법의 터득을 그대로 요구한다. 그럼으로써 비로소 어머니는 그 극복을 얻을 수 있는 것이다. 그러나 장남의 경우에 애당초 그것은 불가능한 일이었다. 소년에게도 아버지의 실종은 마찬가지로 부재/결핍이었으나, 그것이 극복의 대상으로 인식될 수는 없었다. 그에게 있어서 부재/결핍은 그대로 남아 있을 수밖에 없는 것이었다. 여기에 가해지는 어머니의 요구는 절실성/당위성으로 다가오지 않았으므로, 그러한 어머니의 존재 자체가 모성의 부재/결핍이라는 이중의 상황을 그에게 안겨준 것이다. 그러므로 아들은 이중의 억압을 의식하게 되고, 그로부터의 탈출이 가출이라는 형태로 나타난 것이다. 그러나 그 가출은 실패했고, 또 실패할 수밖에 없게 되어 있었다. 왜냐하면 심리적 저항에도 불구하고, 길남은 이미 어머니의 훈련 틀에 자신도 모르는 사이 어느 정도 길들어져 있었기 때문이다. 이것이 이 소설에 나오는 어머니와 장남 사이의 동화⇄소외의 구조라고 할 수 있다. 다시 말해 아들은 무의식적으로 동화되어 있으면서, 의식은 언제나 소외되어 있는 것이다 이 점을 명백히 하기 위해서는 중편 「깨끗한 몸」의 분석이 함께 이루어질 필요가 있다.

「깨끗한 몸」은 어머니가 장남 길남에게 그녀 스스로의 자기 훈련을 요구하고 그것을 그대로 실천함으로써 무의식적인 동화를 성공시키고 있는 장면을 잘 보여주고 있는 작품이다. 고향 진영으로 내려와 남의 집에 맡겨져 있는 아들을 대구에 살고 있는 어머니가 거의 정기적으로 찾아와 목욕을 시킨다. 남의 집에 혼자 얹혀사는 사내아이이므로 각별히 몸을 깨끗이 해야 한다는 그 이유는 납득할 만하다. 그러나 문제는 열 살이 넘은 큰 소년을, 소년 자신의 완강한 거부에도 불구하고 강제로 여탕에 끌고 간다는 점, 그리고 단순한 목욕이라고 하기에는 심할 정도의 고통스러운 때 밀기를 한다는 점 등에 있다. 요컨대 지나친 결벽증이라고 하는 편이 좋을 그녀의 목욕시키기는 순전히 몸을 깨끗이 한다는 측면과 더불어 정신적인 면을 함께 지니고 있는 것이다. 그 정신적인 면은 다시 정신을 깨끗이 한다는 점, 아들을 자신의 생각대로 훈련시킨다는 점으로 대별될 수 있다. "이마에서 코로, 코 밑으로, 뺨으로 숨 쉴 짬도 주지 않고 힘을 주어 문질러대면 내 얼굴판이 절로 뒤틀려졌다. 〔……〕 특히 비누칠한 수건으로 팔을 씻어줄 때는 수건으로 내 팔을 감싸 당신의 손아귀에 채워 뼈를 추려낼 듯이 밀어대어 어머니의 아귀힘이 얼마나 센지 뼈가 아렸다"는 표현 등에서 엿보이는 어머니의 강한 자아는 애비 없는 자식을 강하게 키우겠다는 모성의 슈퍼 에고적 성격을 여실히 보여준다. 이 단련 과정이 장남을 그런대로 동화시켰음은 짐작하기에 어렵지 않다. 그러나 설명→이해→동의의 과정이 생략된 동화는 그 내부에 저항을 담고 있으며, 결국 영원한 소외를 초래한다. 과연 어머니와 아들은 이 소설들 곳곳에서 묵묵히 단단한 모자 관계를 유지해가지만 그 관계의 회로에 따뜻한 피가 흐르는 기색은 없다. 그러나 바로 그 같은 억압→소외를 통해 예비된 힘이 작가 김원일을 보다 높은 인간애의 길로 끌어간다.

3

소설 화자와 작가의 동일화를 통해 말하고 있듯이 김원일이 어머니로부터 받은 영향은 적지 않아 보인다. 그의 성격을 가장 많이 반영하고 있는 것으로 보이는 문체에서 무엇보다 두드러지게 그 영향은 나타난다. 초기 작품을 지배하는 다소 건조한 문체, 80년대에 들어서서 자리 잡기 시작한 절제된 문체는 어머니와의 동화/소외를 거듭하면서 정착된 그의 문학적 기질일 것이다. 문학적 기질이라는 말을 나는 썼는데, 문학이란 이 경우 소외된 감정으로부터의 출구라는 점에서 이해되고, 그럼에도 불구하고 건조→절제로 나타나는 문체상의 특징은 기질과 관련될 것이다. 그리하여 그의 소설들은 끊임없이 이른바 리얼리즘을 지향한다. 적어도 85년에 내놓은 『바람과 강』 이전까지 이러한 노력은 계속된 것으로 보여진다. 그러나 어머니로부터의 영향이 가장 원숙하게 드러나기 시작한 것은 오히려 어머니의 영향을 가장 덜 받고 있는 것으로 여겨지는(혹은 어머니로부터의 영향에서 벗어난 것으로 생각되는) 최근의 작품들, 특히 『마당깊은 집』과 「깨끗한 몸」으로부터가 아닌가 판단된다. 앞서 남성적 6·25 문학이라고 부른 일련의 작품들이 어머니가 제시한 극기 훈련의 동화 과정에서 도출된 심리적 형상물과 관계되어 있다면, 최근작들은 그것을 전체적으로 극복하면서 종합적으로 객관화하는 단계에 이 작가가 도달했음을 의미하는 것이 아닐까. 그것은 작가가 더 이상 소외를 소외 상태로 방치하지 않고 자신의 것으로 끌어들이고 있음을 동시에 의미하는 것이기도 하다. 말하자면 작가에게 있어서 어쩔 수 없이 동화되어가던 측면과 끝끝내 소외로 남아 있던 측면이 함께 어울려 종합되는 국면이 최근작에서 벌어지고 있는 것이다. 김원일의 원숙성은 바로 이러한 능력으로의 발전에 대한 호칭 이외에 다른 아무것도 아니다. 소설 이론상으로 말한다면 종전의 리얼리즘은 보다 높은 단계의 서정성 혹은 주관성과 교통함으로써, 보다 진전된 세계 인식에 이를 수 있게 된 것이다.

김원일의 6·25 문학은 바야흐로 완성 단계에 다다르고 있는 느낌을 준다. 그러나 문학이 어떤 특정한 소재나 주제를 통해 일정한 성공을 거두었다고 해서 곧 완성되는 것은 아닐 것이다. 중요한 것은 그로부터 얻어진 능력과 확인된 문학 정신이 우리 삶의 다양한 전개 속에서 또다시 다양한 변주의 양식을 형성해나가는 일이다. 이렇게 볼 때 나로서는 『마당깊은 집』을 통해 작가가 고백한 그의 창작의 힘의 비밀이 그의 문학 전반에 보다 윤기 있는 활력으로서 작용하기를 기대하고 싶다. 이 세계는 아름답지만, 사람들이 살고 있는 이 세계가 언제나 아름다운 것만은 아니다. 사람들의 숨결이 닿고 손에 의해 만져짐으로써 세계는 도리어 끊임없이 아름다움을 훼손당하기도 한다. 작가가 보여주어야 할 것은 아름다운 세계도 아니고, 추한 인간도 아니다(물론 이렇게 도식화하는 것은 아니다). 작가는 그들의 운명적인 만남과 관계를 보여줌으로써 그 만남의 의미를 해석해야 한다. 그 둘 사이의 관계는, 그러나 대립과 증오로 이해될 것이 아니라, 부단한 길항 작용의 관계로 이해되어야 하리라는 것이 나의 생각이다. 작가 김원일이 토로하고 있는 소외와 동화의 관계 역시 길항 작용의 구조를 갖고 있다. 이 발견을 통하여 작가가 이 세계와 인간의 관계 속에서 참다운 그 본질을 끊임없이 보여준다면 좋겠다. 나 또한 고통스러운 동행자로서의 길을 감사한 마음으로 함께 걸어가고 싶다.

(1988)

* 이 밖에 김원일에 관한 필자의 평론으로 「불의 제전」(1983; 『문학과 정신의 힘』), 「못 깨닫는 기드온」(1993; 『사랑과 권력』), 「성장소설의 한국적 성취」(1994; 『사랑과 권력』), 「보석과 애벌레」(2000; 『디지털 욕망과 문학의 현혹』), 「신앙과 애정」(2000; 『디지털 욕망과 문학의 현혹』), 「육체의 소멸과 죽음의 상상력」(2004; 『근대 논의 이후의 문학』)이 있다.

소리와 새, 먼 곳을 오가다
—윤후명의 소설

새가 온 들을 채어 쥐고
한 기운으로 푸드드득 오를 때
활짝 당겨 개이는 먼오금
숲과 들을 벗어나 휘달려
그는 죽음의 사랑에 접근한다
—시 「명궁(名弓)」에서

1

윤후명의 소설은 공간적으로는 먼 서역, 시간적으로는 저 역사의 시원을 향한 그리움의 소산이다. 이 그리움을 바탕으로 그는 꿈을 꾼다. 꿈은 현실이 아니므로 현실적 질서를 반드시 필요로 하지는 않는다. 그의 소설이 과거와 현재, 꿈과 현실, 신화와 역사 등이 착종하고 얽히면서 형성되고 있음으로 다소 난해한 진행을 보이고 있는 것은 이 까닭이다. 또 그는 왜 자꾸지 먼 로울란이나 둔황, 그 사막과 폐허의 땅으로 가려고 하는가. 또 그는 왜 봉산탈춤을 비롯한 탈놀이, 고조선의 공후인, 처용의 세계와 복희씨/여와씨의 중국 신화에 그토록 집착하는가. 무엇이 이 같은 동경과 열망을 만들고 있는가. 여행소설도 역사소설도 아니면서 이것들이 어우러져 기묘한 몽유 공간을 이루고 있는 윤후명 문학은 매우 특이한 향기를 뿜는다.

1983년 『돈황(敦煌)의 사랑』을 출간한 이후 윤후명은 『부활하는 새』(1986), 『원숭이는 없다』(1989), 『오늘은 내일의 젊은 날』(1996), 『귤』

(1996), 『여우 사냥』(1997), 『가장 멀리 있는 나』(2001), 『둔황의 사랑』(2005), 『새의 말을 듣다』(2007) 등 아홉 권의 소설집과 『별까지 우리가』(1990), 『약속 없는 세대』(1990), 『협궤열차』(1992), 『삼국유사 읽는 호텔』(2005) 등 네 권의 장편소설을 출간했다. 거의 모든 작가가 그러하듯이 윤후명 역시 20년이 훨씬 넘는 이러한 작품 활동을 통하여 피상적 변모 속에서도 오히려 변하지 않는 자기 세계를 확인하고 강화해왔다. 기묘한 몽유 공간이라고 앞서 지적한 그 세계는 그의 초기작에서부터 최근작에 이르기까지 발전하며 성숙한다. 가령 초기작 「귀」의 일부를 인용해보자.

> 귀에 생각이 미치자 그 방이 떠올랐다. 낮에 열차를 타고 오면서도 나는 예전의 그 방을 떠올렸었다. 그때 작은 서향 창으로 오후의 햇살이 비쳐 들어와 그 방을 비현실적으로 보이게 하던 것도 아울러 떠올랐다. 그때의 그 느낌만은 언제나 환등기에 비춰보듯이 어두운 뇌리에 환하게 비춰졌다. 그것은 이승의 방 같지 않았다. 하지만 이승이 아니라고 해서 그렇다면 저승이란 말인가. 그것도 아니었다. 그것은 먼 어떤 세상의 그것이었다. 아무도 모를 유배지의 바닷가, 그 벼랑의 아늑한 동굴 속. 나는 마치 어릴 적에 낮잠을 자고 일어나 문득 다가오는 감정, 서럽고도 외롭고도 감미로운 이상한 세상에 외홀로 떨어져 있는 그런 감정에 사로잡혀 있었다.
>
> —『원숭이는 없다』(p. 109)

여기서 먼저 주목해야 할 부분은 짧은 지문 가운데에서 무려 세 번이나 나타나는 '떠오르다'라는 동사이다. 이 '떠오르다'는 어떤 사물의 객관적 표현이 아닌, 소설의 화자인 '나'에게 생각이 떠올랐다는 의미로 쓰인다. 이것은 지문의 진행이 과거의 어떤 사실에 대한 기억으로 이루어지고 있음을 보여준다. "소설이 행동이라면 시는 기억"이라는 장르의 오래된 관습을 적용한다면, 이 지문은 소설 아닌 시로서의 특징을 지녔다고도 할 수 있고, 원래 시인으로 출발한 작가의 체질을 함께 고려할 수도 있을 것이다. 그러나 이 작품은 소설이다. 이 사실의 인정과 더불어, 그러나 우리는 윤후명이 기억에 바탕을 두는 과거 지향성을 지니고 있는 작가라는 점을 인식하게 된다. 그리고 이 사실은 그가 뒤이어 발표한 거의 모든 소설을 관류하는 특징의 확인으로 이어진다.

기억을 통해 도달하는 그의 과거는 일정치 않다. 다만 분명한 것은, 그의 기억이 개인적인 체험에만 관련된 것은 아니라는 점이다. 그의 기억은 훨씬 역사적인 것이어서, 왜 그와 같은 과거의 역사에 그가 관심을 갖고 있는지 궁금할 정도다. 그다음에 눈길을 끄는 대목은, 멀쩡한 방이 이승 같지도 않고 저승 같지도 않은, 먼 어떤 세상의 방처럼 느껴지게 하는 몽환의식이다. 이 몽환의식은 윤후명 소설의 중심 심리이자 주제로 발전하는 중요한 사항이다. 이 의식으로 인하여 소설은 때로 몇 가지 이야기가 엇박자로 헷갈리는 느낌마저 주면서 현실과 꿈, 현재와 과거를 직조해나간다. 이 의식을 작가는 감정이라는 말로 표현하는데, 그 감정은 "서럽고도 외롭고도 감미롭다". 말하자면 작가는 비애와 고독을 즐기고 있는 것이다. 이러한 즐김은 비애와 고독이 먼저 존재하고 그것을 즉물적으로 즐기는 모습으로 나타나기도 하지만, 중립적인 사물이나 현상을 서럽고 외로운 것으로 받아들이기 일쑤인 감정의 관습을 일컫기도 한다. 탈감정적인 사물이 슬픈 감정의 옷을 입고 나타나는 것이다. 그러나 그 감정의 심연을 들여다보면, 거기에 매복해 있는 과거의 상처, 공포, 두려움을 발견하게 된다. 예컨대 협궤열차가 오지 않는 늦은 저녁, 역 부근에서 울리는 전화벨 소리 하나에 작가의 연상은 비애감을 지나 절망감으로 치닫는다.

열차는 오지 않으니 기다리지 마십시오…… 급히 알려주는 전화 같았다. 여러분은 지금 위험한 지경에 빠졌습니다……라고 말하려는 것일까. 그 지역은 이미 적의 수중에 떨어졌습니다…… 낙동강 지역에서 치열한 전투가, 아뿔싸, 소장마저 적의 포로로! 채병덕 장군님! …… 구상은 이중섭을 배에 태워 일본으로 보내주었습니다…… 어둠 속에서 울리는 모든 소리는 비상

시의 소리처럼 들렸다. 어둠 전체가 열차가 오는 길을 차단하고 완강하게 저항하고 있는 것만 같았다.

—『원숭이는 없다』(pp. 122~23)

소설 「귀」의 내용 일부인데, 주인공 화자는 거의 모든 작품에서 이처럼 절망감을 드러내고 있다. 외부의 작은 사건은 물론, 사건이라고 할 수 없는 무시무시한 사물이나 현상에서도 서럽고 외로운 느낌을 받으며, 이 느낌은 곧 절망감으로 연결되곤 한다. 특히 중기작이라고 할 수 있는 『귤』 『여우 사냥』까지 이어지는 이러한 절망감은 대체 어디에서 오는 것일까. 단편 「귀」는 여기에 소중한 단서를 제공한다. 그것은 작가가 유년 시절에 맞은 저 6·25 체험의 공포와 관계된다. 윤후명 소설의 근본 동기를 형성하는 6·25 체험은 치열한 전쟁, 부친의 죽음, 어머니 사랑의 실종과 가족의 해체라는 아픔 속에서 고독과 비애의 실존적 비극으로 성장한다. 오지 않는 열차를, 한때 사귀었던, 그러나 지금은 다른 사람의 아내가 된 사람과 함께 기다리고 있는 기묘한 상황 속에서 암울한 마음의 주인공은 물론 작가 윤후명의 모습일 것이다. 비애와 고독으로 받아들여진 그녀의 방에는 조각에서 떨어져 나온 귀가 있었고, 그 모든 분위기는 불길한 예감으로 작용하며, 그대로 적중한다. 그러나 이 소설의 끝부분에 이르면 "먼 데서 실낱같이 가늘게 잘가닥잘가닥 바퀴에 레일 밟히는 소리가 들려"온다. 열차가 오는 소리이다. 작가는 "아무리 먼 소리라도 청력이 좋은 나는 잘 분별하여 알아들을 수 있었다"고 쓰고 있는데, 여기에 윤후명이 세계와 맺고 있는 관계, 혹은 구원의 방법론이 숨어 있다. 즉 그는 자신을 둘러싸고 있는 고독과 비애의 상황을 그 자신의 힘으로 능동적으로 극복하거나 개척하는 것 대신, '먼 데서 오는 소리'를 통하여 위로받는 것이다. 이때 '먼 데'와 '소리'는 함께 나타나기도 하며, 각각의 모습으로 작용하기도 한다. 양자는 대부분의 경우 별도의 방법론으로 움직인다. 예컨대 저 먼 서역, 가령 중국의 변방 둔황을 향한 그리움과 여행은 '먼 데'의 구체적 실현이며, 최근작 『새의 말을 듣다』를 비롯, 그의 작품 도처에 편재해 있는 '듣다'와 '소리'의 출몰은, 바로 이 '소리'의 구체적 양태들이다. 비애와 고독으로 가득 찬 는개와 같은 공기의 윤후명 소설이 '먼 데'와 '소리'를 통해 구원으로 옮겨가는 길은 소중하지만, 멀다.

2

『둔황의 사랑』은 윤후명의 대표작이다. 「둔황의 사랑」 「로울란의 사랑」 「사랑의 돌사자」 「사막의 여자」 등 네 편의 중편들이 수록된 이 작품집은 1983년 『돈황의 사랑』으로 출간된 이후 2005년 다시 『둔황의 사랑』이라는 이름으로 나왔는데, 제목을 중국식 발음(돈황→둔황〔敦煌〕)으로 바꾸고 수록 작품에 변화를 주었다는 사실 이외에도 약간의 변모가 눈에 띈다. 그 변모를 작가 자신의 설명에 의해 좇아가보면 이렇다.

> 비단길, 실크로드. 〔……〕 하지만 내가 1982년에 그 길의 중심 유적지인 둔황을 끌어들여 소설을 쓴 뒤 한 시절이 지나가기까지도 우리에게는 낯선, 미지의 이름이었다. 〔……〕 그곳에 가보지도 못한 채 나 역시 갈망 속에서 둔황에 관한 이야기를 쓰지 않을 수 없었다. 〔……〕 그러나 나는 비단길과 이어지는 우리의 정체성을 어떻게든 되살려놓고 싶어서 안달이 났었다. 〔……〕 그곳이 어디인가. 둔황은 중국 서역의 오아시스 도시로서, 실크로드에서 가장 융성했던 곳이다. 〔……〕 그러니까 이 소설은 우리와 세계를 필연으로 이으려는 노력 아래 쓰기 시작한 것이었다. 그것은 내가 세계를 받아들이는 한편, 나타내는 통로였다. 〔……〕
>
> 소설가가 되고 나서 나는 지금까지 궁극적으로 이 세계를 벗어나본 적이 없다. 그러므로 소설을 쓰는 근본이 여기에 있다고 말할 수밖에 없다. 〔……〕 소설 「돈황의 사랑」을 씀으로써 나는 본래 시인으로 시작한 문학적 행로를 소설가로서 다시 연 이래, 비로소 내가 나아갈 자리를 찾기 시작했다

고 해야 한다.

—『둔황의 사랑』(pp. 271~73)

돈황에서 둔황으로의 바뀜에서 발견되는 가장 큰 변화는 작가가 현지를 머릿속에서만 그려보고 소설을 썼다는 사실이, 실제 현지 답사에 의해 씌어졌다는 사실로 바뀌었다는 점이다. 그러나 관념→현실로의 변화 이외에도, '둔황'은 작가 스스로 이 작품을 자신의 대표작으로 공언하고 있다는 점에서 주목된다. 무엇보다 '둔황 시리즈'가 한데 묶인 『둔황의 사랑』은 폐허의식과 사랑을 묶어 발화시키고 있다는 점에서 윤후명 문학의 주제와 직결된다. 그는 하필이면 이 삭막한 땅 둔황에서 사랑을 찾고, 그것을 의미화하려고 하는가. 작가 자신의 그 같은 의도는 과연 정당한 것이며, 타당한 방법으로 구현되고 있는가. 또 그의 많은 다른 작품들과 자연스러운 관련성을 맺고 있는가. 연작 형태가 된 『둔황의 사랑』 속 네 편의 작품을 통시적으로 관류하고 있는 흐름은 사랑이다. 그러나 주제적으로 강조되고 있는 사랑은 중요하지 않다. 보다 중요한 것은 무엇이 그것을 배태하고 있으며, 어떻게 그것이 형성되고 있는가 하는 문제일 터인데, 여기서 주목되는 점은 뜬금없게도 '사자' 모티프이다. 작가는 한국에서는 볼 수도 없는 사자에 집착하는 이상한 편집을 나타내는데, 그것은 놀랍게도 소설의 모티프로 발전한다. 일인칭 화자에 의해 작가 스스로의 얼굴을 즐겨 공개하고 있는 윤후명은 일찍이 사자를 만난다. 일찍 작고한 아버지를 대신하여 그를 돌보아준 작은 아버지의 고향 북청에서 사자놀이를 통해 사자를 본 것이다. 그 사자는 물론 사람들이 만든 사자였으나, 어린 작가의 눈에는 이미 친밀한 동물/사물이 된 것이다. 그 사자놀이가 바로 서역, 즉 둔황 쪽에서 전래된 것이었다. 탈춤과 함께 연희되는 사자놀이에서 작가는 이미 어린 시절 슬픔을 느꼈다고 고백하고 있는데, 그 이유로 상 자체가 슬프게 그려져 있다는 사실과 더불어 익명성(모두 '가면' 아닌가!)이 지적된다.

담배 연기를 허파꽈리 속에 깊숙이 들이마시며 이리저리 생각을 굴리고 있는데 뜻하지 않게 사자가 떠올랐다. 먹중들 사이에서 슬프게 오락가락하는 사자였다. 그렇다. 그런 사자가 둔황의 벽화에도 그려져 있었다.

—『둔황의 사랑』(p. 41)

사자는 어린 시절 작가의 상상력을 인생에 대한 슬픔으로 자리 매김시킨 모티프였고, 성장해서는 서역으로 가는 이미지의 모태였다. 그는 사자춤을 추는 혜초를 생각했고, 춤을 추면서도 고독을 감추고 있는 모습으로 늘 사자를 각인시켜왔다. 비애와 고독 속에서도 멀리서 다가오는 열차 소리를 듣는 작가는 사자에게 이제 도착한 열차의 모습을 오버랩시킨다. 그리하여 사자는 비록 고독하지만 먼 곳을 달리는(어슬렁거리는) 열차가 되고, 작가가 된다.

달밤이다. 먼 달빛의 사막으로 사자 한 마리가 가고 있다. 무거운 몸뚱어리를 이끌고 사구(沙丘)를 소리 없이 오르내린다. 매우 느린 걸음이다. 쉬르르 쉬르르. 둔황 명사산의 모래가 미끄러지는 소리인가. [……] 사막의 한복판에 사자의 그림자만 느릿느릿 느릿느릿 움직이고 있다. [……] 아득한 시간이 사막처럼 드러나고 그 가운데서도 사자는 하염없이 걷고 있다. [……] 가도 가도 끝없는 허공을 사자는 묵묵히 걷고 있다. 발을 옮길 때마다 모래 소리가 들린다. 달빛에 쓸리는 모래 소리인가. 시간에 쓸리는 모래 소리인가. 아니면 서역 삼만 리를 아득히 울어온 공후 소리인가.

—『둔황의 사랑』(p. 118)

사자는 과거와 역사를 돌아보는 작가가 가장 구체적으로 표상하고 있는 엄중한 사물이다. 윤후명은 서럽고 외롭다는 감정을 간단없이 고백하고 있지만, 다른 한편으로는 석굴암에 가고 싶은 열정을 표출하는 등 이상 취향을 드러낸다. 그러나 그것은 이상 취향이 아니다. 그의 주인공들은 고독 속에서 슬픔만을 반추하는 인물로 투영되지 않고, 이른바 문화 예술의 원류로서의 역사적 문물에 대한 깊은 관심을 나타내는데, 그 과정에서 발견된 '춤추는 사자'는 봉산탈춤, 강령탈춤 속의 그것으로서, 작가는 거기서 사자, 혹은 역사 속의 어떤 인물과의 동일화를 끊임없이 추구한다. 실제로 『둔황의 사랑』의 내용을 구성하는 것은 그 대부분이 역사 이야기이다. 연극의 소재로서 거론되는 정약전의 물고기 책, 고려시대 원나라 유학생의 행태, 나폴레옹의 모노드라마 등 서로 연관도 없는 비체계적인 역사 자료와 담론들이 들락날락한다. 둔황의 막고굴에서 혜초의 『왕오천축국전』이 발견되었다는 사실, 그 석굴 속에 약차와 사자, 천불과 비천의 상들이 있다는 사실의 소개 이외에도 소설에는 탈춤에 관한 지식이 상세하게 나온다. 예컨대 붉은 원동에 녹색 소매를 단 더그레에 붉은 바지를 입고 방울을 짤랑이는 취발이, 이 취발이 탈에는 혹이 일곱 개가 돋아 있으며, 소무(小巫)를 유혹해서 차지한다는 등 작은 에피소드라고만 보기 힘든 역사적 삽화가 많이 끼여 있다. 결국 그것들은 모두 서역, 즉 둔황을 중심으로 한 지역과 깊은 관계가 있는 것들이었다. 고대의 공후가 서역에서 온 악기이며, 사자놀이 역시 서역 땅에서 온 것이라는 사실은 대표적인 증빙이다. 우리 탈춤에 어떻게 사자가 등장할 수 있었을까 하는 경이로움으로 사자놀이를 바라보았던 작가는 처음에 혼란을 느끼지만, 이것을 다시 "이질성의 놀라운 친화력"(『둔황의 사랑』, p. 41)이라고 표현함으로써 그것과 동화된다. 그 이후 사자는 작가와 동일화의 과정을 거치면서 소설의 진짜 주인공이 된다. 가령 다음 순서를 보자.

1) "사자춤이었어. 갈기를 날리면서 추는 사자춤. 그러니까 내가 춘 게 아니지. 사자가 춘 거야. 난 구경을 하구 있었지."

2) 비록 쇠침대에 누워 사자춤을 꾸지는 않았다손 치더라도 나는 오랜 세월 춤추는 사자에 대한 꿈을 꾸어왔던 것이었다.

3) "이기 뉘기요? 북청 아즈바이 앙이오?"

사자는 말을 마치자마자 어느 결에 가죽을 훌훌 벗어 던졌다.

"참말 긴 하루였소. 이리 오래 춤추기두 아마 처음이지비?"

목구멍에 모래가 잔뜩 엉겨 붙은 쉰 목소리였다. 그러나 나는 그 목소리가 누구의 목소리인지 짐작할 수 있었다. 그것은 내 목소리였다.

—『둔황의 사랑』(p. 109, 116, 119)

작가는 꿈속에서, 또 둔황에서, 어린 시절 북청 사자놀이의 사자가 된다. 그 사자는 마침내 '사랑의 돌사자'가 되는데, 작가는 이를 가리켜 "돌사자의 생명은 영원한 생명"이라고 의미를 부여한다. 사자빈신사(獅子頻迅寺)에서 사자 네 마리가 받치고 있는 석탑을 바라보면서 그는 둔황의 사자를 연상하고 사랑을 느낀다. 매우 독특한 사랑의 회로이며, 인식 방법이다. 이와 관련하여 윤후명은 매우 주목할 만한 발언을 한다.

돌사자들은 서울의 거리에도 살아 숨 쉬고 있다. 이 사실을 모르는 한 우리의 사랑도 헛된 장난에 지나지 않는다. 진실한 사랑에는 무엇보다도 생명이 중요한 것이며, 그것은 사자의 저 움직임, 나아가서는 몇십억 년을 기다려야 한다는 빛나는 미륵 세상까지도 연결되는 것이다. 그렇지 않고서야 사랑은 완성되지 않는다.

—『둔황의 사랑』(pp. 237~38)

생명 없는 돌사자, 혹은 굴속의 사자상이나 탈춤 속의 사자와 같은 무생물이 어떻게 사랑의 표상이 될 수 있을까. 윤후명 소설의 환상적 공간은 이 부분에서 심한 이해의 장애와 만나게 된다. 이를 이해하기 위해서는 그의 작품 전반에 관한 섭렵이 필요하다. 그중 우선 같은 책에 수록된 소설 「사막의 여자」 끝부분을 읽어본다.

그러므로, 사랑한다는 것은 자기 자신의 존재를 확인하는 일에서부터 출발한다. 엄청난 침묵, 위대한 고독, 끝없는 절대 속에서 태어나는 기도가 그 길을 열 수 있을 것이었다. 그리하여, 나는 이 세상의 모든 둔황, 모든 로울란을 거쳐, 그 찬란한 폐허를 거쳐, 하나의 탑을 내 존재 위에 세울 것이었다.

—『둔황의 사랑』(p. 270)

위의 인용 부분은 세 가지를 말해준다. 첫째는 자기 존재의 확인인데, 「사막의 여자」에서 주인공은 낙타의 똥오줌 냄새를 맡으며, 정말로 사막 한가운데 '있음'을 절감한다. 둘째는 기도인데, 그것은 침묵과 고독, 절대 인내를 통해 이루어진다. 모든 탑들이 하늘을 향해 기도한다는 생각은 이렇게 생겨난다. 셋째는, 바로 이 존재를 절감하면서 행하는 기도에서 사랑이 비롯된다는 것이다. 그러므로 고독, 침묵, 인내를 거치면서 기도 위에 기초하지 않는 사랑은 사랑이 아니라는 논리가 형성된다. 탑과 사자가 그것인데, 그것은 결국 '찬란한 폐허'의 동의어일 수밖에 없다. 작가는 그 탑을 세우려고 한다.

3

결국 윤후명의 사랑은 폐허의 오아시스와 같은 것이다. 그의 주인공 남성들은 실재하는 여성들을 좀처럼 사랑하지 않는다. 사랑을 갈구하면서도 사랑하지 않는다. 사랑을 갈구하면서도 막상 그 옆에 있는 실재의 여성에게는 몰입하지 않는다. 그렇기는커녕 자신이 여성을 사랑할까 봐 스스로를 제어하는 느낌이 강하다. 이 제어는 절제와는 다른, 일종의 회피에 가깝다. 「둔황의 사랑」「로울란의 사랑」 시리즈를 거쳐가고 있는 주인공 남성과 여성의 기이한 동서(同棲) 생활은 그 전형적인 보기라고 할 수 있다. 그는 그녀와 만날 때부터 함께 살고 싶으면서도, 헤어질 것을 획책하는 이중의 자세를 견지한다. 그 스스로 '이기주의'라는 말로 정의하고 있는 특이한 심리 상황은, 예컨대 이렇게 서술된다.

> 그녀와 나의 동서 생활에 대해 나는 아무런 결론을 내리지 못하고 있었다. 그 동서 생활이 결혼까지 이어진다는 보장은 없었다. 아니 오히려 그래서는 안 된다는 게 내 입장이었다. 〔……〕 나는 갈피를 잡을 수 없는 생활을 계속하고 있었다. 갈피를 잡는다는 것, 확연히 정리되어 드러난다는 것이 두려웠다.
>
> —『둔황의 사랑』(pp. 129~30)

소설의 주인공은 늘 떠남을, 이별을 스스로 획책하면서도 또 스스로 좌절한다. 사랑을, 여인을 그리워하면서도 구체적 실재로부터는 오히려 멀리 가고자 하는 마음은, 경험적 논리로 볼 때 일종의 자신감 상실이라고 할 수 있다. 그러나 오랜 세월을 버텨와서 이제는 폐허가 된 땅에 서 있는 탑을 기도와 사랑으로 바라보는 작가의식에는 폐허야말로 사랑이 솟는 샘일 수 있다. 여기에는 어쩌면 동시대에 살아 있는 이성으로부터는 참다운 사랑을 기대할 수 없다는 비관론이 잠복해 있을 수 있다. 중기작 「아으 다롱디리」 1, 2를 비롯한 많은 작품들에서, 기대와 환멸의 점철로 반복되는 여인 이야기들과 더불어 비관론은 갈수록 증폭된다. 더 정확하게 말한다면, 윤후명 소설의 남녀 주인공들은 헤어짐의 형태로서 만난다고 할 수 있다. 남녀가 만나고 이별하는 사랑의 어떤 공식 속에서의 헤어짐이 아니라, 만남에도 뜨거운 사랑의 열정이 동반되지 않고 이별에도 애통의 안타까움이나 애절함이 뒤따르지 않는다. 그의 모든 소설에는 남녀 주인공들이 거의 반드시 등장하는데, 그들은 때로 싱거울 정도로 우연히 만나서 말없이 헤어지고 사라져버리기 일쑤다. 어떤 경우에는 다시 만나도 만나지 않은 모습이 되기도 한다. (가령 「새의 초상」의 여자처럼 다시 만났을 때 사람을 잘못 보았다고 딱 잡아떼는 일도 있다.) 이처럼 윤후명 소설들에 간단없이 드나드는 남녀들이 만남 속에 이미 헤어짐을 태생적으로 숨기고 있다는 사실은, 남녀 간의 만남과 사랑에 대한 작가의 생각이 이미 숙명적인 비관론에 빠져 있음을 보여주는 것이다. 그에게서 남녀의 만남은 벌써 그렇고 그런 헤어짐의 수순으로 예정되어 있고 정절과 의리, 인내는 아예 부인된다. 앞서 탑의 모습에서 발견되고 인식되었듯이 기도와 생명이 결핍된 사랑이 갖게 되는 당연한 결과가 작가의 비관론이 품고 있는 그 원인이다. 여기서 마치 시에서의 이미지처럼 나타나고 있는 윤후명 소설의 '새'에 대해 주목하지 않을 수 없다. 일찍이 『부활하는 새』라는 소설집을 상재한 이후 최근의 『새의 말을 듣다』에 이르기까지 책 제목에 씌어지고 있을 뿐 아니라 작품 도처에 출몰하는 '새'는 대체 무엇인가. 사람의 사랑을 허무해하고 사자상과 탑에서 사랑을 찾아 헤매는 정신과 '새'는 과연 무슨 관계가 있는가.

4

윤후명은 원래 윤상규라는 본명으로 시를 쓰던 시인이었다. 그에게는 소설집들 이외에 두 권의 시집이 있는데 첫 시집 『명궁(名弓)』(1997)에는 첫머리에 시집 제목과 같은 「명궁」이라는 시가 수록된다. 잡목 우거진 숲과 들판이 묘사되면서 그 위를 나는 새가 그려진 작품이다. 새의 첫 출현이다. 이 새는 보통의 새와 다른, 별난 새다. 일반적으로 문학에서 새의 이미지는 자유와 비상이다. 날개를 달고 자유롭게 날아다니는 새. 한곳에 정주하며 구속된 일상을 살 수밖에 없는 인간은, 그리하여 새의 자유를 부러워한다. 「이 몸이 새라면」이라는 독일 민요는, 모든 사람들의 꿈이 될 뿐 아니라 모든 시인들의 시적 모티프가 되기도 한다. 새의 날개 또한 모든 사람들의 간절한 희원이 되어서 시는 물론 소설에 잠복한 동력의 근원이 된다. 가령 소설가 이상과 최인훈에게서 나타나는 날개라는 표상은 역설적으로 인간 실존의 한계를 보여준다. 그런데 윤후명의 새는? 다르다. 아주 다르다. 그의 새는 온 들판을 채어 쥐고 죽음의 사랑에 접근하려고 휘달리는, 사나운 새다. 그리고 이 새가 바로 활 잘 쏘는 명궁이 되는 것이다. 이 새가 30년을 날아서 알타이어를 말하는 갈매기가 되어 날아다닌다. 그리하여 윤후명 소설은 이 새의 운명과 함께하는 어떤 예감으로 섬뜩해진다.

"그래서 말입니다. 저기, 이 배를 따라오는 괭이갈매기 몇 마리 있잖습니까?"

그가 뒤쪽 하늘로 눈길을 주었다.

"그렇군요."

갈매기 몇 마리가 배를 따르고 있었다. 나는 관심을 기울이지 않던 일이었다. 나는 건성으로 대답하고 나서, 그래서 그게 어떻다는 거냐고 캐묻듯이 그의 얼굴을 살폈다. 설마 독도의 갈매기도 사람들에게 뭔가 얻어먹으려고 배를 쫓아오는 것은 아닐 터였다.

〔……〕

"저 갈매기들은 괭이처럼 운다고 괭이갈매기라지만, 사실 그건 제가 듣기에 괭이, 고양이 소리가 아닙니다."

〔……〕

"고양이나 다른 동물의 소리를 말하는 게 아닙니다. 주제넘습니다만, 제 귀에는 그 소리가 알타이어로 들린다는 겁니다."

—『새의 말을 듣다』(pp. 30~32)

2007년에 나온 그의 최신작은 소설집 『새의 말을 듣다』이며, 여기에 첫머리를 장식한 작품이 단편 「새의 말을 듣다」라는 소설이다. 독도 여행기로 되어 있는 이 작품의 내용은, 갈매기가 우는 소리를 알타이어로 듣는 한 사내의 이야기다. 모든 사물에 정령이 깃들어 있음을 믿으며, 그들과 대화할 수 있는 길은 자기 언어, 즉 그 사내의 경우 알타이어일 수밖에 없다고 말하는 청년, 그는 이 소설의 주인공으로서 윤후명 문학이 애니미즘에 기초하고 있음을 보여준다.

윤후명 문학의 애니미즘이 사실 새삼스러운 것은 아니다. 1977년에 상재한 시집에서 분명하게 확인되듯이 새에서 정령을 발견하는 애니미즘은 30년의 세월이 무색하게 일관된 흐름으로 나타난다. 그렇다면 과연 30년의 세월은 아무런 변주나 발전 없이 그 바탕을 견지해온 것일까. 아홉 권의 소설집을 뜯어보면 피상적인 변모와 더불어, 변하지 않고 있는 어떤 것—애니미즘, 정령, 샤먼, 몽유 그리고 이 속에서 모색되고 있는 그리움으로서의 사랑과 민족이라는 문제가 손에 잡힌다. 이때 그 모색의 대상과 방법이 지역적으로는 먼 서역, 시간적으로는 아득한 중세 이전을 헤매는데, 이것은 작가의 현실 인식이 몽환적 낭만성에 기인하고 있기 때문이다. 말하자면 윤후명에 있어서 현실은 기본적으로 부재와 결핍으로 인식되며, 온전한 사랑과 문화는 이미 소멸된 것으로 생각된다. 과거와 추억을 기반으로 하는 낭만적 사고의 소산인 것이다.

모든 낭만적 사고가 윤후명에게서처럼 추억과 과거를 바탕으로 하는 것은 아니다. 가령 낭만적 이론의 효시로 평가되는 슐레겔Friedrich von Schlegel의 이론에 나타나듯이 "'낭만적 문학은 진보적 보편문학'이며, '문학에 생기를 불어넣어 삶과 사회를 서로 충만하게 하며, 또 그렇게 해야 하는 문학'"이 낭만주의이기도 하다. 그러나 윤후명에게서처럼 과거의 어떤 시대가 문화적으로나 윤리적으로, 더 나아가 정치적으로도 전성시대였다는 가설 아래 그 시대의 것을 수집하며, 그 시대로의 회귀를 꿈꾸어보는 것도 낭만주의자들이 즐겨 행하는 행태이다.

문제는 방법론이다. 대저 어떤 식으로? 많은 낭만주의자들은 그리하여 꿈을 꾼다. 이른바 환상이다. 환상이야말로 낭만주의의 본질이다. 그런데 여기서 더 나아가 그 아래에서의 많은 방법들이 작가들 각자의 날개 아래에서 푸드득거리는 것을 보게 된다. 이미 애니미즘이라는 동굴을 마련한 윤후명은 그곳을 향해 새를 날게 한다. 이 새는 시간을 거슬러 날아가며, 저 먼 곳으로의 비행도 마다하지 않는다. 이 새는 갈매기(「새의 말을 듣다」)이기도 하고, 동박새(「알함브라 궁전의 추억」)이기도 하며, 팔색조(「새의 초상」)이기도 하다. 이 새는 어디로든지 날아갈 뿐 아니라, 시간을 거꾸로 해서 저 원시로도 날아간다. 이 새는 시공을 초월하는 능력의 존재이며, 그런 의미에서 '죽음의 사랑에 접근'하는 새다. 죽음의 사랑이란 무엇인가. 그것은 죽어 있는 자들의 세계, 즉 과거에서부터 오늘에 이르는 저 둔황 벽화의 사랑이며, 사자춤의 사랑이며, 사자빈신사의 탑이 보여주는 사랑이다. 살아 있는 자들의 사랑은 허무한 배신의 사랑일 뿐, 참된 사랑이 아니다. 따라서 '죽음의 사랑'만이 참된 사랑인데, 그곳은 새를 통해 갈 수 있는 저 먼 시원의 세계이며, 저 먼 서역의 세계이다. 그렇다면 그 먼 곳으로는 어떻게 가는가.

소리다. 윤후명 소설 곳곳에서 들려오는 '소리'.

> 괭이갈매기의 괘액괘액 소리가 알타이어로 들려? 이런!
>
> "들어봐주십시오."
>
> 〔……〕
>
> 그러면서 나는 다시금 수많은 물개들과 수많은 고래들의 기도 소리가 들려온다고 여겼다. 아무리 환청이라고 물리쳐도 헛일이었다.
>
> —『새의 말을 듣다』(pp. 32~34)

위의 인용에서 소리는 물론 갈매기라는 새의 소리이며, 그 소리는 알타이어가 되어서 아득한 '옛날'을 '오늘'로 실어 나르는 기능을 한다. 그러나 새가 등장하는 많은 소설들에서 으레 함께 나올 수밖에 없는 소리들 이외에도 작가는 소리를 마치 환청처럼 들으면서 소리를 통해 이제는 소멸되고 없는 과거의 영화를 복원하고, 그 현재성을 누리고 즐긴다.

> 사랑 가운데는 한순간에 스쳐 지나감으로써 더 영원한 사랑도 있을 것이었다. 그녀가 택한 그런 방법을 나는 어리석게 모르고 있었다. 그리하여 내 귓전에 영원히 '호오이호오이' 부르고 있을 그 소리를 없애버린 것이다.

—『부활하는 새』(p. 111)

과거가 되어 굳어버린 일회성으로서의 사랑은 소리로 기억되어 현재에도 살아남는다. 이것이 시 「명궁」에 나타난 죽음의 사랑이다. 이 소리는 먼 곳, 혹은 먼 시간을 왕복하는 교통수단으로서의 새와 더불어 윤후명 문학의 영물(靈物) 노릇을 하고 있다. 먼 곳, 먼 시간, 소리는 모두 감각적 실재를 넘어서는, 니체의 표현에 따르면 '망각의 양식'에 상응하는 아득한 관념들이다. 그 관념을 현재의 실재 속에서 부단히 재현해보고자 하는 힘든 운동 속에 윤후명 예술의 고뇌가 깃든다.

(2008)

문체, 그 기화(氣化)된 허기

—오정희의 소설[1]

1. 성장소설

모든 좋은 소설은 성장소설인가. 하기야 근대소설의 원조로 불리는 괴테의 『빌헬름 마이스터』 2부작도 결국 성장소설이고 보면, 이러한 의문형 명제에는 타당성이 있어 보인다. 1950년대에 이르기까지 우리 소설에서 찾아보기 힘들었던 성장소설의 황량한 땅에 샘물로 솟았던 작가는 김승옥이었다. 그의 「생명연습」은 사춘기를 거친 청년의 의식 속에 싹트고 있는 욕망과 윤리의 문제를 밀도 있게 다룸으로써 인간의 정신적/사회적 성숙에 대한 깊이 있는 성찰을 보여주었다. 1960년대 문학의 의미가 강조되고 김승옥 소설의 문학사적 위상이 끊임없이 평가되는 까닭도 여기에 있지 않을까. 그로부터 몇 해 뒤 등장한 여성 작가 오정희는 바로 이러한 성장소설의 맥을 심화시키면서 1960년대를 한국 현대문학사의 가장 중요한 연대로 각인시킨다. 물론 오정희의 모든 작품들을 '성장소설'이라는 동일한 카테고

---

1 이 책에서 다루는 오정희의 작품은 다음과 같다. ① 『불의 강』(문학과지성사, 1977; 개정판, 1995) ② 『유년의 뜰』(문학과지성사, 1981) ③ 『바람의 넋』(문학과지성사, 1986) ④ 『불꽃놀이』(문학과지성사, 1995) ⑤ 『새』(문학과지성사, 2009).

리 안에서 정리할 수는 없을지 모르지만, 적어도 그 세계의 본질이 성장소설에 있다는 것이, 그가 등단한 지 40여 년 만에 거의 제대로 오정희론을 쓰는 나의 판단이다.

성장소설은, 한 개인—그것도 흔들리는 개인 속에서 '세계'를 본다. 그 흔들림은 개인이 태어난 근원적인 성격과 실존으로부터도 오고, 가정적/사회적인 조건으로부터도 온다. 오정희의 경우 그 발원지는 두 쪽 모두다. 가령 그의 후기작이자 대표작인 장편 『새』는 이 정황을 잘 반영한다. 어머니가 나가버린 가정에서 아버지—매우 불안정한 성정과 직업의 소유자인—와 남동생과 살아가는 소녀가 소설 화자인 이 소설에서 '나'는 바로 그 실존과 사회가 그를 세밀한 격랑 속에서 크게 흔들고 있음을 보여준다. 열두 살 소녀를 둘러싸고 있는 사회환경은 물론 가정이다. 그 가정은 엄마가 집을 나가고 외할머니에게로, 큰어머니에게로 전전하다가, 이따금 집에 들르는 아버지가 어느 날 화류계 출신 젊은 여성을 새엄마라고 데리고 들어온, 그런 가정이다. 소설 화자인 소녀에게 그 가정은 '새엄마'가 들어오기 전이나, 들어오고 난 다음이나 어차피 결손 가정이다. 이러한 가정/사회환경은 마악 사춘기가 시작된 열두 살 소녀라면 어느 누구라도 흔들게 마련이다. 그 흔들림은 이른바 정상 가정 안의 그 어느 소년 소녀보다 훨씬 클 수밖에 없다. 그러나 그 흔들림은 크지만, 동시에 독특하고 예민하다. 오정희 성장소설은 늘 그 지점에서 출발하며, 거기서 그만의 민감하고 여린, 그러면서도 단단한 공간을 축조해낸다. 그 출발은 역시 민감하고 독특한 감수성을 통해서 빚어진다. 예컨대 이렇다.

우일이와 나는 자주 다락에 올라가 놀았다. 안방의 아랫목 쪽 벽 중간쯤 거의 우일이의 키 높이쯤 되는 곳에 두 개의 미닫이로 된 벽장문이 달려 있고 그 문을 열면 다섯 개의 계단, 그 계단의 끝에 어슴푸레 떠 있는 공간이 나타난다. 묵은 잡동사니들이 가득 들어찬 다락의 어둑신함과 그 안에 서린 매캐하고 몽롱한 냄새, 모든 오래된 것들의 안도감이 우리를 사로잡았다. 어둠과 먼지, 오래된 시간, 이제는 쓰일 일이 없이 버려지고 잊혀진 물건들 사이에서, 그 슬픔과 아늑함 속에서 우리는 둥지 속의 알처럼 안전했다. (⑤-26)

한식 가옥에서 어린아이들에게 집 안의 다락은 훌륭한 놀이터였다. 아이들에게는 감추어지고 닫힌 공간이 즐겨 선호되는데, 다락은 딱 맞는 장소, 더욱이 외부의 세계가 혼란스러울 때 그곳은 몸 자체뿐 아니라 의식의 피난처 역할도 한다. 그러나 위의 표현에서는 이 밖에도 주목을 끄는 대목이 있다. "어둑신함과 그 안에 서린 매캐하고 몽롱한 냄새"! 기억하는가. 그 썩은 듯하고 불명료한 분위기의 안도감이라니! 그 냄새는, 뭐랄까, '보수의 냄새'라고 불릴 만한 그 어떤 것이다. 작가 자신의 표현으로는 "오래된 것들의 안도감"이다. 밖의 세상이 끊임없이 흔들릴 때 아이들은 본능적으로 안정을 갈구한다. 가령 부부 싸움이 끊이지 않는 가정에서 아이들은 그 싸움이 있기 이전의 화평을 그리워한다. 그리하여 일반적으로 타기되기 일쑤인 '오래된 것=낡은 것'이라는 부정의 평가는 또 다른 불안의 요소가 될 따름이다. 오정희 성장소설을 이끄는 감수성은 이처럼 '불안한 밖'을 느끼면서 '안정된 내부의 공간'을 찾는 과정을 형성하면서 그 슬픈 아름다움을 구축해간다. "그 슬픔과 아늑함 속에서 우리는 둥지 속의 알처럼 안전했다"지 않는가.

오정희의 소설은 바로 이 '둥지 속의 알'을 만드는 과정 일체이다. 이 글의 결론부에서 나는 그것을 그의 문체라고 말하겠는데, 그에 앞서 과연 이 작가의 슬픔이 무엇인지 성장소설을 통해 펼쳐지고 있는 그 본질을 살펴볼 것이다.

2. 허기—욕망과 감춤

오정희의 슬픔은 허기에서 온다. 그 허기는 경제적 궁핍과 성적 욕망에서 비롯된다. 그러나 그것만이 그의 슬픔을 만드는 것은 아니다. 그의 진짜 슬픔은 그 궁핍과 욕망을 드러내놓고 욕망할 수 없다는 이중의 고통으로 인하여 뒤틀리고 힘들어진다. 그 뒤틀리는 왜곡이 그의 문체를 생산하기도 하지만, 근본적으로는 인내와 감수로 연결된다. 인내와 감수는 충족되지 않기 때문에 허기이며 슬픔이다.

오정희 소설에 화자와 더불어 주인공으로 즐겨 등장하는 아버지, 그리고 오빠—두 사내는 늘 가난하고 곤핍하고, 그리하여 왜곡된 인격으로 신산한 삶을 살아간다. 그들뿐이랴. 남편도 낯선 사내도 거의 모든 남자들은 행복의 양지를 등진 거친 응달에서 힘들게 살아간다. 그들의 시대적 배경이 1960, 70년대, 때로는 훨씬 이전의 삶이어서 빈곤은 불가피한 상황의 그림이었다고 하더라도, 어쨌든 그들의 발걸음은 지쳐 있고 얼굴은 피곤하다. 무엇보다 그들은 배가 고프다. 대부분의 여성 화자들은 이들을 삶의 파트너로 살아가면서 이중의 힘든 곤경을 겪는다. 그 주인공들은 남성도 있고 여성도 있지만 소설 화자는 대부분 여성들이다. 그 여성들은 다시 소녀(혹은 처녀), 젊은 여인, 나이 든 여인으로 나뉠 수 있는데 그 어느 연령대의 여인들이든지 궁핍으로 인한 허기로부터 자유로운 이들은 없다. 특히 어린 소녀에게 주어지고 있는 가혹한 가정/사회환경은 그의 성장을 지나치게 빠르게 촉진시키면서 허기를 그의 전 인생에 걸친 운명적 동력으로 각인시킨다. 널리 인용되는 「중국인 거리」에서 초등학생 소녀의 열기와 초경을 가난과 결부시켜 그려냈던 작가의 세계는 일관되게 발전하면서 거의 모든 작품들을 지배하는데, 예컨대 후기작인 장편 『새』에서의 탁월한 환상 공간의 구축에 이른다.

『새』는 '허기'를 원동력으로 한 수작으로서, 앞서 살펴보았듯이 작품의 주인공 남매 우미와 우일이는 어머니가 가출하고 아버지는 젊은 새엄마와 사는 반결손 가정의 가난한 아이들이다. 그러나 누나인 우미는 아버지가 거의 부재하다시피 하는 셋방에서 두 살 아래 남동생에게 어머니와 같은 존재, 즉 소녀 가장으로 커가면서 자신의 허기를 오히려 힘으로 삼아 일종의 환상 공간을 만들어간다. 그 공간은 이따금 꿈으로, 이따금 실제 어머니 대리역으로, 그리고 마침내 새를 통한 상징적 환상으로 나타나면서 허기를 기화시킨다. 허기의 충족이 일종의 액화(液化)라면, 충족되지 못한 채 상징 공간을 통해 날아가버린 허기는 말하자면 기화(氣化)된 것이다. 궁핍은 해결되거나 극복되지 않고 공기처럼 떠돈다.

오정희의 허기 현상은 초기작부터 곳곳에 편재해 있다. 부부가 재봉일, 그것도 남편은 밤일까지 해야 하는 생활이거나(「불의 강」), 노인 요양 도우미를 하는 여인(「미명」), 술집에 나가는 젊은 과부(「관계」) 등 처녀 작품집 『불의 강』에 수록된 거의 모든 주인공들은 물론, 이어서 발간된 작품집 『유년의 뜰』에 실린 작품들도 허기로 가득 찬, 가난을 바탕으로 한 인물들이 주인공들이다. 이러한 현상은 작가의 소녀기를 지배한 1950년대가 6·25 전쟁 직후의 피난시대였던 탓이었을 것이다. 작가의 원초적 체험이 유소녀 시대였던 점을 생각한다면, 원형으로서의 가난은 자연스럽다.

> 속이 수이 꺼져서 그래요. 보리밥이 무슨 맥이 있나요. 한창 먹을 나인데…… 아무거나 집어먹어 속을 채워야죠.
>
> (……)
>
> 판잣집 앞에 세운 산소통이 땡땡땡땡 여러 차례 울렸다.
>
> 배고프다 땡땡땡
>
> 밥먹어라 땡땡땡 (②-29, 37)

가난을 이보다 더 해학적으로 표현한 말이 있을까. 해학은 그 대상이 이미 상당한 현실이 되어 있어서 그것을 극복하는 과정의 한 방법으로 동원된다. 「유년의 뜰」에서의 가난은 해학의 일상화를 낳을 정도로 생활이 되어 있다. 심지어 가난으로 몸을 파는 여성까지 나온다(「저녁의 게임」 ②-118, 119). 여기서 주목되어야 할 점은 소설 인물들의 상당수가 이른바 정상적인 조건을 불비하였거나 이에 미달하는, 이를테면 결손이나 장애 등과 결부되어 있다는 사실이다.

작품집별로 몇몇 소설들의 경우를 살펴보자.

1) 『불의 강』

「미명」—미혼모, 치매 노인, 출감자

「안개의 둑」—장님

「적요」—독거노인, 가정부

「목련초」—무녀/별거녀 모녀

「관계」—독거노인, 과부 며느리, 가정부

2) 『유년의 뜰』

「유년의 뜰」—이름 모를 병으로 갇혀 있는 처녀

「중국인 거리」—양공주

「겨울뜸부기」—가짜 대학생

「저녁의 게임」—중증 당뇨 환자

3) 『바람의 넋』

「야회」—거식증 병원장 아들

「인어」—바닷가에 버려진 기아

「하지」—간질 증세 남자

4) 『불꽃놀이』

「불꽃놀이」—혈액암 환자

「불망비」—육손이 계집애, 원자병 걸리고 아편 맞는 삼촌

5) 『새』—부모가 가출한 집 어린 남매

그러나 오정희의 경제적 궁핍, 신체적/정신적 장애, 사춘기 아이들의 알 수 없는 혼곤 등은 이상하게도 아직 정체가 뚜렷하지 않은 성적 욕망과 함께 얽혀드는데, 여기에 그의 소설의 중요한 특징이 내재한다.

> 맹렬히 이빨 가는 소리 속에 우리들이 저마다 뿜어대는 땀 냄새, 떨어져 내리는 살비듬내, 풀썩풀썩 뀌어대는 방귀냄새, 비리고 무구한 정욕의 냄새, 이 살아 있는 우리들의 냄새는 음험하게 끓어올랐다. (②-31)

그것은 음습하다고 할 수밖에 없는 성적 욕망이다. 음습하다는 것은 드러내놓고 말하거나 실현할 수 없는 모습으로 숨어 있으면서, 동시에 그로 인한 자기 성찰이라는 이중의 괴로움이 간헐적으로 화자를 괴롭히고 있기 때문에 유발되는 표현이다. 그러나 여기서의 음습함은 가난한 현실과 얽혀 있는 상태에서의 본능적 심리와 동작을 동시에 가리키기도 한다. 요컨대 몸으로 발화되는 욕망의 놀이 이외에는 어떤 문화 환경도 빈약했던 당시 상황의 반영이기도 한 것이다. 소설 곳곳에서 화자의 의식을 건드리면서 허기를 자극하는 그 숨겨진 정체는, 예컨대 이렇다.

> 빈 잔에 물이 차오르듯, 달의 이음매가 아퀴를 지어 둥글게 영글 듯, 역시 씨가 벌게끔 영근 몸은 발끝에서부터 물이 차올라 발등을 간질이고 차츰 몸 안을 가득 채우고 마침내 입술에 새까맣게 조개를 만들어 나는 잦은 가락에 휘말리는 무기(舞妓)처럼 한껏 열꽃이 내솟았다. (①-150)

상대방과 관계없이 발생하는 여성 성적 욕망의 본질을 묘사하고 있는 이 관능적 표현은 욕망의 실현 여부를 떠나서 그 에너지의 열기와 소중함을 치열하게 드러낸다. 더욱이 드러나기 힘들고, 실현될 수 없는, 혹은 표면상 이루어진다고 하더라도 실패의 결과로 나타나기 일쑤일 때 그 상황은 음습해진다. 이러한 모습은 가난으로서의 허기와 마찬가지로 주인공 인물이 지닌 근원적인 한계로 말미암은 경우가 대부분이다. 즉 그들은 어리거나 늙어 있거나 병들거나 모자라기 때문이다. 처녀작 『불의 강』에 실린 작품들을 중심으로 조금 더 세밀하게 이 부분에 접근해보자.

우선 열두 편의 작품들이 수록되어 있는 첫 작품집 『불의 강』은 거의 전편에 이 같은 음습한 욕망을 감추고 있다. 공장 밤일을 나가는 남편을 기다리는 여인, 노인 요양 도우미를 하는 젊은 여인, 병든 늙은 어머니를 모시는 중년 여인, 아이를 시가에 떼어준 별거녀, 무심한 남편으로 인한 억압된 욕망의 여인, 남편이 죽은 집에서 시부와 살면서 술집에 나가는 젊은 과부 등등 대부분의 주인공 여인들은 불우한 상황 속에서, 인내의 삶을 살아간다. 그러나 이들은 '인내'라는 말에 어울리는 인내의 인물들은 아니다. 이들에게는 경제적 궁핍과는 또 다른 궁핍, 즉 성적 결핍이 '열꽃'처럼 내재해 있는 것이다. 그 타오름과 미실현의 고통을 오정희는 탁월한 상징으로 곳곳에서 묘사한다.

소설 「봄날」의 주인공 여성은 평범한 주부이다. 그러나 그녀에게는 개와 콜라, 그리고 술 취하기가 생활화된 남편이 있고, 그런 생활은 그녀에게 혐오감, 불안감으로 늘 작용한다. 따라서 그녀는 "아, 한가해"라고 독백하면서 담배나 피우는 "정말 할 일이 하나도 없는" 여자인 것이다. 미술을 전공한 그녀는 때로 잠재성 간질 증세를 보일 때도 있는데, 어느 날 남편 후배의 방문을 받고 그에게 슬며시 접근하지만 실패한다. 여기서 작가는 말한다.

> 최초의 병명, 미열의 나른한 행복감, 은밀한 죄의 쾌락, 최초의 성교, 입맞춤들이 시간 속에 침몰하며 용해되고 다시 결합하고 마침내 제가끔의 소리, 빛깔, 음영으로 교묘히 직조되어 시간의 늪에서 천천히 떠오를 때 그것은 실제와는 얼마나 다른 형태로 나타나는가. (①-147~48)

「봄날」은, 그리고 그 주인공 여성은 말하자면 성적 판타지를 그리고 있는 소설이며, 이와 연관된 인물이다. 성은 실제 팩트로서의 섹스 현장이 아닌, 그것을 꿈꾸는 환상 혹은 지나간 사실에 대한 반추로서의 기억이다. 오정희의 성적 허기는 이러한 모습으로 대체로 나타나는데, 그것은 때로 물질적 허기와 연결되어 사회적 상황과 복합되기도 하며, 「봄날」에서처럼 성적 환상 자체와 연관되는 실존적 상황을 반영하기도 한다. 물론 사회적/가정적 조건과 완전히 무관한 실존성이란 존재하지 않으며, '실존'이라고 불리는 그 어떤 것 속에서도 이미 여러 조건들은 원천적으로 개입해 있기 마련이다. 젊은 여성 화자들과 동떨어진 자리에서 남성 노인네들이 이따금 등장하는 것도 이와 관련해서 흥미롭다. 1960, 70년대 현실에서 이들은 이미 사회적/가정적 약자였다.

> 나는 퍼뜩 그녀의 살오른 허리께에 눈을 두었다. 해물을 가지고 패를 지어 남녘을 비돌며 도부 치던 곳곳에서 안았던 여자들. 으슥한 곳이면 어디서나 미역 다발, 혹은 멸치 부대를 베고 누워 치마를 걷는 그네들의 몸에서는 늘 갯네가 풍겼다. 그리고 안개 속에서 들려오던 둔하고 우울한 무적(霧笛) 소리. (①-90)

'나'는 독거노인이다. 오기 싫어하는 가정부를 돈으로 묶어두고 동네 소년에게 수면제 탄 주스를 먹여 자신의 옆에 두고 싶어 하는 외로운 노인이다. 그에게 있어서 섹스는 구체적으로는 아늑한 추억이지만, 끊임없이 그 추억을 상기함으로써 현재화한다. 그러나 현재의 시점에서 욕망의 실현이 결핍되어 있다는 점에서 「적요」의 노인이나 「봄날」의 여인은 그 상황이 동일하다. 부재의 섹스는 그리하여 허기를 낳는데, 「봄날」에서는 뜨거운 '열꽃', 혹은 '새까만 조개'로, 「적요」에서는 '우울한 무적 소리'로 그 표현을 얻는다. 경제적 가난 때문에 성적 욕망이 실현되지 못하는 경우도 물론 허다하다. 가난한 부부의 가난한 여행에서도 그 허기는 가시지 않는다(「안개의 둑」).

나는 언제부터인가 아내와의 행위에 아내를 만족시키지 못했다. 우리가 세들어 있는 방은 길가에 면해 있었고 길 건너에는 테니스 코트가 있었기 때문에 밤 열한 시 무렵까지 야간등이 켜져 있고 탕탕 볼 맞는 소리들이 들려왔다. (……) 그러나 그 환한 방 안에서 나는 누구에겐가 엿보인다는 느낌에 행위를 조급히 끝내버리곤 했다. (①-74)

판타지는 실체의 부재로부터, 혹은 더 높은 욕망의 실현을 위하여 태동한다. 성적 욕망의 경우도 마찬가지인데, 앞서 살펴보았듯이 오정희의 그것은 궁핍한 현실에서의 탈출과 본원적인 본능의 결합이라는 모습으로 나타나기 일쑤다. 그러나 단순한 육체적 욕망을 넘어 부재의 실체에 대한 그리움으로 욕망이 환상으로의 가능성을 시사하고 있는 경우도 있다. 「비어 있는 들」이 그렇다.

종잡을 수 없는 꿈에서 마치 등을 밀리우듯 깨어난 것은 무엇 때문일까. 그는 오늘 올 것이다. 그것은 약속보다 확실한 예감이었다. (……) 그러나 나는 종종 예감과 기대로 설레며 새벽을 맞고 밤을 보냈다. (②-135)

소설에서 그는 오지 않는다. 애당초 부재인지 미실현인지 밝혀지지 않은 채 그 남자는 오지 않는다. 오정희의 성적 욕망으로 드러나는 허기는 경제적 궁핍, 그리고 신체적/정신적 장애가 가져오는 궁핍의 허기와 근본적으로 상통한다. 결핍과 부재는 그것이 어떤 내용의 것이든 동일할 수밖에 없으며, 특히 본능과 실존에 관계되는 것일 때 그 내용과 색깔은 별로 중요하지 않다. 그러나 가난에서 유래하는 물질적 허기와 성적 욕망은 발원지의 문제보다 '채움'이라는 측면에서 달리 관찰되어야 할 중요한 점이 있다.

가난은 전쟁으로부터 온 것으로서, 그것은 죽음, 절망과 같은 범주에 속하는 인간 실존의 파괴를 실제적으로 실현한다. 따라서 어떤 덕목도 가난

앞에서는 정당성을 가지기 힘들며 희생도 불가피하다. 오정희 소설에서 이 부분이 눈물겨운 비극으로 나타나는 한 장면이 있다.

> 두 개째의 스웨터 단추를 벗기는 데 실패하자 그는 빌어먹을 하며 스웨터를 걷어 올렸다. 나는 숨을 죽이고 있었지만 다리 안쪽에 오스스 소름이 돋았다. 겨드랑이까지 드러난 맨살에 시멘트 바닥이 아프도록 차가워 등을 움츠렸다. 〔……〕
>
> "돈이 좀 있으면 줘."〔……〕
>
> "첨부터 순순히 굴라더니, 세금 안 내는 장사니 좀 싸겠지." (②-119)

몸을 파는 장면이다. 그렇게 해서라도 밥을 먹어야 살 수 있는 것이 인간이다. 이 절망적 상황은 그러나 매춘을 통한 '입에 풀칠'로만 해결되는 것이 아니다. 매춘이 여성에 해당하는 일시적 방편이라면, 경제적 궁핍이라는 절망은 남녀 모두를 휩쓰는 전면적인 공포이다. 그것은 곧 죽음이다. 현실의 쓰나미처럼 습격하는 죽음 앞에서의 반응을 문학은 어떻게 보여주었는가. 성적 판타지다.

'성적 판타지'라는 용어를 우리는 이따금 사용하면서, 그 이미지나 분위기가 꽤 긍정적인 것을 발견한다. 그러나 반드시 그렇지는 않다. 판타지를 통해 절망이나 위기를 종종 극복하지만, 결과적으로 그것이 헛된 환상이었음을 깨닫는 경우도 많다. 그러나…… 그렇다 하더라도 절망의 상황에서 인간의 문화적 본능은 꿈을 꾸게 마련이며, 그 대상이 섹스일 때가 많다. 가령 죽음이 지배하는 전쟁 상황에서 성적 판타지로서의 『시체공시장』 연작시를 쓴 독일의 고트프리트 벤을 상기해볼 수 있다. 벤의 성적 판타지는 결과적으로 정시(靜詩)를 거쳐 절대시론의 수립에까지 이르는데, 이것은 현실을 비극적으로 바라봄으로써 그로부터 독자적인 공간을 창출해내는 문학의 기능과 자부심을 과시하는 한 전범이기도 하다. 오정희의 성적 판타지도 이런 면에서 매우 주목된다. 특히 장편 『새』는 탁월한 그 창조 공간이다.

소설 화자인 남매가 살고 있는 셋집의 다른 세입자의 새장을 들고 우미가 집을 나서면서부터 펼쳐지는 비현실의 공간은, 배고프고 더러운, 탐욕스럽고 무능한 아버지가 지배하는 현실로부터 지양된 세계이다. 새들은 새장을 나와서 날아가고 세속의 고리는 끊긴다. 가난과 욕망의 똥통은 여기에 없다.

3. 문체 — 아득한, 팽팽한 힘으로

〔……〕 모두 눈에 덮여 있기 때문에 고속도로는 다만 백색의 공간을 양분하고 있는 단순한 구도의 조형으로 보일 뿐이며 주변의 드문드문 눈에 띄는 사람의 모습이나 때로 빈터에서 푸르르 날아오르는 주린 새 떼가 그것이 다만 무구(無垢)한 도화지에 그려진 풍경, 또는 허공을 가로지른 다리가 아니라는 것을 일깨울 뿐이다.

그곳으로 향하는 시선이, 그 끝에 닿는 것이 다만 한 장의 풍경, 무구한 평면이라는 인식을 버릴 때 45도 정도의 비탈을 끊으며 4차선으로 뻗은 고속도로와 그 아래 눈 덮인 논들이 아주 확실하게 잡혀온다.

지난밤에 내린 눈은 갑자기 내려간 기온에 결빙 상태로 들어가고 있고 고속도로 연변에는 제설 작업의 결과로 군데군데 모래와 뒤섞인 더러운 눈무더기가 쌓여 있다. 차량들은 바퀴마다 무거운 쇠사슬이 감겨 있어 눈빛을 반사하며 반짝인다. 딱히 쇠사슬이 도로 면과 닿는 마찰음이라고는 할 수 없는 쇠고리 맞부딪는 둔탁한 금속성은 아마 그 번쩍거림 때문일 것이다. (①-29~30)

다소 긴 이 인용문은 오정희의 『불의 강』에 수록된 단편 「미명(未明)」의 앞부분 일부이다. 이 문장들을 읽으면서 독자의 연상 속에는 어떤 그림이 그려질까. 세 번에 걸쳐 등장하는 '고속도로'를 중심으로 한 눈과 차량이 얽혀 있는 이 겨울 풍경의 도입부 묘사는 독자들에게 어떤 상상력을 일으키며, 어떤 시사를 던지고 있을까. 알 수 없다. 인용 부분으로 알 수 있는 것은, 눈 덮인 고속도로의 풍경이 세밀하게 묘사되고 있다는 사실이다. 그 묘사는 마치 동영상의 한 컷처럼 사실적이면서도 친절하다. 일반적으로 어떤 장면에 대한 묘사가 우리에게 전달해주는 것은 대상에 대한 정밀성을 부각시킴으로써 그 대상을 보는 이로 하여금 잘 알게 하는 인지→인식의 충실성이다. 그러나 소설 속에서 묘사가 주는 기능은, 단순한 충실성을 넘어 소설의 내용 혹은 메시지와 연결된 모종의 상징 효과이다. 말하자면 어떤 장면을 충실하게 묘사함으로써 작가는 그 부분을 독립적으로 그려내는 능력의 과시라는 수준에 머물지 않고 서사의 핵심과 연결되는 문학적 배려를 행한다. 일종의 유도동기Leitmotiv 기능으로서의 도입부 묘사이다. 그런 의미에서 오정희의 탁월한 소설적 능력의 바탕을 이루는 '묘사'는 주목될 만하다.

그러나 「미명」의 경우, 앞에 인용된 묘사 부분은 우리의 기대를 자연스럽게 배반한다. 소설 내용의 진전은, 눈 덮인 고속도로 일대 풍경이 그 내용과 별 관계가 없는 것을 보여주기 때문이다. 소설 내용은, 젊은 여성 화자인 '나'가 '노인 시설'에서 도우미로 일하면서 겪는 일이다. 거의 폐가나 다름없는 '시설'에 유폐되어 있다시피 한 어느 노파와 그녀를 돌보는 '나'는 "노회한 이 집에 걸려 있을 주술을 생각하며 알지 못할 적의로 가슴"이 뛴다. 말하지도 움직이지도 못하는 노파를 돌보면서 추운 방을 지키는 '나'에게 그 모든 것은 구질스럽고 더러운 현실이다. 거기에 낯선 사내가 찾아오고, 한때 그 집에 살았던 그는 노파가 자신의 가족이 아니라는 것을 알았지만 나가지 않고 미적거린다. 갈 데가 없는 출감자였기 때문이다. 애비 없는 아이를 빼앗긴 채 보호소에서 나온 '나'와 동병상련일 수밖에 없었지만, 사내는 새벽이 되어서야 그 집을 나간다. 어떻게 보면 이렇다 할 스토리를 갖지 못한, '노인 시설'에서의 며칠 동안 패락한 루저들의 풍경이다. 젓 줄 아기를 빼앗겨 아플 정도로 젖이 통통 부은 '나'나, 출감은 했지만 오갈 데 없는 그나 모두 허기지기는 마찬가지다. 그 허기는 배고픔과 추위로 나타난다. 그러나 '나'가 할 수 있는 것은 주전자의 물을 끓이는 일뿐이다. 그렇다면 과연 이 내용과 도입부의 고속도로 풍경 묘사는 어떤 관계가 있을까. 양자가 거의 무관해 보이는 장면의 배열인데, 이처럼 긴 묘사와 내용 사이의 간극은 오정희 소설의 간과할 수 없는 요소이다. 얼핏 보기에 작품의 주제와 무관해 보이는 듯한 이러한 현상은 대체 이 작가의 세계에서 어떤 의미를 갖는 것일까.

> 내 속에서 한 마리 벌레처럼 꿈틀거리는 성(性)도, 색정도, 간단없이 찾아와 축축이 가슴을 적시는 사랑도 언젠가는 끝나리라. 이윽고 나는 새처럼 가벼워져서 내가 태어난 어둡고 신비한 그늘로 숨어 하나의 새로운 싹으로 다시 트게 되리라. (①-183)

'번제'라는 낱말의 뜻이 그러하듯 소설 「번제」에서 서술되는 이러한 작가의 진술은 오정희 소설의 요체를 간결하게 압축한다. 물질적 가난과 폐허 의식에서 시작된 그의 조숙한 사춘기적 성장 의식은 성을 통해 밖의 세계에 눈을 뜨게 한다. 그 눈뜸은 동시에 내부를 향한 의식의 성장을 가져오면서 가난의 허기를 극복하는 에너지로서 기능한다. 그러나 그것은 물질적 결핍을 누르면서 성적 결핍을 추가하는 허기의 복합 현상을 유발하기도 한다. 물질적 허기가 어느 정도 채워질 수 있는 것이라면 성적 허기는 훨씬 질긴 것으로서 작가를 괴롭히지만, 역설적으로 이 괴롭힘이 소설의 근원적 힘이 된다. 그러나 그 힘으로 소설가는 무엇을 할 것인가. 그것을 발화시키는 동역학(動力學)의 세계는 애당초 오정희의 것이 아니었다. 감춤을 통한 억제의 미학을 그는 처음부터 선택하였다. 정역학(靜力學)의 세계라고 할 수 있다. 이 세계에서 오정희는 "새처럼 가벼워지기"를 바란다. 그러나 그의 새는 창공을 향해 비상하는, 날아가는 새가 아니다. 그 새는 "내가 태어난 어둡고 신비한 그늘로 숨어" 재생을 꿈꾸는, 음험한 새다. 그렇기에 후에 장편『새』에서 새는 '새장' 속의 새이며, 그 새장을 든 화자의 팔은 무겁고 뻣뻣하다. 새장 속의 새는 그리하여 "조그맣게 울" 뿐이다. 나는 그것을 에너지가 여전히 보존된 '기화'라는 말로 부른다.

오정희의 소설은 1950년대 한국전쟁 이후의 피난살이(내지 그 후에도 계속된 경제적 궁핍)의 소산이다. 거기에는 상이군인도 있고 고아도 있고 과부도 있다. 물론 일거리 없이 살아야 할 실직자와 술집을 포함, 무슨 일이든지 할 수밖에 없었던 여성들이 있다. 당연히 걸인도 있고 장애인도 있다. 이 현실은 서기원, 오상원, 이범선, 손창섭 등등 1950년대 소설가들의 전후문학과 정확히 상응한다. 그러나 이들 소설가들이 청년기에 전쟁과 직접적으로 맞부딪치면서 전후문학을 낳았다면, 오정희는 유소년기에 전쟁을 '전후'의 입장에서 체험함으로써 이념의 대립과 죽음의 현장을 피하고 그 남아 있는 폐허의 현실을 '궁핍'이라는 풍경으로 만나게 된다. 이러한 시각의 차이는, 그러나 오정희를 1950년대 작가들보다 오히려 더 깊은 슬픔으로 각인시킨다. 그도 그럴 것이 어린 소녀 오정희가 눈을 뜨고 세상을 만났을 때 그 세상은 이미 폐허이며 가난이었기 때문이다. 말하자면 가난으로서의 세상은 오정희에게 원천적 실존이었던 것이다.

그러나 그 실존의 상황에만 머물러 있었다면 소설가 오정희는 없었을 것이다. 오정희는 그 가난이 부끄러웠다. 더 부끄러운 것은 이때 그 가난을 드러내야 한다는 사실이었다. 그는 감추고 싶었다. 가난을 현실적으로 극복할 수는 없었으나 감출 수는 있다고 생각했다. 소설은 아마도 가난 감추기일 것이다. 그러나 역설적으로 이 감추기에 의해서 가난은 더욱 드러난다. 다만 죄일 뿐이고, 다만 추할 뿐인 것이 가난은 아니라는 메시지를 통하여—오히려 가난은 작가에게 끝없는 허기가 되어, 그 절망을 기화시키고 정신의 판타지를 생산한다. 허기와 갈증에서 솟아나지 않은 문학이 대체 어디에 있겠는가.

그는 먼지 이는 길을 뜨거운 햇빛, 희디희게 한입 가득 물고 걷고 있다. 뜨거운 햇빛은 가슴속의 불이 되어간다. 갈증에는 면역이 없다. 그는 이런 갈증에서 해방되어본 기억이 없다. (②-175)

이미 원숙의 반열에 든 오정희. 면역 없는 갈증으로 끊임없이 목 태우기를 바란다.

(2012)

순응과 탈출
—박완서론

1

이 글은 신진 여류 작가 박완서(朴婉緖)의 근작 「부처님 근처(近處)」와 「지렁이 울음소리」에 대한 간단한 리뷰이다. 작가 박 씨는 벌써 40대의 중년 부인으로서, 우리나라의 이른바 문단 사정에 비추어볼 때는 퍽 늦은 출발을 한 편이나 그러한 조건에 구애됨 없이, 아니 구애되기는커녕 오히려 그 조건을 더욱더 사랑하면서 활발한 작품 활동을 벌임으로써 적잖은 관심을 모으게 하고 있다. 상당한 삶의 체험을 갖고, 현실에 대한 안목도 이제 흔들림 없는 어떤 자기 나름의 것을 보여주면서, 동시에 유창한 소설 문장을 구사하고 있는 이 작가와 더불어 짧은 지면이나마 그가 제시하고 있는 문제를 함께 뒤쫓아가보는 것은 분명히 유쾌한 일이다. 물론 우리는 이 작가가 작가의 세계라고 할 만한 것을 양적인 수준에서 아직 획득하고 있지 못하기 때문에 그의 문학적 전모를 이렇게 저렇게 함부로 말할 계제는 못 된다. 또 그것은 거의 단평(短評)에 진배없는 이 글이 담당할 처지도 못 된다. 다만 나로서 주목하고 싶은 것은 작가 박완서가 최근에 발표한 몇 편의 소설이 실로 오랜만에 우리 현실에 거의 정면으로 맞부딪치고 있는 작품이라는 점이다. 따라서 여기서 '우리 현실'이라고 한 '현실'은 과연 무엇이며

'정면'이라고 표현된 정면은 정말 무엇인가 하는 점에 대한 반성도 함께 검토될 수 있을 것이다.

우리의 현실은 오늘날 복잡다단하다. 현실이라는 어휘가 본원적으로 지니고 있는 철학적·문학적 개념으로의 복합성을 고려하지 않는다고 하더라도, 지금 우리의 현실은 과연 복잡다단하다. 그 현상적 행태가 그런 만큼, 원인 또한 여러 가지의 분석 가능성을 열어 놓고 있다. 그러나 그 구극(究極)의 한 끝은 경제적·물질적 발전이라는 우리로서는 거의 반만년에 가까운 세월 동안 환상에 가깝게 느껴왔던 신화와 저 전통적 선비 사상의 저류를 이루고 있는 정신적 자유와의 대결이라는 사실에 집중되어 있다. 이 자리에서 한국의 선비 사상을 '정신적 자유'라는 서구식의 표현과 기계적으로 합일시키는 논리는 일견 비약처럼 보일 수도 있으나, 그 가치관이 반드시 현세적인 것이냐 아니냐, 혹은 초월적인 것이냐 아니냐 하는 점을 일단 논외로 한다면 동일한 차원에서 이해될 수 있을 것이다. 뿐만 아니라 서구 정신이 기독교 정신에 뿌리를 대고 인간 중심, 인간 편의 중심, 공리주의, 합리주의의 한 전통을 가지고 있다고 할 때, 우리의 것은 도리어 청빈 강조의 물질 경시적 특성을 한 맥락으로서 나타내고 있다〔이에 대해서는 서기원(徐基源) 외, 『한국의 지성』이 잘 다루고 있다〕. 이러한 정신의 자유 지향성과 현실주의는 때로 이상주의와 물질주의라고 바뀌어 쓰여지기도 한다. 독일 철학에서 헤겔과 마르크스를 설명하는 대비(對比) 가운데 하나가 그것이기도 하다. 독일 철학 안에서 이러한 대비가 하나의 주도적인 연구를 이루고 있는 것도, 또 그 연구에 대한 열도가 높은 것은 아니지만〔에를랑겐 대학의 헬무트 자이페르트Helmut Seiffert 교수는 무익론(無益論)을 대표하는 사람으로서 『인문과학이론(人文科學理論)』에서 그것을 소상히 언급하고 있다〕, 헤겔이 구현한 변증법 삼각형은 그것이 절대 관념의 집대성이라는 점에서, 그리고 마르크스의 그것은 변증법을 자의로 역사에 적용, 물질을 가진 자와 못 가진 자의 대결, 그 지양이라는 차원으로 옮겼다는 점에서 각각 이상주의와 물질주의라는 이름을 얻고 있는 것이 사실이다. 그러나 이상주의와 물질주의가 별개의 독립된 체계로 지속될 수 있는가에 대해서는 많은 이론(異論)이 제기된다. 그러한 이론은 특히 마르크시즘에서 많은 영향을 받고 있는 이른바 프랑크푸르트학파로부터 나오고 있다. 발터 벤야민을 비롯한 테오도어 아도르노 · 위르겐 하버마스 · 허버트 마르쿠제 · 에리히 프롬 같은 학자들이 바로 이 문제에 깊은 관심을 표명한 사람들로서, 이들은 인간이 노동을 통해서 획득하게 되는 물질과 그 과정이 인간 정신의 깊은 심연에 미치는 영향에 관하여 주목하고 있다. 과연 인간의 역사는 마르크시즘의 물질 사관이 내보이듯이 물질을 가진 자와 못 가진 자의 대결로만 설명될 수 있을 것인가. 노예 단계, 봉건 단계를 거쳐 이룩된 부르주아 단계는 공산주의 단계로 지양될 것이며, 거기에 이르러서 역사는 그 운동을 멈추고 말 것인가. 인간이면 누구나 똑같은 질과 양의 물질을 소유하게 되며 그로부터는 아무런 지향욕을 느끼지 않을 것인가. 이러한 의문에 대해서는 프랑크푸르트의 제씨들이 아니더라도 소박한 상식이 그것에 회의를 가지게 된다. 왜냐하면 그것은 너무도 기계적인 도식이며 그런 의미에서 비논리적이기 때문이다. 언필칭 "인간은 만물의 영장……" 운운하는 뽐냄은 한갓 허풍이 되어버리기 때문이다. 인간은 의심할 여지 없이 그렇듯 단순한 존재가 아니라는 것이 우리의 믿음이다. 인간에게는 물질적 욕망과 함께 정신적 욕망이 있으며 이 둘은 상극(相剋)의 관계로서 대치(對峙)되어 있는 것이 아니라 서로 간섭하는 영향 관계를 가지고 있다는 것이 우리의 믿음이다 이러한 믿음의 객관성을 위하여 가령 다음과 같은 몇몇 견해를 들어보기로 하자.

필연적인 노동이 개인에게 외적인 것이 되면 될수록 그것은 개인을 필연성의 영역에 더 적게 포함한다. 지배의 요구 조건에서 구제되어 노동 시간과 활동량의 양적인 감소는 인간 존재의 질적인 변화로 인도된다. 노동 시간보다는 자유가 그것의 내용을 결정한다. 자유의 확대되는 영역은 진정한 놀이의 영역 — 개인 능력의 자유로운 놀이의 영역이 된다. 이렇게 해서 해방되면 그것들은 새로운 형태의 세계 발견을 생성한다. 그리고 그것은 차례차례 필연성, 생존을 위한 투쟁의 영역을 다시 형성한다. 인간 현실의 두 영역의 변경된 관계는 바람직한 것과 합리적인 것, 본능과 이성의 관계를 변경시킨다. (마르쿠제, 『에로스와 文明』, 金仁煥 譯)

주관에 의해 구체화된 연구 과정은 인식되어야 할 객관적 현실에 실제 인식 자체를 통해서 귀속되는 것이다. 이러한 관점은 물론 사회를 하나의 전체로서 하는 것을 전제로 한다. 그 전체 속에서 인간의 내적 욕망은 주관이라는 실체를 통해 전체가 지향하는 사회적 당위, 즉 안온한 *均質*의 노동과 그 대가의 관계 속에 맞추어지는 것이다. 이때의 안온 균질의 객관은 인간의 가능한 정신적 욕망이 최대한으로 포섭된 것이라야 한다. (위르겐 하버마스, 『실증주의 논쟁*Positivismusstreit*』)

2

박완서의 두 작품 「부처님 근처」와 「지렁이 울음소리」를 읽으면서 내가 느낀 감상은 앞서 언급한 현실의 문제와 연관된 어떤 것이었다. 특히 「지렁이 울음소리」는 강한 현실감을 나에게 불어넣었다. 이러한 느낌이 "우리 현실에 정면으로 부딪치고 있는 작품"이라는 인상을 갖게 하였는지도 모른다. 왜 그럴까. 의심할 여지 없이 오늘의 우리 현실은 파도와 같은 물질 만능주의의 일방통행이라는 사실을 여기서 이와 관련하여 지적하지 않을 수 없다. 물질 사관은 마르크시즘이 그 최후의 목적으로 받아들이면서 가치관을 형성하고 있는 사상이었다. 그러나 오늘날에 이르러서는 자본주의 시민사회에서도 그것은 하나의 압도적인 풍속이 되어가고 있다. 물질은 인간 정신과 결부된 그 어떤 것, 정신의 투여(投與)에 따른 일종의 반대급부로 생각해온 그 사상에 있어 정신의 아름다운 면 대신에 추한 면이 보다 노골적으로 노출되고 있기 때문이다. 정신의 한 가지 단면에 불과한, 정신이라기보다는 체계 잃은 육신에 가까운 본능만이 지나치게 개발되고 있기 때문이다. 건전한 경쟁을 통한 합리성의 추구가 오히려 가치관을 전도시키면서 물질적인 부(富) 자체만을 뒤쫓게 된 것이다. 이러한 현상을 가장 날카롭게 지적하고 있는 허버트 마르쿠제에 의하면 자본주의와 공산주의는 이미 이데올로기의 상이성(相異性)이 많은 부분 상쇄(相殺)되었다는 것이다(마르쿠제의 『일차원적 인간』이 참조될 만하다). 상이한 두 이데올로기는 국익(곧 경제적 이익)을 위해 투쟁하는 신민족주의의 형태를 띰으로써 국제주의의 면모가 많이 가셔지는 반면, 물질의 추구라는 면에서 비슷한 경향을 띤다. 그것이 극에 달했을 때의 형태가 이른바 그의 탈공업사회 postindustrial society 이론이다. 이렇게 되면 소비가 생산을 창조하는 것이 아니라 생산이 소비를 창조한다는 논리까지 유도된다. 아닌 게 아니라 마르쿠제의 소론(所論)은 이제 세계 도처에서 현실로서 증명되고 있으며, 우리의 경우에도 그것은 예외가 되지 않고 있다. 단순히 예외가 되지 않는 정도가 아니라 그 어느 곳, 어느 때보다도 치열하게 벌어지고 있다. 자원과 인구의 고질적인 불균형과 근대적인 산업 기술 형태는 이러한 치열상의 숨은 원인으로 작용하면서 그 열도를 더욱 가중시킨다. 말하자면 원래 가난하기 때문에 잘 살아보려고 바둥대는 노력이 극성스러운 것이며 그 노력은 따라서 자기합리화의 정당성을 일견 획득하고 있는 것이다. 우리가 마르크시즘의 체제를 갖고 있지 않으면서도 물질 지상주의에 크게 침윤되어 있는 것은 이 까닭이다. 더구나 자본주의의 도입과 함께 비롯된 서양 것=새것, 새것=좋은 것의 몰인식적(沒認識的) 등식은 이 경우에도 그대로 적용되어 "내 힘으로 내가 벌어 내가 쓰는데 무슨 잔소리냐"는 식의 물질이기사상은 당연한 것으로 치부되는 경향이 있다. 이러한 경향의 연장 위에서 경제적 안정, 곧 인간 완성, 삶의 성숙으로 대치되는 인식이 널리 퍼져간다. 한 순간의 반성도 없이, 한 글자의 자기비판 기록 없이 그것을 받아들이고 있는 태도가 지금 이 사회의 한 풍속을 지배하고 있다는 사실을, 조금 생각이 있는 사람이면 부인할 수 없을 것이다. 그러나 "사람 나고 돈 났지"라는 시속(時俗)의 유행가가 반영하듯이 과연 돈이면 전부인가. 하버마스나 아도르노의 말에 의하지 않더라도 명백히 그렇지만은 않은 것이다. 아도르노가 완곡하게, 그러나 완강하게 표명했듯이 그것은 도리어 역사에 진실되게 남으려 하는 사람에게 지나친 정신적 부담일 수 있는 것이다. 더구나 그가 향수(享受)하고 있는 물질적 부(富)가 정당한 노력의 대가로써 이룩된, 말하자면 사회 정의와 경제 질서의 어떤 핵심을 결여한 것일 경우, 그 부담은 하나의 압력으로까지 성장한다. 바른 양심일수록 그 압력은 무거운 것이 된다. 거꾸로 말하자면 그 무게에서 벗어나려고 하지 않는다면 그 무게 밑에 있는 사람은 이미 바른 양심을 상실당한 사람으로 판단된다. 그러한 사람에게 있어서는 어떠한 문화의 발전도, 어떠한 역사의 진보도 기대되지 않는다.

「지렁이 울음소리」는 말하자면 이러한 위기의 소산이다. 그 수로 볼 때 실로 불필요할 정도로 많은 작가들을 가지고 있는 한국 문학은 웬일인지 우리 현실에 하나의 도전으로 나타나고 있는 이러한 물질주의를 그대로 군림하도록 방치해왔는데, 이제 박완서에 의해서 한 작은 응전(應戰)을 얻게 된 것이다. 그런 의미에서도 이 작품은 위기의 소산이라고 하지 않을 수 없다. 60년대 이후 특히 가열화된 물질 지상주의는 항간에 가치 전도라느니, 가치관의 확립이 시급하다느니, 전통 사회의 붕괴에 따른 새로운 모럴의 수립이 시급하다느니 하는 우려를 갖가지 매스컴·교육기관·연구 발표를 통해 표현해왔는데, 기이하게도 막상 정신의 마지막 끝인 영혼, 그 영혼을 끝끝내 지켜야 할 문학에서는 백안시 당해왔던 것이다.「지렁이 울음소리」를 위기의 소산이라고 보는 생각은, 아무리 강력하게 강조되더라도 그러므로 지나칠 것이 없어 보인다.

"남편은 TV 채널 돌리는 데 독특한 기술을 가지고 있었다."—「지렁이 울음소리」의 이러한 개권(開卷)은 처음부터 이 작품의 장래를 진하게 암시하고 있다. 명색이 남편이라는 사람을 묘사하면서 '독특한'이라는 형용(形容)을 넣어 무언가 야유하는 분위기를 조성하고 있기 때문이다. "그것도 기술이라고……" 하는 심리의 잠복이 느껴진다. TV 수리 기술자가 아니라 '채널 돌리는' 기술자이니 우리의 추단(推斷)은 충분히 그럴 법하다. 뒤이어 소설은 "바보에서 반벙어리로, 반벙어리에서 폭군으로, 폭군에서 계모로, 계모에서 악처로"라는 묘사를 이어줌으로써 남편의 채널 돌리는 기술의 내역을 소상하게 폭로하고 있다. 남편은 그러니까 바보·반벙어리·폭군·계모·악처를 즐기고 있는 것이다. 그것들은 현대 문명의 총아라는 TV가 보여주는 '재미있는' 화면의 사연들이다. 남편은 그 장면이 구현하고 있는 세계에 세심하게 탐닉되어 있는 것이다. 자, 이러한 남편이 무엇을 할 것인가.

남편이 다음으로 즐기는 것으로서 우선 군것질이 등장한다. "단팥이 잔뜩 들은 생과자라든가 찹쌀떡"과 같은 것이 그것으로서는 그는 "입술 언저리를 야금야금 핥으며", 그리고 "몸을 이리저리 뒤적이며" 군것질을 즐긴다. 이 작품에는 그러한 남편 이외에 남편을 그러한 사람으로 생각하는 아내가 함께 나온다. 아내가 어떤 사람인지는 몰라도, 우선 밝혀진 것만 보더라도 그녀는 남편에 대한 존경이 별로 없는 것 같다. 존경은커녕 작가가 그 쪽에 편들어 있음이 분명한 아내는, 남편의 군것질이 '야금야금'으로 느껴지고 '이리저리'로 보일 만큼 그에 대해서 일종의 경멸감을 갖고 있다. 이러한 대립의 인상은 소설의 진행과 더불어 더욱 심한 격화를 내보이면서 남편의 속성(屬性) 일반에 대한 고발로 확대된다. 이 남편은 대체 어떠한 사람인가.

"그는 그냥 맛있어 하고, 맛있음을 그냥 즐겼다."—그러나 그렇다고 해서 그가 무슨 대단한 식도락가가 아님은 소설의 앞뒤 문맥이 친절하게 일러주고 있다. 신문이나 잡지 및 온갖 세상사도 TV 연속극 보듯 하는 남편, 아주 신속히 아주 신효한 정력제의 이름을 알아내어 그것을 상복하는 남편, 은행이라는 안정된 직장에서 순조로운 승진을 하는 남편, 자기 몫의 수익성 있는 부동산을 가진 남편, 건강한 자식과 아름다운 아내가 있는 남편, 그 남편이 그것이 비록 음식의 세계라 하더라도 한 가지 사물에 대한 깊은 의미 탐색과 그 맛의 음미를 즐거움으로 하는 멋있는 식도락가로 인식되는 것을 이 소설은 용납하지 않고 있는 것이다. 그렇다면 남편은 어떤 사람인가. 그는 사람이라기보다 하나의 꼭두각시인 것이다. "그의 일상은 다만 편안하고 행복한" 꼭두각시인 것이다. 그에게는 회의하고 반성하는 인간으로서의 기능이 철저하게 배제되어 있으며, 그렇기 때문에 "브라운관 속에서 일어나는 일을 자기 일로 착각하는 따위의 어리석은 구경꾼이 아닌 것처럼 세상사와 그와의 행복을 연관 지어 생각하는 따위"는 아예 하지 않는다. 그가 굳이 인간이라면 일상에 마멸되어버린 철두철미한 순응주의의 화신이란 조건 아래에서만 승인될 수 있을 것이다. 그를 경멸하는 아내에게 있어서 "별안간 힘찬 반란"이 일어난 것은 따라서 지극히 당연한 일이라고 우리는 박수로써 그녀의 행동을 받아들일 수 있게 된다. 그것은 물질이 사고(思考)하고, 실리주의가 결정하는 오늘의 현실을 압축한 것으로서, 이때 박수를 치면서 우리는 콩알의 형태로 위축된 정신의 해방과 그 회복을 함께 맛볼 수 있게 된다. 그러므로 우리는 이 작품의 아내가 "불현듯 겨울의 남대문 꽃시장에 있고" 싶어 할 때, 우리도 함께 그녀와 동반하고 싶으며, 그녀가 여학교 시절의 남선생과 만나는 자리에까지 눈치 없이 동석하고 싶어진다. 그녀가 외간 남자와 만나는 행위를 오히려 즐겁게 거들어주고 싶은 까닭은, 그 남자가 학교 시절에 욕쟁이 선생이었다는, 단지 그 때문이라는 사실은 현실이 지배하고 있는 공리·실리 풍조의 획일성과 그에 흡수되어가고 있는 인간 정신의 도식화에 대한 열렬한 반감 이외에 아무것도 아닌 것이다. 아내가 기대하고 있는 그 사내의 욕, "고뇌로운 표정을 참다못해 드디어 욕설을 배설하려는 찰나의 반짝하도록 빛나는 표정"과 "그 순간적 섬광"을 우리도 함께 즐기고 싶은 것이다. 그것은 순응이 갖고 있는 질서라는 차원에서 관찰될 경우, 하나의 파괴를 뜻하는 것일 뿐이지만 무한대에 수렴하는 자유인의 정신에서 볼 때, 하나의 아름다운 파격, 가능성의 운동이라는 의미를 지닌다. 「지렁이 울음소리」에서 기대되었던 남선생의 욕설은 끝끝내 못 들은 채 실패로 끝나지만, 문학적 의미가 높이 평가되는 이유는 바로 그 까닭이다.

그 선생 역시 어느덧 우리가 우려했던 세태 속에 감염되어 있었으며, 그 울타리 속에 규격화되어 있었으나 아내는 끝까지 그것을 거부하는 믿음을 보여준다. 그녀는 드디어 꿈속의 세계에서 남선생과 만나 "건포도에서 포도즙을 짜내기보다 어려운" 욕을 짜내려고 시도한다. 그러던 아내가 이 작품에서 마지막으로 얻은 것은 그녀의 공상 속에서 획득한 그 남선생의 지렁이 울음소리다. "날 놔줘" "제발 날 살려줘"라는 소리를 그녀는 환청의 형태로나마 쥐어짜낸 것이다. 그렇게 하지 않고서는 현대의 가공할 만한 물질주의의 압력에서, 그것이 연출해놓은 치인(痴人)인 남편의 압력에서부터 벗어날 수 없었기 때문이다. 그 해방에의 의지가 얼마나 열렬했기에 작가는 "그 신음을 육성으로 들어두지 못한 건 참 분하다"면서 펜을 놓고 있을까. 정신의 자유를 지키려는 문학에의 의지가 이만큼 생생하게 전달될 수 있는 것은, 작가의 이와 같이 강렬한 비판의식 때문일 것이다.

3

억압으로부터 도주하고 싶어 하는 본능이 사람이면 누구에게나 존재한다는 것을 체계적으로 밝혀낸 것은 프로이트 심리학이다. 프로이트는 억압으로부터의 탈출 심리에 주목하면서 탈출에서부터 언제나 새로운 창조가 이루어진다고 보았다(자세한 것은 『프로이트 강의록』 제1권 참조). 「지렁이 울음소리」에서 나타난 박완서의 탈출은 그런 뜻에서 본능적인 의미와 함께 창조적 기능을 시현한 것이라고 할 수 있을 것이다. 이 작가가 「지렁이 울음소리」에서 강조하려고 한 것은 분명히 물질주의의 굉대한 압력이다. 그러나 여기서 중요한 것은 그의 관심이 가증스러운 황금만능 풍조, 그에 추종하는 안이한 순응주의에 있다는 것은 틀림없는 사실이지만 그보다 더 중요한 것으로서 그것을 하나의 '압력'으로 받아들인 정신의 심리학을 우리는 지적하지 않을 수 없다. 압력으로부터의 탈출은 본능이지만 남들은 그것이 압력인 줄 모르고, 압력은커녕 생활의 편의를 즐기고 있는 판에, 홀연히 그것을 압력으로 느낀다는 것은 단순한 본능과는 예리하게 배반되는 일이다. 그것은 하나의 능력이며 어떤 정신의 힘이다. 눈에 보이는 모든 물리적 압력 이외의 압력을 압력으로서 인식하는 행위는 무릇 정신의 어떤 힘이라고 하지 않을 수 없다. 이 작가가 보여주고 있는 그 관심의 보편성은 바로 이런 문제에 있는 것이다. 그의 또 다른 한 편의 작품「부처님 근처」는 이를 위한 좋은 보전(補塡)의 구실을 제공하고 있다.

「부처님 근처」의 주인공 딸은 6·25의 전화에 남편과 아들을 잃은 어머니를 갖고 있다. 딸의 입장에서 보자면 오빠와 아버지를 잃은 것이다. 그들은 참으로 어이없이 무참한 죽음을 당한 것이다. 아직 어렸던 딸과 역시 아직 젊었던 어머니는 그들 사내들의 죽음을 통해 피맺힌 충격의 기억을 갖게 된다. 어머니는 우리들 누구나의 어머니가 그렇듯이 거의 실신에 빠지게 되며 그로부터의 회복은 전혀 난망시(難望視)된다. 역시 우리들 누구나의 어머니들이 그렇듯이 남편과 아들을 비참하게 떠나보낸 과부로서의 청승맞은 고난의 삶이 그 어머니의 나머지 삶으로 바뀌게 된 것이다. 말하자면 어머니 노파는 남편과 자식의 비극적인 죽음이라는 것을 그녀의 숙명으로 새삼 짊어지게 된 것인데, 이 멍에가 바로 이 소설에서 일차적인 압력으로서의 기능을 발휘하게 되는, 프로이트의 저 원시적 '본능으로서의 억압'이다. 여기서 등장하는 압력은 인간이면 누구나 쉽게 감각으로써 반응하게 되는, 물리적 압력에 가장 가까운 압력이다. 비극적인 죽음에 반응하는 감도에 있어서 전통적인 폐쇄 사회의 본능을 보다 대표하는 노파와 현대의 지적 능력을 대표하는 딸이 심한 차이를 내보이는 것은 그 까닭이다. 어머니 노파는 자신의 목숨이 없어진 것 이상으로 슬프고 안타깝지만, 젊은 딸은 그러한 강박에 시달리는 어머니의 존재 자체가 비극적인 죽음 못지않게 거북한 것으로 느껴진다. 노파 어머니는 그 강박에서 벗어나기 위하여 절을 찾아 부처님에게 불공을 드린다. 부처님에 대한 예배가 불가(佛家)에 대한 지식이나 믿음과 상관없이 마치 점쟁이를 대하듯이 샤머니즘적인 차원에서 행해지는 것은, 따라서 지극히 당연한 일이 아닐 수 없다. 그녀에게 중요한 것은 독실한 신앙이 아니라 현세의 고통스러운 강박의 압력에서 벗어나고자 하는 해방의 본능뿐이기 때문이다. 이러한 어머니의 존재가 딸에게 새로운 압력을 가하면서부터 이 소재를 본격적으로 명제화(命題化)한다.

젊은 딸은 늙은 어머니가 그녀의 낡은 기억을 끝끝내 하나의 멍에로서 등에 이고 절을 찾아다니며 흡사 동냥하듯 구원을 비는 것이 못마땅한 것이다. 어머니뿐 아니라 불공을 통해서 알게 된 절의 풍속이 도대체 못마땅한 것이다. 사람들은 인간의 영원한 생명을 믿고, 그 초월적 존재를 믿고, 내세(來世)를 기도하는 것 대신에 어느 날 갑자기 복권에라도 당첨되기를 바라는 마음으로 요행을 점치고 있는 것이 아닌가. 간단히 말해서 사람들은 그들이 받게 된 기억의 상처, 그 억압이 주는 심리적 고통으로부터 너무 쉽게 구제되려고 하고 있는 것이다. 그것은 작가 박완서가 「지렁이 울음소리」에서 그토록 타매해 마지않았던 순응주의의 다른 얼굴에 불과한 것이다. 주인공 딸에게 그러한 어머니의 존재는 「지렁이 울음소리」에서의 남편의 존재가 그렇듯이 너무 안이하고, 너무 힘겨운 존재이다. 그러나 그들은 남편이고 어머니다. 남편이라는 이름이 오랫동안 누려온 바와 같이 남편은 너무도 막강한 현실을 대변하고 있으며, 어머니 역시 그 이름이 오랫동안 지배해온 바와 같이 관습과 전통 심리의 요지부동한 한 스타일을 압축해서 말해준다. 그것을 다른 말로 바꿀 때 물질주의라는 말과 샤머니즘이라는 말이 다시 한번 사용될 수 있으리라. 전자는 점고(漸高)되어가는 현실의 한심한 내역이며, 후자는 지금껏 우리들이 편승해온 자기기만적 강박 해소법이다. 이 둘은 모두 참다운 정신이 지향하는 어떤 힘과는 근본적으로 등을 맞대고 있는, 말하자면 정신의 적(敵)이다. 그러나 그 적들은 우리 부근에 너무 가까이 붙어 있어서 우리의 몸, 우리의 정신이 과연 그들과 전혀 무연(無緣)한지 아닌지를 이따금 가려낼 수 없을 때가 있다. 「부처님 근처」에서 딸의 해방은 어머니가 죽음으로써 이루어진다. 어머니는 물리적 강박의 화신, 샤머니즘 구제법의 실천자로서 그녀의 죽음은 딸에게 있어 압력 자체의 소멸을 의미한다. 그것은 가장 손쉬운 일이지만 가장 힘든 일이다. 왜냐하면 현실이나 외계가 하나의 압력으로 인간을 억압할 때 그것은 사람이 자연사하듯 그렇듯 손쉽게 제 몸뚱이를 거두지는 않기 때문이다. 「부처님 근처」가 보다 복합적인 문제 제시에도 불구하고 소설적 감동 면에 있어서 「지렁이 울음소리」에 미흡한 까닭이 있다면 이 점이 지적될 수 있을 것이다. 물질주의든 샤머니즘이든, 손쉬운 현실과 방법론에 순응하지 않고 탈출하는 데 있어서 마른목에서부터 지렁이 울음소리라도 짜내려는 노력은 확실히 가만히 앉아서 자연사를 기다리는 노력보다 훨씬 값진 것이기 때문이다. 우리는 TV 채널만을 돌리며 행복의 뜻을 추호도 되새겨보려고 하지 않는 남편이나, 슬픈 것을 보고 다만 슬플 뿐인 노파의 억압 반응을 참된 압력이라고 믿을 수 없다. 압력은 그곳에서부터 탈출하면서, 자기의 방식을 찾을 줄 아는 자만의 것이다. 마르쿠제가 역설하는 억압 없는 문명에의 길은 그 부단한 탈출과 방식의 모색이 계속될 때 한갓 예언으로서만 주저앉지 않을 것이다. 그가 내세운 '에로스'는 그의 본뜻과는 관계없이 이러한 방식의 하나로도 이해될 수 있는 것이다. 우선 중요한 것은 탈출의 용기와 길을 찾는 일이다. 문학작품에 있어 그 길이 무엇인가를 이 작가는 가르쳐주고 있다.

2

박완서의 소설은 여성다운 감수성, 그 무절제한 자기 환상에 빠져 있지 않다는 점에서 우선 여성 작가로서의 일반적인 범주를 넘어서고 있는, 매우 특이한 작가이다. 그렇기는커녕 그의 소설은 여성 특유의 빛나는 재치의 힘을 입어 우리 현실의 은밀하고도 수치스러운 구석구석을 흡사 송곳처럼 날카롭게 쑤셔대는 비판적인 몫을 수행하고 있다. 그는 여성 잡지를 통해 창작 활동을 시작했으나, 이러한 관문을 거친 사람들의 한계를 무시하고 「부처님 근처」「지렁이 울음소리」 이래, 어떤 핵심적 현실을 부각시키는 유능한 작가로 성장한 것이다. 그런 의미에서 그의 첫 창작집 『부끄러움을 가르칩니다』는 70년대 한국 문학이 거둔 또 하나의 성과라고 불러도 별로 틀리지 않는 평가가 될 것이다.

박완서의 소설이 말하고자 하는바 가장 중요한 요점은 물질문명의 발달, 그것도 한국이라는 상황 속에서의 근대화·도시화·공업화의 전개 과정이 인간과 부딪치면서 어떤 마찰을 일으키고 있는가 하는 점이다. 이 문제는 실상 70년대에 등장한 다른 많은 작가들에게서도 공통적으로 엿보이는 문학적 관심인데, 박완서의 경우 특히 그것은 한국인의 전통적인 심성과의 조우에서 야기되는 갈등이라는 점이 주목된다. 한국인의 전통적인 심성은 대부분의 그의 소설에서 여성 심리의 묘사로 포착되는데 이러한 사실은 첫 단편 「세모(歲暮)」 이후, 거의 전 작품을 지배하고 있다. 이 작가의 소설에 등장하는 주인공은 그 시점 설정에 있어서 작가와 동일인의 느낌을 주는 기혼의 중년 여성으로 되어 있다는 점도 이러한 측면에서 이해됨 직하다. 즉 대부분의 여성 주인공들은 한때 꿈 많은 처녀 시절을 거쳤으나 지금은 어차피 아이들 몇을 둔 중년으로 적당히 늙게 된 입장에서 그들의 현실을 바라본다. 이들의 눈에 들어오는 현실이란 자연히 남편과 자식이라는 통로를 통한, 조금은 좁아진 현실이기가 십상인데, 그들은 그 현실에서 자신의 꿈에 근접한 즐거움을 느끼기도 하고, 이미 소멸되어버린 꿈의 화석에 좌절을 맛보기도 한다. 그도 그럴 것이 주인공 여인들은 오랜 세월의 신산(辛酸)에도 불구하고 기특하게도 강렬한 자의식을 포기하지 않고 남아 있는 자들로 그려져 있기 때문이다. 이 점이 바로 문학이 가치를 얻게 되는 소중한 요체이기도 하다. 여인들의 자의식은 물론 때에 따라서 혹은 허풍으로, 혹은 오기로, 혹은 한없는 슬픔의 눈물로 그 표현을 달리하고 있으나, 어쨌든 그들은 찌든 삶, 허위로 충만된 일상 속에서 자의식을 잃지 않는다. 그리고 그렇듯 완강하게 남아 있는 자의식 위에 온갖 현실의 부조리가 투영되는 것이다. 따라서 여인들은 비록 겉보기에 남부럽지 않게 사는 평범한 행복의 얼굴들을 하고 있더라도 그들의 현실과 자의식 사이에는 끊임없는 불화가 지속되고 있다.

이 작가가 깎아놓고 있는 자의식 속에서 적으로 매도되는 현실의 가장 중요하고 압도적인 부분은 물론 인간의 물성화(物性化) 현상이다. 「지렁이 울음소리」 「주말농장(週末農場)」에서 날카로운 압축의 묘를 얻었고 「도둑맞은 가난」에서 음험한 그 변형을 보여주고 있는 이 문제는 여주인공들의 상대역처럼 애용되고 있는 남편, 혹은 애인의 속물성 묘사로 매우 근사한 현실감을 얻는 데 성공하고 있다. 이 작가 역시 인간에게 고귀하고, 인간을 행복하게 하는 것은 물질이나 문명의 혜택이 아니라 그것을 넘어서는 그 어떤 것이라는 인생관을 가진 듯이 보이는데, 그런 까닭이겠지만 그는 차츰 물성적 현상 그 자체보다 그에 의해 치사스러운 형태로 변모해가는 인간관계에 비판의 화살을 돌리게 된다. 「저렇게 많이!」와 같은 작품에서는 아주 노골적으로 드러나 있으나 그 밖의 다른 많은 작품에서 나타나는, 속고 속으면서도 적당히 웃고 지내는 파탄된 인간관계는 이를 반영하는 것으로 여겨진다. 그래선지 이 작가의 소설에는 비뚤어진 교육에 관한 언급이 매우 자주 발견된다. 그러나 이것 또한 이러한 문학관의 전개에 따른 불가피한 기법상의 모순으로 받아들여질 문제인지는 알 수 없으나, 그의 어떤 소설들은 지나친 요설과 소피스트케이션에 기울어 있는 흠도 없지 않다. 현실을 비판하기 위한 문학의 기법적인 고려가 자칫하면 그 현실을 재미로 즐기는 게 되어 수동적 역현상을 초래할 수도 있다는 점을 지적해둘 필요는 없을는지 모르겠다.

3

재미있는 소설은 잘 읽히지만 재미없는 소설은 잘 읽히지 않는다. 그러나 재미있는 소설이라고 해서 모두 훌륭한 소설은 아니다. 우리가 원하는 것은 재미있으면서도 훌륭한 소설이다. 그렇기 때문에 우리의 이러한 욕구가 충족되는 경우란 상당히 힘든 일인지도 모른다. 재미있다고 하면 그것은 우선 우리의 열려져 있는 감수성에 와 닿는 것을 뜻하는 것이며 훌륭하다고 하면 그렇듯 풍부한 재미를 제공하면서도 두고두고 삶의 의미를 반성케 하는 것을 뜻하리라.

흔히 재미있게 읽을 수 있는 많은 소설들이 별 기억 없이 우리 머릿속에서 사라져버리는 경험을 종종 겪게 되는데 이것은 재미가 재미 그 자체만을 추구하다가 통속성에 빠져버리고 만 예일 것이다. 그러나 동시에 아무리 훌륭한 문학성을 담고 있다고 하더라도 재미는 고사하고 읽기마저 힘든 소설이라면 이 역시 우리에게 보편적인 감명을 주기 힘들 것이다.

나는 그런 의미에서 최근에 정력적인 활동을 벌이고 있는 일군의 젊은 소설가들을 주목해왔으며 그들이 사용하는 쉬운 낱말, 정확한 문장 그리고 무엇보다 우리의 체험과 지식에 발맞추는 동시대인으로서의 같은 호흡을 평가해오고 있다. 나이로서는 그렇게 젊다고만 할 수 없으나 작품 활동을 이즈음 들어 벌이기 시작한 박완서의 경우도 이와 같은 나의 관심권 속에 들어 있는 작가이다. 그는 이달에 「겨울 나들이」「저렇게 많이!」의 두 편을 발표했는데 특히 「저렇게 많이!」가 지금까지 그가 발표해온 작품과 일련의 공통성을 가지면서 주목된다. 「저렇게 많이!」의 주인공 여성은 대학을 나온 지 7년이나 된 올드미스이다. 대학 다닐 때는 연애하던 남자도 있었고 여성으로서 항용 갖게 마련인 꿈도 있었으나 지금은 대학 입시 준비 여고생들을 지도하면서 지내고 있는 좌절된 한 젊음. 결혼도 하지 못했다.

그러던 그가 모교 앞에서 옛 애인을 만나는 장면부터 소설은 시작되는데, 우선 두 옛 연인의 해후부터가 퍽 시니컬하다. 말하자면 7년 동안이라는 세월 사이에 상거(相距)해 있음 직한 그리움이나 애틋한 정의 재현 같은 것은 아예 없고 상대방의 약점을 찌르는 대화로 점철된 야유적 분위기가 주조를 이루고 있는데, 그도 그럴 것이 상대방 남자는 부잣집 사위가 되기 위해 이미 7년 전에 그의 곁을 떠났던 처지였기 때문이다. 두 사람의 대화는 자연히 가시 돋친 요설(饒舌)로 발전하는데 이와 같은 상황 묘사는 이 작가 특유의 기법이기도 하다. 아무튼 그 결과 사내는 신종(新種) 점쟁이 아내를 두고 돈을 벌고 있다는 사뭇 기발한 내용이 밝혀진다. 그러니까 처덕(妻德)과 돈을 오매불망하던 그 사내는 일견 그 소원을 이룬 셈이기도 한데, 우리는 여기서 그 사내의 아내가 가진 직업의 현실성 여부에 상관없이 그것을 최대한도로 희화화해낸 작가의 설정에 고소(苦笑)를 보내지 않을 수 없다. 그것은 물론 작가가 아닌 주인공 사내를 향한 고소이다.

박완서의 주인공들은 대개 여성, 그것도 30~40대의 주부가 대부분이다. 그러나 이들 주부는 남편 시중들고 아이들 기르기에 평범한 일상을 보내면서 만족하고 있는 주부들이 아니다. 그 반대다. 이 작가의 주부들은 직장과 가정 사이를 오락가락하며 처자와의 일상생활에 소일하고 있는 평범한 남편들에 대하여 회의와 비판·분노마저 느끼는 여인들이다. 그러므로 이들 여인네들은 단순한 불만의 주부들이라기보다 물질화·왜소화된 현대의 도시 풍속에 대한 신랄한 비판의 주역들이라고 보는 것이 좋을 것이다. 사실상 「지렁이 울음소리」 이래 그는 이 문제를 집요하게 추구하고 있는데 「저렇게 많이!」도 그와 동궤(同軌)의 방향을 보이고 있다.

그러나 이 작품에서는 전작들과 달리 주인공 여성의 의식이 그가 비판하고자 하는 물량화(物量化)된 사회 대상의 그것에 한 발짝 오히려 경사(傾斜)되어 있는 느낌을 주어 불안하다. 가령 남자 주인공을 경멸하면서도 닮아갔다든가, 교양 있고 기품 있고 존경받는 생활로의 욕구를 결국 가발과 같은 '고상한 허식'으로 간주하고 벗어버린다든가, 혹은 군중 속에 섞여버리는 결구 등은 이 작가가 제시한 문제에 비해 안이한 타협의 느낌을 주는 것처럼 의심된다. 물질을 향한 유혹은 인간 누구에게나 내재해 있는 것이어서 자칫 그것을 비판하려고 하다가 도리어 함몰되어버리는 수가 있다. 최인호·조선작 등이 이따금 범하고 있는 그 유혹에 견딜 수 있다면 아마 이 작가도 충분히 재미있고 훌륭한 소설가로 성숙하리라 믿는다.

(1976)

* 이 밖에 박완서에 관한 필자의 평론으로 「구원과 소설」(1985; 『문학을 넘어서』)이 있다.

서사와 서정의 섬세한, 혹은 웅장한 통합

—김주영의 『객주』 다시 읽기

1

1970년대 후반에서 1980년대 초반에 걸쳐 탄생한 전 아홉 권의 장편 『객주』는, 하나의 사건이었다. 그러나 이 사건은 유신 정권과 광주 비극, 신군부의 등장 등 엄청난 사건들에 압도되어 그 온전한 의미가 당시에는 제대로 부각되지 못했다. 마치 프랑스혁명과 3월 전기(前期)의 소용돌이 속에서 괴테의 엄청난 문학적 수행이 올바로 조명되지 못했던 상황과 비교될 수 있을까. 다행히 『객주』 사건은 그에 비해서 훨씬 빨리 각광의 한복판으로 들어가게 되었고, 그 여운과 후광은 여전히 살아 있는 힘으로 우리 문학과 문화 전반에 영향을 비치고 있다. 그렇다면 무엇이 한 작품을 역사적인 사건으로 이끌어내게 되었을까. 뒤의 결론부에서 다시 언급되겠지만, 그것은 이 작품이 지니고 있는 사회 총체적인 성격과 연관된다. 총체성이란, 말하자면 정치적·경제사적·문학적 측면의 종합을 지칭하는바, 20세기 한국문학사 1백 년에서 이러한 총체성은 매우 희귀한 예에 속하는 것이었다. 이른바 역사적인 사건이 아닐 수 없었다. 이제 그 세 가지 측면을 먼저 개괄적으로 살펴본 다음, 그중 문학성 부분에 관하여 보다 집중적인 접근과 분석을 가하는 것이 좋을 것이다.

작품이 내재하고 있는 정치적 성격은, 무엇보다 작가의 관심과 시선이 짐짓 제도권 내부를 철저하게 외면하고 있다는 점이다. 이 점에 대해서는 이와 비슷한 역사물, 혹은 시대물로서 거론되는 왕년의 『임꺽정』이나 근자의 『장길산』과 이 작품이 전혀 그 지향점이 판이하다는 사실에 주목할 필요가 있다. 앞선 작품들이 중앙 정부, 혹은 제도권 일반에서 탈락하고 소외된 권력형 인물을 주인공으로 삼고 있다면, 『객주』의 주인공들은 권력 그 자체에 무심한, 혹은 제도권 밖의 변방에 머물러 있으므로 어떤 권력적 지향도 하고 있지 않다. 아예 무관하다고 불러도 좋을 정도다. 이 때문에 『객주』에는 주인공이 없다고 우선 말하고 싶다. 그야말로 '객'이 '주'다. 임꺽정이니, 장길산이니 하는 영웅적 주인공들이 없고, 그저 길소개니 매월이니, 선돌이니 하는 장삼이사(張三李四)의 필부들이 들락거릴 뿐이다. 그들 중 어느 누구도 우리 역사의 중심에 기록되어 있는 인물은 없다. 뿐만 아니라 뒷길의 소위 야사에서조차 한 번도 호사스러운 관심의 대상이 된 인물이 없다. 그들은 그저 지금까지 시골 어느 장터를 오고 가는 인물들 몇몇으로 작가에 의해 뜬금없이 징발된 자들일 뿐이다.

이 같은 작품의 성격 때문에, 이 소설은 1970~80년대 우리 문학에 거세게 풍미했던 이른바 민중문학적인 요소와 성격을 가장 많이, 가장 전형적으로 지니고 있음이 분명하다. 그러나 흥미로운 사실은, 어찌 된 셈인지 이 작품은 오히려 민중문학론자들에 의해 섬세한 분석도, 올바른 평가도 받지 못한 인상이 짙다는 점이다. 민중문학론이 지닌 전투적·전략적 특성을 감안한다 하더라도 이 점은 지금까지도 내게 여전히 의문인 채 남아 있다. 그러므로 이 시점에서 『객주』를 다시 읽는 것은, 작품의 보다 세밀한 고찰과 더불어 어떤 의미에서는 민중문학론의 허실에 가깝게 근접하는 작업과도 통하지 않을까 생각된다. 광주의 비극은 강권 통치를 이후 10년 안팎이나 초래하였고, 그 기간 폭력에 대한 저항이 간단없이 이 땅을 흔들어왔다. 특기할 점은, 이러한 현실이 문학 내부에서는 소설의 발전보다 시의 융성을 가져왔다는 사실이다. 장르를 중심으로 한 양식사(樣式史)에서, 장르와 사회 현실의 관계가 탐구될 때 일반적으로 발견되기 일쑤인 이러한 특징은 우리 현실에서 가장 극명한 그 모습을 보여준 셈이었다. 이를테면, 파행적 현실은 순조로운 소설의 전개보다, 정서적 폭발력을 지닌 시 양식과 훨씬 긴밀하게 조응한다는 것이다. 1980년대의 우리 문학사가 활발한 시의 시대로 기록되는 까닭도 여기에 있을 것이다. 신경숙을 비롯한 젊은 여성 소설가들의 일련의 새로운 소설들이 등장하기 시작한 80년대 후반까지 이러한 현상은 지속되었고, 90년대 이후 우리 소설은 홀연히 페미니즘과 영상주의로 일컬어질 수 있는 새로운 성격에 의하여 큰 전환을 맛보게 된다.

그렇다면 21세기 벽두에 그야말로 홀연히 재출간되는 『객주』의 의미는 어디에 있는 것일까. 그 가장 큰 의미는 무엇보다 이 같은 시속(時俗)의 황망함 속에 제쳐진 작품의 온전한 가치를 다시 음미해본다는 점에 있을 것이다. 그리고 그 의미의 앞머리에서 앞서 말한 이른바 총체성이 찾아진다. 그 총체성을 외견상 감싸고 있는 정치적 성격은, 바로 이러한 시대적 배경에 대한 짧은 리뷰와 연결된다. 말하자면 제도권 권력을 향한 엄청난 분노와 이를 직접적으로 수용하고 있는 시 양식에 밀려, 제도권 밖의 민중들 삶을 그리고 있는 이 작품은 오히려 관심 밖으로 밀려나지 않았나 하는 것이 나의 관찰이다. 이를테면 민중들의 분노 때문에 민중들을 그린 문학이 밀려나는 아이러니컬한 현상이 80년대를 지배했다는 인식의 대두이다. 그리고 바로 이 현상이 이 작품의 불가피한 정치성으로 어쩔 수 없이 접수될 수밖에 없다. 결국 민중문학은 민중의 '문학'을 요구하는가, 아니면 그냥 '민중' 그 자체를 요구하는가 하는 회의와 물음이 작품 『객주』를 바라보는 이 논의의 시선에서 느껴지게 된다. 상당한 수준으로 민주주의가 회복되었다고 인정되는 이 시점에서의 다시 읽기는, 그러므로 참다운 '읽기'가 무엇보다 긴요하다. 민중의 승리가 문학의 패배로 이어져서는 안 되기 때문이다.

2

제도권 권력과 무관한 자리에서의 이름 없는 민중들 한 사람 한 사람, 혹은 그들이 한데 얽혀 사는 삶의 모습이, 그러나 권력과 전혀 무관한 것은 아니다. 이 소설을 무심히 읽어나가면서 만나게 되는 가장 빈번한 두 가지 풍경, 즉 폭력과 섹스는 이미 그것들이 어떤 종류의 권력을 무의식적으로 예비하고 있음을 보여주는 어두운 힘으로 잠재된다. 민중들의 삶이 흔히 건강하거나 싱싱한 것으로 표상된다면, 이러한 나의 표현은 사뭇 그것들과 상치될 수 있다. 그러나 그렇지 않다. 이 관계에 대한 침착한 탐구는 이 작품 이해의 가장 결정적인 관건을 이룬다. 다소 긴 인용문들과 더불어 이를 살펴보자.

1) "웬 놈들이냐?"

때를 같이하여 장골 하나가 달려들어 연놈이 덮고 있던 홑이불자락을 홱 걷어 젖혔다. 그리고 두 사람이 달려들어 알몸의 사내를 끌어내어선 밀치끈으로 포박을 짓고 매듭에다 대추나무 조리개를 끼워서 요동 못하도록 꽉 죄어 놓았다.

"이게 무슨 해코지여?"

사내가 포박을 받으면서 겁먹은 소리로 앙탈을 부렸는데도 세 장한들은 대답이 없었다.

초저녁참 요분질에 고초깨나 겪었던지 한참 부산을 떤 그때에야 계집이 파르르 떨며 일어났다. 처음엔 어수선함을 남편의 잠투세로 알았으나 방 안의 새물내와 찬 기운에 놀라 잠에서 깬 것이었다.

계집 또한 알몸이었다. 오목주발을 엎어놓은 듯 흐벅진 젖통을 수습하기 위해 저고리 찾느라고 어두운 방바닥에 손을 내어 휘저으니 아랫도리의 허연 비역살이 또한 드러났다. 그러나 이 난장판에 그것이 찾아질 리 만무였다. 초저녁에 횃대에 걸어 둔 옷을 잊어버린 것이었다. 계집이 젖통을 감싸 쥐고 체머리를 앓고 있듯 떠는데, 어느 장한이 씨부렸다.

"그년 사당년답게 육덕은 한번 흐벅지구나!"

계집은 밑도 끝도 없이 젖혀 놓은 홑이불자락으로 머리를 처박고 모질게 파고들었으나, 봉삼이 홑이불을 걷어 뜨락으로 내던져 버렸다.

재갈이 물린 사내는 그런 꼬락서니를 뻔히 눈 뜨고 바라보고 있었으나 지금 당장 어찌할 도리가 없어 염천 학질에 걸린 몰골로 떨고만 있었다. (1권, pp. 20~21)

2) 봉삼의 한 손은 궐녀의 어깨를 끌어안았고 다른 손은 금방 젖가슴으로 기어들었다. 그 손이 젖가슴으로 깊숙이 들어가매 감겼던 치맛말기가 저절로 풀어지고 궐녀는 일순 몸을 떨며 사내의 목덜미에 단내 나는 입술을 묻었다.

봉삼은 궐녀를 안아 올려 요때기 위에 반듯이 눕히고 치마를 벗겨 횃대에 걸었다. 고개를 들어 등잔을 불어 끄니, 외짝 바라지 문밖에서 서성이던 달빛이 금세 방 안으로 밀려들었다. 계집의 희디흰 속살이 밀려든 달빛과 어울려 가히 월궁 선녀가 잠깐 실수로 속세에 처져 있는 형용이었다. 가히 상것인 봉삼으로선 동품하기 주저되는 가인의 모습이었다. 그러나 언제인가 최가가 말했듯이, 달밤에 가인을 만나 어찌 헛되이 보낼 수가 있겠는가. 나중에서 극변(極邊)이나 원악도(遠惡島)로 귀양을 갈망정 벗겨놓은 계집을 외면할 방도만은 없었다.

봉삼은 궐녀의 흰 가슴 한복판에 봉발을 묻어 버리고 말았다. 남의 집 편발(編髮) 처녀를 범하는 것도 아니요, 업어 온 사정이긴 하되 계집 편에서 먼저 생의를 내고 있으니 또한 겁간도 아니었다. (1권, pp. 228~29)

3) "이놈, 되다 만 남행(南行) 부스러기가 무고한 도붓쟁이 젓동이를 박살내? 양반놈들은 빠질 때부터 이마에 구리를 깔고 나오느냐?"

그 당장 물고를 낼 요량으로 촉작대를 번쩍 들어 인중을 겨냥하고 꼬나 잡는데, 멱살 잡힌 놈은 고사하고 술청에 선 것들이 더욱 난색이었다. 길소개가 도포짜리 멱살을 잡은 채로 박살 난 젓동이께로 홱 끌어 박으니, 징검다리 헛디뎌 여울물에 엎어진 상두꾼 꼴이 되었다.

갓이 찌그러지고 도포 자락엔 젓치레요 목덜미엔 진흙이니 양반의 체면을 차마 볼 수가 없어 눈 뜨고 서 있기가 민망할 지경이었다. 더 이상 가다가는 장바닥에서 창피는 고사하고 병문 안팎의 일가붙이들에게조차 행세하기 어렵게 되었다는 낭패가 폐부를 찌르는데, 술청에 서 있던 것들이 버선발째로 마당으로 달려 내려가선 길소개를 잡고 애걸하기 시작했다. (2권, p. 34)

위의 세 인용들은 『객주』의 앞머리에 해당되는 1, 2권 가운데에서 임의로 뽑혀온 것들인데, 그 무자비한 폭력과 질탕한 섹스 장면들이 참으로 박력 있게 묘사되고 있다. 우선 재미있다고 말할 수밖에 없는 이 장면들은, 그렇다면 무슨 의미가 있다는 것일까. 정치적 성격과의 관련 아래에서 살펴질 때 그 함축이 밝혀질 것으로 보인다. 우선 인용 2)의 섹스 장면을 보자. 섹스의 주인공들인 봉삼과 궐녀는 비록 처음 만나는 사이임에도 불구하고, 질탕한 성교를 행한다. 그러나 케이트 밀레트Kate Millet의 주장이 아니더라도, 모든 섹스 행위에는 밀고 당기는, 즉 지배와 피지배의 암투가 숨어 있다던가. 암투가 끝났을 때, 야합이 오고 그 화평이 성교로 나타난다. 대부분의 소설들이 이 과정을 보여주는데, 이 소설에서 그 양상은 음험하면서도 래디컬하게 드러난다. 여기서 봉삼과 궐녀의 관계는 떠돌이 도부꾼의 일방적인 침략에 의해 시작된 것이었다. 코앞에 비수를 들이대고 볼모로 그녀를 업고 온, 일종의 강탈 관계였다. 그러나 성행위는 여기서 강탈 관계에 의해 이루어지지 않는다. 남자 쪽의 경우, 그 발심(發心)은 두 가지 이유에서 비롯된다. 즉 여인의 아비가 속한 상대방 적들의 발을 묶어놓아야 한다는 계산과 그녀의 미모이다. 양자 모두 남성 자신의 지배욕을 가장 첨예하게 드러내는 대목이다. 그런가 하면 여자의 경우, 그 이유는 그녀의 입을 통해 이렇게 설명된다.

"댁네가 홀애비이든 외자로 상투 튼 총각이옵든, 혹은 청의(靑衣)라 하더라도 의표(儀表)를 삼가 뵈오니 실로 걸출한 군자이시군요. 이제 제가 절조를 굳게 지킬 일이 없습니다. 댁네가 비록 부평초처럼 도방 대처를 떠도는 신세라 하더라도 그 의표만은 평생을 다하여 글을 읽은 선비에 못지않으니, 이제 제가 일없이 이 방을 나가기는 글렀습니다. [……]" (1권, p. 226)

그러면서 궐녀는 봉삼이 자신과의 섹스를 거부한다면 자결하겠다고 장도를 꺼내 든다. 처음에는 남자가, 다음에는 여자가 각각 칼을 뽑아 드는 칼과 칼의 대결은, 두 사람의 성적 야합에 의해 농밀한 평화로 바뀌어버린다. 지배와 피지배의 날카로운 대립이 절묘한 조화를 얻는 순간이다. 그 지배욕은 각기 상대방을 순간이나마 지배하겠다는 것이어서 그것이 이루어지는 순간 자동 소멸되는 모양이다.

다른 한편, 이 소설 전권에 편재해 있는 폭력의 경우, 그 권력의 성격을 들여다보는 일은 너무도 간단하리라. 권력이 곧 폭력 아니겠는가. 인용 3)에서 그 단순성은 명백하게 나타난다. 폭력의 발단이, 폭력을 행하는 자의 분노로부터 일차적으로 촉발되고 있는 것은 사실이지만, 그 속성의 깊은 곳에는 당연히 상대방을 제압하고 지배하겠다는 권력의 욕망이 잠겨 있다. 르네 지라르는 이와 관련하여 이미, 인간은 주인이 되거나 노예가 될 수밖에 없다는 극단적 사고를 보인 바 있지 않은가. 자신을 절대화하여 인정받으려는 절대적 폭력이 이때 행해지는데, 그것은 동물적 차원의 욕망일 수밖에 없다. 지라르의 제자들이 소위 보편적 욕망이라고 미화하고 있는 폭력의 정체다. 인용 3)에서 나타난 그 본능은 다음 세 가지 측면에서 권력의 의지와 그 결과의 비참함, 혹은 초라함을 드러내준다. 첫째는 양반이라고 불린 자들 셋의 공연한 트집잡이 폭력이다. 그 시작 장면이다.

"너 이놈, 구변 하나로 사람을 구워삶듯 한다마는 네놈이 장돌림인 이상이 고을을 크게 벗어나지는 못하리라. 저승길이 대문 밖이란 말도 못 들었느냐? 양반 알기를 우습게 알았다간 명대로 살지 못하리란 걸 명심하거라. 오늘은 일진 탓으로 돌리겠으니 새우젓이고 밴댕이고 더 이상 입정 놀리지 말고 득달같이 지게 지고 나가거라." (2권, pp. 31~32)

이 글 속에는 폭력의 단초가 그것을 행하는 자의 헛된 허세에 지나지 않는다는 사실이 명백히 표명된다. 즉 '양반 알기를 우습게 안다'는 것이다. 여기서 얼핏 생각하면, 양반이라는 제도권 속의 자리가 차지하는 우월성과 그에 저항하는 서민의 정의감이라는 도식으로 문제를 바라보는 열쇠가 쉽게 인식될 수 있다. 그러나 조금 더 자세히 사태의 본질로 들어가보면, 폭력은 그 행사에 있어서 언제나 자기 중심의 명분을 찾는다는 사실, 그리고 그 명분은 대체로 허세라는 허상임이 드러난다. 양반은 이때 그 허상이다. 그렇기 때문에 그 허상은 곧 반격을 만나기 마련이다. 그리하여 사건은 이렇게 진전된다.

"저놈을 심상(尋常)하게 두어선 안 돼. 양반을 능욕하는 자는 엄히 다루어야 하느니. 이놈, 내 당장 그냥 보고 있을 수가 없다."

봉당 아래로 쭈르르 달려나가더니 지게에서 젓동이 하나를 번쩍 들어선 마당 귀퉁이에다 패대기를 쳐버렸다. 온 마당에 젓 냄새가 등천을 하는데 그 참에야 부스스 일어난 길소개는 박살 난 젓동이는 상관 않고 뜸베질하는 도포짜리에게 다가가서 멱살을 단단히 죄어 잡았다. 그러나 술청의 것들도 그 북새를 그냥 보고만 있을 리는 만무하였다. 술청 바닥을 땅땅 구르며 꾸짖기를,

"너 이놈, 당장 그 바닥에 꿇어 엎디어라. 이놈, 감히 뉘 앞이라고 손찌검에 패악질이냐?"

담 너머로 장꾼들의 머리채가 들쭉날쭉하고 삽짝 밖에선 풍각쟁이 한 놈이 들어서려다 말고 멈추었다. 길소개는 멱살 잡은 손에 침을 퉤 하고 뱉었다. (2권, p. 34)

폭력은 권력 그 자체로 행사되기도 하지만, 권력이 이반될 때 더욱 잔인한 모습을 띠기도 한다. 권력의 이반이란, 현실과 명분의 괴리를 말하는바, 앞선 묘사의 경우 허상에 집착하는 양반의 명분과 그들의 잘못에 의해 야기된 현실, 즉 젓장수와 주모의 압박된 상황이다. 폭력은 이때 길소개의 반격에 의해 수행되기 이전에 이미 예비된 바나 다름없다. 다시 말해서 허상에 집착하여 그것을 하나의 권위로 상대방에게 강요할 때, 벌써 폭력은 진행되고 있다고 보아야 할 것이다. 말하자면 허상에의 집착과 강요는 그 자체가 폭력으로서, 다른 폭력을 반드시 다시 유발하게 된다는 점을 위의 예문은 극명히 보여준다. 실제로 젓동이를 그들 양반 셋이 박살내기도 했지만, 그 행위가 아니더라도 '양반' 운운의 허세와 돌진은 이미 폭력 행위에 해당된다는 것이다. 그리하여 독자는 여기서 벌써 이에 맞서는 대항 폭력을 예감하고, 불안과 기대 속에서 작은 전율을 경험한다. 아니나 다를까, 인용 3)에 나타난 길소개의 반격은 그 대항 폭력으로서의 의미를 지닌다. 독자는 이 반격에서 일종의 시원한 통쾌감을 느끼는데, 그것은 일방적인 폭력이 저항을 만나서 상쇄되는 데서 오는 일종의 안정감인 것이다. 바로 이 같은 불안과 안정의 고리야말로 폭력에서 폭력으로 이어지는 연결 고리가 권력관계임을 실증하는 것이다. 말하자면 지배자에 의해 지배되는 피지배자 역시 피지배 상황을 지속적으로 받아들이지 않는다는 것이다. 피지배로부터 탈출하거나 나아가 자신 또한 지배자의 자리에 진출하고자 욕망한다. 섹스 관계 속에 내재한 이 같은 권력의지는 이렇듯 폭력성에서 보다 직접적인 그 모습을 보여준다.

그러나 섹스 관계에서, 밀고 당기는 두 사람의 파트너가 성행위를 통해 화해의 순간을 획득하는 것과 달리, 폭력 관계에서는 폭력과 대항 폭력의 순환이 파멸과 비굴만을 초래하는 불행의 양상으로 부각된다. 권력의 죄악성이 훨씬 분명한 양태를 노출하고 있는 것이다. 인용 3)의 끝부분에 나타나고 있는 몰골, 즉 "갓이 찌그러지고 도포 자락엔 젓치레요 목덜미엔 진흙이니 양반의 체면을 차마 볼 수가 없어 눈 뜨고 서 있기가 민망할 지경"(2권, p. 34)이라든지, "술청에 서 있던 것들이 버선발째로 마당으로 달려 내려가선 길소개를 잡고 애걸하기 시작"(2권, p. 34)한다는 광경이 바로 그것이다.

그러나 소설 『객주』가 섹스를 예찬하고 폭력을 고발하는 방식으로 인간의 권력성을 도식화하거나, 이를 주제로 하고 있는 것은 물론 아니다. 무엇보다 그 같은 이분화된 도식은 인용 1)의 예문에서 무색해진다. 부부의 잠자리를 급습한 폭력에 의해, 안온한 성적 분위기가 일거에 파괴되는 상황으로 섹스와 폭력의 모습이 등장하기도 하기 때문이다. 넓은 의미의 관음증적 상황과 이에 대한 묘사는 이 소설 전권을 쉴 새 없이 드나들고 있는데, 그것이 독자의 관음증적 속성을 만족시켜주고 있다는 재미와 더불어, 섹스 또한 두 파트너의 화평한 성행위로 보장되지 않는 한, 폭력 행위 끝의 비굴과 비참처럼 비천한 풍경으로 전락될 수 있음이 알려진다. 결국 장편 『객주』에 미만해 있는 폭력과 섹스는, 짧게 표현한다면, 제도권 밖에 방치되어 있는 민중들 또한 변형되고 왜곡된 권력의 행사자들임을 증거하고 있다고 할 수 있다. 걸핏하면 행사되는 폭력, 섹스의 대담한 성취와 그 파괴는 제도라는 질서와 상관없이 모든 인간이 이 같은 어두운 힘에 깊이 묶여 있음을 보여준다. 그럼에도 『객주』의 그것들이 훨씬 싱싱하게 보이는 까닭은, 제도에 의해 은폐되지 않고, 거역할 수 없는 생명력에 바싹 붙어 있기 때문이다. 그러므로 벼슬아치들의 농간에 항거하며 뒤집기를 일삼는 역사물처럼 보이기도 하는 이 소설은, 시대를 넘어선 생명의 역사로서 당대의 제도권적 정치 현상을 뛰어넘어 항상 현재적이며, 항상 역동적일 수밖에 없다.

3

『객주』 성과의 또 다른 측면으로 지적된 경제사적 성격에 대해서는 나로

선 그 구체적·전문적 분석을 행할 능력이 미흡하다. 그러나 이 소설이 어차피 보부상들의 이야기이며, 그들이 우리 근대 경제사에 끼친 영향과 역할이 지대하다는 것이 정설인 한, 이에 대한 깊은 관심은 정당한 것일 수밖에 없다. 실제로 이 소설에는 그 어떤 역사적 기록을 통해서도 우리 앞에 친근하게 펼쳐진 일이 없는 전 시대의 시장 경제 모습이 거의 실물대의 크기로 생생하게 전개된다. 몇 대목만 읽어보자.

1) "시생도 팔도의 장판 어디 안 가본 데가 없소. 안양의 밤장, 통영의 갓장, 병점의 옹기장, 공릉의 짚신장, 안동 삼베장, 한산·임천·정산(定山)의 모시장, 신탄진의 다듬잇돌장, 황간의 대추장, 평안도 성천(成川)·청주·미원(米院)의 담배장, 정주(定州) 납청(納淸)의 유기장, 회령·김천의 쇠장, 안성의 유기장, 양주 밤장〔栗場〕, 옹진 멸치새우장, 보은의 대추장, 완도의 김장, 영암 참빗장, 담양 죽물장, 나주의 소반장(小盤場), 평안도 강계의 인삼장, 함안의 감장, 전라도 임실의 연죽장(煙竹場), 아산의 황조기장, 삼척의 게장, 전주의 한지(韓紙), 문경의 제기(祭器), 은진의 육날미투리, 평해(平海)의 미역장, 옥천의 면화장, 진주 진목장(晋木場), 홍원(洪原)의 명태장, 마산포 멸치장, 춘향이 울다 간 남원장, 장가 못 간 놈 섭섭한 아내장〔竝川場〕, 삼가장(三嘉場), 장호원장, 치자꽃 많이 피는 남해장, 광양의 푼주장, 그저 팔도의 장판을 청개구리 밑에 실뱀 따라다니듯 굴러다니며 헛손질 곤댓짓으로 타관 봉노 신세 진 지 삼십 넌에 못해 본 일이 없소만 딱 한 가지 못해 본 일이 있소이다그려." (2권, p. 14)

2) 차인으로 보이는 늙은이가 마당을 쓸고 있다가 들어서는 두 사람을 막아서며 물었다.

"어서들 오시오. 어디서 오는 동무들이시오?"

"하생들은 송파와 정주에서 온 선길장수들이온데 포주인을 만나뵈러 왔습니다."

선돌이의 대답에 차인은 눈짓으로 툇마루를 가리키며,

"북상(北商)들이시군. 보아하니 화객들은 아닌 것 같은데…… 원상(原商)들이시오?"

"그렇소이다."

"물종은 뭡니까?"

"진목으로 다섯 동 갖고 왔습니다."

"좀 봅시다."

봉삼이 끼고 있던 진목 한 필을 궐자에게 내밀었다. 손어림으로 치수까지 가늠하던 궐자가,

"진목이라면 승새 볼 것 없이 북덕무명이지."

"북덕무명이든 승새 좋은 무명이든 고헐간에 그 금어치야 있을 것 아니우?"

봉삼이 언성을 높이자, 수월내기가 아니다 싶었던지 무명필을 툇마루에 놓고 궐자는 쪽문을 밀고 내사로 들어가는 눈치였다. 담배 한 대 피울 참이나 되어서 바깥으로 나오더니,

"우선 임치나 시키랍니다. 천세가 날 것 같지만 실은 나주(羅州)나 광주(光州)에서 화객들이 당도할 때까지 기다려줘야겠소." (3권, pp. 17~18)

3) 이 사발통문을 발행함에는 수월찮은 비용이 드는데 그 전 비용을 발행한 곳이 경사(京司)면 보부청이, 감영이면 도임방, 군이면 군임방이 부담하였다. 소집 장소가 명기된 통문을 발장시킬 때는 그로 인하여 각처로부터 모여드는 동무들의 비용이 엄청났는데 통문을 한번 놓자면 얼추잡아도 적게는 몇천 냥이요 많게는 만금에 이르렀으니, 특히 나라가 유사시에는 몇십 만금의 거금이 소비되었다. 그러므로 신상(紳商)이나 공주인(貢主人) 혹은 포주인들의 지체가 아니고서는 사발통문을 낼 엄두를 낼 수조차 없었다. 〔……〕 셋째는 보부상이 가솔을 잃거나 가로채였을 때, 넷째는 보부상들끼리 서로 상종하다가 크게 시비가 붙거나, 보부상과 여항인(閭巷人), 보부상과 관아의

관계에서 시비가 났을 때, 또는 보부상이 죄를 짓고 잠주해 버렸을 때였다. 조동모서(朝東暮西)로 굴러다니는 그들이나 이로써 제성토죄(齊聲討罪)함을 그들의 율로 삼았다. (3권, pp. 34 ~35)

위의 예문들은 각기 세 가지 측면에서 이 소설이 지닌 경제사적 의미를 보장한다. 첫째는 당시의 시장 상황에 대한 소상한 정보이며, 그다음 인용문은 보부상들의 실제 거래 행태, 그리고 끝으로는 보부상과 관청의 관계, 혹은 보부상의 공적인 위치에 관한 자료로서의 의미이다. 결국 보부상에 관한 모든 것을 망라하고 있어서, 이 소설이 출간된 다음 경제사와 관련된 연구들에 있어서 이들 정보가 소중하게 활용되고 있다는 사실은, 이와 관련된 그 의의를 한층 확실히 해주고 있는 것이다. 경제사에 의하면, 조선조 초기에 세워진 농본주의, 억상(抑商)주의, 쇄국주의 경제 원칙은 전쟁 피해를 복구하는 과정에서 정책상의 온갖 제약에도 불구하고 민중 경제가 활성화되었다는 것이다(강만길, 『한국근대사』, p. 71 이하 참조). 민중 경제의 활성화는 중세 경제 체제 안에서의 활성화에서 나아가 중세 경제 체제를 아예 붕괴시켰는데, 이는 민중들이 스스로 수립한 성과로 대체로 평가된다. 그러나 사학계, 특히 민중 경제 사학계의 이 같은 '활성화' 주장은, 그동안 주장 이상의 살아 있는 리얼리티로 연결되는 힘이 부족했는데, 그 비어 있는 현장을 이 소설이 메워주고 있는 것이다. 보라, 저들 보부상들의 움직임은 얼마나 활력에 차 있는가. 그 활력은 때로 살인에까지 이르는 파괴적인 힘과 연결되고 있는데, 작가는 여기서 가치중립적인 얼굴로 그 현실을 중계한다.

특히 서울 문안에서 이루어지는 시장 거래와 문밖과 전국을 떠도는 그것을 경상(京商)과 외장(外場)으로 나누어 그 특징을 살펴본 책은, 아마도 이 소설이 처음일 것이다. 이때 그 특징은 단순한 몇 가지의 개념 설명만으로 이루어지지 않는다. 가령 경상들에게서는 양반 사칭을 비롯한 갖가지 술수들이 거래의 기본기나 되듯이 구사되고 있음에 비해, 외장의 그들에게서는 살인에까지 이르는 폭력과 협박·공갈이 난무하는 것을 볼 수 있는바, 이러한 현실의 리얼한 묘사는 이론서에 나타나는 긍정적인 평가 일변도와는 사뭇 다른 것일 수 있다. 말할 나위 없이 『객주』 쪽이 훨씬 진실에 접근해 있으리라. 그러나 당시의 이 현상을 어떻게 바라다보느냐 하는 점은 작가의 역사의식과 문학적 시선에 따라서 달라질 수 있다. 협박·공갈·사술 속에 깃든 인간의 원죄적 본성과 그 비루함을 자연주의적 시선으로 관찰·묘사해나갈 수도 있겠고, 민중적 역동성이라는 관점에서 긍정적으로 조립할 수도 있을 것이다. 작가 김주영의 태도는 여기서 중립적이다. 이러한 자세는, 어느 한쪽으로부터 철저성을 요구받을 때, 분명히 아쉬움으로 남는다. 그러나 그 유보 때문에 오히려 이 소설은 자료적 의미를 완성해가면서 우리 앞에 활짝 열려져 있는 것이 사실이다.

이러한 현실 속을 헤집고 들어간 작가가 도리어 결국 우리에게 보여주고자 하는 것은 두 가지다. 그 하나는 돈의 소중함, 혹은 그 위력이며, 다른 하나는 실제와 명목이 괴리된 명분론의 허구를 타파하는 일이다. 돈이 중요하고, 양반 따위의 허울보다 오히려 힘이 있다는 강조는, 사실 이 작품 전권에 깔려 있는 가장 강력한 메시지다. 그럼에도 불구하고 이 메시지는 능청스러움에 의해 슬쩍슬쩍 개진되거나, 골계와 같은 우리 언어 특유의 아이러니에 의해 간접적으로 기술됨으로써 그 날카로운 침투가 부드럽게 완화된다. 가령 이런 식이다.

> "나도 명색이 갑족이라 하나 범부에 불과한 사내일세. 만 전을 긁어모아 고을의 수령을 산다면, 은연중 그 만 전을 토색하기 위해 가렴주구를 하게 되지 않겠는가. (……) 마음이 편안하고 담담하여 그것이 족한 것을 알게 되면 구태여 재물을 탐하여 얻다 쓸 것인가. 청풍명월은 돈을 쓰는 것이 아니며, 삭정이 울타리에 일잣집이 족하다면 돈 쓸 일이 무엇인가. (……)"
>
> "그럼 시생더러 어찌하란 겁니까?"
>
> "자네가 바라는 것이 재물이 아닌가. 기다려 보게. 그런 길이 있을걸세. 내

가 한 말이 미천한 자네에게 무슨 소용이 있겠는가…….”(4권, pp. 45~46)

“자네가 내 수하에 들어와서 동사하여 이번 행보만 무사히 치른다면 돌아와서 이천 냥을 줌세. 그때 자네 내자 되는 사람도 돌려줌세.”

〔……〕

“그렇다 하여 다시 내게 덧들이진 말게나. 이천 냥이면 양주 곧은골 땅 열 석짜리, 광주 너덜이 땅 쉰 석짜리, 왕십리 미나리논 열 마지기, 방아다리 배추밭 사흘갈이 땅은 스무 마지기나 장만할 거액이 아닌가?”

“그런데 오강 물나들에 날고 긴다는 왈짜를 다 제치고 하필이면 왜 나를 찍었수?”

“자네의 결찌들이 전부 장골인 데다가 이런 일에 처음인 까닭일세.”

“우리가 할 일이 무어요?” (4권, p. 80)

두 개의 예문 가운데 앞의 것은 선비 유필호의 이야기인데, 청빈할 것을 역설하고 있음에도 불구하고, 앞뒤의 문맥은 이미 그것의 무력함과 돈의 위력을 역설적으로 드러낸다. 그런가 하면 뒤의 것은 자신의 아내를 납치해 간 길소개를 붙잡아 그를 폭력으로 제압한 송만치가 길소개가 제시한 돈의 유혹에 빠져 결국 두 사람이 결탁하는 장면이다. 우리 문학에서 돈의 중요성이 강조되는 것은 춘원 이후로 관찰되는 경우가 많다. 그러나 비록 작품은 최근에 나왔다 하더라도 그 속에 다루어진 경제 현실로서 돈의 중요성이 이처럼 노골적으로 다루어진 시기가 이미 19세기 중후반이라는 사실을『객주』는 분명하게 밝혀준다.

명분론의 허구를 타파했다는 점은, 반드시 경제사적 측면과 결부해서 주목되어야 할 사항은 아니다. 그러나 돈을 밝히는 양반과 돈을 밝힐 수밖에 없는 상민의 부단한 야합과 배신은 양반도 상민도, 그리고 어떤 그럴듯한 이데올로기나 도덕도 와해될 수밖에 없는 허구로 드러나고 있다는 점에서, 경제사적 관점과 가장 긴밀하게 조응한다. 돈이 이념으로 대두되고, 기존의 윤리와 계층이 이를 중심으로 하여 서서히 재편성되기 시작하였다는 사실의 집요한 보고는, 이 소설을 정치적 시각의 민중소설로서 의도적으로 관찰하고자 할 때 놓치게 되는 가장 큰 함정이다. 등장인물로 큰 무게가 실린 천봉삼에게 거는 독자들의 정치적 기대는, 사실 그가 숱한 역경과 거래를 통해 돈을 번 민족 자본가로서의 활동과 위치를 놓친, 다소 초점이 빗나간 헛된 것일 수밖에 없는 것도 이 까닭이다.

그 밖에도 이 소설은, 벌써 이즈음에 이른바 정경 유착이라는 칙칙한 독버섯이 번지기 시작했음을 민겸호와 신석주의 거래를 통해 명백하게 보여주고 있으며, 이 같은 상황은 여러 사건들의 진행에 따라서 더욱 확연한 현실로 정착해가고 있음을 드러낸다.

4

장편 『객주』의 문학적 성취는, 그러나 무엇보다 그 문학적 성격의 규명과 더불어 확실해진다. 과연 이 소설은 문학적으로 어떠한 의미가 있을까. 나로서는 세 가지 측면에서 그 의미를 짚어보고 싶다. 첫째는 글자 그대로, 이 작품이 말의 온전한 의미에 있어서 장편소설이라는 점이다. 장편에 대한 우리의 가장 소중한 기대는 그 긴 길이와 함께 무수한 등장인물들이다. 그러면서도 처음부터 끝까지 유기적으로 형성되는 긴장 관계인데, 이 긴장은 특정한 한두 명의 주인공들을 거부하고 일련의 인물군(人物群)들을 통해 긴박하게 조성될 때 그 매혹이 길게 유지된다. 『객주』는 바로 그런 의미에서 장편의 바람직한 조건과 적절히 상응한다. 길소개, 조성준, 월이, 매월이, 천봉삼, 유필호 등을 주된 인물들로 내세우고 있는 이 소설은, 그러나 그 밖에도 다른 여러 인물들을 내놓고 몇 가지의 역학 관계와 그 유형을 흥미 있게 만들어간다. 제일 주인공이라고 할 수 있는 천봉삼의 경우, 그는 스물다섯 살의 젊은이로서 쟁쟁한 보부상들의 그늘에 조용히 가려 있다가 숱한 사건들을 겪으면서 서서히 성장한다. 대체로 그는 정의감과 의협심이 강한 것으로 소개되고 있으나, 음모와 배신, 살육으로 점철된 전체적인 진행으로부터 혼자 '깨끗하고 잘난 사람'으로 고립·옹호되지 않는다. 그는 최돌이와 석가, 월이와 맹구범, 신석주 등 바람직스러워 보이지 않는 많은 인간상들과 자연스럽게 얽혀 있어, 사실 그를 가장 중요한 주인공으로 볼 수 있느냐 하는 문제에 있어서는 다소 이론이 있을 수도 있는 인물이다. 비록 최돌이를 살해한 석가로 하여금 자살을 강권하는 자리에 서게 하는 비정함과 냉혹함을 지녔으나, 의연함과 당당함으로 술수와 폭력의 세계 속에서 거상으로 자라간다.

그러나 여기서 간과되어서는 안 될 부분은, 그 성정이 천봉삼과 달리 악인으로 투영된 인물의 경우에도 그와의 관계가 순간순간 순기능으로 맺어지고 있다는 사실이다. 예컨대 교활한 노상(老商) 신석주에 의해 천봉삼은 오히려 애인 조 소사와 하룻밤을 함께할 수 있는 기회가 마련되는가 하면, 선단의 선인 행수로 발탁되기도 한다. 말하자면 작가는 선악의 구별을 애매하게 하면서, 인물들의 성격과 인간관계를 끊임없이 뒤집는다. 물론 길소개처럼 시종일관 계략에 능하고 포악·잔인한 인물도 있으나, 그 같은 시선으로만 관찰될 때, 그의 느닷없는 선행에 독자는 일순 당혹해지기도 하는 것이다. 결국 이런 모든 상황이 종합될 때, 소설은 어떤 특정한 인물 아닌, 당시의 보부상 행태와 현실 풍정을 그린 일종의 시대 세태소설처럼 보일 수 있다. 그러나 이러한 규정에도 이 소설은 발이 묶이지 않는다. 주인공 인물들이 형성해나가는 개성들이 워낙 인상적이기 때문이다. 특히 조 소사, 월이, 매월이 같은 여성 주인공들은 그들 신분의 높낮이에 관계없이 작품 요소요소에서 결정적 역할을 하면서 육체적 훼절에도 불구하고 정과 의리, 그리고 지혜의 여인상을 깊게 각인시킨다. 그러나 이념적 대결이나 현대적 심리 갈등으로 심화된 성격의 주인공들은 애당초 보부상 소설과는 무관한 기대이므로 그 부분은 마땅히 접어두어야 할 것이다.

문학적 성격의 그다음 측면으로 주목되어야 할 것은, 이 작품이 세상에 나온 후 모든 사람들이 입을 모아 상찬하였듯, 우리 고유한 언어들이 폭죽처럼 쏟아져 나오는 말의 성찬이다. 물론 주로 일상적 구어의 능숙한 행사를 통해 이루어지는 우리말의 행진인데, 그동안 매복되었거나 백안시당했던 우리말들이 이토록 많고 또 구수한가 감탄스러워, 작가에게 감사할 지경이다. 그 말의 풍성함은, 현대인들에게 오히려 낯설기까지 해서 각 권마다 낱말 풀이가 각주로 붙을 정도이니, 국어사전은 미상불 민망하기 짝이 없게 되었다. 전 9권 어느 쪽을 펼쳐도 만나게 되는 이 흥겨운 정경들 가운데, 한 곳만이라도 다시 읽어보자.

> "난 나으리께서 어지자지가 아니면 개호주가 물어 간 줄 알았더니 말뚝 같은 거양(巨陽)을 차고 계시군요. 뺀질들락 행실을 내시다가 자칫하면 쇤네 뱃구레에 무슨 변고 내시겠습니다요."
> "이끼, 그년 주둥이도 헤프다."
> "허우대가 이렇게 클 양이면 어련하시겠습니까."
> "이런 경을 칠 봉패가 없구나."
> 곧장 진흙 밟는 소리가 낭자하고 늑골이 얼얼하도록 몇 합을 이루고 나서 잠든 것이 사경이 넘어서였는데, 날이 희뿜하니 새는 인시 말쯤 해서 느닷없이 삽짝을 흔드는 소리가 들려왔다. (5권, p. 63)

유필호와 모화의 섹스 장면 묘사인데, 얼핏 읽어 전혀 성적인 분위기를 느낄 수 없는가 하면, 다른 한편 구구절절 이토록 음전하고 구수하게 남녀 상열지사를 읊을 수도 있는가 하는 감탄이 나오게 된다. 그 모두가 우리말의 감칠맛 나는 구사 덕분이다. 특히 토속적인 우리말 사용에 있어서는 남녀 교합을 전후한 묘사가 그중에서도 압권으로 보이는데, 이는 아마도 신분과 무관한 인간 본능에 관한 작가의 깊은 관심 때문이 아닐까 싶다. 김주영은 어떤 경우에든 사람 그 자체를 좋아하는 듯하다.

다른 한편, 『객주』에 나오는 풍요한 어휘들 가운데 상당 부분이 한자와 그 성어로부터 유래하고 있다는 사실의 발견은 놀랍다. 앞의 예문에서도 궐자, 복색 등은 한자에서 온 것이 분명한데, 이 같은 한자 출신의 낱말들은 의외로 그 숫자가 굉장히 많다. 더욱이 보부상들이 대부분 식자층 아닌 상민들로 이루어졌다는 점을 감안할 때, 한자 문화의 뿌리 깊은 침투와 그 생활화가 이 소설을 통해서도 구체적으로 입증된다. 특히 '그' '그녀'라는 지시대명사 대신, '궐자' '궐녀'를 작가는 고집하고 있는데, 아마도 당대의 분위기를 그대로 재현하고자 하는 희망의 소산이리라. 실제로 주요 낱말풀이에 나오는 많은 생소한 어휘들이 한자와의 합성어 내지 한자로부터 유래한 낱말들로서, 그 쓰임새가 참으로 적소에 붙여져 감탄스럽다.

낱말 하나하나의 출현도 새삼스럽고 비상하지만, 만연체와 간결체를 섞어 사용하는 문체의 매력도 이 소설의 주제 및 내용과 절묘한 짝을 이룬다. 대화와 대화, 혹은 대화와 지문을 연결할 때 보통 나타나는 만연체, 그리고 지문 속의 장면 이동을 묘사하는 간결체의 혼합은 토속어와 한자 성어의 혼재와 더불어 소설을 세밀하면서도 호쾌하게 몰고 가는 데 기여한다. 요컨대 말의 장인으로서 작가는 여기서 확실히 올라선다.

그러나 장편 『객주』가 높은 문학적 가치를 지니면서 오랫동안 재미있게 읽힐 수 있는 가장 큰 힘은, 모든 소설들이 꿈꾸는 저 절체절명(絶體絶命)의 화평한 고지, 즉 서사와 서정의 섬세하면서도 웅장한 조화에 있다고 할 수 있다. 실제로 이 소설에는 숱한 남녀노소가 등장하여 분노와 복수, 의리와 사랑의 격랑이 큰 줄기로 물결치고 있음에도 불구하고, 각각의 개별적인 사건들과 하나하나의 인간관계에는 따뜻한 정감과 연민이 흐르고 있다. 무엇보다 서사와 서정을 맺어주는 고리로서의 판소리 가락의 자유자재로운 구사는 여기서 절묘한 기능을 행하고 있다. 판소리·사설시조·마당극과 같은 통합 장르적 양식은 서양 문학에서 엄격하게 구별되는 시·소설·드라마 등의 격리 진행과 달리, 우리 정서의 미분화된 통합 정서를 잘 반영하는 전통으로 인식될 수 있는바, 『객주』는 그 전형적인 이점에 자연스럽게 편승해 있다. 이것은, 작가 김주영 자신의 치밀한 노력과 그 구도와 더불어 그의 타고난 천재적 체질 때문이 아닐까 생각된다.

이 소설이 서사에 있어서 근본적으로 줄거리를 지닌 전통 장편에 합당하다는 것은 이미 언급되었다. 그 줄거리는 몇 개의 이야기로 구성되지만 근본에 있어서 술수와 야합, 모반과 복수로 이어지는, 주로 제도권 밖 보부상들의 암투와 사랑이라고 할 수 있다. 조성준이 김학준을 죽인 것으로 알려지고 있으나 실은 첩실인 천소례의 범행이었다든지, 죽은 것으로 처리된 조성준이 은밀한 잠행을 일삼는다든지, 신석주가 충복 맹구범의 혀를 지지고 적대적 관계에 있는 천봉삼을 발탁하는 일 등등 극적인 반전의 수법 또한 도처에서 동원된다. 따라서 어떤 줄거리를 쫓아가서 어떤 인물은 성공했고 어떤 인물은 실패했다든지 하는 도식의 발견은 적어도 이 소설에서는 별 의미가 없어 보인다. 그보다는 호쾌한 서사의 진행과 시적 서정성의 분위기가 혼융을 이루면서 만들어내는 장면 한 편 한 편이 우리의 가슴을 사로잡는 힘과 재미가 중요하다. 이것이 바로 문학성이다. 예컨대 추리소설의 양상을 띠는 최돌이 살해 사건의 진상도, 그 사건 자체의 서사적 내용과는 달리, 범인인 석가의 적발과 그의 자살이 마치 장풍에 베이듯 날렵하게 이루어지고, 대부분의 서사들이 거느리기 일쑤인 요설이 여기서는 오히려 간결하게 압축된다. 얼핏 보기에 이와 비슷한 사건들은 계속해서 이어진다.

예컨대, 총에 맞고 죽은 줄 알았던 조성준과 물에 던져져 역시 죽은 것으로 처리된 듯하던 천소례가 원수 외나무다리에서 만나듯 조우했으나 사실은 원수 아닌 동지 비슷한 관계로 알려진다든가, 천소례와 천봉삼이 방문하나 사이로 만나게 되었음에도 부딪치지 않는 따위의 일 등등은 많은 사연과 많은 사설이 요구될 수 있으나 신속하게 처리되어버린다. 반면 사건 진행상 별로 중요해 보이지 않는 대목에서 긴 사설을 일삼고 걸쭉한 굿판까지 벌이는 일 등이 등장하는데, 이는 인물과 사건을 배태하고 있는 당시의 현실을 모두 감싸서 포괄적으로 제시하고자 하는 서사 정신의 소산이라고 하지 않을 수 없다.

그러나 이 소설의 감칠스러운 맛, 참된 매혹은 앞서 이따금 언급했던 그 현묘한 서정성에 있다. 가령 지아비를 잃고 섬진강을 따라 북행하는 월이의 모습을 보자.

> 타관 객지 객줏집 봉노를 밝히는 등잔이 청상의 마음처럼 타 들어가면 옆에 있는 그림자가 흔들리고, 처마에 빗방울이 천연스럽게 떨어지고, 혹은 퇴창에 달빛이 찢어질 때, 오동잎 하나 둘 뜰에 떨어지고 외기러기 먼 하늘 울어 예는데 잠 못 이루는 고충을 누구에게 하소연하며 누군들 끌어당겨 팔베개를 하여 줄까. 밤새도록 엽전을 굴린들 또한 날이 새면 허무하고 싱거운 것, 일행(日行)에 백 리를 걸어 발에 물집이 잡히고 버들고리를 인 고개가 짜부라진들 어느 누가 기꺼이 따뜻한 한 모금의 숭늉을 권할까. (3권, p. 113)

소설의 한 대목이라기보다는 그대로 한 편의 시를 방불케 한다. 이와 비슷한 정경은 『객주』 전편을 움직이는 윤활유로 작품 곳곳에 깔려 있는데 그것은 서사의 일방적 진행을 간단없이 끊어주고, 다시 이어주는 기묘한 역할을 한다. 마치 작품 전체가 진양조, 중모리, 중중모리, 자진모리, 휘모리, 엇모리장단 등등의 리듬으로 구성되어 있는 판소리를 연상시킨다. 사실 김주영 소설의 특징을 한마디로 요약한다면, 아마도 이 판소리적 성격이 가장 두드러지게 논의의 대상이 될 것으로 생각된다. 판소리란 대저 무엇인가. "이야기를 노래로 하는 특유의 공연 양식"(김대행, 『판소리의 세계』, p. 13) 아닌가.

물론 이 특성을 김주영의 소설 전반으로 확대 해석하는 일은 보다 세밀한 검토가 필요하겠으나, 『객주』만큼은 틀림없이 이야기를 노래로 하는 양식이다. 이야기는 서사이고 노래는 서정이다. 이 통합의 양식 속에는 둘을 분리해낼 수 없는 우리 민족 고유의 연면한 정서가 숨 쉬고 있는데, 작가는 그것을 긴 호흡으로 재현하고 있다. 그 재현 속에는 폭력으로 사람을 죽이는 일에까지 이르되 애틋한 연민이 있으며, 밤이 긴 줄 모르고 육탐 속에서 사랑을 나누되 날이 밝기 전 표표히 다시 길을 떠나야 하는 분연한 아픔이 있다. 그렇기 때문에 김주영의 문학은 정주(定住)를 모르는 길의 문학이다.

서양 문학이 길의 문학을 통해 근대를 바라보았다면, 또 다른 의미에서 김주영의 길의 문학은 한국의 근대에서 현대를 바라본다. 그는 영원히 근대에서 현대를 잇는 길 위에 있다. 영원한 근대와 영원한 현대 사이에 서 있는 이 작가의 대표작으로서 『객주』 또한 영원하리라.

(2003)

* 이 밖에 김주영에 관한 필자의 평론으로 「문명은, 디지털은 슬프다」(1999; 『디지털 욕망과 문학의 현혹』)가 있다.

명분주의의 비극

—현길언의 소설

1. 제주도 현실과 '제주' 모티프

> 사실은 허구에 찬 별 볼일 없는 생애를 속속들이 알면서도, 겉으로는 거짓 박수를 보내고 속으로는 낄낄낄 웃고 있을 것 같은 생각이 들기 시작했다. 그렇게 거짓 손뼉을 침으로써 자신들의 허위를 감싸고 있다고까지 생각되었다.[1] (고딕체 강조는 필자)

현길언 문학의 주제는 '허구' '거짓 박수' '허위'라는 세 낱말에 압축되어 있다. 물론 더 있다. 좌우익의 대결과 상쟁 속에 엄청난 비극을 초래한 제주도의 4·3사건, 부정부패 혹은 독재정권에의 항거, 교육 현장의 비리, 교회와 교인들의 위선 등등이 주제로(때로는 단순 소재로) 등장하기도 하지만, 결국 작가가 말하고자 하는 메시지의 핵심은 이 세 낱말 속에서 녹는다. 현실을 허구로, 인간을 가짜 박수나 치는 허위로 파악하는 그에게는 '허위' 아닌 '진실'로의 갈망이 문학이다.

---

1 현길언, 「우리들의 스승님」, 『우리들의 스승님』, 문학과지성사, 1985, p. 44.

마흔 살이라는 비교적 늦은 나이에 소설을 쓰기 시작한 현길언은, 그러나 짧은 시간에 많은 작품들을 쓰고 발표한, 정력적인 작가다. 대학교수직에서 정년퇴임한 2005년 여름에 이르기까지 그가 상재한 소설집은 모두 일곱 권, 장편은 열 권에 이른다. 그 밖에도 네 편의 아동소설이 있고 두 권의 선집이 있다. 방대한 이 작업량은 그중 절반이 전작 장편소설이라는 점을 감안할 때 더욱 놀랍다. 게다가 현길언은 평생을 교사와 교수로 살아온 직장인으로, 이른바 전업 작가가 아니었다. 대학교수로서도 헌신적인 연구가 돋보인 모범적인 학자로서 백 편에 가까운 논문을 갖고 있을뿐더러 학장 등의 보직도 성실히 수행하였다는 사실을 고려한다면 거의 초인적인 능력의 인물이라는 점을 인정하지 않을 수 없다. 뿐인가. 그는 일찍이 중병으로 인한 수술까지 경험하였고 교회에서는 장로의 중책까지 희생적으로 감당하고 있다고 하니 그야말로 하늘의 능력이 더해졌다고나 할까. 요컨대 모든 환경과 조건의 호오(好惡)에도 불구하고 오직 소설 일념의 정신으로 정진해온 그의 문학은 이러한 관점에서도 독보적인 자리에 놓일 수 있을 것이다.

정공(正攻)을 지향하는 이 같은 현길언의 문학 정신은 작품의 내용 면에서도 가장 소박한 의미에서의 리얼리즘에 밀착해 있다. 그의 소설은 무엇보다 우리 현실의 중심부를 꿰뚫는다. 그 중심부란 작가가 부딪히고 있는 동시대의 현실 한가운데를 지칭한다. 가령 그가 나고 자란 제주도의 현실—무속의 전래적 분위기, 4·3사건, 재일동포와 관련된 제주도민의 사상적 갈등—, 교회와 신앙의 문제, 운동권 현실, 현실 참여에의 고민, 군부독재, 교육 현장, 이산가족 등등 우리 현실의 어느 하나 그의 날카로운 붓앞에서 해부되지 않은 것이 없다고 할 수 있다. 그것들은 작가가 태어나기 전부터 배태된, 오래된 문제들로부터 그때그때 터져 나오는 현안들에 이르기까지 넓은 스펙트럼으로 펼쳐져 있다. 이렇게 다루어지는 현실은 그 전부가 사회 현실, 정치 현실에 집중되어 있는데, 기이한 것은 그 어떤 경우에도 여기에 접근하는 방법이 사회과학적 상상력을 철저하게 배제하고 있다는 점이다. 더 정확하게 말한다면, 작가 현길언은 아예 사회과학적 상상력과 무관한 자리에서 사회 현실을 바라보고, 그 현실의 문제를 야기하는 인간성의 허구를 가감 없이 적출해낸다. 현길언에게 모순과 비극으로 다가오는 현실은 곧 허위/허세/허구로 특징지을 수 있는 인간의 현실인 것이다. 이러한 상황은 심지어 신을 신앙으로 고백하는 신앙인에 있어서까지 그대로 나타나는데, 그 자신이 신앙인이기도 한 작가는 이 경우에도 예외 없이 날카로운 메스를 들이댄다.

대상이 된 현실을 중심으로 작품들을 분류할 때 가장 먼저 부각되는 것은 제주도라는 고향 공간이다. 이 공간은 작가에게 생명의 탯줄이기에 호오를 넘어서 숙명적인 삶의 기반이 된다. 그러나 일제 강점기하에서 일본과의 교통이 잦았던 터라 많은 도민들이 일본으로 건너가 생활하면서 한편으로 일본에 귀화하는 이들이 많은 반면, 독립운동이나 사상운동(주로 사회주의 운동)에 관여한 경우도 많았다. 그러나 이러한 일본 진출 내지 연루와 관계된 제주도민의 삶은 오히려 온갖 비극의 싹들이었다. 일제로부터 해방되었으나 그 싹은 더욱 커져서 마침내 4·3사건이라는 엄청난 비극으로 커졌고 제주도민의 숙명적 응어리로 굳어졌다. 이와 관련된 작품들은 현길언 문학의 단초를 형성한다. 첫 작품집 『용마(龍馬)의 꿈』에 수록된 첫 작품 「우리들의 조부(祖父)님」이 이미 그러하다.

> 1948년이었다. 봄부터 어수선했던 섬 사정은 가을이 접어들면서부터 더 극심해졌다. 중산간(中山間) 마을 사람들은 해변 마을로 소개를 하였고, 공비들의 습격과 이에 대한 군경 합동 토벌대들의 작전이 벌어지면서 섬은 온통 수라장이 되어가고 있었다.[2]

1948년은 해방 공간의 한복판으로서 정부 수립의 해가 되는데, 제주도

---

2 현길언, 「우리들의 조부님」, 『용마의 꿈』, 문학과지성사, 1984, p. 18.

는 오히려 좌우익의 유혈 충돌로 "온통 수라장"이 되었음을 간결하게 보고하면서, 이 복잡한 양상 속으로 작가가 혈혈단신 뛰어들 것임을 암시한다. 제주도가 직접 작품의 무대가 된 소설들은 중·단편만으로도 30여 편에 이른다. 첫 작품집 『용마의 꿈』에 수록된 「우리들의 조부님」 「먼 훗날」 「지나가는 바람에게」 「귀향(歸鄕)」 「김녕사굴(金寧蛇窟) 본풀이」 「어린 영웅담(英雄譚) — 열전(列傳) 1」 「씌어지지 않은 비문(碑文) — 열전(列傳) 2」 「용마의 꿈 — 열전(列傳) 3」 여덟 편이 모두 제주도가 소재, 혹은 모티프가 되고 있으며, 그 뒤의 많은 작품들에서도 끊임없이 변주된다.[3]

제주도를 통해서 발견된 소설의 모티프는 이념에 의해서 파괴된 인간성이다. 이 인간성은 인간의 생명 자체에서 출발하여 인간 삶의 기본 단위인 가족, 그리고 인격에까지 이르는, 인간성의 광범위한 영역을 모두 포괄한다. 좌우익의 갈등으로 촉발된 4·3사건이 가져온 숱한 인명의 희생을 유소년 시절 직접 목격한 일이 있는 작가에게 그 체험은 공포와 더불어 인간성의 모든 측면에 대한 강한 회의와 불신을 초래한 원초 체험으로서 기능한다. 생명이 쓰러지고 가족이 무너지는 것은 말할 것 없고, 그것을 유발한 광기의 에너지 속에 잠복한 허구성이 작가를 몸서리치게 한다. 인간성 속에 숨어 있는 허구/허위/허세의 모습은 이후 작가 현길언의 근본 모티프가 되어서 제주도 이외의 소설에서도 일관된 문제의식으로 작동한다. 독재정권과 싸우는 현실 참여의 지식인, 노동운동, 교육 현장, 교회에 이르기까지 현길언의 안테나에 포착되어 그의 양식을 괴롭히는 것은 바로 이 '허위'라는 바이러스다. 마을에 살면서 공비라는 오해된 신분에 의해 살인이 일어

---

3 제주도를 소재, 혹은 모티프로 취하는 그의 작품들은 첫 작품집을 제외하더라도 다음과 같다. 「광정당기(廣靜堂記)」 「땅 별곡(別曲)」 「불과 재」(이상 『우리들의 스승님』, 1985), 「그믐밤의 제의(祭儀)」 「미명(未明)—열전 11」 「껍질과 속살」(이상 『닳아지는 세월』, 1987), 「항로」 「미로여행」(『무지개는 일곱색이어서 아름답다』, 1989), 「서식지(棲息地)」(이상 『배반의 끝』, 1993), 「꿩 울음소리」 「집 없는 혼(魂)」 「무혼(撫魂) 굿」(이상 『우리들의 조부님』, 1990) 등 모두 20여 편에 이르며, 다른 많은 작품들의 경우에도 간접적으로 연루된다.

났던 1950년대 초의 일을 재현하고 있는 「우리들의 조부님」, 두 사람 모두 제주 출신이지만 한 사람은 민단, 한 사람은 조총련으로 갈라져 일본 생활을 하고 있는 팔촌 간을 통해 분단의 실상을 고발하고 있는 「먼 훗날」, 어머니와 아들이 한 사람은 공비에 맞아 죽고, 한 사람은 그 공비에 죽은 자들의 가족에 의해 맞아 죽는 참극을 묘사하고 있는 「지나가는 바람에게」, 좌익이 되어 일본으로 간 후 소식도 없이 그쪽 거물이 된 아버지와 그로 인해 온갖 불이익을 당하며 살아야 하는 아들을 그린 「귀향」, 판관이 김녕 마을 요귀인 뱀 신을 퇴치한 후 노루 사냥 나갔다가 낙상하여 죽었다는 이야기의 「김녕사굴 본풀이」 등등의 초기작들 무대는 동일한 제주도다. 그 제주도는 공포의 제주이며, 배신과 분노의 제주이며, 요컨대 불안한 죽음의 땅인 제주이다. 그러나 이 제주도는 작가에게 세계가 무엇인지를 알려주며, 가족이 누구인지를 가르쳐주며, 마침내 인간의 죄성을 깨닫게 해준 원초적 환경으로서 그의 작가 의식을 태동시킨다.

이념에 대한 거부감, 더 나아가 그것을 죄악시하고, 그에 의해 움직이는 인간을 허위의 꼭두각시로 바라보는 작가 의식은, 이념에 의해 유발된 비극을 바라보는 작가의 시점이 유소년의 그것에 머물러 있는 점과 깊이 연관된다.

> 사태가 좀 가라앉자 이번에는 배고픔이 앞섰다. 사태로 몇 년 동안 농사를 짓지 못한 처지들이었다. 어머니는 아버지 시체를 제대로 매장하지도 못한 채 세 살 난 나를 등에 업고 40리 넘는 길을 걸어 외갓집엘 갔다. 외삼촌은 우리 모자를 보시고는, '죽은 사람은 죽어도 산 사람은 살아야 한다'면서 밀감 묘목을 줬다.[4]

> 첫번째 기억부터 그렇다. 늦가을 비가 며칠째 계속되던 저녁 어스름이었

4 현길언, 「우리들의 조부님」, 『용마의 꿈』, p. 16.

다. 네 살 때였으니까 그 기억이 그대로 간직되어질 수 없겠으나, 주위에서들 그날의 이야기에 나를 등장시켜 자주 이야기하는 사이에 그렇게 내 기억에 꽉 남아 있게 된 것이다. 〔……〕

아버지의 귀향 소식은 충격적인 것만큼 또한 불안한 것이었다. 나뿐이 아니다. 당숙의 심정도 마찬가지였다, 이번에는 무슨 일이 일어날 것인가.[5]

「우리들의 조부님」「귀향」을 포함한 많은 작품에서 유소년의 시점은 포괄적으로 작동한다. 소년의 시점에 포착된 현실은 '불안'과 '공포'이다. "제대로 매장하지도 못한 아버지의 시체"를 보아야 했고, 아버지가 고향에 돌아온다는 것은 반가움 아닌 '충격'과 '불안'이었다. 그리하여 소설의 어린 화자, 즉 작가에게 가장 긴요한 일은 이 같은 공포에서 벗어나 편안하게 살 수 있는 '실존의 확보'였다. 「우리들의 조부님」이 말해주듯, "죽은 사람은 죽어도 산 사람은 살아야" 했으며, 「귀향」에서 가슴 시리게 고백되듯, '폭도 새끼' 소리를 듣지 않고 차라리 아버지는 죽었다고 생각하며 사는 일이었다. 이 모든 일들은 화자의 시점이 유소년에 자리 잡고 있기 때문에 자연스럽게 성립되는, 일종의 리얼리즘이라고 할 수 있다. 거기에는 현실을 구성하고 있는 이념이나 도덕, 제도의 어느 한쪽에도 가담할 필요가 없는 소년—자연의 순수성이 본원적으로 존재하고 있기 때문이다. 제주도 체험은 이러한 순수성의 기억으로부터 재구성되는 문학적 자산으로 역할하며, 성인의 시점으로 성장한 소설 전반에서도 그대로 나타난다.

제주도를 무대로 삼고, 특히 4·3사건을 소재로 취한 소설들은 지금까지 적잖게 발표되었다. 그러나 그 적잖은 소설들에서 이념의 충돌에 의해 야기된 비극은 대체로 두 이념들 가운데 어느 한쪽에 기운 경우와 관련이 있었다. 작가 자신의 이념적 선호 이외에도 여기에서 유소년의 시점이 지니는 순수성을 기초로 하지 않은 작법의 작용을 지적할 수 있을 것이다.

---

5 현길언, 「귀향」, 앞의 책, p. 73, 77.

2. 정의와 허구

사람들은 도덕적인 존재인가. 「창세기」에 의하면 인간은 에덴동산에서 신에 불순종한 이후 죄인의 운명에 처했다. 그렇다면 과연 그 이후의 사람들은 죄성을 가진 존재가 되었는가. 죄성과 도덕성에 관한 논란은 성선설과 성악설로 이어지면서 철학과 문학의 숙명적인 몸이 되었다. 가령 실재를 중심으로 하는 아리스토텔레스와 이념/이상을 중심으로 하는 플라톤의 대립은 그들만의 대립 아닌 인간 자신의 이원론으로 끊임없이 변주되어왔다. 실재론과 명분론/명목론의 마주 보는 상황 역시 리얼리즘과 이상론, 그리고 모더니즘 논란으로 확대되면서 철학과 문학의 영원한 테마로 자리 잡았다. 그러나 그것들은 꼭 해결되어야 할 숙제는 아니었다. 왜냐하면 해결될 수 없는 실존이기 때문이다. 남루한 모습으로 앉아 있는 주체적 실재도 실존이며, 어중된, 그러면서도 열광적인 몸으로 나타나는 명목론이라는 그림자도 어차피 실존이다. 이 불가피한 두 몸이 엎치락뒤치락하는 곳에 인생이 있다. 현길언의 문학은 바로 이 착종된 인생의 반영이다.

한국인들은 대체로 도덕주의적이다. 아마도 스스로 도덕적이지 못한 생활 탓이 아닌가 생각된다. 하나는 명분/명목이며, 하나는 실재이다. 도덕적이지 못한 인생이야 어디 한국인들뿐이랴. 그러나 유독 한국인들은 그 같은 비도덕적 삶을 참지 못하고 도덕주의적 태도를 표방한다. 그것이 타인일 경우, 혹은 국가나 교회, 공공기관과 같은 타자적 존재로 투영될 때 강력한 도덕주의적 태도를 나타낸다. 그것은 일견 강한 정의감으로 드러나며, 정치적 범주로 이동할 때 평등/자유와 같은 사회적 선의 실현에 매달린다. 그리하여 종종 사회주의적 이념과 제휴하거나 오버랩되는 상황을 보여준다. 한국 근대사에서 이 상황은 불가피한 비극으로 이어졌다. 일제 강점기-저항으로서의 사회주의-민족분열과 상쟁-가정의 파탄-개인의 마멸로 이어지는 비극이었다. 이 비극은 우리 사회 전반을 휩쓸었으나(그 여진은 여전히 남아 있다) 제주도는 특히 그 진앙지가 되었고 현길언 문학의 원산지가 되었다. 제주의 비극은 좌우의 대결이라는 표면 아래에 잠복한 실재와 명분의 대립이었고, 현길언은 거기서 명목론의 허구를, 그것이 유발하는 실존의 파괴를 발견한다. 제주 모티프다.

제주도의 유년 체험에서 촉발된 인간의 허위의식, 이념과 제도의 허구성에 대한 깊은 회의는 사회에 대한 사회과학적 접근을 기피하게 한다. 이른바 정의로 칭의되는 선행(善行) 전반에 관하여 그 미덕의 배후를 투시하는, 이른바 인문적 상상력을 신뢰하게 된다. 이 '정의'는 크게 사회적 정의와 종교적 정의로 대별되는데, 작가는 양자 모두를 향하여 날카로운 인문적 상상력의 날을 세운다. 사회적 정의는 다시 정치적 정의와 교육적 정의로 나누어 살펴지는데, 작가의 이러한 관심은 초등학교로부터 대학에 이르는 교육 현장을 평생 지켜오면서, 한편으로 기독교 교회의 중직자로 봉사하여 온 그의 이력과 무관하지 않아 보인다. 교육, 정치, 종교 부분을 향한 작가의 시선은, 가장 선한 것으로 드러나고 있는 '정의'의 정점을 응시하고 분석하는 침착한 비판으로 일관한다.

먼저, 교육적 정의를 살펴보면, 단편 「급장선거(級長選擧)」와 「우리들의 스승님」을 비롯한 많은 작품들이 여기에 해당한다. 예컨대 「급장선거」는 초등학교 3학년 학생들의 급장선거 풍경을 보여준다. 민주적인 투표를 통해서 이루어지는 이 선거는, 그러나 어린 학생들 자신에 의한 것이라기보다는 자모, 곧 엄마들에 의해 이루어지는 대리 선거의 모습이다. 그것도 가장 세련된 언행의 엄마, 은밀한 돈봉투 등에 의해 그 선거가 조직적으로 관리되고 있음을 보여줌으로써 오늘의 교육 현장을 실감 있게 묘사한다. 작가는 여기서 분노의 필치로 그것을 고발하지 않고, 선거의 진행 과정을 침착하게 따라갈 뿐인데, 이같이 절제된 묘사는 오히려 고발의 설득력을 높인다.

교육적 정의에 대한 작가의 관심은 교육자의 허위의식에 집중한다. 「우리들의 스승님」에 나타나는 '송덕진 선생'의 초상이 바로 일그러진 그 의식의 반영이다. 교육대학 학장을 끝으로 교육계에서 물러나는 송 선생은,

경성사범 졸업 후 초등학교, 중학교 교사를 거쳐 고등학교 교장으로 명성을 떨쳤고, 교육감을 두 번이나 역임한 교육계의 거목이다. 자녀들도 의사로, 교수로 일하고 있고 사회 각 분야에 진출한 제자들도 허다하다. 그러나 성공적인 교육자의 길을 걸어온 그에게도 '허위'와 '허세'로 평가할 수밖에 없는 과거가 있다. 그 가운데에서도 가장 치욕스러웠던 기억은 자유당 집권 말기인 1950년대 말 장학관 시절에 겹쳐 있다. 대통령 선거에 동원되어 교직원들을 독려하는 일에 그가 앞장섰던 것이다. 그 일로 인해 집안을 일으켜 세울 후손으로, 선비의 지체를 지켜갈 인재로 촉망받던 그는 제자로부터 모욕당하는 형편에 이른다. 초등학교 시절의 제자인 '서익재 선생'으로부터 울분의 지적을 당하게 된 것이다. 부정선거를 독려하는 스승인 송 장학관에게 서 선생은 사표로써 항거한다.

그러나 송 장학관은 뼈를 깎는 반성이나 죄의식 없이 오히려 1970년대 유신시대를 명교육감으로 영달을 했다. 죄의식은커녕 "이런 거센 역사의 격랑을 타고 넘어서야 하는 일이 바로 자신에게 주어진 운명임을 확인"한다. 놀라운 사실은 유신의 정당성 홍보에, 이번에는 그처럼 비판적이었던 양심 교사 서 선생이 대학교수가 되어 동참한다. 1950년대에서 1970년대에 이른 변절이랄까. 그 허구의 삶은 소설 끝부분에서 이렇게 극명하게 드러난다.

> "축하합니다."
>
> 그들은 하나같이 같은 말로 축하를 하였다. 순간 송 선생은 이들에게 한 자신의 답사가 온통 **거짓**으로 전해졌음을 느꼈다. 계속되는 축하 인사가 치욕을 자극하는 야유처럼 들리면서, 신열로 달아오른 몸 전체가 갈가리 찢겨지는 것 같았다.[6] (고딕체 강조는 필자)

---

6 현길언, 「우리들의 스승님」, 『우리들의 스승님』, p. 53.

교육 현장 이곳저곳에서 나타나는 인간의 허위의식은 정치 분야에서 가장 추하고 노골적인 모습을 보인다. 그것은 '정의'라는 이름으로 호도된, '정의'와는 가장 먼 거리에서의 명분 싸움을 보여주는 전형적인 현장으로 그려진다. 특히 작가는 '정의'가 명분으로 표방되는 행위, 가령 운동권이나 노동문제에 있어서도 그 행동의 정당성에도 불구하고, 거기에 끼어드는 허위의식을 예리하게 들여다본다. 그것은 정치에 대한 비판이라는 사회과학적 문제의식의 소산이 아닌, 그 자체를 전면적으로 거부하는 인문학적 상상력으로의 접근이라는 점에서 문학성의 깊이와 연관된다. 가령 정치인의 행태를 다루고 있는 소설 「겨울 여행」과 독재정권에 대한 저항과 사회주의적 민중 의식의 청년을 그리고 있는 소설 「당신들의 시간을 위하여」에서 그 내용을 살펴보면, 정치적 명분과 인간성 사이의 골짜기가 엿보인다.

「겨울 여행」에서는 군 출신의 정치인과 그의 친구인 전직 언론인이자 현직 목사가 등장한다. 화자인 목사 눈에 비친 정치인 친구는 청렴·강직했던 군인에서 정치인으로 변신하면서 불가피한 명분을 내세운다.

> "국가 권력이 제대로 지탱되지 못하는 정국을 생각해보았어. 그것은 곧 혼란이고 패망이야. 동남아 정세가 심상치 않아. 생존권 확보가 불가능한 상황에선 민주주의도 의미가 없어."
>
> 〔……〕
>
> "협조해. 자네 협력을 잊지 않을 거야. 나도 군복을 벗었으니까 국가에 봉사할 다른 길을 찾고 있어."[7]

지난 세기 후반 군사독재의 명분은 이렇게 주장되었다. 주로 안보와 경제 발전의 논리 아래 수행된 독재 정권은 군인들은 물론 많은 지식인들을 포섭하고 동원하였다. 그러나 정권이 기반을 잡아가면서 어느덧 대학교수,

---

7 현길언, 「겨울 여행」, 『무지개는 일곱색이어서 아름답다』, 문학과지성사, 1989, p. 130.

언론인 등 지식인들의 적극적인 자진 참여가 증가하면서 그럴싸한 명분도 갈수록 개발되었다. 이때 그 명분이 과연 진실이었는가. 이런 종류의 명분의 허구성은 이 소설의 주인공이 군인에서 정치인으로의 변모 당시의 명분이 다시 똑같은 입에 의해 다음과 같이 바뀌고 있음에서도 감지된다. 정치인에게는 거짓이 죄가 아니라고 했던가.

"(……) 서울로 돌아와서 같이 일하자. 민주화는 빠른 속도로 진전되고 있어. 그런데 그러한 사회의 기운을 정치적으로 수용할 인적 자원이 모자라. 자네가 허락한다면 어느 정당도 환영할 거야. 단도직입적으로 말하면, 만약 말일세, 자네가 서울에서 입후보한다면 승산도 있어. 전국구도 가능해."[8]

정치인, 혹은 정치 제일의 풍토가 지니는 허위성은, 「당신들의 시간을 위하여」에서 더욱 심각한 뿌리를 드러낸다. 이 소설의 주인공 부자, 즉 아버지 도기왕 씨는 반공포로 출신의 투사이며, 아들 도정민 군은 골수 운동권 학생이다. 이러한 부자 대립의 꼴은 우리 사회 곳곳에서 기묘한 구도를 형성하며 사회와 가정을 왜곡시켜왔다. 그러나 과연 그들 부자는 좌우 이념에 그토록 철저한 지식과 훈련을 터득한 주체적 인물들인가. 그들은 허위로 점철된 우리 현대사가 배출한 꼭두각시일 수밖에 없음을 작가는 이렇게 지적한다.

듣고 보니 그럴 것도 같았다.

"괜찮아. 그런 사실 아닌가. 도기왕 씨의 시대가 지나간 것처럼, 언젠가는 도정민의 시대도 지나갈 것을 자신도 알고 한 이야기였으니까."

"그렇기는 하겠군요."[9]

---

8 현길언, 「겨울 여행」, 앞의 책, p. 131.

9 현길언, 「당신들의 시간을 위하여」, 앞의 책, p. 86.

취임하는 독재자를 찬양하는 기사를 쓰는 언론인(「신용비어천가」), 스승을 배반하는 해직 교사(「배반의 끝」), 빌딩을 점거 농성하는 아들—다른 빌딩이기는 하지만—을 둔 빌딩 관리인의 심정〔「사제(司祭)와 제물(祭物)」〕 등등이 현실 정치와 직접 맞닿은 상황에서 텅 빈 울림을 내뱉으면서 허위의식을 직접적으로 드러낸다. 그러나 정치적 현실에서 조금 떨어진 자리에서의 인간 군상들 또한 영락없이 허세에 찬 모습들임이 여러 가지 형태로 부각된다. 대표적인 작품이 「달팽이 군상」이다.

수련원으로 교육받으러 가던 학생들이 교통사고를 당하여 병원 대기실로 몰려든다. 인솔자인 장학사는 당황할 수밖에 없는데, 방송 기자가 사뭇 위협적인 자세로 그를 취재한다. 한편으로 학생 치료에 매달리면서, 다른 한편으로는 상부의 질책에 대한 두려움에 시달리던 그는 혼수상태인 학생을 큰 병원으로 옮기는 일에 대한 결단을 요구받고, 당혹감은 고조된다. 결국 중등과장의 힐책이 떨어지고, 경찰에서도 찾아온다. 오직 사태 수습으로 혼란에 빠진 그에게 시장이 나타난다. 그러자 버스 회사 사장은 얼굴도 내비치지 않았으며, 자신들은 춥고 배고프다며 한 학생이 항의한다. 시장이 여러 조치를 취하자 분위기가 달라진다. 중상자 학생은 마침내 큰 병원으로 이송되는데 이 과정에서 명멸한 여러 사람들, 예컨대 의사, 장학사, 버스 회사 간부, 수련원 원장, 시장, 앰뷸런스 기사에 이르기까지 모두 진실을 버린 허깨비 같은 의식의 인물들임을 작가는 냉정하게, 즉물적으로 비판한다. 그 비판에는 어떤 인물도 예외로 밀려나지 않는다.

인간들이 외면적으로는 허세, 내면적으로는 허위의식, 그리하여 그들이 형성하는 사회와 이념, 도덕과 현실이 모두 허구에 지나지 않는다는 현길언의 명분주의nominalism 비판은, 교회와 기독교인에 대한 비판과 반성에서 가장 본질적인 인식에 도달한다. 「신열(身熱)」「내가 만든 예수」「혼이 머물다 간 낡은 집」「풍화(風化)하는 혼(魂)」 등의 작품들은 모두 이 문제와 벌이고 있는 치열한 싸움의 흔적들이다.

「내가 만든 예수」의 화자 '나'는 선한 의욕을 가진 교인임에도 불구하고, 또 막대한 돈을 헌금하여 장애인들을 위한 재활원을 세웠음에도 불구하고 법인 설립 이후 오히려 장애인 신자들이 교회와 재활원을 떠나는 실패를 겪는다. 무엇이 잘못되었는가? 작가는 여기서 하느님이라는 진실 앞에 순종하지 못하고 자아를 내세우는 인간의 허위의식을 정면으로 비판한다. 정치적 정의를 내세우는 운동권, 노동자, 혹은 정치 지망생 열정파들 내면에 잠복한 허위의식을 분석해내고, 교육 현장 속의 허울 좋은 '교육적' 허세를 지적해온 그 눈과 손으로 지상의 가장 선하고 경건한 장소에서 이루어지는 허구의 실상을 파헤친다. 신성한 성소도, 인간이 자신의 욕망으로 접근할 때 세속의 다른 모든 곳과 마찬가지로 허장성세의 전시장과 다를 바 없다는 가열한 비판이다. 이 비판은 오늘의 우리 교회와 교인들을 향한 질타이자 인간성의 깊은 심부에 가라앉아 있는 죄의 뿌리 깊은 속성에 대한 성찰이다. 이청준이 일찍이 『당신들의 천국』에서 켜켜이 뒤집어본 '선행 뒤의 악마'를 여기서도 피할 수 없이 만나게 된다. 은혜를 받은 뒤 시험에 빠지기 쉽다고 했던가. 인간적으로는 가장 선하고, 가장 의롭고, 가장 합리적이라는 일의 진행에까지 끼어드는 허위의식은 참으로 인간의 죄성이라는 말 이외에는 설명할 길이 없어 보인다. 작가 현길언이 종교성과 만나게 된 것은 이렇게 볼 때 필연적인 과정으로 이해할 수 있다. 법과 도덕, 제도와 가족으로도 해소되지 않는 이 같은 원천적인 고통과 한계의 끝에 종교는 자연스럽게 그 모습을 드러낸다. 그러나 구원의 통로인 예수와의 만남도 자기의(自己義)를 바탕으로 한 도덕적 터널을 통해 이루어질 때, 예수는 간곳없고 종교성 자체만 그대로 남는다.

3. 정공법의 용기

현길언 소설은 알레고리도 아니고 상징도 아니다. 그의 소설은 정통적인 의미에서의 리얼리즘이다. 그러나 그의 소설 중 어떤 요소나 어떤 부분이,

가령 발자크식의 리얼리즘에 부합하는가 하는 것을 연역적으로 검증하는 일은 무의미하고 불필요하다. 중요한 것은, 그가 우리 사회 현실의 핵심을 놓치지 않고 붙잡아 그것을 정직하게 좇아가면서 소설의 형식으로 서술하고 있다는 점이다. 특히 주목해야 할 사실은 일제 강점기하에서부터 태동된 좌우익의 이념적 충돌을 4·3사건과 6·25를 거쳐 1960, 70년대를 이어서 오늘의 시점에 이르기까지 일관되게 추적하고 있다는 것이다. 그 추적은 때로 치열한 전투로, 때로 음흉한 가면으로, 그리고 때로는 감지되지 않을 만큼의 미세한 입자로 숨어 있는 이념적 대립 요소가, 그 어느 경우에든지 오늘을 사는 한국인에게 이미 붙박인 DNA가 되어버렸음을 보고한다. 분단의 비극이 종식되지 않는 한, 아니 통일 이후에도 이러한 양극성의 대립은 좀처럼 지양되지 않을는지도 모른다.

사실 현길언 문학의 가장 큰 관심은 우리 속에 고질처럼 온존해 있는 양극성의 문제로 보인다. 이 양극성은 한 개인의 내면으로부터 민족 공동체에 이르는 다양한 집단에 상존해 있는데 좌우 이념의 대결은 그 가장 추악한 예로 우리 스스로를 괴롭히고 있다. 제주도는 그 추악함이 폭발한 비극의 현장으로서, 더 이상 어느 한쪽이 다른 한쪽을 비난하는 구도로 지속되어서는 안 된다. 더욱이 문학이나 종교는 그 지양과 화해의 메시지로서 기능해야지 대결 연장의 도구로 전락해서는 안 된다. 현길언 문학이 제주도 배경을 떠나서도 끊임없이 제주 모티프의 심화·확대로 나아가는 까닭도, 우리의 일상을 지배하는 이러한 양극성의 지양과 화합을 희망하는 작가 정신의 은밀한 노력과 긴밀하게 맞닿아 있다고 할 수 있다.

양극성을 민족정신의 고통으로 인식하고 그 극복을 향한 정신사의 눈물겨운 기록을 안고 있는 독일의 경우, 헤겔에 의해 그 극복은 획기적인 진보를 이룩한 바 있다. 정과 반이 합을 향해 지양되는 변증법! 이후 문학과 철학을 아우르는 그들의 정신사는 놀라운 진보를 거듭한다. 토마스 만의 '고양Steigerung', 헤르만 헤세의 '유머Humor'는 높은 수준의 통합과 극복을 현시한 인간 정신의 개가이다. 종교의 바닥에까지 내려가는 경험과 자기 헌신을 통해 성취된 이 제3의 길은 타산지석으로만 머물 수 없다. 조용한 현길언 문학은 그런 의미에서 여전히 젊고 강하며 액추얼하다. 자, 그렇다면 명분주의의 허구가 해소되고 갈등이 봉합될 길은 없는가.

「풍화하는 혼」의 주인공 백 변호사는 TV 프로의 단골 초대 손님으로 인기다. 행복한 가정, 사랑을 실천하는 명사로서의 이미지가 단단하다. 아들, 딸, 아내를 가진 네 식구 가정의 가장이기도 한 그는 사회윤리 실천운동을 주도하기도 한다. 요컨대 모범 시민이자 지식인이라고 할 수 있는 그는, 그러나 방송 진행자인 연극배우 여성과 정사를 나누게 된다. 완벽을 추구하는 그가, 새롭게 드러난 아내의 옛 애인 때문에 괴로움에 빠진 사이에 일어난 일이었다. 그 이후 그는 변호사 일도, 방송 일도, 사회윤리운동도 모두 내놓고 "삶의 지주가 흔들리는" 상황 속으로 들어간다. "술에 취해서, 우진이나 다른 여자의 성기에 정액을 배설하는 쾌감을 느끼는 순간, 그는 자신의 뼈들이 우드득우드득 소리내며 부서지는 소리를 들었다." 절망과 정욕의 늪에서 허우적거리게 된 것인데, 법과 윤리·사랑을 공개적으로 강조해 온 그로서는 엄청난 모순이라고 할 수 있을 것이다.

그러나 이 소설에서 중요한 것은 주인공 백 변호사의 윤리적 타락과 여성의 혼전 순결에 대한 옹호가 아니다. 혹은 선남선녀의 위선에 대한 고발이 아니다. 소설에는 백 변호사와 그의 부인 주 여사, 그리고 그 같은 가정 환경과 사회 분위기에 억압감을 느끼는 딸과 함께 백 변호사의 어머니, 그리고 또 한 사람의 어머니가 등장한다. '큰어머니'라고 불리는 또 한 사람의 어머니는 친모 이전에 그의 부친과 살았던, 말하자면 부친의 조강지처이다. 두 여인은 불가분 적대 관계에 놓일 수밖에 없는 처지이나, 그러나 이 소설에서 그 관계는 특이하다. 시앗을 증오하여야 할 '큰어머니'는 언제나 미움 대신 사랑으로 '어머니'와 그 자손들을 대했다.

"(……) 그러시다가 제가 철이 들 만하니까, 이제부터는, 직접 말씀하시데요. 얘야, 서울 어른들을 미워해서는 안 된다. 용서하고 사랑해야 너도 행복해진다. 〔……〕 그런데, 미움으로는 아무것도 해결할 수 없다는 것을 아버지를 통해 확인했지요. 그래서 할머니 방법을 찾은 겁니다. 〔……〕 그래서 차차 할머님의 마음과 그 신앙을 이해하게 되었습니다."[10]

등장인물들은 모두 기독교인들이다. 그러나 백 변호사 부부는 도덕적 완벽성에 집착하는 자아가 강한 인물들이며, 특히 백 변호사는 도덕적 우월주의를 자신의 상표처럼 내걸고 사는 인물이다. 그러나 그 상표가 훼손당하자 대책 없이 무너진다. 부인 주 여사는 소멸되었다고 믿어온 과거의 상흔이 표면화되자 그것을 지우기 위해 전력을 다한다. 교회도 신앙도 이를 위해 동원한다. 그러나 과연 두 부부의 상처는 그들 자신의 힘으로 치유될 수 있는 것인가. 작가는 그 상처가 인간의 허세에 따른 것임을, 그리하여 그 허세를 내려놓으면서 정직하고 겸손하게 사랑을 실천할 때에만 자기 자신도, 가정도, 사회도 명분주의의 허구에서 벗어나 구원받을 수 있음을 조용히 알려준다. 사랑의 위대함은 숨어서 일한다. 나서기 좋아하고 떠벌리기 좋아하는 우리에게 과연 가당한 일인가.

(2008)

---

10 현길언, 「풍화하는 혼」, 『배반의 끝』, 문학과지성사, 1993, p. 273.

기억의 바다, 그 깊이에 홀린 물고기

—이인성의 소설[1]

1

이인성은 깐깐해 보이며, 착해 보이며, 막막해 보인다. 그러나 자세히 뜯어보면 이인성은 여리면서도 치밀하다. 이인성의 소설은 바로 치밀하고 여린 모습의 전면적인 떠오름이다. 이인성 소설은 언어로 된 내시경이 되어 그의 의식을 후비고 들어가 힘든 숨을 내뿜으면서 뇌수로, 허파로, 창자로, 자궁으로 돌아다니는 힘 좋은 유랑객이다. 그의 숨결은 때로 허덕거리지만, 그 일을 멈추지 않고 밀어붙인다는 점에서 분명히 강력하다. 따라서 그의 내시경에 포착된 육체와 의식의 어떤 부분도 그 예리한 통찰의 시선과 손길을 피해 갈 수 없다. 생각해보라. 그 섬세한 고도의 성능 앞에서 어떤 부위가 온전히 남아날 수 있겠는가. 영육 간에 모든 상처는 "낯선 시간"이 되고 "한없이 낮은 숨결"로 나타난다. '낯섦'과 '낮음'이야말로 투명한 의식으로 상투화된 일상의 미세 단위부터 새롭게 점검하고자 하는 이 작가의

---

1 이 글에서 다루는 이인성의 작품은 다음과 같다. ①『낯선 시간 속으로』(문학과지성사, 1983; 신판 1997) ②『한없이 낮은 숨결』(문학과지성사, 1989; 신판 1990) ③『마지막 연애의 상상』(솔, 1992) ④『미쳐버리고 싶은, 미쳐지지 않는』(문학과지성사, 1995) ⑤『강 어귀에 섬 하나』(문학과지성사, 1999).

기초가 되는 화두이다. 그런 의미에서 이인성은 언어의 미생물학자이다. 학문화/체계화를 거부하는 그이지만 그는 천생 미생물학자이며 해부학자이다. 이인성은 어떤 의미에서 아도르노를 닮아 있다. (아도르노는 체계화-지식의 제도화를 몹시 싫어하고 그에 저항하였을 뿐만 아니라 학자로 평가되는 것을 끔찍이 싫어하였으나, 천생 그는 높은 수준의 학자 아니었는가.)

소설가로서의 내 의식이 감추고 싶어 하는, 혹은 소설가로서의 나와 분리시키고 싶어 하는 또 다른 나의 면모가 이 대목이다. 지적 체계를 벗어나는 것을 창조해야 한다는 의식이 지적 체계를 가르쳐야 한다는 의식을 편하게 바라볼 수 없도록 만드는 것이다. (③-20)

작가 자신의 이러한 고백은 예외 없이 그의 작품 전체에 그대로 반영되어 있다. 그 가운데에서도 『한없이 낮은 숨결』은 전형이다.

당신도, 나도, 그도, 아닌…, 그들도, 당신들도, 나들도, 〔……〕 너희들도, 그들들도, 아닌…, 누가, 무엇이…,, 〔……〕

여태껏…, 그러나, 말로 못 나서니…, 말, 말아야, 할까?…,, 말컨대…, 말로 되어야만…, 되는, 있는, 것이라면…,, 더듬거려도…, 어쨌거나, 더듬, 말은…, (②-367)

위의 인용에서 짐작되는 작가의 의도는 첫째, '나' 혹은 '너' 혹은 '그'라는 인간의 사회적 정체성, 혹은 실존에 대한 물음이며, 다음, 인간의 어떤 생각이나 행동도 결국 말을 통해 표현되며 존재할 수밖에 없지 않겠느냐는 물음이다. 이 물음은 너무나 근원적인, 언어와 존재에 관한 고민의 물음이다. 작가의 고민의 밀도는 바로 이 서술 방식에서 드러난다. 음절마다 쉼표를 치지 않고서는 서술을 진행할 수 없는 불연속의 흐름은 마치 철저자연주의자Konsequenter Naturalist들이 그렇게 했듯이, 자신의 정직함을 가능한

한 가장 정직하게 보여주겠다는 의도의 표출인데, 말을 바꾸면 '고민'이다. 고민하지 않는다면, 통용되어온 소설의 관습에 따르면 되는데, 이인성에게 그것은 왠지 '가짜'로 여겨지는 것이다. 결국 그는 문법을 뒤집고 언어를 분절하지 않을 수 없는 것이다. 말과 존재의 새로운 존재 양식을 자신의 방식대로 세워나가는, 힘겨운 길에 들어선 것이다. 작가는 "낮은" 숨결이라고 했지만, 그것은 엄청난 모반이며 혁명이다. 니체식으로 표현하면 '프로메테우스 콤플렉스'인데, 나는 차라리 그것을 '프로메테우스 쿠데타'라고 부르고 싶다. 그것은 제우스의 광휘 아래 머무르고 싶지 않은 반역인데, 단순히 권력을 좇는 쿠데타가 아닌, "꿈이 있는" 자리에 독자적으로 앉아 있고 싶은 욕망의 쿠데타다. 한없이 "낮은" 숨결은 그러므로 높고 고상한 숨결로 숨 쉬고자 하는 반어의 세계이다. 프로메테우스는 자신의 세계를 구축하기까지 얼마나 힘든 학대와 반어의 세상에 머물러 있어야 했던가. 학대와 반어를 자청하는 곳에서 이인성은 출발한다.

2

이인성 소설이 거느리고 있는 달무리 비슷한 고정관념이 있다. 정확하게 말한다면 이인성 소설에 대한 편견인데, 그것은 난해함이라는 편견이다. 그의 소설들이 때로 숨차고 빠근하고 지루한 것은 사실이지만, 사실 난해하지는 않다. 왜냐하면 그의 소설은 크게 두 가지, 즉 첫째는 자기 자신의 소개이며, 둘째는 작가 혹은 소설에 대한 자신의 견해를 피력하는 일로 구성된다. 따라서 약간의 인내를 갖고 그의 생각에 귀 기울인다면 뜻밖에도 흥미롭고, 적잖이 새로운 생각들을 손쉽게 만날 수 있다. 사실 소설이라는 이름 아래 우리는 얼마나 많은 따분한, 너무나 익히 잘 알려진 진부한 이야기들이 무더기로 질퍽거리는 것을 보고 있는가.

그러니까 우선은, 작가란 삶을 이야기하는 데 있어 더 이상 전능한 신적 존재가 아니라는 뜻이지요. 즉 당신은, 작가란 자들을 당신이나 마찬가지로 이 세상에서 허둥대며 살아가는, 동등한 인간으로 파악하기 시작한 겁니다. 그렇다면 그가 어떤 사람이며 세계를 어떻게 보고 어떻게 이야기하느냐는 게 숨김없이 드러나야, 그와 참다운 의사소통을 할 수 있지 않겠어요? (②-49~50)

작가에 대한 작가 이인성의 견해다. 여기서 주의할 점은, 이러한 견해가 작가론으로 진술되지 않고, 소설의 일부로서 서술되고 있다는 사실이다. 그의 소설들 상당수와 상당 부분은 사실 작가론 혹은 소설론에 다름 아니다. 그러므로 미리 겁먹고 떨 일은 아니다. 어떤 의미에서 이인성이야말로 가장 세심하고 친절한 소설 안내자라고 할 수 있다. 그렇다면 그가 생각하는 작가는 누구인가. 우선은 "전능한 신적 존재가 아니"다. 이러한 인식은 근대 이후 보편화된 개념이기에 새삼스러울 것이 없다. 다음으로는, 그렇기 때문에 세계관과 그 서술 방식이 "숨김없이 드러나야 한다"는 것이다. 이인성 특유의 견해라고 할 수 있는데 이것은 첫째 정직성, 둘째 정확성의 양면을 포함한다. '숨김없기' 위해서는 무엇보다 정직해야 한다. 이 정직함이 이념적으로 반영된 것이 리얼리즘이며, 비판과 연구가 거듭되면서 뒤에 나타난 것이 프로이트이며, 또 현상학이다. 요컨대 가장 정직하기 위한 방법의 모색 위에서 리얼리즘과 모더니즘은 이념적 상반에도 불구하고 큰 흐름을 발전시킨다. 이 과정에서 정직성은 자연스럽게 정확성을 요구한다. 모더니즘에 이르기 전, 이미 19세기 말에 대두된 철저자연주의는 그것을 보여준다. 자연을 있는 그대로 정직하고 정확하게 반영해야 한다는 생각인데, 가령 아르노 홀츠Arno Holz 같은 작가는 이 이름을 붙이고 극단적인 실험을 시도했다. 예컨대 주저, 반복, 기침 소리, 담배 피우는 모습 등 순간순간을 그대로 묘사하려고 했는데, 특히 연극에서 그것을 그 나름대로 묘사하였다. 이른바 '순간문체Sekundenstil'라는 것으로서, 결국 모더니즘으로 가는 길목이 된 것이다. 이인성이 소설가와는 별도로 연극 전공의 학자라는 사실은 이와 관련하여 흥미롭다. 「잃어버린 사건—1974년의 악몽」이라는 희곡을 잠시 살펴보자. '나오는 사람들' 소개에 이어서 이런 프롤로그부터 심상찮다.

> ※ 주의할 점—선생과 선생'는 한 인간의 두 면을 나타낸다. 즉, 동일인을 두 연기자가 행하는 것이므로, 우선 외모상 그들의 모습을 거의 흡사해야 한다. 선생과 선생'에 대한 외모상의 구별을 거울을 가운데 두고 마주한 두 모습과 같이 서로의 대칭성 속에서 발견되도록 해야 한다. 예컨대, 선생이 왼팔 소매를 걷고 있으면 선생'는 오른팔 소매를 걷고 있어야 하며, 선생이 머리를 왼쪽으로 넘겼으면 선생'는 오른쪽으로 넘긴다. 이런 대칭성 중에서 특히 눈에 띄는 것을 하나쯤 설정함으로써, 관중들이 그 둘을 분명히, 그러나 거슬리지 않게 구별하도록 해주는 일이 필요하다. (③-261~62)

자질구레하다고 할 만큼 세세한 이 주의 사항은, 그러나 따지고 보면 인간 내부에서 일어나고 있는 거대한 운동에 대한 유념이다. 사실 이 미세한 움직임을 무시하거나 제외하고, 얼마나 많은 문학작품들이 인간과 인생, 세계를 말하는가. 그것을 참지 못하는 소수의 예민한 계보 위에 이인성은 서 있다.

3

신판 『낯선 시간 속으로』를 읽는다. 1997년판이니 신판이라지만 벌써 10년이 넘었다. 초판은 1983년에 나왔으니 25년이 되었다. 이 작품집에는 「길, 한 이십 년」「그 세월의 무덤」「지금 그가 내 앞에서」「낯선 시간 속으로」의 중편 네 편이 수록되어 있는데, 이들은 발표 연대와 상관없이 작중 화자의 삶을 연대기적(너무 거창한가? 그냥 나이순대로라고 말해도 좋다)으로 추적한다. 나 역시 그 순서대로 읽는다. 막막함, 혹은 먹먹함으로 표현할 수 있는 독서의 인상은 우선 독특한 문체에서 기인한다.

이인성 문체의 첫번째 특징은 문장들의 행 바꾸기〔別行〕를 가급적 피하고 있다는 점에 있다. 그는 몇 페이지를 넘기더라도 행을 바꾸지 않고 문장을 계속하기 일쑤다. 행을 바꾸면 우선 시각적으로 시원하다. 그러나 그것은 독자 쪽의 느낌이다. 작가는 독자 쪽의 느낌보다 자신의 느낌에 더 집중한다. 별행은 일종의 숨 쉬기인데, 그는 숨 쉬는 것보다 숨을 몰아가는 일이 더 바쁘다. 그만큼 그에게는 내발적 욕구가 급하게 밀려 올라오고 있는 것이다. 이러한 욕구의 대상은 당연히 자기 자신의 의식이다. 그 의식은 1974년에 모인다. 73년 겨울, 혹은 74년 봄부터 시작되어 여름, 가을, 겨울로 이어지는 그 대상에서 의식은, 누구나 지나가기 마련인 20대 초의 젊은 시절을 예리하게 찌른다. 행 바꾸기가 무시된 문체는 괴로운 의식의 급박한 진행이며, SOS와도 같은 호소이다. 대체 그는 왜, 어떻게 괴로워하는가.

> 어디로? **낯익은** 거리를 내다보던 그는 다시 뜻 **모를 조바심을** 느꼈다. 그리고, 버스가 창경원 돌담을 끼고 고가도로를 넘어 '弘和門' 앞에 멈추었을 때, **황급히 버스를 내렸다.** 한 정거장을 남기고, 그는 **예정된 목적지를 포기했던** 것이다. 그곳은 그가 돌아가야 할 곳이 아니라는 깨달음이 들면서, 그리고 한 정거장만 더 갔다면 또 **자신을 속일 뻔했다는** 생각이 들면서, 그는 번번이 그런 **의식에 시달리는** 것이 **힘겹게** 여겨졌다. (①-10, 고딕체 강조는 인용자)

청년은 버스를 타고 간다. 그가 어디를 가는지 소상히 밝혀져 있지는 않지만, 홍화문(弘和門) 다음 정거장에서 내리는 것으로 나와 있다. 그러나 갑자기 한 정거장 앞에서 내린다. 원래 목적지는 돌아갈 곳이 아니라는 깨달음이 들었는데, 이 깨달음의 의식은 힘겹다. 그러나 자신을 속이지 않기 위해서는 힘겹더라도 이 깨달음이 소중하다. 여기서 중요한 것은, '낯익은' 것에의 거부다. 원래 목적지로 가는 것이 왜 자신을 속이는 일인가? 낯익은 곳이기 때문이다. 갈 곳이 딱히 정해져 있지 않더라도 '낯익은' 곳이어서는 안 된다. 청년은 귀향하는 제대병이다. 그는 그러나 집으로 가지 않는다.

빌어먹을, 어쩐다? 어디로 가야지? (①-11)

정말 어쩐다? 어디로 가지? (①-12)

집은 가장 낯익은 곳이며, 그런 의미에서 돌아갈 곳이 못 된다. 부모를 포함한 가족들은 그리움의 대상, 가장 먼저 달려가야 할 대상이 아닌, 되도록 기피해야 할 사람들이다. 낯익기 때문이다. 친구도 마찬가지다. 낯익은 것을 기피하며 망설이는 그에게 홍화문 속의 왕, 물덩이, 에미우 새, 돌무늬 등등…… 일상의 관심이 되지 못하는 사물들이 오히려 관심의 대상이 된다. 그것은 '있음'과 '없음'이라는 존재의 유무에 대한 실존적 관심의 결과이다. 소설에서는 이렇게 나온다.

그것이 없다는 것을 알면서도 그 '없음'의 '있음'에 빠져들 수밖에 없는 어떤 상태를, 그는 헤매고 있었다. 껍질을 깨고 나올 때, 껍질의 안과 밖을 선명히 구분해볼 때, 그러나 그곳이 그 껍질을 둘러싸는 더 큰 껍질의 안쪽일 때, 그럴 때… 다시 고개를 들었을 때, 그는 옥좌에 버티고 앉은 한 마리 거대한 사자를 힐끗보았다. (①-29)

'있음'과 '없음'은 결국 주관과 객관의 문제이다. 물리적으로도 보는 자에 따라서 환시도 있고 착시도 있다. 그러나 '존재'란 객관적인 사실 아니면, 주관적인 인식에 의해 그 여부가 판단된다. 이때 주관적인 인식의 범주는 거의 무한하다고 할 정도다. 이인성의 인식은 무한하지는 않지만, 적어도 무한을 향해 열려 있다. 낯익은 것은 '사실'의 세계이며, 낯익지 않은 세계는 '인식'의 세계이다. 사실은 객관이고 인식은 주관이다. 하나의 사실과 객관은 '하나'로 존재하지만 그에 대한 인식은 '무한'하다. 인식의 주체인 '나'에 의해 인식되므로, 그 인식의 내용은 순간에 따라서 얼마든지 달라질 수 있다.

'낯익음'으로부터 벗어남으로써 획득되는 이 무한한 가능성의 자유! 릴케는 이 세계를 "습관의 왜곡된 충실성"으로부터의 벗어남으로 설명하는데, 습관, 즉 낯익음을 "왜곡된 충실성"으로 읽는 데에서 이인성 소설과의 동질성이 확인된다.

릴케가 시를 통해 탈주로부터의 지향점을 발견하였다면, 이인성의 그것은 아직 모색의 도정 위에 있어 보인다. 지금은 정직성과 정확성의 강조를 통한 방법, 정신의 추구가 급해 보인다. 가령 희곡 「잃어버린 사건」에서의 '선생'과 '선생′'의 분리 등장은 대상으로서의 의식, 인간 내면에 대한 통찰의 중요성이 무엇보다 선행되어야 함을 말해준다.

> 선생: 당신은?… 당신은 누구요?
>
> 선생′: 날세.
>
> 선생: 나라니?
>
> 선생′: 자넬세. 자네 자신. 그러니, 바로 날세.
>
> 선생: 나? 나 자신?
>
> 선생′: 자네가 고뇌할 때마다 나타나는 나. 자네 자신도 알 수 없게, 자네는 마음으로 나를 불렀지.
>
> 선생: 그래서 왔나?
>
> 선생′: 부르지 않아도 나는 늘 여기 있네. (③-275~76)

내면과 의식 세계에는 다양한 요소들이 매 순간 갈등하면서도 공존하는데, 이른바 서사 위주, 혹은 사건이나 행동 위주의 전통적 소설 기법에 의해서는 이러한 본질이 반영되지 않는다. 이인성이 희곡이나 희곡적 방법을 선호하는 것은 따라서 인간 내면과 의식을 정직하게 드러내기 위해서 걸어가는 불가피한 선택으로 보인다. 그 지향점이 반드시 소설이라는 양식의 문제인지 여부를 판단하는 것은 아직 이르다. 왜냐하면 소설보다는 차라리 희곡 내지 연극 쪽에 기울어 있는 것처럼 보일 때가 많기 때문이다. 그러나 그는 그것을 소설이라는 양식 속에 또한 담고자 한다. 말하자면 연극도, 비평도, 이론도 모두 소설 속에 끌어넣고 있기 때문에 그 모든 모색이 지향이 될 수밖에 없다. 아니 이렇게 말하자: 그에게 있어서 지향은 모색이다, 라고.

> ……무대다. 나에 의해 있게 된 무대다. (……) 무대를 향한 확신이 흔들리면서, 차라리 나는 '지금-여기'를 벗어나고 싶었던 것이다. (……) 그리고 저 '비어-있음'의 정체를 드러낼 때까지 심문하고 싶었다. (……)
>
> ……무대다. 그가 있게 될, 그의 '있음'이 시작될 무대다. (①-119~20)

'있음'은 인식이다. 인식 이전은 '비어-있음'이며, 그것은 무대다. 그 무대는 모색이다.

4

만 스물세 살의 청년 주인공이 이처럼 어두운 의식의 바닥을 훑지 않을 수 없는 이유에 대해서, 이인성 소설이 내면의 세세한 기록일 수밖에 없는 이유에 대해서, 그리하여 그가 악몽의 무대를 연출하면서 욕망의 실현을 연습하는 이유에 대해서, 작가는 스스로 말한다.

> 하지만 나는 내 믿음을 살아가지 못했다는 데 대해, 그리고도 내가 살아 있다는 데 대해, 나 자신을 용납할 수가 없어… 이제는 지금의 나만으로는 안 돼. 그 이상의 무엇이 필요해. (①-112~13)

문제는 '믿음'이다. 이 믿음은 신앙이라는 말로 바꾸어도 좋다. 그의 소설은 전반적으로 신앙이라는 말이 연상시키는 거룩함, 경건함과 먼 거리에 있는 것 같지만, 사실은 역설적으로 매우 종교적이다. 니체가 종교적이듯이 이인성도 종교적이다. 「이 사람을 보라」 「미지의 신에게」와 같은 시를 통해서 니체는 얼마나 자기 자신의 신을 갈구했는가. 차라투스트라를 내세워가면서 그가 추구한 신에의 열망은 애처롭기까지 하다. 작가 자신이 동일화된 소설 속의 청년은 결국 신앙이 없음으로 해서, 자신만의 신앙을 갖고 살아가고자 하며, 그 같은 삶을 살아가지 못한다고 스스로 판단하면서 자기 자신을 용납하지 못하는 것이다. 요컨대 믿음의 부정-믿음의 부재-자기 믿음의 추구-그 실현에의 회의-자기 부정으로 이어지는 절망의 과정을 걷게 되고 '낯선 시간 속으로'에서 그것은 자살에의 유혹으로 나타난다.

> 발길이 끌리는 대로, 그는 비에 젖은 성모 마리아의 석고상 앞에 마주 섰다. 이 무지한 인간이 철들고 처음이자 마지막으로 올리는 단 한 번의 기도를 받아주시옵소서. 신이여, 당신이 진정 계셔 자비로우시다면, 당신을 믿지 않음을 용서하소서. 저는 당신을 지나 더 먼 곳으로 되돌아가야 하옵니다… (①-60)

"당신을 지나 더 먼 곳으로 되돌아가"기—이인성 소설의 주제는 바로 여기에 요약되어 있다. 이때 당신은 물론 신이다. 그러나 동시에 아버지이기도 하고 할아버지이기도 하다. 그 아버지와 할아버지는 각각 그들의 믿음을 갖고 있었으며, 그리하며 각각 자신들만의 품위를 지니고 있었다. 그러나 아들이자 손자인 청년에게는 그 믿음이 없다. 믿음의 거부, 혹은 믿음의 부재는, 그러나 아버지와 할아버지에 대한 적극적인 반항을 의미하지는 않는다. 그렇다기보다는 오히려 그들을 넘어서겠다는 초월에의 의지가 강하다고 할 수 있다.

"어머니, 저예요. 제가 왔어요." "너구나. 그래 어제 온다더니, 연락도 없구. 얼마나 걱정했는데." 〔……〕 "아버지 좀 바꿔주세요. 아버진 또 공부만 하고 계신가요?" "뭐라고?" "아버지께 드릴 말씀이 있어요." 〔……〕 "다시는 갈 수가 없어요. 거길 지나왔거든요." "지나가다뇨?" "더 가야 해요. 이제는 더 가야 한다구요." … "얘, 얘, 정신 있니?" "아버지, 저 돌아왔어요. 할아버지가 계셨던 산골 학교를 들러 오느라고 늦었어요. 거길 지나왔으니, 이제 아버질 또 지나가야지요…" 어디로 떠나갈 것인가? 어디로 돌아갈 것인가? (①-62)

공부만 하는 성실한 역사학자인 아버지, 산골 학교에 봉사하는 할아버지, 두 사람은 모두 독실한 기독교인(할아버지는 그러나 무교회주의자였다)으로서 그들 나름의 정도(正道)를 걸어온 인물들이다. 그러나 아들에게는 바로 이 '정도'가 미심쩍다. 사이비 정도라는 뜻이 아니라, '올바른 길'이라는 '정도'가 과연 올바른 길일 수 있겠느냐는 근본적 회의가 있는 것이다. 더 나아가 만일 그 길이 진짜 올바른 길이라면, 아들로서는 그보다 더, 최소한 그에 못지않은 '올바른 길'을 가고 싶다는 의지와 욕망이 있는 것이다. 그들보다 "더 가고" 싶은 것이다. 게다가 이미 그들을 "지나온" 것이다. 그 지향이 어디일까? 이미 첫 작품에 그곳은 강하게 암시된다.

나의 밖. 늦은 봄 또는 이른 여름의 밤비가 내리고 있다. 〔……〕 어둠의 우물 안에서는 설핏 빛의 소리들이 울려 나온다. 창문을 열고, 나는, 그 깊은 깊이를 향하여 몸을 기울인다. (①-63)

어둠의 우물 안에서 울려 나오는 빛의 소리에 귀 기울이며 그 깊이를 향한 탐색의 길을 나서는 것이다. 이를테면 '어둠의 빛'이다. 모순 같아 보이는 말의 이러한 조합은, 그러나 이인성에게 있어서 전혀 모순이 아니다. 그가 괴로워한 낮익은 세계는, 그 모순을 그대로 모순으로 받아들이는 몰인식의 세계이며, 진부한 상투성의 세상이다. 그 세상은 숱한 대립과 대결로 형성되어 있는데, 이인성에게 와서 그 경계가 무너지고 사라진다. 붕괴한 실종은 해체이며, 그러므로 이인성 문학은 해체론의 중심에 선다. '나'는 '너'이고, '너'는 '나'다. 낮과 밤은, 더러움과 거룩함은 그 대결의 모습을 벗어나야 하는 것이다.

저곳에서, 어둠과 빛은 가장 은밀하게 서로를 뒤섞고 있다. (⑤-52)

그러나, 끝내 그러고자 하는 어떤 자기가 있음. 제 속에 맺혀진 광기를 못 견뎌 제가 먼저 미친 듯이 저를 떠나고 싶어 하는 어떤 자기가 있음. 자기 밖으로 소외되어 갈라진 자기를 바라볼, 이제는 자기가 자기 아니게 된 그 자기는, 그리하여… (④-23~24)

그러면, 왼손은 맥없이 힘을 풀고, 송수화기를 사이에 둔 채 오른손과 깍지를 끼며, 흐느낌 같은 경련을 일으키곤 했는데,, 〔……〕 속 복잡한 어떤 공범 관계로 얽힌 두 손의 모습은 그럼에도 너무 대조적이었다. (④-14)

다르면서도 같은 두 그루의 검은 나무를 중심으로 그려졌던 두 폭의 풍경화,, 네가 나와 그가 될 때 그려졌던 표층의 존재화와, 〔……〕 마음부림 몸부림 온갖 부림을 칠 수밖에 없었던 것은, 어쩌면 당연했다. (④-212)

"다르면서도 같"고, '왼쪽이자 오른쪽'인 등식 해체의 현상은, 이른바 포스트모더니즘의 전형적인 증상이다. 이인성의 소설은 물론 포스트모더니즘이 시대적 트렌드가 되기 이전에 등장하였고 그 시대적 아픔은 개인적 아픔과 맞물리면서 1970년대의 질병을 보고한다. 그의 시대는 군부 독재 유신 시대이며, 그의 개인사는 품위가 무너진 시대에 품위로 남아 있는 아버지와 할아버지의 그것을 넘어가고 싶어 한다. 이러한 욕망은 포스트모더니즘이 대두되기 이전에 발병하였지만, 포스트모더니즘의 전사(前史)로서도 그럴싸하고 성격적으로도 매우 비슷하다. 그러나 그 길은 험난하다.

비교적 상당한 현실감을 띠고 있는 작품『미쳐버리고 싶은, 미쳐지지 않는』에서 주인공 청년은 모처럼 실제 여행길에 나선다. 전주로, 남원으로, 여수로, 마침내 땅끝까지 이르는 그 길에서 그는 애정 행각을 펼치기도 한다. 이 여행을 작가 자신도 대견하게 생각했는지 스스로 기뻐한다. 그러나 여기서도 대립적 언어/명제는 소명한다.

> 그래! 그로서의 그, 그여, 길떠남에, 찾아나섬에, 한사코 치열해보거라. 나도 나에게 한사코 치열하련다, 내 기다림에. 기다리는 게 가는 것이고, 가는 것도 기다리는 것인지 모르겠지만서도. (④-190)

가는 것—기다리는 것이 대립에서 풀려나 한통속으로 묶인다. 그러니 그가 어디로 갈 것이며, 어디에 있을 것인가.

소설 공간이, 자기 안에 존재하는 두 개의 자기가 하나 되기 위한 싸움에 의해 형성되고 있다는 점을 이해하면 이인성 읽기는 편안하게 끝난다. 이 동일화의 싸움은 어느 순간, 순간의 행복을 획득하지만 대체로 실패한다. 그러나 이 실패가 곧 그의 소설을 성공으로 이끌어간다. 그러나 성공된 공간은, 무서워라, 악몽의 공간이다. 살펴보자.

> 잠속에 있는데도 서로가 함께 있는 기묘한 잠. 마치 서로의 잠을 열고 같은 꿈속에 잠긴 것처럼, 그들은 함께, 되돌아서는 다시 나갈 수 없어 보이는 그 어둠의 문을 등지고 옷을 벗으리라. 꿈이라면 아마도 그것이 죽음으로 가는 꿈이 아니려나, 텅 비어 가득한 어둠을 짊어지고 어둠 위에 서서 숨소리만으로 서로의 존재를 인지할 그들은, 다른 선택의 여지가 없는 그 공포의 유혹 속으로, (④-191)

악몽에 관한 언급은 소설 도처에 산재해 있다. 악몽은 동일화—나와 타자, 주객, 안팎 등—와 공존의 실태에서 보통 비롯되지만, 특이한 것은 이로 인해 주인공은 좀처럼 실망하지 않는다. 그렇기는커녕 악몽의 상황은 마치 기대되었던 순간처럼 다가온다. 타자와 나, 안과 밖은 어차피 분리될 수밖에 없기 때문인가, 그는 차라리 즐기는 기분이다. "다른 선택의 여지가 없"기 때문이기도 하지만 '나'와 '너'로 분리된 채 함께 있는 것 같은 "기묘한 잠"이 재미있는 모양이다. 그리하여 그는 "공포의 유혹"을 느끼면서도 그것이 "끝 모를 깊이로 하강"(④-213)할 수 있다는 점에서 최초의 그 "깊이"(①-63)와 내통함을 느낀다. 그 깊이를 향해 기울였던 그의 몸은 그리하여 마지막 의식을 끊어내고 한 마리의 물고기가 된다.

> 불현듯 그 폐에 부레를 심고 그 살갗에 비늘을 키우고 그 등과 배에 지느러미를 돋우어, 네 회상의 몸체를 물고기로 변신시킨 것은 무엇이었던가? (④-214)

(악몽은 물고기가 되고, 동일화를 향한 안타까운 노력은 끝이 난 듯하지만, 그것은 그러나 '치욕'으로 서술된다. 너무 빨랐던 첫사랑의 기억이 거기에 있다.)

5

이인성 소설의 근원적 모티프는 아버지와 어머니이며, 소설 공간은 분열된 자아가 동일화하려는 욕망, 그럼에도 불구하고 동일화하지 못하는 긴장의 무대이다. 아버지의 억압이 문학을 비롯한 예술 일반에서 저항의 힘으로 작용하는 예는 프로이트 이론을 원용하지 않더라도, 주변의 많은 실례들이 이를 입증한다. 그러나 이인성의 경우는 그 관계가 매우 특이하다.

그 억압은 억압하지 않는 억압이다. 그 억압의 구조는, 억압자의 단정한 진실성 때문에 야기되는 아들의 의문과 소외감, 마침내는 그 진실성을 넘는 진실성을 획득해보겠다는 욕망 때문에 생겨나는 긴장감으로 형성된다. 말하자면 진실성 대 미실현된 진실성의 초월이라고 할 수 있는 대립 구조다. 따라서 미실현된 초월에의 의지를 지닌 아들은 늘 상반된 두 개의 의식/감정에 의해 시달린다. 그 하나는 아버지를 능가하겠다는 품위의 의욕이며, 다른 하나는 그것이 실현되지 않는, 혹은 실현되지 않을지도 모른다는 불안감, 혹은 그 품위의 정당성에 대한 회의 따위다. 앞서 살펴본 "당신을 지나 더 먼 곳으로 되돌아가"기는 주인공의 제대 이후, 즉 『낯선 시간 속으로』 이후 여러 작품들에서 끊임없이 변주, 반복된다. "길을 잃고 산속을 헤매"(①-266)는가 하면, "주검의 넋처럼 홀연히 스며"(①-280)드는 바닷가를 떠돌기도 한다. 결국 그의 '되돌아가기'는 '소설 기행'이다(「그를 찾아가는 우리의 소설 기행」「이미 그를 찾아간 우리의 소설 기행」, 이상 ②-156~316). 이를 위해서 작가는 백지로 된 직사각형을 작품 모두에 내어놓고 그것을 '언어의 화면'이라고 주장하면서 되돌아가기와 떠돌기가 소설 쓰기일 수밖에 없는 이유를 깊이 있게, 너무 깊이 있게 설명한다.

그에게는 분명히 상처가 있다. 그 상처는 첫사랑과 관련이 있는 것 같기도 하고, 부모의 의연함에서 유발되는 무심함 같기도 하다. "어느 순간, 두께를 느낄 수 없을 정도로 얇고 예리한 면도칼이 단 한 번 소리도 없이 그 장막 위를 스치고 지나갔다면? 〔……〕 그리하여 그 한 줄의 칼길 너머로 언뜻 제 의식의 밖인 다른 하늘이 보인다면? 그때, 그 의식의 다른 하늘은, 그것이 무엇인지 확인되기도 전에 우선 아픔으로 올 것이"(①-311)라는 고백 속에는 얇고 예리한 면도칼과 같은 상처가 있다. 이 상처는 훨씬 뒤 "기억에 파문이 일어 불확실하긴 하지만, 그것이 꼭 부모가 없었기 때문은 아니었다, 라고 짐작되는데, 아버지가 있던 자리도 어머니가 있던 자리도 이랬다저랬다 헷갈렸고, 기억에 해초들이 끼어들어 불확실하긴 하지만, 그러니까 오히려 부모가 여기저기에 있었던 까닭이 아니었던가" 하는 기억과 연관된다.

한마디로 요약하자: 이인성 소설은 무엇인가. 지향을 거부하는 지향, 결론을 부인하는 결론, 체계를 뒤집는 체계, 어디로 가기를 싫어하면서도 어디론가 흘러가는 흐름. 그것은 현실 속에서 가능하지 않은 꿈을 꿈꾸는 꿈. 그렇다, 악몽일 수밖에 없는 공간에의 머무름이지만, 문제는 작가가 이러한 혼돈의 거대한 조직을 철저히 관리하고 있다는 점이다. 혼돈이라는 질서를 만드는 사람, 그가 작가 이인성이다. 인간은, 그리고 현실은 결코 질서 있게 되어 있지 않다는 사실, 분열과 혼돈이 그 실체라는 사실을 그는 질서화하려고 무진 애를 쓴다. 이 애씀이 그의 소설이다. "흔적이 지워지지" 않는 상처(①-311)만이 상처임을 고백하는 작가에게는 행인지 불행인지 그것이 지워지지 않는 기억으로 남아 있다. 그 기억으로 인하여 그의 소설은 물고기가 되어 "기억의 바다"(④-218)를 헤엄친다. 무진 애를 쓰면서, 지나가고, 돌아가는 헤엄치기. 어디를 향하여, 라고 이제 말하지 말자.

우리는처음엔무엇이어떻게될것인가를전혀모르면서그기억의바다에서기억의밥을물어오라고머릿속물고기를끄집어내띄워보낼것인데때로그깊이에홀린어떤물고기들이그깊이속으로영영가라앉아 (④-218)

(2008)

포박된 인생과 그 변신

—이승우론

1

중견 소설가 이승우의 거의 모든 소설들은 포박당한 인생들을 보여준다. 아니, 모든 인생들은 포박되었음을 보여준다. 보다 더 정확하게 말한다면, 모든 인생들은 포박당한 채 살아가고 있음을 보여준다. 그들은 아주 드물게 그 사실을 때로 눈치 채기도 하지만, 대체로 그 사실을 아예 모르고 살아간다. 이승우의 소설들은 그들에게 그 사실을 일깨워주려고 쓰여진다. 그럼에도 불구하고 그의 소설의 이 같은 성격은 잘 이해되거나 전달되지 않고 있는 것 같다. 그의 많은 소설들이 다소 난해한 탓도 있지만, 그 난해함 이상으로 난해하게 해석되어 사뭇 흥미로운 요소들이—예컨대 섹스 장면이나 추리소설적 분위기—있음에도 잘 팔리지 않는 경향이 있다. 이제 소설 쓰기 시작한 지 20년이 넘은 그에게는 꽤 많은 작품집들이 있다. 중·단편집 『일식에 대하여』 『구평목씨의 바퀴벌레』 『세상 밖으로』 『미궁에 대한 추측』 『목련공원』 등과 더불어 장편소설 『에리직톤의 초상』 『가시나무 그늘』 『따뜻한 비』 『황금가면』 『생의 이면』 『내 안에 또 누가 있나』 『사랑의 전설』 『태초에 유혹이 있었다』 『식물들의 사생활』 등을 내놓은 그의 작가적 에너지는 매우 왕성한 편이다. 그러나 나는 이 같은 그의 문학적 정력을 단순한 힘이 아닌, 어떤 사상적 모티프와 관련된 집요한 집념의 소산으로 생각한다. 때로는 어떤 소명감의 발현으로까지 생각되어 문득 전율을 느낄 때조차 있다. 이러한 느낌은 초기작부터 지금에 이르기까지의 소설 세계를 그 바닥에서 장악하고 있는 어떤 완강한 힘과 관계된다. 그 힘은 우선 제목에서도 솟아난다. 신화적 근원성을 끊임없이 연상시키면서 삶과 현실을 어떤 보이지 않는 세계와의 연관성 아래에서 상대적으로 파악하고 있는 그 제목들을 보라. 생을 보더라도 이면을 내세우고, 내 안에 또 다른 누가 있을지도 모름을 암시하고 있지 않은가. 세상 밖으로 눈을 돌리는가 하면, 문득 세상을 가리는 일식에 대하여 주의를 환기시킨다. 뿐인가, 현실을 소박하게 받아들인 상태에서 이념을 세우고 비판을 일삼는 자리에서 벗어나 아예 미궁으로 현실 인식의 바탕을 삼는 태도는 또 무엇인가. 그것도 추측이라는 제목을 내세우면서 말이다.

이렇게 볼 때, 이승우의 소설들은 차라리 이즈음 유행하는 엽기적 성격을 이미 훨씬 이전부터 즐기고 있었던 것으로 생각된다. 「목련공원」에서의 그 끔찍한 뇌쇄적 여인의 섹스파티와 살인을 엽기 이외의 그 무엇으로 설명하랴. 그러나 이 작가의 엽기는 별로 주목되지 않은 것 같다. 왜 그랬을까. 그의 소설 세계에 각별한 관심을 가져온 나로서도 사실 제대로의 고찰을 해보지 못했으므로 그 무관심의 원인에 대한 분석은 의미 없어 보인다. 그런 가운데에도 짚이는 한 가지의 원인이 있다면, 그것은 이승우의 엽기는—비록 관능의 형태를 띠고 있는 경우라 하더라도—근본적으로 형이상학적 엽기라는 사실일 것이다. 형이상학적 엽기라? 나는 그것을 일단 카프카적 세계라는 말로 이름 붙여놓고 싶다. 자, 보자.

F는 손을 휘저으며 한 발을 조심스럽게 앞으로 내밀었다. 마땅히 발이 디뎌질 것이라고 예측한 자리가 뜻밖에도 허공이었다. 사태를 깨닫고 재빨리 발을 거두어들이려 했지만, 아래쪽으로 무게중심이 쏠린 그의 가벼운 발바닥은 허공에서 춤을 추듯 몇 차례 허우적거렸다. 그러고는 마침내 다른 쪽

발까지 허공의 어둠 속으로 끌려갔다. (……)

"여기는 당신을 위한 세계입니다. 우리는 당신을 오랫동안 기다려왔습니다."

얼마나 길고 무서운 시간이 그의 의식 위에 덮여 있었을까. 몸이 꿈틀거림과 동시에 그의 정신도 점차 회복되어갔다. F는 눈을 떴다. 그러나 그의 눈은 아무것도 보지 못했다. 쩌렁쩌렁한 목소리만이 귓속으로 파고들었다. 어쩌면 그 소리 때문에 의식을 회복한 건지도 모르는 일이었다.

"그러나 당신은 이제 미로를 뚫고 지나가야 한다는 사실을 알아야 합니다. 미로는 길고 복잡합니다. 그리고 곳곳에 방이 있습니다. 그 방들은 당신이 참으로 이 세계에 합당한 인물인지, 그 자격을 테스트할 것입니다. 그러나 걱정할 필요는 없습니다. 이 세계에 들어온 이상 추방이란 없습니다. 이 점을 명심하십시오. (……)" (pp. 23~24)

「선고」라는 작품이다. 1994년에 상재한 창작집 『미궁에 대한 추측』(문학과지성사, 1994)에 수록되어 있는 이 소설은 카프카의 『심판』을 거의 그대로 연상시킨다. 주인공의 이름까지 K 대신 F라는 이니셜로 대체되어 있는 이 알 수 없는 나락으로의 추락이 의미하고 있는 것은 무엇인가. 미궁으로의 F의 추락은, 『심판』에서의 이유를 알 수 없는 K의 체포에 다름 아니지 않겠는가. 인과율이 제거된, 예기할 수 없는 돌발, 가공스러운 재앙, 무엇보다도 차원과 범주가 서로 다른 지평의 엇갈리는 착종 등은 과연 엽기라는 표현에 썩 어울린다. 이승우의 이 같은 엽기는, 그러나 단순한 소재상의 엽기이거나 감각 지향의 엽기가 아니라는 점에서 그 의미하는 바가 크다. 성민엽의 표현에 의하면 그것은 '불온한' 문학이다. 엽기가 일종의 이상(異常)이라면, 그 이상의 어떤 전복적인 양상을 그의 소설은 띠고 있다는 것이다. 그 양상의 해명을 위해 우선 나는 소설집 『미궁에 대한 추측』을 중심으로 이 문제에 접근하고 싶다.

먼저 「선고」의 경우, 엽기 혹은 이상의 정체는 주인공 F의 자발적인 피체

(被逮)이다. 그는 이 세상의 철면피함에 넌더리를 내고 있던 터에 비몽사몽간에 알 수 없는 어떤 힘의 초대를 받고 숲으로 들어간다. 몇 개의 문을 거쳐 이른 곳은 뜻밖에도 허공—. 그 속으로 추락한 F가 만난 것은 미로인데, 도무지 그로부터 빠져나갈 수가 없다. 시간까지 감금하고 있는 검은 방에 갇힌 그는 보이지 않는 방주인의 지시에 따라 벽을 밀고 방 밖으로 나온다. 그러나 그 퇴로는 미로 안에서의 이동에 불과할 뿐 그 거대한 공간 밖으로는 나가지 못한 것이다. 거기서 그는 기이한 광경을 목도한다. 그곳에 있는 사람들 중 한 사람이 이상한 방식에 의해 왕이 되고, 그 왕은 죽어야 한다는 것이다. F 역시 그렇게 왕이 되고 그렇게 죽어간다. 처음부터 끝까지 이 세상의 어떤 논리나 학문으로도 풀리지 않는 해괴한 작품이다.

엽기/불온/이상의 성격으로 조감된 이 소설의 분위기는 다른 작품들에서도 확인된다. 「선고」와 더불어 상당히 난해한 구조로 된 중편 「미궁에 대한 추측」은 물론, 「해는 어떻게 뜨는가」 「동굴」에서도 그 같은 성격은 거듭 이어지는바, 그 난해의 성채(城砦)에는 과연 무엇이 숨어 있는가.

2

「선고」의 주인공 F는 미궁 속으로 빠진 뒤 그곳으로부터 헤어 나오지 못한 채 결국 죽는다. 그런데 그 죽음의 형태가 기묘하다. 하루 동안 왕이 된 다음, 그다음 날 처형되는 것이다. 그것이 그곳의 규정이라는 것이다. 말하자면 F로서는 운명이다. 운명이란 무엇인가. 흔히 운명이라고 하면, 운명의 극복이 이야기된다. 동시에 그것이 여의치 않을 때 운명에 승복한다든지 받아들인다든지 하는 말들을 한다. 그 어떤 경우이든 운명은 결국 포박된 상태에 대한 별칭일 수밖에 없다. 자신이 의지와는 상관없이 이미 주어져 있는 실존의 조건에 대한 자각이 운명이다. 이 같은 현존의 인식은 곧 미래마저 이미 어떤 방향으로 결정되어가고 있음을 예감케 한다. 이때 그 미래를 부정적인 시각으로만 바라보고 자신의 의지와 노력을 적극적으로 포기할 때 이른바 운명론이 배태된다. 그러나 운명과 운명론은 중립적인 시각이냐, 부정적인 시각이냐 하는 관점에 따라서 사뭇 달라진다. 운명 그 자체는 중립적이지만 운명론은 부정적 비관론이기 때문이다. 결론을 조금 앞당겨본다면, 이승우의 소설들은 포박된 인간의 운명에 대해서 줄기차게 증언하고 있으나, 비관적 운명론과는 아주 다른 길을 걷고 있다고 할 것이다. 주인공 F의 운명은 여기서 운명론적 세계 안에서 진행되는 운명 아닌, 객관적인 사실 묘사로서 주어지는 그것이다. F가 마치 카프카의 K처럼 숱한 해석의 문제를 제기하고 있는 것도, 운명론과 같은 작가의 주관적 해석/해설이 철저히 배제되어 있기 때문이다. 그는 그저 갇혀 있을 따름이다. 그저 왕으로 뽑히고, 그저 처형당할 따름이다. 그 사실이, 그 전반적인 상황이 무엇을 의미하는지는 해석자의 몫이다. 그 포박의 의미로 들어가기 위해서는 제시된 몇몇 상황에 직접 귀 기울이는 일이 긴요해 보인다.

1) "당신은 실패했습니다. 그러므로 당신은 벌레들과 이 어둠 속에서 지내야 합니다. 잘 생각해 보십시오. 어둠이 사람을 명철하게 만들어줄 것입니다." (p. 26)

2) 그 방은 시간까지도 감금하고 있었다. (p. 28)

3) "당신의 의지와는 상관없이 그러합니다. 당신은 당신의 삶이 모순으로 가득차 있다고 느껴왔지요?(……)" (p. 29)

4) F는 시키는 대로 했다. 몸을 바닥에 대고 누운 채로 손을 벽에 갖다대고 조금 힘을 주었다. 그러자 정말로 벽이 열리는 것이었다. F는 조금씩 문이 열리는 정도에 따라 가느다란 실 모양이다가 점차로 폭포나 집채가 되어 쏟아져 들어오는 빛의 세례를 받았다. (p. 31)

5) "그렇게 슬퍼하거나 놀라워할 건 없습니다. [……] 모든 것이 예정대로지요. 말하자면 운명이란 말입니다." (p. 38)

6) 그들은 까닭도 필요도 묻지 않고, 길을 만들었다. 열기 위한 길이 아니라 닫기 위한 길, 떠나기 위한 길이 아니라 가두기 위한 길을 만들었다. 왜 사느냐고 물으면, 그들은 대답했다. 길을 만들기 위해서라고. 그러나 그 길은 가기 위한 길이 아니었다. (p. 39)

7) "우리는 미로를 만들지만 미로를 알지는 못합니다. 물론 당신은 자유입니다. 그러나 그 자유는 죽음의 한계 안에서의 자유입니다. 그 한계를 벗어나 바깥 세계로 이주하려는 욕망은, 물론 그 역시 자유롭게 시도할 수야 있는 일이지만, 실현될 수 있는 건 아닙니다." (p. 41)

8) 유일하게 명쾌한 진리는 이것이었다. 힘써서 미로를 만들다 죽는다. 그 미로는 다른 사람이 아니라 바로 자기 자신을 가두기 위한 미로이다. 그것이 인생이다. 성찰은 너무 늦게 찾아오고, 시효가 지난 성찰은 보탬이 되지 않는다. (p. 42)

흡사 「잠언」이나 「전도서」를 합쳐놓은 것 같은 경구를 연상시키는 이러한 지문, 혹은 대화들로 가득 찬 「선고」에서 확인되고 있는 포박의 상황은 매우 의미심장하다. 그 상황은 무엇보다 실존적으로 매우 절망스러운 것이다. 이유도 없이 갇혀서 아무런 출구도 엿보이지 않는 입장에 당신이 놓여 있다고 생각해보라. 그것은 그대로 죽음이다. 실제로 F는 처형당하지 않는가. 그런데 이 소설은 이 같은 비극적인 현실에 뜻밖에도 형이상학적인 해석을 가하고 있다. 그 요지는, 그 상황이 다만 절망적이지만도, 비극적인 것만도 아니라는 것이다. 오히려 그 같은 어둠의 현실이 인간을 명철하게 해준다는 메시지를 제시한다. 어차피 인간의 삶은 모순에 가득 차 있음을 지적해내면서 벌레들과 더불어 감금되어 있는 것이 마땅하다는 내용이다. 말하자면 누군가 인간을 가두고 있는 것이 아니라 이미 그 포박은 예정되어 있다는 설명이다. 여기서 우리는 이 작가의 기독교적 사상 배경을 환기하지 않을 수 없다. 신학대학 출신의 이 작가가 내놓는 알 듯 말 듯한 메시지가 그 배경과 긴밀한 관계가 있으리라는 추론은 더 이상 의심할 여지가 없어 보인다. 모든 것이 예정되어 있다! 이 전언이 어떻게 기독교의 예정설과 무관하랴. 기독교의 예정설과 운명론은 표면상 그 구조가 비슷하다. 모든 것, 특히 인간의 삶은 출생 이전부터 벌써 운명 지워진 것이라는 믿음이다. 그러나 그 지향점과 가치관은 아주 판이하다. 운명론의 경우, 모든 운명은 결정되어 있으므로 그 주체는 주체 의식 없이 자포자기에 빠지기 일쑤이며, 따라서 인간에게는 별 책임 의식이 지워지지 않는다. 그러나 예정설은 이와 사뭇 다르다.

기독교의 본질을 형성하고 있는 예정설은 무엇보다 이 세상과 인간의 창조주가 하나님임을 먼저 선포하고 피조물인 인간의 삶은 그이 뜻 아래에서 그의 섭리에 의해 운행되고 있음을 알린다. 세상과 인간은 철저하게 창조의 질서 가운데에서 경영됨으로써, 인간은 자신의 의도와 노력에 의해 이룰 수 있는 것의 한계를 가진다. 가령 죽음은 가장 결정적인 그 한계이다. 그 밖에도 인간의 한계는 수두룩하다. 원치 않는 질병에 걸리기도 하며, 가장 합리적인 방법으로 운영된다고 하는 일들이 좌절되는 경우도 허다하다. 무엇보다 인간은 제 마음 하나 제 마음대로 하지 못하지 않는가. "인간은 노력하는 한 방황한다"는 파우스트의 독백이 진실일 수밖에 없음을 우리는 매일매일의 삶 속에서 체험한다. 그럼에도 예정설은 인간을 삶의 주체로 대우한다. 최종적인 주인은 신이지만, 신은 인간을 인격적으로 내세워 그로 하여금 자신의 뜻에 맞도록 끊임없이 인도한다. 이 사이에는 부단히 마찰이 발생하며, 때로 불화와 파괴도 생겨난다. 하나님의 뜻을 저버리고 타락하여 다시 돌아오지 않을 때, 또한 돌아와서도 그 뜻대로 살지 못할 때 불가피하게 파생되는 파열음이다.

그럼에도 불구하고 결국 큰 틀과 생명의 원리는 신의 뜻과 예정대로 진행될 수밖에 없다는 논리가 바로 예정설의 근간을 이룬다. 이 논리 안에서는 운명론과 달리 인간의 책임 의식이 오히려 강조된다. 신의 뜻대로 살기 위한 결단이 역설되기 때문이다. 「선고」의 이승우에 의하면, 가기 위한 길이 아닌데도 길을 만들기 위해 사는 것이 인간이다. 이 같은 함축 때문에 포박의 형이상학이 기독교적 예정설의 세계라는 점은 갈수록 명백해진다. 이런 의미에서 앞의 인용 7)의 섬세한 분석이 큰 도움이 될 것이다. 그 인용문은 세 가지 메시지를 전하고 있는데, 첫째, 인간의 삶은 합리적인 것이 아닌 미로라는 점, 둘째, 인간은 자유의지를 갖고 자유롭게 살지만 필경 죽음의 한계 안에서의 자유라는 점, 그리고 셋째, 그 한계 밖으로 탈주하고 싶은 욕망은 실현되지 않는다는 점이다. 이렇게 볼 때 아마도 인간의 삶을 그 실존과 의미의 총체적인 시각에서 파악하고 있는 최초의 소설이 바로 이 「선고」가 아닐까 싶다. 비단 기독교적 예정설의 자리에서 바라보지 않더라도 이러한 관찰은 썩 진실에 가까운 듯하다. 그의 전언 어느 한 곳에도 우리는 이의를 달 수 없기 때문이다. 그렇다면 이 진실을 밝히는 방법으로서 기능한 예정설과, 그 정신을 소설화하고 있는 이승우에게 미상불 주목하지 않을 수 없다.

3

「선고」의 메시지는 이승우의 다른 모든 소설들에서 변주된다. 작품집 『미궁에 대한 추측』에 실린 소설들에서는 그것이 더욱 분명하게 각인되어 있다. 아마도 작품 제작 시기가 비슷하기 때문일까. 가령 단편 「미궁에 대한 추측」과 「해는 어떻게 뜨는가」의 경우, 그 구조는 「선고」와 매우 흡사하다. 「미궁에 대한 추측」에서의 미궁은 「선고」에서의 미로에 다름 아니지 않은가.

1) 괴물은 위험했다. 신화는 이 괴물이 사람을 잡아먹었다고 전한다. 미노스왕은 그의 아내인 파시파에가 그런 것처럼 다이달로스를 찾는다. 다이달로스는 자신의 직업과 상관없이 이 왕의 가문에서 매우 중요한 역할을 맡아 하는데, 그것은 상담자, 또는 조언자의 역할이다. 왕은 다이달로스에게 이 괴물을 가두어둘 건물을 짓도록 지시한다. 일단 안으로 들어가면 아무도 나올 수 없는, 미로와 미로로 이어진 건물, 그 안에 우두인신(牛頭人身)의 괴물을 가둔다. 미궁은 그렇게 만들어졌다. (pp. 101~02)

2) 도대체 미궁은 왜 만들어졌을까. 그리고 그곳에서는 무슨 일들이 일어났을까.
이 신화에서, 우리가 제일 먼저 옷을 벗길 대상은 미노타우로스이다. 이 괴물이야말로 미궁의 비밀을 가두고 있는 가장 무겁고 큰 자물쇠이다. 이 자물쇠를 풀 수만 있다면, 우리는 미궁의 매우 깊은 곳까지 이를 수 있을 것이다. 이 괴물은 무엇이었을까. 이 괴물에게서 옷을 벗겨내면 무엇이 나올까. (p. 104)

3) 그렇다면 미궁은 왜 미궁이어야 했을까. 그곳에는 미노타우로스, 즉 신적 존재가 살기 때문이다. 미궁에는 아무도 들어가지 않으려 한다. [……] 미노타우로스는 가까이 할 수도 없고 그래서도 안 되는 존재다. 왜? 그는 사람과는 다른 존재니까. 그에게 노출되는 것은 곧 죽음을 의미한다. 미노타우로스가 괴물이기 때문이 아니라 미노타우로스가 신성한 존재기 때문이다. (p. 109)

4) 상상력이란, 이를테면 다이달로스가 그의 아들 이카로스와 함께 만들어 달고 미궁을 빠져나왔다고 하는 그 밀랍의 날개와 같은 것이다. (p. 117)

여기서 미노타우로스는 『구약성서』의 법궤를 연상시킨다. 신을 상징하는 거룩한 물체로, 신의 뜻에 의해 다루어지지 않을 때 그것을 함부로 다룬 사람들에게 재앙을 내리는 두려운 존재. 이 법궤는 사실 구약만을 믿는 율법주의자들인 유대교도들에게는 다른 많은 형태로 변주되어 존재한다. 그러나 이 소설에서 중요한 것은 미궁이 미궁이어야 하는 이유에 대한 다양한 작가의 설명이다. 건축가, 연극배우, 법률가, 종교학자로 되어 있는 그 설명들은, 그 설명의 다양함 자체가 그 어떤 정답도 이에 대해서 주어질 수 없다는 사실을 반증한다. 이런 현상과 방법은 대체 그 무엇에 대해 행해질 수 있을 것인가. 어려워 보일 수 있는 이 질문에 대한 대답은 의외로 간단하리라. '진리' 아니겠는가. 절대자/초월자만이 알 수 있는 진리에 대한 접근은 인간으로서는 늘 다양할 수밖에 없다. 작가가 소설 끝부분에서 미궁으로부터의 탈출은 상상력에 의해서만 가능하다고 했을 때, 거기에는 진실에의 규명 능력을 포함한 인간 실존의 한계에 대한 뼈저린 자각이 숨어 있는 것이다. 그러나 그 탈출이 아주 불가능한 것만은 아니다. 그것은 상상력이다. 이 신화에서 다이달로스가 그의 아들 이카로스와 함께 미궁을 빠져나오는데, 그때 그들은 밀랍의 날개를 만들어 달고 나온다. 탈출은 또 다른 모양으로도 가능하다. 이를테면 카프카의 「변신」에서는 벌레가 되어 이리저리 빠져나가기도 한다. 요컨대 실존은 초월되거나 변형됨으로써 그 포박된 미궁으로부터 벗어날 수 있는 것이다.

물론 법률가, 종교학자, 건축가, 연극배우들의 설명은 각기 상당한 설득력을 지니면서 흥미롭다. 그러나 이때 놓쳐서는 안 될 것은, 그 내용의 타당성이 아니다. 법률가가 제시한 감옥설, 종교학자가 주장하는 신전설, 건축가가 말하고 있는 예술공간설, 그리고 연극배우가 털어놓는 사랑의 숨은 집이라는 가설 등등은 아주 그럴싸한데, 그 나름들로는 일면의 타당성만을 지닐 뿐 다른 견해들을 배척하지 못한다. 보다 중요한 것은 이 미궁이 미궁이라는 사실 자체에 있다. 왜 감옥이, 신전이, 예술이, 사랑이 반드시 미궁의 공간이어야 하는가. 그 이유는, 그것들의 구조와 결과가 미궁으로 끝날 수밖에 없다는 사실에 있다. 작가가 소설의 서술 곳곳에서 제기하고 있는

'왜?'라는 질문에도 불구하고, 이 문제는 '왜?'로 제기되거나, 그에 대한 해답이 주어질 수 있는 문제 아닌, 실존의 모습과 그 한계에 대한 냉혹한 지적이다. 우리의 사랑도, 우리의 예술도, 우리의 법률도, 심지어는 우리의 종교행위조차 이 지상의 운명을 벗어날 수 없다는 현실인식이 이 소설의 주제이며, 「선고」와 궤를 같이하는 이승우의 주제이다. 그것은 가령, 「수상은 죽지 않는다」에서는 사뭇 달라 보이는 풍경에도 불구하고 동일한 모습으로 잠복해 있다. 수상이 죽든, 죽지 않든, 어떤 조작에 의해서 통치가 대행되는 권력의 속성과 존재는 언제나 똑같이 우리의 삶을 장악하고 있다. 피지배자 또한 선험적으로 그 반응이 결정되어 있어서, 반항하거나 순응하거나 결과는 항상 마찬가지로 주어져 있음을 보게 된다.

> 그들은 주인이 문을 열어주지 않아 할 수 없이 문을 따고 들어왔다며 정중하게 사과의 말을 했다. K.M.S는 당연히 누구냐고 물었다. 그들은 그 질문에는 대답하지 않았다. 그 대신 나이 들어 보이는 쪽 남자가 의자에 몸을 던지며 싸늘한 목소리로 말했다. 찬바람이 쌩 소리를 내며 지나가는 것 같았다.
> "이제부터 당신은 질문은 하지 못합니다. 대답만 해야 합니다."
> K.M.S는 어이가 없다는 표시로 소리를 내어 웃었다.
> "웃는 건 자유입니다. 단 질문은 하지 못합니다. 질문은 우리가 합니다."
> 〔……〕
> 그들이 들어온 지 한 시간 반 만에 그의 집은 쓰레기장처럼 변해버렸다. 그들은 소설가의 방에서 찾아낸 세 묶음의 물건들을 대기시켜두었던 차에 실었다. 그리고 소설가도 같이 태웠다. 어딘지 모르는 곳에서 K.M.S는 이틀 동안 갇혀 있었다. (pp. 143~44)

역시 카프카의 「심판」에서 주인공이 아무 이유 없이 체포되어 처형되듯이 이 작품에서도 그러하다. 수상은 죽었는지, 안 죽었는지 단 한 번도 분명히 나오지 않은 채, 이즈음 시쳇말로 사이버로 존재하다가 느닷없이 그를 구금·처형하는 어떤 보이지 않는 손으로만 나타날 뿐, 왜 이 문제가 소설의 모티프가 되어야 하는지도 불분명한 상태에서 소설은 그대로 끝난다. 단 한가지의 이유만을 남긴 채.

> K.M.S의 소설들이 하나같이 현실을 교묘하게 비틀거나 현실 밖의 세계에 집착하고 있는 것은 그가 소설의 골격을 백일몽으로부터 얻어오기 때문이다. 말하자면 그의 소설을 쓰는 것은 그의 의식이 아니라 그의 무의식인 것이다. (p. 132)

말하자면 이 소설에서 수상의 실재 여부는 중요하지 않다. 중요한 것은 수상이 죽었네, 살았네 하는 해괴한 소문이 현실을 압제적으로 장악하고 있다는 점이다. 작가에겐 현실이 언제나 악몽으로 존재하고 있으며, 거기서 벗어날 수 있는 순간, 혹은 공간은 결국 백일몽일 수밖에 없는 것이다. 내가 보기에 이 역시 포박된 인간 실존의 또 다른 변주에 불과하다. 그렇기 때문에 이승우의 소설은 현실을 현실로서 인정하고 들어가는 정통 리얼리즘의 시각에서는 쓰여지지도 않고, 읽혀지지도 않는다. 그 같은 시각에서는 포박된 모습 자체도 운명적인 것으로 그려지기 힘들다. 알레고리와 같은 상황을 빌려오는, 근본적으로 환상소설의 범주로 비쳐지는 것은 이 때문이라고 할 수 있다.

포박의 알레고리는 「홍콩 박」과 같은, 범상한 세태소설 속에서도 은밀한 주제로 작용한다. 잡지사의 평범한 직원인 주인공은 "홍콩에서 배만 들어오면—"을 되뇌이는 전형적인 소시민인데, 그 말이 뜻하는 바는 따분하고 꽉 막힌 일상으로부터의 탈출이며 그 염원이다. 여기서 주목되는 사실은, 그 '홍콩 박'이라는 사내의 뜻없는 지껄임이 딱히 무엇을 의미하느냐 하는 문제보다, 그 지리하고 비참한 생활 가운데에 머물러 있는 동료들의 갇혀 있는 상황 전체의 의미이다.

> 우리는 우리들의 참담한 현실을 버티는 유일한 동력과 이유가 그 홍콩 박과 홍콩 배에 대한 우리들의 기다림이라는 사실을 인정했다. [……] 홍콩 박이 그 긴 세월 동안 이 직장에서 버티기 위해 필요했을 그 홍콩 배에 대한 기다림은 곧바로 우리의 것으로 화했다. 그의 기다림은, 그러니까 만들어낸 허구의 체계일 수도 있었다.
>
> [……]
>
> 그는 약속으로만 존재하면 되었다. 우리를 살게 하는 것은 그가 우리 앞에 나타날 것이라는 믿음이지, 우리 앞에 나타나버린 그의 현존이 아니었다. 우리는 구원자를 잃고 싶지 않았다. 나 또한 그러했다. (p. 201)

사장으로부터 끊임없이 부당한 대우를 받으면서도 생존을 위해 굴욕을 감내해야 하는 사원들은, 사표를 던지고 나간 홍콩 박이 멋진 모습으로 다시 나타날 것을 기다린다. 그러나 그는 결국 파렴치한 사기꾼의 모습으로 나타난다. 그것은 물론 환멸이며 배신이다. 우리의 일상에서 이 같은 모습은 사실 비일비재하며, 어떤 의미에서 거의 대부분의 세태소설들이 지닌 상투적인 구조이다. 그러나 이 작품에는 앞의 인용에서 보이는 것과 같은, 다소간 형이상학적 느낌의 성찰이 개입해 있다. 다름 아닌 기다림과 약속에 관한 작가의 되새김이다. 홍콩 박의 멋진 재출현을 기다리는 마음은 동료 사원 모두의 소박한 바람일 수 있다는 점에서 아주 현실적이다. 한편 작가는 그 현실적 진행을 차단하고 그 자리에서 문제를 추상화한다. "그의 기다림은, 그러니까 만들어낸 허구의 체계일 수도 있었다"는 대목이 바로 그것이다. 요컨대 홍콩 박이 경찰을 사칭하고 다녔다거나 산 뱀의 밀수꾼이 되었다거나 하는 현실적인 소설 진행의 배후에서 벌어지고 있는 작가 자신에 의한 사태의 의미화 작업이 우리를 붙잡는다. 작가는 홍콩 박의 사기행각을 소개하는 한편, "우리를 살게 하는 것은 그가 우리 앞에 나타날 것이라는 믿음이지, 우리 앞에 나타나버린 그의 현존이 아니었다"고 하지 않는가. 이것은, 기다림이 허구의 체계일 수도 있었다는 메시지의 본질을 이룬다. 기다림은 약속에 대한 기다림이며, 그것은 그 자체로 존재 의의가 있을 뿐 실현을 통해 현존으로 나타난다면, 이미 기다림의 의미는 상실된다는 것이다.

4

이즈음에서 나는 메시아를 기다려온 유대인들의 기다림을 연상한다. 로마의 압제 아래에서 그들을 해방시켜줄 구세주를 기다리다가 예수에게서 일종의 배신감을 겪어야 했던 유대 민족의 비애가 떠오르는 것이다. 그들은 그리스도로 온 예수의 존재를 부인했으며, 예수는 그들에 의해 십자가에 못 박혀야 했던 역사의 비극과 이승우의 전언은 무관한 것일까. 약속의 문제로 부단히 추상화하고 있는 작가의 소설 구성으로 볼 때, 그 관련성은 오히려 매우 깊어 보인다. 약속의 형태로 주어진 성경을 믿지 않으면서 그 불신의 이유로 가시적인 열매의 부재를 열거하는 인간들에게 작가는 약속은 약속으로서만 의미가 있음을 강조하는 것이 아닐까. 이 부근에서 우리는 신은 계시론적 존재이지, 존재론적 존재가 아니라는 현실 인식을 상기할 필요가 있다. 신은 존재론적인 시각, 즉 가시적·감각적인 차원에서 존재하지 않는다. 그 대신 신은 계시를 통해서 자신의 존재를 입증해 보인다. 이를테면 자연의 섭리를 통해서 말이다. 낮이 오고 또 밤이 오고, 겨울이 오고 또 여름이 오고, 새로운 생명의 탄생과 또 죽음…… 대체 이 모든 현상은 어떤 존재와 그 힘에 의하여 이루어지는가. 그 알파의 지점에, 그리고 오메가의 지점에 우리는 신을 놓는다. 이렇게 본다면, 눈에 보이지도 않는데 신이 어디에 있는가, 신의 공의(公義)는 왜 아직, 여전히 약속대로 성취되지 않는가 하는 따위의 질문은 타당치 않다. 계시론적인 존재인 신은 그 약속을, 인간이 아직은 인지하지 못하는 방법과 과정 가운데에서 벌써 실행 중인지도 모른다. 조급한 인간의 마음 때문에 기다림이 접어진 상태에서 드러난 그 약속의 실체는 사실 대부분 그 약속의 실현이 아닌 것이다. 「홍콩 박」에서의 홍콩 박이 그렇고, 예수를 죽인 유대인들의 실패가 그렇다. 나타난 메시아를 보지 못하거나 메시아가 아님에도 그를 마치 메시아처럼 바라보는 인간의 눈은 철저히 '인간의 눈'이다. 즉 인간적인 욕망의 눈이다. 인간들 자신의 욕망과 이해관계에만 덮인 눈에 의해서는 결코 약속의 실현을 볼 수 없는 것이다.

이 모든 것이, 포박당한 인생들로서는 불가피한 상황이다. 갇혀 있는 자에게 가능한 것은 기다림뿐이다. 그 밖의 출구가 있다면, 그것은 백일몽이다. 이승우에 의하면 전자는 신앙이며, 후자는 문학이다.

그러나 신앙뿐인 인생도, 문학뿐인 인생도 없다. 둘이 함께 가는 인생도 있을 것이며, 아예 둘 모두 모르는 인생도 있을 것이다. 기다림과 백일몽이 가능태(可能態)라는 사실을 모르는 인생들의 모습은 실제로 이 포박당한 현실 속에서 어떻게 나타날 것인가.

> 형에 대한 연민이 솟구쳐 올랐다. 〔……〕 형이 이 세상에서 자기 자리를 찾는 일을 포기했다는 것은 아주 나쁘지 않았다. 정말로 나쁜 것은 그가 이 세상에서의 자리 찾기를 포기한 자신을 견딜 수 없어하고 괴로워한다는 점이었다. 그가 진정으로 소망한 것은 이 세상에서의 자리찾기를 포기하고만 자신을 괴로워하지 않을 수 있는 초월의 정신이거나 무감각이었을 거라는 생각은 나를 당혹스럽게 만들었다. 그것은 존재의 변신을 통해서만 가능한 일이 아닌가. 지금의 존재를 버리고 전혀 다른 존재가 되기를 바라는 그의 변신에 대한 꿈은 얼마나 크고 절망적인 욕망인가. (『식물들의 사생활』, p. 254)

아예 두 다리를 잃어버려 꼼짝할 수 없는, 가장 비참하고 전형적인 포박 상태에 갇힌 남성을 주인공으로 내놓고 있는 장편 『식물들의 사생활』은, 이런 관점에서 새로운 이목을 집중시키는 작품이다. 거시적인 틀 안에서의 운명적 폐쇄 아닌, 글자 그대로 움직일 수 없는 장애로서의 감금 상태에서 인간은 어떻게 살아가는가 하는 문제가 거기에 있기 때문이다. 형과 동생, 동생과 형의 애인, 아버지와 어머니, 어머니의 첫사랑 등이 얼기설기 얽혀 있는 듯이 보이는 이 작품에서 중심이 되는 화두는 욕망이다. 두 다리가 잘려나간, '병신'이 된 상황 속에서도 피할 수 없는 성욕이라는 욕망, 이 욕망은 사실상 이승우의 초기작 이래 이 작가가 그야말로 포박되어 있는 문학적 현실이다. 무의식적으로 끊임없이, 화려하게 실현되어온 에너지로서가 아닌, 탐구와 인식의 대상으로서 부단히 맞부딪혀온, 벽으로서의 현실— 그 욕망이 『식물들의 사생활』에서 마침내 나무로 변형된다. 평론가 김미현의 표현에 의하면 이승우의 세상은 '동물의 왕국'인바, 그 동물들이 짐승의 수성(獸性)을 더 이상 어쩌지 못함에, 식물변형론이 도입되는 형국인 것이다. 김미현은 이승우의 이 같은 변형론에 주목하여 "동물에서 식물로의 시선 이동은 공격이 아닌 구원, 대립이 아닌 이해, 피해가 아닌 치유, 분노가 아닌 승화를 추구한다는 의미"라고 분석해내는데, 아주 그럴싸한 지적이다. 『식물들의 사생활』에서 나무들은 나무가 아니고서는 이룰 수 없는 꿈과 염원을 지닌 사람들의 욕망을 담고 있고, 따라서 그들은 나무가 되어서라도 그런 꿈과 염원을 이루려고 한다는 것이다.

나로서는 여기에 덧붙여 그의 나무변형론을 변신을 향한 동경 일반으로 넓혀보고 싶다. 이승우는 사실 데뷔 초기부터 이 변신의 모티프를 거의 모든 작품들에 깔면서 엽기를 숨겨온 작가 아닌가. 무서운 번식력으로 인간세계를 침략하는 바퀴벌레(『구평목씨의 바퀴벌레』), 사물화된 인간의 표상인 벌레(『세상 밖으로』), 교미를 끝낸 다음 수컷을 잡아먹는 암사마귀(『목련공원』), 날카로운 이빨과 발톱을 지닌 개(『가시나무 그늘』) 등등은 동물변형을 통한 변신의 즐비한 예들이다. 이들은 나무를 통한 구원과 승화를 꿈꾸는 것으로 해석되기도 하는 식물 변형과는 사뭇 그 의미가 다르다. 이들은 우선 포박당한 인생의 상징 그 자체일 수 있다. 품위와 개성, 그리고 무엇보다 자유와 출구가 차단된 인생의 남루하고 처연한 모습의 표상들인 것이다. 그러므로 거기에는 따뜻함 대신에 차가움, 온유함 대신에 분노, 화평 대신에 살의가 번득인다. 그리고 그 모든 악의와 저주가 꼼짝없이 포박된 실존 그 자체에서 연유하고 있음이 알려진다. 자신의 아무런 자유의지의 개입 없이 결정된 그 흉한 모습과 흉흉한 죽음의 소문은 그들을 그렇게 만들기에 충분하다.

변신은, 그러나 비록 왜곡되었다 하더라도 그 자체가 탈출의 한 방법일 수 있다. 말하자면 변신은 비극의 상징과 비극적 탈출의 방법이라는 이중의 기능을 소설 속에서 수행하고 있는 것이다. 이 점이 이승우의 엽기가 지닌 기묘한 속성이라고 할 수 있다. 사람이 나갈 수 없는 문으로 벌레는 나갈 수 있지 않은가. 그것도 아무도 모르게, 게다가 암사마귀의 수컷 살해는 자연의 이치로 용납된다. 인간은 벌레 같은 변신의 세계에서, 인간이기만을 포기한다면, 얼마든지 실존의 다양한 돌파를 꾀할 수 있는 것이다. 그 길은 어둡고 치사하지만 죽음을 유예시킨다. 더 나아가 벌레와 같은 동물 변형은 그 끝에서 식물 변형으로의 논리를 개발해내면서, 변신 일반에 관한 작가의 새로운 도전을 낳고 있다. 여기서 나는 이 글 앞머리에서의 포박의 여러 상황들 속에서 작가가 은밀히 제시하여온 그 구원의 방법들을 다시 상기하고 싶다. 자, 그들은 그 갇힌 '동굴'들에서 어떻게 빠져나왔는가.

이승우의 출세작이 된 장편 『생의 이면』의 경우, 이 작품 안에서의 포박 상황은 인간의 정욕이다. 때로는 실존의 한계를 부수고 차원 돌파가 가능해 보이는 이 사랑에의 포박은, 작가의 말대로 "나의 사랑이야말로 아가페라고 자부"했으나, "그러한 나의 사랑이 에로스에 다름 아니라는 사실을 알지 못했던" 그런 함정 속의 사랑이다. 이 포박은 처음부터 벌레나 체포의 상태로 주어지는 포박과 달리, 인간의 자유의지가 작동하는 듯이 보이는 그런 현상이다. 그러나 그것은 에로스라는 욕망, 즉 누구도 자신의 선한 의지에 의해 그것을 넘어서지 못하는, 어두운 충동 안의 세계였다. 이 세계가 끊임없이 주인공 박부길을 옥죄인다. 결국 그 상황 밖으로의 탈출은 이루어지지 못한다. 상대방 여성의 이탈에 의해 그것이 정욕의 포박이었음이 확인될 뿐 옥죄임은 오히려 가속화될 뿐이다. 그 폐쇄와 억압으로부터의 탈출은 이상한, 또 다른 포박이라는 낯선 변신에 의해 가능해진다.

그곳은 세상 속으로 들어가지 못한 소극적이고 폐쇄적인 그의 자아의 방이었다. 그에게는 거꾸로 그곳이 참된 세계였다. 그 좁고 어두운 방에서만 그는 평화로웠다. 아주 조그만 자극만 가해도 금세 깨지고 말 얇은 유리막 같은 불안한 평화. 그래서 그는 늘 자기 방을 어둡게 하고 고요하게 했다.

〔……〕

어느 날부터인가 박부길은 어둠이 뿜어내는 빛 아래 웅크리고 앉아 충동적으로 글을 쓰기 시작했다. 〔……〕 그런데 가슴을 답답하게 가로막고 있는 그 무겁고 큰 덩어리를 어떻게든 떨어내고자 하는 욕망 때문인지 그의 글은 속도가 몹시 빨랐다. (『생의 이면』, pp. 238~40)

독자들이여, 이제 기억하는가. 문학은 백일몽의 소산이라고 쓸쓸히 고백했던 이승우의 입술을. 그렇다, 문학은 포박된 인생에서 나가보고자 발버둥치는 변신의 가장 그럴싸한 형태이다. 작가 스스로 즐겨 인용하듯, 프랑스의 한 다른 작가의 책이름을 빌린다면 '지상의 양식'이다. 그러나 그 변신은, 탈출이며 구원인 문학이 결국 탈출도 구원도 될 수 없음을 역설적으로 드러내주는 변신이다. 그 이유로서 나는, 작가 이승우가 소개한 스웨덴의 루터교회 감독 니그렌의 설명을 재인용하는 것으로 대신하고 싶다. 『아가페와 에로스』라는 책에 나온 이야기다.

에로스는 그 대상 속에서 가치를 먼저 인식한다. 그래서 그것을 사랑한다. 그러나 아가페는 먼저 사랑한다. 그래서 그 대상 속에서 가치를 창조한다.

〔……〕

에로스는 신에게 이르려는 인간의 길이다. (『아가페와 에로스』, p. 45)

이때 에로스의 자리에 문학이 들어간다면 어떨까. 문학은 신에 이르는 인간의 길이라고 바꾸어 써보면 어떨까. 이승우의 그 많은 소설들은 무엇보다 그 길을 걸어가는 힘든 나그네들이다. 그의 작품들 대부분을 형성하고 있는 에로스적 욕망의 인물들과 그 뜨거운 분위기는 인생이 바로 그 산물임을 보여주면서 그로부터 떠날 것을 부단히 종용하고 있다. 그러나 동시에 그는 그것이 불가능함을, 그 가능한 형태의 엽기성을 통해 끔찍한 방법으로 알려준다. 대체 우리에게 요구하는 작가의 메시지는 무엇인가. 식물 변형 다음에 올 들리움(죽음의 형태 아닌, 몸 그대로의 승천: 엘리야와 에녹 두 사람만이 지금까지 이 방법으로 하늘에 올라갔다고 한다)의 모습을 이 작가와 더불어 미리 바라본다.

(2003)

* 이 밖에 이승우에 관한 필자의 평론으로 「낭만적 리얼리즘」(1994; 『사랑과 권력』), 「보석과 애벌레」(2000; 『디지털 욕망과 문학의 현혹』), 「광야에서 살기, 혹은 죽기」(2004; 『근대 논의 이후의 문학』)가 있다.

라멕의 노래
—김영현의 소설

1

작은 읍내의 전직 마을금고 이사장이 피살되었다. 그에게는 전처소생의 아들 둘과 후처소생의 아들 하나, 그리고 후처가 데리고 들어온 딸이 하나 있다. 토목사업으로 돈을 번 그는 수전노인 데다가 호색한으로서, 일종의 지방 토호 행세를 하던 문제 많은 영감이었다. 한편 후처인 아내는 초대 출신의 젊은 과부로서 깔끔한 성격이었으나, 표독스럽고 이중적이었다. 큰아들은 일정한 직업이 없고, 둘째 아들은 수도원에서 공부 중인 예비 신부이다. 평범한 주부인 딸, 그리고 군 복무 중인 막내아들이 있다. 살인사건은 장남이 범인으로 체포되면서 아연 긴장 국면으로 나아가는데, 거의 원수 사이다 싶은 부자 관계와 모든 정황이 그것을 뒷받침했다. 그러나 둘째 아들의 등장과 그의 새로운 문제 제기로 사건은 반전된다. 반전 과정에서 피살자가 자신의 집에서 일하던 처녀를 겁탈하여 출생한 청년이 진범으로 밝혀진다. 뿐더러 피살자는 하녀를 범한 후 뜨내기 바보 총각에게 시집보낸 다음, 그 바보를 다시 교묘히 살해한 의혹도 받고 있었다. 더욱 놀라운 사실은 큰아들 역시 그 하녀와 관계를 갖고 있던 터여서, 진범인 청년은 아버지의 아들인지, 아들의 아들인지 모를 해괴한 상황이라는 것이다. 진범 청년은 체포되었으나, 큰아들은 석방을 앞두고 자살해버린다. 이로부터 삶과 죽음, 죄와 속죄에 대한 고뇌가 둘째 아들을 중심으로 펼쳐진다.

얼핏 살인사건을 둘러싼 가족 내부의 복잡한 치부를 소재로 한 추리소설처럼 보이는 이 작품에는, 오랫동안 우리 문학이 놓쳐온 중요한 문제들이 응축되어 있다. 그것은 삶과 죽음, 신과 진리의 문제이다. 우리 문학은 어떤 의미에서 이러한 명제에 접근하지도 못한 채 개인적, 사회적, 이념적 문제에 머물러온 것이 사실이다. 말하자면 인간 근원, 혹은 본질에 대한 도전에 나태했다고 보아도 무방할 것이다. 그런데 김영현의 장편소설 『낯선 사람들』(실천문학사, 2009)에서 내가 특히 주목하는 부분은 살인과 같은 폭력의 문제이다. 이 소설에는 여러 죽음이 나온다. 폭력에 의한 죽음만 하더라도 이사장의 죽음, 큰아들의 죽음, 하녀 남편의 죽음 그리고 외삼촌의 죽음 등. 타살이든 자살이든 폭력에 의한 죽음은 폭력의 가장 극악한 예를 보여주지만, 죽음 이외에도 폭력은 많다. 이 소설에서 그것은 성폭행과 협잡에 의한 축재 등으로 나타나는데, 이런 모든 것들은 폭력의 일반적인 양태라고 할 수 있다. 나로서 관심을 갖게 되는 점은, 이 소설이 이 같은 폭력의 근원에 날카로운 메스를 가하면서 특히 그 끝이 종교를 향하고 있다는 점이다. 우리 소설에서 드물게 발견되는 진실로의 육박이라, 도스토옙스키의 일련의 소설들이 연상된다. 어두운 현실에 직면하여 혼돈을 겪으면서도 진실을 향해 움직이는 작은아들 앞에 던져지고 있는 다음의 두 상반된 생각들은 종교성의 심부를 겨냥한다.

종교는 무시무시한 범죄를 숨기는 은폐막이며, 소름 끼치는 야만적 행위를 정당화시키는 장치이고, 사악한 사기 행위에 대한 면죄부일 뿐이다! 봐, 이 친구의 말이 바로 내 말과 똑같잖니? 그러니까 처음부터 신 같은 존재는 없었어! 너무나 우스꽝스런 상상일 뿐이지. 이 상상에 불과한 것을 신념으로 가지고 인간들은 얼마나 오랫동안 서로를 미워하고 죽였는지 생각하면 너무

나 어리석은 희극 같은 생각이 들지 않니? (p. 98)

어차피 모든 것은 헛되고 헛될 뿐이야. 그러므로 세상이 오히려 아름다운 것인지도 몰라. 하루살이의 아름다움은 그 자체가 은총이기 때문이야. 우리가 죄악이라고 생각하는 것도, 고통이라고 생각하는 것도, 슬픔이라고 생각하는 것도 알고 보면 그이의 가없는 은총이지. (……) 우리의 이 이야기가 끝나는 순간, 우리는 영원한 하느님 나라의 존재를 깨닫게 되겠지. 창조주에겐 오류가 없는 법이야. 그리고 우리에겐 우리의 운명을 선택할 수 있는 선택권이 없어. 모든 것은 그이의 것이야. 그러므로 우리에겐 괴로워하거나 분노할 근거조차도 없는 거란다. 다만 그저 감사하며 살 뿐이지. (pp. 139~40)

앞의 말은 피살자 아들의 외삼촌의 것으로, 그는 무신론자 약사였는데 정신병원에 수용된 후 자살한다. 뒤의 말은 아들의 이종사촌인 신부의 것인데, 폭력의 현실에 의해 야기된, 참기 힘든 참혹한 상황을 보면서 행한 세상과 인간에 대한 인식이자 진단이다. 양자 사이에는 엄청난 거리가 있지만, 그 성격이 종교적이라는 면에서는 동일하다.

김영현의 이 소설은 큰 테두리에서 볼 때, 폭력이 폭력을 낳고, 질서처럼 보이는 어떤 조직이나 권위도 결국은 폭력에 의해 지탱된다는 저 지라르René Girard적 세계의 한 단면을 보여준다. 마을금고 이사장은 비록 하부조직일망정 정치 조직에 가담하고 그 시대가 띄우고 있는 폭력적 분위기에 편승하여(낙동강에서 인민군 일개 소대를 맨손으로 때려눕힌 애국자라는 말의 부단한 강조, 반공연맹 지부장에다가 통일주체국민회의 대의원의 약력, 경찰서장의 빰을 때렸다는 소문, 6·25 때 생겼다는 흉터 등……) 돈을 벌었고 그 금력과 권력으로 가정과 지역사회를 지배하였다. 그러나 가정과 지역사회는 결코 만만하게 지배되지 않았다. 끊임없는 반란이 도모되었으며 그 반란은 살인이라는 폭력을 통해서 이루어졌다. 살인의 직접적인 주범은 하녀의 아들이었지만, 피살자의 후처와 장남은 거의 직접적인 심정적 동조자였고 읍내의 여론도 대부분 그 폭력에 동정적이었다. 말하자면 지배와 그에 대한 파괴 또한 폭력적이었다.

2

김영현의 소설을 읽으면서 1989년에 떠나간 외우 김현 군과 그즈음 그가 매달렸던 지라르가 생각난다. 그는 가기 두 해 전인 1987년 『르네 지라르 혹은 폭력의 구조』라는 책을 상재하였다. 그는 이 책머리에 "〔……〕 기독교를 둘러싼 너와의 오랜 토론이 이 책으로 나를 이끌었기 때문에, 이 책을 너에게 바친다"는 헌사를 내게 보냈다. 르네 지라르를 소개하는 책인데, 나는 지금껏 이에 대한 답을 보내지 못하고 있다. 문학비평가로서의 지라르 비평이 기독교적 비평이라는 평가를 받고 있음에도 불구하고, 제의를 일종의 폭력으로 보는 그의 인식 때문에 나는 지라르에 대해 동의도 이해도 하기 힘들었기 때문이다. 김현 군이 살아 있다면 이런저런 토론이나 논박도 가능했겠으나 그가 없는 텅 빈 자리에서 새삼 쟁론을, 그것도 부정적인 논란을 편다는 것은 신의 없는 일로 생각되었기 때문이다. 그런 차에 김영현의 소설은 더 이상 이 문제를 피해 갈 수 없다는 절박함으로 나를 이끈다. 어떤 힘이? 지라르가 맞다는 말인가? 아니면 그를 압도할 현실의 논리가 생겼다는 말인가? 먼저 르네 지라르가 제기하고 인식하는 폭력의 구조와 그 문화적 성격을 살펴보자.

1923년 출생한 역사학 전공의 지라르는 1970년대 이후 현대 사상 전반에 걸쳐 광범위한 비평 활동을 보이는데, 특히 1973년의 『폭력*La Violence*』은 그의 대표작이 되면서 세계 사상계에 그의 이름을 크게 각인시켰다. 김현은 그 세계를 요약해서 "욕망은 폭력을 낳고 폭력은 종교를 낳는다!"는 말로써 다소 비약적, 자극적인 정리를 행한다. 지라르의 첫 저서가 된 『낭만적 거짓과 소설적 진실』에서 그는 소설적 체험과 종교적 체험의 비분리를 내세우는데, 종교 자체를 거론하거나 결부시키기 싫어하는 이러한 진술은 우선 파격적이다. 모든 욕망은 타자에 의해 매개된 욕망인데도 오히려 그 자발성을 믿는 것은 낭만적 거짓이라는 것이 그의 주장인데, 바로 이 낭만적 거짓을 잘 드러내주는 소설이 진실한 소설이 된다. 여기에 지라르의 기독교성이 나타난다. 즉 '낭만적 거짓'은 신을 죽이면 모든 것을 얻을 수 있다는 니체와 도스토옙스키의 주인공에서 나타나는데, 그 약속은 물론 거짓 약속이다. 그러나 소설가 도스토옙스키는 그것을 정직하게 드러냄으로써 그의 소설을 진정한 소설로 만든다. 말하자면 낭만적 거짓은 자기가 자신의 주인이라고 믿는 비기독교적 발상에 기초하고 있으나 그것을 그대로 보여주는 소설은 기독교적, 즉 종교적이라고 할 수 있다. 도스토옙스키의 소설들이 반신론적, 독신론적 담론들에도 불구하고 종교적일 수 있는 것은 이 까닭이다. 소설적 체험이 종교적 체험과 분리될 수 없는 이유이다. 그렇다면 지라르는 독실한가? 글쎄요, 다. 지라르의 분석을 조금 더 들어보자.

매개된 욕망은 무한한 욕망이므로 그 끝은 육체적, 정신적 죽음일 수밖에 없으며, 정신적 죽음의 경우 종교적 회심으로 나타난다. 일종의 형이상학적 죽음이라는 것인데, 회심이라는 모방적 욕망의 포기는 그 자체가 새로운 모방적 욕망이라는 견해가 가능한 것이다. 여기서 지라르는 진정한 회심이 가능하다고 믿는 것 또한 낭만적 거짓이라는 입장을 확실히 한다.

자, 그렇다면 그의 폭력론과 앞의 이론은 어떤 관계에 있는가. 「폭력과 신성성」에서 그는 제의적 희생이라는 개념을 도입하는데, 기독교를 포함한 거의 모든 종교에서 속죄양-희생물로 봉헌되는 제물을 거대한 폭력에 바치는 작은 폭력으로 그는 이해한다. 제의적 희생으로 사용되는 폭력을, 그는 폭력을 속이는 또 다른 폭력으로 파악하는 것이다. 쉽게 말해서 지라르는 종교에 대해 선의적이며, 이해의 눈을 갖고 있는 것 같으면서도 그 기능 면에 주목, 이를 사회와 문화라는 외연에서 접근하는 이중의 안목을 세우고 있는 것이다. 흡사 이중 스파이를 연상시키는데, 문제는 그 같은 파악이 상당한 설득력을 지닌다는 것이다. 여기서 그는 범죄적 폭력과 제의적 폭력이라는 쌍곡선의 분기점에서 문화가 생성된다는 견해를 내세운다. 그러니까 양자가 섞이지 않을 때 문화는 발전하지만, 양자가 혼류할 때 문화적 변별성이 위협받으며 사회 전체가 위기에 함몰된다. 오늘의 우리 사회와 관련지어 볼 때 지나칠 수 없는 유사성에 흠칫 놀라게 된다. 주위를 둘러보라. 온갖 문화 현상이 폭력화되고 있지 않은가. 장르별로 볼 때 폭력에 가장 앞서고 있는 부문이 영상 쪽, 그중에서도 영화다. 몇 년 전부터 「살인의 추억」「말죽거리 잔혹사」「조폭 마누라」 등 폭력을 명백하게 조장하는 영화들이 그 제목부터 선명하게 등장하기 시작하더니 이제는 아예 새로운 트렌드가 되어버렸다. 이런 영화들에게 상이 주어지고 돈이 주어지는 문화와 그 사회는 서로 다른 두 폭력이 혼재하는, 문화적 차이가 소멸된 경우의 전형적 보기이리라.

지라르식으로 표현된 '순수폭력'과 '비순수폭력'의 차별성이 없어짐으로써 한 개인의 개별성이 지니는 차이와 경계는 물론, 사회 모든 부문의 경계가 허물어진다. 오늘의 우리 현실의 참담함이 거기서 온다. 양자의 구별 뒤에 있던 폭력의 무차이적 현실이 나타나는 것이다. 그 전형이 되고 있는 영화 이외에도 인터넷 문화 전반이 폭력에 의해 오염되고 있다는 사실은 널리 인정되고 있으며, TV 역시 이 문제로부터 자유롭지 못하다. 가령 TV의 경우 9시에는 폭력을 개탄하는 뉴스를 내보내고 동일한 채널에서 10시 드라마를 통해 바로 폭력물을 방영한다. 그리고 다시 11시에는 이 문제를 다루는 심야토론을 진행한다. 어쩌면 지라르는 순수·비순수 경계의 실종이라는 점을 통해 그토록 날카롭게 문제의 정곡을 찌르고 있는가. TV야말로 짬뽕의 선두 주자인 격이다. 여기서 나는 '짬뽕'이라는 용어를 썼는데, 이는 다소 의도적이다. 왜냐하면 문어체와 구어체의 혼용이야말로 언어의 경계가 무너지고 있는 폭력의 현장이라고 할 수 있기 때문이다. 문어체가 비교적 점잖은 말이고 구어체가 비교적 막말에 가깝다면, 이즈음은 그대로 섞어 쓰는 것이 유행이다. 최고 위정자라고 하는 사람부터 막말 쓰기를 즐기고, 이런 현상을 서민적이라고 생각해서 친화감을 느낀다면 언어는 이미 붕괴되어간다고 해야 할 것이다.

언어의 폭력화가 기승을 부리고 있는 곳이 바로 인터넷이다. 소위 누리꾼들에 의한 '악플'이 화면을 도배하다시피 하고 있는 현실 속에서 사람들의 마음들마저 날이 갈수록 살벌해져가고 있다. 악플에 시달려 자살하는 사람들까지 나오고 있지 않은가. 교양이니 문화니 하는 개념은 그나마 인터넷에 익숙하지 않은 고연령층에서나 남아 있고, 연령층이 연소화할수록 '개념'이라는 말 자체가 사라져버리고 콘셉트 혹은 콘셉션은 영어로 개념이라는 뜻이지만 지금은 그렇지 않은 듯하다. '개념'이라면 많은 사람들에 의해 동의되고 공인된 정의를 동반하지만, '콘셉트'는 다르다. 콘셉트는 그저 말하는 사람이 자의적으로 진술하는 그때그때의 생각일 따름이다. 그만큼 즉흥적이고 일시적이다. "자, 이런 콘셉트로 갑니다"라든지 "그건 내 콘셉트가 아닙니다" 하면 타자와의 소통은 그것으로 끝이다. '교양' 그리고 '문화'가 일정한 시간과 공간 그리고 대중을 전제로 하고 있다면, 콘셉트 문화에는 그 같은 것이 크게 의식되지 않는다. 그러므로 일정한 타자 아닌 열린 공간을 향한 본능적인 토설(吐泄)만 있게 되는 것이다. 희한한 것은 악플을 뱉어내는 사람들일수록 표현의 자유를 주장하면서 인터넷 실명제를 반대하고 있다는 사실이다. 표현의 자유라는 제도는 권리와 책임이 그의 이름과 함께 동반되는 문화와 교양의 산물이다. 악플이라는 폭력의 테러를 표현의 자유라는 문화로 포장하려는 저 해괴한 논리야말로 순수와 비순수의 구별 뒤의 '폭력의 무차이적 현실réalité indifférenciatrice de la violence'이라는 지라르의 지적을 실감 나게 해준다. 이 같은 언어의 폭력화에 발맞추어 젊은이들은 폭력과 문화를 분별할 줄 모르는 폭력 문화로 함몰된다. 학교는 그 분별력을 훈련하는 장소에서 그 폭력을 실습하는 곳으로 바뀐다.

3

문제는 신이 존재하는 것이 아니라, 폭력의 환상적 현현이 바로 신이라는 지라르의 우울한 보고이다. 세상의 신화는 폭력에 의해 창조되었다는 것으로서, 사회계약설에 의한 사회의 발생을 전면 부인한다. 욕망의 매개자와 욕망의 주체 사이의 거리가 멀기 때문에 욕망은 모방으로 나타나며, 그 거리가 멀지 않을 때에는 모방이 희미하게 나타난다. 사회계약설은 폭력을 은폐함으로써 모방적 위기에 의한 사회의 억압을 감춘다. 지라르가 보기에 폭력에 의해 유지되는 원시사회는 그 폭력성의 은폐를 위해서 터부와 제의를 만들었으며 이로부터 문화가 생성·발전되는 것이다. 문화가 폭력의 자식이라는 비극의 발견은, 그러나 지라르가 처음은 아니었다. 「창세기」에 이미 '라멕의 노래'라는 이름으로 인간과 폭력, 문화와 폭력 그리고 종교와 폭력의 관계가 참혹하게 그려져 있다. 들어가보자.

> 카인이 여호와의 앞을 떠나 나가 에덴 동편 놋 땅에 거하였더니/아내와 동침하니 그가 잉태하여 에녹을 낳은지라 카인이 성을 쌓고 그 아들의 이름으로 성을 이름하여 에녹이라 하였더라/에녹이 이랏을 낳았고 이랏은 므후야엘을 낳았고 므후야엘은 므드사엘을 낳았고 므드사엘은 라멕을 낳았더라/라멕이 두 아내를 취하였으니 하나의 이름은 아다요 하나의 이름은 씰라며/아다는 야발을 낳았으니 그는 장막에 거하여 육축 치는 자의 조상이 되었고/그 아우의 이름은 유발이니 그는 수금과 통소를 잡는 모든 자의 조상이 되었으며/씰라는 두발가인을 낳았으니 그는 동철로 각양 날카로운 기계를 만드는 자요 두발가인의 누이는 나아마이었더라
>
> —「창세기」 4 : 16 ~ 22

잘 알려져 있듯이 카인은 동생 아벨을 죽이는 살인을 행했다. 따라서 하나님을 떠날 수밖에 없는 처지였으나 하나님은 그를 아주 버리지 아니하였다. 인용된 부분 바로 앞 15절에 나와 있듯이 카인을 죽이는 자에게 벌을 일곱 배나 준다고 하면서 죽임을 면하게 하는 표를 줌으로써 사실상 그를 살려준다. 카인이 거하게 된 놋 땅은 '떠도는'이라는 뜻을 지닌 유랑지—

그러나 그곳에서 그는 성을 쌓고 정착한다. 자손들이 번성한다. 육축 치는 자도 나오고 수금과 퉁소를 잡는 자의 조상도 나온다. 그런가 하면 동철로 기계를 만드는 자가 그의 후손에서 출생하기도 한다. 유랑은 끝나고 문화가 발생하는 것처럼 보이는 것이다. 살인자에게 웬 축복인가 의아해지지 않을 수 없다. 게다가 카인의 후손 가운데 라멕이라는 자는 이런 고백을 공공연하게 한다.

> 라멕이 아내들에게 이르되 아다와 씰라여 내 소리를 들으라 라멕의 아내들이여 내 말을 들으라 나의 창상을 인하여 내가 사람을 죽였고 나의 상함을 인하여 소년을 죽였도다/카인을 위하여는 벌이 칠 배일진대 라멕을 위하여는 벌이 칠십칠 배이리로다 하였더라
>
> —「창세기」4 : 23 ~ 24

아벨에 대한 카인의 살인처럼 그 현장이 구체적으로 묘사되고 있지는 않으나 카인의 후손인 라멕은 자신이 조상 카인보다 열 배 이상의 살인죄를 저질렀음을 고백한다. 성경 해석가들은 이 부분을 가리켜 정착 문화가 이루어짐에 따라서 폭력이 오히려 증대되어갔다고 설명한다. 이를 일컬어 '라멕의 노래'라고 하는데, 그것은 현실 묘사나 권고 혹은 독백이 아니라 아내들을 향해 자신의 상황과 마음을 읊조렸다는 의미이리라. 물론 그 노래의 내용은 흉흉하기 짝이 없다. 왜 문화와 폭력은 비례하는가. 신은 또 그 현실을 방치하는가. 폭력이 종교적이라는 비판까지도 받아야 하는가. 우리가 머물러 되돌아보아야 할 지점은 어디인지 나로서도 미상불 그곳을 찾지 않을 수 없다.

큰 폭력에 맞서는 작은 폭력, 비순수의 폭력에 대항하는 순수의 폭력이 제의(祭儀)라면, 여기서 가장 중요한 핵심으로 살펴져야 할 것은 폭력의 희생이 되는, 그러니까 제의의 제물이 되는 자의 태도일 것이다. 모든 종교의 제의에는 제물이 따르는데, 그 제물은 거의 한결같이 동물이다. 기독교도

구약시대에는 번제로 양이 드려졌다. 그러나 동물인 제물에게 우리는 그 태도에 대해 물어볼 수 없다. 그렇다면 신약시대를 연, 사람이 제물이 된 예수에게는? 그는 물어보기에 앞서서 이미 누누이 자신의 태도를 표명하고 있지 않은가. 자신이 제물이 되리라는 것을 벌써 알리면서 우리들에게 '서로 사랑할 것'을 엄중히 설파하지 않았던가. 이 점에서도 김영현의 『낯선 사람들』은 역작으로서의 메시지를 담고 있다.

> 당신은 증오라는 것이 얼마나 무서운 것인지 모를 거야. 머릿속의 세포를 하나하나 파괴해버리고 마침내 미쳐버리게 만드는 증오 말이야. 난 어릴 때부터 그 증오 속에서 자랐어. 증오가 나를 키운 셈이지. 그가 나의 아버지라는 것을 안 순간, 나는 지옥에라도 떨어지는 듯한 기분이었어. [……] 난 내가 태어난 내 어미의 자궁을 저주하고 증오했어. (pp. 253~54)

자기 집의 하녀를 겁탈하고 그 결과 태어난 아들이 다시 그 아버지를 죽이는 이중의 처참한 폭력! 그들을 매개하는 것은 증오밖에 없었다. 자신이 그 같은 폭력의 소생이라는 사실을 알았을 때 누군들 증오의 불이 솟지 않으랴. 그러나 법과 제도는 다시 그 아들을 죽일 것이다. 이때 지라르는 매개된 욕망의 무한성 때문에 폭력은 결코 그칠 수 없다고 비관한다. 군림과 증오, 그리고 문화적 거짓에 의해 끊임없이 폭력은 반복되기 때문이다. 그러니 벗어날 단 하나의 방법은 있다. 폭력의 제물이 된 예수의 모습을 작가는 이런 식으로 바꾸어 말한다.

> "나의 하나님…… 그래요, 그이는 이 세상과 함께 있는 분이라는 걸 이번 일을 겪으면서 깨달았어요. 아버지와 형의 죽음, 연옥이 누나의 눈물과 고통에 몸부림치는 수길의 모습…… 아무런 희망도 없이 내팽개쳐진 가련한 영혼들을 보면서 말입니다. 그이가 내 귀에 속삭였어요. 그래, 너는 수도원으로 가거라. 나는 이곳에 있을 테니, 하고 말이에요."

"하지만……."

"이 누추한 세상 위를 거니는 하느님, 만일 사랑이 없다면 그이 역시 우리에게 무슨 소용이 있을까요. 그이가 우리에게 준 가장 큰 선물은 바로 사랑이었습니다. 사랑이야말로 때로는 지옥처럼 고통스럽지만 결코 포기할 수 없는 우리의 생에 그이가 준 축복이자 선물이었어요. (pp. 295~96)

피살자의 작은아들, 예비 신부가 말하는 이 사랑이라는 또 다른 마력이 있는 한, 그리고 예수를 존중하고 따르는 인간들이 있는 한, 지라르의 이론은 절반의 설득력을 가질 수밖에 없다. 제물이 된 인간이 증오 대신 사랑을 말하고 있지 않은가. 그렇다면 순수·비순수 폭력의 혼재에 의한 문화의 위기도 염려할 것이 없으리라. 사랑과 용서는 폭력을 무력화시킨다. 구약시대의 논리는 이제 새로워질 수밖에 없다. 폭력에 빚지고 있는, 그러면서도 그것에 무지하고 무의식적인 유희와 기능으로서의 문화도 새로워져야 한다. 이 짧은 글이 지라르와 김현 군에게 보내는 나의 답신이 되기를 희망한다.

(2007)

세속 도시에서의 글쓰기
—정찬

> 제단이 없는 거짓의 집. 이 속에서 나는 무엇을 했던가. 소설이란 정신의 집을 짓고 있었다. (II: 102)[1]

「슬픔의 노래」로 1995년 동인문학상을 수상한 정찬은, 만약 나에게 과장된 수사가 허락된다면, 5·18 광주민주화운동 이후 우리 소설 문학 최대의 수확으로 생각한다. 문장가적 수사를 별로 좋아하지 않는 나에게 이러한 과장은, 그러나 너무도 절실하게 울린다(이 절실성 속에서 독자들이여! 나의 과장이 지닌 진실을 이해해주기 바란다). 이러한 수사를 벌여놓고 있는, 정찬에 대한 나의 평가는 물론 그의 문학에 대한 따뜻한 감동으로부터 유발되고 있는 것이다.

> 〔……〕 그러나 신의 말과 법을 지키기에 인간은 너무나 불완전한 존재였다. 인간의 불완전성은 야훼와 맺은 관계를 도저히 지속시킬 수 없게 했다.

---

1 괄호 안의 로마자는 I: 창작집 『기억의 강』, II: 창작집 『완전한 영혼』, III: 창작집 『아늑한 길』을, 숫자는 쪽수를 가리킨다.

〔……〕 그런데 오늘날 인간은 이 슬픔의 형태를 알지도 못하고 보지도 못한다. 그리하여 신과 인간의 사이에는 깊은 강이 흐른다. 너무나 깊어 감히 들여다볼 수조차 없는 강.

〔……〕

나는 슬픔의 눈으로 모스크바를 보았고, 슬픔의 귀로 모스크바의 소리를 들었다. 모스크바는 나에게 끊임없이 강을 보여주었고, 흐르는 강물 소리를 들려주었다. 그것은 신과 인간 사이에서 흐르는 강이었다. 그런데 그 강에는 섬이 없었다. 강은 황폐했고, 물살은 거칠었다. 신은 슬퍼할 줄 모르는 인간의 손을 놓아버렸고, 꿈을 상실한 인간은 갈 바를 몰라하고 있다. 영혼은 고갈되었고, 상처는 헐떡이며 입을 벌리고 있다. 신은 진실로 슬퍼하는 이를 원하고, 인간에게는 섬이 필요하다. (III: 196, 197)

최인훈적 명제와 이청준적 명제를 함께 아우르면서, 사회와 역사, 이데올로기의 무질서한 안개를 걷어올림으로써 인간 본질의 저 어두운 심연에 슬픔의 칼을 대고 있는 작가의 모습과 더불어 나는 문득 우리 소설 문학의 깊은 상승감을 체험한다. 아, 우리 소설도 결국 이 수준에 올라서고 있구나 하는 안도감. 비교적 난해한 느낌을 받았던 그의 한두 편 작품에 대한 인상을 거두고 그리하여 나는 즐거운 마음이 되어 이 작가의 세계를 두드린다.

이번 가을에 내놓은 『아늑한 길』(문학과지성사, 1995)을 포함, 정찬에게는 『기억의 강』(현암사, 1989), 『완전한 영혼』(문학과지성사, 1992)의 창작집 세 권이 있다. 1983년부터 소설을 쓰기 시작했으므로, 많은 편도 적은 편도 아닌 분량의 작품들을 생산하고 있으나, 사실상 1988년부터 본격적인 창작 활동을 했다는 주석을 감안한다면, 그는 최근에 와서 정력적인 글쓰기를 하고 있다고 보아야 옳을 것 같다. 그렇더라도 그는 10년 안팎의 세월 동안 치열하게 소설을 써온 것인데, 이러한 노력과 능력에 비해 그가 받아온 평가는 비교적 무심한 편에 속하지 않았나 하는 느낌 때문에 나 자신 홀연히 자괴스럽다. 그의 소설은 아마도 관념적이라는 비판과 이따금 부딪쳤던 것 같은데[2] 그러나 오히려 소설의 모든 출판은 철저히 현실, 그것도 정치 현실이라고 부를 수 있는 상황에서 비롯되고 있어 주목된다. 그것도, 임철우를 포함한 몇몇 작가에게서 간접적인 방법으로 다루어져온 이른바 광주 및 광주 이후의 문제에 그의 소설 현실은 상당히 직접적으로 닿아 있다. 세 권의 창작집에 수록된 작품들은 중·단편 합하여 모두 21편인데, 그 대부분의 소재가 바로 광주 문제이다. 뿐만 아니라 그 소재들은 그에 대한 피상적인 분노나 현실 이데올로기 차원을 넘어 훨씬 본질적인 문제를 제기하고, 매우 중요한 주제적 시사를 던지고 있다. 피상은 접근이 용이하지만 천박하고, 본질은 접근이 어렵지만, 깊이가 있기 때문에 감동의 시간을 길게 한다. 정찬이 현실적인, 가장 현실적인 문제를 다루고 있음에도 불구하고, 살이 없는 뼈의 작가라는 평을 일시나마 듣게 된 일이 있었다면 그의 이러한 본질 접근의 진지한 자세 때문일 것이다. 사실 그의 작품들은, 한 편을

---

2 정찬의 어떤 작품—아마도 중편 「얼음의 집」이 아니었을까—에 대해 관념적이라는 비평이 있었던 모양인데, 이에 대해 작가는 다른 소설을 통해 뼈아픈 충격과 변호를 토로하고 있다. 작품 속에서의 그 부분을 인용하면 이렇다: "〔……〕 그런데 내 눈이 감겨 있지 않나 하는 의구심이 일기 시작한 것은 얼마 전 발표했던 중편소설에 대한 비판을 받고서부터였다. 2백 자 원고지 6백 장에 달하는 그 소설에 나는 혼신의 힘을 쏟았다. 〔……〕 그러나 그것에 대한 반응은 차가웠다. 살은 없고 뼈만 앙상한 소설, 육체는 보이지 않고 정신으로만 가득 찬 기형적 소설이라는 혹평이 예리하게 내 가슴에 박혔다. 〔……〕 내가 혼신의 힘을 다해 만든 소설이, 그 생명을 향한 나의 사랑을 다시 한번 확인하고 만족감을 느낀 소설이 기형적 모습을 하고 있다는 비평으로 되돌아왔을 때 나는 망연자실했다. 나는 내 소설에 대한 그들의 비평을 전폭적으로 신뢰하지 않는다. 그들에게는 나와 같은 뜨거운 사랑이 없다. 그러나 이 사실 때문에 그들에게는 전체를 살필 수 있는 거리가 확보되어 있다. 〔……〕 나는 그들의 자질과 깊이 없는 속류 취향을 탓할 수 있을지언정, 그들이 가지고 있는 거리의 힘을 부정할 수는 없었다. 〔……〕 나는 가만히 있었고, 몸에 무엇이 닿고 있었다. 물질이면서 물질이 아닌 것. 물질로 파악하는 순간 증발해버리고 마는 것. 몸이 열리고 있었다. 몸이 열리면서 무엇인가가 내 몸 속으로 들어오고 있었다. 찰캉 찰캉 찰캉, 베틀 소리였다. 달이 밝은 밤에 어머니가 들었던 아름다운 베틀 소리. 그러나 피를 말리고 살을 내리게 한 베틀 소리. 〔……〕 베틀 소리는 물처럼 부드럽게 내 몸 속으로 스며들어 있었다." II: 「길 속의 길」이라는 작품인데, 여기서 작가는 자신의 작품 구성 원리를 베틀에 비유한다. 피를 말리고 살을 내리게 함으로써 아름다운 소리와 완성을 가져오는 베틀의 조직이 바로 그의 소설 조직이라는 내밀한 주장이다. 살과 육체는 없이 뼈와 정신뿐이라는 비판에 대한 소설적 반론이리라.

제외하고서는 관념적이라고 할 만한 것이 차라리 없다. 몇 편의 작품들은 오히려 담담한 문체에 담긴, 진솔하면서도 리얼한 묘사·진술로 탄탄한 구성과 강한 설득력을 보여준다. 어쨌든 광주 이후의 80년대에 밀착되어 있는 그의 소설 현실이 어떤 전개를 통해 인간 본질의 문제로 나아가고 있는지, 매우 중요한 분석의 대상이 되지 않을 수 없다.

21편의 중·단편들 가운데 광주 및 그 이후 문제가 모티프로 깔리면서, 소설이 출발하고 있는 장편들을 몇몇 살펴보자.

1) 4월에서 5월로 막 넘어가는 때인지라 해마다 그렇듯 학생 시위는 점차 격렬해지고 있었다. (……) 나는 건성으로 신문을 훑다가 문득 한 곳에 시선이 고정되었다. "서울대생 분신자살 기도 둘 중태." 나는 신문을 바짝 눈에 갖다대었다. (「기억의 강」)

2) 시집간 딸에게 정수가 미국문화원에 들어갔다는 말을 들었을 때 도대체 무슨 말을 하는 건지 알 수가 없었다. (……) 그러나 미국문화원을 점거하여 농성하고 있는 학생들 속에 정수가 끼여 있다는 말에 가슴이 철렁 내려앉았다. (「푸른 눈」)

3) 그대 타는 불길로 그대 노여움으로 반역의 어두움 뒤집어 새날을 여는구나

울음 섞인 노랫소리가 귓속에서 일어서고 있었다. 서울대학교 5월제 개막행사 도중 분신 후 투신 자살한 이동수의 장례식에서 들었던 노래였다. (「작고 따뜻한 불」)

4) 나는 그 사람들 중의 하나였다. 하루하루가 음울한 폭음으로 이어지고 있었다. 대학 시절, 일찌감치 운동권으로 분류되어 있었던 나는 졸업을 한 학

기 앞두고 제적되었고, 그 후 출판사의 번역거리로 호구지책을 삼으면서 운동의 전선을 기웃거렸다. (「완전한 영혼」)

5) 낯선 이 도시를 들어서기 전 그의 부대는 다른 교육들은 제쳐두고 대부분 폭동 진압 훈련인 충정 훈련만 받았다. CS탄과 500MD 장갑차까지 동원된 충정 훈련은 혹독했다. 늘 배가 고팠고, 잠이 모자랐다. 이 육체의 혹사는 데모 학생들을 향한 증오를 자연스럽게 분출시켰다. 충정 훈련 속에서 그들은 적이었다. (III: 112)

6) 나는 의자에 앉아 신문을 펼쳤다. '12·12는 군사 반란'이라는 큼직한 활자가 눈으로 성큼 들어왔다. 그 밑의 부제는 '검찰 수사 결과 발표 전·노씨 등 34명 기소유예'라고 되어 있었다. 나는 이마를 찡그리며 기사를 읽기 시작했다. (III: 201)

광주민주화운동은 우리 문학에 이른바 80년대 문학이라는 특수한 공간을 만들면서, 문학적 치열성을 가열시켜왔다. 그러나 그의 소설 전반에 걸쳐 근본 모티프로 이 문제가 꾸준히 작용하는 예의 가장 앞머리에 정찬이 있다. 광주 이후 지속되어온 포악적인 공포 분위기 때문이겠지만, 광주 문제는 많은 작가들에 있어서 상징적·풍자적으로 다루어져왔고, 그 주제 면에서도 폭력의 잔혹성과 민중의 힘을 고발하는 범주 안에 있었다. 그러나 정찬의 경우 광주민주화운동은 작품의 근본 모티프이지만, 그 자체가 주제는 아니다. 그는 소재와 모티프를 한 단계 끌어올려, 우리 한국인에게, 더 나아가서는 인간에게 왜 이러한 비극이 일어나는가 하는 문제에 깊은 통찰의 눈을 돌리고 있다. 참다운 문학이라면 당연히 비추어야 할 조명, 그러나 우리 문학에서 관습적으로 경시되어온 본질적인 문제가 그에게서 제기되고 있는 것이다. 그러나 이 근본 문제에 앞서 짚고 넘어가야 할 점은, 광주 이후 계속되어온 일련의 폭력 사태, 분신 사태, 지속적인 독재 체제에 대한 그의 그칠 줄 모르는 관심이다. 이 관심 속에는, 많은 비평이 간과해왔다고 그가 진술하고 있는, 인간에 대한 깊은 애정이 숨어 있다. 노동자나 대학생의 분신 현장 거의 어느 곳이든 좇아가고 있는 그의 시선이 바로 그 증인이다.

> 나는 내 살(肉)로써 그 생명을 사랑한다. 그 생명과 내 살과는 거리가 없다. (……) 그러나 이것 때문에 그 생명의 전체적 모습을 볼 수가 없다. 전체를 본다는 것은 무엇인가? 그것은 거리를 필요로 한다. (……) 나는 이 거리를 확보하기 위해 안간힘을 쓴다. 뼈와 살에 깊숙이 박혀 피냄새에 취해 있는 내 정신을 나의 생명 속에서 빼어내어 조금이라도 더 멀리 가기 위해 안간힘을 쓴다. 이것은 힘을 요구한다. 이 힘이야말로 사랑에 취해 있는 자가, 그 사랑을 자신 속에 가두지 않고, 세계를 향해 뻗게 하는 원동력이다. (II: 120)

작가 정찬의 모습은 실제에서나 작품 속에서나 부드럽고 따뜻한 사랑을 연상시키지는 않는다.[3] 그러나 올바른 사랑이 무엇인지에 대해서 그는 놀라울 정도로 깊은 사유를 내보여준다. 특히 그것이 문학과 관련되었을 때에 소재를 소재 그대로, 모티프를 모티프 그대로 노출시키는 것은, 그것이 비록 피와 눈물로 범벅이 된 광주 현장이라 하더라도, 이 문제에 대한 참다운 사랑의 소산일 수 없다는 생각은 깊이 신뢰할 만하다. "피냄새에 취해 있는 내 정신을 나의 생명 속에서 빼어내"고자 하는 노력은 눈물겹기까지 하다. 이 사랑은 정찬의 소설 속에서, 그러나 소설의 정신 깊숙한 곳에서 작용하는 근본 원리, 혹은 힘으로 작용하고 있는데, 현실적으로 그것은

---

3 물론 작품 「새」에서처럼 부드러운 어린 생명으로 상징되는 사랑이 나오기도 하지만, 그의 사랑이 피상적으로 이해되기 쉬운 가벼운 의미의 따뜻함과 직접 연결되지는 않는다. 그의 개인적 인상 역시 비교적 차가운 편이다. 이 글을 쓰는 나처럼……

정치적 폭력, 즉 권력이나 인간 내면의 저 밑바닥에 숨어 있는 악의 본질에 의해 훼손된 모습으로 나타난다. 말하자면 사랑은 권력의 현실을 극복하기 위한 당위로서의 관념이 된다. 그렇기 때문에 사랑은 꾸준히 강조되면서 동시에 언제나 유린당한다.

따라서 광주민주화운동과 그 이후의 단말마적 독재 현실을 다루면서 작가가 주목한 것은, 단순히 이 사태를 유발한 당시의 정치 현실에 대한 직접적인 고발만이 아니다. 그에게 보다 중요한 것은, 이토록 끔찍한 비극을 초래한 근본 요소로서의 인간적 악이다. 그것이 바로 권력이다. 인간 내면의 중심을 그는 이러한 관점에서 보고 있으며, 이 관점은 이를테면 기독교적 의미에서는 원죄론이 되며, 동양학적 의미에서는 성악설에 근접해 있다. 권력은 현실 정치에서 권력을 잡은 소위 지배층에게만 있는 것이 아니다. 권력을 빼앗으려는 자들에게 그것은 존재하고, 아예 현실 정치와 무관한 모든 인간에 편재하는 인간 현상이다. 사람들은 끊임없이 타인을 지배하고자 하는데, 여기에는 온갖 교묘한 형태로 폭력이 개입된다. 광주민주화운동 당시 진압군으로 출정했던 인물을 주인공으로 하고 있는 소설 「새」는 이러한 내면 상황을 극명하게 묘출해낸다. 진압군으로 광주땅을 밟았던 김장수는 몇 년이 지난 뒤 어느 날 광주민주화운동에 참가했던 인물 박영일이라는 이름을 회상하게 되는데, 그 회상과 더불어 그는 당시의 피비린내 나던 사건 속으로 다시 말려들어간다. 여러 사람들을 실제로 미친 듯 살상했던 김장수에게 다가온 감정은, 그러나 반성이나 참회가 아니었다. 마땅히 그때 죽었어야 할 박영일이 여전히 살아 있어 그를 간섭하고 있다는 망령이었으며, 그것은 다시 제거되어야 할 장애물이었다. 그는 결국 대검을 사서 박영일을 찔러 죽인다. 그것은 어두운 권력에의 욕망이었다. 김장수를 향한 박영일의 목소리를 그는 죽였던 것이다.

"제 고향 사람들의 그 처참한 몸은 바로 사랑의 모습이었습니다. 그들은 사람의 죽음을 분노하고, 역사의 죽음을 분노했습니다. 이 분노는 바로 사랑

이었습니다. 사랑과 역사를 향한 사랑이었습니다. 〔……〕" (III: 140)

김장수는 박영일의 살인이 완전범죄로 끝나고, 그는 완전히 제거되리라고 믿었다. 그러나 귀에서 들리는 이명을 통한 아이의 울음 소리, 신부의 설교, 시신을 매장할 때 본 한 마리 새의 환상은 죽일 수 없었다. 권력이라는 눈에 보이는 현실은 현실적 영향력을 가질 수 있으나, 그것이 사랑을 포함한 인간 영혼의 불가해한 총체성을 모두 지배할 수는 없다는 작가의 전언이 문득 신선하다.

더러운 권력에 의해 마멸되고 유린된 사랑의 모습은, 따라서 앞서 인용된 광주 모티프의 모든 사건 속에서 다소간 파멸된 인간형으로 투영된다. 그것은 권력이 짓누른 사랑의 현실터이기 때문이다. 예컨대 「기억의 강」에서의 윤명수는 살인범을 자처하는 정신이상자로 나타나며, 「작고 따뜻한 불」에서의 양경자는 자신을 방화범이라고 우기는, 이상한 중년 여인으로 등장한다. 그런가 하면 「완전한 영혼」에서의 장인하는 귀머거리다. 「새」에서의 박영일은 뇌를 다친 불구자로 나온다. 한결같은 것은 이들이 모두 민주화운동의 직접적인 당사자이거나, 이로 인해 심한 양심의 고통을 당하고 있는 자들이라는 점이다. 그런 의미에서 이들은 권력이라는 악의 맞은편에 있는 표상들이다. 말하자면 사랑의 얼굴들인데, 그 얼굴들은 필경 깨지거나 죽어서, 현실적인 차원에서는 무력할 수밖에 없는 존재들이 된다. 광주민주화운동이 정면에서 다루어지든, 배면에서 다루어지든 그 소설 속의 선량한 피해자들이 결국 병원을 드나드는 환자나 사회로부터 격리·이단시되는 상황이 전개되는 것은, 사랑의 영혼이 제 몸을 추스리고 버틸 수 없는 인간 현실의 죄악된 모습을 말해주는 것이다. 그렇다면 사랑을 가진 인간 영혼은 현실에서 존재할 수 없는가? 현실은 언제나 권력과 폭력을 휘두르는 자의 것일 수밖에 없는가? 정찬 소설의 궁극적 물음은 이것이다.

정찬의 현실 비판은 가깝게는 광주 문제에서 예각적으로 드러난 권력의 폭력적 속성에 대한 비판이지만, 차츰 그것은 문명 비판, 특히 자본주의에 대한 비판으로 나간다. 물론 자본주의에 대한 비판으로 그의 비판이 끝나는 것은 아니다. 그러나 자본주의에 대한 비판은 혹독하며, 온갖 사회적 비극도, 인간의 아픔도 여기서 비롯되는 것으로 설명된다. 자본주의 사회가 이처럼 악의 근원같이 여겨지는 것은, 이 사회가 물질과 육체를 위해서는 정신이라든가 영혼과 같은 요소는 거들떠보지도 않는다는 작가의 세계 인식에 기인한다. 그러므로 자본주의 비판은 정찬의 문학 세계에서 권력과 악에 대한 비판의 구체적인 현실태라고 할 수 있다. 몇몇 대목에서 직접적인 진술을 들어보자.

1) "그 집요함은 무사상적 인간에 대한 나의 불신에서 비롯된 것이었다. 자본은 이윤을 추구한다. 이윤의 극대가 바로 자본의 궁극적 목적이며, 우리는 이 자본의 논리가 지배하는 세상 속에 살고 있다. (……)" (II: 58)

2) "자본주의가 가능하기 위해서는 이윤을 최대 목표로 하는 자본가와, 자본가들이 마음대로 부릴 수 있는 노동자들이 필요하다는 이론에서 나온 이야기입니다. 말하자면 국영 기업의 사유화를 강행함으로써 자본가인 벼락부자들을 만들어내고, 사회주의가 노동자에게 주었던 특혜를 박탈함으로써 먹고 살기 위해 죽도록 일할 수밖에 없는 가난한 노동자들을 만들어냄으로써 정치경제학에서 이야기하는 이른바 자본의 최초 축적이 가능하다는 것이죠." (III: 164)

3) 우리 사회는 자본주의의 병폐가 뿌리깊이 내려 있다. 부도덕한 정권과 유착한 소수의 독점 자본가들은 정부의 재정과 금융 정책에 의해 국가의 부를 독점하는 한편, 그 기득권을 유지·확장시키기 위해 노동자·농민·도시 빈민 등 대다수 민중들의 생존권을 권력의 힘으로 억압하고 있다. (I: 165)

이러한 자본주의 사회의 속성은 마침내 문학예술의 가치 자체를 파괴하는 경지에 이른 것으로 판단된다.

> "소설이 점점 왜소해져가는 걸 느껴, 신비감이 사라져간다고나 할까. 지금도 그렇지만, 옛날 나에게 문학이 없으면 곧 죽음이라는 생각 그리고 외경. 뭐라고 할까, 문학이 스스로 발하고 있는 신성한 빛에 대한 외경이라고 할까. 옛날에는 많은 사람들이 신성한 빛을 믿고 있었지. 그런데 지금은 그런 사람들이 몇이나 될까? 자본주의 사회의 다양한 교환 가치들 속에서 소설이 다양한 상품으로 전락된 지 이미 오래지만, 이 상품의 물신성이 점점 노골화되어가는 느낌이 드니……" (II: 111)

자본주의는 이윤의 추구를 통한 자본의 창출이라는 경제적 측면에서뿐 아니라, 모든 것을 경제적 측면으로 관찰하는 경제주의로 환원시키는 특징을 지닌다. 이 문제에 대한 본격적 논의는 이미 반세기를 훨씬 넘어선 세기초에 모더니즘과 사회주의 리얼리즘 논쟁에서 심각하게 논의된 일이 있듯이, 모든 정신적 작업을 물상화·물신화시키는 치명적 결함을 드러내는 것이 자본주의 문명인 것으로 판단된다.

그러나 자본주의에 대한 비판은 사실 새삼스러운 것도 아니며, 이 작가의 것만도 아니다. 그러나 그것이 권력이라는 인간 본질의 악과 결부된 현재의 구체적 상황이라는 논리는 주목된다. 따라서 다른 한편, 사회주의에 대한 호기심 내지 동정적 관심은 심각한 것이 된다. 실제로 사회주의에 한때 경도되었다가 불우한 삶을 살다 간 주인공들을 가진 작품들도(「영산홍 추억」「시간의 덫」) 있다.

그러나 이 문제에 대한 작가 정찬의 탁월한 분석은 사회주의에 대한 접근에서 드러난다. 사회주의에 깊은 관심을 표명하고 있는 몇몇 작품들 가운데에서, 특히 「섬」에서 보여주는 작가의 예리한 안목은, 이데올로기까지 보다 본질적인 차원에서 다루고 있는 진지한 자세와 정확하게 대응하고 있다. 그것은 자본주의냐, 사회주의냐 하는 사회과학적 발상의 단순 논리에 대한 근본적인 거부의 의미를 획득한다. 오늘날 사회주의의 붕괴를 즐거워하거나 안타까워하는 사람들, 혹은 집단이나 세력이 없는 것은 아니다. 그러나 사회주의의 붕괴는 즐거움과 슬픔의 대상이 아니다. 중요한 것은 왜 붕괴되었는가 하는, 그 원인에 대한 올바른 분석이다. 나로서는 한 글에서 사회주의가 관념적 허상을 붙들고 있었다는 점, 그리고 인간의 도덕적 능력을 과신했다는 점을 지적한 일이 있는데, 정찬의 소설도 바로 이러한 판단과 정확하게 맞물려 있다. 아마도 소설로서는 가장 가까운 접근을 보여준 경우가 아닌가 싶다.[4] 사회주의에 대한 그의 관찰은 자본주의와의 비교우위냐 아니냐 하는 문제와 근본적으로 무관한, 훨씬 본질적이며 인간적인 조명과 관계된다.

> 마르크스는 자본주의의 타락에 대항하기 위해 인간에게 새로운 도덕을 요구했다. 그것은 물신적 관능과의 정면 대결이었다. 그가 이룩한 사상의 세계에는 오랜 세월 동안 인류가 갈망해온 유토피아가 아름답게 펼쳐져 있었다. 그런데 이 유토피아의 세계가 100년을 채 버티지 못하고 무너져내렸다. (……) 마르크스가 저지른 최대의 오류는 인간의 도덕적 능력을 너무 높이 평가한 데 있었다. 그는 인간의 어깨 위에 감당하기에 너무나 무거운 짐을 올려놓았다. 사회주의의 패배는 자본주의의 승리가 아니라 도덕에 대한 인간의 패배다. (III: 180)

그러나 보다 엄밀히 말한다면, 인간은 도덕에 대해 패배한 것이 아니라, 이미 그러한 능력이 없는 존재로 출생한 것이다. 오류가 있다면, 그러한 인간 존재의 본질에 대해 사회주의는 근본적으로 잘못 알고 있었던 것이다. 인간은 워낙 사회주의에서 설정해놓은 그럴듯한 도식을 수행할 수 있는 능

---

4 최인훈의 장편 『화두』가 이 문제에 본격적인 관심을 나타낸 경우로 평가되지만, 문제의 본질에 정곡을 꿰뚫고 있다는 점에서는 정찬이 주목되어야 할 것이다.

력과 의지의 존재가 아니었던 것이며, 그 사정은 예나 이제나 마찬가지다.

결국 정찬은 자본주의든 사회주의든 모든 이데올로기의 문제를 인간 본질의 문제로 환원시킨다. 문학을 이데올로기적 관점에서 관찰하기 좋아하는 평자들은 이 '환원'이라는 용어를 부정적으로 곧잘 사용하는데, 인간 본질에 관한 한 모든 문제들은 이쪽으로 환원되어야 한다는 것이 문학의 입장이다. 문학이란 인간에 관한 문제 외에 다른 아무것도 아니기 때문이다. 이데올로기 문제를 깊이 있게 다루면서도 그의 주제는 이데올로기적 범주를 넘어서고 있는데, 그것은 그의 소설 구성 면, 기법 면에서도 진지하게 나타난다. 예컨대 이 문제에 정면으로 도전하고 있는 작품 「섬」의 절묘한 조직은, 작가의 깊은 배려의 소산일 것이다. 모스크바에 가서 사고로 죽은 청년과 그의 동생, 그리고 그의 친구인 소설의 화자를 주인공으로 하고 있는 이 작품에서 죽은 청년 정섭은 독일 유학 중 아마도 사상적 문제와 관련, 체포된 듯 한국에서 감옥 생활을 한 인물이다. 소설은 죽은, 그의 기록과 친구인 화자의 현장 방문을 통해 러시아의 역사와 현재를 묘사하고 있다. 거기에는 사회주의 국가로서 소련의 성립과 붕괴, 그 내발적 필연성과 민중의 고통이 당연히 함께 그려진다. 이 과정에서 특히 흥미로운 것은, 자본주의 사회를 소돔과 고모라에 비유하고 있는 점이다. 이때 의인 열 명만 있어도 그 성을 멸하지 않겠다고 한 신의 목소리를 정섭은 연상시키면서 마르크스가 바로 그 의인이었다고 주장한다. 그러나 사회주의 현실 역시 이상을 실현하지 못하고 부패·몰락하였다. 여기서 작가는 인간의 한계와 신의 문제로 주제를 상승시킨다. 논리적으로는 당연한 귀결이지만, 소설 구도는 매우 치밀하다. 이 문제는 마르크스에 환상을 가졌던 정섭 자신에 의해 예언자 예레미아가 거론되는 형태로 나타난다. 이상주의의 가는 길이다. 이 부분을 작품 속에서 만나보자.

> 그의 지붕 낮은 방에서 술잔을 나누고 있을 때, 그는 이 세상을 누구보다도 사랑하고 싶었다고 중얼거렸다. 나는 한 여자조차 사랑하지 못하는 자가

세상을 어떻게 사랑할 수 있느냐고 퉁명스럽게 말했다. 그러나 그는 절망은 사랑을 차단하고 신을 잃게 하지만, 슬픔은 신에게 다가가게 한다면서 절망을 슬픔으로 바꾸기 위해 노력하는 중이라고 말했다. (III: 189)

인간은 무엇 때문에 신에게로 다가가려 하는가. 꿈을 꾸기 위함이다. 신의 영역인 완전한 세계를 향한 간절한 꿈이 신에게로 다가가게 한다. 그러므로 꿈은 슬픔 속에서 태어난다. 새로운 세계를 향한 꿈이 허물어졌을 때, 인간이 할 수 있는 가장 성실한 자세는 자신의 불완전함을 슬퍼하는 일이다. 새로운 꿈을 꾸기 위해 우리들은 슬퍼해야 한다. (III: 194)

이 글 앞머리에서 밝힌 내 감동의 근거인 슬픔의 미학이 여기서 본격적으로 개진된다. 슬픔을 느낄 줄 모르는 현대인, 그 현대인에 의해 문학 또한 슬픔을 껴안지도 않고 느끼지도 않는다. 슬픔이라니! (죽음에 대한 한 통찰을 담은 중진 시인의 시집이 최근 다시 정리되어 나왔는데, 주제의 비슷함에도 불구하고 거기에는 슬픔이 없었다. 시인 스스로 신이 되고자 하는 욕망으로 인한 교만이 차라리 나를 슬프게 한다.) 그리하여 작가는 신과 인간 사이에 깊은 강이 흐른다고 통탄해한다. "신은 진실로 슬퍼하는 이를 원하고 인간에게는 섬이 필요하다"는 작가의 결론은 그리하여 눈물겹다. 그 섬이 바로 문학이 아닐까 하는 생각을 나는 정찬과 더불어 잠시 해본다.

소설의 화자가 귀국 비행기에 오르면서 묘사되는 마지막 장면, "한없이 낮은 목소리가 작은 새가 되어 먼 하늘로 사라져가고 있었다"는 대목은, 소설의 구성과 주제를 한꺼번에 아우르는 깊은 함축으로 떠오른다. 여기서 한없이 낮은 목소리는 주인공 정섭의 그것인데, 그 목소리 속에는 불가능한 꿈이 숨어 있지만, 그 꿈은 자신을 희생 제물로 하더라도 모든 사람에게 강을 넘어 신으로 가는 섬을 보여주고자 하는 아름다운 꿈이다. 그러므로 그 목소리는 '한없이 낮을' 수밖에 없다. 또한 먼 하늘로 날아가는 새의 이미지 역시 작품 「새」를 비롯, 몇몇 작품에 나타나는 하늘로의 비상이라는 의미의 상징이 된다. 이렇듯 정찬은 그 구성 면에서도 치밀한 조직과 기술적 배려를 게을리하지 않는데, 그런 그의 세계가 한 단계 성숙을 보이고 있는 작품이 최근의 「슬픔의 노래」다.

인간 존재의 불완전함에 대해 슬퍼하는 것, 이 슬퍼하는 능력이야말로 인간이 신에게 다가갈 수 있는 유일한 길이라는 작가 정찬의 화두는, 이 작가 개인뿐 아니라 한국 문학의 지평을 넓혀주고 심화시키는 축복의 메시지일 수 있다. 그러나 신은 여전히 강 너머 저쪽에 있으며, 슬픔을 모르는 인간들에 의해 많은 문학 행위가 이루어지고 있다. 이 단계에서 필요한 표상으로 제시된 '섬'은, 정찬 문학의 핵심적 요소로 부각된다. 나로서는 '섬'과 관련하여 '언어'에 대한 그의 천착에 관심을 갖지 않을 수 없다. 신의 문제에 본격적인 관심을 심화시키기 이전의 초기작 「기억의 강」과 「말의 탑」에 이미 이에 대한 광범위한 분석과 조망이 이루어진 바 있다.

> 우리들은 말에 의해서 상대방을 이해하고, 말의 축적으로 집단의 조직과 가치 체계가 형성된다. 말이 순결을 잃었다면 곧 우리들의 순결을 잃어버린 것이며 인간 집단의 모든 가치 체계의 순결을 잃어버린 셈이다. (……) 만약 인간에게 원죄라는 것이 있다면 말에 의한 순결의 박탈이 원죄의 실체일 것이다. (I: 39)

이 작품에서 살인범을 자처하는, 사랑의 영혼을 지닌 주인공이라고 할 수 있는 윤명수는 그렇기 때문에 실어증 증세를 보인다. 말에 대해 이렇게 기록하고 있는 주인공 윤명수는 광주민주화운동과 같은 비극으로 모든 가치 체계가 순결을 잃었으므로 말 역시 순결을 잃었다고 생각한다. 여기서 그는 말의 순결 상실이 폭력적 현실로 유발되고 있다는 인식에 머무르지 않는다. 그는 그 자체가 원죄라고 말함으로써, 폭력과 권력욕이 어느 부류의 인간, 혹은 인간 집단에서만 발생하는 특정한 현상이 아니라, 인간 내면에 편재해 있는 본질적인 죄악, 즉 원죄라고 관찰한다. 그러므로 이 세상에서 횡행하는 모든 언어는 본질적으로 순결성을 잃고 있는 것이다. 그는 실어증에 빠질 수밖에 없다. 소설가이기도 한 그가 언어를 거부하고 살인범의 자리에 자신을 놓고자 한 이유는 “이 타락하고 부패한 세속의 논리에서 제발 벗어나기”(I: 41) 위해서다. 그런 그가 두 발로 설 수 있는 땅이 그렇다면 과연 존재하는가. 그가 예수라도 된단 말인가. 소설은 의사·신부 등을 등장시키면서 윤명수의 비현실성과 균형 감각의 상실 등을 다각도로 비추어준 다음, 다음과 같은 마지막 장면을 보여준다. 그것은 그대로 예수의 모습이었다.

> 푸른 강이 떠올랐다. 〔……〕 마태의 강이었다. 그 강을 향해 한 사내가 걸어오고 있었다. 등에 무엇인가를 짊어지고 휘청이며 걷고 있는 사내. 그는 윤명수였다. 〔……〕 앙상한 손바닥에 움푹 팬 구멍이 얼핏 보였다. 못의 형해였다. (I: 65)

문학에서 왜 언어와 신의 문제가 궁극적인 관심이 될 수밖에 없는가 하는 점에 대해 중편 「말의 탑」도 소중한 리포트가 될 것이며, 세속의 말 듣기가 포기된 귀머거리를 주인공으로 하고 있는 작품 「완전한 영혼」도 아름다운 중편소설이다. 남편과 자식을 잃고 절망과 악몽 속에서 살아가는 젊은 미망인이 신의 오묘한 섭리와 믿음을 발견하는 과정이 그려진 「종이날개」는 문학의 구원적 기능에 대한 겸손한 반성이 담겨 있다. 앞으로의 활동이 더욱 기대되는 이 부분에 대해서는 나로서도 계속 각별한 관심으로 주목하고 싶다. 정찬의 소설은 이렇듯 한국 문학의 보편성과 세계성 확보를 향한 소중한 발걸음이 되고 있으며, 내게는 그 발걸음이 최근 상재된 나의 평론집 『사랑과 권력』의 주제에 대한 확인으로서도 의미가 깊다.

* 이 글을 도표로 요약해보면 다음과 같다.

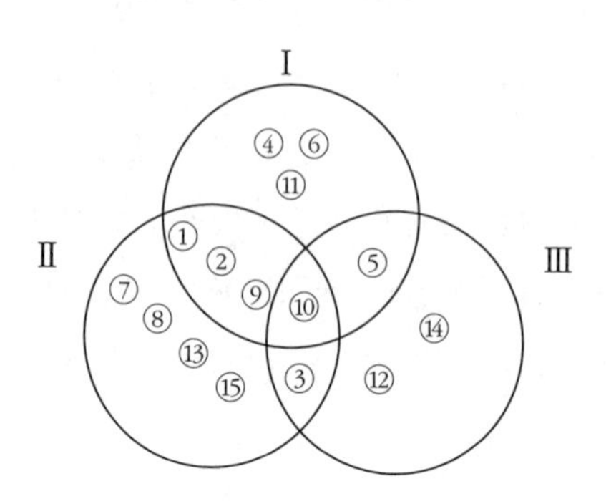

① 슬픔의 노래	⑨ 기억의 강
② 아늑한 길	⑩ 완전한 영혼
③ 섬	⑪ 황금빛 땅
④ 종이날개	⑫ 영산홍 추억
⑤ 신성한 집	⑬ 새
⑥ 말의 탑	⑭ 산다화
⑦ 작고 따뜻한 불	⑮ 얼음의 집
⑧ 푸른 눈	

I. 신과 언어의 문제
II. 광주민주화운동 및 80년대 현실/억압과 고문 } 권력과 사랑 → 슬픔
III. 자본주의 비판과 사회주의 몰락

(1996)

* 이 밖에 정찬에 관한 필자의 평론으로 「하나님의 슬픔, 문학의 슬픔」(1999; 『디지털 욕망과 문학의 현혹』)이 있다.

근대에도 신화는 있다
—성석제론[1]

1. '사(邪)'와 '가(假)'의 근대

아도르노에 의하면, 소설은 "이성에 의해 만들어진 작품"으로서, 단순한 방랑의 이야기 같아 보이는 호메로스의 『오디세이아』도 이미 시민적·계몽적 요소를 지니고 있는 소설이었다는 것이다. 이러한 생각은 『오디세이아』를 신화적 서사시라고만 여기는 전통적인 해석에 대한 도전이자 새로운 개념으로 보인다. 옛날이야기라고 불리는 범신화적 범주가 소설이라는 장르

---

1 1986년 시를 쓰면서 문인 생활을 시작한 성석제는 1994년 ①『그곳에는 어처구니들이 산다』(민음사, 1994)라는 소설집을 내놓으면서 소설가로서의 왕성한 활동을 시작했다. ②『낯선 길에 묻다』(민음사, 1997) ③『왕을 찾아서』(웅진출판, 1996. 여기서는 개정판인 문학동네, 2014) ④『새가 되었네』(강, 1996) ⑤『검은 암소의 천국』(민음사, 1997) ⑥『아빠 아빠오, 불쌍한 우리 아빠』(민음사, 1997) ⑦『재미나는 인생』(강, 1997) ⑧『궁전의 새』(하늘연못, 1998) ⑨『호랑이를 봤다』(작가정신, 1999. 여기서는 개정판인 문학동네, 2011) ⑩『순정』(문학동네, 2000) ⑪『황만근은 이렇게 말했다』(창비, 2002) ⑫『내 인생의 마지막 4.5초』(강, 2003) ⑬『번쩍하는 황홀한 순간』(문학동네, 2003) ⑭『인간의 힘』(문학과지성사, 2003) ⑮『어머님이 들려주시던 노래』(창비, 2005) ⑯『지금 행복해』(창비, 2008) ⑰『지금은 서툴러도 괜찮아』(샘터사, 2012) ⑱『단 한 번의 연애』(Human&Books, 2012) ⑲『위풍당당』(문학동네, 2012) 등의 시집과 소설집들이 있는데, 여기서는 그중 절반 미만이 다루어졌다. 이하 본문 인용 시 해당 번호와 쪽수만 밝힌다.

로 열릴 수도 있게 된 것이다. 그러므로 『오디세이아』가 소설일 수 있듯이 근대에도 신화가 있을 수 있는데, 아도르노의 방점은 오히려 후자에 찍혀 있다. 소설=근대라는 암묵적 방정식에 대한 인식의 파괴와 더불어 성석제 소설의 신화성이 자연스럽게 떠오른다. 그의 소설들 대부분은 이른바 '이야기', 혹은 '옛날이야기'이며 그것들은 어떻든 근대적 질서와 동행하는 리얼리즘의 구도 안에 있다기보다는, 이야기가 생래적으로 꾸미기 마련인 어떤 '거짓'들로 신화를 재생시키고 있기 때문이다. 가령 오늘날 한국 땅에서 호랑이를 본다는 것은 동물원에서나 가능한 일이고, 그것이 문학이나 예술 속에서 거론된다면 하나의 상징으로 수용될 것이다. 그럼에도 성석제는 "호랑이를 봤다"고 소설 『호랑이를 봤다』에서 능름하게 말한다. 대체 그가 본 호랑이는 어떤 것인가.

> 한 나그네가 있었다. 나그네는 나그네이므로 정처없이 어딘가로 가야 할 운명이었다. (……) 이룰 수 없는 사랑에 귀를 먹었다. (……) 안갯속을 헤매며 옛이야기의 주인공처럼 자학했다. (……) 숲에서 비릿한 냄새가 섞인 바람이 불었다. (……) 나그네는 이유도 모르는 채 숨을 죽였다. (……) 나그네는 어디로 갈까, 어떻게 할까 망설이며 두리번거렸다. 그 순간, 끄어흥! 숲을 흔드는 노호가 나그네의 귀를 찢을 듯했다. 긴 꼬리를 늘어뜨린 싯누런 그림자가 공중을 가로질렀다. (……) 나그네는 노인의 뼈만 앙상한 무릎을 감싸 안고 울었다. (……) 마침내 나그네가 울음을 그쳤다. 그때 노인은 나그네에게 말했다.
>
> "자네 호랑이를 봤구만." (⑨-75~78)

사랑에 빠진 어느 나그네가 시골길을 정처 없이 헤매다가 호랑이를 만났다는 이야기다. 정확히 말한다면, 호랑이를 만났다는 확실한 증언은 없다. 한국 설화에서 호랑이 이야기는 가장 빈번히 등장하는 소재의 하나인데, 그 특징은 상징도 아니고, 사실 확인도 되지 않은 글자 그대로의 설화라는 점이다. 그런 의미에서 한국 설화의 전형이다. 이 호랑이가 성석제의 소설에 일찍이 등장했다는 사실은 그의 소설집 제목들이 보여주듯, 예컨대 『어머님이 들려주시던 노래』 『왕을 찾아서』 등등과 함께 소설의 설화적 성격을 이미 강하게 드러내고 있다. 호랑이도 '있다'가 아니라 '봤다'고 하지 않는가. '봤다'고 하는 것은 이야기의 주체적 형성을 의미하며, 거기에는 사실 보고와 동시에 사실 조작이 개입한다. 그 대신 객관적인 입증은 배제된다. 소설과 설화, 혹은 신화는 이 지점에서 미묘하게 갈라진다. 소설은 주체와 객체를 아울러 포섭하면서 그 긴장을 질서화하면서 발생하는 반면, 설화나 신화는 전해오는 이야기들 그 자체일 뿐이다. 그 '자체일 뿐'이라고 했으나 물론 그리 간단치는 않다.

가령 한 신화학자에 의하면 "신화는 과학기술 세계에서 점차로 잊혀가고 있고, 이런 세계의 안목에서 보면 이미 오래전에 극복된 과거지사처럼 보인다"고 한다. 한편 "이 사실은 신화가 변함없이 모호한 동경의 대상으로 남아 있다는 생각의 계속일 뿐"이라는 것이다. 신화와의 관계는 그리하여 오늘날 분열의 관계라고 그는 말한다.[2] 말하자면 신화는 벌써 지나가버려 끝난 것이라는 생각과 그럼에도 불구하고 그리운 동경의 대상이라는 생각의 모순 속에 있다는 것이어서 간단하게 볼 문제는 아니다. 성석제의 소설들은 바로 이 간단치 않은 모순과 분열의 틈 안에서 작동한다.

『호랑이를 봤다』에서 나그네는 정말 호랑이를 봤을까. 소설의 묘사 장면은 그것이 거의 사실임을 말해준다. 다시 한번 그 부근을 살펴보자.

> 그러나 막 걸음을 내딛는 순간, 어찌할 수 없는 강력한 노린내가, 지린내에 섞여 코의 점막을 습격했다. 나그네는 그 자세 그대로 얼어붙었다. 나그네의 소매 사이로 차가운 습기가 스멀스멀 기어올랐다. 나그네의 온 몸에는 소름이 돋았고 털이란 털은 곤두설 대로 곤두서서 하늘을 향했다. 나그네는 꼼짝

2 K. 휘브너, 『신화의 진실*Die Wahrheit des Mythos*』, 이규영 옮김, 민음사, 1991, p. 9 참조.

도 하지 못했다. 〔……〕 모든 것이 정지한 듯했다. 들리느니 자신의 숨소리요, 보이느니 자신의 코끝에 솟은 땀방울이었다. 〔……〕

나그네는 언제부터 자신이 뛰기 시작했는지 몰랐다. 살이 긁히며 옷이 찢기며 내달았다. 〔……〕 마침내 나그네가 울음을 그쳤다. 그때 노인은 나그네에게 말했다.

"자네 호랑이를 봤구만." (⑨-76~78)

호랑이가 직접 나타난 부분은 없으나, 직접 나타난 것 같아 보이는 묘사는 실감 나게 그려져 있다. 이쯤 되면 호랑이가 출현했다고 보아야 할 것 같다. 아무 일도 없는 상황에서 나그네가 그처럼 혼비백산할 수 있겠는가. 그러나 가만히 들여다보면 이 작품은 호랑이를 보고 싶어 하는 작가 자신의 동경의 소산이라는 점이 명백해진다. 무엇보다 지금 이 나라 어느 곳에도 호랑이는 없지 않은가. 그럼에도, 아니 그러니까 성석제는 호랑이를, 호랑이가 출몰하던 그 시절을 그리워하고 있는 것이다. 쿠르트 휘브너의 해석과 얼추 들어맞는다. 왜 그럴까. 호랑이를 만나면, 사람들은 힘을 합해 그 호랑이를 잡지 못하는 한, 십중팔구 호랑이에게 잡아먹힌다. 즉 생명을 잃는 것이다. 이러한 위험한 동물과의 만남은 생사의 순간을 제공하는 것이며 절체절명의 시간을 지나는 것이다. 여기에는 어떤 사(邪)나 가(假)가 개입할 여지가 없다. 사와 가를 거부하고 증오하는 마음 앞에서 호랑이와 그 시대는 동경의 대상이 될 수밖에 없다. 그 그리움이 작가를 신화시대의 리얼리스트로 잠시나마, 그러나 끊임없이 탈바꿈시킨다. 이와 관련하여 작가 성석제는 의미 있는 자기 고백을 행한다.

10년 전의 나는 오늘의 나다. 그럼에도 그립다.
2011년 2월 성석제 (⑨-99)

개정판에 붙인 '작가의 말' 전문인데, 여기서 '10년 전'은 '100년 전'

'1000년 전'으로 바꾸어도 마찬가지일 것이다. 그는 '그전'의 자신이 그리운 것이다. 오직 과거이기 때문에? 아마도 '사'와 '가'로 범벅이 된 근대, 그 속에서 어쩔 수 없이 오염된 자기 자신을 조금이라도 털어버리기 위해서가 아닐까. 과연 그는 근대 한복판에서 신화를 재현시키고 있는 어리석은 나그네, 혹은 "한량없는 연륜을 갈무리"하면서 "지혜로 빛나는 눈빛"의 노인인지도 모른다.

성석제 소설집 『호랑이를 봤다』는 많은 에피소드들이 '~이야기'라는 이름으로 수록되어 있고, 이 이야기들의 모음이 곧 소설집이다. 그 이야기들은 그런데 「호랑이를 본 장군」 이야기를 제외하면 한결같이 이 시대의 '사'와 '가' 이야기들이어서, 우리 모두 매스컴에서 지겹도록 듣고 보는 딱한 내용들이다. 가령 그것은 "자식 농사라고 남부럽지 않게 잘 지어놓았더니 맨 허탕, 똥탕"(⑨-35)이 되어버린 이야기인데, 그들은 사기를 치거나 사기를 당하면서 살아가는 인생들이다. 이러한 인생은 근대화된 우리 사회가 불가피하게 부딪히고 있는 문제인데, 그럴 것이, 기계화로 요약되는 근대사회에 적응해서 잘 살아갈 수 있는 인물들과 그 그룹들은 소수에 불과하기 때문이다. 대다수는 그들 언저리에서 그들 흉내를 내면서 살아갈 수밖에 없는 구조이기 때문에 어차피 사기꾼 내지 잠재적인 사기꾼이기 마련인 것이다. 성석제가 파악한 현실과 그 현실 속의 인간 군상들 모습인데, 그들을 외면할 수 없는 작가의 시선은 많은 경우 풍자와 해학의 형태를 띨 수밖에 없다. 신화로의 소급과 동경은 풍자와 해학이 지향하는 정신의 본향이다. 『호랑이를 봤다』에서 짜증날 정도로 늘어놓은 사기의 현실 에피소드들은 왜 작가가 그 본향으로서의 호랑이 설화로 소설을 매듭짓는지에 대한 이유와 과정을 보여주고 있다. 그것은 정면 대결로 현실에 맞서지 못하고 있는 근대인들 몸에 배어 있는 '사'와 '가'에 대한 짜증이며, 거기서 '사람'을 건져내려는 사랑이다. 왜 좀 '위풍당당'하게 살지 못하느냐는 것이다.

2. 소설이 전기충격기가 될 수 있을까

성석제가 소설을 내놓기 시작한 지 올해로 꼭 20년이다. 이 시간의 중간쯤, 즉 2003년에 발간한 소설집으로 『번쩍하는 황홀한 순간』이 있다. 32편의 작품들이 수록되어 있고 이들은 소설이라기보다 콩트라고 불리는 편이 훨씬 어울릴 것 같은데 "~이야기"라는 말만 빼어버리면 『호랑이를 봤다』와 매우 흡사한 모양새다. 그러나 『호랑이를 봤다』가 여러 에피소드들이 하나의 주제를 향해 집중된 중편소설이라면, 『번쩍하는 황홀한 순간』은 그야말로 독립적인 작품들로 구성된 콩트적 소설집이다. 이 책은 소설가로서 10년을 지낸, 성석제의 문학관이 알기 쉽게, 그야말로 '번쩍하는' 소설집이다. 무엇보다 이야기 형태로 간접 전달되어온 '사'와 '가'의 현실이 구체적으로 묘사되면서, 그 묘사 자체가 풍자와 해학을 동시에 발생시키고 있다는 점이 주목된다.

1) 사냥은 사냥인데 불법이란 무엇이뇨. 물론 거룩한 불도(佛道)와 동의어인 불법(佛法)이 아니다. 무법과 친구이고 비법(非法)의 사촌이다. 아무렇게나 해서 불도를 닦을 수 없듯, 아무렇게나 불법을 저지를 수도 없는 노릇, 더욱이 앞서 열거한 바대로 복잡다단한 사냥에서의 불법은 지식과 노력과 의지가 없이는 불가능하다. (⑬-8~9)

2) 헤어드라이어의 열풍에 60그램은 됨직한 웅담이 꾸들꾸들 굳기 시작하더니 마침내 자그마한 비닐봉지에 쏙 담길 수 있게 작아졌다. 그 봉지를 일행 중 하나가 양복 뒷주머니에 집어넣는다. (……) 다음날 양복을 입은 우리는 무사히 검색대를 통과한다. 우리의 여행경비는 웅담에서 빠지고 남는다. (……) 무슨 학교 동창이냐고? 그건 말하지 않겠다. 하여튼 우리는 아직 학교에 있다. 우리 학교는 담이 높고 창살이 좀 많다. (⑬-25)

3) 그 라면은 내가 그때까지 사회에서 먹었던 어떤 라면보다 감동적이고,

기념비적이고, 호소력 그 자체였으며 그 라면 때문에라도 다시 군대에 가고 싶을 정도다. (⑬-38~39)

4) "이 차, 링컨롤스익스플로러벤츠엑셀마하바라타살바타 89년식."

청년은 차를 들여다보더니 끄떡끄떡했다.

"아저씨, 가짜 휘발유를 썼네."

그 말을 들은 정비업소 사장들은 약속이나 한 듯 엉덩이를 털고 일어나서 각자의 가게로 들어가버렸다. 모두 한마디 말도 없이. 나는 주유소 쪽을 향해 주먹을 부르르 떨었다.

"우리 집은 아녜요. 요번에 왕창 잡혀갔어요."

청년이 나를 위로해주었다. (⑬-83~84)

위의 인용문들을 담고 있는 소설들에는 일단 '나(우리)'라는 화자가 있으며, 그렇지 않은 경우 독립된 삼인칭 화자가 있다. 전해진 이야기 형식이 아니라 조직적인 소설이다. 그러면서 이 소설들은 불법과 사기를 그 내용으로 하면서 전개된다. 소재는 불법 사냥, 군대에서의 배고픔, 가짜 휘발유 등등인데 공통된 것은 '사'와 '가'의 현실이다. 그렇다면 주제는 이러한 현실의 고발인가. 그렇지 않은 건 아니지만, 그보다 더 리얼하게 다가오는 것은 가짜로 가득 찬 현실을 살아가는 인간들, 그 인간들을 향한 작가의 숨겨진 연민, 즉 사랑이다. 성석제 소설의 브랜드처럼 떠오르는 해학은 그러므로 단순한 기법 이상, 그 문학 전체의 정신이라고 말해도 지나치지 않아 보인다. 그의 시선에 포착된 인간 현실이 너무 안타깝기 때문이다.

그는 정말로 다른 사람들의 술맛이 떨어질까 두려운 듯 조심스럽게 전기충격기를 집어넣었다. 무안한 듯 얼굴이 붉게 달아올라 있었다. 누군가 세상이 험악한 것에 대해 개탄했고 다른 누군가는 전기충격기를 가지고 다니는 소심함에 대해 비웃었다. 누군가 속절없이 수십 년 재산을 도둑맞은 사람 이

> 야기를 했고 또 다른 누군가는 신고를 하고도 죄인 취급을 당한 데 대한 울분을 터트렸다. 누군가 그 자리에 있던 경찰을 옹호하기 위해, 보험금을 타먹기 위해 허위신고를 한 이웃 가게 주인에 대해 장황하게 늘어놓았으며 또다른 누군가는 최악의 경기와 부도 사태에 대해 십여 분을 연설했다. (⑬-151)

이러한 서술은 진행되고 있는 현실과 그 현실에 대한 사람들의 언급으로 구성되어 있다. 소설이 행동이라는 해석에 동의한다면, 이 서술은 소설의 충실한 동행자다. 그러면서도 앞의 서술은 그 현실에 대한 사람들의 언급을 담고 있는데, 이 언급은 말하자면 반응과 성찰의 성격을 띤다. 양자를 통해서 드러나고 있는 인간 현실은 거짓과 개탄으로 요약될 수 있는데, 흡사 소설 모티프처럼 등장한 전기충격기가 자기방어용 호신 수단이라는 사실이 관심을 끈다. 사회 구성원 모두의 세금을 징수하여 경영해나가는 국가가 있음에도 불구하고 그 구성원 개개인이 방어용 호신 수단을 가지고 있는 사회. 작가의 현실 인식 기저에는 이러한 근본적인 회의와 불신이 있다. 어떤 공의와 법만 가지고는 사회 안녕은 물론 개개인의 생존도 보장되지 않는 사회에서, 각 개인의 생존 활동은 불가피하게 타인을 침범하고, 침해받은 또 다른 개인은 방어 수단을 가지지 않을 수 없다. 기계주의에 의해서 물성화된 근대사회가 필연적으로 연출하고 있는 풍속이다. 자, 작가는 어느 구성원 쪽에 설 것인가. 아니면 근대 혹은 반근대의 이념 아래 설 것인가.

올바르게 고민하는 작가라면 어느 쪽에도 쉽게 설 수 없을 것이다. 그러나 합리적 이성이라는 초기의 그럴싸한 출발에도 불구하고 영혼마저 물성화의 길을 걷고 있는 근대와 소설이 반려자가 될 수 없다는 의식에 이미 성석제는 매우 가까이 가 있다. 따라서 그는 세상이 험악해져서 온갖 범죄가 난무하고, 여기에 대항하고 호소하는 일마저 효과가 없고, 오히려 거짓으로 당국을 속이는 자가 잘 살아가는 전도된 사회, 사업 부도가 속출하는 사회가 이 같은 물성화의 산물임을 넌지시 증언한다. 전기충격기를 내놓은 소설 「호기심족」에서 작가는 전기충격기로 자기방어를 충분히 할 수 있다고 말하지 않는다. 그러나 그것을 사둔 사람, 그것을 둘러싸고 울분, 열변을 토하는 사람들의 모습을 건조하게 즉물적으로 그려내면서 그 사람들 모두를 향한 해학적인 사랑을 숨긴다. 그 해학은 때로 자신이 다치는 자해를 동반하기도 한다.

> 그는 전기충격기를 꺼내들고 뭐라고 혼잣말을 하며 살펴보고 있었다. 속고 산 것을 후회하고 있는 것인지도 몰랐다. 그러다가 그는 조그맣게 탄성을 질렀다.
>
> 〔……〕 그러고는 자신의 무릎 위에 전기충격기를 갖다댔다.
>
> 순간 그의 몸이 총 맞은 늑대처럼 공중으로 펄쩍 솟아올랐다. 〔……〕 기절한 사람과 개를 깨우느라 우리는 술이 다 깨버렸고 그는 전기충격기 값의 두 배가 넘는 술값에 개의 피해를 보상하느라 탁월한 성능이 확인된 전기충격기를 내게 넘겨야 했다. (⑬-151~54)

아마도 우리들의 삶에는 실제로 전기충격기가 필요할지도 모른다. 아니다. 전기충격기로도 개선되지 않는다. 그만큼 근대라는 두꺼운 껍질로 각질화된 존재가 되어버린 오늘의 삶은 전기충격기 같은 것쯤으로는 잠시 놀랄 뿐 별 효용이 닿지 않을 것이다. 문학이 그렇지 않은가. 전기충격기만도 못한 자극을 줄 뿐인 소설이, 상당한 효력을 자랑하던 신화를 동경하는 것은 어쩌면 매우 자연스러운 일일 것이다. 『어머님이 들려주시던 노래』를 들으며 『왕을 찾아서』 『위풍당당』한 모습을 꿈꾸는 일은 따라서 비천한 현실을 뛰어넘고 싶은 소설의 어쩔 수 없는 욕망이라고 할 수 있다.

『어머님이 들려주시던 노래』에는 동명의 단편소설 「어머님이 들려주시던 노래」를 비롯하여 이러한 동경과 욕망을 담고 있는 작품들로 가득 차 있다. 가령 그 제목들부터 옛 냄새가 나는 「어머님이 들려주시던 노래」 「만고강산」 「본래면목」 들은 포스트모더니즘의 난해한 소설과 기술들이 범람

하는 판국에 고리타분하고 진부해 보이기까지 한다. 그러나 책장을 넘기고 독서에 일단 진입하면, 재미있게 빨려드는 이른바 가독성이 단연 압권이다. 익살스러운 문체가 동반하기 일쑤인 '거짓말 리얼리즘' 때문이다. 점잖은 말로 옮기면, 설화적 리얼리즘인데 그것은 요컨대 옛날이야기가 반드시 갖기 마련인 거짓말 재생산 작업의 결과이다. 거짓말은 그럴듯해야 리얼리티가 높고, 리얼리티가 강할수록 거짓이라는 논리를 안고 있는 것이 설화적 리얼리즘의 세계다. 이 세계의 이야기들은 몇 개의 패턴을 갖고 있는데 그중 가장 전형적인 것이 부자=악, 가난=선의 공식이며 이 공식 안에서 형제들은 사이좋게 그 역할을 나누어 가졌다. 흥부와 놀부 이야기가 대표적이라고 할 만하다. 「어머님이 들려주시던 노래」에서도 그 리얼리즘은 감동적인 장면을 펼쳐 보여준다.

> "네 아버지가 큰아버지 앞에서 단 한번 큰 소리를 냈다가 집에서 쫓겨나면서 받은 건 삼태기 하나였구나. 나는 호랑이 같은 동서에게서 머릿수건 하나를 물려받았고. 무슨 정신으로 호미 하나를 삼태기에 담아들고 나왔는지, 아마도 일하면서 들고 있던 걸 넣었던 게지. 나중에 보니 삼태기 하나와 호미 하나, 머릿수건이 전부였더니라." (⑮-261)

설령 사실이었다 하더라도 이와 같은 진술은 더 이상 진실처럼 보이지 않는다. 옛이야기에서 너무도 자주 목도된 구조이기 때문에 실감 있는 묘사일수록 거짓에 가깝다는 것을 독자는 알게 되었다. 그러나 여기에 중요한 반전과 함정이 있다: 거짓말일수록 재미있다!!

옛이야기라는 것은 대부분 농촌 사회의 소산이다. 따라서 가난한 사람들은 당연히 논밭도 없는데, 그들의 집은 꼭 "오막살이"여야 하며, "조반석죽을 끓여먹을 솥"도 없을 뿐 아니라 "물 길어올 동이"도 없다. 오죽하면 "오줌이 아까우니 집으로 돌아와 누어라"는 어른들의 지시가 있었다는데, 사실 여부와 상관없이 그것은 거짓에 가까운 수사이다. 그러나 또한 그것은 가난을 넘어서려는 해학의 수사라는 것을 독자들은 알고 있다. 참/거짓으로 나눈다면 수사는 거짓의 세계에 속한다. 그러나 그 거짓은 참을 드러내기 위한 방법적 거짓인데, 이를 가리켜 수사라고 하며, 수사가 유머와 익살로 곤궁의 현실을 극복해나간다면 그것을 해학의 문체라고 부를 수 있다. 「어머님이 들려주시던 노래」는 성석제 소설의 핵심이 이로부터 출발하고 있음을 확인해준다. 「본래면목」에서의 주인공 황봉춘이 소설 결미 부분에서 토해낸 말은 그런 의미에서 의미심장하다.

"우리 사는 기 사는 기 아이민서 사는 기네." (⑮-256)

그의 말은 삶의 신산함을 말하는 것이었겠지만, 그 이상의 울림이 있다. '생불사생(生不似生)'이라고 할까, 삶이 삶 같지 않다는, 삶과 삶 아닌 것이 동일시되기도 하는 혼란의 울림이며, 초극의 울림이다. 시각적으로 본다면, 그것은 또 눈에 보이는 세상과 사이버 세상의 겹침으로 보일 수도 있다. 덧붙여 나오는 작가의 '끝내는 말' 또한 심상치 않다.

지금도 난 잘 모르겠습니다. 황봉춘의 말이 무슨 말인지, 그가 누구이며 나는 누구인지. (⑮-256)

아무래도 이러한 진술 속에는 잇속만이 판치는 근대의 영악한 세태를 현실로 받아들이기 힘들어하는 작가의 신화적 본능이 작동하고 있는 것 같다. 이제 그 문학적 의미로 들어가야 할 것이다.

3. 신화적 호흡과 소설적 체계

성석제 소설을 신화에 대한 애정 내지 집착으로만 규정한다면, 그것은 상당한 무리다. 왜냐하면 이미 『오디세이아』가 사이렌 이야기를 통해서 신화와 노동이 서로 엉키어 있는 것을 보여주었듯이, 신화가 독자적으로 작동하는 일은 신화시대에서도 거의 드문 일이었기 때문이다. 하물며 근대의 탈신화시대에서야 어떻겠는가. 오디세우스의 모험들은 설화 속에서 구전되어오던 것들인데, 호메로스는 이것들을 자기 식으로 조직함으로써 기존의 신화와 갈등을 일으킨다. 이와 관련된 많은 언급을 할 수는 없겠으나 호메로스가 그 시대에 벌써 시민적·계몽적 상황 인식을 상당 부분 하고 있었다는 사실은 지적될 필요가 있다. 이 사실은 가령 니체의 '안티케Antike'(그리스·로마 고대문화) 해석에 의해 꽤 알려진 사실인데, 이로써 그리스 신화는 작가(호메로스)에 의해 통찰되고 해석되고 조직되고 있었음이 밝혀진다. 완전한 거짓말로서의 신화는 어차피 원형 보존되지 않는다는 것이다. 그렇다면 성석제는 호메로스에 가까이 가고 있는 것인가.

일반적으로 호메로스의 『오디세이아』는 항해자와 상인의 이야기로만 알려져 있다. 그러나 아도르노는 이 작품 속에 민주적인 요소, 즉 자유와 이성, 시민에 관한 관념들이 이미 내재하고 있었다고 파악하면서 그것이 계몽적 사고였다고 말한다.[3] 계몽이 근대 사조를 뒷받침한 힘이었다는 사실을 인정하는 한, 호메로스 시대 또한 근대와 분리된 독자적인 신화시대라는 막연한 통념은 근거가 희박해진다. 마찬가지로 우리가 살고 있는 근대 역시 신화와 절대적으로 유리된 합리적 시민사회라는 관습적 인식 또한 새로운 검토를 만나게 된다. 신화와 합리적 이성은 각각 개별적 질서를 지닌 별개의 세계가 아닐 수 있다는 것이다. 신화 속에서 노동은 오늘의 체계와 다른 비약과 생략을 보여주는 것 같지만, 섬세한 관찰과 대국적인 통찰은 그 노동도 합리적 노동이라는 것이 아도르노의 견해이며, 이는 상당한 설득력으로 오늘의 현실을 설명한다. 그만큼 오늘의 노동은 차라리 신화적으로 보이는 부분이 많기 때문이다. 비합리적으로 드러난다고 해서 모든 것이 신화적인 것으로 환원될 수는 없으나, 적어도 거기에는 신화로 돌아가

---

3 M. Horkheimer / T. W. Adorno, *Dialektik der Aufklärung*, Frankfurt, 1969, p. 50.

고 싶은 욕망이 있다. 이 욕망이 끊임없이 성석제를 소설로 충동질한다.

마사오.
나는 지금 그를 만나러 간다.
〔……〕

나는 지금 마사오에게 가고 있다. 그가 죽었으므로.

한때 그는 지상에서 가장 강한 사내였다. 한때 그는 가난과 불의, 불평등에 시달리던 모든 사람에게 희망을 주는 존재였다. 한때 그는 아이들의 우상이었으며 어른들에게는 왕으로 군림했다. 한때의 그는 사람의 몸에서 태어났는지를 의심하게 만들 만큼 영광으로 둘러싸여 있었다. (③-9~10)

장편소설 『왕을 찾아서』에 나오는 마사오. 작가의 표현에 의하면 "사람의 몸에서 태어났는지를 의심하게 만들 만큼 영광"으로 둘러싸여 있는 그는 호메로스의 오디세우스보다 확실히 위대하고, 훨씬 큰 거인이다. 그는 소설 화자인 '나'의 어린 시절 마을을 폭력으로 지배하던 '주먹'이었다. 아무도 힘으로 그를 당할 수 없었던 그는 군에 입대해서도 폭력적인 이름을 떨쳤다. 그러던 그가, 영원히 죽음 너머에 있을 것 같았던 그가 죽자 마사오를 영웅시했던 것은 소설 화자를 비롯한 어린 날의 악동들이었다는 사실이 밝혀지며, 그 시절의 추억이 마치 현실처럼 전개된다. 그렇다. 영웅은—거인은 어린이들에게나 있었던 것이다. 마찬가지로 신화시대에나 있었다.

그러나 오디세우스가 그렇고 에우리스가 그렇듯이 영웅은 몰락한다. 마사오는 병을 앓다가 쓸쓸하게 죽는다. 한때 온 마을을 주름잡고 군대까지 호령했던 그의 빈소는 썰렁하기 짝이 없다. 완력을 자랑하던 영웅의 죽음답다. 그렇다면 썰렁한 빈소는 어떻게 설명되어야 할 것인가. 한마디로 말해서, 거기에는 마사오 신화와 전혀 관계없는 노동의 합리적, 일상적 진행이 이루어지고 있었던 것이다.

> 공장이니만큼 쉽게 보기 힘든 연장이나 부품, 공산품들이 많았다. 어디서 나왔는지 몰라도 아이들의 장난감으로 쉽게 전용될 수 있는 깡통, 철선, 쇠구슬도 나왔고 가끔은 이상하게 생긴 유리병도 나왔다. 그러나 아이들은 제사공장 안에 들어가서 공장에는 별로 쓸모가 없는, 아이들의 보물을 마음대로 가져올 수는 없었다. [……] 나는 평범한 집안에서 태어났고 평범한 환경에서 자랐으며 평범한 기질에 평범한 성격을 유지하고 평범한 것에 만족하는 평범한 어린애였다. 비범성은 타고나는 것이다. (③-140)

근대 이후 합리성은 결과적으로 평범성이라는 이름으로 일상화, 범속화되었는데, 그것은 결국 물성화된 현실에의 순응을 의미한다. 루카치가 소설의 가능성에 짐짓 힘을 주었던 까닭도 영성이 물성을 통해 체화될 수 있다는 소설에 대한 리얼리즘적 기대가 있었던 까닭이다. 보자, 신화가 이루어지고 있는 한편에서는 평범한 시민적 질서가 그대로 진행되고 있지 않은가. 어차피 신화는 특수한 비범성과 연결되어 있고, 그 신화가 그 사회 전체를 신화화하지는 않는다는 사실을 『왕을 찾아서』의 이야기 구석구석이 잘 반영하고 있다.

가장 최근(2013년 현재) 성석제가 상재한 장편소설 『위풍당당』은 그 자신으로서도 작가 역정의 큰 봉우리를 넘는 지점이자, 신화와 소설 사이를 미상불 긴장감 있게 점검해보아야 할 비평적 입장에서도 하나의 가설을 마련해야 할 상황을 보여준다. 작가는 이러한 사정을 먼저 눈치채고 아예 '신화적 소설'을 꾸며 내놓는다. '작가의 말'에서 성석제는 "이 소설은 주어진 운명으로서의 식구가 아닌, 자신의 선택에서 한 식구가 된 사람들의 이야기"라고 했는데 이것이 바로 '신화적 소설' 아니겠는가. '운명으로서의 식구'가 신화라면 '선택해서 한 식구'가 된 것은 소설이다. 그렇다면 신화는 무엇인가.

그 지천벽 앞 용소에 오늘도 배가 하나 떠 있다. 나뭇잎처럼 길쭉한 일엽편주다. 그 위에는 삿갓 쓴 노인이 앉아 낚싯대를 드리우고 있다. 〔……〕 중국 당나라 시인 유종원의 시라도 읊을 법하다. 〔……〕 노인은 낚시는 뒷전이고 있는 물고기를 쫓아버리고 싶기라도 한 양 노래를 불러대고 있다. (⑲-8~9)

아닌 게 아니라 도교의 대가 노자를 연상시키는 대목이 소설의 첫머리부터 등장한다. 이러한 장면은 단순한 소재상의 문제를 넘어선다. 잘 알려져 있듯이 노자에 의하면 물고기도 용이 된다고 하지 않는가. 낚싯대를 드리우고 있는 노인도 낚시는 뒷전이고 노래를 부르고 있다니 합리적 계몽사회의 풍경은 아니다. 신화 같은 풍경이다. 그러나 도가의 풍경에 담긴 노인의 노래는 뜻밖에도 오페라 아리아 「별은 빛나건만」이라는 근대 서양물이다. 이 묘한 조화는, 노인의 조수 격인 장년의 사내가 잠수복으로 물을 드나드는 모습에서 우선 감지된다. 그러나 『위풍당당』에서 주목되는 현상은, 많은 다른 작품들과 달리 이 소설은 현재진행형으로 움직이고 있다는 점이다. 그의 소설 대부분이 이른바 이야기를 전달하는 전달체이거나 보고하는 보고체로 이루어짐으로써 소설 화자가 일인칭 '나'로 되어 있는 경우에서조차, 이야기와 화자는 별 관계가 없어 보이기 일쑤였다. 그러나 『위풍당당』은 삼인칭 화자들의 등장에도 불구하고 현실감 있는 동작들의 진행이 이루어지고 있다. 근대소설의 규범적 관습에 가깝다. 소설에는 두 남자 이외에도 여러 연령대의 남녀들이 나오는데 각자 나름대로 스토리를 지닌, 성석제 특유의 에피소드들이 출몰한다. 에피소드들이 공통으로 엮일 수 있는 지렛대가 될 만한 소재가 있다면, 이 역시 성석제 특유의 것, 즉 시골 읍내를 중심으로 한 '주먹'들의 활약이다. 그러나 이 활약도 엄청난 사건들과 결부된 무대의 중심을 지나는 것은 아니다. 거기에는 작가 자신의 동일화 문제와 자주 실리는 연민/동정의 문체가 오히려 '주먹'을 싸고돈다. 말하자면 '주먹' 내지 그들 주변의 '조무래기'들이 걸핏하면 사용하는 말투들이 소설 전편에 흥건하게 깔려 있다.

"형님, 살았습니다! 세동이가 살아 있습니다!"
명철의 외침을 듣자 반가우면서도 욕설이 튀어나왔다.
"쉬부랄 개 족발 같은 멍청한 쉐키."
명철이 계속 소리를 질렀다.
"형님, 119에 전화 때릴까요?"
그는 고개를 흔들었다.
"그쪽에서 알면 좋을 거 없다. 애들한테 오라고 전화해" (⑲-63)

계보상 성석제는 이문구, 김주영 쪽에 가까울 수 있다. 그러나 그는 훨씬 더 근대 비판적이면서 근대에 근접해 있다. 그에게 이문구나 김주영 같은 전근대적 풍속을 실감 있게 그려달라는 요구를 하는 일도, 그것을 극복한 현대사회의 모순을 파헤쳐달라고 요구하는 일도 모두 부질없는 일이다. 『위풍당당』에서 마을의 어른 격인 여산이 조폭 우두머리 격인 정묵과 벌이는 대결을 자세히 들여다보면 성석제 소설의 본령이 보인다. 대결 사이에서 보이는 것은 유유히 흐르는 강과 강마을, 그리고 "강의 모든 것을 때려엎을 기계 군단"(⑲-220)이다. 그 군단은 강과 인간이 함께한 수천 년 역사를 하루아침에 바꿔버릴 태세의 중장비 행렬이다. 그러나 이러한 대결을, 생태를 파괴하는 개혁 세력과 자연을 지키려는 보수적 향토파의 싸움으로만 바라보는 것은 진부한 시선이다. 성석제가 아니더라도 숱하게 시도되었던 이 시선을 넘어서 소설 안에서 숨 쉬고 있는 신화적 호흡과 소설적 체계의 공존을 보아야 한다. 자, 성석제의 소설은 소설의 신화화인가, 신화의 소설화인가.

(2013)

소설로 쓴 그림

—배수아

1

배수아의 소설은, 말하자면 그림이다. 그것이 증명되기 위해서는 다음 몇 작품의 부분 인용만으로도 이미 모자라지 않는다. 그리고 이러한 특징은 이른바 90년대 신세대 작가들의 작품들과 절묘하게 부합된다.

> 전등이 없는 어두운 계단을 올라가면 반쯤 열려 있는 내 사촌의 방문이 보인다. 아직 밖의 거리는 완전히 어두워지기 전이고 넓은 커다란 이파리들이 저녁 바람에 흔들리고 있는 것을 창밖으로 그대로 볼 수 있지만, 처음에 들어온 집 안은 밤의 한가운데인 것처럼 아무것도 보이지 않고 오랫동안 청소하지 않은 창가의 화분이 있던 자리나 낡은 소파를 치워버린 마루가 쓸쓸하게 드러난다. (III: 13)[1]

> 상점들은 열려 있었지만 바다에는 사람이 없다. 멀리에는 리조트 아파트

---

1 괄호 안의 로마자는 I: 『푸른 사과가 있는 국도』, II: 『랩소디 인 블루』, III: 『바람 인형』을, 숫자는 쪽수를 가리킨다.

를 짓는 공사장이 보이는 바다이다. 모래는 희고 깨끗하다. 사촌과 결혼한 남자는 붉은 담요를 흰 모래에 깔고 커피가 든 보온병과 맥주캔을 놓고 사촌은 꽃을 들고 서 있다. 바람이 불어와서 햇빛이 찰랑찰랑 소리가 나듯이 맑고 깨끗하게 느껴진다. 〔……〕 사촌과 결혼한 남자는 커피가 마시고 싶다고 하면서 먼저 보온병에서 커피를 따라 마신다. (III: 50)

도로는 뜨거운 먼지로 덮이고 누군가 시든 토마토와 달걀을 집 앞 길가에 내다놓았다. 차들은 느리게 그 집들 앞을 달려갔다. 수건을 머리에 쓰고 나이 든 여자가 길을 건너가고 자전거와 그리고 또 자전거와 끝없는 자전거들이 지쳐 있는 차들 사이를 빠져나갔다. (III: 71)

버스를 타러 가는 도중에 해가 지고 있었다. 낮은 지붕들과 논들 사이로 어둡고도 붉은 셀로판지 같은 노을이 번지고 있다. 길의 끝 쪽에서 북쪽으로 가는 버스가 달려오고 있었다. 숙모의 아이가 손을 들자 버스가 멈추었다. 초록빛 모자를 쓴 노인들이 타고 있는 버스였다. 전등도 초록빛이고 운전사의 얼굴도 초록빛이었다. (III: 98~99)

화려한 크리스마스는 언제나 텔레비전의 만화 영화에서부터 시작된다. 꿈속 같은 트리가 흑백의 텔레비전에 가득 찬다. 흰 눈이 덮인 끝없는 서부의 평원, 언제나 따뜻하게 타오르고 있는 장작 난로, 긴 금발의 여자 아이들, 눈 덮인 숲속의 사냥, 테이블에 넘칠 듯이 가득한 호두와 치즈와 초콜릿 케이크. 달콤하고 향기로우면서 소금기 있는 치즈의 냄새. 세 살 위인 언니는 벌써 밥을 먹을 수 있었고 엄마는 치즈를 작게 찢어서 언니의 밥그릇에 올려준다. 그리고 검고, 웅크린 강아지 같은 전화기. (III: 103~04)

헝겊 인형이 춤춘다. 뜨거운 프라이팬 위의 콩과 기름처럼. 달콤한 향수, 샐러드 기름에 튀긴 당근의 냄새. 오랫동안 닫혀진 채 어둡고 낡은 방. 창으로 스며드는 새벽의 빛과 싸늘한 바람. 한낮이 되면 방은 찌는 듯이 더워지고 의자에 앉은 채 오랫동안 잠들어 있는 남자의 손톱이 푸르고 방 밖에서 누군가가 벨을 울리다가 사라져간다. 빛이 충분하지 않은 방 화분의 붉은 꽃 식물은 물이 그립다. (III: 135)

1996년에 발간된 소설집 『바람 인형』에서 인용된 부분들인데, 이 책에 수록된 7편의 단편들 가운데 6편 각각으로부터 하나씩 발췌하였다. 여기에 인용문을 싣지 않은 작품은 「갤러리 환타에서의 마지막 여름」인데, 이 작품의 제목은 마치 다른 6편의 작품들이 지니고 있는 그림들을 소장하고 있는 화랑 같은 의미를 갖고 있어서 무언가 그 함축성이 쉽게 간과되지 않는다. 위의 인용문들은 그중 가장 전형적인 예에 속하는 것들이지만, 배수아 소설들 전편에 편재해 있는 그림의 이미지는 가히 독보적이라고 할 만하다. 많은 신세대 소설가들이 물론 이러한 그림 내지 화상(畵像) 이미지에 치중하면서, 그들 스스로도 의식하지 못하는 사이에 원근법주의적 발상에 젖어 있지만, 배수아가 쓰고 있는 소설의 지문은, 차라리 배수아가 그리고 있는 그림의 풍경이라는 말로 바꾸어놓아도 무방할 정도다. 작가는 전통적인 서사의 세계와는 아예 처음부터 무관한 자리에서 그가 관찰한 대상을 섬세하게, 일종의 순간문체(瞬間文體)Sekundenstil로 담담하게 적어놓는다. 그 대상은 하나의 객관이지만, 완전한 객관인 대상은 없다는 듯, 작가의 심상 속에서 그 자리가 이동되면서 원근법의 색채를 띠고 움직인다. 그 움직임은 어디서 오는지, 어디로 가는지 미리 말해지지 않고, 소설 전체와의 관련성 속에서 어떤 의미를 띠고 있는지도 분명치 않다. 확실한 것은, 그 풍경이 마치 연극의 무대처럼, 앞으로 진행될, 혹은 지금까지 전개되어온 사건을 예시하거나 반추함에 있어서 무슨 상징이라도 되는 듯한 분위기를 조장하고 있다는 사실이다. 그러나 더욱 중요한 것은, 숨겨진 그 그림의 내부가 지니고 있는 엄격하면서도 단정한 질서의 구도다. 피카소적 메타이미지가 개입되어 있지 않은 정형의 데생으로 된 스케치는 그 자체로서 무언가를 말하고 있음이 틀림없다. 소설을 통한 배수아의 그림 그리기는 이런 점에서 몇 가지 의미의 지향과 관련된다. 첫째, 그것은 무질서한 세계를 시각적으로 질서화하겠다는 의도와 관계된다. 물론 그의 그림 그리기는 소설 속의 그것이며, 그런 한에서 그것은 시각 자체는 아니다. 그럼에도 불구하고 그것은 시각적 질서화다(무질서한 세계의 질서화에 있어서 무질서한 세계가 이 작가에게 있어서 구체적으로 어떤 모습으로 있는지는 뒤에 상술된다). 둘째, 그림 그리기라는 방법은 과거·현재·미래로 흩어져 있는 사태의 시간성을 동시성의 차원에서 포착하고 드러내주면서, 항상 그것을 현재의 범주 안에서 지켜낸다. 셋째, 그림이라는 화면적 공간 안에서 모든 사건과 인물들은 하나의 공간 속에 병존한다. 그럼으로써 인과관계를 포함한 모든 관계를 최대한 배제하고 사물들이 '함께 그곳에 그렇게 있는' 현실을 즉자적으로 표현한다. 혼란은 시간적 인과 논리에 의해 질서화되지 않는다는 뜻이리라. 결국 화상주의 내지 원근법주의적 발상은 시간의 변화, 공간의 차이에 따른 변화와 차이의 설명을 구차스럽다는 듯 배척하고, 지금 이곳의 상황을 그대로 드러내는 데에 만족하고자 한다. 여기 등장한 인물이나 사건들 사이에 관계가 있다면, 시각적인 구도를 위한 기하학적인 배려뿐이다. 가령 이런 것이리라.

> 군복을 입은 남자와 사촌은 일어난 채로 신발을 신고 바느질하는 여자의 방을 지나서 바로 복도로 나가 모퉁이를 돌고 스프레이 페인트로 칠해진 복도 끝에 있는 사촌이 좋아한 여자 아이의 방으로 가는 것이 더 좋은가 생각하고 있었다. 그렇지 않으면 싸늘한 바람이 부는 거리로 나가 화장실이 있는 담벼락을 지나 녹슨 계단을 한참이나 올라가야 이층의 입구가 나온다. 〔……〕 바느질하는 여자는 침대에 비스듬히 기대듯이 하고 어깨로 숨을 몰아쉬고 있었다. (III: 28~29)

이러한 구도 아래에서 인물들과 사물들은 역동적인 생명체로서의 온갖 변화와 움직임을 보여주는 것 대신, 정물적인 피사체(被寫體)와 같은 존재로 투영된다. 이런 의미에서 이 작가의 세번째 소설집 『바람 인형』의 제목은 매우 시사적이다. 소설 주인공들의 대부분은 바로 이 제목이 말해주듯이 '인형'처럼 움직이고 있기 때문이다. 단편 「바람 인형」을 포함한 그의 작품집 곳곳에 편재해 있는 그 인물들의 인형적(人形的) 모습을 확인해보자.

헝겊 인형은 외로웠다. 이 세상의 처음은 외로움과 붉게 타오르는 하늘로 가는 길. 누구인가, 어린 여자 아이가 자동차를 타고 여행하는 중에 헝겊 인형을 옥수수 밭에 버렸다. "너는 예쁜 옷을 입고 있구나." 밤새가 와서 인형에게 말을 걸었다. "이곳에서는 너 같은 옷을 입은 여자 아이가 없어. 하지만 너의 예쁜 옷이 젖어 있고 낡았어. 그리고 너는 상처를 입었구나. 누군가가 너를 버렸어." (III: 138~39)

인형이란 글자 그대로 사람의 모습을 하고 있는 어떤 형상이다. 외형만 사람일 뿐, 그 밖의 아무것도 사람이 아닌 그 형상은 일반적으로 어린아이들의 놀이 대상, 즉 장난감일 따름이다. 장난감은 생명이 없으므로 모든 움직임 자체가 그 자신의 의지 아닌, 그것을 움직이고자 하는 제3의 주체에 의해 결정된다. 따라서 인형의 운명은 그 모양과는 아주 달리 근본적으로 비극적이다. 그러나 인형의 비극은 그 인형을 움직이는 자의 마음을 위로해준다. 그러면서도 그 움직이는 자, 인형을 만드는 자의 마음은 인형에 의해 다시 감염되고 다시 비감해진다. 인형은 말하자면 그것을 만들고 움직이는 자가 자신의 비극을 털어버리고 그 스스로를 객관화하고자 하는 의도에서 고안된 것이지만, 그 꼭두각시로서의 동작과 위상은 관찰자가 된 조작자에게 거듭 비극적 세계 인식의 또 다른 실감을 거꾸로 얹혀주는 것이다. 이것이 인형 만들기, 혹은 그것을 포함한 그림 그리기의 모티프이자 그 결과이다.

인형으로 파악되고 있는 일련의 피사체들이 의미하고 있는 문제는, 보다 본질적인 차원에서 작가의 시간 의식·공간 의식에 대한 것이다. 인형은, 조종되고 축소되고 과장될지언정, 자라거나 죽지 않는다. 인형 안에는 생성과 소멸의 법칙이 근본적으로 결핍되어 있다. 인형을 통해 표현되는 세계는 결코 시간에 의해 변화되는 세계가 아닌, 그 자신의 몸짓과 자리에 의해 의미되는 세계이다. 인형은 그러므로 그림의 기본 철학이라고 할 수 있는 원근법주의의 중심 캐릭터로 이해된다. 누가 어떤 사람인가, 그 사람의 무게와 의미는 무엇인가 하는 문제가 많은 사건과 시간의 추이 속에서 추적·분석되지 않고, 그 사람의 크기와 움직임, 자리 잡기에 따라서 해석된다는 것이다. 그 사람의 모습은 왜, 그토록 큰 과장에 의해 앞 화면에 돌출되어 있는가, 혹은 그 사람의 모습은 왜 아주 희미한 F. O.로 작게 처리되고 있는가 하는 문제가 중요할 뿐이다. 결국 이 세계와 인생에서 우리 앞에 뜨는 것은 공간의 감각일 따름, 시간의 문제는 감각과 인식 밖에 있다. 배수아를 포함한 90년대 소설가들의 대부분이 이 점에 있어서는 의식·무의식적인 공감대를 형성하고 있는 것으로 보인다.

배수아의 소설에 원천적으로 배제되어 있는 이러한 시간 의식과 관련해서는 성민엽의 다음과 같은 지적이 썩 적절한 듯하다. 장편 『랩소디 인 블루』에 관한 해설 「성장 없는 성장의 시대」에서 의문의 형태로 제기된 지적이다.

> 형태상으로 보면 『랩소디 인 블루』는 회상형 소설인데, 그 회상은 세 가지 시간대의 복합으로 이루어진다. 혼란은 우선 이 복합의 양상에서부터 나타난다. 일인칭 화자의 나이를 기준으로 말하면(미호라는 이름의 이 일인칭 화자의 나이는 작가 자신의 그것과 일치한다) 세 가지 시간대는 각각 '열아홉의 밤'과 '스물네 살의 여름,' 그리고 '서른 살이 금방 지나 돌아온 오늘'이라고 할 수 있다. (II: 323)

이 지적 속에서 중요한 부분은 "혼란은 우선 이 복합의 양상"에서부터 나타난다고 본 대목이다. 여기서 복합이란 세 가지 시간대의 복합을 가리키는데, 그것은 소설 화자가 처한 세 가지 시간대, 즉 열아홉 살, 스물네 살, 서른 살의 시간대가 별다른 구별이나 발전 없이 얽혀 있다는 이야기다. 성민엽은 이것을 '혼란'과 '복합의 양상'이라는 말로 부르고 있으나, 보다 정직하게 말한다면, 시간 의식의 실종이다. 앞서 언급되었듯이 그림이나 인형에 있어서 시간 개념이란 애당초 존재하지 않는다. 시간이 지나면 그림이나 인형은, 다른 모든 사물들이 그렇듯이 그저 바래가고 삭아갈 뿐 그 구도나 구성 등 원형의 변화는 일어나지 않는다. 삶의 애환과 그 중요성을 이처럼 원근법만을 통해서 파악하겠다는 생각은 일종의 정태주의(靜態主義)라고도 할 수 있겠는데, 요컨대 정적 세계관의 발로다. 따라서 시간은 흘러가지만, 작가에게 있어서 그것은 이상하게도 흘러가는 것으로 느껴지지 않는다. 열아홉 살 때나 스물네 살 때나 서른 살 때나 그저 그때가 그때인 것으로 받아들여질 뿐이다. 혼란과 착시(錯視)로 받아들여지는 이러한 의식은 이 작가의 작품 도처에 미만해 있다.

문득 나에 대해서 이야기하고 싶습니다. 무엇에 대해서부터 말해야 진짜 나의 모습을 당신이 알게 할 수 있을까 머릿속이 혼란스러워요. (II: 11)

팔을 잘라내게 된 아기들은 아직도 그 셋집에서 살고 있을까. 나는 길모퉁이에서, [……] 오리 우리에서 입는 더러워진 스커트를 걸치고 나른한 햇빛 속을 정말 지쳐버릴 때까지 걸어간다. 실가의 트럭에다 대고 안녕, 하면서 햇빛 같은 미소를 보내고, 그러다가 어느 날 아주아주 늙어버린 나를 갑자기 만나게 된다. (III: 38)

빛나의 숙모는 어느 날 문득 거울을 보면서 아니, 내가 많이 나이들었구나, 내가 날 못 알아보겠어, 하면서 양수리로 놀러갈 때 입을 옷을 옷장에서 꺼낸다. 왜 이 세상은 이토록 혼란투성이인지 알 수가 없다. (III: 70)

나는 사과를 씹으면서 그의 옆얼굴을 바라보았다. 잠자리에 들 때면 항상 내일은 무엇을 하나, 그런 생각이 가득한 스물다섯이었다. 내 주변의 여학교 동창들은 결혼을 하거나 대도시의 커리어 우먼으로 자기 자신이 확실한 때였지만 나는 열다섯 살 때만큼이나 불안하고도 불안하였다. (I: 96)

배수아의 소설들은 그림이 되고 있지만, 세상은 애당초 이 작가의 눈에 그림의 이미지로 이미 투영되고 있다는 점이 보다 강조되어야 한다. 어떤 모습이나 사건을 보든 그것을 그림이나 영상 이미지로 받아들이는 습관은 하나의 거대한 원초적 체험을 이루고 있다. 그 장면 또한 여기저기 수두룩하다.

교실은 어둡고 축축하였다. 빗물에 잔뜩 젖어버린 우산들이 입구에 놓여 있었고 여자 아이들이 종이 팩에 든 우유를 마시고 있었다. 흐리고 어두운 영화를 보는 것 같았다. (II: 18)

너 같은 타입을 본 일이 있어. 애정을 너무 받으려고만 하지. 자신을 그려보라고 하면 넌 아주 황폐한 사막을 그릴 것이 분명해. 선인장 하나도 없는 곳에 네가 서 있다고 생각하고 있을 거야. (II: 123)

변하지 않는 것은 그 순간 우리 생의 인상이다. 이제부터 가려고 하는 먼 길, 죽도록 사랑하는 사람, 아름다운 피아노 음악, (……) 빈집에 울리는 전화벨 소리, 선생님이 그림을 그리면서 한 손으로 만지던 내 둥근 어깨, 연극이 시작된 어두운 극장에서 내 무릎에 쏟아지던 차가운 코카콜라, (……) 나는 바다에 두 손을 담근다. 모래밭에는 트럭이 서 있다. 트럭과 나 사이에는 한없이 길고 검은 모래가 펼쳐져 있다. 내 흰 드레스는 모래와 먼지로 얼룩져 있다. 선생님이라면 이런 것을 그림으로 그리고 싶어 할지도 몰랐다.

(II: 312)

“소설가시죠? 당신의 글은 인상적이었어요. 난 그림을 그려요. 물론 그냥 취미로 해요. 당신의 소설은 그림 같아. 회화적이라고 하나요, 그런 걸?” (I: 30)

하지만 지금은 아무것도 없다. 나는 그래서 이 집에서 학교를 졸업하고 결혼하게 되었고 집을 떠나게 되었다. 그림 같은 이야기이다. 결혼해서 집을 떠난다는 것을, 나는 생각했다. (III: 16~17)

사촌과 결혼한 남자는 커피가 마시고 싶다고 하면서 먼저 보온병에서 커피를 따라서 마신다. 어린 내가 좋아하던 멋있는 남자가 흑백 영화의 한 장면에서 그대로 걸어나와 있는 것 같다. (III: 50)

내 형제들이 더럽혀놓은 좁은 뜰의 하얀 벽돌 위를 숙모의 엷은 분홍빛 스커트의 뒷모습이 얌전히 걸어가고 있는 그림이다. (III: 93)

나에게 이 세상은 언제나 영화의 마지막 장면처럼 어두워지려 하고 있었어. (III: 101)

여자 아이의 어린 시절은 파스텔 그림이다. (III: 105)

2

세상과 삶을 그림으로 바라보고, 그 모습을 다시 그림 같은 소설로 만들어나가고자 하는 의식에는, 당연한 결과로 많은 혼란과 무리가 야기된다. 왜냐하면 이 세상과 우리의 삶은 물론 그림이 아니며, 나아가 그림 같은 구석이라곤 너무 적기 때문이다. 이미 살펴본 대로 여기에는 무엇보다 시간의식의 결핍이 나타나며 그 결과 모든 사고와 행동, 사건들에 얽혀 있는 인과관계가 지극히 희박해진다. 세상의 모든 일들이 반드시 인과율의 지배 아래 있느냐 하는 문제는 오랫동안 논의되어온 불확실한 범주에 속하는 일이지만, 지금으로서 그 법칙이 완전히 배척되고 있는 것은 아니다. 현상학에서, 그리고 그 발전된 모습인 실존주의에서 이 법칙은 극단적으로 약화되었으나, 오늘의 일상생활에서 인과율은 여전히 사회적 준거로 작용하고 있다. 따라서 인과관계가 결여된 소설 공간은, 그것이 환상이라는 독특한 질서에 연결되지 않는 한, 정상적인 독서를 저해하게 마련이다. 성민엽이 '혼란'이라고 부른 상태도 이와 관련된다. 그러나 문제는 작가 배수아의 현실 관찰이 원초적으로 그림 이미지 속에 있을 뿐 아니라, 의도적으로 소설을 그쪽으로 몰아가고 있다는 점에 있다. 대체 그는 '세계 혼란의 질서화'라는 문학의 저 전통적 희망을 모르는 것일까, 아니면 의도적 배반을 노리는 것일까. 전자의 경우가 아니라면 후자의 의도에 우리의 주목은 닿을 수밖에 없다. 그렇다면 인과율을 의도적으로 외면하는 배수아 소설 공간의 의미는 무엇인가. 회화화(繪畵化)된 이 공간에 대해서는 "성장이 없는 성장시대"라거나 "어른이 없는, 어른 된, 어른이 아닌"(정과리)이라는 분석들이 정곡을 찌르고 있는 것으로 생각된다.

배수아의 인물들은 거의 대부분 '아이들'이다. 그들은 열아홉 살 때에도 아이이며, 스물네 살 때에도 아이이며, 심지어 서른 살이 되었어도 아이다. 스물넷이 열아홉 다음에 온다는 원리도, 서른이 스물넷의 진화나 노화라는 의식도 애초에 그의 소설 속에서는 의식되지 않는다. 시간의 인과관계에 그의 인물들은 철저하게 무심하다. 장편 『랩소디 인 블루』에서 그 모습을 간단히 살펴보자.

넌 성장해서도 껍질 속에서 나오기 싫어하는, 언제까지나 그 속에 있고 싶어하는 두루미 같아. (II: 124)

여자 아이는 이제 곧 서른번째 생일을 눈앞에 두고 있거나 아니면 서른번째 생일을 홀로 보낸 지 얼마 지나지 않았을 터였다. (II: 263)

장편의 주인공 미호가 보여주는 세 개의 시간 공간으로 구성된 이 '그림 같은' 장편은 1) 대학 입시를 치른 직후, 열아홉 살 시절의 여학생, 2) 강릉으로 친구들과 함께 여행 간 스물네 살의 졸업반 여대생, 3) 서른 살의 현재 여성을 다루고 있다. 그러나 막상 소설의 내용이나 스토리 문제로 돌아올 때, 이렇다 하게 제시될 만한 것이 빈약하다. 게다가 인과관계에 따른 줄거리를 추적할 경우 더더욱 곤혹스러워진다. 소설의 시간 공간인 미호의 20대 안팎 10여 년이 그녀의 인격적·사회적 발전과 무관한 자리에서 날아가버린 상태로 널려져 있기 때문이다. 물론 여기에는 부모의 이혼, 남자 친구의 죽음 등 큼직큼직한 사건들이 개입되어 있지만, 그 어느 것도 미호의 삶을 결정짓고 바꾸어가는 '원인'으로 떠오르지 않는다. 결정적인 사건으로 은밀히 내밀어진 것이 있다면 차라리 어린 시절 강가에서 오빠와 싸우다가 다친 머리의 상처 사건이다. 오빠와의 사이에 적잖은 갈등을 느끼고 있던 미호는, 그러나 이상하게도 표면상 이 사건의 직접적인 영향 안에서 움직이지 않는다. 미호와 오빠의 관계는 그녀가 서른 살이 되었을 때, 둘이 함께 잔다는, 근친상간을 암시하는 대목으로 매듭지어질 뿐, 그 사이의 시간 공간은 그저 애매모호하기만 하다. 그러나 바로 이것. 다른 두 권의 소설집을 통해 거듭 확인되는 이 애매모호성이야말로 영원히 '아이'의 자리에서 세상과 만날 수밖에 없는 인간들의 불가피한 현실 상황인 것이다. 한 권의 소설집에 7편씩의 단편이 담긴, 모두 14편의 작품들 가운데 대부분의 주인공들이 '아이'이거나, 아이가 아님에도 불구하고 '아이'에 머물러 있다. 꺼내보자.

"애인이 생겼어."

나중에 그는 전화로 이렇게 말했다.

"그애를 사랑하는 것 같아. 아주 작고 귀여운 아이야. 너도 좋아할 것만 같은 그런 아이야. 네 얘기도 모두 다 했어. 그 아이는" (I: 98)

시험 때문에 휴강을 한 빈 강의실에서 남자 아이들은 냉장고에서 막 꺼내온 캔커피를 마시면서 여자 아이에 대해서 말하고 있었다. [……]
"길 건너편의 호프집에서 보았어."
하고 한 남자 아이가 말을 하고 있었다. (I: 148)

"내 친구들이죠. 모두 좋은 아이들이에요. 이곳으로 와서 사귀었어요."
그들은 나와 악수했다. 선글라스를 쓰고 있는 아이는 낮에 동물원에서 아르바이트로 일하고 있으며 또 다른 한 아이는 그곳의 직원이라고 하였다. 선글라스의 아이는 장래에는 수의사가 되어 계속해서 동물원에서 일하고 싶다고 하였다. (I: 248)

남자 아이는 빛나의 두 손을 잡고 입을 맞춘다. 그리고 말한다. "너에게 줄게. 내 눈이야." 남자 아이는 자기의 두 눈을 빛나에게 준다. 남자 아이의 두 눈이 빛나의 손바닥 안에 쥐어진다. 남자 아이의 짧게 깎은 머리, 눈동자가 없이 어두운 두 눈이 빛나를 보고 있다. (III: 81)

언니는 속치마를 입고 거울 앞에 서 있다. 창밖으로는 차가운 겨울비가 내리고 있다. [……] 아이를 낳게 된다면, 생은 굉장히 쓸쓸해질 것이다. (III: 131)

모든 인간들이 결국 '아이'로 그려질 수밖에 없는 이유가, 소설 기술상 그림 이미지 조작에 따른 원근법주의의 소산이라는 점은, 이미 설명된 바 있다. 여기서 보다 중요한 것은 그 내발적 필연성의 모티프다. 즉 작가의 은폐된 동기다. 여러 소설들에 편재해 있는 그 숨은 그늘 가운데 한 부분을 가령 다음 대목은 이렇게 드러낸다.

생은 내가 원하는 것처럼은 돼주지를 않았으니까. 부모가 사랑하지 않는 어린 시절을 보내고, 학교에서는 성적도 좋지 않고 눈에 띄지도 않는다는 늘 그런 식이다. 그리고 자라서는 불안한 마음으로 산부인과를 기웃거리고, 남자가 약속 장소에 나타나기를 한 시간이고 두 시간이고 기다리면서 연한 커피를 세 잔이나 마신 다음에 밤의 카페를 나오게 된다. (I: 102)

흥미있는 것은 위의 문장 바로 다음에 나오는 표현, "그리고 마지막으로는 어느 날의 한적한 푸른 사과가 있는 국도에서 눈앞을 지나간 고양이는 검은 고양이가 된다"는 구절이다. '검은 고양이'는 여기서 무엇일까. 그것은 '푸른 사과'와 어울려(혹은, 전혀 안 어울리면서) 기묘한 회화적 이미지를 자아낸다. 그 이미지는 불길을 예시한다. 푸른 사과는 '푸른'이라는 싱싱한 젊음의 색깔에도 불구하고 여전히 설익은, 즉 아이로 남아 있는 미숙성과 연결되며, 길을 가로지르는 검은 고양이는 파멸과 비극의 오래된 기호이다. 요컨대 작가는 빨갛게 잘 익은 사과의 경지로 성숙해보지도 못한 채(혹은, 않은 채) 파탄을 이미 예감해버리고 마는 삶의 끝에 가 있는 것이다. 아이의 삶에서 삶의 전체를 시각적으로 예감하고 움켜쥐는, 그리하여 미리미리 파멸과 불행을 하나의 시간 공간 안에서 선취(先取)하는 것이다.

인간이 시간의 변화에도 불구하고 성장·노화하지 않고 아이의 상태에 머물러 있다는 상황은 크게 두 가지 시각에서 관찰될 수 있다. 그 하나는 성장 불능의 기형적 상황이며, 다른 하나는 성장하고 싶지 않다는 소망의 심리적 발현 상태이다. 그 두 가지 예는 각각 귄터 그라스의 『양철북』과 잉에보르크 바흐만의 『삼십세』와 같은 소설에서 뼈저리게 공감된 일이 있는데, 둘 사이의 공통성이 있다면 그것은 모두 성숙성에 대한 비판이라고 하겠다. 그러나 전자의 경우 사회 비판의 요소가 강한 반면, 후자의 경우에는 미숙성에 대한 옹호, 그 내면적 능력에 대한 탐구가 관심을 이룬다. 이와 관련지어본다면, 배수아의 소설은 두 가지 측면에 모두 그 의미가 닿아 있는 것 같다. 앞의 인용문들이 잘 보여주듯이 그들은 성인으로의 진입을 달가워하지 않는 한편, 성인으로의 진입을 동시에 두려워하고 있다. 말하자면 성숙, 성숙한 사람, 성숙한 사회에 대해 강한 거부도 갖고 있지 않으며, 미숙성에 대한 선호 역시 열렬한 것만도 아니다. 이 사회의 모든 구조와 악덕에 대한 비판으로 설정된 그라스의 아이도, 자라지 않은 순수무구성만이 구원의 한 길이 될 수 있다고 믿은 바흐만의 아이도 배수아의 그들과는 많이 다르다. 그런 의미에서 배수아의 아이는 원천적으로 힘이 약하다. 부모의 사랑을 제대로 받지 못하고, 사람들의 눈에 띄지도 못한다는 욕구불만의 아이—그것이 이 작가의 아이다. 이런 면에서 배수아의 아이가 서사적 신장력(伸張力)을 가진 그라스나 바흐만 쪽보다 회화 이미지의 화면 구성으로 기울고 있는 것은 당연하다. 이런 차원에서 배수아의 소설은 차라리 동화적이라고 할 수 있다.

배수아 소설들의 동화적 분위기는 그 제목들에서 우선 짙게 풍겨 나온다. 「아멜리의 파스텔 그림」「인디언 레드의 지붕」「검은 늑대의 무리」「검은 저녁 하얀 버스」「포도 상자 속의 뮤리」「프린세스 안나」「바람 인형」 등등에서 볼 수 있듯이 제목만으로도 이미 동화다. 게다가 그의 소설들은 많은 동화들에 편재해 있는 근본 모티프, 즉 주인공의 불만과 소망이 있으며, 그것들의 해결을 위해 배려되어 있는 많은 인물들이 있다. 그러나 전통적인 의미의 동화와 다른 점이 있다면, 주어진 과제들이 속시원하게 해결되지는 않는다는 사실이다. 그러나 그 밖의 요소들에 있어서는 동화적이라고 부를 만한 조건들이 산재해 있다. 무엇보다 등장인물들이 좀처럼 어떤 환경에서든 발전은커녕, 변화하지도 않는다는 사실이 이와 관련된다. 물론 사태 변화에 따른 현실과 역할 변화는 있으나, 성격 특히 내면의 변화는 발견되지 않으며, 이런 의미에서 성장소설의 범주와 어긋나기도 한다. 그런가 하면 소설에 제시된 현실도 그것들대로의 상호 관련성이 희박해, 어떤 흐름을 향해 그것들이 집중되고 있는 면이 별로 없다. 오히려 그것들은 그것들대로 산개(散開)해 있는 느낌이 강하다. 이런 상황은 대부분의 작품들에 나오는 주인공들이 가족 관계로 이루어지고 있는 경우가 많은데, 그들은 혈연관계임에도 불구하고, 유대 대신 해체의 모양으로 나타나는 데에서 한결 분명해진다. 이때 그 가족 관계가 정상적인 구도 아닌 비정상적 구도, 이를테면 이혼이나 이복형제 등이 적지 않다는 점도 이와 무관하지 않을 것이다. 요컨대 무연성(無緣性)의 관계로 흩어져 있는 인물들의 그물은 내밀한 긴박성 대신, 원근법적인 그림의 모습으로 부각되면서 작품 전체를 동화적인 성격으로 비추게 하는 것이 사실이다.

동화적인 그림으로의 정착은, 불만과 상처로서 출발한 작가의 근본 모티프가 형성해낼 수 있는 하나의 세계일 수 있다. 전통적인 서사적 관점에서 볼 때 그것은 때로 무력한 나르시시즘으로 비판될 수 있으나, 전면적 파괴와 연결될 수 있는 파토스의 세계가 선호되지 않는 영상 세대에 있어서 오히려 조용한 세계 비판으로 수용될 수도 있다. 중요한 것은, 모든 인식 주체에 있어서 그들의 시각으로 확인될 수 있는 세계이다. 줌 렌즈 안에 들어와 있는 세상, 그것만이 분명하고 '나의 것'이라는 생각이, 모든 사람들의 동의를 얻을 수는 없다. 그러나 적어도 그 장면은 아름답다.

아름다움은 그 자체로 강력한 힘이다. 아름다움은 자기의 존재를 통해 세상의 더러움을 어쩔 수 없이 정직하게 드러내주며, 그 세상을 비판한다. 그러나 아름다움이 자신의 모습에만 취해버릴 때 그것은 한갓 자기 소외를 유발할 따름이다. 배수아가 보여주는 화면의 아름다움은 아슬아슬한 그 사잇길을 걸어가는 느낌이다. 왜냐하면 그의 그림, 그의 화면은 소설 전개의 구조직 결밀임에도 불구하고 이 시대의 신업 문화·광고 문회의 얼굴과 너무 닮아 있기 때문이다. 작가 자신도 이 사실을 잘 알고 있다. 이렇게 말하고 있지 않은가.

여자 주인공은 카페 테라스에 앉아 있고 남자 주인공은 오지 않는다. 여자 주인공은 결국은 배를 타고 떠나기로 결심한다.

"영원한 그 무엇이 있다고 생각해."

포니테일의 여자 아이는 화면에서 눈을 돌리지 않고 말하였다.

"그런 게 영화에서만 존재하는 걸까. 왜 영화는 사람들이 그랬으면 하고 바라는 것을 내용으로 하는 거잖아. 모두들 그랬으면 하고 바라는 거야. 사랑이 영원하기를, 청춘이 아름답기를, 그리고 사람들이 서로 잊지 말기를. 그렇지 않아."

나는 탁자 위의 인디언 레드 지붕을 보고 있었다. 그리고 말하였다.

"영원이라는 말은 너무 낯설어. 난 그게 뭔지 몰라. 나에게 없는 것으로 느껴진다."

포니테일의 여자 아이가 얼굴을 돌리고 나를 보았다. 그리고 중국 영화의 마지막.

앞서 나는 '무질서한 세계의 질서화'에 대해서 말하였다. 그러나 영원한 그 무엇에 대한 관심이 회의되면서 화면 속으로 들어가 앉을 때, 인과적·서사적 질서는 포기된다. 무질서는 차라리 무질서의 모습으로 다치지 않고 보여질 때 정직하리라는 숨은 기대가 이 작가의 심리학인 듯하다. 따라가기 힘든 그 세계를 지켜보는 긴장만이 내게 남겨진 몫이 된다.

(1997)

몸의 유물론

—김훈론[1]

1. 죽음과 비애

김훈의 소설들을 읽는 독자는 슬픈 감동을 느낀다. 상실감, 불가피한 운명감이 다가오는 기이한 감동이다.

버려진 섬마다 꽃이 피었다. 꽃 피는 숲에 저녁노을이 비치어, 구름처럼 부풀어오른 섬들은 바다에 결박된 사슬을 풀고 어두워지는 수평선 너머로 흘러가는 듯싶었다. 뭍으로 건너온 새들이 저무는 섬으로 돌아갈 때, 물 위에 깔린 노을은 수평선 쪽으로 몰려가서 소멸했다. (②-13)

바람이 불어 공기가 흔들릴 때마다 별들은 바람 부는 쪽으로 쏠리면서 깜박거렸다. 멀리서 가물거리는 별들은 바람에 불려가듯이 사라졌다가 바람이

1 김훈에게는 다음과 같은 소설들이 있다. ①『빗살무늬 토기의 추억』(문학동네, 2005) ②『칼의 노래』(문학동네, 2012) ③『현의 노래』(문학동네, 2012) ④『개』(푸른숲, 2005) ⑤『남한산성』(학고재, 2007) ⑥『공무도하』(문학동네, 2009) ⑦『내 젊은 날의 숲』(문학동네, 2011) ⑧『흑산』(학고재, 2011) ⑨『강산무진』(문학동네, 2006) ⑩『언니의 폐경』(황순원 문학상 수상작품집, 2005). 이후 인용 시, 해당 번호와 쪽수만 밝힌다.

잠들면 어둠 속에서 돋아났다. 별들은 갓 태어난 시간의 빛으로 싱싱했는데, 별들이 박힌 어둠은 부드러웠다. 별들에는 지나간 시간이나 닥쳐올 시간의 그림자가 없었지만 별들은 그 그림자 없는 시간들을 모두 거느리면서 찰나의 반짝임으로 명멸했다. (③-89)

가을에는 산맥이 메말라서 자등령 숲은 작은 바람에도 버스럭거렸다. 산들의 부푼 기운이 물러서면서 능선의 골세(骨勢)가 뚜렷이 드러났다. 습기 걷힌 시화평고원은 더 넓어 보였고, 시선이 닿지 못하는 먼 지평선 쪽에서 빛들이 태어났다. 구름이 걷히고 햇빛이 깊은 날, 산맥과 고원은 하루 종일 수군거렸다. 나무와 풀이 말라서, 가을 숲을 스치는 바람소리는 여름의 소리보다 맑고 높았다. (⑦-276)

감동은 일차적으로 작가의 언어, 사물의 미세한 움직임을 객관적으로 묘사하는 듯하면서도 감성의 주관을 풍요롭게 개입시키는 김훈 특유의 아름다운 문장으로부터 빚어진다. 그러나 그 문장은 아무 내용 없는, 오래 쓰여진 레토릭과 결부된 이른바 미의 전범이 되는 문장들이 아니다. 그는 꽃 한 송이, 별 하나를 묘사할 때에도 먼저 그 사물들이 지닌 생명의 깊이와 그것이 지금 작가와 맺고 있는 인생론적 사정에 입각하여 철저히 관찰한 다음, 그것들을 엮어서 묘사한다. 이때 그 인생론적 사정이란 대체로 상실, 그리고 그것이 주는 슬픔인데, 물론 모두 작가의 소멸 의식에서 반영되는 것들이다. 꽃과 바다, 바람과 별, 숲과 나무는 그리하여 아주 평범한—모든 문학작품에서 상투적으로 애용되는—자연들임에도 불구하고 그들끼리 새로운, 독특한 관계를 맺으면서 묘사의 독자적 영역을 개척한다. 그 영역은 바로 소멸이라는 슬픔의 영지다. 김훈의 이러한 묘사가 유발해내는 비애의 감동은, 무엇보다 묘사를 형성하는 언어들의 '기대되지 않는 조합'으로부터 나온다. 가령 몇 대목을 뜯어본다면, 앞의 세 인용 부분 가운데 첫번째 경우, "버려진 섬마다 꽃이 피었다"는 표현은 그 자체로 울음을 머금고 있다. 왜냐하면 '버려진'과 '꽃'은 서로 반대되는 의미의 단어들인데, 한쪽이 유기/절망이라면 다른 한쪽은 절정/희망이므로 이 둘이 한 자리에 오면 희망의 순간도 결국 유기되고 말 것이라는 메시지가 되기 때문이다. 혹은 이와 달리 유기된 폐허에도 아름다움의 순간이 반짝한다는 뜻인데, 이것도 슬픈 일인가. 김훈의 소설에는 아름다움의 소멸 혹은 아름답게 소멸해가는 모습이 반어적 묘사를 통해 이처럼 구체적으로 그려지고 있는 장면, 장면이 이어진다. "시간의 빛으로 싱싱"한 별들을 묘사하고 있는 두번째 예문도 "어둠 속에서 돋아"나는 등 긍정적인 내포를 띠고 있는 것 같지만 종내 "찰나의 반짝임"으로 명멸해버리고 만다. 소멸에 기여하는 것이다.

요컨대 모든 아름다움은 순간이라는 존재를 통해 그 아름다움을 배가시키는 역설을 만드는 한편, 소멸의 비애를 조장한다. 이것이 김훈의 미학이며, 이 미학이 그 소설을 낳는다. 따라서 즐겨 차용되는 역사적 인물들, 흔히 긍정적인 표상으로 고착화된 이순신이나 우륵 같은, 이른바 '위인'들도 이 작가의 소설들 속에서는 비애의 주인공이 된다. 동료, 선후배 장군들의 질시와 조정의 몰이해를 겪었던 이순신과 같은 인물은 작가의 이러한 시선에 절묘하게 걸맞은 인간으로 부각된다. 애국의 용장이라는 일반적인 이미지의 뒷전에서 김훈이 그려낸 독특한 이순신의 모습은, 사면초가에 둘러싸인 인간 이순신의 실존과 그 비애였다. 용장 이순신은 그곳에 없다.

> 세상은 칼로써 막아낼 수 없고 칼로써 헤쳐나갈 수 없는 곳이었다. 칼이 닿지 않고 화살이 미치지 못하는 저쪽에서, 세상은 뒤채며 무너져갔고, 죽어서 돌아서는 자들 앞에서 칼은 속수무책이었다. (②-106)

> 그리고 송장으로 뒤덮인 이 쓰레기의 바다 위에서 그 씨내림의 운명을 힘들어하는 내 슬픔의 하찮음이 나는 진실로 슬펐다. (②-130)

> 하루하루가 무서웠다. 오는 적보다 가는 적이 더 무서웠다. 적은 철수함으

로써 세상의 무의미를 내 눈앞에서 완성해 보이려는 듯했다. 적들이 철수의 대열을 정돈하는 밤마다, 적들이 부수고 불태운 빈 마을에 봄꽃들이 흐드러지게 피어 있는 꿈을 꾸었다. (②-318)

『칼의 노래』나 『현의 노래』 그리고 대부분의 소설들이 결국 부각시키고 있는 최대의 관심은 죽음이고, 그것도 무의미한 죽음이다. 더 정확하게 말한다면 죽음의 무의미함이다. 임진왜란이라든가 왕정의 밑바탕에서 행해지는 죽음이 무의미하다는 것이 아니라, 그토록 의미 있어 보이는 죽음조차 무의미한 것이라면, 항차 어떤 죽음인들 의미가 있겠느냐는 본질적인 실존의 문제로서 죽음을 보여주고 있는 것이다. 말하자면 필멸할 수밖에 없는 죽음 일반을 그는 낱낱이 그려냄으로써 삶의 허무를 드러낸다. 그러므로 김훈의 문학은, 짧게 말한다면, 허무의 문학이라고 할 수 있다. 문제는, 그의 허무가 지니는 문학적 의미이다.

김훈의 허무가 죽음에서 비롯된다는 점은 너무도 명백하다. 그러나 그렇기 때문에 그의 허무가 감동을 빚어내는 것은 아니다. 죽음이 허무하다는 것은 필부필부에게도 본능적으로 인지되고 있는 사실이며, 따라서 구태여 깊은 인식의 대상이라고 할 수도 없다. 그러나 이 작가의 경우 '허무'는 깊은 인식의 대상이 되며 그로부터 비애와 감동이 유발된다는 점이 특이하다. 그에게 있어서 허무를 가져온 죽음은 다각도로 분석될 수 있다. 첫째, 그 죽음은 당연히 전쟁과 연결된다. 임진왜란에서처럼 전쟁이 필연적으로 생산하는 죽음은 가장 비근한 죽음의 형태로 동서고금에 편재해 있다. 그러나 전쟁은 피아간의 증오와 적대감의 살육이라는 면 이외에 아군 자체에 음습하게 도사린 정치적 음모와 분노를 포함하고 있다. 예컨대 이순신의 둘레는 사위가 죽음이었고, 그는 갖가지 적과 싸워야 했다.

그 죽음의 물결은 충(忠)이나 무(武)라기보다는 광(狂)에 가까웠다. (②-63)

임금의 사직은 끝없이 목숨을 요구하고 있었고 천하가 임금의 잠재적인 적이었다. (②-66)

죽이되, 죽음을 벨 수 있는 칼이 나에게는 없었다. 나의 연안은 이승의 바다였다. (②-116)

그러하더라도 내가 임금의 칼에 죽으면 적은 임금에게도 갈 것이었고 내가 적의 칼에 죽어도 적은 임금에게도 갈 것이었다. 적의 칼과 임금의 칼 사이에서 바다는 아득히 넓었고 나는 몸둘 곳 없었다. (②-121)

다음으로 죽음은 폭력적 제도나 관습과 깊이 결부된다. 왕조시대의 숱한 제도들이 모두 죽음을 담보로 하고 있지만 그 가운데에서도 임금과 함께 생매장되는 순장제도는 가장 비인간적인 잔인한 죽음의 행사였다. 『현의 노래』는 표면상 우륵의 현과 금을 말하고 있는 것 같지만 기실 가야국의 합법적 살인제도인 순장제에 관한 것이라고 보아도 무방하다. 임금의 죽음과 아무런 연관도 없는 무고한 백성을 산목숨 그대로, 혹은 그냥 죽여서 함께 묻는 야만적인 짓은 아마도 인류가 생각해낸 가장 어리석고 참혹한 살인제도일 것이다.

한번 장사 때마다 쉰 명 정도의 순장자들이 죽은 왕을 따라서 구덩이 속으로 들어갔는데, 그 쉰 명 안에는 신하와 백성 들의 여러 종자와 구실 들이 조화롭게 섞여 있었다. 문과 무의 중신들이며 농부, 어부, 목수, 대장장이가 구실에 따라 징발되었고 무사와 선비가 있었으며 늙은 부부, 아이 딸린 젊은 부부에 처녀와 과부도 있었다. (③-15)

끔찍한 죽음은 또 있었다. 질병과 기아였는데, 어느 나라 어느 사회에나 있음 직한 이 원인의 죽음은, 그러나 작가 김훈의 시야에 잡힌 왕조시대 죽음의 한 극풍경이었다. 그것은 방치된 백성들이 겪어야 할 보편의 현실로서, 정부라고 할 수 있는 임금과 조정은 처음부터 차라리 무정부 상태였다. 피아간에 창녀보다 못한 대우로 버림받고, 결국은 죽어가는 여성들의 현실 또한 질병의 현장과 다를 바 없었다.

> 겨울에 이질이 돌았다. 주려서 검불처럼 마른 수졸 육백여 명이 선실 안에 쓰러져 흰 물똥을 싸댔다. 〔……〕 똥과 사람이 뒤범벅이 되어 고열에 신음하며 뒤채었다. 〔……〕 똥물은 점점 묽어져갔고 맑은 물똥을 싸내면 곧 죽었다. (②-206)

> 해남 어란진의 적진에 끌려온 조선 여자는 서른 명이었다. 적장 구루시마가 세 명을 차지했고 나머지는 적의 장수들에게 나누어주었거나 죽였다. 구루시마는 세 명의 여자를 번갈아가며 선실 안으로 불러들였다. 대낮에도 옷을 벗겼다. 여자 한 명이 물에 빠져 죽자 구루시마는 한 명을 보충했다. (②-104~05)

> 초산이었는데 태아가 거꾸로 나오면서 발을 먼저 내밀었다. 작은 다리 하나가 밖으로 빠져나온 채 사흘이 지났다. 산모는 사타구니 사이에 아이 다리 하나를 내민 채 핏덩어리를 쏟아내다가 죽었다. 죽음은 널려 있어서 사내들은 울지 않았다. (③-118)

『칼의 노래』가 임진란과 이순신을, 『현의 노래』가 우륵을, 그리고 『남한산성』이 병자호란을, 『흑산』이 천주교 박해 사건을 다루고 있으나, 실은 이 모든 장편소설들은 그 소재도 주제도 한결같이 죽음이다. 비록 전쟁에서 그리고 봉건조의 처참하고 각박한 제도와 현실에서 죽음이 산재해 있다고 하더라도, 김훈이 이처럼 죽음을 열거하면서 소설의 근본적인 모티프로 삼고 있는 이유는 무엇일까. 그것은 죽음이 무라는 사실, 그리하여 삶 또한 허무라는 사실의 인식에서 비롯된다. 그러므로 김훈의 소설은 허무의식의 산물이라고 할 수 있다. 그는 적는다.

> 나는 죽음을 죽음으로써 각오할 수는 없었다. 나는 각오되지 않는 죽음이 두려웠다. 내 생물적 목숨의 끝장이 두려웠다기보다는 죽어서 더이상 이 무내용한 고통의 세상에 손댈 수 없게 되는 운명이 두려웠다. (②-209)

말하자면 그의 허무는 몸이라는 물질의 소멸, 그 이후에는 아무것도 존재하지 않는다는 몸 유물론의 소산이다.

2. 몸과 소멸

김훈 소설의 페이소스가 센티멘털리즘을 거부하고 허무의 감동을 유발하는 것은, 순전히 물질과 육체의 와해/소멸의 과정을 지켜보는 그의 옹골찬 시선 때문이다. 그는 세상을 물질과 육체의 실재, 그 실재들이 가득 찬 움직임으로 파악한다. 그런 의미에서 그는 생명의 유물론자이다. 『칼의 노래』의 이순신, 『현의 노래』의 우륵, 『남한산성』의 인조 등 그의 장편소설 대부분은 한 시대를 풍미한 각계의 걸출한 인물들을 주인공으로, 시대와 지도자의 관계를 다루고 있는 듯이 보인다. 그러나 작가의 관심은 그 관계는 물론, 그 인물들을 겨냥하고 있지 않다는 점이 세심하게 관찰될 필요가 있다. 중요한 것은 오히려 그들의 죽음이며, 죽음으로 말미암은, 즉 죽음이라는 고지에서 전망되는 삶이다. 말을 바꾸면 서서히, 혹은 급격히 와해/소멸되어가는 몸 자체다. 몸은 죽음으로 인해 그 존재가 없어져가는 가장 구체적이며 본질적인 실재이며 실체다. 그렇기에 그는 "생물적 목숨의 끝장"이 두렵다고, 본심을 고백한다.

나는 고쳐 쓴다. 나는 내 생물적 목숨의 끝장이 결국 두려웠다. 이러한 세상에서 죽어 없어져서, 캄캄한 바다 밑 뻘밭에 묻혀 있을 내 백골의 허망을 나는 감당할 수 없었다. (②-209)

당연히 『칼의 노래』와 『현의 노래』 소제목 가운데에는 유독 '몸'이 많이 들어 있다. 기쁨, 존재의 증거로 싱싱하게 약동하는 삶의 주체로서, 그러나 그려지지 않는다. 몸은 이슬과 같이 스러져가는 덧없는 존재로 등장하는데, 그것은 필경 죽어 없어지는 덧없는 존재라는 의미 이외에 '하찮은 것'이라는 심한 모멸과 부정의 대상이 되기도 한다. 우선 덧없는 존재—

몸이여, 이슬로 와서 이슬로 가니,
오사카의 영화여, 꿈속의 꿈이로다. (②-298)

적장 도요토미 히데요시가 남겼다는 유언시인데, 그의 뜻이 어디에 있든지 이 시는 소설에서 드러난 작가 김훈의 인생관이기도 하다. 그렇듯 그는 생명의 실체로서의 몸에 의미를 둘 수 없었고, 따라서 영적인 존재로서의 인간이나 인간 생명에는 무관심하였다. 그러기는커녕 그는 인간의 몸이 지닌, 혹은 몸이 내뿜는 분비물에 흡사 19세기 자연주의자를 연상케 하는 세밀한 묘사를 보여주면서, 몸의 위의(威儀)에 애써 눈을 감았다. 몸은, 아주 많은 경우, 더럽고 별 볼 일 없는 물체에 지나지 않았다. 그는 특히 여성의 몸을 예거함으로써 이 일을 수행하였다. 생리, 오줌, 똥 등의 분비물과 관계된 묘사의 과잉을 이 점과 관련하여 주목할 수 있다.

아라는 치마를 올리고 속곳을 내렸다. 엉덩이를 까고 주저앉아 가랑이를 벌렸다. 허벅지 안쪽에 풀잎이 스치자 팔뚝에 오소소 소름이 돋았다. 아라는 배에 힘을 주어 아래를 열었다. 쏴 소리를 내면서 오줌줄기가 몸을 떠났다. [……] 아라는 엉덩이 밑에서 피어오르는 더운 김 속에서 제 몸의 냄새를 맡

았다. (③-57~58)

몸은 기껏해야 오줌을 담아두는 곳, 오줌을 내뿜는 곳으로 기능한다. 그의 장편소설 무대가 왕조시대라는 점을 감안하더라도, 여성의 몸에만 집중된 몸의 세부 묘사는 이처럼 생식기 쪽에 할애되곤 한다. 그 이유로 김훈 특유의 에로티시즘이 곳곳에서 형성되고 있는 것도 사실이지만, 그보다는 생산적 측면보다 배출과 소멸의 측면에 그의 몸 이해가 쏠려 있다는 점이 주목된다. 생리 장면도 심심찮게 나오지만 이 역시 생산의 동력과 관계된 듯이 보이지 않는다. 그것은 차라리 죽음, 혹은 죽음으로 가는 길목에서 발견되는데 양자의 공통된 분위기로 '비린내'가 등장한다는 점도 흥미롭다. 비린내는 여자의 몸, 생리할 때나 성교할 때에도 나고, 사람이 피를 흘리며 죽어갈 때도 난다.

> 그날 밤 비화의 몸은 다급했다. 가랑이 사이에서 초승 무렵의 풋내가 났고 머리카락에서는 개울물에 흔들리는 풀이며 버들치의 비린내가 났다. (……) 비화의 몸속은 따뜻하고 찰졌다. (……) 소리가 한번 일어서고 한번 사라지면 정처 없듯이 몸과 몸 사이의 일도 한번 사라지면 가뭇없는 것이라고 우륵은 생각했다. (③-147~48, 강조는 인용자)

> 시퍼런 칼은 구름 무늬로 어른거리면서 차가운 쇠비린내를 풍겼다. 칼이 뜨거운 물건인지 차가운 물건인지를 나는 늘 분간하기 어려웠다. 나는 칼을 코에 대고 쇠비린내를 몸속 깊이 빨아넣었다. (②-30, 강조는 인용자)

몸인 물질이 그 생명을 바꿀 때 비린내가 났다. 소설가 김훈의 냄새다. 생명과 관계된 김훈의 비극적 육체관은 오히려 단편「언니의 폐경」에서 명료하게 부각된다. 여성에게 있어서 생리가 무엇인지, 그것이 삶의 행로에서 어떤 위상과 기능을 지니고 있는지를 분명하게 선언하고 있는 이 소설은 인간의 몸을 처절하게 분쇄한다.

> 언니는 두 손에 얼굴을 묻고 울었다. 형부의 시신이 회사 로고가 찍힌 넥타이를 매단 채 들것에 실려 내려왔을 때도 언니는 울지 않았다. 언니는 들것에 가까이 가지 않고 멀리 떨어져서 코만 풀었다. 그런데, 난데없이 쏟아진 생리혈을 처리하고 나서 언니는 오래 울었다. (⑩-19)

오십대 자매, 언니는 비행기 사고로 남편을 잃고, 동생은 이혼에 직면한 두 자매를 그린 「언니의 폐경」에서 언니는 남편의 죽음 앞에서 느닷없이 생리혈을 쏟는다. 폐경 이후의 새삼스러운 출혈인지, 이 일을 계기로 폐경에 들어가는지 선후 관계가 분명치는 않으나, 어쨌든 폐경은 죽음과 더불어 나타난다. 이때 중요한 것은, 폐경 자체가 아니라 오히려 급작스러운 생리가 죽음 옆에서 일어났다는 사실이다. 더불어 살펴보면, 성행위조차 생산적 의미와 관계되기보다는 죽음과 연관된다.

> 아라의 몸은 쉽게 허물어져내렸다. 아라는 가랑이를 벌려 오줌을 누듯이 사내를 받았다. 아라의 몸속은 넓어서 끝 간 데가 없었다. 〔……〕 왕을 따라 들어가는 무덤 속의 어둠이 아라의 마음에 떠올랐다. 〔……〕 이 질퍽거리는 구멍은 대체 무엇인가. (③-128~29)

성교도 오줌 누듯이 하고, 행위를 하면서 뜻 없는 죽음을 생각하고, 여자의 성기가 "질퍽거리는 구멍"으로 묘사되는 소설. 몸에 대한 능멸 아니겠는가. 여성의 몸을 생산과 기쁨의 발현체로 인식하지 않고, 배설의 통로쯤으로 여기는 듯한 곳곳의 묘사는 작가 김훈이 페미니스트들로부터의 비난은 물론, 육체를 신성시하는 생명론자들의 거부감을 일으키기에 족해 보일 정도다. 그러나 그것은 몸의 물질적 허무성에 대한 인식일 뿐, 다른 이념과의 연관성은 없어 보인다.

오줌 누고 똥 싸고 피 흘리는 더럽고 연약한 몸을 지닌 존재가 인간이라는 작가의 의식은, 물론 여성의 몸만을 통해서 부각되는 것은 아니다. 왕조시대 권위의 정점에 있던 왕 또한 오줌똥 누는 비천한 몸의 소유자에 다름 아니라는 의식도 이 작가의 것이다.

> 가실왕(嘉實王)은 몇 달째 침전(寢殿) 밖으로 나오지 못했다. 왕의 항문은 조일 힘을 잃고 열려 있었다. 창자가 항문 밖으로 삐져나와 죽은 닭의 벼슬처럼 늘어졌고 오그라진 성기는 흰 터럭 속에 숨어 있었다. 〔……〕 떠먹인 미음과 국물이 이내 밑으로 흘러내려, 왕의 아랫도리는 늘 벗겨져 있었다. (③-38)

아마도 이렇게 살았을 것이다. 봉건 왕조시대 우리나라 궁중과 임금의 현실일 뿐 아니라, 어느 나라 어느 임금의 경우도 이와 대동소이했을 것이다. 충격적인 것은, 온갖 법과 제도를 만들고 그 위에 권위로서 군림했던, 때로는 하늘의 절대자를 대신하는 권력으로 받아들여졌던 왕 또한 오줌 누고 똥 싸는 비천한 몸뚱이 이외에 별것 아니었다는 인식 아래 그 몸이 추하게 그려지고 있다는 사실이다. 이 점은, 소설가 김훈이 우리나라의 왕이나 왕조시대를 특별한 이념으로 비판하고자 했던 시각이나 이념의 결과와는 무관해 보인다. 그는 그의 소설 10여 권 어디에서도 왕정이나 봉건군주제, 혹은 전근대적 사회에 대한 본격적인 비판을 행한 일이 거의 없다. 그러기는커녕 그 시대를 배경으로 한 많은 작품들, 옛것에 대한 상당한 관심으로 말미암아 복고적 취향을 질문받기도 한다. 옛이야기에 왜 그토록 집착하는가 하고. 작가에게 복고적 관심이 있다면, 그것은 아마도 사라진 몸에 대한 궁금증 때문이었을 것이다.

> 누워서 죽은 뼈는, 두개골은 위쪽에 다리뼈는 아래쪽에 팔뼈는 좌우에, 대부분 제자리에 놓여 있었다. 뼈들은 무력해 보였고, 속수무책으로 헐거워서

다시는 부활하지 못할 것이 분명했다. (⑦-306)

작가의 집요한 허무 확인 작업은 젊은이들을 소설 화자로 삼은 작품 『내 젊은 날의 숲』에서도 계속된다. 유골 발굴 작업에 매달리면서 죽은 뼈의 부활은 결단코 있을 수 없다고 몸의 일생에 종지부를 찍는 소설이다. 인간 몸의 완전소멸에 굵은 도장을 찍어놓아야 안심이 되는 강박증. 그러나 몸이 자연의 전부는 아닐 터인데……

3. 유물론의 끝, 자연 너머

존중과 외경 대신 능멸과 긍휼의 시선으로 사람의 몸을 바라보고, 대책 없는 죽음을 거기서 읽어내는 소설이 일정한 감동을 빚어낸다는 것은 기이한 일이다. 김훈이 칼을 노래한 데 이어서 현을 노래했다는 사실은 이즈음 의미심장하다. 그는 자신에게 칼이나 현이나 그 의미가 마찬가지였다고 진술하고 있는데, 그 사이엔 기묘한 역학이 개재된다. 무슨 비밀이 거기에 감추어져 있을까.

—생장은 무리였소. 허나 곧 조용해질 것이니……

웅웅 소리는 웅웅거리며 퍼져나갔다. 우륵은 악공들의 대열 앞으로 나왔다.

—북이 길을 열고 피리는 따라라. 쇠나팔은 길을 멀리 뻗게 하고 금은 그 사이를 들고 나며 길을 고르게 하라.

북이 울려 새벽 산을 흔들었다. 북소리가 산봉우리들을 멀리 밀어내, 흔들리는 봉우리가 밀려난 자리에서 남은 시간들이 곤두박질로 무너지고 새로운 시간이 돋아나는 환영이 우륵의 눈앞에 펼쳐졌다. (③-111)

순장의 장면 바로 뒤이어 우륵의 음악이 이어지는 장면이다. 땅속의 아비규환을 이루고 있는 죽음의 소음을 가라앉히기 위하여 북과 쇠나팔, 금의 소리들이 동원되고 있고, 악장 우륵이 그 앞에 서 있는 것이다. 우륵이 이 상황을 견딜 수 있는 힘은 "새로운 시간이 돋아나는 환영"뿐이었다. 그러나 과연 예술의 소리가 폭압과 살인의 소리를 상쇄하고 진압할 수 있을까.

소리는 소리의 끝에서 태어났다. (……) 소리들은 여울을 이루며 앞으로 나아갔다.
우륵은 일어섰다. (……) 붉은 허리띠가 너울거렸다. 몸이 소리를 끌고 나갔고, 몸이 소리에 실려서 흘렀다. 우륵은 날이 밝도록 춤추었다. (③-112)

소리가 폭력을 직접적으로 이길 수는 없을 것이다. 그러나 이미 이청준에게서 집요하게 추구되었듯이 그 가능성에 대한 염원은 그치지 않고 있으며, 김훈도 이 점에 있어서 문제의식의 중심에 서 있다. 그러나 김훈의 소리는 현실을 뛰어넘어 영생하는 초월의 힘을 지닌 것으로는 인식되지 않는다. 그런 의미에서 그는 문학의 힘을 확신하는, 이른바 예술지상주의자는 아니다. 예술도 사람의 몸 안에서 발생하고 그 안을 지나간다는 생각과 더불어, 바로 그 몸 자체가 소멸의 운명을 지니고 있다는 생각 때문이다. 우륵은 제자 니문에게 자주 말한다.

—소리는 몸속에 있지 않다. 그러나 몸이 아니면 소리를 빌려올 수가 없다. 잠시 빌려오는 것이다. 빌려서 쓰고 곧 돌려주는 것이다. 소리는 곧 제자리로 돌아간다. (③-224)

—쳐다보지 마라, 아라는 죽었다. 소리는 살아 있는 동안만의 소리이다. (③-245)

예술의 기능과 능력마저 이렇게 제한됨으로써 그의 허무주의는 달랠 길이 없어 보인다. 그것은 인간의 몸을 비롯한 모든 사물, 심지어는 비가시적 현상마저 물질시하는 유물론에서 유발된다. 나는 폭넓은 허무주의와 연계된 그의 유물론을 '정신적 유물론'이라 부르고자 한다. 이렇듯 '제한된 예술'의 인식으로 말미암아 유물론의 범주를 벗어나지는 못하지만, 초월성이라고 부를 만한 한 가지 요소가 그에게 있다. 어쩌면 이 부분이 김훈 소설이 주는 감동과 연관될지 모른다. 이런 것이다.

—니문아, 이제 신라 왕 앞에서 춤을 추고 소리를 내야 하는 모양이다.
—여기는 신라의 땅이옵니다.
—그렇구나. 니문아, 죽은 가야 왕의 무덤에서 춤을 추는 것과 산 신라 왕 앞에서 춤을 추는 것이 다르겠느냐?
—아마도 다르지 않을 것입니다. 소리는 스스로 울리는 것입니다. (③-287)

소리의 탈상황성, 혹은 보편성을 말하는 것일 터인데, 그것은 불멸을 신앙하는 예술지상의 확신과는 거리가 있으나, 나름대로 시간과 공간을 일정하게 넘어서는 힘이 있는 것으로 파악된다. 그러나 필경 덧없기는 마찬가지다.

—소리는 제가끔의 길이 있다. 늘 새로움으로 덧없는 것이고, 덧없음으로 늘 새롭다. 아정과 번잡은 너희들의 것이다. (③-313)

말하자면 예술의 자율성이며, 진술의 자동기술성이다. 그러나 그것은 출처와 기원, 발생을 알 수 없는 저 공(空)의 존재론과 맥을 같이한다. 일반적으로 물질인 몸이 끝나는 곳에서 종교에 대한 관심과 인식, 그리고 형이상학이 생겨난다. 그렇지 않은 경우, 예술적 상상력이 화려한 세계를 펼친다. 판타지 문학과 같은 것은 가장 비근한 전형일 수 있다. 그러나 김훈의 경우 그 어떤 것에도 흥미를 보이지 않는다. 그에게 상상력이 있다면, 몇 권의 장편소설들을 통해 이미 그 섬세한 세계를 드러낸 바 있는 역사적 상상력이다.

그 밖에도 작가는 자연, 특히 바다와 숲에 각별한 관심을 표명하는데, 그것은 아마도 물질로서의 인간의 몸이 유한한 반면, 바다와 숲은 상대적으로 훨씬 무한해 보이기 때문이 아닐까 짐작된다. 『남한산성』『칼의 노래』『현의 노래』 등 이른바 김훈 소설의 삼부작이 모두 비극의 역사를 다루고 있는 역사소설이기는 하지만, 한결같이 바다를 무대로 하거나 배경으로 깔고 있다는 점이 이와 관련하여 주목된다.

> 아마도 삶을 버린 자가 죽음을 가로지를 수는 없을 것이었는데, 바다에서 그 경계는 늘 불분명했고 경계의 불분명함은 확실했다. (②-210)

> 바다에서, 삶과 죽음은 단순하지 않았다. 삶과 죽음은 서로 꼬리를 물고 있었다. (②-214)

> 바다는 내가 입각해야 할 유일한 현실이었지만, 바람이 잠든 저녁 무렵의 바다는 몽환과도 같았다. 먼 수평선 쪽에서 비스듬히 다가오는 저녁의 빛은 느슨했다. (②-215)

현실로서의 죽음을 두려워하는 작가에게 삶과 죽음의 경계가 불분명한 바다는 충분히 매력적이리라. 양자는 서로 꼬리를 무는 것으로 보일 정도이니 구원에의 갈망이 심하지 않은 그에게도 바다는 치유력이 있어 보일 법하다. 환상 따위에 미혹되지 않을뿐더러 아예 무심해 보이는 그에게 바다는 "몽환과도 같았다"고 고백되지 않는가. 그러므로 허무와 공으로 끝나는 이 세상에서 바다가 지니는 위력은 그에게 상당한 것이 아닐 수 없다. 심지어 바다에는 삶과 죽음을 넘어서는 어떤 것이 존재한다는 진술까지 나온다.

바다는 전투의 흔적을 신속히 지웠고 함대와 함대가 부딪히던 물목은 늘 아무 일도 없었다. 빛이 태어나고 스러질 뿐, 바다에는 늘 아무 일도 없었다. (②-215)

바다와 함께 김훈이 찾는 것(곳)은 숲이다. 숲으로의 걷기, 탐색이 여러 곳에 나오면서, 『내 젊은 날의 숲』이라는 장편소설도 있다. 젊은 여성을 소설 화자로 하고 있는 이 소설은 수목원을 무대로 삼고 몇 가지의 이야기를 중첩시키고 있는데, 근본 테마는 역시 삶과 죽음이다. 삼부작에서 역사의 비극을 통해 바다의 무심, 그 초월의 자연성에 관심을 가졌다면, 여기서는 그것이 나무와 숲이 된다.

살아 있는 것들이 왜 죽는가. 멀쩡히 살아 있던 것들이 무슨 연유로 죽는 것인가, 삶과 죽음은 반대현상이라고 하는데, 삶과 죽음 중에서 어느 쪽이 자연이고 어느 쪽이 자연이 아닌가. [……] 죽은 나무들은 땅에 쓰러졌다. 죽은 것들은 다들 땅으로 추락한다. [……] 죽음은 존재의 하중을 더이상 버티어낼 수 없는 생명현상이라는 것을 수목원에 와서 알게 되었다. (⑦-266~67)

숲의 구성을 이루고 있는 나무들의 죽음을 보면서 삶과 죽음의 본질을 천착하고 있는 대목인데, 그의 원래 치유의 힘은 숲에 있었다.

5월의 숲은 강성했다. 숲의 어린 날들은 길지 않았다. 나무들은 바빠서 신록의 풋기를 빠르게 벗어났다. 잎이 우거지면 숲의 음영은 깊었다. [……] 숲에서는, 빛이 허술한 자리에서 먼 쪽의 깊이가 들여다보였다. (⑦-143)

바다와 숲은, 강물과 나무보다 포괄적이며 집합적이고, 대규모다. 그런 의미에서 동일한 자연이지만, 작은 세부나 미물에 집착하고 신비화하는 애니미즘과는 사뭇 다르다. 바다와 숲, 그것들은 한 세목 아닌 전체로서 출렁거린다. 또한 그 생성과 소멸이 구체적이지도 않고 단기적이지도 않다. 따라서 사람의 생명과 죽음, 그 이후의 어떤 형이상학적, 종교적 내포와 연관된 요체를 지니고 있다는 믿음이나 지식을 보여주지 않는다. 요컨대 심정적인 치유의 느낌으로서 기능하는 면이 강하다. 김훈이 몸의 유물론 아래에서 허무를 양산하고 있음에도 불구하고, 소멸에 따른 허무감 대신 서늘한 비애의 감동을 빚어내는 까닭은, 아마도 이러한 느낌의 미학 덕인지 모른다. 그러나 이 미학이 죽음 이후의 세계에 대한 사람들의 믿음과 그 축적까지 모두 커버하고 있는 것은 아닐 것이다.

(2013)

모순과 그 힘
—은희경

1

1995년 등단 이후 재빠른 속도로 그의 이름과 작품들이 알려져 불과 2년 사이에 한 권의 소설집과 또 한 권의 장편소설, 그리고 신문연재 한 편까지 끝낸 은희경. 이름을 기억하기 힘들 정도로 쏟아져 나오고 있는 30대 여성 작가들 가운데에서 그의 이름은 단연 돋보인다. 그의 작품들이 그만큼 돋보이기 때문이다. 무엇보다 그의 소설들은 재미있다. 섬세한 문체로 치밀하게 구성되어 있는 그의 문장들을 읽고 있으면, 그의 주인공들과 그 현실에 빨려들어가는 흡입감으로 때론 숨 막히는 속도와 공감의 압박 아래 있는 느낌을 받는다. 90년대에 배출된 여성 작가들의 이런저런 사연들과 위악적인 문체들은 상대적으로 저 멀리 물러선다. 신경숙 이후의 새로운 여성 시대를 열고 있음이 분명한(이 작가의 나이가, 그리고 소설의 현실이 꼭 그 이후에 조응한다는 뜻은 아닐 것이다) 은희경 소설의 힘과 매력은 어디에 있으며, 그것이 뜻하는 것은 무엇일까 하는 호기심과 더불어 나의 이 글은 시작한다.

은희경 소설의 첫인상은 문체의 역동감과 단단함, 사물에 대한 진지한 관찰력, 그것을 만들어가는 심리 파악과 그 이동의 놀라운 속도성이다. 그

다음 인상은, 그것들이 대부분 여성을 대상으로, 그것도 30대 여성들을 겨누고 있다는 점이며, 그다음으로는 그 어느 여성이든 연애나 결혼, 혹은 정사와 깊이 관계된, 말하자면 섹스가 매개된 상황 속에 있다는 사실이다. 그러나 그로 인한 반응이나 결과들은 서로 다르다.

> "가는 거야?"
> 선희가 핸드백의 지퍼를 열어 손지갑을 꺼낼 때까지 나는 아무 눈치도 채지 못하고 있었다. 묵묵히 지갑에서 돈을 꺼내 내게 내미는 그녀를 어리둥절하게 쳐다볼 뿐이었다. 그녀가 왜 내게 돈을 주는 것인가.
> "매춘으로 하자."
> "그게 무슨 소리야?"
> "돈 받기 싫으면, 성폭행으로 치든지."
> 선희의 말에는 아무 감정도 들어 있지 않았다. (「먼지 속의 나비」, II: 276)[1]

한국 소설은 물론, 외설 혐의를 받는 어떤 외국 소설들을 제외한다면 이런 장면은 쉽게 만날 수 있는 장면이 아니다. '여성 상위 시대'라는 말이 일반화되고, 문학에서의 페미니즘 논의가 활발한 이 시점에서도 여전히 낯선 분위기를 자아내는 장면인데, 여기서의 주인공 선희는 사랑과 같은 전통적 감정의 개입 없이 남자들과 성관계를 맺는 '방탕한' 젊은 여성으로 부각된다. '방탕한'이라는 표현을 나는 썼는데, 이러한 표현은 사실 전통주의적 시각에서 사용된 것이다. 무엇보다 작가 스스로는 이 여성을 그렇게 생각하고 있지 않다는 점에 문제가 있다. 물론 작가가 이 여성을 일방적으로 옹호하고 있는 것도 아니다. 말하자면 작가는 이런 여성을 그려냄으로써 오늘의 현실 속에서 이러한 여성이 출현할 수 있는 개연성, 더 나아가 보편 가능성을 타진하고 있는 것이다. 사실 은희경의 소설들 전체에 편재해 있

---

1 괄호 안의 로마자는 I: 『새의 선물』, II: 『타인에게 말걸기』를, 숫자는 쪽수를 가리킨다.

는 여성들을 살펴볼 때에 전통주의자들의 눈에 쉽게 띌 정도로 모든 여성들이 성적 돌출 현상을 드러내고 있지는 않다. 그럼에도 불구하고, 여성들의 성적 돌출은 이 작가의 세계를 이해하고 논의하는 데에 있어서 가장 두드러진 화두가 되는 것만큼은 틀림없어 보인다.

은희경 소설의 주인공들은 거의 한결같이 30대 여성들로 구성되어 있다. 작중 화자를 남성으로 하고 있거나 30대가 아닌 화자인 경우에 있어서도, 이 상황은 그대로다. 이러한 사실은 이 시기의 여성들이 결혼한 지 얼마 안 된, 길어야 10년 미만의 인물들 아니면, 결혼으로부터 지체된 이른바 노처녀들이라는 점을 나타내며, 작가는 이 현상을 통하여 예의 '하고 싶은 말'을 가지고 있다는 것을 말해준다. 예컨대 그것이 이른바 소설의 주제일 수 있다. 따라서 작가의 여성 주인공들이 처하고 있는 자리를 찾아보는 일이 무엇보다 긴요할 것이다. 첫 창작집 『타인에게 말걸기』에 수록된 9편의 중·단편을 이러한 관점에서 먼저 살펴보자. 수록 순서대로다.

1) 「그녀의 세번째 남자」: 33세로 추측되는 여성이 8년 전에 애인과 장래를 약속했던 영추사라는 절을 찾아간다. 8년 전에는 둘이 갔지만 이제는 혼자서. 애인은 다른 여성과 결혼한 것이다. 그러나 두 사람은 여전히 전과 같은 관계를 유지하고 있고, 이것이 그녀의 자리를 왜곡시키고 있다. 분노·슬픔·소외·좌절과 같은 감정이 그녀에게 있으나 그 가운데 가장 큰 것은 권태·피곤이다. 그녀는 절에서 목공 남자와 뜻 없는 성관계를 가진 후 다시 서울로 돌아간다. 애인에게로 돌아간다. 그러나 이제 그 애인은 그녀에게 '세번째 남자'가 된다. 이 여성의 성격과 성향을 말해주는 대목으로는 다음과 같은 부분들이 함축적이다.

그러나 그런 일들로 상처받기에는 그녀의 성격은 좀 건조했다. 그녀는 삶을 받아들이는 편이었다. 무엇이든 깊이 생각하지 않았으며 특히 가지지 못할 것에 대한 무모한 열정 따위는 일찍 폐기시키는 법을 알고 있었다. (II:

36)

그녀는 남자가 벗긴 자기의 안경이 풀밭 위로 툭, 하고 기운 없이 떨어지는 소리를 들었다. 바지를 더듬는 남자의 손길을 느꼈지만 그녀는 내버려두었다. 남자가 몸 속으로 들어오자 역겨운 이물감 때문에 구역질이 올라왔다. 그러나 남자가 움직이는 대로 가만히 있었다. 남자의 품이 따뜻했다. (II: 59)

2)「특별하고도 위대한 연인」: 이른바 전지적 시점 비슷한 위치에서 남녀의 데이트 장면을 묘사하고 있는 이 소설의 주인공은 남자보다 세 살 위인 30대 초반 여성. 그녀는 연하의 시인에게 접근하여 성관계까지 갖게 되었으나 결국 헤어지게 된다. 이유는 피곤함이다. 일상의 피곤함은 멋지게 가꾸어가고 싶은 그들의 사랑에 파국을 초래한다. 이 상황 속에서 드러난 여자의 성향은 다음 지문들이 말해준다.

이럴 수는 없어!

여자는 입술을 깨문다. 그녀에게는 자기를 향한 사랑을 절대로 놓치지 않는 본능이 있었다. 자기 앞에 있는 사람의 호감을 얻어내지 못하는 일이란 여자에게는 치명적으로 자존심 상하는 일이었다. 어떤 경우라도 여자는 남에게 나쁜 이미지를 심어주기는 싫었다. 더구나 상대는 다른 사람도 아닌 위대한 연인 아니던가. 그래서 '피곤하게 이러지 마' 하는 말에 상처입었음에도 불구하고 그녀다운 참을성과 기지를 동원하여 분위기를 바꿔보려고 애쓰는데 남자는 자기 생각에만 골몰한 채 여자의 말에 귀를 기울이지 않는 것이다. (II: 89)

하지만 우리도 아다시피 그녀는 냉소와 지각을 갖춘 여자이다. 이내 헛된 집착에서 벗어나 현실적인 궁리 속으로 접어든다. 구차해지기는 싫다. 헤어짐이 어차피 받아들일 수밖에 없는 사실이 되었다면 이제부터 할 일은 헤어진 뒤 남자가 후회하도록 나의 마지막 모습을 최대한 기억에 남도록 아름답게 아로새기는 것뿐이다. (II: 92)

3) 「연미와 유미」: 젊은 두 자매의 사랑 이야기가 동생을 화자로 전개되고 있는 작품이다. 동생은 바야흐로 서른 살의 영국 유학생, 언니는 그보다 조금 위다. 이 소설에는 맺어질 수 없는 사랑을 안타까워하는 언니의 노트가 소개되는데, '당신'을 향한 그녀의 고백은 연애소설이 가질 수 있는 표현의 백미를 이루고 있다. 그러나 그녀는 결국 그 사랑을 포기하고 다른 남자와 결혼한다. 그중 일부와 그녀의 성향이 담긴 부분의 소개다.

사진 속의 내 입술을 보면 그 입술에 닿는 당신의 숨결이 느껴져 내 팔엔 순식간에 잔털이 곤두섭니다. 사진 속의 내 목, 내 어깨, 그것을 보고 있자면 거기에 얼굴을 묻던 당신의 체중이 지금도 느껴집니다. 그리고 당신을 받아들이기 위해 내 몸이 긴장하던 것도요.

〔……〕

새벽에 깨어나면 언제나 당신이 그리웠습니다. 눈을 감고 있는데도 당신의 웃는 모습이 똑똑히 보입니다. 그 당신이 입술을 움직여 내게 잘 잤느냐고 말을 걸고 베개를 돋워주고 손가락으로 뺨을 건드립니다. 그렇게 당신과 새벽을 함께 보내고 있는 사이 창밖이 환해지고 아침이 시작됩니다. 나에게 아침이란 당신이 있는 세상으로의 진입이었습니다. (II: 122, 124)

"어릴 때부터 나는 뭔가 강한 것에 기대지 않으면 불안했어. 결혼한 다음에야 그런 것에서 놓여났지. 결혼한 다음부터는 삶에 대한 기대도 없었고 누구를 의지하는 마음 없이 나 혼자 살아온 셈이니까. 그것을 영국에 갔을 때 깨달았던 거야. 혼자였기 때문에 행복하다는 것을." (II: 135)

이 세 편의 작품에는 주인공 여성이 모두 30대라는 공통점, 그리고 그들이 모두 남자와의 사랑으로 인해 고통을 받고 있다는 공유 사항을 제외하면 별다른 유사점이 없다. 먼저 1)에서의 주인공은 매우 수동적인 인간형으로 나타나 있다. 그녀는 자신의 애인이 다른 여자와 결혼을 했으나 별 저항이나 반발 없이 그 현실을 수용한다. 인용 부분에 나와 있듯이 "무엇이든 깊이 생각하지 않는" 성격으로서 "가지지 못할 것에 대한 무모한 열정 따위"에 연연해하지 않는다. 그녀는 이 세상에 대해 근본적으로 비관론적인 입장에 있으나, 견디기 어려운 것은 불행이 아니라 권태라는 특이한 생각 속에 있다. 그러나 "사람을 무력하게 만들기 때문에 현상을 바꿀 의지 없이 그럭저럭 견딜 수 있게 되는 것이 권태의 장점"이라는, 제법 달관한 듯한 생각을 하기도 한다. 이때 중요한 것은, 그러면서도 그녀가 "낯선 것은 불편하지만 매혹적"이라는 모순된 생각을 동시에 하고 있다는 점이다. 현상을 바꿀 의지 없이 견디게 하는 것이 장점이라고 생각하면서도 낯선 것을 매혹적으로 바라보는 모순의 여성상. 애인의 이름을 죽은 자들을 위한 천도재에 묻어버리고 난 다음에도 다시 그에게로 돌아가는 여인. (물론 그를 세번째 남자라고 생각하는, 새로운 믿음과 의식이 그것을 뒷받침하고 있으나, 현실은 현실 아닌가!) 이 모순은 깊이 주목될 필요가 있다.

다른 한편 2)에서의 여성은 매우 적극적인 인간형으로 1)과 대조된다. 이 작품의 여주인공은 자기를 향한 사랑을 절대로 놓치지 않는 성격이며, 일이 자신에게 불리해질 때는 재빨리 현실적인 계산으로 돌아갈 줄 아는 순발력을 지니고 있다. 이 순발력은 작품 안에서 "사고의 탄력성"이라는 말로 나타나고 있는데, 그러나 그녀의 행동이 그 말에 충실히 부응하는 것은 아니다. 예컨대 세 살 연하 남성과의 사랑, 그것도 시인과의 사랑은 현실/비현실의 구분에서 아무래도 후자에 가까울 것이다. 게다가 그녀는 포장마차에서 카페 주인이 집적거리고 다가오는데도 가만있는다. 능동적·현실적인 성격의 일관성이 의심스러운 대목이다. 이 서로 반대되는 여성형이 서로 부딪치고 마주보는 가운데 제3의 여성상이라고 할 수 있는 인물이 나온다. 3)에서의 언니, 즉 연미라는 여성이다. 그녀는 동생에게 "결혼은 아무나하고 하는 것"이라는 말을 할 정도로 다소 냉정하고, 모범 시민적인 교양의 소유자다. 남자와 사랑에 빠지리라는 예상을 허락하지 않는 그녀에겐 그러나 너무나 뜨거운 사랑의 경험이 있었던 것으로 공개된다. 도저히 소극적인 인간형이라고는 볼 수 없는 성격이 그녀에게 숨어 있었던 것이다. 그러나 그녀는 그것을 현실화의 단계까지 끌고 가지는 않는다. 그 이유는 앞의 인용 부분에 나와 있다. 사랑과 결혼의 분리 —결혼이라는 일상에 아무것도 기대하지 않는 달관 반, 포기 반의 인간상이 그녀로 그려지고 있다. 연미라는 여성은 적극형인가 소극형인가, 이 질문에 대한 대답은 간단치 않다.

다시, 나머지 작품들에 나오는 여성들과 만나보자.

4) 「짐작과는 다른 일들」: 9편의 작품들 가운데 20대 여성을 주인공으로 갖고 있는 두 편 가운데 하나. 29세. 그러나 그녀는 이미 남편을 교통사고로 잃은 과부다. 남편이 죽기 전에도 부부 사이가 좋지 못했는데, 그가 죽자 그녀는 결핍감으로 힘들어한다. 그러나 그녀는 직장 생활을 통해 재기하는 적극적인 여성상을 보여준다. 그녀는 이혼남과 연애를 다시 하기도 하다가 같은 회사 동료와 재혼한다. 그러나 재혼은 얼마 뒤 이혼으로 끝난다. 요컨대 젊은 미망인의 꽤 굴곡 많은 삶이 그려지고 있는데, 다른 작품과 달리 섹스가 직접적으로 매개되지 않고 있는 특징이 있다. 제목대로, 주인공 여성은 삶에 매우 적극적인 자세로 임했으나 그 결과는 "짐작과는 달리" 전개된 것이다.

5) 「빈처」: 이 소설도 계열로 보아 4)와 일맥상통하는 작품이다. 일상 속에서 마멸되어가는 느낌을 버리지 못하면서도, 남편과의 사랑을 지켜나가려는 애틋한 주부의 모습이 남편을 화자로 해서 그려지고 있다. 술 마시고 늦게 귀가하는 남편을 어르면서 아이들을 보살펴가는 가운데에도 일기를 쓰는, 적극적인 여성상에 속하는 인물이다.

6) 「열쇠」: 혼란스러운, 많은 부분 서로 모순되는 요소들이 공존함으로써 때로 분열의 느낌마저 주는 여성상으로서, 은희경 소설 전체의 이해와

긴밀하게 관계되는 작품이다. 이 여성에 대해서는 몇 부분의 인용이 훨씬 효과적이다.

영신은 자신의 머릿속에 입력된 대로 무심코, 그러니까 습관적으로 실행할 수 있는 익숙한 수순에만 의지하여 살고 있었다. 그 낯익은 수순을 깨뜨리는 새로운 뭔가가 돌출되면 그만 정신을 놓치고 허둥지둥 할 수밖에 없었다. (II: 188)

늘 혼자 되기만을 꿈꾸던 영신이 결혼을 했다는 것은 자신의 해석처럼 정말 미혹이었는지도 모른다. 삶이란 때로 그렇게 엄청나게 의외적인 것이다. (II: 192)

발도 시리고 온몸이 오돌오돌 떨렸지만 지금 그 자리에서 필요없는 틈입자는 바로 자기라는 생각이 태아처럼 몸을 꼬부리고 웅크린 영신의 숨소리까지 죽이게 만들었다. 영신은 그대로 자기의 몸이 꺼져버렸으면 싶었다. 흔적도 없이 사라져버리고 싶었다. 어머니에게뿐 아니라 자신에게도 자기의 존재는 거추장스러웠다. (II: 194)

"이제 내가 너를 유년부터 다시 시작하게 해줄 거야."

하지만 그 말을 하던 그도 영신 곁을 떠났다. 영신은 누구도 미워해 본 적은 없다. 특히 자기를 버린 사람들에 대해 언제나 너그러웠다. (II: 195)

차 열쇠로 문을 따며 영신은 불현듯 자신의 손 안에 있는 그 열쇠가 아까 그 남자의 손 안에 들어 있었다는 생각이 떠오른다. 열쇠의 순결한 영역이 훼손당한 듯해 기분이 나빠진다. 그것은 제 삶으로 들어오려는 모든 새로운 것에 대한 저항이었다. 그녀도 알고 있다. 낯가림이란 장치의 작동임을. (II: 204)

영신에게는 남과 다르게 행동한다는 것도 다른 사람의 시선을 받는다는 점에서 몹시나 거북한 일이었다. (II: 205)

그때였다. 검은 덩어리처럼 웅크리고 앉아 있던 남자의 어딘가에서 갑자기 팔이 뻗어나오더니 영신의 스웨터 속으로 빨려들어가듯 사라진다. 〔……〕 뜨거운 뱀은 영신의 배를 더듬어 올라가더니 젖가슴에 이르자 그것을 허겁지겁 움켜잡는다. 〔……〕 나뭇가지 사이로 다시 바람이 갈퀴처럼 스며들자 검은 잎들이 스르륵 소리를 내며 몸을 튼다. 영신은 그냥 가만히 앉아 있다. (II: 216, 217)

영신이라는 여성은 말하자면 건망증에다가 약간의 신경성 증세, 게다가 닫힌 공간에 숨기 좋아하는 폐쇄성이 있는 편인데, 그 성격은 전체적으로 볼 때 수동적이다. 이로 인해 남편과 헤어지기도 했으나, 그녀는 그 현실을 비교적 쉽게 감수한다. 이러한 성격은 중편 「그녀의 세번째 남자」에서의 여성 주인공을 연상시킨다. 흥미있는 것은, 이 작품에서는 영신이라는 여성의 그 같은 성격의 배경이 밝혀져 있다는 점이다. 그것은 홀어머니와 더불어 보낸 유년 시절—그것도 딸 대신 다른 남자에게 애정을 준 어머니 때문에 결핍감·박탈감을 느끼면서 자기 모멸감을 반추해야 했던 유년 시절의 소산이었다.

7) 「타인에게 말걸기」: 6)의 주인공 여성과는 판이한, 또 다른 정신병적 증세의 여성이 다루어지고 있다. 여기서는 자의식이 배제된, 약간의 과대망상기 내지 자기현시증이 있는 인물로 그려진다.

8) 「먼지 속의 나비」: 이 글 가장 앞머리에 소개된 선희라는 20대 여성을 주인공으로 한 작품이다. 동료 남성과 성관계를 가진 뒤, 매춘이나 성폭행으로 여길 것을 요구하는 여성이다.

9) 「이중주」: 30대 이혼녀와 남편을 마악 병으로 떠나보낸 그녀의 어머

니. 두 여인의 이야기가 다루어지고 있는 중편이다. 연륜의 길고 짧은 차이는 있겠지만 두 여인 모두 삶에 지친—남편에 지친—인물들이며, 그 지친 사연 역시 특이하다고 할 수 있는 것은 없는, 작품의 메시지로 보아서는 평범한 소설이다. 그러나 인물의 성격을 확인해두기 위해서는 주의해볼 대목이 있다.

> 인혜는 어머니 성격을 그대로 닮았다는 말을 귀에 못이 박이도록 들으며 자랐다. 그 말을 했던 사람들이 인혜를 본다면 아마 또 '으이그, 딸년이 모질기도 하지. 아버지가 돌아가시게 되었다는데 곡은 못한다 해도 어쩜 저리 태연해. 아주, 내찬 성격이 지 에미를 빼다박았어' 하면서 입방아를 찧을지도 모른다. 하지만 속으로 마음이 갈가리 찢겨나갈수록 호들갑을 내보이지 않는 것이 그들 모녀가 슬픔을 이겨내는 방법이었다. (II: 281)

> 이렇게 태어나면서부터 서러움 견디는 방법부터 배워야 하는 게 딸이란다. (II: 286)

이렇듯 9편의 소설 속에 나오는 여성들의 성격, 혹은 자리를 살펴보고 나면, 남는 인상이 있다. 그들의 성격은 크게 적극적인 여성상, 소극적인 여성상으로 나누어지지만, 근본적으로는 모두 고집스러운 인물들이다. 문체와 구조상의 단단함에도 그 이유가 있겠지만, 대부분의 여성들이 매우 단단해 보인다. 그러나 그 각피질을 한 꺼풀 들치고 보면 이러한 인상은 사뭇 혼란스러워진다. 대체 어떻게 해서 1)의 여성은 그처럼 쉽게 목공 남성에게 몸을 허락했으며, 6)의 여성 역시 "제 삶으로 들어오려는 모든 새로운 것에 대한 저항"으로 달팽이 모습이 된 상황에서 어찌하여 아파트 윗집 남자가 젖가슴을 주무르는데도 가만히 있었단 말인가. 그것은 고집이나 단단함 대신 유연함 혹은 무름이라는 표현이 적절한 세계가 아닐까.

그렇다, 이 신진 작가가 짧은 시간 안에 왕성한 작품 활동을 벌이면서 보여주고 있는 문학적 성취의 배후에는 어떤 역동적인 힘이 숨어 있는 듯하다. 그것을 나는 이들 작품들 곳곳에 감추어져 있는 모순들끼리의 어울림에서 발견한다.

2

모순의 동역학, 그 가장 표면에 떠오르는 것은 적극성과 소극성의 혼재·공존이다. 앞서 살펴본 대로 소설 1), 5), 6)의 여성들은 이를테면 소극형이고 2), 4), 7), 8)은 적극형이다. 3), 9)의 여성들은 이러한 이분법에 쉽게 포섭되지 않는 면을 지니고 있는데, 예컨대 3)의 주인공인 언니는 애인을 향해 적극적인 자세를 갖고 있으면서도 그와의 결혼은 끝내 단념하고 "혼자였기 때문에 행복하다"는, 결혼=행복의 도식을 틀어놓는 논리로 수동성을 스스로 변호한다. 그런가 하면 9)의 여성들, 즉 모녀는 얼핏 보기에 매우 적극적인 인물들이다. 특히 어머니의 경우 그녀의 적극성은 강한 생활력으로 연결되는 단단한 이미지를 제공하고 있다. 딸 역시 인용 부분에서 잘 밝혀져 있듯이, '모질다'는 인상을 그녀의 주위에는 물론, 우리들에게도 주고 있다. 그러나 소설의 이런 결구는 그렇다면 어떻게 읽어야 할 것인가.

> "아이고, 나는 싫다. 아버지 험담은."
>
> 그러면서 모녀는 동시에 정순 남편의 영정 쪽으로 고개를 돌린다. 영정을 보는 그들의 눈 속에 아련하게 슬픔이 고여온다. 하지만 지금까지 슬픔을 이겨온 방식대로 모녀는 그 슬픔을 눈 속 깊숙이에 가라앉히고 망막 위로는 단단한 평온만을 띄워놓고 있다. (II: 336)

3)과 9)의 여성들은 적극성/소극성이 혼재하는 인물들로 특징짓고, 나머지 여성들을 적극형 혹은 소극형으로 나누어버리는 일은 사뭇 도식적이다. 그러나 이러한 분류와 접근은 은희경 소설 이해에 있어서 썩 어울리는 면

이 있다는 것이 나의 생각이다. 왜냐하면 이 작가의 인물들은 의도적이리만큼 어느 한쪽의 느낌을 강하게 주는 것이 적어도 표면상의 인상이기 때문이다. 게다가 소설에서 필경 주목되어야 할 것이, 리얼리즘 이론과 상관없이, 인물의 창조 내지 부각이라는 점을 염두에 둔다면 이러한 접근은 정당하다. 이때 그 인물의 성격이 하나의 정형화를 위하여 뚜렷한 윤곽을 가질 수 있다면, 그는 작가의 대리인, 혹은 작가와 동일시되는 기능으로서 성공의 반열에 오를 수 있다. 사실 이러한 시각에 설 경우, 대체 우리의 소설들은 얼마나 빈곤한 것인지. 예컨대 최인훈의 『광장』이 오늘의 고전이 될 수 있는 것은, 주인공 이명준과의 동일시 현상을 논외로 하고서는 거론되기 힘들다는 당연한 이유 때문일 것이다.

그러나 젊은 작가 은희경의 꽤 인상적인 여러 여성들을 만나면서 갖게 되는 느낌은, 이때에 생겨나는 통일감의 결여이다. 여기서 중요한 것은, 인물들 사이에 일관성 있는 성격이 결핍되어 있다는 사실이 아니라, 서로 다른, 그리하여 때로는 충돌하는 것처럼 보이는 모순(그렇다, 그것은 모순이다!)이 무엇을 의미하며, 어떤 소설적 기능을 하고 있는가 하는 점이다. 확실히 이 작가의 인물들은 작품마다 그 성격이 달리 나타나며, 그들은 얼핏 보아 한 작가의 인물들이라고 하기에는 모순스러울 정도로 대조적이다. 게다가—이 점이 특히 중요하다—한 인물에 있어서도 그녀를 적극형/소극형으로 도식화하고자 할 때, 많은 부분 특징적이면서도 결정적인 어느 한 부분에 유보적인 경우를 보게 된다. 말하자면 내가 적극형이라고(혹은 소극형이라고) 분류한 인물들 가운데에서도 서로 다른 모순짐들끼리 부닞치고 있는 것을 볼 수 있다는 사실이다. 이렇듯 어떤 분명한 성격으로 단단한 인상을 던져주고 있는 인물들 사이의, 그리고 한 인물 내부에 내재해 있는 모순들이야말로 은희경 소설의 가장 두드러진 특성이자, 그의 소설을 성공적으로 이끌어가는 힘이다. 왜 이 작가의 주인공들은 적극형 아니면 소극형으로 모순되게 갈라져 있으며, 하나의 정형 속에서 또다시 적극＞소극, 혹은 적극＜소극의 모순된 구조를 갖고 있는가. 우선 그 양상을 살펴보자.

적극형과 소극형의 혼재로 한 인물이 특징지어지고 있는 경우로 나는 「연미와 유미」「이중주」를 지적한 바 있다. 다른 작품에서의 주인공들은 '혼재'라고 하기에는 어느 한쪽에 일방적으로 기울어 있다는 점을, 이 지적은 동시에 포함한다. 그러나 이렇듯 하나의 정형으로 도식화되었을 때에도 거기에는 늘 모순과 반란이 은밀하게 숨겨져 있다.

소극형으로 규정된 「그녀의 세번째 남자」「빈처」「열쇠」의 여성들을 보자. 「그녀의 세번째 남자」의 여주인공은 깊이 생각하지 않는 성격으로 매사에 정열이 없다고 되어 있다. 틀림없이 소극형으로 볼 수밖에 없는 이 여성은 그러나 매우 적극적인 삶을 사는 친구에 대해 "그러고도 낯선 삶을 원하는 일에 결코 지치는 법이 없었다. 아직 삶에 대해 기대가 많다는 것이 그녀가 그 친구를 좋아하는 가장 큰 이유"라고 생각한다. "낯선 것은 불편하지만 매혹적"이라는 말도 나오는데, 이것은 이미 다른 여자와 결혼한 애인에게 8년씩 매달려 있다가 잠시의 일탈 후 도로 그에게 돌아가는 여성으로서는 모순되는 일일 것이다. 「빈처」의 아내 역시 가정에 순응하면서 살아가는 평범한 여성이지만, 그의 순응은 단순한 승복이 아닌, 반성과 사랑의 꿈을 담은 일기를 끊임없이 기록해나가는 알찬 단단함을 동반하고 있다. 「열쇠」의 경우는 더욱 섬세한 검토가 요구되는데, 건망증과 사소한 분열증 가운데 혼란에 빠져 있는 주인공 여성은 모든 일을 피동적으로 받아들이면서도 때로 그와 다른 엉뚱한 일에 휘말리는, 가장 모순스러운 인물이다. 모든 새로운 것은 싫다면서도 아파트 위층 남자의 느닷없는 성적 침범은 이를 방조함으로써 받아들이는가 하면, 남편과의 성행위에서는 늘 다른 생각만을 하다가, 별다른 외적 사건 없이 이혼당한다. 그러나 전남편의 부인을 직무상 면담해야 할 일이 생기자 그녀는 단호하게 그 직장을 그만둔다. "누구도 미워해본 적이 없고 〔……〕 언제나 너그러운" 그녀로서는 참으로 의외의 일이라고 하지 않을 수 없는 크고 작은 일들이 이 소설 속에는 꽤 많이 깔려 있다. 작가는 이에 대해 "삶이란 때로 그렇게 엄청나게 의외적인 것"(II: 192)이라는 말로써 간단히 지나간다. 모순에 대한 배려, 의

외적인 것에 대한 작가의 관심은, 소설 제목으로서는 조금쯤 별다른 「짐작과는 다른 일들」이라는 제목에서도 잘 드러난다.

적극형인 인물을 주인공으로 가졌다고 분류된 「특별하고도 위대한 연인」「짐작과는 다른 일들」「타인에게 말걸기」「먼지 속의 나비」에 나타나는 모순점들도 흥미롭다. 이 중 지나치게 강하다고 할 적극적인 여성상은 「타인에게 말걸기」의 그녀, 그리고 「먼지 속의 나비」의 선희다. 앞의 작품의 그녀는 다소 비정상적이라고 할 만큼 과감하여 사회 생활에서 파행적인 돌출 행동을 서슴지 않는다. 그녀는 단순한 직장 동료인 작중 화자인 남성에게 중절 수술하러 산부인과 가는 길에 동행을 요구할 정도로 엉뚱하다. 그것도 다른 남성과의 관계로 임신한 일에 수술비까지 달라는 것이다. 다소 작위적인 느낌마저 주는 그녀의 이런 적극성 밑에는, 그러나 단순히 적극성이라고 부를 수 없는 모순이 공존한다. 예컨대 이렇다.

> 애써 말을 이으려고 하는 그녀의 목소리는 떨려나왔다.
> “아침에도 그래. 아침마다 깨어나는 순간이 무서워.”
> 그러더니 갑자기 그녀는 배시시 웃었다.
> “그래서 누군가 곁에 있었으면 하는 거야. 만약 내가 결혼을 한다면……” (II: 248)

공공연하게 여성 쪽에서 남성들을 섹스 파트너로 삼고, 바꾸고 하는 현실을 그린 「먼지 속의 나비」의 주인공 선희는 어쩌면 소설집 전체에서 가장 분명한 적극형이라고 할 수 있는 여성이다. 그 자신의 아이덴티티도 확고하다. 그러나 다음과 같은 작중 대화에서 주인공 선희는 그녀 스스로의 적극성을 완곡하게 부인하고 있다.

> “넌 그럼 정말 아무하고나 자니?”
> ……약간 떨려나오는 내 목소리.

"너는 그럼 안 그러니?"

……아무런 적의도 호기심도 없는 그녀 목소리.

〔……〕

"주원씨, 왜 화를 내지? 난 다만 익명의 성기와는 자지 않는다는 뜻이야. 그리고 난 섹스를 하는 것이 아니라 섹스를 안 하는 것으로부터 자유롭기 위해 그러는 거야. 섹스를 안 하기 위해 겪는 실랑이처럼 의미 없이 나를 지치게 하는 것은 없어 〔……〕"

그러니까 성행위만은 하지 않겠다는 적극적인 자기 방어를 하지 않을 뿐이라는 것이 선희의 변이다. 이 말은 참으로 묘하게 들린다. 여성의 입장에서, 그것도 처녀의 몸으로 섹스만은 함부로 하지 않겠다는 전통적인 입장을 그녀는 적극성의 개념으로 말하고 있는 것이다. 반면 아무 남성하고나 섹스를 할 수 있다는 그녀의 입장은 그러한 적극성에서 풀려난 소극성으로 변호되고 있다. 적극성과 소극성도 시각에 따라서 얼마쯤 달라질 수 있다는 사실이, 말하자면 시각의 이동과 혼란이 이 소설의 가장 중요한 측면으로 떠오른다. 이 역시 '모순'이라는 측면의 한 전형으로 이해되지 않을 수 없다.

모순은 두 가지의 요소가 무관하게 떨어져 있을 때 모순의 관계로 성립하지 않는다. 창과 방패가 부딪치는 순간에 말 그대로 모순이 생겨나듯이, 그것은 두 요소의 충돌을 필요로 한다. 은희경 소설의 모순은 삶에 대한 태도의 전반적인 적극성, 전반적인 소극성을 창과 방패로 삼고 있는데, 그렇다면 그것들이 부딪치는 지점, 혹은 순간, 즉 모멘트는 무엇인가 하는 점이 문제된다. 그것은 적극성과 소극성이 함께 포섭된 것이어야 할 것이다. 달리 말하면, 그 두 가지의 상반된 태도나 성격에도 불구하고 그것들에 공유되어 있음으로 해서 양자를 교통시켜주는 것이 무엇이냐는 점이다. 여기에 이르면 우리의 결론은 한 지점 이외에 바라볼 곳이 없다. 그곳은 섹스라는 모멘트다. 참으로 신통하게도, 적극적인 인생관의 소유자이든, 그 반대이든 그녀들은 섹스의 순간에는 그녀들의 고유한 성격(적극성/소극성)들을 넘어버리거나 잃어버리고 있다. 그리하여 한 여성이 지니고 있는 모순에도 불구하고, 주인공의 전체적인 인상은 통일감과 일관성을 자연스럽게 얻어간다. 은희경 소설의 역동적인 비밀이 여기에 숨어 있다. 한 인물이 소설 속에서 살아 있는 인간상으로 성장하기 위해서는 모순과 갈등, 혹은 이보다 더 심한 대결과 절망이 종종 요구된다. 이른바 훌륭한 소설일수록 그 높이와 깊이의 싸움이 우리를 전율시킨다는 것을 우리는 알고 있다. 그러나 동시에 우리는 많은 소설들이 소위 리얼리티라는 이름 아래 인물들의 평면적 진행만으로 인간상의 구현을 그릇 주장하고 있다는 것도 알고 있다. 모순들이 만나는 곳에서 평면성은 깨지고 삶의 총체성을 향한 걸음이 재촉된다. 모순은 부딪쳐서 역동적인 힘을 만들어낸다. 한 인간의 총체성, 삶의 총체성은 이 모순이라는 엄연한 과정을 제대로 겪어낼 때 보다 성숙의 길로 들어선다. 그것은 우리 삶의 체험, 문학(혹은 독서)의 체험이 보여주는 바와 일치한다. 이 신진 작가가 이 귀중한 요소를 몸으로 터득하고 있다는 사실은 대견스럽다. 소설의 재미와 힘은 바로 이 요소들의 산물이기 때문이다.

은희경의 여성들이 대체로 소극적이면서도 강인한 것은 이러한 모순의 은폐된 작용이다. 더러 적극적인 여성들이 나타날 경우 어딘가 부자연스러운 인상을 주는 것도 마찬가지 원리다. 무엇보다도, 단호하면서도 모진 문체가 전체적으로 따스한 분위기를 일구어내는 것이야말로 모순의 힘이 거두고 있는 가장 큰 성과일 것이다.

가장 중요한 이야기가 남아 있다. 섹스를 매개로 한 모순의 혼재와 대결을 담고 있는 이 작가의 여성상. 그 뿌리는 어디에 있느냐는 문제다. 출세작인 장편 『새의 선물』은 그 자상한 대답이며 보고서다. 열두 살 소녀를 화자로 한 인간 관찰을 통해 제공되고 있는 여러 인간상들은 그 리얼한 모습들과 함께 그들을 그렇게 만들어놓은 소녀의 원초적 세계를 반영하고 있다. 그것은 모순이 분리되기 이전, 원형으로서의 작가 의식과 분리 이후 그 발전의 궤적을 함께 보여준다.

> 내가 내 삶과의 거리를 유지하는 것은 나 자신을 '보여지는 나'와 '바라보는 나'로 분리시키는 데서부터 시작된다. 나는 언제나 나를 본다. '보여지는 나'에게 내 삶을 이끌어가게 하면서 '바라보는 나'가 그것을 보도록 만든다. 〔……〕
>
> 그러므로 내 삶은 삶이 내게 가까이 오지 못하도록 끊임없이 거리를 유지하는 긴장으로써만 지탱돼왔다. 나는 언제나 내 삶을 거리 밖에서 지켜보기를 원한다.
>
> 섹스도 예외일 수 없다. 나는 섹스의 순간에도 언제나 나를 지켜보고 있다. 〔……〕 (I: 12)

삶을 이끌어가는 '보여지는 나'는 이를테면 창이다. 그 임무는 앞으로 나가는 일이다. 그러나 그 창은 '바라보는 나'에 의해 자꾸 저지당한다. '바라보는 나'는 방패이다. 이 모순의 관계는 삶을 삶 그대로 방치하지 않겠다는 자기 성찰의 소산인데, 그 성찰은 냉철한 관찰을 통해 주관마저 객관화하겠다는 의지와 결부된다. 왜 작가는 하나를 행하면, 그 하나를 다시 객관화하여 관찰하겠다는 것인가. 모든 좋은 문학이 성찰을 본질로 삼고 있지만, 젊은 은희경은 그 뜻이 집요하다. 『새의 선물』은 그 배경도 함축하고 있다. 그것은 현실이나 대상에 감정적으로 몰입하지 않겠다는 자기 제어의 단호한 몸짓인데, 얼핏 보기에 지적인 이 절제력은, 자칫 함몰되어서는 안 될 현실의 어떤 비극성 내지 현실적인 불운이나 불행에서 유래하는 경우가 있다. 『새의 선물』에 은폐되어 있는 그 현실은 화자인 소녀의(아마도 작가 자신일까?) 어머니와 관련된 것이다. 그 어머니는 조금 정신이 이상해져서 일찍 죽은 어머니인데, 이 어머니는 「열쇠」에서도 그 변주된 모습을 보이는 등 여러 작품들에 은밀하게 숨어 있다. 한마디로 은희경의 소설에서 어머니는 결핍되어 있거나 비정상적인 상태로 왜곡되어 있는데, 딸인 주인공들은 그것을 들키지 않기 위하여(혹은 점잖은 표현으로는 '극복하기' 위하여) 온갖 꾀를 부리고, 노력한다. 그 비책은 모질게 마음먹고, 어머니 없는 티를 내지 않는 것. 『새의 선물』에서 화자 소녀인 진희가 재성이라는 어린 아이를 잠시 돌보면서 두 차례에 걸쳐 빰을 때리는 장면이 나오는데, 역시 '모짊'의 표현이다. 그것은 사랑의 결핍에서 나오는 행위가 아니라 사랑의 '관리'라는 관점에서 이해되어야 할 일이다. 생각해보라, '모짊'이야말로 모든 문학, 아니 모든 예술의 동력이 아니겠는가. 모질지 않고 어떻게 자기 스스로가 보이고 세상이 보이겠는가. 은희경에 의해 '모질게' 관찰되고 그려질 여러 세상이 기대된다.

(1996)

서사의 관리와 '기계천사'
—김영하의 소설[1]

이들로부터 1920년 새로운 천사가 나왔는데—뒤에 정확하게
증명되겠지만—그것은 풍자와 참여에 의해서는 어떤 열린
우화도 달지 않고 있는 기계천사다. 양자는 날개를 넓게 펴서 서로
덮는다. 기계천사는 그것이 재앙의 완성인지 구원의 변장인지
관찰자로 하여금 의심쩍은 눈초리로 묻게 한다.
—Th. W. 아도르노, 「앙가주망」

1. 이야기를 '창작'한다?

김영하는 이미 1996년 자신의 첫 책, 장편소설 『나는 나를 파괴할 권리가 있다』를 통하여 자신의 소설가적 비전을 분명히 천명하였다. 그 요지는 다음과 같이 압축된다.

고객과의 일이 무사히 끝나면 나는 여행을 떠나고 여행에서 돌아오면 고객과 있었던 일을 소재로 글을 쓰곤 했다. 그럼으로써 나는 완전한 신의 모습을 갖추어간다. 이 시대에 신이 되고자 하는 인간에게는 단 두 가지의 길이 있을 뿐이다. 창작을 하거나 아니면 살인을 하는 길. (①-16)

---

1 이 글에서 언급하는 김영하의 작품은 다음과 같다. ①『나는 나를 파괴할 권리가 있다』(문학동네, 1996) ②『호출』(문학동네, 1997) ③『엘리베이터에 낀 그 남자는 어떻게 되었나』(문학과지성사, 1999) ④『아랑은 왜』(문학과지성사, 2001) ⑤『검은꽃』(문학동네, 2003) ⑥『오빠가 돌아왔다』(창비, 2004) ⑦『빛의 제국』(문학동네, 2006) ⑧『퀴즈쇼』(문학동네, 2007) ⑨『무슨 일이 일어났는지는 아무도』(문학동네, 2010).

다소 끔찍해 보이는 이러한 선언은 사실 진부한, 19세기적 출발이다. 그것은 신마저 죽인 니체, 혹은 언어의 창조자인 신을 밀어내고 그 자리에 시인을 앉게 한 보들레르의 복사판이다. 그러나 적어도 한국에서는 어쩌면 새로워 보일 수도 있다. 적잖은 평론가들이 마치 가상의 적과의 싸움처럼 입에 달고 있는 '근대'가 바로 이 지점에서 시작되었음에도 불구하고 어느 누구도 자신의 문학이 '근대문학'임을 이처럼 당당하게 들고 나온 일이 없었기 때문에 이 선언은 심지어 신선하기까지 하다. 따라서 김영하를 일반적인 평가대로 '신인류'의 창시자라거나, 적어도 획기적으로 새롭다고 보는 시각은 근본적으로 타당하지 않다. 그가 새로워 보이는 까닭은, 역설적으로 우리 문학이 21세기에 들어선 오늘까지도 사실은 의사근대(擬似近代) Pseudomodern에 너무 오래 몰입되어 있었던 탓인지도 모른다. 소설의 경우도 비슷하기는 하지만 특히 시와 평론에 있어서 우리 문학은 근대에 대한 적절한 논의와 과정이 지나치게 생략된(혹은 빠르게 지나간) 채 탈근대의 모습으로 진입하였고, 그 논의와 양상이 과열되었기 때문이다. 그러므로 김영하가 등장한 1996년은 한국에서 '근대문학'의 개시라고도 할 수 있는데, 이 점에 대해서는 20세기 초로 그 시점이 소급되기도 하는 '근대문학 논의'가 있으므로 차라리 '현대문학'이라는 용어를 쓰는 것이 훨씬 혼란을 피할 수 있을 것으로 생각된다. 어쨌든 "창작을 하거나 아니면 살인을" 함으로써 인간이 신이 될 수 있다는 생각은 19세기 중반 유럽의 그것이며, 우리는 싫든 좋든 지금껏 그 시점을 '현대'의 기점으로 받아들여왔다. 김영하는 바로 그것을 분명히 한 것이다. 이와 더불어 그는 또한 다음의 주목할 만한 발언을 토함으로써 소설가로서의 자신의 운명을 스스로 점지한다.

그러나 일이 끝난다고 그 일을 모두 글로 만드는 것은 아니다. 내게 강한 인상을 남겨준 고객만이 내 손을 거쳐 다시 태어난다. 내가 사명감을 가지고 해내는 이 일은 고통스럽지만 그 신산한 과정을 통해 나는 의뢰인들을 연민하고 사랑하게 된다. (……) 나는 형체 없이 숨어 내 의뢰인들이 자신들의 이야기를 통해 재생하는 장면을 지켜볼 것이다. (①-16~17)

니체와 보들레르 이전에 창작은 신의 몫이었다. 그러나 "아니다. 시인이 언어를 만든다"고 보들레르가 일갈한 이후 창작은 문학의 권리가 되었다. 김영하의 선언에서 가장 주목되는 단어는 그러므로 '이야기'와 '창작'이다. 그것도 고객과의 계약에 의해 씌어진 '이야기'의 창작이다. 김영하 소설을 지배하는 원자재이자 원동력이 되는 '이야기!' 그는 이야기의 창작가인 것이다!

'이야기의 창작'이라는 말은, 그런데 과연 말이 되는가. 이야기는 이미 존재하는 것이고 창작은 없는 것을 새롭게 만들어내는 것이다. 그렇다면 이야기의 창작이란 모순이다. 그러나 이 소설가에게 그것은 모순이 아니다. 그에게 '창작'이라는 개념이 다르기 때문이다. 『나는 나를 파괴할 권리가 있다』에서 강한 어조로 진술하고 있는 그의 '창작'은 "고객과 있었던 일을 소재로" 글을 쓰는 것이다. 그러나 그 일을 있는 그대로 쓰는 것은 아니고, "그럴 자격이 있는 고객만"이 작가의 손을 거쳐 다시 태어나는 것이다. 여기에는 두 과정이 있다. 첫째는 고객과의 관계에서 일어나는 일이 일차 자료이고, 그다음으로는 그 자료를 작가가 선택/편집하는 것이다. 그 과정 전체가 그의 '창작'이다. 따라서 그의 소설은 장르의 일반적인 개념[2]에서 말해지듯 작중인물의 행동과 동행하지 않는다. 인물이나 행동과 함께하는 소설은 그 인물과 행동을 소설가가 직접 만들어내지만, 이야기의 수집과 선택에서는 그럴 필요가 없다. 그 대신 그 선택에 개입하는 작가의 안목이 까다롭고 독창적일 수밖에 없으며, 그 편집의 기술이나 관리·경영도 독특하고 능숙해야 한다. 김영하는 이런 의미에서 서사의 창출자라기보다 탁

2 가령 슈타이거가 말하듯 '서정'은 기억, '극'은 대화라면, '서사'는 행동이나 사건이다. E. Staiger, *Grundbegriff der Poetik*, München, 1971.

월한 관리자로 보인다. 『나는 나를 파괴할 권리가 있다』에서 사실상 첫번째 작품으로 등장하는 「유디트」도 "2년 전 겨울, 내 고객이었던 누군가의 이야기"이다. 장편소설의 형태를 띠고 있는 이 작품은 권태에 관한 이야기인데 '유디트'라고 불리는 여성, 그리고 그녀와 성관계를 반복하는 두 형제의 이야기다. 퇴폐적이라고 할 만한 내용을 담고 있는 이 이야기가 그렇다면 왜 작가에 의해 선택되었을까. 김영하 소설의 앞날은 그 시점에서 이 선택과 편집을 통해 어떻게 예견되고 있을까.

『나는 나를 파괴할 권리가 있다』는 추파춥스라는 사탕을 먹으면서 섹스를 하는 어느 가출 불량소녀의 이야기가 핵심이다.[3] 유디트는 고대 이스라엘의 여걸이지만 화가 클림트가 민족주의와 영웅주의를 거세하고 세기말적 관능만을 남겨두었는데, 유디트(본명은 세연)라는 별명으로 소개된 그녀가 바로 그 유디트를 닮았다는 것. 그녀는 사탕을 먹으면서 다 먹기 전에 형이 넘어오면 그와 살고, 그다음 단계에서 넘어오면 동생과 살겠다고 마음속으로 내기를, 그러니까 형제를 사이에 두고 섹스 유희를 벌인다. 그녀에게 있어서 섹스는 추파춥스를 먹는 것과 같은 가벼운 놀이이다.

> —왜 사정하지 않지?
>
> 길고 지루한 움직임 끝에 그녀가 물었다. 그제서야 C는 자신이 그녀와 섹스를 하던 중이었음을 알았다.
>
> —흥분되지 않아.
>
> —그럼 내 목을 졸라봐. 흥분이 될 거야. (①-51)

흥분이 없는 섹스. 뒤에서 더 자세히 살피겠지만, 이것이 김영하의 섹스다. 유희로서의 섹스는 지루할 수밖에 없고, 여기서의 탈출로 죽음, 혹은

---

3 불량소녀·소년은 김영하 소설에 빈번하게 등장하는 소재다. 아버지를 때리는 아들을 다루기도 하지 않는가(「오빠가 돌아왔다」의 경우).

살인이 심심찮게 언급된다. 혁명은 권태의 산물이라고 하지 않는가.[4] 권태는 김영하 문학의 앞길에 중요한 시사를 던진다. 그것은 자동차로 대변되는 기계와의 관계를 통해서 나타나는데, 요컨대 그는 기계에 대한 친애를 통해서 권태에 대한 파괴를 시도하고, 문학에서의 육체성을 제시하며, 집착한다.

> 적절하게 조여드는 느낌을 통해서 K는 94년형 스텔라TX와 자신이 더욱 밀착된다는 느낌을 받는다. 기어를 중립으로 놓은 상태에서 액셀러레이터를 살짝 밟아 공회전을 시키자 부드러운 떨림이 온몸으로 전해져오는 것을 느낄 수 있었다. 〔……〕 그의 육체는 곧 택시의 속도에 자신의 속도를 조율하고 관성의 법칙은 택시의 속도를 따를 것이다. (①-24, 26)

권태와 그 파괴로서의 기계는 인간에게서 육체성의 중요함을 부각시키면서, 육체를 던지지 않는 일체의 언행을—물론 문학까지도—신뢰하지 않는다. 죽음이나 죽임이 진정성의 행위로 그려지고 있는 것도 그 까닭이다.

> 오르가슴에 도달하기 직전, 그 느낌의 근원을 탐색하려는 눈빛이다. 입술은 살짝 벌려져 있어 긴장이 풀려 있음을 보여준다. 풀어헤쳐진 앞가슴은 살색이 아니라 푸른빛이다. 뭉개듯이 은은하게 비추어내는 푸른빛은 죽음의 기운이다. 그래서 유디트의 육체는 시체로 보인다. 시체치고는 너무 매혹적이다(아니면 시체이기에 더 매혹적인지도 모른다). 왼쪽 팔로는 그녀가 베어버린 홀로페르네스의 목을 움켜쥐고 있다. 검은 머리의 남자는 눈을 감은 채 죽어 있다.
>
> 유디트는 적장 홀로페르네스와 섹스를 하다가 목을 베었다. (①-68)

---

4 뷔히너G. Büchner(1813~1837)의 명작 『보이체크*Woyzeck*』에서 권태는 혁명 봉기의 숨은 동인이 된다.

그렇다, 김영하의 유디트 집착은 육체성의 과시이며, 그 끝에는 죽음이 있다. 말을 바꾸면 감정과 같은 생명의 유동성이 제거된 상태, 즉 주검 상태에서의 육체는 일종의 순수 육체로서 육체성의 가장 정직한 표현임을 작가는 짐짓 보여주는 것이다. 이때 '유디트', 혹은 유디트 그림만 한 본보기가 어디 있겠는가. 그것은 김영하 소설의 불길한, 잠복된 불티다. 그의 첫 책인 『나는 나를 파괴할 권리가 있다』에는 그 밖에도 여러 명의 젊은 여성들이 나오는데 종래의 관습이나 도덕률로는 전혀 납득되지 않는 퇴폐미의 주인공들이다. 가장 납득되지 않는 부분은 자살로 끝나는 그녀들의 죽음인데, 작가는 그녀들의 죽음을 멋지다고 하면서도 변하지 않는 일상의 인생을 개탄한다. 그는, 말하자면 따분함 속에서 그 따분함을 넘어서는 이야기만 선택하고 있는 셈이다. 그리고 이 선택은 기계의 발견으로 이어진다.

2. '기계천사'와 육체/물질론

육체성은 기계의 발견과 이에 대한 집착을 통하여 확연한 지평을 확보한다. 아도르노의 기계천사와 적절히 부합하는 '기계'성은 사실상 김영하 소설의 근본 모티프다. 그는 확실히 '신인류'라는 별호에 어울릴 만한 많은 새로운 구체적인 세목을 통해 전 시대와 변별되는 획기적인 '차이'를 지닌다. 분명히 그는 1950년대와 1960년대를 구별 지었던 "내면적 인간성 부각"의 김승옥, "사회 비판 의식의 예술적 구상화"라는 조세희, 혹은 독사석 세계를 독특하게 구현해온 황석영, 최인호 그리고 형이상학적 구원과 존재론의 탐구자 이청준, 이승우와 자신을 결정적으로 차별화한다. 무엇보다 그는 일찍이 '기계천사'의 출현을 예언한 아도르노의 실현자로서 크게 주목된다. 한국 문학에서 한 번도 화두가 된 적이 없는 '기계천사'라는 말은, 일반적으로 어느 문학의 역사에서도, 그리고 김영하 소설의 분석에서도 물론 키워드가 된 일이 없다. 이렇듯 문학에서 기계는 낯설 수밖에 없는 것이다. 그러나 김영하에게서 소설은 조작manipulation, 조정, 관리되고 있다는 점에서 착안하고 분석할 필요가 생겨났고, 그는 그런 의미에서 기계로 소설을 뒤집은 소설가이다.

i) 아마 저 같은 인간이 잘 이해되지 않을 거예요. 그렇지요? 제가 보기에 인간은 딱 두 종류예요. 십자드라이버 인생하고 안 그런 인생. 십자드라이버 가지고 뭔 기계든지 일단 뜯어봐야 직성이 풀리는 사람하고 그 반대로 아무 관심도 없는 사람. (②-114)

ii) 지금도 그렇지만 정말이지 기계가 사람보다 나아요. 정말이에요. (②-121)

iii) 전 당신처럼 예의 바른 사람이 좋습니다. 하지만 대부분의 사람들은 그렇지 못하죠. 자기밖에 몰라요. 하지만 기계는 달라요. 기계는 인간이 해준 만큼 보답하거든요. (②-127)

iv) 차를 왜 그렇게 좋아하냐구요? 이유는 간단해요. 자동차는 인간이 만들어낸 기계 중에서 제일 멋진 기계거든요. [……] 차는 웬만큼 잘빠진 여자보다 예쁘죠. (②-131)

v) 또 차는 감정이 있어요. 거짓말이라고요? 기계에는 감정이 없다고요? 그건 당신이 잘 몰라서 그래요. [……] 자동차도 마찬가지예요. 차에 떡하니 올라타서 애정을 가지고 조용히 한번 차소리를 들어보세요. 가르릉가르릉거리는 게 꼭 고양이 소리 같다니까요. (②-132)

1997년에 출간된 소설집 『호출』과 그보다 한 해 먼저 나온 처녀작 『나는 나를 파괴할 권리가 있다』에 내장되어 있는 김영하 소설의 기계성. 그것으로 그는 감정주의, 형이상학 등의 전근대를 소리 없이, 그러나 과격하게 파괴하면서 서사와 동행하는 소설가로부터 서사를 관리, 경영하는 소설가로 자신을 탈각시킨다. 그는 네 권의 장편소설을 포함해서 2011년 상반기까지 아홉 권의 책을 출간했는데, 결론부터 말한다면, 그중 세 권의 장편소설들은 김영하 소설이 지니고 있는 그 특유의 매니페스트manifest적 성격에서 벗어나 실제 경영의 현장적 성격을 지닌다. 따라서 중요한 것은 기계성의 본질이며, 이와 연관된 단편들의 특성 분석이다.

『호출』에 수록된 「내 사랑 십자드라이버」가 명백하게 선언하고 있듯이 김영하에게 기계는 곧 천사다. 그렇다면 작가는 왜 기계를 이토록 좋아하는 것이며, 이 기계 사랑이 갖는 의미는 무엇일까. 『호출』에는 앞서 살펴본 「내 사랑 십자드라이버」 이외에도 「총」이라는 소설이 직접적으로 기계를 찬양한다. 예컨대 이렇다.

석태는 총의 노리쇠를 후퇴, 전진시키는 동작을 반복한다. 차르륵, 차르륵, 경쾌한 소리가 들린다. 총에서 나는 모든 음들은 말할 수 없이 산뜻하다. (②-143)

물론 이 소설에서 총은 인질범에 의한 사살 사건으로 이어지고, 또 인질범을 향한 군경의 총격에 쓰이는 비극적인 도구로 드러나고 있으나, 총과 총성 등 그 자체에 대한 찬탄의 묘사는 또 한 번 확실히 부각된다. 총 또한 기계라면 작가의 기계 사랑은 계속되고 있는 것이다. 기계에 대한 묘사, 또는 관심의 주요 대상으로서의 기계는 세번째 책 『엘리베이터에 낀 그 남자는 어떻게 되었나』에서 가장 전면적으로 다루어진다. 흥미로운 것은 이때 기계는 단순 찬양의 자리에서 회의와 인식을 동반하는 지점으로 서행하고 있다는 사실이다.

가령 소설의 표제작 「엘리베이터에 낀 그 남자는 어떻게 되었나」는 엘리베이터라는 기계의 고장과 그에 따라 엉망이 되어버린 출근 상황을 그린다. 여기서 기계는 더 이상 천사이기는커녕, 도시의 악마다. 작가는 그가 찬양한 기계에 끼어서 오도 가도 못 하는 상황이 된 것이다. 이러한 상황은 기계에 인간이 적응하는 과정, 혹은 기계가 인간화되는 과정에서의 혼선과 부조화로 이해될 수 있을 것이다. 이러한 미묘함을 잘 보여주고 있는 작품이 「피뢰침」이다. 기계와 사람의 만남, 혹은 상호 적응이라고 볼 수 있는데, 흔히 벼락으로 불리는 낙뢰〔소설에서는 전격(電擊)이라는 말도 함께 쓰인다〕 현상을 다루고 있는 다음 대목이 흥미롭다.

"그럼 어떻게 해야 되나요?"

"공포와 전류를 일치시키는 겁니다. 그때, 당신 스스로 전격이 되어 하늘과 땅으로 방전하는 거지요. 당신은 대기와 대지와 당신 몸의 주인이 되는 겁니다."

내 머리는 그의 말을 이해할 수는 없었지만 내 몸속에는 이미 뭔가가 흐르고 있었다. 그 뭔가가 땅과 하늘의 전하를 부르고 있는 모양이었다. 숙면을 잃어버린 육체가 그렇게 말하고 있었고 시도 때도 없이 배출되는 체액들이 그렇게 속삭이고 있었다. (③-139~40)

기계에 대한 기호, 애정, 존중이 넓은 의미에서 문학의 형이상학적, 정신주의적 전통에 대한 이의 제기라고 한다면, 기계의 외연은 그 새로운 이의와 맞물려 확장된다. 거기에는 비록 기계라고 불리는 구체적 사물이 아니라 하더라도 반형이상학적, 반정신주의적 사고와 그 반응 일체가 포함될 수 있을 것이다. 요컨대 육체와 물질의 육박이다. 벼락이 몸속으로 들어온다는 것은 죽음이지만, 죽음에 앞선 공포를 벼락의 몸인 전류와 일치시킨다는 진술은 과학적 진실 여부와 관계없이 몸의 기계화를 연상시킨다. 몸인 사람과 몸인 전류가 만나는 것이다. 그렇게 될 때, 합일된 사람의 몸은 그 자체가 전격이 되어 하늘과 땅으로 방전한다는 논리다. 사람의 몸도 이 경우 전류가 흘러가는 하나의 전도체일 뿐이다.

우리는, 아니 적어도 나는, 한 사람의 퍼포머인 셈입니다. 언젠가 지극히 완벽한, 공포와 전격을 일치시켜 자아를 뛰어넘는, 그 경지에 이를 때까지 나는 적란운을 좇아다닐 겁니다. (③-141)

사랑, 기쁨, 슬픔 등과 같은 전통적인 인간의 감정인 공포가 전격과 일치될 때 자아를 뛰어넘을 수 있을 것인지 명확하지 않지만, 작가는 적어도 그 가능성을 제시하고 퍼포머, 즉 그것을 수행하는 존재로서의 인간을 내세운다. 전통 감정만을 따르지 않고 물질로서의 육체와 정직하게 만날 때, 오히려 새로운 자아가 발생할 수 있다는 것이다. 그리하여 김영하는 전통적인 감정과 정서로서의 문학에서 자신의 문학을 떼어놓는다. 그리고 그 문학에 기계와 물질, 육체를 붙여놓고 문학의 범주를 확장한다. 이 확장은, 그러나 때로 분리로, 일탈로, 급진으로 느껴지거나 인식된다. 사랑과 성의 분리는 이때 가장 알기 쉽고, 전형적인 그 결과물이다.

하지만 경비들은 물러서지 않았다. 오히려 그들은 점점 더 가까이 다가왔다. 그는 붙잡히고 싶지 않았다. 여자를 만나야 했다. 그 따뜻하고 풍성한 젖가슴에 얼굴을 묻고 울고 싶었고 그녀를 엎어놓고 격렬한 섹스를 하고 싶었다. 그럼 모든 것을 잊고 다시 출발할 수 있을지도 몰랐다. 사랑이 없는 섹스를 하면 이 모든 게 치유될 텐데, 다시 원상태로 돌아올 텐데, 쓸데없이 경비들과 실랑이를 하고 싶지는 않았다. (③-235)

"사랑이 없는 섹스"로 좌절의 치유가 가능하다는 노골적인 선언은 한국소설로는 거의 처음 겪는 충격이다. 나로서는 1970년을 전후한 학생운동의 이론적 지도자였던 마르쿠제와 혁명적 학생들의 구호가 연상되는 부분이다.[5] 당시 학생들의 구호 가운데 핵심은 "우리 시대에 프리섹스와 혁명을!Free Sex and Revolution in our Lifetime!"이었는데 이때 '프리섹스'란 바로 사랑과 성의 분리, 즉 사랑으로부터 성의 자유였던 것이다. 말을 바꾸면 바로 사랑 없는 섹스를 누리겠다는 것으로 김영하의 섹스 자유론과 정확히 일치한다. 거의 예언자로 추앙받던 마르쿠제의 지론들은 40여 년이 지난 오늘날 대부분 적중하고 있어서 놀랍거니와 그 지론의 중심이 ① 기술 공업 사회가 이데올로기 와해 시대에 새 이데올로기가 된다는 점, ② 공급이 수요를 창출하면서 다국적 기업이 세계 지배의 이념이 된다는 점, ③ 따라서 획일적 생산품에 의해 기호와 취미의 획일화가 이루어진다는 점 등임을 고려한다면, 김영하의 출현은 우연이라고 할 수 없어 보인다. 오늘날 세계의 현실이 마르쿠제의 현실화로 보이는 가운데 김영하 문학이 그로부터 생산되고 있다는 것은 의미심장하다. 섹스와 폭력을 피해 갈 수 없는 세기말적 공포가 뜬금없이 이제 급습하고 있는 세상(섹스＋폭력→성폭력의 일상화를 보라!)을 향한 경고를 그의 소설은 1990년대에 이미 내장하고 있었다. 자, 이때 사람들은 어떻게 살아가는가. 『엘리베이터에 낀 그 남자는 어떻게 되었나』에 수록된 「고압선」은 여기서 다시 주목된다.

> 내 생애 처음으로 사랑하는 여자가 생겼는데, 어째서 그 이유 때문에 내가 사라져야 하지? 왜 점점 희미해져야 하지? 〔……〕
>
> 우리는 헤어져야 할 것 같아.
>
> 왜?
>
> 사랑하니까.
>
> 여자는 푹, 하고 웃음을 터뜨렸다. 지금 연극해? 하지만 남자는 심각했다. 아니야. 연극이 아니라고. 내가 사라지고 있어. 여자를 사랑하면 사라질 운명이랬어. 〔……〕

---

5 『이성과 혁명』『문화와 사회』 등 숱한 책들로 우리에게 잘 알려진, 이른바 뉴레프트의 이론가이며 실천가였던 마르쿠제의 저서 『일차원적 인간*One-dimentional man*』은 이 방면의 예언적 내용을 담고 있어서 크게 주목된다.

여자가 그렇게 말했지만 그는 이미 마음을 굳히고 있었다. 그녀를 사랑하면 자신은 투명인간이 되고 〔……〕 (③-229~30)

사랑을 하면 몸이 눈에 보이지 않는 투명인간이 된다는 것이다. 결국 그것은 육체의 소멸을 의미한다. 영적으로는 존재하지만 타인에 의해 인지가 불가능한 육체의 부재다. 기이하게도 이 일은 사랑 때문에 발생하는 것으로서 사랑과 섹스는 완전히 대척점에 선다. 육체성의 이러한 강조는 당연히 사랑을 비롯한 전통 감정을 파괴함으로써 결과적으로 기쁨, 슬픔 등과 같은 감정조차 이완·해체시킨다.

3. 수집하고 경영한다

김영하는 이야기를 수집하고 경영한다. 그가 수집하며, 또 수집하고 싶어 하는 이야기들은 전통적인 상식과 교양의 눈으로 볼 때 엽기적이거나 퇴폐적인 것들이 많다. 그는 소설, 혹은 소설가와 관련하여 "세상은 어지러운 언어의 바다"(⑦-248)라거나 "극단에 고용된 전속 극작가 같은 존재"(⑦-249)라고 객관화하는 발언을 서슴없이 행한다. 이 발언을 직접 길게 들어보면 이렇다.

주말 등산을 위해 모여든 사람들은 버스에서, 사찰의 약수터에서, 정상의 헬기장에서, 서리 내린 능선의 억새밭에서 아무 허물없이 자신들의 인생사를 들려주었다. 어찌 보면 그는 극단에 고용된 전속 극작가 같은 존재였다. 배역이 정해지면 그를 위해 스토리를 만드는 것이 그의 일이었다. (⑦-249)

이러한 소설 인식은 얼핏 보아 '인생사→스토리'로 연결되는 리얼리즘의 궤도 위에 있는 것 같지만, 사실은 그렇지 않다. 무엇보다 소설가는 인생의 현장에 거의 직접 가지 않는다. 소설거리란 곧 이야깃거리이기 때문에 수집하고 조합하고 관리하는 쪽으로 나아간다. 극단 극작가란 주어진 현실 재료를 취사선택하고 재배치한다. 그러나 극단 극작가가 극단의 방침에 충실히 따르는 것과 달리 김영하의 선택은 그 내용이 다분히 창의적이다. 말하자면 현실 속에 직접 뛰어들지 않는 대신, 그 내용을 포착하고 구성함에 있어서 독창적인 안목과 기법을 동원한다. 이것이 관리자로서 그의 소설 경영이다. 이런 면모를 가장 노련하게 보여주고 있는 소설이 많은 다른 소설들 가운데에서도 장편 『아랑은 왜』이다.

> 아랑의 이야기에도 여러 가지 틈이 보인다. (……) 근대적인 의미의 작가적 자의식을 보유하고 있었던 이 저자는 분명 우리가 지금 하려고 하는 이 작업의 선구자임에 틀림없다. (……) 그도 우리처럼 아랑의 전설에서 어떤 틈을 발견한 것이다. 그는 그 틈을 비집고 들어가 거기에 자신의 알을 슬어놓았다. (④-16~21)

김영하는 현실 아닌 아랑의 전설을 이야깃감으로 골랐고, 거기서 어떤 틈을 발견함으로써 자신이 관리하는 수중에 그것을 넣었다. 그 안목은 주체적이지만, 그 과정은 과학적이며 치밀하다. 『아랑은 왜』를 그가 장편의 소재로 선택한 이유도 그 전설에 틈이 많았기 때문인데, 그는 그 틈을 과학적인 근거와 더불어 독창적인 상상력으로 메워나가면서, 하나의 새로운 소설을 재개발한다. 예컨대 한을 품고 죽은 처녀 아랑이 나비가 되었다는 전설 옆에는 부임 즉시 죽어 나가는 군수 이야기와 더불어, 죽지 않은 어느 군수의 용기 속에 범인을 추적하는 이야기가 없다는 것에 작가는 의문을 제기한다. 작가는 이야기꾼들이 청중의 신분에 따라 범인의 신분을 바꾸었을 가능성을 언급하면서 법의학자의 자세로 아랑 전설을 전면적으로 재검토할 것을 주장한다. 이른바 소재의 재정비로 새로운 소설이 시작되는데, 이것을 나는 소설 창작 대신 소설 관리라는 말로 부르고 싶다. 김영하는 『정옥낭자전』 『청구야담』 등을 찾아내는 실증을 통하여, 또 여러 판본의 대비를 통하여 "다 아는 이야기를 다르게 말하기"(④-23)를 시도한다. 그리하여 소설은 아랑을 욕보이려다 죽게 한 범인 색출과 범행 배경에 주목하면서 이미 존재하는 전설을 뛰어넘는 흥미를 유발한다. 여기서 작가는 재탄생한다.

> 그러나 여기서 잠깐 짚고 넘어가야 할 게 있다. 우리는 지금 실제로 벌어졌던 사건의 실체를 밝히려는 게 아니라는 것이다. 우리는 살인사건을 조사하는 형사나 추리소설에 투입된 탐정이 아니라 아랑 전설을 재구성하는 사람들일 뿐이다. (④-31)

이 독창성은, 그러나 구성의 주관일 뿐, 사건 자체에는 결코 작가가 개입하지 않는다. '사건'을 즐겨 다루는 김영하이지만, 그는 사건을 즉물적인 문체로 선택, 보고할 뿐 그 스스로 그 속에 뛰어들어 사건을 만들어가지는 않는다는 것이다. 그럼에도 불구하고 그의 소설에는 특이한 사건들이 접종한다. 스파이 사건(『빛의 제국』), 20세기 초의 멕시코 이민사(『검은 꽃』) 등 별로 조명되지 않았던 이야기들이 끌려 나오는가 하면, 『퀴즈 쇼』에서와 같이 디지털 시대의 젊은 풍속도가 리얼하게 소개되기도 한다. 『퀴즈 쇼』에 등장하는 젊은 스마트폰 시대의 평상적인 행태들은 불과 10년 안팎 그 이전의 세대에게는 매우 낯설고 이색적인 현실들로 출몰한다. 예컨대 인터넷 퀴즈 방에서 이루어지는 퀴즈 쇼의 남녀들은 전 세대들에게는 난해한, 작가의 표현에 따르면 "사특한 교감"(⑧-37)인 것이다. 이렇듯 특이한 사건들의 수집과 그 재구성을 통한 새로운 제시는 결과적으로 크게 두 가지 의도를 내보여주는 것으로 판단된다. 그 첫번째는 서사는 사건의 전복(혹은 전복적 사건)이라는 소설가 자신의 믿음이다. 이때 그 사건은 물론 사건다운 사건, 즉 독자에게 흥미를 주는 사건이다. 전통적인 의미에서의 서사가 민족이나 한 나라 혹은 사회의 거대한 사건, 그리고 그것을 주도하거나 배후에 있는 인물의 영웅적 행위와 관계된다면 오늘의 서사는 그러한 내용에서 '서사시'적인 것이 물러나면서 오직 사회 행동적인 것으로 이행한다. 18세기 영국을 중심으로 한 산문소설 이후 그것을 근대적 의미의 서사시로 보는 견해 역시 오래된 문학적 관습이다. 문제는 '영웅'과 '방대한 스케일'인데, 18세기 이전의 문학에서는 주로 규모를 통해 그것이 가장 주목의 포인트가 되었지만 이제는 더 이상 유효하지 않다. 19세기적 소피스티케이션을 거쳐 21세기의 그것은 오히려 '이색'과 '엽기'같이 평원이나 궁정에서 일어나는 일이 아닌, 테이블 밑에서 일어나는 '전복적' 장면이다. 말하자면 이렇다.

> 그녀가 던지는 힌트는 식탁 아래를 건너와 허벅지를 간질이는 부정한 애인의 발이었다. 사람들은 식탁 위에 놓은 음식과 그 위에서 오가는 대화에만 관심이 있을 뿐, 아래에서 무슨 일이 벌어지는 줄 모른다. 오직 두 남녀만이 그 비밀을 공유하며 태연스레 사람들의 대화에 동참하며 음식을 먹는 것이다. 퀴즈 방에서도 마찬가지다. 나는 그녀가 나만을 위한 은밀한 힌트를 보내고 있다고 생각하고 혼자 모니터를 보며 미소 짓는다. (⑧-37)

현대의 서사는 퀴즈 방에서, 자동차 안에서, 엘리베이터에 끼어서 전개되며 그것들은 모두 '발전'이라는 이념 아래 형성되고 있는 현대의 성격 그 자체를 증거한다. 그다음 두번째 의도도 바로 그것이다. 특이한 사건을 서사라고 믿고 선택·편집한 서사의 내용은 '현대'의 퇴폐와 폭력이며, 현대성은 바로 이것들에 의해 촉발되고 증폭된다는 조작(操作) 논리다. 이 조작 논리는 이를 무시하고 내달리는 이른바 리얼리즘적 관행에 브레이크를 걸고 장난을 친다. 현실은 총알택시 기사에 의해, 폭력 아버지에 의해, 퀴즈 쇼와 섹스가 일상화된 젊은이들에 의해 굴러가는데도 다만 '비판적 묘사' 위에서 무사무사 지나가는 문학의 태만을 그는 뒤집는다.

"장난하지 마."

생각해보니 나는 이런 장난을 좋아했던 것 같습니다. 죽은 척하기. (⑨-99)

인간 이성의 발달에 의해 합리적인 근대사회를 거쳐 현대에 이르렀다는 문명의 핵심은 결국 '기계'다. 그러나 과연 '기계'는 천사인가. 김영하가 쓰고 있는 일련의 소설들은 말하자면 천사 죽이기이며, 기계 죽이기이다. 기계 예찬의 모습으로 나타나는 기계 죽이기? 그것은 아마도 '좋아하는 척하기'일 것이다. 작가가 이미 10여 년 전 "유독하고 매캐한, 조금은 중독성이 있는 [……] 탈색된 채로 뱉어져 주위에 피해를 끼치는"(③-285) 소설을 쓰고 싶다고 했을 때 역설과 아이러니를 통한 '현대'의 전복은 이미 시작되고 있었다.

(2011)

'미니멀' 투어 이야기 만들기

—정영문의 소설[1]

1. 자아의 착종

옷가게에서 바지 한 벌을 샀는데, 붉은색 계통의 알록달록한 체크무늬 바지였다. 뭔가에 대해 대단하거나 대단하지 않은 온갖 편견들을 갖고 있는 나는 본래 체크무늬는 좋아하지 않았고, 특히 체크무늬 셔츠는 입어서는 안 되는 옷이라고 생각했지만, 그 체크무늬 바지는 무대의상 같은 내 재킷과 어울릴 것 같았다. 그 바지로 갈아입고 거리로 나서자 평생 몸담고 있던 서커스단이 해체되어 다른 살길을 찾아야 하는 광대처럼 여겨졌고, 〔……〕 혼자 가끔 광대의 흉내를 내며 광대의 미소를 짓기도 할 광대같이 느껴졌다. (⑪-232~33)

1 일반적으로 난해하고 무의미한 소설을 쓰는 소설가로 평가되는 정영문의 소설들은 발표순으로 볼 때 다음과 같다. ①『겨우 존재하는 인간』(세계사, 1996) ②『검은 이야기 사슬』(문학과지성사, 1998) ③『하품』(작가정신, 1999) ④『핏기 없는 독백』(문학과지성사, 2000) ⑤『중얼거리다』(이마고, 2002) ⑥『더 없이 어렴풋한 일요일』(문학동네, 2001) ⑦『꿈』(민음사, 2003) ⑧『달에 홀린 광대』(문학동네, 2004) ⑨『목신의 어떤 오후』(문학동네, 2008) ⑩『바셀린 붓다』(자음과모음, 2010) ⑪『어떤 작위의 세계』(문학과지성사, 2011). 이 글은 이 가운데 ②, ⑦, ⑨, ⑪을 집중적으로 다루었다.

다시 우리가 여관으로 돌아왔을 때 J는 그만 집에 돌아가고 싶어 했다.

〔……〕 하지만 나는 혼자 좀더 남아 있고 싶다고, 그러니 먼저 가라고 했다.

〔……〕 그럴 이유라도 있어, 그녀가 물었다. 아니, 모르겠어, 그냥 혼자 더 있고 싶어, 더 있어야 할 것 같아, 내가 말했다. 하지만 이곳이 마음에 들어서는 아냐. 말은 그렇게 했지만 그곳의 어딘가가 마음에 들려고 하는 것도 사실이었다. (⑦-62~63)

이런 식이다. 소설 화자인 '나'는 늘 미확정이고, 우유부단하다. 실존주의적이라고도 할 수 있는 화자의 이러한 심리 동향은, 그러나 바로 정영문 소설의 출발점이며 모티프라고 할 만하다. 소설가는 자신의 이러한 심리와 마음 때문에 소설 쓸 생각을 했을 것이며, 그렇게 쓰다 보니 그 자체가 소설의 대상으로서 썩 훌륭한 모습이 된 것이다. 그러나, 나 또한 정영문식으로 묻는다. 과연 그런가, 하고. 이 미확정의 우유부단한 심리와 마음이 소설이 될 수 있을까. 앞의 인용은 그의 최근작 『어떤 작위의 세계』에 수록된 「복수에 대한 생각」에서 발췌한 것이다. 작품 제목이 '~ 생각'이듯이 그 생각은 화자의 마음이 이랬다저랬다 하는 과정에서 생겨나는 것이므로 일단 거기서 소설은 출발할 수 있을 것이다. 미확정과 우유부단은 화자의 입장이 모호하다는 것을 반증하지만, 그 입장은 동시에 사태의 양면성, 혹은 전면성을 보여주는 유리함을 지닌다. 말하자면 특정한 대상을 집중적으로 소명하는 일방성 대신, 있을 수 있는 개연성을 두루 훑어보고, 또 결정에 앞서서 다시 뒤집어봄으로써 구석구석을 비춰보는 신중함으로 뜻밖에 연결되는 성과를 가져온다. 예컨대 체크무늬 옷을 좋아하지 않는 원래의 성격에도 불구하고, 그 성격대로 달려가는 직접성을 유보하고 "무대의상 같은 내 재킷과 어울릴 것 같"은 생각을 다시 한번 추가함으로써 다른 결과를 유도해낸다. 전복의 묘미라고 할 수 있는 이러한 반전 기법은 정영문 소설 최대의 매력이라고 할 만하다. 자신의 성격과 취향에 반하는 모험을 택함으로써 화자는 평생 몸담고 있던 서커스단이 해체되어 "다른 살길을 찾아야 하는 광대"가 되는 것이다. 그것은 우유부단의 불가피한 산물이지만 오히려 '광대'일 수밖에 없는 '문학예술'로의 단호한 결단이 된다.

뒤이은 인용의 '나'도 마찬가지다. 그는 여자 친구의 요구에 의해 여행을 떠났으나 정사를 포함한 그 어떤 예상된 장면도 보여주지 않고, 어린 소년들에게 돈만 뺏기는, 예기치 않은 일만 겪을 뿐이다. 요컨대 재미없는 여행에 가담한 꼴이 되었고, 당연히 그 여행은 중단되어야 하는 것이 상식적인 전개이다. 여자 친구의 여행 중단 요구는 따라서 지극히 자연스러운데, 여기서 또 뜻밖에도 화자가 도리어 그 여행을 혼자 계속하겠다고 우긴다. 일종의 반전이다. 그곳에 더 머물 이유도 없이 그냥 남겠다고 하는 화자의 태도는 그 자체의 전복성 이외에 다른 이유가 없다. "왜 하루를 더 머물려고 했는지 생각해보았지만 알 수 없었다. 아무 일도 없는 하루를 더 보내기 위해서, 아니면 무슨 일이 생기기를 바라며? 그 어느 쪽도 아닌 것 같았다"(⑦-63)는 진술은, 결국 소설 화자, 즉 '주체=자아'의 의식이 내부에서 엇갈리고 있음을 말해준다. 자아의 착종인 것이다.

어떤 결과로 연결되든지, 자아의 착종은 정영문 소설의 가장 큰 특징이다. 처음에 그것은 의도적으로 구성된 것처럼 보이지만, 이제 그것은 무의식적으로 거의 모든 소설을 지배한다. 이렇듯 착종은 정영문 소설의 모티프이며, 문체이며, 구성이다. 그러나 그것이 그가 지향하는 세계는 아니다. 모티프라는 것은, 사물과 세계를 바라보고 인식하는 주체, 즉 자아의 아이덴티티가 불확실한 데에서 그의 소설이 출발하고 있다는 점을 의미한다. 작가는 앞서 보았듯이 체크무늬 하나를 선택하는 데에도 미결정을 반복한다. 미결정은 간혹 결정을 한 다음에도 후회하거나 되돌아보는 보류의 심사를 거듭하게 한다. 늘 이런 것도 같고, 저런 것도 같은 것이 자신의 마음이다. 작가는 자기 스스로 "뭔가에 대해 대단하거나 대단하지 않은 온갖 편견들을 갖고" 있다고 고백한다. 이때 그 편견은 작가의 말대로 편견일 수도 있고 편견이 아닐 수도 있다. 그러나 그는 편견이 있다고 생각하며, 그렇기 때문에 글로써 그러한 내면을 풀어놓아야 한다고 믿는다. 편견으로 인한 사물과 현상의 전복적 파악이라는 이점이 있음에도 불구하고, 오락가락-우유부단은 자아의 착종이 필경 주체의 미확립 속에서 대상보다는 주체가 훨씬 중요하다는 역설을 성립시킨다. 주체의 미확립은 대상을 흔들리게 만들기 때문에 그 대상은 끊임없이 변화한다. 따라서 대상과 주체의 관계도 변화한다. "소설이 사회를 반영하고 개선한다"는 발자크의 19세기 고전론도, "소설은 숨겨진 삶을 찾아내어 구성하면서 잃어버린 총체성을 회복하고자 하는 역사철학적 상황의 산물"이라는 루카치의 담대함도, 이러한 미확정의 세계 어느 곳과도 무관하다. 이론과 굳이 관계가 있다면 "소설은 이야기의 한 특수한 형식"이라는 뷔토르의 그것과 이어질 수 있을 것이다.[2] 뷔토르에 의하면 이야기는 문학의 영역을 훨씬 넘어서는 현상이기에, 루카치가 형상화의 형식에 의미를 주고자 했던 그 '형식'에 구애받지 않고 크게 열려 있는 그 어떤 것이며, 따라서 대상과 주체의 관계가 늘 흔들리는 정영문의 소설은 차라리 이러한 범주에서 이해되는 것이 훨씬 편해 보인다. 정영문의 소설에 대하여 몇 차례 해설을 쓴 일이 있는 김태환에 의하면 그의 소설은 유아적 세계관을 나타내고 있는데, 이 부분도 이와 관련되어 설명될 수 있을 것이다. 김태환은 정영문이 그림자에 대해 깊은 관심을 지니고 있고, 또한 동물에 대해 집요한 호기심과 친근감을 보여주고 있다는 점을 그 증거로 제시한다. 매우 예리한 관찰이다. 이 경우 유아적 세계관 역시 대상에 대한 주관의 미확정과 긴밀한 관계에 있음이 분명하다. 미확정이라는 성격과 유아적 세계관은 그 앞뒤를 따져 정해놓는 일이 불필요하고, 또 가능하지도 않다. 그러나 그것이 확정된 결론을 거부하는, 혹은 싫어하는 호기심의 소산인 것만은 확실하다. 이 호기심은 말을 바꾸면 탐구이며, 그것은 뷔토르의 「탐구로서의 소설」론을 연상시킨다.

2 미셸 뷔토르, 『새로운 소설을 찾아서』, 김치수 옮김, 문학과지성사, 1996, p. 7.

> 우리의 일상적 세계의 꽤 많은 부분을 구성해주는 이러한 모든 이야기들 가운데에는 일부러 꾸며낸 이야기들도 있을 수 있다. 오해를 피하기 위하여 이야기로 꾸민 사건에다가, 우리가 늘 접하는 사건과 단번에 구별되는 특징들을 부여한다면, 우리는 환상문학, 신화, 콩트 앞에 있게 된다. 소설가는 우리에게 일상적 사건과 비슷한 사건들을 제시한다. 그는 그것들에다 아주 그럴듯한 외양을 주려고 하므로, 그것은 속임수에까지 이를 수 있다.[3]

그렇다. 정영문은 자아를 의도적으로 착종시킴으로써 세계에 대한 자신의 시선을 유보시킨다. 그 대신 많은 시선들을 유포함으로써 그 어느 것도 확인할 수 없도록 한다. '일부러 꾸며낸' 이야기가 있을 수 있다는 것인데, 이 경우 소설가 자신도 불분명한 태도의 배후에 감추어져 있으므로 '일부러'는 확인이 불가능하다. 결국 그의 착종은 사실과 허구의 교묘한 직조에서 유래한다. 더 정확하게 말한다면, 작은 사실에서 큰 허구를 만들어낸다는 것이다. 정영문의 소설은 그런 의미에서 뷔토르의 '속임수'에 근사하며 소설이 이야기의 실험실, 혹은 공장이라는 막연한 통념의 구체적인 현장인 셈이다. 아, 우리는 이 평범한, 오랜 관념을 이 '난해한' 소설가를 통해서 이제야 확인하게 되는가. 그 구체성을 심지어는 '관념적'이라는 말로 거꾸로 읽는 인식의 착종이야말로 어디서 비롯되는가. 확고한 자아의 정립 아래에서 대상에 대한 주체적 진술과 묘사에 익숙해진 독법만을 '쉬운 것'으로 간주하고 있는 것은 아닌가. 그 밖의 것, 예컨대 동식물과 같은 자연, 그렇잖으면 작가의 뒤집어 보기와 같은 인식을 좇아가기엔 우리의 소설 읽기가 관습적이며, 논픽션적인 것은 아닌가. 소설의 이야기적 구체성을 오히려 난해성으로 읽는 독법의 반성을 작가는 요구하는 것이다. 유아적 세계관이 '유치한 것'이라는 개념과 함께 '순진하다'는 개념을 더불어 지닌다면, 또한 그것은 유연성의 근본적 힘이기도 하다. 다소 유치해 보이면서도

3 뷔토르, 앞의 책, p. 8.

너무 순진하여 우리를 웃음 짓게 하는, 그러나 되돌아보지 않을 수 없는 고정관념에의 타격을 다음 대목은 리얼하게 보여준다.

> 그 법과 관련해 여러 가지 까다로운 문제가 제기될 수도 있었다. 가령, 눕는 것은 불허하지만 앉는 것은 허용할 경우 앉는 것의 기준은 엉덩이를 땅에서 떼는 것을 기준으로 할 것인가? 그리고 앉는 것은 어디까지 허용할 것인가? 엉덩이를 뗀 채로 쪼그리고 앉는 것은 허용하지만 퍼질러 앉는 것은 금지할 것인가? 건물 벽에 등을 기대고 반쯤 누울 때에는 앉아 있는 것으로 보아야 하는가, 아니면 누워 있는 것으로 보아야 하는가? 눕는 것을 조건부로 허용할 경우 시간제한은 어떻게 할 것인가? 잠시 눕는 것은 괜찮지만 잠이 들어서는 안 되는 것인가? 누울 경우 어떤 자세, 팔베개를 하고 옆으로 눕는 것은 괜찮지만 드러눕거나 엎드려 눕는 것은 안 되는 것인가? (⑪-233~34)

유치함 속에 유연함이 있고, 유연함은 관찰의 시선과 해석을 무한대로 열어놓는다. 무한대를 쫓아가는 길은 무한대다.

2. 이야기 만들기

정영문의 소설은 일종의 투어다. 그 투어는 매우 특수한 투어여서 자연경관이나 역사유적을 탐방하는 그것과는 사뭇 다르다. 그렇다고 해서 보여주는 자, 말하는 자만이 알 수 있는 내면 여행기이기만 한 것은 물론 아니다. 그 특수성은 가령 귀신 투어의 어느 부분을 연상시킨다.

> 넋이 나간 채 벌어진 입 아래 목을 감싸고 있는 몇 겹의 낡은 새끼줄…… 교수형을 기다리는 사형수의 모습이 영락없는데 이를 들여다본 사람이 먼저 기절한다. 밀랍인형이라지만 사람과 너무나도 똑같은 이 사형수는 이른바 폴터가이스트Poltergeist가 되어 그를 보는 사람들에게 상처를 입힌다. 이

귀신은 17세기 귀족 맥켄지라고 알려져 있는데, 가이스트 현상은 그의 유해가 담긴 납골당에서 발생한다고 한다. 〔……〕 에딘버러 지하감옥Edinburgh Dungeon은 문패부터 핏빛으로 글자가 물들어 있다. 여기를 지나면 만나게 되는 곳이 에딘버러 캐슬 던전인데, 여기엔 수십 명의 죄수가 드러눕는 커다란 나무침대와 함께 홀로그램의 출현이 오싹하다. 귀신의 차가운 손이 닿으면 죽게 된다는 귀신 마을도 있고, 잃어버린 애인을 찾아 헤매는 여자 귀신도 있다. 화이트 레이디라는 이름의 흰옷 귀신이 나오는 성도 있으니 이 투어 기간 제정신을 지키고 씩씩하게 남게 된다면 오히려 이상할 지경이다. 이 투어는 말하자면 한을 남기고 간 고인들과의 교제 시간이라고 할 것인데, 아닌 게 아니라 귀신들과 귓속말로 속삭이는 관광객도 있다고 한다.[4]

귀신 투어를 연상시키는 정영문의 소설은 수다하다. 초기작 『검은 이야기 사슬』이라는 수상한 제목의 책 안에 수록되어 있는 수십 편의 짧은 이야기들이 대부분 그렇다. 제목만 보더라도 「임종기도」 「장의사」 「안락사」 「악몽」 「처형」 「막연한 공포에 대한 상상」 「살인에 대한 상상」 「신들의 처형」 「죽음과도 비슷한」 등이 모두 귀신들이라고 할 수 있는 어떤 것들의 출몰을 다루고 있다.

내가 인기척에 눈을 떴을 때, 어떻게 된 노릇인지, 내 방문 앞에는 안쓰러워 보이는 늙은 난쟁이 하나가 눈을 끔벅이며 서 있었다. 〔……〕 그는 내가 눈을 깜박이는 것을 보고는 내 가까이 다가와 내게 손을 내밀었지만, 나는 그 손을 뿌리치며 그대로 누워 있었다. (②-11)

늙은 난쟁이의 실체와 상관없이 이게 귀신 아닌가. 아무런 통지도 없이, 알지도 못하는 사람, 그것도 자고 있는 사람 앞에 불쑥 나타난 존재— 귀

---

4 『매일경제』, 2010년 7월 30일자.

신일 수밖에 없다. 이렇게 시작하고 있는 「임종기도」는 결국 "하지만 내가 걸음을 옮김에 따라 길은 스스로를 접고 있는 것처럼, 그에 따라 내가 갈 수 있는 곳은 어디에도 없는 것처럼 느껴졌다"(②-25)라며 끝을 맺는다. 정영문 소설의 심상찮은 유령적 성격은 이렇게 등장 초기부터 음산하게 나타난다. 그러나 귀신을 암시하는 실체가 보이지 않는 경우라 하더라도 그의 소설은 특이한 이야기를 제공하는데, 그것들은 음산하지는 않다고 하더라도 기이하다. 대부분 비상식적, 반경험적 현실이 의도적으로 꾸며지고 있고, 그것들은 대체로 여행에서 일어나는, 즉 투어의 내용을 이룬다. 예컨대 이렇다.

> 샌프란시스코는 처음은 아니었는데, 5년 전 여름에 미국에 왔을 때 이 도시에 아주 잠시 머문 적이 있었다. 그때 나는 아주 오래전 한동안 사귀었던 과거 여자 친구와 그녀의 멕시코계 남자 친구와 함께였다. (……) 결국 그가 그렇게 부르게 내버려두었고, 나 역시 그를 형제라고 불렀다. 하지만 그 후 내가 그를 자매라고 부르기 시작하면서 그 역시 나를 자매라고 불렀고, 그렇게 해서 우리는 자매 사이가 되었지만 자매처럼 지내지는 않았다. (⑪-9)

최근작 『어떤 작위의 세계』에서 정영문은 이렇게 투어를 시작한다. 전 애인, 그리고 그녀의 새 남자 친구와 더불어 생활한다는 샌프란시스코 체류기는 출발부터 범상치 않은 데다가, 분명히 남성인 그 남자 친구와 자매로 지낸다는 고백이 변태를 넘어 해괴한 설정으로 다가온다. 그러나 정영문 소설의 특이점은 이러한 이상 설정보다는, 그럼에도 불구하고 소설 화자의 서술이 그 이상 설정에 대하여 스스로 이상하다고 생각하는 이중의 전도성에 있다고 할 것이다. "우리는 자매 사이가 되었지만 자매처럼 지내지는 않았다"는 뒤집기의 묘미를 그는 소설 도처에서 거의 끊임없이 행하고 있다. 어쩌면 『어떤 작위의 세계』는 이 같은 뒤집기의 경연장이라고 보아도 무방할 정도다. 소설 끝부분의 「하와이의 야생수탉」이라는 소제목 아래에는 다음과 같은 기묘한 이야기도 나온다.

> 내가 하와이에 가기로 결정한 데는 어쩌면 어디선가 읽은, 브라우티건이 썼거나 말한 어떤 이야기가 영향을 줬을 수도 있었다. 그것은 (……) 하고 싶은 일도 없는 상태에서 문득 살아 있는 닭 한 마리를 구해 그 닭을 품에 안고 사진을 찍고 싶은 생각이 들어, 실제로 호놀룰루 시내에서 어렵게 닭을 구해 실제로 품에 안고 사진을 찍은 후 하와이에서 할 일을 모두 다 했다는 기분으로 하와이를 떠날 수 있었다는 얘기였다. (……) 하와이에 도착한 날부터 나는 하와이에 온 것을 무척 후회했다. 일주일간 하와이에 머물면서 내가 어떤 목적을 갖고 한 것처럼 한 유일한 일은 시내에 있는 모자 전문 가게 대부분을 찾아가, 가게들에 있는 수많은 모자들을 써본 것뿐이었다. (⑪-246~47, 249)

이런 난센스가 있을까. 소설의 화자는 항상 "좋아하지 않음에도" "생각은 전혀 없었으나" 결과적으로 그 일을 행한다. 단순히 도식화하면 작가는 별로 하고 싶지 않은 일을 늘 하는 것이다. 왜 그는 마음에도 없는 일을 할까. 혹은 일을 하면서도 "이건 내가 하고 싶어서 하는 건 아니"라는 변명과 핑계를 내놓을까. 그 자신의 설명으로는 "모든 것이 해도 그만, 하지 않아도 그만인 것 같았고, 뭔가를 하는 것과 하지 않는 것이 아무런 차이가 없는 것 같았"(⑪-25)기 때문이다. 말하자면 이 세계의 다양한 현상들이 그에게는 어떤 의미의 차이를 주지 않는 것이다. 이렇듯 의미의 편차 없음, 즉 무(無) 차이는 특별히 인간 사회를 대상으로 하는 경우 각별하게 부각된다. 앞서 보았듯이 그는 인간 사회의 관습과 질서에 아예 무심하다. 과거 여자 친구의 지금 남자 친구와 스스럼없이 어울리는가 하면 남자끼리 '자매'로 부르면서 지낸다. 이것은 동성애라든지, 성관계가 쿨하다든지 하는 문제를 넘어서는, 사회적 불감증의 문제라고 볼 수 있다. 적극적인 새로운 태도와 인식을 지향하는 것이 아니라, 기존의 제도와 관습 자체가 시큰둥한 것이다. 대신 그는 이러한 범주와 전혀 다른 범주, 그러니까 동물들의 생태계라든지 인간적/사회적 인과관계와 절연된 상태에서의 닭놀이, 모자놀이라든지 하는 것들에 흥미를 나타낸다. 대체 왜 하와이에 가서 꼭 수탉을 품에 안고 사진을 찍어야 하는가. 아니, 그것이 하와이에 갈 이유가 되는가. 결론적으로 그것은 정영문에게 충분한 이유가 된다. 왜냐하면 뚱딴지같기 때문이다. 뚱딴지같아야 '이야기'가 되는 것이다. 사실 조금 깊이 생각해보면 그 논리가 오히려 타당하다. 사회적 관습이나 질서와 동행하는, 혹은 인간 심리의 움직임을 따라가는 이야기야말로 무슨 이야깃거리가 되겠는가. 이런 평범함을 넘어서는, 즉 '차이'를 위한 돌출로서의 의미를 지녀야, 이야기, 즉 스토리 창출의 모티프를 제공하고, 거기에 작용하는 것이다.

『검은 이야기 사슬』은 정영문이 초기부터 이러한 이야기꾼으로서의 자질과 비전을 조용하게 선언한 작품집이다. 아무것도 아닌 일에서 끊임없이 이야기를 만들어내는 작은 발동기들로 이 작품집은 쉼 없이 통통거린다. 여기 수록된 소설들에는 난쟁이, 곱사등이 등 불구의 인물들뿐 아니라 살아 있는 사람을 죽은 이 취급하는 장의사 등도 등장하지만 그 광경은 비극적이라기보다는 차라리 코믹하다는 느낌을 주며, 전체적으로 장난감들과 어울리는 어릿광대 놀이를 연상시킨다. 이 역시 옛날이야기와는 다른, 새로운 스타일의 이야기—그러니까 게임용 이야기를 방불케 하는 이야기의 세계로서, 세계를 뒤집어 보여주는 재미를 던져준다.

오늘날 '이야기'는 몇 가지 범주에서 논의될 수 있을 것이다. 그 하나는 전통적인 '옛날이야기'로서 신화, 설화 따위가 여기에 속한다. 다음으로는 현실에 존재하지 않는, 이른바 가공의 픽션들인데 주로 판타지라는 이름으로 불리는 동화적 성격을 지닌 그것들이다. 어떤 의미에서는 이즈음 가장 맹위를 떨치고 있는 장르가 이에 해당된다고 할 수 있다. 대표적인 예가 바로 '해리포터' 시리즈다. 이러한 이야기들에는 물론 현실이 배경에 깔려 있는 경우가 많지만 주어진 난관들을 극복해나가는 방법에 있어서 동화적인 환상성이 극대화된다. 장르소설 혹은 장르문학이라는, 장르와 연결되는 고리도 여기에 있다. 다음으로는 앞의 두 범주와 물론 부분적으로 중복되지만 동물 우화에 속하는 이야기들을 예거할 수 있다. 정영문의 경우는 이 중 어느 것에도 걸쳐지지 않는, 굳이 유사한 범주를 찾는다면 에딘버러의 귀신 투어를 다시 연결 지어볼 수 있으리라. 왜냐하면 대부분의 이야기는 어딘가로 떠나면서, 혹은 여행지에서 일어나기 때문인데, 귀신이 그렇듯이 그 장소와 전혀 무관하지는 않다고 하더라도, 그 발생한 실체는 관찰자의 심리(마음)에서 나온 것이라는 공통점이 있다. 그러면서도 정영문의 이야기는 제3의 유형, 즉 동물 우화, 혹은 동물 자체와 많이 섞여 있다는 특징을 지닌다. 그것은 인간적 사회성보다는 자연에서 친밀감을 느끼는 그의 애니미즘적 성격 내지 사람들이 곧잘 간과하는 세밀한 것을 찾아내는 미니멀 취향과 관계되는 것일 수 있다.

그리고 그녀를 찾아오는 또 다른 손님들도 있었다. 바로 돼지들이었다. 돼지들이 집 안에 들어와 그녀의 몸을 핥기도 했다. 돼지들은 그녀의 몸을 기분 좋게 핥았다. 그녀 또한 돼지가 자신의 몸을 핥는 것에 기분 좋아했는지는 알 수 없다. 어쨌든 그녀는 돼지들에게 몸을 적극적으로 내맡기지는 않았지만 그것들을 피하지는 않았다. (⑨-178)

어쩐지 나는 아라비아의 노래가 들리는 가운데 나타났다 사라진 닭이 있던 사막의 오아시스로 다시 가고 있는 것 같았다. (⑨-166)

근본적으로 그의 이야기는 동화적이다. 귀신 투어가 동화의 현실화이듯이, 그는 동화에서나 있을 법한 이야기들을 소설의 이야기로 다시 만드는 실천을 행한다. 소설 제목 자체를 「목가적인 풍경」으로 객관화해놓는 일, 「닭과 함께 하는 어떤」처럼 '닭'을 즐겨 대상화하는 일 등은 그 실천의 과감한 현장이다. 소설집 『목신의 어떤 오후』에서는 아예 「동물들의 권태와 분노의 노래」라는 연작소설이 1, 2, 3으로 펼쳐지기도 하는데, 그 동물의 세계 속에서 작가는 인격적 동일화를 체험한다. 무엇이 그를 동물과 교감하게 하며, 그 속에서 오히려 존재감을 발견하게 하는 것일까.

> 내가 좋아하는 것 중 하나는 근처 대나무숲에서 작은 민달팽이들을 잡아 등대로 가져가 그 안에다 풀어놓아주는 것이다. 〔……〕 밤새 벽을 기어올랐을 그것들이 아침이 되어서도 계속해서 벽을 기어오르는 것을 어떤 황홀한 광경에 온통 마음을 빼앗긴 것처럼 바라보는 것은, 나의 의도는 정작 딴 데 있었지만, 보는 이로 하여금 얼마나 기쁨에 탄성을 지르게 하는지! (⑨-291)

이 인용에서 "정작 딴 데 있었"다고 하는 그의 의도는 기쁨의 탄성만이 아니라, 연민의 감정, 때로는 동물들의 고난을 즐기기까지 하는 짓궂은 욕망 등이 모두 포함된다. 그러나 그 어느 경우라 하더라도 작가는 동물들과의 공존에서 인간들보다 훨씬 활발한 교통을 하며, 그들과 대화하고 교류한다. 이러한 교류는 사실 비단 동물에 관한 것만은 아니고, "그러한 무용한 짓들은 이상하게도 내가 자연과 하나라는, 적어도 내가 자연의 일부라는 느낌을 갖게 해주고, 나는 무용함이 내게 얼마나 커다란 소용이 있는지를 새삼스럽게 깨닫게"(⑨-293) 한다. 말하자면 동물을 포함한 자연과의 혼융은, 역설적으로 무용하다는 것이 그 이유다. 쓸데없는 짓이라는 것을 작가 스스로 알고 있는데, 이 무용이 그에게는 유용하다는 것이다. 동식물과의 놀이를 통해 도달한 무용성 유용론은 결국 정영문'이야기'의 핵심적인 아이콘이 된다. 별것 아닌 것에 흥미를 느끼고 그 세밀한 내부에 눈을 돌림으로써, 일종의 "무에서 유를 창출해내는" 것이다. 별것 아닌 것에서 이야기를 끌어내는 작가의 관심과 능력에 대해서는 이미 그 자신이 직접 피력하고 있다. 여기저기서—

> 오래 살다 보니 별일을 다 겪는군, 하는 생각을 했는데, 그것은 틀린 생각

같았다. 그 일은 별일도 아니었고, 내가 그렇게 오래 살았다고 볼 수도 없었다. 그럼에도 나는 별일 아닌 일에도, 오래 살다 보니 별일을 다 겪는군, 하고 생각하는 버릇이 있었다. 그럴 때면 나는 별일을 다 겪기 위해서라도 오래 살고 볼 일이군, 하는 생각을 하기도 했다. 하지만 아무리 오래 살아도 별일이 없을 것이 틀림없었는데, 어떤 일도 별일이 아닐 것이기 때문이었다. (⑪-236~37)

아무것도 아닌 것에서 무엇인가 이야기를 만들어내는 능력은, 이를테면 귀신을 만들어내는 능력이다. 사실 동물이든 식물이든, 어떤 것이든 그 내부를 가만히 살펴보면 미시를 통한 거시가 발견된다. 실증적, 객관적으로 존재하는 모든 사물이 동일한 얼굴로 거기 그렇게 있다면 거기에서는 어떤 창조적 이야기가 생성될 수 없다. 이야기가 창의성의 산물이라면, 어차피 무로부터 나오는 위력을 발휘해야 할 터—

3. 착종의 질서—문체

정영문 소설의 가장 중요한, 핵심적이라고 할 만한 특징은 그의 문체다. 몇 개의 문장이 복문 형태로 얽혀 있기 일쑤인 그의 문장들은, 마치 복잡한 서구어의 번역문을 연상시키면서 또 다른 착종을 야기한다. 그러나, 아니다. 그의 기이한 복문들은 착종이 아니라 착종을 풀어놓는, 혹은 착종을 처음부터 예방하는 질서의 수행으로서 기능한다. 거의 모든 문장들이 예문이 될 수 있겠는데 그중 몇몇으로 나누어 살펴보자.

1) 그 낯선 사람은 내게 미소를 지어 보였다. 나는 얼굴을 찡그렸는데 그의 미소가 너무나 어색하게 느껴졌기 때문이라기보다는, 이유가 전혀 없었던 것은 아니지만, 너무 환하게 느껴졌기 때문이었다. (⑦-43)

2) 나는 불쾌하긴 하지만 견딜 만한 그 소리를 물리칠 수 있는, 세상의 어떤 소리도 무색하게 만들 수 있는, 그리고, 내 생각에는, 하늘에 계신 분의 얼굴을 찡그리게 하기에 부족함이 없는, 나의 괴성을 내질러볼까 했지만, 혼자가 아니라는 생각을 하며 단념했다. (②-17~18)

3) 이 사건과 관련해 분명하게 말할 수 있는 게 있다면, 분명하게 말할 수 있는 게 아무것도 없다는 사실뿐이었다. (⑦-8)

4) 대체로 밑도 끝도 없는 얘기거나, 아무런 뜻이 없는, 불필요한, 그래서 들으나 마나 한 얘기거나, 〔……〕 언젠가 한번 했던 이야기를 〔……〕 (⑦-13)

5) 그녀가 K와 함께 왔으면 좋았을걸, 이라고 말한 것은 그들이 이 여행을 떠나온 후로 두번째였다. 첫번째로 그 얘기를 했을 때, 그녀는 K와 함께 왔으면 더욱 좋았을걸, 이라고 말했었다. (⑨-43)

6) 그는 가로수들을 바라보며 정신을 잃으려 해보았지만 되지 않았다. 차의 속도가 너무 느려서인지 아니면 햇살이 충분히 강렬하지 않아서인지는 알 수 없었다. 운전대를 잡고 있는 그녀의 손톱의 매니큐어가 눈길을 끌었다. 파란색이었다. 매니큐어의 색으로는 적당치 않아 보이는 그 색이 보기가 좋았다. (⑨-61)

1)은 "이유가 전혀 없었던 것은 아니지만"이라는 삽입구의 사용이 눈에 띈다. 이 삽입 문장의 앞뒤엔 물론 콤마가 사용되고 있는데 엄격한 필자가 아닌 경우 일반적으로 잘 생략되는 것이 우리말 관습이다. 이러한 삽입구는 한국어 생활습관에서는 문장 전체의 일부분을 끊고 들어오는 일이 드물다. 대개의 경우 문장 앞뒤에 놓이거나 별도의 문장으로 처리된다. 정영문

의 삽입구 애용은 한국어 관습을 비트는, 다분히 서구어/인도게르만어의 영향을 받은 것으로 보인다. 그러나, 그렇다 하더라도 그가 즐겨 이러한 문장법을 사용하는 이유는, 한국어법의 무의식적인 답습에 대한 의도적인 거부가 분명하다. 그 거부는, 한국어 구문이 작가가 말하고자 하는 대상을 세밀하게 반영하지 못하고 있다는 생각에서 야기된 불만이리라. 삽입구는 그리하여 화자의 마음과 심리를 아주 분명하게 드러낸다.

이 세밀함은 자연스럽게 엄격함을 동반하기 마련인데, 그것은 앞서 말한 콤마 사용에서 지나칠 정도로 까다롭게 준행된다. 2)를 보라. 한 문장 안에 여섯 개의 콤마를 갖고 있는, 한국어로서는 거의 희귀한 경우에 속하는 문장이다. 왜 이렇게 콤마가 많은가. 콤마는 읽는 이의 호흡 조절을 목표로 하는 것이 그 사용의 첫째 이유다. 당연히 그 배경에는 필자의 의도를 세밀하게 끊어서 말하고 싶다는 욕망이 숨어 있다. 그러나 지나친 콤마의 사용은 오히려 호흡을 끊고 문맥의 연락을 저해할 수도 있다. "—있는, 그리고, 내 생각에는, —"은 확실히 과도하다.

3), 4)는 명백한 말장난Wortspiel이다. 말장난이라고 하는 것은, 말들끼리 어울려 어떤 재미를 만들어내는 일인데, 이 경우 그 말이 의미하거나 연상시키는 현실적 상응 관계가 존재하지 않는다는 점이 특이하다. 이러한 말장난은 시에서 20세기 중반의 다다이즘같이 긍정적인 평가를 받는 경우를 제외하면 대체로 부정적인 비판과 만난다. 그러나 소설에서도 말장난을 통한 이야기의 생산이라는 측면에서 볼 때 반드시 비판적으로만 볼 일은 아니다. 정영문에게서 특히 말장난의 구문은, 문체의 의도적인 세밀화를 통해 대상의 내부를 섬세하게 관찰하겠다는 의지와 관계된다. 그것은 왜곡된 세계가 필연적으로 갖게 마련인 언어의 왜곡을 가능한 한 곧게 펴보겠다는 의지다. 끈질긴 섬세함은 이러한 의지의 뒷받침 없이는 불가능해 보인다.

정영문 문체의 착종은, 결정적으로 문맥의 이산화(離散化)에서 온다. 그의 소설에서 귀신 투어를 연상하는 나의 판단은 이 같은 이산화 현상과 관계되는데, 이러한 특징을 잘 보여주는 작품이 바로 5) 「여행의 즐거움」이다. 이 소설에서 딱히 몇 개라고 말할 수 없는 많은 이야기들이 나열, 혹은 병치되어 있는데, 문제는 그들 이야기들이 내용상 서로 연락되는 것들이 아니라는 점이다. 그런 의미에서 서로 다른 것들이 "흩어져 있다"고 표현하는 것이 타당해 보인다. 자, 보자. 몇 이야기를 순서대로 본다면, ① 그와 그녀는 함께 T반도로 여행하면서 K와 함께 왔으면 좋았으리라는 대화를 나눈다. ② K는 그만의 자족적인 세계에 살고 있다. ③ 그가 그녀를 오래전 우연히 유럽 어느 지방 도시에서 만났는데, 그녀 또한 우연히 열차 안에서 자신의 성기를 보고 있던 어떤 젊은 남자를 따라서 그 도시에 내렸던 것이다. ④ 바닷가 여관의 둘밖에 없는 투숙객이었던 그와 K는 좋은 친구가 되었는데, K는 피아노 전공의 양성애자였다. ⑤ 그녀는 꿈을 꿨는데, 꿈에서 청나라 시대의 만주족들처럼 변발을 하고 있는 그를 보았다고 한다. 그녀는 또 몽고 제국을 생각하면서 슬퍼지기도 한다. 그녀는 이상한 꿈을 계속 꾸고, 그는 "이상한 얘기들을 해줘서 좋다"고 한다. ⑥ 이후 둘 사이의 대화 내용은 서로 무관한 것들이다. 몸속의 포도당 역할, 자동차 충돌시험용 인체 모형, 두꺼비/매미에 관한 것들, 불가리아 리듬체조 선수, 두 남자가 한 여자를 죽이고 그 살을 먹고 뼈를 갈아버린 엽기적인 미국 이야기, 아내를 고속도로 휴게소에 놓아두고 가버린 북유럽의 건망증 남편, 절반이 넘는 아이들이 사생아인 아이슬란드, 무인도를 향해 함포 사격을 하면 재미있을 것이라는 이야기……

이 이야기들은 상호관련성이나 아무런 인과관계도 없고, 더구나 소설 화자와의 현실 관계가 전무한, 말하자면 그냥 흩어져 있는 것들이다. 그렇다면 이러한 이산화 작업이 주는 효과는 무엇일까. 그 시사점은 "그래, 재미있는 일들이 우리를 기다리고 있을 것 같다"면서 동시에 "아니면 별일이 없을 수도 있겠지"라는 양가(兩價) 감정과 "그는 무한하게 가볍게 느껴졌고, 그 가벼움의 느낌이 좋았다"의 '가벼움'이 아닐까 싶다. 무용(無用)의 대화와 무용성을 통한 현실성의 무화(無化) 위에 이루어지는, '순수한 이야기'의 조성이다. 더불어 지적될 수 있는 것은, 6)이 전형적으로 보여주듯이 문체 속의 안티노미 현상이다. 즉 서로 이율배반적인 내용을 한꺼번에 한 문장 속에 담고 즐기는 것이다. 정신을 잃지 않으려고 하는 것이 아니라 정신을 잃으려 한다는 것, 매니큐어의 색으로 적당치 않다고 보면서 동시에 보기가 좋다고 하는 투의 문장들은 그의 모든 작품들을 지배하면서 사물의 양면성을 잡아낸다. 정영문은 기계화된 폭력의 세계, 그것이 성인과 남성의 현실이 되고 의미가 된 시대의 의미 있는 소설가다. 그가 즐겨 그리는 '닭-수탉'이 위엄과 울음소리를 잃어버린 세상, 스냅사진으로밖에 볼 수 없게 된 세상에서 정영문의 무의미 투어는 의미심장하다. 이야기의 새로운 개척자일까?

(2012)

고양이와 쥐, 개 그리고…… 사람

—편혜영의 소설

1. 일차원의 세상

상승에는 끝이 없지만 추락의 끝은 땅이다. 나락이라는 말이 있고, 그것은 땅속의 어떤 구덩이를 전제 혹은 연상시키지만, 그리하여 마치 지하로 끝없이 떨어지는 일이 가능하기라도 한 듯하지만, 떨어져보았자 결국 땅 위다. 이것은 인간에게 늘 비상(飛翔)의 욕구가 있다는 것을 의미한다. 말하자면 인간은 땅 위를 살아가고 있으면서도 항상 그 이상을 꿈꾼다. 꿈꾸지 않는 인간은 없다. 모든 생명 있는 존재는 지상을 살아가지만 꿈꾸면서 살아가는 존재는 인간뿐이다. 물론 하늘을 나는 새와 물속을 헤엄치는 물고기가 있으나 그들 역시 지상을 기본 기준으로 하고 있다는 점에서 지상적 존재라고 할 수 있다. 그러니까 천상이냐 지상이냐 혹은 천상 지향적이냐 지상 안주냐 하는 차원dimension에서 볼 때 지상적 존재이면서 그 이상을 꿈꾸는 존재는 인간밖에 없을 것이다. 만약 인간이 그 꿈을 포기한다면? 그 꿈 자체를 각성하지 못한다면? 더 나아가 그 꿈을 죽이려고 한다면? 그는 인간이라는 말에 어울리기 어렵지 않을까. 흔히 우리는 못된 사람을 가리켜 "짐승보다도 못하다"라는 표현을 쓰는데 그건 아마도 이렇듯 꿈과 무관한 인간 존재와 관련된 지칭이리라.

꿈의 소멸, 꿈의 학살은 인간의 물질화가 진행될 때 더불어 진행된다. 인간 역시 육체라는 물질로 구성되어 있지만 그 육체는 또한 정신과의 연립 상태에서 운행되는 존재다. 육체는 물질적 존재이면서 동시에 정신의 간섭을 받는다는 것이다. 가장 바람직한 상태는 흔히 상호 절제를 통한 조화로 인식된다. 그러나 이러한 인식이 실현되는 경우란 거의 발생하거나 존재하지 않는 것 같다. 이성과 과학의 발달에도 불구하고 지구촌 도처에서 일어나고 있는 테러와 전쟁, 탐욕의 분규는 그것이 아예 불가능한 일이 아닌가 하는 의구심의 현장으로서 늘 우리를 괴롭힌다. 그렇다기보다는, 우리 자신이 바로 문제의 주인공들이다. 천상으로의 꿈을 잃어가고 있는 현대인들은 어느덧 물질 그 자체로 이 지상에 추락하여 지상과 딱 달라붙은 삶을 살아가고 있다. 지상에 딱 붙어 살아가고 있는 생물체들은 항상 동일한 차원에서 부딪힐 수밖에 없고, 그리하여 항상 싸울 수밖에 없다. 고도가 같은 비행기가 충돌할 수밖에 없는 원리다. 더 높이 오름으로써 다양한 고도를 확보하지 못하고 땅 위를 '기어갈 수'밖에 없는 존재들의 존재론적 비극이다. 이때 그 존재는 존재 자체가 싸움을 통해, 그리고 거기서의 승리와 패배를 통해 존재를 유지하거나 소멸한다. 약육강식, 강자독식의 논리는 이제 그 사회를 지탱하는 에토스의 영역이 된 것이다. 곧 고양이와 쥐의 윤리이다.

『아오이가든』이라는, 그 뜻조차 모호한 소설집(2005)을 발표한 이후 계속해서 '괴담'을 뿌리고 있는 소설가 편혜영의 소설은 바로 이 고양이와 쥐에 관한 이야기다. 더 정확하게는, 고양이와 쥐가 된 인간의 이야기다.

> 숲에서 찾아낸 것은 저수지 근처에서 불태웠다. 그중에는 아직 숨이 붙어 있는 고양이도 있었다. 고양이는 불에 몸이 달궈졌을 때에야 정신을 차렸다. 그러고는 불꽃을 수염처럼 달고 인근 저수지로 뛰어들었다. 소각을 담당하던 대원 중의 하나는 구렁이같이 기다란 생물체가 고양이를 채 갔다고 했다. (……) 게다가 그 현실감 없는 생명체가 채 간 것은 불에 탄 고양이였다.

〔……〕 소각이 끝난 후 불타고 남은 잔해들은 어차피 저수지에 버릴 생각이었다. 고양이는 조금 일찍 버려진 것에 불과했다. (①-11~12)[1]

셋째는 쥐의 배를 가르는 일을 계속했다. 셋째가 던져준 과자 부스러기를 받아먹고 자란 쥐는 살이 통통하게 올랐다. 셋째는 녹이 슨 칼로 쥐의 배를 갈랐다. 가른 배에서는 붉은 피와 내장에 휩쓸려 새끼 쥐 몇 마리가 튀어나왔다. 피를 묻힌 맨살의 죽은 쥐들이 방 안을 솜처럼 떠다녔다. 사방의 벽에서 떨어진 벌레들이 쥐를 피해 갈라진 틈으로 숨었다. (①-31)

앞의 인용은 고양이가 쥐를 잡아먹거나, 쥐가 고양이에 의해 죽임을 당한다거나 하는 일반적인 생태와도 무관하고, 18세기 프랑스 사회에서 행해졌던 '고양이 대학살'의 사회/정치적 의미나 상징과도 무관하다.[2] 앞의 인용은 실종자들을 수색하는 과정에서 저수지와 저수지 부근 숲에서 발견된 고양이와 쥐의 모습을 묘사하고 있을 뿐이다. 그러나 그 묘사는 단순한 서사, 즉 어떤 행동이나 사건, 혹은 사람의 심리나 내면의 묘사라고 하기에는 어딘가 복잡한 양태를 띠고 있다. 쥐와 고양이의 장면은 먹고 먹히는 인과관계로 가깝게 연결되어 있지 않고, 오히려 동떨어진 상태에서 소설 화자에게 각각의 의미로 자신들을 제공하고 있다. 그 제공된 자료는, 놀랍게도 고양이나 쥐와 마찬가지로 일종의 엽기 재료다. 사실 고양이나 쥐나 사람

1 이 글에서 언급하는 편혜영의 작품은 다음과 같다. ①『아오이가든』(문학과지성사, 2005) ②『사육장 쪽으로』(문학동네, 2007) ③『재와 빨강』(창비, 2010) ④『저녁의 구애』(문학과지성사, 2011). 이후 이 책 전체에 걸쳐, 본문에 인용할 때는 해당 번호와 쪽수만 밝힌다.

2 1730년대에 파리의 한 인쇄소에서 인쇄공들에 의해 고양이 살해 사건이 일어났다. 수십 마리의 고양이들을 한꺼번에 죽인 이 사건은, 부르주아의 사랑을 받는 고양이들에 비하면 동물만도 못한 처우를 받는 것에 반발한 노동자들이 행한 의미 있는 폭동으로 기록된다. 특히 계략에 속은 주인의 학살 지시와 애완 고양이를 감싼 그 부인이 대조를 이루는『고양이 대학살』은 부르주아 풍속을 희화화한다. 로버트 단턴,『고양이 대학살』, 조한욱 옮김, 문학과지성사, 1996 참조.

들에게 직접적으로 유익한 동물들은 아니다. 넓은 먹이사슬의 둘레에서 볼 때에는 그 나름의 생태학적 삶의 의미가 있겠으나 당장의 유익으로 연결되는 동물들은 아닌 것이다. 물론 고양이의 경우 일부 여성들에게 애완동물로 받아들여지기도 하지만, 그 애호성이 오히려 화근이 되는 역사도 보아왔다. 쥐의 경우는 현대 의학의 발전 과정에서 실험용으로 쓰이는 용도가 있으나 이 역시 직접적인 유익과는 상당한 거리가 있다. 요컨대 고양이든 쥐든 인간의 문화 속에서 긍정적인 평가의 대상이 된 적이 별로 없는데, 편혜영의 소설에서도 그것들은 노골적인 역겨움의 대상으로 나타난다. 앞의 인용에서 고양이는 주체적인 행동에서 단절된 피사체로서 불에 탄 것으로 그려짐으로써 그 역겨움의 참혹함을 증가시킨다. 쥐도 마찬가지다. 배가 갈라진 죽은 모습이 되어 떠다니는 소름 끼치는 광경으로 나타난다. 실종된 사람들은 나타나지 않고 그 대신 등장한 고양이와 쥐의 끔찍한 사체들! 혹시 그것들은 실종된 사람들의 변종 아닐까? 생각이 여기에 이르면, 고양이와 쥐로 변신/추락한 인간 존재, 구원에서 멀리 떨어진 타락한 인간 존재를 뒤집어 보여주는 작가의 종말론적 상상력에 전율하지 않을 수 없다. 이러한 추론이 타당하다면, 편혜영의 소설은 인간을 고양이, 쥐와 같은 일차원의 범주one-dimensional category에 갖다 놓는 알레고리로서 읽는 방법 이외에 다른 독서는 없어 보인다.

편혜영에게서 이 세상은 구원의 통로가 보이지 않는 '아오이가든'이다. 이 가든 아닌 가든에는 쓰레기가 쌓여 있고, 비에 섞여 시커먼 개구리들이 바닥으로 떨어져 그 쓰레기 더미 속으로 빨려 들어가는 가든이다. "인적은 끊겼지만 거리는 한산하지 않은" "집에서 쫓겨난 동물들이 거리를 배회하는" "동물의 배설물들과 사체도 쓰레기 더미에 섞여 쌓이는" 그런 가든이다. 한마디로 죽음의 가든이다. 가든이라고 할 수 없는 이 도시에는 당연히 모든 것이 썩는 냄새만 진동한다. 고양이는 여기서도 출몰한다.

> 고양이가 다가와 얼굴을 핥았다. 얼음처럼 차가운 혓바닥이었다. (……)

벌어진 누이의 가랑이 틈으로 고양이가 빠져나갔다. 〔……〕 고양이는 간밤 내내 등을 구부려 긴 혓바닥으로 생식기를 핥아댔다. 발정기만 되면 있는 일이었다. 〔……〕 그녀는 뱃속에서 터져 나온 고양이 새끼들을 베란다 바깥으로 던졌다. 갓 태어난 새끼들은 시커먼 쓰레기 더미에 묻혀 자취를 감췄다. (①-37~39)

발정을 하고 새끼를 낳는 것 이외에 할 일이 없는 고양이는 버려진다. 그 과정은 생생한 묘사와 더불어 도시의 죽은 모습을 더욱 강화하는 데 기여한다. 역병이 휩쓸고 있는 도시는, 글자 그대로 죽음의 도시다. 여기서 생명을 부지하고 있는 것은, 대책 없이 생식을 거듭하는 고양이와, 애비를 알 수 없는 임신을 한 화자의 누이뿐이다. 그러나 과연 그들은 움직이는 생명체인가. 둘은 다시금 생명 아닌 죽음의 상징으로 무섭게 그려진다.

고양이는 복도에서 밤새 울었다. 그것은 가임기의 산모와 갓난아이가 거주한 지 오래된 아오이가든에서는 참기 힘든 소리였다. 〔……〕 어쨌거나 고양이를 함부로 죽일 수는 없었다. 고양이는 귀신도 볼 수 있는 동물이었다. 〔……〕 또 목숨이 일곱 개나 된다고도 했다. 〔……〕 그녀가 택한 것은 고양이 자궁을 들어내는 일이었다. 〔……〕 칼이 지나갈 때마다 고양이는 몸을 단단하게 오므렸다. 〔……〕 고양이는 사람에게 역병을 옮겼다는 혐의를 받는 동물 중 하나였다. (①-45~48)

흥미로운 것은 이때 고양이 자궁을 들어내는 수술을 한 누이 또한 배가 부르더니 개구리를 낳았다는 사실이다. 이와 관련하여 「아오이가든」은 의미심장한 보고를 행한다. 다음 몇 대목을 보자.

이제 엄마는 너를 죽일 거야. 고양이와 나는 죽은 것이나 다름없으니까. (①-58)

피로 물든 누이의 가랑이에서 나온 것은 다리가 가늘고 몸통이 큰 개구리였다. 그것은 실로 나를 닮아 있었다. (①-60)

나는 개구리들을 따라 발돋움질을 했다. 그것들은 내 누이의 아이들이었다. 〔……〕 나는 마디가 달라붙은 두 팔을 펴고, 나뭇가지처럼 가벼운 다리를 벌린 채 비강을 활짝 열었다. 죽은 새끼들이 썩은 몸을 일으켜 긴 소리로 울며 낙하하는 나를 마중하였다. (①-60)

이들 세 인용을 정리하면 이렇다: 고양이는 쓸모없는 새끼나 낳고 버려지는, 그것은 생명의 생산자 아닌 죽음의 증식자다. 그런데 화자인 '나'도 그와 같은 존재다. 즉 고양이=나. 누이는 사람 아닌 개구리를 낳았는데 개구리 또한 화자인 나를 닮았다. 즉 개구리=나. 그 개구리들은 비가 오는 바깥으로 발돋움질해서 넘어갔고, '나'도 뒤따랐다. 그러나 바깥에는 죽은 새끼들이(고양이 새끼인지 개구리 새끼인지 알 수 없으나 아마 둘 다일 것이다) "썩은 몸을 일으켜 긴 소리로 울며 낙하"하는 '나'를 마중한다. 결국 나는 고양이도 되고 개구리도 되는 동물 수준으로 '낙하'한 것이다. 이제 인간은 고양이와 개구리, 그리고 쥐와 더불어 동일한 차원, 동일한 범주를 살아가는 동물이 된 것이다.

첫 소설집 『아오이가든』에 실린 모든 다른 작품들은 한결같이 이 같은 인간 추락을 보여주거나 암시하는 알레고리 우화집의 면모를 형성하고 있다. 한여름엔 50도가 넘고, 겨울엔 영하 32도까지 내려가는 극심한 기온 변화가 일어나는 나라의 생태를 다루고 있는 「맨홀」, 호수에 떠오른 젊은 여성의 벌거벗은 시신을 소재로 삼은 「문득,」, 한 청년의 살인 모험을 다룬 「누가 올 아메리칸 걸을 죽였나」 등 같은 소설집의 수록작 대부분들이 모두 인간 추락의 주제와 연관되면서 인간과 동물의 일차원화(一次元化)를 가감 없이 촉진하고 있다. 그 가운데에서 「문득,」에 등장하는 고양이와 쥐의 관계는 급기야 약육강식의 처절한 참극의 현장을 그대로 노출시킨다.

> 제니퍼는 결국 쥐 한 마리를 물고 왔다. 자기를 공격할까 봐 물고 온 것이라기보다는 단지 심심해서 물고 온 것 같았다. 쥐는 집에 들어올 때까지 숨이 붙어 있었다. (……) 쥐는 도망치려고 했다. 그러나 숨통이 조금씩 끊어져가는 쥐보다 제니퍼가 빨랐다. 제니퍼는 쥐의 모가지를 꽉 물었다. (……) "징그러워하지 마. 고양이의 습성일 뿐이야. (……) 나비한테는 쥐새끼가 처음이잖아, 좀만 참으면 쉽게 죽일 거라고."
>
> 여자가 참을 수 없었던 것은 가슴이 찢겨 꼬물거리는 시뻘건 내장이 튀어나온, 그러면서도 숨통이 끊어지지 않아 가늘게 숨을 쉬고 있는 쥐새끼가 아니었다. 제니퍼의 혓바닥이었다. (……) 제니퍼가 천천히 여자의 축축한 몸을 핥았다. (……) 그러나 그 축축한 혓바닥의 느낌은 묘하게 여자를 안심시켰다. 여자는 축축하고 냄새나는 이불에 제니퍼와 누웠다. (①-107~08)

결국 동일한 차원에서 충돌함으로써 어느 한쪽이 다른 한쪽을 죽일 수밖에 없는 동물적 존재로서의 인간은 마침내 쥐를 죽인 고양이와 동침하기에 이른다. 이로써 인간의 살상 동물화는 그들과의 완벽한 일차원에서 수행된다. 사람은 곧 고양이이자 쥐인 것이다.

2. 재앙의 출현

1997년 11월 27일 발생한 이른바 IMF 위기는 다가오는 21세기가 결코 장밋빛 꿈의 세기가 아닌, 불길한 재앙의 시간이리라는 예감을 가져왔고, 이 예감은 21세기의 문이 열리자마자 테러당한 뉴욕 무역센터의 참사로 불행하게도 적중하였다. 그렇게 21세기는 으스스하게 시작되었다. 글로벌, 혹은 세계화라는 말을 전 세계에 유포시킨 신자유주의는 인간의 자유라는 것이 글자 그대로 자유롭게만 표출될 때, 욕망의 자유 이외에 아무것도 아니라는 인식을 널리 퍼뜨리고 있는 중이다. 무엇보다 소위 '금융'이라는 것이 규제→탈규제로 바뀌면서 '돈'을 향한 사람들의 질주는 목불인견(目不忍見)의 모습을 드러냈다. 말이 그럴싸해 '금융'이지, 그것은 모든 머리를 '돈'으로 집중시키는 아귀(餓鬼)의 놀이터라고 하는 편이 꼭 맞아서, 그들 금융인들의 표현대로 온갖 첨단 기법이 동원되면서 돈놀이와 돈 먹기로 온 세계는 아수라장이 되었다. IMF 금융 위기를 겪은 세계는, 그럼에도 불구하고 여기서 쓴 교훈을 얻은 대신, 더욱더 첨단의 방법론을 개발하면서 돈 구덩이로 매몰되어갔다. 그 결과 무슨 금융 위기, 또 무슨 금융 위기는 흡사 파도처럼 주기적으로 밀려오면서 사람들의 살림살이를 할퀴고 마음마저 황폐화하고 있다. 이제 선량한 시민들은 '금융' 앞에 '개미'가 되었고, 그 이름도 낯선 리먼 브라더스니 메릴 린치니 하는 머나먼 금융 회사들이 그야말로 '브라더스'처럼 친숙하게 되었다. 금융 위기가 올 때마다 우리네 '개미'들은 쪽박을 차고, 그들 '금융인'들은 오히려 더 거부가 되어갔다. 궁핍의 세계화는 이렇게 금융 위기와 더불어 진행되어갔고, 평소 우리보다 잘 살아 부러움의 대상이 되었던 유럽조차 흔들리면서 우리를 함께 흔들고 있다.

화불단행(禍不單行)이라고 했던가. 경제 위기는 더 큰 재앙을 지금 우리 곁에 불러오고 있다. 얼핏 금융과 인과관계가 있는 것으로 보이지는 않지만, 필경 인간 욕망의 무절제한 산물임이 분명한 재앙은 기후와 역병의 기습 형태로 나타났다. 2000년대 후반 이후, 전 지구에서 나타나고 있는 기후변화에 의한 이상 현상이 이제는 아예 정상적인 새로운 현상으로 바뀌고 있을 정도다. 계절의 구분 없이 나타나는 홍수와 가뭄의 반복은 마침내 쓰나미를 일으키고 있고, 일본과 중국을 비롯한 지구촌 곳곳을 흔드는 지진은 급기야 올해 초 일본에서 원자력 발전소를 마비시키고 핵 누출 사태까지 야기하지 않았는가. 인간 이성의 결집으로 평가되는 과학기술의 총체적 모습이 자연 앞에 속수무책으로 무너지는 것을 우리는 꼼짝없이 목격하고 있다. 아이슬란드의 화산 폭발은 유럽과 다른 세계의 교통도 단절시켰다.

온 세계인들이 기회의 땅으로 동경하면서 이주해간 미국에도 토네이도 같은 끔찍한 재앙이 해마다 반복되고 유럽의 물바다 현상도 연례행사가 되다시피 한다. 마침내 태국의 수도 방콕은 침수로 인해 도시 자체가 사라질 위기에 봉착하기도 했다.

이런 가운데에 역병 또한 도처에서 창궐하고 있어 과연 종말이 가까워오고 있음을 피부로 느끼게 한다. 2002년인가 중국 쪽에서 사스라는 독감이 번져 들어오더니 이어서 조류독감이 유행하였고 재작년에는 신종플루라는 괴이한 독감이 또 세계를 강타하였는데, 이 세 가지는 모두 한국을 예외 지역으로 놓아두지 않고 괴롭혔다. 기존의 치료약을 무색게 하면서 마치 중세 흑사병처럼 나라를 넘나들며 맹위를 떨친 이 질병들로 희생된 사람 숫자는 엄청났다. 또한 사람들에게는 영향이 없다고 하지만 조류독감에 이어 구제역이라는 가축 병도 생겨나서 멀쩡한 소와 돼지가 닭과 더불어 생매장당하는 끔찍한 일이 지난해에도 거의 날마다 일어났다. 이게 어디 사람 사는 세상인가.

일이 여기에 이르러도 사람들은 회개하거나 반성하지 않았다. 회개라니! 그 용어는 특정 종교를 연상시킨다며 쌍심지를 켜고 나오는 누리꾼들이 인터넷을 도배하곤 했으니 대체 어쩌자는 것인가. 생명과 죽음, 무시무시한 재앙 앞에서도 한갓 피조물인 인간들은 여전히 교만하였다. 있을 수 있는 재앙의 가장 큰 항목이 현실로 나타났음에도 창조주를 겸손히 바라볼 줄 모르는 인간들의 무감각, 무신경은 모든 죄의식조차 증발시킨 듯해 허허로울 뿐이다. 문학이, 소설이 이에 불감으로 나태하다면, 그마저 아예 폭삭 재가 된 것이리라.

금융 위기와 자연재해 그리고 치사율 높은 역병의 유행은 서로 달라 보이는 장르에도 불구하고 기본적으로 공통점이 있다는 사실이 주목된다. 그 모두 무절제한 인간의 욕망 그리고 교만의 산물이라는 것이다. 먼저 금융 위기란 무엇인가. 금융이란 신용을 배경으로 한 화폐(종이) 그리고 숫자(디지털 화상)의 놀이다. 그것은 실물이 아니라는 점에서 일종의 사이버 경제다. 아날로그에서 디지털로, 활자에서 영상으로 바뀐 이른바 IT 정보화 사회는, 요컨대 실재에서 사이버로 바뀐 사회라고 할 수 있는데, 문명의 발달이라는 긍정적 측면과 더불어 이 현실은 진실 대 허상, 진짜 대 가짜라는 평가와도 만날 수 있다.[3] 사이버는 사실상 오늘의 문화 주류를 이루는 특성이 되었지만 그것이 갖는 허상적 요소는 언제든 불안하게 남는다.[4] 이 불안은 갖가지 물리적 조건들 이외에도 인간의 탐욕이라는 심리적 요소에 의해 이미 현실화되고 있지 않은가. 재앙의 시작은 골드만삭스니 뭐니 하는 낯선 이름들의 도래와 더불어 벌써 뉴욕의 월가에서 출발하여 전 세계를 가로지르고 있다. PC, 스마트폰 따위의 작은 허상 앞에서 손가락을 놀리는 동작과 더불어 숫자는 명멸하고 위기는 증폭된다. 인간의 이러한 탐욕에 대해 자연은 오래 참는 듯하지만 끝끝내 참지는 않는다. 각종 재해는 그 정확한 대응이며 역병의 창궐 역시 자연 변종에 따른 정직한 그 산물이다. 이런 과정은 너무나도 단순한 논리이며 질서인데 인간들이 짐짓 외면할 뿐이다. '나' 자신이 그 어느 것에 의해 죽을 때까지…… 편혜영의 소설은 이 시점에서 등장한다.

3. 재앙의 실현

편혜영의 소설적 상상력을 카프카적 상상력으로 곧장 연결하려는 시도는 별로 맞지 않아 보인다. 이 경우 주로 카프카의 「변신」에서 주인공 그레고르 잠자가 어느 날 갑자기 벌레가 된 상황을 포착하여, 이것을 편혜영의 동물적 상상력으로 치환시킨다. 그러나 카프카의 「변신」은 이른바 그의

---

3 김주연, 『가짜의 진실, 그 환상』, 문학과지성사, 1998. 이 책은 화상/영상에 이미 관심을 갖기 시작한 1990년대 소설가들을 중심으로 화상/영상의 허상성과 그 의미를 탐구하고 있다. 미구에 닥칠 사이버 문학에 대한 예시로 읽힌다.

4 가령 단전이 되었을 때, 혹은 바이러스나 해커가 침입했을 때, 이 상황들의 장기화를 상상해보라. 그 허상성은 한순간에 현실화된다.

'고독의 삼부작', 즉 『심판』 『성』 『아메리카』 등과 더불어 정치적 이데올로기로 움직이는 관료 체제에 대한 것으로 그 대상이 사회주의든, 자본주의든 포괄적으로 작동한다. 사실 카프카가 활동한 20세기 초의 세계는 자연주의 세계관에 이어 표현주의가 한 절정으로 가고 있는 시기였으며 그 역시 이 영향으로부터 자유로울 수 없었다. 인간을 자연과학적 시각에서 바라보고 해석하고자 하는 자연주의는 자연스럽게 인간과 동물의 차이를 보지 않는 결과를 초래하며, 결국 인간의 동물화, 물질화의 세계관에 기여하였다. 카프카에게서 자주 등장하는 동물의 세계, 혹은 의인화가 이러한 세계관과 가까운 관계에 있음은 틀림없다. 가령 그의 작품에 나타나는 원숭이, 개, 쥐 등을 어떻게 볼 것인가 하는 문제가 검토될 수 있다.[5] 그러나 카프카의 작품에 등장하는 동물들은, 인간적인 시각에서 관찰되고 그려진다는 점에서 '동물 > 인간'의 역전된 관계를 드러낸다. 말하자면 동물이 차라리 인간보다 낫다는 관점이며 해석이다. 이런 의미에서 동물에 대한 이해를 '인간 > 동물'의 차원에 그대로 놓아두고 동물 수준으로의 인간 추락과 이를 통한 일차원의 세상을 즉물적으로 풍자해가는 편혜영의 상상력은 카프카의 그것과 사뭇 다르다. 편혜영의 그것은 차라리 종말론적 상상력에 가깝고, 거기에는 아무런 초월적 몸짓이나 언급을 일절 나타내고 있지 않음에도 불구하고 근본적으로 종교적이다.

고양이와 쥐는, 앞서 언급한 소설 이외에도 그의 다른 작품들에도 편재한다. 예컨대 편혜영의 첫 장편 『재와 빨강』에서 쥐 등장의 문맥은 이렇다.

---

5 자유롭던 한 마리 원숭이가 인간들의 총격을 받고 사로잡히면서 원숭이이기를 포기하고 인간의 실존을 받아들이는 『학술원에 드리는 보고*Ein Bericht für eine Akademie*』(1917), 개들의 삶을 그들의 춤과 음악과 먹이를 중심으로 살펴 보고한 소설 『어느 개의 연구*Forschungen eines Hundes*』(1921/22), 요세피네라는 여가수의 노래가 쥐들의 휘파람 소리와 별로 다를 것이 없다는 것을 쓰고 있는 『요세피네, 여가수 또는 쥐의 족속들*Josefine, die Sängerin oder das Volk der Mäuse*』(1924)은 한결같이 동물들을 인격적으로 다루고 있으며, 그들은 오히려 인간화에서 어려움을 겪는다.

"쥐 때문이야."

근무조건을 통보받는 자리에서 그가 망설이다가 선발 이유를 묻자 지사장이 대답했다.

"쥐요?"

"그래, 쥐. 내가 보기에 자네만큼 쥐를 잘 잡는 사람은 없어."

〔……〕

하필이면 더럽고 더러운, 끔찍이 싫어하는 쥐 때문이라니.

"쥐를 잡는 사람은 저 말고도 많은데요."

〔……〕

"그때 내장이 덜렁거리는 쥐의 꼬리를 잡아 쓰레기통에 넣는 모습을 보고 감동했네." (③-28～32)

한국의 지사에서 본사가 있는 C국으로의 파견이 결정된 이유가 쥐를 잘 잡기 때문이라는 것이다. 일반적으로 납득되기 어려운 이러한 소설 논리와 소설 현실이 편혜영에게서는 일반화되어 있다. 『재와 빨강』에는 개도 나온다. 고양이처럼 개도 귀신을 본다고, 그래서 싫어한다고 하면서도(화자를 통해서도) 개를 등장시킨다. 왜 하필 쥐와 개가 나와야 하는가. 그 이유는 소설 어디에도 나오지 않는다. 『재와 빨강』에서 그들의 존재는 이미 운명이며, 말하자면 전사(前史)Vorgeschichte이다. 쥐와 개는 소설에서 필요에 의해 등장하지 않고, 그 존재의 거북함, 그 존재의 제거를 위해 존재한다. 누가 존재해달라고 했는가? 그래도 작가에게는 이미 전의식(前意識)Vorbewußtsein에 쥐와 개가 존재하고 있는 것이다. 그리하여 이제는 아무 상관없는 전처에게 개를 갖다가 치워달라고 연락을 하는, 보통의 인과관계와 거꾸로 된 존재의 전도 현상을 보인다. 이러한 전도는 선과 더불어 악이 존재하고, 그 악은 소멸되어야 한다는 선험적 혹은 연역적 논리의 세계이며, 그런 의미에서 종교적이다. 말하자면, 예언자적 지시의 논리이다.

좋아하지도 않는 개를 맡고 있었던 것은 전적으로 전처 때문이었다. 전처는 개를 좋아했고 그와 이혼한 후 개를 데려가겠다고 했는데, 그는 순전히 전처에게 개를 주고 싶지 않아서 자신이 키우겠다고 고집을 부렸다. 〔……〕 그가 개를 더 이상 참을 수 없어서 돌려주지 못해 안달할 때는 전처가 완강히 거절했다. 개를 내다 버리겠다고 해도 그러라고 할 뿐 꿈쩍도 하지 않았다. (③-64)

요컨대 개는 거추장스러운 존재였고 없어져야 할 동물이었다. 전처와 전 남편 사이의 심리적 앙금만 다소간 그 사이에 남아 있을 뿐이었다. 그러나 개는 좀처럼 없어지지 않는다. 『재와 빨강』에서도 C국으로 떠난 그의 집에 남아 있는 개가 죽었다는 소식 대신 전처가 죽었다는 소식이 전해진다. 너무 집요하게 사람을 따르고 시끄럽게 굴어서 결국 산속에서 살해되는 개가 있기는 하지만(「산책」) 개든, 쥐든 간단히 그 존재가 없어지지는 않는다. 그들은 사람처럼 온갖 불운에도 생명력을 강하게 부지하는데, 그 자체가 바로 재앙이라는 사실을 소설은 일러준다. 이 점에서 소설은 예언자적 목소리를 갖고 있으며, 거듭 말하지만, 종교적이다. 현실에서 재앙이 일어나고 있음에도 불구하고 까닥하지 않는 인간들을 위한 재앙의 복사, 혹은 그 본질의 경고를 던지고 있는 편혜영의 소설은, 이를테면 재앙의 예술적/문학적 실현이라고 할 수 있다. 쥐가 세상에서 없어질 것인가? 아니다. 그 확률은 사람이 없어질 것만큼이나 희박하다. 그리하여 온갖 재앙에도 불구하고 더욱더 '금융 위기'를 확산시키듯 인간의 탐욕은 그치지 않는다.

대개의 쥐가 약 때문에 죽는다. 쥐는 약을 먹으면 몸이 쇠약해져 먹이를 먹지 못하게 된다. 그러다가 폐의 혈액순환이 어려워지면 공기를 찾아 어두컴컴한 쥐구멍을 벗어나 환한 밖으로 몸을 끌고 나와 죽는다. 〔……〕 인간의 경우도 마찬가지다. 어떤 바이러스도 지구상의 인간을 다 죽일 수는 없다. 99.99퍼센트가 죽는다고 해도 자연면역을 갖춘 생존자는 반드시 살아

남는다. 〔……〕 쥐와 마찬가지로 인간도 쉽게 소탕되는 종이 아니다. (③-116~17)

사람은 이렇듯, 고양이와 쥐와 개…… 등등과 마찬가지의 존재일 뿐이다. 그렇게 살아남는, 재앙을 잉태한 존재다. 아니 어쩌면 그들보다도 훨씬 못한 존재일 수도 있다. 현실에서 재앙은 홀연히 출현한 것으로 보이지만 소설에서 재앙은 이미 잠재되어 있던 인간성이 실현된 것으로 나타난다. 편혜영의 소설은 그것을 다시 실현한 것이다. 다음에 이르면 사태의 심각성과 명확성이 여지없이 드러난다.

그는 쓰레기를 뒤지면서 생존을 위한 경쟁자가 부랑자들이 아니라 쥐라는 것을 실감하곤 했다. 그러나 얼마 지나지 않아 쥐가 자신과 경쟁할 만한 상대가 아니라는 걸 깨달았다. 쥐는 항상 그보다 빨랐다. 쥐는 그가 찾지 못하는 것을 찾았고 그가 먹지 못하는 것을 먹었으며 그가 먹을 수 있는 것을 먼저 먹었다. 〔……〕 명백히 그의 처지는 쥐보다 못했다. (③-118~19)

쥐가 나타날 때까지 가만히 앉아서 언젠가 분명히 쥐가 지나갔을 어둡고 좁은 길을 바라보노라면 자신이 거대한 한 마리의 쓸모없는 쥐가 된 느낌이었다. (③-175)

4. 실종—'인간', 세상에는 없다

『재와 빨강』의 주인공은 결국 C국에서 쥐나 다름없는 운명으로 떨어지고 본국으로의 어떤 소통도 단절된다. 본국에서 볼 때 그는 완벽하게 실종된 것이다.

실종은 편혜영 소설의 또 다른 모티프이다. 어쩌면 가장 중요한 모티프일 수 있다. 그의 여러 소설들에서 일어나는 실종 사건은, 그러나 해결되지 않은 채 종결된다. 산 사람으로 다시 돌아가지도 않고 시체로 발견되지도 않는다. 소설은, 실종과 무해결의 종결 사이에서 일어나는 일들의 보고가 그 내용이 된다. 실종은 완벽한 실종으로 실현되거나 실현을 자초하는 위험 속으로 걸어 들어감으로써 실종 여부를 미결로 남겨놓는 미궁책을 취하기도 한다. 고양이와 쥐, 개를 거쳐 이들 동물들이 거의 출몰하지 않는 최근작『저녁의 구애』에 이르면 이러한 실종은 모티프를 거쳐 주제로까지 발전한다.

『저녁의 구애』에서 실종이 구체적으로 실감 있게 등장한 작품은「통조림 공장」이며 실종의 위험에 직면한 작품은「산책」과「정글짐」, 그리고「관광버스를 타실래요?」이다.「토끼의 묘」에도 일종의 실종이 나오긴 나온다. 작품집의 표제작인「저녁의 구애」역시 '실종'과 무관하다고는 할 수 없는 작품이다.「통조림 공장」의 경우 명백하게 공장의 공장장이 실종되고, 다시는 나타나지 않는다. 여기서 주목되는 일은 그의 실종이 공장의 일상은 물론, 그가 가장으로 있는 가정에도 어떤 충격도, 변화도 주지 않고 있다는 사실이다. 그의 실종에도 불구하고 일상은 똑같이 반복될 뿐이다. 이러한 반복과 심리적 무료는 사람의 실종뿐 아니라 전염병의 창궐(『재와 빨강』), 지진(「저녁의 구애」「재와 빨강」) 등의 재앙에도 변함없이 지속된다. "지진이나 쓰나미 같은 것은 어쩌지 못하는 사이 모두에게 닥치는 일이었다. 그러니 두려울 게 없었"(④-51)으며, 불행은 오히려 모두 무사한데 자신에게만 불운이 닥치는 '개인적'인 것으로 지칭된다.

진짜 재앙은 천재시변이나 역병의 유행 같은 엄청난 재앙에도 불구하고 크게 변하지 않는 세상, 그 세상을 살아가는 사람들의 마음속이다. 사람들은 가정의 가장이 실종되어도, 그가 속한 조직의 책임자가 실종되어도 두려워하거나 변하지 않는다. 재앙은 이렇듯 개인화, 내면화됨으로써 표출되지도 않고 객관화되지도 않는다. 마음속으로 들어가버린 재앙이므로 그 재앙은 계산되지 않는다. 계산되지 않는 것은 따라서 존재할 수 없다. 편혜영의 소설이 버려진 동물들의 냄새, 끔찍한 사람들의 시신, 그리고 알 수 없는 미로와 더불어 일어나는 실종 등과 같은 재앙의 연속 가운데에서도 슬픔과 분노, 절망의 과잉 감정이 노출되지 않는 이유는 이와 같은 내면 반응의 무변화 내지 무표정에 있다고 할 수 있다. 세상이 썩어가고 땅이 흔들리는데도 마음은 흔들리지 않는 것이다. 어떻게 된 셈인가. 도통했는가. 해탈했는가. 불감증인가.

재앙 불감증이라고 부를 수 있는 무표정의 '마음속'은 결국 세상 전체, 그러니까 이른바 사회적 시스템의 무방비로 이어진다. 예컨대 이렇다.

> 장례식장으로 가는 동안 몇 군데 슈퍼마켓에 더 들렀으나 어디에도 재난에 대비하는 통조림은 없었다. (④-52)

> 이미 죽었거나 곧 죽게 될 것은 영정의 주인이었지 그가 아니었다. 김은 한 번도 죽음을 진지하게 생각해보지 않았음을 깨달았지만 그것이 다였다. (④-55)

세상은 사실의 세계로 구성되지만, 인간은 사실 이외의 인식의 세계를 더하여 구성된다. 전염병과 지진, 금융 위기는 사실의 세계로서 재앙이다. 그러나 그것이 재앙으로서 받아들여지는 것은 인간에게 있어서 그의 인식을 통해 비로소 이루어진다. 전염병과 지진, 금융 위기가 어느 한 개인을 피해 갔다면, 그리고 편혜영처럼 거기서 위기를 느끼지 않았다면 그것은 재앙이 아니다. 그러나 과연 그럴까. 편혜영의 소설이 진짜 말하고 싶었던 것은 이 같은 불감과 이기(利己)가 지닌 위기이다. 가능한 한 최대로 감정을 배제하면서 마치 탈수된 인간들을 내세우듯 하는 작가의 즉물적인 건조체의 문장들이 내게는 마치 계시록의 경고처럼 울린다. 그의 이 종말론적 상상력이 이제 보다 현실적인 스토리로 연결되기를 기대한다.

(2011)

김주연 등단 50주년 기념 대담

디지털 문명과 영성에 대하여, 그 예감의 비평

일시 2016년 4월 22일
장소 서교동 카페 이막
진행 및 정리 홍정선

비평의 출발 — 샤머니즘의 극복을 외치며

홍정선 먼저, 선생님의 등단 50주년을 축하드립니다. 선생님께서는 1966년에 등단을 하셨으니까 비평 활동을 하신 지도 어언 50년이 되었습니다. 한국 근대 비평의 출발을 팔봉 김기진 선생이 활동을 시작한 1920년 초로 잡을 때 우리 비평의 역사는 아직 1백 년이 채 못 되는 셈인데, 그렇다면 이 기간의 절반 이상을 선생님은 우리 비평의 현장에서 활동하신 것이 됩니다. 그동안 선생님은 비평집 열세 권을 비롯해서 독문학 연구서, 번역서 등 수십 권의 책을 간행하면서 다방면에서 정력적으로 활동하셨습니다. 그리고 지금도 왕성한 비평 활동을 하고 계십니다. 이런 추세라면 선생님은 우리 비평사에 몇 가지 기록을 세울지도 모르겠습니다.

선생님께서는 비평 활동을 시작하실 때, 샤머니즘의 극복이라는 것을 김현 선생과 함께 일종의 기치로 내걸었던 것으로 기억하는데요. 그것은 당시의 문학이 순수문학의 문제, 토착성의 문제, 반공 이념의 문제, 이런 것들에 사로잡혀 있어서 전근대적이라고 할 수 있는 한국 문학의 수준이 샤머니즘의 극복을 외치게 만들었다는 생각이 듭니다. 또 당시에 선생님께서 빠져 있었던 어떤 문학적 몰입 상태가 그렇게 만들었지 않았을까 하는 생각도 듭니다. 이 대담의 실마리를 그런 기치를 내걸었던 당시 사정에 대한 이야기로부터 풀어나가면 좋겠습니다.

김주연 예, 50년이 금방 지나갔군요. 두 가지로 말씀을 드릴 수 있을 것 같은데요. 하나는 지금 홍 선생이 말한 대로 그 시대적 배경, 또 한 가지는 내 자신의 문학관이라고 할까, 인생관이라고 할까에 대한 생각입니다.

우선 그 시대적 배경을 말씀드리죠. 1960년대에 활동을 시작한 저 같은 경우, 그리고 저뿐만 아니라 그 시대에 『문학과지성』을 중심으로 활동을 같이하게 된 동료들, 예컨대 『문지』에 앞서서 『사계』 『68문학』 동인들, 그 사람들이 갖고 있는 어떤 공통된 생각과 의식이라는 게 샤머니즘적인 분위기에 대한 거북함 같은 것이었어요. 문학도 좀 지적인 반성을 제대로 해야지, 언제까지 전근대적, 반지성적 풍토에 안주할 것인가 하는 자책이었다고 할까요. 왜냐하면 그 전 시대의 상황을 보면 김동리, 서정주, 또 평론에서 조연현 같은 분들의 활동, 더 구체적으로 가령 김동리의 경우, 「무녀도」를 비롯한 여러 소설들이 대부분 어떤 질병이라든지 어려움을 극복하기 위해서 무당한테도 가고, 교회도 가고, 절에도 가는, 바깥 행태들은 좀 다른 듯이 보이지만 사실은 다 샤머니즘적인 사고방식을 답습하는 방식이었단 말입니다. 소위 이야기하는 전근대적인 취락사회의 풍경이지요. 그리고 많은 사람들의 사고방식을 지배하는 것이 어떤 합리성이라든지 이런 것보다는 인정—저는 인정주의라는 말을 썼는데—에 지배되고 요행이나 무책임을 특징으로 한단 말입니다. 난 무슨 무슨 주의, 이런 것 별로 안 좋아하는데, 취락주의, 인정주의 그런 말들을 제가 초기에 자주 썼어요. 그런데 그게 전부 다 결국은 샤머니즘적인 사고방식에서 온 거란 말입니다. 그래서 우리 세대에 이것을 비판적으로 바라다보고 새로운 문학의 어떤 길을 가기 위해서는 기본이 되는 게 샤머니즘의 극복이다, 이런 생각을 하게 됐던 것이죠. 결국 자아와 개성의 확립이 이루어지기 전 단계의 모습이 샤머니즘이라는 말 속에 모두 축약되어 있던 셈인데, 개인적인 인생관에서도 마찬가지입니다. 4·19 이후 개인과 사회 모두에게 요구되는 이른바 개인의 신장과 주체의식의 측면에서 문학은 가장 올바르게 이를 구현하는 길이 되어야 한다는 생각이었고, 그렇지 못한 전 시대의 문학이나 기성세대가 아주 답답하게 느껴졌지요.
시기적으로 그 언저리에, 연세대학교 신학대학 유동식 교수라는 분이, 샤머니즘에 대한 깊이 있는 연구를 하시고 관계 저서도 출판하셨는데 상당히 감동적으로 읽은 기억이 납니다. 그분은 목사인데 샤머니즘 연구를 통해서 한국이라는 땅에 대한 연구를 먼저 하셨던 거지요. 기독교 활동을 위해서도 반드시 필요한 선행 연구였던 셈인데, 저 역시 거기서 많은 것을 느꼈어요. 오늘날 학문적으로 몽고/만주 일대의 사상으로 샤머니즘을 가치중립적 차원에서 연구하는 것하고는 물론 다릅니다. 그때나 지금이나 제가 관심을 갖고 있는 것은 샤머니즘적 사고방식이고, 이것은 문학의 인간애적 이상의 구현이라는 차원에서 극복되어야 할 명제라고 생각합니다. 큰 줄기에서 보면 4·19와 결부된 일대 민족적 각성이라고도 할 수 있죠. 이 시기에 문학 출판의 여러 가지 의미 있는 일들이 시작됩니다.

문학과 종교는 한 뿌리이다

홍정선 샤머니즘 문제에 대한 이야기가 나왔으니까, 연결시켜서 조금 더 질문을 드리겠습니다. 선생님께서 1990년경에 쓰신, 「세속성과 초월성」이라는 제목의 글이 있습니다. 그 글을 비롯한 일련의 글 속에서 선생님은 육체와 영혼의 문제, 이성과 감성의 문제, 합리성과 비합리성의 문제, 세속적인 것과 신성한 것에 대한 문제, 이런 문제들에 대해 진지하고 깊은 여러 가지 사유를 보여주셨습니다. 그리고 또 다른 글에서는 "하늘과 땅을 동시에 껴안을 수 없을까?" 하는 명제를 제출하신 적도 있습니다. 이런 명제 역시 앞에서 말한 육체와 영혼, 이성과 감성, 합리성과 비합리성, 세속적인 것과 초월적인 것의 동시적 중요함에 대한 선생님의 생각을 드러내고 있습니다. 이러한 양자들은 결코 상호 대립적이거나 분리된 게 아니라 하나의 몸체이면서 영원한 모순 관계를 이룰 수밖에 없는 명제라는 나름의 깨달음에 도달하셔서 이렇게 말씀하셨을 것입니다. 그리고 이러한 깨달음의 외연이 확장되면서 선생님을 주목받는 뛰어난 인문주의자로 만든 것이 아닌가 하는 판단을 저는 가지고 있습니다.

김주연 지금 홍 선생이 말한 부분과 관련해서 생각나는 것이 있습니다. 꽤 오래 전 누군가 저를 가리켜서 문학비평에 있어서 이원론자다, 그리고 이런 이원론은 기독교적인 사고방식이나 의식과 무관하지 않다는 식의 글을 쓴 것을 읽은 적이 있어요. 물론 기독교적인 세계관과도 관계가 없지 않겠죠. 그러나 지난 50년을 되돌아보니까, 오히려 독일 문학을 공부한 것하고 홍 선생이 지적한 것이 차라리 밀접한 관계가 있지 않았나, 이런 생각이 드네요. 왜냐하면 소설이나 시 창작의 경우 자신의 직접적인 체험, 자신의 개인적이며 사회적인 체험을 넘어서기가 힘든데, 비평에서도 마찬가지 아닐까요. 역시 자신이 읽고 공부한 것들에서 결정적인 영향을 받았다고 봅니다.

독일 문학과 사상은 원래 기본적인 의식의 구도가 이러한 이원론으로 형성되어 있지요. 전체와 개인, 사회와 자아, 정신과 육체…… 이런 양극성의 대립과 갈등이 대단히 심했기 때문에 이것을 어떻게 극복할 것인가 하는 것이 운명적인 고민이자 명제예요. 그래서 결국은 19세기 초에 헤겔에 의해서 변증법적인 지양이라는 해답을 얻습니다. 그러나 헤겔의 그런 변증법만이 전부는 아니고 많은 작가들의 세계가 그 같은 양극성의 극복에 알게 모르게 바쳐지고 있어요. 괴테의 『파우스트』도 결국은 그 길에 이르기 위한 모색이고, 토마스 만도 시민성과 예술성의 갈등이라는 주제에 격렬하게 파고들고, 헤르만 헤세 같은 작가도 뭐라고 할까요, 『나르치스와 골드문트』 역시 지적인 것과 야성적인 것의 대립, 그 극복을 향한 모색이라고 할 수 있지요. 그러면서 작가들은 자기만의 극복의 길을 걷지요. 가령 헤세는 그 극복의 정신으로 유머, 토마스 만은 일종의 고양, 또는 '반어적 중간ironische Mitte'이라고 하는 방법정신들을 찾아냈습니다. 그런 모색 중에서 저는 19세기 말에서 20세기 초에 활동한 신칸트학파를 주목합니다. 이들은 정신과 육체, 거기에 영혼이라는 개념을 넣어서 일종의 삼원론을 생각했습니다. 이 가운데 육체와 영혼은 그야말로 육체적인 것이지만, 정신은 삶의 의미를 반추하고 반성하는 지적 행위이지요. 영혼이나 육체는 없는 사람이 없지만, 정신은 있는 사람도 있고 없는 사람도 있고…… 정신이란 건 말하자면, 사고하는 방식, 성찰을 깊이 해야 생겨나는 어떤 것입니다. 이렇게 신칸트학파에서는 보고 있는데, 독일 정신은 이원론의 대립이라는 현상적인 것과 그것을 넘어서려는 힘든 정신적/지적 모색으로 이루어진 것이 사실이며 이러한 노력으로부터 긍정적인 영향을 내가 받아온 것도 사실입니다. 이런 것들을 내가 매일 의식하고 사는 건 아니지만, 그렇지 않다면 어디서 그런 걸 배웠겠어요? (웃음) 영향을 받았다면 끊임없는 이상의 추구라는 점에서 낭만주의도 빼놓을 수 없겠죠. 낭만주의야말로 끊임없이 이상을 추구하는 독일 정신의 본질 아닙니까.

홍정선 여기서 보충적인 질문을 하나만 더 해보겠습니다. 제 기억이 정확할지 모르겠습니다만, 아마 2000년을 전후한 시기가 아니었을까 싶은데요. 그 무렵에 선생님이 쓰신 글과 관련해 서평이나 이런저런 사적인 자리의 담화에서 종교적 관심이 지나친 게 아닌가 하는 이야기들이 상당히 있었습니다. 일부 사람들은 선생님의 글이 문학적 경계를 벗어나 지나치게 종교적인 영역으로 넘어가 있다고 비판적으로 이야기하는 경우도 있었고요. 여기에 대한 선생님의 한 대답이 「세속성과 초월성」이란 글이 아닐까 생각합니다. 이 글에서 선생님은 문학은 세속성과 초월성을 본질로 삼고 있는 장르다, 라고 대답하신 셈인데요. 그런데 당시의 이 같은 논란에 대해 선생님은 어떤 생각을 가지고 계신지요?

김주연 나의 글이 지나치게 종교적이다, 라는 생각을 갖고 있는 분들이 한국 문단에 극소수라고 믿고 싶어요. 왜냐하면 문학과 종교는 한 뿌리거든요. 그런데 한국 문학은 유난히 종교적인 색채가 약할 뿐만 아니라 종교적인 것에 대해서 배타적이고 심지어는 무지해요. 그게 내가 한국 문학에 갖는 불만이었습니다. 그래서 한 20년 전에 『문학과 종교*Dichtung und Religion*』라는 책을 번역한 적도 있습니다. 문학비평가인 튀빙겐 대학의 발터 옌스Walter Jens 교수와 한스 큉Hans Küng이라는 신학 교수의 공저예요. 좀 어렵지만 유명한 책입니다. 세계적으로 상당한 영향력을 갖고 또 대중적으로도 많이 팔린 책인데, 한스 큉 교수는 우리나라에도 서너 번 오셨었죠. 가톨릭인데 전통적 가톨릭 교리에 도전하다 가톨릭 신학 교수직을 박탈당하고 종교문제연구소 소장으로 제한된 연구활동만 할 수밖에 없었던 분이죠. 그리고 발터 옌스 교수는 독일에서 가장 대중적 인지도가 높은 문학

평론가로 기독교와 문학의 관계에 대해 열정적인 연구와 저술 활동을 하던 분입니다. 그 책을 들고서 1986년에 우리나라 분도출판사 대표였던 H. R. 세바스티안이라는 독일인 신부가 저를 찾아왔어요. 그때까지 모르던 분이었지요. 놀라운 일은 자신이 1년 동안 번역자를 찾아다녔지만 찾지 못했다는 겁니다. 번역해줄 사람은 세 가지 조건을 갖춰야 하는데 그런 사람이 도대체 한국에 없었다는 거예요. 첫째 문학을 하는 사람, 둘째 독일어를 아는 사람, 셋째 기독교인. 이 조건을 갖춘 사람을 아무리 찾아도 없더라는 거예요. 자기는 이 사실 자체가 너무나 놀라웠다는 겁니다. 아니, 한국이 이럴 수가 있나. 문화적 성과가 상당한 나라, 대학도 많고, 독문과도 많고, 문인들도 많은 한국이 이럴 수가 있는가 하고 신기해하더라고요. 그중에서도 제일 희소한 요소가 기독교인이라는 거예요. 지식인이라고 하는 분들 가운데 기독교인이 드물고, 문학하는 분들은 아예 냉소적인 경우가 많았다고 했습니다. 흥미로운 것은 기독교의 압도적인 영향 아래 있는 적잖은 서양 문학 연구자들도 기독교에 의외로 무관심하다는 사실입니다. 비록 안티라고 하더라도 그 역사나 문화에 대해서는 알아야 할 것 아닙니까. 종교, 특히 기독교에 대한 지식과 그 실존적 자기 관련성이 결여된 현대 문학은 불구의 것일 수밖에 없어요. 요즘은 좋은 작가들, 시인들 가운데 기독교인이 꽤 많아졌어요. 시에 마종기, 박이도, 고진하, 김형영, 소설에 김원일, 현길언, 오정희, 이승우 등 모두 우리 문단의 대표들 아닙니까. 단순한 호교, 혹은 변신론의 문학이 아닌 그 정신과 싸우는 문학이지요.

『문학과 종교』는 여덟 명의 큰 작가들에 대해서 신학자와 문학가가 각각 자기 입장에서 글을 쓴 책이에요. 그래서 열여섯 꼭지가 되는 거죠. 누구냐 하면 파스칼, 카프카 이런 사람들에 대해서 쓴 것인데 작가가 아니라 작품에 대해서 깊은 분석을 한 평론 성격의 연구라고 할까요. 신학자인 한스 큉과 문학가인 발터 옌스가 파스칼의 『팡세』에 대해서 또 카프카의 『성』에 대해서, 도스토옙스키의 『카라마조프의 형제』에 대해서…… 그런 식으로 작가 여덟 명의 여덟 작품에 대해 쓴 책인데, 그럼으로써 그 작품이, 그리고 그 작가가 온전한 조명을 받고 있는 게 아닌가 하는 인상을 받았고, 나도 평론가의 한 사람으로서 부러웠습니다. 동시에 이런 발상 자체를 하지 못하고 있는 우리 문단이 좀 부끄럽기도 했고요. 이 책은 너무나도 당연하게 너무나도 보편적으로 유럽 문단과 학계의 관심을 받고 있었는데 우리나라에서는 종교에 대해서 잘 모르니까 관심이 없고 배타적인 게 아닌가 하는 생각이 들기도 했습니다. 싫든 좋든 현대문학은 이 테두리를 인식해야 하니까요. 예나 지금이나 문학의 깊이라는 것은 어떤 생각을 갖고 있건 종교성에 도달하지 않을 수가 없다고 봅니다. 저는 소설가 이승우를 처음부터 이런 시각에서 주목해왔는데 그는 이제 상당한 깊이를 얻어가고 있는 것 같아요. 아쉽게 먼저 갔지만 외우 이청준의 경우도 이런 관점에서 계속 분석될 필요가 있다고 봅니다. 가령 도스토옙스키 소설은 종교성을 빼고는 말할 수가 없는 거죠. 톨스토이도 그렇고, 괴테의 『파우스트』도 그래요. 학회 강연회에서 파우스트의 종교성에 대해 이런 얘길 한 적이 있습니다. 파우스트의 독백입니다. "누가 이 정욕의 사슬에서 나를 끊을 수 있으랴." 학문과 도덕으로도 넘지 못하는 한계, 바로 그겁니다. 파우스트를 자꾸 인간성, 휴머니즘 이런 범주 안에서만 천착하니까 현학적인 학문의 틀을 벗어나지 못하는 겁니다. 파우스트는 인간의 한계, 인간적 성취의 한계를 의식하면서 신성에 도전하고, 다시 회개하는 종교적 몸부림을 보여주는 작품입니다. 우리 인간의 실존적 고투가 담겨 있기에 명작일 수 있는 것이지요. 진리 탐구의 한계를 절감하고 구원을 모색하는 몸부림, 그게 파우스트입니다. 얼마나 문학과 종교가 한 몸입니까. 그것을 떼어놓고서 말하니까 오히려 더 어려워지고 그 근처에 잘 못 가고 변죽을 울리게 된다고 봅니다. 문학평론 쪽에서 특히 생각해볼 점이 많습니다. 찾아내야 합니다.

현실에 충실했던 비평이 보여준 '예감의 실현'

홍정선 선생님 말씀, 의미 있게 들었습니다. 『문학과 종교』라는 책은 아직 못 봤는데, 꼭 찾아서 읽도록 하겠습니다. 저는 한때 우리 인간의 역사에 절망하면서 종교에 관심을 쏟았던 적이 있었는데 선생님의 경우가 훨씬 본질적 관심이라 생각합니다. 그리고 한국 문학이 사실성을 보장받고 현실성을 부여받기 위해 일상적 리얼리티에 얽매이는 것도 좋지만 제대로 된 올바른 깊이를 가지자면 초월성에 대한 측면, 종교적인 것에 대한 이해가 더 필요하다는 생각을 선생님의 이야기를 들으면서 하게 됩니다.

이제 선생님의 지난 비평 활동에 대한 이야기로 넘어가보겠습니다. 선생님께서는 50년이라는 긴 시간 동안 비평가로서 활동해오셨는데, 이 50년의 세월 동안 손쉽게 눈치챌 수 없는 어떤 변모들이 있었습니다. 이 변모를 제 나름의 도식으로 구분한다면 첫번째 시기는 초월적인 세계에 대한 관심을 내면에 잠복시킨 채 표면적으로는 사회라든가 역사라든가 이런 것들에 좀더 두드러진 관심을 보이던 시기입니다. 그리고 두번째 시기는 초월적인 세계에 대한 관심이 돌출적으로 두드러져 보인 시기입니다. 마지막으로 세번째 시기는 세속적인 것과 초월적인 것들이 조화를 이루는 최근의 시기라 할 수 있겠습니다. 이렇게 크게 세 시기 정도로 구분할 수 있지 않을까, 하는 이런 생각이 들었는데요. 선생님께서는 이런 구분과 변모에 대해서 어떻게 생각하시는지 말씀해주시면 좋겠습니다.

김주연 지금 홍 선생께서 그렇게 객관적으로 분류를 하셨으니까, 뭐 그렇게 볼 수도 있겠다 싶지만 스스로 그렇게 생각해본 일은 한 번도 없습니다. 내가 지금 50주년을 맞이해서 선집을 한 권 준비 중인데, 실질적인 건 문학평론가 김태환 교수가 준비하고 있지만, 그분이 어떻게 생각할지는 몰라도 저는 가제로 '예감의 실현'을 제목으로 생각해봤습니다. 말하자면 나는 그냥 그때그때 현실에 충실해왔고 현실에 반응해왔다, 그렇게 생각합니다. 물론 이때 현실이라는 건 밖의 현실과 내 내면의 현실을 한꺼번에 말하는 것이죠. 이른바 초월성에 대한 관심이 제일 많았을 때가 홍 선생 분류에 의하면 두번째 시기가 될 텐데, 그때는 내가 종교적인 것에 대한 관심이 제일 많을 때니까, 뭐 그게 내 현실이었겠죠. 그러나 전반적으로 다른 시기, 다른 시대에서도 그때그때의 현실에 충실했습니다. 문학이 모두 다 그렇겠지만, 비평도 그것이 어떤 실증적인 문학사의 정리가 아니라면, 비평 역시 현실의 핵심을 빨리 포착하는 일이다, 이렇게 생각을 해왔고 지금도 하고 있어요.

그 예를 하나 들어보겠습니다. 아마도 1990년대 후반 『가짜의 진실, 그 환상』(1998)을 냈을 때—나는 이 책을 상당히 좋아합니다—사람들의 반응이 별로 없었습니다. 없었을 뿐만 아니라, 내가 이 책을 내려고 할 때 제목을 보고 김병익 씨가 이런 얘길 했어요. "아니 평론집 제목에 허위, 뭐 이런 건 몰라도 가짜라는 건 좀 이상하지 않아?" 사실 난 그때 '가짜의 진실', 이 제목을 생각해내고 좀 흥분했었어요. 이 가짜라는 말이 핵심인데, 요즘으로 하면 사이버cyber입니다. 좀 과감하게 말한다면, 오늘날 이야기되는 영상문화, 사이버문화, 디지털문화, 그것을 내가 선구적으로 예감한 책이다, 이렇게 말하고 싶은 책이에요. 여기에 거론된 작가들—안 그런 분들도 소수 있습니다만—은희경, 채영주, 신경숙, 윤대녕, 배수아 등 당대 거의 모든 젊은 작가들에게서 사이버적인 면을 발견하고 추출해낸 평론집입니다. 오늘날을 사이버 시대라고 하지 않습니까. 말하자면 20년 전에 내가 그것을 예감한 것이지요. 그 몇 년 뒤 『디지털 욕망과 문학의 현혹』(2001)이라는 평론집으로 이 문제를 더욱 추동시켰고, 2009년엔 석학인문강좌를 통해서 '문학, 영상을 만나다'라는 제목으로 집중 강의를 하고 단행본으로 출간하였죠. 그러니까 오늘의 세상을 좀 일찍 문학작품에서 예감하고 그것을 새롭게 명제화했다는 생각이 들어요. 또 그전부터 은연중 주장해왔던 대중문학론과 결과적으로 연결되기도 하고요. 초월성과의 조화라는 말씀을 하셨는데 난 이게 그런 관점에서도 말이 된다고 생각해요. 그래서 사석에서 만났을 때, "선생님은 점쟁이 같아요" 이런 말을 하는 작가들도 있습디다. 지금 홍 선생께서 세 시기로 분류를 했는데 거기에 대한 대답으로서는 조금 빗나간 듯하지만, 나는 나의 변화를 분류해서 생각해본 적은 없고, 다만 그 시대적인 현실의 깊이를 관찰하면서 감각적으로, 직관적으로 미래를 예감하면서 현실에 충실한 글을 썼다고 하겠지요. 초월성의 문제라는 것도 그런 시각에서 봐주시면 어떨까 하는 생각이 들어요. 홍 선생은 초기 비평에도 무언가 잠복해 있었다는 그런 얘기를 했고, 『김주연 깊이 읽기』(2001)에서 성민엽 선생도 그런 말을 했어요. 1980년대 중반 이후 내가 기독교적인 관심과 더불어서 초월성의 문제들을 상당히 많이 다뤘지만 사실은 그 이전의 문학에도 그런 요소가 본질적으로 다분히 있었고, 그렇다면 추이라는 것이 필연적인 것일지도 모릅니다. 그런 의미에서 지금 홍 선생이 말한 것도 비슷하게 들려서 아주 날카로운 지적이라 생각합니다.

인문학적 깊이는 독일 문학에서 기인한 것

홍정선 제가 선생님 비평을 세 시기로 나눈 것은, 선생님 자신은 이런 구분에 대해 특별한 인식 없이 글을 써오셨겠지만, 써놓은 글들이 보여주는 차이에 주목해서 인위적으로 나누어본 겁니다. 그런데 선생님은 조금 전에 말씀하신 것처럼 영상문화, 사이버문화, 디지털문화 등에 대해 누구보다 먼저 많은 관심을 보이셨습니다. 그것은 문학비평은 마땅히 이런 시대적 측면, 문화적 측면에 민감한 촉수를 들이대야 한다는 태도 때문인 것 같습니다. 그러니까 이런 태도가 선생님의 비평을 문학주의적인 비평이 아니라 현실 세계를 향해 언제나 열려 있는 비평으로, 문명의 변화와 우리 인간에 대해 좀더 넓게 사유하는 인문주의적인 측면으로 이끌어 가는 기본적인 동력이 되지 않았을까, 하는 생각이 드는데요. 선생님을 그처럼 문학작품을 통해, 아니 문학작품을 넘어 좀더 넓은 세계와 정신에 관심을 가지게 만든 본질적인 요인은 무엇인가요?

김주연 상당히 근원적인 질문입니다. 저는 제 개인적인 얘기를 글에서 잘 쓰지 않았어요. '나로서는' 이런 표현도 드물게 쓰고. 그런데 최근에 어디다 한두 번 썼어요. 이제는 뭐 나이도 먹고 그런 말을 써도 되겠다 싶어서 썼는데, 저는 지금 말씀하신 대로 문학주의자가 아니죠. 문학주의자가 아니고 문학주의라는 말도 싫어하고 또 실제로, 이런 얘기를 하면 사람들이 거부감을 가질 수도 있을지 모르겠지만, 사실 문학을 잘 모릅니다. 얼마 전에 어느 시인이 우리가 반세기 넘게 술을 마셨는데, 지금까지 마신 술 중에 어떤 것이 제일 좋았냐고 물어본 일이 있어요. 내가 한 반세기 술은 마셨지만, 나는 술맛을 잘 몰라서 할 말이 없다, 그랬어요. 그런데 그게 사실이에요. 글쎄요, 문학이 뭔지……

저는 고등학교 때도 이과였어요. 글 쓰는 사람들 옛날얘기 하라면 뭐 중고등학교 때 문예반이었고, 어려서부터 글짓기 대회에 나가서 상을 타고 그때부터 작가를 꿈꿨고…… 그러는데, 나는 그런 기억이 하나도 없어요. 어쩌다가 독문학을 해서, 나를 스스로 좀 좋게 얘기한다면 좀 모범생 스타일이라 하라는 대로 잘 따라가다가 보니까 책은 많이 읽었고, 또 그러다 보니까 친구들과 더불어 자연스럽게 그 길에 들어섰고요.
독문학을 왜 하게 되었을까 생각해볼 때가 있어요. 그때 떠오르는 것이 『파우스트』인데, 중학교 2학년 때 처음 읽었습니다. 당연히 무슨 소리인지 몰랐지만 여러 번 읽었어요. 『파우스트』와 관계된 독후 이야기는 민음사 박 회장님 기념문집에 실렸는데 거기서 나는 이른바 진리에 대한 어떤 집착을 스스로 느꼈고 이것이 독문학 성격과 어느 정도 부합한 것이 아닐까 생각해보았습니다. 세상에서 제일 중요한 것은 인생이라고 생각해요. 성철 스님이 그런 얘기를 하신 적이 있다죠. 나는 불가의 길을 걷고 있지만 지금이라도 더 좋은 인생의 길이 있다면 언제든지 이 불가를 떠날 수 있다고. 거꾸로 얘기하면 수사법적으로 불가가 지금까지 제일이다, 그런 얘기가 되겠죠. 그래서 나는 독일 문학 공부를 했고, 또 문학비평 글을 쓰다가 보니까 여기까지 온 겁니다. 다른 거는 모르니까. 그리고 관심도 없어요, 실제로. 문학비평이나 독일 문학이 아니었으면 나는 할 줄 아는 것도 없고, 큰일 날 뻔했지요. 문학비평을 해도 자기의 인생과 직접 관계없이, 별다른 절실함 없이 하는 사람들의 경우, 지식에 바탕한 이론상으로 완벽하게 설명하고 분류해도 문제가 있어요. 글을 읽고 감동을 받아서 자신의 실존적 인생을 거기에 걸고 얘기하는 사람과는 무언가 다릅니다. 나는 말하자면 두번째 부류지만 그렇다고 너무 비장하지는 않습니다. 그래서 내가 잘 쓰는 말이, 다 잘 살려고 하는 거지 문학도,라는 겁니다. 문제는 잘 사는 것이 뭐냐는 것이고, 여기서 인문학과 인문주의가 나오는 것 같습니다. 이렇게 말하고 보니 홍 선생이 말한 것에 대한 대답이 된 거 같기도 하고 안 된 거 같기도 하고. (웃음)

1960, 70년대의 시 비평

홍정선 선생님의 문학 활동은 수많은 저서, 역서, 편저가 말해주듯 그 영역이 대단히 넓습니다. 시와 소설을 분석하고 해석하는 현장 비평가의 면모가 있는가 하면, 문학 일반에 대한 현상을 고찰하고 이론을 개진하는 문예학자의 면모도 있습니다. 그리고 아동문학에 대한 남다른 관심과 함께 외국 문학 연구자와 번역가로서의 활동도 무시할 수 없습니다. 그럼에도 문학인들이 선생님을 기억하는 지배적 이미지는 시 비평가입니다. 이유는 어디에 있을까요? 궁금해서 저는 선생님의 초기 평론집인, 1969년에 펴낸 『상황과 인간』, 1974년에 펴낸 『문학비평론』, 1979년에 펴낸 『변동사회와 작가』를 조사해보았습니다. 이 세 권의 초기 평론집은, 비록 『상황과 인간』의 제1장이 '한국 현대시의 제 문제'라는 제목하에 일곱 편의 글을 수록하고 있기는 했지만, 소설에 대한 글과 문학 일반에 대한 글도 많아서 시 중심의 평론집이라는 생각은 들지 않았습니다. 그런데 선생님이 1983년에 펴낸 『새로운 꿈을 위하여』는 '김주연 시론집'이란 부제가 말해주듯 오로지 시 비평으로 이루어진 평론집입니다. 이런 점에서 사람들이 선생님을 시 전문 비평가로 기억하게 만든 데에는 선생님께서 전개해온 비평 활동의 추이가 의도했건 안 했건 작용하고 있다는 생각도 듭니다. 선생님의 비평 영역이 시 분야가 중심인 것처럼 이미지가 만들어진 이유에 대해 잠시 생각해보았으면 합니다.

김주연 아, 그건 홍 선생의 개인적인 생각이 아닐까 싶어요. 왜 그런 말을 했는지 이해는 돼요. 요즘은 뛰어난 시 비평가들이 많고, 또 비교적 젊은 중견 비평가들도 꽤 있어서 뛰어난 시 비평가라는 평가는 이제 내려놓아야 할 듯싶습니다. 그런데 왜 그런 인상을 가진 분들이 있는가 하면, 그분들은 조금 연배가 있는 분들일 거예요. 달리 말하면 1960, 70년대에는 시 비평을 하는 비평가들이 별로 없었어요. 지금 생각을 해보면 당시 시 전문지는 겨우 두세 개였는데 시 비평가들이 적어서 매일 여기서 써달라 저기서 써달라 하는 거예요. 그 분야에 사람이 부족했던 거죠. 게다가 인상비평이 주류를 이룰 때라 조금만 학문적 살을 붙이면 근사해 보였어요. 1960년대는 실존주의 시대 아닙니까. 서양의 실존주의는 여기서도 그대로 맞아떨어지는 위력이 있었습니다. 나 개인적으로는 당시의 많은 시들이 너무 관념적이고 감상적으로 보여서 차분한 묘사와 인식의 시들을 골라서 평가하지 않을 수 없었지요. 언어에 침착하게 천착한 첫 세대였기 때문이겠죠. 지금 생각나는 책이 한 권 있는데 J. 파이퍼라는 독일의 시학 교수가 쓴 『시와의 교제*Umgang mit Dichtung*』입니다. 그게 재미났어요. 워낙 썰렁한 광야에서 조금 공부하면서 살다가 누린 혜택이겠죠. 쓰면 사람들이 다 재밌다고 했으니까, 그게 1960, 70년대 얘기고. 관심의 변모에 대해서는 1970년대 말에 내놓은 『변동사회와 작가』(1979) 그리고 1980년대 초의 『새로운 꿈을 위하여』(1983)와 같은 평론집들의 제목이 모든 것을 말해주고 있다고 봐주시기 바랍니다.

홍정선 제 머릿속에는 김현 선생님이 살아 계실 때 두 분 선생님께서 우리나라의 시 비평을 주도적으로 이끌어 나가는 것처럼 보였습니다. 그리고 김현 선생님이 작고하신 뒤에는 선생님께서 문지의 시집 결정에 상당히 깊이 관여를 하셨으니까 그런 측면도 선생님의 이미지 형성에 영향을 주었다고 생각합니다.

김주연 그런가요? (웃음)

독일 문학과 한국 문학의 사이에서

홍정선 선생님은 비평가이자 독문학자이십니다. 독일 문학 전공자로서 선생님은 릴케, 괴테, 고트프리트 벤, 하인리히 뵐 등의 작품을 번역하는 한편 이들에 대한 연구 논문 혹은 저서를 썼습니다. 그리고 독일 문학 전체에 대한 관심과 이해를 보여주는 『독일문학의 본질』(1991) 『독일 비평사』(2006) 등의 주목할 만한 저서도 상재했습니다. 선생님의 이 같은 측면과 관련해서 저는 두 가지 질문을 드리고 싶습니다. 첫번째 질문은 우리 한국에서 독일 문학을 본격적으로 연구한 세대의 출현과 관련된 것입니다. 선생님의 앞 세대로는 1930년대에 일본에서 공부한 '해외 문학파' 세대와 해방과 전란의 와중에서 서울대학에서 공부한 세대가 있습니다. 그렇지만 이들은 독일어보다 일본어가 더 친숙한 세대였고, 본격적으로 독일 문학을 공부했다고 보기에는 어려운 세대였습니다. 이런 점에서 선생님의 세대는 독일 문학을 제대로 공부하고 연구하는 첫 세대가 됩니다. 외국문학 연구자로서 선생님 세대의 의미와 역할에 대한 자부심, 혹은 한국에서 독일 문학을 연구하며 마주쳤던 난관과 즐거움 등에 대해 이야기를 듣고 싶습니다. 두번째 질문은 독일 문학에 대한 선생님의 학문적 관심과 실천으로서의 비평 활동 사이에는 어떤 긴장이 있었는가 하는 것입니다. 그것은 상보적이었는가, 아니면 모순적이었는가에 대해 선생님의 체험적 이야기를 들려주시면 좋겠습니다.

김주연 물론 나는 독일 문학을 공부하지 않았으면 비평도 못 하지 않았을까 싶어요. 비평은 홍 선생도 잘 알다시피 지적인 뼈대라고 할까, 생각의 바탕이 있어야 하잖아요. 그냥 할 수는 없어요. 독일 문학은 하면 할수록 나한테는 매력적이에요. 아, 바로 이거다 싶고. 그러니 당연히 상보적이죠. 상보적인 정도를 넘어서, 나는 이런 얘기를 평생 많이 해왔어요. 다시 태어나도 독일 문학 공부를 더 하고 그다음에 평론하는 사람으로 살아갈 거라고.

역사적 유추라는 말이 있잖아요. 내가 특별한 애국자는 아니지만, 독일과 독일 역사, 독일 문학을 보면, 한국이 정말 하나의 전범으로 삼을 만한 역사적인 구조를 가지고 있는 나라가 바로 독일입니다. 우리가 자주 한국인으로서 외국에서 본보기를 찾지만 한국의 처지와 그 나라의 처지를, 또는 문화적인 콘텍스트를 생각하지 않고 그냥 무심코 얘기하는 경우가 많아요. 요즘은 물론 덜하지만 예전에는 미국에서는 어떻고 하는데 그 나라하고 우리하고 유사성이 있어야 비교를 하지. 그런데 독일의 경우, 독일의 정신이라고 하면 낭만주의 정신을 원류로 들 정도예요. 그 낭만주의가 시대를 따라서 여러 가지 변화를 겪어오는데 그 원류에는 우리나라의 샤머니즘처럼 독일 신비주의가 있어요. 『니벨룽겐의 노래』에서 드러나듯이, 대단히 주술적이고 마법적인 그런 독일식의 신비주의가 있죠. 앞서 말했지만 그런데 독일인들이 그걸 극복하려고 아주 애를 써요. 그리고 그것을 극복하는 데 앞장서는 사람들이 작가고 철학자죠. 이들은 학문적으로, 이념적으로, 관념적으로 무엇보다 작품을 통해서 그런 것들을 정리해왔고, 19세기 초에 이르러 괴테의 『파우스트』가 완성되고 헤겔에서 한 정점을 이룬 거죠. 20세기에 들어서는 W.

벤야민과 T. 아도르노 같은 치열한 비평적 지성이 나오지 않습니까? 비슷한 상황에도 불구하고 자아의 발견과 극복이라는 면에서 우리 문학과 철학은 아직 많은 것을 못 하고 있다는 것이 제 생각이고 안타까움입니다. 지적하셨다시피 내 경우는 양쪽에 발을 담그고서도 이 일을 제대로 하지 못했다는 자책이 있습니다.
독일 역사 내지 독일 문학에서 작가들은 자기 문화와 문학의 문제점을 극복하려고 하는 문제의식이 매우 강렬해요. 자신의 개인적 모티프를 민족과 사회의 문제로 연결 짓고 끊임없이 추구함으로써 인류의 보편적인 명제로 끌어올립니다. 그런 것이 우리 문학에는 조금 소극적인 것이 아닌가, 나는 이렇게 보는 거예요. 그럴 때 내가 비평적인 자극을 받고요. 그래서 우리는 왜 못 할까, 깊이 있는 뿌리라든지, 종교라든지, 이상성에 대한 지향이라든지 자기 시대를 통찰하는 지적 인식이라든지, 이런 게 좀 부족한 것이 아닌가 하는 생각을 하기 때문에 상보적이냐 모순적이냐 하는 것에 있어서는 당연히 상보적인 것 이상으로 절대적인 빚을 지고 있죠.

4·19세대로서 생각하는 문화적 주체성

홍정선 선생님 세대는 스스로를 4·19세대 혹은 모국어 세대라고 불렀으며, 이 호칭은 이제 한국 문학사에 공식적 용어로 자리 잡았습니다. 이 사실은 선생님의 족적, 선생님 세대가 살아온 문학적 생애가 역사적 판단의 대상이 되기 시작했다는 것을 말해주고 있습니다. 이 점과 관련하여 저는 먼저 4·19세대에 대해 양면적 평가가 있다는 점을 말씀드리고 싶습니다. 먼저 4·19세대야말로 한국 문학을 세계 문학과 소통할 수 있는 문학다운 문학으로 만들었다는 긍정적 평가가 그 첫번째입니다. 한국 문학이 토착적 정서를 탐구하는 단계, 정한의 세계와 같은 무의식의 심연에 빠져 있던 상태를 벗어나 이성적·합리적 세계로 진입한 것은 4·19세대에 의해서였다는 긍정적 평가가 바로 그것입니다. 바꾸어 말해 한국 문학이 전통, 현실, 사상, 정치 등의 압력과 족쇄를 벗어나 자유롭게 현실을 탐구하고 미래를 상상할 수 있게 된 것은 선생님 세대의 공적이라는 것입니다. 반면에 4·19세대는 한국 문학사에서 유례가 없을 정도로 문학의 중심부에서 장기 집권을 해왔다는 비판도 있습니다. 이 말은 선생님 세대의 커다란 영향력이 너무나 오랫동안 계속되어서 새로운 후속 세대의 성장에 장애가 되었다는 이야기로 이해할 수도 있겠습니다.

그리고 4·19세대는 대부분이 외국 문학을 전공한 분들이었습니다만 현재 우리 비평의 핵심을 이루는 삼, 사십대는 거의 대부분이 한국 문학 전공자라는 변화가 그 사이에 일어났습니다. 4·19세대로서의 선생님 세대가 지닌 자부심과 지금의 이런 변화를 눈앞에 놓고 볼 때 여기에는 의미 있는 측면들과 함께 부정적인 복잡한 측면들도 있는 것 같습니다. 예를 들면 제 생각으로는 선생님들이 활동을 시작할 때 한국 문학은 근대 이전의 상태, 계몽이 필요한 수준에 놓여 있었습니다. 외국 문학과 한국 문학 사이의 격차라고 할까 이런 것들이 외국 문학 전공자들이 한국 문학 속에서 활발히 활동하게 만드는 측면이 분명히 있었습니다. 이런 사정들을 염두에 두시면서 4·19세대로서 선생님이 느끼는 자부심과 나름대로의 반성적 생각 이런 것들을 좀 말씀해주십시오.

김주연 나는 그런 현상을 비평사적인 흐름에서 긍정적으로 보고 싶어요. 간단한 역사적인 리뷰가 허락된다면, 조선이 일본에 의해서 강점·와해되고 난 뒤 해방이 이루어졌다고 하지만 오래 지나지 않아 6·25전쟁이 터졌기 때문에 소위 정치적인 의미의 주체성뿐만 아니라 문화적인 주체성마저, 확립할 시간은커녕 모색할 시간조차도 짧았습니다. 전후세대가 1950년에서 60년 사이에 대학생활을 시작했다고 보면 불과 10년 사이에, 식민지세대의 모든 것이 청산될 수 없었을 정도로 짧은 시기에, 발전과 문화 같은 근대적인 요소에 대한 갈구가 한꺼번에 폭발한 겁니다. 그랬으니 1960년대 이전까지 반세기 가까이 이어진 혼란을 청산하고 불식시키는 데는 싫으나 좋으나 외세와 외국 문화의 영향이 많을 수밖에 없잖아요. 그래서 지식인들이 대거 외국 유학을 떠났던 거고. 그것을 비판적으로 생각할 겨를도 없이, 특히 서양 유학이 늘어나면서 우리 세대가 역설적으로 문화적인 주체성을 인식하게 된 거죠. 외국 문물의 수용이라든지. 그 당시에 여러 사람들이 곧잘 쓴—나도 그런 글을 한두 번 썼지만—수용과 비판은 발전의 불가피한 두 얼굴이었지요.

그 뒤 1970, 80년대로 넘어가면서 이제는 학문의 자급자족이 필요한 시점이라는 이야기가 간헐적으로 흘러나왔고 저도 개인적으로 역설한 적이 있습니다. 문학이 꼭 외국 문학이론을 무비판적으로 수용해야 하는가, 필요한 경우에는 받아들여야 하지만. 문학에 있어서도 학문의 자급자족 같은 것이 이제 필요한 시점이라 주장했죠. 그 뒤로 지금 말한 것처럼 국문학 전공자들이 비평 현장에 많이 나오게 된 것은 그야말로 문학사 발전에 있어서도 바람직한, 그리고 자연스러운 현상이 아닌가 생각합니다. 다만 조금 안타깝게 생각하는 것은 그 당시의 글을 찾아보면 외국 문학 전공자들의 실제 평문에는 오히려 외국 이론가들의 이론 인용이 그렇게 많지가 않았어요. 가령 나만 해도 내 평문 가운데 외국 문학이론가들을 주에 인용한 경우가 별로 없어요. 요즘은 국문학 전공 비평가들이 많이 배출되어 활발하게 활동하고 있는데, 이 사람들 글에 훨씬 더 많아요. 그리고 내가 쫓아가기 힘들 정도로 정신없이 외국 문학이론가들 책이 어제 나왔다 싶으면 오늘 곧장 인용되더라고요. 후기구조주의는 우리가 거의 본고장 같아요. 아도르노와 벤야민은 반세기가 훨씬 지나서 나름대로 소화력이 있어 보입니다만 거의 비슷한 시기에 무작정 인용되는 일은 민망합니다.

이런 현상은 내가 잘 판단이 안 서요. 왜냐하면 국문학을 전공했다고 하더라도, 요즘의 세상에서 보자면 H. 마르쿠제의 일차원적인 세계에서 문화적인 국경을 포함한 모든 국경이 거의 낮아지고 없어진 상황이니까, 누구의 이론이든 앞선 이들의 성취를 다 편안한 마음으로 인용할 수도 있겠다, 이렇게 긍정적인 마음으로 이해하기도 합니다. 문제는 너무나 원래의 지문과 인용이 잘 안 맞는 경우죠. 이걸 왜 여기에 인용했지, 그 책을 읽었다는 표시인가, 싶습니다. 저는 주를 잘 보거든요. 주를 한참 읽다가 그 본문을 다시 보면 어떤 게 주고, 어떤 게 본문인지 헷갈릴 때가 있습니다. 심지어는 시나 소설에도 그런 사례들이 있어요. 그래서 긍정적으로 바라보아야 할 학문의 자급자족이란 문제를 좋은 의미에서 봐야 하는 건지, 오히려 여전히 외국 문물의 비판적 수용이라는 명제와 관련지어서 봐야 하는 건지 그것을 잘 모르겠어요. 홍 선생이 말했듯 그 사이에 복잡한 상황이 있을 수도 있고, 또 우리 세대가 여전히 계몽적인 무엇을 가지고 있는 것이 아닌가 하는 반성도 듭니다. 거기에 한마디 덧붙이자면, 우리 세대라고 하지만 『문학과 지성』의 첫 동인으로서 이야기를 한다면, 우리가 소위 '4김'들이라고 해도 생각이 다 같은 것은 아니잖아요. 나로서는, 처음에 샤머니즘의 극복 말고 상당히 계몽적인 자세 내지는 생각을 가져본 일이 없었던 것 같아요. 굳이 찾아보자면 문학의 깊이, 종교적인 것에 대해서 강조를 했던 면은 있지요. 나는 계몽이나 가르침 대신 오히려 낮아짐, 그리고 사랑을 중시합니다. 『사랑과 권력』(1995)이라는 평론집도 있지 않습니까? 그 정도가 거기에 대한 내 입장입니다.

홍정선 선생님 말씀을 들으니 옛날 생각이 납니다. 제가 대학에 입학했을 때 한국 근대문학사에 대한 기점 논쟁이 있었고, 선생님도 그 주역의 한 사람으로 참여하셨습니다. 그때 논의된 중요한 테마 중의 하나가 한국 문학의 전통 단절 문제, 이식 문학 문제였습니다. 선생님들께서는 우리 자신의 것에 대한 그런 패배주의적 사고의 극복을 외치면서 한국 문학과 문화에 어떤 주체적인 논리와 의미를 부여하려고 노력하셨습니다. 그때 사용된 용어 중의 하나가, 김현 선생님이 많이 사용하셨던, '새것 콤플렉스'라는 용어입니다. 그런데 그 새것 콤플렉스가 기묘하게도 조금 더 나쁘게, 악화된 방식으로 요즘 국문학 전공 비평가들의 논문과 평론 속에 활발하게 살아 있는 것 같아서 저로서는 착잡한 생각이 듭니다.

김주연 나는 한국인 전체가 해당이 된다고 생각합니다. 내가 독일 유학 시절에 같이 하숙을 하던 독일인이 있었는데, 그 친구도 항상 비슷한 얘기를 했습니다. "왜 독일 사람들은 맨날 새것에 대하여, 그리고 독일에 대하여, 이런 말을 잘 하냐" 그러면 그 친구가 "그건 간단하지. 독일은 한 번도 빛나본 일이 없는 작은 나라니까" 이래요. 그래서 "독일이 무슨 작은 나라야" 하면 "아, 미국이나 중국보다 작지 않냐" 그래요. 그런데 한국인도 그렇게 약소국 콤플렉스로서 대(大)자를 쓰기 좋아하잖아요. 나는 새것 콤플렉스라는 말은 그 자체로는 써본 적이 없어요. 그건 김현 씨가 잘 썼는데, 그런데 그 친구도 하루가 멀다 하고 새로운 것을 잘 물어와요. 내가 "자네 얘기하는 거네" 그러면 얼굴이 빨개져서 "뭐 그렇다는 거지" 그러는데, 그게 그 사람이 그것을 날카롭게 파악한 겁니다. 다른 분야에는 다소간 그런 면이 있고 그래서 너무 거기에 대해 예민할 필요는 없지 않나, 그렇게 생각은 해요, 생각만은.

홍정선 재미있는 말씀이네요. 선생님은 「문학비평의 두 가지 기능」이라는 글에서 4·19세대의 공적으로 이념적 치매 현상을 극복했다는 점, 순수문학이라는 미망을 벗어나려고 했다는 점, 문단에 만연해 있던 일종의 도제주의를 극복했다는 점을 들었습니다. 선생님들이 주도한 『문학과지성』과 백낙청, 염무웅 선생이 주도한 『창작과비평』이 한국 문학이 빠져 있었던 이런 문제들을 극복하는 데 중요한 기여를 했다고 이야기했습니다. 그런 주장에 저도 대부분 동의하고 있습니다. 선생님 세대는 각종 인간관계에 얽매여 있는 문학이 아니라 제대로 된 판단과 평가를 내리는 문학적 풍토를 저희 세대에게 물려주셨습니다.

이런 공적을 인정하면서도, 선생님의 비평적 생애 50년이 말해주듯 한국 비평사의 절반 이상을 차지하는 이 기간 동안에 선생님들께서는 한국 문학의 중심을 거의 독점해왔습니다. 비평가 정과리는 저에게 자주 "4·19세대의 장기 집권은 언제 끝나나!" 이런 이야기를 하곤 합니다. 이 장기 집권이 만들어내는 여러 가지 폐해에 대한 이런저런 이야기들이 있는데, 여기에 대해 선생님께서 말씀 좀 해주시지요.

김주연 아니, 그건 본인들보다 후배들 잘못 아닌가, 무슨 말씀인가 하면, 죽어야 끝난다 이렇게 말할 수 있겠지만, 죽어도 안 끝나고 있잖아요? 『문학과지성』 동인들이 벌써 여러 사람 갔잖아요. 나는 그래서 문지에 말했어요. 사무실에 먼저 간 사람를 사신이 있는데, 이제부터는 가는 사람 사진 그만 걸라고요, 여기가 무슨 납골당도 아니고. 그리고 나는 앞으로 전집 그런 거 안 해요. 이번에 선집 한 권 내는 것으로 전체를 마무리할까 해요. 뭐 그냥 글을 계속 쓰게 돼서 또 한두 권 낸다든지 하는 건 할 수 없겠지만. 글쓰기에는 정년퇴직이 없으니까 그냥 하는 거지. 그거는 본인들의 책임이 아닌데, 어쩌겠어요. 쓰는 사람은 쓰고, 못 쓰거나 안 쓰는 사람은 안 쓰고, 다 개별적이지. 그리고 또 갔어도 후배들이 추모하고 싶은 사람은 추모받고 그런 거지. 후배들이 너무 위해줘서 그런가? 뭐 난 그래요. 덧붙여서 요즘 문학권력이니 그런 말들을 하는데, 나는 참 생소합니다. 요즘은 발표 지면도 많고 여기저기서 이 말 자주 쓰잖아요. 권력이라는 게 뭐를 의미하는가, 실감이 안 나요. 문학상요? 상하고 그 작가 인격이나 실력은 아무 관계 없어요. 한국에서 제일 크다는 상 심사도 몇 번 했지만 수상자가 고맙다는 인사도 안 합디다. 여기 무슨 권력이 있어요. 신경 안 써요. 신경들 쓰지 말아요. 권력이라고 발언하면 치사해져요. 치사하지 않으려고 문학 하는 거 아닙니까. 그리고 이제 문학도 시장에 나와 앉은 거 아닙니까. 이제는 대중문학 시대인데, 대중에 의해서 시장에서 팔리는 건 많이 팔리고 그러지. 어떤 평론가가 좋게 말한다고 많이 팔리고 그렇지 않다고 해서 안 팔리는 건 아닌 것 같아요. 평론가의 영향력은 사실 서서히 사라지고 있는 것 아닌가 생각합니다.

아동문학과 메르헨

홍정선 '문지'나 '창비'를 문학적 에콜로 생각한다면, 그런 에콜에 속한 사람들을 문학권력이라고 비난하는 것은 제가 보기에는 부당한 것 같습니다. 문학권력에 대한 비판을 하려고 한다면 선생님 이전 세대들이 보여주었던 문학의 도제주의, 패거리화, 이런 것들에 대한 비판이어야 한다고 생각합니다. 현재도 문단의 일각에 남아 있는, 문학이라는 제도와 문인 단체의 조직을 이용하여 사적인 이익을 취하는 것 같은 행태가 문학권력 비판의 대상이 되어야 합니다. 좋은 의미에서 유사한 경향의 문학적 그룹을 형성하는 것을 문학권력으로 비판하는 것은 목표나 방향 설정에 문제가 있습니다.

선생님은 '문학과지성사'의 아동문학을 개척하고 주도하여 현재의 모습으로 정착시켰습니다. 이처럼 아동문학에 대해 선생님이 관심을 가지게 된 계기는 어디에 있습니까? 그것은 이 땅에 들어온 초기 선교사들이 전략적으로 아이와 여성을 포교의 대상으로 선택한 것처럼 "아이는 어른의 아버지"라는 생각에서, 미래의 문학을 위한 일종의 포석에서 시작한 것인가요, 아니면 선생님은 독문학자이셨으니까 우리보다 선진적인 독일의 경우에서 힌트를 얻어 우리의 아동문학에서 어떤 역할을 찾아 나선 것인가요?

김주연 근본적으로 독일 문학하고 아동문학은 아주 깊은 관계가 있어요. 낭만주의의 주된 장르가 '메르헨Märchen'인데 이건 아동문학이라는 말로 바꿀 수도 없고 동화라는 말로도 옮기는 게 적당치가 않아요. 그래서 나는 독일어 그대로 메르헨이라고 쓰고 있어요. 이 문제와 관련해서는 내가 요즘 계간 『본질과 현상』에 연재를 하다가 잠시 쉬고 있는 글이 있어요. 낭만주의 이론가의 중심에 있는 노발리스라는 작가의 핵심 테마를 주제로 한 겁니다. 그런 낭만적·메르헨적 요소가 아마 내 의식 속에 있는 모양이에요.

현재 어느 나라를 가거나, 특히 독일에 가서 책방에 들어서면 앞에 쫙 진열되어 있는 게 다 아동문학, 특히 그림책들입니다. 문지에서는 한때 영업 쪽에서 주장을 했던 겁니다만, 아동물 책이 없으니까 책방에서 괄시받는다 이거예요. 그래서 이거 아주 중요한 거니까 하자고 했어요. 당시만 해도 우리나라에서 아동문학책을 내는 출판사라고 하면 돈에 눈독이 든 출판사라는 인식이 좀 있었죠. 아무튼 문학적 명분과 현실적 이유가 어울려서 하게 된 겁니다. 또 마종기 선생의 마해송문학상 책임을 맡았던 관계도 있고요. 아동문학가 김서정, 최윤정 등의 도움도 컸죠. 그저 그런저런 요구와 필요성이 우연히 어우러져서 된 것이죠. 요즘은 재래의 전통 낭만주의와 조금 다른 차원에서 호그와트 판타지 이야기가 새롭게 대두되는 시대인데 문지가 '문지아이들'을 하게 된 것은 아주 다행한 일이죠.

포스트 사피엔스의 시대를 내다보며

홍정선 이 대담도 이제 끝내야 할 때가 되었습니다. 선생님의 비평적 활동은 후반기에 가까워질수록 인문학자로서의 면모를 강하게 부각시키고 있습니다. 문학을 중심으로 논의를 전개하면서도 문학이 인간학이라는 측면을 강조하고 있습니다. 이 사실을 선생님은 2014년에 출간한 평론집 『몸, 그리고 말』의 머리말에서 "문학은 사람을 살리는 글이라는 자부심이 회복되기를 바라는 마음에서 「사람을 살리는 글」을 썼다"는 말로 밝히고 있습니다. 이 점과 관련하여 선생님께서 비평 활동을 하면서 가장 중요하게 생각한 것이 무엇인지를 간략하게 말씀해주시고, 현재의 우리 문학에 부족한 점이 무엇인지를 지적해주시면 좋겠습니다.

김주연 이게 『문학과사회』에 들어갈 글이에요. (손에 원고를 쥐고) 지금 질문하신 마지막 질문에 대한 대답이 이거예요. 내가 생각해도 잘 썼습니다. 「사람 없는 놀이터에 사람들을!」이라는 제목의 글입니다. 지금 젊은 동인분들이 혁신호 얘기들을 많이 하는데, 그것과 관련한 글일 수도 있습니다.

내가 지금부터 하고 싶은 이야기는 포스트 사피엔스에 관한 겁니다. 무슨 말이냐 하면, 알파고 얘기예요. 알파고 파동이 지나가면서 두 가지 반응이 나타나고 있잖아요? 하나는 큰일났다 하는 일종의 알파고 포비아, 공포입니다. 사람들이 이제 인공지능 앞에서 디스토피아적인 공포를 느끼는가 하면, 그렇게 두려워할 일이 아니라 이 발전을 인류의 문명발전에 긍정적으로 이용을 해야 하는 것이다, 여기까지 왔으니 이 얼마나 문명의 발전이고 승리냐, 이런 두 가지 반응 말입니다.

그런데 나는 이렇게 보는 거예요. 소위 인공지능에 대해서 아도르노는 1960년대에 이미 '기계천사'라는 말, 독일어로 'Maschinenengel'이라는 말을 썼거든요. 그 당시에 아도르노는 이 말을 어떤 의미로 썼냐 하면, 이제는 자꾸만 기계문명이 발달해서 기계가 천사 노릇을 하는 세상이 될 것이다, 했어요. 그때만 해도 예언이지요. 기계문명에 대한 우려를 나타내는 대단히 아이러니컬한 말이었는데, 이 알파고 파동을 보고 이 글을 쓰면서 생각하니까, 이게 이제는 내러티브한 디스크립션인 거예요. 실제로 기계가 천사 노릇을 하는 세상이 되었다 이거죠. 이걸 우려할 것도 아니고…… 역설적으로 볼 것도 아니고 그대로 보면 기계가 천사 노릇을 하잖아요. 재판도 하고, 바둑도 이기고, 또 수술도 하고 뭐든 다. 이렇게 사람 대신에 다 하잖아요. 그러면 다른 분야는 몰라도 문학은 잘 됐다 싶습니다. 우리 인간의 지능은 자연지능 아니에요? 인간은 자연지능의 가장 우두머리고 핵심은 인문학, 문학이다 이겁니다. 그러면 자연지능이 인공지능을 데리고 놀면 될 것 아닌가 하는 생각에서 「사람 없는 놀이터에 사람들을!」이라고 제목을 붙인 거예요. 그래서 이제부터는 세상이 훨씬 재미날 거다, 그거예요.

마침 이런 책이 나왔더라고요, 유발 하라리의 『사피엔스』(2015)라는 책이에요. 거기 보면 이제는 호모 사피엔스의 시대가 갔다고 하면서 사람의 지능을 뛰어넘는 지능이 어느 수준까지 가는가, 이 책은 상당히 예언적인 책이니까, 이게 단순한 예언서가 아니라 인공지능에 대한 많은 근거를 갖고 하는 이야기입니다. 나는 문학의 미래에 포스트 사피엔스 시대를 주도하고 개척할 그런 무궁무진한 가능성이 있다고 봐요. 문학이 자기 속으로만 파고들어가서는 무슨 새로운 거듭남이 있겠어요. 예술가들, 가령 문학인은 외연이 확장될 것이고 또 그래야 합니다. 소설이나 시, 비평 뭐 이런 것들 가운데 어느 부분이 어떻게 남을지는 모르겠지만. 결국은 스마트폰이 선생 아닙니까? 아무리 강의해도 스마트폰이 사전이고, 학교고 그래서 선생이지요. 그러니까 지식 전달자로서의 소설은 시보다도 앞서 망하게 되어 있어요. 왜? 소설은 웹진의 신세를 간신히 져서 존재하다가 필경은 정보에 있어서 압도되겠죠. 그렇게 되지 않으려면 내 글에서도 썼지만 문학이 앞서 나가서 껴안아야죠. 그러지 않으면 관심권 밖으로 소멸될 겁니다, 재미가 없으니까. 포스트 사피엔스를 준비하는 자세와 지식이 있다면 문학은 차원을 돌파하겠지요.

홍정선 지금까지 선생님 말씀, 아주 인상 깊게 들었습니다. 알파고의 모습을 보면서 저도 사실은 여러 가지 생각이 들었습니다. 앞으로 소설가는 필요 없는 것이 아닌가, 이를테면 러시아의 블라디미르 프로프가 민담의 구조를 분석한 경우처럼, 이 세상에 존재하는 모든 이야기의 핵심적인 모티프를 분석하여 컴퓨터에 입력한 후 이야기를 조합시킨다면 그렇게 될지도 모른다고 말입니다. 핵심적인 플롯과 보조적인 플롯을 입력하여 다양하게 조합하면 어떤 소설이든지 무궁무진하게 써낼 수 있는 시대가 열릴 것이고 그러면 소설가의 생명은 끝나는 것인가, 이런 생각을 해보았습니다. 그런데 선생님은 포스트 사피엔스의 시대를 문학인이 먼저 개척해야 한다는 말씀을 하셔서 저는 상당히 신선한 충격을 받고 있는 중입니다. 선생님은 낙관주의와 비관주의를 넘어서는 낭만주의적이면서도 현실적인, 복합적인 시각을 가지고 계십니다. 선생님 말씀 감사합니다.

김주연의 말

원고지를 위한 변명

여전히 나는 볼펜으로 글을 쓴다. 이유는 몇 가지 있는데, 그중 가장 큰 것은 물론 워드프로세서에 적응이 잘 되지 않은 탓일 것이다. 따지고 보면, 잘 적응하지 않으려고 하는 무의식적 보수성이 문제다. 게으르다는 말이다. 생각은 많으면서 손과 글이 따르지 않는다면 그는 공상가일 뿐 이미 문필인은 아니다. 때로 나는, 내가 이 부류가 아닌가 생각하기도 하지만, 60권(번역 등 포함)에 가까운 내 책들은 이런 나를 흔들면서 위로한다. "게으르다니…… 이 정도면 오히려 부지런한 축 아닌가……" 하면서 — 그렇다면 나는 볼펜으로 글쓰기에 바빠서 방법적 전환을 시도할 생각을 못 하는 것인지도 모른다. 하여간 나는 오늘도 볼펜으로 원고지 위에 글을 쓴다.

원고지를 처음 본 것은 6·25로 인한 부산 피난 시절의 일이었다. '남일서울피난국민학교' 6학년에 다니던 1952년의 일이었을 것이다. 1·4후퇴로 서울집을 떠난 후 피난길에서 가족을 잃은 나는 그야말로 죽을 고비 고비를 넘기며 부산에 당도할 수 있었다. 홀로 한강을 넘고 아무 지리도 모르는 열한 살 소년이 고아 생활 몇 달 만에 부산까지 내려온 것은 지금 생각해도 아득한 기적이었다. 이 과정에서 나는 정말 무수한 죽음 옆을 지나왔고, 그리하여 부산에서 가족을 만났을 때 기쁨보다 서러움이 먼저 터져 나왔다.

부산에선 낮에는 학교에 다니고, 밤에는 신문팔이를 했는데, 어느 날 문득 나는 그동안의 고생담을 글로 쓰고 있는 나를 보았다. 그때 쓰던 종이가 4백 자 원고지였다. 그러나 종이가 귀했던 터라 칸칸이 줄이 그어져 있는 원고지 앞장과 뒷장 모두에 작은 글씨로 글을 써나갔고 '가리방'이라고 부르는 등사판에 의해 인쇄되어 책 모습을 갖추었다. 내 인생 최초의 책은, 말하자면 이때 나온 것인데 '피난민의 설움'이라는 제목의 소설집이었다. 유치한 자전소설이지만 어쨌든 이때 글쓰기에 어떤 보람을 느꼈던 것은 아니었는지 모르겠다.

서울 수복 이후 상경, 서울중학에 진학하여 1, 2학년 동안은 그야말로 광독(狂讀)의 시기였다. 지금의 서울 역사박물관 뒤 경희궁 자리에 있던 학교에서 삼선교 집까지 오가는 길에는 광화문에서 미아리 가는 버스를 이용했는데, 학교와 광화문 사이는 자연히 걸어다니는 길이었다. 그 가운데 서점이 있었다(지금의 새문안교회 옆). 나는 그 서점에 개근하였다. 학교가 파하고 집에 가는 길에 들른 책방에서 보내는 시간이 아마 두 시간쯤 되었을까. 괴테와 도스토옙스키, 춘원과 이상, 최인욱과 방인근은 이때 모두 샅샅이 읽혔다.

그즈음 독후감 형식의 글들이 씌었지만, 모두 볼펜에 의한 것일 뿐 만년필이나 연필은 아니었던 것으로 기억된다. 그럴 것이 부산 피난 시절 6학년 때 나는 옆자리 친구와 만년필 만져보기로 다투다가 그 친구가 내 오른쪽 손바닥에 깊은 만년필 상처를 낸 이후 만년필은 내게서 멀어졌다(상처는 지금도 오른쪽 손바닥에 남아 있다).

책은 열심히 읽었지만 문학을 하겠다는 생각은 내게 없었다. 솔직히 문학이 무엇인지도 잘 몰랐다. 고등학교 때도 문예반 비슷한 곳에는 근처에도 가지 않았다. 거기에는 무언가 허세 같은 것이 느껴졌다. '피난민의 설움'이 준 상처가 의외로 깊었다는 것이 정직한 고백일 것이다. 고3 때 이과반을 택했으나 거기서도 나를 이끄는 전공을 만날 수 없었다. 나는 아무 전공적 재능이 없는, 별 볼 일 없는 그냥 모범생이었을까. 외국어에 특출한 능력도 없으면서 외국문학과에 들어가 평생 그것을 업으로 삼고 살면서 문학비평을 해온 것은, 그러므로 내 뜻이라기보다는 '그분'의 뜻이 아니었는지 모르겠다는 생각을 언제부터인가 나는 하고 있다.

따라서 나에게는 글쓰기와 연관된 특별한 기억도, 소중한 물건도 없다. 어쩌면 나는 나의 실제 모습보다 훨씬 많은 사회적 대접이나 평가를 누리고 있는지 모른다(나도 모르게 세계인명사전에 들어갔으니—). 가난과 형극의 소년 시절을 악다물고 버티면서 노력했을 때 희미하게 보였던 지평이 바로 이것이었을까. "인간은 노력하는 한 방황한다"는 파우스트의 잠언이 이제야 실감난다. 나는 그저 원고지 위에 내 필적이나 남길 따름이다.

이른바 등단 50주년을 맞이하여 어쭙잖은 글들을 추려 선집으로 다시 내놓으며 연전에 썼던 위의 글을 소회 삼기로 했다(『문학관』 61호, 2014년 봄호, 한국현대문학관). 그러나 추려진 글들을 다시 읽어보면서, 이런 글들을 재편집해보는 일의 보람에 대해 다소간 회의가 밀려왔다는 사실을 고백한다. 어떤 글들은 문법에도 잘 맞지 않는, 또는 현저한 비문(非文)의 문장들로 인하여 나 자신이 순간 낭패스러울 때도 있었다. 그러나 신기하게도 문학에 대한 생각만큼은 반세기 전이나 지금이나 크게 달라져 보이지 않았다. '예감의 실현'이라는 제목은 예감을 확인하는 것 같은 현실을 살아온 문학일기의 뜻을 담고 있다. 가뜩이나 학교 내외의 일로 바쁜 중견 독문학자이자 평론가인 김태환 교수가 책을 엮어준 일이 민망하면서도 고맙고, 나로서는 뜻깊게 생각한다. 기껏해야 도서관용에 지나지 않을 이런 종류의 책 발간에 폭염과의 싸움을 마다하지 않은 문학과지성사의 주일우 대표, 그리고 낡아버린 원고의 결을 섬세한 감각으로 되살려주면서 정성을 쏟아 새 책을 만들어낸 이근혜 수석편집장에게 서늘한 감사의 말씀을 드린다. 대한민국예술원의 지원에도 충심으로 고마움을 표한다.

출전

1부 비평을 찾아서

「시의 인식의 문제」, 『상황과 인간』, 박우사, 1969.

「문학사와 문학비평 — 한국 문학사를 어떻게 볼 것인가」, 『문학비평론』, 열화당, 1974.

「사회비판론과 시민문학론」, 『문학비평론』, 열화당, 1974.

「분석론, 그리고 종합론의 가능성」, 『문학비평론』, 열화당, 1974.

「근대문학 기점 논의의 문제점」, 『문학비평론』, 열화당, 1974.

「대중문학 논의의 제 문제」, 『변동사회와 작가』, 문학과지성사, 1979.

「민족문학론의 당위와 한계」, 『변동사회와 작가』, 문학과지성사, 1979.

「기술 발전과 대중문화」, 『가짜의 진실, 그 환상』, 문학과지성사, 1998.

「현대시와 신성 회복」, 『가짜의 진실, 그 환상』, 문학과지성사, 1998.

「문학, 그 영원한 모순과 더불어」, 『문학, 그 영원한 모순과 더불어』, 현대소설사, 1992.

2부 한국 문학의 맥락

「새 시대 문학의 성립 — 인식의 출발로서의 60년대」, 『상황과 인간』, 박우사,

1969.
「한국 문학은 이상주의인가」, 『문학비평론』, 열화당, 1974.
「산업화의 안팎—70년대 신진 소설가의 세계」, 『문학비평론』, 열화당, 1974.
「한국 현대시와 기독교」, 『문학을 넘어서』, 문학과지성사, 1987.
「한국 문학, 왜 감동이 약한가—그 초월성 결핍을 비판한다」, 『문학을 넘어서』, 문학과지성사, 1987.
「소설의 장래와 그 역할」, 『문학과 정신의 힘』, 문학과지성사, 1990.
「노동 문제의 문학적 인식」, 『문학과 정신의 힘』, 문학과지성사, 1990.
「성 관습의 붕괴와 원근법주의—세기말의 젊은 소설가들」, 『가짜의 진실, 그 환상』, 문학과지성사, 1998.
「욕망과 죽음의 정치학—90년대 시의 신표현주의적 경향」, 『가짜의 진실, 그 환상』, 문학과지성사, 1998.
「페미니즘, 그 당연한 욕망의 함정—21세기 문학의 발전적 전망과 관련하여」, 『디지털 욕망과 문학의 현혹』, 문이당, 2001.
「인터넷 대중과 문학적 실천—새로운 소설 징후들을 보면서」, 『근대 논의 이후의 문학』, 문학과지성사, 2005.
「한국 문학 세계화의 요체」, 『미니멀 투어 스토리 만들기』, 문학과지성사, 2012.

3부 추억과 서정—시론

「교양주의의 붕괴와 언어의 범속화—김수영론」, 『새로운 꿈을 위하여』, 지식산업사, 1983.
「명상적 집중과 추억—김춘수의 시 인식」, 『변동사회와 작가』, 문학과지성사, 1979.
「죽음과 행복한 잠—고은의 70년대」, 『사랑과 권력』, 문학과지성사, 1995.
「자기 확인과 자기 부인—황동규 시의 종교적 전망」, 『근대 논의 이후의 문학』,

문학과지성사, 2005.

「따뜻한 마음, 따뜻한 시—마종기의 최근 시를 읽으며」, 『새로운 꿈을 위하여』, 지식산업사, 1983.

「시적 실존과 시의 운명—정현종의 시」, 『사랑과 권력』, 문학과지성사, 1995.

「바라봄의 시학—김형영 시집 『낮은 수평선』」, 『근대 논의 이후의 문학』, 문학과지성사, 2005.

「시와 아이러니—오규원의 근작과 관련하여」, 『변동사회와 작가』, 문학과지성사, 1979.

「눈이 붉은 작은 새, 큰 새가 되어—김지하의 시 세계를 돌아보며」, 『사랑과 권력』, 문학과지성사, 1995.

「범속한 트임—김광규의 시」, 『새로운 꿈을 위하여』, 지식산업사, 1983.

「바다의 통곡, 바다의 의지—문충성의 첫 시집」, 『변동사회와 작가』, 문학과지성사, 1979.

「부패한 몸, 우울의 예술성—이성복론」, 『몸, 그리고 말』, 문학과지성사, 2014.

「허기와 시적 생산성—김혜순의 시」, 『미니멀 투어 스토리 만들기』, 문학과지성사, 2012.

「풍자의 제의를 넘어서—황지우의 시」, 『문학과 정신의 힘』, 문학과지성사, 1990.

「신체적 상상력: 직선에서 원으로—김기택의 시」, 『미니멀 투어 스토리 만들기』, 문학과지성사, 2012.

「시, 생명을 살리다—박라연론」, 『몸, 그리고 말』, 문학과지성사, 2014.

4부 현실 속으로, 현실을 넘어서—소설론

「분단시대와 지식인의 사랑—최인훈 문학의 지향 공간」, 『변동사회와 작가』, 문학과지성사, 1979.

「보편성의 위기와 소설—서정인의 소설 세계」, 『문학을 넘어서』, 문학과지성사, 1987.
「떠남과 외지인 의식—황석영론」, 『변동사회와 작가』, 문학과지성사, 1979.
「상업 문명 속 소외와 복귀—최인호론」, 『변동사회와 작가』, 문학과지성사, 1979.
「역사와 문학—이병주의 『변명』」, 『문학비평론』, 열화당, 1974.
「제의(祭儀)와 화해—이청준론 3」, 『문학을 넘어서』, 문학과지성사, 1987.
「샤머니즘과 한국 정신—한승원의 『불의 딸』」, 『문학을 넘어서』, 문학과지성사, 1987.
「취락(聚落)의 와해와 저항—이문구론」, 『변동사회와 작가』, 문학과지성사, 1979.
「모자 관계의 소외/동화의 구조—김원일의 『마당깊은 집』」, 『문학과 정신의 힘』, 문학과지성사, 1990.
「소리와 새, 먼 곳을 오가다—윤후명의 소설」, 『미니멀 투어 스토리 만들기』, 문학과지성사, 2012.
「문체, 그 기화(氣化)된 허기—오정희의 소설」, 『미니멀 투어 스토리 만들기』, 문학과지성사, 2012.
「순응과 탈출—박완서론」, 『변동사회와 작가』, 문학과지성사, 1979.
「서사와 서정의 섬세한, 혹은 웅장한 통합—김주영의 『객주』 다시 읽기」, 『근대 논의 이후의 문학』, 문학과지성사, 2005.
「명분주의의 비극—현길언의 소설」, 『미니멀 투어 스토리 만들기』, 문학과지성사, 2012.
「기억의 바다, 그 깊이에 홀린 물고기—이인성의 소설」, 『미니멀 투어 스토리 만들기』, 문학과지성사, 2012.
「포박된 인생과 그 변신—이승우론」, 『근대 논의 이후의 문학』, 문학과지성사, 2005.
「라멕의 노래—김영현의 소설」, 『미니멀 투어 스토리 만들기』, 문학과지성사,

2012.

「세속 도시에서의 글쓰기—정찬」, 『가짜의 진실, 그 환상』, 문학과지성사, 1998.

「근대에도 신화는 있다—성석제론」, 『몸, 그리고 말』, 문학과지성사, 2014.

「소설로 쓴 그림—배수아」, 『가짜의 진실, 그 환상』, 문학과지성사, 1998.

「몸의 유물론—김훈론」, 『몸, 그리고 말』, 문학과지성사, 2014.

「모순과 그 힘—은희경」, 『가짜의 진실, 그 환상』, 문학과지성사, 1998.

「서사의 관리와 '기계천사'—김영하의 소설」, 『미니멀 투어 스토리 만들기』, 문학과지성사, 2012.

「'미니멀' 투어 이야기 만들기—정영문의 소설」, 『미니멀 투어 스토리 만들기』, 문학과지성사, 2012.

「고양이와 쥐, 개 그리고…… 사람—편혜영의 소설」, 『미니멀 투어 스토리 만들기』, 문학과지성사, 2012.

김주연 등단 50주년 기념 대담 「디지털 문명과 영성에 대하여, 그 예감의 비평」(김주연-홍정선), 『문학과사회』, 2016년 여름호.

김주연의 말 「원고지를 위한 변명」, 『몸, 그리고 말』, 문학과지성사, 2014.

찾아보기

ㄱ

ㄴ

ㄷ

ㄹ

ㅂ

ㅅ

ㅇ

ㅈ

ㅊ

ㅋ

ㅌ

ㅍ

ㅎ

김주연의 책

문학평론서

상황과 인간 (박우사, 1969)
현대한국문학의 이론 (공저; 민음사, 1972)
문학비평론 (열화당, 1974)
나의 칼은 나의 작품 (민음사, 1975)
문학이란 무엇인가 (공편; 문학과지성사, 1976)
변동사회와 작가 (문학과지성사, 1979)
대중문학과 민중문학 (편저; 민음사, 1980)
새로운 꿈을 위하여 (지식산업사, 1983)
시의 이해 (공편; 민음사, 1983)
현대문학과 기독교 (편저; 문학과지성사, 1984)
이무영 (문예총서; 지학사, 1985)
문학을 넘어서 (문학과지성사, 1987)
문학과 정신의 힘 (문학과지성사, 1990)
김주연 평론문학선 (문학사상사, 1992)
문학, 그 영원한 모순과 더불어 (현대소설사, 1992)
뜨거운 세상과 말의 서늘함 (솔, 1994)
사랑과 권력 (문학과지성사, 1995)
가짜의 진실, 그 환상 (문학과지성사, 1998)
디지털 욕망과 문학의 현혹 (문이당, 2001)
Brennende Wirklichkeit und kalte Theorie (München iudicium, 2004)
근대 논의 이후의 문학 (문학과지성사, 2005)
문학, 영상을 만나다 (한국연구재단 석학인문학 강좌록; 돌베개, 2010)
그림책 & 문학읽기 (루덴스, 2011)
미니멀 투어 스토리 만들기 (문학과지성사, 2012)
몸, 그리고 말 (문학과지성사, 2014)

문화일반서

세계명작의 이해 (공저; 일지사, 1972)
현대문화와 소외 (편저; 현대사상사, 1976)
그러나 아직도 행복하지 않다 (문장사, 1978)
해방 40년: 민족지성의 회고와 전망 (공편; 문학과지성사, 1985)
사악한 지식인 (문이당, 1997)
표현 인문학 (공저; 생각의나무, 2000)
헤르만 헤세와 임어당 (작가, 2004)
인간을 향하여 인간을 넘어서 (문이당, 2006)